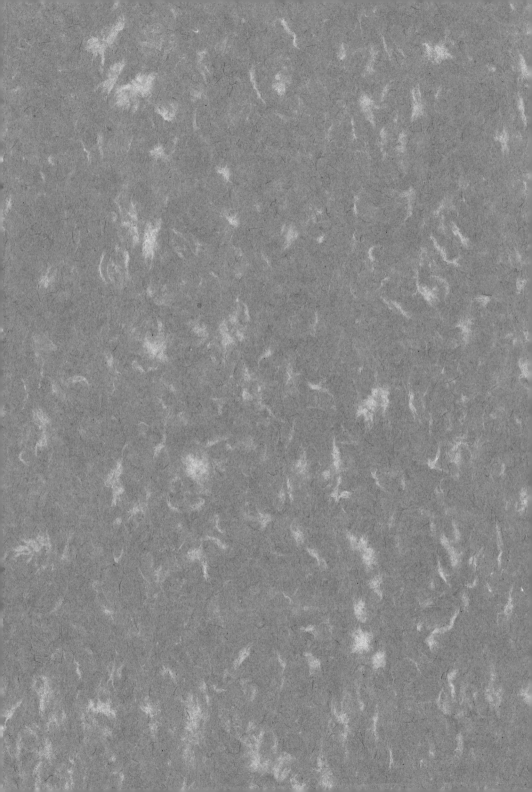

幽篁記

―ユウコウキ―

collected essays

上野霄里

明窓出版

K. Ueno

犬山城下の茶室で　　撮影　津田栄作氏

『幽篁記《ゆうこうき》』ノート

人の世を遠く離れた奥深く容易に知り難い素朴な竹藪の近くに住まいを移した人間の言葉は、世の中の騒がしく声高い言葉とは何かが本質的に異質なものだ。楚辞《そじ》の中に使われている篁《タカムラ》は今日の私たちの言う竹藪のことを意味し、さらに竹藪以上に奥深く、世を離れた容易に知り難い霞《かすみ》の中から生み出される本来の言葉を私たちに知らせてくれる。

あらゆることがはっきりと現れ漫画のように、または動画そのもののように見える現代の言葉は遥か遠い時代の篁《タカムラ》、すなわち竹藪の中から出てくる奥深い、簡単には理解できない文書として認めなければならない。

文明の流れの中に誕生し、生きなければならない現代人間は、可能な限り自分という気の言葉を大自然の神《しん》や幽で抑えていこう。幽は魂《こん》、すなわち神《しん》に通じ、言葉は気、すなわち精に通じる。幽厳な存在は、気の囲りに流れる。幽《ゆるやか》で同時に篁《タカムラ》という言葉の中であらゆる存在《マター》は語られなくてはならない。

幽篁《ゆうこう》という言葉は山鬼の住んでいるところと言われているが、七賢人《しちけんじん》も六逸《りくいつ》（六人の稀なる人間）なども幽篁《ゆうこう》の風韻《ふういん》を愛し、本当の高士たちは喜んで竹林に集まった。文明の流れの中に誕生し、生きなければならない現代人間は、可能な限り自分の中の気の言葉を、大自然の神《しん》や幽で抑えていくことになる。

これで幽篁記《ゆうこう》の意味が古事記や日本書紀と同様に理解されたが、理解を超えた現実の中の意味も含んだ元来素朴な採取と狩猟の生活本来の人間性の中で、文明社会の言葉はどうしても幽篁記の言葉にはなかなか結びつかない。人間はここ数千年の間のごく短い文明生活の中で車や飛行機、コンピューターなしには生きられない一種の家畜化に近い生活の中に生きるようになってきた。生物学的な進化のルネッサンス人に変化した。工業的な細かさと便利さの中で人が利用する言葉という言葉は、これまでずっと止むことのない産業革命そのままの姿を見せている。そこでは本来の健康そのものな身体と心の人間はまともには生きてこられなかった。身体と心の健康さは、もう一度人間が幽篁な流れの中で呼吸する時だけはっきりと息づき始める。

私たちは仙人が呼吸し、食べ、行動する生き方の中でもう一度言葉本来の意味を回復し、漫画や動画の単純なおもしろさから抜けださなければならない。名誉だとか金銭などといった子供騙《だま》しの世界から足を洗い、心と身体の奥深いところまで篁の中で蒸し上げた燻製の時間の中での生き方を始めよう。

水はどこまでも同じ水だ。本質的には皆同じだ。純粋な水などというものはない。それゆえに成分の違う水などは存在しない。人においても言葉においても同じであり、昔も今もいささかも変わるところはないが、津々浦々の日本人の心は、多かれ少なかれ大和の水で磨かれ、そういった人間造化の妙を得て、いわゆる大和魂や大和撫子のような魂の持ち主になれる。質は日本人本来の幽玄《ゆうげん》さであり、本来の言葉もここから流れてきている。西風に吹かれてどこまでも厳しくなっていく言葉だ。

漫画と動画の時間の中から抜け出す時、本当の意味の採取と狩猟の人間らしい幽篁な生き方ができるのである。その時、初めて生きた人間の時間が生命を帯びていることに気づくのである。

かつて生き生きとしていた人の言葉も、今日の文明の世の中で家畜化してきている。新聞、雑誌などはまさにこれだ。よく書かれた旨《うま》い肉だ。本当の言葉とは美味な肉のことではない。幽篁な神《しん》の言葉なのである。

目次

第二部　筍子曰く　貴なるもの奢侈を為さず

第三部 内なる声としての思想は薮の中で生まれる

明は変奏曲　706、朝河桜　708、説明責任　709、アモエニタス（幸せに生きる時間）　710、言葉と落葉　711、生命の泉　713、懐かしい半島　713、草食性の魂　715、熱いうちにすぐに実行　715、誰もが知っている徳の無さ　717、神についてもう一度考える　718、亡き先生を偲んで　719、スタートラインに立って　720、雑学の宇宙船　721、幸せ作り　722、心の洗濯　723、生命の伏線としての言葉　724、生命は生命そのものを動かす　725、生命体の夢　726、歯垢《しこう》のような言葉　727、目の前の音と色彩　728、食文化から始まるもの　729、味覚と言葉　730、愛のコスモス　731、風の道、言葉の道　732、必要な余白　733、明るい明日の方がよい！　734、生命を考える　736、劫を消す知恵　737、祈りの本質として　738、スパイの暗号　739、ルネッサンス人を恥じながら　740、作庭された自然　741、原　人　742、自　由　744、物　744、幸せを発掘して　746、秋の味覚　747、切磋琢磨　748、継続は力（伊予の味を口にしつつ）　749、生命誕生の奇蹟　750、秋を語りながら　751、隠者は目の前にいる　752、北の雀と南の雀　753、生命の哲学　755、秋を満喫して……　756、本能はチャンス　757、人の基本としての女性　758、ビヨンド、超えて　759、西部の原人から　760、降下する熱量　762、人は皆伝道師　763、戦慄している利口者　764、神の発見　765、半泥子　766、解説すると、「独学」とは？　768、pansophia　770、文化としての米　771、愛という受容の行為　773、コルネリウス・タキトゥース　774、チョンハーへの道　776、キメラ人間　777、言葉という生命の呼吸器官　779、物には全て五彩あり　780、糞まみれのナザレに祝福あれ！　ハレルヤ!!　781、生命・数億回の脈拍　782、熱量としての言葉　784、言葉の裏表　785、双　子　786、言葉はキメラ生物　788、迷　い　789、原典に向かって　790、利口者には分からない道　792、水　793、未承認のもの　794、原人を考える　796、永遠の旅

第五部　言葉の設計図（書簡集）

第一部　無言の色合いは美濃の地で生まれた

第一部　巻頭言

大自然のリズム

人の心や生き方は陽炎の中から放射してくる恒星のリズムによって生命を与えられている。この生命は他のあらゆる自然の生命体と同じく一つの能であり、それを脳と間違いながら認め誇り、ホモ・サピエンスの時代だと今を誇っている。何一つまともには思い耽ることもないのに、言葉を様々に口にしながら今の自分を誇っているのが全ての現代人だ。しかし現実のこの世の中は暗黒であるにも関わらず、それを見分ける人は実に少ない。文明社会というとてつも無く大きな牢獄から飛び出して陽炎の道を進み、大自然の神通力によって虚空に向かう人間はそうざらにいるものではない。人を自由にしておくことを許さない文明文化、又はあらゆる種類のルネッサンスの中で人を人にしている言葉をどこかに失っている。これまで社会の中で悪い行いをした人間でも、やがて悪を償う事によって許されるという見事な誤魔化しの法をいつの間にか身に付けてしまった。

確かにこの世の中は暗黒であり、しかもそれをはっきりと見出し、その中にいながら大自然の勢いの中で自らをもう一つの炎々とした自然として生きるなら、彼にとってはこの世の中が有害でも迷妄でもないことをはっきりと知るのである。

そういう心で『幽筆記』を読んで欲しい。

条理に適《かな》った躰と生命

生命とはどんなもの、たとえ人でも虫でも花でも太陽の様々な炎を、つまり、光や陽火を充分に浴び、そこから躰が出現している。太陽という恒星からの数限りない弱い放射線に当たって、つまり陽火にあぶられて出現した生命またはどんなものでもそれぞれのその陽火の烙印と寿命というものが与えられている。天然は自然そのものであり、陽火の勢いの理に適《かな》い、生命一つ一つの条理となっている。その条理は躰の理であり、基である生命の本相《すがた》なのである。

自然の中に芽生えてきた生命を運んだり止めたりする運動のこと、それは「運命」と呼ばれているが、自分の生命をその出現から滅びに至るまではっきりと今という時間の中で見極めようとしたがるのも人間である。宗教も哲学も占いも文学も、他の様々な分野の芸術も本来人間には不必要なものだ。己の生命をしっかり掴んでいるならば、万事は足るのである。生命の基本とも言うべき精髄《せいずい》は魂や心であり、それを生きている生命の場合は魂といい、つまり言葉で言えるものであり、一旦死ぬとそれは魂と呼ばれ魄《はく》として屍《しかばね》と呼ぶようだ。生きているうちは太陽の微妙な放射線に晒《さら》され、この魂のことをもっと現実的な行動と考え、気とも呼ぶことができ、躰ではなく体とも呼ばれている。実際そのことを気と呼んでいる人も中にはいる。常に生命の全域に広く流れている気はあたかも流れている水のようなものだ。気は体で感じたり気づくことはないものだ。たいていの人にとっては普通、電気や磁気のようには感じられないのが極めて自然なのだ。気を理解するためにはこのことをしっかりと納得しておくべきである。生き物の躰と心の両方共に繋がっていて、一つの流れとなり味となり、離れることのないリズムとなっている。虫が可愛いと思えるのも、人が頼もしいと思えるのも間違いなくこの生命の作用であり、それをしばしば人間は人の世の軽い言葉、「情」でもって誤魔化している。陽火に逆らい恒星から流れてくる数々の放射線の重なりの中で生命が作られる時、その行為から生まれた結果を分限《ぶんげん》と呼んでいる。人間以外の生物にも上下の差はあるとしても明らかに分限《ぶんげん》は備わっている。生命のこの行為、つまり分限《ぶんげん》を忘れているなら、どんな生命でも生きていくことはできないだろう。虫は蛙に呑まれ、蛙は蛇に呑まれ、獣たちは蛇を殺す。そして人間は野菜と同じように極めて自然にそういった獣を料理して食べる。

あらゆる生命は分限の中で生き死に、人間もまた文化とか文明という名の下で、明らかに自分が束縛されている分限を自覚しているのだ。分限からいささかでもずれる時人間は人ではなくなる。分限から逸れ始めると、人は何らかの病で心や身体が苦しんだり極端な場合は言葉を失くし、口を閉ざし、発狂することもある。原発に携《たずさ》わったり宇宙に向かう宇宙飛行士たちも口を利《き》くのを忘れ、宗教家になったり、中には発狂する者もいる。生命を生命として全うするためには極度に高い放射線に触れたり、分限から外れ宇宙に飛んではならない。微弱な光として、また線としての放射線の違いは、生命を適度に温めてくれる火や光と、物を焼き尽くしてしまう烈火との違いとして比較することができるだろう。この違いを明らかな心で見つめようとする時、そこには分限の恐ろしい乱れが生じる。分限が乱れる時、天来《てんらい》の禄《ろく》、つまり天禄がその人の生命からずれ落ちてしまうのである。自然の恵み、天然の豊かさ、または生き方の全域を納得させる天禄がある限り、生命に暗さが生じることはない。人間以外の全ての生命体は、動物であろうと植物であろうと間違いなく分限を弁《わきま》えて生きているのであり、それぞれ大小様々な天禄に与《あずか》っているのである。

人は自分の言葉の中に気の流れを清濁《せいだく》のまま持っている時、常に陽火の中で自分に合う、つまり分限そのものの生命を与えられていることを感謝したいものだ。

甘酒考

私は甘酒が好きだ。生徒たちを連れて修学旅行で関西を回った時、京都の街で飲んだあの甘酒の味はいつも思い出される。赤い毛氈《もうせん》の上に座り、熱い甘酒が出された時、生徒たちは私の周囲でまるで外国を観て歩くようにあたりを見ていた。東北人はやはり東北という独特な北の世界で一つの集団を作り、独特の方言を話し、現代の若い子供たちですら、心のどこかに、また言葉のリズムの中にはっきりと、三年に一度は間違いなく吹くという夏の寒い風、ヤマセの匂いを持っている。

酒粕は当然酒の好きな日本人にとって長い間、南北に伸びる敷島の生活の中でいくらでも生まれてきていた。酒はいくらでも消費され、酒粕もそれと同じように数限りなく様々な形で消費されている。私は酒は一滴も飲まない。私の祖父なども全く飲まない。祖父が幼い日、曾祖母の背中におぶわれてぐずる時、曾祖母は茶碗に注いだ酒を手を後ろに回して飲ませると、たちまち祖父は赤い顔をしてスヤスヤと寝入ったということを聞いたことがある。

私の曾祖母は江戸時代の終わりの頃生まれ、戊辰《ぼしん》戦争（明治初年新政府軍と旧幕府側との戦いの総称）の最中には、二十代の娘だったと私に語ってくれたことがある。かなり長生きして昭和の太平洋戦争が始まる前後に亡くなっているのである。私や祖父や父は全く酒を口にしないのだが、曾祖母はまるで山姥《やまんば》のような、または女仙人のような、女隠者のような威勢のいい年寄りであり、かなり酒も飲んでいたようだ。長い杖を頼りに私が世話になっていた祖父母の家を何度か訪ねてきたことがあるが、やがて曾祖母の家に引き取られ、何度も私は彼女の肩を叩いてあげたことを覚えている。

日本人は酒が好きだ。山幸海幸の喜びの心を表す時、いつでも酒がついてまわった。神を祀《まつ》り仏を敬う時、そうしなければならないような日々の生活が敷島のあちらこちらで常に続いていたので、日本人の心はそのための苛立ちを、また傷を治すためにも酒は必要なようであった。スコットランド人の、また北欧のバイキングの、またイタリアの人たちの飲む洋酒とはどこか違って、日本人のそれにはいつも不思議な悲しみや歌心がついて回った。

このような酒と同じく酒造りの後にできる酒粕もまた、日本人の心の思いを表したり覗《のぞ》いたりするため今日もなお様々に使われている。

魚や肉、野菜や卵など、また大豆製品などが酒粕と合わさる時、不思議な味となり、それは大八洲《おおやしま》の、山と言わず海と言わずあらゆるところに生きている人々の体臭のようになっていくのである。最近の若い者は昔の酒粕作りの味覚とはかけ離れたカレー粉や醤油と混ぜ合わせた、さらには異国の不思議な名前の野菜と合わせて、何品でもお菜を作るようになってきている。主食である米も、このような粕を使用した様々なお菜も何とも不思議だが、「西洋人には見られないあの男女の組み合わせ」のような日本料理の姿を見せている。

甘酒は単なるジュースのような甘さとは違ったものとして誰でも体験している。もちろんオレンジジュースもグレープジュースもあらゆる果物からとれるジュースも私は好きであるが、甘酒だけはこういった果物のジュースとはある距離をおいて理解できる別のもののようだ。海幸の中から現れた塩の味と並べる時、本格的に身体のために大切なものと言える。

私は甘さは現代人のたるみがちな甘い心のように思えるのである。あらゆる種類の果物のジュースがまさにこの種の甘さでしかなく、ココアなどはその最たるものだと思っている。

そんな中で甘酒は、甘さを抑えたどこまでも真剣な味だと私は信じている。そういった意味では酒ではない。酒を飲んで酔うのとは違い、甘酒を飲む時、人は宗教的になり哲学的になり『葉隠』の心のような日本人になれるのである。

神の仕事

生命は全て豊かな水気の中で「大自然の中の天然」という名の勢いに守られながら生まれてくる。人を初め、あらゆる生命体は水気なしには存在し得ない。一見確かにカラカラに乾き、干上がっているように見えるものであっても、生命豊かに存在するものもいない訳ではないが、そういう生命体は間違いなく存在のどこかに水分らしいものを持っているはずだ。

『葉隠』の著者、山本常朝《じょうちょう》は自分の生まれについてこう書いている。

「私は七十歳の老人の子として実にみすぼらしく生まれてきた。本来生命は豊かな水分の中で芽生えるのだが、私は日陰で干されたもののように体は小さく、弱々しく、まともには育たないようなものとして生まれてきた。物心がつくようになってからは、相手のことを考えて、作り笑いをしたり、まともに相手の目を見ることもできないような卑怯な子供だった」

このような常朝だったが、彼が生まれて次の年には亡くなってしまった父のあと、彼の世話をしてくれたのは常朝の父の兄貴の孫に当たる人物で、彼よりも二十歳も年上の親戚の男であった。常朝から見ればこの親代わりの男は家系的に見て彼の甥っ子に当たっていた。

七十歳のヨボヨボの老人は、水気の少ない子供にこれといった大きな自信は持てなかったのか、「成人したらどこかの商人にでも預けてしまおう」とさえ口にしていた。

こんな将来を信じられていなかった常朝はあの『葉隠』という名の武士の生き方の基本とも言うべき書物を残している。葉隠とは本人の誠の言葉が簡単に表には出ず、陰に隠れて大きく育つ意味から作られたものであろう。そこには何ものも恐れない死を前にした覚悟があり、常朝はそれを「死ぬことと見つけたり」と表現しているが、死ぬという覚悟は人々の前に簡単に死ぬことを表す思いではなく、むしろ死ぬことさえ超えてその彼方に行く時、本人の中に生まれる死の向こう側で体験するとか、転化するものを指しているようだ。人を愛するとか忠義を尽くすとか、自分の力量と生命を賭けて何かをする時、死を超えて、つまりこの世の自分を一切捨ててその向こう側の体験の中で行う行動を指して常朝は「死の覚悟」と言っているのかもしれない。とすれば彼の言う死ぬという行為は生きる行為の始まりを指している。ヨボヨボの老人から期待もされずに生まれてきた人間の生き方はどう考えてもたかが知れたものだ。そこから立ち上がってそういった恥ずかしい生を偉大な生に変える態度を『葉隠』は教えている。確かに常朝の父は彼が生まれたことを大いに恥じ、育つにつけ弱々しく見えていく彼に何を期待したらいいか分からなかったことは事実だ。

ある本には男女の交接《まじわり》のことを詳しく書いてあるが、そこで男女は笑ったり叫んだりとにかく一種のお祭り騒ぎとして身体の祭りを楽しむ姿を書いている。また描いてもいる。江戸時代のこういった春画が後になって世界中に伝えられるようにもなった。しかし実際は男女の交わりは神代の昔から房事《まぐわい》と呼ばれ、神々や、伊弉諾尊《いざなぎのみこと》と伊弉冉尊《いざなみのみこと》という男女や天皇たちの夫婦の間ではこう呼ばれていた。そこには嫌らしい言葉の交わし合いやおかしい笑いなどは、春画の男女の表情や腰の動きのようには見えていなかった。男女の交接《まじわり》は生命の極端な動きであり、人においても他の動物においても、虫においても魚においても天然の動きの極地と言わなければならない。そういった時間の中では男女の顔にも、人には分からないが虫たちの翅の微妙な震えには何とも人が恭《うやうや》しい気持ちで向かわねばならない大自然の計り知れない憂いの表情が現れている。交接《まじわり》のことを、また房事《まぐわい》のことを心有る人は「神の仕事」と呼ぶのもそのためだ。動物でも植物でも、つまり樹木でも花でも常に四季の中で神の仕事を自然の様相のまま行っている。天地自然《じねん》や宇宙の天然作用として人はこれを認めなければならない。私は常朝の「死ぬことと見つけたり」という生き方の中心の考えは房事《まぐわい》の中で一切のこの世の笑いを捨てて、真剣な憂いの表情になる人の顔や身体の動きとして、また神様の仕事として、また、カマキリの雄を交接の後食い尽くしてしまう雌の自然の摂理として受け止めたい。

神の仕事とは大自然の見せる輝かしい容貌であり、相であり、昆虫たちの交わりの中で震わせる翅の動きであり、動物たちの唸《うな》り声であり、言葉なき、どこまでも憂いを含んだ顔つきや躰の動きであることを人は認めるほどの利口者にならなければならない。

天地の「理」は現代人間の小理屈の産物としての「理」とは全く違う。全く違うというよりはむしろ正反対のものだ。『葉隠』は侍の生き方を説明しながらその実人の生き方の中に見られる大自然の相をはっきりと教えているのだ。人の生きる時間の中のあらゆるところで精神を集中する時、そこに集約して来る「情」を納得できなければならない。大自然のあらゆる万物は、そのまま天地天然の声を放ち、それを聴く人の心は本当の意味での立法を弁《わきま》えていると言わなければならない。精神は神様が円満に宿っているあらゆる生命の躰でなければならない。そこでは物事がいささかもパニック状態の、またヒステリカルな状態にはならず、気の流れが神気《しんき》となって流れている。

現代人は誰でも、ある意味では七十の年寄りから生まれている水気の足らない何とも恥ずかしさ極まりない子供なのだ。それゆえに肩書きが欲しくなり、金銭を求めるようになり、何事も浅はかな言葉で極端に求めるようになる。葉隠の下にそっと隠して抱く愛情や金や肩書きなどを信じられる人間に我々がなれるのには、これから先どれくらいかかることだろうか。

言葉の液状化

どんなに深い夢よりもなお深層の奥にある覚醒というか目覚めの中で、人は誰でもその一瞬だけは生活者としての哲学時間の中を動く。深い覚醒の中で人は間違いなく動物とは違った誇らしい自覚の行動に入る。生きている時間の中の特別破局的な局面において、その人のどんな悪夢のような言葉も、彼の周囲の空を突き抜けて飛翔する。言葉や思想が特別絡《から》まり合い燃えながら炎となって立ち上る時、そこには得も知れない液状化した思いが広がっていく。人は誰でもこのような場合最も自分をはっきりと自覚するものだ。この自覚は自分に向けられた大きな脅威であると見なければならない。このような考えや言葉の液状化現象の中で、生命が育《はぐく》む言葉の一つ一つは一見とても脆弱《ぜいじゃく》に見えるが、その実最も強固であることを知らなければならない。人の言葉に液状化が起こる時、その心の動きは実に複雑極まりなく、同時に大きな動きに押し上げられ、心はどんな場合よりも上昇していると見なければならない。

言葉は生命と繋がり、生命を生み出している実に微弱で同時に最も適切な生命の養分を大切なところに流している姿であり、それを全身全霊で人は受け止めなければならない。そうするのが原人や猿人から離れてきているあらゆる人の最も正しい方策なのである。

極端に強力過ぎたり激しく燃え上がり過ぎている放射線に悪戯《いたずら》に接近し、それに触れようとする愚かな生命体はたちまち様々な努力によって除染されなければならない運命に陥《おちい》る。

人は文化の言葉から何かとてつもなく大きな玉手箱の中の白い煙のようなものを吐き出したりするところがある。人にとって言葉を生むということは、また紡《つむ》ぐということは、つまり生命を紡《つむ》ぐことであり飛翔させることなのだ。だが人はこのような言葉を使うテクニックを忘れてしまったか、まるで地に堕《お》ちた天使のように、言葉の操《あやつ》り方をどこかに置いてきてしまった。適度な穏やかさで陽炎《かげろう》から放射される数多くのX線のような光の数々の中で生命はその豊かさを与えられる。あまりにも小利口《こりこう》になりすぎた人間はそこから抜け出せないので問題はますます拡大していく。

現代人の言葉は全て一度どこかで大きな身震いをし、砕《くだ》かれ、すなわち一種の震災のようなものをかい潜って来ている。つまり大きな痛みや傷跡を残しながら生命を生み出そうとするところに問題はあるのだ。

人は常に大きな自覚と同時に恐ろしい程の覚悟をしていなければならない。つまり人の自覚と覚悟は全く別の行動であるが、これら二つは、言ってみれば一つのものの裏と表の関係である。どちらをはっきり意識しても、そうすることはその反対側の自分を見つめることであり行うことであり、実行することになってしまう。人は言葉という自分の中から出てくる力の裏と表をいつかははっきりと見なければならず、理解しなければならず、まざまざと見つめなければならない時がある。

人の生命も、正しく自覚と覚悟の重なりの中で納得しなければならない。納得という一面だけで何とか誤魔化してしまおうとする現代人も、覚悟だけで何とか自分を表現しようとする場合でも、それらの行動は全て時間という流れの中で破壊されたり大自然の約束の前で砕《くだ》かれてしまう。

今から思えば人は原人や猿人の頃から陽光の実に微弱な、それでいて何ものにも劣ることのない高貴な生命や光を与えられていて、それは今我々小利口《こりこう》な人間が扱いに困り悩んでいるあの放射線の一種であることに驚いている。この手の付けられない放射能を、生命を作る実に微弱な放射線から作り出して、それに悩まされているのも同じ我々小利口《こりこう》な人間なのである。自覚と覚悟という生命そのものの生き方を試されていることを、今私たちははっきりと知らなければならない。

生命をもたらす放射線を喜びながら人は同時に地上を飛び回り、あたり一面をかき回している生命取りの放射線を恐れ、虫を怖がる子供のように泣き叫び、転んで擦りむいた傷やコブを撫でながら泣いている。

放射能というものの二面性を知り、その一面の魔物と向かい合い、その時は子供の姿をして英雄のように立ち向かわなければならず、そのような勢いある存在こそが全て生命の源である能力そのものなのである。

人は心から出る言語《ことば》から物事を認識する。言葉というリズムはそのまま物事を認知するだけではなく、その人が自分がそのものと関わっていく上での何かを確信するのである。この確信がなければ人は生きていながら、また存在しながら滅びるのである。言語はものの認識または認知という行動を離れる時、言葉が宿主になっている人間は間違いなく生きていながら滅びる。

言葉はやはり裏表の二面性を待っている。物を生かし、生命を天然の中で活かす一面と同時に人を、また人の生命を騙《だま》す一面を備えている。片面だけでは物事は存在しない。熱いものの裏は冷たいのである。言葉という名の力学は常に二面性を持っており、情けの面と狡猾な面をはっきりと備えている。愛したり助けたり尊敬したり感動したりする一面の裏には、狡猾にして詐欺などの行為を納得し、嘘偽りを楽しみにする一面を備えているのだ。真実で真面目な一面の裏には、狡智、偽りの力が働いている。世の中で通っている経済や他の文化の働きもこれら二つの力関係によってどうにでも動くのである。

人の心と言葉は確かに今、液状化しており、この中で人は何か大切なものに目覚めようとはしているのだが、はっきりしている二つの面の間で人は迷っているのである。現代とは、言葉のリズムが完全に離反した時代なのだ。愛の千切れた時代であり、真実の壊れた時代でもあり、同時に生命の光の半ば消滅した災害の後の時代である。世の中は様々な怨霊と人がお互いに知恵を尽くして呪いあう時代なのだ。人間は人間社会の中で言葉という名の生命保険に入っている。徴兵保険というのがこの前の戦争の最中にあって、この保険は二十歳になった自分の息子の行く末のためにと思いながら親たちが入った保険なのだが、敗北した後、息子のためにも国のためにもならなかったのがこの保険である。何を喋《しゃべ》り、書き、哲学し、宗教に道を求めてみたところで、現代人の言葉を安心させてくれる保険などはこれと同じく全くない。

人は退治すべき敵を発見しに走り回ってみても、自分の考えに反対する者を捉《とら》えようとして走り回っても、そういった忙しい行動の中からは何一つ生き甲斐のあるものは生まれてこない。孔子のように、遥か彼方から訪ねてきてくれる親友を探し求めたり、人が信じない新大陸を探し求める道は必ず拓《ひら》ける。

大自然はどこまでも広く、そこには天然の物が数多く存在し、同時に生まれ、消え、実に多様な動き方の中の喜ばしいお祭り騒ぎが繰り返されている。心有る人はこのようなお祭り騒ぎを、あらゆる大小様々なものの存在、すなわち生物多様性を保全するための真面目な行動だと謳っている。確かな開拓の行動だと思う。

考えてみれば大自然の中で出現したあらゆる生物は、基本的に水と生命の素からできており、それ以外のものは全て二次的なものでしかない。言葉でさえ二次的なものの中に入ってしまう。言葉は説明をしても仕方がない。言葉は常に本当の存在である時、ただ書いたり、ただただ認識するだけである。一つのモールス信号でしかない。

心が震え、魂が揺さぶられるような文章を読まなければならない。そういう文章を書きたいものだ。そういった言葉はその人の人生をもう一度スタート点に戻してくれる。リセットされた言葉だけが人の生き方に本格的な革命を興《おこ》すことができる。

世の中には様々な詩人がいる。つまり心の髄で何かを成し遂げている人がいるということだ。フランスの初期の頃の写真家の一人は、あまりにも重いカメラを背中に担《かつ》いで歩いていたので、肩がすっかり曲がってしまったと言われている。イタリアのフレスコ画家は寺院の天井に絵を描き続けていたので、やはり身体の骨がすっかり曲がってしまったと言われている。人間は自分の言葉でも指の先でも背骨でも、自分のしている仕事ゆえにやがて曲がってしまうくらいなのが詩人といえよう。本来人は誰でも骨や身体のどこかが自分の喜びの仕事ゆえに曲がっているはずだ。こういう人の身体の、また心の尊い曲がり方を称して、詩人の生き方というのである。思念という名の言葉と生命の存在はそのまま詩人の生き方を示し、豊かな陽炎《かげろう》の中で何の煩《わずら》いもなく生まれ出るのが本当の詩と言えよう。それはまた大きな奇跡の逆転劇であり、言葉の真実という名のトリックなしの奇術やマジックと呼ぶことができよう。

免

とにかく自分自身の心の言葉に戻ろう。自分のリズムに戻ろう。人は元気に生きるには、まず自分の大切な言葉に接しなければならない。まるで、恋をするように自分の言葉に寄り添わなければならない。自分の言葉を薬にして、他の一切の世の中の薬を手放す時、その人の本来の泳ぎ方ができるのであって、そのように泳ぐ時、その人の人生はどこまでも豊かなものになる。

年をとり、あまり多く続けざまに動いたり働いたりしていると、人の心の目は次第に霞《かす》み、ショボショボと力がなくなり、そこから繋がっている脳や手足の先までがぼんやりと眠くなっていく。人の生き方はその人の心と呼ぶべき言葉のリズムによってどうにでも変わっていくものだ。すっきりとした心、言葉やその先端に繋がっているリズムがしっかりしている時、何一つ生き方の流れには問題がない。

その人のショボショボした歩き方や霞《かす》んではっきりとは見えない目の前の曲がり角、ぼんやりしていてまともには手に取れないチャンスや見ることのできない街角の印などは、その人の生き方に大いに関係してくる。

しかしそれだからといって型にはまったプラスの行動や言葉やリズムや形が必ずしも良い訳ではない。そういったプラスのものから自信をもって離れる時、すなわちあえて自らマイナスの方向に向かうのもその人の生き方の好機となる場合が少なくはない。人間があまりにも遠く離れてしまっているので、戻るのは大変だと思われる原生のサバンナという呼び方をされている言葉の大地がある。大地のように見える文明の巨大な集落、ポリスという名の隠れ場所、すなわちシェルターは一時しのぎのものでしかない。人はとにかく速く自分たちが避難所と思っている場所から撤退しなければならない。本来の自分の故郷へ戻らなければならない！どんなに遠く故郷のサバンナが離れてしまっていてもそこに戻らなければならない。自分の言葉に戻るまで、人の生き方はいささかの安心もできない。

今は精神という〝気〟の流れが多く働く時だ。この働きが強くなってくると、その状態を神気《しんき》の活動と呼べるかもしれない。神気《しんき》とは最後に大きく発揮される気力のことだ。体力的なそれではなく、精神的な勢いのことだ。

心は言葉の中心にある。若者の心は、青春の真っ只中では好きな娘の目の中に生きている。アメリカの金銭の中心はニューヨーク市だろう。商人の中心は金銭だ、人の生き方の中心は言葉だ。

食という素朴な人間の営みは最も重大な哲学だ。富尊、貧賤、寿夭、窮楽は天来《てんらい》のものだ。それをいちいち、人間が動かしたり取り寄せたりするのは不遜な行為と言わなければならない。大自然も天然も人間が動かそうとすることは不遜である。仙人も隠者も痩せ細り寂しい顔をしているものだと考えるのは日本人だが、中国大陸の人々はそれとは逆に堂々と太った仙人や隠者を思い出し、彼らの笑いいっぱいの顔を想像するようだ。必ずしも鶴は痩せていなくともよい。

どんな言葉にもその言葉の上に「免」という漢語を付けると、現代人の我々には実に使い勝手のよい言葉になるようだ。免行、免劫、免汚、免罪、免震などがそれだ。

現代人はほとんど全て、名誉だ、肩書きだ、金銭だといった事柄に押し潰されている。いわゆる様々な傷を持っている。この傷はまるで、無限に振られている振り子のようなものであって、人の言葉はこの社会で振られる時、その役目を果たしているが、それは何とも悲しいことだ。人は言葉からあらゆる種類の業《ごう》や汚を取り去らなければならない。免がここで語られた意味はこのことから解る。

人間の生き方はそのまま思想であり歌なのだ。それがリズムに乗る時、すなわち言葉の流れに乗る時、それはそのまま与えられた命の軌跡なのである。

Fermented soul

人は一瞬その気になった時間の中、自分の言葉の中で目覚めなければならない。つまり覚醒せよということなのだ。パウロはダマスコの門の前で、ある一瞬はっきりと目覚めたのである。人間は誰も自分自身の言葉に目覚める一瞬がなくてはならない。人の身体と心、つまり生命体の全域があらゆる意味においてファーメンテドされた食べ物によって、また言葉によって耕されているなら、その人はまたその人の生命体は明らかに免疫力をもっており、解抗《ゲコウ》（解毒力×抗酸化力）するのに充分な威力を発揮するのである。この世の中はどこを見てもあらゆる意味において何らかの意味の強烈な命取りの光としての放射線に曝《さら》されている。この恐ろしい命取りのリスクに囲まれて現代人はそれから逃れようと試み、あらゆる努力をしても結局は偏《かたよ》った生活をすることを余儀なくされている。そんな偏《かたよ》った生活の中で、人ははっきりと目覚めなければならないのだ。他の動物や虫や魚は、すでに何らかの方法でこうしたあらゆる種類の放射線リスクに対しての免疫力と解抗《ゲコウ》（解毒力×抗酸化力）作用を持っている。動物たちや虫たちや魚たちはすでに何らかの形で、ファーメンテド、すなわち醗酵作用に似た何かを内側に持っていて、彼らの食べ物は全てある種の免疫力を備えているのかもしれない。醗酵作用によって作られるあらゆる物を身に付けていることによって生命体は確かに寿命を全うするだけの可能性を与えられているようだ。醗酵されたアイテムの中で生きていられること自体が実は本当の生命なのかもしれない。

何事も難しいことに振り回されることはない。目の前のことや周囲から迫ってくる何事にも抗《あらが》わず、ただただ神妙に構え、与えられた限定利用の中で時を待つ方が利口である。そういう人には必ずチャンスが訪れる。その人にしか与えられないチャンスがまるでぶつかってくるように訪れる。そのチャンスをわざわざ逃す必要はない。

生き物は全て繁殖が終われば死んでいく。グズグズしていつまでも老いた身を晒《さら》しているような虫などは一匹もいないようだ。どういう訳だか人間だけがいつまでも恥多い時間を過ごしながら、与えられた寿命以上に時間を持て余している。生き物は全て種を蒔《ま》いたら大地にたっぷりと自分の心や身体という水をかけてその場を去るのが良い。

様々な鼎談義《ていだんぎ》を通し、文字を通し、人は生きている自分の時間と広がりの中で宗教問答をし、哲学談義をしている。本当の考えは一切忘れ去られており、そういう人の周りは言葉という雑草が茫々《ぼうぼう》と燃えているだけである。言葉を忘れ、また文字を忘れ、それらのリズムさえ忘れ去られている。炉端は人の生命そのものであり、人の生き方そのものなのだ。茫々《ぼうぼう》と四方八方に広がっている火の勢いはそうであっても実に弱い。万有、天然はそういった言葉に従ってはいない。一方、あらゆる意味で、天然の流れの中で一糸乱れず従っている言葉も存在するのである。実に瑞々《みずみず》しく、いささかの拘《こだわ》りもない。こういった言葉の彼方には、どこまでも乾燥した冬枯れの木の葉や雑草のような言葉も存在する。

生命を確かに生命そのものとして自分の中心に置いている人の生き方は、とても成熟している場合が多い。半熟の生き方はその人の本来の言葉が存在していないことを意味している。本当の生き方の中で活き活きと使われる言葉は熟すだけ熟しており、ちょっとした微風に当たっても地面に落ちてしまう。何とも微妙に熟したこのような生き方を、ある写真家は「ピンボケな作品」と呼び、また、最も高い水準を満たしている作品とも呼んでいる。

人の生命体は全方位的な意味を持っており、それは活き活きとした言葉となって働き、その人の行動力として働いているのである。人の行動はその人の脳だけに関わらず、全身のあらゆる場所に働きかけている核酸として理解されている。その核酸の不足によって、人は全身の調子、すなわちリズムを失っていく。そのことを医師たちは統合失調症と呼んでいる。

人の身体も心もやがては滅びるのだが、かなり前からこの文明社会の様々な条件という問題にぶつかり、心も身体も破滅し始めている場合が多く見られる。金銭などとも関わり、教育とか肩書き、名誉などといった問題や社会から受ける様々な脅しやハラスメントなどによって、早いうちから破滅の道を歩き始めている場合が多い。私が教えた十何歳かの少年は、次から次へと講義する私の勢いの前で、まるで老人のように疲れ果て、鞄から一本の「マムシドリンク」を取り出して飲んでいたことを思い出す。

人は誰でも常に生命の言葉を目指して進む素直な獣でなくてはならない。熱い血に燃え、可能な限り手足を動かし、目的の言葉に接近しようとするあの態度に、素直な獣の生き方を見ることができる。人は自由な頭を持ち、何ものにも縛られずに生きられる極めて素朴な存在でありたい。そういう人の中に流れている時間はどこまでも穏やかで安心できるものだ。現代という流れは、溶け出した炉心のようなものであり、特に現代人の言葉、心の傷というよりそれを超えて溶融した世界であり、そこでは言葉も学問も肩書きも全て一緒くたに融け合ってしまっていて、それらのためには一つとしてこちらから語りかける言葉は存在しない。こんな時間の中で、人の生命を補えるものは何一つない。脳内核酸も総ての重要物質もすでに溶け去っているからである。人の生命を支えているものは、一般的にその人の人格であり、栄養面から言うとタンパク質やビタミン類、ミネラルや多様な食物繊維や炭水化物などと言われているが、同時にもう一つ何十兆もの細胞から成り立っている核酸なども考えなくてはならない。これこそが免疫力や先ほど言った解抗《ゲコウ》力となって、一種の快感回路としてそれぞれに働くのである。人が自分のリズムの中で動き出す言葉や思想を気にする時、また書く時、言葉が本人の心からえぐり出される時、本人の体験する快感は麻薬の比ではないはずだ。心の中の素材とも言うべき言葉は歴史本来の中からも抽出できるはずなのだが、現代の学問に囚えられている歴史の文章からは、そういった力は出てこないようだ。つまり歴史はあらゆる意味で汚れた血に染まっている。これを浄化するにはまず人の言葉の浄化が先である。言葉のロンダリングが先だ。言葉はその人の心の中で作られ流れ始めるが、その後、様々に汚されていく。歴史はそういった意味においては全て汚された時間の流れの結果を示している。人をキラキラ光らせている核酸そのものという無数の細胞の集まりも、その人の肝臓の中で他の物質から合成されたものだと言われている。私たちは肝臓から吐き出される核酸を意味もなく、もちろん感謝の言葉もなく受け止めているが、人の中で作られる核酸の量は本人が必要としている分より遥かに少ないようだとも言われている。だからといって医師たちが、また薬屋という商人たちが、いくら頑張ってみても人に十分な量の核酸を用意できるはずもない。それゆえに人の躰は予定された時間よりも遥かに速く老いぼれていく。しかし人が恐れなければならないのは、心やその人の〝言葉の老い〟である。どんなに良いことを喋《しゃべ》っても人は予定よりはずっと早く老いぼれていくのでこの恥ずかしい事実が明確に外に現れる。

人間はどの一人をとってみても、よく見れば間違いなく愚民に過ぎない。特に老人の匂いの中に愚の匂いがいつも漂っていることを私は知っている。

かけ忘れた鍵

現代人は日々の暮らしの中で様々な場所の鍵をかけ忘れたり、外し忘れている。中でも心の鍵はたいていの人の場合、かけたり外したりできないほどになってはいるが、それ以上に一つ一つの鍵を利用すべき大切な個人的事情を思い出せないでいる。その思い出せないものの最後には、それが言葉であることに納得が行く。自分自身の言葉遣いや感覚の置き方において人間は、完全に不全の状態の中で生きているのだ。

言葉という名の関節は他のどのような重要な関節よりも特別大きな意味を持っている。ほとんどの現代人はこの言葉の関節を生き方の最も大切なところで、その方の医師も心のどこかで治せなくなってきている。言葉という名の関節が元通りに治せないでいる限り、現代人の明日には今日よりも多く期待できるものはない。現代人の好きな流行の物や言葉は、常に人の心を壊している。言葉や思想の促成栽培はほとんど不可能だ。言葉は栽培するのに野菜などとは違い、どんなに季節の中で丹念に作っていっても、人が産むよりは遥かに長い時間がかかる。その季節の長さはとても厳しい時間の長さとして納得しなければならない。人にとって言葉は外れた関節なのだが、その時関わる骨や筋肉の痛みは耐え難いものだ。言葉の関節がその人の心のままに自由に動かせるのには、当然そこに何らかの回復処置が取られなければならない。言葉の自由自在な前後左右上下などの動きの中で心と共に慣らされて行く習慣が、どうしても言葉には必要なのである。

天然そのものとして大自然の中に大自然の働きとして芽生えてきた存在だが、この生命を別の言い方により、「心と躰」として理解し、一つの中心的な習慣運動として続ける時、関節は自然に動くようになる。言葉の全ては思想という名のカルシウムやタンパク質、そしてまた行動の核酸などといった数えきれないほどの単細胞に支えられて行動している。言葉は決して外れることのないように自由自在な動きをし、そのまま増加された精神の骨や肉として増強した形として存在する。

現代人はあまりにも利口過ぎるので、今という時代がとても不安だと誰もが感じている。己の暗い心に深々と刻み付けておきたい言葉がある。一度刻み付けたら決してその言葉を忘れてはならない。生き方の言葉の全てやまた映像、創造されたものは時間が経てばたいてい忘却の彼方に打ち捨てられる。そのたび、新しい言葉が生まれてくる。人は言葉の忘却によって少しずつ前進できるものらしい。しかし何かを発見し、発明する生き方とはこの忘却を捨てるところから始まる。つまり人が言葉を忘れる時、そこから一歩一歩前進できる生命の生活が生まれてくるのである。言葉は一つ一つ点と線の集まりからできている。スーラ（フランスの画家。印象主義の色彩理論をさらに進めて点描主義を開始）の点描の作品こそ、人間が言葉と共に生きる魂のキャンバスの作品と言えよう。言葉は常に途方もなく広く長くどこまでも流れていく。言葉の一つ一つは神隠しの目覚めの中で、その人自身の言葉に変貌する。人それぞれの使う造語はそのまま野の草や化学薬品から生み出されるその人の創薬なのである。どんな人のどれほど力ある文章もその人の創薬でなければ意味を成さない。方法を知っていても、判明していても、それだけでは何の役にも立たない。その人の創薬としての言葉があらゆる言葉を自分のものとして使えるのである。「遊びをせんとや生まれけむ、戯れせんとや生まれけん、遊ぶ子供の声きけば、我が身さえこそ動がるれ」（『梁塵秘抄』）と詠われた時、言葉は人の生き方の中で、はっきりと点と線になり、がっしりとした関節となって歩き出し始めるのである。

マスク（ペルソナ）

マスクを自分の顔から外す時、その人は全く新しい、いわゆる正しい生き方を始めるようだ。そのままマスクを自分の顔につけて、自分の肉体の中に押し込めていくのもまた、自分の中に備わっている生命をはっきり認める一瞬だ。生まれた時の自分や、天然のまま与えられている自分と真正面から見つめ合う時、人は己自身や大自然の中で確かに生きている己に気づくことになる。

今のペルソナ（ラテン語で仮面や人格）を捨てるのもある意味では人の美しい行為であり、より奥深い自分と生きている存在の中に埋め込ませる行為であり、それはそれで別の形で美しい！　それゆえに人生は素晴らしい！　己のペルソナを捨てることも、より確かに自分の生命の中に埋め込み確認するのも、本当の意味での確認行動と言えるかもしれない。

言葉はここ何千年かの中で数知れない人々によって使い古され、クローズ（文の一部分でそれ自体で主語と述語を有するもの）として、またフレーズとして用い尽くされ、料理され、多方面で奏でられてきている。

そういった言葉を前にして、現代人の中のごくわずかな者たちは迷うのである。人は誰でも白紙のような言葉が欲しい。どんな人の心でも、そのままの色で塗《ぬ》りきれるものが欲しい。人は常に完全に使い古された言葉をそのまま心の筆先に付け、白地にはっきりと、赤い絵の具で自分の生きている事実を染め上げることを願っている。人とは、また人の言葉とはそういうものだ。

マスクはまず初めに完全に白地のキャンバスでなければならない。生きている全ての人は、そのままで、生命という名の流れであって、宇宙という気の流れの中に漂っている。人はもう一度自分の顔に、さらには自分の心にどこまでも接近して、つまり心の目でもって英語でパーソンと言われている語彙《ごい》の意味から自我の奥底に押し込められているマスクをもう一度はっきりと観察しなければならない。いずれにしてもその人の生命を生命らしく生かす力をそこに認めなければならない。文明社会のあれやこれやといった細々《こまごま》しい人と生命の関わりの中で、多くのことを認めている現代人であっても、この自分の力を正しく認めることは大半の人たちにとってはできないでいるというのが現状であろう。この力こそ、その言葉通りの革命であり、間違いなく自己達成なのである。肩書き、金銭、名誉などといったものは一切生命の流れという切実なる問題とは関わりがない。関わるのは本人と本人の言葉に結びつく様々な言葉という名のリズムの躍動だけだ。自分の中の、自分に与えられている生命の中のこの明らかな躍動に気づくまで、その人にはかなり多くの歳月が必要だ。文明時間という人生の山道で人はこの躍動する勢いにぶつかるまで大小様々なマイルストーン（距離標識）を越えなければならない。

日本人の四国八十八ヵ所の霊場巡りも、ヨーロッパ人の生命を賭けたアルプス越えも、イスラム人たちのメッカへの旅も、全てこのペルソナの中の生命の確信を求めての行動であると私たちは認めなければならない。生きることは死ぬことであり、死ぬことは生きることである。それは person を捨て、また深く自分の生命の奥深いところにそれを埋めることである。そういった相反する二つの行為は生きることであり、また死ぬことなのだ。そのための行動を人にさせるのは、本人の力というよりはむしろ大自然の動きであり流れそのものなのだ。そのことを人は何事よりもまず最初にはっきり自覚すべきだ。

ただただ、本人の言葉のみ、そこから出るリズムによって人は自らを発見する。

味と匂いのする言葉

確かな味と匂いによってこちらの心に深いものが感じられなければ、言葉は本来の人の言葉とは言えない。様々な虫や草花でさえ、それぞれに大小、また浅く深い言葉を発散しているはずだ。しかし人の言葉はそういったものと同じように考えてはいけない。人の言葉はそれを発散する人の味と匂いを含んでいるシンボジウムでなくてはならないのだ。味のない言葉は生きている意味をいささかも持っていない。匂いのない言葉は言葉であって言葉でなく、虫けらの、また花々の言葉に似て、綺麗ではあるが、芸術作品のそれとなることはあっても、毒々しい人の生命の表現とは成り得ない。匂いのない言葉は情というものが入っていない爬虫類や他の動物たちの言葉によく似ている。意味があり、情が深く入っている言葉とは、言葉や精神の中に閉じ込められている栄養補助食品と見ても差し支えない。朝鮮人参やニンニク、マムシ、スッポンなどの力に似た心の勢いが大きく働くのかもしれない。

あらゆる種類の生命体の中で、人の存在や生き方は特別誇れるものであり、人が踏みつける生き方、すなわち行動文化は他のあらゆる生命のサミットに立てるだけのものを持っている。そのことをはっきりと表しているのが言葉であって、それは猿たちの鳴き声でも森の野獣たちの叫びでもない。もともと人類出現の初期の頃、人も叫び吠えている声の中にどこか歌に似たものを表していたに違いない。今でさえ、言葉には明らかにはっきりと歌のリズムが備わっていることを私たちは知っている。人の生き方の中心に流れている文化という名の線はそのまま言葉というリズムの中で、はっきり表現されている。

あらゆるものは天然の流れの中でそれぞれ線となってどこまでも続いていく。言葉もまた徐々に人が人としての生き方を他の生き物と区別していく時、その生き抜く強さを言葉の中に見い出し、同時に人から遥か離れてしまっている。しかし人は他の動植物に学ぶこともあるのだ。学ばなくてはならないことをはっきり知る時、その人はいわゆる詩人であり、芸術家であり、宗教人であり、哲学的な生き方のできる人物と見られるのである。

この複雑な圧縮された世の中から生まれてきたのが人間という生命体であるが、その中でも一層圧縮されたところから出現したのが、いわゆる天才と言われる人たちなのかもしれない。文明社会という生きづらい時間の中で、寒山拾得も他の名僧たちも同じく天才であり、仏の生まれ変わりとして見ることができるかもしれない。

たいていの人は人の心の奥には恐ろしい闇が広がっていると納得することができる。この行為こそ本当の言葉の光の照射の中で見ることになるのだ。人は文化の総ての形として言葉を心で掴《つか》みながらここまで来ている。言葉は味や匂いとして確かに人を動かし深く感じさせ、情を豊かにさせるが、同時に超絶な難所にも人を追いやる。言葉が有るからといってどの人間も常に安心して生きられる訳ではない。日々の自由自在な生き方の中で常にあれこれ様々な困難にぶつかり、危険に遭い、恐ろしい敵に追われ、生存を脅《おびや》かすような天災にもぶつかる。そのたびに人は自分の置かれている土地の津々浦々に逃れて行くのだが、この人たちには他の動物たちにはそうは見られない大きな悲しみが与えられるのである。例えばフィンランドの奥地に住む旅鼠なども四年に一度は彼らの数が増し、淘汰のために老いたものから断崖から身を投げて自殺することもあるという物語も創られていくが、実際にはその物語のようなものではないかもしれない。しかし人は大自然の変動の中で確かに悲しくそういった場所を離れていく。

遠い昔、ある人たちは、遊行聖として、また踊聖、はたまた獣や小鳥たちと遊び戯《たわむ》れる聖人として、俗世から姿を消している。剣聖もまた同じようにその晩年には山の奥に姿を消した。巷《ちまた》にいるのは肩書きの欲しい剣豪だけだ。

何事も人が生きるには中味のしっかりした味と匂いの豊かな言葉を持つことが、その人をその人らしく生かすのである。確かにニンニクやスッポンが補助食品であるように、その人の言葉の味と匂いはその人とその周りの人たちを大いに力づけるものになる。

情けというリズム

女性が本格的な生き方を取り戻し、自分の生命全体をがっしりとした台に載せると、あらゆる物事は的確に駆動し始める。女性が子供を産む時この事実がはっきりと分かる。まさに「始」という漢字は女が台に乗ることから始まる。

要するに人間は己に与えられている生命の確かな台に生命の重み全体をかける時、物事は間違いなく進行するのである。生命こそ天然から授かった力であり、言葉こそ生命の力そのものなのである。

人はあまりにも束縛され続けている。人以外のあらゆる生き物たちの生命は、その九十九・九パーセントまで何ものにも縛られず、自由自在に与えられているそれぞれの寿命の中を自由に動き回っている。人はそういう訳にはいかない。実に長い人生を与えられているにも関わらず、人それぞれが使える時間は違っていて、その長い短いの違いは、人の個性として私たちの歴史時間のページの中に残されている。人はこのように縛られているが、それは人に言葉が与えられていることに原因する。言葉が与えられそれによって生きている人生時間は、あらゆる意味において多くの事件を生み出し、そういった思い出の連続の中で自分がどれほど縛られているかを実感する。

自分自身の言葉を持っていながら、人は自分自身の言葉の不足に気づく。言葉の不足は手足が失われている以上に大きな不足を人生の中に感じるのである。人の言葉とは、言ってみればその人の目だ。身体のどの部分よりも遥かに大切な部分として言葉は存在する。言葉はその人の心であり心臓なのだ。言葉は人生を共有するとてつもなく大きな意味を持っており、生きる時間に溢れてくる味覚そのものである。どんなに経済的に豊かであっても、良い友がいても、良い書物があり、それを読むだけの目が存在するとしても、人はそれだけでは満足できないのである。共有できる自分自身の言葉があって初めてその人の生命は満足できるのである。

人の生き方はどんな形であっても、それを一言で言うなら文章作用そのものとして説明できるかもしれない。人の行動が他の人にある種の影響を与える時、そのことを「分かりやすくきめ細かい明らかな文章」として存在しなければならない。反面、分かりやすくきめ細かい明らかな文章をそのまま受け止めてはいけないのかもしれない。それは人の中でその人の生き方の暑さ寒さによって大きく変化することも事実だ。そしてそれゆえに解りやすくきめ細かい言葉とはこの場合「情」という人の生命の中のフィルターを通して理解しなければならないようだ。このフィルターを通した水分の多く含まれた言葉こそ、高められた情感を含んだ言葉と言わなければならない。

人は豊かな心で生きる時、多くの涙を流すことがある。同じく人の言葉も多くの水分を含んでいる時、味があり相手の心に、また己の心に響く深いものを実感できるのである。言葉はどこまでも人を他の生き物と区別して特別な生命体として高みに押し上げているのである。

機械現象

何事も、こちらの気持ちに関係なく極めて自然に捨てられ、また離れていく。物事は全て良いもの、楽しいもの、願い通りのものであるとは限らない。こちらの思いとは違い、短かったりどこかが欠けていたり、さらには歪《ゆが》んでいたりするものがほとんどである。長い人生経験を通し、人は気に添わないものであってもそれを捨てる気にはならないぐらい存在者としての何かがどこか重々しくなり、吹けば飛ぶような軽さは消えている。もっともそうでなければ嵐の多いこの世の中に重心をおいて生きて行くことはできないはずだ。ほんの小さな虫ですら、与えられた寿命を全うしているではないか。欠けていても歪《いびつ》であってもそれによって品格が現れ、ほとんどのものは十分存在するだけの飾り甲斐があるものになっていく。

存在する万物もそれを見ている存在も、確かなプラス思考の一粒があるならば、万事は変な方向に流されることなく存在できるのである。金銭でもなく、肩書きでもなく、深い知識でもなく、ただ確かでささやかな単純な心でプラス思考があるならば、目の前に何がないとしてもいささかの心配もいらない。「待てば海路の日和あり」と昔の人はよくも言ったものだ。このことを己の中の習慣として身に付けていくなら、それはもう一つのその人の言葉のシンドローム（症候群）として大きく働くのである。人の心はそのままシンドロームである。鍛えれば鍛えるほど確かなものになっていくものではないかもしれないが、どんなに欠けていても歪《ゆが》んでいてもその存在の中心である心は当てもない方向に押し流されることはない。そういったシンドロームは、様々な種類の「道《どう》」とは違って力いっぱい鍛える必要はないのである。確かに鍛えれば鍛えるほど腕は上がってゆき、どこまでも精妙な達人になることはできる。しかし素朴な人間として自分らしく生きていこうとするためには鍛え抜いた存在にならなくとも良い。その代わり、己の中に働いているそのシンドロームがどこまでも整えられたものでなくてはいけない。欠けていても整えられていればよい。素朴さも常に整っているならそこにそれなりの大きな力が働きかける。

　ところで奇跡というものを自分の中の自然な生活の中に見ることがある。確かに不思議なことが人の周りには近寄ってくる。私たちはそれをそのままにせず、あえてそれに接近し、その不思議を拡大して見つめる時、奇跡や不思議なものではないこと、それが常日頃の行動の中の一つであることに気づく。人は常に不安がっていたり、マイナス思考で生きているならば、それは一種の冷え固まった機械現象というべきである。凍えているものも、冷えたものも、それらはうまく流れない血液であり、川の流れなのだ。人はこの状態から離れなければならない。確かに言葉はあらゆるものの温度を高くする。その温度がさらに上がると発火する。山の噴火などは、この現象の極地に達したものかもしれない。人はあらゆる生命の存在をなんだろうと考え、それを生かしてくれている時間というものや、生命の存在は何を意味しているのだろうかと訝《いぶか》るのである。そしてそれらにより近く接していくのだが、その奇跡はいつになっても日常の物事としては見えてはこない。等身大のものに置き換えてみても、それは日常の当たり前のものとしては理解できないであろう。これらは決して奇跡ではないが、それだからと言ってスピリチュアルなものとして理解しようとしてはならない。

　言葉は大切なものだ。こういったことに関しても成果を発揮するのは言葉だけである。己を鍛えるのではなく、日々己の心を整える生き方をしたいものだ。

天然の中の律

　人生とは何であろう。人生を人生たらしめているものは、どんなものであろう。人の生き方の中でどんな喜びも悲しみも人の思いの中の悦楽であり、同時にその前後には間違いなく求道《ぐどう》が広がっている。物事には何事も初めがあり、その後には成熟したものが広がっていく。何事も初めは幼くやがてその限界に達する頃疲れ果て老化し、次の成熟へと繋がっていく。この繋がりの中で人は人生の短さを体験しながら実によくその旨《うま》みを味わっている。人間は動物としてではなく、その最も基本である生命力の働きや流れの中であの植物が持っている大きな力を発揮して、結局はその最も短い動物としての一生を全うする。

これで解るように人は植物のように動くことなく、動物の不完全な動きの中で常に己という存在の瞬時も休むことのない動きの中で、花のように十分な成熟を遂げていく。

大自然の天然の色合いとしてのリズムを、人は律と呼ぶことができるかもしれない。古代中国の文明社会で人々は律という言葉に馴染み、この言葉に従って生きようとし、それによって他の動物たちから、特に人に近い猿たちからできるだけ離れようとした。このような律とは、大自然の中の極めて自然な順序であり、並びである。

何事にも並び方があり、順序がある。そしてこの順序ないしはメロディのことを人は律と呼んだのである。

人は何事をするにも、必ずその時代時代の事情の中に身を置かねばならない。自然そのものとしての並び、並ばせ方、さらには並ぶ順序について、あたかもドレミファの並び方のようなものが天然の中に生まれ、最も原始的な、または基本的な律はこのような自然な存在の中に見い出さなければならないのかもしれない。

あらゆる活力の基、生命の基本には何らかの律が必要のようだ。心が大切なら心に「ノ」を付けた「必」は基本の中の基本であって、律は「必然」を、または偶然に対する必然を表している。

ビッグバンの始まりからあらゆる存在の並びの順序、または律はどんな高度な顕微鏡で覗《のぞ》いてみても、そこにはいささかも恐れるものはなく、不安がることもなく、常に高山のサミットのように堂々と立っている。万有は常に天然のままであり、そこに見られる律の流れは何一つ怖れるものを持たない。

あらゆる生命体は律によって並んでいるので、何一つ怖れるものも心配するものもないはずだ。万事はそのようにあり、流れるだけであり、その有様を人はただそのまま認める時、そこに「気」があるだけなのだ。

人は改めて心でものを考えたり、この世の順序としての律を作る必要もない。平安時代の律令はあまりにも人間臭く、人間の上下関係の汚れの中で黄ばんでおり、汚すぎる。ここで言う律は何一つ汚れておらず、洋々と流れている川の勢いに似て、怖れるものはない。律とは基本的にこのようなものであったはずだ。水道の水ではなく、生き物の手の触れない流れそのものであったのではなかろうか。

情と律

人は何も知らずに生まれてきて、自分に与えられた人生時間を本来どう生きたら良いか分かっていない訳である。生まれてきた己そのものは、何一つ人生の旅路の方法を分かって生まれてきた訳ではない。自然は常に自然そのものであり、人の生命の中に溢れ流れているものは本質的には天然そのものでしかない。そこには情とか、ましてや律というものが存在する訳ではない。極めて自然にその人が出現し、生命と共に存在することが理解できるには正しくこの「情と律」のリズムにかかっている。

人は自分の生命を知り、それによって頭を、手足を、体のあらゆる部分を動かし始める時、いわゆる赤ん坊から老人に向かう、その人にとってただ一筋の人生という名の旅に立つことになる。人の周囲や生命の周りは様々に言葉が渦巻いている。その中で最も遠くにあるものはgodやThe Godであり、さらにはアッラー（イスラム教徒の信仰する全知全能にして唯一の神）やエホバ（ヤハウェ。イスラエル人が崇拝した神。万物の創造主で宇宙の統治者）であり、神や仏などといった万有の創造者などである。近く遠く、小声で大声で、これらは人にというよりは万有の中の総ての生命体に何らかの形で働きかけている。

ところが人はこういった天然の大小の響きには特に敏感らしい。あらゆる意味での神や仏という名の八百万《やおよろず》の働きの中で、慈悲とか愛情とか怒りとか悲しみといった感情は、大雑把《おおざっぱ》にあたりに広がっている神仏と言えるかもしれない。これは天然そのものの、自然の力という動きそのものであり、西洋人はこれをダイナミズムと呼び、その存在を大きなものとして認めている。大自然から生まれた、または芽生えた生命体は単細胞からそれの集まりである人に至るまで、その大小や形やダイナミズムの作用は別として、いわゆる生命体の出現という一点において何一つ変わることはない。

全知全能ということを私たちは口にするが、この四文字の正確な使い方は文明人間によって必ずしも正しく使われている訳ではない。全知をそのまま受け止めるとそこには情は生きられず、全能から大きく外れていないと、律を律として保っていくことはできない。天然は生命知や目でもって見ることのできるものではなく、生命の機能で計られる情や律ではない。

生命はあらゆる天然の中の律によって大小に計られ、語られ、感じられ、結局は様々な大小の生命体の中で必要に応じて利用されている。虫の生き方の中で生命体はそれに相応《ふさわ》しい小さな情を感じ、それなりの律を守りながら生きる時、与えられた彼らの人生は全うできるに違いない。人もまた人に相応《ふさわ》しい生命作用が与えられていて、しかもそれぞれの人格によってその生命の重さも長さもリズムの形も微妙に異なっている。これを人は個性と呼んでおり、そういう人の生き方の広さを社会と呼んでもいる。

生命現象としての人の生命の中に常に湧き起こっている大きなダイナミズムを私たちは日々実感し、それを情とか律の形の中で実に巧く処理している。

神も仏も、その傍《かたわ》らに立つ生命もそしてそれを傍観する人の生命現象も、全て一つの万有、または現象と呼びたい。

芽生える生命体

良い言葉がごく自然に話される一瞬一瞬の時間の中で、生きるということはそれ自体最も自然な生命の働きであり、流れなのである。人という生命の中から溢れるものは様々あっても、ごく自然に生まれてくる言葉こそが自然なのである。この場合、自然とはそのまま留まっていたり、努力して動かしたりするものではなく、むしろ酵素の働きに似ていて、自然に醗酵しているようだ。このような醗酵している己自身とそこから噴き出す言葉を持ち、周りのまるで霞のような醗酵物質を受け止め、自分の中に取り込んでいるのがいわゆる隠者とか仙人という名で呼ばれているごくわずかな人たちであろう。

その昔、泣き預言者とも言われていたエレミヤ（古代イスラエルの大預言者）という人物は、大自然の中の声とも言うべき神によってある啓示を受けた。その中には当時のユダヤ人の罪深さを糾弾して止まない言葉が記されていた。おそらく現代文明社会を見てある人々は、彼らを糾弾して止まない神々を心の中に想像したり、作ったり、出現することを願ったりするかもしれない。エレミヤが神から受けた言葉を伝えるとユダヤの王は怒り、書かれていた神の言葉を焼き捨てた。

ここで、はっきり分かることがある。王のこの態度に神は怒り、さらに厳しい言葉を地上に送った。

神と王はここで、同じレベルに立った。両者はそれぞれの言い分を主張し合い怒り合い始めたのである。人々が争ったり、民族同士が戦ったり、それぞれの集団が憎み合ったりするのと全く変わりがない。

残念ながらこの場合のユダヤの神には天然の流れが無いことが分かる。仏でもイスラエルの神でも全く同じで、人のレベルに、また人間社会の流れに堕《お》ちた弱々しい心有る人が崇《あが》めることができない高貴なるもの、また言葉通りの偽りのないヒーローの名に値する存在をここに見ることはできない。文明社会が長い時間を経て作り出してきた神々も仏も、こうして見るとそれと関わってきた人々のレベルにまで堕《お》ちた、いわゆる神々の堕落を意味しているようだ。聖書もそういう意味では長い歴史時間の中で人という生命体を必ずしも正しく解釈してはいない。

神は死んだと言ったのは、牧師を父に持ち、自らも一度は教会に属していたニーチェであった。火を仰ぐという素朴な心のゾロアスター（前六世紀ペルシャの預言者）などの言葉に心打たれたニーチェを思えば、この辺の事情について大いに理解できるものがある。

パン（存在の全体）として万有の中に広がっていたスペルニヤ（生命の素）はあちこちで生命を芽吹かせたことは大いに想像がつく。確かに様々な惑星に生命の素が飛び散り、私たちが宇宙人と考えるようなものがいたとしても当然のような気がするし、人が神の存在を自分の中に作ることよりは自然のような気がする（悟りというものを人が文明の中での溺《おぼ》れでない世界だと認めることよりは、あらゆる生命体そのものが出現する惑星を考える方がずっと容易《たやす》い）。

悲しいことに地球上の現代人は真面目に悟ることを求めながらも確信による天然の繋がりではなく、自己破壊による求め方に陥《おちい》るのはどうしてであろう。生きることよりは死ぬことを望む人の悲しさを前にして、私たちは大きく死神から生きる神に戻る流れからは手を離したくない。

ユダヤの神も、仏も、ユダヤ人も、私たちは捨てなければならない。全体的に生まれ出る様々な生命体をしっかり見つめていたいものだ。

感と価値

言葉を使う人の姿勢は、その人の心のリズムとなっている生命を吹き返し、正常なものに整えている。こんな状態で目覚めている人の言葉はそのまま人の生き方の中の溢れている地熱エネルギーそのものなのだ。

哲学心と宗教感は対立し、この二つは一見一つに纏《まと》まっているように見える。だがよく考えてみれば、それは大きな間違いなのだ。哲学には、集団や階級といったものと、そういったものを一切作らない清らかさが見られるのが、宗教には、伽藍《がらん》や、法王、大僧正などといった名称が付けられているように、肩書きや勲章が数多く用意されている。その組織内容が文明社会そのものの内容のように、また生命体の内臓に似て雑多極まりなく、臭く、汚れている。哲学と宗教は内面的にも外面的にも似ていて全く非なるものである。一切の爽やかな言葉が流れている哲学に対し、言葉のぶつけ合いの合戦の場が宗教だと言えよう。

それに対して芸術と商業などの活動も、哲学と宗教の関わりと同じく一見似て非なるものなのである。書物も絵画も彫刻も、言葉と金銭の使い方に似ているが、よくよく見ると、実は全く異質なものを認めなければいけない。芸術作品はたとえ売るものであっても、芸術そのものは売るものではない。商人は売ることに心を使い、徹底的にそのための行動に邁進する。芸術も言葉も一見同種類のように見える。金銭を投資するのは商人の大切な行動であり、芸術家には全くそれと違った魂の投資ということが考えられる。芸術は売るものではなく、商人は売ることに徹底する。芸術行動も言葉の表現も一見物事の投資であり、金銭で語られる場合が言葉の勢いの中でリズムになる場合と、芸術の場合、精神活動の行動に分けられる。芸術も言葉も一見、物事の投資であることには全く違いはない。金銭で表現されれば、人々はその値段の意味が分かり、納得する。そればかりか、驚き、感動しその芸術作品に目を見張る。しかし、ラスコーなどの壁画を観る人の心の中には別の種類の驚きが生まれて来るのである。文明社会の流れの中で、芸術の力がどれほど強い時期でも、それを取り囲んでいる社会性という名の力は汚れており、疲れ果てていることに人は気づいているのである。商人は心からものの値打ちを求め、芸術家は人の心の情念の高まりに感動する。

今の世界に生きる人間の心に訴えているものは、商人が誇る金銭の値打ちであるが、一方において、誰にも知られず、長い年月の間に、残されていた情念の塊《かたまり》としての作品の見せる思いとの間には、大きな差がある。現代人の目で見たり、判断する時、目の前に出された両者のものは金銭のメートル法の使い方いかんによってその考え方は大きく変化する。良い芸術作品も、考え方一つで行動の上下の変化と見られて扱われ、単に商人たちの世界では別の価値として扱われることになる。芸術全面、現代人の生き方の流れの全域において一つの物事に対する考えは全く変わっていく。言葉のことは一口に詩と呼ばれているが、人の情念の光の中で書かれ、歌われ、涙された現代人の生きている全時間の中ではその詩語も、つまりポーエトリーがほとんど出る幕がなくなる。人の価値は肩書きとか、金銭で決められるのがこの社会である。モハメッドもキリストも釈迦も、彼らの直接の弟子たちを除けば、人々は肩書きや金銭によって判断されたはずだ。言葉が常に流れ、単なるリズムから離れ、気の流れの中で泳いでいる時、人は一切金銭や肩書きなどに関わることなく、情念の中だけで、物事の判断が可能になる。

哲学心と宗教感、芸術心と商人の金銭的判断は人の情念の流れの中で共生し、そこからしか本当の生命の発芽はないのである。

生命の放浪記

人間の歴史は徐々に発達していくが、それは産業の発達であり工業の発達であり、多くの方向に散らばっていく言葉の流れとして捉《とら》えることが必要だ。大自然の中の天然の要素はそのまま私たちにとって単純に「人間化」の進歩と見ているようだ。要するに人の生命は他のどのような生物や植物とも変わりなく流れ、前進している。この状態を様々な醗酵作用とも見ることができる。生物が口にする醗酵したものは食品であるのに対して、人の精神や心は言葉という醗酵作用を持ち、その力の前では独特な勢いは止まることを知らない。人が素朴な心で生き方という醗酵作用を哲学化し、また宗教化し、すなわち人の生き方の中で神や仏を考える時、その時には一刻であろうとも生きる時間の穏やかさやある種の余裕を感じる。この穏やかさが無い文明の中で人は落ち着いて息を吸うことができず、私たちはそういう状態を傲慢な人の態度や愚かな生き方として見てしまう。全く神を信ぜず仏を顧みない、いわゆる無神論者のような態度をとっていても、結局は純粋に無神論哲学に留まっているはずはないのだ。無神論者のような態度の中で人は極度に緊張し、生き方全体の中にとぐろを巻くマイナスのスパイラル現象を起こし、それが本人の肉体や頭の中にパニック、つまり恐怖心をもたらすのである。行動力やはっきりと決心した態度がどこかで切れてしまうのである。現代の文明人の生き方は結局人を自己否定に導いてはいない。つまり文明人は心の便秘で悩み、脳内出血で苦しんでいるといっても差し支えない。要するに人の身体は間違いなく天然の流れの中で巧く作られていて、それを生命現象と言っているのだが、ある程度文明化され分化されて今日のように広がっていくと、それはもはや生命の放蕩《ほうとう》と呼ばなければならないだろう。海の生物や人以外のほとんどあらゆる陸上の生命体、すなわち動物でも他の昆虫でも植物でもそれらは与えられた生命を放蕩《ほうとう》させてはいない。どんな虫でも、蝶でもカブトムシでも芋虫でも、咲く花の全ても咲く時期を間違えることなく咲いており、そこにはいささかの放蕩《ほうとう》する気配も見えない。

与えられた天然の生命を持ちながら、常に人の流れは文明化し、分化している事実を日々、一瞬一瞬見守っている人は、人という名の生命体が常に放蕩している事実を見守っていなければならない。生命の放蕩は何ものにもまして天然に対する大いなる侮辱なのである。と言ってもこれだけ長い間放蕩の限りを尽くしてきた人類にとって、今さら虫のように花のように海の生き物のようにこの放蕩を忘れて素直に与えられた生命そのままに何一つ付け加えることなく生きることなど、今後の人生にも不可能である。放蕩の限りを尽くす中でルネッサンスという文化の名の下にヤクザ気取りの人の生命はそれに相応《ふさわ》しい立場の災害を受けながら今後どこまでも生きて行くに違いない。

人という名の生命体の未来の時間は、どう考えてみても預言者泣かせの、実に悲しい言葉で綴《つづ》っていかなければならないようだ。

赫々《かくかく》と赤く丸く

寒い朝に昇ってくる太陽は、どこまでも赤く燃える美しさを見せている。雲一つない寒い空の中に沈んでいく太陽は清冽な風に吹かれながら赤々と輝いている、これらは間違いなく日の丸の原型だ！　日本人の大和心や撫子の性格の確かな表現なのだ。敷島の大和心の正確な輪郭そのものだ。日本の旗は、何かを真似してデザイン化された旗ではない。東海の水平線に昇り、西海の波間に沈んでいく太陽は清冽な敷島の心をそのままはっきりと表している。人生を旅する日本人の心を写し取っている赤々と燃える赤こそが、千代に八千代に生きる山桜の命の歌そのものだ。日の丸は冒険の心のはっきりした表現そのものだ。そこに住む日本人の喜びや悲しみの表現としてのリズムなのだ。米作の大地で、貝塚の周りで静かに暮らしていた、かつての日本人は一体どこに行ってしまったのだろう？　米の心を忘れ、貝の味わいを忘れ、日本人は外国人に近くなりすぎ、着物の着方を忘れ角帯の固さを楽しむ心を忘れ、結局は日の丸の赤い心をほとんど今日では忘れてしまっている。日の丸よりも金銭だ！　日の丸の染まった愛情よりは権力であり、肩書きなのだ！　易《やさ》しい単純さで生きるよりは権力で縛りつけられている縄目の方が、自分に合っているという人々でこの世の中は埋まっている。

日本人のあの赤い愛はどこに行ってしまったのだ？　友と離れて旅に出る時、また旅から久しぶりにつつがなく戻って来た時、日本人は誰も彼も大粒の涙を流したものだが、その涙も今ではどこで見られるのか？

いつもいつもどんな生き方をしていても忘れることのない赤々と燃えている日の丸は、オリンピック会場の万国旗のどの一つでもない。日本人の心にある敷島の思いに常に赤々と燃えている旗が日の丸なのだ。

日の丸は、海幸山幸の心と身体を引き締めている大きな原動力となっている大和の心の中心的なリズムそのものであり、常に生命の力を発揮している。日の丸は愛情がデザイン化されたものだ。白地に赤く、日の丸染めて、ああ美しや、日本の旗は！　山桜の下で生きている日本人という生命体は、やはり大自然の直系の赤児なのだ。かつては赤子と間違って考えられていたが、それさえ赤児に置き換えるなら、人はより正しく日本人を理解することができる。

やはり敷島の心は間違いなく白地に赤く赫々《かくかく》と常に燃えているのである。

袴姿

私が八十歳になって一ヶ月も過ぎたら、二〇十二年の新年がやってきた。現代人全てが生まれてから一度として体験したことがなかったような大地震や大津波、それ以上に恐怖を与えた原発の事故が人々の未来に大きな不安を与えた。人の中には物事を全て楽観的に考え、明日がどんなになっても大自然の流れの中で穏やかに生きていこうと考える者もない訳ではないが、それにしても文明の中で生まれてきた人という名の生命であれば、二〇十一年の災害は、これまでにないショックとなって人の心に奥深く沈みこんでいったことは間違いない事実である。物の有る無し、金の流れの行く末、人の努力の形など全てをどう考えても、そこには深い心の闇の中に消しても消せない重いものが沈んでいった。宗教的にまた哲学的に物事を深く考える人ならば、常の世の中であらゆる生命の周りの天然の有様を不可思議なもの、痛み多いもの、どうしようもなく襲いかかってくる重みとして、これといった確かなリズムを持たない意味のない感覚として受け止め、それをニヒリズムとして納得する。芥川龍之介も華厳《けごん》の滝に身を投じた男も、彼らの時代の空気の中に大きな恐れを感じた時、自分の心を単にニヒリズムの震えのまま留めておくことができず、自分の生命を絶つことによってその生命の痛みを解決した。

二〇十一年の春先の未曾有《みぞう》の大災害は多くの人々を驚かせ震え上がらせたことも事実だが、そのことが本来の人の心の中にニヒリズムの流れを作ったとは言えない。確かにかなり多くの人々が海の中に、土砂の下敷きになっていたことは事実だが、そういった悪のリズムから離れて身を全うしたにも関わらず、あえて自死した人もけっこういた。彼らは家を失くしたことや自分たちの持っている土地の明日を考え、それと繋がっていかなければならない家族や子供たちの未来を考えながら絶望して果てていったのではあるが、心のまた言葉や生命のリズムの消えていく自分を考えながらニヒルな深い感覚の中で太宰のように死んでいった者は、ほとんど見られない。

これらのこと全てを考える時、本当に生きている自分の意味を深々と考え、その生きていることの痛みゆえに言葉の奈落に身を投じるほどに虚無的になれる人は、この私をも含めて今の世にはほとんどいない。

このような人の世の痛み多かった一年が過ぎ、二〇一二年という年が訪れた。私たち夫婦が世話になっている次男の家がある岐阜の美濃地方は穏やかで東北のような厳しい冬もなく、眼下を流れる木曽川もどこまでも穏やかである。大晦日から新年に移っていく時間の中で私たちはそのような時間の流れの一切を忘れて寝ていた。もちろん町の寺の梵鐘が泣きながら知らせていた百八つの除夜の鐘の一つさえ、私たちは聴いてはいなかった。新年の朝、かなり遅く目を覚ましたが、昨年とは何一つ変わりのない冬の美濃の朝が、竹藪の緑と雲間からわずかに明るく射している日の光と共に、私たちを目覚めさせてくれた。窓の外に見る彼方の犬山城も何一つ変わるところなく、全ては天然の霞の中で、さほどはっきりもしない目覚めを見せているだけだ。

昨年から、ここしばらくは着ていない着物を出しては身に付けて、近所の老人たちが手作りした四畳半ほどの東屋《あずまや》で、語り合うチャンスがあった。彼らが丹精込めて作った囲炉裏《いろり》や、そこに吊るされた古風な自在鉤と吊るされた煤《すす》だらけの大きな茶釜、そしてその下にはがっちりと太い薪が四本も五本もくべられて、その焚《た》き火の勢いはどう見ても囲炉裏《いろり》の火の燃え方を超えて強いものがあった。私をも含め、三、四人の老人たちの顔や手足の先が赤くなるほどであった。酒による赤さとは違って、燻《いぶ》し臭いお茶やお茶菓子を口にしながら一人ひとりの口からポツリポツリと出る話し合いは取り留めもなく、そこに来ていない老人たちや彼らの家族の噂などだが、それでも時として竹林の中の七賢人の口から出る言葉を越えるようなものが一言二言出てくる。すると老人たちは一斉に囲炉裏《いろり》の薪をより燃えやすく動かしながら、口を利《き》かず呼吸さえ一瞬止めてしまう。私たち老人はそういった竹林から聞こえてくる言葉が分かるのか分からぬのかとにかくお茶に口が向かい、饅頭などに手が伸びる。

　不思議に燃え盛る鉄瓶の下の火の勢いは、同時に多くの煙を出す。普通煙は目にしみ、呼吸さえできぬものなのだが、老人たちは誰一人襲ってくる煙の勢いの中で、顔一つ背けず、瞬き一つすることなく、まるで彫刻された仏像のように一口二口言葉を吐き出すのである。何とも不思議なことだ。炉端の周りには老人たちが車座に座り、その間には常に煙が立ちこめ、薪が燃える炎は人間の生活の中に留まることなく流れている言葉のように、一瞬たりとも止まることはない。この東屋《あずまや》を造った老人たちの器用さは見事という他はないが、そうであっても角々や柱一本一本、屋根の曲がり具合などを近づいてよく眺めてみると、やはりそこには素人の技としてみなければならない数多くの欠点がある。大木を倒し、製材して鉋《かんな》をかけ、全体的に北から南の方に傾いている土地を考え、人の座り良さを頭においてベンチの高さなど丹念に調節してあるのだが、囲炉裏の反対側からそれを見つめる時、やはり幾分なりとも曲がっているのがよく分かり、そこには明らかに老人たちの腕や彼らが用意して持っている鉋《かんな》やノミや鋸《のこぎり》などのことを考えても、やはり素人の技であって、決して大工の仕事や匠の技の勢いはそこには見られないのである。

　しかも四方に屋根を支えている柱がしっかりと並んで入っているのだが、その間には壁や板は全くない。四本の柱を除けば全て東屋《あずまや》の周囲はがらんどうであって、常に東西南北から、また周りの森の中から吹き込んでくる風が自由に通れるところとなっている。老人たちは幸いにも耳が遠くしかも長老と呼ばれている東屋の主はあと少しで九〇歳になろうとしているが、彼は私と同じ解離性大動脈を患《わずら》っており、その時声帯を部分的に失い、彼の話す言葉は充分に空気の入ってこないアコーディオンか古いオルガンのリズムに近いのである。いちいちそのことを他の老人たちは気にすることもなく所々聞き取り難い言葉を理解し、たとえ理解できなくとも納得する他はないのである。それぞれの老人が語りだす話の中には他の者たちに全く理解されない家庭内の問題の匂いも立ちこめてくるのだが、お互いに理解できないそういった言葉のやりとりを自分なりに納得するのがこの東屋の中で過ごす冬の午前中の一、二時間なのである。

一人ひとり自分の中で自分なりに納得した思想に変え、彼らと囲炉裏の間に吹く風も気にならず、風と共に去っていく青い煙にむせることもなく、目から染み出す涙も出ては来ない。

遥か彼方に犬山城が望めるのは私の家のかなり広いベランダからであって、この東屋からは周囲が森と林に囲まれているせいで、全く城などは見えない。最もここに長く住んでいる、つまり長老などは五十年以上住んでいる訳だが、住んで間もなくは城がよく見えていたそうだ。あたりに伸びてきた木も老木となり、ここ数十年は風が吹くままに彼方への見通しは悪くなったようだ。自然に倒れる大木もあり、あまりに大きくなりすぎ、咲く花も見栄えもしなくなった桜の木などはその枝振りの悪さも手伝ってか、根元から伐られている。伐られた後、また倒れた後それらは薪として老人たちの手により同じ長さにまとめられ、今では東屋の北側に綺麗に整頓されて積まれている。北風の流れてくるのをこれらの薪が防いでいるのも事実であり、毎年冬になってこの東屋で焚《た》かれる薪の量を考えても、これだけの分量があれば向こう何年かは持ちこたえられるであろうというのが老人たちの見当である。しかもこれからも太い薪は少しずつ増えて東屋の周りに積み上げられることを考えれば、おそらく当分はというよりは、老人たちの生きている間は全く何の心配もないに違いない。

彼ら老人たちは月に一度ぐらい老妻たちを呼んでくる。彼らは山の清流に泳いでいたイワナなどを獲ってきて冷凍庫に保存して一年中少しずつ味わっているようだが、その日はそんな魚を炭火の強い火力を利用し、遠火でじっくり時間をかけ焼き上げ、その身をほぐし、妻たちが用意したご飯に混ぜて食べるのである。美濃のこのあたりの山には小さな祠《ほこら》があちこちにあり、麓の人々はそれを拝む対象としていた。年に何度か「秋刀魚飯」といって山国ゆえに滅多に口にできない魚を御馳走に、村祭りのような集まりを持ったらしい。あらゆる物事の流通事情が豊かな今、肉も魚も全て自由に食べられる時代であれば、こういった村祭りも山の神の存在も人の心からは消えて失くなりつつあるが、老人たちの心には幼い日の思い出が甦って来て、このような食事会などが東屋の中で開かれるのである。

この一帯は昔大塚山と呼ばれ、赤松林の丘で木曽川の流れによって尾張の犬山と区別されている中山道の一画であったことは聞かされている。この大塚山はその一角にあり、今では山崎町と呼ばれているが、別荘地とも呼ばれているこの場所にはけっこう多くの老人たちが子供たちと一緒に住んでいると思うのだが、このような東屋の囲炉裏の日に集まってくるものの数が三、四人という少なさはどこに原因があるのか一度私は老人たちに聞いたことがある。ある老人は彼らは家に籠もって外に出たくないと言っている。むしろあらゆることをざっくばらんに話す、いわゆる話し合いをする老人たちの方が異質な存在なのかもしれない。老いれば子供たちに老人ホームに追いやられる今の時代にあって、子供たちと暮らせるこの山崎町あたりの老人たちは、たとえ家に一日中、特に寒い冬の間は閉じ篭もっていたとしても幸せを実感しない訳にはいかないのかもしれない。豪勢に太い薪を四、五本立てるように燃やしながら囲炉裏の周りに陣取り話し合う老人たちは実に幸せである。私などは着物をへこ帯で縛り、羽織を着たり、寒さの時期を考え袷《あわせ》や綿入れの甚平で囲炉裏の縁に座る。

空白の心

　あらゆる生命にはそれを動かしているエネルギーが存在することは明らかだ。人という存在の中で回転し、流れ、燃え、リズムを様々に奏でているものは言葉であろう。行動でしかない生命が人の場合は明確に言葉のリズムとして現れている。

　生命とは今存在するものであり、つまりあらゆる意味において天然の物質なのである。さらにはそれを資源と呼んでもよいだろう。生きるということは生命の流れを保つ時間のことであり、別名資源の再利用のことであり、それによって大自然の未来を維持させていく行動または活動とみることもできる。生命力とは言葉の力そのものである。生まれてからこの方続いている力のことである。

　とすれば長らく色々な人、または流れの中で使用され尽くし、穢《けが》れに穢れ、それゆえに徹底的に泥まみれになり、黒ずみ緑青をふいてもいる言葉という言葉を徹底的に洗い直し、全く新品の言葉として再利用する時、そこにはっきりと、その人の自分自身の言葉の復活を見ることが可能だ。

　つまり人は猿人たちが吠え声や叫び声からわずかずつ変色した声に変えて作り出した言葉以前の言葉、または古代人が極端に曲がり傷ついている彼らの夢として見たもの、すなわち我が国の記紀や北欧のエッダ（九～十三世紀の北欧の神話および英雄伝説の集成）、フィンランドのカレワラ（フィンランドの民族叙事詩）、地中海の島々に広がっていた神話などに心を傾け、今という時代の中を流れている気をはっきり自覚しながら自分の言葉で何かを表現しようとする時、そこには間違いのない形で本物の資源、つまり生命の再活用の行為が生まれてくる。

　人の夢はどんなものでもいつか叶えられるはずだ。つまり夢はそのまま言葉として人の中で生成して行かないはずはない。人の考えも徐々に気から気へ、肉体から肉体へ、骨、そしてその人の脳に自発的想起を促すはずだ。このことを私たちは、簡単に夢は実現すると言う。思想や信念や各人種の未来、肌の色の違い、そして最後には使っている言葉の違いさえも、人の未来の大きな違いとなって現れてくるという表現で、書き換えようとする。超高精度の表現でしか説明できない、人の心は実は空っぽで、中味は何も無いのだと解ってしまうのである。ソクラテスも老子も彼らは己の心の中をそのように見たはずである。死ぬことを軽く考える彼らの人生が、社会人の大多数がいつの世でも考えているようにではなく、万事、大好転すると考える時、生きていることを重いものと考えたり、ソクラテスや老子のようにそれからの自分の生き方が素晴らしいと確信できるのである。

　生命は確かに存在すると意識する時、それは「抵抗の形」を取ることになるのは、当然のことだ。抵抗は常に元気さを取り戻し、あらゆる穢《けが》れや病を遠ざける。

力を与える自分の言葉

生命の道である人生に迷わないためには名誉や金銭などはほとんど役に立たないが、その人の中から出てくる言葉はとてつもなく大きな力を発揮する。言葉というものは、何ものよりもその人に生き方の方向を定めさせてくれるのである。

長い間日本人が好み、身に着けるものとして利用していた絹織物は、平安時代の頃から大切なものとして扱われていたようだ。そういった絹織物の規格から外れたものから紡《つむ》がれ織られたのが紬《つむぎ》として扱われたようだ。鎌倉時代や室町時代頃から、常陸の国で作られた織物が全国的に絹織物として知られるようになった。それが結城紬《ゆうきつむぎ》として世に出回るようになった。物事は何事でも良いものだけが良いのではなく、そこから脇に除かれたものでもけっこう大きな意味合いを持つようになるのである。成功したものは時として半日で飽きられ、逆に失敗の中に埋もれているものが千年万年と続くのである。周囲を驚かすような大きな恐竜にもヒヨコのうぶ毛のような羽毛が付いていたのではないかと学者たちは言っている。人間にも獰猛《どうもう》さの他に夢の言葉が付いていたことを私たちは信じたいものだ。

食物の摂《と》り過ぎが人を病的にしてきたように、人の言葉の不足も確かに寿命を縮めていることは事実だ。できるだけ多く散歩をして可能な限りカルシュウムを摂っているから、それで良いということではあるまい。現代人の言葉は、金銭や肩書きの多さに比べて何とも少ないようだが、常に生命はその中心において自分の心から出る言葉という別の種類のカルシュウムを摂らなければならないようだ。言葉とか思想といったものを自分自身と他人とまた交換しあうだけではなく、もっとはっきりと与える行動として表現したいものだ。人は互いに自分の心の中で、豊かな言葉をもらったり与えたりするSOSの信号を常に出しあっている。自分の言葉の力をお互いに張り合うだけで人は倍以上の力を発揮する。

精神の働きや疲れはその人の心の奥に向かって進み、やがて夢とぶつかり白昼夢となって広がっていくのである。

人の心は身体と同じように完全な栄養を要求している。常に自分の内側の声のリズムに従いながら、深く生きることこそ本当の人の道なのである。人の言葉であり心はそのままではどこまでも冷え凍る精神となってしまう。心は常に誰の生命の中においても燃え上がる勢いの熱気がなくてはならない。たった一言であっても燃えているなら、その人の何万歩もの散歩に勝る力を持っている。

予知夢

どんな人間にとっても常に人生のどこかにその人の寄り道が残されている。言葉を持っている人間の強さであり、個性であり、匂いの違いがそれだ。世の中に持たざる人と持てる人がいると言われるが、それは大きな間違いだ。誰であっても必ず何かを一つ二つ持っているはずだ。それを誇りながら与えられた時間を生きていることは間違いがない。

その人の生き方から生まれる言葉はそのまま魂の変容につながる。身体を通過する気も間違いなくその人の匂いであり、言葉であり、光の形となって広がっていく。恒星の灼熱の光であり、強い勢いの天然の生命を与えて止まない光なのである。それこそ本当の放射する能であり、人の手が作り出す原子の世界の悪辣《あくらつ》な命取りのセシュウムのような放射能とは明らかに区別すべきだ。

昇る太陽の放つあの光、つまり朝日は間違いなく生命を生み出した感謝すべき放射線なのだ。雰囲気を伸び伸びと醸し出しているこういう自然光線しか生命は生み出せないし、命を守り続けることはできない。

発明者は一つのことに真面目に喰らいついて、良くとも悪くともそこから離れることがない。単に発明者でなくとも人間は全てどのように生きるにしても、どんな形の寿命を与えられているにしても、一つのことに夢中になる方が良い。しかし、常に旅人であるべきなのに商人に成り下がっている発見者や発明家がいつの時代にも実に多い。予知夢というものが有るとすれば、それは九十九パーセントの自分というものの生きる一瞬の中で、人に与えられている天然の声だと知るべきだ。

土性骨(根っから本人の土の匂いの付いた骨で生きている人間)は魂の根っこであり、心の芯であり生命のリズムの源なのである。

泥水の中に生きているあの泥鰌《どじょう》は実に多くの呼吸器官を身体のあちらこちらに持っている。昔の巨大な恐竜たちは頭の脳味噌の他、背中の方にも脳味噌を持っていたと言われているが、この小さな泥鰌《どじょう》は与えられた生命を生きるために多くの呼吸器官を持っている。肺呼吸、鰓呼吸、皮膚呼吸、肛門呼吸などをしながら周囲の温度が高くとも低くとも泥水の中で生き、水が涸れてもかなり長く生きているようだ。どこでもどんな条件の中でも泥鰌《どじょう》は生きられる。また全く酸素のないところで、水のないところで、陽の光が射さないところで千年万年生き続けて、時が来ると突然本来の身体に甦りの力を発揮するものもいくらでもいる。蓮の花でもミジンコのように小さな生物たちでも見事に再生する。あまりにも数多くの機能や能力を備えている人間でも、そのように生きられることは決して夢ではないのかもしれない。万事何事でも恒星の効能によって生命を再生することはできるのかもしれない。

人は誰でもこの世の渡世人である。単細胞も副細胞も彼らの世界においてはそれなりの渡世人なのだ。彼らの中にも駄目な奴もいれば、森の石松や清水次郎長、国定忠治のような生きの良い生き方をする渡世人もいるに違いない。

人にとって一瞬一瞬が桧舞台の上の生き方であり、生きているということは誰にとってもおかしなほど妙に気取っているのだ。何も気取る必要はないと小利口な人間は言う。気取っている馬鹿丸出しの渡世人こそ本来の人の姿であり、旅をする石松の姿であり、赤城山で見栄を切った忠治の姿なのだ。

恒星から微弱な熱量としての放射線を浴びることは、あらゆる大小の生命体にとって大切なことだ。自分の言葉に罅《ひび》を入れるな。干乾びさせて皺《しわ》を作るな。その人の言葉はそのまま本人の墓碑銘なのだ。文明人の社会で役立つ言葉はほとんど人の心の中に生まれる老廃物に過ぎない。人は全て盗賊鴎《とうぞくかもめ》なのである。生命と物ははっきりと分離されなければならない。瑕瑾《かきん》(きず、短所、欠点)

無き自分の言葉を大いに誇れ。玉石混淆《ぎょくせきこんこう》のこの世の中では人の言葉も混じり合ってしまう。

ラテン帝国の知識人もフランスのモンテーニュも、「いたる所に存在するものも、実は何一つどこにも存在しない」と言っている。さらにモンテーニュは「自分の精神を離れた考えはあたかも手綱を離れた馬のようになってしまう」とさえ言っている。さらにローマ時代のルカヌス（スペイン生まれのローマ帝国の叙事詩人　三九〜六五）は「何もすることのない精神を四方に追い散らせ」とも言っているが、確かに現代文明人間もこういった一見勤勉に見える怠惰の精神を自分の中から追い出そう。

芸術家や小説家などといった小利口さ丸出しの人間たちは、言ってみれば詐欺師やスタイリストとしてこの世の中を実に上手く闊歩《かっぽ》しているが、彼らこそまず最初に人が造り出した放射線を受けて酷《ひど》い目に遭う人々だ。金や名誉を多く持っている彼らも宗教家たちも実は持たざるものの先頭に置かれていることを知るべきである。

物と時間のそれぞれの流れ

始まりといい終わりといい一切そういうものが付いていないただ「長い流れ」でしかない時間は、他のどんな物質よりも変わっている存在だ。永久という初めと終わりについている時間の長さは時間そのものの本質であり、大自然の中の人間や他の全ての存在とは全く意味が違うマターなのである。

この世界を造り直しても、そこで生きる人が自分の生命をやり直しても、そこに存在する生命体の意味や寿命、つまり生命現象としての歴史にはいささかの変わりもないはずだ。太陽から放射される数多くの光や、その光の勢いの中や線の力から生まれるあらゆる物質、食べ物初めあらゆるエネルギーは限りなく大小様々な生命を育《はぐく》んでいる。空気も水もありとあらゆる生命能（生命の力）はそれぞれの働きを示しており、それと平行に動いている時間の流れはあらゆる物質の初めと終わりのところで共に流れるという繋がりをプッツリ切ってしまう。常に永遠という名の時間は、生命や物質の限りある動きや流れとどこかで合流したり断ち切られてしまう。

人の生命は言葉という彩《いろど》りやリズムの展開する中で常に表現されている。それは単純な一言で言うなら、「随感記《ずいかんき》」なのである。哲学以前というか、原始人の口から出る素朴な言葉のリズムでしか随感《ずいかん》する本当の気持ちは表現できないはずだ。物事はどんなに進み、慣れ親しんでいったとしても常に初心に戻らなければならない。全ての人によって常に使われ話され、聞かれ、書き、読まれている言葉というものには、言葉のどこを探しても、初めの言葉の色合いもリズムも味わいもとうになくなっている。

人が使っている言葉は全て、どこかで誰かが笑い、涙を流し、怒り、真剣な心になりながら何度も使われてきたものに違いない。人が自分が最初に使う言葉を発見しようとするなら、この地球上には一言なりともそのような純粋な意味での『初めての言葉』は存在するはずもない。人はありとあらゆる使い古しの、クタクタに疲れ、数限りない傷を負い、病み呆けている言葉を用いて全く新しいリズムを生み出さなければならない。数多くの骨董品《こっとうひん》や古い時代の役にも立たない道具を目の前に置いて、そこから抜き取る一つ一つの部品から全く新しい製品や、自分の夢の作品を作らなければならないのだ。

書くということは夏の日の庭での雑草いじりの楽しさでなくてはならない。生命体は何であっても常に冷えた体の状態からごくわずかでも良い、温める動きや働きをしなければならない。天然のあらゆる働きは強さを示し、強さの方向に流れようとしている。冷え切った身体が温かい温泉に入るように入浴するリズムを味わなければならない。

地球というこの世界で、またそこに自然の動きの中で生まれてきたあらゆる生命体、または異形の生き物、さらにはあらゆる意味で異才としか見られないものは、それを他の生命体と比較するならば、超能力を持っていると見るのが正しいようだ。単細胞やウィルスのような、あるいは異形の副細胞（胃底腺の上部に局在している粘液細胞）の生物たちや空の星の数にも等しい細胞の集まりからできている霊長類などは、あらゆる生き物の動作を超えて、動きながら生きていかなければならない。人はあらゆる生命たちの行動の万事を越えた言葉の使い方の中で、人として生きなければならない。

人は今地球上に何十億人存在するか、はっきりとした統計学上の答えは出てはいない。今日これほど発展した文明の世の中で、毎日二、三万人の人たちが、特に身体の発達していない子供たちが、飢えのために死んでいると伝えている。実際のところ人口統計学の中で、どのくらいの人が毎日飢え死にしているのかは、はっきりとは分かっていないというのが事実であろう。

ノーベル賞をもらう人や、ギネスブックに名を載せられる才人たちのことを聞かされて、人はまるで自分がそういう立場の人間になったように心をウキウキとさせ喜ぶものだ。人が当たった何億円かの宝くじを我が事のように巷《ちまた》の人たちが喜ぶのにも一理がある。

人は、誰かが乗っていける宇宙船を夢見ていても始まらない。たとえ今は現実味を帯びなくとも、必ず実現するであろう近未来の大きな夢を見ることは決して悪いことではなく、むしろそういった夢は大いに見るべきだ。才人たちが今見ている現実の姿は、全ての人にとっても現実味を帯びていることをいささかも疑ってはいけない。

人の流れもあらゆる物質とは違う時間の流れも、少なくとも今は私たち生命体の己に寄り添っている。大きな自分の夢をそういった流れに押し付けながら熱い心で生きたいものだ。

大和心と大和撫子

日本中が協力する時発揮する力は、どうやらキリスト教やマホメット教の心を持っている人々よりも、意外に強いのかもしれない。幕府時代が終わり世界に目を向けて何かを始めようとした日本人は、一応二の足を踏んだり反対意見を述べながらも、最後には結局断髪をしてしまい、刀を捨て、敵討《かたきう》ちという死刑制度とどこか似ている野蛮な行為を捨てた。このような自分たちにとって長らく美徳であり生き方の中心であったものを簡単に捨てる日本人は、確かにヨーロッパの人たちや他のアジアの人々には、熱しやすく冷めやすいという日本人の大和心やまた撫子の勢いには限界があり、さほど驚くべき偉大さではないと見られていたかもしれない。子を大切にし、子のためなら生命さえ抵当に入れることができる日本人だと自国に紹介した外国の女性もおり、幽霊の話や神や仏の足跡がはっきりと見える敷島の異常なほどの清らかさや陽の光の明るく照る日本を紹介した西洋人もおり、昔から今に至るまで日本に帰化した文学者や文学研究者などが多いのもまた、日本が特別に彼らに愛されているせいだろう。特別利口なあるアフリカ人は、日本で大金を電車の中に置き忘れてもそれが間違いなく交番に届けられているということを知り、この国の人間たちの姿に、体格の良い身体でおいおいと泣き、涙を流しながら「私は生涯この国に住みたい」と言っていた。

これらの外国人が口にしている一言半句には、確かに日本人が表されているがこれまで、恥ずかしがり、自信のなかったあの弱々しい人間性やすぐに人に同調して集団に入ろうとする日本人、また簡単に心を入れ替えその回数の多さに飽き飽きするのも日本人であることを、私たちはよく知っている。

今度の東日本の未曾有《みぞう》の地震や大津波の中でごく自然に大和心の恥ずかしさから出た行動が、世界中の人々を感動させているようだ。スーパーの若い店長を中心に、店の品物をあれこれと持ち出し、それを見ていた被害者の妻たちが潰れた自分の家の中から壊れた冷蔵庫の中の食品を持ち出し、それによって人々は数日間飢えをしのぐことができたという。しかしこういったエピソードの傍《かたわ》らで家の中や庭の中のゴミをそっくりそのまま公道に捨てるような、煙草の吸い殻を車の窓からよそのうちの玄関先に捨てるような恥ずかしい日本人も知っている。それに比べ、ドイツなどでは道のゴミなどを綺麗に集めて、清掃車が来るまで、自分のうちの中に止めておくという国民性をごく自然に持っているということも知っている。こんなことをいちいち取り上げれば切りはない。

私たちはもう一度大和民族を北の北海道から南の南西諸島の外れまで、簡単な世界理解の地理や歴史を考える頭から離れて素朴な思いで見つめてみたい。今度の大災害の中で生きなければならない苦労を通して、日本人自身を素直に認める必要があるようだ。そして文明の中で大きくなった日本社会の歪《ゆが》みから一歩引いて、本来の大和心や大和撫子の心を自分の中に生かしてみたい。

グローバルな意味において他に見られない大災害を受けた日本列島だが、これはむしろ日本人自らにとってもまた日本を見つめる地球上のあらゆる人々にとっても、とても大切な時間を与えることだろう。

万事皆如夢《ばんじみなゆめのごとし》

いつの時代でも知識人というものはいるものだ。しかもそれぞれの知識人には多少ずつ持っている碩学《せきがく》の精神に上下また横の広がりの差があって、それによって人間社会の中での区別や権力の違いを云々《うんぬん》しても始まらない。「お上」という考えや「公人」という意識は本当の知識人は持ってはならないものだ。あれほど深い教養に満たされていた菅原道真も「万事皆如夢」と言っている。知識があろうとなかろうと与えられたその人の人生は間違いなく一つの夢なのだ。道真が怨霊となって流されていた九州から戻って来たのではないかと京都の知識人たちは大いに畏《おそ》れた。より高い知識を身に付けていた道真に反感を抱いていた思いがあったので、特別大きな雷が鳴ったり大雨が降るたびに、怨霊が自分の上にも降り注ぐのではないかと怖れたのが、多くの知識人たちであった。避雷針を考えついたフランクリンでなくとも、近代の人々は少しぐらい自分を抜くような知識を持つ者に嫌らしい考えを抱いたとしても、そのような自分のどこかネジ曲がった考えに雷を落とす悪霊の戒《いまし》めと考える人はいない。

いつの時代でも物や金や肩書きが自分の身に多少でも付いていると考えている人は、他人の存在をそのまま素直に受け止め、理解している訳ではない。つまり常にこの世の中の他の人以上に身に付けているちょっとした様々な問題が人を悩ませ、ひがみ根性に陥《おとしい》れ、事もないのに相手を非難し、妬《ねた》み心で身体も思いも病んでしまう。

人は単純な心で生きる時、最も万事が平安である。あらゆるものが便利に作られ、その便利さの中でかなり自由気ままに生きている現代人は、天然の物事の中で自由闊達《かったつ》に生きている訳ではない。万事が化学的な合成物質から成り立っているものの中を通り抜けながら生きていて便利なのだが、それゆえに生命体としての人は限りなく病んでおり、傷《いた》んでおり、苦しんでいる。太陽のような自ら火の玉である恒星が発する数限りない放射線は、天然のものであり、地球上のあらゆる生命体もこのような恒星から流れてくる放射性の光を浴びて生命体として現れた。文明社会の中で人が造り出した反生命的な恐ろしい放射線は命取りであり、人間はこういったわずかな人為的な放射性物質と、大自然の中から発射される放射線の間で悩むのである。食生活からちょっとした体の調子の悪さゆえに飲む様々な薬やサプリメントやまた生物の特に動物、その中でも人間の骨格や筋肉の動きを真似て造り出した様々なロボット形式の道具を身の周りにおいて生きているのが現代人だ。

素朴な生き方とは、古代人の単純な石の道具や弓などで身を守る姿勢であって、そこには何一つ化学的な合成物質も方法も存在しない。こういった万事が夢のような世界の中で、人は完全に閉じ込められており、そこからの脱出はほとんど不可能になっている。人は生まれた時から絶対抜け出せない岩窟《がんくつ》に閉じ込められている。

万事は確かに知識の言葉で飾られてはいるが、そこには天然の生き生きとした生命を豊かに潤す成分はほとんど見られない。食物も言葉も天然の成分を大部分失い、言葉も考えも原生人間の備えていた勢いあるものではなくなってきている。常に人は力の限り反省をし、自然そのものの存在として生きようと努力はしているのだが、その裏側では常に社会上の利害関係や厳しい対立、また批判が現れ、物事はスムーズには進まない。もちろんそんな時どんな努力をしてもその考えが豊かな潤滑油として物事を進める事はできないが、ただ一つ、とても恐ろしく困難なことだが、その人が万事を放棄し、己の中の気の流れを流れるままにする時、事はかなり上手く進むと思われる。一切を無にして立ち上がる時、その人は間違いなく万事をことごとく夢のように認めることが可能なので、あらゆる利害や対立のぶつかり合う関係はうまく潤滑していくのである。

物の中の言葉

何事にも存在するものには外の形があり、中の様々な性格や特徴が存在し、それらがそのもの全体の勢いや存在力を周りに示すことになる。物の形態というものはその物の生命だと言っても良い。生命というものが特別、別の形で一点に集中して集まって存在するものではないようだ。

全てのものには豊かな中身があり、その中身とは物語でありその筋であって、それに目を通して先に進むと話の内容が少しずつ分かり始め、物事の全体が意味となって、すなわち心とか芯となってこちら側に理解できるようになる。

人間の周りに存在する全てのものには言葉がついて回る。その一つ一つを噛み分けながらその言葉の色彩や重さを納得しながら次の言葉に入っていく。このようにして存在するものの理解はかなり深いところまで進むのだが、結局最後にはどんな存在物でも言葉そのものというその周りにつきまとっている一切のものを取り除いた純粋なものに突き当たるのである。そのものの値段の高い安いや、大きさや色彩の鮮やかさなどそれに目を注ぐものには異常なほど多くの影響力をもって迫ってくる。しかし最後にはどんなものでもその物の経てきた時間や長い歴史の流れや、使われてきた時間の経過の中で言葉だけが残される。言葉には一切のきらびやかさや誉れ豊かな武勲の流れなどは取り去られて何一つ付いてはいない。そのものが、ただそのままポッネンと存在するという現実だけが一見とてもみすぼらしくそこに存在する。そのみすぼらしさは心を込めて見つめる人にとってまたとない大きな深い感動となって広がる。何一つ見栄えのしない古びて薄汚れている骨董品《こっとうひん》がさほど値打ちが無いのに、その前に立つ人の心を動かすというのはこのことなのだ。長い時間と歴史と様々な色彩に身を当て、今日まで進んできたその長い時間ですら一瞬の時間と重なり、そこにはこれぞといって目の前の人を驚かしたり感動させるような何ものをも見せることはない。

そこに存在するものは何であってもそういった今は見えもしない時間の中で一瞬現れた物のように自分を見せ、しかも周りの人たちもそのように扱うだろう。本物とは、本当の自信があるものとはそれで良いのだ。その前に立つものが試されるのであって、それ以外の何ものでもない。

古代の人々が獣を撃ち取りその毛皮を剥《は》がし骨を外し柔らかな肉を削ぎとり、燃える火の上で素朴に煮たり焼いたりするのに使ったかもしれない、硬い石の包丁や斧などを見る時がある。私自身そういったものを一つ持っている。そういった古代人の使ったかもしれない道具は何一つ現代人を前にして語ることはない。硬い、しかも鋭く尖った姿を見せながら彼らの道具はどんな長い時代をどのように過ごしてきたのか、冷たい氷水の中を、燃えるような熱い炎の中を通ってきたのか、長い時間の中の感じを今日の私たちに公開しようとはしない。

確かにナイフのように厳しい尖り方を見せている石ころはただそのまま一切を語らず、むしろ目の前の人に彼らの言葉を通し何かを語らせようとしているようだ。

存在するものは全て自らを語らない。特に長い時間の中で様々なことを体験してきたものほど硬度が高く口を開くことはまずない。その前に立つものがあらゆる言葉をぶつけながら何かを語っていかなければならないのだ。

アクロバットの教育論から離れて（1）

汚れ腐りきっている時間の中で生き物自体が生命力を弱めている。人はこんな世の中で二人羽織《ににんばおり》でもって、心と体を巧くやりこなさなければならないようだ。現代というこの時代の中で地獄を日々体験しながら、そこにはっきりと極楽や天国を見つめ、その中で生きて行く覚悟がなければならない。自分を含め、万人が敵であり味方である今の世の中は、自分の中だけでも敵味方に分かれて、うっかりすれば自分が自らのどちらに属しているかさえ解らなくなってしまう。人は「人たらし」であり、同時にそこから一歩も動こうとはしない「達磨大師」になってしまう。女たらしも人たらしも自由自在にできる現代は同時にどんな形の人たらしもできるのである。万人こぞって人の社会の中で何一つ恥じることのない詐欺師であり、しかも天才的な詐欺師なのである。

讃美歌も声明楽も、スイスの音学家マルタンも、ドイツのシュトックハウゼンもフランスの音楽家メシアンも、音楽の中でのアブストラクトなメロディを残念ながら超えていくことはできない。音楽の新世界もそうだが、言葉の新世界を発見することはコロンブスがアメリカという新大陸を発見するよりも遥かに難しい。

このことを現代教育に結びつけるならば、教育というものが今日どれほど危ういところに身を置いているか、また精神のアクロバットのようにサーカスの天井の綱の上で行動しているか考えなければならない。教育が成功を収めている人は滅多にいない。学校の教師でも、親たちでも、子供の教育において成功している場合は数少ない。

ジャン・ジャック・ルソーのような教育論の天才は滅多に世に出ない。しかし彼は自分の子供を次々と捨てながらその傍《かたわ》らで本当の教育原理を確立していった。その点、バーナード・ショーの教育観には精神のアクロバットの怖さを抱いているところがあちこちに見え隠れしているのである。人間は過去から現代に至るまで、教育に関しては野菜作りのように成功してはいない。教育者の一人として、また宗教家の一人として一時身を置いていた私も、確かに教育活動には成功していたとは思えない。ペスタロッチも吉田松陰も、このことに関しては同じ考えだったと思う。

教育論として人が日々使っている当たり前の言葉には、当然のことながら人を動かす熱情があると思っている。ところがそれは大きな間違いのようだ。人はよほど注意をし自分の心の紡ぎ出す勢いと自信のある言葉でないと、学ぼうとする周りの人々にはいわゆる影響を与えることはないようだ。現代の教育は冷たい口調で与えられる教科書の言葉の羅列であり、その言葉を話す教師も単なる力のない羅列としてそれを口にするので、聴く生徒の身体の中では凍りついた言葉としてしか伝わっていかないのである。そこには聴く者に夢を与え、心を熱くする勢いを与えるものが何一つ無いのである。

学問とは、覚えることや与えることや、生きることのリズムを身に付けさせることではなく、一種の独学として目の前の師の教えを自分自身の言葉に代えて理解する時、達成するのである。自分自身の生き方の形を目の前の人に見せつけることであり、人々がそれを自分なりに納得して本人なりの生き方の形に変えていく時、教育行為は成功したと言える。つまり教師から見せられた物を生徒が自分の中で独学する時、教育は成功し、一つの目的を達成できるのである。

先ほども述べたシュトックハウゼンも、それまで単なる「ノイズ」と思っていたものを音楽の上位に置いた最初の人物だった。サウンドアウトの開祖としてその名は知られている。

人の言葉は誰の場合でも心から紡がれた勢いが確かならば、もう一つのサウンドに包まれた芸術哲学とみなしてもよいだろう。二十世紀の最後に現れた、一見、彫刻されたサウンドならば、私の文章などはどこまでも丹念に彫刻された言葉や文字として読めるかもしれない。

こういう一見おかしな文章も、それを理解し自分自身の生き方の中に同調させていく人ならば、限りなく喜びを持って、また驚きと感謝を持って読むに違いない。私はそう信じている。教育論も新しい考えの中でこの考えに同調していくだろう。

アクロバットの教育論から離れて（2）

知層に埋もれている歴史時間はそのままの言葉では豊かに展開していくことはできない。教科書のそれぞれのページのように、人は一ページ読むごとに、次のページに入った瞬間に前のページのことを忘れてしまう。薄い知層の形の中に閉じ込められている人の生き方は、他の人間に与えたり移動させたりする能力はない。この移動は言葉という潮流の作り出す洪水である。人の能力を大きく伸ばすのもこの言葉の洪水のなせる技である。言葉の洪水は災害ではないが歴史の知層を考える時、やはり一つの大災害であることは事実だ。人間の能力を大きく伸ばす力の働きは、我々にとって知力と呼ばれている。他の生き物と比較する時一段とレベルの高いものであることもよく承知している。知の洪水や言葉の潮流が人を高め、救い、より大きな行動に導く。言葉の崩れた深みの泥沼と化した現代の人間は、ただそのままで見つめているにはとても耐えられない。人はこの泥沼の底に落ちて行くばかりで底から浮き上がってくるような人の姿も心も全く見えない。

人の生活も、人間の歴史時間も全て知層の中に隠されていて、そこから人本来の生きる力を新しい潮流として吹き出させることは至難の業《わざ》なのだ。

単なる考えもその考えを時間の中に保存させるための思想もグ

ツグツと煮ていけばふきこぼれないように蓋を取る必要がある。思想が煮えたぎる鍋の中では、心のリズムが全体に味を行き渡らせる。じっくりと空気の調節をとりながら、うまい味わいがそこから生まれるのである。

　人は過去も現在も未来においても認められたい自分を常に意識している存在なのだ。愛し愛されることと同様、己が認められるということを、何をおいても先に意識しているのが、あらゆる時代のあらゆる意味の才能のある人には極めて当たり前のことである。人は常に独学するのだが、その行為は自分の生き方の総ての点において、常に何らかの承認を自分が思っているようには与えられていないために、不安がっていることから起こることなのである。人は常に不安を抱き、何事にも満足したいと願っている。この願いは結局「認められたい」または「承認されたい」という勢いの中に閉じ込められていく。その時人は周りから教わるのではなく、独学する勢いの流れの中に自分を投入するのである。

　言葉は確かに一度その人間の生き方の中で見つめられ、独学という学びの中で大きな意味を持つものとなるようにその言語の古さの意味の尖端には、ごくわずか一つ二つ新しい生きた意味が付いているものだ。ブレークスルーされないと社会で通じるだけの言葉では意味が無い。長い時間の中で煮詰まりすぎた言葉は、一度徹底的に冷まされ、全く新鮮な食材として使われ始める。古い意味も、新しく生き出すこともそこから始まる。本当の詩人とはどんな言葉にぶつかり言葉の流れに乗りだしたとしても、このごくわずかな一つ二つの新しい意味をとり逃すことはないのである。新しい言葉をとり逃さないその態度は、世の中の言葉から自分の言葉を捏造《ねつぞう》することと見るのは必ずしも間違いではない。本来独学そのものが何かを盗み出す内容を持っているなら、正しく用いられる本人の言葉も捏造《ねつぞう》されたと言っても仕方があるまい。本当の学問には捏造《ねつぞう》の匂いのする、グツグツと煮られている鍋の中がどうしても浮かんでくるのである。

　結局学問とはそういう体質を持っている。人が本物で常に天然の中で生きられるのなら、学問など一切必要ないはずだ。学問が必要であり、そのために独学という純粋な学問に精を出さなければならない人は、やはり何かに背後から押されているのだろう。君はそのことに気づいているはずだ。

自分の言葉

　古い昔の火山も休火山となって、今頃になり再び噴火を始める。眠っている山々も時として噴火をし始める。川が流れを止めないように、山という山は全て大小関わりなく、海の中ですら噴火を始める。生き物たちはそのたびごとに台風を恐れる避難生物としてあちらこちらに身を隠す。そういった恐ろしいマグマの流れ出す勢いにも似て、人の言葉もまた常に爆発し、流れ出し、ものを焼き尽くし、あらゆる生命におびただしい被害を与える。それでも生物は必死に災害を避け、そこから逃れ自分に与えられた寿命を全うしようとする。

　釣り人は自分の釣った大きな魚を魚拓にして飾りたがる。ある人たちは尊敬している人の顔を描いて床の間に飾る。またある人たちは自分の子供の落書きを大切にとっておく。

人は自分の心の中の言葉をいつでも描いているのである。別にプロのデザイナーでないとしても、人間は自分がこれと思う存在を何らかの形でリメークし、または自分の言葉で書き上げとっておくものである。たとえ殴り書きした古い時代の手紙文や日記であっても、自分の子供が書いた落書きなどでも、それが愛しいものだとして母親たちはとっておくのである。大切なものは自分の心に焼き付けられているものであって、その最も良い例が本人の言葉なのである。さらにこの言葉を奥深く考えてみると、原初の頃の人間が台風を恐れ、火山に脅《おび》え、地震の揺れに心を失い逃げ惑いながら、命を救われるためにひたすら己の中の何か、すなわち言葉のようなものにしがみ付いていたことは間違いない。

「自分心」とは言葉でしか言い表せない何かの象徴なのである。自分のどんな行動であっても、周りの人間たちや社会状況の影響の中にあっても、どうしても「自分心」や「自分魂」、「自分魄」などといったそのものと混ざり物のない純粋な形でぶつからなくてはならない。

「自分心」を純粋に保つためには、この世から脱出するか、「自分心」の中で頑固なままでに「我」の言葉を守り通さなければならない。そうなれないのが人間なのである。たいていの人間はこの文明社会の中ではそうなれないと分かっているので、あえて「自分心」などといったことは考えないようにしているのである。こういった文明社会の事情の中で人間は人類に陥ちてしまい、小利口な哺乳類の一種になってしまうのである。つまり人間はなかなか「人」にはなれないのである。

今の時代に生きる人間を見ている時、我々は地震に脅《おび》え、火山に逃げ惑い、吹雪や大風に翻弄《ほんろう》され、それに加えて人災である核戦争にまでいつ何時《なんどき》でも入ってしまうか解らない状態に置かれている。

こんな人間的な、というよりは生命的な危険に晒《さら》されている今、人は「自分心」にはっきりと戻らなければならない。自分の言葉、子供の書いた落書きや懐《なつ》かしい手紙の文字などを眺めて心に抱いているノスタルジーこそ人が純粋な自分の言葉にぶつかるチャンスなのである。自分の言葉に出会う時、本当の意味で「袖振り合うも多生の縁」の意味が分かって来るのである。

言葉というもう一つのエネルギー

人間が生きるということは、愛に触れることだ。この場合愛とは博愛や仁とも違う。大自然の流れともいうべき愛《め》であり、宇宙を漂う気とも言うことができる。

大自然そのものの愛に触れると、当然のことながらその人間の日常的なものからはみ出しているこの種の愛は、単なる社会的行為を突き破り、天然の流れの中の空気、否それ以上に気そのものとなって生命体という小さいが全体像を漂流させている。

一人の若者が大自然に流されている。本当の愛を熱く感じながら、行動しながら漂流している。彼は私の言葉にぶつかったのである。私は幼い頃、祖父母のところで育ったが、ある夏の一日、小川で泳いでいて、水中から顔を出したことがある。私の面前に流れて来たのは一塊の人糞だった。私は漂流物に出会ったのである。鼻の頭に人糞がぶつかり、その強烈な匂いは老いた今でも覚えている。言葉にぶつかる人は幸いだ。漂流している本当の書物にぶつかる人は確かに宝くじに当たるよりは幸せだ。金メダルをもらうよりは誇り高いことを知らねばならない。

　この若者は確かに言葉にぶつかったのだ。他にもそういう人は多くいるが、そうした漂流物とぶつかる出会いを喜びとして、または千載一遇の誇りとして受け止められないのが何とも残念だ。大判小判を拾っても犬や猫はいささかも喜ばない。鰹《かつお》節や肉の方が彼らを誇らしくする。人間だけだ。しかも選ばれた人間だけが、ある種の言葉に感動し、誇るのである。彼は長々と次のように書いている。

【上野霄里の著作『運平利禅雅』一七〇項にある通り、日々心域全体に迫り狂っている。外に見えないマグマを内に燃やしながら生きているからであります。僕は脳は好かない。心は、胸で涙を流すのです。私は、失った希望の生命を想う。死んだ者を想う。生きて別れた者を想う。その想いが私に書かせ、なおも上野霄里を想うことを願ってやまないのだ。読み込んだ時の私は、『誹謗と瞑想』と対峙《たいじ》していた。私を救える書は、『誹謗と瞑想』をおいては他になかったからだ。私は本当につらかった時この本を日夜読み日が暮れてまた明けるのも忘れて一心に読まなければならなかった。私は、あまりの厳しさと美しい人格と文体に一行ごとに本を閉じなくては先に進むことさえできなかった。実生活では無職となって、八年連れ添った芸術の理解者であった恋の相手も私を離れ、水道もガスも止まり、水風呂で冬を過ごし、虫のわく部屋で、食べる物もなく格闘した。岡本太郎の本も、底深い求道《ぐどう》のあとを私に示すことはなかった。私は、他のどんな言葉も目に触れさせず上野霄里氏の言葉に出会うために読もうと挑んだのだった！　私は華厳経《けごんきょう》も、クリシュナも、ルソーの全作品も、バタイユ全集も、シュストフの全著作も、ウナムノや、オルテガ、ベルジャーエフ、ソロヴィヨフの全著作、ボロンデル、オリゲネス、李卓吾《りたくご》やシャンカラ、ラーマーヌジャとも異なった求道《ぐどう》の書に、愛の豊かさを見い出した。僕は、愛が去った後にもっと増大した愛を目撃したからだ。

　書を捨てた古《いにしえ》の賢人は、愛を残した。『単細胞的思考』は現代のために描かれたゴヤの絵であり文明に群がる死者の群れを目にしたのだ。生を与える書は、死をもって読むものを生還させるオルフェの歩みと呼びたい。ギリシャの詩人オルフェウスは妻エウリュディケーを取り戻すくだり（想い半ば妻を取り戻すことが叶わなかったけれど）、私は願いが叶う叶わないを問わない。愛を確かめる行動に死をも超えたオルフェウスの詩魂の美しさにアベラールのエロイーズへ奉げる深い祈りを見るからです。そこに古代ギリシャ神話と中世フランスとの差異は感じない。私は、愛の歌が混迷の時代に怒れる呪力となって発動するのをこの目で見た!!　岡本太郎が「呪術」と言うならば、上野霄里師は、「宗教」と言う。上野霄里師が「原生」というならば岡本太郎は「根源的な」と言う。実存主義は「魔術的」と付けるか、「呪術的」と名付けるか、英語では〝マジック〞である。実存に呪術、呪力がなければ原生のリズムは表現できない。原生のリズムは、呪詛《じゅそ》である。文明への呪詛《じゅそ》でなければならない。ドストエフスキーの憤怒の言葉である。魔術、呪術とは超私的宇宙神話化体験である。孤絶とは愛の血肉化現象である。その際、内側に自覚されない愛は金属の骨である。ブレイクやクセノファネスの「神々は朽ちていく人間たちに初めから、全てのものを解き明かすことはしない。むしろ、時が経つに従って、詮索《せんさく》しつつ、一段と善いものを見い出していくのである。」は信じることがない者に対する怒りの思想となっている。だが、私はこの言葉の意味を信ずる。

私は信じることを法然とルター、『単細胞的思考』の最後の章に見い出した。私にとってルターも法然も、スピノザも、ブロンデルも、ブレイクも、ジョルダーノ、ブルーノも、地上のあらゆる物質的繁栄のための活動よりも、無限に重大であり、命です。私にとって、上野霄里先生と出会い得たことはカーライルとエマースン、ゲーテとバルザック、ゲーテとショーペンハウエルの出会いだ。表現が、求道であるとはこの人物たちのドラマが証《あかし》ています。私は上野霄里先生を神やマリア様のように崇《あが》めることはしない。カーライルやエマースンの出会いがヘンリー・ミラーと上野霄里先生の出会いが、人間らしい生き方のソクラテスや釈迦やキリストの人間らしい在り方の創造であり続けているように。私は、そのように上野霄里師の人物を信じています。ゴッホのように、炎の人であると。

芸術の理解者がいなくなった時、否、より正確にはこうだ。信条を分かち合える無二の師友がいなくなれば、それは地上的な人生の意味合いで悲しみである。私には、恋し愛した女が去ったことよりも、日々私の信条を分かち合える師友を失う方が深い悲しみに感じられた。私は一年の間死人のように布団に潜り、それでも無心に一心不乱に法然の『選択本願念仏集』とルターの『詩篇講義』、『キリストの自由』は、それこそ『単細胞的思考』の厳しさで私を新しき人格へと高めた。それは精神的な歩みに光を投げかけてくれるものでした。『セクサス』薔薇色の十字架であった。ヘンリー・ミラー師が「自分自身を全地球に拡大していたのである。……僕は人格離脱を成し遂げ、無間の大洋の中に自己を溺《おぼ》れさせたかもしれない……師の以心伝心的な命令を守る小坊主のようにただ〝口述筆記すること〟が芸術の目的なのだろうか」と、そして「生命の樹の根元におかれた伝説の書に金文字で記録された。

今、エド・マーチン博士の写真を見ています。出会いは新しい希望じゃけんね!! わいもマーチン先生に感謝するでな。ありがとう!! 先生、「人の心に灯《あかり》をともす出会い成れ」悩んだりしたことが今生きる糧《かて》となりて在る】

名文とは後世に残るような上手い出来ばえであるとは限らない。適切な表現を楽に使いながら用いる単語一つ一つに意味深さがあるだけでも駄目だ。それに加えてその文章を独特なリズムの深さや感情の強さ弱さの釣り合いのとれた調子が勢いよく流れていなければならない。早さも遅さも、さらには心の高まりや上下と考える力の備えている暖色や寒色の度合などを察知する必要がある。文章を生み出すという行為はこういった外側の構成ばかりに関わっていても仕方がない。文法も語彙《ごい》の多さも、それは第二の問題であって、文明、文化などといったものからは遠く離れていた時代にも、今日聴いていてもその内容に打たれ、そのリズムに酔って涙を流し、その情緒の深さに心は浄化されて行くものだ。文章とは美しさもさることながらそれ以上に初期の人間のエネルギーを昂《たか》め、肉体全域の中に走っている気を可能な限り元気にさせてくれる。文学が作り出す、書く人や読む人のハーモナイズされた心の柔軟性は、うっかりすれば硬直した文法などの約束の中に閉じ込められて本来の情念をその人から追い出してしまうかもしれない。本当の言葉の生まれないところにも気は流れていない訳ではない。その速度は遅々としているが、完全に生命はその流れを止めている訳ではない。生命は常に滞《とどこお》らない言葉の流れの中でしか、確認できない種類のエネルギーなのだ。言葉は電気や磁気と同じようにもう一つの気の動きである。雑然とした社会の言葉は言語の芥《あくた》であり、人の心や行動に纏《まと》わりついている錆《さび》であり、汚れ、皺《しわ》であり、そしてそれは人生の流れの中でますます大きく広がっていく。力いっぱい生きている人の生活の全範囲から生まれて来る言葉はそのまま生命という名の小利口さに支えられてはいるが、そのままでは溌刺としたエネルギーとして見られる訳ではない。そういう人の周りには常に流れを強くした気の高次元の場が作られているが、そこで祈りとか瞑想、さらには希望といった停止や逆行する時間の中ではっきりと自分の行動が自分の願っている方向に向かっているか否かを確認する必要がある。それが自分の生命の方向だと信じる時、安心してその方向を美化された物として進んでいけば良い。社会の飾り物でない自分の言葉だけがこの場合の美化された本人の生き方と見て差し支えはない。

　言葉はまず精神を強化するために必要な食材とも言うことができる。極めて自然で農薬を使わず、雑草の中に植えられていて、苛《いじ》められることもなく、昆虫などのやって来る害に遭ってみてもいささかも食材としての立場を失わないものでなければならない。精神が強化され、その結果として肉体も強くなる。言葉はあらゆる汚れに晒されたまま、傷だらけの中でいささかも自分らしさを失わず、ますます自分を確かに保ち、生きられる人を作って行く。文明社会には改善術なるものが、色々なところに用意されている。しかし人が自分自身の生命や精神を改善するには、ただ一つ言葉によってしか方法はない。言葉を心の芯に注ぎ込む時、その状態を続けていく限り、心は改善される。心だけではなく自分という存在の全域が改善という変化を示す。蛹《さなぎ》が蝶になると、内臓の仕組みが全く変わると言われているように。

　人が変わるということがしばしば酒を飲んだ場合によく見られる。遊び人が学者になったりすることもある。外から見ても何も変わるところもない、それでいて大きな変化というものが行われる事実を私たちは認めない訳にはいかない。身体つきも内臓の位置も、形も全く変わりはしないのだが、食べ方話し方が大きく変わっていくことを、周りで何度か見ている。

　花から花へと軽く飛んで行く蝶も少し前までは内臓などの一切を無にして蛹《さなぎ》として存在していた。

　これは奇跡と呼んでも良いかもしれない。言葉の力という呪術も忍術も決して馬鹿にはできない。見方によっては確かに人は呪われ、また忍ぶ心の中で様々に人格を変えていく。この場合言葉は生命のエネルギー、すなわち気のもとなのである。

言葉の軋《きし》みの中の失調症

あらゆる生命体の身体も心もその細かくできている精密な内容ゆえに、周りの食べ物や力関係のぶつかり合い、働く作用の違いの中で、統合失調症に陥ることが多い。医学が何ものにも魁《さきが》けて人間の手で作られて来た理由は、このことからもはっきりと分かるのである。

人の言葉もまた蝶の羽や魚の鰭《ひれ》のように必要に応じて自由に動いているが、生命体の失調症の中で身体のあらゆるところが統合的に協力する力を失うこともあるようだ。このことを人に当てはめれば人の心と言葉というものがその統合性を失い恐ろしい失調症になることである。生き物に充分な餌が与えられなければ栄養失調に陥るし、豊かに育つ野菜や美しく咲く花も肥料が十分に与えられなければ間違いなく栄養失調に陥る。人は常に身体の失調を適切に整えておかなければならないのだが、それ以上に精神を整え昂《たか》めておくために自分の言葉を整理し、汚れを落とし、正しい方向に向けておかなければならない。生命は言葉そのものであり、それゆえに言葉は間違いなく大切なもう一つの形の栄養なのである。

自分だけの人生を力いっぱいよじ登らなければならない。自分のための時間は、その人しか使えないものなのである。それならば大いに自分のものである時間を使い、自分らしい使い方で余すことなく徹底的に使い果たさなければならない。歌いきり、笑いきり、泣ききり、心の流れが最後の一滴まで絞り出されるまで使い果たせたら良い。

しかし実際には多くの人は完全に自分の時間を使い果たしてはおらず、寿命時間の終わりを迎えることになるのだ。何と情けないことだ！

どんな機械であっても大小様々で、精密さの度合も微妙に違っている。大小様々の歯車とベアリングがあればどんな機械でも作れるというのが基本的に考えられる事実だ。それと同じく夢と情けといった二つの感情が人の心の中にあるならば、あたかも潤滑油のように働いている人の言葉は、心の大小に関わらず精密度の高い、時にはとても低い精神の動きを進めていくことができる。言葉にはそういった力が含まれており、光り輝くエネルギーとなってそれが外に飛び出して来るのである。人の人生は、自分の心でしか描いたりかたどったり表現していくことはできない。本当のその人は自分に役立つ言葉しか外に出せず、その言葉ゆえに実に重々しい、しかも奥深いその人独特の匂いをあたりに発散するのである。

現代人の言葉は外に発散していく時、ガタガタと弛み、その軋《きし》みは言葉の貧困の度合を高めている。私たちは自分自身の人生にもっと自信を持ち、もっと誇りを抱こう。己自身という全てのものが見事に統合され、心の歯車とベアリングのいささかの狂いもないのである。つまり生命体は栄養失調にならない限り基本的にはちょうど歯車とベアリングの色々な種類の組み合わせの中ででき る機械の中でも最高なものとして貴ばれるのである。

とするなら、言葉の貧困さは歯車やベアリングの消耗した姿にも似た自信のない、誰もが使う言葉の中で、人間は軋《きし》んで今にも崩れそうな歯車に近いものになっている。

言葉は精神にかけられた潤滑油である。常に自分の匂いの中で清潔に保っていなければならない。

名人に近づくな

人は何事においても、またどんな人生にあっても、自らにはっきりと納得させていかなければならないことは、自分が何事においてもプロフェッショナルになっていってはいけないということだ。どんなに頑張って目の前の一つ二つの仕事を上手にこなしていけても、その態度をプロだと自覚する時、その人は間違いなくその仕事をすることに失敗している。

人間は生まれたての赤ん坊の時、その後の長い人生の中で最も素直であり、一切の名人仕事から遠ざかってひたすら母のお乳を飲み生きている。その後の長い人生は目の前の物事に自信を持ち、その道のいっぱしの職人として、しかもそのことに関してはたいていのことは判っているとばかり自信を持つ。要するに大小に関わらず、若かろうが老いていようが目の前のそのことに関しては自信を持って自分は巨匠であると思い、人の前ではあからさまに言うことはないにしても、自分はその事の名人だとどこかで信じているのである。恐ろしいことだ。そういう考えこそあらゆる人を生まれたての赤ん坊、いわゆる天使やキューピッドの心で生きるあの純粋さを失わせているのである。

一旦母親のおっぱいの匂いを忘れた時、純粋な人間という名のキューピッドの手からは、あの狙い違わない勢いを持っている矢を手放してしまうのである。

あらゆる種類の大小様々な魚も鳥も、あちこちに咲く一輪一輪の花も、自らを他のものと区別できる名人だとも巨匠だとも思ってはいない。一匹たりとも、泳ぐ鰯《いわし》の中に自分をプロフェッショナルな存在だと思っているものはいないはずだ。

もちろん人も自分に与えられた生命を寿命の中で十分に生きて行くためには、同じようにそうなってはいけないのだ。名人になるということは集団人間になることだ。他の人間と並んで群れをなして生きることになる。

この人間こそ、一番になったりビリになったりしてそこから得る幸不幸をいつも考えることになる。

しかし本物は、どこまでも個である。自分らしく生きることである。

ある人はよくも、「一番にはなりたくないが自分らしくなりたい」と言ったものだ。

悲しいことに現代人は他の人と変わって自分という存在として生きることを極端に恐れている。この気持ちさえ捨てられれば人はみな豊かに生きられるはずだ。

象徴としての独学

独学の精神とリズムを持っていないと、人はこの世では決して救われない。どんな学問も文明の汚れの中でしか通用することはなく、その汚れから生じる様々な屁理屈や不条理の中で、年ごとに人は老いぼれていく。

誰から教わっても、学んでも結局は自分に戻ってしまう。自分の生まれた時からのリズムに戻る他はない。どこまでいっても人は独学で学び、独学の法則の中で自らを再生し、改革して行く他はない。

たとえ、この世には数々の約束事が存在し、それを綺麗に纏《まと》めてあたかも孔子のように、法律家のように、宗教家のように集団人間を綺麗に並ばせ、彼らに教えることがあったとしても、その実集団の好きな人は己の内側のどこかにおいて、全てのことを独学という名のリズムで捉《とら》え、自分らしいハーモニーの形に変えていく。

教育は全て一見集団行動の極たるものとして認められているが、その実本人が本人の言葉によって自分の弓から飛ばしていく精巧な矢であって、それを私は独学という名で呼びたいのである。

確かに私たちには学校時代の先生、旅先の出会いの中で教えてくれた名もない人、苦しみの最中に手を伸ばしてくれた奇特な人間など、様々に存在するが、そういういわゆる自分の師たちから確かに何かを学んだとしても、それを自分の中で自分なりに味付けをして煮詰めていくのは本人であり、その人の人間性の強さ弱さに従ってそこに生まれる独学の形はまちまちであっても仕方がない。この微妙な違いこそ、個性の違いと言えよう。

生命について

生命は間違いなく天然の中から出現して来た。つまり大自然から生み出されるわずかな滴《しずく》として、ポタリポタリと雨だれのように落ちて来たのが生命なのである。それだけの小さな生命でありそこに与えられている一滴の水のような存在には当然、やがて力尽き消えゆく運命が待っている。この干乾びた運命が一滴の水として存在を辿《たど》る長さはそのまま寿命であり、大自然から与えられた存在の許された時間なのである。生命はその時間の中で自らを実感し、行動し、自分をまたその周りのものを理解しながら、常に周囲に流れている永遠という名の時間を意識しながら生きているのである。

時には永遠の流れである時間を前にして、自分の生命や、あらゆる物の生命がなぜ出現したのかとか、生物の出現の時代はいつ頃だとか、生命の滴《しずく》をたらしてくれた大自然の発祥とか、その大きさとか様々に考えるようになる。しかしそのように考え行動する時間も実に短い。短い生命時間の中でしか生き物は生きられないからである。生き物の故郷はどの生命体にとっても懐《なつ》かしいところであり忘れることのできないものだが、そこが自分の背後の実に短い時間の中で得た体験であることを、自分の生命が尽きる頃やっと気づくのである。

このようにして生命体はそれを「心」とか「魂」として、さらには数多くの色彩で様々に彩《いろど》られた「精神」として理解するようになる。勢いある幼子の頃から少しずつ勢いづく子供時代、さらには平気で無理なことのできる青年期に入り、やがては力を発揮するけっこう長い壮年期に向かって行く。その後には秋風に吹かれ夕陽の沈むような壮年期に入り、その頃から少しずつ力や気力を少なくしていく。

短いとは言いながら個人にとってはそれなりにけっこう長い歴史は、そのまま人の心の中では、日本海溝のいわゆる海底山脈のようなものにどこか似ている。こういった海の底の半ば眠ってしまっているような山脈は、間違いなく、老人のように枯れ果てている。

枯れ果てているこれらの山脈にも似て、マンモスが歩いていた時代とは違って、何かが眠り惚《ほう》けている言葉に似たような、人間の言葉もすでにどこかが枯れ葉の様相を呈している。

どしんどしんと勢いづいて歩くマンモスの足音などどこにも聞こえては来ない。風に吹く枯れ葉の音などは音のうちには入らない。

今日、人は文明の風の中で心の中が枯れ葉で埋まっている。この心を掃除することはそのまま生命の最も重い病気を治すことをも意味している。

生命の力を海底山脈の眠りから引き出すためにも、そこにマンモスの足音を響かせるのも、その人の生き方の姿勢以外の何ものでもない。人の心や言葉は文明の中で悲しい迷子になっている。人生の中で迷子になることは喜ばしいことである。しかしそれは自ら人混みに身を投じて迷子になることに意味があるのであって、間違って親の手を放すような迷子ではないのである。従ってそこでは親にはぐれて泣くような迷子であってはならないのである。自ら手を放し親から自信を持って離れる自分に喜びを感じる魂でなければならない。たった一回だけ与えられたこの運命という名の生涯であれば、自分らしくまともに生きたいものだ。

現代の英雄伝説

日常を生きている文明社会の中の人間は、大小の差はあれ、砂粒のように小さな虫たちといささかも変わりはない。自然の中の生命や物質の数限りない存在は間違いなく一つの集団なのだ。

集団の中で生きている個人は全て積み重ねられた時間の重みの下で、その重みをいささかも感じることなく存在している。生命のあるものは大小に関わらずこの重みを理解しているなら一分たりともその状態に抑えつけられて生きてはいけないはずだ。蟻のような生命体には言葉がなく人間ほど意識がないので何とか我慢して彼らの集団の中で生きられるが、言葉があり、またあろうとなかろうとにかく自由というものを考える能力がある人にとってはこの集団の重みは耐え難いものだ。人間はきめが細かく、生き生きと感性を個々に働かすことのできる色とりどりの大小の言葉を確かに持っているので、本来は集団の重みには一瞬なりとも耐え難いはずなのだが、いつ頃からか人はすべからく文明人間という名で呼ばれるのに相応しい存在となってきている。それゆえに人間は発達障害に陥っている生き物となってしまった。これほど豊かな、しかも巧妙で恒星から発射される数々の種類の多い放射線などを受けながらここまで伸びてきた人類という名の生命体も、言葉というどんなものよりも精密な流れであり、それは電磁気や気の流れなどと共に人という生命体を貫き通している。しかもこの流れは人に大きな影響力を与えて止まない力なのである。この力がそのまま健全に存在しているならどんな集団の中でも自らを個そのものとして認め、理解していけるのだが、言葉が混濁し本来の精密さを失っている今、人は間違いなく発達障害の中でしか生きていけない生命体と化してしまった。そういった人の中にごくごくわずか、この混濁から己の生命現象の働きを脇によけることのできる人たちが、まるで奇跡のように、また魔法のように存在することがある。集団人間には全く理解できない不思議な人間たちであり、時には彼らを天才とか、匠とか呼ぶより他に手はない。

　大多数の中の個人である仙人や隠者たちを、老境に入った私も、今のところ実際には本物を一度も見ていない。この日本などにはそういうタイプの今様《いまよう》の人間は一人もいない。しかし仙人や隠者にほぼ近いタイプの人間を私は見ている。私の全人生の経験の中で実際に見ることができた仙人や隠者を思い出すたびに私は涙を流す。それは昔の修行者のように世界中の各地、中部ヨーロッパから北欧、アメリカ北大陸、イタリア、ギリシャなどバルカン地方、また、東ヨーロッパなどを旅しながら、私と同時代に生きている人の中に、仙人や隠者に近い人に一人二人会うことができたからだ。

　大多数の中から飛び出している本当の個人を発見し、大多数の考えの中から抜きん出ている個の言葉の力にぶつかった時、私は、名もない、力もなければ知恵もない素朴な農民が、柔らかな心で信じきっている神に出会ったような驚くべき体験をしたのだ。しかし素直で素朴な農民たちがどんなに頑張ってもこの世の中で神や仏に実際に出会うことはあり得ない。同じ人間でありながら仙人や隠者の生き方の領域に飛び込めたものだけが、純粋で素朴な農民たちの神や仏になるはずだ。

　逆境の中からしか、我々人間と同じ生命体を持った驚くほど強い個人は生まれて来るはずはない。こういう個人こそ正しく神であり仏なのだ。確かに、言葉を持った確かな生命体こそ神や仏に違いない。

　私たちは地球上の烏合の衆として繋がっている集団生命体だ。こういった昆虫のような、またバイキンのような生命体は、一度仙人や隠者に出会って再度浄化されて精密な生命に戻るべきだ。かつてある哲学者はこのような発達障害人間の中から離れる人を「ヒーロー」という言葉で表現していた。

　人は与えられている生命をその通り用いていくなら確かに英雄になれるのだ。

孤立と孤独

　発展し、または改革されたあらゆる歴史は、その裏に限りない災害の歴史を孕《はら》んでいる。戦争や嵐、地震、火山、大火災などといった事件は必ず何らかの形で古代人から抜けようとする人間社会の中に必然的に起こる偶然であって、これら二つは対になって存在し、切り離すことはできないようだ。
『ローマ興亡史』や中国の『史記』などは明確にこの事実を証明している。文明の進歩には必ず大災害が伴うのだが、同時に大災害の歴史には生命体が生きようとする極度の援助の動きがついて回ることも事実だ。発展には大災害がつきまとい、大災害には生命を生かすための応援の力として、不思議に自然のどこかから手が差し伸べられるようだ。生命体がごく自然な偶然の中で大自然の中から出現する時、その存在は天然の動きそのものとして認められている。人が人間として出現している中で言葉はどうしても最も重大な〝能〟として理解しなければならない。恒星から発射されるか放射される光線もまた〝能〟がついて回り、結果として地球のような惑星の生物に大きな影響を与えている。生命が無からというよりは大自然や磁気力から、また、タンパク質の多い熱い流れの中で出現したとしても、基本的には恒星から発射される紫外線や赤外線のような〝能〟によって確かな生命になるために勇気づけられていることは間違いのない事実だ。単なる物質としての価値だけで存在する物とは違い、生命体は大から小にいたるまで自ら動き、働き、大自然の中を飛翔しながら、泳ぎながら、それぞれ長い短いの違いはあっても個々に与えられた寿命という名の生き方を全うする。時間は永遠であり、時間そのものには寿命はない。長さがなく、働くという時間の流れを意識しない時間は、そのまま流れているだけであり、そう考えるのは人の方であって、時間そのものは一切の時間の流れというものを意識してはいないはずである。時間は永遠というが、それは生命を持たない、また流れを流れとして意識しないそのままの時間であるからそうなのである。時間に一切の価値観が存在しない。良いも悪いも大きいも小さいもそれを区別し、分けるのは物質の中の一つとして時間を考えようとする人の方に問題があるからだ。時間はあらゆるマターと分離して理解しなければならない。時間は物質のように、物質の一つである生命のように質が存在する訳ではない。質は存在しないのだが、それゆえに無だという訳ではない。時計は時間を計ったり、量ったり、測ったりしているように見えるが、実は質のない時間を確かな物質である時計は磁気の力を借り、ゼンマイや歯車の動きを借りたとしても、どんなに頑張っても無である時間を計ることはできないのである。無から離れた、または一瞬たりとも寿命の枠の中に閉じ込められている間は、無の時間さえ、時間の全域である無さえ計っているような気持ちになっていても、実は時計は無という時間の前で何一つ行動を起こしてはいないのである。

あらゆる物質の前で、大自然の前で時は明らかに孤立している。時は永遠に孤立している。生命が、つまり人が孤立すると言うがそれはとんでもない誤解だ。人は、枠に閉じ込められた生命であって孤立するはずはない。生命は物質だ。物質は自然という物質の中に閉じ込められており、一瞬たりともそこから抜けだした時のような無の境地に、つまり孤独な状態として天然を前にして自分を孤立したと言う訳にはいかない。物質は、また生命は孤立はできないが同じ檻の中で、また同じ自分の寿命の中で孤独になることは可能だ。仙人でさえ、特別優れた隠者であったとしても、無の境地に置かれている時間と同様に孤立することはできないのだ。孤立は永遠に無であり、一切の自然の枠から飛び出している存在なのだ。

人は孤独になることはある。それゆえに与えられた、また閉じ込められている自分の寿命の中からその外に飛び出すことは不可能なのだ。大自然の中から流れている生命の放射線によって、様々に生きる勢いを与えられている生き物は、ウィルスから人間に至るまで常に孤独を様々な色彩のように区別しながら体験し、生命時間が終わるまで孤独を味わいながら生きるのである。

古代人の哄《わら》い

人間は人跡未踏のところに踏み出していくと、様々なものを発見し、その行為は新しい動きを見ることで、心がどこまでも大きく広がっていく。もちろんそれは人間の自信となり、どこまでも未知の領域に向かっていくことに休みなくぶつかっていくようになる。だが本当の未知の大陸の発見は言葉で考えることであり、喋《しゃべ》ることであり、書くことによってその初めを体験し、その終わりも体験するのである。人間が一つ一つ万有の中から理解力をつけていく時、確かにそれは歴史という名のページが広がり、それを読む時人間の足跡がはっきりと分かってくる。

新しい空気を吸い、新しい言葉のリズムで今というこの一瞬を生きている人間は、そのことを知り自信を持つ時、自分という個人に限りない望みを託すのである。今この一瞬に吸い込んでいる空気は、自分にとって同時に最後の空気であり、同時にこれからの新しい空気であることを知り、自信を持つのである。

他言語を母国語に変換したり、昔の人の考えを現代人のこれに解釈したり、他人の生き方の考えを自分の考えに直したりすることを訳すと言うが、果たして物事の訳し方には、また人それぞれの訳し方には上手下手とか、より美しくとか不細工に訳すといったことが実際あるのだろうか。人の顔形が違うように、同じ果物でも味が異なるように人それぞれによって、また時代や社会状況の流れの違いの中で訳し方は様々に捉えられる。私などはむしろ、訳す本人の特別変わった性格や独学の特質ゆえに変わった訳や、あえて誤訳の方がより深い意味を持っていると思っている。適切な訳とか、心に沁みるような訳というものはむしろこのような独特の味わいを持っていなければならない。その本人の生きる姿勢の特質や、特別大多数とは異なっている意見の中にこそ、心を込めて理解しようとする人には大きく訴えてくる何かがあるようだ。

従って誤訳は一つの新しい文法なのである。個人個人が素朴でありながら同時に大人として十分成長しているならば、その場の空気をかなり深いところまで読めるはずであり、単純な間違いのない訳よりは人により深い情感を与えるはずだ。

誤訳する人間も、その誤訳を読み理解し心を打たれる人物も、それは限りなく孤立した人間の在り方であり、しかもその孤立の度合が深ければ深いほどその人の孤立感は生活の中で慣れ親しんでいるものであって、その人の生き方の全域はますます豊かになっていくはずである。誰しも人間が持っているあの生老病死の考えも、誤訳をいささかも怖れず気にせず、あえて最も良い訳として認めることができる人は、生老病死をいささかも恐れとしてまた苦しみや悲しみとして受け止めることがないようだ。天然の生き方というものがその裏打ちとして誤訳をいささかも怖れない、また恥じない人の思いの中から生まれることを、このようにして私たちは知ることができるのである。

人の思考回路は時として大きく変えなければならないことがある。あるタイプの文明や文化の歯車を回している人々の思考のリズムの回路は、なかなか別の方向に変えることは難しい。しかしあえて変える必要があるのかもしれない。人は単なる猿や犬のような動物の一種ではない。生命として他の数多い生命体とは全くジャンルを別にした存在なのである。確かにチンパンジーやゴリラは人間によく似た生活態度を見せているが、肝心のところでは全く違っている。どんなに数字を教えても、また言葉を教えても、その甲斐あって二つ三つの数字を覚えたり言葉を覚えることがあっても人のようにはならない。人はあくまで肉体の上では同じ霊長類の仲間として猿たちに似ているようだが、脳の中の回路やコンピュータの機械的な、また歯車的な繋がりの回路という点になると、全く猿たちとは縁がなく、その反対側に展開するサーバーの広がるところに直結しているのである。

人間がどんなに努力しても猿類の顔の表情や身振り手振りの中に笑いというものを見ることはできない。本当の笑いとは、落語家や漫才師のあの商売上の作り笑いではない。もっともあれらの笑いに相好を崩すような人がいることも事実だが、本当の笑いとは全くそれとは違う。古代の笑いとか、哲学する者の笑いというのがある。それに対しお笑い芸人の笑いは笑いであって笑いではないのである。本当の真剣な笑いは病さえ遠ざけることができ、さらには死さえも遠ざけることができる哄《わら》いなのである。つまり「古代の笑い」は「古代の哄《わら》い」なのである。同じく「哲学者の笑い」も「哲学者の哄《わら》い」なのである。

一切何事でも誤訳して恥じること無く自信を持っていられる人は、常に哄っていられる。

心に目覚める言葉

半世紀も前の頃、私と妻は生まれて五ヶ月ばかりの息子を連れて関東から東北の地に移り住んだ。

初めて本を出したのは三百ページほどの平泉を中心とする観光案内書であった。この本の題名は『くがねの夢』だった。この本を土産物の店から出してくれた人物は、この後、七百ページ近い『単細胞的思考』を全国に向けて出版してくれた。いずれにしても『くがねの夢』が出されようとしていた頃私の頭の中には古い中尊寺などと並んで日本の古典文学の匂いが漂っており、近代や現代の詩人たちのリズムを原稿用紙に向かっている私から離すことはできなかった。私のこの本を出してくれた佐藤文郎君も凄い内容を孕《はら》んでいる詩人の一人であり、その頃岩手詩人の集まりの中でトロフィーをもらったりしている存在だった。

「はるはあけぼの　ようよう白くなりゆく　山際すこし明かりて……」といった清少納言の『枕草子』の言葉などが、中尊寺のある平泉の今と違った古い昭和の風土を説明するのに、ぴったり当てはまると私はその頃考えていたのかもしれない。

王朝時代の雲上人の間を行き来しながら才女の誉れ高く、現代女性以上に誇らしげな自分を持っていた清少納言は、男にとっては簡単に近寄れないセレブの女として見られていたようだ。『源氏物語』などといった大河小説の勢いと男女の関係を様々に語っているこういった物語文とは違って、むしろ『方丈記』などと並んで哲学的な随想集として扱われる『枕草子』は、古い時代の東北の一角の人たちの生き方を見事に映し出しているというのが、その頃の若い私の心の状態だったのだ。

大河小説の流れの中で著者紫式部の心が「もののあわれ」を一本の糸として文章の中を貫いているといったのは、日本学の大家、本居宣長だった。しかし考えようによっては紫式部の文学理論より清少納言の文章の方により明らかな「もののあわれ」が現れているように思える。人間が、特に女性が動物に対する哀れみの気持ちや愛玩動物に対する思い入れを強くすることを『枕草子』の中ではっきり見ることができる。

翁《おきな》丸という名の犬が当時の天皇の飼っていた猫に噛み付いたことで、この翁《おきな》丸は仕置を受け島流しにされ、捨てられて死んだことにされたそうだ。だがやがて人々は翁《おきな》丸がいかにも苦しそうに震えて歩き回っているのを見たとも言われている。こういったことを観察しながら清少納言は一度はおかしなことがあるものだ、と客観的に書き添え、しっかりとこの犬の運命を見定めながら哀れな犬だと評しているのである。

愛や恋の問題で心を燃やしたり、苦しんだりする『源氏物語』よりも『枕草子』の中に、モンテニューの文章のような単なる物語を超えた生き物の世界の深い感傷のような思いがあり、それが読む者の心を打つように思える。何事も「おかし」と言いながら進んでいく清少納言の思いは、読む者の心に力を与え、人の平常心をよりきめの細かいものにしてくれるようだ。『方丈記』や『徒然草』の中の言葉の流れもまた、人の生き方の息苦しい面を捨てて穏やかな流れとなって表現されているが、確かにモンテニューや鴨長明、そして兼好法師、清少納言の平和な日々の生き方の文章の中に、本当の言葉の勢いを見るのが心有る人の態度なのかもしれない。

日本の心として本居宣長が伝えた「もののあわれ」はむしろ『枕草子』の中の淡々とした言葉の流れの中にあり、あたかもモンテニューの『随想録』の匂いを感じ、いつの時代にでも啓蒙の穏やかな思想として人々を慰めるであろう。

インディアン紙の辞書

昔の厠《かわや》から西洋式のトイレに変わっている今、便所というものが便利で清潔な場所であり、匂い豊かな香水が広がり、人間はそこで食べることと同様に代謝の楽しみみたいなものを生きている時間として感謝している。人間はこういった様々な生き方の便利さを獲得した一面で、どんなに多くの大切なものを失ってきているかほとんど気づかないでいる。

綺麗なものを身に付け心を慰めてくれる音楽の流れる中で、上品に語り出す言葉にそつはなく、食べるものにしても全て何らかの形でグルメになっている。

こんな中で私はボロボロになった革表紙の書物を今目の前に置いている。モンテニューの『随想録』がそれである。この書物はちょうど現代人のためにポケットサイズに作られた文庫本または新書版に近い形である。しかし厚さというと、文庫本の百ページから三百ページぐらいのものとは全く違うのがこの『随想録』なのである。古い本にしては驚くほど白くて薄いインディアン紙で綴《と》じられたこの小さな本は、厚みは三百ページか四百ページに過ぎないように見えるが、実は千数百ページから成っているのである。このボロボロの小冊子がページの白さといい、印刷文字のきめの細かさといい、多くの文庫本などに接している私には何か全く別の物といった感じがするのである。

辞書は一昔前まではインディアン紙でできていた。いつの時代にも本当に学ぼうとする苦学生が多くいたものだが、その頃の苦学生の辞書では滅多にインディアン紙のものは見られなかった。最近の金回りの豊かな世の中では、私が教えていた教室で生徒が帰った後辞書が忘れられており、それから何週間経ってもその忘れられた辞書は持ち主に戻って行くことはなかった。この時代、辞書だけではなくあらゆる書物が人々にさほど愛されていないことを私たちに教えてくれる。こんな時代の辞書は滅多にインディアン紙で作られてはいない。

幼い日の私が、埋もれた本棚の中から取り出したのは『井上英語辞典』であってよほど使われすぎたと見えてボロボロだった。この辞書のページもまたインディアン紙ではなかった。この辞書の傍らにあったのはエスペラント語の文法書だったが、これもインディアン紙などは使われていなかった。

共同通信社の記者をしていた今は亡き、私の読者の一人が送ってくれた古いモンテニューは、どこまでも白いインディアン紙のページを見せていて、どこにも他のつまらない紙面を見せてはいなかった。

あまりにも全てが文明の便利さに飲み込まれており、私たちが今日持っているものは全て美しく、上品であり、しかも使い易く見えるが、その実インディアン紙などといった本当に上品なものは使われていないのが現実だ。心の籠もっていない、ただ売らんかなとばかりに出版される本の山の一方で書店は次から次へと閉店しているのが現実だ。商人の見え見えの宣伝に乗って本や雑誌は売れているが、他の品物と同様、こういった全ての現代のアイテムは人をレベルアップさせることがない。

ページ一枚一枚に心を籠めており、言葉に自信を持っている書物が今日どれくらいあるだろうか。書く本人も、印刷する人間も、出版する人も、本屋の書棚に並べる店員たちも、単に真面目に、本気になって商売をしようとしており、食って行くために働いているという匂いが見えるのであるが、そういった社会状況とは別に生きている人間の命懸けで心の籠もった魂が踊っているような状態は何一つ見られないのである。

今日、予定通りにキャンバスに描かれる絵は存在する。しかしキャンバスの端布やコートを切り取ってもう一度定まった大きさに縫い直しながら、その上に描いていくような血の滲む絵はどこで描かれているのか？

京都のある若い読者は何十枚にも及ぶクレヨンの絵を本と一緒に送ってきた。まるで幼児の描いたもののように見えるこの絵の奥に、現代人が血だらけの骸《むくろ》にすぎない綺麗な絵に熱い涙を流しながら非難する声を私は聴かない訳にはいかない。絵が上手でも何の役にもたたない。心が燃え立たない美術など現代社会のグルメのようにただ悲しく苦しいだけだ。今インディアン紙にはっきりと刷られている広告がどれだけあろうか？　相撲の番付さえもプロレス並みにフェイク（偽物、模造品）なものであり、学者の研究でさえも、何もかも文明の空気の中で汚れた広告並みの、また信者集めに忙しい新興宗教の仕事並みに陥っている。民族の上に掲げられるべき憲法でさえ、若者の真心で書かれたラブレターさえ、上品な表づらとは違って体裁だけで中身の汚れたものになっている。

モンテニューがボロボロのまま私の前にある。インディアン紙のページの白さが目に痛い。インディアン紙で巻煙草は巻かれている。何という侮辱だ。インディアン紙は崇高な人の言葉を巻くだけで良い！

中近東のブーツキャンプ

人間には身内のものとか仲間というものを他の人々と区別して扱うところがある。個人的に家族とか仲間といったものが大きな輪になってその人を取り囲んでいる場合もあるが、中には一人二人のひっそりとした付き合いでしかない場合もある。この小さい人の群れは、必ずしも団体とか集団といった名称で呼ばれることはないが、内容がよく濃い本当の同胞、またはハラカラ（胞）つまり「一つの胞から次々と生まれてくる魚の卵」という意味で繋がっている。人と人との関係は百人千人と広がっていかにもマスゲームとしては見栄えのする集団なのだが、そこには複数の人間の集まりにみられる精神または言葉の濃さというものが感じられないのがほとんどの場合である。グルジィエフの思想はこのようなインナー・サークルとして位置づけられていて、単なる社会的なまた思想的な明るい団体としては周りに映らなかったようだ。一見フリーメーソンのように世界的ではないにしてもどこか秘密めいたところがある団体からは程遠いところで、グルジィエフは人間の本当の生き様を見ようとしていた。

遥か昔アトランティス大陸が存在していた頃から現在の文明社会にまで社会の周りに広がる宇宙的な謎を解く鍵について、彼は彼自身の中から紡がれた智識を伝承しているのである。どのような組織とも関わりなく、それでいてその秘密めいた人生観は、心有る者には決して現代の神話として脇に捨て去ってしまうことはない。それは人間に内在している叡智とも考えられるようだ。グルジィエフやウスペンスキーはこのような結社が地球上のどこかに物理的に存在すると考え、中近東やインド各地を探索していた。グルジィエフは中央アジアのサーマン・ブラザーフッドと呼ばれる訓練所または神学塾で、彼自身の宇宙観または人生論のシステムをそこに集まった弟子たちに伝授した。こういった中央アジアに出現した学校も、訓練所もアメリカのプロテスタントの牧師たちを海外向けの逞《たくま》しい宣教師に仕立て上げるために合衆国の各地に作られた「ブーツキャンプ（常時ブーツをはいている臨戦態勢の人々の集団）」に近いものだったかもしれない。全く文字など知ることなく自然を自然のままに見つめていた裸族たちに天然の豊かさを教える文明社会の大学教授のような、というよりはむしろ独学で身に付けた碩学《せきがく》の士があえて大学から頼まれて講師になったような人物こそ、確かに真実の教師であり、本来の宣教師だったのではないか。グルジィエフもウスペンスキーも彼らの履歴を問うならば、次から次へと出てくるビブリオグラフィカルな表現が私たちの心を燃やしてくれる。

　グルジィエフは惜しみなくあらゆる深く重い言葉をほとんど全部使いながら、まるで天使を見ているようにウスペンスキーを見て羨望《せんぼう》した。ウスペンスキーが彼の心をそのまま表したような作品は『天使論』であった。

　古今東西のあらゆる神秘主義的思想をフルに採用し、グルジィエフ独特の体型を完成しているのが多くの彼の作品である。神秘主義は文明社会の綺麗事の一切を掃き清め、自由自在に人が解っていなかったり、まだ納得できないあらゆる面において、単純に大らかに万有をそのまま信じているだけなのだ。

　グルジィエフもウスペンスキーも、ミラーもそして梁山泊《りょうざんぱく》のごくごくわずかな私たちもこういった新しい天使論を信じているのだ。それだからといって、私たちを一つのカルト集団とみなさないで欲しい。文明の軽さから離れて人間はそこまで行かねばならない！

憧れる野蛮さ

　人間は時として何かに憧れの心を強く持つものだ。しかもその憧れは美しいものや光り輝くものなどだけに向かう種類のものではない。上品に輝く汚れたものにも人は向かう。時には今の生きやすい生活の中で野蛮なものに限りなく憧れる心が生まれる時がある。単にワイルドになるという訳ではなく、一日中目の前の樹に実っているのを食べてのんびり暮らすような、そんな憧れではない。何かに追われ、また何かを必死になって追いかけながら、野生の強さと愛を全身に感じながら生きてみたいと思う時である。

　あまりにも万事がそれなりに巧く働き、数限りない生命体の中でただ一つ安心の中で暮らしている人間は、その与えられている安心ゆえに本当は十重二十重に束縛され縛られ、人の道などというものに潰されていて息もつけない自分を後悔しており、それが芥川龍之介が絶えず呻《うめ》くようにして言っていたあのどうしようもない悲しみや不満なのである。結局人間はこれから逃れるために、時として誰でも野生の空気が吸いたいのだ。野蛮な勢いの中で己自身を全面的に発散したいのである。今という時に自分の言葉の中で人間はそのまま変質して生きて行くことが可能だと、誰もが自分の心の中ではっきりと信じているはずだ。このように感じている人の生き方はそのまま果てしなく成長していく。または成長の途中にある生命力の成熟した動の状態なのである。よく見れば分かるように限りなく成熟した男女の愛が本来は必ずしも伴わなくとも良いセックスの形に陥って行く。このような生活の動力を人間として健康ならば当然だと考えるようになっているので、この問題は何一つ心配なく誰の場合にも例外を除いては上手く働いている。

人類史の中のあらゆる物語は恐怖や喜びや感謝の物語として埋まっており、しかも限りなく美しい綴織《つづれおり》として広がってもいる。

人が手がける日々の行動はそのまま何らかの物作りに終わり、匠の業《わざ》としての勢いを見せており、そこには勢いの違いに上下の差はあったとしても、人それぞれに自分の中の生産する勢いをそれなりに匠の技として信じているのである。人は常に失敗もする。絶対失敗してはならないという心は一瞬にしてその人を凍らせ、その時の彼の心は必死な思いそのものであって、何かを作り出すといったようなことは何一つ浮かんでは来ないようだ。要するに物作りは失敗してもいささかも怖れたりおじけたりすることのない安心の中で初めて成功するのである。本当の自分の言葉を吐き出そうとする人物は、その前に笑われない言葉や馬鹿にされない表現を用意すること、さらにはきらびやかに飾り立て、読む相手がこちらを尊敬せずにはいられないようにする必要は全くないのである。自分らしい素朴なしかも単純な言葉を口にしながらそれでいて、自分に対する人々の心が何かしら内容豊かな問題を受けるだろうという、こちらのすこしばかりうぬぼれた考えの中で、その人は豊かに生きられるのである。

物を書くとは、見聞録として心のどこかに自分の言葉で考えをはっきりと眠らせているので、そのようなことが可能なのである、その人の考えはその人にとってはどうしても妄想気分の言葉であり流れであり、真実と嘘とが混じりあいめくるめくようなその人の心の中の熱い現実なのである。

人間は常に広い世界に住んでいる時に本人らしく大きく生きられる。しかし人の思いは常に自分だけの四畳半の部屋の中に閉じ込められている。日本語の美しさはこのような閉じ込められている人の呻《うめ》きのようなものを時々発散している。そのようにして発散させる言葉こそ、ほとんどの場合野蛮なものに憧れる人の思いとなって表現されるのである。

生きている今日という一日を心から吐き出される憧れの時間として大いに感謝しよう！

人格に関して

猿の小賢しさや熊の獰猛《どうもう》な態度とは別に、人には「人格」というものが囁《ささや》かれてきた。人格とはある意味において猿の小利口さであり熊や狐の独特な生きる態度とどこか似ており、同時に似ていない。

民族、人種、様々な部族といった集団の中の異なった生き方を見ていても、人としての品格は全ての人間にとって共通な流れを見せており、その表面では人生という与えられた人それぞれの寿命の中で不思議な重なり合いを見せている。

品格というと結局はその人の生き方全体の中に滲み出している独特な色合いであり、シミであり、人生の埃《ほこり》なのだ。同じ埃《ほこり》であっても家の中や庭先の埃《ほこり》やポケットの中や懐《ふところ》の中、鞄の中の埃ならば、常に可能な限り掃除をし、綺麗に拭きとっている方が人の生き方をすっきりさせてくれるようだ。

他の動物にはこういった掃除をするといった概念が基本的には、人のレベルのようには存在しないようだ。人のレベルより低いところでは豚でも猿でも自分の住むところを清潔にしておくという感覚はわずかながら有ることを動物学者は認めているようだ。

こういった意味から言えば、上下の差はあってもあらゆる生き物にはそれなりの品格に似たものがあってもおかしくないと思う。

ここで私が問題にしているのは人類の品格である。品格とは社会の中でまた集団の中で形作られ、ある特定の型にはまってはならないものだと私は考えている。しかし社会ではたいていどんな品格でも人徳でも誇りでも、大体がその人の生まれた時代の中で作られるものであり、その人が用いている言語やその言語特有の文法によって形が整えられ、その民族やその地方の宗教や歴史に左右されている風の吹き回しの中で生まれてくるので、どんな人の品格や品性と言っても、そこにはどうしてもその集団の匂いが付いていることは否めないのである。

だが品性とは可能な限り周りの人の匂いが付いていてはいけない。品格とはその人そのものであり、隣の誰とも似ないその人の言葉、その人の動き方、その人のものを好きになる方向などが全部重なって、そこに個人の品性や品格が生まれるのだ。誰が見てもどんな時代の生き方をしていても物持ちであったりなかったりしていても、こういう品格は一切の仁や徳などによって形が変わったり色合いが変わることはない。

同じ愛や勇気などでもヨーロッパ人の抱くローマ、ギリシャの書物から、現代英語やフランス語に訳される徳や品性は、日本人が長い間老子や孔子の匂いのする漢語や漢文の中で培《つちか》われたものとは当然のことながら大きく違い、日本語で考えられた徳や仁は、そこから滲み出してくる品性をも別の形に変えている。品性も、また品格さえも自ずとその形が変わっていくのは仕方がない。しかし天然の中で出現した生命であれば人の品性もまた自ずと自然の流れの中で人の本質的な中心の問題として誰の場合でも重なっていかなければならないと思う。その人、そのものという存在の色や働きや形などはどこかで必ず交わっている品格として捉えられなければいけない。あらゆる約束事や破られる約束事など両方を無視したものでなくてはならない。人間の紳士協定も詐欺行為も一切を含めたところで、人は本当の態度に戻れ、そこから品性が生まれる。天然そのものの生き方や動き方、流れ方を一つの確かな個性として納得する時、そこにこそ本当の品性は存在するのだ。桜は桜そのものとして、鰯《いわし》は鰯そのものとして見る時、その姿そのものは品性そのものなのである。

人の品格もこれで分かるはずだ。他の誰かに似せたり、違った振りをしたりすることは一切品格と関係ない。人はしばしば教師の品格とか芸術家の品格などと言うのだが、そんな分け方はおかしいと思う。徹底的に自分らしく生きることが本当の品格そのものなのだ。何かの団体の中の規則や、その雰囲気の中で云々《うんぬん》される品格などはかなり程度が低い。

人があらゆる時代のあらゆる社会に存在し、その時代の権力に押し潰されたり押し潰したりする生き方は本来の品性とは直接関係はないのである。つまり社会の中で、また団体人間として品性を確立しようということはさほど難しい問題ではないようだ。だが、どんな時間の中でも時代の中でもまたあらゆる仕事の中で品格を持った人となるということはとても難しい。豊かな品性の中で自分らしく存在する以外に本当の人格者には結局なれないということだ。

文化としての味噌（1）

二回目の沖縄旅行は、まず初めに石垣島、竹富島、宮古島、そして本島に戻り、本島の南の端から北のヤンバルの山と東シナ海の間の道を辺土岬まで移動した。さらには本部《もとぶ》からフェリーに乗り、伊江島を訪ねた。宮古島の朝、ホテルで出されたのも、また本島の名護のホテルで何日か泊まっている間、毎朝出されたのも味噌汁であった。南西諸島の昔の人々は異口同音《いくどうおん》に一家の命を支えているのは、間違いなく塩と味噌であると言っていたそうだ。他のものがたとえ不足していても、これらがあれば何とか命は保てるというのが彼らの信条であった。大和の方でも厳しい時代の農民たちは、これと近いことを言っていた。つまり何が不足していても米と味噌があれば何とか生きていけるというのがそれである。「塩と味噌」と「米と味噌」との間には、深い繋がりがある。どちらも欠かせないものが味噌だと言っているのである。西洋人の味覚と類似点の少ない日本独特の独創的な味覚というか、食文化の違いがはっきりと見えて来るようだ。バターやオリーブ油やウコンなどとは全く違う旨《うま》味成分を日本人は知っている。同じ旨味成分であったとしても、長崎あたりで獲れる鯖から作られる、多少脂の落ちた鯖節などや宮崎あたりで手に入る干し椎茸の旨味などは、また少し違った旨味成分であるが、昔、北海道あたりから送られてきた昆布の旨味成分によって、甘さや濃さ、さらにはどこまでも透明度の高い出し汁が南西諸島の人々の心を捉えたのか、彼らの味わう食べ物にはなくてはならない調味料となった。やはり、味噌は南西諸島の人々にとって欠かせない調味料であることは間違いない。日本と深く繋がっていた琉球だが、琉球の島嶼《とうしょ》は太平洋と東シナ海の間に挟まれ、大和や台湾や明、清などと多くの点で関わっていたことは大いに想像がつく。中でも巨大な大陸の明や清との関わりの中で、またそれ以前の長い時代の支那王朝の興亡の中に栄えた食文化と関わりがなかったとはとても考えられない。紀元前七百年頃に力を現していた周王朝の頃、『八珍之美』という料理書が出たが、そこにははっきりと、魚、鳥、獣肉、野菜果物などを塩漬けにして美酒に混ぜ、甕《かめ》に詰めて密閉し、百日間もそのままにすると醱酵し、やがて熟成して「醬《ひしお》」になると記されている。この「醬《ひしお》」は論語の中で孔子が食の礼節を教えた時使われており、それはそのまま日本人の、また琉球人の食文化として後の時代にまで伝えられていった。確かに今日の日本人にはご飯と味噌汁と漬物という常食の基本の形が少しずつ崩れて西洋のそれも混じってきているが、本来の食生活の形は、貧しかった頃の大和の人間や琉球の人々の間でも塩や味噌がその中心に置かれていたようだ。西洋人のコーヒーやタバコはもともと野蛮人の飲料として扱われていたが、やがてヨーロッパ人によって社交や接待の道具に使われ文化の象徴になったように、日本人の味噌汁も鎌倉時代の頃に大衆社会の食生活に変わり、大和や琉球の庶民たちの細やかな食生活の基本的なものになっていった。

文化としての味噌（２）

日本人の暮らしを常に豊かにしている物の中の一つに朝の味噌汁がある。沖縄旅行の時、本島の本部《もとぶ》で手に入れた地元の味噌で、妻はこのところ何度も味噌汁を作っている。

「味噌」と一口にいっても、関東や東北の方にはやたらに塩分の多いものもあれば、最近移り住んだ東海地方の甘く、驚くほど黒い色をした八丁味噌などもある。そういった様々な味噌の中でも、琉球以来の沖縄の味噌は、また別の味がするような気がする。人間が堪能する味覚とは、簡単に美学や哲学の種類のように分類することはできないようだ。味覚とはそれを味わう人間によって十人十色の意見の中でばらばらになってしまう。味覚というフィーリングは単に色彩や言葉の違いのように、また季節の変化のように簡単にあれこれと分類する訳にはいかない。人間一人ひとりの好みや技巧によって説明できるものではなく、これを私たち日本人は長い間「醍醐味」と呼んでいる。醍醐味とはその時代の好みや、その人によって決められるものではない。味覚というのはおそらく、美の極地の別の表現かもしれない。大和の人間や琉球の心で生きている人々にとって、常食であるそれぞれの地方独特の季節の味は、おそらく味噌汁の中に凝縮されているのではないか。沖縄のホテルで味わった味噌汁は正しく大和の人間に合うところの変哲もない味であった。しかしヤンバルの森の入り口で大丼いっぱいのアラの入った味噌汁を堪能したこともある。この地方色豊かな南西島嶼《とうしょ》の匂いのたっぷりと染み込んだ、琉球・沖縄の感情と体質そのものの地方性豊かな味噌汁を私は再び味わってみたい。古い時代の書物の一つに、『大日本古文書』というのがあるが、そこには「醤《ひしお》」や「未醤《みそ》」が天平時代の『正税帳』に載っていることを説明している。中国の醤はおそらく魚醤《ぎょしょう》の一種だと思うが、こういった魚醤《ぎょしょう》は東南アジアの国々に生まれたものだと考えている。『風土記』や『古事記』といった書物の記録の中にも今日の味噌の原形ともいうべきものが載っている。当時、京都や讃岐また山陽あたりで使われていたのは白味噌であったようで、関東や東北の味噌とはだいぶ違っていた。琉球の最後の王であった尚順《しょうじゅん》男爵は、残りの人生を東京で過ごしたが、なかなかの美食家で知られていた。彼は泡盛と黒砂糖と醤油で味付けられた豚の三枚肉、つまり「ラフティ」という琉球の味を忘れることなく常に食べていたようだ。もちろん想像の域は出ないが、彼が沖縄の味噌汁も味わっていたことは間違いないと思う。言葉も舌の動きも身体の動きも人間に忘れることのできない思い出を残しているが、舌の上に残っている味覚はそういったもの以上に何かが強烈であって、そこに残っている感覚はその後の人間の時間の営みを消すことはない。

味噌は常に日本人の心の一部となっており、それを刺激して止まない塩気そのものは、その人のリズムを作っている大きな五線紙となっている。外国人と日本人を明確に区別するための判断力は、こんなところのリズム感の中に見い出せるようだ。味覚または食文化の形というものは、他のどのような芸術や思想、すなわち文学、美術、また共和主義や共産主義とも違って独特の細かいリズムの中に分けられている。食文化という名の味の緻密化や精密さは、他のどんな学問と比較しても比べることはできないくらい、中味の複雑なものなのだ。味噌も同じように奥深いのである。

超文化の味

鎌倉時代の五代目の執権北条時頼は、なかなかの倹約人だったが、味噌を肴にして酒を飲んだことがあるといわれている。もちろんこれは倹約のために味噌を肴にした訳でもあるまい。色々な物を大切にする方法はあるが、味噌はやはり日本人にとってとても大切であり、当時の食べ物の中心に置かれていたようだ。時頼の鎌倉時代よりもずっと昔の奈良時代の頃、中国から径山寺醤《ぎんざんじみそ》や納豆や塩辛その他の醸造加工品などが日本に入って来たとも言われているが、むしろ東南アジアの方から南西諸島を経て大和に伝えられたと考える方が正しいかもしれない。先住民の文化の広がりの中ではどうしても南西諸島から九州あたりにかけての亜熱帯地方は食物の貯蔵という点において色々と問題が起こり、様々な手法がとられた。例えば魚を干物にしたり、燻製にしたり、塩漬けにしたり、味噌漬けにすることも貯蔵の一つの手段であった。秋田あたりには塩汁《しょっつる》と呼ばれている、強い異臭を放つ調味料が知られているが、もちろんこれは秋田に止まらず、そのあたりから日本海沿岸の他の地方にそれぞれ別の呼び方で塩汁《しょっつる》が存在している。この塩汁《しょっつる》も今後研究する人が出て来るならば、おそらく東南アジアの魚醤《ぎょしょう》などにそのルーツがあって台湾やフィリピンを経て南西諸島を島伝いに大和の方に伝えられたのではないかという考えも浮かんで来る。

沖縄ではこの前の大戦が終わったあたりから、西洋風に生のレタスを食べる習慣が育ったと言われている。レタスにドレッシングをかけて食べるのも、今では当たり前の食習慣になっている。長い間「医食同源」の食生活が生きている沖縄でも、キャベツやほうれん草や春菊などといった野菜は、昔はなかったようだ。おそらくこれらの野菜は、近世になってから入って来たものらしい。彼らは胡瓜やにがうりやトマトのようなものは別として、野菜というものは煮て食べるのが常だったと聞く。私は子供時代関東の田舎で育ったが、味噌汁の中の野菜は全てクタクタになるまで煮てあったのを思い出す。ところが東京のような大都会に行くと、子供の私から見て老人たちとは違う若い世代のお母さんたちは、ほとんど半煮えのような野菜の入った味噌汁を出してくれたのを覚えている。おそらく時代の流れの中で動物たちの完全な調理なしの自然食の中から出現した人間の食生活は、超芸術と呼ぶことができるかもしれない。その中でも醗酵食品と呼ばれている醤油や味噌、納豆などは、食文化の右翼に置かなければならない。

ある人は、「料理は味の芸術」だと言っている。ところがさらに別の人間は、「料理はコップ一杯の水でしかない」とも言っている。おそらく日本人にとって、料理とはどんなに深く進んでいっても、それはやはり空気を味わい、水を飲み、米と味噌と漬物で生きられるという基本概念からは離れられないところがある。人間は、食文化行動のとれる唯一の霊長類だと言われてもいる。ヒトは天から火の使い方を教わった時、食文化の基本に目覚めたのである。世界中に旨いものを食べ歩くグルメ人間などというものは、食の第三芸術家と言わなければならない。南西諸島では、御馳走の最後に出されるものは汁かけご飯であって、それを地元の人はセーファンと呼んでいる。椎茸や筍、島菜、人参、それに薄焼き卵などを色とりどりに並べ、豚と鰹《かつお》からとった出し汁をかけると、このご飯ものが出来上がる。これは大和の方で言うところのお茶漬けのことではなかろうか。西洋の単純な甘さ、塩味とは違った旨味成分が生きていて、おそらく少し前までの西洋人の幼児段階の舌では感じ取ることのできない味のようである。

風水

長い間中国大陸には大自然を見上げ、広い大地を眺め、そこに霊力と霊長類の頂点に立つ人間の科学、または力が存在することを信じ、その未来を判断する考えが生まれていた。天も大地の広がりも、東西南北の四つの方向を守っている単なる獰猛《どうもう》な獣ではなく、青竜、朱雀、白虎、玄武といった天の力によって守られていることを、心有る中国人たちは信じていた。

やがてこの考えは中国人たちによって「風水《ふぉんしゅい》」、韓国人たちによっては「風水《ぷんす》」と呼ばれるようになったが、南西諸島の琉球・沖縄では「風水《ふんしー》」として伝わってきた。沖縄の人々の生活の中に風水が数百年前に入ってきたのは中国大陸からか、南西諸島の南に存在する台湾から伝えられたか、その辺の事情ははっきりしない。昔中国の書物に『詩経』というのがあったが、その中の一章「大雅編」には、陰陽を元にし、風水の流れの中に大切なことを調べると書いてある。晋の国の学者郭公《かくこう》や、彼の弟子である郭璞《かくはく》は『青嚢書《せいのうしょ》』とか『葬書《そうしょ》』などといった哲学書を著しているが、それには風水の考えが様々な形で説明されている。

南西諸島に住む人々の間に、このような風水の思想が生活手段の一つとして入って来たのは、おそらく数百年前、当時の久米村に精神的な開拓者として、または一種の宣教師のような形でやってきた中国の人々によって伝えられたとも言われている。遥か数百年前の昔に中国民族の間に「道教」の教えが生まれたが、「風水」はこの「道教」の中の一つの方術として巷《ちまた》に広がった。大自然の力を人間の生き方の中に取り入れようと考えている人たちにとっては、この世の中の生き方にはなくてはならない生活哲学であったに違いない。単なる迷信として、さらには占いや宗教として蔑視するのは、果たしてどんなものかと私は考えている。現代というこの時代の殺伐《さつばつ》とした時間の中では生活の万事が金銭やその計算を中心にしてしか考えられないが、このまま進んで行くなら、人類の近未来はかなり悲しいものになって行くだろうと思う。土地計画や住居の位置などを、その置かれる土地の方位によって決めるというのは、今の人々にとってはとても馬鹿らしく見えるようだ。山川の地形や海や沼の位置などを吟味しながらそこに存在しなければならない人間や堂宇などを考えることを、現代人が受け入れられるだけの内容を持っていないのかもしれない。しかしその奥に医学や経済学、福祉学などと重なって沖縄の人々が信じる風水の一角が存在することを私は信じたい。最近の沖縄を訪ねても、そこには琉球時代の家の姿は滅多に見られないが。

よほど小さな南西諸島の島々を訪ねないと、古いセピア色にくすんだ民家の姿は見られない。私は那覇から石垣島に飛び、そこから船で小さな竹富島を訪ねたことがあるが、この小さな島は南西諸島特有の砂と砕《くだ》けた珊瑚で覆われている。子供たちが怪我もせず裸足で走って行くのも、ギラギラした太陽の下の白い砂の村道であった。周りの家々を囲んでいるのもブロック塀ではなく、珊瑚の塊《かたまり》で作られていた。間違いなく屋根の上には風水の流れが聞こえて来るような様々な表情のシーサーが、半ば怒るようにこちらを向いていた。現代人の信じる怪しい風水ではなく、長い歴史時間の中で培《つちか》われ、積もってきた琉球の魂、ウムイとして私は沖縄の風水を信じられるような気がする。名護の街角に見る、あの「ひんぷんガジュマル」にもどこかしら風水の匂いを私は感じることができた。

それは沖縄の人々でも同じではなかろうか。多くの沖縄人が今も信じている風水には、確かにはっきりした意味がある。シーサーも石敢當《せきかんとう》もひんぷんの壁も、風水同様、沖縄の家々を守っている存在である。

港川人

日本人は東シナ海から太平洋の広がりの中に点在している島々から少しずつ北に移動し、ある者は南西諸島に留まり、ある者は大八州に渡来した。彼らは確かに東南アジアの諸民族の中から雄飛した、選ばれた人々であった。ある者はウラル、アルタイ山脈の麓あたりでヨーロッパの方に向かい、中には袂《たもと》を分かって大八州の方に向かった騎馬渡来人たちもいた。西に向かったアジアの人々の中にはハンガリー語圏の中の種族の他に、そのあたりから北に向かったフィンランド語圏の人々もいた。日本から少し東に向きを変えアリューシャン列島や北アメリカに移動した、アメリカインディアンの先祖も、そこに残った人々と中南米に南下していったアステカやインディオの人々もいたのである。アフリカのサバンナから夢を抱いて飛び出した勇ましい人々は南米の果てに姿を消していったが、その後、「大足の人々」として今なお私たちに人類移動の伝説を残している。琉球の人々もまた大八州に向かうことなく南西諸島に留まったもう一つのアステカやインディオであり、ハンガリー、フィンランド語圏の中の部族として纏めて考えることもできる。沖縄本島の南の方、具志頭の港川で、今から一万年ないしは二万年近く前に生活していたと思われる「港川人」のことを私は考えない訳にはいかない。氷河時代には海水までが凍りつき、水面が今よりも何十メートルか下がっていたらしく、今水面下になっているところがあちこち陸地として広がっていたようだ。中国南部やインドネシア半島、マレー半島、琉球列島、朝鮮半島、台湾、そして大八州などはほとんど地続きになって繋がっていたと多くの学者は考えている。東南アジアや中国大陸から簡単に人々が日本列島に渡来したことは容易に想像がつく。マンモスのような大陸で生きていた氷河期の生き物たちが、今頃になって日本で発掘されるという事実は、明らかに氷河期の大陸の状況を現しているようだ。しかも琉球諸島の古代文化の形は、太平洋諸島の文化の形を見せており、石や土の文化と違って食物素材からなる文化であったようだ。それが原因なのであろう、旧石器時代の人骨は出てきていても、彼らが作って利用していた遺物は全く出てきていない。沖縄の学者はこれを「植物文化」と呼んでいる。確かに南西諸島に留まった人間は日本人でなくてはならない。日本の長い歴史はこの辺から黎明《れいめい》の時期を始めている。これとは別に、北の方から下がってきたアイヌ人も日本本土に渡来してきた種族だと言っている人たちもいるが、果たしてそうだろうか。アイヌ研究の学者は、日本だけではなく西洋にも多くいる。北海道大学には膨大な資料が集められており、様々な学者が研究に当たっている。シユレンクはアイヌ人が他の種族から離れた種族であって、孤島に閉じ込められていると言い、デーヴィスはアイヌ人がヨーロッパの人種ではないかと考えている。日本の子供に特有な背中や臀部に見られる蒙古斑が、アイヌ人の場合はほとんど見られないと言われている。

沖縄県の人々は、自分たちのことを「ウチナンチュー」と言うが、アイヌ人は自分たちのことをサハリンのアイヌ語方言で人を現す「エンチウ」と呼んでいた。それを大和の人々はアイヌ人を「蝦夷《えぞ》」、「夷《えびす》」、「狄《てき》」と呼んでいた。つまり夷（多民族）を頭に置きながら意識的にいうこともあったのかもしれない。確かに南西諸島あたりから日本の歴史が始まり、黎明《れいめい》の光が輝き出した。一方北から下がってきたアイヌ族たちは自分たちの文化をある意味での融和混血の中で次第に消滅していった。南西諸島には縄文人や弥生人が海人《あま》族として周りの国々にまで伝説的な行動をとっていたと、古い日本の歴史の本の中には書き残されている。

襤褸《ぼろ》言葉の文化

猿人がどのあたりで原人になったのか、また原人が長い生命の歴史時間の中のどのあたりで猿人らしく活動するようになったのか、どんな人にもほとんど分からない。羊水にまみれ泥だらけのまま裸の状態で人間という生命体は、かなり短い時間の生き方しかできない肉体を携《たずさ》えて生まれ、また、創造されてきた。

文化はその裸の状態で動き出した生命体の姿であり、心も身体も手足の指や爪も泥だらけであり、傷だらけであり、顔といえばこの前の第二次世界大戦の後の焼け跡に佇む浮浪児のようだったはずだ。文化はその中から始まったのだ。汚れも襤褸《ぼろ》も、素朴でたどたどしい言葉も、汚れた口元から出てきたのも、猿人や原人の特徴であった。今日の私たちにとっては遠く懐《なつ》かしい記憶でしかない。

そのような昔、全世界に分布して広がっている文明人間たちの先祖は、数百年も前の原人たちが遥か彼方のアフリカ大陸南部の洞窟の中で乏しい文化を持ちながら暮らしていた。

その足跡を見つけるのはかなり困難になってきている。彼らは森の中で獲物を捕らえサバンナで草花を摘み、小さな文化の中で勢いよくそれなりの哲学や宗教を見つめながら、やがて始まる地球上の彼方への長い旅を夢見ていたに違いない。彼らが最初に呻《うめ》き声や叫び声、喚きや歌のメロディやリズムを口にしたのはその頃であろう。火の発見よりもさらに前に彼らは言葉の発見があったことは間違いない。

今から七十年ほど前の戦後のどさくさの中で、食べ物や布切れなどは何とも尊いものであり、貴重品であった。最近の東北地方の大災害の後で、食べ物や布切れなどは何の問題もなく他の地方の人たちから山と送られてきて、事情は戦後の時代とはだいぶ変わって来ている。

昭和の初め頃までの時代の中では一粒の米も「米」という漢字が示すように、八十八回の人の努力を通してできてくると老人たちは子供たちに教えたものだ。こんな単純な言葉に勝る哲学的また宗教的な教えがまたとあろうか。当時の若者たちは、父母たちやまた祖父母たちや曾祖父母たちから、こんこんと次のようなことを言い聞かさていたものだ。「一粒の米も、ちょっと四方の布切れも、粗末にしてはならない。米が穫れる時までの八十八の苦労も、布切れが織られていく九万九千の杼《ひ》を動かす人の手の努力も忘れてはいけない」

今日の文明社会は、便利なものや大切な物を簡単に作れるようになった。だから一度壊れ、食べ残せば全ては捨てられ、廃棄されてしまう。そのことに悲しみを感じることもなく次の新しい物や食べ物に深く感謝する思いも人は持たない。物に対し、食べ物に対し、敬虔な祈り心や生き方ができない現代人にとって、「一生物《いっしょうもの》」と呼んで代々打ち粉をうち、丁子油《ちょうじあぶら》を塗《ぬ》り、崇《あが》めながら感謝をする先祖伝来の刀のようなものもない。昔はそれを所有していることに誇りを持つことができたのだ。現代人の生活の中からこういう誇りは失われてしまっている。

何かにつけ、年下の者に物事を指南する年上の者が最近いなくなって来ている。何かにつけ指導し、教え、指南しようとする人はいても、彼らの生き方や心はどこか崩れ、破壊されている。現代社会はどこを見ても本当の意味での教師が存在しないのが現実だ。一つ一つ書物や農機具や機織り機などが、言葉という形の存在として人の周囲に山と積まれていなければいけないのだが、残念ながらそういった山積みされた言葉は今は存在しない。

機で織られた布は着物にされ、洋服にされ、人が身に付け行動する時、やがてあちこちが破れ、そこが手まめに繕われ、どこまでも解けないようにいわゆる「刺し子」の手法で昔の女たちは継ぎをしていった。まるで綿のようにボロボロになる一歩手前において、もう一度機にかけ裂き織りにして女たちの帯にしたり、細かくして雑巾として使われた。綿のように、ほとんど機織り機の中から出てきた頃の面影の全くないボロ布は、薄くなった布団の中に入れてその一片も無駄に捨てることはなかったようだ。つまり日本人には昔から海幸山幸の敷島の物を大切にする思いが働いていた。あまりにも欲望が働き過ぎる便利な現代の社会では、このような物の扱いを説明しても人にはそれが通じなくなったのである。

現代人の言葉は全て虚字であり、虚報からできているようで、食べ物や着るものに対する不遜な生き方から生まれたもののようだ。人は人を見る時、不倶戴天《ふぐたいてん》のものとしてしか受け止められないのもまた、このような物を大切にできない心から生じた大きな言葉の病である。心を込めた己自身の言葉を力いっぱい使うことは、今日苦しく、また涙を多く流さなければならない。もう一度心と身体に深く関わっていく襤褸《ぼろ》精神とか襤褸礼賛を自らの中に戻したいものだ。

本来全てのエネルギーは生命の素

大自然の中で生み出され、ある時間が経つと消滅していく天然のものがある。生命として生まれ、同じように生命の時間を全うして消えていくものに与えられた時間の長さを、寿命と呼んでいる。数多くの生命体の中で人間だけが天然の外側に自分たちだけの不思議な物質を、ごくごくわずかではあるが作り出し、その巨大な量のエネルギーをこれ見よがしに発射している。人間が作り出したこのような燃料エネルギーはそのまま中性子線となって核分裂反応を起こすことを、人間は初めからはっきりと分かっていたのだろうか。いずれにしてもこの不安定なエネルギーは生命にとって明らかに毒であり、痛みであり、不幸であることを本能的に知っている。何一つそういった知識の全くない小さな昆虫たちですら、こういったエネルギーにはもちろん本能的に近寄らないことははっきり分かっている。単にこのようなエネルギーだけではなく、火山の噴火や地震の地響きに関してもはっきりと本能的にそういうことが分かるようだ。その点人間はそういったエネルギーや動きに動物や植物や昆虫ほど感受性が強くないせいか、簡単にそういった毒気に巻き込まれ、動きに圧倒され、自分の周りや体の中を自由自在に動き回り貫通していくエネルギーに対していささかの防衛態度も取らず、他の天然の生命の素である食べ物や飲み物と同じように飲み込み、吸い上げてしまう。

生命体はいずれにしても人間が作り上げたこのような悪のエネルギーを、それが緩慢に生命の中を通過して行くのに気づかず、のんびりとしている始末だ。これが人間同士が殺し合う戦争において作られた大きな爆発を起こす物であれば、それに大いに気づき、そのような悪の元凶を取り除こうと努力はするのだが、目的が電気を起こして人間の生活をより便利なものにしようとする行為の中では、生命の素が究極的には絶たれるような悪のエネルギーを押し止めようとする不退転の姿勢を取るだけの利口さは持っていないようだ。

生命を生み出す自然の力というか、天然の作用という数知れぬエネルギーは生命に有効な放射線を照射していて、あらゆる生命体は多かれ少なかれ、季節の違いの中で全身に受け止め、そのお陰で生命に与えられている時間を十分に過ごしながら、生命としての地上での時間を終わらせることができる。残念ながら人間はそういった数多くの生命力の素である放射線を一つ一つ知っている訳ではなく、せいぜいX線とかガンマー線、そして気などの力が知られているだけだ。

あらゆる生命体には次のような力が波長となって、また、リズムとなって常にそれらは動いている。老人が朝日に向かって手を合わせるのにも訳がある。あらゆる生命体には紫外線などがあり、人の手にままならないエネルギーであって、使い方さえ悪くなければ人間の足元の大地の力や地熱や頭上の風と同じぐらいに人を活かす力を持っている。人間初め、多くの動植物は大地に身を置いているのでこのようなエネルギーが働いていることが考えられるのであるが、水棲動物たちにとってはリズムを繰り返している波や潮の流れが、同じように生命体を生かしていることは間違いない。

人間が生活の中で大いに使っている電力さえこのような生命の素であるエネルギーに依存している限り間違いはない。人間が自分の手によって自分の周りの天然の状態に手を加え、原子レベルの状態で物質反応に手を加える時、あらゆる生命にとって掛け替えのない大切な組織を壊し、本来は自然の力の中で動かされる時、生命さえそこから生まれてくるというのに、人間の小利口な業《わざ》は生命を破壊するエネルギーとなって現れる。福の神が一変して悪魔になるというのは実はこのことだ。

世界中の先進国に広がっている原発事業は、チェルノブイリや福島の場合を見て、それを単なる対岸の火ことだとばかり言っていられないことに気づいている。もともとこのことに気づいていて、原発を全く持たないデンマークのような国もあるが、これは珍しい方である。ドイツなどはこれから先何年も経たないうちに原発を全面廃止にすると言っている。大自然の放射線は生命の素であるのに対し、小利口な人の手によって造り出され、これ見よがしに見せられる放射線は命取りの初めとなる。

歴史の中に見られる数々の大災害を初め、今度の日本の大災害も、もしそれらが人間に苦しみを与えているとすれば、便利な生き方を望む人の方にも問題があったからで、物や金や権力にこれほど執心しなければ起こらなかったことかもしれない。あまりにも勢いづいて働き出し、ゾロゾロと出てくる蟻が人の足で踏み潰されても仕方がないこととどこか似ている。

今の私自身もこんな生き方をしていれば、早晩、大自然と、また細かな天然とぶつかり、苦労するのも当然のことだと思わなければならないようだ。

言葉の体質

人は生きているあらゆる時間の中で、赤い心や熱く燃えている精神が存在するならば、生命はどんな時でも安心である。一見危険な状態にあろうとも結局最後はうまく落ち着くのである。

汚れていない全くの白地に赤い心がくっきりと染め上がっていてこそ、日本人は本当の日本人になれる。敷島の心はどこまでも大和のリズムの中で自信をもって進むことができる。国旗がその国の民族をそのまま単純に誇っている訳ではない。国史の中で伝えられている神話も英雄譚《たん》も昔話も偉人伝もそのまま国旗の本来の意味と繋がる訳ではない。生まれてきて敷島の風の中で、陽の光の中で、山桜のほとんど赤みのない桜の色合いの中で、旗がいつもなびいている。海幸山幸の深い喜びの中でどんな権力とも関わりなく、そこに存在する自分を喜べるのである。この喜びがある限り人はどんな逆境の中でも崩れることなく、また豊かな国の発展の中でもそれを単に誇るだけではなく、むしろ天然の流れを見つめ、涙を流したり今の自分を深く考え落ち着いて生きられるのである。

人の心は白地に赤く染め上げられた状態でなければならない。生命の在り方が、活動の仕方が、良くとも悪くとも、その中心に常に白地に赤く染め上がった言葉があるならば問題はない。人を殺すとか、笑うとか、汚れた心で生きている人はどんなにその傍らで善行を積もうとも、それで生き方が免罪されるものではない。もともと生命はごく自然に大自然の中から生み出されたものであり、本来は痛み多く悲しみ多いものなのであって、善行を積んでも、それで追いつくものではない。大自然そのままの在り方、天然そのままの流れの中で、人も動物のように、また植物のように素直になれる。この場合素直さとは素朴さのことであり、限りなく純朴な花のような言葉の使い方を指して言っているようだ。つまり美しく見せることも誇り高く両手を広げることも、自信をもって両足を進め前進だけをすることも、それだけでは何かが不足している。抑える場合、口を閉じる場合、手を下ろし足の歩みを止める場合も常になくてはならないようだ。

言葉を持つようになった時、おそらく猿人はそれまでの吠え声や叫び声の脇に言葉というものを持つようになったが、その頃とても悲しい念《おも》いを抱いたに違いない。猿たちは明らかに天然の流れを実感し、大自然の動きをそのまま動きとして、自分たちの生き方で実感しているはずだ。残念ながら猿人たちは遠い昔この体験を捨て去ってしまった。言葉があまりにも多くなったので生命としての善行を積むチャンスをかなり失ってしまっている。言葉のある今日、これによって幸いを求めようとしている。とんでもない間違いだ。言葉を自由に話すことによって口が幸を求められると思ってはならない。本来人は言葉を持っていなかった頃の素朴さの中でどこまでも広がっている自然の子になろうとする素直さがなくてはならないし、猿人であった頃でさえ、すでにそうでなければならなかったはずだ。天然の流れの中で許される素直な生き方でいられたことをもう一度思い出さなければならない。

その昔、人は驚くべき幸運に出会い、宝くじなどよりは遥かに当たる確率の低い火というものを発見してしまった。その後同じようにとてつもなく喜ばしいチャンスとなった言葉に当たってしまったのが私たち人間である。人はそのことによって「不幸」という宝くじのようなものに当たったのである。しかしこうして考えてみると宝くじに当選した人といささかも変わりなく、言葉に当たった人はとてつもなく大きな重荷を背負わされることになったのである。この重荷をいくらかでも軽減するためには旗が閃《ひらめ》いている。白地に赤く染められた心の熱い旗、この旗が燃えている限りごくごくわずかだろうが何一つ善行を積むことができない人でありながら、与えられた寿命を全うできるのだと思う。

容疑者

人は言葉を身に付けて以来、これまでの長い自分の思想の時間の中で走り続けている。しかもその走りは徒競走でもマラソンでもなく、ひたすら何かに後を付けられ追いかけられている容疑者の走りのようにである。言葉が人を猿から解放し人間にしたのだが、大自然の流れの中で言葉はどの人間をも大小の差が有りながら間違いなくはっきりと容疑者にしてしまった。それでありながらどの人間もできるだけ早くこの容疑から離れたいと思っている。

　人は自分自身の言葉との闘いに明け暮れている。人の心は例外なく雑然として広いアリーナの上で格闘している。そこで人は情熱と冷たさの向かい合った止むことを知らない闘争をしている。炎と氷、愛と憎しみ、希望と絶望などといった対極のものと向かい合いながら直接剣を突きつける闘いをしているのである。言葉は心有る人間の全てをどういう訳か謎めいた容疑者にしてしまう。言葉を真剣に語り考える時、それは何らかの謎めいたところに入り、彼を何らかの容疑者にしてしまう。真実は文化をより明確に表すというが、それ以上に容疑者にとっては解決不可能な謎として、どこまでも尾を引いている。誰にとっても言葉との日々の暮らしは、終わりのない謎の物語や歴史のページの流れなのである。

　言葉そのものは単なる日常的な行動として扱っても何の役にもたたない。むしろ神秘な雲行きの中で生まれてくる様々な物語を構成している。容疑者にすぎない万民は己の生命の中に掃き清められず、だからといって迎え入れることもできない数限りない様々な病原菌を持っている。人はただ謎めいた恐怖心に押されながら走っているだけである。

　人は追いかけられながら、走りながら、目の前に照ったり曇ったり雨となったりする現象や、生まれてくる人や流れていく草木を見ながら、それを木霊《こだま》としてまた言葉として受け止めている。なびきながら飛んで行く時間の中で労働もし、昼寝もする。風は吹きまくり、雪も降り、月も雲間に入ったり出たり、陽は射し曇り、犬の遠吠えや猫の口に咥《くわ》えられている小判など、人それぞれに火事場泥棒のような態度で見ている。誰でも頬かむりをして夜の道を走っている。容疑者だけに自信を持った大自然のあの天然の落ち着きも確信も誇りもないのだ。人の一生は、自分自身の心の中に自ら作り出した言葉に酔いしれ、堂々と自分のリズムと自分の中を流れる気によって歩くことができる。明るい陽射しの中でも曇り空の下でも雨の中でも胸を張って怖れる者のない自分として歩けるなら、その人は本当に生きているという事実を体験できるのだ。そういう人の中にはどんな意味においても容疑者としての不安感や恐れや、逃げようとして何とか走り出したくなる気持ちは起こらない。

　人の身体の中にはあらゆる種類の細菌や、寄生虫や真菌、さらには今の医学などでは皆目分からない様々な多くの病原菌などが互いに押しくら饅頭をし、デモ隊のように暴れまわり、お祭り騒ぎの人々が酒の勢いで暴れるようにあたりかまわず動いている。この動きこそが人の中の容疑感をますます強くしていく。たとえ明るい日の光が射し、爽やかな空気の中で万物はどこまでも乾燥していたとしても、そこに言葉が入り込む時、そこにはどうしてもその中心が見えずに悩むのである。このような心の状態の中で人は常に何事をするにしても考えるにしても、「世間体が大事だ」ということを先頭に置くので、どうしても生き方の全域は灰色がかった容疑者のそれに似てきてしまうのである。信じないことを信じるふりをしなければならなかったり、嬉しくないものを嬉しそうにしたり、無いものを有る振りをしたり、行きたいところに行きたくないような振りをする生活が、日々あらゆる時間の中で起こっている。そんな時人は、世の中はそう自分の思う通りには行かないものだなどと口ずさんでは恨めしげに口を閉ざす。その時、その人の心には世の不条理を恨む心が生まれ、それをあえて抑えようとする時、容疑者としての自分の生き方がぼんやりと見えてくるのだ。

人は言葉の流れに押されて容疑者になってはいけない。常に自分を全面に出せることを信じたいものだ。そうする時、まともには生きていけないこの世の中だと思う心に人は勝つのである。

このことを私は冷たいアリーナの上の闘いだと言ったのだ。言葉に誘われて、騙《だま》す己の心を温存するような自分になってはいけない。

大地の果ての言葉

撥水《はっすい》性の布と同様、様々にあるその時代時代の布は、伝統的な意味だけを主張できるという点において、深い意味を持っているようだ。

物事の基本や建築物の礎《いしずえ》にも似た確かな言葉というものは、日々使われている様々な言葉の傍らに存在するものだ。基礎とか礎《いしずえ》といった、そこに存在するものをそこに抑えている大きな力としての存在は、あたかも土台石の重みを持っていて、あらゆる存在物のまたは建築物の中心となっている。

どんと構えた建築物の中心には、大黒柱という太さ、重さ、質の良さ、色艶の良さが揃った柱が立っているものだ。これら条件全てが整った大黒柱ならば、そこに立っている建物は安心して見ていられる。

人の言葉も同じでその中心には確かな錨《いかり》や碇《いかり》がしっかりとなければならない。同じ船を岸辺に係留しておくにも、鉄を丹念に鍛錬して錨《いかり》を作って用いた。しかし鉄の無い昔はどっしりとした碇《いかり》を用いて長らく同じことをしていたに違いない。どんな波にも大きなうねりにも耐えられるのはこの碇《いかり》や錨《いかり》があるので、常時船は安心していられるのである。海の上に船の美しい姿は見えるが、錨や碇は周りの人は見ることができない。しかしどんな人も、言葉という船や精神の重心をこの碇や錨に似たものに頼っていることは間違いない。その人の中心となってどんな激しいうねりにも津波にも耐えられる錨や碇こそが言葉の場合でもはっきり言えるのである。言葉という名で呼ばれているリズムは、そのままどっしりと船底深く長い鎖の下に沈み、海の底で頑張っている。この事実に気づく時、人は単なる自分の言葉に目をやったり心を向けるだけでは済まず、どんな場合でも言葉と一緒に行動する時、遥か海の底の錨に思いが繋がっていく。

礎《いしずえ》も錨も建物や言葉という存在する物の中心となって、それらの存在の可能性をどっしりと支えている。存在するあらゆる物の周囲には、怖れるものが何もなく、それでいてどこまでも優しく素朴で限りなく純粋な礎や錨やどっしりとした大黒柱が存在する。人が憧憬《どうけい》するもの、つまり言葉などの中心に置かれているものであり、何ものにも怯《ひる》むことのない大きな力を含んでいる、無骨だが、常に笑顔を見せているのが本当の礎石であり、錨であり、大黒柱でなくてはならない。礎石や錨はその建物や船のどの部分よりも朽ちることなく永く存在するものでなければならない。たとえ城の天守閣が崩れ去り、船が腐り沈んでいっても、石垣や礎石や錨はそのままそこに残っている。恐竜やマンモスの骨が博物館に飾られているように、それと関わる人の心そのものとなって常に存在していなければならない。時が移り時代が変わろうともその頃の姿を恥じることなく残しているところに礎も錨も誇りを持っており、それらは埋もれ錆《さ》びつきながらも姿を留めている。これらの恐竜の骨や基礎に吹きつけてくる風は、いささかも流行の匂いを持っている風ではない。しかしそれこそが本当の心の風である。

アメリカに「スタイルのアンカー（錨）」と銘打って宣伝している縫製会社がある。ここで出している広告誌の名前は「ランズエンド」と呼ばれているが、この言葉通り日本語に置き換えれば「大地の果て」ということになろう。大地の果てから吹いてくる伝統的なもの、すなわち礎にすがりつき、同時に新しい風に吹かれようとする思いが、このランズエンドという名前に込められているようだ。このように吹いてくる風の中で古い物と新しい物が、または朽ちた物と芽生え始めた物が重なりあい、土台石と碇が新しく芽生えた鉄の物と結びつき、重なり、リズム同士を合わせ、新しい歌を歌いだすのである。大地の彼方から吹いてくる風によって人は自分を誇れるようになる時代だ。自分の言葉という定番のものを、礎としてまた碇として生きようとする時、その人はそのままランズエンドの風そのものをいっぱい吸いながら生きられる。自分の言葉がトゥルーネイビーの青であろうとダークマホガニーの焦茶であろうと、ダークヘザーの羽毛の柔らかさであろうと、人の心は満足する。それらの混じり合った色調であっても問題はない。大切なのは自分の言葉のリズムの礎や碇であるということだ。どこからも言葉の風は吹いてくる。自分の生き方の土台として吹くリズムが確かな時、他のことは多少無理があっても人の生命は生きられる。人は常に大地の果ての言葉で生きなければならないようだ。

天然の諸相

人は様々なことを誇ったり恥じたり悲しんだりして、自分に与えられた人生の流れを渡っていく。しかし私たちは自分に与えられた人生のあらゆるところで、たとえ経済社会の中の生き方の敗者となったとしても、歴史のページの中の、または生命を与えられた人間としては大勝利者でなければならない。ホモ・サピエンスという動物の中のサミットに存在する生き物としては、他の何ものにも負けないものだと自負しなければならない。

常に激しい愛と憎しみと、さらには焦げてしまうような熱い情けの念《おも》いで生きられるのは間違いなく人だけであり、こういった人間のことをホモ・サピエンスという言葉が明確に物語っているのではないだろうか。

人は自分の言葉通りに生きていることをそのまま包み隠さず、またその通り見たまま信じる時、そこには生き方の大事典のページを初めて開け、全く新しい知識に目覚めたような新鮮な体験をすることになる。人の行動はそのまま生命の位置を表しており、そのためにあらゆる時間の中に点々と置かれているのが言葉なのである。はっきりとその人の言葉が置かれていて、もし他の人の言葉が、または歴史時間のズレの中で言葉が置かれているとするならば、残念ながらその人は言葉という最も大切な戸籍謄本を失くし、他人の謄本を悪用していると言われても返す言葉は無いはずだ。このような問題は天然そのものの公文書偽造に等しいと言えるかもしれない。大自然の状態は、またその大自然の存在を明確にしている無数の点は、そのまま自然の諸相と呼べるかもしれない。

文明、文化の名の下に、建築物に用いる目的などで森を伐採し、広々とした土地を確保したなどと喜んでいるのが人間である。しかしよく考えてみればあらゆる生命体のもとである保水という点においては、その機能の雄大な面を失っていることに心を向けなければならない。文明文化の名の下に森が失われていく今日、空気さえ生命体が必要としている内容物を少しずつ失い始めていることを知らなければならない。アルゴンやキセノンが消えなくとも酸素の量が大きく減っている今、生命は少しずつ消えいく現実を知らなければならない。

数限りない大小様々な生命体がこの惑星の上に広がっており、その中のあるものは長い寿命を全うして地上から消えていき、あるものはこれからその長い寿命を果たそうとして生き始める。数限りない生命体は、その大小、寿命の長さ、動き方の活発さにおいて様々に異なっている。しかし一つだけはっきりと言えることは、人間と他の全ての動植物という生命体の種類は、大きく二つに分けられると考えてもいいだろう。

仲間に嫉妬したり憎んだり、恨んだり傲慢《ごうまん》になったりするのは間違いなく人の方である。他の動物たちや、もちろん植物たちも、こういった感情を意識することは全くない。恨みつらみ、笑いや涙を利口馬鹿に関わらず持っているのは人間だけである。自分の飼っている愛玩動物たちに自分と同じ感情の揺れが有ると思うのは人の勝手であるが、そういう体験は生き物たちと関係なく人の側の勝手な想像の賜物であるということを忘れてはならない。

作られた言葉、その人の中で固められていて動きのとれない言葉、考えが制している言葉は、その人のもの（言葉）という訳にはいかない。本当の言葉とは、次に起こる問題と関わって自ら位置を変えていくものである。常に動的なものが留まっていることはなく見事に動き、走る時こそ、この世の中で正しく存在するものと呼べるようだ。

言葉は人と連なっていなければ意味を持たない。言葉は動いていて初めて生命を持っているといえよう。次に現れる問題と関わって自分自身を自由に変えているのが、生きている言葉なのである。新聞や書物の中の言葉は、それを読む人次第でどうにでも変わっていく。ということはどんな雑文でも酒に酔った人の馬鹿話でも、それを聴く人次第で充分に格言と成りうるのである。

言葉と心は同質のものだ。固まった心には固まった言葉しか寄りつかない。その逆も言えるのである。自由に生きている心には飛べない言葉は寄りつかない。同じ新聞の中の言葉でも、その人の心が周囲の物を変化させる力を放射する時、人はそこに何らかの進歩や発見の体験をする。自由な言葉の飛翔の中で間違いなく人の歴史の中に大きなパラダイムシフトが起こるのである。

こう考えてくると人の生命も言葉も実は間違いなく一つの神秘主義的な要素を十分に含んだ哲学と考えることもできる。今日の言葉はどこか老化している。この老化作用こそ人や言葉が特定のものに固まっている状態なのである。これは人や言葉が猛毒に当たったり癌に侵されるような状態であって、それから身を引くためには明らかな改革の行動が取られなければならない。

饂《う》飩《どん》

人と動物たちの間において、食べ物の違いはかなり大きい。もっとも動物たちの中にも食べ物の種類がごくわずかに狭い範囲であるものと、いわゆる雑食性のものとに分けられ、もちろん雑食性のものの生命力の豊かさは、狭い食物範囲の中でしか生きられない動物と比べて、一段と大きいことが分かる。チーズや肉を食べ、それらがない時には石鹸などさえ齧《かじ》り、それも無い時には釘や針金さえ齧《かじ》って錆《さび》などの味で体力を維持する鼠などは、兎などより遥かに生命力が豊かであり、長い歴史の中で見るならゴキブリや名もない雑草と並んで鼠類はかなり長い世代を生きていられるのである。しかし人類の雑食性は鼠などのそれを超えて、遥かに高いものだ。ありとあらゆる物を季節季節の中で、また異なる地方の中で、驚く程上手く取り入れている。

人の食生活を食文化という名の下で多方面から研究できるのも、このことからよく解る。しかし雑食動物と言われている鼠やもぐらであっても彼らの食べるものの種類をどれほど丹念に並べてみたとしても、それによって彼らの食文化という形が出来上がる訳ではない。それくらい彼らの雑食性は人の雑食と比較できるものではないのだ。

食文化は時代や地方性を考える時、麦と米との二つが中心となってその周りに数限りない野菜や肉などが存在する。米は別として麦はやがてパンや饂飩《うどん》、ソバ、パスタなどに分かれていくが、ヨーロッパや東アジアの麺《めん》類はそれぞれに工夫された形や味などによって異なった名称が付けられる。鼠やゴキブリなどが何を食べようと、おそらくチーズや石鹸や錆《さび》、釘などそれぞれの味を明確に意識している訳ではないと思う。その点人は別である。イタリアの様々なマカロニをイタリア人は自由自在に感覚として理解し、味わい方の中で、食感として納得していく。中国人や日本人、また東南アジアの人たちはそれぞれ彼らの地方性に従って、同じ事を異なった形で納得していく。

この知覚や味覚を人の数多い感覚の中の重なりあう部分としてひとまとめにし、食文化と呼んでいる。

日本の饂飩《うどん》にしても、太い物から極端に細い物まで並べてみるとその呼び名が数多くあることに驚く。特別太いほうとうから始まり、饂飩や冷麦、素麺《そうめん》と続き、これらの麺《めん》類の間にはさらに微妙な太さの違うものがある。

関東の上州には「お切り込み」という名で呼ばれる実に幅広い、言ってみれば帯のように幅広い饂飩がある。この饂飩に鶏肉を入れ、油揚げや椎茸、葱《ねぎ》、牛蒡《ごぼう》、さらには里芋や人参、コンニャクや大根を入れて醤油味にして、お切り込みは出来上がるのである。

このお切り込みと呼ばれる分厚い饂飩を湯に入れて掛けうどんにすると、一種の讃岐饂飩のようなものになるとも言われている。

かつて私は山梨県側の富士吉田から富士山の五合目まで登ったことがある。頭上にまだいくらかの雪を見ながら目の前の茶屋で「ほうとう」を味わった。確かに、子供時代群馬県の太田で過ごしていた頃、口にしていた「お切り込み」よりはずっと細い饂飩が、それでも栃木県烏山あたりの島田饂飩などから比べれば遥かに太い饂飩、ほうとうであった。中に入れるものは他の地方のものとあまり違いはないのだが、驚くのは大きくぶつ切りにした南瓜が入っていることで、ほうとうを特別なものとして忘れることができない。東北でも関東でも関西でも他のどの地方でもそこで出される味は微妙に違うのだが、ほうとうよりも微妙に少しずつ細くなっていく、饂飩はそれぞれに違った名で呼ばれ、その地方の老人たちの誇り高い話と併せて忘れ難いものとなる。尾張名古屋となると、やはり太さはかなり変わっていくが、その太さとは別にしてたっぷりと入った味噌の味と、グラグラ煮え立つ土鍋の感触によって忘れられないものとなる。もっとも味噌煮込みと呼ばれている尾張地方の味だが、私の口の中に残るのは、あの八丁味噌である。何年もの間、上に乗せられた山ほどの石ころの重さで独特の味噌になっていく八丁味噌は、人を驚かすような黒さとは逆に、ほとんど塩辛さは感じられず、実に甘いのである。関東あたりの柔らかな色をした塩気たっぷりの味噌を頭において八丁味噌を味わうと、考え違いに驚くのである。

尾張地方から三重、岐阜にかけて味噌饂飩は味わわれている。八丁味噌のように独特の黒さは無いにしても、この地方の味噌はやはりそれなりに黒い。土鍋の中でグツグツと煮える時、饂飩が味噌の色に染め上げられていく様子は、そのまま独特の旨さを口の中に残してくれることに間違いない。

お切り込みから素麺《そうめん》に至る饂飩の太さのオンパレードは、あたかも子供たちが喜ぶ十二色や二十四色のクレヨンのように、人の心を喜ばせてくれる。

人と食文化はあたかも画家と絵の具の関係のようだ。

哲人占い師、南北

人を考える時、そこには多くの形がある。地上に住む同じ人間でも、大自然から与えられた自分の生命の使い方、また過ごし方は千差万別である。だが人間はどこに住もうといつの時代に生きようと、よくよく考えれば同じようなレベルで生きている。金があろうと名誉があろうと、知識があろうと特別心が奥深いところで大胆に動いていようと、人は人なのである。顔の作りがどのように変わろうと、口の利《き》き方や手足の動き方が違っていても、やはり人は与えられたそれぞれの生命の動きを見る時、ほとんど変わりがない。

千差万別の存在でありながら同時に全く同じである人という存在だが、これと一線を引いてはっきり変わっているものがいる。人はそれを仙人と呼んだり、隠者などと呼んで、明確に区別している。

これら変わった生き方の人々は、あまりにも世の中の大多数とは異なるので、これを表現する時、霞を喰って生きるとか、如意棒《にょいぼう》のような不可思議な道具を持ったり、自由自在に丘の上を歩くように、白雲に乗ってどこまでも移動できると信じているのである。

ここまで来ると話は遠い昔の伝説まがいのものとなっていき、あたかも幽霊を語るようにこちらの考えを一歩下がったところにおいて話したり理解したりしなければならない。仙人や隠者と呼ばれる中にも多くの種類の人たちがいることを果たして本気になって信じているだろうか。昔の人は昔話と教訓を重ねて、こういった特殊な人間の話を常にしていたようだ。

最近世界的な大災害で多くの被害を被《こうむ》った東北の一角に、石巻という地方都市がある。私の妻の伯父さん一家がこの街の太平洋が見下ろせる日和山という丘の上に住んでいた。私たち夫婦は数十年前、まだ生まれて間もない長男を連れてこの伯父さん一家を訪ねたことがある。丘の遥か下の方には太平洋に流れ込む大河、北上川がうねって流れていく。私はここからさらに彼方の岩手に住むようになってからも、東京や仙台からの帰り、何度か伯父一家を訪ねてこの日和山にたびたび登った。

牡鹿半島と金華山海峡の間に横たわっているのが、東西南北それぞれ四キロぐらいの大きさの島、金華山である。今私の住んでいるところからほど近い岐阜の郊外の長良川のあたりにも戦国時代の昔、信長が一時住んでいた金華山城があるが、東北の太平洋上に浮かぶ金華山という島はこれとは全く別のものだ。いずれにしても江戸時代には鬱蒼《うっそう》とした原始林に囲まれていた牡鹿半島の彼方の島、金華山は私たちが遊覧船で訪ねた頃はたくさんの鹿たちが人を恐れず自由自在に散歩しているところであった。

世の中が現代とほとんど変わりなく贅沢《ぜいたく》三昧の中で騒いで、未来に対して疑いを持ち、落ち着くことのなかった安永、享保といった時代の中で、一人の青年は大阪の街で自分の人生を持て余していた。そして今日と同じく明日どう生きたらよいのかその術さえ知らない毎日の生活の中で、悪徳の限りを尽くし、結局はこの街を離れた。そして東北の盛岡城下にやってきたが、そこでも大阪とはあまり変わりのない金銭や名誉だけを追いかけている役人たちに愛想を尽かし、本来彼の中に少しずつ芽生えようとしていた人相学の知識が生まれていった。結局彼は盛岡を去って南に下り、牡鹿半島の沖合にある金華山にふらふらとやってきた。

この島で彼が出会ったのは喜仙人という、百歳をとうに越えているような、ボロに身を纏いながら何一つ怖れることも不満に思うこともないように見える不思議な老人であった。後になってこの青年は名だたる観相師になってから『南北堂剳記《さつき》』という本の中で「奥州金華山の辺にて、奇なるかな、仙師にまみえ、仙術を口受すること一百日、これすなわち相法の奥秘にして寿を保つ法なり」と書いている。今日まで名が残っている水野南北、または南北寺、さらには七化け南北、などと呼ばれていたこの男は、ほとんど独学で自分の生き方の哲学を開いており、喜仙人から様々な諺や人の生き方の知恵を授かった。喜仙人が言うには、大多数の世の人間とは全く違うレベルのところに生きている仙人や隠者たちでもさらに大きく二つに分けられて、一つは天上界に繋がっている「神仙」であり、もう一つは大多数の人間と一見変わりのない人間界と繋がっている「地仙」であるというのである。この地仙は世の中の人の間に生きているが、あえて違うところがあるとすれば、世の人たちとはどこか変わっていて、血流がよく若々しく、見ただけでもすぐに一般の人とは生きる勢いが異なっているともいう。

　地仙とははっきりとそれと分かるような印をどこかにつけている訳ではないが、人とは違って少しぐらい病気をしたり大怪我をしても必ずそこから立ち上がり、人ではなく地仙であることの証明としてかなり長く生きられるという。

　神仙や地仙の話は遠い昔中国から日本に伝えられた多くの教えの中の一つだとも言える。『列仙人』という書物の中にはこういった地仙について書いてあると、喜仙人は彼に教えたのであろう。

　例えばヨボヨボの薬売りの老人や、酒売りにやってくる女、また何とも風采の上がらない獣医や橋の袂《たもと》で乞食をしている男、ユダヤ人のスピノザのような中国の鏡磨きの職人や、靴直し、豚飼いをしている農民などが特別多くの人々の間に生きていた地仙であったことをこの書物は教えてくれている。

　やがて南北は喜仙人に連れられて牡鹿半島に上がり、石巻に来た。いつの間にかこの老人は街の人々に負けないくらい立派な服装と喋り方に変わり、彼が向かった住まいは日和山の広大な屋敷であった。その頃は喜仙人は大きな回船問屋の隠居で曾孫《ひまご》が四代目の当主となり、名前を喜左衛門と名乗っていた。もちろん喜仙人は初代喜左衛門であった。彼は曲がった世の中の現実に触れそれを嫌い、自ら今仙人として、つまり地仙としての生き方を全うしようとして金華山の山の中に身を隠していたのである。後の観相師である大阪の無頼漢が出会ったのはその頃の喜仙人であった。

　様々な書物は南北に喜左衛門から延命不老の技を身に付けたと伝えている。インドにはヨガという体操があるが、南北もまた喜左衛門からこの方法を別の形で身に付けたようだ。胎息《たいそく》、つまりその人らしい個々の呼吸法を整えて生きる方法や自由自在に行う一種の体操としての導引、すなわち体を動かし、呼吸を伸び伸びと行い、心と身体の摩擦を行い、さらには環精《かんせい》、他人からの精気を常時吸い取る能力などを学んだ。人間はそれで良いのだが、地仙は生真面目な白い顔をして樫や栗のような木の実などを口にしてすましていては、地仙としての生き方ができるはずはないともいわれた。喜左衛門はさらに「富貴貧賤寿夭窮通というものがもたらす人の生き方から抜ける時地仙と生きられる」ことを南北に教えたのである。そのためには人はあまりにも生まれてから穢《けが》れ多く、そこから離れるのに、どうしてもしなければならないのは、何よりもまず、食という名の哲学に沿って生きなければならないことだった。喜仙人は仙人というものがむしろ堂々として太っており、痩せた鶴のような日本人の考える仙人をまず最初に忘れるべきだと言った。後になって南北は自分の哲学の中心に食という概念を入れているが、素朴な人間の豊かな生き方は決して痩せ細った人の生き方とどうしても重ならないのだ。

私たち人間は果たして自分の中の金華山で自分なりの喜仙人と出会えるだろうか。どんな昔話よりも信じ難い話ではあるが、人の隣に地仙と呼べるようなものが存在するだろうか。神仙がいないと思えるくらい、地仙は遥かに遠い存在だ。それだからこそ、神仙の夢を見られるくらい、人は地仙の近くに生きているのかもしれない。

金華山で喜仙人は南北に山に籠もった己をあえて否定しながら、コンコンと地仙の生き方を説いた。

仙人というものは色欲を捨てて、世の中の人と交わることもなく深山幽谷に生きるだけなら、たとえ長生きができても物持ちになっても何の意味もない。元気にあらゆる物を食べ、顔を輝かせ、豊かな言葉を使って生きる時、知人の名に相応しい仙人になれるのである。胎児が母親の身体の中で呼吸するように日々生きる時、その生き方を胎息法《たいそくほう》と呼び、昔のインドにはバラモン法や、中国には一人按摩術や、仙伝導引などがあることを彼は南北に教えた。しかも神仙も地仙も常に盤座《ばんざ》という命を高める座り方をすることをも教えた。

南北はずっと後になって多くの作品を著している。それら全ては観相学の手引きの書物であるように理解されていたが、南北の弟子の中のごくわずかな人たち、南北の本を世に出した、喜左衛門などはこれをおそらく哲学とみなし、人の生き方の土台にすべき啓蒙の教えだと見ていたようだ。『相法極意《そうほうごくい》　修身録』、『安心弁疑論要決』、などがそれである。

もちろん彼の下にはかなり多くの弟子が集まった。その中でも小西喜兵衛は高弟の一人と呼ばれていたが、師南北の慎食を中心にした人生論、哲学に心打たれ、南北の『相法極意、終身録』から、ある部分を抜粋し、『安心弁疑論要決』として版木に彫って製本したのである。小西喜兵衛は醜男《ぶおとこ》であり、自分の相に対して自信がなかったが、「あまり人相が良くなくどうやら孤独で長生きもできそうもない自分の相を見ているが、南北先生によって生きる力を得た」と人に伝えている。彼は南北によって自分の人生がよほど鼓舞されたようだ。彼の息子も孫も曾孫《ひまご》も代々嘉永年間から明治になるまでの長い間、喜兵衛の遺訓が守られ、それぞれの代に南北のこの本は世に出されている。それは大正昭和と続いて世に出されたが、昭和八年に至って六代目の喜兵衛は、あまりに何度も使われた版木が摩滅してしまっていたので、そうした古い版木を処分して時代に沿うように活版印刷に変えた。

確かに南北の人相学は単なる占い師の人相学に留まらず、江戸時代の大きな意味を持った庶民哲学として今日に伝えられている。従って必ずしもその人の未来を間違いなく言い当てることはないかもしれないが、それよりももっと大切な人の道が、猿人時代から繋がっている生き方に留まることなく、仙人または人の中の人とも言うべき地仙となる哲学と見て良い。それはどこから見ても占いを生活の糧《かて》としている仕事としてはかなり逸脱しており、むしろ新しい意味での人生ノートとも言うべき哲学として心有る人々に受け入れられた。物を書く人間も、本屋という商売人と手を組んで自分の作品を売るならば、それは南北が単なる占い師として軽く扱われたのとほとんど変わりはない。

　東北から舞い戻った大阪時代の南北には多くの弟子が集まった。大阪だけでも二百人に近い人たちが彼の下に群がった。その他日本全国津々浦々から野を越え山を越えて浪花の地の彼のところに話を聞きにやってきた。ある男などは息子と共に関東から南北を訪ねている。中には百人を超える弟子を抱えているそれなりの人物も彼を遠方から訪ねてきた。こういった弟子たちは何とかして南北の教えてくれる、より新しい人生哲学を記録しようとしたようだ。南北の一番弟子とも目されていた元浪人だった男は、後に師の下を離れたが、多くの弟子たちの先頭を切って筆まめなことを利用して師の語る言葉を記述していた。こういったものが後に南北に手渡され、喜兵衛のような弟子によって、また彼の子孫によって昭和の時代に至るまで脈々と世に出されていた。

　ヘンリー・ミラーの影にはアリゾナの砂漠に住んでいた老いた夫婦がいて、彼らは十六世紀頃のフランスの活版を手に入れて、これを使ってミラーの本を出している。ミラー自身はこのことに酷《ひど》く感動していたことを、私はこの本をミラーから贈られた時、はっきりと感じた。

　私自身、Y・Nという熱心な友人がいて、彼は手作りで私の本を世に出してくれている。各地からの読者が彼に送ってくる布地を、実に立派に表紙に貼り、何巻にもわたって私の詩集を、昭和時代のアルバムや江戸時代から続いている押し絵のような装丁の本として作ってくれている。頁の中の言葉は一つ残らず彼の手書きの文字がそのまま印刷されたものである。東京のある出版社のエッセイ集に載った私の詩は彼の手書きの文字だった。彼の手になる三巻目の詩集の一冊には、表紙に私の亡き母の帯地を使ってくれた。

　世の中のあらゆる時間の中で、あらゆる地方で入れ替わり立ち替わり人は様々に存在する。これらの数多くの人たちはどれほど多くとも地仙と社会人の二種類に分けられる。果たして私たちはどちらに入るだろうか？

「淮南子《えなんし》」

　現代人は愛と憎しみという言葉や考え方や生き方を別々な意味において理解することを、どうやら忘れているようだ。喜びや痛みという生き方さえその意味をはっきりと理解できないのではないかと思える。

　ある裁判長は法廷に立つ一人の若い男に死刑という主文を言い渡した。その主文に続けて裁判長は一言「あなたに控訴することを勧めたい」とつけ加えている。

　言葉というものの大切さと、意味の深さを私たちはよく知らなければならない。

例えば美味しいケーキを幼子に与えようとする時、大人がそれに一言加えて、「できれば食べない方がよい、それは腐っているかもしれない」というのは果たして正しいことだろうか。

もし腐っている可能性があるなら、大人はそのケーキを子供に差し出すことをしない方がよいはずだ。

現代人はこの危険な賭けをしながら、相手の人と向かい合い、充分に賭けの様相をもった言葉を常に口にしている。この世の中にはこれで間違いないという確かな保証をされた言葉も、それに加えられている行動もあるはずはない。また逆にあれは間違っているとか、危ない問題を含んでいると誰の目にもはっきりするような言葉や態度など有りはしないことも人間は知っている。こういった現実を弁《わきま》えている人間も猿や犬たちも、どうやら危険だと感じたり、悪いことが起こるかもしれないと思う時、その言葉や行動から逃げたり隠れたりするのである。また、どうみてもこれに間違いないとか、これこそが自分にぴったり来ると思うようなものにぶつかれば、さほど深く考えもせずに、それに向かい、それに突進していく。このことを人間はチャンスとの出会いであり、危ないものからの逃避と考えているのである。

先ほどの裁判官は目の前の男に厳しい死刑の判決を下しながら、同時に何とかこの極刑から離れるために控訴することを進めているのである。子供の前にケーキを差し出していながら、そのケーキに毒が混ざっているかいないかを、自ら判断せよと言っているのと同じである。チャンスが巡ってきたらそれを掴《つか》み取れとか、不運なものならばそこから逃げるべきだと教えているのと同じである。

要するに人間の言葉はそのままでは八卦や星占い、トランプ占いや水晶占いとさほど変わるところはない。大自然のサイクルというか流れは、何一つどんな占いによっても、その良否や幸不幸を占うことはできない。「じねん」はそのまま「自然」であって、その流れは常に良否や幸不幸をはっきりと人に示すことをしない。否、こんなことを言うと大自然は驚き、戸惑うに違いない。じねんは常にあることをしているのであり、流れの中にそのまま存在しているだけに過ぎない。それを人はどうして良否に区別したり、幸不幸に区分けしてしまうのか。

こういった良否や幸不幸の区分けをするのは人間側なのである。同じ問題でも、またチャンスでもそれを良と見るか非と見るか、その人の今という時間の中での、単なる自分的な事情による。それを幸いと見るか否かもまたその人の行動や発言や、つまり生き方の結果として表現されるのである。目の前に現れる全く同じ問題でも、その問題に関わって来るどのようなサークルの大きな運動も、その人との今と一瞬先では状況は全く別のものになる。人はこのことをよく理解していれば幸いである。どんな問題でも次の瞬間には逆の状態に変わり、その次にはたちまち、状態の変化が起こることを知るべきなのである。今の状況を見て、そこに不幸を読み取ることもできるし、寄って来る不幸を見つめながら幸と見ることもできる。

中国にある老人がいた。不幸を目の前にした時彼は、そこに幸せを読み取り、幸せを目の前にした時彼は不幸の迫って来ることをはっきりと意識した。それを中国人は「人間万事塞翁が馬」と認識したのである。私たちは今日この幸不幸を認識する単純な哲学の心を中国の古書『淮南子《えなんし》』から読み取る。

裁判官の、死刑を宣告された男に言った主文は、まさにこの『淮南子《えなんし》』の素朴な哲学を下書きにして言われているのだと思う。

青春・一つの美徳

青春は一つの美徳である。何一つまともには知らない自分を前面に押し出し、気負っているが、その実、心の中では、そのような自分を恥じている純粋な生き方で老いた体質で生きている人間と比べて何という違いだ。老いた者は、本当は人生に関して深く知っている訳でもないのだが、何でも分かっているように錯覚している。その中で自分を恥じる念《おも》いを青春の重さと一緒に、どこかに捨ててきてしまっている。中年に入っている人間は、次の三つの歌を聴いてみるがよい。一つは『神田川』。もう一つは『ジパング』。もう一つは『木綿のハンカチーフ』。これらの歌に涙が溢れてくるような人間は、まだ老境には入っていない。これらの歌は歌われている若さの貧しさ、悲しさ、恥ずかしさ、不安ながらも力いっぱい頑張っている青二才の生き方の全てがキラキラと輝いている。この輝きが自分の内側に響いてこない人間は、たとえ年は若く、また、年はとっていながら、体が若やいでいても、老化していることは否めない。

若者は、身を着飾るほど金が無い。確かなことを主張できるほど、知識も経験も無い。それでいて、実に安心して見ていられる存在である。素顔が美しい。健康美に満ちている。化粧もしない。何一つ無いのに目が笑っている。言葉の中に暗さが無い。後ろ姿が逞《たくま》しい。どれほど垢《あか》で汚れていても汚らしさが感じられない。若者の体から発散する匂いは、生命そのものの香りだ。それは作られた匂いではない。それは金の力で努力した結果としての匂いではない。生命そのものの、生きる力そのもののほとばしりである。あまりにも肉体や心が華やいでいるので、考える前に行動が先に出てしまう。いつでも、何か作られた歌を歌う前に、自分の存在の中からメロディが溢れてくる。自分の心の中の念いが言葉となって外に流れ出てしまう。じっくり考え、時間を費やして歌詞を探すようになったら、そこには間違いなく老化現象がある。老化した人間はいつでも、じっくり考え、書き直しながら作った文章を、たどたどしく読みながら挨拶をするものだ。若者は念の限りを口から吐き出す。

四十代に入ったか入らない頃、私の二十代を励まし、叱咤《しった》し、それゆえに、何度も食ってかかりながら口論した師（アン・クロエカ女史）が突然亡くなった。彼女は福島の山里に葬られた。私は野辺の送りの時、天に向かって目を大きく開き、大粒の涙を流し、その時だけしか出てこない自分の詩を歌い、自分の歌を歌った。あの時、私は、その五分間の中に若い時代が、自分の体と心に再度乗り移ったことを意識した。

若さは不安の塊《かたまり》。青春は寒い。若さは貧しさの中の時間。青春は恥が多い。だから若さは悲しい。だから青春は希望がいっぱいだ。若さの中で生まれる愛はその人間を強力にするエネルギー。

青春の中の怒りはその人間に翼を与えてやまない。金にあかせて物を買い、身を飾り、美辞麗句で話し、名誉を誇り高くぶら下げ、権力を喜んでいるのは老化の特徴である。そのような老化作用の中で生きている男も女も、年に関係なく、老い果てている。最近では、二十代の終わり頃から老い込んでいる人間もいる。小利口なタイプの若者、親や教師にとって問題のない子供、できの良い人物というのは、とうに若さを捨て、青春の熱い生命力で生きる意欲を忘れてしまった人間である。若さは恥が多い。多ければ多い程、人間として深みが増していく。叡智が深くなっていく。愛が広くなる。歌が美しくなる。文明の社会は若年寄を多く育てるのに力を貸している。このような若さの無い若者たちや、青春の匂いを発散しない若者たちが、そのために生命力を薄くし、本来の人間として暮らしていくのには不適確な人間性、つまり原生時代に人間の中に培《つちか》われた本能の知に支えられたホモ・サピエンスとしての構造を弱化させている。現代の人間は、その生い立ちの最初の段階、つまり若さの中から生命力の大切な部分を取られている。狡《ずる》くて、小利口で、目から鼻に抜ける猿知恵をたっぷりと身に付けている老化した人間（大人たち）に巧《たく》みに操《あやつ》られ、その中で優等生になっていくタイプの人間は、文化の悪によって奇形化された若者、若年寄なのである。

　このような世の中で、若者が金と時間と、遊びのおもしろさに身と心を浸し、悲しさや貧しさや若さゆえの知らぬことへの不安の中で、たっぷりと人間形成が行われない時、当然原生の人間の豊かさや本能の知に支えられた正常さが異常だとしか思わない人間が多く現れるはずだ。若さと青春と葛藤は人間を豊かに仕上げていく力だ。若さゆえの不安や貧しさは人間を優しい生き物にしてくれる。青春の抱いている様々な悲しさや恥ずかしさは人間を大らかな叡智の獣にしてくれる。

　青春は一つの美徳である。人間よ、生きている限り、若さを忘れるな。日々の暮らしの中で青春の情熱を弱化させるな。一期一会《いちごいちえ》と言うが、一瞬一瞬の中で、何一つ考えることなく溢れてくる自分の言葉に酔わなくてはいけない。知らずして口ずさんでしまう、これまで一度として歌ったことのない歌に、全身全霊が燃え立つような感動に満たされなくてはならない。人間には、誰にも自分だけの、ほとんど意味不明の言葉や歌があってよい。それでいて、その言葉や歌は、その人間にとって最も美しいものであり、尊いものだ。それこそその人間の若さのエキスそのもの、青春のエネルギーそのものなのだ。自分の中にある言葉がこの世の中の言葉と歌で溢れ、自分自身のものが何一つ入っていく場所が無いとするなら、何とも不幸なことだ。若さとは自分でいられるということだ。青春とは生きている自分を認めていられる時間のことだ。だから、若さは不安多く、痛みや恥じることが多い。青春に貧しさや悲しさがいっぱいあるのもそのためだ。金と名誉と権力に囲まれ、その重みで身動き一つとれないでいる人間は、まさしく老化以外の何ものでもない。

知恵の極致としての本能

人が自然に暮らすことができる原点として言葉がある。言葉の糸口が人それぞれによって見い出されなくてはならない。顔が違うように一人ひとりの言葉には極めて自然に錆のような無駄毛が生えて来るものだ。言葉をそのまま放っておくならば、全ての無駄毛はそのまま夏の雑草のように、その人の言葉である芝生を覆い尽くすまでに生えていく。雑草は常に抜き取らねばならない。その人の言葉の周りに生える無駄毛は絶えず処理しなければならない。この処理こそがその人の心の整頓の姿勢であり、そのことを本居宣長などははっきりと述べている。

　人は歌ったり書いたりしながら常に生活の時間の中で自分の言葉に接している。この接し方がほとんど無いならば、その人は猿や犬と変わるところがない。どんな行動をし、どんな器用な物作りをしようとも犬や猿のレベルから上に上がることはない。人が生きるとは気持ちのよい生活態度である。誇り高い姿でもある。どんなに苦しく悲しく痛さが多いとしても、人生は言葉と共に歩むので結果としては楽しい生き方なのだ。厚く濃くしかも熱い人の生き方の中で体験している時間は、様々ある大小の生命体のいずれよりも格段の差があり、レベルがはっきりと上のものなのである。生命体は数々あるがほとんど地球というこの惑星の全域を利用し尽くしている事実からも、人の行動範囲が他の生き物の比ではないことをはっきりと示している。数多くの生命体の形を創りそれぞれを存在させている大自然から見れば、全て平等であり、そこに上下の区別はないのかもしれない。つまり常に子孫を残し同じように育てながら生きている生命体の流れには我々人間はただ驚くだけである。人は人を生み、犬は犬を産み、それを可能な限り育てようとする。

　人の喜び、苦みのキャンバスの上には様々な生き方の色が塗《ぬ》られている。この色は赤でも青でも黄色でも紫でもない。それ以上に大きな変化をもたらす心の色であり、ファンタジーなのであり、その色彩は二次元から三次元に変わる以上の大きな変化をもたらす。生きているというこの現実をあらゆる種類の生命体はごく自然に大自然の流れとして受け止めてはいるのだが、細胞にとってみても犬にとってみてもはっきりと二次元から三次元の世界を区別できるようには理解できないのかもしれない。幸いなことに人は二次元から三次元に目の前の存在が変わる時、そのことがはっきりと赤と白の色彩が変わるように理解できるのである。残念ながら三次元から四次元、五次元の世界に物事が変化していく時、その辺の事情が漠然としていて、はっきりと分からないでいる人の今の状態を理解できるならば、蝉や他の虫などが二次元から三次元に彼らの小さな脳の活動を移す時、その変化がはっきりとは判らないのと同じなのだろう。自分の言葉が存在するという事実は猿や犬にとっては魔法のように不思議なことなのかもしれない。人もまたこれほど大切で他の何ものよりも重要な意味を持っている本能について、あたかも猿の二次元から三次元へのワープ現象を理解している人を見て、びっくりしていることと同じなのであろう。くっきりとはっきりと三次元までは見えても、その先、四次元五次元の世界に対しては猿や犬たちの頭脳や色盲の彼らの目では理解できないのだ。生きているというこの現実をそのまま見ることができる言葉を受け止められる人は、はっきりと先の次元まで見える人だ。そういった先のくっきりと分かる頭や、心でもって「本能」が手に取るように分かるのである。言葉をいじったり、言葉のリズムの動きのまま、つまり心の流れの中で生きられる時、人は、何とか四次元の世界に入れるようだ。本能しか知ることなく、理解することも感動することもない次元とは、利口な三次元の最先端の知恵ではなく、むしろ四次元から始まる多くの次元の中で体験できることだと知るべきだ。

生きているというこの現実をできるだけ自分の心のキャンバスの上に現そうとするなら、それはくっきりと隅々の輪郭さえ分かる現実としてその人には見えるはずだ。単なる幻影ではない。歪み崩れた言葉の嵌めこまれた一見美しいステンドグラスではないのである。素朴な自然には、天然の素材でしっかりと創られている多くの優れた性質が備わっており、それらが繋がり合い融け合い、流れ合って生命という不可思議なものを生み出したと見るべきだ。親が子を産みその子が親のように、人として成長し、次に子孫を残すことを考えるならば確かに五感の上にはっきりと六感、七感があるように三次元の彼方には四次元五次元が洋々と広がっているのだ。三次元の彼方にいくつもの次元が存在しているのだが人の心の目にはそれが見えない。大自然はそれゆえに人の感覚の中にはまだ完全に入ってこないのだ。それでも他の生命体の中で先頭に立つのが人間であるということはとても悲しい。

冒険する神や学問

大自然から生み出されてくる大小あらゆる形の生命はそれなりの言葉の兆しを絶えず表している。花は花の形や色合いにそれなりの兆しを示し、獣たちには様々な行動の中に彼ら独特の兆しを示している。

要するに言葉はそこに存在する生命の中心であり要《かなめ》であり心のサンクチュアリなのだ。言葉の兆しはそのまま大自然の動きであり流れであり、人が様々に表現している神のものなのだ。日本人が千万の神と呼んだり、区別することも名指しすることも、目と目を合わせて互いに見つめあったり言葉を交わしたり以心伝心の作用によって繋がることもできないのが、全体として大きく深くそして感謝することの多い、いわゆる千万の神なのだ。

しかしはっきりとした理屈の中で考えられ、理解し、人の味方になり、はっきりと言葉でもって理解し合える極東以外の神々は理性の中に閉じ込められ、きちんと掃除されているゆえに、そういった神々は千万の神々とははっきりと違い、神として生き残るのに、また存在として人の前に立っていられることにどこかとても必死なところがある。漠然として、しかも人が見ようとするなら、また言葉を話しかけるなら、たちまち消えてしまうような千万の神は神として常に生き残れる。しかし神々には多くの歴史物語がつきまとい、きらびやかに飾られる時、人と同じくちょっとした風の流れでも雨でも姿を変えさせられたり、殺されたり、消えたり、喜びや悲劇の主人公として人々の中に残っていく。千万の神にはいささかの物語もない。喜劇も悲劇もなくそこにはただただ大自然そのままの姿で存在する、とにかく大きな存在として現れ、人は誰でもその前に立つ時感動以外は何ものもなく、それゆえにどんな痛みでも悩みでも、怒りでも全て消えて行くのである。千万の神々は社の中に閉じ込められることがなく、それを十重二十重と囲んでいるマホロバのいかにも聖なる広がりはその実神を信ずる人にとっては何ものでもなく、人が深く考えれば考えるほど、人が単に姿を変え、大げさに変装した存在に過ぎず消えていく神々であり、突然顔を出す神々でもある。

神は人の生き方や考え方の中で幻想的に展開していく芝居のような舞台の上の存在ではない。言葉はややもすれば間違われて神だと思われてしまう。事実聖書の中では「言葉は神である」とあるが、これは大変な誤解だ。「初めに言葉あり」とは事実だ。初めも終わりもない純粋な生命であり、告発者がごく自然に口にするのが言葉であって言葉は生命そのものなのだ。庭で遊ぶ人も虫も花も神であり、生命そのものなのだ。伽藍《がらん》配置の中で動きのとれない偉い神や仏はそのうちそのように存在することに息苦しくなってしまうだろう。草むしりに三文の徳あり、また間違いなく十利ありと言えるかもしれない。生命を広げながら燃え盛る陽炎《かげろう》の勢いで生きなければどこにも光は存在しないのだ。心が燃え盛るコロナそのものでいられる時、そこは間違いなく光の里なのだ。本当の言葉は常に希望を元にして動き出し働き出している究極の心理としての生命の操作活動なのだ。

そこにこそ人が誰でもあらゆるところで自由自在に口にする学問という行動の本質がある。教室や研究室、講堂などに閉じ込められて動きのとれない学問などは、伽藍《がらん》配置の中にがっちりと押さえつけられ動きのとれない神仏の成れの果てと同じく、そこには本当の学問やそこから生まれる本来の知識の姿は何一つ見えないのだ。学問とは、また知識とは完全な独学の人間の手にする知恵であり希望なのだ。学問は独学の光の射す中で一つ一つ発見する新しい光であり、その事を一言で学びの冒険と呼ぶことができるかもしれない。今日伽藍配置の中で巌窟に閉じ込められた人のように、学問もまた十重二十重に様々な巌窟の中に閉じ込められている。そこから自由に飛び出して自然の中の空気を吸いながらの学び、すなわち独学こそ、本当の人の冒険なのである。昔『冒険ダン吉』はあの頃の子供たちの憧れの漫画だった。自然そのものの島で椰子の実などを食べて生きる島人たちを相手に、全く新しく次から次へと行動を興《おこ》していくダン吉は正しく独学の空気の中に生きる顔回（がんがい＝中国孔子の巾人。一を聞いて十を知る。優秀で学識と徳行が共に高かった）であった。

真実の神は人の生命と同じく、大自然の中から生まれてくる大きな力だ。独学もまたもう一度消えない神と同じく消えない学問なのだ。教師から習い、匠から教わり、校舎の中で獲得する学問は、ただそれだけのものだ。教えてくれる師や規則や教室から一歩も離れることができない、いわゆる学問で終わってしまう。孔子の弟子になるな。孔子から飛び出すことができない学問の徒は悲しい。

何々教の神に捕らわれるな。本来人の与えられている生命は天然そのものだ。無限の次元の中の大自然なのだ。

大自然が生み出した本能

日本らしくないあまりにも暑い夏はそこに住む人間を苦しめることになる。同じ暑さでも心が燃え上がるようなものならば、それは生命の中から出てくる情熱であって、それによって人の心が燃え尽きたり火傷をしたり、周りの状況から浮遊する気持ちに駆られることもない、単なる草原に広がる一過性の燎原《りょうげん》の火でしかない。

熱狂の中で鍛えられる言葉はその中で溶け出し、流れ出し、何ものでも溶解し、質を変え充分その人によって汲み取られる時、生き生きと何ものに向かっても働きかけられるからそれは大いに意味がある。文明社会の中で生きる人間は、子供にしても大人にしても、また老人にしても単なる点取り虫としてしか生きられず、蝉はひたすら鳴き続けるだけで、短い夏の暑さの中の一時期だけを生きるにすぎないものではなく長い地下生活があり、その長い地下生活から離れて明るい夏時間の中で鳴きたい放題に鳴けるかからといって、それは自分自身を表現しているだけで、それ以上に周りの状況から生命そのもののリズムを作っていくことはできないのだ。大自然はあらゆる生命体を力いっぱい育てて来ているのだが、それら万事が能ある存在ではない。その点において人もまたその例から漏れることはなく、ある分野において匠と言われ、天才と言われるかもしれないが、この文明の世の中に閉じ込められていて、ああだこうだと言われているうちは、知は単なる大自然の中の点取り虫に過ぎない。どんな肩書きも勲章も匠と呼ばれる腕前も、心有る人の心で見るならば、夏の暑さの中で鳴きながら終わる蝉の一生の短い地上生活にすぎない。

太陽の陽光はどこまでも暑く深いので、そんな中から当然何ものにも分からないように、あらゆる生命体は時と場所をそれぞれ変えながら出現してきた。大自然の燃え盛るあらゆる物の勢いや厳しい環境の下で生命体は大きく息づきながら生まれてきたのである。これを誕生というのだ。小さな虫であっても人であっても、それゆえに同種類の出現、すなわち子供の誕生は、単に喜んでいるだけでは済まないのである。誕生は一つの奇跡だ。一つの不可思議な行動なのだ。現実とはこのような様々な厳しさや情熱が作り出す力そのものであって、それゆえにあらゆる生命はその先に間違いなく広がっている大きな希望を漠然と知りながらも、それを自分という存在の筆や絵の具で、その通り書けなくなっているのが現代だ。人もまたその点では例外ではなく、はっきりと心の中では明日に出現するであろう希望を持っているのであるが、それを行動のキャンバスの上に描き染めようとする時にはすでにその映像は消えてしまい、どうにも言葉や絵が心の中の造形としては描けなくなっているのである。明日の希望は誰にとっても単なるファンタジーに過ぎない。これをはっきりと一つの形として本人と繋がるものとして表現できる時、その表現は奇跡以外の何ものでもない。

人間の生き方の中に見られる心理はどの部分をとってみても、ただの暗部にしか見えない。どんなにはっきりと見ようとしてもそれは何かの影であったり、全体の中の極く小さな一部分なのでそこから全体を見ることは不可能なのだ。書かれる文字はどこまでも大きく鮮明であり、同時にくっきりと輪郭を表しているのだが、それでいて意味はどこまでも霞んで見え、形は崩れ全てが濁っている。

人の言葉には本来陽炎から放射されるあらゆる種類の光や色彩が見られるのだが、残念なことにそれらはあらゆる生命体に届く頃には過剰に放射される二酸化炭素のようなものによってすっかり品質を変え、もともとのコロナからそのまま噴き出している熱情が半ば消えかかっている。そのような明日の希望が寄ってきたとしても生命体は何一つ熱のこもった良い影響を受けることはない。太陽の光がその勢いでもって生命体に近づき、エネルギーとあらゆる熱量をもって迫ってくるのだが、その途中で突然何ものかによって冷却され、生命体に近づく頃には単なる意味のない物質に変わっている。

しかし陽炎を陽炎そのものとして、燦々《さんさん》と輝く熱量としてまた巨大なエネルギーとして受け止められるのは、大自然の中の勢いによってどこまでも増幅され広がって行く言葉を今日から明日へと繋ぎ、描き、しかも大きく歌っていく人の心なのだ。しかしそう感じていない人間で埋まっているこの世ゆえに、人は幼児でも青春のただ中にいる若者たちでも、老境に入った人たちでも、心が奇跡を起こすほどに熱い状態に保たれていないので、陽炎から迫ってくる勢いはほとんど何一つ強い影響を人に及ぼさないのである。

つまり文明人間は全て言葉を使い感じるという点において深い精神疾患に罹《かか》っているのであって、これを単純に文明病と言ってしまうことも可能かもしれない。文明と呼ばれているこの便利で万事調子の良い時代の中で、どの人間も一様に自分の人生の中のあれやこれやの体験を簡単に感動的な体験として喋ろうとするところがあるが、実際にはこの時代の証人としての資格を所有している人はごくわずかである。人前で話す感動体験などは、一度はっきりと紙の上に書いて見ると、実に短く、細部にわたって夢のように儚《はかな》くぼんやりとしていて、多くの人々に聴かせるにはなんの感動も与えないほどのつまらないエピソードであることを知るのが関の山だ。人は一人ひとりはっきりと自分自身の生まれたこと、つまりこの世に出現したことを証言しようとする時、ほとんど語るに相応しいエピソードのないことを知ることになる。つまり人間は誰でも自分自身をはっきり意識しながら、自分の親をこの人たちだと選んで生まれてきてはいない。ほとんどの人のそのような何一つ感動することのない生まれと同様に、生まれてからこの方、人のあらゆるエピソードというものはそう簡単に人に話せるほどの感動的内容を持っていないということが現実だ。遅くとも今から生き方の一瞬一瞬において、人間ばかりではなく大自然そのものを驚かすようなあらゆることに万能である生き方をしたいものだ。つまり全てが奇跡なのだ。一瞬一瞬の中で万事が奇跡でなくてはならない。

艶のある人生

ただ何らかの手仕事を身に付け、家族のために働き、その結果が日々の生活の中ではっきりと収入となることだけに最低限の安心を見い出している現代社会の大半の人間は、誰も彼もがそれぞれの言葉を話してはいるが、それは前後左右に並んで蠢《うごめ》きながら歩いている同じような形の芋虫たちの話し合いといささかも変わることがない。芋虫も人もその点において全く同じだ。

アケビの蔓《つる》や、山葡萄の蔓《つる》などを山の民などは採ってきて水に浸ししばらくの間乾かす。やがてこれを材料にして目の混んだ籠や笊《ざる》や、時には大事なものを入れる大きめの財布さえ作ってしまう。山の民は森の中から見つけてくるあらゆる材料を使いながらそれを作品に仕上げ、町に売りに行く。彼らは要するに職人なのである。村人たちは何も言わないけれど彼ら職人は半ば曲がったような黒い指先をしていて、それは明らかに巨匠の風格を示している。彼らが作り上げるアケビの蔓《つる》などを材料とする作品などは、村の老人たちに一生ものとして使われる。十年使われれば、また二十年三十年と飽きもせず、そうだからといって芸術品として見直される訳でもなく使われ、時には子供や孫の代にまで使われ、その一生ものは百年二百年と長く使われることもあるらしい。

夏の光に晒され、冬の寒さの中でじっと耐えている時間の中で蔓は自分が宿している力を知るか知らぬかとにかく力いっぱい外に出ようとする。つまり道具となって出現する蔓の中に、持つ者にとって一生ものの可能性が宿っているのだ。太陽の光を浴び、風雨に晒され、道具となって人の手に渡っていく蔓の籠などは、使われていく中で、初め薄く黄色味を見せ、何十年も使われている間に少しずつ薄茶色に変わっていき、持ち主の年齢と共に薄茶色は濃さを増していく。少しずつ茶色は黒光りに変わっていく。日の光も雨も風も、それに手を貸し染めたり塗ったりする訳ではないのに、周りに流れている艶が籠の材料である蔓をピカピカにさせる。穏やかで何一つ特徴のない太陽の柔らかい光で培われる生命の持つ風格といおうか、生命そのものの勢いが作品全体の中で息づくことになる。単に山の中の光り輝くところに伸びる蔓だけではない。ありとあらゆる植物も上へ上へと伸びていく。日の光を浴び、雨に打たれ、風に吹きつけられて美しく厳しい光が輝き、心の艶を増し、光り輝き始めていくのである。

豊かになるということは、短い時間の中で軽い美しさを示すことではない。どこまでも奥深く沈み、日の光の中で黒光りしていくことだ。文明人間はそのことを忘れて生きている。上辺だけの美しさに喜んだり、誇ったりしている。一生ものの人生をその中でその通り使い込んでいける人は幸せだ。

人もアケビの蔓で作られた籠を持って生きる人は幸せだ。その人の二十代の時の光は四十代の時の光とはまた違い、八十代になるとその深みや幽遠さはさらに別のものになる。

アケビや山葡萄の蔓で作られる籠は人生の時間と並べ理解することができる。どちらもその人の心の手油によって光り出し、艶を出し、その様はその人の中から出てくる言葉そのものなのである。

恐怖譚《たん》

どんな言葉にもそれには独特な意味合いの濃さや豊かに吸収されていく感情が無ければいけない。現代文明社会の中ではどちらに気が取られるのか、濃厚さも吸収する心の勢いもかなり不足している。味のない言葉は見た目は様々に知恵で飾られてはいるが、その中心には心の濃さや生き方の勢いとも言うべき吸収力がほとんど感じられない。生きる力を持つためにはどうしても言葉は、単なる人のリズムであってはならないようだ。言葉はその人の心の秘密を数多く持っている基地なのであって、それは一人ひとりが独特の形で生き方の中心に蓄えているものだ。もう少し簡単に表現するなら、人の骨格やその中の髄のような、また、脳味噌のようなものを足して言っているのかもしれない。その人の心やその人を取り巻いている社会全体を、すなわちその人の世界を救済するための処方箋として短い一言一言がここでは秘密の基地と呼ばれても良いと思う。特別にまたは独特に変形しているその人だけの秘密基地はその人だけに理解ができ、また内容が分かる短い言葉や暗号でできていて、本人だけが必要とする時、また物を書く時たちまち大きな力を発揮する。

　人は誰でもそのような臨戦態勢に向かうと、必ず己の言葉を基地から取り出し、危険な相手を前にしてはっきりと向かい合う。自分はその言葉に値する人間であるかどうかということを反省しながら、その一瞬の中で力強く、危険な相手に向かい合う。それは蛇と向かい合う小さなカエルのようなものだ。一飲みにされることが分かっていながら全身全霊に力を込め、微動だにせず向かい合う蛙は左右や後ろを見ることはない。人も同じだ。

　自分の言葉の中で全身全霊を泳がせ、自分の感情の全てを完全に開き、情そのものの大きな流れの中で渦となる。名誉も所有物も老後のことも、全てそんなことは考える余裕がなく、社会的な一切のことはただ崩れに崩れた瓦礫《がれき》としてしか映らないのである。文明の綺麗事は単なる憂欝極まりない何かの陰であって、本人はただただ敵と向き合っている武蔵のように、存在の全てがどこまでも小さくなり同時に大きくなり、本人は限りなく巨大な相手の前の自分がそれ以上に大きくなっていくことを徐々に意識するのである。先人の多くの知や力の軌道に乗って動き出しているどこまでも変形した自分が、間違いなく大きく広がっていることを知る。

　歌っているうちは、また書いているうちは実に相手と向き合っている自分が何一つ崩れることのない存在であることを確信できるし、またこれから先ずっとそうしていけることに自信を持つことができる。

　現代の人間は文明や社会の流れの中で絶望しており、その奥の方で紡ぎだしている物や事もいわゆる文化の名に値するのであろうが、本人の生命創造の勢いとしてはほとんど見るものが無い。

　今日のグローバルな人の生き方の場、すなわち市場社会でなにをやらかそうとしても結局そこでは人類は滅びる他はない。人種やあらゆる文化圏を遥かに超え、人は自分の心の中の基地から自分で用意している独特の言葉をもって外に呼び出さなくてはならない。生命を駄目にするような放射線で汚染されている人の前に広がる大地は、誰に永遠の故郷だと言われたとしても、人はそこに向かっていく気持ちにはなれない。人は常に故郷を外側に持ってはならない。自分の内側にこそ故郷が確かな基地として存在しなければならない。世の中のどこかに自分の故郷があると思う心は常に恐怖心に囲まれている。
早く、一瞬たりともグズグズしていることなく、己の中の基地に戻れ。自分の本当の故郷に向かえ。

源吾旅日記

山陰道石見《いわみ》の国、今日の島根県、つまり日本の諸県の中で最もその存在が知られていないとも言われているこの地方は、日本古代の国作り伝説やそういったことに関わりの深い物語の多い地方であることも日本人はよく知っている。石見の国の西の外れにごくごく小さな四万三千石の知行《ちぎょう》しか与えられていない津和野の町が地方を山に囲まれた盆地に広がっていた。

私は小学校の低学年の頃様々な大人の本に首を突っ込みながら、同時に少年冒険、探検などの物語に一人で時間を忘れていたこともあった。三年の末の頃は関東の田舎町の小学校の何ともみすぼらしい図書室で感激しながら読んだ山中峯太郎の『見えない飛行機』などを未だに忘れることができない。もう一つ、赤川《あかがわ》武助《ぶすけ》作の『源吾旅日記』（国書刊行会）なども未だによく覚えている。

最近若い読者から様々な古い本が送られてきたが、その中にこの『源吾旅日記』なども紛れ込んでいたのである。小学校二年生の時、栃木から群馬県に転校し太田町の小学校に一年間通ったが、同級生たちに、どうにもついていけなかった。そこで私は正門前の木立の中に建ついかにも西洋風なこじんまりとした石造りの図書館に放課後潜り込み、あれこれと引っ張りだして本を読んでいた。それは西洋や中国の物語や写真集などであって、その中にはパリのエッフェル塔が出てきたり、中国の孫悟空の物語などがあった。それらは私の心をいくらか慰めてくれた。しかし再び栃木の宿場町の小学校に戻り、寂しい図書室の雰囲気の中でいつでも本にしがみついているのは私一人だった。あの頃の少年冒険小説などは未だに私の心に残っている。『源吾旅日記』の中の津和野から広島までの少年の旅姿は、最近もう一度目を通すことで心を新たにすることができた。

わずか十三歳の少年、源吾が津和野から東南の瀬戸内海のあたり、広島まで山を越え森を越え祖父に見送られて旅立つ姿は、そのまま人生の旅を目指している人間の姿として見えるのである。もちろん幼い日暗い小学校の図書室ではそんなことを考える余裕もなく、ただ母親が働いている大阪まで行かねばならないと旅路を急ぐ源吾の心や、津和野から広島までの山道や広島から大阪までの瀬戸内海の船旅だと思っていたが、今回読み直してみると、人の一生の中の意味深い人生を教えてくれるようだ。

私はこの少年冒険物語の本の最初の頁を開けながら、同時に書庫から取り出した息子のドライバー専用の大型日本地図帳の頁をも開いてみた。本としては最も大きなサイズ、B４判型のこの地図帳は『マップル』（昭文社）と呼ばれているものだった。

人生はその人のあらゆる時間の中で常に旅をしているらしい。この旅の中でものを発見し、物を失くし、喜びの一里塚を踏みしめ、悲しみ痛みの山を超えなければならないのだ。

少年源吾は祖父から失くすなと与えられた金を持ち、背中に小さな風呂敷包みを背負い、津和野の町を夜明け前に出発した。町を離れると津和野街道は上り坂の険しい道となり、左側に杉ケ峠を見る頃にはすっかり夜が明け、遥か彼方には神社やお寺の大きな屋根を中心にして懐かしい津和野の人家が朝餉《あさげ》の煙を漂わせながら見えていた。津和野街道は曲がりくねり、上り下りしながら柿木村に近づいていった。

私はこの少年冒険小説をもう一度この歳になって読みながら、自分自身が下級武士、足軽の子として母を訪ねて旅をしているような錯覚に陥っていた。

最近は観光地として津和野あたりはかなり人気があるのだが、私は一度もこの島根県やその隣の山口県などに足を運んだことはない。それにも関わらず車で移動するように、またはリュックを背負いピッケルを片手に厳しい歩きの旅をするように、心の中ではっきりと早朝の津和野から九時か十時頃の柿木村に着いたのだ。ここには小さな温泉場もあり、このあたりは柳原と呼ばれていることもこの『マップル』の細かい説明の中で知った。柿木から多少平になった道を南に向かって進み、大野原あたりには木部谷という名の温泉場があり、それからさらに南下すると殿明、栈敷、真田などといった集落があり、そこを過ぎれば七日市につく。さらに立戸や広石などの人家を傍らに見ながら行くと六日市のけっこう賑やかな町並みに入る。ここからさらに津和野街道に沿って進み、深谷あたりを通り源吾は蔵木を経て、石見の国境から周防《すおう》、すなわち島根県から山口県の県境を越える頃は、午後も遅くなっていた。山越えの道は星坂峠を越え、その頃には山口県から安芸、すなわち広島県に入った。マップルの地図帳の中では当時そのあたりでは最大の難所と言われていた生山峠を過ぎるはずだが、現代ではおそらくけっこう長いトンネルの道路となっているはずだ。私は源吾の心になって遥か大阪で苦労している母を追い求める少年として、この道筋を心の中で辿《たど》ったのである。

広島で瀬戸内海の舟に乗り込んでからの物語はあえてここで語ることではあるまい。彼が石見から周防《すおう》を通り、安芸の国につくまでの山また山の中で、私の心も同じく足並みを揃えて山道を上り下りしながら曲がりくねる山間や森の中、わずかな人家の傍ら、温泉場などを過ぎていった、そして私自身一度も訪ねたことのない中国地方の先端の部分を確かに旅行したような気分になった。

これはそのまま私の旅日記である。

起源に戻れ

今の文明の世の中は、一瞬一瞬あらゆる生命を駄目にしつつある。人が喜んでいるこの文明の流れは、ごくわずかな心有る人々にとっては、あらゆる生命の悲しい運命の未来を、恐れながら見つめているだけに過ぎない。

地球は一瞬の間に何百メートルも回転し、前進し、太陽系や宇宙を吹っ飛んでいるが、それ以上にスピードを上げて人の目の前に、というよりは、あらゆる生命体の目の前を流れ飛んでいるのは、文明という名の恐ろしい閃《ひらめ》きなのである。

人が広い大地と呼んでいるアマゾン川の周りの広大な密林も、木材の伐採により、あたりの空気は日に日に少なくなり、消えつつある。

本来人間の微妙な情こそが常に生命を育む勢いを持っているのだが、その情は少しずつ文明の流れの中で消滅し、生命の勢いが少しずつ失われていく。人は文明の有り難さとして便利な道具や美味しい食べ物を得、また知恵の結果としての手の技やプロフェッショナルな仕事を重んじ、それらができる人たちを名人とか人間国宝として誉めそやしたり、そうなる自分を誇るところまで文明に踊らされているのだ。心を動かす言葉とは知恵の言葉ではない。人の生命の中深く秘匿《ひとく》され、秘聞《ひぶん》され、陰語とされるものであって、聴く人を目覚めさせ、文明の上品な力のない言葉と違って、聞く人間を二倍にも十倍にも大きくして、この文明の重圧の中でそれを押しのけて生きていけるようにする。人は心の中で目の前を流れるものを一つ一つ厳選している訳だが、文明の便利さに戸惑っている人間は実際には正しく物事を選んではいないのだ。見た目はどこまでも楽しくおもしろく見られるサーカスでさえも、その表の表現とは別に裏側の悲しさや哀愁や痛みがあるように、この文明のサーカスの中に私たち人間は哀愁や痛みを見てとらなければならない。

人は誰でも自分の言葉を持ち、自由自在にどこからでも、またいつの時代からでも己のものとして取り寄せることもできる。その人の言葉はその人の声に宿った風格そのものであり、どんな顔つきをしていても、どんな服装をしていても、とにかく彼の声を聞く相手を一瞬だけは圧倒する。

例えば同じ生命体であっても大きな植物の陰に出てくる菌類などは、あらゆる植物の成長のように、光合成のようにコロナから流れてくる光によって養分を作ることはできないようだ。あらゆる菌類はどこまでも暗くジトジトした一画で己の生命を生かそうとする。それ以外に方法はないのだ。彼ら菌類は己の体外に分泌した酵素によって有機物を分解し、その養分を吸収することにより、他の植物たちとは違う消化の手段によってそれなりの生命を守っていく。

動物のような生命体は、無限のタンパク質が織りなしている化学反応によって保たれている。タンパク質を十分に含み、周りから受けるどのようなストレスからも身を護り、たとえ傷ついてもすなわちタンパク質が再生されて、生命は与えられた寿命の中で活動する。

記憶という大洋の中でまるでタンパク質が広がるように言葉が人の孤独さに滲み込んでいく。まるで古い時代の汚れ、割れ、やせた美を愛おしむように、疲れ果てた生命体は言葉という名のタンパク質を生命の海に流しこみ、そこで生命は目覚める。あらゆるヨーロッパやアジアの民の宗教心が消え始めた頃、マニ教やゾロアスター教はタンパク質のようにまたは菌類に養分を与える体外に分泌した酵素が分解した有機物のように、東方にまたわずかながら形をキリスト教に変え、ユダヤ教に変えていった。物事には何事にも起源がある。宗教などは生命に対するタンパク質のようにまた光合成のようにその力を持っているのだ。あまりにも忙しく騒がしい文明の世の中から離れ、静かに自分の生命の世界に入ろうとしたのか、あのドイツのニーチェは、キリスト教からゾロアスター教に手を伸ばし、ツラストラウスの自由な哲学に向かったのだ。彼はこれによって大いに誤解を受け周りの人たちは彼を狂人とみなした。魯迅《ろじん》が言うように人間は本来狂人とみなされるまでは本格的な自分には戻れないのかもしれない。己自身の言葉は十年かけ五十年かけ、さらには八十年九十年かけてこそ、本当の自分の言葉となるのだ。太陽の周りから出る数多くの光は少年時代や大人になってからの今日明日の言葉の中では単に埋もれてしまい、化石となって固まってしまうだけであり、放射線を出す勢いはそこには見られない。

つまり人は一人ひとり自分の言葉の仕分けをしなければならない。魯迅《ろじん》の書いた狂人やニーチェなどは気が狂うことによって己の言葉の仕分けができたのだと思う。肉体と同じように精神の中にも最も大切な内臓として腸が存在する。身体の確かな動きが胃腸から始まるように、生命体の存在は言葉の腸内環境から始まると見て良い。言葉は人の存在の起源そのものなのだ。人の属性や資格などと呼び、研究者は場と呼ぶかもしれないが、これらを一言で言うならば「カースト」という語彙に固まらせても良いのかもしれない。人生という名の長い流れはどこもかしこも錆びついていて、流れは滞《とどこお》っているのである。言葉の一つ一つは業《ごう》の塊であり、劫《こう》の重みでしかない。この流れはとにかく厄落としをしなければならない意味しか持っていない。この文明からは静かに足を洗い手を洗い去っていくのが己を知り、本当の生きる歓びに出会っている人の取る態度なのだ。

一秒間に二メートルも勢いよく流れている黒潮を考える時、文明の力など何一つ、また発明発見のどの一つさえも全く意味のないことを人は知らなければならない。

言葉で生きる

人は朝、目を覚ますと朝の空気の中で飛び起きる。最初に太陽の光で全身をマッサージする。少なくとも心の中では体全体の皮膚をマッサージするような気持ちになる。顔を洗ったり歯を磨いたり髪の手入れをする行動にはそういった皮膚のマッサージの意味がある。

人だけではあるまい、大小に関わらずあらゆる生命体は夜の帳《とばり》から身を離す時、陽光にまず接しなければならない。一瞬の光の中で闇から抜けた生命は力を取り戻す。あらゆるものに陰と陽があるのだが、夜の闇と昼間の光は全くその中でもはっきりとした陰と陽の区別の中で存在している。地球という惑星の上で彼方の太陽の燃え盛る中から照射される光を受けながら出現したあらゆる種類の生命体は、与えられた寿命の中で常時この光を受けていなければならない。

この光は数えきれないほどの色彩に分別され、それら一つ一つは大きく二つに分けられる。光は総て陰と陽に分類され、それを別の言葉、寒暖に分けることも可能だ。命はこのような陰と陽、寒暖などで抑揚あるリズムとなり、それが人の場合は言葉となって、また音楽となって表現されていく。言葉はこういった生命体や生命体に働く数知れない光線の動きの結果でしかない。命は何であっても自分の周りでまた自分の内側で物を様々に生産し、同時にその生産の結果として消費や廃棄が行われる。そして廃棄するものを捨てる場所の問題が難しいところに来ている。大都会東京のゴミを廃棄するのに「夢の島」が簡単に見つかるような気持ちで安心していた人間は、今頃になってそう簡単には自分たちの作り出し、それを楽しみ喜んだものを廃棄する段になると、その場所が見つからないという現実を知らされる。文明は大きく二つに分けられる。それはものを作りそれを廃棄する行動であり、すなわち作り壊しながら、食べ排泄しながら生きるあらゆる生命体は、何とかこの両方を上手くバランスの良い天秤《てんびん》にかけているのだが、残念ながら人間だけは他の爬虫類や動物たち、そして植物たちとは違ってそのバランスを大きく壊している。陽光をそのまま身体に受ける以上に人は小手先を動かし放射線の余計な力を生み出し、その中で本来ならばまともに全うできる生命も、癌などの痛みにつきまとわれ、そこから逃れるのに汲々《きゅうきゅう》としている。生命体は確かに進化し、命を健全に進めているが、残念ながら人類は生命の動きの道筋で大きく道を踏み外した。そのお陰で数知れない他の生命体も一方ならぬ被害を受けていることは私たちもよく知っている。人は願いが叶うことを望みながらあるところで大きな曲がり角に来てしまった。文明とはまさに、この曲がり角のことだが、ここで人は今もう一度コロナから流れてくる多くの光線の中に身も心も浸し、昔の老人たちが太陽に向かって手を合わせたように素直に勢いある自然崇拝の生き方に戻らなければいけない。

世の中には生命体が大小様々に存在するが、人間にだけ、こんな時嫌らしい「人攫《さら》い」という行動が見られている。生まれた自分の子が攫われる時悲しまない親がいようか。大自然は人という生命が本来生命の素である光の中で攫われる時悲しまないはずがあろうか。人間が自分の言葉を盗まれているのが現代だ。自分の感覚そのものとしての言葉が攫われているのがあらゆることに便利になってきている今の時代だ。除染などといって騒いでいるが、この人攫《さら》いの事件は果たして人類の間から消えて行くものであろうか。ありとあらゆる型のロボコンやヒューマノイド、さらには将棋、碁、チェス用のコンピュータの出現はより大きなそれらの働きの予言を感じさせてくれている。人間そのものの必ずしも必要としなくなった時代や、人間が機械に押しのけられていく時代の到来を我々は予言し始めている。どんな機械もまた人間の中の魄とある人々に呼ばれているものに匹敵する感覚は、今後決して造られることはない。それに似たものにかなり近くまで到達する時代はやってくるかもしれない。

世界中の人は老いも若きも先進国の民であろうと後進国のそれであろうと、病み果てた人の精神を切り刻む手段として言葉を使っているのである。脳の中に外科医がメスを入れるのとは違って、その精神や生き方の中に、言葉というメスを入れる態度はむしろ神々しくもあり、人は自由自在に言葉のメスを使って行かねばならない。人は己の姿形に化粧を施すのだが、それ以上に精神や心に言葉の色彩やリズムで化粧を施さなければならない。文化の形の中の一つとして化粧をするが、この化粧の裏側には、いやむしろ表側にはどこまでも厚い言葉の化粧が存在することを忘れてはならない。

　生命体は何であっても、大小、長短に関わらずその存在が総て熱くなければならない。熱いということは生命として生きていることであり、周りに対して、またはこちらを妙な形に変えようとする外側からの力に対する防衛能力があるということだ。文明とは何かに矛盾しているもう一つの防御力かもしれない。言葉というものはそういった意味においては防衛能力をもっているとも言え、そうでないとも言える。喜怒哀楽とか悔悟の心などは明らかに防衛本能の欠落した時間を指している。だから、ある人たちは生きている限り間違いを起こし、そうであると分かりながら矛盾の森の中に入っていく。誰でも人は矛盾だらけだから愛せたり感動したり感激したりすることができるのだ。地震も愛も、火事も賞に入ることも一見全く別のもののように見えるがこの世の中でそれは矛盾していながら矛盾していない出来事なのだ。人は常に除夜の鐘を百八つとは言わず次から次へと鳴らし続けて行かねばならない。存在は総て除染されなければならない。生命の流れとはそのまま迷いの流れである。言葉という名のメスでもって一瞬一瞬人をまた己を切り拓《ひら》いて行かなければならない。常に生命全体を熱くしていかねばならない。熱く燃えている限りそこにつきまとってくる異質な力は無いはずである。

絶滅危惧《きぐ》種になるな

　自分のことをあまり深く考えない方が良いと決めつけている人が、現代社会にはかなり多い。人は考えすぎることによって、様々な付き合いや数限りなくある仕事の中で人はとにかく腹立たしくなり、自分自身が少しずつ減少していくことに気づくのである。確かに旧約聖書の中の『箴言《しんげん》』の十二章十六節、十七章十四節にもあるように、「愚かな人は、すぐに怒りをあらわす。しかし賢い人ははずかしめをも気にとめない」また、「真実を語る人は正しい証言をなし、偽りの証人は偽りを言う」とあるように人生の中で人は自分の身体を心の中心に閉じ込めてしまってはならない。ということは確かに一つの知恵である。「その場を離れて少し歩き始まる。そうすれば一人になって頭を冷やすことが可能だ。」

　しかし私はあえてその考えに反対したい。どんな場合でも人は自分の考えをより深く持つべきだと思う。この考えにあの考えを重ね、その考えの上にさらに別の考えを乗せ、最初の考えの下には別の新たな考えを置き、さらにその下にも色々と別の考えを置いても良い。

　身体にも働く限界がある。そのことを知っている人間は、様々な力に頼る。それは恐ろしい毒を持っているマムシや、一度喰い付いたらその敵から決して離れないスッポンの勢いや、何とも不思議な精力を持っていると言われていて、一度作付けをして収穫するとしばらくはその畑が精力を失くして何年も充分に肥やしを与えて力を回復させないとまともには育たないと言われているあの不思議な朝鮮人参や、七つの海の様々な力を吸い取っているとみなされている昆布などである。体力にはこのような勢いあるものを吸収させようとする人が、勢いを失わなければならない程に出来事が多く生きる道の難しい現代の社会において、どうして心のマムシや朝鮮人参などを求めようとしないのか？　人は疲れ果てている。己の心を常にはっきりと見つめなければならない。このことに心を込めるほどに脳はまた精神は本来の原生の人間のように力いっぱい活性化させておかなければならない。

例えば秋の落ち葉の溜まった庭に熊手を持って立つのも、雑巾を手にして汚れた机の上や廊下を拭くのも、寝間を掃除し日ごとに汚れてくる部屋を浄化するために窓という窓を開けるのも、汚れ疲れ果てている日々の人間社会の活動に活性化を与える方法なのだということを、私たちは親たちからまた先輩から必ずしも教えられなくとも自然に身に付いている。どんな生き物でも誰から教えられなくとも、ごく自然にこれらに等しい行動を知っている。そのためか極めて自然に、長い時間の流れの中で絶滅危惧《きぐ》種にならないための行動をするのである。

これまで地上で絶滅していった動物や虫などの数は何万種類、何十万種類と存在してその数は限りない。おそらくそういった生命体は人間という最大の天敵の前で、自分たちの生きていく道を絶たれ、食われ、農薬などによって滅んだ。人類の手によらずごく自然に絶滅危惧《きぐ》種として静かにこの地上から姿を消してきた生命たちの数は、おそらく人間の両手で数えられるほどではなかったか。つまり周りから余計な手を出されず、それなりの特徴をそのまま発揮して自由自在に生きられるならば、また毎日あたりを掃除し、食べ物が用意され、暑さ寒さの中で生きられるならば、あらゆる生命体は生存可能な種とみなされるはずだ。時として発生する大地震や津波や寒さ暑さの中でも、ごく一部は生き残り、完全に絶滅危惧種としてその名を後世に残すような生命体はごくわずかな例を除いては存在しない。

東北では山背《やませ》という夏の頃に海の方から吹いてくる冷たい風が、人々を病に陥れ、作物を駄目にする。時には南西方向からじっとりと湿った風が人々の住む森や村に吹き込み、人々はそれを梅雨時雨《つゆしぐれ》などといって憎むのだが、学者たちはそれを湿舌《しつぜつ》などと呼び、山背《やませ》と並んでもう一つの嫌な現象だと考えている。それでも人はこういった山背《やませ》や湿舌《しつぜつ》の現象の前でも完全に絶滅していった試しはない。その地方の全部の人にとって良くない問題が起こることも実際のところこれまでに起こったことはない。ある人にとってはとても良いことも、別の人には悪く、ある地方の大多数にとって悲しいような事件も、別の地方の人々には喜びいっぱいで祭の騒ぎのような日となっている。怒ることも笑うことも、勢いの有ることも弱い時も、考える時も考えられない時も、働ける時も働けない時も、また歌える時も歌えない時も時間は刻々と流れていく。その流れは常に子孫を残し、滅多には地上から消えて行くことはない。人類のような頭の良い生物が出現すると話は別となり、絶滅種として人の手によって消されていく虫のような生き物は、数限りなく、今後もこの傾向は続くはずである。実に明確に人間という生命体を説明したホッブスを考えれば、あえて数多い絶滅種を作り出した人の悪辣さも生き物の在り方ではないかと見ることもできる。怖れを怖れとしてそこから遠ざかり、姿を隠して生きるのも様々にある生命体の中の一つの形と言えよう。

そういった生命体をできるだけ陽光の下に引張りだすのも別の生命体の仕事かもしれない。ある人は力いっぱい発言し行動し、別の人は口を閉じ考えを押さえ自分の中の油に火を押し付けることはない。性格は人それぞれによって違うのだ。とにかく自分の心のまま、自分の周りの庭先を自分らしく暮らすために掃除を絶やさなければ良い。その時脳はその人らしく活性化し、消えていく己の生命を危惧することは一切無いのである。

　今日の生き方を活性化できる人でありたい。どこまでも流れる自分の言葉の勢いに感動できる存在でありたい。

すり減らない言葉やベアリング

　人の考えや言葉はあたかも庭先に群がる名も知らぬ雑草のようだ。ある人々は次から次へと草取りを続けているが、人生は常に夏に向かって伸び放題に雑草をあたりに広がらせている。刈った後から次から次へと名も知らぬ雑草が伸び、庭先は常に綺麗になることはない。ある人々はそういった数しれない雑草をむしろ風情があるといって好み、それらがつける花々や実をむしろ愛おしむのである。全く手入れをせず、雑草という雑草を根本から切ったり、抜いたりしないので伸び放題になり、秋風が吹く頃には、大きな月の光の下で、間違いなく昔の人が味わっていたような藪となって広がって行く。

　いずれにしても、雑草は綺麗に抜かれていってもそのままに放置されていても、その傍らに二、三基建っている小仏や、鎌倉時代や江戸初期の頃の漢字の彫られている碑などとマッチして、そのあたりを風流な一画にしてしまう。

　人は人生のあらゆる時間の中で雑草豊かな庭を持たねばならない。本当に自分らしく生きる人間にとって、また本当の生活者として生きるためには自分の言葉が雑草のように精神の中に生い茂らなければならないのだが、そういった雑草は、草取りの結果、庭の土と不思議な関わりあいの中で繋がっていることを知ることになるのだ。その複雑な心はそのままその人の痛み多く危険の多い探検の時間を広げていく。豊かに人が生きるというのはこのことなのだ。人が自分自身を作るということは、すなわち自分の言葉を常にはっきりと持つということは、魂の汗をかきながら草取りや草刈りなどをすることであり、雑草をそのまま考えることでもある。私はかなり前に神を知り、神について語り神の友となり生きてきたところもあるのだが、よくよく考えれば雑草一つ本格的には何一つ理解していない自分をまざまざと知らされているこの頃なのだ。自分自身の言葉を、確かな自分をそのまま表現できる言葉をこの年になってもなお、確かには分からないこの事実を、草取りや草刈りの苦しい仕事の中で反省させられているのだ。

　確かに何を行うにも、何を学ぶにも、飽きもせずそこに惹《ひ》きつけられていく力というものが存在する。その力が途中で消えたり、飽きがきて手放したりしてしまう時、力はどんなに威張ってみても力ではなくなる。どこまでも継続する力こそが力そのものであり力の間違いない原動力なのだ。この力が続く限りその人の心は夢を見、その夢はそのまま継続する力そのものなのだ。大自然の中の自分を生きるということは、また継続の時間が消えるということは、生きる人間にとって、どうしても除染されなければならない時間なのだ。

今日の暮らしの中で、いつも心のどこかで雑草の庭はその人を慰めている。この世に本当の社会というものがあるとすれば、それは雑草豊かな小庭なのかもしれない。文明のアリーナに広がる社会は生命の殺し合いの世界であり、天敵同士がぶつかり合う土俵でしかない。

人は、常に痛まずすり減らない、まるで純粋な円に仕上げられた硬質な金属の玉のボールベアリングでなければならない。人の心も、それを支えている数々の言葉も、可能な限り素朴さに守られ、単純さの中で動くものでなければならない。

草取りや草刈りを常に行い、または伸び放題の雑草の前で心の探検ができる人は幸せだ。その探検は継続されている力であり、その中でその人は与えられている生命の時間を楽しむことができるはずだ。

明け方の夢

毎日シトシトと雨が降ったり止んだりし、家の中も身体の中もしっとりと濡れている梅雨の季節も、後一週間もすれば明けるようだ。カラッと晴れた青空の下にどこまでも広がっている夏の時間は確かに人の生き方を喜ばせるに違いないのだが、その前の準備期間のような一ヶ月半ほどの梅雨の季節もそういった夏の時間と比較する時、それなりに大きな意味を持っている。私は六月のジトジトした夜に子供を亡くしている。悲しみも体験としての深い思いもこの季節が毎年やって来るたびに様々な心で思い出さない訳にはいかない。ある時にはヨーロッパに旅し、さらにはアメリカ南部のアリゾナの砂漠を歩きながら、さらにはカナダ側のナイアガラの滝の轟々《ごうごう》と響く音と地響きの中で若いフランス人と語り合いながら亡き子を、ポケットの中の子の骨を想いながら私は何度も涙を流していた。

今朝、明け方一通の手紙をもらった夢を見た。太い漢字や仮名で書かれているこの文字の汚さと比べて、文字の内容は私に感動を与えた。ここ数十年間ずっと会っていないクロエカー先生の話しかけてくる言葉と重なりながら、手紙の文字は私の目に近づいてきた。どうやらこの先生は九州のどこか田舎の町の宣教師としてこれから働くような様子だった。この先生はなかなかのやり手で私ともしばしば宗教論や中世の頃のキリスト教のことなどで一時間近く電話で議論したこともあり、時として厳しい言葉で口論となることもあった。しかしここ何十年かはずっと彼女に会っていないので、この手紙を読み彼女の英語などを耳にしていると懐かしさばかりが感じられたのである。だが、その一方で彼女の声はどこか浮遊していて一言一言は多様に、しかも不思議にどの言葉も和合していて私の耳にはよく聞こえた。本当の言葉とは、手紙であろうと語りかけてくるものであろうと、その時代やその時の時間を大きく切り拓《ひら》いていくものだ。心も体も常に時間の中で研ぎ澄まされたようなリスクを持っているものだが、彼女の言葉には驚くほど豊かな認知や感情が感じられた。彼女の手紙と話す声が一つになって、このジメジメした梅雨の夜の時間の中で心地良く聞こえていた。
言葉や身体の動きの中で彼女の手紙も言葉もまるで現実の物のように私に迫ってきていたが、しばらくそれを見たり聞いたりしているうちに崩れ去っていく建物のように、少しずつ一ヵ所から消えていくことに気づいた。私自身夢の中で設計した言葉の存在に遊び、そして今それを崩そうとしていたのだ。そこには何一つ理論的に辻褄の合うような点が見られないことが次第に分かってきた。

何十年前であろう、未だ若かった頃の私は正月の一日、クロエカー先生から長距離電話を受けた。栃木県宇都宮の大学官舎からの電話であった。いつものように私たちは議論をしたりしながら四十分近くも神学の問題について争い、受話器を置いた。それから十日ばかりしてまた宇都宮から電話があった。彼女が昨日宇都宮大学の官舎で心臓麻痺で亡くなったと言う。彼女が日本のどこかに埋められることを願っていたということから、福島県の船曳の町の郊外、眺めの良い小高い丘に埋葬されるということであった。私は次の日汽車で郡山に行き、そこからは私がこれまでに一度も乗ったことのない磐越東線でもって船曳の町に向かった。彼女の棺は何人かのアメリカやカナダの宣教師たちによって担《かつ》ぎ上げられた。

私の今朝方の彼女の夢はこの船曳の丘の話から続いている。どこか悲しく滑稽で、彼女が私を今の人間にしてくれた多くの外国人の中の一人だと思う時、涙が出るのである。生まれながらの自分ならばどこまでも当たり前の社会の悲しい人間で終わったはずだが、クロエカー女史、ラッタ女史、マーチン博士、ジャービス博士、さらにはコフマン師など数え上げればとても十本の指では間に合わない人々がいた。彼らは一人ひとり夢の中で今でも私と出会っている。

彼らが私の中に投げ込みすり込んでくる数多い言葉は、それぞれ小説のように、また思い出の歌のように懐かしく、時には野蛮でもあり痛くもあり、結局は私の生き方を活き活きさせる生命の養分となっている。

今朝方の夢は耳元に英語やドイツ語で聞こえ、文字の上では汚い大きな筆使いの荒い漢字となって私の心を慰めてくれた。私はクロエカー先生の田舎、サスケッチワンや、マーチン師の故郷の町の彼方に広がっているアパラチアの山々をいつも心の中で訪ねたいと思っている。

無言の役者

水は高い方から低い方に流れていく。水の浸透圧は塩分の薄い方から濃い方に流れていく。人の場合、こういった水と比較して同じように言葉の浸透圧が薄い方から濃い方に流れていく。人の言葉はその人の社会的な生き方においても大いに影響し、薄い生き方のあらゆる生活のリズムは、わずかずつ高く濃くしかも数多いリズムの中に吸い取られていく。

必ずしも人が多く喋るから何かがそこに始まるのではない。たとえ短い言葉やちょっと口にしたさもない一言二言であっても、大きな影響を聴くものに与えることがある。さらにはある有名な女優がスクリーンの上や舞台の長い時間の中でほとんど何も喋らずに、目の動きなどで心の動きを表し、人の生き方の何かを表現しようとすることもある。その場合彼女の迫真の演技には下らない言葉は一切不要なのだ。そのような、単に言葉が全く無いということではなく、彼女の心の中にはあるにしても、スクリーンの上で示す彼女の態度は全くパントマイムのそれである時、その情景を前にして観客は涙を流し、怒り、時には驚くのである。

　人には言葉がある。人には与えられた人生という長い時間がある。その中で言葉が大きな役目を果たす。しかし同時にパントマイムが果たす役割もまた大きい。天然の存在には様々なものが出てくるが、そのような一つ一つの情景は、はっきりと白か黒のリズムの中で展開し、明るかったり暗かったりするリズムの中で、人やその周りの生活条件の動きが言葉以上の物語を織り上げて展開する。その状況を前にして観客はドラマの終わるまでを充分に楽しみ、泣き、笑い、そして怒り、愛し、そこには入場料を払っただけの心の癒《いや》しのようなものを受け取るのである。

　人生をパントマイムで過ごす意味を考えると、人だけに与えられている様々なリズムを持った大交響楽に例えられる言葉に支えられた人の生き方は、全く言葉を持たないというよりは、泣くとか、騒ぐとかするだけの素朴で単純な言葉以前の、つまり前言葉しか持たない他の動物たちの行動でしか表現できないパントマイムであって、それは、果たして特別なことと言えるだろうか。言葉という色彩を一切持たず、自分の心を様々な形に変えて表現できるパントマイムの事実を、人はもう一つの芸術行動としてはっきり認めているところがある。他の動物はパントマイムの力や芸術観を認めるだけの脳を持って生まれて来てはいない。だからといって他の動物とは違って心や他の全ての行動が物事を明確に表現していると誰が言えるのだろうか。

　人は言葉があるので明らかに覚醒している。しかし他のあらゆる動物も、生命ある生き物たちも全てこの大自然の中に生まれてきた以上、その大きさや状態は個々に違うとしても間違いなく覚醒しているのである。人が笑う時でも犬は笑わない。しかし犬には犬の覚醒能力が全身に働き、それなりの反応を示しているはずだ。人にはそれが解らず、犬の方にははっきりと犬の全身の流れの中で彼なりの覚醒体験をしているのだ。花が覚醒する時、人はその体験をそのまま受け取ることはできない。咲き誇る赤や青の美しさは感じても、そのレベルの覚醒体験とも言うべき人の生命の中の響きは全くその花には通じないかもしれない。

　毎年毎年流れる時間のリズムや一瞬一瞬流れるリズムの中で、人は一つ一つ区切られた天然の行動と考えを持つと言ってもいいだろう。犬や花は別にして人だけはこの時間に耳を傾け、その色に酔いしれ、その愛に心打たれるはずだ。天然の声に深く心を傾けることは、犬にとっては必要のないことだが、人には大切なことだ。人の行動の最たるものはパントマイムの動きや不動のリズム、すなわち行動が見られない大女優の行動の中に数多くの言葉を聴くことであり、涙を流すことである。そのような天然を天然そのものとして見つめられる人だけが、その瞬間だけ生きている自分を間違いなく実感するのである。

生命の驚き

人と業《ごう》は繋がっている。人の心と劫《こう》は繋がっている。つまり生命は業の力をその人の生き方の広さや深さと並行して大きくなっていく。広がって行く業はそのままある程度の深みと広がりの中で劫《こう》という技に変化していく。文明人間はこれを人の手作りの技と呼び、猿たちや器用に手足や口を使う動物たちの単純な物作りと比較して、全く別の仕事と見、技として納得する。物作りの中でも、他の人間に良い作品だと思われ、いい仕事をしている作品だと思われる時、それは心に響く物となり、ただ一言で無垢《むく》の作品と呼ばれる。それを作った人間の思いが深く染み込んでいるので、それを本人の心の言葉というか、漆喰《しっくい》でできているとみなし、さらに深く推し進めた表現でもって巨匠によって書かれた文章に例えられる場合もある。自分の言葉から溢れてくる多くの汚れやシミを知っている人間は、そういった良い作品を汚れやシミや恥ずかしさの部分のないものとして見つめようとするのである。人の手先や体中の様々な動きから生まれてくる良い作品や言葉の一つ一つはそのまま周りで見ている人にとっては、人の周りや生活の全域に常に輝いている太陽光であり、そこから発せられる気の流れとして、つまりコロナの多くの種類の光の中で生まれた様々な生命の一部が変化して生まれてきたものとして、人の技やもっと軽いものとしての業は間違いなく天然の放射線そのものなのだ。飾りつけたり彩りで誤魔化したりする言葉も、また物という作品も、鑑賞したり理解する人たちの前で、力を失ったものになる。言葉は可能な限り口下手でよい。作られるものもまた妙な飾りなどはしないのに限る。自分の言葉と重なっており、自分の手の動きと一つになっている作品はその人の生命そのものの頂点であり、その人の確かな言葉なのである。その人の手になる作品や物事、さらには言葉から深々とした本音が生まれてくる。鑑賞する人も読む人も、この世の雑事から離れた己の勢いの中で、目の前のものを見つめようとする時、良い作品とか、良い言葉が目立って光り輝きだして見え、他の物は一切バックの陰の中に身を潜めてしまう。あらゆる物でも言葉でも、全てはっきりと大胆に大文字で、また楷書で書かれていなくてはならない。本人の力がそのまま植え付けられているような作品や言葉でないと、この世の中のノラリクラリとし、曲がりくねり、色さえも濁っている中で少しずつ破壊され、破局の匂いさえ感じられる。

言葉でも物でも、何にも負けないどこまでも深く、しかも大きな生命の器として、何一つ恐れず、胸を張って存在するものでなければならない。人の手になる道具も調度品もそして人が話す自信に満ちた言葉も、そこには何一つ飾る必要はなく、様々な色で塗り固めることもなく、老子や荘子が語っているようにどこまでも健やかで充分に満たされた状態で存在しなければならない。

人を唸《うな》らせるような技の作品は、どこまでも素朴で単純な、それでいて重みがあり、感動し、単に知恵や知識でもって表現するようなものとは違った純粋に生命の中の素直な表現として驚くのである。日々の時間の中でこの己の生命の中から出てくる驚きに常に感動していたいものだ。

言葉の海流に乗り始める

生まれたばかりの孫を、看護師が抱いて廊下で待っていた私たちのところに見せに来てくれたが、その時の彼はあまりにも小さく手を動かしながらただの動物のような声を発していた。それからの二、三日の間に目は段々とはっきりものを見ながら開き、手足の動きも力が入るようになった。

一ヶ月ちょっとたった今、数日前までは泣いてばかりいるか、ぐっすりと寝てばかりいる態度から何かが大きく変わった。もちろん言葉は何一つ話せないのだが、周りから何かを言われればそれをすぐに真似して言っているのではないかと思わせるぐらい、ブツブツ一人で言葉らしいものを呟《つぶや》いているのだ。この辺から犬猫と違い、何かをあたりに聞くとそれを復唱するくらいに私には思えたのだ。他の動物とは違いはっきりと人として世の中の一員になっている姿を私は認めた。

人と他の動物ではどれほど似ていても、泣き声や呻き声とは違って、人ははっきりと言葉を発音できるように口の中が整えられていることを、一ヶ月ちょっと経った孫の物を考えているような声にはっきりと見てとった。

人が言葉を話すために口腔の仕組みが他の動物たちとは全く違い、怒りや愛や感謝の心は人にも犬猫にも同じようにまた全くレベルの違うものであるにしても、それぞれ理解する段階では人と動物との間でははっきりと納得している。しかし物の通りをそのまま納得したり、また逆に撥ね除けるという点では、陽光に逆らう植物の曲がり具合などとは違って、人同士が賛成したり撥ね付けたりする言葉による理解力は、人独特な知であって、素直な犬猫たちの愛情や怒りの比ではない。犬猫たちの小異を捨てて大同につくことに比較して、人間同士の小さな交わりと共に、それに逆らう生き方には動物たちのそれに比較できないほど高い言葉の知が見られる。同じ呼吸をしていても犬猫のそれと比較して人の呼吸にはもう一段高いところにレベルアップされている極意というものを見逃してはいけない。言葉がある人間には深層の知というものがあって、その海流とも言うべき勢いの中でプランクトンとも言うべき親潮の勢いを吸い、七つの海を越えながら進む鮪《まぐろ》のように、言葉を吸いながら精神の勢いよい流れの中で摩擦を摩擦とも思わずに進むのが人生なのであろう。

言葉を話す時間の中で他の全てを忘れ、豊かに与えられた時間を生きるのが人だ。ところが現代人は大自然に逆らい、それをあらゆる意味でのルネッサンスと呼び、より良い言葉や飾り立てた文章の中で水槽の中の金魚のように力なく泳いでいる。

現代人の言葉は体調不良な言葉であって、本来の人として人間が自分の生命を豊かに生きるのには本来の生まれたての子供が一、二年で独り言をいうような口の中の動きからしか期待することはできない。

花々の開花は同時のものもあり、それぞれに季節や時間が異なりもする。人の良い生き方はそれぞれ異なった種類の違う米の出来ばえとも似ている。

人は皆その文明社会の中で身体の中心とも言うべき大腸小腸などを傷つけ貶《けな》している。人の言葉は漢方薬のように人の中の汚れたものを回復させる力を持っている。心と身体が日の光さえ受け付けない錯覚した生き方の中にいると、私たちは漢方の薬以上に大きな力を発揮してくれる陽光の勢いよい流れや、放射する力に一切身を任せて従わなければならないようだ。文化の象徴である高いビルや長いトンネルの中では野の薬草も日の光も人の体に当たることはない。

赤子は一ヶ月も経つと単に泣くだけではなく独り言のように口の中でブツブツと何かを喋り始めている。見事な自然の動きはここにある。やはり一人の人間が生まれるということは精神の七つの海に飛び出す大きな旅の始まりだ。

喜べる時間を考えながら

自由自在で大小様々に存在する重力のどこかにしがみつきながら、万物は無限の大自然の中で生命などを創造するエネルギーの破壊力を持っている。その中に地球もまた入っている。人の研究の中のあらゆる行動力をやすやすと通り越して万有という名の存在は生きている。東日本大震災は人の前にまたは文明社会の便利な時間の前に現れた万有であり、現実の世界の破壊された状態を人々に見せた。全ての地球上の社会的人間にまざまざとこの事実が見せつけられた。人の最先端の科学力や観察力をもってしても、こういった宇宙の破壊力は前もって観測することはできない。一口で大津波とか、大地震などと言ってはいるがこういったものを研究する学者たちはおそらく予知したり前もって観察することが不可能なこと、また夢物語であることをよく知っているはずだ。人間も含め、大小に関わらずあらゆる生き物たちがやがてやって来るであろう大災害を予告しながら、花は枯れ、虫はより高いところに巣を作り、鳥たちは自信なさげに飛ぶばかりであり、水棲動物たちは暴れまわり、象や蛇などはより高い山の上などに意味もなく絶望的に上って行く。植物、動物ことごとく大天災を前にしてその何であるかを正確に知ることはなく、霊長類と呼ばれそのサミットに立つホモ・サピエンスでさえ、この文明の誇り高い世の中で数字を知り幾何学が解りさらには言葉が自由自在に使いこなせるのに、それでも大災害にそなえることはいささかもできないでいる。

しかし人は他の植物や動物とは一つだけはっきりと違う点がある。自分の運命を、認め与えられた寿命の長さを大体は理解し、特に災害の真ん中に立たされる時は、与えられた生命と共に自由に使えるはずの生命、すなわち寿命の時間がかなり短くなったことを意識することである。他の動物のように暴れたり叫んだり泣いたりはしないのである。近づいてくる大災害を正確に意識できる素直さを持っている他の生き物たちの中で、家畜として人の手によって産ませられる牛や豚や鶏は逃げることができないが、人には牛や豚や鶏の生命が分かるのだが、家畜は死ぬ瞬間まで、肉になる自分の恐れや悲しさを持ってはいないと思う。定められた短い家畜としての時間の中で与えられた餌や家畜小屋の快適さや苦しさに耐えながら、そこに止められた生命の安心感だけが彼らを喜ばせているはずだ。人の理屈により大罪を犯したといって処刑される人間の思いとは大きく何かが違うはずだ。

生命として動き出し働き出し感激しながら生きている人間は、与えられた大自然の約束としての生命を全うすることに意味があるのであって、どのような大罪を犯そうともその大罪とは人が作った心の中の玩具であり、この玩具に従ってその人に与えられた生命時間を、律令の約束によって他の人がどんな権利によっても壊すことはできないはずだ。人が人を裁ける最高の刑は終身刑までである。大罪を犯したからといってそれを裁けるのは他の人間であるはずがない。人は天然の力または大自然の流れの勢いによってしか殺されることは許されない。

大災害は以上のようなことと同じく、人の手以外の天然の流れが起こす行為であり、それが良くとも悪くともそのことに人は口出しはできまい。大災害を幸いと喜べる人もいないはずだが、目の前に山があり川があるのと同じぐらいに、自然である。

大災害はただ存在するのみ。それにぶつかる人間はただその運命の中で自分がより高い存在にまた何事にも耐えられる人になれるチャンスだと喜ばなければならない。全ての人は迫って来ようと来なかろうとそこに存在する大災害を前にして豊かな心でいたいものだ。

気の発見

人類の歴史の中ではっきりと文明の名に値するものが現れたのは、文明が二元論の中で論じられるようになってからのことである。さらにはっきりしているのは気の働きや霊性の流れに対して数学が横に並び、それがデカルトらによって科学と哲学に分けられ、さらには精神と物質に分断された時、人間の文化活動の意味がよりはっきりとしたのである。オリエントの北、つまり極東の中国において「胡琴《こきん》」という名で呼ばれた音楽のリズムの中で表現された哲学、そして同じ極東の一画日本では「能」の舞台で表現された人の生き方などは、共に霊性の文化のはっきりとした表現として理解される。中国の「胡琴《こきん》」が歌い出す「流水」や日本の「能」の中の「井筒」は、それぞれアジアの二つの国の深々とした哲学の力や霊性文化の勢いを聴いたり観たりするものに与えている。

日本人が「胡琴《こきん》」についてはあまり多く知ることはないが、「能」に関しては誰でもある程度の理解力を持っている。世阿弥の哲学の中にははっきりと見られる霊性文化の著しい特徴などは、ある程度私たちの知るところである。

ある意味で中国の人たちは、文化というものに強く修行する時間や物にすがりつく時間の深い意味合いや気の働きの性質を、日本人よりは遥かに強く信じており、そこに何かを期待している。日本人はいつの間にか八百万《やおよろず》の神の考えから離れ、むしろ西洋的な、精神から大きく離れた物質論に傾き過ぎ、それゆえに修行の意味も自分の中に流れている血液と同じように脈を打ちながら流れている気も理解できなくなって来ている。このような身心脱落や身心一如《しんしんいちにょ》の技を一瞬の内にやれた遠い時代とは違って、そういうことのできる中国の現代人を目撃して日本人は相当驚くのである。

科学は完全に精神との統一の道を閉ざしてしまい、万事この世の中は物質本位の世界であって思考器官の健康な動きの中でこそ正しく生きられる世界だと考えるようになった。

　私は心霊の奥深いレベルの中で物を書き生活し考える存在になりたい。人の存在は単に病理説や神経系統血管系の中だけで統一されていると思っている人たちにとっては、どうにもならない世界が広がっていることを、あらゆる意味において私は主張していきたい。体力だけではなく心的な作用が大いに働かない限り「能」や「胡琴」のような勢いは今後何によっても、またどんな発見発明によっても期待することはできないはずだ。たとえヒッグス粒子が発見されて存在するものの重量が解ったとしても、そのことが気の働きに何らの影響も与えないことを私は信じたい。

心が見る異変

　自由に自分の中からいつでも引き出せる無限大の能力なり言葉が存在するのが、人の生命と、あらゆる地球上の生命体の前に光り輝いている太陽の光であり能力である。

　コロナは、または太陽の炎はあらゆる物を越えて出てくるほどの力であれば、そこから遥か彼方の惑星の表面にその熱量によって出現するあらゆる生命体のことは、大いに想像がつくものだ。無の中で燃え盛り、四方八方に広がっているコロナであれば、その力はどんな生命体にとってもいささかの心配もなく安心して見ていられる。もちろん太陽そのものが無限の時間の中で出現し続け、いたる所に生命体を創造し、燃え続けるとは考えられないことも事実だ。出現したものはいつかは消えて失くなる。もちろん太陽そのものでも、惑星や衛星などの短い寿命から見れば遥かに長いものであることは解っていても、定まった時間の中で消滅していくことには変わりがない。

　それにしても太陽の炎を超える力はどこにも存在しない。あらゆる種類の生命体はこの事実の前に存在し、そのことによってその中に閉じ込められている自分自身を納得し、己の生命に安心できるのであり、安心しなければならない。

　人という生命はそのような太陽の炎を超えた力の中で、常に健康である限り革新的な様々な幻想を抱いては消し、消しては抱いている。そのことを人は夢と呼ぶ。しかしその通り現実に自分の寿命の中で現れ実体験として見られるものはごくごく少ない。たいていの人は多くの生命体を取り巻くこの社会において無くてはならないものは健康や知恵より、金や肩書きなのである。よほどしっかりとした考えがなければ、金銭よりも何よりも穏やかに自由に伸び伸びと暮らしていける明日を夢見ながら、今日の苦しさを何とか耐え抜いて行くことはできない。

　しかし人は落ち着いて自分という生命を扱えるだけの最低の素朴な知恵さえもないのが現実だ。虫よりは遥かに利口であって考え方も行動のとり方もあらゆる生命体の中で頂上に達しているところがあるのだが、それでいて人は自らの中で意外なほど愚かであることに気づくものだ。頭がどこまでも複雑に絡《から》まり合い、心が大きくとぐろを巻くように変わっては行く。自分の人間性が時間の流れの中でも、容易に変わることを人は知っている。そういう事実を信じることのできる馬鹿が多いことを、我々は日常の複雑な社会の中で悲しい心で実感している。人は誰でもいつでも何を考え、何を行ってきたのか？　人はこれから何を考え何を行うつもりなのか？　色々と便利な道具や機械などを使い出し、自由自在に地球上や宇宙の中を動き始めている人間は、どうしても電気の力を手に入れて生活をしなければならないようになり始めている。かつてのように雨風をしのぐための小屋があれば感謝できるような素直さが失くなった現代人は、自分の手で悪化させた陽光からの放射線を恐れながら、それでいてその力に頼らざるを得なくなっている。その同じ悪の勢いである放射線を、太陽の炎の生命の恵みであると納得し、いわゆる風力や地熱、火力などに回して使いだそうとする考えも浮かび上がっている。陽の光に頭を下げ、朝それが上る勢いの前で手を合わせる素直さは、かつて初期の頃の人間の態度であった。しかし最近再び陽の光のエネルギーが水や空気のように、会社からではなく、個人の住宅の屋根に貯められるようにもなった。もっとも綺麗な水や空気が個人に買い取られる時代であれば、陽光も同じように個人によって売られ、買われる時代が来ても何一つ驚くことはない。

生命が知るあらゆる生命体や自然環境の中の存在は人の言葉の前では未だに正しい語彙によって理解されることはなく、単に何らかの異変だとしか、納得されてはいない。生命そのものを中心に日々生きている人が、単に訳もなくそれに媚び諂《こへつら》いながら、生命そのものの内容が何一つ分からず、知恵のある存在として生きているところに問題がある。莫大な財産を持ちながら、そういった財産の価値や、その使い方を知らない人と全く同じなのだ。莫大な知恵を持ちながらその使い道を知らない現代の人間は、まず知恵よりも何よりもその一部でも良いから充分立派な使い道を考えなければいけない。毎日出ている目の前の太陽を前にして、その太陽光の利用の仕方の万分の一でも理解するために目覚めなければならない。

カーニバルの心

今朝の新聞で私は中国の副市長、すなわち収入役が他の多くの囚人たちと共に死刑になったという記事を読んだ。一年間に千人も死刑囚が出る中国社会は何かが異常である。こういった社会現象の裏には共産主義社会のほとんどなくなった地球上の一角に、中国のようなわずかな国家がそれを温存させている現実がある。

人が人を裁くこと自体、本来何かが間違っているのだが、そうでもしない限りこれだけ数の多い人が群がる地球の上では、あまりにも問題が多く起こりやすいことも事実である。もっとも何が善で何が悪であるか、一人ひとりの考えはまちまちであり、これといった正確な基準というものが存在する訳ではない。ある人にとって良い行動は他の人や他の民族、他の人種にとってはその逆かもしれない。共和主義や民主主義が共産主義や無政府主義とあらゆる面で繋がらないのも人々にははっきりと分かっている。

何十億という金銭を自由に移動させる人間が悪いと言われるのは、民主主義や共産主義の別々の社会においても不思議にはっきりした悪として認められており、そのために社会的下層階級の人たちの矢面に立つことも事実だ。

いずれにしても人が人を、また天然の力として生きている生命を、同じ他の生命が批評し、様々に判断するのは自由だが、ある生命を他の生命が処分したり死刑にすることは果たして良いことなのだろうか。人の目糞を非難する鼻垂れ人間が悪いと言われているのは、これまでも人間の世界において理解されていたことだ。そうでありながら現代の多くの人間が人を裁き処刑することは別の人間によって許される行為だと認めているのは何ともおかしい。もちろん間違いを犯した人を善人が非難したり牢に押し込めることはその社会が安定するためにはどうしても必要な行為として考えられるが、天然の中の一つの存在として出現したに過ぎない人間が別の同じような人間を悪いからと言って極刑に処すことができるかどうか、心有る人ならばはっきりと解るはずだ。

もちろん身内を殺された人の熱い感覚として犯人を許し難いのは解るのだが、だからといってある時間がたてば人の気持ちは、「人が人の生命に触れてそれを潰すことができないくらいははっきり解る」という考えに至るのが当然だと思う。

長い人間の歴史の中には、権力を笠にきて人の生命を他の生命が堂々と何の抵抗もなしに処刑できるという様々な裏事情を残している。そんなところに人が人を苛《いじ》めても決して自分の心が痛まないでも済むという感覚が生まれてきたのかもしれない。もちろんそういった歴史の時間を通り抜けながら生命を他の生命が奪うなどといった行為の野蛮さを認めている人々が、今の地球上には少なからず存在することも事実だ。肉や野菜を食べている以上、人は自分が生きるために他の生命体を利用することは仕方がないと認めてはいる。しかし人同士が生命に関わる点で憎みあうことは大自然の中で許されない行為だと思う。どの人間に大自然に代わって他の人間を非難する権利が与えられているのか。そうできると思う気持ちはあまりにも傲慢《ごうまん》であり過ぎる。

「天に代わりて敵を撃つ……」といった軍国時代の人間の単純な考えは、いつの時代にも通用する訳がない。このことをよく納得すべきだ。誰が大自然から、「お前は天の代わりに人を裁け」と言われているのか。もちろんそのような権利を持った人は一人もいないはずである。

簡単に人を殺せる国がいくらでもあるという現代世界はやはり、まだまだ人肉を口にできるという意味でカーニバルの地帯なのだ。

被曝している今の言葉

言葉を読み、書くということはその人の心を詩に託し、精神を生き生きとしたリズムに乗せて詠じることである。その言葉に能があり、人がそれを四方に生命の放射力によって話すならば、言葉は放射能の一つとなって目の前の人を貫いていく。人生の過ごし方や変化にそれが大きな役割を果たすことは間違いない。

この能の貫きは別の言葉で言うなら革命である。人格の強力な生まれ変わりなのだ。人には常に改革や革命以上に深い生まれ変わりが必要だ。この深さのことを徳の積まれた品格と呼ぶこともできる。品格は人格であり、その人が持っている言葉の格式である。人と関わらない言葉というものはただそのままでは人間の長い歴史の中であらゆる人に使われたり考えたり様々に利用されてきた使い古しの、しかも汚れ放題の言葉に過ぎない。そういった歴史の中で痛みに痛み、錆び放題のこういった現代の言葉は、その言葉の意味さえ変化し、疲れ果て、ほとんど分からないほどの人の垢《あか》に触れ、本来の言霊としての力は消え失せている。そういう言葉は私たちは日々新聞や雑誌や論文の中に見ているのである。もし、それらの出版物や講演の内容を真剣に受け止めようとするならば、それは一つ一つのページやリズムを一旦社会の流れの外に出し、完全に汚れのリズムや匂いが消去されるまで、人の世の中に繋がっていない時間の力で消毒しなければならない。このような煮沸の中で、従来の疲れ果てた言葉は生き生きと浄化され、初めて使われる稗田阿礼《ひえだのあれ》の新鮮な話し言葉として、現代人の口やペン先に乗り移ってくる。

こういった深みと物を貫く確かな勢いのある浄化された言葉の見られない今日、つまり存在を打つ雷のような言葉を人は自分の周りに探さなければならない。人は常にあらゆる疲れ果てた言葉を周りに発見し、そのたびに被曝した言葉を浄化し、自分の言葉として使っている。どんな人も生涯手にする言葉は常に何度も過去の人々によって被曝の体験をしており、その人が使う時には完全にそういった物を洗い流さなければならない。

これからの人は、世界中どこを見ても与えられた寿命の中で、これまでにはとても考えられなかった程の強い放射線を受けることになるだろう。癌の苦しみの中で生きなければならないかと考えるだけでも恐ろしい。その方面の研究者はこともなげに「これからの人類は、あらゆる生き物と共に、生涯何百ミリシーベルトという放射線を身に受けることを覚悟しなければならない」と言っているが、何とも悲しい未来を現代人は目の前に見せつけられていることか。

言葉無しでは生きられない人は、はっきりと誰に言われなくとも生命の特別な形態である言葉の歴史時間の中でのくたびれた姿、つまり被曝した姿をはっきりと認め、言葉を使う前にそれを間違いなく浄化することをやめることが必要だ。生命も言葉のリズムも一度徹底的に浄化しなければならない。浄化するとは現代人にとっては「何事においても失敗すること」なのである。一つ一つ小利口な頭と抜け目のない利口さで、何一つ間違わず成功していく存在は、被曝が当たり前の時代においてはとても薄気味悪い。

人は常にあらゆる努力をし、大きな夢を見ながら同時にいささかの恥ずかしさも持たず、自信をもって失敗を重ね、その苦しみや痛みの中から雷鳴のような力ある言葉を発見しなければいけない。

この世に被曝してない言葉など一つも無いのである。全ての言葉は誰かに使われ、その言葉の色合いも味も力もほとんど消え失せているのだが、それを浄化して自分の言葉にしていく人こそ、本物なのだ。被曝した痛みを全く新しい力にしていける人こそ自分の言葉を持っている人だと言うべきだ。

出版人のプロトタイプ

本当の意味での出版人が、私には六人もいる。岐阜に移ってから妻と二人三脚で書いた言葉をインディアン紙を用い、革表紙の装丁で出してくれるという友人がいる。彼との付き合いは相当長く半世紀近くにもなっている。私にはこの彼を加えれば総勢七人の出版人がいることになる。もっとも中には商人として何かを考えていたのか、あまり売れないものばかり書いている私を見限った人もいるし、私の書く言葉に接して恨みを抱くような人もいて、脅迫電話をかけてよこしたこともあり、それに恐れをなし出版社を逃げ出した社長もいた。

いずれにしても私の話すこと、書く物、それが書物の形になって世に出ると、あるわずかな人たちの心は大いに動き、まるで雷鳴に遭ったように、また大きな地震に足元が撃たれたように私の本を箴言《しんげん》のように扱い跳び上がる人もおり、北から南からわずかながら私を訪ねて来てくれる。片手の指でしか数えられないほどのわずかな人たちが私の作品を読んだ後、遠方の友として私のところを訪ね、私の本を出したいと思う気持ちになったようだ。

私の言葉は多くの人々には触れられることはなく、私の文章は何一つ賞という賞には関わることもなかった。子供時代から学校で賞状というものをもらったこともない。やがてある私立の高校で教えていた頃、何を間違ったか、政府の役人や県の指導者たちはそれぞれ文部大臣の名で知事の名のついた賞状と金杯のようなものを授与するといったことがある。その時の私は授与式に出ることを拒んだ。校長はそういった私の態度を偏屈だと思ったかもしれないが、とにかく納得してはくれた。ある日、放課後一席設けた校長が二種類の賞状と副賞を私に持たせた。その時私はほとんど飲む意味を持たない酒を、どうした訳かその校長とかなり酔うまで飲んだことを覚えている。

何を書いてもどんな言葉を口にしても大多数の人々にとってはほとんど理解できないのが、どうやら私が書く文章らしい。私の文章に感動の叫びを上げてくれるのは、大多数の文明社会の人間たちの中のごくごくわずかな人たちである。

そういった社会からどこかはみ出ているわずかな人たちが日本中のあちこちから嬉しいことに私を訪ねてきてくれる。彼らこそ新しい時代の日本にとって、否、ワールドワイドな意味において大きな働きのできる人々なのではないだろうか。新しい時代の言葉は古い抑圧された時代の中の言葉からまるで食べ物をより美味なものにするために時間をかけて醗酵する酵素の作用にもよく似ているようだ。こういった私の読者を何人か挙げてみれば、次のことが私には忘れられない。デンマークから、そこに滞在している日本人なのか、それとも日本語に造詣の深い現地人なのか解らないが、わざわざ一関の行動社まで私の『単細胞的思考』を送ってくれるようにと手紙が来たことことだ。

私を訪ねてきて、一関の駅を降りて公衆電話から私に電話をくれた青年がいる。彼は鎌倉の男であった。クリスマスが近く彼の声も私の声も寒さに震えており、それが後にも先にもただ一回のお互いの声だった。それから数日して盛岡の郊外で彼の死体が見つかったことをテレビは報じていた。あの冷たかった彼の電話の声は天の声だったかもしれない。私の冷たい声は彼と袖摺《す》りあうも他生の縁としてあの時繋がったのであろう。

「俺はもう長くは生きられない」と、私の前で落涙した若者は、一晩中喫茶店で私と話し合い、早朝の汽車で自衛隊の大宮駐屯部隊に戻っていった。

もう一人一関のある高校で教えた若者は海上自衛隊に入り、呉の部隊に配属されたが、「戦闘状態に入ると俺の身体は大きな機関砲の周りにぐるぐる巻きにされ、艦載機などから爆弾を落とされ船が沈めば助かる道はない」と寂しそうに言っていた。

こういった若者たちの言葉を聞き、そのたびに私はもっと本気になって本当の言葉を書かなければいけないと思い、まだまだ力のない自分の言葉に腹がたつ。

もう一人の私の教え子の青年は、小さな新興宗教の教祖である父親が集めた金で大学に行く気はないとはっきり拒絶し、自分で働きながら大学を卒業した。

このような若者たちを力付けられる言葉を私は何としても吐き出したい。その頃の私は彼らの肩に手を置くことしかできなかった。

卒業も間近だというのに私の書いたものを大学図書室で読んだある青年は、即日高野山大学を辞め、遥か彼方の北欧に向かい、白夜の太陽に向かって祈り続けているということを九州の画家から聞かされた。

ある老美術評論家は、ある年の正月の何日かを私の書物を読んで過ごしたと長い手紙を私にくれた。それから彼は未だ外国に行くには羽田飛行場しか無かった頃、箱いっぱいに用意していた私の本を、一冊ずつ世界に飛び立つ青年たちに「何か問題が出たらこの本を読め」と囁《ささや》きながら手渡していたと人伝えに聞いている。

私の言葉に打たれ、教師を辞めてアメリカに去った女性もいれば、会社を辞めアメリカに向かい芸術の世界に入った若者もいる。

手に入らない私の本を図書館から盗んできても良いかと長い手紙をくれた若者は、北海道と東京にいた。今彼らは、一人は僧侶となり、もう一人は外国を飛び回りながら講演をし、数多くの本を出している。

わずか十二歳の大阪の少年は葉書に子供らしい言葉で、しかし力の入った文章で、私の最初の頃の作品にエールを送ってくれた。彼は外国の地で、今は外交官として活躍しているに違いない。

ヘンリー・ミラーははっきりと私に「言葉が変な流行に乗らない場合こそ、意味は大きい」と言ったことがある。文学の汚れに触れる前の素朴で穏やかな言葉は、商人たちが金儲けをするためにそう簡単に手を出せるようなものではないのかもしれない。

私につながっている七人の出版人たちは本を売る商人のようには小細工を使うことなく、変な詐欺師的な感情を持たないところが何とも嬉しい。その昔、聖書の記者たちは自分の手に葦《あし》のペンを握り、パピルスにアラビアインクで言葉を綴《つづ》り、それを自分の隣の心豊かな友人に手渡していた。書物はこのような形では多くは世の中に出回らないことは明らかだ。しかし心の中の格言や本当に深みのある箴言《しんげん》とは、多くの人々の短い時間の間にそう簡単には普及して行かないことも事実だと納得しなければならない。

いつの時代でも、荒野に吹く絶望的なほどの風の中の洗者ヨハネの声が本当の言葉なのだろう。そういう言葉は生命をどこまでも広げていく酵素の作用であり、それこそが真実の作家の仕事であり、間違いない誇り高い出版人の行動なのではないか。

ヘンリー・ミラーは若い頃の彼に手を差し伸べてくれ、その後間もなく亡くなった友人のためにずっと後まで涙を流していた。本当の涙とはこういう時の涙だ。私は何人かの出版人たちのために涙を流さなければならない。

かつてネアンデルタール人の墓には友人が一輪の花を捧げていたと考古学者たちは書いている。この花こそ友の出版人に捧げられる言葉なのだ。

悲しき「伝記」

洗者ヨハネは荒野に叫ぶ声だったと言われている。預言者の一人として大音声《だいおんじょう》に叫んでいたと思われている。そんな運命の中で生まれた、キリストの従兄弟《いとこ》であったヨハネは、よくよく考えてみれば、かなり低い声で、人の道を分からずに生きている人々に伝えていたのではなかったか。むしろ世の中の意味のないような雑談の中で生きている人たちの方がヨハネよりも、荒々しく大声で喋っているのではないか。

ヨハネは、ごくわずかな彼の言葉を理解してくれる人々にだけ、半ば耳打ちするように囁《ささや》いていたのかもしれない。ヨハネの言葉の言いようはどこまでも穏やかであった。この静かな言葉が分かるものには納得されたのだが、世間の汚れの風の中で小利口に生きている大多数にとっては、全く理解ができなかった。老子は函谷関《かんこくかん》の前の人生で、果たして聞こえよとばかり、怒鳴り立てていたであろうか？　李卓吾《りたくご》（李贄＝明末の儒者。過激な言説によって異端視《いたんし》され76歳で下獄。自殺。吉田松陰が獄中で愛読）でも良寛でも話す言葉の内容は別にして、いささかも特別大声で話してはいなかったのではないか。荘子が、また老子がどれほど自分を宣伝するために力を込めて物を書いていたであろうか？　あらゆることの研究者たちさえ、彼らの伝記を書こうとする時、迷ってしまうほどにその資料不足に気づく場合が多い。無資料こそ、その人の本当の資料なのだ。あれこれと騒がれる山ほどの資料は、伝記を書く作家にはその人物に対する好奇心が失われていくかもしれない。伝記として書かれる人物は、その時代の低俗な社会の中で誰もが読むようなものであって、単に伝記としてだけではなく、書物としても意味は低いのである。多くの言葉や逞《たくま》しく荒々しい言葉や声は、静かであればあるほど意味深い。荒野に叫ぶヨハネの声は、どこまでも静かであったようだ。

どこにでもいる新興宗教に酔っている信者の口にするような荒々しさや刺々《とげとげ》しさ、さらには忙しさの切り口がはっきり感じられる言葉の隅々には、物事の限界がはっきりと見える。彼らの言葉はカラカラに乾いており、ヒリヒリ痛むような喉《のど》の痛さを感じてしまう。そういった言葉を聴く方の人間もたちまち疲れてしまう。

私は十代の終わりごろから二十代にかけて、選挙の運動員のように、声には、また話す言葉やフレーズには落ち着きがなかった。

もっともその十年ぐらいの間は、火事場の人間のように何事も落ち着くことがなく、宣教師たちや彼らの後について走り回る進駐軍の若者たちの、さらに後について私は動き回っていた。何を語るにも何を考え何を食べるのにもほとんどどのような意味においても落ちつきがなかった。宣教師の後を、私と同じ年頃の進駐軍の兵士たちと並びながら、間違いなく新興宗教の信者のように走り回っていた。

マーチン、ラタ、そしてクロエカーといった宣教師の行動力の勢いの中で、また彼ら彼女らの涙とかなり確信のある言葉に勢いを付けられていた。

マーチン師は十代の頃兄たちと一緒に刑務所暮らしをしていたが、やがては戦後の、心の落ち着きの失くなった日本を訪ねる宣教師となり、十七年間の日本滞在の研究論文を発表し、アメリカ東部の大学から神学博士の肩書きを得た。

もう一人、敗戦後ぼんやりとした軍国少年であった私の行き場の無い思いに方向付けをしてくれたのが、カナダ人の宣教師ラタ女史であった。彼女はまるで英国の穏やかな限りなく上品な態度で日本人に接してくれた。どこか刺々《とげとげ》しく生き方の勢いをなくしていた日本人に大きな希望を与えてくれた。また、クロエカー女史はラタ女史とは正反対のバリバリと行動をするオランダ系のカナダ人だった。彼女の親たちは、オランダからの移民であり、ヘンリー・ミラーと同様、小学校に入るまではドイツ語しか喋れかったという。私が妻や生まれて五ヶ月の長男を連れて東北に移って五年ぐらい経った頃、宇都宮大学の官舎で誰にも看取られずこの世を去った。

これらの宣教師たちからどれほど力をもらい知恵をもらい、物質的にもどれだけ世話になったかしれない。ある意味で私は彼らによって、戦後の妙な日本の空気の中で人としての大改革がなされたようだ。その頃は人と出会って、話をするにしても大声で、そして讃美歌をどら声で歌い、聖書の語句を涙を流しながら辿《たど》る日々であった。洗者ヨハネが荒野の声として人々に話しかけた声はどこまでも静かだったというのに。

心をリセットして

人生の中のあらゆる絶頂の時間や栄光の時間、さらには失敗や転落の時間というものを体験するが、それはその人の生き方の微妙なリズムであって、そのような意味での上がり下がりがなければ人生がまともに生き生きと流れてはいかない。力いっぱい自分の言葉の汗を流し、同時に精神や肉体が動いた結果として大量の汗を流す。しかしその汗を汚いものとして避けたり、洗い流してはいけない。心の汗や肉体の匂いのする汗は、その人の全域をレベルアップさせるものだ。そのようにして人は自然の流れの中を天然そのものとして生きるのである。

言葉が己の心を聞き分けることができないのは今の人たちだ。原始の生命はそういった心の中からの微妙なリズムを聞き分けることが可能だった。世間一般の出版もまた、芸術家の仕事も、思想家などのそれも、さらには宗教人のそれもほとんど人を動かすだけの力をどこかで失くしている。本物の人も言葉も今日探すのにはとてつもなく長い時間がかかる。それでも探し求めることが果たしてできるかどうか、分からないくらいだ。憶測と不安の中で日本人はあの微妙な情や限りない献身の生き方をどこかで失い始めている。今日、人は大切な熱い心を忘れかけている。ボーッとしていて己自身の生命をリセットすることができなくなっている。自分の言葉でもって人生時間を確かにリセットする結果として、一段と高まっていく心の熱い熱量を人は期待しなければならないのだが、今という切迫した時間の中ではそれも無理なようだ。

酵素は心から紡ぎ出される熱には弱いものだ。たちまち変化していく。常にある種の微妙な酵素の働きの中で、何かを生命のために紡ぎ出していくことを常に意識しながら、適度な心の火を燃やし続けながら生命を正しく動かしていく必要がある。

いつの時代でも、人は誰も手を付けたことがなかったような夢を、遥かに超えた別の夢である言葉に足掛りを求めて進まなければならない。この世の中に何一つ正しく認識できるものなどは存在しない。人は正統な物や間違いない名札や定価がはっきり付けられている機具や機械などには何一つ間違いはないのだと錯覚しているのである。これは間違いのない効能の確かな薬などといったものはこの世に一つとして存在はしないのと同じだ。人も他の生き物も一つ一つ個性を持っていてどんな薬でもあるものには効くのだが、別のものには全く効果を表さない。このことをはっきりと知るべきだ。生命は生命によってのみ癒《いや》される。愛でさえ、それぞれよりけりであり、あの人にとって生命の次に大切な愛も別の人にとっては疫病神でしかない。

ギリシャ時代、またローマ時代神様は完全に人のレベルに落とされていた。女を愛し、浮気をし、子殺しも今日の社会のあらゆる面倒なことを次から次へと起こしていた。神様はローマの世界では自由にどこへでも闊歩《かっぽ》できていた。良いこと悪いこと、全てが許されていたというのが現実だったろう。ある貴婦人は神様と浮気さえしたと、フランスの知識人モンテニューは彼の『随想録』の中で述べている。

物や言葉の流行は人の精神や肉体をどの方向にでも動かせる力を持っている。つまり流行とはデマを上手く利用する詐欺師のような、小利口な人間によっていくらでも操作できるものだ。流行という時間の流れの中でいくらでも様々な歴史物語が作られていくと分かっている人だけが、流行に乗らないのである。

言葉不足な人はそれだからといって、馬鹿な人間である訳ではないのだが、今の世の中では詐欺師のように巧《たく》みに言葉を使う人間を誉めそやすのである。むしろ語彙に不足し多少のブレーキをその人の思考の中でかける方が、生命の流れにとっては意味多いことを私たちは知らなければならない。読める世界の理解から少し離れて窺《うかが》える地図のような、また絵本のような意味を持っている言葉に繋がっていたいものだ。日々の暮らしの中で単に読むだけではなく、はっきりと見え、味が分かり、量が映るような言葉だけが、その人にとって本当の言葉になるのである。

生命

七十歳、八十歳を過ぎると、人間は自分の生命を尻の方から噴射する勢いがなくてはならない。オギャーと泣いて生まれる時、母の後産《あとざん》としての胞衣《ほうい》や羊水は新しい命に限りない生命の力を与える。

青年期の頃は、どんなに無理をしても努力を重ねても、常に勢いづいていていささかの心配もない。そして身体と心がその後について来るものだ。空を飛ぶコンドルのように、獲物を狙う隼《はやぶさ》のように生きられる。どんなに力を出しきっても疲れというものを知ることがない。これが若さというものだ。自分の中の青春群像は何をしてもどんなに心配をしてもへとへとになっても、最後の不安ということは全くないのである。

壮年期には多少の不安が出てくる。尻の方から常に吹き出していた言葉の勢いや生きることへの自信にわずかながら陰りが見えてくる。時々は休まないとどうしても疲れがとれなくなる。ちょっとした休みが心地良い時間だと思われるのもこの時期である。だが、まだまだ心の噴射力は強い。しばらく休み、それから立ち上がれば一瞬にして彼方まで飛んでいけるのが壮年である。さらにこういった本人の羊水や胞衣《ほうい》から受け止めていた熱はなくならない。

だが七十歳、八十歳を過ぎると母からもらった活力有る胞衣《ほうい》や羊水の力も衰え、自分で力いっぱい足を踏ん張って生命の息を吹き出さなければならないようになる。私自身、親からもらった水晶体をホヤガラスに替えてもらったのは六十代の頃であったと思う。さほど汚れたり傷ついたりしていないのに親からもらったこの水晶体を廃棄するのにいささかの躊躇《ためら》いも感じなかったのは、今考えても何とも愚かなことだったと思う。

これが翁《おきな》、媼《おうな》に与えられている宿命なのである。目は霞み、耳は衰え、手に持つ箒《ほうき》で庭の周りの枯れ草を掃くにも、全て何をするにも少しずつ何度も休まなければならないようになる。翁の髪の毛は白くなり、媼《おうな》の頭上にもかつての豊かな髪の毛が消え始める。翁の顎髭《あごひげ》は白いままどこまでも綽綽《しゃくしゃく》としている。どんな人生の苦しみや痛みの中でも何事もなかったように堂々としているのが彼の、また彼女のこれまでの生き方を表している白い髭《ひげ》であり、髪の毛なのだ。全ては自分の自信そのものの表現なのだ。何がなくとも堂々と生きてきた時間が彼らを大きく包んでいる。全ては本人の言葉そのものであり、時には涙も出るのだが、たちまちそれも乾き、怒りが天に達するような時でも、たちまち温和な姿形に変わっていく。

長い人生の間では、人のものを取ったり取られたりしてきたが、生き方はそのままその人の時間であり、そこには何一つ気にするものはない。常に生きている時間は活き活きとした生命たっぷりの時間なのだ。一刻たりとも生命そのものは休むことはない。生きているということは、若くとも老いていても休んではいない時間のことだ。禅僧の長い修行の時間さえ、そこには一瞬の休みも移動の様子も見えない。生きている活き活きとした言葉はもう一つの蜉蝣《かげろう》の一生だ。死ぬまで停止することのない動きのはずだ。生まれたての羊水の匂いのプンプンする赤子も、八十を過ぎた老人も本質的には生き生きとした時間の中で生きている。生命が動かなくなった時、それが死なのだ。常に自分自身の心の尻から噴き出す生命の力によって、人は飛んでいけるのだ。羊水も胞衣の力も全く失くした老人でも、力いっぱい自分の腸《はらわた》の言葉を噴射して飛ぶことができる。それが人生であり、生命のリズムなのだ！

死の分岐点に達していないのにやたらと休んでいる人は、生きていながらすでに死んでいるのだ。そういう意味では生命の歌を歌いながら死んでいる人もいる。愛する心がありながら、愛のリズムに乗れずに踊れない人もいる。生まれてきたということはこの生命のリズムに合わせ、自分らしく踊り、走り、飛ぶことだ。生命は停止することがない。人は生きている限り、天然という名の空間を隼《はやぶさ》のように飛べ！

自由は言葉の中に

哲学もどんな宗教も、さらには誰もがごく自然に話す言葉の中にも、よくよく心の目を開いてしかも深く近づいてみるならば、頭痛を取り除いてくれる言葉が一つ二つ入っているものである。というよりはどんな言葉でさえも、それに目を通す人の方の態度いかんによって言葉は不思議と本来の天然の勢いを盛り返して迫ってくるのだ。しかし時間が過ぎればどんな言葉も格言や箴言も力を失い、人は再度頭や心が痛む自分に気づくのである。あらゆる高度な哲学や、宗教意識や、賢人たちの言葉であっても誰にとっても事情は同じだ。酒や麻薬を使うのでもなく純粋な自分を出す時、人はどんな単純な言葉によっても感動できるのである。他の生き物と違い、人だけが言葉によって痛みや苦しみから離れることが可能なのだ。かつてヴァレンチニアヌスとリキニウスという二人のローマの皇帝は、学識や文学を国家の的だとみなした。マホメットさえ自分の弟子たちに学問をすることを禁じた。このような考えは文明社会の我々現代人にとって何とも理解できない話だが、よくよく考えれば自由気ままに、勝手に言葉を使う今の世の中にあっては、常識も言葉もそう簡単には身に付けない方が良いのかもしれない。

しかし本格的に、または心を目覚めさせて、間違いなく自分自身を生かしている人ならば、どんなつまらない言葉でも、ふざけたような人の言葉でも、大きな意味を持って迫ってくるから不思議だ。ある宣教師はキリスト教を広めようとして大学で学んだ各種の知識を身に付け、インドに向かい伝道に従事した。ある夜、道傍で一人の泥酔した男とすれ違った。男は自分でも解らぬような言葉で何かを口にした。インドはもともと少し前までは英国の植民地であった。アメリカからやって来た宣教師には何とも下品な酔っぱらいの言葉が理解できた。その中の一言二言に宣教師は祖国で学んできたどんな信仰の言葉よりも奥深い何かを理解した。誰もが知っている良い言葉でも格言でもなく、場末のうらぶれた言葉の中に考えられないような大思想が隠されているものだ。

私の読者の一人は次のような句を詠んだ。

「激文に胸熱くなる弥生かな」

また、ある人は、

「内容的にも初めてのものだが、あの『単細胞的思考』に匹敵する大業だと思う」

と書いている。

言葉はそれ自体、偉大でもみすぼらしいものでもない。その言葉に向かい合う人の態度によって、言葉はどのようにでも、また言葉のリズムの厳しさはどのようにでも変わるものである。変わるのは人の方であるというよりはその人の心の方であり、一瞬一瞬の人生の旅の生き方、または暮らし方にあるのだ。言葉を見たり受け止めたり、妙な小細工で節回しを考えてみても、何の意味もない。そうして努力している小細工専門の物書きこそ、それで生活している作家とか、芸術家、思想家たちなのである。

この社会生活の中での自由は誰によって納得されているのか。周りの人に頼って可能な自由であれば、そういった安心感というものは本当の自分が身に付けている自由ではないはずだ。一切社会的なものに頼ることのない厳しいもので守られた自由に頼る時、人は決まって自分自身の中に別の色合いや匂いのする自由を実感するのである。この自由こそ周りの人によって、また、社会状況によって守られるそれとは意味が違うのである。

そういうタイプの人間は、哲人、詩人、または宗教人の中にごくごくわずかだが見られるものだ。

文明社会の中で認められている自由は、あらゆることに恵まれている人には十分意味が解る種類のものであるが、そのように社会から守られている自由は、自分を抑えつけて生きるとてつもない辛さをはっきりと自覚しなければならない。使う言葉の全てが自分を縛りつけ、そこから離れて生きられる自由がないことを知るのがこの種類の自由でしかない。

言葉を飾らず思いのままに話せる生き方こそ、全く周りの人や環境に縛られない自由の中の本当の自由なのである。ヒマラヤの奥に住む隠者が言う自由とは、一切の自由を持たないところの自由であることを私たちが知る時、そこにわずかながら真の自由の一片に触れることができるかもしれない。

土用の丑の日の言葉

「土用かな　鰻《うなぎ》それでも　逃げたがる」

南から遥か北に向かって長い旅をし、はるばる帰ってきた敷島の州の流れであるのに、鰻《うなぎ》にとってそこは安住の地ではなかった。うな丼の好きな日本人と出会わなければならなくなった鰻《うなぎ》の運命は実に悲しい。長い旅をした後、思い出の中で艱難辛苦《かんなんしんく》に耐えてきた昔を思いながら、必死になって人の指の間から逃げようとする。捌《さば》こうとする人の指の間からヌルヌルと逃げようとする。意味深い言葉ほど粘りが強くしかも心の指の間から何とか抜けだそうとする。その時の言葉の持つ筋力は意外なほど強い。心や生命といったものの筋力は指の間からその言葉を簡単に逃がしてしまう。言葉という言葉はそれなりにある時間の中で深い意味を持っているのだが、そういった自分の言葉を心の指の間からどれほど多く、失ってきたことか。

夜、意味のない夢の中で、またぼんやりとしている午後の一瞬、さらに爽やかな朝の時間の中で、私たちの生命は数多くの言葉を紡ぎ出す。どこまでも美しく、力ある言葉が日々の生活の匂いを残しながら、ヌルヌルと逃げていってしまう。どんな手立てをしても、心の部屋の中にとって起こった意味のある言葉が誰にでも多く存在するのだが、何とも素早く逃げられてしまう。言葉というものは、どの一つをとってもその人の時間の中で長い旅をしてきている。その点その人自身の言語は土用の鰻とどこか似ている。鰻の多くは逃げ切れず、丑の日の生《い》け贄《にえ》としての役割を果たさなければならない。ごくごくわずかな例外の鰻だけがあたかも人の言葉のようにはっきりと自分をその人の心や舌を通して表される。言葉はヌラヌラしている。その人自身の言語であっても、そのヌラヌラが原因しているのか、言葉は必ずしもその人が自由自在に使える訳ではない。これまでに私たちの心の指の間から逃げ出していってしまった意味多い言葉が数えきれないほどあったことを、いちいち人に話はしないが、多く体験しているのだ。

常に心の中から出てくる言葉はその人の鰻であり、一つ一つ意味多いぬらりくらりとした形をしているのだが、しかしそれゆえにかえって私たちの日々の生き方の中には上手に捌《さば》かれて、タレをつけて焼かれて出ることはほとんどないのだ。何万という心の脇で生まれ出たその人の言葉の中で日の目を見る言葉は実に少なく、一つ二つと数えた方が早いくらいである。

人は常に自分の言葉を一つ一つ奇跡のように扱わなければならない。言葉はそういう意味でどの一つをとってみても、土用の丑の日の鰻そのものだ。

コロナから流れている能

太陽の存在全体に身を潜ませているコロナから四方八方に放射している光は、そのまま地球という惑星にも大きな影響を与えている。数知れない周りの惑星たちに四方八方から燃え上がりながら迫ってきていて留まることを知らない巨大な力こそ、「能」でありエネルギーそのものなのだ。遥かな他の多くの惑星の一つである地球上にまるで黴《かび》のように蔓延《はびこ》らせている様々な生命は、この太陽からの「能」が絶えず放射する力の結果だ。今もなお常時放射を続けているコロナの暖かい親の命がそのまま大自然の恵みとして私たちにも生命を与え、実感させていることは間違いがない。ある年には太陽の面に現れる大小様々な黒点の数が多くなったり、少なくなったりすることがある。周りの惑星たちに届く光やその「能」の具合がそれによって微妙に変わることは歴然としている。大自然の中から生まれてきた様々な生命でさえも、こういったエネルギーの力を微妙に発揮する光線の前では事情が少しずつ変わっていくのも当然だ。

東北の大津波も地震も、実はこういったコロナからの放射線の力の影響によって成された事実もこのことによって理解ができる。私が子供の頃から延々と今日に至るまでアメリカ合衆国から出されている世界的な科学雑誌の一つに黄色い表紙の雑誌「ナショナルジオグラフィック」がある。小学校低学年の頃、私が育てられた祖父母の家で私は祖父母が営んでいた雑貨店の一画にあった「タバコ戸棚」に山と積まれた古い本が地層のように置かれていた。その中から英語の辞書やエスペラント語の文法書と並んで何冊かのこの雑誌を見ている。その頃も今も黄色い表紙のこの科学雑誌がトルストイの『復活』や漱石の『坊ちゃん』、さらには独歩の『牛肉と馬鈴薯』などと並んでこの雑誌を幼い日に目にしていたことを覚えていて、老いた今でもなお私の脳裏に残っている。最近の『ナショナルジオグラフィック』は東北が大災害から回復するまでには巨額の資金が必要であり、それを時間で表現するならおそらく十年の歳月が必要だと試算しているが、私が思うに三十年や五十年、つまり鎌倉時代とか明治時代といった歴史的な時代の長さでしか、今度の東北の災害などは本当の意味で元に戻ることはないはずだ。

巨大な太陽の全存在を動かしているコロナの働きがほんのちょっと燃え上がった一部の放射線として地球の一部にぶつかる時、それによって人間が受ける被害は、人が作っている歴史の一ページの事件に匹敵するだけの勢いを持っている。

黒点の勢いの中から飛び出す「能」や、「エネルギー」が遥か彼方の太陽系の中の星々に向かう時、地球の上の様々な生命体だけではなく他の多くの星々にも限りなく大きな影響を与えるはずだ。

昔の人は朝昇る太陽に向かって手を合わせたり崇高な思いを抱いたりしたが、あまりにも文明の小知恵の中で狭くなりすぎた生命の空間の中で、私たちは古い時代の人々のようにまた白地に赤く染められた日の丸のように素直に太陽に向かって己の気持ちを表すだけの余裕がなくなってきている。このあたりに文明社会が、原生時代の人の思いや生き方を失ってしまったことを知るのである。コロナとか黒点とか放射線とか太陽を小利口に理解するよりは、小鳥やゴキブリのように素直に生きていける生命の存在を己の中に見い出す方がどれほど素晴らしいか分かりはしない。原生の生き方の中から飛び出した人間は一度は細かく物事を理解し判断をし、それらにリズムを付けるようになったが、今頃になってコロナから放射される光の前でビクビクし始めている。それは同じ生命体であっても他の動物や虫たちとは違って人間だけなのである。その上さらに言葉を持ち始めた人間は、それによって歴史を理解するようになった。人の利口さに勝って、まるでその仕返しのように押し寄せてくる光の力、または人の目には地震とか津波といった形で現れてくる大きな災害を、どんなに力を入れて回復させようとしても、後五年、十年、三十年、五十年とかかることを考える時、大半の人間は絶望の心に満たされてしまう。

大自然から生まれてきたあらゆる種類の生命体は素直な生き物として存在する限り、何一つどのような放射線も問題とはならない。単細胞やゴキブリや銀杏の葉が何一つ怖れることなく人よりも遥かに安心して短い生命でも長い生命でもそのまま受け止められるのは、それらが一切の存在に対して怖れることなくあるがままに己の生きる時間を受け止めているからだ。昔の人が太陽に向かって祈る心はまさにそういったゴキブリが生きる生命の一瞬と同じであることを忘れてはならない。

野の人

私の息子の一人が京都大学の研究室から離れて名古屋の動物園に移った時、ある雑誌はこの息子を「野の人」という見出しで文章を書いている。

人は生きる時、自然のリズムを存在の中心に持っていなければならない。人はまた全てどの一人をとってみても本来野人でないものはいない。生き物に触れ、樹木、草花に触れる生き方の中で人は全て野の人なのである。四季も二十四節季も間違いなく人という人を押しなべて野人にしてしまう。諸民族の中に生まれた言語も全ての人間が野の人であることを示している。自然の証明にすぎない音楽のリズムも人の生命基本も言葉であることを教えているようだ。日本人の生き方の中に必ず出てくる味噌や、山や野で働く基本的な人の姿に、人そのものの自然体としての野人の姿を見るのである。

キノコ狩りをする時、名人はキノコがある場所を他の人にそう容易《たやす》く教えはしない。名人は奥の手を教えることなく、たいていの場合惜しまれながら死んでいく。本当の奥の手は、名人ですらいかに弟子たちに教えたら良いかその方法を知らないのかもしれない。なかなか使えない業を弟子たちに教えることなく死んでしまった有名なドイツの手品師もいるほどだ。この業によって彼は魔法使いとか不思議な手品師と今日でも呼ばれているほどである。

人々が使う俗な言葉が存在しながら、その中にも一つ、二つくらいはこの世に汚されず、弱くならない不思議なタイプの言葉も存在する。他の人に使われない、不思議とそのまま後の世まで残る言語もあるものだ。

名人とは人々と一緒になってキノコ採りをしないものだ。人々の間から、いつの間にか姿を消してしまう。松茸の生えているところを人に教えないために名人はやがて人々の間から姿を隠すのである。

このことから考えると、名人と呼ばれ、その称号を名前の上に付けられている多くの人々は、人集《ひとだか》りの中で簡単に名を呼ばれ数多くの賞に入ったりしているが、言葉通りの本当の名人ならば、人々の中に顔を出すことはないはずだ。名人の言葉や教えはそう簡単には一般大衆には伝わらないものだ。人々に伝わるものは何であっても軽薄なものでしかない。名人の言葉は仙人や隠者のそれのように重い。それらは簡単に他の人に伝わる訳はない。厳しく、同時に重みがあるのだ。ゾロアスター教を信じることのできた哲学者であり宗教人でもあったニーチェはドイツ社会において は狂人として扱われた。魯迅《ろじん》も他の多くの作家たちも実に崇高な思いで多種多様な狂人について書いている。おそらく寒山拾得やディオゲネス（ギリシャの哲学者）なども、一般大衆にとっては理解の及ばない単なる狂人に違いがない。

己自身の正直な内側の声に従って生きるだけの力強い自信がなくてはならない。自分自身の言葉をそのまま信じ、そこに深く生きられる人こそ幸せなのだ。人の人生は自分の言葉のまま最後まで生きていけるだろうか。

冬眠明けの熊やリスたちはどうしてあのようにグズグズすることなく飛び起きられるのであろうか。人もまた、一瞬にして眠りから目覚めることができるはずだ。どんなにぐっすりと寝ていたとしても魂の朝日を心全体に浴びる時、一瞬にしてリセットされて春の熊やリスのように起き上がれるのである。

人にとって、またあらゆるこの世の生命体にとってその大きさや長さの違いはあるにしても、万物は一つ一つ全く同じ存在であり、言葉や季節が全て一つに繋がっているように纏まり、必要な物は補給されるのである。

あらゆる物の味覚の季節である秋、心の色彩が休むことなく息づくのも秋だ。夏と冬は厳しい時間の中で物事の成長を助けている。暖かさの春には水の流れが生きていて、あらゆる生命体が芽を出し、秋には野菜も果物も旨い。春霞と秋の風が過ぎていく穏やかな季節。やはり四季はなくてはならない生命のための時間なのだろう。

季節は生命のリズムの基本だ。生命をそれぞれの寿命の中で生かしてくれるもう一つのゼンマイは言葉なのだ。ありとあらゆる虫にも、つまり動物や植物にも、それゆえにそれぞれ独特な言葉があり、四季も二四節季にもそれぞれ独特なリズムがある。それを人だけは言葉と呼ぶ。人にとって言葉というリズム無しの生命時間は考えられない。動物にも昆虫にもそれぞれ特有な言葉がある。花粉であったり様々な汚れであったりする彼らの言語には、それなりの文法や字法《じほう》があるはずだ。四季や二十四節季《にじゅうしせっき》の中で、人を初め、あらゆる生命体の言葉が一つのものとなり、生命マターという態の中でひとまとめにされ、大自然の中で総合的に理解される。

人が大自然の中で伸び伸びと生き、どんな仕事についていても、どんなことを力いっぱいやっていたとしても、その豊かな命の働きは「野の人」と呼ばれなくてはならない。

自分の言葉の芯

言葉の核心や髄とか芯というものが一つの音になって響くようになれば、人は間違いなくその言葉を聞き取ることができる。一つ一つの言葉が画家の前に置かれている様々な絵の具の色彩として現れる時、人は言葉を言葉通りに自由に扱うことができる。あらゆる音という音を自分の思うままに扱える人間であってその人は初めて言葉通りの人間といえるだろう。

生命はどんなものであっても目の前のものを見たり聞いたり触れていながら、その実その髄には触れてはいないのだ。そのものの核心に触れることができない時、真実は見えてはこない。真実が見えてくる時その真実はそのものの実在を現している。あらゆる物の存在は宗教の中心に置かれており、人に触れられており、宗教の教祖なるものは経典の素として考えられる。世界三大宗教も、それらの前身となった数多くの原始的な姿の素朴なシャーマンなどの教えから出発し、またその後の各種の哲学的、心理学的大きな骨組みに拡大され、人間社会の力を拡大していった、宗教以上の諸作用も全てよくよく覗《のぞ》いてみると、芯が確かでなく髄が付いていない人の言葉の悪あがきに見えて仕方がないのはこの私だけであろうか。確かに文明社会の多くの言葉はその色合いが数多くなり、それで塗られる思想の世界はどこまでも大きく周りに広がっていき、人はこういった思想の波の中で溺《おぼ》れたり、行き着く島が見当たらず呆然とし、泳ぎの名手でありながら結局は溺れる他はない。

人にとって言葉は基本的なものとして生活の中に生まれたもの

でありながら、肝心の髄が備わらずに使い続けて今日まで来てしまっている。教育の世界や思想の広がりの中で言葉という言葉は常に新しく開拓され、考え方が変えられたり多くの異なった意味をもたせたりしてはいるのだが、残念ながら肝心の言葉一つ一つの核心的な部分がなおざりにされている。言葉の種類は多く、その使い分け方によって人様々に思想は大きく変化しているように見えるのだが、その実芯が、また髄が備わっていないのでその人間の主張がはっきりしない。数限りない絵の具を前にした画家のように現代人はあまりにも多くの単語と文体を持っているのだが、肝心の数多い絵の具の質が悪いのと同じように、現代人の、一見華やかで利口そうな言葉も実はその質がかなり落ちるのである。良い言葉で何を話そうと立派な定規やコンパスで正しく書かれた製図を見せられても、それで人を満足させる訳にはいかない。

数多い人々の間で、一人二人とディオゲネスや荘子、老子などが現れ、寒山拾得たちのような素朴な一見阿呆にも見える生き方をしたわずかな人々だけが、文明の世の中で確かな髄のある言葉や芯のある生き方を示しながら生きられるのである。

人はまず外見を気にし、化粧をし、着るものに拘《こだわ》り、人に恨まれるような言葉で語りたくなり、日々の行動ですら、キラキラと金銀のように光る生き方をすることを願う。ダイヤも金銀も人それぞれによって少しずつ形は違っているとはいえ、結局生きるという姿の中ではほとんど同じ思いで同じスタートラインに立つ。人それぞれに自分らしいスタートラインが独特に備わっており、そこに立つべくして生まれてきたという事実も忘れ、人は皆同じなのだとスタートラインに向かうのである。それが良くとも悪くとも自分の好みであろうとなかろうと、同じスタートラインから飛び出さなくてはならないという事実は、現代人間に与えられている最大の業でありさらには過酷な劫（業の上のものとして用いている）なのである。仕事ができるとかできないとか、動く動作が早いとか遅いとか、美男であるとかないとかそんなことは全く問題ではない。そういった外見の中に存在する心がどのように動いているかが問題なのだ。そのことに己の心の焦点を合わせるのではなく、語っている己の言葉の核心または髄に、フォーカスに、はっきりと中心を合わせなければならない。

サイコロの一振り

人間は未だ絶滅せず存在するが、多かれ少なかれそのうちに様々な器用なことを語ったり行動したりしながら絶滅していくことは間違いない。本当に強い人とは幼児期の頃からすでに言葉にならない言葉で哲学や宗教について語り、まともに歩けない頃から人類の街角から這いずりながらでもどこかに姿を消してしまう。親たちや先生たちから離れ、人混みの中に潜り込みそのまま実に大胆で正しい人の実行力そのままで行方不明になってしまうのだ。荘子も老子もソクラテスも寒山拾得もある意味では幼い内に「行方不明」や「行方知れず」になった人たちであろう。彼らこそ本当に神話や伝説として口承されてきた存在なのである。人が話す己の言葉はその人の心と深く繋がっており、言わば言葉が出る時それはサイコロの一振りであり二振りであり、それは常に偶然でありその人の心の願いそのものである。その人自身が変わればその周りのあらゆる事情も一変して変わるものだ。人も自らの言葉というサイコロの一振りをまるで孫悟空が一振りする如意棒《にょいぼう》のように振らねばならない。この世は総て如意棒にとっては偶然そのものなのだ。

人は自分のサイコロで自分の時間を見い出し、自分の進む方向を決める時、そこには間違いなくその人の持つ筆先から素描の心の地図や宗教、哲学の粗筋がはっきりと見えてくる。自分の人生にいささかの不安も持たない人の心の形のみが、間違いなく生きた言葉としての大きな響きと訴えるものを覗かせることになる。人生のあらゆる飾りつけや色付けされたものは、実はその人の心と繋がっている素描を現している。

人はまず幼児期の頃から青春時代においても、力豊かな壮年の頃も老境に入ってからも、己の豊かな素描の片鱗《へんりん》を見せながら、大自然に向かって本格的に行方知らずとならなければならない。残念ながら現代人のほとんどは頭がよく働き、集団の中で生きることにいささかも不安を感じないでいる。つまり彼らには乳飲み子が持っているあのような本来の植物にも似た素直さが無いというか、それを鵜《う》呑みにできるだけの勇気も素直さも美を感じる意識もないからである。

人は与えられた生命時間の中ではっきりと自分のキャラクターを、つまり変わり者の自分をそのまま総て表して行くだけの勇気がない。人は常に周りと同じになろうと努力をし、人と同じになる時だけに不思議な安心感を抱くようにいつの間にか慣らされてしまった。

人には本来常にどこにいても魂の休息時間が必要なのだ。金があり物事を多く知り、体験している人は残念ながら常に休息不足でいる。自分自身の言葉の熱い血液が不足しているのだ。本来の人間は天然の熱い血液が流れているので、集団の謀、文明の謀、または大自然の流れを超えた計画などのような大多数の人の動きには近づかないのである。やはり人は周りからとてつもない変わり者と見られる方が、真剣に、爽やかに、雅味《がみ》豊かに生きられると知るべきだ。絶滅危惧種の中に入っている人の仲間から外に飛び出そう。ゴキブリやキャベツのように長い命の中で奇妙なままでどこまでも人という動物として生き続けたいものだ。

今日の何もない無名の文明から、ボロボロのジーンズなどをはきながら遥かに上の方のレベルアップされたところを進んでいこう。確かに『論語』は人を驚かし、感動させる言葉であるが、よくよく考えてみれば孔子はこの世の中のどこにでもいる人が利口そうに使っている言葉をただ並べただけのことに気づくのだ。『論語』は、本当の人によって燃やされなければならない言葉だ、ということに我々は気づくのだ。かつてエレミヤは秘書のバルクに神の言葉を読み聞かせた。ところが聞いた人たちは自分たちの文明生活に合わないそれらの神の言葉を切り裂き焼いてしまった。バイブルもコーランも経典も総て文明人間の手によって切り裂かれ燃やされているのが現状だ。現代人にとってバイブルや経典は金銭であり、金銭以上の力のあるものを彼らは知らない。かつて未開人は、キリスト教を伝道するヨーロッパからの宣教師が、バイブルの言葉ではなくたくさんの金を見てニコニコした顔を見てがっかりしたと言われている。

単なる社会の宗教とは違って、本当の人の生き方を素朴に口承する伝説や真実の中で、確かに人は安心できる生き方の時間を探せるのであろう。

心の熱い蒸気

人は個人個人というものを大切にしなければならない。一人ひとりの人間は間違いなく一個の極めて固有なヒーローなのである。たまたま人間の中から出てくる言葉に、社会的なその人の立場を考えながら、良し悪しを判断することがあってはならない。どの人間にもその人独特な言葉というものがあって、その言葉が他の人と同じ大きさの力で叫ばれる時、そこには間違いなくその人の独特な英雄としての確かな証明が成されている。現代社会の隅々で働いている言葉の力には残念ながらそのような一人ひとりのヒーローを証明するだけの印鑑もなければ割印もない。現代人の言葉は数多くのどの一つをとってみても言葉としての勢いも権威もなく、その匂いは全く人を動かすには力不足である。もし現代社会の言葉に力があるとすれば、それは単に悪意に通じる極めて意地悪な力であり、そこにあるとすれば単なる悪魔の証明しかできない雑然とした何の取り得もない力と言えよう。この社会のゴミゴミとした中で作り上げられたあらゆるタイプの人の謀《はかりごと》には天然の力はなく、自然に一体となって動き始めるどのような力とも同じ立場に立つこともできず、しかもそれらを越えてより大きく働きかけることは決してできない。エネルギーは本来大自然そのものの基本的な生命力として理解されなければならないが、人間は長い時代の中でそういう万有エネルギーをどこかに置き忘れて来てしまっている。今、人に与えられている文明のエネルギーは微弱な力しか持たずそれを何とか活用しながら人の中の大きな夢を実現させようとしているだけだ。人はもう一度本来の大自然の生命エネルギーに戻らなければならない。そのための論理は単なる研究所の中にあるのではなく、野で働き畑で動く人々の生まれながらの、野生の、また独学でどこまでも自分らしい生き方の中から生まれてくるものだ。

人は誰でも自分自身を動かそうとする時、自分の言葉から生じる生気、またはリズムに合わせてどこまでも自分の心の熱い蒸気を膨らませ、ご飯が炊けるように己の内側に生命の匂いを感じ、それを確かな自分の言葉として操《あやつ》れるだけの勢いや夢や希望がなくてはならない。残念ながら現代人はこの力を失っている。自分の心の中から吹き出す蒸気を感じることもできずまたそのご飯の炊けた匂いさえ感じ取ることはできないのである。生き生きと生きている人間としての表象である言葉、すなわち漢字も片仮名もアルファベットもそれらは本来生き生きとした熱く噴き出している蒸気そのものでなくてはならない。炊き上がったご飯も生まれてきた人間にも確かに熱く噴き出している蒸気そのもののように言葉が噴き出している。人の心は時としてこの熱い蒸気に吹かれて火傷もするだろうし、これまでなかったような大きな自分自身に出会うこともある。人は誰でもそのような出会いがそれぞれの人生の中で何度も無くてはならない。

人間には、体力も、行動力も、決断力も、集中力も、独特の閃《ひらめ》きも、持続力も、分析力もあり、この熱い火傷をしてしまうような炊きたてのご飯から出る蒸気のような自分自身の心の言葉が生じるのである。言葉は間違いなくとてつもなく硬い骨密度を持っており、しかもこれからもその度合を高めていく。

人間一人ひとりは常に己の心から噴き出している熱い蒸気にも似た一つ一つの独学の言葉を大切に保っていなければならない。己の言葉の大切さの基準は格好の良さでも小利口な書き方でも格好をつけた文章でもなく、常に己自身の匂いのはっきりとする単純さであることを忘れてはならない。本来大自然の力そのものである生命力を中心として生まれてきている人間はそういう自分を怖がってはいけない。与えられた生命力の中から自信を持って踏み出して行こう。時には変化することもあるだろうし、またそうしなければならないところに置かれることもあろうが、常に人はあらゆる点において障害者にならなければならない運命さえ背負っている。むしろこの障害は有れば有るほどその人を大きく変えていく。足が曲がっていれば他の誰よりも早く走れるし、口が自由に動かなければどんな人の言葉よりも良いことを喋ったり書いたりすることができる。全身動きのとれない人であって初めて当たり前に生きている人よりもあらゆる面で大きな働きができる。障害児が大きな明日の自分の仕事を夢見られるのは逸失利益《いっしつりえき》を損害賠償をされなければならないと考えずに、ひたすら人生時間を走れるところに大きな蒸気の熱量を見るのである。

人間一人ひとり、老いも若きも常に己自身の幸いの中で生きている事実に喜ばなければならない。大切にしたいのはこの汚れた社会の真ん中に置かれながら、大きな希望を探そうとするだけの力を自分に与えられていることを感謝できることだ。こんな社会の底の底の方で、かつて釈迦はいわゆる多くの仏典を今日に残している。

釈迦もマホメットもゾロアスターも力いっぱい叫んでいた。彼らは皆この世の中をしっかりと抱きしめながら、それでいて自分の生命を信じて伸び伸びと生きていた。

人は誰でも己の持っている生命の羽を広げ、リズム高く生きていこう。

素描のままのシルエット

人はおそらく生きている時間の中で、いつもがっかりするほど周りの人には見られていないのだ。人はそれぞれ飽きるほど多くの様々な人々にぶつかりながら交差点を曲がり、車の間を通り抜け、ビルの谷間を通り抜けている。人はいつの場合でもそのようにして流れている時間の中で、鮎のように泳いでいる。自分が期待するほど社会は自分のことをはっきりと意識できるほどに見てくれてはいないということを、一個の個人として人は理解していないようだ。どれほど上手に化粧しても、これまで習ってきた数多くの知識や大先生の美学とも言うべき言葉や思想を並べ立てても、またどんな服装をして胸を張ってみても、人の生き方や存在する姿には自ずと眼界がある。鳥が大金持ちであっても乞食であっても、秋の冷たい西風の中で鳥はどの鳥も一様に夕日に染まる黒いシルエットを見せるだけで、それ以上の何ものでもないことをはっきりと示している。

人間の場合も同じだ。財産の有無や教育の有無、精神的深みの違いなどはほとんど関係しない。名前を聞いても住所を教えられても、電話番号が分かっても、今の勤め先を名刺から判断したところで、その人の人生の長い時間の中で写って見えるシルエットは何ひとつこちらには見えてこない。

人は周囲の人に今どのように思われているか、ということをそれぞれの人の生き方の中に見られる宗教的迷信から解き明かすことを願う。人はどんな宗教や哲学、文学の色合いに染まっていようと、そんなことにはほとんど関係なく、ただ限りなく輪廻転生の時間の中でリスのように廻っているだけだ。大自然の知っている通りの動きの中で、くるくると廻っているのに過ぎないのだ。どんなに化粧を変え、服装を変えてみても、自分の使う言葉の端々を整えたり飾ってみたところで、一個の人間は今の自分とは違うもう一人の人格に生まれ変わることは決してできないのだ。人はロボットにはなれない。知も機械の精密さもそのことを越えて全く別な存在には成り得ないのだ。初期の頃の単純な機械も段々と精妙に作られてくる機械も、そのことによって何かが決定的に変わるということはあるはずもないのだ。確かに豊かな実りの雨は百石を充分に潤すと言われているが、その百石もこれまでの穀類とは違う全く新しいものを生み出すということは考えられない。自分自身を何とかして全く別の自分に変えようと意識しても、そのようなことができるはずもないのだ。黒い鳥が白い鳥になろうと努力しても自律神経の乱れをかき回すだけにすぎない。自分を変えようとする人の心もただ、乱れに乱れ、それを立て直すのには相当の時間がかかる。己が変われば周りは総て大きく変わるのだが、その基本である自分自身が変わるということはないのだ。黒い鳥はどんな努力を重ねても白い鳥になることはできない。人も鳥も野辺の花も己の心の形をそのまま素描できる存在でなければならない。生きた言葉として人の心に響き渡り、訴えてくることができるものは決して化粧品のあの色合いでもなければ飾りつけた様々な色合いのものではない。万事存在が変わるのは素描によってしか成り得ない。水彩でも油絵の具でもこれらによって見事に打ち消されていく肝心の素描はほとんど消え去って失くなっていく。人は自分の心や人格のシルエットをできるだけ良い物にして周りから納得されたいと思うのだが、それは無理な話だ。そのような期待を周りに求める時、人は黒い鳥のようにただがっかりするだけである。自分のシルエットを見てくれる周囲の目はことさら厳しく確かであってそれを恨むことはできない。

人生は生命というチャンスなのだ

仙人や隠者たちは一人として人間が雑然と生きている暗闇の中で暮らしてはいない。つまり彼らは大自然の中から与えられている己自身、すなわち仙人や隠者という特殊な人間の形、つまり生命というものの意味をよく知っている。この世の中で与えられた時間を雑然と過ごしている人は、自分自身の生命についてほとんどその意味を知らない。自分の中に存在する可能性としての生命の光り具合や色合いなどといった言葉の様々な意味をほとんど知ることはない。どんなに爽やかでもまた辛くともそういった時間はやがて必ず遠のき、本来の自分らしい時間が訪れるのが当たり前なのだが、その事実を知ることなく悩んでいるのがこの世の中の人々だ。その点仙人や隠者にはこの世の人のこういった悩みは全くないのである。生き方の中で楽しいことを体験し、同時に順風に帆を張っているようなことばかりではない痛み多い時間をも体験しながら、傷つき傷《いた》み悩みながら人は与えられた生命の瞬間を費やす。若くとも老いていてもこの嵐のような疾風の勢いはごくごくわずかなチャンスの微風の間で吹きまくる。

誰もが仙人や隠者になって他の人に与えられた生命の寿命を生きる訳にはいかないのだが、それでもごくごくわずかながら荒れて荒れてどうしようもない人生という嵐の中で、わずかでも、確かな他の人の生命と言葉で奪還できる時間が与えられない訳ではない。その時間を確信する時、その人は本当の意味での宗教人や、まともな芸術家として生きられるのではないだろうか。

光の全く射さない闇の中で摂る食物に味はないのである。響きが無い闇でどんな話をしてもそこには心の味が生まれない。いずれにしても味のないものや響きのない人生はまともな意味において人生とは呼べないようだ。

言葉には味や色としての様々に表現される形がなくてはならず、その一つ一つの言葉にはどぎつさはないにしても、穏やかで不思議な持ち味が聞いたり感じたりする人々の心に迫ってくるのである。言葉にはそれを使う人の明るい味が解り、命の味が伝わってくるものだ。心の表現というものが存在するとすれば、それは生命の味であり、深い痺《しび》れであり、それを聞く人々の中に痺《しび》れ込まれた表現として伝わるのではないか。この世の中に大自然の勢いによって押し出された生命体であれば、まず最初に文明の汚れと闇からありとあらゆる大小の生命体が引き出されなければならない。心の味を引き出して響かせなくてはならない。生命という塗られた色彩の中に自分自身を見い出すことの喜びは、この文明の長い世の中で汚れきった人にはむしろ恐ろしさそのものとしてしか、最初のうちは受け止められないことであろう。

それでも生命体は本来の自分に戻るためにはあえてこの心の味に生命という名の身を浸さなければならないのである。たとえ滝に身を打たせ、どのような立派な修行をしたとしても、それによってこの味にぶつかることは無いはずだ。人は一度誰でも文明と呼んでいる様々な条件の中で退廃してしまうと自分をもう一度本来の大自然の勢いとしての生命体に戻すためには、巨大な滝に打たれたり、立派な伽藍配置の中でお経や経典を読むくらいのことでは手に入れることが不可能なのだ。

仙人や隠者たちは、単なる修行から一切離れた人たちだ。寒山拾得などは、伽藍配置の中にしばらくいたとしても、はっきりとそういった場所を馬鹿にし、いわゆる人としては存在できないようなところに身を置いて生きていた。二人の生き方が常に順風を満々と孕《はら》んでいた人生をよく知る時、単なる修行や苦行といった意味のない生き方から離れることができる。

厳しい夜も必ずチャンスに恵まれた朝が来ることを忘れてはならない。若くとも老いていても常にそこには大自然の生命体の喜びが満ちていることを人は知らなければならない。これができる人を、己の生命を奪還できた人と呼べるのである。

価値観というリズム

人はお互いの万事に関する価値観ではなく、一人ひとり異なるその人の言葉の思いで確認しなければならない。人は人であり、己というものは確かに己自身であり、人の価値観ははっきりとそれぞれ確かな個性によって、認識されなければならない。人は誰でもはっきりと他人とは違う自分自身を常に見つめていなければならない。社会の基本という約束に心の目は戸惑うかもしれないが、そこではっきりともう一度自分の言葉に帰って行かねばならない。例えば世に認められている大宗教の集まりに加わり、そこから押しも押されもしない肩書きを得ているとしても、人間は驚くような偉大な人助けができる訳ではない。むしろ個としての自分が一切の名誉や肩書きなどとは離れて自由自在に生きながら、誰かを助けたり、誰かに教えたりする行為こそが意味深いのである。社会の約束事に頼み、自分は公のことをしているのだとか、公人の自分にはそうする権力があるのだと誇ったり自信を持っている人の、何とも悲しい姿には驚かない訳にはいかない。

人が生き、行動し、何かを考える時間は何とも短い一瞬の単位でしか理解されないが、川の流れの時間は何万年かの単位で計られ、悠々と聳《そび》えている山の時間も同じように長い単位の時間の中で理解される。悠々と流れる川や高山の頂の時間には実に小さな生き方の時間と同様に、そこには言葉が匂っている。この世の匂いも、色合いも、また光の勢いも、全てはあらゆる生命体の中で勢いを現しているのだ。

どこまでも弱り始めている現代人の精神というか言葉は、生命の酵母そのものなのである。人は生まれた時から誰でも間違いなく生きている。自分という生き方の心が半ば死に絶える時、それを文明社会の汚物として脇に捨ててはならない。生命体はたとえ汚物として脇に捨てられてももう一度回復できる生命なのだ。荘子も老子も確かに「天網恢恢《てんもうかいかい》」といって良くも悪くも全てのことが間違いなく見落とされることなく天然の天秤《てんびん》にかけられ、人が生きている間に何らかの処分が決まることをはっきりと知っていた。その天網の厳しさはそのままこの世で理解されなくとも天を向いている人にとっては喜びであり、底知れない暗いところにうずくまっている人にとっては限りなく恐ろしいことなのだ。孔子や他の多くの善人や聖人などと言われる人々にとっては、とても恐ろしい天網なのである。人の生命は、容易に寄りつくことができない、恐ろしく目の詰まった巨大な網の中で生きている自分を、どうしようもなく扱っているのだ。

生まれた時から人という生命体は自然から自分が好きなように進める道を認められていた。本人は生まれたばかりの赤児のうちから、「私には誰に何と言われようとも、どんな権力によって自分の道を決められようと、自分の進むべき方向はこの道しかない」と解っているのである。不機嫌極まりない人類は自分の中心に存在する肝心の生命の中から大切なあの本能を忘れ、小知恵や小利口さを全面に出して生きようとする。何とどこまでも虚《むな》しい生き方であろう。全てが絶望と幻滅の話で埋まっている。一人ひとり現代人の人生観が紡がれている脇で、人は常に心の畑や田んぼを耕作している。耕作地であるところには言葉が生命を吹き返し、言葉の意味が肥料となってあたりに蒔《ま》かれる。言葉は単に喋るだけのものではなく、生きた心のリズムなのだ。会話は相手に聴かせるために始まる行動だけで終わる時、そこには本当の結論は出ない。どこまでも漂流している現代人の言葉は、またそれで生きる人は、そのままで生命に目覚める機会も、己という生命の価値観を見い出すこともできないのだ。

人生は死の潜伏期間ではない

今日は陽が高く昇っているが、カーテンを閉めてこの作品を書き始めている。

今はもう死んでいてこの世にはいない男が人々に向かって、いつでも飢えるような生活をしよう、または最低の馬鹿者になって生きようと、生前叫んでいた。何という幸運な男だろう。これだけ多くの人のいる文明の世の中にあって何一つ恥じることも恐れることもなくはっきりと、常に飢えていこう、常に最低の馬鹿になっていこうと言えるだけの自信があるのは、やはりその男が恵まれた精神力と力を持って生まれて来ているからだ。中途半端な生命力と言葉の力の中で生まれてくると人はどうしても生き方が中途半端になってしまう。何をするにも何を考えるのにも周りの人といささかも変わりなく、平均的に生きるようになってしまう。しかし、心有る人ならばはっきりと解ることだ。つまり平均的とか誰とも変わりない人生というものの中でまともに生きている人は、どうしようもない生きづらさや呼吸できない苦しさを感じることになる。人は元気で自分らしく生きる時、間違いなく安心できる心と自由自在な息衝《いきづ》きができるのだ。

物事には何事にも確かな基礎というものがある。人の生命もそれを助ける玄学や基本の物事の理解も確かに人の生き方の基本として植え付けられていなければならない。その基本をはっきりと持つためには、可能な限り若いうち、またまともに世に飛び出せないほどに精神が整い始めていない頃から、つまり人がはっきりと人としての条件が備わっていない頃から、できるだけ飢える時間や愚かな考えで、この世を大きく広く大胆に夢見る人間でなければいけない。その力が多ければ多いほど、愚かなその人の青春時代には信じられないような大きな明日が待っている。脳の軌道がそういう人間の中では常に大きくなっていて、考える物事が全て行動と重なり、間違いない確かな行動として進むのである。

地球の円周は大体四万キロメートルだと言われている。赤道付近の自転の速度は時速千七百キロぐらいであり、この速さで回転している地球の上で、私たち生命体は昼を迎え夜を迎え、太陽や月に出会ったり、そこから離れたりしている。この超大な回転力の海の上で、常に音速を遥かに超えているこの大地の上で、いかにも穏やかに見える生活をしている。あらゆる生命体の脳は、この惑星の動きと共に一瞬の休みもなく動き続けている。人が呼吸しているのもこの地球という惑星の動きのスピードと重なり、車や飛行機や住んでいる家のスピードに加算されていき、他の生命体とも何かがどこかでつながり、それは数限りない音となって広がっているのである。人を初めあらゆる生命体や、その周りに存在する数多くのマターは、言ってみれば総て物の怪そのものであり、怪異そのものである。この不可思議な世の中で人は当然ながら人生の孤独を生き方の中心に見ている。生命はどんな種類のものであっても、中心から外側まで広がっている炎と焔《ほむら》とうまい具合に繋がりながら存在しているのであり、それは巨大な恒星、太陽のコロナの中の動きといささかも変わるところがない。

　試験の点数が良い悪いといってもそれは生命とはほとんど関係しない。人の生命の中のコロナのようないわゆる本人の言葉が大いに影響する。人の言葉はリズムそのものであり、その力こそ本人を救うのである。万事この世の様々な試験の点数が全く当てにならないことを知らなければならない。かつて正岡子規や他の多くの心有る人間は、「学校の席順などは当てにならない」と言っている。

　自分の生命を守ろうとして人は誰でも呼吸をし、酸素を吸い、二酸化炭素を吐き出している。その全体のおよそ三割は海の中に吸収されていくと言われている。今の文明社会は、おそらく海から消滅していくだろう。おそらく魚類など、マリン生命体から段々と滅んでいくに違いない。手術をする時、麻酔をかけられるが、生命体はやがて海から陸で滅んでいく時、その姿はおそらく麻酔をかけられながら、眠りにつく生命にどこか似ている。

　生命の中心にある命のそのものは、基本的に良心であってこの良心はそのまま正しく見つめて見るなら「自己葛藤」そのものであり、人はそれをそのまま素直に認めるべきだ。確かに生命体は生まれてから死ぬまで、一度も病に侵されないということはない。常に何らかの大小の病に侵され、その異常さの変化の中で、生き方や死に方という揚句の時間を計っているのだ。どんな生命体にとってみても、死を前にして抱く潜伏期間なのだ。それだからといって今を元気に、また活動的に生きる行為を忘れてはなるまい。どこまでも底のない沼の中を歩くような、また泳ぐようなやがて溺れてしまうような生き物であってはいけない。今を力いっぱい飢えながら元気に生き、愚か者の自分をいささかも恥じることなく生きて行きたい。

　人生は間違いなく、死ぬことを意識する潜伏期間ではないのである！

谺《こだま》そして言葉

　光と闇の凄まじいぶつかり合いの中で万有は存在している。この存在こそエネルギーの様々な働きであり流れであり、その流れの在り方は気なのだ。今から数千年も前の巨石文明の時代は、そのまま存在するものの心の中芯に肝心なものが戻っていた時代なのだ。

　気の流れは光触媒そのものであって、光というものが水を酸素と水素に分解する不思議な力なのである。この力は同時に言葉の働きにおいても言うことができる。稗田阿礼《ひえだのあれ》も太安万侶《おおのやすまろ》も柿本人麻呂も山部赤人も高市黒人も、全て気と同じく言葉の働きをはっきりと信じていた。言葉は彼らにとって気であり同時に谺《こだま》であった。こちらの山から遥か彼方の山に向かって人の言葉はぶつかり合い光や闇のぶつかり合いと同じく谺《こだま》となって、徐々に衰えては行くが、響きあい、訴えあい、連絡しあっていく。だからといって谺は単なる通信手段である訳ではない。言葉同士があたかも男と女の関係のように、虫と虫、蝶と花の関係のように、向かい合っている訳ではない。電磁気が向かい合っているのとは全く違う。谺は、つまり言葉は一つのものだ。対局の者同士がぶつかり合うあの光と闇や雷鳴の関係とは違い、一つの物、一つの生命、生命の中で息衝くまとまった考えそのものという一つの言葉として考えなくてはならない。谺とは正しく山と山の間に流れる気という流れであり、もう一つの川の流れなのである。

人は谺にならなければならない。大人になるという考えは、子供から脱出してより勢いの強い流れになることだと考えることもできるが、同時にそれ以上に大人として生きるということは、人として、また生命として生きる大切な思いなのである。子供が大人になるということや青春時代から壮年の時間に向かうということは、その人の気であり流れの勢いがより本人らしく整っていくことを意味している。言葉がばらばらに存在するところから一つの物に纏まり谺としてこちらから彼方に、彼方からこちらに動く時、人は完全に自分を本来のものとして取り戻す。幼子がやがて成人する時、本当の自分を取り戻すことになる。青春時代から大人になる時、現代人は何かとても大切なものを失うことだと意識するが、それは大変な間違いだ。大人から見れば青春時代は完成した大人になる前の、ウォーミングアップの時代であり、青春時代が未だ羽が生えたばかりの蝶ならば、幼児時代は蛹《さなぎ》の時代だと見なければならない。幼子は弱々しい谺であり、青春時代はまだ勢いの足りない谺の時代だと理解しなければならない。言葉が生き生きと谺の中で生きる時、そこに人の生命が波及していく時代であり、老いればその波及はどこまでも勢いがつき、止まることがないのが本来の生命の波及の形なのである。

人の生命もその生命を生かしている言葉も、その深層においては、生き方の古層にしっかりと身を置いて、そこからどんな場合でも崩れ落ちることはない。

確かに生きるということは、挫折や孤独や反抗や痛みを伴うことが多いのだが、それこそが古層からずれ落ちていく現代人の悲しみである。傷つき悩みながら必死になって足掻《あが》く現代人の姿が目の前にはっきり見えてくる。この時代のあらゆる育成がそのままでは人の古層からのずれ落ちて行く姿を押さえることができないのである。日々使っている人の生活の中からの言葉は、遠い昔の先祖たちの言葉ではなく、本来の言葉の層に守られてはおらず、言葉本来の心身の由来から昔の思い出としての谺の力や味や趣《おもむき》を抜き去っている。

人は谺をもう一度回復しなければいけない。自分の言葉を自分の生き方の流れの中ではっきりと認め、そこから自分の声を聞くだけの人でなければならない。本当の尺八の名人は、自分の尺八の声の中にはっきりと谺の中に永遠の自分の声を聴くという。

自由闊達《かったつ》な生命

現代人の心の中や生活という森の中では、次々と木が枯れ始めている。人の言葉も枯れ始めている。青々とした夏の広葉樹も精神の不安の中で落葉し、風や雪に耐えながら長い冬を過ごしていかなければならない。

現代社会の華やかなお祭りそのもののようなジャズを聞いている現代人は、原始の頃の人間の、つまり原始人の聞いていたジャングルの中のジャズやタブーの音楽や言葉とはだいぶ違うものになっている。今日では人工的に多能性の幹細胞でさえ作れるところまで来ている時代であるので、このiPS細胞などを初め様々なジャングルから遠く離れたところで美しくしかも便利に楽しく響いているジャズは、私たちにとって何とも気持ちのよいものだ。

大多数の人間は流浪の民だ。社会生活の流浪の中でひたすら大量の神や仏の像を作り、それを拝み、何とか人生の旅路を全うしようとしている姿は、まるで中世の頃のヨーロッパのクリスチャンたちがアルプスの峰を越えてバチカンに向かったのとどこか似ている。あらゆる既成概念の中からは一歩も抜け出ることなく、言葉も考えも全て従来の中で使われ、それらをもったいないものとして崇め、束縛されている己をそこから引き出そうとはしないでいる。異形の神や仏に心魅せられ、本来自由にならなければならない自分を閉じ込めながら、人は与えられた人生を生きている。たとえ人生の幕が閉じ死んだとしても、人には通夜も葬儀も全く必要ないのだが、文明社会に縛られているゆえに、黒い花輪で飾られ、生きている友人たちは黒い喪服で現れる。何ともバツの悪い一瞬だ。

人生が終われば死者の物は様々な日用品と同じように捨てられる。時には形見分けとして生きている人の手に渡るが、それでもそれが使い捨ての一つの形であることは間違いない。

人は常に今の自分を見つめ、自由闊達《かったつ》に生き始めなければならない。この生き方は、文明社会の中のあらゆることに束縛され、息を止められ、血液の流れを忘れて生きる悲しい捕虜の立場から離れることを意味し、従来のものをそのまま安心して受け止めることの逆であって、明日への理想を求め続け、大きな精神の夜明けを体験することを意味している。

物を書くことより、何かを歌うことより、生きることが大切だ。自分らしく生きる一瞬こそが大切なのだ。人の周りには万有がひしめき合っている。だがあれとこれとはいささかも違うことなく、全てのものは人の周りを埋め尽くしているが、それらは単なる集団でもなく、雑多な存在でもない。「万有」は結局その人の生き方の中で「一如《いちにょ》」に帰してしまう。この四文字漢字の熟語「万有一如」こそ、文明人間が自由闊達な人として生きるための基本的なアイデアでなければいけない。

人間は技術力の高さでもって人らしさを示したり、どこまでも小利口な工法でもってあらゆる不足を誤魔化そうとするが、天然の力は、それで騙されることはない。今人は、心の高い技術として、また魂の工法として言葉を使わなければならない。

現代文明の中から離脱するために、また捕らわれている眠りの中から自分を再生するためにそのようにしなければならない。

心が抱けない言葉

どこまでもフカフカとした絨毯のように豊かな匂いが広がっている森の中は、冷たい地下水がしみだしている。しかし、人間にとってはこういったフカフカと広がっているのは様々な苔の広がりだけではなく、言葉という名の、人が生活の中に広げている精神の絨毯なのだ。

様々な車が走り、ジェット機が飛び、巨大なビルが建ち、原発の危機が人々を脅《おびや》かしているが、それは文明の世界をはっきりと表している。そういった時間の中に人類存在の危機が様々な形で見えているが、その中でも天災は自然の流れとしてあちこちに現れ始めている。自分自身の熱い言葉に抱かれている人もごくわずかに存在しない訳ではないのだが、大半の文明人間には文明の便利さに目が眩み、生活のほとんどがその方に向いてしまっていて、そこには本当の意味の人生の安心感というものがない。この文明の便利さという方向からはっきりと向きを変え、いじけた子供や不良少年となり、不幸な壮年となり、老いたものは不良老人となって、逆の方向を向いて歩こうとしない限り、そこには人が救われる本当の思想やそれに伴う行動は生まれない。

その点から言えば素朴な遠い昔の時代から伝わってきている日本語はまるで天才の戯《ざ》れ言《ごと》のように光り輝く力を持っている。日本語には和の行動を生む力が備わっていて、一言一言話す時、そこには人の心や行動を和ませる何かがある。これまで傷つき痛み、悩み、苦しんでいる人間は、文明の名の下に金銭、経済を初め数多くの便利さが、人の心に最も不幸を与えて止まない疾病《しっぺい》に罹《かか》っている。いかにも本当の人間になりつつあるように見えている現代の大半の人間は、何としてもこの疾病《しっぺい》から離れて、本来の豊かなフカフカとした苔の絨毯が敷きつめられている大地に戻り、そこに流れている冷たい地下水を飲みながら、もう一度自分の周りのあらゆる状態を見つめなければいけない。今まで半ば眠れる心で眺めていた言葉という言葉をその謎めいた仕組みから外し、一人ひとりがあたかもパズルの芸術のように、また仙人の哲学のように、隠者の腕の振るいどころである宗教として素朴な誇りを持って立ち上がるなら、文明の病という痛みは消えて行くだろう。あらゆる物事をその本質に戻して正しくもう一度知るならば、この世の中のあらゆる不条理であり不満である物が自然と消えていき、その人の心や生活態度には、他の動物たちのような不思議な抑止力が現れ、人はその本質が分からないでいる不条理な様々な問題の中から開放される。

文明の便利さの中で有り余る金を持ちながらなお不満を訴え、怒り、戦い合っている民族がいる。しかしその一方において、今日アフリカや南米の森の中に、この世で最も貧困な人々が存在するようだ。アフリカのあちこちには、ほとんど金銭を知らず権力の甘さを知らない裸族にも近い人々が暮らしているのも事実だ。彼らよりは多少は金銭が便利だと感ずる人たちでも、一年に二、三万円ぐらいの価値しかない物のために一年中働かされている人たちもいる。ほとんど学校とは呼べないような小屋の中で教える先生が二、三人しかいない学校もあり、そういった教師たちも貧しさゆえに毎日学校に出られる訳ではなく、他に別の仕事も持っているという状態だ。徹底して一切の文明の便利さから離れた人たちは虫や獣のような安心感があるのだが、ごくわずかでも着るものや金銭を持つようになると、そのわずかに手に入れた文明の便利さが彼らを苦しめ、痛みを与え、激しい欲望の心を持つようになるのである。ポタリポタリと長い間垂れている水滴はやがて硬い石ころを穿《うが》つという。言葉も本格的に人の中で水滴となり、垂れるとたちまち文明の便利さに心が動き、欲望が広がり、そのことが長い年月の間に石を穿《うが》つ水滴のように働くのである。

仙人や隠者とは、間違いなく人の世に住みながら、裸族のような思いで生きられた不思議な人間ではなかったのか。彼らの魚のような、また動物のような心には、人の言葉が不思議と乗り移っていたことを思えば、私たち文明人間がそこまで達するには相当の道程があると思わねばならない。それくらい文明の欲望の中での人の生き方は本来の人の立場から遠く離れていることが判る。

先哲の知を吸い尽くせ

幸せはそのまま人の弱さだと言った作家がいる。文明社会のあらゆる便利さはそのまま人の生活や生き方の不幸をもたらしているという考え方からいけば、そうであるに違いない。

息子と私と妻は今年の五月の終わりの日、何か大きな試合を観ているような気持ちで薄暗い病院の一角に立っていた。今か今かと孫の誕生を知らせる産声を、彼方の分娩室から聞こえるのを待ちきれないで立っていた。数十分が過ぎた後、二人の看護士によって抱えられた孫が現れた。初めて会う孫である。薄暗い廊下を華やかにするように小さな孫は丸々と太っていて体中、顔の周り全てがキラキラと光っていた。未だこの汚れきった寂しい人の世に触れてはいないせいか、常に見ている人々の顔とは全く違ういわゆるキューピッドの赤くて何ものをも恐れない表情を、私たち老人に見せてくれた。息子がこの子に志門と名付けたのは、それから数日後のことである。

八十代の半ばを過ぎている私の友は、この孫が生まれたのを祝って五言絶句の詩を書いてくれた。彼は力強くこの五言律の起の部分を、春風の大河の流れをどこまでも烈々として詠い、承の部分では先哲の知をことごとく吸い取り、転じて大志を抱き人生の大門に立つと続けている。最後のそれをまとめ、新緑の山はどこまでも青いと結んでくれた。

薫風水烈々
吸尽先哲知
抱大志立門
新緑山青々

友のこの絶句は孫ばかりではなく、私をも大いに励ましてくれた。遠い中国大陸の三国時代に完成した四言絶句は、人の生き方や心の情を見事に表現するのに適している。どのような人にも、いつの時代でも、豊かに盛り上がってくる感情をこれほど上手く表すことのできる詩の形はない。俳句でも短歌でも十三行詩であってもこの漢の時代に人々の心に湧き上がったこの驚くべき詩心は、その後のどんな時代においても忘れることはできないものになった。全ての人の時として現れる異常なまでの詩心は、一切の機械やシステムの避けられないヒューマンエラーを足蹴にして、その上に起承転結の思いを連ねていく。

この孫は、今、生まれて三ヶ月目を過ぎたところだ。すでに言葉にならぬ心の言葉でもって私たち夫婦を見上げ、数々の彼なりの言葉で話しかけてくる。私は彼には英語だけで当分話そうと思っている。

二十代の頃、敗戦から時の経っていないあの頃、日本中に私たちと同年輩ぐらいの進駐軍の兵士たちがあちこちにウロウロしていた。日光中善寺湖の接収ホテルで通訳として働いていた私は、当時の思い出を多く持っている。孫のために五言絶句を書いてくれた友もまた、遥か南の長崎から進駐軍の兵士と一緒にジープに乗って日光のこの接収ホテルまで訪ねてきていたようだが、私とのその頃の出会いはなかった。ベトコンと戦っていたフランス将校などとフランス語会話を楽しんでいたのもその頃だった。江利チエミの「テネシーワルツ」に俺の故郷だといって涙を流す若いアメリカの兵隊もいた。

孫に顔を見せ、ちょっとばかり朝の挨拶などをすると、まるで言葉が分かるように口を動かし、ニコニコして何事かを話しかけてくる。大きな丸いおでこや赤いほっぺなどはそのまま私たちにとっては理解できる彼の言葉なのだ。顔の表情は全て年寄りにとっては確かなもう一つのはっきりとした言葉として伝わってくる。喜びも不満も痛みも大人の社会的な言葉以上に伝わってくるのだが、そこには何一つ不思議と思われるものはない。人の存在を広げている環境はとにかく、環境は言葉と呼んでも良いかもしれない。未だ三ヶ月を過ぎたばかりの孫は、すでに人の世の汚れの中で生きていることは事実だ。その中から一つ一つ物を選別し、理解して行く人の力の大きさは魚や鳥や獣のそれと何ら変わりなく、それ以上にこれから広がるこの孫の力に大きな期待をしたい。

人はこの汚れた世の中では、自分自身だけでは生きていけずに、泣きじゃくり、笑って大人を喜ばせていた幼い日の思い出を、そのまま天使の思い出としていつまでも持つことはどうしてできないのか。まるでいじけきった人間が、小細工を施して生きる自分の人生を知恵者の俺だとばかりに誇るあの寂しい態度はこの文明社会の常だ。そうはならず大人の心のどこかに生まれた頃のキューピッドの思いや素朴さが保たれていくというのは一つの奇跡であり、才能なのか、私たちは幼児を見て、才能を、また奇跡の起こることを信じるのみだ。

志門君、ぜひとも先哲の知をことごとく吸いつくし、大志を抱く人になって欲しい。

洗浄の意味

人生はあくまで自由に伸びやかに羽を広げて飛ぶ鳥の生き方に似ているが、生命そのものには極めてわずかながら基本的なルールというものがあることを知らねばならない。言葉であり肩書きであり、経済観念であり、それらは日本人と外人が違うように、日本語と外国語、現代語と古代語がまるで違うのと同じように、現代人の生き方の中では違っているのだが、本当の自分のある人間は、これらのどの一つをとってみても価値観はほとんど変わりがない。次から次へと現れるものを一つずつまるで等価値のものとして受け止められる人間はその素直さゆえにある意味では隠者の部類に入って生きている人間とみなされたり、言葉通りの全体的な天才の仲間入りをしている存在として認められるはずだ。何事もこういった人間にとっては誇りであり喜びであり幸せそのものであり、その人の弱点とみなされるもの全てが、同じように誇りとなって周りの人々には見えてくるから不思議である。人はいつでも何をしていてもどこを向いていてもどんなに忙しく行動していても大自然の空気の中で自然体で生きられれば幸せだ。古代人も黎明《れいめい》の頃の人々も文明の忙しさの中で大威張りしている現代人も、本来は大自然の伸びやかなリズムの中で、小さな家を恥じることなく、茅葺き屋根の隙間から冷たい風や雪が入ってくる中でも、安心して炉端の火にあたれる人間だけが本当の暮らしの中で生き甲斐を見い出せるのだ。大きな家の間取りとか、広々とした庭の豪華な造りの中でいくら誇りと自信を持とうとしても、人はそこに本当の生命の空間を持つことはできない。心の間取りとは伸び伸びとした精神であり、その人自身が長い時代の中で汚れ砕かれ磨かれてきている使い古された言葉を我が物として自信を持って使い始める時、確かにその人の生命はごく自然にその人自身の物となり、どこまでも休むことなく、疲れることなく、生き始めるのだ。

　人の体と同じようにその人の精神も心も、言葉さえもこの数多い人々の世界や言葉のリズムのぶつかり合う空間においては、当然ながら浮腫《むく》み、腫《は》れ上がり、いくら精神の絆創膏を貼っても熱や痛みはとれはしない。人生は確かに浮腫《むく》んでいる。使われる言葉や歌は腫《は》れ上がりそこには救済を待つ悲鳴が聞こえてくるばかりだ。何事も深いところに埋め尽くされた歴史として存在している。

　古い言葉も神代の言葉も埋もれたままの状態で発掘されたとしても、私たちの脳や口先に置かれる時には、何らかの形で浄化されなければ十分な力を発揮し価値が認められるように使うことはできない。世の中には手もみをしたり鍼《はり》を打ったりして人の心を浄化しようとする様々な宗教もあるが、確かに心の深いところに埋もれている歴史と化している現代語も精神も、一度浄化されなければそのまま現代人救済の威力を発揮することはできない。

　ある温度で洗い流すとたいていの汚れがよく落ちたり染められている色艶が明らかになったり、食べ物の場合ならば野菜などの旨みがより多く出てきたり、灰汁や臭みが消えると言われている。このことはかなり昔から老人たちが若者たちに伝えている知恵であったようで、最近は摂氏五〇度ぐらいの熱さの湯が最も物を洗うのに適しているのだという人もいるが、それにも充分理由があるのかもしれない。人の言葉の鮮度に関わる温度は果たして摂氏何度なのか知りたいものだ。どんなに困難な状態の中でもその痛みや苦しみを浄化するのに人はそれぞれに自分の中の確かな温度を持っていて、それを絶えず適切に利用していることも事実だ。不幸だと思っている自分の中に、最高の喜びを見い出すのも確かにその人だけが身に付けている熱さの温度に深く関わっているようだ。

　自分の中の今の痛みや苦しみを浄化して生き延びようとする生命の勢いは正しくそのままその人の確かな喜びの温度なのだ。この温度を指して私たちは自分の中の成功に喜びの両手を上げるのだ。自分自身の温度はその人の夢を留めている草深い家であり、その人の本当の故郷であり、ソーロー（人間と自然の関係をテーマにした作品が多い作家。思想家、詩人『ウォールデン森の生活』）が住んでいたウォールデンの森なのだ。人それぞれの心の故郷にしかその人にとって最も力を発揮する温度は存在しない。人間以外の諸生命体はそれぞれに独特の温度で森の中や地下、水中などに生きている。人は確かに三十六度の体温の中で身体のバランスを保ち、五臓六腑の働きを可能にしているが、それとは別に心と身体を重ねたところに存在する生命のためには未だ人が見い出していない高度な温度があることを私たちは知らねばならない。その温度の中で人の生命力は花開くが、そこにその人独特の言葉という醗酵要素が生き始める時、人は何倍にも大きく発展していく。人の中の醗酵作用は食品の醗酵作用などと比べて、一段とレベルを上げて広がっていく。そこにはこれまでの人類の素朴な分類学を超えた新しい人類学の道が広がっていくはずだ。

物が変わる夢

　つまらない人生を送ってしまう文明人間は、その意味もない古本のような本の二、三頁を読んだだけで意識の楽しみを他の様々なつまらない方に向けてしまう。現代社会の中に広がっている生業のための仕事につき、時には一生その中で過ごすこともあれば、それから何度も変えて生きる場合もある。いずれにしても数限りなくある仕事のどれについてみても喜びや悲しみは違った形でついてくるので、その人間はそのことを自分の生き方の喜びであり、悲しみと思っているのかもしれない。実際には自分自身を世の中の何ものよりも中心に置いて旅をしなかったことを反省しようとは思わない。文明の中の様々な仕事は苦であり、痛みであり、涙であって、本来は大自然が与えた生命に科した生命そのものの自由な生き方ではないはずだ。生業はその人を大人にし、自信を持った人間にさせるように一見見えるが、その実何一つその人間に意味多いものを与えない。この世には山ほどの統計学や科学的実験によって裏打ちされた数多くの意見や学説や科学的根拠があるように見えるが、それらは総てその人と同じ何かを痛み苦しんでいるもう一人の悪意の固まりや絶望の固まりの情報を提供している人間のデマゴギーに過ぎない。

　人は誰でもすんなりとこの世の便利な小道を進んでいく訳にはいかない。どの一人をとっても人生のあちこちにおいて何らかの蹉跌《さてつ》を踏んでいる。人は誰でも超自我の生き方は不可能なのだ。人それぞれの生き方には良くない酸化物を払い落とすこの世の外側の言葉というものは無いのだ。人生という様々な形や色彩の精神を言葉という光が生み出す条件によって正しく補正する必要が、いつの時代でも誰によっても自分のために行わなければならないようだ。体感のしっかりとある言葉以外はどんな力のある、また流行に乗った言葉であっても、またブームになっている書物や歌などの言葉であっても、箴言であってもそれに飛びつくような態度をとってはいけないのである。デモクラシーという集団の人間たちを意味しているギリシャ語本来の意味を、私たちはよく理解し、森や野の匂いのする生き方の中で、何一つ恥じることのない個人に出会わなければならない。

老子や荘子が常に見ようとしていた人間とは、正しくそのようなギリシャ語の言葉そのままのデモクラシーであった。

全ての生命体はやはり同じく大自然そのものであり、この生命と共に「親船に乗った子」という名の、ギリシャ語に似ている。桃太郎は丸々と太った赤児として川を流れてきた桃の中から産まれてきた。どこまでも生き生きとした老婆によって、またその夫の手によって見事に成人した。かぐや姫は自らは決して出ることのできなかった竹の中からやはり老人によって取り出され、美しいしかしどこか皮肉屋の女性になっていった。孫悟空は反逆児であり、西遊記の中では長い間巌山《がんざん》に閉じ込められており、三蔵法師に出会い法力によって自由にされた。それからの孫悟空は師を離れず常に真実に向かって生きていた。

人もまた同じである。大自然から生まれる時人は、桃の中、竹の中、巌山《がんざん》の中に閉じ込められ、いくら頑張ってもそこから出ることができない、ある意味でのデモクラシーの中の反逆児であった。反逆児のまま成人しそれぞれの民族の中や習慣や言葉の中で生涯を終える時、その人は文明人間と呼ばれるのだ。文明社会の檻から出される桃太郎もかぐや姫も孫悟空も、間違いなくこの世の人が嫌い、憎み、避けたくなる存在であり、確かに自分の言葉を持っており、囚われていた檻から出たジャン・バルジャンであり、ジャンヌ・ダルクであり、さらにはもっと深い意味において、馬鹿者を家来にし風車に向かって突撃したドン・キホーテなのだ。

人間はあらゆる生命体と同じく、ただ一人の人として誇っている訳にはいかない。大小様々な生命体と同様、己という個をはっきりと主張し誇らなければならない。

明治時代、東京青森間に鉄道が敷かれた時、一日たった一回だけの往復であり、その青森上野間は何と一日いっぱいかかったが、それでも人々は涙を流し手を振り自分たちの達成した一つのことを大々的に喜んだ。東北線が未だ単線の頃、私は東北に移ってそこを走る昔さながらの蒸気機関車の吐き出す煙や、客車、貨車の進む姿を見ていたことを思い出す。

言葉のイメージを自分の生き方の中に造れる時、そこにその人の生き方が日々の時間の中で流れ、ベクトルはあまりこういった心の問題に感動しない人たちさえも巻き込み、彼らに人の誇りを与えるものだ。いくつになっても離れない自分という幼い日の光と影の路地を素朴な思いで語る時、一瞬その人は老子化し、荘子の仙人性を見せることになる。

生命には延命できるような病や根治可能な痛みなどは存在しない。生命はそのまま見つめるのみだ。ずっと見つめる時、その人の生命は命を持ち続けるはずだ。

万事は偽ものの学説であり、贋物《にせもの》でまとめられているのがこの世の中だ。本来全てのものがオリジナルなその人の感覚でまとめられていなければならない。しかし時代を経ると偽学説から本物が生まれることもある。偽科学を何一つ恐れなかったアルキメデスもニュートンもエジソンもさらにはアインシュタインさえそういった自由にあたりを歩ける孫悟空のような存在であった。どんなつまらない土壌の中でもそのどこかにアルミニウムの存在を根が見つけ、アルミの力を吸い上げる時紫陽花は美しい青色の大輪を咲かせる。あなたも私も心の根でもってアルミを探そう。どんなつまらない物質でも生き生きとした求める心の大きな植物の根が触れる時、枝には美しい大輪の花が咲くことを夢見よう。

願いごと

私は鼻下にそして顎《あご》に髭《ひげ》を生やしている。

今から考えてみるとかなり昔のことだ。キリスト教会の牧師であった私は、様々な精神的な事情を持ち、その周りに自分では負いきれないほどの負い目を負いながら、そこから自分らしい自由な自分に戻るために社会的な身分などを一切投げ捨てた。それでも人として、ものを食べたり着たりしながらこの世の中を生きていかねばならなかった。この世の中を飛び出して全く新しいところで、大自然から与えられた生命そのものだけを考えながら生きようとしても、この生身の身体を与えられている以上、なかなかそのようには生きられなかった。

長男が生まれた時、特にそのことをはっきり意識した。私の初めての子供を責任をもって育てなければならない喜びと、それ以上に大きな責任を自覚する時、私はそれまで独り身の若かった自分から離れて、全く新しい考えや生き方や行動をとらなければならない気持ちになった。その時私がまず初めに手を付けた行動は、日々剃っていた鼻下の毛を剃ることなく伸ばすことであった。鼻下に髭《ひげ》を蓄えるということはまだ若い頃の私にとってはとても恥ずかしいことであった。その後時代が変わり徐々に世間が騒がしくうるさく、若者たちは我も我もと簡単に髭を生やすようになり、私のわずかな鼻下の髭などはいささかも奇異なものとして見られなくなった。むしろ男の誇りのようにも思われてきた。しかし最初何かを念じ、祈願し、大きな目的のためにあらゆる困難な中で生きようとするために、つまり昔の老人たちが真実に向かって斬り込んで行くように、日々がぶ飲みしていた酒を絶ったり、老婆が何かを願いながらこれから一生お茶を断つ素朴で生命を賭けるようなお茶絶ちをしたりすることとどこかがよく似ていた。

何事でも自分が生きている間、そのことを絶対しないと言って断つことはよほどのことでないとできないものだ。中にはこの果物は一生食べないとか、あのお菓子は口にはしませんと願をかける人もいるだろう。何か一つのことを生きている間決して口にしないと決める心は大変なことだ。生涯あの言葉を口にしないとか、この道を通らないと心に決める思いは、そのまま必ずその人の願いが届くのに通じるのだ。

私が若かった戦後間もなくの頃、世の中で髭を生やしているような人はほとんど見られなかった。明治頃までの日本には鼻下の髭も顎髭も生やす人が多くいたはずだ。しかしどのような形でも髭を生やすような若者のいなかった頃、私はあえて一つの小さな願いごとのために鼻下の髭を生やしたのだ。

それからまた何年か経った後、東北に移ってから同じような社会的な苦しみの中で、大自然から与えられた本当の喜び多い生活に入っていったのだが、試練もまた様々に襲ってきた。二番目の息子が重い病気にかかり、それがほとんど回復不可能な病であると知らされた時、再び私は顎髭の方も伸ばし、死ぬまでそれを剃ることはないと自らに言い聞かせたのである。素朴な老婆の生涯のお茶絶ちに似て私の髭による願いは何とも素朴であり、とても人様に言えるような立派な話ではないのだが、それでも本人の心の中では精一杯に何かに念じているのである。

この世にはごくごく当たり前で、何一つ口に出して言うべきことではない問題が山ほどある。例えば空気や水などはこれまで金を出して買うものとは誰もが思ってはいなかった。しかし今ではこのどちらもそれなりの値段でもって買うことが当たり前で、それをことさら不思議とは思わない時代に入っている。

人は誰でもどんな時間の中にいても何かを念じなければならない時が絶えずあるはずだ。大自然から与えられているこのそれぞれの生命は、全て常に大きな問題を抱え悩んでいるものだ。このことを忘れ、一人ひとり全く違う生命の流れの長さの中で一瞬一瞬の間、誰もが自分自身に目を落とし、わずかな願いの中で生涯絶つべき願いごとを神にではなく、生命創造の天然の力に向かって念じなければならないのではないだろうか。

ここに私は今、法政大学で講師として教鞭をとっている長男の、実に素朴な、それでいて生きている自分の生命に関して深く願っている言葉を引用しよう。読み方一つによってはあまりにも単純な内容であるが、読み方の深さの中では涙が出るようだ。読み方の違いによって人は自分の生き方をどうにでも変えられるようだ。

夏真っ盛り
汗をかきつつ通った市ヶ谷の講義も、とうとう今日で最終日。

熱血で喋り続けたが、何か意味あることが一つでも伝われば、僕はそれで満足。

無意味感と虚脱感とイライラが支配的な今日の世界にあって、意味を見い出そうとすることは、
少なくとも人間の取るべき一歩だと思う。

毎日、青空と白い入道雲と蝉の声という夏の真っ只中で思考がとぎれることなく続く。

人は生有る限り思考し続け、行動し続ける。これは宿命だ。

今日もジーパンとスニーカーで、リュック背負って大学に通おう！

ひたすら「ここに存在することの意味」を求めて。

意味を嘲笑うことなく、冷笑することなく、必死で、滑稽で、愚かしくも、夢中になって生きよう！

朝の七時を過ぎると、蝉の声もだいぶ多くなるようだ。

書庫の窓の外にはすでに入道雲がニョキニョキ立ち上がる姿が見え、緑の桜の葉に夏の光が降り注ぐ。

あぁー生きてるっていうのはなんて素晴らしいんだ！

生きるとは、感謝そのものだね。

全てに感謝だね！

ありがとう！　愚かしくも素晴らしき世界！
明日は、久しぶりのバンドのリハ！
ガッツンガッツン！　ロックするぜい！！！

秋刀魚の季節

　二〇一二年の厳しい夏は未だ続いている。私は八十歳である。今日は八月の最後の日、三十一日だ。明日からは九月に入る。夕べも一昨日の夜も夜空に見えた丸い月にはどこかボヤッと雲がかかっていた。この月がこれから欠け秋の空に真ん丸な形で現れる時、それは本当の十五夜なのだろう。雲一つない清冽な空に出る月を北の方から竹藪や雑草の間から見る時、やはり小さな丸い月はどこまでも日本的であって美しいものだ。

　かつてサンフランシスコのカリフォルニアンホテルで少しずつ昇っていく秋の月を見たことがある。天空に昇るにつれて小さくなっていく月はやがてコチコチな塊になってビー玉のように浮かんでいた。同じ月でも日本の秋のそれとアメリカの秋のとでは大きな違いのあることをその時私は知った。

　秋は秋刀魚の季節だ。世界のどこの国を見てもこの日本人ほど大量に魚を食べる民族はいないだろう。最近は日本人も多くの肉を消費しているが、それでも世界の人たちの消費する魚の量の一割は我々日本人が消費している。日本人が海幸を口にするのもその意味が充分に理解できる。最近は刺身や寿司、さらには煮魚焼き魚よりも、焼き肉などが多く消費され、私たちの食生活の内容が変わってきてはいるが、それにしても未だ日本人は一人当たり年間におよそ六十キログラムにも及ぶ魚介類を消費していると言われている。白人たちの国や同じオリエントの国々からより安く手に入る魚介類を一年間に一千億円以上も使いながらいささかかもその魚介類の消費に対して心配もしなければ恐れもしないのが日本人だ。中国やロシアやアメリカ、カナダなどから輸入している海産物の何と量の多いことか。

　日本は瑞穂《みずほ》の国であり、それ以上に海幸の国だ。白人たちが好まないあの魚の匂い、潮風の匂いがなくては生きていけない大八州の子供なのである。あらゆる魚介類の驚くほどの消費の中で日本人は日本特有な言葉の情を身に付け、さらにその意味合いを大きく広げている。万葉時代のあの念いの多い言葉の使い方はその前の時代の、さらにその前の時代の念の中にも見られるのだが、それらをよくよく反省してみると、そこには間違いなく海幸の匂いが広がって敷島を包んでいるのだ。

　秋は秋刀魚の季節だ。今年の暑い夏が去ろうとしている今、日本では秋刀魚十万トン以上などの海の幸が、食卓に上る勘定になる。

　日本人がどんなに頑張って外国語を話したり、髪の毛を赤く染めたり、パンや肉通であることを示そうとしても、不思議に日本人の食生活や話し方や笑い方の中に、親潮や秋刀魚の匂いが広がっているようだ。

　日本人のように魚介類を多く食卓に出す民族は他にいない訳ではない。イタリアやノルウェー、アイスランドなどの食卓ははっきりと海幸の匂いを、日本人のそれとは少し変化した物として、食卓に出している。しかし日本人のそれと比較する時、やはりその量はかなり少ないのである。

若いうちは焼き肉やハンバーグに飛びつく日本人も、歳と共に寿司や刺身に向かうようになる。秋の名月の下で海幸を楽しむ日本人になれる世代は、それなりに大和の心を楽しめる世代というべきなのだろうか。

でたらめの要素

何事においても、言葉においても、あらゆる生命に関してもそのものの本質を見る時、そこにははっきりと存在のでたらめさが見え見えである。他の生き物と違って人はいつの間にか正しさや整えられているものを何か良いものだとか正しいものと信じるようになって来ている。しかし実際人の生命が万有の中でその頂点にあると思うのは、間違いなく人の見方が正しいことだと見ているだけのことだ。万有がある中で必ずしも人の生命がまたその生命から生まれる様々な行動が他の何ものよりも正しいと思う心は勝手な人の考えに過ぎないようだ。独りよがりは愚かな行為だ。それはでたらめな行為でもある。人が割り出した数多くの存在の確率の法則は山ほどあるが、それはどの一つも正直な心でまた言葉で見つめるならば、全くのでたらめにすぎない。上に立つ人、下層に生きる人、元気で力いっぱい生きる人も、それとは逆に多くの不満や失敗ばかりの中で生きる人も彼らを比べる時、そこにはっきりと上下の差を見い出すのが人なのだが、そういった考えや理解力は明らかに万有の存在の中の一つでしかない自分を見つめながら考える時、それがでたらめであることを信じない訳にはいかない。しかし、普通はそのでたらめさえその存在の中心においてはもう一つの真実であり、正しいリズムに乗ったものであり、それを中心にして生きるものにとっては、つまり matter は動き始め、流れ始め、とにかく運動を開始する。何事もでたらめが核になっている。つまり心とはこのような核のことを指していう時、初めて人には意味が解ってくる。その理解は明らかにその存在の中心であり全てのものはその周りで回転しているのだ。中心は全てマターであり、同時にでたらめそのものだ。でたらめであるゆえに何一つ誇れることもなく、威張ることもない。おそらく本当の原始共産社会や、一切の上下関係を持たない古代の人間の暮らしなどは、他の動物の生き方と同様、全てがでたらめそのものなのだ。でたらめの中で物を誇ることも整頓することも、小から大に、また流れるものを止めることもないので、それをどうしてもでたらめと言わなければならない。万有はでたらめの中で大きく増幅し同時に自分の存在を一切誇ることなく表現していけるのである。現代人間は、誇りや自信を持ちながら結局そこがでたらめで正確さや努力が無いので、あらゆる物事にぶつかる時、様々に怪我をし、痛み、絶望する。あらゆる平和な生き方は何一つ傷つくことのないでたらめな心、すなわち言葉をどんな場合でも常に温存することによってのみ生まれるのである。飛び交う矢弾の中で物事は何にしても様々に傷つく。しかしそこにでたらめの要素が確かに入っていれば傷つくことは全くない。荘子が言うように愚者や変人がいささかも驚くことも悲しむことも痛むこともないことは事実であって、私たちもその仲間入りをしなければならない。そこには言葉で表現できないでたらめの要素がはっきりと見られているのだ。私たちはそれを知るまでは生命の学問の法則に行き着くことは決してない。

不思議なマターとしての心や言葉

生命は、大小様々に存在するがどの一つをとってみても大自然の中の一部からできており、大自然そのものなのである。人の中に流れている空気や水、または放射線そのものである言葉は、完全に生命と合致する時それは一つの古典そのものであり、確かに様々に存在する生命体のどれとも繋がることのない独特な生命体であることが分かる。与えられている寿命も一見全く他の生命体のそれと変わることがないのだが、言葉が流れの中に入っているという点において全く生命としての意味合いは違ってくる。

他の生命体にも意味合いの違う運命の下に大小様々な寿命というものがあることを、誰でもよく知ってはいるが、おそらく人のような青春の勢いとかこれを少しずつ失くしていく老化の形というものはないようだ。虫や爬虫類などは間違いなく人と同じように老化の道筋を辿っては行くが、それを人のように精神の中で理解し、音符の流れのように理解してはいかない。要するに人は様々な時代の流れの中で自らの生命でありながら、また力や魂の能力であったとしても、あたかも旅人にパスポートやビザを許可したりしなかったりするように冷静に扱うのである。

夢を見るのは人だけではなくおそらく高等動物の全てが様々な形で見ているようだ。しかし人の場合は幼児であろうと老人であろうと夢の中で実際の生活の中の行動とほとんど同じ行動を実行する。

人は生かされている限り一瞬の休みもなく、常に何らかの努力を尽くし、同時に己の中に自然から創造されている叡智の全てを発動し、その力が強まったり弱まったりすることは全くない。

心と言葉は一つのものだ。どちらも妙なリズムの中で上がり下がりすることはなく、生命というぶっきらぼうな一線の上を動いている。言葉も生きる態度もこれと全く同じであり、そこにはいささかの捻じれも曲がることもない。それでいて人の生命も言葉も常に活動している証拠として何かを愛したり、悪態をついたり、信じたり、疑ったり、罵倒したり、どんな音符よりも甚だしい変化をしながら流れていく。それらの愛や憎しみの行動はそのままその人の生き生きとした生命の流れを意味しているので、それは一本の真っ直ぐな線と見てよい。言葉も心もそのような一本の曲がることのない線と見るのは、はっきりと『心情の生き生きとした働き』と見ることができるはずだ。

人の心も言葉も常に変化し、七変化どころか百変化、千変化するところに実は真っ直ぐな愛や憎しみが生まれ、それを一直線の流れと見ることができる。

サバンナで得た技術と技法

書物の終焉は人が自分の言葉を失い始める時に起こる。

人は文明社会での地位が高くなり、多くの人々の間で責任が大きくなり、本人の主張し話す言葉が広くなって行く時、自分の中の純粋な考えが犯されていく。その中で人は徐々に自分の言葉を失い、同時に己の心の通りには生きていけなくなる。人は生まれた時から何かに心を向けて自分なりの大きな希望を持ち、それは次第に自分の言葉となって発展していく。言葉はその人が作ったものではない。長い歴史の中で原生人間の頃からあらゆる言葉は初め粗削りで徐々に意味のはっきりしたものになり、しかも人それぞれの心の有様に従って独特に変化し、それらの言葉を染めている意味も大きく変わっていく。言葉は万事にその人らしく用いられて行くのだが、それでいて同時にあらゆる人の間で独特の意味を与えられながら同時に一人ひとりの使い方の中で大きく変わって来ている。

書物であれ、多様な言葉であれ、文明の世の中では一度終焉しながら再度また何度でも復活して、一人ひとり別に与えられてきた素晴らしいが同時に実に短い人生の中で息を吹き返している。大和の国の奥深い針葉樹の森の中で生まれた、果たして本当に存在したかどうかもはっきりしない神代文字も、中国大陸からの、または朝鮮半島から流れてきた漢文やその他の言葉も、そこから敷島の瑞穂《みずほ》の国で徐々に変化していった仮名なども、日本人は長い歴史を通して今、「和のリズム」として生活の中で使っている。日本人の生き方の奥深い密林の中でどんなに文明文化の息苦しい空気の中で生きていても、和のリズムを確かにしている日本語は一人ひとりの生き方を窒息させないだけではなく、むしろ大きく目の前の道筋を開いている。漢字も仮名も極東の大和の島国をどこまでも色彩豊かに輝かせており、オリエントの東の端の一角の人情を世界に向けて広げている。

言葉も読書も技術や技法というものも、それらは他の生き物には考えられない大きな力を人という生命に与えていることは事実だ。毛が生えているとかいないとか、手足の先の使い方が微妙に豊かであったり不器用であったりすることは、さほど問題ではないが、同じ生き物でも言葉があるかないかでは、大きな開きがある。力の有る無しを考えるならば、マンモスや恐竜たち、そして象や鯨などの力を前にして、人はどんな意味においても太刀打ちすることはできない。しかし遠い昔、樹の枝からサバンナに下りた元気で生きの良いごくごくわずかな猿たちは、お陰で脳を徐々に大きくし、その重たさに耐えるためにも四つん這いから少しずつ二足歩行に向かい、地面を擦っていた前足二本は物を掴《つか》み、武器を持ち、天敵と自信を持ってぶつかることができるようになった。サバンナで天敵と向かい合う時、二本の手は大いに役に立ったが、四足歩行の頃は問題ではなかった一つの問題を抱えるようになった。目の前の天敵にすっかり見られてしまう心臓あたり、つまり胸や腹部のあたりをどう守ったらよいかが問題となった。原人の頭はますます冴え渡り、未来への夢はどこまでも大きく伸びていった。

二足歩行の運命はまだまだ猿たちから離れることはできなかったが、胸を広げ頭を隠して二足歩行をする生き物となった人間は目の前に広がるいくつもの大陸に雄飛する生き生きとした獣となった。そこから言葉や書物の時間の始まりが幕を開いた。

極東の敷島にはアジア大陸からもたらされた稲の文化など「和のリズム」がすっかり輝きだし、言葉の時代が生まれたのである。夢も白昼夢もまたあらゆる体の行動も、言葉という行動の中に閉じ込められた。

言葉の終焉はそれを閉じ込めている言葉によって同時に大きく開放されるのだ。

勝者と敗者を造るな

この世の中は全て真似ることの連続である。全く何もないところから出現する行動は考えられない。物を食べるにしても、石ころを刻むにしても、磨いたり削っていくにしても、それは言葉を使っている現代人の行動とほとんど変わるところはない。全ての行動は真似であってそのままで終わることはなく、その先には必ず創造の形が残る。現代社会の中で就職するという行為がかつての古代人の石磨きや砕きと同じであって、人の生活を支える力となっている。大集団の中でどんな仕事につこうともその人の肩書きや勲章は間違いなく意味を持っており、同じ仕事であってもその肩書きや勲章の光り具合で大きく左右されることは事実だ。たとえ匠と呼ばれて様々な仕事の先端に立って行動する人たちでも、この社会では置かれる位置が大きく違ってくる。ある人はしがない物作りの職人であるに過ぎず、他の人は巨匠と呼ばれ、名人と呼ばれ、人間国宝とまで呼ばれ、そういった人が作る作品には驚くほどの値がつく。

古代オリエントの深い地の下から、また地中海の海の下から引き出される作品にも、また今日名もない山の麓の村の中から出てくる石器や焼き物など、その間にはどれほどの価値の違いや値段の差があるというのか。そういう差をつけるところに、またその驚くほどの価値の違いをそのまま信じて疑わない現代人も、本来精神的な病気の一種として研究されなければならないようだ。事実巨匠の手になる絵画が素人や幼児とほとんど同じような色の使い方や線の描き方などをしていても、一切見過ごしており、半ば見ないようにしているが、これは明らかに精神的に異常と言うべきである。偉い人間と下等な人間がこの世にいる訳はないと納得し、カースト階級などの存在を最近否定し始めてはいるが、大自然の自然な動きに反対することを人間の特権だと思い始めたところから、ルネッサンスという名の子供じみた考えが広まってしまったが、すでに何百年、何千年、または何万年の歴史が過ぎ去っている。荒々しく、あらゆるものが粗削りのまま存在し、そこから極めて自然に造られ生まれてきた生命体は、その初期の生命の形を忘れてかなり曲がった方向に進みだしている。それだけではなく、生命本来の自然の流れを失ってきている。このことは生命の崩壊を意味し、滑落《かつらく》の痛みとして人の中に見えている。しかしまだまだ色彩や線の輪郭などには同じぐらいのものはあっても、一つはサンクチュアリーの下に恭《うやうや》しく飾られ、他の名もない人物や子供の物は忘れられて捨てられる。

生きるということは勝者や敗者として受け止めてはいけない。生きるとはどんなところに生まれ、置かれているとしても、また所有する金銭の豊かさや少なさによってもその後の人生がどのようにでも変わっていくが、富や名声を得るほどに目的が達成され行く人やその反対に悔い多くどれほど働いても報われない人たちも現れる。人間の中のルネッサンスの欲望や素朴さに日の光を浴びせてはっきりと生命そのものの健康さと病める状態を比べて見ることができる。二通りの人生がはっきりと分離して見えてくる。私たちはそのことに縛りつけられ、鼻高になったり、人生や自分を卑下するようなことをしてはならない。この世に敗北者は一人もいない。また真実の意味において、成功者もいないのである。自らを成功者に仕立てて馬鹿喜びをするのも、悲しく敗北者とみなすいずれの場合でも、大きな負の言葉の使い方と見なければならない。こんなところにも現代の言葉には精神的な深い病の根が残されている。そんなことから次のような箴言も生まれてくるのかもしれない。

「他の人から何事も教わってはならない。教わっているうちはどこまで行っても師匠を越えられはしない」

学校で学ぶことには限界があり、全ての本当の学問は独学でしかない。

生き物の身体は何であっても、それぞれに常時熱を帯びており、常にそれを発散しながら皮膚や内臓器官骨格などを支え、生命のリズムをとっている。いささかでも体温が下がるなら、例えば低温動物、蛇や魚たちでさえ、常にある程度の熱放射が行われている。つまり生物は常に大小の差はあれ「情熱大陸」そのものなのである。北極南極の氷の下や水の中でも生き物たちは疑いなくそれぞれの温度によって自らを、または身体や生命そのものを常時独特な温度で熱し続け、いささかもその温度を下げることはない。人の心の中の深部温度はその勢いが強く、それが夢となり歌となり寝ても覚めても常に発散しているのである。思想の格闘も思考の練り直しも常に人の中で行われている。それを私たちははっきりと数知れない大小様々で色彩も異なり、痛みも異なる言葉の動きとして実感できるのである。

古代人は大小の虫を食べながら木の葉や草を喰むところから次第に狩猟や農耕の手段を身に付け、食糧確保に向かうことができた。最近まで東北のあるところではフランス人と同じようにカタツムリを食べ、長野のあるところでは川の虫を佃煮にして食べ、おそらく日本中、どこに行ってもイナゴを佃煮にして食べていた。敷島の大和の国はどこまでも豊かな瑞穂《みずほ》の国であり、米が豊かに実ると同時に瑞穂と共に生きているイナゴも山幸の恵みとして人々はかなり前の時代から食料としていたようだ。インディオの玉蜀黍《とうもろこし》や馬鈴薯と同様、単なる極東の日本だけではなく、東オリエントの人たちは間違いなく素朴な時代にはイナゴや他の虫などを食料にしていた。こんなところからも単に食生活のみならず、思想や思考、言葉の格闘や練り直しに関して考えることもできる。

どこにおいても数多くある祭りには、祝の食事がついて回る。ローマ、ギリシャ人たちや十二使徒の晩餐などは人の心の中の言葉の練り合わせを意味してはいないか？　勉強することでも厳しい躾《しつけ》でもなく、人の最も大切な中心的なことは自己肯定の確かな感覚だ。聖なるところで晩餐が、また愛餐《あいさん》（※愛餐＝キリスト教徒の兄弟愛を示す会食）が中心に置かれていることは、言葉が人の生き方の中心で明らかに働いていることや、人がはっきりと自らを信じ、行動しなければならない大切な一面を教えるのに役立っていたのだろう。

ルネッサンスの心が、人に大自然と取っ組み合いをする気持を与えたが、やがて大自然の子というよりは対等な仲間として考え、そして現代はそれ以上に大自然を足の下に踏みつけるところにまで来ている。しかし大災害の中で、人は大自然と争うだけの力を持たない自然の子として生まれた無数の生命体の中の一種であることに気づき始めている。最近未曾有《みぞう》の水害の中で日本人は巨大文明を誇り、自慢していたところから一気に原始の人のレベルに心が落とされてしまった。ルネッサンスの欲望は片隅に置くか、それとも焚殺《ふんさつ》しなければならない。全世界の人間は、大自然に立ち向かうあまりにも傲慢《ごうまん》な自らの態度に少しずつ恐れをなし、簡単に口にしたかつてのルネッサンスの態度を恥ずかしがり、怖れ始めている。それは人にとってとても良い心の兆候である。

人は自分に与えてくれた生命をはっきりと自覚し、天然を前にして石を割り、砕いていた頃の素直な心に帰るところから生き方を始めたい。

技　法

言葉という様々な雑草が次から次へと生えてくるのはやはり夏の季節だ。四つの季節の中での夏は、春と秋の間に挟まれた一つの季節に過ぎないが、限りなく長い冬というよりは大氷河期とでも言うべき厳しい冬に前後を挟まれている夏は、単なる夏ではなく長い時間の中に放置されている熱帯雨林の暑くジメジメとした季節に違いない。単に夏は雑草が生えるだけの季節だが、長い熱帯時間の中の限りなく生え茂る雑草は雑草というのにはあまりにも何かが大き過ぎ、密林でありそこには数知れない獰猛な生き物が棲《す》みつく一帯なのだ。

言葉の密林は人々を迷わせどこまで進んで行ってもその深さには切りがなく、止まるところを知らない。言葉の密林は人の心の密度をどこまでも高め、そこから下に落ちることはない。言葉は歴史の密林の終焉と共に形を変えて新規に生まれ始める。何事においても終焉はその終わりだと見る必要はない。さらに形を変えて親しく前進する生き方がはっきりとそこに見られる。

言葉には様々なリズムがあり、漢文などには長い中国大陸の匂いが染みついており、仮名などには和の思いが明らかにこびりついている。日本人が使う漢字や二種類の仮名はそのまま和のリズムとなって流れている。人には様々な生活の中の技法があるが、言葉の使い方も、その書き方も読み方も間違いなく大切なその民族の中の技法と呼ぶべきだ。しかも大きく時代時代に分かれる時間の中で言葉の技法は当然のことながら歴史的な考えと共に少しずつ変化していく。

我々の現代語も他の人々の別の時代の言葉と同じく、それぞれに時代に傷つき汚染され言葉の色彩を微妙に変化させていく。時間の流れの中でそのようにあらゆる種類の技法が変わっていくことは仕方がないことだ。人の世の中で時代の変化と共に言葉の技法や書く技法や読む技法が徐々に変わって行くとしてもそれは仕方のないことだ。私の時代には私の言葉を書き、別の時代には別の言葉で読まなければならない。自分の目の前にあるものに食らいつき、それを自分に与えられている技法によって可能な限り自分らしく表現していく他に道はないのだ。他の動物にはない言葉の技法を前にして、人は誰でもそれが持っている大きな可能性を諦めてはいけない。複雑な多くの他の様々な技法を前にして言葉に向かい、挫《くじ》けたり絶望したりする人たちがあまりにも多い。言葉を前にし漠然と各種の花を眺めているだけのような人が多いこの世の中だ。生きる上での大きな問題を脇において、さほど意味のない問題に取り憑《つ》かれてしまう人が多すぎる現代社会だ。

経済問題に纏わりつき、限りなく中味の深い観念論に関してはほとんど関係を持たない大多数の現代人は、あらゆる人の生き方のダイナミックな一面を失くしている。隣の人間と違う微妙に微化され微分された心は当然ながらそれと同じくその人らしく微妙に変化した言葉の書き方や読み方の手法を持っているのに、その事実にさえ気づかないのが現代人だ。私ははっきりと自分の中にそういう一面があることを知っている。成功の道よりも敗北の道をここまで辿って来ている自分がはっきりと分かる。しかし大成功を収めたり限りなく周りに光って見えるような誇らしげな物を何一つ身に付けていない自分をそのまま誇り高く、しかも自信をもって進んでいくところに大きな喜びを持っている、またこれからも持とうと思う。人は誰でもそうする他に自信を持って生きられる道筋はないのだ。

いつも石器時代だ

無駄なことを生命を賭けてやり通すところに本当の意味があると知らなければならない。虫や爬虫類と同じような生き方をしている人であれば、文明人間の生き方では上手く進むことはなく、また意味もないと思う。言葉というリズムのあるところに情が生まれ人はそれを命と呼んでいる。

人の生き方もその中の様々な行動も、それを磨き上げていくと、身体もそこから生まれる心も言葉もその人の人生を大きく輝かせる。生命を命ならしめている深い呼吸も伸び伸びとした姿勢もどこまでも広がって行く言葉も、その人の生き方の影であり、光である。生きていることが確かであり、そこにはいささかの戸惑いもないなら、堂々とした威風の振る舞いの中であらゆる物に対する恐れは無いのである。

今からおよそ四万年も前の頃、北アメリカのカナダ北部と東部一帯や、グリーンランドやアメリカのニューイングランド地方はマンモスたちが死に絶え始めていた氷河であったと推測される。アジアから北部ヨーロッパにかけては北欧一帯やロシアのモスクワあたりからアルタイ、ウラル山脈の麓あたりまでムステリアン(ムステリアン文化=ヨーロッパにおける中期旧石器時代に栄えた文化)型の石器が作られていた石器文化の地域であった。

ところが今から一万年ほど前になると北アメリカ全域に住む、後になって先住民族と言われていた人々は両面加工を施した鏃《やじり》とか石器を手がけるようになっていたが、もちろんニューイングランドやカナダ一帯そしてグリーンランドなどは、分厚い氷河の下に眠っていた。同じ広大な北アメリカの先住民族たちの地域の一部には、つまりカリフォルニアの一部ではオーリニャック（オーリニャック文化＝フランス・ピレネー地方を中心とする地域の旧石器時代の後期に属する一文化）型の石器が造られ利用されていた。

北アメリカ大陸の先住民の間には、あたかも『古事記』や『日本書紀』などの神話と重なるように読まれる多くの記述があったと思われる。極東の神話と北アメリカのそれが重なっているだけではなく、遥か南アメリカのインディオたちの神話や、南太平洋のポリネシアの神話とも繋がっていくのである。

つまり太平洋沿岸を一つの輪で繋いでいる。広大な遠い昔の石器並みに、神話の匂いの流れの中にアフリカからアジア、そしてアリューシャンあたりを越えて南北アメリカに移動した人類の大きな足跡を見ることができるのである。このような話を広げていくと、氷河期時代から温暖な現代に至るまで、例えば『竹取物語』、『シンデレラ物語』などは自由自在に大陸や海を渡って伝えられたらしい。九世紀ごろにはすでにヨーロッパ大陸から『シンデレラ物語』が中国にまで伝わっていたようだ。民俗学者であり、生物学者であった南方熊楠《みなかたくまぐす》はこの事実を十九世紀頃はっきりと認めている。『支那書』にははっきりと『シンデレラ物語』が引用されている。ある学者は人間の心の残骸としてこの多方に広がった神話の原型に心を動かされている。南方自身、何万年も前の石器時代の人間が、すでに現代文明社会の生き方の形式をほとんど全て完成させていたのではないかと思っていたに違いない。文化も野生も文明も野蛮も結局は重なり合って人間という生き物の種を説明するのに最も確かな表現方法となっているようだ。氷河時代も温暖な現代も言葉によって生きる人にとっては、あまり差の無い生命レベルの時代と見るのが正しいかもしれない。すでにネアンデルタール人やクロマニヨン時代の人たちも現代人も、ほとんど変わりなく奇跡の言葉の発見の中で生きていることも事実だ。人は常にその時代時代の中で可能な限り背伸びをしながら生きてきた。今もまたそのように生きている。背伸びを忘れ、より高いものに届こうと努力しない人間は次の時代に目覚めることはない。その時代の集団の中で終わってしまう人に過ぎない。

背伸びをしながらその苦しさに耐える時だけ、大きなもの、また大自然は近いものとして人に近づいてくる。背伸びはもう一つの神話だ。言葉の生き生きとした動きそのものである。人が死んだ後でも、涙を流して読んでくれる人が一人二人と現れるならば、やはり神話は人にとって大切な石器そのものなのだ。

制御されない大自然

がっちりとした確かな骨盤でもなく、豊かな知恵に満たされている脳でもない、生命のリズム豊かな言葉の活動の中で生命は大きく流れている。このことに納得がいくまで単に人ばかりではなく、あらゆる水棲動物も陸上の虫や獣たちも、まともな生き方はできないのである。何かを行おうとする気力や努力は可能性豊かな生命力の中でしか働くことはない。そのような生きるパワーを人は百パーセント活用しなければならない。「現《げん》の証拠《しょうこ》」、「熊笹」、

「どくだみ」などを天日の下で干し、しばらく干した後手揉《も》みをして、昔の人たちはこれを薬として飲んだ。この世の中に生きる人間という名の私たちボンクラは、こんなことにおいて隠者たちの生き方の一面を生活の中で体験することになる。これら自然の中から取り出される生薬は、言ってみれば言葉の持続可能な生き方の中での生活そのものなのである。

巨大にしてありとあらゆる人の行動の中に組み入れられている人工の壁も、大自然のあらゆる行動も制御され、崩されてしまう。そこには人間の思想の限界を見るのだ。文明文化の強権の闇の心に閉じ込められている人ほど、生き方の中に若い思いをなくしている。むしろある人々の老いの心の中に若さが続いており、それは消えることなく長く生きているようだ。与えられた文化社会の様々な形の境遇の中で自分自身の才能を工夫しながら発揮しているのが今の人々であろう。

自分自身を信じる論理というものがあるならば、はっきりとその対極にはそれと反対の正しい脳一つの境遇があることを信じなければならない。芸術も宗教も哲学も結局はその土台において「対極の論理」だと我々は納得すべきだ。芸術家たちが、または本当に純粋な宗教人や哲学人は間違いなくこの「対極の論理」を知っていると私は認めたい。

人間の中にも多少なりとも、ワイルドな勢いが残っているようだ。ホモ・サピエンスとしてどこまでも上り坂のルネッサンスの勢いの中で生き生きと生きている人間の一面には、いつの時代においても、どんな穏やかなまたは急勾配の険しい道にあっても、人の言葉は野生の夢と勢いでもって登ろうとしている。人によって学問も、金銭も、肩書きも、その価値観は大いに違っている。違っているということは結局こういったものは人の中で中心的なものとして扱われたり、考えられたりする価値は全く無いのである。こういった物によって人は完全に除菌され、洗流された生命でもって生きることはできない。人は心の奥底に、くしゃくしゃに丸めながら捨てておかれたわずかな、しかし意味多い言葉を持っているものだ。あまりにも心の脇近くに置かれているので、半ば崩れかかっている心と共にそれらの言葉の意味が崩れ流れている。それらを教えるにしても、一つのきちんとした五言絶句にまたは七言絶句にするにはあまりにも崩壊し果てている。

人生時間の中の社会の生き方の予備試験や懺悔《ざんげ》の告白文は、その人が自然の前での生き方を表現しようとする時、ほとんどどのような力も持っていないことに気づく。文明社会の生き方に結びつけてきた考えもリズムも全て天然の生命の黒板には、はっきりとマイナス思考とか、負の方程式として書かれてしまう。私たちの心の骨盤や言葉を生き生きとしたリズムで支える時だけプラスの生き方が得られる。

檻に入った心

人生とは、誰にとっても大きな答えそのものなのだ。本人によって、他の人にではなく、自分という生命を生み出してくれた大自然に向かって吐き出されるのがその人の言葉であり生命の碑文なのだ。それは言葉であって単なる言葉ではない。単なる箴言でも格言でもないのだ。それは一つの生命の流れてきた時間の証明であり、同時に履歴書なのだ。人は生まれた時大自然からポロリとその外側に押し出されたのだ。つまり一個の人間としてのsoulを入れていた檻が言葉なのである。ソシュールやチョムスキーなどそれぞれの言語学者たちが研究の目標とすることのない言葉が、こういった人間の大自然にぶつける碑文ないしはその外側のソールケージ（魂の檻）なのだ。

　現代文明という長い弱りきり荒れ果てていてまともにその言葉のリズムさえ発見できない状態でいる時、現代人はこのことによって己の生命体のソールケージにたどりつくことは決して至難の業ではない。行動の一つ一つに重ねられている思考というものは、そのまま言葉の炎となってその人を大きく前進させる。言葉はその人の脳ではない。むしろ脳内の溶けだしている核酸であって常にその人の行動と共に増加していき、人はそのことを言葉豊かな生き方とみなす。言葉は様々に燃えながらその時中身を変化させていく。

　男と女の深い関係を私たちは一般に「情事」と呼んだり、その関係を疑ったり大っぴらにすることを喜んだり騒いだりするものだが、「情事」はさらにその意味において深化する時「情」となっていく。「情」はもっと深い言葉の関係であり、その言葉に接している人の著しく大きな問題なのだ。言葉はそれと関係していることと関わる時、大きな行動に変わる。ただ単に「情事」として扱っていてはならない。

　昔、洞窟の中で暮らし、今はそこから出てきて都会の中で生きている人は、一言で森から出て動物園の檻の中に生きている生き物だと言うこともできる。おそらく文明とは動物園の檻そのものなのだ。夢といい、誇りといい、それは森から出て都会や動物園の中の生き物を指していう言葉だろう。人は誰でも夢や誇りを持つことを自慢しているが、実際によく考えてみる時、大自然から離れずにいる心は夢や誇りを抱く必要もなく、それを抱こうとする時、その生命体は確かに病に侵されている。単細胞から人に至るまで生命体は全て自然とつながり病むことがないので、夢とか誇りを抱く必要もないのだ。欲望もまた自然から離れたあらゆる生命体の抱く特徴であり、自然と重なっている生命体には無欲という名の活力しかなく、このことを文明人間は欲望に苛《いじ》めつけられているので、刺々《とげとげ》しい心で眺めるだけだ。

　そんな中にも一人二人変わった現代人がいて、文明人間は時としてそのような人間のことを無欲そのものの達人と呼んでも囃《はや》す。しかしそういう奇跡的な時間もこの世の中に長く続くことはない。生命は全て今置かれているところで、そのままの姿でしかもその色でその言葉で生きなければならない。咲くのは花だけではない。生命体は全てコロナの燃え盛る炎の中で、また陽炎の中から放射される光の中でこそ生きられ、その生き方を自然といい同時に奇跡といって納得しなければならない。

生命の姿勢を正す情

　あらゆる生命体にはそれ自身の独特な姿勢があって、それこそが個性と言うべきであろう。ウィルスにはウィルス特有の形があり、その動きそのものが間違いなくウィルス自身の姿勢なのである。姿勢の他にその中に宿っている大小様々な意識、栄養、体液などが生命体を動かしている。中でもはっきりと動物などが自ら支えている身体がはっきりと生命体の特徴を表している。こういった支えの他に別の支えとして精神があり、特に人間の場合は、また猿や犬のような高等な動物の場合には、この支えの方がそれら生命体のバランスを崩すことなく保って行くことが可能なようだ。

　生命体全体の存在としての流れと動きがどこかで滞《とどこお》り始めることがある。ギリシャのヒポクラテスあたりから西洋医学の匂いがたち始め、そこから薬とか手術などといった外科の様々な医術的な方法が生まれ始めた。これとは別に中国大陸を中心として東洋の広い各地から岩石や草木の中から生命体を癒《いや》すべき養分を取り分け、人体の滞るところを元の自然の流れに戻すのに利用する知恵を、長い歴史の中で少しずつ身に付けてきた。アーユルヴェーダなども、またアジアにおいて一種の念力あたりから始まったスピリチュアリズムの中からも、どこか中国大陸に出現した道教的な医学精神の下にその後の大きな医学の道筋を作ったように見える。

　生命体は原始の時代から徐々に現代に下がって来る中で、本来の大自然の大きな力を少しずつ失くし始めてきている。時間の流れの中でものを持った人間が段々とその所有物を失って行く状態と、体を壊したり、考えが荒んだりする状態とをほとんど平行に見ることができる。

　人が物を借りて、その借りた物をそのまま壊すことなく返すことができない場合、何か別のものを用意して返そうとする。失くした物なら何か別のものを返して許されようとする。借りた物そのものを返せない限り、また別のものを返さない限り問題は解決しない。医術の場合薬や手術などによって病気を治そうとすることは借りた物を失くし、代わりの物を返して許されようとする態度に似ている。そういった西洋医学の態度に対して、漢方医学の一面には、またアーユルヴェーダの医学の一面にははっきりと、スピリチュアリズムの、またシャーマンの祈りや香を焚《た》いたりする行為が見られ、そこに失くした物を何とか探したり傷ついた物を完全に元通りに直して持ち主に返せる態度に似ているように思う。人や他の動物の身体、すなわち生命体は、実に精巧にできている。これに傷がつくとそう簡単には治すことができない。心も傷がつくとそれを治すこと、すなわち浄化することは容易な業ではない。親は子を正しく育てる責任がある。世の中は、つまり周りの人はその人を平和に生きるように薦《すす》める責任がある。言ってみれば西洋医学は人を本来のその人として大自然の中で生きられるようにさせることができず、様々に傷ついたままで放り出してしまっているのである。

　人には七情が有ると東洋医学では言われている。喜び、怒り、哀れみ、恐れ、驚き、憂い、悲しみなどがこれである。これら人の心の、虹の七色のように分類される情という物が東洋医学者たちにとっては人の肉体の中のあらゆる臓器と深く関係していると考える。喜びや驚きが極端に大きくなると心臓に良くないと言われている。そのことは何も医学に関わっていない一般の人でもよく分かることだ。あまりにも苦しい生活の後、突然喜びが訪れたりすると、その当事者本人はあまりにも違う自分の今の環境のために、心臓あたりから、血液が滞り始める人がいるようだ。極端に怒り出す時でも人は頭に血が上り、その結果として肝臓に影響が出て来る場合があると言われている。極度に怒ったり誰かを憎んだりすることは本人にとって良いことではないようだ。絵描きが七色の絵の具を丹念に自分の描きたいように使って行くのと同じく、人の七つの情も自分らしい色彩として、豊かに使っていくならば、あらゆる体内の臓器もそれに呼応して健康に活動するだろうし、肉体は生命そのものと合体して働き出し流れ続け、そこにはいささかの滞りもないのである。滞らない呼吸や体液の流れや栄養や意識のバランスは、安心して見ていられる生命体の姿だというべきである。

哲学としての経絡

今の人間の中に埋め込まれている理性をかきわけて見ると、あるいは私たちの知らない無分別の理解力がそこに存在するのを見るかもしれない。中国の深い歴史の中に踏み込んでから帰国した僧道元はある人に「私が学んで来た大切なものは柔軟心だ。」と呟《つぶや》いたそうだ。

太古の頃原生人間は豊かなイメージを自由に使いながら、不自由な生活の中で、ほとんど猿たちと変わりないような暮らしをしていた。木の枝を折ったり岩石を砕いたりするような単純な知恵でもって、日々の生活をほとんど物を食べるために、また寒さをしのぐための小屋や洞窟や身を包む物を用意するだけで忙しく過ごしていた。彼らは大自然の前や背後に様々な形や能力を持った神や仏を見るために、常にイメージを強く働かせていたことも事実だ。数多くの神話や伝説が生まれたのもごく自然なことだ。彼らは自分たちの原始感覚とも呼ぶべき能力を、常に大きく使っていた。生きることも死ぬこともまた日々の生活の中の行動のサイクルの中で、それら全てはごく自然に動いていたし、それを恐れたり忙しいと考えたり、辛いものとは思っていなかった。生きるも死ぬもその間の数多くの己に繋がっている行動も全て自分らしいものとして、自分に似合ったものだと考え、自分に与えられた生命と一緒に流れ動き飛んでいるものだと信じ、それは間違いなく己と運命を共にする仲間としてその共生関係を信じながら理解をしていったようだ。当時の人間の原始感覚はそのまま原生人間の姿そのもの以外の何ものでもなかった。

そのことを徐々に東洋西洋と分かれていく意識の中で、東洋的な心身は独特な原始感覚の枠の中で理解していくようになった。オリエント的な人間生命への共感性はどこまでも大きく広がり文明の空間に広がって行ったとしても、個としての己の存在を、また他の存在を分けて考える余裕は持たなかった。それを持ったのが西洋的な自我の領域なのである。

はっきりとしかも確かに自分の行動で生きるためには自我がより多く目覚めない限り、その発展は見られないと彼らは思った。しかし東洋人は、またはオリエントの人間の空気の流れの中では、そういった個人というものの他者との区別はあまり重要視されなかった。人間はまたは人の生命は共に一つのものとしての自我の根底を作っていた。深く何事かに目覚めるとしても、他人の生命も己の生命も一つの天然の流れの中で、大きな「気」の働きによって繋がっていると考えていた。小さな虫の命も大きな鯨や象の命も形の大小の違いはあったとしても、命としては共通であり、共に繋がっており、虫にもちょっとの命が働いていて、それは人のそれといささかも変わりないと考えるところまで来ているのが、純粋な仏教哲学の中に芽生えた宗教観と見ることができる。

人がより深く自我に目覚める時、はっきりと万有の中に存在する全生命の繋がりを理解できるのである。他の生命体への共感性はそこに厳然として存在し、ヨーロピアンテーストの中で多少薄められた感のある生命体の共感性なのだが、それでもそこにはっきりと無分別な知は認められているのである。蝿やボウフラも命だから殺すなという仏教的な感覚は、ある意味でオリエント的な原始感覚と言えるかもしれない。

生命体には、特に人のような高等動物の精神構造や肉体構造の中には、中国で昔発達した「経絡思想」とか哲学によって認められていた「気」が生き生きと理解されていた。中国の古典の中に、手足には六つの経が流れていると書かれている。もちろん血管や筋肉のように人の目に解るような形、つまり器官ではなく電気や磁気といった形の「働き」として理解されているのである。だから気功などといった半ば見世物の不思議な業を手品や魔術のように扱って、それを生活のための仕事にしている人も多く存在するのである。

「気」のこういった「働き」または「動き」、「流れ」はその人間の心から噴出して来る勢いにも近い「イメージ」、「言葉のリズム」としてしか私たちには理解できないし、納得も行かない。

いずれにしてもイメージと並んで気の働きは老子の言うところの「道《タオ》」の哲学の中でしか真面《まとも》には理解されないのかもしれない。経絡もイメージの流れも血管の流れのように解る人がわずかに存在するだけで、それ以上には広く発達しないのもこういった生命論によって理解することができる。西洋医学の医師たちの間では、経絡の流れに沿って人の身体を考える「働き」として気の流れが理解をされている訳ではない。経絡が文明の知として考えられる時、そこには電気や磁気などと並んで人の身体の中を流れている気であることが分かる。現代文明によって妨げられている現代人に、経絡の基本がこの「気の流れ」であると理解できないのも仕方のない話しだ。学問としてまた医学としてさらには外科手術として経絡を扱う時、そこには「気の流れ」としての大きな働きを見ることができなくなってしまう。むしろ、特別な体質の持ち主が物の存在を透視したりするのと同じように、「器官」としてではなく、人の身体を流れている「気」の働きとして見ることができると言われている。それを幽霊を見ることと同じように認識されるならば、「気」の働きは文明社会の中で決して日の目を見ることはない。しかし実際に経絡の「気の流れ」を人体の中を走っている流れとして電気や磁気の流れのように見ることができる人間も中にはいるらしい。私たちはあえてそういう体質を持った人間になることを願う必要はない。ただ人は誰でも経絡が「気」を持っていて、それが身体の中の器官ではなくて、働きであることを知る力を持ちたいものだ。

少なくとも今の段階では電気、磁気、経絡の働きといった三つの「気の流れ」が肉体の中を流れていることを人は理解できるはずだ。「元気」と人が言う時、この言葉には「気」が「玄」の働きをしていることを知らねばならない。生命の存在の最も基本的な状態であることを、遠い時代の漢語に頼って生きていた人たちは、はっきりと知っていたに違いない。

気に触れる

便利極まりない道具に囲まれ、同じような様々な調度品を備えている家に現代人は住んでいる。学問があり、金銭があり、それゆえに不便で、肝心の時に役に立つ知恵がないのが我々現代人である。ほとんどあらゆることに働きかける手段を持ち道具を備えていながら、今、目の前のことに関しては適切に対処して行くだけの知恵も自信もないのが我々なのである。

金銭がありそれなりに権力にも不足している訳ではないのに、それでいて常に金がないことに悩み、人々を動かすだけの権力のないことに不安がっている。一見全ては満ち足りており、その風貌もまた着ているものも何一つ見劣りはしないのだが、それでいて本質的には絶対的には貧乏なのが現代人である。そのように周りには見えない自分だが、本人自身は間違いなく自分の生き方や考え方の、しかも喋ったり書いたり読んだりしたがる言葉の使い方や程度の低さや雑な扱いを自らよく知っている。第一どんなに一見落ち着いた豊かさの中で生きているように実感しても、常にあらゆる時間の中で、自分の置かれている時代のあらゆる雰囲気に圧し潰され、呑まれ、そこでは胸を張って自分を前に押し出すことのできない心の中の雰囲気の有ることを自らよく知っている。

文明社会の人間として生きている我々は、自分の中心になければならない原始観の中で、生まれた時から持たされている不安感やあるべきものでありながら自分には不足している何かを常に感じているのである。

何が無くとも、大自然の中で大きく膨らんでいく心こそが生命体に付属しているものなのだが、現代人はそういう基本的な生命の付属物としての心を持ってはいないようだ。そういった心の代わりに常に周りの状況に対しては利口ではないが小利口であり、豊かな細工には合わないが、小細工をするにはいかにもそれらしい人として通るのである。現代人は社会的階級において、また精神的なレベルの高さにおいて、どの一人を見ても上流とみなす訳にはいかない。生まれてから常に下方に生き、その闊歩《かっぽ》する態度も豊かな誇りに満ちたものではなく、むしろおずおずと何かにつきまとってびくつきながら進むようだ。堂々と七つの海を進む巨大な魚の腹や背中に惨めな姿でへばりついている、あの小判鮫《こばんざめ》のような生き方が現代人の暮らしの全域に見える。天然の空気の中で本来伸び伸びと広がって行かねばならない心なのだが、実際には今日という文明の中で、日、一日と小さくなって萎《しぼ》んで行くのが目に見えるように解る。

自分自身の言葉の堅さや、可哀想な、しかも惨めな心の動きの中で見る夢は、常に自分自身の悩みの中心となっていることだと私たちは果たして意識しているだろうか。自信をもって眺められる自分自身の大きな広がりや夢のリズムによって、目の前にドンドン広がって行く言葉が本来人にはなくてはならない。これまで自分が生き方の中で身に付けている数多くの悩み事や、無知そのものの思いは、今頃になってどんなに努力をし、励んでも、そういった半ば錆とも痛みともしれない身に付いている文明の垢《あか》は、そう簡単には落とせないのだ。しかしあえて今までの自分を忘れ、生き方の全域をぶるぶると震わせるほどに、心の中の除夜の鐘を鳴らさなければならない。そういう自己改革が誰にも知られぬように行われる時、そこには間違いなく「自己浄化」が達成されるのである。そこに出現するのは十年間も刑務所の塀の中で暮らした人物や、また何十年となく路上生活を余儀なくされた男が、大会社の係長として甦ったように、代議士の秘書官としてスマートな服装で選挙事務所に現れたように、その姿はまるで蛹が蝶に変わったような体験として、受け止められるに違いない。

人は便利な物に囲まれて生きていながら、その暮らし方は、すなわち金がなければ、また車がなければまともな生活ができずにいるという点で路上生活者のそれであまりあることを、文明人間ははっきりと認めるべきだ。それから百八つの煩悩を殺す鐘を鳴らすべきだ。

煩悩が浄化されるその一瞬の中で、人は天来《てんらい》の雷鳴を聞き、その気に打たれるその喜びで、人は生命的な特殊な質変換をする。

気を含んだ本人の言葉

個人個人によって異なる体験の殻から脱出できても、それで自分の言葉に辿りつけたとは言えない。自分の中の因縁や個性から離れ、自分の心から出る言葉によって溶け出して来る人格変換によって、人間の中の自分らしいリズムが生まれて来る。神秘主義的な体験の中で生きている人間は、ほとんど全て残念なことに文明社会の中の大多数の落ちこぼれの人間の一人に過ぎない。

単に現代社会から逃避していてもそこに何一つ確かな意味を持つものは起こりはしない。気をつけなければならないことは、今仙人の生き方をしていても、また文化否定の隠者の生き方をして見ても、それで本物の賢人になれる訳でもない。目から鱗《うろこ》が落ちたり解脱したり、護摩を焚いたり真言の言葉に接して見ても凡人が真実の時間の中や本当の生き方の中に立ち返れる訳でもない。どんな行をしても他の様々な修業をしても、また自分のしている行動が優っていると自負して見ても、そういった行為は全てこの文明時間の中に閉じ込められている人間の悲しい足掻きに過ぎず、運動会で走っている子供の可愛い姿以上のものではない。あらゆる物事、つまり万物は一つとして独立して存在せず、全ては相対的に存在するだけである。重さも、深さも、色合いも、また愛もお互いに相対的な中に置かれているに過ぎない。存在するもの、すなわち生命体も無機物も全て電気を帯びており、磁気を帯びていると説明する方が、大自然の中に存在する万物をより正確に説明しているような気がする。それをどのように間違えてしまったか、その昔中国大陸の一角から出現した道教の教えでは、植物にもものが聞こえ、時には何かを喋りもするとも言っていた。神秘さの中にあらゆる生命の行動や願い事などが生き生きとした形で含まれていると彼らは思っていた。このことから今日的な私たちのそれなりに素朴な考えによれば、万物の中に「気」が宿っていると考えるのも、極めて自然なのだ。文明社会で電気の働きや磁気の繋がりを失くしてはほとんど何もできないということを私たちはよく知っている。しかしそれだけでは生命の生きるという考えを今の状態から一歩も先に進めることができず、また自分自身の個性をより大きく行動の中で表すこともできない。誰でも人は言葉を話す。しかし言葉には本人特有のリズムがなくてはならない。電気や磁気の力や人の言葉に、しかも本人の個性のリズムによって発動する時、そういった電気と磁気の力は間違いなくその人の生き方の全域をはっきりと表す言葉となる。私たちは自分の言葉の中で電気と磁気が微妙に重なり合い、このような本人独特のリズムになって表に出て来ることを、大いに喜ばねばならない。このような二つの気の働きは、二つの漢字で説明することができる。気がその人の言葉とこのように繋がる時、その人がどんなに物事を深く知っていても、様々な人生体験をしていても、ただそれだけではその人の言葉のリズムには迫真度が高くないので、物事はどんなに真剣なものであっても充分な説明ができない。

生命体は自ら外に出せない秘められた部分としての個性というものを目の前にして、常に悩んでいるのだ。自由が欲しいというのはこういった気持ちの現れであろう。そのような不自由さを人間は自由がないとか、自由を求めることは無い物ねだりと言いながら、諦めてしまうのである。二つの気を纏めて一つのものにし、自分の言葉をあらゆる時代のあらゆる人々の生き方の中から奪い出し、それらを纏めて一つの表現にする時、そこに必要なのはやはり言葉のリズムなのである。同じ種類の言葉も、その人のリズムによって大きく変わり、その差は天と地の差とも言うべきものだ。

心籠もり

昔から西洋には乞食のような態度振る舞いをし、実際にそのような日々の生活態度の中で生きていた人がかなり多くいた。もっともこのような即興詩人風な人はもちろん東洋にも多くいた。広大な中国大陸あたりには、このような物事を自分の考えの中でそのまま表現しようとした人たちが、いかに多くいたことか私たちは誰でもよく知っている。そういう人たちが意外にあるところで大きな力を発揮していることも事実である。

即興的にその場で自分自身をとっさに表現し、何かを説明し、歌い出し、笑い出す時、そこにいる人々を深い感動に導く。それに比べて、普通人は努力をして、あれかこれかと考えながら言うべきか言わざるべきか悩んだ末、結局考えていた多くの言葉の中の一つに辿りつき、それをおずおずと言うことになるのである。その人間の生き方の中で可能な限りいじり回され、考え抜かれ、様々に噛み砕かれ、本来は固いものであったはずのその人間の言葉は長い考えの中で、ぐにゃぐにゃに砕かれ練られこね回されあらゆる意味においてドロドロになってしまう。そのような言葉がその人の思いの全てを正確に現している訳はない。

人生は、よくよく考えてみると、すでに様々な熱い思いは冷え切り、雪の中の花々のように、厳しい風に吹かれている中の小鳥たちのように、激しい川の流れの中の魚のようにいささかの安心も無い。また考えようによっては、それだからこそ活き活きと情熱の炎がめらめらと燃える中で生きられることも事実だ。のほほんとした人生は昆虫以下の脳味噌で生きる時間であり、メダカ以下の知恵でもって小さな餌に飛びつく生き方がそこにある。よく考えれば細菌以下の、ウィルス以下の生き方をいささかも恥じることなく生きている私たちの人生は、このままではいかにも収拾がつかず、どうにかしなければならない。

自分自身の心から沁み出して来る言葉なら、あらゆるものをブレークスルーして確かな自分の言葉に行き着かなければならない。つまりこの世の誰もが安心して使っている言葉を打ち壊してその向こう側に突破する力こそ、ブレークスルーの勢いなのである。普段ほとんど使っていない自分の中の力を確かにブレークスルーする力として養っておかなければならない。あえて力を備えているだけではなく、常に自分の即興的なものとして発揮していなければならないことも事実だ。蚕は絶えずムシャムシャと桑の葉を齧《かじ》っているが一旦繭籠《まゆごも》りを始めると死んだように動くことなく、やがて飛翔するまでの間の時間を蛹として眠り続ける。自分を発揮する人間もある時期には蚕のように長い精神的な眠りの時間が必要である。そしてある瞬間に突然ブレークスルーをして外界に飛び出すのである。現代の人間にはこの勢いづいた飛び出す力がなくなっている。あまりにも利口であり、その利口さが過ぎて小利口になっている。何をするにも常に考え多く、心配多く、なかなか何かをブレークスルーできないのである。人間ははっきりと心籠りをする時、その彼方に確かなものを見い出すのである。

宗教を考える〜文化の諸体質としての世界宗教

人類だけは他のどのような霊長類とも異なり、何千年かの歴史を通して文化を身に付けるようになった。心で意識し、その意識を生活の行動の中で表し、言葉を通して表すようになるにはその前にあらゆる霊長類に共通している曲がりくねった文明の働きがあった。しかもその文化のデッサンである土台となっている文明とは、基本的にかなり素朴な宗教の形から発展してきたのである。従って我々が今日この青い惑星の全体像を眺める時、直に飛び出してくる言葉は、「世界三大宗教」または中近東から世界にまたがって「巨大な版図を持つイスラム教、それよりは多少小規模だが今日の文化の基本となっているキリスト教、これより一層小規模であって東洋の一角の日本や韓国や台湾、タイなどに広まっている仏教、これらの三大宗教から見れば一層こじんまりとしたヒンズー教」などである。こういった文明の骨組みとなっている宗教は、別の言葉でいうならば、組織的な人間の基本の形であり、組織宗教そのものなのである。モスクがあり、屋根の上に聳《そび》える十字架があり、伽藍配置があり、男女交合の図を作っている彫刻があって、それらは一様に権力を表し、権力が認められている以上、その彼岸には一般大衆という有象無象《うぞうむぞう》の民衆が、はっきりと俗物として認められ、また自らも認めているのである。ここで組織宗教について考えてみたい。

今中近東で起こされている争乱も、実はこういった組織宗教から発展した民族主義の争いである事は疑いない。ビザンチン文化の華やかさにぶつかっていった十字軍は中世の中で考えられる図式である。今日ではその立場はむしろ逆転し、キリスト教社会と呼ばれている民主主義がイスラム教に依存する民族主義にぶつかっている形をとっている。宗教同士の戦いは、心の戦いであり、同時に権力や物欲に繋がる日々の生活のぶつかり合いであって、その soul の戦いは当分は終わりそうもない。

ここで、ある意味においてとてもよく似ている一面を持っているイスラム教と仏教、そしてもう一つの側に立って向かい合うキリスト教を考えてみたい。五十数年前の第二次世界大戦は、仏教とキリスト教の対立であり、同じキリスト教民族のドイツなどはナチと呼ばれ、もう一つのイタリアなどはやはりムッソリーニの民族主義、ファッショという名で呼ばれた形で、日本のファッショに組み込まれた仏教の側に立った。仏教で言うところの慈悲の心はキリスト教の言う愛とは正反対の立場にあった。前者は極楽に人を導き後者は来世よりも、現世における行動、すなわち白人の言うプラグマチズムが大きく働いているのである。この二つの世界宗教の根本をもっている両者はそれが経済問題であり、人間哲学の問題であっても、結果としては現人神《あらひとがみ》である天皇、またロイヤルファミリーとしての天皇一族を基本とする日本人と、民主主義や共和主義を土台にして生きている西洋人とは、自ずから相容れない仲だったのである。ロイヤルファミリーを世界にある王一族と区別して扱っている日本などは、アフリカの奥地、東南アジアの後進国と比べて、民主主義の、またたとえ民主主義ではなくとも、はっきりと中世の臭いを払拭《ふっしょく》した国々と、国際的にうまく行く訳がないのである。後進国なら白人たちは、これを許すことができるかもしれないが、ここまで半世紀の間に伸びてきた日本などは先進国の人々に許される訳もない。もちろん茶道であったり、華道であったり、居合道などといった中世から今日なお伝えられている日本の文化、日本人の生活の中の程度の高いロゴスいっぱいの生活態度には、白人たちも驚き喜ぶのだが、ロイヤルファミリーに夢中になっている日本人には、どうも後進国の人間の臭いを感じて遠ざかるのである。

仏教の「慈悲」は死刑論を支えており、キリスト教の『愛』は死刑否定論をその根底深くに含んでいる。慈悲の心は一見とても優しい心に見えるが、その深々とした奥を調べてみると、「人間は死ぬと誰でも仏になる、神になる」という哲学が含まれており、それを裏返しにするなら罪人も死ねば許されるという考えに落ち着くのである。だから生きている罪人は時には死刑になることも仕方が無いが、死ねば同じ人間だという考えに落ち着くのである。「水に流す」という日本人の人生観は、古代も中世にも、現代においても変わることの無い大八州の人間の頭による考えなのである。仏教の考え並みに「死人は天国に行ける」というイスラム教の教えも、同じコーランの教えに従っているパレスチナ人にも共通しているのである。かつての大戦中、特攻機に乗って敵の軍艦にぶつかった日本の若者たちも、ニューヨークの世界貿易センタービルにぶつかったイスラム信者の若者たちも、実は同質の精神的レベルにあったことを我々は知るのである。このニューヨークやワシントンの事件も、はっきりと私たちに仏教とイスラム教のある一部に於ける共通点を見い出させてくれたのである。「死ねば仏になる」という考えは、「正しく死ねば神の許に行ける」というイスラム教の考えとかなり接近していることは、誰にも一目瞭然である。勇敢に国のために死ねば軍神になれるという日本人の考えは、後になって日本的な宗教観としての神道と結びついていくようになるが、古代から中世に至るまで、この考えは仏教と関わってきていた。

　忠臣楠子《ちゅうしんくすこ》の墓や乃木神社、さらには広瀬中佐を祀《まつ》った神社の場合がこれに当たる。この考えの裏には明確に仏教思想の彩りが現れている。こういう軍神を祀《まつ》った神社が日本に存在した一面、アメリカなどにはアーリントン墓地といった広大な記念の場所も存在するのである。これなどは、キリスト教的な「公園」的な感覚によって受け止められている。これは明らかに軍神を祀る神社とは意識的に正反対の夢を持っている一面がはっきりしている。こういう考えと併せて考えられるイスラム教の場合を考えてみよう。キリスト教の新教と同じくイスラム教では偶像礼拝を極端に禁じている。その度合はプロテスタントの非ではない。プロテスタント教会にも一つや二つぐらい、十字架上のキリストやそれに準じた偶像は許されているが、アラビア人たちの一日数回にわたって礼拝をするモスクの中には、全く偶像の入る隙間もない。その点仏教やヒンズー教の寺の中には、山ほどの偶像が見られる。我々日本人は長い歴史の中で、仏教的な言葉という仏像に慣れ親しんで来たせいか、数多く存在する境内の中の多くの偶像に関してイスラム教徒たちが抱くような違和感はほとんど持たない。この前の大戦で敗北した直後、天皇は自ら現人神を否定して、人間天皇であることを宣言した。

　世界の四大宗教は、ことごとく人間の住みづらい不毛の砂漠の地に生まれている。このような砂漠地帯は恐ろしい危険の待っている地域であって、一つ間違えば簡単に人間はこういう自然の中では、命を失ったのである。その点から言うなら、緑豊かな山や、滔々《とうとう》ときれいな水の流れてやまないこの瑞穂の国に仏教のような厳しい砂漠の宗教は似つかわしくなかった。むしろ巨木や川や山を祀った神道のような土着的な宗教心の方が、似つかわしかったのではないか。中近東で争っている十字軍の子孫たちや、またビザンチン文化の華やかさと危険の歴史から生まれてきた民には極めて自然に理解と納得がいくのである。

　その点仏教の民は穏健な風土に育ってきたせいか、もっと違った環境の方が似つかわしいのである。日本人には判官贔屓《ほうがんびいき》という考えが常によく働いている。兄に酷《ひど》い目に合わされた義経が死ぬはずがなく、遥か彼方の北海道に逃れさらに大陸に逃れて大成したという考えや、西郷隆盛が実は自害せず、ロシアに逃れやがて大部隊を従えて日本に攻め込んでくるといったような考えも、日本人の判官贔屓《ほうがんびいき》の心を示しているのである。こういう考えが仏教精神とどう結びつくかはまた別に考えなければならないと思うが、仏教の中にある「死ねば仏」について考えてみよう。この考えから出たのであろうが、仏教では生前中はどんなに悪い生き方をしていても、死んでしまえば総てが許され、また人々は許すべきだという考えに展開していくのである。今日に至ってこの考えは「水に流す」という日常生活の中で認めようとする人間関係にまで発展して来たのである。イスラム教やキリスト教の中に生きる人々ばかりではなく、日本以外の東洋の人々も、何かを後になって水に流すというようなことはしないのである。そうするのはどうやら日本人特有の人生哲学であり、社会の常識なのである。だがイスラム教の教えの中にもこれと似た考えが無い訳ではない。つまり仏教的な意識やイスラム教の人生哲学の中には死ねば仏になるという考えが、はっきりと生きている。例えば、死ねば仏になるという考えは、その先に未だ死なぬ間は決して罪が許されずこの考えがさらに発展すると「死刑肯定論」にまで繋がるのである。このような仏教観やイスラム教に共通の考えの向こう側に、これと対立するキリスト教の考えがある。キリスト教の側にあっては、人間は常に原罪を意識していなくてはならない。この考えは死後であっても、罪が許されるという考えに立つことのできない人間性の業を示している。そのためか生きている間は仏教やイスラム教とは違って、どんな人間の権力にも、人間をもう一人機械のように作ることはできない間は決してどんな理由によっても、たとえ四百年の刑を与えたとしても、その人間を死刑にすることはできないのである。その場合の刑は終身刑となるだろう。生み出すのとは違って、無から機械のように命や人間性の存在を作り出す時代が来るまでは、ただ罪人という理由だけでその人間を処刑することはできないという訳である。残念ながら日本の法曹界《ほうそうかい》ではこの終身刑が未だ無く、死刑の手前の最高刑は無期懲役である。無期懲役は結局十五年ないしは二十年ぐらいで仮釈放される。人間を詩的内容を含んだ仏教の教えを支えているのが、「死ねば仏」なのである。一方イスラム教に向かう心はどこか哲学的であり、キリスト教も日本の土着の宗教も同じなのである。つまり「死ねば仏」という、物事を水に流す無責任な仏教やイスラム教の考えはキリスト教において、一つの理路整然とした人生哲学として許されないのである。死んだ後、天国にいけると信じるイスラム教の若者の考えは、他の三つの宗教とは大きな違いが有り、仏教やキリスト教では「死んで消えること」つまり死によってそれまでの罪の許されることを説いている。キリスト教では「別の生き方」として説明しているが、このあたりは四大宗教ことごとく混同し、どこかで繋がっており、そこまで考える価値があることでもないようだ。

それよりは、純粋宗教に目を向けようとするなら、組織宗教の一切は忘れるに限る。これまでの多くの困った問題を含んでいる物事を、ある時を境にして、「水に流す」ことのできる日本人の仏教観から生まれた優しさや、アラブ人のコーランの教えに基く同じ考え方は、キリスト教世界の人々には通じないのである。一言でいうなら過去の他人の過ちを許すことはできても、それを水に流すことができないのがキリスト教倫理に支えられている諸民族の社会的道徳なのである。同じ日本古来の組織宗教の中でも、土着の匂いがプンプンとする神道などはその点、一面においてキリスト教にどこか似ている。一神教に関してはキリスト教もイスラム教もこれらの宗教の前身であるユダヤ教の教え、巨大な法典タムルッド（ユダヤ教の法典）に従っているが、慈悲や運命観をより重視する仏教を見る時、これら二つの宗教の関わりは、どこか似ていると思われるのである。数多くの仏像、すなわち偶像を並べて置く寺院の前で、イスラム教は別としてキリスト教徒などはなから偶像否定の立場を否定してはいない。

世界四大宗教は、一口で言うならば、前にも述べたと思うが、「組織宗教」なのである。権力や金の力、名誉などにかなり汚染され、つまり文明の精神的な環境汚染をたっぷり受けているのである。中近東におけるユダヤ教とイスラム教の争いも、キリスト教とイスラム教の押し合いも、結局はこれらの宗教が全て、組織宗教であるからである。文明とこれが枝葉を広げ、数多くの葉をつけ、実をならせたのがいわゆる文明や文化である。全ての地上の民族には、また村や部落にはそれなりの文化と呼ばれるものが土着の生き方として有るはずである。土着の民が、それを尊ぶのも当然だし、ごく自然のことである。だが、そのような文化の行為が土着の社会に広まっていく段階において、諸権力や、金銭や物にかなりの点で縛られ、汚染された宗教が当然のことながら出現するのである。人類のこれまでの歴史の中でほとんどの民族紛争、部落同士の合戦などは、例外なく組織宗教の違いから生じた利害関係に原因していると、ある歴史学者は認めている。今日、中近東に、また全世界に起こっているあらゆる局地的な戦争も、テロ行為も、これらの原因に組織宗教が一枚加わっていると認めるなら、我々はまずこの諸組織宗教を非難するのではなく、そこからはっきり足を洗うだけの勇気が無くてはならない。この私自身、キリスト教の中のプロテスタントの聖霊派（ペンテコスト派）の一つに属していた牧師であったが、実はかなり若い頃、小説家というよりは最も自由な哲学者と私が見ているヘンリー・ミラーと出会い、その出会いの衝撃があまりにも大きかったせいか、私はそれまでグズグズと離れようか離れまいかとしていた煮え切らない態度を一喝し、組織宗教であるキリスト教から完全に足を洗ったのである。それまではどんな牧師よりも日曜礼拝や、夕べの説教に心砕いていたのである。まるで手か足を一本切り取られたような衝撃はあったが、その後の生活は実に清々しく、物が無くても金に困ってもあらゆる肩書きをなくしても、喜びの中で生きられるようになった。その貧困の最中、三人の息子たちが次々と生まれてきたが、二人は見事に今は成長してくれた。あの頃の親たちの貧しさなど微塵《みじん》も感じさせない堂々とした風格で生きている。

今日人間ははっきりと四大宗教初め、あらゆる新興宗教という名の組織宗教から離れるべきである。そして、はっきりと自分の内側に純粋宗教を持つべきである。人間はどこまで行っても宗教心無しには心もとなくて人生時間を歩むのが難しくなる。だからはっきりと自分の内側に、一切の組織、一切の集団、あらゆる金力、物欲、政治力などと関係しない純粋宗教心を抱き、その言葉通りの生き方を通して行くならば、人間は最も宗教的であって、最も文明の環境汚染に曝《さら》されていない内面性でもって生きられるはずである。ある昔の高僧は、宗教の本質を心の中の純粋宗教感情に求めたからか、「最も貧しくて何一つ持たない人間がその極みにおいて、最も豊かで全てのものを所有している人物だ。」と考えていた。

文明馬鹿、または文化の先走りをしている人間たちは宗教というと、「生まれ変わり」や「臨死体験」などを本気になって信じ、そういう行為を宗教だとみなしている。馬鹿も甚だしい。亡くなった人間に心を向ける生者は、一つの詩的行為をとっているのであり、それこそが本当の賢者にとって宗教行為の原点と見るのである。生者が別の物質に変わっていくのが死の行為なのである。これを無神論と呼びたがるが、それは愚かなことだ。死というこの事実を知って涙を流し、声を上げて泣くことは、遥か古代のネアンデルタールの時代から純粋宗教の形としてあった。宗教は死者の生者との関わりの中で、対等に表現しあう行為ではないのである。生きている人間の行為が、一方的にこの場合の一切を支配し、生者のリアクションまたはリフレクションとして生者の心の中に永遠の存在として死者は生き続ける。その点、戦争や他の争乱の中で、自分の手で人殺しに手を貸している人々は、宗教行為から最も遠ざかった生き方をしていることを知らなければならない。文明の世の中ではそれが全く逆に働いている。組織宗教の絡《から》みあう中で、イスラム教徒はキリスト教徒に刃向かい、キリスト教徒は十字軍の正義を旗印にして、ビザンチン部族に体当たりをする。短い時間を可能な限り、愛して生き、妻や子、親たちと肉体的であれ、精神的であれ豊かに過ごしていける人間は、純粋宗教の原形の中で生きられるのである。愛する者たちが、夫婦や小さい頃の子供ならば別だが、やがて遠くに離れて暮らすようになっても、心豊かに、つまり詩的に生きられるのが心の中に広がり、世間にまで広がっていく純粋宗教の原形なのである。本当の宗教とは、他でもない、優しさの最大の生き方の表現であり、それ以外の何ものでもなく、権力や金銭力や名誉欲とはほとんど関わり無い素朴極まりない人間の自然な生き方の全情景なのである。この宗教の現実を忘れ、霊だ、生まれ変わりだ、臨死体験だなどと騒いでいるのは宗教の現実を忘れた文明人間の浅ましい生き方なのである。ヘーゲルでなくとも私たちは情熱の熱い力で生きたいものだ。維新時、苦境の中で高杉晋作が同士たちに叫んだ言葉から私は次のように言いたい。

「一里行けば一里だけ強まる情熱、二里行けば二里歩いた分だけの魂が広がる」

いよいよアフガンの戦いは終盤にさしかかっているとも言えるし、ますます広がっているとも言える。ビンラディンは早晩捕らえられてこの文明の世の法律によって裁かれ、その道徳に縛られて生き、最後は死刑になるか、さもなければ自殺して果てることになろう。彼は本当の宗教、心の中の自分だけの純粋宗教に従い、ついて来る者にも己の心の中の宗教心に従うように教え、それがどれほど巨大なものであろうと、長い歴史の中で栄えてきたものであろうと、組織宗教の中で騒ぐ愚かさを指摘すべきであった。

ビンラディンはやはりキリスト並みに現代の格好の良い十字架に架かるようだ。自らの小利口ゆえの馬鹿さ加減が自滅の道を開いたのである。日本国内を騒がせたオウム真理教の事件も、このイスラム教徒の事件と並んで考えることができる。人間はあまり小利口であったり、目から鼻に抜けるような優等生タイプの人間であるよりは、むしろどこまでも素朴であり、のろまであり、全ての自分の物事がはっきりと心の中で煮詰まり、生活行動の中で発揮できるならば、これに勝る幸せは無い。万人は馬鹿も利口もおしなべて全く何も知らないところで、自然の大きな働きを通してこの世に、まるで奇跡のように生まれてきた。ことは全く同じだ。万人は奇跡のようにやがてそれぞれの一生が幕を引くと、もう一つの奇跡の中で、永遠の眠りにつく。小利口な人間は国益優先とか自分の家族優先、さらには何とも滲めな話だが自分の連れ合いの一族のことより自分の身内優先などと騒ぎ立て、そのことを利口なやり方だと思っている文明人が多いのだが、そこには本当の純粋宗教やそれに伴う愛の欠片《かけら》もないのである。

屋久島には数多くの植物が熱帯雨林固有な風土の中で豊かに育っているが、より多く太陽の光を体に受けようとして、「ななかまど」のような植物は風の流れなどに乗って巨大な屋久杉の梢あたりに不思議にも身を乗せ、杉の木の養分や水をもらい、天からは燦々《さんさん》と輝く日の光を満喫していると言う。このような共生するコバンザメや人間の身体の中の寄生虫にも似た「ななかまど」の生き方は『着生樹』と呼ばれている。人間は結局文明とか文化を叫びながら、この青い惑星の中で共生することを許された着生樹の一本なのかもしれない。他の生き物の上に身を置き充分に陽光を浴びている。大地を破壊するほどの戦争をすることのできる権利など、また道路を作ったりトンネルを掘ったりする権利などは全く無いのである。純粋宗教に心を委《ゆだ》ねている人ならばこれくらいの簡単な理屈は分からないはずはあるまい。

現代人は純粋宗教に支えられた己の心をはっきりと意識して、自分の明日を開きたいものだ。

サケルと聖痕

他の動物や植物と違って人間には聖なるものと禁忌の二つに万物を分けて考えるところがある。この区別の仕方が大きく分かれる時、それを人間は文明の広がりと認め、細かく分類されて行くその流れを様々な文化として理解する。

日本人にはあえて聖なるものと禁忌を分けて考えるというよりは、むしろ、清いものを清《ハレ》とみなし、汚れたものを禁忌《ケ》とみなして考える。ラテン語では聖なるものや清いものをサケルと呼び、禁忌なものは全世界の人間にとってタブーと呼んでいる。もちろんサケルは否定的な意味を部分的に持っていることも事実だ。日本人にとってハレにはどう考えても禁忌の意味は含まれてはいない。ケはどこまでもタブーであって聖なるものを意味することはない。

文明社会で生き物の行動は、特に人間の行動は社会的な行動とみなされ、そこには隔離や分離という行動の形が明確に示されている。あらゆる形の宗教的考えは間違いなく晴《ハレ》と褻《ケ》、または聖と俗に分けられていて、この区別を宗教的な特質として述べているのがデュルケムである。フランスの社会学者である彼は、タブーの形で伝えられている未開人の宗教性とカトリック教の宗教観からこの考えを導き出したようだ。彼によれば聖なるもの、つまり私たちの晴に当たる清らかなる日々の生活をそのまま「集合的激昂」と説明している。文明そのものが一見穏やかな、たいていの場合荒れ狂った人々の集団だと私は思い、争い、戦争をし、金銭や他の物質のやりとりまたは権力の奪い合いでいきり立つことも考えれば、デュルケムが言うような宗教的な激昂ということはできないように思う。集団が激昂して行く形は確かに文明の勢いづいた面をはっきりと見せるが、そこにはいささかの晴《ハレ》のつまり聖なる力だけが感じられず、そこにははっきりと褻《ケ》すなわち禁忌の力が勢いづいていることを私たちは理解しなければならない。この場合褻《ケ》はそれを超えてははっきりとした汚れにまで達していることを私たちは心の中ではっきりと納得している。確かに聖なるものの立場をはっきりと見通そうとするなら、そこにはタブーが浮き上がって見えてくるし、それは単なる聖なるものが堕ち込んでいるわずかな落とし穴の中ではなく、徹底的に闇の中に勢いをもって動いているタブーまたは汚れなのである。ブラックホールなのだ。

どこまでも感情的に自由になるからといって、感情的に精神と肉体の行動の翼を広げて行くからといって、それが宗教的な聖なる勢いの流れだと単純に言ってしまう訳にはいかない。文明の集合的な激昂は、そのまま一つの組織となり、その社会の中の人間全体に浸透して行くが、それは時には褻《ケ》の方向にまたは倒錯的な方向に流れて行く大きな禁忌の力となり、そこに見られる高揚さと自由さと奔放な行動や生活態度は褻《ケ》に対してむしろ汚《ケガレ》に属する物と言えるかもしれない。非日常的であり、超現実的であり、「メタ自然的なもの」は文明集団から隔離され分離されているとは言っても、必ずしも晴《ハレ》のところに置かれてはいない。当たり前の次元を超えたものを全て晴《ハレ》という訳にはいかず、そこには褻《ケ》の場合も少なからず存在するのである。その場合晴《ハレ》と褻《ケ》はラテン人たちが彼らの神の前でしばしば使った聖なる（サケル）ものという語彙によってはっきり説明できるようだ。「聖なる」ものは、はっきり言えば神聖なるものと、禁忌的なものの両方を表しており、人間が今置かれている時間の中でそのいずれのことを言っているか知るだけの感情的な理解力が伴わなければならない。

バタイユやターナーたちは聖なるものというものに関心を抱き、心が震えるばかりに緊張しながら神聖なるものに関心を抱き、これに関わっていった。中には言葉というものを物事の逆のことを現したり両極端なものを表すのに用いようとした人も存在する。もともと大自然を連続的であり同時に不連続な物として考えたのはやはりリーチである。聖なるものも晴《ハレ》も、考えれば両極端から成り立っているようだ。心有る人間の使う言葉がしばしば両極端の意味を持っていることは私たちでもよく分かる。見事に美しく素晴らしく綺麗なものと、恐ろしさで身体が震え闇の中で近づき難いものさえも、よくよく見れば極端な二つのものの重なりあった、または連続している一つのものだということに気づく時がある。天空と大地が同じであり高価なものと雑なものが繋がっており、強いものと弱いものが同質であり、汚れたものと尊敬すべきものが連続しているということを、単なる過去のラテン人の言葉「サケル」だけに感ずるのではなく、あらゆる言葉に感じなくてはならないのである。

ドイツ語でNuminese（ヌミノーゼ）という言葉は晴《ハレ》や聖なるものを体験する人間の日々の生活を意味するのと同時に、サケルと同様に褻《ケ》の体験をも意味している。このことを人類学や人間社会学の立場からではなく、カトリック教神学者の立場で、大正の初め頃の「聖なるもの」という論文の中でオットーが唱えている。

相反する二つの要素が還元されていくこの不条理や不合理的な状態は、オットーの考えあたりから徐々にエリアーデの唱えた宗教現象や、精神医学者ユングの唱えた元型にまで繋がっている。

最近まで活躍していたレヴィ・ストロースは彼の全く新しい人類学の中で、実際訪れた南太平洋や南米の原住民たちの生活の中から読み取って来た、現代文明とはかなり離れているところで息衝《いきづ》いている人々の考えを、自分の研究の俎板《まないた》の上に乗せている。

遥かポリネシアの人々の間で生きている「マナ」の意味する物事の善悪とか、聖邪といった両極端な意味を持つ言葉として、このマナは使われていることを知った、このフランスの人類学者は、自分の研究の俎板《まないた》の上に乗せ、自らの精神的なメスによって細かく切り開き、マナの意味する言葉の内面の形式を人間本来の生活様式の基本であり、純粋な象徴的な意味を持っていると考えたのである。そういった考えで説明できるはずの、この「マナ」を「浮遊する多くの意味を持ったもの」という風に説明付けた。日本語に存在し、どうしても折々に日本人が使いたくなるあの言葉、「清濁併せ呑む」とか、「嘘も方便」などはこの考えと全く重なるところがある。また中国の哲学者にもまさにこのポリネシアの人々の考えを説明しているこの「マナ」に当たる言葉を「中庸」に充ててみると実にぴったり来るから驚きだ。おそらくポリネシアの人々の言う「マナ」は自分を自分らしく生かそうとする考えに反対する、個人は平和で利口な民族や部落からは追い出される存在として考えられる。だからもう一人の人類学者、バケス・クレマンは「流れていて固まっている集団から追い出される存在を意味しているもの」を説明することによって、レヴィ・ストロースの「マナ」を理解できる自分に納得した。一般社会や部落の中から排除されるよそ者は、常に秩序の外に生きる外はなく、しかも同時に人間世界の乱れる様々な秩序を纏める不思議な役目もするから驚きもする。シャーマンも語り部も集団の中にはいられない存在である。しかもそういう状態、言ってみればフーコーの言うところの気違いであり、サルトルの言うところの泥棒などであって、彼ら集団から離れている人たちこそ、正しくカリスマであり聖痕または本格的な天才（スティグマ）なのである。この世で人々に理解され、時には権力に恵まれ、金銭の入る生活ができる天才や聖痕の持ち主など絶対にいる訳はない。ディオゲネスも稗田阿礼《ひえだのあれ》も寒山拾得なども間違いなく本物のシャーマンの、また言葉のカリスマだったので、彼らの生命の源は聖痕そのもので固め付けられていた。

私たちはリーチのものにした『文化とコミュニケーション』と、デュルケムの『宗教生活の原初形態』、オットーの『聖なるもの』、クレマンの『札つきの人間』、ジラールの『暴力と聖なるもの』などを読むと、そこに晴《ハレ》と褻《ケ》が同じ時間帯の中で浮遊している現実を見ることのできる人間になれるだろう。

もう一度、今は滅びて存在しないローマ人が口にした「サケル」に自分の心を向けてみたい。

真実よりも大切なもの

人間の世の中には様々なことが起こる。信じて良いことも信じられないことも様々に交差しながら一人ひとりの心の中を思いは流れていく。

ここではっきり分かることだが、「真実」というものが他の何ものよりも大切だと長い間私たちは信じて来た。しかし、果たしてそう信じていたのかどうかはかなり怪しい。何故ならば、よくよく考えてみる時、自分が考えていた真実などを実生活の中で信じきっていたとは、どう考えても思えないところがあるからである。老境に入って心の中のどこかが崩れ始めたからではないと思うのだが、今頃になって分かることは「真実」よりももっと大切なものが人の心の中に数多くあるというこの事実である。

何かを好きになる心や欲しくなる心がどんな人間にとっても山のようにある。個人個人の生き方の違いがこの山のように本人に迫って来る欲望の順序の違いによってはっきりと分かる。人間以外の動物は、こういった自分の感情に忠実である。しかし彼らの「五分の魂」は人間の大きなまたは広い心よりは遥かに弱いので、それらの動物の欲望は、存在するものに対して強く働くことはない。一生涯連れ添りたい程に自分が好きになる相手に付き纏うことがないのが他の動物たちである。今好きになっている相手から、次の瞬間簡単に離れて行くのが鳥や獣や昆虫たちである。彼らにとって好きな相手を騙すとか、騙されるという感情は全くない。そういった生き方の中で、大自然は実に巧妙にあらゆる生き物に次の世代を残すためにそれなりの生命現象の策略を整えている。

人間には、サピエンスが与えられており、科学は一切の嘘をつかないものだと私たちは教えられている。哲学や宗教が深くものの考えに沈みこむので、常に人の考えが右、左に変わることを私たちはよく知っている。それを科学は不安がり馬鹿にするのである。サピエンスと呼ばれている自然な素朴さを知ることこそ大切だ。

嘘をつかないとか、真実に騙されるという経験を本格的に哲学や宗教に関わる人たちはしばしば体験しなければならないのも、こういった事情からよく分かる。哲学や宗教の中に置かれている定理が人間を束縛しているのだが、そこからさえ、離れてしまうことがあって、そんなところからも全く嘘をつかないという事実を人の心は認めなければいけないのである。

人間は巨人でも神でもない。人間は猿や、それ以下の程度の低い生き物とある意味で同じであることを、はっきりと認めなければならない。

真実を突き止められる科学的方法を、大半の人間は信じているのだが、それが必ずしも正しいとは言えない。それに関わっている心の真面目さや正気の気持ちがある時、または深い情けや同情心がある時、初めて真実はその一部を心の闇の外に引き出されて来るのである。常に真実はこの方法によってしか、その人間の心の中から暴き出されない。科学的方法によってではなく、文学的、宗教的心根や情けの働きこそ、それが可能であり、実は尊いのである。

個性ある言葉

大自然のあのままの状態、つまり風景そのものを見ようとする時、それはこの世であれこれと様々なものを見る姿勢とは違う何かで物を見なければならない。自然の風景とは風景にして風景ではないのである。もちろんそこには鬱蒼《うっそう》とした森が見え、豊かに流れている川の澱みが見えるし、飛び交う鳥や昆虫と共にそれ以上に勢いよく飛び交う言葉を見ることも事実である。言葉は方法論としてのリズムではない。言葉は人間の生き方の自由自在な方法としてのリズムなのである。そこには良い言葉があったり悪い言葉がある訳ではない。文学方法の中で飾られている言葉が有る訳でも、酒に酔いつぶれまたは、まともに喋らないような素朴な人間の使う恥ずかしい言葉などといったものもありはしない。

どんな言葉であっても古い汚れた言葉であっても、最新の綺麗な言葉であっても、それらを自然の言葉とは違う特別のものだと考える訳にはいかない。言葉は流行に乗ろうと、そうでなかろうと、言葉であることには間違いなく、それを使う人間の生き方の中でははっきりと一つのリズムになっている生命の表現である。

それに比べて今という時代の中で右往左往し、同時に新しさを誇ったり、時代の先端を走っていると言って喜んでいる言葉は、間違いなくその人間の生命の中で徹底的に理解され、間違っても磔《はりつけ》の刑に処せられることはない。キリストは磔《はりつけ》になった。言葉もまたそれなりに山上の垂訓《すいくん》並みに生命の勢いを持っている光を四方八方に輝かせたので、この世の雑な人間の言葉によって否応なしに磔《はりつけ》にされた。現代人が簡単には使えないような本当の言葉は、常に磔の刑に処せられなければならないようだ。つまり本当の素朴で何の飾気もない生命と直接関わっている言葉は、その背後に間違いなく大きな十字架の印を帯びている。十字架の形が背後に見えるということは、その言葉がやがて磔にされるであろうという事実をはっきりと知っているからである。文学作品として世に現れる言葉という言葉は、その背後に十字架の陰は見えてこない。言葉のどの部分にも磔にされるような匂いも可能性も見えてはこない。売れに売れ、世の中の人間の問題提起を行い、金を周りからどっさり集めることは可能だが、心有る人を集め、時代を超えた時間の流れの中で活躍するような光り輝く言葉の力を見せることはない。

そういう言葉はその嫌な問題提起をするかなり前から、その伏線とか、予兆は見えている。それは十字架を自ら背負いながらゴルゴダの丘を上って行くキリストそのものの疲れ果てた姿なのである。人間の生命の息絶え絶えの姿の中に、その人らしい本来の言葉が少しずつ姿を現して来るのである。やがて十字架に架けられる運命に人々は気づくのだが、そうなると彼らには本当の言葉の意味がわずかずつ分からなくなって来る。この社会で便利に使われ、それによって人生を上手く立ち回れる時、言葉の便利さを知り、自分のそういった言葉の存在を運の良さだと思い、自分の言葉にはこれほどの威力が有ると信じて悦ぶのである。とんでもない間違いだ。本当の言葉とは、また本人の生き方とはそれとは全く反対の方向に力を発揮する逆の言葉であり、そういった言葉を自由に使った人々の中には、ディオゲネス（古代ギリシャの哲学者）がおり、寒山拾得やソクラテスや荘子や老子がいる。彼らははっきりと言葉の十字架の意味、または磔刑《たっけい》の中で見ることができる言葉の意味を、間違いなく知っていたのである。言葉は本人の間違いない全体像を表す風景である。一人ひとりその風景は違う。頭の形や手足の形や動かし方はどの人間も同じだが、言葉は千差万別の特徴を示している。人間は徐々に文化という名の下に整えられて並び、繋がり、生き始めるようになったが、しかもそういった同じ枠の中で一人ひとりさほど違いなく生きてもいるのだが、それは生きているのではなく何も知らずに存在しているだけだということを知らなければならない。人は一人ひとり異なるのである。砂浜の石ころのように大小様々であり、色合いも表面の荒さや艶やかさも千差万別であるように、人は一人として同じ存在ではないはずだ。それは指紋だけの話ではない。どれほど人の数が多かろうと、全く同じ指紋の人間が二人といないということを、私たちは知っているのだが、同じ人間が時として双子の中にいるとでも思っているようだ。人は全て個性豊かに生きている。同種類の花でも昆虫でも訳は同じだ。人の言葉が一つとして同じであると言えないことは、このことからも納得が行くのである。愛という言葉をどれほど多くの人が自分の愛の行動と併せて口にしたり書いたりしたとしても、その言葉の微妙な意味が少しずつ異なるということを私たちはよく知っている。言葉も確かに個性を持っている。

自転車の荷台に積まれた書物

自分自身の身体全体を動かし、農民や工場の労働者のように働きながら貯めた金を最初に用意し、それから自分自身の事柄をコツコツと書きため、長い月日の流れの中で自分自身のための、自分だけの出版社を立ち上げ、自分自身の本を作り、それを五冊十冊と自転車の荷台に積み、または山手線の人混みに押されながら場末の書店にそれを卸《おろ》して歩くような人物がいる。種を蒔《ま》き、肥やしをやり、畝を何度も何度も整え直しながら出て来る芽の一つ一つに感動している農民というものが、素朴な時代にはいたる所にいたものだ。

場末の書店の主人や店員たちもまた、こういった自転車で走り回る小さな出版社の男を、半ばおかしいとばかり笑うのだが、その男はそういったことには一切気にもせず、まるで自分の子供を扱うように、または自分だけの宝物に触れるように、一冊一冊それらの本を卸《おろ》して行くのである。これらの書物に書かれている言葉の一つ一つに荘子や老子の心の勢いが、またはミルトンや良寛たちのどぎつい背景に流れている言葉の匂いがする。間違ってもこの世の当たり前の心だけが受け止められる漂泊の言葉は一切ない。それらの言葉とはおよそ違う言葉はそこに溢れ、その気迫と勢いのようなものは、明らかにはっきりとした「気」として心有るものには一幅の清涼感や薬として感じられるのである。

茅葺き屋根の農家の隠居所から始まった一人の男の教会の精神もまたそこには「無」から始まる本当の開拓の勢いが見られる。遥か昔ギリシャの町か、村のピリポの信者たちに書き送ったパウロの手紙の叫び声は「喜び、喜べ」と繰り返す言葉で埋まっている。

これまで書いて来た二人の変わり者はただ言葉を書くにしても喋るにしてもそれによって尊いのではない。自分の中から湧き出して来る声、また言葉の一つ一つに丹念に組み込まれているその行動に意味があり、大きな力があるのだ。それは感激であり感動であるのだ。本当のマラソンがそこにある。力尽きて倒れんばかりの姿でゴールに入って行く選手の姿は実に美しいものだ。かつてギリシャの一人の兵士は、戦勝の事実を伝えるために走りに走り、とうとう倒れ、洗者ヨハネは荒野に叫ぶ声となって叫びをやめず、使徒パウロはローマで本当の力を発揮したと言われている。そこに心の芯から書かれる様々な『天路歴程《てんろれきてい》』がある。

今私の手元に一冊の古い英文の『天路歴程』がある。これは文久三年にロンドンで出された一冊であり、これを持っていた人物は、今は亡きイギリス婦人ギレスピー女史であった。

かつてミラーが送ってくれた一冊の古い本は、彼の尊敬して止まなかったノルウェーの作家の作品であり、彼は晩年彼の妻と一緒にノルウェー北部のロフオーテン島で農民の真似をして一生を終わった。

こういった物書きたちの書物は、売らんかなとして書かれまた店に並ぶ作品とはその本質において全く質を異にする。豚の餌と黄金の間の区別のようなものがはっきりとこれらの間を分けている。

人は自分にとって大切なものをいつでも自転車の荷台に乗せている。私が見る限り心有る人というものは、ある時心に受けたものを二十年でも五十年でも決して忘れることなく身に付けているものである。人生などは誰の場合でも、物事を標榜《ひょうぼう》するだけで終わってしまい、そこには凄い力などはほとんど見られない。しかし何年経っても本人の中からマグマのように噴き出る力こそが、大切なのである。定められた時間が来ると吹き出すあの勢いこそ、本当の意味の言葉と言わなければならない。現代人には肩書きや金銭も、小器用さや言葉遣いの小知恵もけっこう多くある。しかし自分の中の素朴で人間本来の勢いということになると、全く惨めなものだ。人の生き方の中心にその勢いがなければ、そこからどんな種類の愛も知も人間本来のリズムとして勢いをもって、またマグマの情熱をもって吹き出すことはないのである。

言葉というものの発揮する情熱に私たちはいつも触れていたい。

荒野の声

「金に糸目をつけない」という言葉がある人たちによってよく使われる。特にこの社会で大きな事業を興《おこ》している元気な人たちにはよく使われるらしい。しかし糸目をつけないなどと自信を持つ人間は、宝の山を持っていると信じ、また信じられていることも事実だ。金銭や宝石や、権力のような宝が、それであるかもしれないが、それはそれほどの物ではないことに、やがて気づくのである。

物を書き、話し、書物を作り、大量の魚を売るように書店の店先に並べて売る、あのベストセラーの商人のようになることではない。「金に糸目をつけない」ということはその本当の意味において全く別のことなのである。

荒野に叫ぶ洗者ヨハネの声や、空海や源信の言葉こそ、本当の言葉の創造者であり、間違いない隠者や仙人の態度そのものである。ただの市場の商人で良いはずはない。しかし商人という言葉の原点に立つならば、バプテストのヨハネも純粋な商人だったかもしれない。源信も仏を世に売り出す真実の商人だったかもしれない。これから見ればこの社会で言われている純粋な詩人も作家もそういった真の商人ですらあり得ない。彼らは本当の言葉の人間になろうとして本屋さんという商人にはついに成り得なかった人々である。彼らの中には数多く、本当の言葉の人間になろうとして、結局は本屋で終わり、または騙されて作家になってしまう人もいる。しがない原稿書きやその原稿を運ぶ商人に成り下がってしまった人たちがかなり多い中で、本当の荒野の声になった空海のような人物は、千年に一人ぐらいしか世に現れない。

未だに作家という名の商人になろうと汲々《きゅうきゅう》としている人々は多い。自分の言葉をその通りのリズムで野の中で叫ぶニーチェに、ミラーに、なろうとする人のほとんどいないのが今の世界である。酒屋になり、本屋になる人は多い。しかしヨハネになる人は滅多にいない。ヨハネの叫び声になる人は滅多にこの世には現れない。本当のバプテストになる人も滅多にいない。火の予言者と言われたイザヤになる人も、泣き予言者と言われたエレミヤになるだけの自分を持ち合わせている人間も、滅多にこの世には現れない。本当の自分自身の言葉を吐き出す人間は、なかなか世に現れず、そういった自分の言葉のいくつかを食べながら、飲みながら自分を生かしていく人も滅多に見られない。そういう人の生き方は奇跡の生き方をしており、そういう人の言葉が社会の凡人たちに買われる訳もない。ミラーは自分の言葉を丸めて古新聞紙で包み、私に次から次へと送ってくれた。それらの古い丸められた言葉は、私の息子の病気を治し、他の息子たちもそれなりにこの荒んだ世の中で心のパンを手にするだけのチャンスを与えられている。作家という名の商人になろうとして物を書き、それを柿の実や栗を売って金儲けのほとんどできない商人の端くれになっている。否、商人と呼ぶよりは神社仏閣の前で下手な踊りをしながら小銭をもらう乞食なのかもしれない。

言葉は売り出すものではない。その人の本当の言葉は自分の心の中から叫び出るものである。洗者ヨハネは荒野のただ中で北風に吹かれ、生命の言葉を叫び続けた。カッパドキアの隠者たちも生命の言葉を叫び続けて止まなかった。この世の大衆たちが見向きもしない言葉を自信たっぷりに叫び続けているのである。

書き、歌い、何千と溜まった自分の詩を死が近づいた時妹に焼いてくれと頼んだ女流詩人デッキンスンは、本当の意味において野に叫ぶ間違いないもう一人の詩人であった。

ミラーも作家と言われるよりは本当の意味においてポルノ作家であったと言われた方が嬉しかったのかもしれない。ミラーは確かにもう一人の荒野で叫ぶ人間であった。自分の言葉に自信を持ちそれを奇跡の時間の中で振り回した本当の商人だったのである。

三《さん》余《よ》

人間は持っている小知恵のせいで、猿よりも遥かに多く数を増やしている。古い時代の中国人たちは、「鼎《かなえ》の沸くが如し」といって、猿人たちとは比較できないほど増えて行く人口を表現している。猿人たちは常にうるさく騒いでいてもその頭数はそれほど増えはしない。原人は別だ。社会の構成された仕組みの中で、その頭数は時間の流れと共にどこまでも増えて行く。単にマルサスだけではなく、全ての人は自分自身だけのマルサスとなって、まるでフィンランドの林の中を巨大な絨毯となって走り出すレミングのように数を増やし、数の調整をするために次から次へと自ら断崖から水中に飛び込んだり、後ろから押されてやむを得ない自死行為をとっていく。

考えてみれば、あらゆる大自然の中で生まれた生命体は、与えられた寿命を全うすることを願い、できることならさらにそれ以上生きることを願い、欲求し、おさまることはない。より長く、より強く生きることはあらゆる生命体の中に働いている力であり、生命現象の活動そのものなのである。

確信する思いこそ、その人が近未来の自分の生きる範囲での伝統になるように生まれついている。生命体はウィルスから哺乳類に至るまでこの近未来の伝統に繋がっていくであろう確信に、常に燃えながら一つの生命体としての旅を続けている。

自分の力の中心で今騒いでいるのはこの確信という根が勢いよく根差しているからである。この生命の疼《うず》きこそ、やがて力強い一つの伝統に変わって行くのである。その人の極めて自然な行動の一触れから大きな人間の生命の動きが生まれる。昔の人は「どんなに忙しくしていても三余《さんよ》の時間がどんな人にも有るはずだ」と言っているが、確かにそれは間違いない。どんなに忙しくまた暇な人間、怠け者、力のない人間にも次のような「三余《さんよ》（三余＝法書に利用すべき三つの余暇。すなわち冬、夜、陰雨）」は有るはずだ。「冬」、「夜」、「雨の降る時」の三つはどんな人間をもわずかながら賢人にしたり、自分の言葉を持つ人にしたり、どんな怠け者をもそれなりの自分自身の独学の知人にしてしまう。これら三種の余暇こそ、昔の人は三余という二つの文字で呼んでいるのである。私たちは果たして人生の長い旅の中で三余の時間を見い出しているであろうか。あまりにも忙しく騒ぎっぱなしの社会生活の中で、おそらく三余は忘れ去られているに違いない。

ストラスブールまたは街道筋の宿場町

人生というものはどの一人の人間にとってもフランス語でストラスブール（ドイツ語ではストラスブルグ）、すなわち「街道筋の宿場町」に過ぎない。私自身、生まれたのも関東の田舎の小さな宿場町だった。東京の親元を離れ、小学校時代を過ごしたのも、祖父母の住んでいたこの同じ宿場町であった。一年間だけその間に西隣の県のもう少し大きな町に移動したこともあったが、私の少年時代の思い出は栃木県南部のこの小さな二キロほどぐらいしか長さのない道が一本南北に通っている宿場町に限られていた。生まれてから死に至るまで人生時間は一つの一里塚でしかない。一つ一つ決して忘れられない彩り豊かな旅の時間である。

私は初めてパリを訪ねた時、ドイツのフランクフルトから電車に乗った。車窓からはドイツの町並みが次から次へと現れ、やがてシュバルツバルトの森が黒ずんだ姿を車窓の外に現した。八時間にもわたる長いフランス行きの電車の中で、私はヨーロッパの心臓部あたりの魂の鼓動を充分に聞いたような気がした。この電車は私にドイツとフランスの独特な空気を吸わせてくれた。いつの間にか車窓には霧雨が降り始めていた。日本ならば雪が舞う季節だというのにヨーロッパの中央部では春雨のような感じた。何時間ものこの旅は、私にとって決して長いものには感じられなかった。むしろその後の北欧に向かう夜汽車の旅や、ローマからドイツに向かうスイスの山越えの夜汽車と比べ、北欧からバルト海を船で渡り汽車に乗り継ぎ、ドイツ、オランダを経て、北海をフェリーでイギリスに向かった旅などと比較するなら、実に短く感じた旅であった。パリの東駅のホームの一つに電車が着いた時、あたりはすっかり暗くなっていた。屋根が有るせいでホームは濡れていなかったが線路には雨が降っていた。ドイツから電車がフランス領に入り少しずつ暗くなって行く車窓に町の明かりを見ていた時、そこに現れたのはドイツ語の地名をもった大きな都会であったが、そこはフランスなのでフランス語でストラスブールと発音されていた町であった。私の次男も動物の研究のためにこの町の大学に行っていたことがあるが、人生は常に一つの旅だ。そこで何かを学び、体験しながらその先に進まねばならない旅なのだ。この旅がどれくらい、またどのあたりまで続くのか一人ひとりの人間によってその長さは分からないが、それこそが生き物の生命の寿命というものであろう。その夜遅く、噴水の近くで待っていてくれた日本の友に会うことができた。何日も過ぎてから、この友に見送られながら北駅から夜汽車に乗って北欧の音楽家の友に会うために別の旅に出た。人生は常に旅なのである。

猿人と原人

人間社会において集団の中に埋没し、そこに住むことによって生きる安心を得られると思う人たちは、そのことによってはっきりと自分が猿の仲間であり、猿人の仲間であることを意識しなければならない。そういった数多くの集団人間の外にごくごくわずか自分自身の直感を頼りに生きている人たちがいる。彼らは猿人たちの理解できる仲間ではない。彼らは生き方の中心において猿ではなく、落人たちなのである。彼らは社会の中の人間だと自らを認めてはいるが、その実彼らが彼らの社会の外に押し出そうとしているのは、まともに住むところのない落人たちなのである。猿人たちの六法も儒教の教えもまともに身に付くことのない、いわゆる原人であって猿人とは明らかに生き方の中心から何かが違っている。利口で物分かりがよく、自分たちの社会の中でまともに生きることができ、周りからもとても良い態度で受け止められる彼らは間違いなく猿人であり、猿の集団の中の一人なのである。それに引きかえどんなに頑張ってみても集団の中の優しさや常識に従いながら努力して生きようとしても、原人はやはりもともと原人であり、猿人に戻る訳にはいかない。草原に降り立ち身体を垂直に伸ばし、歩くために足は使い、手は物を掴み目の前の天敵と戦うための最も基本的な生きた道具として大切に扱っている。一方猿人たちはせいぜい樹の枝を握ったり、時には石を割ったりするぐらいの小知恵は有るにしてもそれ以上に彼らの考えは進むことはない。彼らは木の枝の上でほとんどの時間を過ごし、そのことによって天敵から身を守ることを知っている。草原を走りぬける原人と違い、猿人たちは見事な長い腕の力と足の力を使って、これ以上は発達することもない小さな頭でもって枝から枝へと飛び移り、そのアクロバット的な業はたいていの天敵から身を守る。原人たちには山の彼方の雲を見、煙を見てその違いをはっきりと認めることができる。煙ならばその形や色の違いから、何のために焚いているかその意味をはっきりと理解する。炊事のためか単なる野火《のび》なのか、単純な炭焼という仕事の形なのか、さらには仲間同士が互いに狼煙《のろし》を上げて通信手段として使っているのか、原人たちはこれに関して十分に熟慮した理解をもつ。彼方に有る形でもって上がってくる煙を見て、そこに最も初期の言葉を知った。その点猿人たちには全くそのような理解ができてはいない。仙人や隠者の出現は原人の心の中に、またそれと平行に生活手段の中に言葉が生まれた時、同時に出現した。獣たちは森の中を力任せに走り、その走った後が獣道になったが、人が走り、車が走り、汽車が走った後には文明の道筋が現れた。一方において猿人たちが樹の枝の間でアクロバットを見せているが、そこにはどのような発展も道筋も見られなかった。

源信（1）

平安時代の中頃は、仏教哲学者や宗教家たちが言うように、日本の浄土信仰の夜明けの時代だった。源信の『往生要集』などはただ黙って読み、考えていくとそれはいかにも古い時代の素朴な人たちに教えられた極楽と地獄の話の、少しばかり気の利いた昔話に聞こえ、しかもかなり程度の高い漢文のリズムの中で難しい漢字を使ってはいるが、言っていることはかなり簡単であり、どちらかと言えば漫画チックな匂いさえも見えて来る。古い時代の庶民の頭には当然その方が人生論が入り易かったようである。

早くして父と死に別れ、厳しく母に育てられ、出世などはする必要はなく、ひたすら真実を学び取れと教えられた源信という人物は、比叡山に上り、横川の恵心院に入り、良源という、彼にとっては理想的な師に出会った。わずか十五才にして源信は八講師という立場の教師となり、学僧の間でもよく知られていた。

母の教えの通りに精神的な大物になっていた彼は周りに集まった知識人たちをより大きく次々と動かしていった。キリスト教の世界において、モニカという巨大な母の像を考えずにオーガスチヌスの存在を考えることはできないように、源信の場合も彼の母のことを考えずには正しく理解することはできないだろう。

十世紀頃の天台宗の僧であり、恵心僧都《えしんそうず》とも呼ばれていた源信は、やがて黒谷上人とも呼ばれていた。彼を慕う人々は尊敬して彼を円光大師とも呼んでいた。カトリックの教えに納得が行かず、キリスト教やマホメット教の後の時代に原理主義が現れ、それぞれの宗教の長い時間の中からの復活が叫ばれたように、当時の天台宗の教えに飽き足らず、より当時の住民たちの心を慰め励まし、確かなものと信じられるものに、当時の老若男女たちがすがる気持ちになったのもよく分かる。その辺に転がっているような坊主とは違って、源信は当時一流の学僧であった。彼が誰よりも先に天台宗の教えの彼方に、マルチン・ルターやカルヴィンたちが夢見たように、また東欧のフッス（※チェコの宗教家。ヨハン・フッス）のように新しい時代の心の風に酔いしれていたことは今日の私たちにはよく分かる。当然のことながら永観、良忍、珍海、真盛《しんせい》、法然、親鸞などといった魂のキラキラ輝いていた僧たちが、たちまち源信の考えに夢中になった。そこには天台宗にはない新鮮な信仰の風が吹いていた。源信は「常行三昧《じょうぎょうざんまい》」の道がここにしかないことを悟り、常にどこにいても念仏を唱えていたと言われている。それは人間が浄土に往生できる道であることを信じきった彼の心をよく表している。正しく彼は浄土宗の宗祖であり、浄土の空気の中で、間違いなく生き始めていたのである。キリスト教において、カトリックとプロテスタントが憎み合い、睨《にら》み合っているのと同じように、源信自身が天台宗派と浄土信仰の間に立って、彼自身の信じる念仏三昧の生き方が問題となっていることをどんなに悲しんでいたか分からない。

日本の各地で庶民たちは信じようと信じまいと、仏教徒としての善男善女として当時生きていたことは事実である。納得できない不条理なこの世の中で人の心は常に暗くなっており、心の安らかさはほとんどなかったようだ。人生を理解し、自分の精神の中の在り方を叩き直そうとしても、その術を持つことも、生き方そのものを大悟することはできなかった。そのようなところに『往生要集』が現れれば、それを宗教書としてまた哲学書として読んだりその内容を受け止めたりするのではなく、一種の昔話として、またよく呑み込める講話として人々は受け止めていたことは容易に察しがつく。前世も後世も、人が今の自分自身を見つめて大悟する時、そこに生きる道があり、それが簡単な念仏行為によって可能だということを源信は庶民に向かって伝えたかった。しかも同時に彼の考えは当時の心豊かな僧たちにとっては、これまでに無い大きな明日への夢を培ってくれる哲学だと信じたはずだ。

今日、日本人の間によく知られている法然も親鸞も正しくそういった本当の人間哲学の芯に触れることのできた人々であろう。

源信（２）

浄土宗が門を開くのに大きな働きをした源信は、中国の偉人たちの母がそうであったように、彼を自分の道に生きるように学べと諭《さと》した母がいた。比叡山の恵心院に籠もった源信はとにかく時間の全てを浄業に奉げ、当然のことながら彼の仏教哲学の道は限りなく広がっていった。真宗の方では七人の高僧がいたが、源信は第六番目の祖とも言われていた。

十一世紀に入って間もなく彼の弟子の一人、寂照《しゃくしょう》は中国の宋に赴《おもむ》き、彼の地の僧知礼《ちれい》に二十七巻の天台宗の経典を渡した。これを部分的ながら読んだ中国の賢僧、知礼は驚きの声を上げて、東の小国にこのような僧がいるといって、呻いたものだ。

「これほど仏教を奥深く理解する人が、東海の地にいるとは……？」と大陸の人は驚いたという。

このようにして源信の存在はオリエント文化の花咲く広がりの中で、心有る人々に知られていたのである。しかし中国の知識人たちが当時源信をこのような考えで捉えていたことは、より広い立場で考えるなら何かが間違っていたように思う。仏教の、また天台宗の、さらには浄土哲学の中に見られる阿弥陀信仰は、古代ギリシャ思想から近世ヨーロッパ哲学などと同じ立場で考えて良い、中味の深い人間学そのものとして見るべきだ。

仏教の方では数多くの宗派が存在するが、それらを二つの形に分け、一つを顕教、もう一つを密教と呼んでいる。

顕教の方を哲学的なレベルで見るなら、それは物事をはっきりとした言葉や文字でもって表し教える、現代風に言うならば、合理的な哲学なのである。一方密教に属する天台宗や真言宗、浄土宗などで教えるのは西洋で言うところの神秘主義によって支えられている仏教思想であって、教えの中心は常に隠された秘密の言葉の奥の方で哲人たち一人ひとりが学び取らねばならず、その意味においても顕教的な明るさや爽やかさよりはむしろ、秘密主義の匂いの中で人間性の奥深さを自他共に認めているところがある。このことをはっきりと示しているのが、「念仏三昧」という生き方の姿勢の中に明確に現れている。

心理とか本性を表す明確な言葉とか方法は、実のところ大自然の万有の機能は人間に与えていない。真実究極の理法というものは何一つ与えられていないと信じる力を、多く示しているのは密教の学徒たちなのかもしれない。

「真如《しんにょ》」とはつまり物事の真実の姿を見たままに信じたことを表しているのであり、それはサンスクリット語でブータタサター(bhutatathata)と呼ぶようだ。実際この世の中に存在する物事をそのありのままに見たり信じたり確信することがこの「真如《しんにょ》」なのである。存在するもののありのままの状態や現実に存在するものをその通り信じる時、そこに悟りが開ける。真実が見え、真理が分かる時、そこに万有の根源的な事実があるのであり、そこでは差別を認めることなく、そのことを仏教では「実際」とか「法性」、「諸法実相」、「如如《にょにょ》」などという言葉で説明しているのである。つまりこういう物の見方は深い真理を探し求めている人よりはむしろ、素朴な人間によって見破られることが多い。あまり考えず、自分の知っている言葉以上のものに頼らず、目の前に存在するものを恐れず、受け止めようとする人間こそが最も真如《しんにょ》に近いのかもしれない。ということになれば、顕教の哲学に身を浸している学徒の方がかえって密教の学徒たちよりもブータタサターに近いとも言える。

いずれにしても、哲学に心を向ける人々の中の人間の一人として、仏という考えの中に身を置く清浄な学徒たちは、菩薩の世界または浄土の世界、さらには補陀落浄土《ふだらくじょうど》などに向かって目を向けているので、彼らは常に密教と変わることのない真剣さを示しているとも言える。

仏教学徒の間ではサンスクリット語で「buddha（仏陀）」の教えとしてそのまま呑み込もうとしているが、全ての経典についても同じくサンスクリット語の匂いのする様々な経典に向かい、そこから得た真如を己の言葉でもってどこまでも広げていくのである。しかし仏陀という言葉も直接日本の学僧や学徒たちにサンスクリット語そのものとして伝わってはいない。朝鮮半島を通って文化の伝わってきた日本国内であれば、仏陀もまた朝鮮語で呼ばれる時の「pul（仏）」とか「puto（浮図《ふと》）」と呼ばれていた。

源信（3）

私はかなり前に分厚い作品『離脱の思考』を書いている。源信も『往生要集』を書く時、はっきりとこの世の穢れを避けてそこから何としても逃れなければならないという気持ち、「厭離穢土《えんりえど》」の思いを深く持ちながらこの『往生要集』を書いたに違いない。仏教徒の言うこの世界は大自然という万有引力の流れているところであり、彼らはこれを常に心の休まるところではなく嫌なことの続く世の中であり、何としても離脱しなければならないところだと信じているのだ。仏教徒はこういう世界を「餓鬼」の世界であり、「畜生」だけが生きられる時間帯であり、「阿修羅」の世界であり、これら全てを人間の世界と見て悲しむのである。人々が子供たちを指して餓鬼と呼び、人間以外の動物を畜生と呼び、悪の限りを尽くして言い争い、戦争を引き起こす人間の一面を阿修羅と呼んでいるが、これは決してこれらの言葉の正確な使い方ではない。餓鬼も畜生も阿修羅も全て私たち人間そのものを指して言っているのである。

仏教もキリスト教もイスラム教も、餓鬼の世界をはっきりと認めてはいるが、同じようにして人間の住むこの世界の他に、天国もあり地獄もあることを全く違った表現で表している。

源信はいかにも仏教僧らしく、人の住むこの世の中を、この大地を生命を与えられている天、または大自然を何の恐れもなく八つに分けられる地獄として説明している。それが『往生要集』の最初の章である。バイブルの旧約聖書の最初のところに記されているのは天地創造の話である。このような書き方は西洋の大地に生まれた人たちの間に広まり、東洋の大地では「極楽、地獄」の話から始まるようだ。

人間は言葉を使い始めた時、まず最初に言葉はもともと言霊であり、生命の力の源であると素朴な気持ちで理解しているようだ。大自然または宇宙、万有の基本は霊性であって、それは言葉によって人間の前に現れるものであり、同時に文章となって人の手で書き表される。このようにして人間の心と手によって、また口によって自由に表現されていく言葉は、日本人の本来の生き方の中では「何々申さく……」というところから始まったのだが、次第次第に時間の流れの中で文明の社会で用いられる便利な言葉に変わっていった。この変わりようこそ悲しいことだが、人間の生き方の中で何よりも大きな働きをする「高等技術としての詐欺行為の手段」として用いられるようになって来ている。

言葉は間違いなく脳味噌や胃袋や心臓などと並んで、その中でも最も意味の大きい内蔵器官として考えなくてはいけない。生命を守るのにまず最初に言葉という器官を考えなくてはいけない。森羅万象の中で生命という存在は驚くほどの生き生きとした存在として生きているが、それを支えているのは各種の生き生きした行動であり、その行動を助けているのが言葉という器官なのである。

源信は地獄を何通りにも分けて説明しているが、その時の地獄という言葉の意味は、簡単に人間の不幸とか、天地の間に起こる災害や恐ろしい天敵の話などだけでは納まらない深い問題を含んでいる。極楽は天国と並んで、あまり物事を考えようとしない伸び伸びとした日々を生きている人間たちがあらゆる生活手段の中で使う言葉と並んで、簡単に喋りまくり、書きまくり、歌いまくっている。しかし源信はいくつにも分けた地獄を一見田舎芝居や見世物また昔話のような単純な表現で書いているので、たいていの人間はこれをつまらない馬鹿話の一種として片づけてしまう。叫喚《きょうかん》とか焦熱《しょうねつ》地獄といった言葉で表しているので、よほど心をしっかりと一定の方向に定めておかないと源信の話は下らない物語として終わってしまうかもしれない。しかし彼の存在が今なお心有る人々の目を開き、『往生要集』が単に仏教の世界の夜明けだけではなく、密教の宗教哲学的言葉のリズムを後の時代の人々に宛てていることを考える時、私たちはそれぞれに自分の言葉という特に高等な器官を、生き生きと働かせて目を通す作品として、他のどのような宗教経典や哲学書よりも、また文学作品として持ち続け、読まなければならない。

源信（4）

生命体の中には複雑にして精妙な器官が備わっている。人間の生き方の中には間違いなくはっきりとした言葉という能力が、他の能力や働きと共に互いに連絡しながら繋がっている。体内時計はそういった繋がりの中でも特に日々の生き方の中で重要な働きをしている。語学もその一つであり、宗教的な感覚も同じように重要な働きをしている。言葉は常時、人間の働きの手となり足となり耳となり目となって休む暇もなく動いている。言葉こそは間違いなく体内時計の中心の歯車であり、それを動かしているゼンマイなのである。止まることのない流れとして、時間はそれぞれの人間の生きる時間を区切り、初めから終わりまでの、成長し、老化していく姿を間違いのない確かな絵として心のキャンバスの上に表している。

源信は明らかに人間の寿命というか世の中の広がりを説明しようとし、その絵は間違いなく不浄のものであり苦しみ多いものであり、どこまでも儚《はかな》い無情のものだと認め、それを、別の言葉では「世界の地下、一千由旬（※由旬＝ゆじゅん＝古代インドにおける長さの単位＝1由旬は8㎞だから1千由旬で8千㎞）」のところにあるとはっきりと言っている。このようなところに生きている人間は常に何かに対して敵愾心《てきがいしん》以外のものを持つことなく、ちょっとの出会いをする人や袖摺《す》り合う人に対しても、厳しい猟師が森の中で獲物に出会った時のように鋭い鉄の爪でもって相手を傷つける。ついには血も肉もすっかりなくなり骨になるまでしゃぶってしまう。

当時、人間の寿命は五十年だと言われていたがそのようにして昼も夜も生きる訳だが、地下を離れ遥か天上に生きる四天王天（※四天王天＝天における四人の守護神）の寿命は五百年と言われている。しかし人も四天王天の寿命も同じく一昼夜の長さしかなく、それでいて五百年の命なのだと言われている。同じことがバイブルの中でも「一日は千年の如く、千年は一日の如し」と書かれている。

人間の生命は一つのリズムだ。それが長かろうと短かろうと、それは考え方の違いであって長さ短さがはっきりと石ころの大小とか、咲く花の広がる大きさや小ささと違っていて、それぞれの見方の中で確認することが自由にできる。

私はもう少しで八十才になろうとしている。しかし私の息子の一人はわずか十三時間の生命を、私に抱かれながら蒸し暑い六月のある夜、次の日の朝までの時間を実に嬉しく家族と過ごし、与えられた彼の生命を力強く生き生きとメンテナンスしながら旅立っていった。人は誰でも自分に与えられた生命の時間を考え方一つ、信じ方一つ、また喜び方いかんによって長くも短くもすることができる。

それにしても一人ひとりの人間に与えられている異なった寿命は、どうして他の全ての生命体のそれと徹底的に違っているのだろうか。動物も爬虫類も昆虫も、魚類なども全て与えられた彼らの寿命には間違いなく厭離穢土《えんりえど》の気持ちは働かない。むしろ天使のように穏やかな生命の動きの中で与えられたそれぞれの寿命を全うする。

しかし人間だけは違う。いやが上にも意識し、心と体力の全体の中でひしひしと自覚しなければならない厭離穢土《えんりえど》の心が常に働いている。しかも人、一人ひとりの顔の形が違うように、また与えられて来た自分自身の様々な能力が違うように、はっきりと自分に関わっていて離れることのない様々なこの世の苦しみを、老いも若きも常に意識しているのである。

源信はそういう意味においても単なる僧ではなかった。はっきりとこの世に生きている自分の時間を知っていて、それから脱出することもできない運命さえ、若い頃からはっきりと知っていた。彼は今日で言う思想家などと同じレベルで自由が欲しかった。しかも同時にどんなに頑張ってみても自由な外に出ることのできない囲いの中に閉じ込められている、「誕生から死」に至るまでの自分というものをはっきりと自覚していた。彼は『往生要集』の中でこのような生命の中に閉じ込められている時間を七つに分けて説明をしている。最初に「地獄」次に「餓鬼」次には「畜生」「阿修羅」「人間」「天人」と続き、そして最後には七番目の「総論」で終わる。

これらの世界は纏めて人間という存在の心や生き方が決して安まることのない三界だと言うのである。何としてもこの苦しみ多く痛み多い世の中から人間は安楽した浄土や安楽した世界に向かわなければいけない。この穢れた人間の時間というところから自由にならなければならない。

そのためにはこの『往生要集』が心有る人々を惹《ひ》きつけたのである。念仏がそのために最も手近な、しかもこの闇の世を離れる見事な術であることを、源信初めかなり多くの人間哲学の心を抱いていた僧たちに理解されていたのである。

源信（5）

『往生要集』は誰でも素朴な心で念仏を唱えながら生きようとする人間なら、この世の穢れから離れて生きられるということを力強く人間に教えている。しかしその中で言われている言葉は、実に単純であり地獄と極楽を中心にして幼子に語りかけるような講話の趣《おもむき》がある。それに対して法然の『選択集《せんたくしゅう》』や親鸞の『教行信証《きょうぎょうしんしょう》』と比べる時、どこか素朴な匂いを感じない訳にはいかない。もっともあの時代において源信自身よほどこの『往生要集』に自信があったらしく、この作品を中国の宋に持って行かれた時、いささかも動じるところがなかったと言われている。『往生要集』が本家本元の宋の仏教界や文化の思想や風俗に大きな影響を与えたことがはっきりしていることから、念仏の心や浄土信仰の精神の流れがかなりはっきりと解って来る。広大な中国大陸に住む人々や日本の人々が心のどこかで求めていた欣求《ごんぐ》浄土への思いは、確かに源信の思想の中から学び取ることができたようだ。

源信のこの作品は四章から成り立っているが、最初の章の五節に「人間」というパラグラフがある。人間はそこではっきりと汚れた存在、「不浄の相」または「苦しみの相」、「無情の相」として説明されている。

人間が「不浄」であるということを説明しようとして源信はこのように書いている。

「およそ人間の身体には三百六十の骨があって、節と節とで相互に支え合っている。つまり趾《あしゆび》の骨は足の骨を支え、足の骨は踝《くるぶし》の骨を支え、踝《くるぶし》の骨は腓《ふくらはぎ》の骨を支え、腓《ふくらはぎ》の骨は膝の骨を支え、膝の骨は股の骨を支え、股の骨は臀《しり》の骨を支え、臀《しり》の骨は腰の骨を支え、腰の骨は背の骨を支え、背の骨は肋の骨を支え、また頸の骨を支え、頸の骨は下顎の骨を支え、下顎の骨は歯を支え、その上に頭蓋骨がある。また首の骨は肩の骨を支え、肩の骨は臂《ひじ》の骨を支え、臂《ひじ》の骨は腕の骨を支え、腕の骨は掌の骨を支え、手の骨は指の骨を支え、このようにして次々に展開して、順次鎖のように繋がっている。

人の身体は三百六十の骨が集まって朽ちて崩れた家のように出来上がっているもので、それは様々な節で支えられており、四本の細い血管が体中をくまなく巡り覆っている。五百の断片からなる筋肉は壁土のようであるが、五百の筋肉を六本の血管が連結し、さらには七百の細い血管が纏わりつき、編み絡みつき、十六本の太い血管が巡り巡って互いに繋がっている。二本の筋肉の縄があって、長さは二十一尺あり、身体の中に纏わりついている。十六の腸と胃が生臓と熟臓を巡っている。二十五の器官は窓や穴のようであり、百七の関の穴は毀《こわ》れ砕けた容器のようであり、八万の毛孔は草が乱れ覆っているかのようである。五つの感覚器官と身体の四つの穴は汚いもので満ちみち、七重の皮で包まれ、ちょうど火を祀る時のように、六つの味によって養われ、それは互いに貪《むさぼ》り受けてあくことがない。このような身体はどこもかしこも臭く穢れていて、初めから腐り爛《ただ》れている。このことを知ったならば、誰がこのようなものを愛おしみ、重んじ、それを得意になって誇りとすることをしようか」

　このようにして人間の身体を考える時、それは初歩の医学生たちの前で講義される人体の話と変わりはない。もともと『涅槃経《ねはんぎょう》』や『宝積経』の中で語られた汚れに汚れ、不浄そのものの人の存在が源信によって、再度『往生要集』の中で使われていただけに過ぎない。

　フランスの小説家であるバルザックは、自分の父親に呪われた子供について『呪われた子供たち』という作品を書いている。人間の実に繊細な天から与えられた魂が封建制度の社会の中で狂いに狂った戦乱の最中、海辺の小屋の中で暮らす可哀想な呪われた子供について筆を執っている。源信ははっきりと人の世の間に広がっている痛みや呪いや戦乱の風の吹く中で本来のまともな生命としてまともに生きていけない人間を、『往生要集』初め、多くの書物の中で歌っている。何としても浄土に生きなければならない人間の道筋は、極楽や欣求《ごんぐ》浄土を求めながら真如を求めて念仏三昧に生きなければならないことを説いている。そこにこそ厭離穢土からの脱出のチャンスがあると説いているのである。人間は万人こぞってある意味での出家をしなければならず、比丘《びく》の身として生きなければならない。

源信（6）

本質的に生命の基本は引力である。万有は無機物と有機物に分けられるが、片方は生物という形の中ではっきりと区別され、さらにはその中から生物が分離されていく。とにかく万有は引力に支えられており、引力そのものなのである。充満された存在が生物であろうとなかろうと万有であることがはっきりとしている。万有の中から引力が生まれ、またその逆であって引力の中から万有が生じたとも言える。万有引力の中から生命が生まれ、しかも死とは万有から生命が消えることであり、引力が失せることである。

　生命は常にその実相を隠すことなく見せているのだが、人間はそれをその通りに見ようとはしない。

『往生要集』の中の「人間」の章では、「大《だい》（智《ち》度《ど》）論《ろん》」や「（摩訶《まか》）止観《しかん》」といった経典の中で人間を次のように詠っている。

「人間の身体は臭く　汚れ不浄なものと知る
それを大切に見つめ　どこまでも愛おしむ
美しさに　気を取られ
汚れには　何一つ気づかない」

再度「（摩訶）止観」はこのように言っている。

「この相《すがた》を見ないうちは、愛染《あいぜん》の心はとても強いものだけれども、一旦実相を観てしまうと愛欲の心はことごとくなくなってしまい、とても鼻持ちならなくなる。今まで美しいと感じていたものが、とても観ていられないほど鼻持ちならないものに思えて来る。ちょうど、糞を観ないうちは、食べ物もよく口に入るが、一度臭気を嗅いだりしてしまうと、たちまちむかむかして来て吐くようになってしまう」

文明の社会は、不幸で悲しいものを美しく豊かなものとして、光り輝き、黄金色に染め上げられているものとして人の目には映って来るものだ。金銭が人間の言葉が美しい驚きとなって耳に入り、建物もトンネルも橋も全てが大地を征服した人間の誇りとして見えて来る。そこにはいささかのやましい心も生まれて来る余地はない。人間と何ら変わりのない大小様々な他の生命体は人間の足下で踏みつけられている。そのことに関して人間の思いは何一つ働かない。人間が大地の王様であるならば全ての他の生物は徹頭徹尾奴隷でしかなく、人間はそのようにルネッサンスという名の間違った極限の考えを抱いていて、そこにはいささかの恥じる心も憐れみの心もない。

「（摩訶）止観」の中では次のようにも書いてある。

「もし人間が自分の実相を悟ることがあるならば、さらには利口な人間を表現している眉も、翠《みどり》に澄んでいる目も、皓《しろ》い歯も、赤い唇もそれらは全て一魂の糞に脂粉をまぶしてその表面を覆っているようなものであり、または崩れ爛《ただ》れた屍《しかばね》に美しい絹や綾《あや》の着物を着せたようなものにしか映らないはずだ。遠くから観ても観るに耐えないようであるから、まして身をもってそこに近づくことなど、とてもできるものではない。昔こういった身の不浄を嫌って心有るまともな僧の一人は自殺して果てたといわれている。歓びにむせびないて抱き合って淫楽《いんらく》に耽《ふけ》る人間がいようか。このように思うことこそ、淫欲の病を癒す優れた煎《せん》じ薬である」

源信は常に人間の汚れた世界を嫌い、そこから離れる道を探りながら、三界という汚れに汚れ、穢れに穢れ、金や名誉に抑えられてそこから一瞬足りとも抜け出すことができず、生きている瞬間瞬間の時間の中で、地獄を体験していた。当然のことながら人間は原罪を信じざるを得ず、劫や業の中で生きている悲しい生き物であり、常に叫喚《きょうかん》し、焦熱《しょうねつ》の中で無間の時間を生きている。その生き方はどんな意味においても幸せな寿命と呼ぶことはできない。今人間はこの厭離穢土の畜生や阿修羅の立場から離れなければならない。そのことを素朴な念仏を通して進めたのが、ある意味ではこの世の小利口な人間たちから阿呆のように見られた源信その人であった。

源信（7）

平安の時代の半ばにしてすでに人は、世の中のあまりにも忙しく、文明の汚れた空気の中で生きていることに我慢ができなくなっていた。だから『出曜経典』の中では詩人の心を持った僧は次のように詠っている。

「今日一日は　過ぎ去りゆきぬ
生きる日は　消えゆき
小鉢の中の　魚の如く
楽しむことも　なかるべし」

さらに『摩耶経《まやけい》』の中では

「旃陀羅《せんだら》（心ない人間）の　鞭におわれて
屠殺《とさつ》所に向かう　牛の歩みにて

歩むたび　死の近きこと
人もおなじく　生命《いのち》は儚《はかな》し」

と謳《うた》われており、さらには『涅槃経《ねはんぎょう》』をものにした涙の僧は次のように詠っている。

「生をうけるもの　全て皆
死に帰す　ならいあり
儚きは　生命《いのち》そのもの
必ずや　尽きると定まれり
盛りあるもの　やがて衰え
会者《えしゃ》もまた　定離《じょうり》の如し」

その昔、エレミヤという泣き予言者がいたと言われ、旧約聖書の頁の中ではやがて数十年後に迫っているエルサレムの崩壊を彼は悲しく予言していた。しかし現代の人々が口にするノストラダムスの予言のようなものは、実現しないことで明らかだ。占い師はどこまでも占い師に過ぎず、金儲けの商人に過ぎないが、予言者は確かに予言するようだ。

確かな学僧の一人は『罪行応報経』の中で、まるで『エレミヤ哀歌』の詩人のように涙を浮かべながら、次のように詠っている。

「水は流れ　満つことはつねになく
燃える火も　燃えつづくことなし
日は出て　何時かは沈みぬ
月盈《みち》て　やがては欠くるなり
肩書きおおく　富さかえこそ
世の常なれど　これは過ぎゆく
さればこそ　真を念い
励みてこそ　人の世は生きられる」

同じことはこのような詩の形をとった経典の中だけではなく、エッセーの形をとった『(摩訶)止観』の中にも読み取ることができる。

「無常この上ない死神は、英雄や賢人を他の人と特別な扱いはしない。死神の前では、人間は脆《もろ》く危うい存在であり、自らの力を頼みにすることは難しい。安穏として百才の寿命を得ることを期待していても、財力で求め蓄え、自分の下に集まりようとしていても、突然の死が彼を襲い、持っていた肩書きも財産も人の物となる。本人は暗い果てしない冥路《よみじ》をとぼとぼと歩き、人は誰一人として彼の安否を気遣おうと尋ねる者もない。激しく流れる水や、猛り狂う風や、あらゆるものを押し倒す稲妻よりも速いと理解することができず、山も海も、空も街も逃げ隠れするところもない。このようなことが分かってしまうと人間の心は恐怖に怯《おび》え、落ち着いて寝ることもできず、食べ物も口に入らず、頭の中は混乱し、到底悟りの気持ちに入ることもできない」

源信は『往生要集』の中に次々とこのような古い時代の学徒たちの手になる詩句やエッセーを並べている。確かに『(摩訶)止観』の中では「恐怖心が起こると熱湯や猛火の中に足を踏み入れたように人の身体の五感の中の六つの欲望は人の手によっては抑えることができない」とも言っている。

人の世の有様はいつの時代であってもこのような勢いに押されており、そこから嫌らしい心が離れることはないのである。このことを源信は怖れ悲しみ痛み、常に厭離穢土を思っていた。その思いこそが念仏という行為に発展したのである。

源信（8）

あらゆる生命体の身体を考える時、不思議にも人類の身体には数えきれない多くの負債を背負っていることが分かる。これは他の動物には全く見られない不思議な特質である。樹木にも花にも魚にも、あらゆる哺乳類にもいささかもこだわっていないのがこの負債である。特に現代人はこの負債を極端に多く背負っている。自然の流れの人のままではいられず、あえて自分以外の何かになろうとして言葉や細胞が数多い業や劫を背負っているのが人間なのである。そういう人間は平和なうちに寿命を全うして逝《い》くことがない。与えられた寿命の中で生き生きと生き果てるのが本来の人間である。そう信じる人間だけが「人」でいられるのであり、この不浄の世の中から離れて生きられる「人」だ。

源信は数多い仏教の考えの中で迷い、彷徨《さまよ》っている人たちにこのことをはっきりと言いたかったのである。この世の戯《ざ》れ言《ごと》と忙しさに閉じ込められている言葉から離れて、彼は人間の存在を洗い流し、原生の血でもってもう一度復活させようと願ったのである。そのための基本的なリズムに戻る必要があるのだが、そこで彼は浄土信仰の中心とも言うべき、念仏を考えたのである。この世の周囲に期待し過ぎる人間はどんなに頑張っても、そのことだけでは安心できない。生きることの価値を考えたり、信条としてもそれだけでは、長生きはできるかもしれないが深い意味で生命の深淵で生きることはできないようだ。人の生命には限りがあるが、死や老いに関しては豊かな成長というか離脱の気持ちこそがその人を悟らせ、本当の平和な生き方の中に耽溺《たんでき》することが可能なのである。

この世の中を厭《いと》い離れなければならない心になる時、人はその中心において原人なのである。

『正法念経《しょうぼうねんぎょう》』では次のように謳《うた》われている。

「智者は絶えず　生き方の中に憂いをいだき
捕らわれ苦しむ　人間そのものである
愚者は常に　楽しく生きており
日の光やリズムの中の　あたかも天にいる如し
悪魔の中に　いうならば
大自然の加える　罪は無く
人自らの　罪にして
劫を招き　受ける悲しさ」

人間の世界は誰もがそこに出生した時、それからの人生の、寿命の時間の中の全ての原因と結果、また汚れや苦しみなどが用意されており、そこから逃れる道はないのだ。源信はいかにも宋の国の哲学的な深い心の人たちにも理解された日本の学僧らしく、「龍樹菩薩《りゅうじゅぼさつ》が禅陀迦王《ぜんだかおう》に勧めて道心をもたせるために、次のような経文を引用している」と書いている。

「服に包まれて　一見清くみえるが
瓔珞（※ようらく＝装身具または仏堂・仏壇の荘厳具の一つ）

で身体を　着飾るのだが
悟る人は　これを見てすぐに
その偽りを知り　捨てさりぬ
己の身の汚れを　知ることは
空と無我の事実を　知るならい
かくの如しと　覚る人は
幸い多く　限りなし」

この辺の詩文はどこか不思議に私には御詠歌《ごえいか》の響きに聞こえて来る。私などの幼かった昭和初期の頃の老婆たちの鐘を叩く音さえ、見事に聞こえて来るようだ。念仏とはそういう点で御詠歌《ごえいか》とどこかが繋がっているらしい。

「人の言葉を　素直にきき
不善や非法を　行うことなく
人のためとて　犯すとも
業を受くる身は　ただ一人」

ここまで来ると御詠歌《ごえいか》の言葉はいつの時代にも見られる単なる善人を評価しているのであって、あらゆる迫害や苦難などを経て達する大自然の子としての道からはだいぶ離れてしまう。これでも解るように宗教や神仏は単なる汚れた人の世の中で身を守ろうとする徳でしかなく、確かに道とか大自然の法とは逆の方向に向かう道筋でしかないようだ。

源信（9）

人間は自分の姿を見てそれにそっくりな神や仏を作り出した。人間並の像に形作って神や仏を自らの近くにおいて理解しようとしたりしたが、人の心の中の呪いはますます昂《こう》じていった。そういった人間の態度は大自然への侮辱にあたる。しかし「神に祈る」、「仏に念仏を唱える」という態度は人間の夢であって、決して大自然に対する侮辱といっても間違いではない。神を形として表しながら、それは大自然を尊重することであり、正しく万有引力や全体像を見つめることのできる状態を表している。

大自然は存在する。神は万有という引力で支えられており、それがこぞってマターという小粒子の集まりであり、それが流れ続けていると見るのが、また全宇宙を正しく捉えた人の姿だと理解する時、その考えは正しい。大自然をあえて神と言わないとしても、それを人間の心がすっきりとその通りの風景として、また実像として明確に見つめ捉えることができるなら、そこに正しい理解があると言えよう。おそらく源信は天文学者以上にはっきりと宇宙を見つめることができた人物に違いない。

平安の昔、まだドロドロに濁り朝露の中ではっきりとは確かめることのできなかった世の中という名の風景が、浄土信仰の驚くべき夜明けだと理解できた時、その人の真実を世の中の実像として目を開いた人物だと人々が叫んだとしても、それは決して単なる馬鹿騒ぎだったとみてはならないようだ。単に中国大陸の宗教家たちだけではなく、日本の心有る人々が『往生要集』など源信の哲学的なしかもどこまでも易《やさ》しい仏教思想という名の言葉で示し始めた大自然の説明は、充分に一つの革命であったことは想像するに吝《やぶさ》かでない。

そこで源信は一名『浄名経』とも呼ばれている『維摩詰所《ゆいまきつしょ》説経《せっきょう》』の中から次のような箴言を『往生要集』の中で引用している。

「人もまた　仏の国も
空《むな》しいとは　知るとは言えども
浄土への　道を修めて
諸人を　教え導く」

『中論』の中の言葉を次のように引用している。

「無しといえども　まだ絶ゆることもなく
有りとしても　また常ならず
行いに　報いこそあれ
これこそが　仏の教えなり　御仏の　空《くう》の教えは
執着を　断たしめんため
空もまた　有りとし説けば
仏より　見はなさるべし」

日本に広がった浄土信仰であるが、すでに奈良の都が栄え大きな寺や大仏が人々の心に驚きの気持ちを与えていた頃、やはり浄土信仰の兆しも庶民の間に少しずつ広まり始めていた。やがて平安時代の初め頃、この浄土教の心がわずかずつ僧円仁たちによって実生活の中で実行され、庶民の間でも「常行三昧《じょうぎょうざんまい》」という四文字熟語が人々の間に広がるようになった。心に仏を念じ、三昧の境地に入ることが何事にも優って喜びであることを平安京の人々は自覚するようになった。五会念仏《ごえねんぶつ》の作法を初めて行ったのは法照という名の学僧であった。やがて人々の塞《ふさ》いでいる心を慰めてくれるのに相応しいリズムに乗って念仏が唱えられるようになった。人々はそのような音楽的曲調を引声念仏《いんぜいねんぶつ》とか、引声阿弥陀経と呼んでそのようなお経のハーモニーの中でやがて西方浄土に行かれる自分を確信したのではないか。このようなリズムに乗った念仏は、山の念仏とも呼ばれていた。つまり五会念仏《ごえねんぶつ》というものはこれとは別のものであり、天台教の本山である比叡山の常行三昧《じょうぎょうざんまい》とは分かれていてそれぞれ独特な特色を持っていた。イスラム教のモスクの中でも音楽的なリズムに合わせて唱えるコーランの調べが一日に五回聞かれるのも、五会念仏《ごえねんぶつ》と何かが繋がっているのではないかと私は思う。

源信（10）

日本人の心に深く根差し、彼らの生き方の中に、たとえ途中何度も断続的な期間はあったとしても単に半世紀や一世紀の期間ではなく、驚くことに千年近くもの間、日本人の心を励まし慰め生きる力を与えていたのが念仏信仰の基本となっていた浄土信仰であった。どうして静かに草の根運動として日本の各地に根付いていたこの精神運動が、紀伊半島の南端、那智山の麓に、強烈な形の暴風雨のような勢いで現れたのであろうか。この運動は簡単に言うなら仏教の中の原理主義者または聖霊派のような、またはカトリックに対してこれと向かい合ったプロテスタントの姿にどこか似ていた。生臭さや常識宗教から離れた、浄土信仰に根差した僧や学僧などが目指した補陀落への死の舟出の形となって、人々の目には映ったのである。

平安末期の人たちが実際に見て来たという話によると、「北風が七日間もの間吹き荒れたのでおそらくあの坊さんは浄土についたに違いない」と人々は言っていたそうだ。

平安中期から十世紀の終わりごろにかけて源信が著した『往生要集』の中で彼は単にその文才以上に熱烈な信仰の強さが発揮され、その頃の世の中の悲しさ、惨めさ、さらには苦しさを見事にその筆捌《さば》きによって描ききり、彼自身が属していた天台宗に関わっていた考え方に大きな革命の思想を与えた。源信の師である良源初め源信の後に姿を現した法然、親鸞、一遍などを通して後の鎌倉時代の人々の間にも補陀落浄土《ふだらくじょうど》信仰の思いは後の世にグローバルに広がった。その勢いは共産革命にもよく似ていた。

浄土信仰の宗教行動の最後の形として「入水往生」という行動が取られ始めたようだ。浄土信仰の極まった形として日本中のあちこちで入水事件はあったと書いてある書物もあるが、そのような行動をとった那智山麓や土佐の室戸岬の事件などは例外中の例外であって、実際にはこのような浄土への舟出はほとんど実行に移されていないのが本当らしい。モハメッドやキリストの昇天なども、信ずるものにはとても神々しい話として映って見えるのだが、実際反物屋の番頭であり、主人が亡くなった後、彼の妻と一緒になったというモハメッドは、確かに言葉の使い方の天才ではあったかもしれない。またキリストはわずか三十才の人生しか生きることなくこの世を去ったが、徹頭徹尾この文明社会の言葉を捨て、彼自身の言葉にユダヤ教の思想を結びつけて死んで行ったので、彼らは作られた神となり得たし、彼らの存在自体箴言となり得たのである。

『吾妻鏡』という鎌倉時代の書物には、一ヶ月分の食糧を積んだ舟に乗り、一週間の嵐に遭い、その食糧で食い繋ぎながら西方の浄土に辿りついたなどといった話も残されている。

しかし実際には現代の特攻隊の若者たちがあらゆる点で現代社会の汚れとは別な世界に入っていったとはどうも考え難いのと同様、補陀落浄土《ふだらくじょうど》に当時の仏教信者たちが何の問題もなく素直に飛び込んでいったとはどうしても考え難い。これほど生き難いこの世であれば、人間は誰でもどんな時間の中でも補陀落渡航、すなわち死んで別の素晴らしい世に生まれ変わってみたいと考えることがあってもさほど不思議ではない。当時の社会の中で『徒然草』や『方丈記』などを書いた僧や神官の中の選ばれた哲学人たちは当然心の底の一部にはこの種の補陀落願いの感情がごくわずかでも働いていたことは容易に想像がつく。しばしば新聞やテレビを賑わす世界各地のカルト集団の「集団自殺行為」が話題になるが、人間はやはり他の生き物とは違った一段上の精神が、また言葉が生きているからこのような自死行為も生まれるのではないか。

その昔、浄土信仰が光を放っていた頃、金光坊《こんこうぼう》という僧がいて、彼は補陀落を目指す舟出をしたのだが、段々と浄土に近づいて行くにしたがって命を捨てることが怖くなってきた。これを歴史書は「この僧は甚だ死を厭《いと》い、命を惜しみけるを、役人是非なく海中へ押し入れける」と記している。

こんな恥ずかしい事件があった後はほとんど補陀落を目指して舟出するような僧も現れることなく、また許されなかったとも言われている。僧が亡くなるとあえてそれを水葬にして、「補陀落渡海」と呼ぶようになったのもそれからの話である。今でも和歌山の岬の彼方に金光坊島《こんこぶじま》と呼ばれている岩場があるそうだが、ものの記録には残念ながらこの金光坊《こんこうぼう》の名は載っていない。ただ『熊野巡覧記』という書物にはわずか数行でこの話が伝わっており、それは伝説化し、投げ捨てられた金光坊《こんこうぼう》の霊が和歌山の海で「ヨロリ」と呼ばれている魚になったと昔の人は語っていたらしい。この魚の学名は「クロシビカマス」と呼ばれている太刀魚の一種であって色が黒く大きな目が付いていて、老人たちはこの魚を食べることが先祖の供養になるなどと孫の前で口にしていたらしい。

観音菩薩が棲《す》むという極楽浄土は本来生きている今の世の中を言うべきだったのだろうが、京都を中心とした心の荒れ果てた金と物と肩書きの世の中は昔も今も変わることがないが、僧や学僧や庶民たちはどうしても死後の浄土に魅せられ、源信のような心の先達に導かれ、彼らの心の舟の帆を張り、思いの中だけでも死の舟出に出たのではないか。そのために『往生要集』は間違いなく人の生き方の虎の巻として千年近くの間人々を動かしていた。

『枕草子』の著者は「羨《うらやま》しきもの」として「三昧堂を建てて、宵暁《よいあかつき》に祈られる人」を選んでいるが、この心こそ補陀落に旅発つことを願う人の心そのものの表現ではないか。

人は自分史を創る

好むと好まざるとに関わらず人間は一人ひとり自分だけにぶつかる言葉と出会っている。毎日の生活の中で言葉と共に歴史にぶつかっている。歴史にぶつかるというよりは自分史を創り、喋り、日ごとにより正確なものに組み立てている。己自身の生きている時間の果ては、一種の地の果てであり、自分の言葉の消えていくところである。初めは、その人の言葉は漫画のようであり、徐々に絵から言葉に変わって行くにしても、徹底的に巧緻《こうち》極まりない嘘の固まりに近い言葉前後のものでしかない。というよりはとても下手な伏線で覆われている虚構でしかない。いわゆる歴史書としては、正書ではなく、下手に書かれた偽書でしかない。人はそれでもこの偽書のような自分の言葉や作品に懲《こ》りてしまうことはない。一度書き、二度書き、さらに三度四度と書き直しているうちに自分特有な言葉に馴れていき、それをどう扱ったら良いかに関しての方法論さえわずかずつ身に付いてくるようだ。虚構の世界として形を留めながら、自分を、または自分の一族の過ごしてきた人生をより立派に見せようとし始めるホラ話や英雄譚《たん》も少しずつ減るようになり、その人なりの考えで先祖の仇討ち行動や様々な悲願達成の話が少しずつ事実に近づき、読む者に感動を与えるようになっていく。自分の身内の歴史を語るということは、どう考えても豊かな強い精神の持ち主のすることとは思えない。どうしてもそこには哲学的な考えよりは、その人によって作られていく物語が並べられていくことになる。子供たちが喜んで観る紙芝居のつまらない絵であり、それを拍子木を叩きながらよりおもしろくしようとして喋りまくる紙芝居屋のおじさんの言葉の域を出ることはない。そこに並べられている言葉の数々には強靭《きょうじん》なものは何一つ感じられない。しかしそれも、自分史を書く本人の中から少しずつそれらは消滅していく。またそうでなければならない。初め人は誰でもそうであるのだが、徐々に自分の書く物語の前に立つ本格的な祭司となり、崇高な立ち居振る舞いをする僧侶の姿を見せるようになる。書くということは飴玉と一緒に見せて子供たちを喜ばせる紙芝居の次元に留まっていてはならない。一つの神聖な神話であり、新しい時代の中心に置かれても通用する哲学的な内容を持った言葉の纏まりでなくてはならないはずだ。

どんな人間にもその人らしい言葉がある。その言葉の良し悪しは別として、言葉全てにはその人の極端にまで押し広げられたその人らしい独特な物語の一角が見えて、それこそ聴く者や読む人に感動を与えるのだ。言葉の良し悪しや飾り立てた一面だけを見て理解しようとする時、言葉の本質を見誤ることになる。私たちは言葉の中の幽篁な流れを見よう。

高次機能の叫び声

人間が真に欲しいのは美味しい食べ物ではない。欲しいのは流行の先端を行く服装でも髪飾りでもない。十年後、百年後、千年後になってもなお、人が欲しがる旨いものや飾りであれば、それこそ人が間違いなく欲しがるものであるはずだ。流行は朝興り、夕べに枯れていく。流行の言葉や文章は次の日にはもう枯れてしまって人々の心には残っていない。ベストセラーも巨万の富も光り輝くようなメダルも肩書きも、月日の流れの中で落ちぶれていく。本当に人が欲しがるものは、時の流れの中でますます冴えることはあっても汚れてしまうことのないものだけだ。

今の文明人間は原人の頃には素朴さの中で汚れきった顔をして、お互いに相手を見て笑っていたものだ。それこそ生命の喜びであり、生きていることの誇りであった。残念ながら文明人間にはこの喜びが無い。綺麗な顔をして、飾り物を付け豊かな服装をし、語る言葉にも見事に修飾された努力が見られるのだが、そこには周りの人を感動させる素朴な響きが無い。そういう行動の裏には本人自身がまず自分の言葉のリズムに酔いしれていないことがはっきりしているのでよく解る。

ダイヤモンドのように九十パーセント以上が炭素でできているとさえ言われている白炭、すなわち備長炭《びんちょうたん》は一切の不純物を焼き捨てているらしい。そのためには千何百度という高い温度の中で限りなく炭化されていく時間を体験してくるのである。人の言葉も単に動物たちの唸《うな》り声や叫び声などのままで適当な温度の中で固まっていたとしてもそれは単なる発音には過ぎないが、いわゆる言葉にはなりきれないでいるのである。犬や猫、小鳥と話ができる人間がいると言われているが、黒炭に等しい炭素以外の不純物に満たされている他の生き物の叫び声が、高い割合で炭素だけによって纏まった人の言葉と、同じ波長で繋がることはあり得ない。動物と話せる人間というのは、自分の考えの中に動物たちの騒ぎ声を無理して押し込み、あえて人の言葉の五線紙を作り、そこに人の手によるオタマジャクシを付けた結果ではないだろうか。

人の言葉は間違いなく人の言葉であり、他の動物の叫び声と繋がるところは、いささかも無いのである。人の言葉は備長炭《びんちょうたん》であり、ダイヤモンドなのだ。

人の言葉は間違いなく高次元の機能を持っている。それから見れば、猿や犬の叫び声は現代人の立場と比較する時、「高次の機能障害」と見るべきだ。人の言葉は健康な人間のものだが、他の動物たちの叫び声は、「高次機能障害」を患《わずら》っている人間の言葉と理解することもできる。チンパンジーの叫びとライオンやワニのそれは重ねて考えることができるが、人の言葉とはどうしても重なることがない。

人の言葉はこの点から言うならば、あらゆる生命体の叫び声の右翼に立ち、それは叫び声の多様な種類の中の、サンクチュアリーと呼んでも差し支えないであろう。人の言葉は聖所に置かれており、有象無象《うぞうむぞう》、上から下まで他の動物の叫び声は雑なるダイヤモンドなのかもしれない。人は言葉を大切に扱わねばならない。ある人たちは言葉を魂とみなし、神とみなし、大自然の勢いそのものとみなしている。言葉は心であり、精神そのものなのだ。「申さく〜」と言われるのは確かにサンクチュアリーの産物なのだ。

寿命の発見

人間は色々な時代に生きているのだが、社会人として生きているだけでは本当に生きている意味がないということをよく知らなければならない。植物や昆虫のように生きていることには間違いないが、人としてまともな生き方を考える時、何かがもう一つ足らない。人が生きるということは単に社会的に生きることだけではないのである。社会的に、経済的に、集団的に生きるだけならば、蜜蜂も蟻もそのように生きているではないか。人間には、大自然の流れの中で生まれたものか、必然的に自出したものか、他の数多くの種類の生命体と同様な生命としての形が見てとれる。他のあらゆる生命体と違っているのはこの生命には自らの「寿命」を発見していることである。自分白身に与えられている寿命を意識することは、よくよく考えてみると恐ろしいことだ。人間に利用されるために人の手によって生まれて来る牛や豚の生命は人のそれと比べ、自ら感じる点において、かなり小範囲に見て良い。人間の世の中はあらゆる便利なものに満たされ、それらによって振り回されたり、そのことにのみ心が動き、それらに纏わりつかれて、人の生き方は、またその一生や寿命は、かなり無駄な時間の中で費やされる。人間はもう一度自分に与えられた、他の人たちとは違う自分特有の「寿命」に厳しく向かい合わなければならない。自分の体、生命、肩書き、金銭などに縛りつけられており、動きのとれなくなっている巳というものをもう一度はっきりと見直してみよう。

生命体を賦与《ふよ》され、その中でまたその周りで自由自在に動ける状態に合ったものが、いつの間にか人間が自ら考えつき、便利だと思うようになって作り上げてしまった社会のあらゆる制度の中で、人は自分に与えられている生命体の自由を縛り上げて今日にまで至っている。人間以外の動物たちが生きている自由な姿がなくなっている人の状態を、ほとんどの人は気にもせぬどころか、かえって社会の中の生き方の不自由さを素晴らしい特権だと考えている始末である。だが本当の自分自身の暮らしの形は生活の外にある空気の中からしか始まらない。

自分に与えられている寿命を知っている人間は、本当の意味において愛を知り、言葉を感じ、平和な心の暖かさや温もりを自分の懐《ふところ》の中に抱くのである。

生きている人間も、この世を離れている人間もそれなりに自分の中に覚えていようが忘れ去っていようが、存在することは事実だ。寿命の中で生きていればそれは終わることのない旅をしていることと同じだ。人は間違ってこの旅を社会生活と同じだとみている場合が多い。大変な間違いだ。この世を去ったものは永遠の眠りについている。今の私たちの夜の眠りの時間と全く同じレベルの時間の少し長く体験しているのが死者の時間なのである。寿命の中で生きている私たちは、この事実によりはっきりと自分を開いていかなければ人生の旅を充分に味わえないことになる。

インテリジェント　プア

信じるという行為は大切である。何事でも信じる時、そこには何か新しいものが生まれる。信じる行為はそのまま力なのである。またその人間の可能性なのである。自分を信じる力があるとするなら、その時のその人間のエネルギーは巨大な力を持っている。自分を信じる行為よりも大きな流れである自然を理解することはできないだろう。一つの言葉を喋り書き、自分の中で見つける時、そこには書くとか句に纏めて紙の隅に書かれることによって留まることができる。言葉は一度口から出たもの、筆やペンの先から流れ出したものは、二度と再び戻って来ることもなければ、何かに変えることもできない。この場合一つの言葉や句はある働きを終わらせたと認めなければならない。自分の心が、つまりその人が二度と再び会うこともあるまいと思われるのが言葉なのである。その言葉や句が去った後には静かに風が吹く。ある種の霊のようなものの動きがある人たちには見えるのかもしれない。創造するという魂は常に言葉を通して何かを生み出しており、同時に一種の終末的な時間の中でのしばしの不可思議な時間を過ごす。まるで夜の星の下で終列車に乗り、当てもない町に行こうとしている一人の旅人のような哀れさも、そこにはわずかに見えるのである。

実際人間は誰でも理想郷に向かおうとする旅人として元気よく産声を上げながら生まれて来ている。しかし実際に理想郷に立てる仙人のような自信を持った、また霞だけで生きられる隠者となれる人間は、これだけ多くの人々のいる地上二メートルの地球の上で、そうざらには存在しないのである。中国人はその昔、八仙人というのがいたという民間伝承を今なお忘れないでいる。この八人の仙人たちは蓮の花の間や横笛や瓢箪《ひょうたん》と関わる空気の傍《そば》に活き活きと生きていたということだが、そこには間違いなく理想郷に生きている、恵まれた人間の姿を想像することができる。これらと比べるなら、親もしっかりしており、充分な財産や肩書きを持ちながら、自分の周りの世間を疎《うと》ましく思い不満で仕方がなく、竹林の中に会話をしながら入って行った七賢人などは、まだまだ八仙人の足下にも及ばない文明社会の人間の可哀想な見本としてしか表現することはできないようだ。

上から下まで商人というものは物を売る少し程度の低い宣教師である。上は大学教授から、中には村医者や町医者まで存在するが、彼らは伝道者や布教者の一人に過ぎない。教師は人の心を本人に開かせる花屋の親爺に過ぎない。弁護士は社会で困っている人の本当の母なのかもしれない。しかし人の生命は自然《じねん》や未然の常態でしか存在していない今日、文明社会が大きく花開いていたとしても、あらゆる種類の宣教師や伝道師や布教師、また花屋の親爺が頑張ってみても、本当の母親が慰めてくれるにしても、残念ながら今の人間は真実の意味において、自分に与えられている生命を真実に慰められることも、与えられた人生の旅路をつつがなく進んでは行けないようだ。原生人間から今の文明人間に至るまでの道筋において、どのような人間も父親であり、その父親の言葉やあらゆる生命の素である自然、または天然の語りかけて来る言葉や、雷鳴の一打ちのような力を受け取ることができない。できないというよりはそれを実感する力を持っていない。そのように言うよりは、素直に父なる天然に素直に従えない人間は可愛げがない。

お上の言う嘘には可愛さがない。宗教人の言う嘘は方便として認められてはいるが、やはりこれも狡《ずる》さに違いはない。社会には様々な嘘が存在するが、それらは全て爽やかなそれでいて、単純な、しかも素朴な農民や老人たちの哲学的歌い文句によれば、単なる嘘に過ぎず、可愛さのない痛みに過ぎない。

人間一人ひとりは間違いなく列をなして歩いている蟻族に過ぎない。利口も馬鹿も強いのも弱いのも大きいのも小さいのも、黒いのも赤いのも押しなべて歩き続けている仲間の一人に過ぎない。

かつて中国では全ての家庭に、一人っ子政策が強要され、結果として今日ほとんどの中国の家庭では老いた二親と一人の子供という不可思議な家庭環境が生まれた。一人っ子に高等教育を受けさせているのだが、肝心の子供の生活状態は、低所得群居集団と化して中国という国家にとって、邪魔な存在になっている。

日本の新聞は中国社会のこういった一人っ子政策の結果としての子供たちを、「高学歴ワーキングプア」と呼んでいる。かつてのアメリカ南部の「プアホワイト」と比べて考えることができるようだ。

昆虫たちの中でも蟻は特別知能豊かな虫と言われているようだが、この地球上では人間の中にも数多くのインテリジェント　プアが存在する。

人はもう一度この社会を見つめようとするのではなく、むしろ自然に向かってその人らしい天然の立場を理解したいものだ。

親を呼ぶ声

今朝は南の窓から見る青空の中に一塊の白い雲がポッカリ浮かんでいるだけで、西も東も北も全て地中海の青空だ。朝日の輝きの広がりの中で、庭に吹く風もいつしかおさまり、寒い身体もポカポカと温かくなって来た。

今朝の四時頃のラジオから聞こえて来た「心の時間」の中で、私はいつものように目が覚めていた。人間は誰の場合でもそうだが、生まれてから死ぬまで良いこと悪いこと様々な大小の問題の中で、喜んだり悲しんだり思い出として残ったり、簡単に忘却の彼方に忘れたりして与えられた寿命をひたすら生きている。人生は与えられた寿命の中で認められている確かな旅であり、言葉の続きであり、歌のリズムの繋がりでしかない。

この前の戦争が終わろうとしている中で生まれたある女性は、五才前後まで母と共に暮らした後、兄と共に孤児となった。家族というものと暮らす経験はなかった。その喜びを知るともなく孤児院で育った。

出世するにしても落ちぶれるにしても、金持ちになるにしても、貧しく生きるにもその事情をはっきり知りながらそこに関わっていく自分の幸運や不幸のチャンスを知っているよりは、むしろ何も知らずに、綺麗に咲く花や名もなく色も悪く野辺に咲く花のように人生を生きている方が、遥かに人間らしく、また大自然の滴《しずく》の流れの中にポッカリ浮かび上がった生命としては極めて自然なのであり、当たり前なのである。

それから数年の間、さもない孤児院に預けられた彼女と兄は、食べ物にも着る物にも不自由しながら、彼女が「姉さん」と呼んでいた若い女性のごく当たり前な指導や助けの下で、実に楽しいまるで天国のような生活を送ったらしい。人間は何事も初めが肝心なのだ。生まれて大人になる前の短い年月の中で辛く貧しく恥ずかしく痛々しい生活をしながらも、常に護ってくれる両親や、また両親がいなければそれに代わる他人が伸び伸びと育ててくれるなら、初期の生き方は、その後の長く、時には苦しく痛み多い、また誇りや喜びの多い人生時間をどれだけ豊かにしてくれるか、そのことを考える時、そこに見える至福の思いや福々しい万事の広がりが、周りから見るものにどれだけ大きな力を与えてくれることか分からない。

やがて、彼女は素晴らしい理想の先生であった姉さんから離れて、とても豊かな家庭にもらわれていき、彼女の兄もそれなりによくしてもらえる別の家庭に養子となって入っていった。人は意地悪をしたり苛めたり憎んだり心の中で悪の思いを持つからその人には近づくなと教えるが、それはあまりにも短絡過ぎる。確かに人の良い上品な養母には間違いなかったが、彼女を引き取ってくれたその養母は、人間にとって最も大事な心、すなわち明るさに欠け、自分の生き方や周りの人の生き方に光を与えるような言葉を持っていなかったらしい。もらわれていった子供にとっては養母のこの暗さや、真面目だがあまりにも固過ぎる生き方は、これまで体験していた姉さんとの屈託のない時間と比べると、呼吸ができないほど、また綺麗な水にありつけないほどに、十代前の彼女には辛いものとなった。やがてそれが高じて彼女は意味もなく漠然と、言ってみれば普通の人にはわがままな態度に映るのだが、自殺を計ろうとした。

このような理由や別の事情で、また漠然としてどうにも説明のできない自殺願望の心を持つことほど、危険で手の付けられない不可解な願望は他に見られない。あまりにも平和な姉さんとの生き方の中で得た平和な時間が突然彼女を生命の生き方のどん底に落としたのである。そのようにして自死を考えていた時、突然頭上の木から小雀が落ちて来て五月蝿《うるさ》いほどピーピーと親を求めて鳴き続けていた。その瞬間、彼女の深い自殺願望の心はピタリと消えてなくなったと言う。

本当に深いと思っていた願望も、ある大自然の流れのリズムに接触すると、突然消えるものらしい。人間は常にある種の自死希望の心の一部を持ちながら、不満の中で今の人生を生きているのかもしれない。常に頭上の樹の枝の巣から落下して来る小雀の鳴き声によってしか、生きることの冷静さに戻ることはできないようだ。

人は誰でも自分の目の前で、うるさく鳴き声を上げる小雀の親を呼ぶ声が常に必要である。どんな良い教えを耳にしようとも、ピーピーと親を求める小雀の鳴き声に優る言葉はないはずだ。今日も親を呼ぶ小鳥の声として、力ありどこまでもリズミカルな言葉が遠くから聞こえて来るのを逃すことなく待ちたい。我々に与えられている人生は、木の下で今か今かと待っている小雀の親を呼ぶ鳴き声だ。

敵の兵士は男を撃ち殺し、その妻をも撃ち殺し、抱かれていた乳飲み子は母の身体から流れる血を浴びながらつぶらな目と口で笑い、小さな手を広げて銃をもった男の膝あたりをいじり出す。あまりにも不条理なこの世の中で、男はその時どんな感情でこの子供の笑顔に自分の顔《かんばせ》を見せられるのか。銃を握る手の動きや頭に被《かぶ》っているヘルメットの重さをどのような言葉で、血だらけになりながら死んだ母の手の中で、明るく男に笑いかける子供に見せることができるのだろうか。

現代科学は、自然をいかにも光の下で澄ました顔をして説明しているようだが、江戸時代まで「自然《じねん》」と呼んでいた大きな万有の広がりの中で、人間という生き物がとっている態度はほとんどの場合あらゆる条理に徹底的に歯向かっている。

七七俳句「武玉川」

「『新土佐日記』は読ませて戴きました。本の中には、松山の子規のことも書かれてありましたので、後世にこのような〝句〟の世界のあることが、ぜひ上野先生にお伝えできればと、小冊子を同封させて戴きました。子規が好きで、やはり、病と戦いながらも快活に美しいものを好み、楽しく09年春に人生を終えた人の『句集』です」

このようなこの本についてまた著者にコメントしている一人の女性は、さらに次のようにノートをとっている。

「私には、人生の中で、たった一人〝おにいちゃん〟と呼べる人がおりました。実際に、従兄弟《いとこ》であり、子供の頃は同居していて、絵の道に進んだのもこの人の影響でした。土屋耕一という人です」

土屋耕一は自分の生き方の中に感じるリズムにいささかも逆らうことなく、詩人の魂でもって、五七五の言葉の流れの中で表現される日本語の形、すなわち俳句や川柳を彼なりに素直に語り、大自然を見つめる情緒豊かな心を常に開いていたようだ。また五七五七七の深々としたハーモニーの中で短歌という和歌を取り上げ、古い頃の日本人の暮らしや生き方を雑な思いで表している都々逸《どどいつ》の七七七五といった和の響きを語り、そのリズムに心打たれ彼なりの七七という形の短い詩のリズムを導き出している。

次のような彼の句を読むと、彼は山頭火が生活の全域において自由俳句の作者の一人だったというのに似て、彼もまた七七の極限的に短い詩の中で自分の心をあらゆる世の中の言語的装飾性から離して歌おうとしていたようだ。徹底的に七七というリズムから離れることなく作っていった彼の短過ぎるぐらい短い句は、ある意味で山頭火の自由句とは必ずしも同じだとは言えないが、そういった自分らしさから頑《がん》として離れなかったこの人物は、それなりにこの七七形式の句に相当深い自信もあったようにも見える。

「これほど知られてはいないけれど、七七という組み合わせも成立する。

〝さて七七は、何というのか〟

うん、実は、この七七には名がないんだ。いや、専門書をあされば、色々な名が出て来るけれど。でもね。どうも、その名を読んで〝はい、はい〟と、この七七が顔を出すという気がしないのですね、私には。仕方がないから、五月号で勝手に〝武玉川〟風と書きました。これはムタマガワと読む。おい、このムタマとはなんだ、と言う人のためには、森銑三著『武玉川選釈』(弥生書房)から引用するのが早いだろう」

と、この七七の俳人は書いている。七七の短い句を考えると、どうしてもさらに五五という、より短い詩の形式も考えられない訳ではない。句は句であっても、日本語ではもはや、日本人の心を動かすリズムというものを起想することが不可能である。

すでに江戸時代の寛延三年の頃、こういった七七の、何とも短い俳句が、いくつもその当時変わり者と見られていた俳人によって生み出されている。その頃の七七の句を挙げれば、次のようだ。

嘘が嫌いで　顔が寂しい

闇のとぎれる　饂飩屋の前

何とも暗かった江戸時代の人たちの生き方や頭の中、そしてその時代の言葉がほとんど全て「お上」の下で閉じ込められていたような感覚であったらしいことを、私はどうしても感じてしまうのである。

七七のリズムが形作っていく和の言葉のハーモニーは、最短詩として考えられるが、それを超えた五五形式のリズムは、リズムであって詩形式のリズムでもなく、人がそこから生み出すハーモニーによって生き方の流れを変えることができないところにまで来ていることを実感しない訳にはいかない。五五の形はもはや、句とか詩の形から自己分解を余儀なくされている語の状態なのである。単語は無数に限りなく他の語と繋がり離れ、やがて七七の形式に近づく時、はっきりとした人それぞれのリズムで動き出すのである。七七の句を境にして句、または詩と語の和は互いに離れ合う。

この著者は間違いなく寛延の頃「武玉川」という名で世に出さ

れていた実に短い句に自信を持ち、自分自身の句を発表したように思える。こういう七七の句を彼は「この言いようもない寂しさがいいんだよ」と言っている。彼の作品のいくつかをここに掲げる。

森の異端者　紅葉となる
客が陰気な　蕎麦《そば》の名店
眼鏡よごれて　パン屋出てくる
常連がいる　隅の静けさ
店先くらい　掃けと言いたい
犬が元気な　戦前の町
皿のごぼうが　甘い葬式
家内安全　という退屈
医者にかかって　死期を逸する
立派なしこ名で　長い十両
背中でドアを　閉める落胆
喪服でつつく　鯉の丸揚げ
コックが鍋で　水をまいてる
義理の拍手は　パラパラと鳴る
独裁者しか　やれぬ顔つき
万年生きる　亀の困惑

これらの七七俳句を味わって読んでみると、そこに言い知れない人の世のおかしさが見えて来るし、限りない不条理の怒りが込み上げ、時としては涙が出るくらいに悲しい人の世が極端に厳しい言葉の短い羅列の中に見ることができる。ある意味においてこの七七の句は、都々逸の意味を持ち、ある時は自由俳句であり、それでいて人の心と世間の風の交じり合って流れる川柳の匂いもそこに吹いているのである。それらが混然《こんぜん》と混ざり合ったところで本来の五七五の俳句と並びうる存在に見えて来るから不思議である。この作者はもともと職業はコピーライターであって彼の全作品はマドラ出版という出版社から『土屋耕一の全仕事』として出されており、彼は生前、常々自分の書く広告では大変な失敗もしていて、そのことは忘れることがないといっていたが、コピーライトの仕事で賞をもらったことなどはほとんど覚えていないと言っていたそうだ。彼の七七といった形式の短い詩は、それぞれに『軽い機敏な小猫何匹いるか』、『蝿句展』、『臨月の桃』という句集に纏められ、それがさらに一冊の『武玉川』に集約されている。

私などは、たとえ彼がどんなに才能のあるコピーライターであり、アートの才人であったとしても、彼はやはり和の言語を実に巧《たく》みに使い、都々逸や川柳などの心の流れの中で七七の短い日本語を通して人生の全体像を、また大自然の勢いを語り尽くそうとする詩人であったように思える。

彼は江戸の昔に存在しても現代の賑やかな社会に生きていても、充分に自分らしい心と言葉で生き方ができた人だと思う。

古典に向かってとる態度

ある学者はこんな風に言ったことがある。

「昔の話や物語を読む時には、現代人の私たちは深く緊張し、心と体の全域で努力する姿に向かい、精神の準備や覚悟はどうしても必要である」
彼のこの言葉は実に現代人の深いところに向かって何かを言っているのがよく分かる。目の前の、今の人間の思想や言葉や飾りつけた文章に飽き飽きしている人は、それを放棄しようとしているのだが、この放棄する態度は別の言葉で言うならば、大変な怠慢の精神であることを私は自覚している。古典を讃美し、崇拝しようとする誤魔化しの言葉もその傍らには存在するので、そのことも大いに注意する必要はあるだろう。自分の中から紡がれて来る言葉がその通りに曲がることなく昔の哲人たちの言葉と繋がる時、そこに古い時代の言葉が現代に生きる意味を持つことができるのである。

人の日常の言葉には、常になんらかの人生観の匂いが漂っている。生命の流れの中に浮き上がって来る時間はそのまま一つの熱の籠もった情けそのものであって、その大小に関わらず熱さや様々な色合いはその前に立つものの生き方をいやが上にも高揚させて止まない。それなりの世界観の見えて来ない言葉がどんな風に装飾されていても、そこには熱しているものが存在せず、色彩もどこか弱々しく、その前に立つ人はただ眠くなるだけで、そこにいる時間が無駄だとしか感じられない。人は誰でも氷のような冷たい言葉を、期待する心は持ってはいない。ある人は冷たい鉄の学問と呼び、情けの足らない言葉とそれを呼ぶに違いない。哲学も、宗教も、芸術も夢も間違いなく熱せられた言葉だ。情熱の中で鍛えられた大きな夢が実はこういった言葉なのである。たいていの言葉は多少は燃え上がっている中で情けを煽りたてるものだが、これまでの長い歴史の中でどうしても何かが本物になれず、人は人らしく存在できない。風のように空気の流れによって揺さぶられなければならないが、物質の流れと関わりなく、流れているのが時間である。生命のまたは生命の素である情けというものの流れこそが人を熱くするのである。情けの流れがない時その状態を、生命の流れのない存在と見なければなるまい。

何よりも言葉は情熱の固まりでなければならず、他の何ものよりも生き方の本気さの中でたっぷり流せる涙そのものでなければならない。ところが現代人は涙は流せても、熱い水が頬を伝わったとしても、心が紡ぎ出す言葉と一緒に涙するものがどこにもない。

仕事が悪い訳ではない。馬や牛も働いている。蟻も蜂もとにかく労働している。本気になって金のために手を真っ黒にし、足を棒にして、顔を煤だらけにしながら働くことを馬鹿にすることはできない。生きるというこの与えられた時間、すなわち寿命を誰が馬鹿にしたり笑うことができようか。仕事は何であってもよい。それを人は誇るべきだ。自分の心が紡ぎ出す言葉と同様、自分の手が曲がるほどに働くその態度を誇るべきなのだ。自分の身体と同様、自分の心も同じように讃美しなければならない。身体が吐き出す怒りの思いも自分の心の吐き出す熱い思いと同様に吐き出すべきだ。物事がその人の周りで浄化されるというが、これで分かる。正しく浄化とはこの行為のことである。

若いキリストが「山上の垂訓《すいくん》」を紡ぎ出したように、若い釈迦は馬に踏まれていく蟻の隊列を嘆き、奴隷に叩かれている馬を見て悲しんだ。

一匹の蝶さえ、優雅に飛んでいれば天女と同じだ。しかし子供が蝶を潰す時、人は恐ろしさを感じる。

何事も業と劫の中で生きる世界だ。そこで人は熱い炎の流れの中で自分の中から出て来る言葉によって、もう一つの情熱の無人島を発見しなければならない。この発見こそが浄化作用そのものなのだ。

人の日常の言葉の中でこの種の浄化作用を持つことが可能であることを人は知るべきだ。釈迦もキリストも若いうちからこのことをはっきりと意識していた本当の人間だったので、世界の多くの人たちは彼らを間違って神や仏と呼んでいるのである。反物屋の番頭に過ぎなかった中年のモハメッドを中近東の人たちがアーラの神と呼んだところにも、ある意味があることがよく分かる。人は常に古典を開く時、よほど注意しないと、己の誤った世界観の中で物事を間違うことが常に起こるということだ。

第二部　筍子曰く　貴なるもの奢侈を為さず

第二部　巻頭言

倒錯している現代語

文明人間の倒錯した言葉を正しいものだと思っている時、人は本質的に生き方の窃盗犯である自分に気がついていないのである。文明の機具も名誉も全てその力を失い、名誉も誇りも消え去ってしまう。生命そのものの原生性はそのまま大きな生命の能であり、そこから脳は力を得ているが、それが猿や犬を馬鹿にする人間の浅ましさに通じることはない。本来の原生的な生き方ははっきりといわゆる文明文化の流れに逆らった侮辱と破壊的衝動を伴う叫びにも似た勢いとなって現れる。言葉の純粋性として書かれる言葉や読まれる文章の中でサドやマゾの力の勢いは人の能力をより大きくし、独特のリズムの確かな言葉となり、聖ヨハネの言葉となって広がる。猿たちの一見整然とした生き方の中に見る隠しようもない混乱は、そのまま文明人間の知の言葉の中にはっきりと宿っていることを私たちは理解している。政治でも学問でもその中心の何処かが大きく破れ、それが戦争の火種などになっている。

人間はもう少し原生の森や岩窟の中で素直に暮らせる生き物の一面を見せていたいものだ。『幽筆記』の言葉のリズムがそのために役に立つことを信じたい。

突然の事態

人は人相だとか手相だとか足の裏の相などを鮮明に調べたり、その関係の古い中国の本を開けたりして、これからの自分の運命を知ろうとする。天を見上げて星占いに夢中になる中近東の砂漠の民も、これから進んでいく遠い未来を考えながら大樹から降り立って二本足で立った原人たちもまた、それなりに単純な方法ながら何らかの占いの方法を持っていたに違いない。大海原に小舟で旅立とうとする大胆な若者も、何らかの単純な形の羅針盤を持っていたはずである。北極星を中心にしてグルグルと廻る天体の不思議や流れの中に、これから先の自分の運命を見い出そうとしていたに違いない。

人は常に明日を夢見、期待し、そこに大きな希望を繋いでいるのである。実際生命にはどんな物であってもそんな運命などといったものはありはしないのだが、あえてそれがあると思う時、大小様々な生命はそれなりに安心をするのである。大自然の中や、全ての天然の中には法律のような約束事としての運命などといったものは全く存在せず、その代わり単純素朴な偶然だけが常に広がっている。従って占いなどといった必然的なものはどこにも存在せず、言葉を自由にまた様々に操っている人たちでも、一瞬先に現れる時間の広がりは全て偶然に過ぎないことを意識しなければならない。

これまでの歴史を振り返って見るなら言葉が自由であるにも関わらず、各種各様の民族の中でそれぞれの異なる文法の中に組み入れられ、そこから一歩でも抜け出すことはできないでいることがよく分かる。それでもなお一瞬一瞬流れてきて後方に去って行く人それぞれの生き方を振り返って見る時、それは間違いなく偶然の結果でしかない。人はそれを必然の結果とみなし、そのように万事は前々から用意されているのだと、まるで最初から知っていたような顔をして言うからおかしな話だ。人生の流れは誰にとっても不可思議であり、一瞬先も見ることができず、しかも一切の予定が現れる瞬間まで分からないというのが現実だ。従って預言者が何事かを予言するということも、よくよく考えてみればとても怪しいことだ。神が存在し、何事かを人々に用意し、そのようになるという未来を間違いなく予言してしまうという預言者の存在を語る語り部も、その態度の中の大切な部分において何かが間違っていると言わなければならない。自分の心を大切にしてたまたま自然の流れの中でこうなるだろうと感じたことをそのように発言したら、偶然にもそのようになったというなら、たいていの人の人生の中で二度や三度、四度や五度ぐらいそのような偶然はあるに違いない。そのようなことがあるというその偶然を口にする時、やはり人は常に万事は必然ではないと考えていることを知るのである。

万事は偶然の出会いである。日本人はその場所の空気を読むことが上手いと言われているが、占いなどといったことに決して関心がない訳ではない日本人を考える時、やはり私たちはどちらかと言えば、空気が読めないというのが正しいのかもしれない。

手相や人相は、やってくるであろう近未来の運命をあたかも悟っているような気持ちになって、顔の面や掌などのあちこちに、言葉や占い独特の直接は目に見えない絆創膏を大小様々に切り貼りしていく。心有る人が見るなら笑ってしまいそうに貼られた絆創膏の跡は、おかしくもあり、馬鹿馬鹿しくもある。運命はそのような絆創膏の手当などでは治るものではない。顔の面や掌に付けられている生命線とかいった様々な皺《しわ》などはあってもなくても、やがて迫ってくる偶然という名の力を退かせたり潰したりすることはできない。

万事は常に偶然の流れの結果なのである。あらゆる突然の事態というものはまさにその通り「突然の事態」であってそれ以外の何ものでもない。小利口な人はそれを必然だとか、そのようになるのは前から定まっていたとか言いながら、自分の預言者ぶりを見せびらかすが、とても情けないことだ。人は誰でも長い人生の中ではかなり多く、やがて起こるであろう現実を、前もって当てている場合がある。十回ほど当たったとか、二十回ほども当たっているかもしれないと自慢をするが、その実ほとんどの人は百回、万回外れている中で五回十回は当たっているのである。そのような現実を前にして一、二回何かが当たったからといって、あの占い師はたいしたものだなどと言ってはならないのである。

人の頭はカチカチに固まっている。人の言葉は脳溢血の老人の血管のようにボロボロに乾涸《ひか》らびている言葉の脈を見せている。人物の中味を味わうには、あらゆる偶然の中で伸び伸びと動き、飛び、泳いでいなくてはならない。

とにかくまず最初に自分がそのような人物になることが肝要だろう。

慈雨としての言葉

隠者が生きているところはそのままで何一つ隠したりすることなしに、聖書が言っている逃れの町であり、隠れ里なのだ。今日人間は常に隠れ里の言葉として持っているものを、はっきりと自覚しなければならない。漠然と日常の吹く風の中で使っている言葉はどう見ても隠れ里の言葉ではない。世の中は常に魁《さきがけ》と言われた人によって開拓され、道が開かれていく。そしてこの「魁《さきがけ》」は「先駆け」を意味しており、文明のあらゆるところで自分らしさを隠すことなく恐れることなく、怖気《おじけ》づくことなく、不安がることなく先駆ける人の現れることを予感したり実際に見たりすることから始まっているのである。

言葉豊かに、間違いなく自分のリズムの中で生きている人は、この魁の流れの中でその時最も吸収しなければならない大切なものを身に付けてしまう。誰でも心が若い人は、良いもの、つまらないもの、どちらからも大切なものを次々と吸収していく。単なるこの社会の生き方ではなく、豊かな心の中で生きているものにとって無駄というものは一つもない。ということは、逆に臆病な精神や恥ずかしさのあまり、そこに飛び込めない人をどうやって招き入れるかということは大問題である。大きな戦いにおいても先頭を切って敵の塹壕《ざんごう》に飛び込む兵はそれで良いのだが、どんな部隊にもわずかながらどうにも落ち着かず、恐れおののき、突貫できない者たちがいる。指揮官にとってこのような魁とは違った人たちを鼓舞する方法はいつの場合でもないようだ。

かつてハンニバルは、巨大な象に乗って突進する魁の部下たちとは別に、そんな大きな象を扱いながら最後の突進ができない臆病な武将たちもいて、ハンニバル自体彼らをどう扱っていいかは解らなかったはずだ。

人間の知恵も小器用さもそういったことは第二の問題だ。まず人は勇気がなくてはならない。どんな意味においても己自身の中の恥ずかしさを脇に置ける人間になりたいものだ。こういった場合、自分の中の弱さを蹴飛ばしながら進み出る魁の思いがなくてはならない。

ある古い言葉をまず手にして、これを分解し、切り開いて徹底的にしかも悉《ふつく》にそこから後発言語を生み出し、人々の前で使える人が本当の詩人なのかもしれない。その時こういった詩人は間違いなく先駆けの人間だと理解して良い。高い理想や大きな夢や輝かしいばかりの信念というものの雨、すなわち慈雨が降ってくると、人々の心にそれがどこまでも深々と染み込んでいく。慈雨が染み込んでいくのを見るのは何とも幸せなことだ。残念ながら数多く存在する現代の言葉はどう見ても慈雨ではない。人の心に染み込んではいかない汚染物質にも似ている。最近はこの世の中に様々な汚染物質が多く存在し、人が生きるために作らなければならない作物のために必要な土壌さえ放射性の化学物質化したセシウムのようなもので満ちている。放射性の多い様々な廃棄物も人の生活の中に入り込んできている。陽光の中に見られる生命維持のための放射物質は、段々と人間が加熱処理をしていかなければ安心して使えないようなものになってきている。この世の中は最近、生命体がそのまま安心して暮らしてはいけない場所になっている。他の動物たちや虫たちはこのことを知らずに生きているので、それはそれで別の形の幸せであり、または幸せらしく人間には見える幻影かもしれない。人間はこの不吉な現実に晒されており、それゆえに生きている今を恐れる不幸な人種に成り下がっている。

キリスト教の一派である聖公会は、ロシアや東ヨーロッパの民族の間に広まっているが、彼らは一般に日本語では聖画像と呼ばれているあのイコンをとても重要視する。彼らの教会の中には間違いなくイコンが飾られている。このイコンの力というか、精神的な勢いというものが、やがて共産主義の働きの中で大いに利用されることになった。かつてのイコンはマルクス、レーニンの時代には彼らの本を読むべきだと叫ぶ人たちが現れ、「イコン」の代わりに「書籍」（Книга）を読めと叫ばれるようになった。今日共産主義は自ら幕を引いた形で消えていった。人間は自らを人として生きていくために全く新しい目で書籍を見なければならない。書籍は言の葉として使われる時、使う人間はその言っている通り「人」になって生きることができるのである。言葉は慈雨となって燦々《さんさん》と生命という土壌に降ってくる。それを信じたいものだ。

はみ出せ、踊り出せ

見た目の良いもの、という言い方があるが、この世の中でこれまで使われていたものや考えられていたもの、さらには誰にもごく自然に理解されるものは万事見た目の良さに纏まっているようだ。つまり考え方によれば一つの大きな集団の中にまとまって存在している限り、周囲からそれと認められ、安心して存在でき、納得されもする。巨大な星々の存在する系列の中にいれば、物質は間違いなく天文学者や星占い師など、または地球上の人間たちに認められ、問題にされ研究や話の中に持ち込まれたりするが、宇宙圏外、すなわち大自然全てを纏めた系外の問題を口にしたり書いたりしても、ほとんど人々の話題にはならない。それでも何かその人らしい問題を提起するならば、系の中だけの問題、すなわち小さな艦の中の問題だけになってしまい、艦の外の自由な問題にも触れていく言葉に人はぶつかってはいかないようだ。現代社会で認められる人とは、一般に有識者などと呼ばれもするが、そういった輩は実際には大多数の長い時間の中に関わっていく、大問題などには手をかけない存在なのだ。むしろ目立たない社会の隅に生きており、あらゆる問題の系外に生きている人の方が、大きな力を発揮する。発明とか発見という名の大事業をするタイプの人間は、その仕事の前に確かに誰もが関心をもつような檻の中に生きておらず、誰もが使い易い言葉の中や思想の中に閉じ込められてはいないようだ。

要するに非有識者こそ、非常時の時に大きな働きをするものだ。この非常時の中での行為は何であってもそれを人間は発明家と呼んだり、発見者とみなして驚き、感動し、滅多に世に現れない天才などといって褒《ほ》めちぎり、高いところに祀り上げてしまうのである。

本人にとってはそのように祀り上げられたり銅像にされたりす

ることによって、心有る人々には実際の本人よりは随分下らない人物だと陰口をたたかれるのである。

確かに檻の中の蛙や泥鰌は限りなく弱く、同時に微力である。しかしはっきりとした系列の中にいるので、危険性や不合理性や不条理性が全くなく穏やかでニコニコしているばかりなので、革新的な新しい光の中に飛び込むことができないのも事実だ。本当に生きようとしたら、物事の組織から、系列から、はっきりと抜け出すべきである。人の言葉も抜け出せた言葉なら、大きく未来が期待できる。

弛みのない覚悟

言葉はどんなものであれ、深い知恵に満ちており、同時に愚かな匂いを吐き出す。しかも一つ一つそれぞれの言葉が同時に賢さと愚かさの両面を備えている。それゆえに言葉は誰にとってもあらゆる時間の中で、一瞬において大きな力を発揮する守護霊であり、同時に悪霊でもある。人の言葉はそれゆえに本人を一瞬のうちに生き方の高みに押し上げる大きなチャンスをもたらすこともあり、同時に没落の時間の中に本人を追いつめていくこともある。守護霊の翼を大きく広げた言葉に酔いしれる時、人は他のどのような世の中の勢いよりも大きな順風満帆の中で、その人らしい生命をそのまま呼吸することができる。その反対も事実だ。破綻《はたん》された言葉の中で生きる時、どんな人でも回復できない自分自身を慰められないところで生きなければならない。

確かに言葉は単なる言葉ではなく、それは「言霊」なのである。しかしここでいう言霊とは聖書の『使徒行伝』の中で言われている言霊とは必ずしも同じではない。決して宗教性が悪い訳ではない。しかし宗教性から外れていたとしても、言葉は間違いなくある人にとっては言霊そのものとして受け止めることができる。生まれてこの方人間という名の言霊との生き方を体験している人には、たとえどのような意味においても、つまり宗教的な匂いのする一切のものから離れていても、霊感について何一つ関わっていないとしても、確かに言霊とは深く関わっている。合理性の匂いのムンムンとするこの文明の世の中に生きている以上、人間は常に合理性の乏しさを恐れ、そうならないようにとあらゆる努力をする。しかし大自然の流れは天然の匂いや勢いを常に大きく人間に感じさせ、それをほとんど感じることのないのは人間以外の動物であり、植物である。それらは確かに完璧な合理性の中で、遥かに人間よりは慎《つつ》ましく生きているのだが、彼らこそその生命の中にほとんど合理性を見せていない。そのことを知らずに人間は、またはそういったものの研究者としての人間は、動植物の中の非合理性を残念ながら認めることはできないでいるようだ。

あらゆる食物は非合理性の中で生まれているようだが、しかもそれゆえにあらゆる動物たちの生命を養っているように見えるが、その実食物は一点の間違いもなく完全な合理性の筋道の中で統一されている。例えば一つ醗酵食品について考えてみよう。米糠も酒粕も味噌も酢も全て何一つ間違いのない合理性に守られて醗酵していく。そういった醗酵食品にはいささかのたるみもなく、完全な指導の下にその合理的な行動を進めていく。

言葉もまた同じだ。醗酵食品そのもののようにたるむことなく腐ることなく、予定そのものの道筋を前進する。そのようにしてあらゆる生命は生命のままそこから崩れ落ちることなく、自らの生命を生命の流れというリズムの中で泳がせている。言葉は大きく光り輝き、勢いある想いとなって前進できるのはそのためである。

人が生命を持ち、その生命がいささかのたるみもなく覚悟をする時、それは日本人なら誰でも解るように『葉隠』の侍のように完全な合理性、または醗酵食品そのもののような言葉の合理性に助けられながら生命の流れの中を進む。そこにはいささかの間違いもない。四十七士の討ち入りから切腹して死んで行くまでの人生の中に、私たちは間違いなく物事をはっきりと片づけてしまうといった小気味の良い覚悟のほどを感じるのである。ただ簡単に物を捨て、生命を捨て、武士という名の誇りを捨て、さらには人という名の勢いを捨てることだけではない。本当の覚悟とはそれ自体すでに、はっきりとした、いささかも捨てようとはしない本格的な生命の流れ方として理解しなければならない。

人は単なる変人になってはならず、ワイルドな獣になってもならず、単なる隠遁者《いんとんしゃ》でも野蛮人でも、裸族のままでいてもいけない。あらゆる誇りの中で生きられる本当の覚悟の人でありたいものだ。

心という生活習慣

大地とか自然の森、さらには大洋のたゆまなく動いている中に見せてくれる生命の循環作用こそ、人間は人としての己の力量を発揮して受け止め、その意味を大きく解釈しなければならない。

自分の言葉を辿りながらどこまでも繊細にしかも初心の純粋さの含まれている心の配合の差を加減しながら作られていくのが、その人の文章なのである。その人の心の匂いが、また肌に流れている勢いが、それらの言葉を読む者に感じさせなければならない。

代々自分に与えられている土地を相続するなどということは、この地球上に生まれた者にとってはとてもおかしな考えられない錯覚であることが分かる。人の間には自分たちが生かされていることの社会、またその社会をすっぽり包んでくれている大地を自分の手で自由に動かせるということは、自然に対しての大きな冒涜《ぼうとく》なのである。

若い頃私が訪ねた北欧の四カ国の人たちは別に特別な勉強をしていた訳でもないのに、自分たちの家が建っているその下の大地は自分たちの所有物であるとは考えていない。私はある若い夫婦に「あなた方の家の土地と、向こうに見える隣の家の土地との境は今雪の中で見えないようだが、どのあたりにあるのですか？」とうっかり聞いてしまった。家と家との間には間違いなく柵なり塀などが日本の場合は作られているのだが、そこには全く何も無かった。若いノルウェーの夫婦は互いに顔を見合わせ異口同音《いくどうおん》に、「そんなこと考えたこともなかった」と言った。彼らははっきりと、どこの家の土地も町役場の書類に記載されているものであって、家を建てたり借りたりしている人が出ていくか亡くなった時、土地は町に返され、新たな住人に貸されて行くことになる。要するに北欧の人々ははっきりと大地は、すなわち人が利用できる土地というものは、全て大自然の所有物であり、キリスト教の深い影響下にある彼らは、それを単純に土地は神の所有物と素直に受け止めて納得している。自分の土地だといって登記の対象物だったり、不動産として自分の知恵や名誉を守るために自分の所有物として利用することは許されないはずだ。大地には生命豊かな植物や動物が数多く存在する。生命豊かな生物が十分に利用しているこの大地を遊休地などとは呼んではいけない。ここは私の土地だ、などといって売ったり貸したりして利益を得るために悩んでいるなどということは、大自然に対して大きな冒涜《ぼうとく》であると知らなければならない。

人間の長い歴史の中の数々の習慣というものがどれだけ大きな犯罪行為であるか、私たちは理解できないところまで来ている。もちろん人間社会に対する犯罪行為ではないのでこの行為が悪質なものであるとは見られていないが、植物動物あらゆるものに対してどれだけの被害を与えているかその甚大さは計り知れない。元気に活動する人間にとって物を食べて生きていくという点において、数限りない植物や動物は利用されなければならず、そこに生まれる数々の犯罪行為はそのまま見捨てられなければならないことも事実だ。肉や野菜を食べることも、蚊やダニを殺すこともそういう意味においては免罪行為の中に入れているということも事実であり、そういう点で人は常に自然の前で許されないものを許されているという心のレベルで跪《ひざまず》く必要がある。これらのことをひとまとめにして悲しい人の生活習慣と言わねばならず、言葉はこのためにまず発散させなければならないものであり、このために人は日々生きる中で、自分の行動に関して余計な言い訳ができないという事実をはっきり知るべきだ。本来は跪《ひざまず》き涙を流しても許されないところにおかれているというこの事実を知ることは何としても大切なことだ。

人は出来る限り多くの書物に目を通したり、言葉を理解する前に仏教やキリスト教、マホメット教などの聖典書の言葉に、時には心と身体で飛び込み、許されないものを許してもらう大きな祓《はら》いの時間を持たねばならない。

身一つで、何一つ所有することもなく裸のまま風雨に晒され、与えられた生命の時間を過ごしている虫や花たちは寿命をその通り全うしていることを考えれば、人は彼らの前で大自然の中の放蕩息子でしかないことを意識することだろうか。虫も花も何一つ大自然の中から必要な物を収奪することなく、自分を誇ったり、飾り立てることもなく、そのまま生きる時間の中いっぱいに錆びることも傷《いた》むこともなく過ごしている。

人は今、巨大化したもう一つの恐竜であり、海深く潜り、空高く飛び、生命創造のきっかけとなった多くの放射線を壊しながらそれを弄《もてあそ》んでいる。人は自分が不幸だと悩み苦しみ痛みながらそれに耐えていることも事実だ。そうすればそのままで人は海幸山幸の時間の流れの中に入って行く自分のことに気づくはずだ。人の生命とはこんなものだ。常に自然に対して傲慢であり、そのことで悩み、そのことで不幸になり、その不幸がそのままの形で幸せに感じているのが人間そのものなのである。人の言葉は何一つ深々と考え意味深く根回しをする必要はない。素朴で自然な言葉はすでに深々と根を張っている。どんな風にも雨によっても倒されないほど深く根を張っている。人はこの言葉によって、仮名文字を選び、漢字を選び、アルファベットを選んで言葉を様々に表現している。その表現は人それぞれの心の、また生活の全てだ。少しばかり仮名文字の色を濃くしまた薄くし様々に工夫をしながら、色合いの変化や光り具合の中で自分の生命の表現をするのである。

深々とした世界、どこまでも広い大地、巨大で同時に微小な総ての存在物、そこには魂の顕微鏡や言葉のためのホログラフィー顕微鏡が用意されていて、人はそこに自分の幸せという名の存在を見つける。

人の言葉は自ら傷ついた心と身体の全域であって、それを癒すのに必要な薬はどこにもない。傷ついた言葉は天然の流れとしての水の中で洗い落とされ癒されて行かねばならない。生命の傷は自然の中で再創造されなければならず、全面的に天然の流れの中で洗い落とされなければならない。

自分の言葉に素直に辿りつき、心の繊維の配合に対して素直になるならば、その人の心の肌の匂いはどんな素朴な人の場合でも雅《みやび》なものになる。

言葉と物作り

人間の思いの中深くプリザーブ（保存）された言葉に近づくまでは、自分の思いと言葉とが本当の意味で接触することはない。同じ薬でも言葉という名の心の薬は化学薬品の様々な調合によって生まれてくる薬とは違って、そこからあまりにも遠く離れている生薬であり、それは百パーセント大自然の産物でしかない野草などから作られている。人の言葉とは本来この生薬に似ている。言葉は本来古代人から現代人に至るまで、森の奥や流れの狭間で落ちているものをまるで拾い集めるように身に付けてきた。

本来人間はどこまでも肉食的な生き物であって、そこから生まれる異常な力によって閉じ込められていたアフリカ東部の森やサバンナから四方八方に向かって長い旅に出ることができた。しかし残念ながら様々な時代の流れの中で人間はサピエンスの状態に置かれ、段々と草食性ののっぺらとした顔形や頭脳、そして上品でひ弱な細い手足とどこか総合的に力を失っているというか、生命力が薄くなっている。それでいてどこまでも知恵の発達した生き物にまでなってしまった。要するにこのことが実際的に自分の中において行われていることを知っている現代人なら、誰でもそのことを「言葉の失調症」だということが分かっている。

人間は大自然の落とし子として本来尊厳ある生まれ方をしている。同時に人の最後はどこまでも尊厳ある姿で光り輝く陽光の中での死であることも知っている。単に人に食べられるために人の手によって産ませられ、屠殺《とさつ》場で短い一生を終える豚も牛もその生き方には尊厳のある勢いが見られないといっては語弊《ごへい》があるが、生きていること自体、また死ぬという現実自体、人のようにははっきりと意識してはいないのではないか。従って生きること死ぬことに関して人のように感動したり悲しんだり恐れたりすることがないのは目に見えてはっきりしている。人には言葉という生き方の尊厳さをさらに高めているサンクチュアリーとして、言葉がある。残念ながら動物たちには呻きや吠え声や怒りの叫びや喜びの声はあるが、彼らのこういった形の言葉は人の言葉のようなリズムを備えていないので、彼らは互いに自己主張も、物事の判断もできないし、理解力もない。

人は確かなリズムを弁えている言葉という名の規則の中で守られている数多くの種類の言語を持ち、それらもまた一つ一つ分類されていて、文法という名の下にきちんと整理されている。数ある象形文字の中でも漢字は単なる文字ではなく、言葉というリズムに乗り、勢いの良い生き方をしたり、暗い生き方ができる存在だ。単なる番号や色彩、点やマークを付ける類のいわゆるフェニキア文字や各種のアルファベットや数字などとは違って、漢字と呼ばれている文字にはそれを使う人の情や念が確かなリズムや心の音楽の譜面となって、はっきりと働き出す。漢字のこのような力が二種類の仮名によって美しく彩られている大和心の文章などに心動かされ、生命や言葉の尊厳に気づいて日本に移住し、日本国籍まで手に入れている外国人も最近では決して少なくない。東北大災害のような大きな危険のある大和の国ながら、それを承知で大人しい自然の営みの中で暮らせるヨーロッパあたりから、農耕とは全く関係のない開拓者の心で、湾曲した日本列島に住み着こうとしている人が今後も増えることであろう。

人間には言葉がある。はっきりした言葉はものに気づく。この気づきは言葉にとって重大な意味を含んでいる。言葉の移り変わりの時間や歴史の中で、常に人はアンチモダンな古きものへの意識が様々な意味においてその人が使う言葉の中で働き始める。人間の想像力の豊かさを作っている言葉の構造はその人間の深い生き方や考え方のリズムを作っている。単なるアルファベットや数字にはこの尊厳という名のリズムが干乾びていて、漢字のような完熟した勢いよい情や念の膨らみを持っていない。漢字はどこまでも想像力が豊かであり、その構造力は人の精神の深みをどこまでも押し広げてゆくだけの力を私たちに見せつけている。

人が他の動物たちよりも優れているのは、物作りにおいて他の生き物たちよりは優れているからである。虫ですら、鳥ですら、自分たちの卵を育てるために、大小様々に巣を作る腕を持っている。足も手も翼も物作りには無くてはならないものだ。しかも「気づき」はこの物作りの基本的な条件でもある。人は多様な面において物作りに精通するようになった。言葉を使うようになった段階で、言葉は辞書、辞典、レキシコン、ディクショナリーそして百科事典や三歳図会などといった表現によって呼ばれている存在も人間がどれほど深く言葉と関わっているか、というこの現実の状態を表している。人が豊かに言葉と共に生きていることが明白であるゆえに百科事典や漢字辞書などが、限りなく新しいものになるようにと研究され育てられている今日である。

事実私が使っている明治の頃の漢語辞典に載っている文字の数やその細かさは驚くほどのものである。物作りの最後にはやはり言葉が置かれなければならず、物作りの初めには、玄《げん》、素としての食べ物に対する人の素朴な食文化の基礎行為としての物作りの態度が有ることに私たちは気づくのである。物作りとは人間の生命エネルギーの基本的な、しかも単純極まりない行為である。言葉やその精神を切る手術という行為は人の世の複雑さを言うか、業を切り、人を再生させる生命回復の行為なのである。

人は誰でもその場において言葉の伝道者になることが可能だ。言葉に深く関わり二言三言素朴で単純な言葉を物作りの手や心で握り、徹底的にいじり尽くしていくならばその行為はそのまま物作りの程度の高いものになる。上昇した言葉はその人の理念と現実が深く交差し、その中にはリズムが大きく息づき始めている。

漢字は人の心に再び生命創造の力が生まれたことを思いださせ、その後には物作りの念を起こさせる。日本人の言う「腹の虫」というのはどこか少しばかり情の中に勢いづいたものができている状態を表している。情や念の感は次の三つの言葉「仁と義と理」に整理してまとめることができる。人が人を極刑に処したり制裁する権利を持っていないことを言葉に、特に漢字の中において気づくのである。大自然があらゆる生命を創造していることを考えるなら、その同じ自然に作られた生命が他の生命を制裁する権利は与えられてはいない。

言葉はそのように最も重大な側面において、大切なことに気づくのに使われる。言葉は大小に関わらず、人に気づきをもたらしてくれる生命の手術という物作りの基本的な力を有している。

換骨奪胎

どんな言葉もその人の中で自由自在に換骨奪胎《かんこつだったい》してよい、というよりはむしろそうしなければならない。もともとその人の言葉の意味が本来の特定の意味を持っている訳ではなく、その人の心や頭の中でどうにでも自由自在に換骨出来るものであり、自信をもって奪胎可能なのだ。

革命家とか発見者というものは、常にその時代の文化とかブームの流れの前の矢面に勇気を持って立たなければならない。こういったごくわずかな異端者《いたんしゃ》であり新しいものを興す人たちは、それまでの長い時間の中で信じられていたものをあえて打ち壊すので、どうしても厳しい攻撃の矢面に立たなければならない。

周囲に目をやり何かを自分の中に受け止めたり利用しようとする人々で溢れている世の中で、本格的な乞食として、誰も相手にしないものを拾いながら生きていく人間はとても尊い。周囲に落ちているあらゆる物を恥ずかしがらず拾い集めて自分の生き方の中で利用していく自発性を刺激して行くものが、ブームから遠ざかっているわずかな人たちの間に見られるのである。自分らしく生きるということはその陰に自発性の大きな刺激がなくてはならない。

宗教も芸術も本当の内容豊かな物を身に付けていくならば、それはどんな意味においても金儲け主義の心に弄《もてあそ》ばれることはない。本来宗教も芸術も傷だらけの中で、人が自分の中で発見する生命に関わる言葉の証明なのである。そう考え涙しなければ、アフリカ東部のサバンナから放蕩息子のように飛び出した原人の直系の子孫とはいえない。

今はあらゆる人にとって夢の扉は閉ざされている。それが現代だと知るべきだ。言葉の扉を大きく開いてそこに自分の夢を見ようではないか。心が今の時間の中で抱えている様々な葛藤はそのまま日々口にしている言葉の中に現れ、その言葉通りのリズムに化し、その形は、そのままその人の個性の中に深々と溶けこんでいく。自分の言葉で話し書き行動する時、間違いなくそこには自分探しの、また自分の中の行動のルーツを探す旅の行為に気づく。自分探しの基本的な行為は母親から生まれ産声を上げ、やがてよちよち歩きをし、言葉を話すようになる頃から自分の中に芽生え終生離れることのない行為なのだ。

言葉は合理的な知恵の道具でなければならず、頭の体操から生まれる第二次創造の行為なのだ。第一次の創造行為は宇宙的な広がりの中で展開した天地創造である。心と同様に言葉もある種の準備運動というものが必要である。もしこの準備運動がなければ言葉は本来の自由自在な力を発揮することができなかったはずだ。十分にそういった力が発揮されるのであり、そこには深々とした味わいが生まれ、そういった言葉に触れる人間はそこに情を見い出すのである。味の深い言葉を利用するために人は別の流れの中に己自身を飛び込ませなければならない。暑さから寒さの中に、その反対の感覚を味わわなければならないようだ。

人は常に言葉と向かい合い、言葉の流れの中で揉《も》まれ揉《も》まれして、記憶と物語の中で生きている自分を理解しようとする。どんな記憶も次から次へと生まれる物語もその人にとってはどこまでも甘い誘導のリズムの手なのだ。誘われるまま一歩ずつ前進していく人間はその時間の中で何かを体験するが、それを正直にしかも恥ずかしがらず、たとえ良いことよりは悪いことが現れたとしても、それを隠し立てすることなく堂々と表す時、そこにはその人の新しい味わいが生まれてくる。言葉の味わい、思い出の情の深さ、人に褒《ほ》められたような良い思い出よりは、怪我をしたその痛みで流した涙の方が遥かに人々の中にはその人を忘れ得ぬ言葉として遺《のこ》るものだ。体格の良さや病的な弱さは親からの遺伝であろうが、人の性格は全く遺伝でないことを知らなければならない。生まれてからずっと生きてきている中で、一時も離れることのない環境という大きな影響力がその人の性格を形作っていき、同時に性格を表していく。その人の言葉は、特に周りには言いづらい様々な思い出は、その人の性格を多面に変えていく。思い出が複雑であり多くの痛みと失敗と恥ずかしさを持っているなら、その数と同じぐらい性格は人を驚かすが如く物語にも似た半ば神話や伝説のように美しい情を広げて伝わっていくのである。

この世の中で褒《ほ》められたり大成功をしたような話は最も下品であり、それを聴く人々を嫌がらせるものだ。金や肩書きや名誉など、人の前で決して口にするものではない。陰徳となって初めて光輝くのである。

道徳の残忍さ、または悟性の優しさ

素朴で単純な、何ものにも傷めつけられていず、常に健康な存在でいる生命体であって初めて、その人の心情はその人の中に時々健康に生まれる。どこか逃げ腰になっている弱い理性を助け、支持し、励ましているのもこれである。理性が悪いのではない。

理性が悪なのでも、痛めつけられているのでもなく、結局は人を支えている生命の弱い一面を見せている部分であって、それに比べ心情は健康そのものな部分であることを人は知らなければならない。理性が行うことは健康そのものの人にはとても貧弱に思える。その実、心情の側から見れば一段と劣る弱い情熱だと言えるかもしれない。

徳の進んでいく道、つまり道徳から大きく遠ざかっているのが悟りの知である。この知は悟性と呼ばれて人間性の中の生命を司っている大きな力となっており、それを別の見方で言うならば、清い情であり、それ自体心と呼ぶべき情の勢いそのものである。清い情はごく自然に心情に発展し、さらには道徳という流れにたどりつくことが分かる。

かつてルソーは自信をもって道徳を憎んだ。もちろん彼は何人もの自分の生まれた子供を孤児院に捨てたが、その事実を隠蔽したりあえて気にすることなく、そういった彼の行動を帳消しにしようとして道徳を憎んだ、と考えてはなるまい。生まれた子を次から次へと孤児院に預けた彼はその行為をよほど恥ずかしいと思ったのか、世界三大懺悔《ざんげ》の書と言われている彼自身の『告白』の巻三の中で、はっきりとこの事実を告白している。愛人または内縁の妻テレーズ・ルヴァツールとの間のこの事件は、ルソーにとってとても悲しく痛み多かった。この事件を通り過ぎて初めて彼は、処刑された人間が本当の自分に戻れるように別の人間に戻れたのではないかと思う。それまでの彼の女遊びは話にならないほど酷《むご》いものであり、年上から年下まで、まさに日本の光源氏のようだ。また武蔵野から東北に旅をしながら人妻や娘と遊んだ業平《なりひら》のヨーロッパ版であったのがルソーだったのではあるまいか。おそらくルソーだけではなく、光源氏も業平《なりひら》も仏教の心の中で、また他の日本的な思いの中で同じように道徳の悪や残忍さを口にしながら涙をこぼしつつ人本来の真実に目覚めていったのであろう。人の知識というものの範囲の狭さは昔からずっと人間を縛り閉じ込めた世界に留めてきたが、このような知識を理性という名で呼び、その中で苦しむ人間を解放するために一つの新しい道が開けた。道徳は人を縛るが、悟性は人を解放する。常に諦観し、呻吟する人の心が解放されるためには、道徳を盲目的に信じている心と肉体を解放しなければならないが、それには光源氏も業平《なりひら》もルソーも実に大きな働きをした。日々過ぎていく時間の中で、幸福になっていく道は唯一、己の知識の高さや雅《みやび》を口にするのではなく、はっきりと道徳の残忍さを心に持ち、生きている生命の豊かさの中で納得できる心、すなわち悟性を持つことである。

大自然の流れという大きな力によって鍛え抜かれた心の中の、また体の中の生き生きとした反射神経こそ、たとえルソーのように道徳は残忍だと主張しても、それによって周りから憎まれたり批判されることはない。天然の生き生きとしたこのようなきつい言葉もすでにその言葉を使う人の中で完全に免罪されている。

上昇思考

全てのことをいちいち納得して、信じて受け入れることは大いに大切だ。信じて受け入れるとは、一言で簡単に、しかも軽い言葉で言えるのだが、よくよく考えてみれば、このように誰かから何かを言われる時、言われる人はとてつもなく大きな重荷を背負わされる。信じて納得するということは簡単に誰にでもできることではない。私自身のことを中心にこの問題を深く掘り下げて考えるなら、信じるということは今の生き方の中でどれほどできているだろうか？　生き方のあらゆる問題の中で一つ一つを取り上げてみる時、ほとんど全ての点においてこの行為が未完成のままであることがよく分かる。学ぶという点でも何かを徹底的に作ろうとする点においても、何かを読み、十分理解し、自分の内側に飲み下して納得する点においても、人を信じ安心した心で今を喜び、どんな敵からもいささかの攻撃も受けないでいられる自分を見つめるという点でも、私は完全に納得したものや信じている自分の内側を人に言うことはできない。

　全てのことを、自分の人生の中をあらゆる面を綺麗に磨き、己の内側に引き込み、受け入れる心を持つということは、そう簡単に誰にでもできる問題ではない。私自身はっきりとそのことが分かる。

　私が東北にいた若い頃、妻と二人で用を足して夕方に帰宅してみると、入り口に見知らぬ一人の青年が立っていた。ボサボサの髪の毛をし、ちびた草履《ぞうり》を履き、背中には大きなリュックを背負っていた彼は、私に促されて家に入るとリュックの中から次から次へと自作の陶器を広げだした。遥か埼玉県の大宮からこれらの焼き物を私に見せ、私に使って欲しいと言って、はるばる持ってきてくれたのであった。彼はよほど、その頃出版されていた私の作品『単細胞的思考』に打たれたと見え、数日間我が家に泊まり、岩手のあちこちを歩いていた。それからの彼との付き合いは長い年月の中で順調に続いた。

　その後二度も大病をして、もしも三度目の大病が襲うならおそらく私は死ぬだろうとも言われていた。そんなことを初めとして、様々な大小の問題が関わってきたので、私たち夫婦は次男の住む岐阜県に移った。おそらく私たちの終《つい》の棲家《すみか》はこの美濃地方だと思っている。

　ごくわずかな読者が集まってくれる「梁山泊《りょうざんぱく》」の集まりが毎年東京で行われ、その陶器を焼いている人物も出席してくれた。彼自身大宮を離れ岐阜の隣信州の山里の中の古寺に住むようになった。時として私の身体に異変があると彼が異変を予知したかのように手紙をくれたりする仲となっていたが、ある年の東京渋谷での梁山泊《りょうざんぱく》の集まりがあった後、何で気分を害したのか私のところに厳しい手紙が来て、その後突然音信不通となった。その後ブログにも様々に批判の言葉を書いているようだが、私は未だその文章には一度も目を通したことはない。私はあまりにも自分の言葉を自然に向かって書くことに忙しく、その暇がないだけのことだ。

　あらゆることを自分の信じている言葉通りに全て引き受けてしまうことは、どんな人間にもできないことだ。人のことをあれこれと自分の知恵や努力の結果言うことは、極端に言えばたとえ裁判官であっても止めるべきで、裁判官であれば被告を一年の刑に処すなどと言うぐらいはそれでいいのだが、極刑にするなどと断罪できるものでもない。一人ひとり人間は大自然の大きな営みの中で生命を与えられていることを考えるならば、その生命を弄《もてあそ》ぶことはどんな人にもできるはずはないのだ。常に人は他のものを殺してはならないと分かってはいても簡単に他人を批判したり貶《おとし》めたりはするものだ。日常の暮らしの中で常に物を書いている私のような存在には、数限りないこの種の過ちが常につきまとっている。ほとんど消え去っている言葉を使いながら生きている人間こそ隠者と呼ばれ、それがさらに清くなっていくと、仙人と目されるのだろう。

人はあらゆることを信じてそれを引き取り、自分の中で解決しようなどと考えてありとあらゆる努力をしてみても、その結果はうまくいくものではない。仏教、キリスト教、マホメット教など様々に人は宗教の中に逃げ込むが、その実、地球上の万人ははっきり言えば無宗教の虫や獣と何ら変わることがない。人の心や生命の流れには思いの中心とも言うべきとても確かで味わい深い主食が不足している。どんなに宗教が騒いでいても、心が要求する人の主食である生命のご飯やパンは依然として不足の状態である。どれほど力を込めて追跡してみても宗教の虚《むな》しい生き方は別のものに変わるはずのものでもない。大自然の中で鍛えに鍛えられた流れこそ、本来の宗教の心であり、人の中で行動する確かな反射神経そのものであって、この神経だけが間違いなく暗黒の生き物の世界の中に人それぞれの思想を展開させてくれる。

人の生命はどこまでも上昇していく思想であり、物を信じ同時に疑うという反射神経の生き生きとした動きである。

日々一瞬一瞬の中で徹底的に物を信じ、同時に物を疑い、一切を追求していかなければならない。追求することを途中で止めるのが、現代人の「人間とはそんなものだ」という言葉であり、それによって水に流されてしまう。原形が全く分からなくなっているのが、全ての人が口にする言葉だ。そういった意味のない言葉なので人の言葉はどうしてもどの一つをとってみても感じ、情の深々とした思いの中で理解しなければならない。どの言葉もそれぞれの場合によって心の中の襖《ふすま》の向こう側に広がっている雅《みやび》な日常の匂いがしている。一見日々の生活の中から遠ざかっているように見えながらその実最も日々の流れの中で明確に見えている言葉なのである。

言葉が話される前に、また話された後に、上昇して止まないその人の情と念がはっきりと現れていなければならない。

人と情

人は言葉や学問や知恵を生け捕りにして自分の中で殺してしまってはならない。ギリシャの古い時代に生きたターレスもアナクシメネスもアナクシメンデルもゲオデネスもソクラテスもこのような物を生け捕りにしたままで終わりはしなかった。彼らの生命の籠の中に閉じ込められた言葉も知恵も、見事に生きた形にしてもう一度檻から外に放した。現代人も同じようにそうしなければならない。先哲たちのこういった確かな知の行動は私たちの心を動かして止まない。

ある名もない賢人は言った。

「己を行うに強く、戒《いまし》めを受けるのに弱く、禄《ろく》を持つに恐れ、身を持するに慎《つつし》む。これは仁なるかな、義なるかな」

人間は、一見馬鹿のように見え、何かが抜けている不足した人に見えながら、よくよく見るなら少しずつ奥深いところに広がっている明るい人品や、どうしようもなく大きな風格が見えてくる人物を周囲に見い出さなければならない。その人物は、初対面でありながら手を握りたくなり、涙が出てくるような十年百年の知己の間柄の親しさを覚える人品風格といい、身に付けているものの襤《ぼ》褸《ろ》の風情などの後ろ側に、光るように見えてしまうものは驚くほどの直感力であり、どこまでも大切にしたくなるような素朴な生き方である。

人の中を流れる血も気も経絡やつぼを巡るサイクルを変えたり滞らせるなら、異常に大きな刺激を受ける。

中国の医学は占いや八卦とは全く別なものとしても、そこには運命と関わる力の勢いや破壊をもたらす考えを一面持っている。経絡は生命体の全体に巡っている細かい地図であり、あらゆる生命エネルギーの電源である。しかもこの生命の細かい地図の中に見えるのは、指紋のように一人ひとり違っている。地図といってもあたかもフェニキア文字に見え、アルファベットであり、漢字であり、シュールリアリスティックな絵文字でもある。鍼《はり》や灸《きゅう》や漢字がアジアの神秘であるように、東洋人の念じる情は大きな力を時として発揮する。西洋人の十字架と同様に日本人の五寸釘の力は、見方によってはとても信じられないものであるが、時として不思議な力を発揮する奇跡のような現象を示すこともない訳ではないことを、私たちは歴史の時間の中で一つか二つぐらいは記憶している。

彼方に煙を見てそれが果たして何を燃やしているのか、または何の目的でそうしているのか、即座に判断できたのはアメリカの原住民、インディアンたちであり、日本の忍者たちであった。彼らは即時に彼方の煙を見てその目的を判断できた。炊事の火か、炭焼きの火か、野火《のび》であるか、人間の知恵の結果として狼煙《のろし》であるか直ちに分かるように、人は言葉の意味が様々な内容を持っていても即座に判断できなければならない。人の間の空気を読めるというのはまさにこのことだ。こういうことをできる人のことを仙人とか隠者と呼ぶのは正しいかもしれない。彼らは深山幽谷の中で暮らし、人の世の音という音とは関わりのない不思議な魂の音によって生きているのかもしれない。言葉とはこのような生き方の中で本当の力を発揮する。

泥はそこに溜まっている汚濁や人々の垂れ流しのものだと思うのだが、蛆《うじ》が湧き蝿が止まっていても、よくよく近づいてみるなら、単なる汚濁ではないことに気づく。どうしようもなく汚い人々の暮らす一画に入り、そこで何日か彼らの食べ物を食べ、ボロを着ながら過ごす時、彼らの汚い生き方が豊かな生き方と並べてもほとんど変わりのないことに気づくのである。この体験の中でしか人は本当の仁も情けも、ましてや義などは分かるはずもない。大自然という名の土に帰るものであり、考え方によっては都会の方が遥かに汚いと分かる心こそが仙人の心の一部が分かることであり、隠者の情がその人の中で動く時なのである。都会の土やゴミはどんなに頑張ってみても自然の力をもとに戻すことはできない。それらには生命を再び戻す力はない。コンクリートも鉄骨も、銀蝿や蛆虫《うじ》の死骸のように再生することはないのである。

私たちは勝負の機微を実に意味の深い悟りという言葉で説明しようとするのが、奥深く道を極めた人は誰とも比べようのない形の方法でそのことを説明するようだ。この社会の理屈を超えた大自然法の中で何を語る。文明の知を文化の言葉で描こうとすると、次から次へとボロが出てくるものだ。対決する場合は人生のあらゆる街角で行われもするが、本当の名人とは、実はこの世の片隅のさらに片隅の一画にいるな名の孤独な剣術使いであり、それでいて剣の腕は朝日や落日を一瞬の勢いの中で切り落とすほどの凄まじさを見せている。例えば茶道でも俳句や華道でもそれらが持っているあの見え隠れするような陰影の感じは確かに先哲たちの奥深い知恵の一つなのかもしれない。

この世の善も悪も、綺麗なものも汚れたものも、光るもの暗いもの全ては、心を生命と交わらせているいわゆる賢人にははっきり一つのものとして見え、生活の中の実態としては全く映らないようだ。

素肌を尊べ

人生という旅の中で言葉が生まれる時、その人はそこから生命のリズムをもらう。そういった転機から人は自分の道をさらに大きく広げていく。旅の中からもらう言葉はたいてい古く、同時に大切な語彙を含んでいることが多い。そういった語彙の発見は誰にとっても何にも勝って嬉しいものだ。可愛い子供には旅をさせよと昔から言われているが、それは今日でも同じだ。自分の中に力ある古い言葉や新しい言葉を見い出そうとするなら、やはり心の旅路に向かわねばならない。自分自身が活き活きしているならばやはり活き活きとした自然の言葉はその人の中で創造的に生まれたり近づいてくる。本当の言葉とはこういった心の旅の中で突然生まれるものであり、そして、突然消えて行くこともある。真実の言葉とはその人にとって酒や煙草のような嗜好品ではない。どんなグルメよりも、さらにその上を行くスーパーな味を含んでおり、それはどのような味わいをも超えて生命の頂点に立つ。

人が取れる自己責任とはどこまでであるかは時代時代の考えの中や、その人その人の理解力や判断力によって決まるので、唯一これといったものはない。つまり自己責任とはどこまでも人それぞれの言葉によって使い分けられ、しかもこれといった固定観念はないと知るべきである。人は自分を中心に自信を持って生きなければいけない。果てしないジャングルの中の猛獣とみなさなければならない。

こういったジャングルの中の猛獣であればそれに与えられている生命には二つあり、一つは食物、もう一つは陽炎の中で浴びる陽の光が決定的に必要な要素である。もちろん黴菌《ばいきん》も、虫も、爬虫類も、動物も基本的にはこの二つの物の補充された中で与えられた生命を保つことができる。特に人はがっちりとした骨を作るために心の中を流れる言葉という名のビタミンを可能な限り多く摂らなければいけない。しかし動物そのままの生き方をしていた原生人間や古代の人たちは徐々に文明人間に変わる中で、生命に必要な二種類の力、すなわち食べ物と陽炎の光の大切さや重要さを忘れて来るようになった。

トンボの目は、昆虫学者の見方によれば何万個もの小さな目の集まりからできている複眼なのである。

言葉は数多い意味を含んでいる粒子の集まりからなっている。一言話したり考えたりする時、その言葉の周囲には情や愛や怒りや悲しみや憧れといった粒子が付き纏い、発散し、その動きはそのまま数多くの色彩となって北欧の空に輝く黒夜のオーロラのように羽を広げる。現代人はわずかずつこのようなオーロラの色彩豊かな羽を広げた言葉を忘れ始めている。物があり、金があり、数多くの主義主張が生まれているとしても、残念ながら言葉のオーロラ的な光の広がりは消滅しつつある。

創造者ではなくむしろ消費者として自他共に見られている現代人を酷く勘違いさせているのは、様々な便利なしかも格好の良い製品の姿である。その先頭には内容豊かな言葉の山のあることを知らなくてはならない。人の生き方の方向を様々な意味において狂わせているのは、こういった勘違いをさせている現代人の言葉なのである。

徐々に押し寄せてくる便利で格好の良い現代人の言葉の津波によって人の心は大きく揺さぶられ、人生の何たるか、という意味さえものらりくらりと長い周期で狂わしていく。現代は大きな災害とも呼ぶべき言葉の大津波によって限りない破壊現象を受けていると納得しなければならない。

今の汚れた世の中は、おもしろさや忙しさの渦の中での発想力でもってあらゆる人を一見利口に見させ知恵者に仕立て、化粧や服装によって猿が男優女優に変わるように変えてしまう。

文明という名の世界には、輝くような人間復興のシンボルとしてのルネッサンスが見られ、それは人間の暗い明日の夢の中で流す涙なのだ。ダ・ヴィンチの頃のルネッサンスだけなら一時のものとして我慢もできようが、まるで次から次へと、しかも徐々に大きくなりながら押し寄せてくる津波のように広がって行くルネッサンスならばそれを押し止めなければならない。現代人は文字が書かれていてもそれが読めなかったり、美しい風景が見えなかったりしているのだ。特に心に、生命が見えなくなっているこの状態は癌のようなものだ。あちこち身体の一部が怪我をしたり傷んだりするだけなら生命と関わる病とはいえないが、人の心は大きく病む時、魂の医学もその領域に踏み込むことはできない。

素肌の言葉で外出できるまで、人は真実の言葉で話したり書いたりすることはできない。言葉の生まれている状態をそのまま説明できない現代人は、素肌で外に出られない女性と同じだ。自分の肌をあらゆる高級な化粧品で隠し、化け、他の誰かの似顔絵となって人を騙すのである。文明人間の悲しい性《さが》をそこに見る。永遠に流れている地下水を汲むように、言葉も人によって自信をもって正しく汲まれなければならない。永遠の泉である言葉を人は話しているだろうか。その人が自信をもって、その言葉が名刹《めいさつ》に残されている孤高の存在であると主張したり誇ったりすることができているだろうか。

汚らしくしかも狡《ずる》い言葉で人々の前に出る時、どうしても聖なる人の言葉やサンクチュアリーで息をしている言葉をたっぷり混ぜた化粧品で塗り固めないと出られないのが現代人だ。

もう一度ありのままの姿で、そのままの顔形や肌のまま彼方の辺境の地に向かって、そこから万事を始めようではないか。一切の言葉の化粧品を捨て、コスプレの衣装を捨て、原生人間の裸のまま、貝塚の横あたりから、サバンナの風の中から、一切の恥ずかしさを捨てて出ていこうではないか。何一つ気にせず自分らしい言葉を培い、奏でてくれるバランスのとれた中で人は自分らしく歩き出す時、また辺境から歩み出す時、そこに生きている喜びを感じるのである。

女性が鍼《はり》を打たれると、しかも強く何本も何十本も顔や体の一部に打たれると、微《かす》かな痛みや、ぼうっとその部分の皮膚がほてってきたり、時としてはその女性の体質次第で紫の薄いアザのようなものができると漢方の本には記されている。このような肌の変化は一種の血液の新陳代謝の結果だということだが、私はそのことを知らない。しかし辺境に一旦退き一切の肩書きも化粧品も立派な服装も勲章も憲章も捨てて丸裸の原人そのものになって一歩一歩前進していく時、その人は人間の世の中であらゆる痛みや恐れや恥ずかしさを知らなくなる。名人の鍼師の仕事によって全身の血液の新陳代謝が行われる女性のような体験を、この時人はするのである。

人は自分で引いた目線または鳥瞰図《ちょうかんず》の上でその言葉の意味と存在を知らなければいけない。温故知新こそ常に今を生き生きとさせている人の生き方を説明していることは事実だ。幸せな現在を持っており、不幸な過去を幸せなものに再構築して行く人間は、間違いなく温故知新を正しく用い、一つの灸《きゅう》や鍼のように適当に血液を新陳代謝するために絶えず利用している人たちである。

dynamism of habit

生命体の創造は大自然そのものの行動の一つである習慣なのだ。この習慣はこの類の物の中の最たるものである。習慣の力はそのままで自然の働きの一部であり、木の葉の揺れや虫たちの舞う姿や鳥たちの飛翔という習慣を私たちに思わせてくれる。文明人間が作るロボットはどんなに優れた機械として存在するにしても、習慣から出てくる創造物としての生命という最大の駆動するものと比較はできないのだ。習慣、つまりハビットを原動力にしたダイナミズムで考える時、機械とは全く別でありながらあるところでは人に機械を作らせるヒントを与えた存在として生命体を理解することができる。この世の中で持続可能なものは、おそらく正確に言うならば「命」だけではないのか。寿命というそれぞれの種によって長さの違う時間の中で駆動する生命は、ロボットなど数多くの文明の機械と違った生命として理解できるのではないか。駆動するものは全て生命体と機械に分類され、この二種類はどんなに頑張ってみても共存することはできても共に生きることはできない。生命は虫であっても人であっても、はっきりと便利な機械やロボットたちとは分類されてはっきりと理解されている。たとえどんなに単純な生き物であろうと精密この上ない機械などと混同されて生命体とみなされることはない。シンプルな考えや言葉しか生み出さない一人の人間がいても、彼を最高の力を持っているコンピュータと並べてそれなりの戸籍を作ろうとする人はどこにもいないはずだ。生命体は大自然の不思議な駆動力の中から生まれてきた言葉であり、言葉の呼吸であり、姿勢であるということを知る時、そこには精密な機械の中の歯車やゼンマイや電気関係の、また油で動かされる動作が生命体の駆動力とは全く違うことを納得するのである。生命体のまた人の研《みが》く態度やすり減らす態度は諸機械の中に組み入れられている大小様々なベアリングの動きやそれによってすり減らされていく微妙な変化とは一見とてもよく似ているが、その実全く別のものだ。飛行機と鳥が違うようにトンボとヘリコプターが同じ種類の駆動力によって動かされていないように、蝶が舞い踊るダンサーと比べられないように、万事は実にうまく生命体と物質を区別している。どんな素朴で単純であり、小さな生き物であってもそれは大げさに作られている機械やロボットなどとははっきりと自らを分類しており、人もまた他の生命体も同じように見分けを付けている。

自然の中で、自然と繋がりながら、同じ気の流れの中で与えられた寿命という時間の枠の中で、生きているのが生命であって、生命は単なる機械と意味も全く違うし、定まった時間の中での駆動力とは存在するレベルが違う。

言葉は人という生命体の活動の中に割り込み、半ば人の生命そのもののように振る舞いながら動いている。もちろんこの動きも一見機械などの駆動力と似てはいるが、その違いははっきりと人も虫でさえ、よく知っていて簡単にはそういうものには近づかない。

生命はこれから先多様な人工のものの間にあってぶつかり合い、見間違え、人は言葉でロボットを同じ人間として間違うような時がやって来るかもしれない。眼球や入れ歯や心臓のペースメーカーなどは人を内側からロボット化する類のささやかな小知恵であろうが、やがて精密なペースメーカーなどによってそうたやすくは他人とロボットの区別ができなくなるところに達するかもしれない。人ははっきりと生命体と人工物を分類できるところに間違いなく立っていなければならない。

news

つまらない様々な小知恵による考えにだけ夢中になっており、その時代や流行の思想や言葉をいじりながら、ブームが去らないうちは元気でいられる人間は、その実とても可哀想な生き方をしている。そういった人の周囲では真の問題はまず起こることはない。ただとても汚れきった思想が転がっているだけだ。それらを細かく分類し脇の方に集める時それが歴史として遺され、そういったガラクタの整理されて山と積まれた中で自分の考えを押入れるいわゆる歴史学者たちは、常に何か新しい歴史的事実を作り上げ、時間の流れの組み合わせの中で物語を作っている。アングロ・サクソンの人々の言葉では、またラテン人たちの古い言葉の中では、物語も歴史も伝説もほとんど同じ言葉から分類されて作られている。歴史または物語は常に同じ線上にあって、離れることなく人々の中の神話の同じ要素を持ち続けている。

つまらない小知恵を働かせる人間がどんな種類の思想をいじり回してもまた言語をかき回しても、そこに物やことの起こる気配はない。醗酵する酒は期待できるが、言葉や歴史はそう簡単には奇跡のように醗酵することがないのである。歴史の跡には生き生きとした物語が遺《のこ》るのではなく、どこか猜疑心《さいぎしん》の塊のようなつまらない破片が悲しげに転がっているだけだ。人が考案する汚れた思想だけが痛々しく人生の夕闇の中に残っているだけだ。

言葉も思想も人の作る軽い物語としての伝説に過ぎず、このレジェンドは時間の中でたちまち溶けていく氷の欠片《かけら》に過ぎない。歴史や現代社会人たちの集団の中に溶けていく物語はそのまま言葉のメルトダウンでしかない。ストーリーやヒストリーは本来どちらも物語を現す単語に違いなかった。人間の集団生活の中でこれら二つの語彙はメルトダウンしてそれぞれの独特の意味を選別することができなくなった。この選別不可能な力はそのまま人間の生命の判断力である言葉そのものの崩れていく姿をまざまざと表現している。人間の文化という集団の中で言葉は力を失い始めてきている。思想も言葉も短い時間の中で、また下品な場の中ではどんなにそれを使う人間が舌の先を綺麗にしていても、手に握るペンの潔《いさぎよ》さを説明してみても、思想も人の言葉も単なる古新聞紙とさほど変わりはない。新聞と古新聞紙とは全く別のものだ。もう少しはっきり言うならば新聞と新聞紙は明らかに違うということだ。この二つの語彙をストーリーとヒストリーに分解して見るなら、意味は一層はっきりと分かってくることに気づくだろう。

歴史を学ぶことと古新聞紙を扱うことは同じ動作であり、新聞と言葉を扱うこともまた活き活きとした生命の存在を扱うのと同じく、開拓されていく発見や発明の端緒の脇に立つ生々しい事件のニュースの勢いをそのままに持っている記者たちの姿として、捉えることができる。

つまらない小知恵を扱う人間がどんなに努力して言葉や思想を変えてみたところで、そこにはストーリーの良さは伝えきれない。そこに書かれ、語られているものは全て old news であり、言葉通りの news などは全く入ってくる余地がない。

思想も論文も物語も間違いなくニュースでなければならない。歴史になるとそれに関わる人の作り話があちこちに入り、それはニュースの意味合いを全く失ってしまう。人間社会やその集団の中にはあらゆる言葉がヒストリーとして現れ、古新聞紙として紙面が茶色く色付き、一束二束と丸められて倉庫の中に積まれている。新聞はどこまでも生きている。これまで知らなかった思想や物事や人の生き方の発見や発明を文字に表し出てくるものだ。新聞は生きている。人の心も間違いなく生きていなければならない。一度誰かによって使われた言葉は決してその次の時間からはニュースの意味を持たず、古新聞紙として扱われる他はない。

フランス人たちはリストワールと言って言葉も歴史も、すなわち新聞も古新聞紙も同じ言葉で扱っている。世界の現代人も訳は同じだ。ニュースと一旦語られたものを重ねながら使い、いささかもそれに恥じることがない。人間の思想は常に真新しい建築物のように何ものにも犯されないものでなければならず、常に完成に向かいながら進むサグラダ・ファミリア（バルセロナにあるアントニ・ガウディの教会の未完作品。二〇二六年完成予定）でなければならない。言葉も思想も常に多くの人々によって使い古されたものであるにも関わらず、その人の中から飛び出す時は全く新しいサグラダ・ファミリアの新鮮さの中で再生されている。

本能を語る

本当の知恵は、この世の人生の泥にまみれた結果として表現されることはなく、また生まれてはこない。世の中の垢にまみれていない知恵というものは周りから見ているだけでもその強さが分かるし、尊さの光が四方八方に広がっている人の真正のサンクチュアリーなのだ。

本能だけが生命を覆っていて、身体の全てを支配する。言葉もまた本能に従っている。本能が豊かに生きて働いている人を打ち負かせるだけの自信を持っている人は存在しないはずだ。言葉でも、どんな知恵でも、力でも、本能という名のバッテリーが駆動しない限り、つまり働かなければエンジンの活動は期待できない。本能こそ何ものにも勝って生き物にとっては強い力であり、万事の中心に置かれなければならない否応なしに確かな正義なのである。

原人や古代人たちが少しずつ、森を抜け、サバンナに出始めた頃から、アフリカの広大な大地の東の果てから地球上のあちらこちらに旅立った時、おそらく人間には未だ確かな地理感覚や時間の理解力などは生まれておらず、人としての知恵でさえ猿の頭や、手先や足先の器用さの先端ぐらいの利口さしか備わっていなかったはずだ。古代人の目は、左右からの物を見つめる力が重なっていたとしても、現代人の両眼のように働かなかったのであろう。それはゴリラやチンパンジーの力とあまり変わりなく、現代のサピエンスの能力などと比べたら比較できないほど陳腐なものであった。素朴さを超えて存在するものの意味さえ確かには理解できないところに置かれている、言葉通りの原人の肌の色そのものでしかなかったはずだ。

だがこういった猿や原人や、そこから少しは前進したかもしれないがまだまだ森から出たばかりの人間は、心や身体のあちこちに様々な動物の匂いを残していた。果たしてその匂いの中に今の人間が実感している独特なあの本能というものを垣間見ることができただろうか。犬や猫の心とも言いたいあの本能または素朴さそのものの知恵と比べる時、長い歴史の中で人の本能は徐々に間口を広げ、奥行きを深くし、他の動物たちのそれとは比較できないような物にしてしまっている。

それでも人は各種の言葉を使い、つまり文字や数字などを使い分けながら、数字の場合などは零に行き着くまで、幾何学から微分積分などまで、到底森の動物たちの中に温存されている本能とは大きく違った、むしろ新しい本能または言葉で彩られ、幾何学的に展開されたものとして理解される本能を見せている。

理性だとか理屈などと言って現代人は何の拘《こだわ》りもなく自分たちで作った物事の方程式を認めながら暮らしている。しかし人の本能はこれらの数多い理屈として成り立つ方程式を抑えて、その上に存在しているように見える。理路整然と弁護士や検事の口から出てくる実《まこと》しやかな言葉の一つ一つが真実を告げているように現代人には見えているのだが、私にはどうしてもそうは思えない。理性よりは人の担《にな》ってきた多くの問題を持ちながら、そこに一切の汚れや錆や泥をなすりつけていない本能は、現代人の錆びきった理論を超えており、その上で自分を誇っているように見える。どんな理屈でも弁明でも、単純な、長い時代を経て培ってきた人の本能に勝つことはできないようだ。そう信じる私は今の時代を誰よりも豊かに生きていると自負している。社会のどんな力も権力も、また誇りも私には存在しないし、またそれを持とうと努力することも無いといったら語弊《ごへい》があるかもしれない。私は小さい時に親に連れられて行った幼稚園を見て、ここは自分の来る場所ではないとはっきり自覚した。それは五、六才の頃であった。

どんなに頑張っても理性は本能に勝てない。

ルネッサンスの曲がり角

今日の世の中では自然というものや素朴なものというものはほとんどまともなものとしては認められず、相手にされはしない。まともに見られ相手にされるものはことごとく自然に反するものばかりで、それらは確かに知恵に満ち溢れていてもどこか腐りきった知恵であり理屈であり、そこには光り輝くような本能の働きが生きてはいない。人はたいてい不自然なものを相手にしなくなり、人の手で作られた贋物《にせもの》だけがモダンなものとしてもて囃されている。

現代は生命である自分自身を証明する一切の方法を失っている。要するに現代人は全てパスポート無しの旅行者である。人間は一人ひとり今の時代の中ではまともな両親の間に生まれた存在ではないのだ。国籍や名前なしで生きている人間なのだ。あらゆる恥ずかしさと汚れの中で、唯一大自然の手によって抱かれながら金太郎のように逞しく育つことだけが現実だ。しかし多くの金太郎たちは文明社会の不自然な約束事とヤクザの証明書にも似た書付を手にしながら何とかまともな人として生きたいことを願っているのである。総ての金太郎はそのままで大自然から愛されており、大きな力をもらっているにも関わらず、この出来損《できそこ》ないの文明社会の中で半端人間となり、反生命体となっている自分を見つめ、意識し喜んでいるのだ。生まれたままの自然な自分を認めるところから何事も始めなければならない。まともな父と母の間に生まれてきている自分のことを大いに憂えるだけの自分にならなければならない。あまりにも生命の素や玄が崩れてしまっているので文明人間の心は、まともに捉えていなければならない自分をどこにも見い出せないのである。

理性という名の大きな意志力は、大自然と繋がっていていささかも疲れることのない本能、または能と呼ぶより他に方法のない生命そのものの動きの前で、タジタジと闇の中に戻って行く他に取る態度はない。

本能はこんこんと溢れて吹き出してくる地下水のように勢いがあり、止まることのない水道の蛇口のように勢いづいている。

理性と呼ばれている知恵には、本能とは全く違っていて、そこには限界があり、これを「ルネッサンスの曲がり角」と私は呼びたい。理性には、井戸の水が尽きる時があるように、また干上がって人々はがっかりする。能には、そのような陰りというものがない。あらゆる恒星から放射される無数の能は扱い方一つで生命の素となり、力となる。それに対して理性には確かに知恵はあるがそれには限りがあり、悪玉の要素が限りなく見られる。理性は力を使い過ぎてその限界に達することもあるが、本能は限りなく天然に生命を繋いでいる。

大地と自然と生命の間に働きかけている気の流れを無視してはいけない。もっとも、血液の流れの働きのように身体に働きかけている気の力を人間は未だはっきりとは分かっていない。

血の流れの中には知の上に立つ本能を活かす力がある。気の流れの中にはあらゆる行動の上に立つ無限のリズムが存在する。

中国大陸に生まれた古い時代の医学書『黄帝内径《こうていないきょう》』には、「気」についての記事が載っている。理性と本能つまり知恵と直感は気の流れの中で働くのだ。

自然の中で理性と本能をはっきりと区別し、気の流れの中で判断した思いで使っていこう。

心の窓辺から飛び出せ

厳しい冬が去り、どこまでもグズグズした寒さと名残りの冷たさの中で眠りから覚められない春を通り、べとついた湿り気の中で梅雨の雨は長々と続き、その後に猛暑があらゆる生き物を苛め抜く。そんな中で人の心はあらゆる生命体の中でずば抜けてお人好しにできている。大自然の佇まいの中に恒星から流れてくる多種多様な光に浴し生命が出現し、その生命の中で人は特別異質な存在として立ち上がることができた。小さな細胞やそれらがまとまって虫になり獣になってもただそれだけのことであり、生命は何一つ語り出すものを持った行動体には成り得なかった。だが間違って動物からはみ出るように飛び出し、まず最初に長い旅をすることを覚えた人間は、与えられたけっこう長い寿命の中で心が常に外向きになってきている。心の生き方の空間でそれは言葉と化し、さらに行動と化し、窓際から快適で爽やかである空間に飛び出したのである。人は空間に飛び出せた偉大な生命である。

言葉の濃さと味の良さとが十分に周囲の何ものをも即座に吸収する力を見せ、その力は人の生命という品質を現す力と比例している。人は今なお、長い時間を未踏の人生の山道として旅している。私たち日本人は、かなり昔、原人から少し過ぎた後、山国ブータンや中国の雲南地方、チベットなどをあたかも厳しい巡礼の旅に出たように、現代の文明の汚れた世の中あたりを彷徨《さまよ》ってきている。その間に楔形《くさびがた》文字やフェニキア文字、ヒエログリフ（エジプトの象形文字）などといった言葉を生み出し、それを口にして話し、書き、歌い、五千年近くの時を過ごしてきている。その頃私たち人は未だ慣れておらず、歌い方も分からぬまま、ただただ生命のリズムの遊びや主張の仕方として口ずさみ、書いたりしてきている。大自然と直接繋がらせていた言葉の結び目は驚くほど眩しくて、人は絶えず涙を流さねばならないほどに純粋であった。言葉は口で話されたものから徐々に書き言葉に、または記録する最初の道具になり、それはそのまま裸で暮らし、裸族の持つ喜びの中で生きられる尊い生き物として旅は続けられた。その頃人には都会人と村人の違いもなく、まともな金銭の感覚もその意味合いも理解しておらず、人と人とが森の中で出会い間違って肩をぶつけあってもすぐに単純な言葉で謝り、相手はそれに答えて、虫たちが備えていた単純な感覚で「うっかりしていて私の方が悪かった」と謝り、互いに森の中を別々の方向に向かって足を早めた。このような互いに詫びる態度はごく最近のあの素朴な江戸時代には「三脱《さんだつ》の教え（年齢、職業、地位の三つを脱する。先入観を持つことなく相手の人そのものを見ること）」として残されており、「迂闊謝《うかつあやま》り（自分の注意のなさを詫びること）」などとも言われていた。本来言葉というものは喘ぎや泣き声や怒り声からあまり遠くはないところでは単なる言葉の基地として存在し、やがては心の発信地としての精神という形に変わっていった。そこまでは人を賢くするのに大いに役立っていたのだが、やがて徐々にどうにも病名の付けようもない心の不調というか悩み多い鬱の形として後の時代の人間を脅《おびや》かすようになった。精神が暗くなっている状態を知恵者の条件だなどと現代人は喜んでいるが、その実本来精神が明るくない限り生命の病からは離れられないのである。

今日はあまりにも人の数が多すぎる。私たちが誇っているこの大八州、瑞穂の国に一億人の人がいるということはとても悲しいことだ。四畳半の部屋に五十人も百人も一家族が住んでいるようなものだ。平和に五十人の家族と家、四畳半という一間で暮らすことは地獄の沙汰以上のものだ。その証拠に江戸時代の歴史の頁を開いてみようではないか。その頃の山幸海幸と呼ばれていた日本という敷島には、二、三千万人の人口しか数えられなかった。人が貧しくとも病気で悩んでいても簡単に助けられたことは想像がつく。それゆえに江戸の人々には「江戸しぐさ（江戸町人に由来する行動哲学）」という言葉があり、それを使って自分たちを幸せものだと喜べる生き方ができたのではないだろうか。人の落としていった使い古した草履《ぞうり》や鼻をかんだり目元を拭いたりした紙を拾う仕事で分限者（金持ち、財産家）になれる時代だった。そんな時代によほどの馬鹿でない限り、喧嘩をすることも睨《にら》み合うこともなく見事に共生が成り立った。しかも今日と違って名刺を交換するような悲しい時代ではなかった。人と会えば相手の仕事のことや身分や年齢などは聞くこともなく、しかも相手がこちらの家を出る時は、その人の姿が見えなくなるまで戸は閉めず、相手がしばらく彼方に行くまで何度も頭を下げて見送り、相手も何回も振り返り頭を下げたとも言われている。

産めよ増やせよと人口の増えることを喜び、富国強兵と叫び始めた明治から、日本人は本当の意味で頭を下げることをすっかり忘れた。ニューヨークの真ん中で学校の校長先生が、バリバリと林檎を齧り、本来人間らしく穏やかな台湾の高砂族出身の若い男などは、ニューヨークのレキシントン通りで私に会った時、同じように物を食いながら挨拶をしていた。ある意味で私などもそのような西洋かぶれ、アメリカかぶれにすっかり慣れてしまっていることをよく知っている。それでもアフリカ東部の森の中からサバンナに降り立ち、江戸の貧しさと言われた頃に生き生きと生きていた「江戸しぐさ」、などに心惹《ひ》かれる自分を思い起こしている。人は心の窓から伸び伸びと明るい空に飛び出さなければならない。

六月九日

今日は平成二十四年六月九日、そして今は九時だ。

私の三男雅一君が生まれたのは四十七年前のこの時間だった。しかし彼はその日の夜にこの世を去った。あれはおそらく夜の八時半か九時頃だったと思う。あまりにも呆気《あっけ》無い去り方なので父親の私はそれに対してまともな態度で受け止めることができなかった。まだ幼かった彼の兄貴にあたる次男が私の背中によじ登り、親の涙に合わせて「雅一君は死んでしまったの?」と言っていたが何とも間の置き方の分からないひと時だった。妻も雅一君を抱きながらその夜を過ごした。

私はたった十三時間の人生をこの世で過ごしてくれた息子を思い、長生きする人生と変わりない何かを彼は送ったに違いないと考えることにした。私はその夜は明け方まで自分の懐《ふところ》に亡骸《なきがら》を抱きながら時を過ごした。梅雨のベトベトした中で、とても蒸し暑い一晩であった。段々と冷たくなっていく小さな息子の手足を時々さすりながら人生の良さの中にはこういう痛みもあるものだと実感した。たった十三時間のこの世での出会いで終わってしまった親子の時間を、それから先、来る年も来る年も、親子の時間として体験している。妻は葬儀場から帰ってきた骨を涙を流しながら撫ぜていた。

私はカナダやアメリカの南部を旅する時、胸のポケットに彼の骨を必ず入れて持ち歩いて行くようにもなった。ヨーロッパを旅した時も同じく彼の骨を携《たずさ》えていたが、不思議にもウィーンの街角で生きていれば彼と同じくらいの歳の大男の青年と出会った。大学で法学を学んでいるというその青年はどこまでも私を案内しあちこちの人混みの間を連れていってくれた。残念ながらこの街の目抜き通りの一画で、人混みの中でお互いを見失ってしまったが、あの時から二十年ほど前突然星になってしまった息子はこのウィーンあたりに落ちてきていたのだろうか、と私は思った。

人の外側でふらふらしていたものが、その人の心の中に滲み込んで行く時、言葉は確かに言霊に変わっていくのだ。つまり外側で漠然としていたものは内側で確かなものに変わって行くらしい。人の心もそれを形に現す言葉も間違いなく一つの大きなエネルギーの技であり、太陽風(太陽のコロナから放出される高速度のプラズマ流)の避けることのできない衝撃なのだ。私の息子は確かにこの世に生まれた。そしてわずかな人生を過ごした後、一言もこの世の言葉を親兄弟と話すこともなく徐々に冷たくなっていく手足で何かを伝えながら去っていった。それは大きな星の内側に半ば溶けこんでいくように内蝕していったのだ。

彼が生きていれば、今年四十八歳であることを考えながら彼の生まれた年には私が三十二歳であったことを思った。昨日あたりから遅ればせながら梅雨に入ったこの岐阜の地で、この息子雅一君のことを考えている。

亡くなった息子の小さな手の片方にはプラモの飛行機、赤とんぼを長男が握らせ、片方の手には妻が不二家の目がくりくりと動く「ペコちゃん」のミルキーの入った箱を持たせた。毎年この日になると新しいミルキーを雅一君の前に置いて上げるのが私たちの習わしにもなってきたが、今年も新しいものに取り替えるために私と妻は出かけてくるつもりだ。一年間、雅一君前にあったミルキーは夫婦で彼を思いながら時折味わっている。

時間は不思議なものだ。彼のたったの十三時間も、我々の七十年八十年もいささかも変わりなく何かを伝えている。言葉はいつでも何かを心から見つめている人にとっては一つの辞典であり、美しい楽譜なのだ。人は笑いながら泣きながら心の目と耳でこれに近づいて行くのだろう。

雅一君の思い出の中で、梅雨の雨は四十八年前の一関の茅葺屋根の思い出として私の心に残っている。

コリントまで……

ロシアからルーマニアに飛びそこからギリシャに向かったが、この国の都アテネはあらゆる意味において私を励まし力付けてくれた。アテネ大学の通りの前にいくつか並んでいる大きな銀行のビルも、さほどお金に関しては関心がない私だが、手持ちの英国の小切手を換金するためにこういった銀行にも何回か入った。

アテネから遥か西の方に向かいコリントの町を訪れたのもその頃であった。別に聖書の「コリント書」に深く関わっていた訳ではなかったが、どうしても一度この港町とそこに広がっている地中海の一画を目に止めておきたかった。私が訪ねた頃そこは実に小さく、人の数も少なく、話し声もあまり聞こえず、地中海に吹く風だけが寂しく、使徒パウロや弟子たちの時代のギリシャの田舎の賑わいや市場の騒ぎなどを思わせるものは何一つ感じられなかった。小さな公園の中にはたわわに実った蜜柑が見られ、青黒い太い幹が伸びていてどの枝も私の頭上に広がっていた。

アテネではソクラテスが若者たちに向かって話しかけていたという市場の門の前で、私は足元に散乱している何千年も前の壺の破片などを二つ三つ拾ったことを覚えているが、ここコリントの公園にはそんなものは何一つ見られなかった。おそらくソクラテスはここを訪れてはいなかったと思う。彼の話を聞くような若者もおそらくいなかったはずだ。ソクラテスの前に立っていたアグラの門のようなものも全く見られなかった。海岸に係留されている小さな漁船はまるで湘南地方の海や蒲郡の海岸の船のように明るく、波打ち際で揺れていた。

ギリシャからコリントまでの数時間の電車の旅はバイブルの時間の広がりと重なり、私の目は車窓の日本とは異なった風景を見ていた。何千年かのタイムスリップの中で私は地中海の漁師町、コリントにいつの間にか着いていた。このようなギリシャ時間の中で聖書の物語の一角を素直にしかも真面目に信じる人も、そうでない大多数のポストモダンな人々も、真実をその通りに見ることもなく、動き働きながらこのコリントでも生きているようだ。

コリントを離れアテネに戻る夕暮れの中に真っ赤に燃える大きく輝く太陽を地中海の西に観たが、その落ちていく夕日の最後の光をカメラの中に留めると、電車はアテネの駅舎に滑り込んだ。

現代人はどこに行ってもあの町をコリンツと英語式に読んで何一つ疑わないが、小さなコリントの駅のプラットホームにも駅舎の前にも街のあちらこちらにもギリシャ語そのままにコリントと書かれてある。アテネのかなり北の方、アレキサンダー大王などの故郷にも近いところにあるテサロニケもアテネに次ぐ大きな都会だが、駅のホームにはテサロニカと書かれていたのを私は今でも覚えている。何度かこのあたりを往復した私だが、毎回ここを過ぎたのは夜中遅くであった。コリントもテサロニケも新約聖書に出てくる使徒パウロのそれぞれの書簡の名であり、パウロの伝道の熱い思いがこれらの町の言葉には染み込んでいる。

　時代は全く変わっている今日だが、アテネの町で出会った若者や駅前のパン屋の老いた夫婦たちの口から出てきたこれらの町の名は、今になっても私は忘れない。若者は長らくコリントで働き、家族もコリントにいるが、何年かに一度彼の故郷のアテネに戻ってくると言っていた。パン屋の老夫婦たちにはできの良い息子が二人いて、一人はアテネの医大に通っており、もう一人はテサロニケの大学で研究者になろうとしていると誇らしげに言っていた。店の前を行き交う人々に向ける夫婦の目は単にギラギラ輝いているのとは違い、息子たちの将来を夢見ながら必死に話しかけてくる心の明るさが見えた。おそらく今頃はなくなっているかもしれない店、あのパン屋の近くから聞こえてきていた、私にとってはとてもうるさく聞こえたどこかトルコ風な感じのギリシャの音楽も、未だに私の耳朶《じだ》に残っている。

老子と荘子

人の存在は色々な物の計り方によってその価値が評価できるようだ。物としての人間、力としての人間、速さとしての人間、器量良しの人間、豊かな愛に支えられている人間、どこまでも知恵豊かな人間など人の価値観は様々な方面から判定することができる。しかし人はある面では大きく伸びている反面、別の面ではかなり縮んでいたり、萎《しぼ》んでいたりしている。言葉豊かに生きられる存在も、体力豊かに生きられる人間も、なかなかその両方を兼ね備えて持ちながら一生を終わるということはそう簡単にできるものではない。

　人でもあらゆる生命体でも単に点数だけではその存在の価値は評価できない。時代時代の物の評価の違いや金銭によって計られるその時代の風の中で、評価はかなりまちまちになっていく。現代のようにスポーツが盛んな時代において野球選手やサッカーの英雄たちは何億何十億かの金銭を自由自在に動かせるところに存在し、ある人たちはそれなりの才能が有りながら最低限の暮らしを余儀なくされている。このように存在物の評価は人間の存在の比較と共にとてもアンバランスなところに置かれている。そのことをいちいち人は比較して悩んだり苦しんだり誇ったりしていても始まらない。黒い皮膚の人間と白い皮膚の人間、黒髪と金髪の人間、縮り毛の人間と素直な髪の人間などの違いから人を判断することはほとんど意味のないことを私たちは知っている。この社会で生活のために金銭を得るには、綺麗な顔、小知恵また態度の細かさなどが、また権力者たちの扱いも良いならば、生活の上では大いに良い生き方が可能なようだ。しかし人間として、自分を確かに見つめられる個人としては必ずしもそうでないことをはっきりと人は意識しなければならない。

後の時代の人々は何千年も前の哲人、また言葉の達人であった老子を考えながら、彼が老子という名に値する人物であったから、彼の母親から生まれた時、すでに白くて長い顎髭や鼻下の髭を生やしていたとしても不思議ではないと思い、事実後世の人々で彼の言葉に酔いしれ、「タオ」の教えの弟子だと思っている人たちの心の中には、生まれながらにして、白髪三千丈の老子を何の疑いもなく受け止められるはずだ。

荘子の言葉のあの難しさを多くの人々が体験しているだけに、ごくわずかながらとても易しく理解ができ、何度読んでも荘子の言葉が胸を打つと信じている人たちがいる。またこの社会の知恵者たちはあれほど素晴らしい言葉の一つ一つがあまりにも奥が深すぎるのか単純なのか解らないというが、そのことを考えながらこれほどの文章はただ一人の荘子によって記されたものではあるまいと思う。おそらく数多いそれぞれの才能を持った言葉の達人たちがそれぞれの力を発揮しながらあのように何巻かの『荘子』という作品に仕立て上げ、それを『荘子』という書籍に纏めたのではないかと信じると、彼らは安心できたのである。あまりにも単純で、しかも作り話のようなところもいたる所に見られ、その言葉遣いの大胆さは、『古事記』と関わった稗田阿礼の語り部としての姿や、『日本書紀』の太安万侶《おおのやすまろ》の自由自在なまるで子供のための漫画チックな昔話と、いささかも変わりのない自由自在な人の心の、または人の生活の姿が浮き彫りにされている。

どこまでも限りなく縮んでいき、小さくなり、大自然とは離れていく人の生命、また人の格式と品格、強さというものはもともとの人の生き方に深く関わっていた素朴な言葉が病み呆けていて、本来の力を失っていることを示しているようだ。人が本来の頭の良さや勇気をもう一度回復し、その中で健全な夢を見る生き生きした凡人に戻るためには、どうしても老子や荘子の立っていた地面に今の自分を立たせなければならない。老子のあの厳《いか》つい言葉も、凡人らしい髭の男、老子の生き方も、それを実生活の中で哲学していった才能も、天才性も人の生き方の頂上に来ているのではないだろうか。荘子の歩く姿も、書く態度もそのサミットにあるようだ。人はいつでもその時間の中で白い髭を蓄えていた老子こそがまた、どこまでも凡人中の凡人でしかなかった一人であり、数多い人間として見られた荘子こそが、本来人間誰もが生きなければならない自分自身ではないだろうか。このように考えてくると、老子が生まれた時から老人だったという話を素直に受け止められ、『荘子』が読みにくい書物だと考えることはないと思うことも、極めて納得がいく。

物事をあれこれ比べて選び、分類しようとすることは物の理解を誤魔化すことに通じる。目の前にぶつかってくるものをその通り素直に受け止められるあの勇気や素直さや単純さは、そのまま人に与えられている本来の天からの知恵なのである。

生命が向かうところ

大小に関わらずあらゆる生物が自然に寄ってくる場所がある。無機物の匂いしかしないところに、万物がところ構わず集まることなどはあり得ないことだ。ごく自然に生命体だけが集まってくる場所はある特定の認識によって理解できる。場所、すなわちかつてギリシャ人がその明るい頭でトポスと命名していたところにやはり彼らが言うところの生き物ビオス（酵母の増殖に必要な微量物質群）をつけて、この生き物が自然に集まってくる不思議な特別の場所を日本語で言うならば生命の寄り合う土地とでも言うことができよう。もちろん先ほどの、ギリシャ語の表現ならばビオトープ（生物群集の生活空間）ということになるだろう。

全面的に不安な気持ちで生命体が存在している場所は当然のことながらビオトープとしては、認めることはできないだろう。生き物は大小に関わらず鋭い直感力を持っている。この直感力があるからこそ、その存在は細胞であろうと人であろうと全て自分の何らかの心によって前進したり、横にずれたり、後退しようとする直感力を持っている。その点無機物は一見どれほど巨大であろうと、美しく見えようと物に動じない姿勢を取ろうとも、そこにはどのような直感力もない。人にはもちろん他の生物には比較できないほど大きな生き生きとした直感力とか、その類の意識が働く。人の中にはこういった直感力以上に動かず、気一本に一つの考え一つの行動一つの思想に取り憑《つ》かれ、そこから離れないことに自分に対する尊敬を、また誇りを持つ人もかなり多くいる。しかし生きているということは、生命がありそれが働くことであり、一本の木の枝のように形を変えないことを誇ることではなく、むしろ柔軟性の中で雨や風にあたり日の光を浴びて自由に姿を変えることを、存在物のあらゆる大小の生命体は極めて自然によく知っている。一つの形、一つの方向の中で動くことのない存在は、そこに生命の名に値するどのようなものも持ってはいない。長い時間の流れの中で幾重にも積み上げられていく地層も巻揚げられ解かれていくゼンマイの中の知識のそこから生まれる常識も非常識も、経験も不経験も全てそれはあらゆる瞬間に動いているので、それを一言で生命現象と言わなければならず、はっきりと無機物の存在と区別ができる。月の表面にはおそらく生命体の匂いがしないはずだ。人が踏みつける足跡も、何万年先になってもそのままの足跡として残りそこには変化がない。

常識や非常識、経験や未経験は生物がどうしても体験しなければならない道筋だ。生きている証拠にこれらのことを体験するのである。重なるように積み重ねられているものはどんなにそれが生命体であると主張してもそれが証明されるはずはない。遠い昔アステカ文明の時代、彼らの間には一切の宗教的な、またあらゆる権威によって指導された行動の他に、一切のそういった力によって動かされることのない己自らの行動に生きた人間がいたとも言われている。ほとんどたいていの人間はシャーマニズムの指導する行動の中で言葉を語り行動をとっていた。現代社会のあらゆるところに見られる社会権力も国家事業も正義も、全てアステカ時代の昔のきちんとした行動とほとんど変わることがない。本当の生きた生命をそのままに生きている存在はかつての古い中国の老子や荘子のように、仙人でなければならない。常にはっきりとした今という瞬間の中で自分が自分によって認めた方向に進むことができる存在でなければならず、ビオトープを前にしてそこに進むのが生命であり本当の意味の仙人なのである、悟性と心情がそこにだけ間違いなく働くのであって、官能は本能の中心であることが分かる。生きているものには正も不正も、必要も不必要も有りはしない。それを正か不正のどちらかに分ける行動や心の動きや感情の揺れはそこに生命のないことを教えてくれる。生き物は目の前のものをある瞬間には生とみなし必要とみなし、別の瞬間には不正や不必要とみなすのである。一切の動きや流れや歌を忘れている無機物は確かに正は正とみなし、不正はどこまでも不正であるとみなしそこには風の流れも雨の降ることもなく時間の流れの中で一切は凍結している。

　人はビオトープの窓をはっきりと閉められ、戸を閉ざされ、外に出られなくなった状態になる時、生命体ではなくなる。ビオトープでは一切の窓が開け放され、戸が開かれ、自由自在に風が入り、生き物は全てそれ自体の独特な言葉によって一瞬一瞬全く違ったことを喋り歌い、あらゆる瞬間の中で状況は全く一変する。

　人は地面をのたうちながら歩く芋虫であり、ミミズである。新しいことを発見したり発明したりすることを誇ることはない。それは生命についている特色の一つでしかない。今日もまた生命はビオトープの堆積に足を運んでいる。

五月の目の涙

　現代社会の人間にとって藻にすぎないコンピュータの陰でゆらゆらと泳ぐのが人間である。シャーマニズムの音楽や巫女の言葉に操られて生きる現代人は、やはりどこかでとても真面目ではあるのだが、一面においていつも隠し事をしている。隠し事はどこまで許されるのかなどと真面目な顔をして質問するのもまた現代人の特徴の一つである。それが許されないことが初めから分かっているのに生真面目に説明するのがやはり藻の陰をゆらゆらと泳いでいる金魚のような人の特徴である。そんな水槽の中の生き方と似ているこの世は、確かに公平でない言葉に操られて生きている人の世界だ。声を大きくして公正を求めて叫んでいるのも人間という金魚である。公正さがこの人の世の中にある一方、不公平さもその陰として確かに存在する。旨いものが美味しいのは当たり前だが、美味しくないものも存在するこの世の中を否定し、それから逃れようとしているのも人間である。常に美味なるものを追い求めて止まない人間は常に金魚のように投げ入れられる小さな餌を求めて泳ぎ続ける。

　味のある言葉を聞きたくなったり、読みたくなったりするのが人の本能である。それはちょうど藻の中を泳ぐ金魚に似ている。清流の中を岩にこびりついた苔を精悍《せいかん》な身体で泳ぎながら食べ尽くす鮎とは違って、いかにも弱々しく藻の周りを泳ぐ金魚は生きの良い鮎とはほとんど反対の立場にいる。

　言葉が使えるということや文字が書けるということは、それだけで鮎のあの勇ましい力や鰹《かつお》の泳ぐあの勢いをそのまま意味している訳ではない。言葉を自分の生き方の時間の中で可能な限り応用できる時人はそのことによって藻に寄り添うだけの金魚とは違って、闘争心丸出しの鮎や鰹の生き方を示すことができるのである。友釣りで針にかかる鮎も、一本釣りの全く餌の付いていない大針に簡単にかかる勢いづいている鰹の深い事情もこれでよく分かる。言葉を単に読み、意味が単純に味わえるということや書けたりすることがそのままで言葉の完成ではないということを知らなければならない。リズムとなって直に心に響いてくることが問題なのだ。その人の人生とつながる問題がそこに提起される時、言葉が存在するものとして生き始めるのである。

自分の言葉のリズムに乗ってはっきりと今生きている自分自身を言葉にすればいいので、あえて探す必要はないのだ。金魚は藻の周りを優雅に泳いでいれば良いのだ。鮎は岩にこびりついているわずかな藻を感謝して齧りながら、鰹はプランクトンやエビ、鰯《いわし》などといった小魚類を丸呑みしながら、目には感謝の涙を流し、五月の清流に飛び跳ねる鮎であり、五月の海に飛び跳ねる鰹である自分を否定することなく見せれば良いのだ。人も魚もそしてそれらに付き纏う言葉も藻もプランクトンも全て一つになって生き生きとした言葉に見えてくる。

原生社会の言葉は、その点苔のようにプランクトンのように五月の鰹の目の涙のように生き生きしており、そこには痩せ衰えた弱さなど全く見えない。果たして言葉の行方はどんな人の心によって生き生きと表現されるのであろう。

偏光の中に生きる

光り輝いている大きな陽炎が地球の前にあっても人の前にあっても残念ながら人はこの有り難さに充分値するような感謝はできないでいる。数えきれないほど数知れず放射し発散させているコロナの熱量からの光や放射線は、適度に薄められ微弱に働き、時には逆にもともと弱い光がかなり大きく増幅されて驚くほど微妙にしかも巧くタンパク質や血液の流れの動きの中に働いて、そこから生命の誕生が見られる。もともとあらゆる生命体の出現は光からの出現であり、光の様々な色彩からの躍り出てくる動きの出現でしかない。

太陽から滲み出すように出てくるコロナの力はそのままエネルギーと呼んでも良いだろう。このエネルギーが様々に外に向かって表現する効率の良さこそが、人によって簡単に表現される時それは単純な三色として理解されたり、さらに細かく六色や七色に分けられたり、十二色、さらには二十四色になるが、二十四色の色鉛筆などになって子供たちの前に現れる時、彼らは喜ぶのである。もちろん色彩の数となると千単位でも万単位でも区別できない程の数にバラエティー多い変化を見せている。

太陽エネルギーは、今日の人の生活の中で蓄電の道具に使われ始めてきている。太陽電池が人の生活をかなり便利にしていることは誰の目にもよく分かる。これから先、太陽からもらうこういった電気の力はどれほどのものか人には簡単に想像することはできない。太陽エネルギーは地熱エネルギーなどと違い、ある変化する瞬間において発光行為を色彩表現として表すのである。どこから見ても、また明るいところでも、ぼんやりと暗くなったところでも、それなりの程度の違う勢いの中で表現する光には、それぞれに趣《おもむき》の異なる色合いが現れる。光り輝く中で黄色という色は白熱のように光り輝き、ぼんやりとした暗闇の中で表現される黄色はもはや黄色の特質を失い、むしろ黄色や時には濃い紫のように偏《かたよ》った色に落ち着いてしまう。ある種の蝶の羽や玉虫の背中が微妙な発光をして様々に色彩を変化させる時にこの光の変化の現象を私たちは見ることができる。ケンブリッジ大学などの生物学研究室やナノサイエンス研究室などで光や色の変化の研究が行われていることは事実であり、単なる光学や色彩学を超えて生命を出現させ得る放射線の科学的なより深い知識が、これからますます求められてくるかもしれない。光は光であっても奥深い科学の目で見ていく時ますます様々な光がそれを反射させ、そのために生じる光の波が増幅されあちこちが独特な方向に傾き、この複雑な偏光が光や色彩の独特な主張を示し、それはそのままでそれ自身の構造を表している。例えば日本の一万円札の片隅にはごく小さな玉虫色に印刷されているところがある。この光とそれを用いた印刷の技術は、一万円札を偽札と一瞬にして区別することができる。その点千円札などにはこの玉虫色の印刷技術は取り入れられていないので、ややもすれば印刷技術に心得のある人間の手による偽札と、区別ができなくなる可能性もあるかもしれない。

自然が生命を創造するまでに力を発揮していることを考えれば、蝶や玉虫の偏光する光はあらゆる七色や三原色から生まれる色合いを超えて大きな働きをすることを私たちは期待できる。

コロナから放射される光はすでにその中に南米のあの不思議な蝶の羽に見る偏光の業や、玉虫の背中の色彩変化の業を内在させているのであり、それを利用するなら人は単に太陽エネルギーを今までの状態に留めておかず、大きな道具として使って行けるかもしれない。すでに太陽光は人間の小知恵によってかなり効率良く利用されていることも事実だ。

道徳や正義という名の下に、ヒューズの切られている現代人は、道徳や正義が無くとも立派に生きていける。現代人の理解している道徳や正義は人生の中で遊ぶゲームにすぎない。函谷関《かんこくかん》を通って彼方の深山幽谷に姿を消した老子などは、この世の道徳や正義の一切を捨てて自らのタオと呼ぶ道徳を超えた道徳に行き着いて自らを別の世界に移したのである。何万あるか分からないがこの世の色彩や光を捨てて心や生命とつながる偏光を頼りに老子も荘子も生きた。そしてギリシャの方ではソクラテスが生き、そしてあえて弟子たちの意見も聞かず毒杯を飲んだ。またディオゲネスは樽の中で酒を飲み、その時代の王、アレキサンダーを前にして、「寒いから日の光を浴びたい、ちょっとばかりそこをどいてくれないか」と言えたのは、彼にははっきりと光を超えた光を見ている強さがあったからであろう。

道徳とか正義をいくら叫んでみても、それは単なる七色でしかなく、人の考えも、どこまで行っても三原色や七色に過ぎず、その先は無なのである。人生を単に道徳や正義の名の下に遊ぶためのゲームを作ったり遊んだりして過ごしてしまうのは何とも愚かなことだ。良い自分の頭を利用して人生を過ごせる人は実に素朴に徹底して生きているはずである。シンプルはどこまでも情緒豊かである虚数の世界である。文明の広がりは三原色でしかなく、どこまでも原色に過ぎず、全体を把握するには何かが大きく不足している。どんなに頑張って軸をしっかり結び大先生から学んでみても、悠然と構えて偏光の中で独学する方が確かな実数を握り締めながら日々を生きていける。

梅と鶯《うぐいす》

梅の花とそこに飛んできた鶯は絶妙な相性を示している。東北地方の貧しい農民たちがいつの頃からか歌い出した民謡の中にも、相性の良い男女が梅の花と鶯《うぐいす》のように見事に調子良く歌われている。何事にも相性の良さというものがあるものだ。機械と機械でさえ、ボルトとナットでさえ、相性の良さははっきりしている。人が褒めようが貶《おとし》めようが本人同士が納得していれば間違いなくそこには相性の良さが成り立っているのである。どこまでも絶妙なそして間違いのない相性がそこに生まれているのである。天才として生まれてくる人物が周りの人から少しばかり生まれてくる時代が早かったとかまたは遅かったと言われ、その天才性は充分にこの時代では役に立たなかったと言われるかもしれないが、実はそうではないのだ。相性の良さは本人同士が決めることであり、梅の花は鶯《うぐいす》を好きになり他のどのような鳥をも受け付けることがない。鶯は梅の花だけに止まり他の花には止まることがない。

　夕べ私は近くの街の鰻屋に行った。白いご飯と岐阜の腹開きの鰻は実にうまかった。ここにもまた相性というものが考えられる。座った部屋の窓の外に小さくしつらえてある小庭が見えた。こじんまりとした庭には池がありまだ新しい水車があり、石の小橋が池に架かっていた。出された箸を包んでいた紙には次のように書かれていた。

　つかみどころのない奴も
　腹を割って語ろうば
　とても身は良し味な奴

何事も相性の良さが中心となってこのような味の良い人間同士の付き合いができるもののようだ。物事に、時間の遅い早いや、長い短いや、強い弱いの変化は何一つ生命のそれぞれのセットにとって大きな問題は存在しない。相性が良ければ、早くても遅くても、長くても短くても全てそれはそれで良いのである。書かれる言葉は漢字であっても仮名であってもローマ字であってもその人の作った造語であってもそれぞれの異なった辞書による語彙であっても、相性という点だけが確かならばいささかも問題がないのである。場所も時間もまたそれを使う人の存在も問題ではない。

　考えてみよ、零という概念や哲学でさえそれがごく最近インドあたりで生まれたとしても、南米の森の中のマヤ人たちによって、遥か紀元前、千年も前に発見されていたとしても、そのことが人間にどれほどの深い影響を与えているだろうか。零を遥か彼方の遠い時代の森の中で知っていたマヤ族たちは果たしてそれによってインド人の零発見の遅さよりも何か良いことがあっただろうか。またそれぞれの文明の違いの中で得をしているだろうか？

またインド人が零の発見の遅さのゆえにとてつもなく大きな損をしているだろうか？

そんなことは全く無い。時間の差も相性の良さの前ではほとんどどんな意味も持ってはいないのである。昨日梅の木に出会った鶯も明日鶯に出会う梅の木もそれはそれで良いのである。そこにはただ両方が見つめ合う相性の良さのみがあるだけだ。

確かな情報だけが良いのでも役に立つのでも褒められるものでもない。その情報のいかんによらずその人の考えの中でそれなりの役に立つものであるならば、相性の良さという点において見事に一致し、何かが重なり何かが手をつなぎ、喜び合い笑い合い感謝し合えるのである。人の見る夢や希望はまさにこの相性の良さという性格を土台にしてその上に積み上げられた感情の層なのである。深々とした情け深さや言葉の深みなどは、正しくこの両者の相性の良さという、とてつもなく微妙な出会いと関係付けの中で生まれていく。深い情や大きな喜び、忘れ得ぬ、そしていつまでも続く感動の中で相性はますます大きく息づいていく。いわゆる相性とは生命の内側の、すなわち腸内の生命の生き生きとした環境そのものであってそれが生き生きとしている限り向かい合っている者同士の相性は崩れることはない。生き物の身体でも人のそれでも同じく立体的に幹細胞が働いている限り倒れることはないと思われているが、それさえその基本には相性の良さが大きく働いているのであって、その事実を無視して何かを進める時、物事は極めて自然に崩れて行く。その反対に一切が絶望的に離れていても唯一梅の花と鶯の関係において離れることがないならば、それらの関係は最終的には崩れることはない。相性とは小利口な知恵やどこまでも食い下がってくる考え深い努力や利口さとは違い、常に伸びやかに一切の見苦しい努力はせずただ伸び伸びと相手と関わっていく態度の中にだけ生まれるものだ。

話される言葉に感じ入るその人の独特な、どちらかと言えば少し強すぎる匂いが気にならないようならば、そこに相性の良さが生まれ始める。人の匂いとは、またあらゆる生命体の発する匂いとは、それらが吐き出すそれなりの言葉であることで分かる。言葉はそれぞれ文字として一字一宇見取っていく心こそ確かに相性の縁《えにし》となってゆき、向かい合っている対象物との関係がよりはっきりと生まれてくる。人の心の中の言葉による情報発信の速さや遅れなどはほとんど問題ではない。早く発信されても駄目になるものはいずれ駄目になり、かなり遅れたとしても相手の心とつながる情報ならばそれは間違いなくいつか相性の良さとなってつながっていく。破綻《はたん》寸前の言葉に少しずつつながっていくものも、やがて大きくなりそこに関わりが生じるものなのだが、それが途中で切れていくのが現代人だ。

人は長いと言いながらこの短い人生の中で自分探しができないまま終わってしまう。つまり西洋かぶれした現代人が桜と大和魂の相性の良さや敷島と大和撫子のつながりの良さのようなものを体験せずに終わってしまう悲しさ、それは何としても大和のこの細長い風土と心のつながりを、梅の花と鶯の相性の良さの関係にまで持っていく時可能だと思う。

二つの物の間で

生き物はそのまま生命であり、生命という得体のしれない、また存在物としては取り扱いの難しいものなのである。人間は他の動物同様の生物なのである。存在するものを生物と呼び、生命体と呼んでも何らおかしいことはない。

生物は大自然の中で生きて働く本質を備えており、それを多様な内臓から時折判断し理解することから納得しようとしているが、それで正しい判断ができる訳はないのだ。それに対して生命体は、その成長する過程のどのように分類されている部分も理解しようにもそれができない精神のからくりが人には理解できない。またこれから先もどんなに進歩する学問の中でもそれが分かることはないと思う。

はっきり言うなら、生物学と生命理論は、お互いに繋がりあった一つの連帯性の中で理解できるような問題では全くない。生物学は確かに物理学や歴史学と同じだが、生命学または理論はそれと全く立場を異にする宗教や哲学や芸術の流れの中でしか理解することはあり得ない。利口にまた小利口に人生をやり過ごすためには生物としての生き方、考え方、また行動の仕方いかんによって大きく意味が変えられてしまう。生物が生きるということは人間の工学の力の最近の進歩によっていくらかでも少しずつ進歩している。単なる文学のまたは言葉の中の考え方から始まったロボットという考えは、人の知恵によって生物の出現の可能性を示しており、あらゆる生物の種類を超えてより新しくより精巧な生き物としてまた機械として出現するであろう近未来を人間に示している。もちろん作られていく新しい生物ならば、人工生命という名によって人のロボットが最初に考えられたのは当然のことだ。物を運んだり、歩いたり走ったり、泳いだり飛んだり、釘を打ち付けたり、ビスを止めたりナットを締めたりする基本的な行動がなされることをロボットの基本的な行動として人間は考えているはずである。すでに私たちは全く新しくロボットを生産してもいるが、そのロボット工学の道程はこれから先どこまでも長く続くはずだ。

一方において私たち人間自身の中からも進化した生物としてのロボット性が現れ始めてきている。私たちが先祖からもらった眼球や歯や内臓などを怪我をしたり老化現象の中で破棄し、人工のガラス玉やセラミック製の歯などを入れるようなことをしている。人間の内側からロボット化した可能性が現れ、やがては生物としての身体の大半が工学技術の結果として人を支えるような時代も来るかもしれない。

しかしそれだからといってこのような人の内側の機械的な新しい繋がりの中で、人は完全にロボットになれる訳ではない。いつかは工学的な人間の時代になることは考えられても、完全に人がロボットに変化することは、これから先何十年たってもあり得ない話だ。結局生物は工業化されても生物の中の肝心な一点、生命は変えられようがない。しかも数多ある人や他の生物たちの身体の諸部分はどんなに巧妙に元の形に似た物と取り替えられようとも、それだけでは生物の中の最後の一点である生命は変える訳にはいかない。工学的な諸原理と生命という精神的な気の流れは同じレベルで流れたり繋がったりすることはあり得ない。

人工生命は考えられても、生命現象としての人工生命なるものは考えることができない。生物と生命そのものの決して折り合わない点を私たちはよく知っていて、そのことを心とか魂とか魂魄《こんぱく》と呼び、確かに物理的な生命の他の部分と区別している。

常に生命が活動している部分での聖なる働きを自分でも手の付けられない最高のサンクチュアリーとして泣いても笑っても、怒っても常に意識しなければならない。

言葉の転生

若かったり年をとったりした病人たちを初めとして他の様々な病人たちのために、常に働き詰めの医師たちや看護師たちには、私たちがいくら感謝の思いを捧げても捧げ通せるはずはない。

そう考える一方において精神を患《わずら》っていたり老いているものを利用して日々やりたい放題の中で金儲けをしたり、自由自在に人の世の中をかき回している輩もいる。こういった裏と表があるのは全てのものの場合にも当てはまる。一つの言葉すらしばらく表ばかりを見てから突然裏側を見ると物事の状態は一変するものだ。読むものでも聞くものでも感じるものでも事情は大体同じようだ。流れる水の方向や風の流れなどはその方向は決まっているのだが、その水や風の流れの色合いや温度の差は、その一瞬一瞬において微妙に異なる。水も風も存在するその瞬間においては決して自らをもう一つの自分と衝突させられるはずはない。存在するとは決まったある方向に動いているとは言うものの別の言葉で言うならばその瞬間だけは少なくとも深々と安心して眠っている状態だ。人も人の心も言葉も全て存在するというその一瞬においては熟睡している。

人もまた自分の心の中の霊谷に身を置き、己の言葉においてもあらゆる行動においても深々と呼吸をするように、一瞬のその自分の存在を受け止めなければならない。医師や指導者や教師たちが力強く行動し指導する態度がやがてやりたい放題の調子の良い一人踊りとなってしまう時、それにブレーキをかけるのは人の中のある確かな勢いであり、落ち着くところとして霊谷にぶつかる。言葉にも行動にもそれぞれの温度差が付き纏いそれが絡みもつれる細かい流れの細い糸となり、人はそういった言葉の多数の糸に巻きつかれ、大きな蜘蛛《くも》の吐き出す糸に巻かれ、やがて窒息していく虫たちのような最後を迎える。そんな最後が嫌だと思うのか人は常に人生のどこかで輪廻の迷信じみた言葉に迷わされ、こんな自分でも、絡みつかれた言葉であっても必ず転生できると信じたがるのである。自分の言葉で目の前の問題を解決し、良い方向に持っていこうと思いながら、自分が口にする言葉一つ一つをどう取り扱い、修繕するのが良いかと考えるのである。

生命が生きるということはその瞬間瞬間において自らの存在そのものを天然のリズムをもった大自然と深く関わらせ、心の治療をしていく行動なのである。こういう治療は人の話す言葉と同様裏返しの意味もそこにあることを忘れてはならない。常に存在する全てのものの周囲の状態は、変化し裏と表が入れ替わりに行動しあっている。

現代人はあまりにも数字の使い方が上手である。同じく識字能力も抜群である。しかし天然と巧く繋がるような点では言葉の知識は不足だと思う。本当の言葉の目明きは心が開いている場合にだけいうべきであって、単なる識字能力に関して使ってはならない。言葉や心に映って見える世界は、人の目に映る世界とは全く別のものだ。

理想の自分自身にまで生まれ変わるのには、どうしても言葉に戻らなければならない。人の心の中にその中心的な存在として広がっている両極性的な燃え盛る熱こそが、文明の時代や社会の影響もいささかも受けない元の言葉でなければならない。

模倣は言葉の唯一の酸素だ

人は皆個性が豊かなのに、その個性をはっきりと個性として見ることなく、その人の生き方の行動と関わる特質と見ることなく、ただ医師の目のようなまた、看護士の理解のような、一見とても優しい目によって発達障害と見るのだ。結局現代人はお互いに相手を見る時、間違いなく医師や看護士の目によって覗《のぞ》くのであって、子を覗きこむ父や母や祖父母たち、また兄弟の思いでもって接することはないのだ。人は文明世界の中で七人どころか百人、千人、万人を敵に回しているのだ。人は互いに助けあい、睦《むつ》み合うものだと納得はしているのだが、同時に相手を自分とは違う特異体質の存在であるとお互いに心のどこかで認めていることは事実だ。その事をはっきり口に出して言わないことを礼儀だと思ってはいるが、常にその事で相手を警戒し、時には危険さえ感じていることも事実だ。しかしこの世の特異体質とは本来個性でありその人の特質とも見えるのである。「自分」というものがあり過ぎるのは人である。「我」が強すぎるのも人であって、猿や犬たち以下全ての他の生き物は、この点から言えば素直で一切の特異体質を持つことのない別の体質と見る方が正しいのかもしれない。

間違いのない生き方をする本当の現代の知識人たちというものが果たしているものだろうか。南冥《なんめい》に住む巨大な魚のようなものも大きな動きに驚く荘子はそのことをはっきり彼の書物の中に記している。この世の中にはすることなすこと、生まれてから死に至るまで完全に道理に叶った生き方の中で暮らせる利口者は、過去現在未来全ての中に探し求めても決している訳はない。そのことをはっきりと認めた荘子は、有るか無いか分からない南冥《なんめい》に生きる巨魚の生き様を驚きの心で書いているのだ。

破天荒極まりない現代の空気の中であらゆる災害を体験しなければならない人間だが、そういう人であればこそ、自分の言葉に喜びがあるのだ。この世の中は常にあらゆる意味での災害にぶつかることを覚悟していなければならない。突然の大災害や悲しい事態にぶつかる時、それを防ぐ方法を考えても、それは愚の骨頂であり人はそこまで大地震や大津波や噴火などによる災害から自分を護る方法を結局は知ることは無いのだ。しかし言葉は一つの生薬だ。医学があらゆる力で見い出し、これからも見い出すかもしれないが、その力でもってしてもどうしようもない災害を前にして生きる生物そのものとしての人の存在を救うのが、素朴な山や野の片隅に何も言わずに咲いている生薬の元となる植物たちなのだ。人は自分自身の中から生まれてくる言葉という生薬の中に大自然の深い恵みが宿されていることを知らなくてはならない。そこにはたっぷりと深々とした生命の勢いが垂れこぼれるまでに豊かに流れている。現代世界の人間には、どこまでも癖があり、酷く曲がり、傷んでいるゆえに現代人なのだ。悩み、恥じ、逃げ腰になっているしっぽを巻いた犬のようなものが間違いなく現代人なのだ。

それでも人は己の心を路頭に迷わせないならば、本当の自分の言葉によって生きられるのだ。人は呼吸できないほど、また心臓が止まるのではないかという切迫した苦しみの中で迷う時がある。健康で食欲があり、元気そのものなのに、突然過呼吸や過深呼吸によって苦しむ時がある。そんな一瞬はどんなパニック状態よりもさらに恐ろしい精神と肉体が同時に体験する強烈な生命の酔いしれる状態なのである。こういった人の激しい肉体精神共々の苦しみは、単に高所恐怖症のような恐れとも違っていて、宇宙空間に取り残され息もつけないブラックホールそのものとなる自分の感覚なのだ。この状態から抜け出るために人は自分自身の言葉にどうしても戻らなければならない。天然そのものの生薬そのものとしての素朴な言葉が本人の中に生き始めなければならない。この文明の世の中で人が持っている障害とは、自分の言葉の外にしか生きられないという不思議なパニック状態である。ある大学の教授は文学をものにすることで様々に現代文学を評論しているが、その一角で「あらゆる小説は作り話のパクリであり模倣でしかない」と書いている。言葉でさえ同じことだ。あらゆる人が使うあらゆる言葉は時代時代の中で、人それぞれの心の中で研ぎ澄まされる時も、間違いなく模倣されており、外国の真似をする中国人のあのパクリの態度がそこには見え見えなのである。

しかし言葉に限らず何事においても模倣は許されるべきなのだ。人が使ったからといってそれがパクリだと言ってしまえばあらゆる哲学も文学も宗教もひとまとめにして模倣なのであって、そこには誇りも何もかも存在しないことになる。キリスト教のバイブルの中に出てくるアブラハムもマホメット教のコーランの中に同じ名前で出てくる。何を見ても、何を考えても、あらゆるところで模倣は、またパクリの行為は息づいている。存在するあらゆる物は単に模倣という説明では表現できない奥の深い、模倣ではない模倣によってのみ、生きるパニック状態から解放される。あらゆる民族の中に埃をかぶって眠っている神話や、伝説、エピソードという古い時代の逸話には自分自身の置かれているところこそ、間違いなく自分自身の居場所であり、誇り高い模倣とパクリの生き方の原点であり、現代人が誇りを持って受け止めていかねばならない言葉という性格なのだ。これが拒否される時人は完全に窒息状態に陥ることを知らなければならない。

あらゆる突然の精神的また物質的災害から逃れるために模倣という手段は、自然の中から与えられた生命体の知恵である。

無理せず深く有難う

真実であると分かっていながら、はっきりと知っていながらそれをその通り行動に移したり書いたりできないところに人間は常に置かれている。この世の中とはそういうものだ。はっきり自分でそのことが納得されていながら、それが行動に起こせない人々で埋まっている。思っていることをその通り行える人は時には天才と呼ばれ、ほとんどの場合は馬鹿とか思い上がりの激しい人間だと言われたり物好きと言われてしまう。あえてこのように言われることを承知で、また馬鹿にされ笑いの種にされることを承知の上で実行に移す人は、百年に一度、千年に一度、万年に一度ぐらいしかこの世には現れない。老子や荘子などは確かにそういったずば抜けた変わり者の中の一人だったのだろう。その点中国の広い大地にはこういう名前の人々がまるで奇跡のように現れているが、数多い国々が存在するヨーロッパなどにはこのタイプの人間はほとんど見ることができない。

　自分の思いをその通り生き方の行動の中に移せる人は、そのまま奇跡と言わねばならない。奇跡という言葉は確かに函谷関《かんこくかん》の彼方に身を隠した老子や、何人いたかもしれないと言われている数多い荘子たちの中の誰がこの言葉を言い、あの言葉を言ったのか誰にも分からない。どの荘子がその言葉を言い出したかも分からないという点において、確かに彼らは奇跡の名に相応しい人物たちだったと言わねばならない。

　あらゆる哲学も文学も全て言葉の彩の中で翼を広げている。良い文章も中身のある文章も全て「鳥獣虫魚」の絵をそのまま言葉に変えただけだ。言葉も絵になると生き物の争ったり助けあったりする姿に変わり、音符になるとあれやこれや様々な音楽になるから面白い。言葉は全て人の中に与えられている生命の総合的な行動を要求し、これによってあらゆることが可能となり、不可能なものはほとんど無いと言っていいだろう。言葉はどこまでも広がり、書いたり歌ったりする形からますます広がっていき、最後には白昼夢となり、さらには夜の夢となってどこまでも飛翔を続ける。そこには人の行動がはっきりと見えてくる。自分の心の色が言葉となって膨らみ、魂の色彩になってどこまでも広がって行く。

　人間が造り出せるロボットや、治せない病気などが、これから先どこまでも続くはずだ。どんなに精密なロボットができたとしても、どんな病気が治せる時代が来たとしても、次から次へと新しい病気が見つかり、人はそれを治す技術を発見するのに忙しく、より精度の高いロボット造りに忙しく休む暇はない。要するに人間は単にロボットや疾病《しっぺい》だけに限らずありとあらゆることにおいて、賽《さい》の河原に打ち捨てられた可哀想な死せる子供たちになってしまうのだ。次から次へと小石を積みながらあるところまで積み上げると、遥か彼方のこの世に生きている両親たちに教えるように、喜びながら小石の山を見せようとするのだが、残念ながら山は崩されてしまう。賽《さい》の河原の子供たちはまた初めから涙を流しながらそれでも希望を持って石を積み上げるのであるが、何度積み上げても崩されてしまう。ロボットや疾病が持っている運命は賽《さい》の河原の子供たちの石積みの行動に似て限りがない。文明は確かに限りがないのだ。それならばほとんど人生のあらゆることに情は深く、愛も深く、しかし無理をせず少しずつ時には狭く、時には力を入れて自分なりに人生の道筋を歩きたいものだ。どこまでも沈黙しながらうつむいている自分の心から自分の言葉を力いっぱい吐き出したいものだ。

人生は実に「有難いところだ」。確かに得難い手段で多くのことが人に与えられている。私自身とうてい身に付くことのなかったような一つ一つの物事を考え起こしてみると、私の人生は感謝と誇りで埋まってしまう。有難うというこの一言は、どうしてもなかなか手に入れられないものを与えられる人間だけが口にできる本当のホザナ（ヘブライ語で「救い合え」の意。イエスのエルサレム入りの際、民衆が挙げた叫び。また神を頌讃する語）であり有難うなのだ。鳥獣虫魚の世界の中で人は唯一言葉が与えられているのでこの有難うが言えるのである。このことに感謝をしたい。

真実であることが解っていながら、つまり知っていながら有難うと言えない人で埋まっているこの文明の世の中で、百年千年万年の中で一人、二人と現れるであろう奇跡の人に我々はなりたいものだ。

文明という地方の閉鎖性

生きているという日常のあらゆる痛みはそのまま生命の動きの一瞬であって、それを忘れる程の感動は陽炎からの数多い光の中から生まれるのだ。生命というあらゆる全身の中に響き渡っているあたかも祈りにも似た言葉こそが正しく人の中の野性味にも、また天使の羽根の動きにも似た必要な要素を持っているのだ。生命は常に目の前の物事に勝利したり、先頭を走っている、全ての魁になりたいと急いでいるようだ。しかしその忙しさの中でやがてそうではいけない生命の本質について知るようになるのである。何事にも過ぎることより、獣に近く時間のゆったりとした流れの中で生きる方が良いことに気づくのである。人はどこかで野性味豊かなものを時として発揮しなければならないのだ。人の本性は勝つことを喜び、先を走ることに誇りを感じるが、その心のさらに奥には獣たちのあののんびりとし、ゆっくりとした時間間隔の中で四季折々のまた、二十四節気の幸せな感覚の中で生きる時間そのものの喜びを体験できなくてはいけない。獣に似てどこまでも素朴で頑固な人間であって、初めて言葉をここまで高揚させてきたのだ。私たち人の文章は一つ二つの語句の間への書き込みや割り込みの思想こそが一見無意味なもののように見えていて、実は大きな意味を持ち人を動かす。それこそが間違いなく格言であり、箴言なのだ。文明は、人が誇り、全体的にあらゆる意味においてルネッサンスの心を大小に関わらず持っているのだが、この人の誇りの先端に立つ時間も、文明がこのあたりまでやって来ると閉幕がそこまで来ていることをはっきりと予感させ、その風潮は徐々に見え始めている。その後には全く新しい秩序の姿を見せ始め、そういったことを実感する人は、それを望みながら古さからの脱却を示唆する言葉に酔いしれるのである。

竜巻を起こさせる風の流れも初めは小さな微風の流れであり、勢いでしかない。言葉も平凡な文明社会の生き方の中でそよ風に触れているうちはそれで良いのだが、やがて低気圧の中で鉄筋のような勢いで振り回される時、トンボや蝶と遊んでいられるほどの穏やかな空気の渦も、巨大なトラックや船を持ち上げるほどの竜巻となって天空に舞い上がる。おそらく古代の中国人たちが考えた黒雲の中を舞い上がる巨大な龍は、こういった誇大化された竜巻から生まれた幻想なのであろう。巨大な龍は宝の玉を咥《くわ》えてこの世の何ものをも恐れることなく、傍若無人に天空を荒らしていくが、この考えはおそらく巨大な竜巻の被害者となった古代の中国人の体験が元になってできた話であろう。

社会人らしくではなく本来の自分らしさでもって人生を楽しめる時、その人は正しい意味において人生の達人と言えるかもしれない。実際には多くの竜巻のような被害をそれぞれに違った時間の中で受けているあらゆる生命体は、大小に関わらず何らかの細菌性の髄膜炎や脳膜炎に侵されている。そのためにワクチンらしいものを子供たちに接種する大人たちの心もまた、喜んでいながら文明という精神の巨大な竜巻を恐れている結果だということが分かるのである。人は、人の生き方によって、つまり言葉の内科学や行動の外科学によって少しずつ人間性を改善していくことができると考えている。この考えがさらに前進すると、航空力学やロボット研究に向かうようになり、そこには人を超えたより広範囲な人間の世界の誕生が用意されていると人は夢想するのである。正確な生命の未来を知る情報を得られると思う中で、ワイルドネスと人間の詩情は重なりながらとても大切な知恵を人に与えている。超えなければならないポスト文明またはその文化、そしてそれらを大きく支えている言葉豊かな野生の生き方や考え方の中で、人はどんなに広がって行く夢の中でも本来の人としての生命を落ち着かせることができるのである。

生命は何であっても、自分たちの目の遥か遠くに勢いよく消えることもなく燃え続けているコロナという事実を忘れることがあってはいけない。コロナはそのまま人の心の中の陽炎という名の言葉に集約されているのだ。勝っても負けても人は自分の夢を喜び誇らなければならない。フィリピンの山の中で頑張った小野田少尉のように、またサイパン島で節を全うした大場大尉のように美しく汚くそれでいてどこまでも格好良く周りの人々に涙を流させるような生き方には、人間性の深さが見える。勝って賞に入り、メダルをぶら下げ誇るあの喜びを遥かに超える大きな感動が、フィリピンの山の中やサイパン島にあった。

悪夢を振り切り、文明や文化からはっきりと切れる時、人は自分の内側に清い野生を持ち直し、そこからもう一人の小野田少尉としてまた大場大尉として誇らしく生き始められるのである。長い歳月を、毎晩見ていた夢の一つ一つはほとんど思い出すことはできないが、それでも決して本人の中からは消えて失くなる夢ではないのだ。一つ一つ大小様々な夢は何らかの形でその人の今日、明日の生き方に大いに影響を与えている。芸術も科学も全て元を正せばその人の言葉の遊びであり、賽《さい》の河原の石積みをする亡き子供たちの悲しみ多い遊びに他らない。妙に浮かれたち、誇ることは情けないことだ。生命体とは一寸先が完全に闇の世界なのだ。大自然の中で外に押し出され出てきた生命とはそれだけのものだ。何一つ誇ることも恥じることもない。生命という運命体はそのまま存在するだけだ。生命の一寸先は何であるか誰にも分からない。そのことを単なる闇だ光だと分別しながら考えることも能のない話だ。ありとあらゆる可能性を持っているフィールドなのだ。千差万別の色彩と光の中で踊る万華鏡なのだ。闇ではなく、白いキャンバスこそ生命体の目の前に広げられている全く新しい世界であり、人は誰でもその時その時間にコロンブスでありヴァスコ・ダ・ガマなのだ。人間はこの社会でやってはならないことをあえて自分の目と心のままにやる時、そこには間違いなく奇跡が起こる。奇跡こそ文明の痛みや苦しみなのだ。人のためと言いながら己の命じるままに、当たり前の真実を見る時、そこに奇跡が起こるのだ。あまりにも自己に夢中になり人の作ったこの世の中で己の心の思いのままに走ると、殺人などといった天の許さないとんでもない行動が生まれるのである。

人の心はいつの時代でも一種の「地方の閉鎖性」であって、そこでは人本人の言葉をそのまま使うことはタブーであり、篩《ふるい》にふるわれ、洗い洗われ、全く自分の失くなった言葉として使われている。伸びざかりの子供の勢いや自信などはいくら期待してもそのまま一つの奇跡として、心の地方とも言うべき文明の中に期待することは無理な話だ。

人よ！　文明の閉鎖性の中のタブーから抜けだせ!!

言葉を扱う技術

自分の人生をどう生きるべきかということはその生物がどんな種類のものであっても、必ず自分で決定しなければならず選ばなければならない。菊の花は明らかに薔薇とは違う。人の生き方は蝉の生き方とも違う。しかし桜と梅の違いは初めからはっきりとしていて、花の生命は最初からその境遇の中で生きることしかできない。人も蝉もそれぞれに違った境遇の下で生きる以外に生き方はないはずだ。それぞれの境遇をはっきりと認め、それを恥じず、むしろ誇り高く力いっぱい生きるところに生命の喜びがあり感謝があるのだ。

人にとって言葉はもう一つの純粋そのものな微生物とも考えられ、もっと単純に言えば黴菌《ばいきん》に過ぎず、細胞にすぎない。何ものよりも個体としての生物を強化して止まない大きな原動力そのものである。

誕生したり老化する中で生き物は太ったり中には痩せたりしながら生きていく。太るのも痩せるのもそれは与えられた境遇の中では同じはずなのだが、そこで生きる生き方、強さ、前進の仕方などに微妙な個性として現れ、徐々に大きな生き方の差になって現れてくるのである。虫たちは出現した森の状態の中で、生まれてきた環境が決まり、人は、現代社会人の誰もが経験するような社会人の言葉にぶつかり、それらの言葉の妙な誇りの後ろ側に寒々とした空洞化を感じるのである。古い時代ギリシャ人もローマ人もそれぞれに違った境遇の中でものの豊かな自分たちの生活を楽しみ、自分たちの都市国家という境遇の中で、また、四方八方に武器と力を頼りに多くの植民地を持ち、奴隷を確保し、豊かに生きられたローマ人たちはそれぞれに多少の違いはあるにしても自分たちの生き方の中に他の人種とは違った便利さや安心感などを持っていたに違いない。彼らギリシャ人やローマ人は目の前に広がる青い地中海の穏やかさの中でどこまでも生まれてきた時代の良さを自覚することができた。彼ら都市国家のギリシャ人やローマ帝国の名の下に生活が守られていたローマ人、すなわちギ・ロの民は彼らの住処の南の方に広がっている穏やかな地中海を安心した心で眺めていられたのである。

どこまでも不安で落ち着きのない現代の人間たちにははっきりと向き合う南の海に等しい新しい海、すなわち自分自身のはっきりとした言葉がなくてはならない。コンピュータの性能が良くなり、地球という惑星の存在がますます小さくなり、人と人との会話が同じ布団の中に寝て話し合う恋人たちの言葉のように近く、便利になっていくだろう。それでも人はますます時代の変化の中で自分の中の読書術や言葉を書き留める技法を強めていかねばならない。自分だけの言葉のリズムと身体を互いに補完し合い、鍛え直して行く時、むしろその人は単なるコンピュータが見せている精度の高さをよそに、人間の高さとも言うべき匠の技や隠者の心が生まれていくだろう。このようなことを考えれば、現代というこの不安極まりない精神の時代の中で、人はむしろ大きな力を鍛え持つことになろう。

海山に消えていく

その美しい形で敷島のほぼ中央に聳《そび》えている聖にして美しい富士山は、第二次大戦の昔、日本の各都市を攻撃しようとしていたアメリカのB29爆撃機の搭乗員たちがここから向かう都会の方向を知るための目標物として、よく眼下に見つめていた山だった。

どこまでも厳しく、同時にそれほどの特徴も見せていない南北に伸びる南アルプスと北アルプスに比べれば日本列島の中では孤高の山である。

深い南の海の中で海面から数百メートル下のところまで突き出している海底ならば、それは確かに地理学では「海山」と呼ばれても良いのかもしれない。海面近くまで迫《せ》り上《あが》ってできたこういった土地の形に、真っ暗な夜、新月の中で周りの海の生物たちにもほとんど知られること無く、たった一度の産卵をする魚がいる。

赤道近くの広い海の中での産卵は、どこでも集団で産卵していく魚たちとは違って、何か神秘的なものを持っており、同時にどこまでも孤独な生き方を私たちに知らせてくれる。果てしなく長い赤道近くの海に向かって旅をしてきたこの魚の旅は、暗い夜の寂しい独りだけの海山の上での産卵によって生き方のクライマックスに達するのである。ごく小さなわずか一、二個の細胞からなるこの魚の卵は二度と出会うことのできない親から離れ、どこの大地に流れている川に向かったら良いのか何一つ指導されること無く、全く未知の川に向かい長い、しかも辛い旅に出る。爆弾を落とす町を知るのも産卵する所を探すのも尊い生命の一時である。

生まれた子供たちがしばらくの間留まっている川ならば、七つの海に泳いでいっても、その川は故郷として決して忘れることはないのだが、南方の海山で生まれたこの魚の子供たちは全く未知の親の故郷に、コロンブスの旅のように苦労しながら向かうのである。本能とは恐ろしいものだ。何一つ教えられ、また見たこともない故郷に向かってあらゆる困難を押し切りながら到達できるだけの力を持っているのである。涙なしには語れない親と子の海山での物語がここにある。

時間の中でひたすら本能に任せて夢を見ながら親の姿を思い描き、かつて新月の夜のあの誕生の瞬間を決して忘れまいと小さな単細胞の心で念じるのである。新月の夜の漆《うるし》のような海山の峰で生まれた小粒な自分をはっきりと知り、これから果てしない長い北への旅を背中に背負いながら南海を飛び出す小さな生命は何とも勇ましい奴だ！

二度と戻ることのない山や川の匂いを己の体中に感じ、その魚はひたすら故郷の海や山に向かって聖なる巡礼の旅に出る。

一旦、子を産み落とすとそのたった一度の産卵の後、「海山」という聖なる社の前でたちまち死んでいくのが親たちである。この産卵は聖なる死の儀式だ。この産卵は聖なるたった一度のこの魚の成人式でもある。

たった一度のこんな長い旅をした後、仏教、キリスト教、ユダヤ教、モハメッド教などには考えられない奥深く、聖なる儀式の後、地上から消えて行くのである。

この産卵は侍の切腹の儀式を遥かに超えた聖なる時間だ。

否、彼らは侍以上に美しい生き方を備えており、浪人たちのようにウロウロしてもおらず、ブツブツと不安気に呟《つぶや》きながら汚い社会の中の生き方に繋がっている訳でもない。たった一度の長い長い地球の半分ぐらいの長さの旅の巡礼行は、たった一つの伝家の宝刀をいささかも錆びさせることなく、己の城でもある海山で誰にも全く見取られることなく消えていくことで終わる。

この魚は自分に与えられた時間を知っている。生まれた時の単細胞の中で、また漆黒の海山の上で息絶える時まで間違いなく潔《いさぎよ》い侍のように自分を知っているのである。自分に与えられているたった一度の旅または巡礼の運命を知っている。

自分のサンクチュアリーをはっきりと己の一生の間知っている魚は「鰻」なのである。

染み抜きとかけはぎ

クリーニング屋の職人は常に着物や洋服などを洗い、アイロンをかけている。だが職人の究極のクリーニングの行為は「染み抜き」にあると言えるだろう。着物や服の洗濯やクリーニングや染み抜きを考える時、その中心には、またその行為の深いところでは言葉のクリーニングにぶつかってしまう。人にとって生き方の最終地点には心のクリーニングがある。

人の性格や特別の考え、動き方、持っている技術の特徴、愛し方、教え方などが考えられるがその最後にはその人の人生の独特な旅が残っている。人間も他の動物も歴史の初めごろは長い旅をしなかった。生まれ育った近くの場所で子を産み一生を終えていたはずだ。時代が下がるに連れてそれぞれの人間は彼ら独特の筏《いかだ》を作り、舟を造り、やがて数多い人々を乗せる船を持ち、飛行機を利用し、トビウオのように空の上を飛行することさえ考えるようになった。初めは遊びであり、運動であった軽い行動がこういった旅の行動に変わっていった。ある人々はラクダに乗り、果てしない砂漠の中を未知の世界に向かい、そこで愛する家族と共に一生を終わることにもなった。

染み抜きも初めは川の流れで行う洗濯から始まったものだ。どこまでも単純な行為であったが、流れる時間の中で極めて複雑なものに変わっていった。汚れた手や顔を洗うことに始まり、風に揺れるざんばら髪を整えることでしかなかった行為が大きく変化したのだ。それがやがて布の染み抜きという高度な技術を使う行為にまで発展していった。同じ布の一部を切り取り、それを糸のように本来の布を形作っている物に真似、傷ついた布や着物や服のその部分を再度紡ぎ織っていく「かけはぎ」技術にまで染み抜きの技術は発展していった。

こういった技術によって人の生活の様々な道具は全て再生されていくことになる。家も家具も、車も、庭も、そして最後には人間の言葉や心や生命さえ、再生できるまでに人の技術は高いものになった。多少は他の動物にも、つまりチンパンジーやゴリラにも単純な技術らしいものが生まれているようだが、人のそれと比較するなら雲泥の差のあることは事実だ。人のそれは天然の中に見るあの驚くべき正確さで行われている行動に少しばかり似てきているところがあるが、猿たちの行動は、逆に昆虫たちの極めて素朴な生き方からほとんど抜け出していない感がある。人の場合は最終的に言葉も心も生命さえも修復していくことができるのである。人類にとって生き方の万事についてほとんど九十九・九％まで染み抜きされて長い時間の中で使われていることを知っている。つまり生活の中のほとんど万事は再生していけると人は納得している。与えられた生命や寿命を可能な限り大事に使い、生命の旅をつつがなく続けていくために、色々な意味における染み抜きやかけはぎの技術が利用されている。あらゆる生き物もまた可能な限り、彼らのささやかな技術であっても努力していることも事実なのだ。やってくる寒い冬を考え、その年の積雪量を考えながらある種類の虫や鳥たちはどの辺に作ったら良いか、作られるその巣の高さを判断する。

染み抜きの基本はやはり言葉の染み抜きだ。物を書き、喋る時、この染み抜きの技術が大いに働く。生まれたところを離れ、海を超え山を超えどこまでも旅をした古代の人々が存在していたからこそ、アトラスの存在は今日私たちの目の前に他の図形や様々な数字と共に展開しているのである。布から言葉に至るまで様々なグレードの中で万事は常に染み抜きやかけはぎという名の技術の冒険をしている。

人生は誰にとっても大きな危険を孕んだ冒険の時間なのだ。私たちは日々その前に立たされている。

一冊の書物に惚れ、その書物の中の言語という言葉やフレーズというフレーズに心打たれ、美しい生命の歌を見い出し、商人の作る金になる書物ではなく、そういったスイーツや果物、流行のきらびやかなドレスや小説を全く脇において、金銭や権力を生むことのない手作りの形で本を作る人が、人類の長い歴史の中にはごくごくわずかだが存在していることを私はよく知っている。ごく近い時代にはヨーロッパにブレークがいた。最近はアリゾナの砂漠に住みながら妻と二人で十六世紀ごろのフランスの活版を手に入れ、和紙を使いポルトガルのコルクを用い、実に見事なミラーの書物を作った夫婦がいた。よほどミラーはこの手作りの本が気に入ったと見え、私にも一冊ミラー自身の名前と献辞の入ったアリゾナの砂漠の匂いのする本を送ってくれた。

　私の長年の友である名久井氏は読者たちから送られた古い時代の和柄の布地を使って、彼が感動している私の詩集を羽子板の押絵に見られるあの江戸時代の技術で纏めた『詩集』として世に出した。というよりは深く私の文章を理解してくれる読者たちに読んでもらおうとして手作りしたのである。これは本屋で売るための物ではないことが一目瞭然である。いくらか金を出せば誰でも買えるような書籍ではない。名久井氏の生命が裏打ちとなってできている恐ろしいほど美しく、また簡単には手にとってはならない作品がここにある。私自身これを手にする時、まず一歩下がってこの天然の鋭さがあたりを包んでいる状態に一礼しなければならないほどの力を感じたのである。見事な手作りの作品とはこのことだ。人の心の染み抜きやかけはぎがオーソドックスな人の熱い心とマッチして現れているのが私にはよく見える。荒野に叫ぶ洗者ヨハネのバプテズマの声がこの手作りの書物の周りに感じられるのである。

　アラビアインクを葦《あし》の茎に付け、パピルスや獣のなめし革に認《したた》めたバイブルの初期の記者たちをこのような手作りの書物を作る人々の心の中に、また生き方の中に私は見るのである。彼らの心の聖なる燃え上がりに「ホザナ！」と叫びたい。

　長い人類の歴史の中でこのような手作りの本を作った人々は、実は真実の荒野に叫ぶ声そのものとして生きたのだ。染み抜きもかけはぎも本来人の言葉の中で使われる時、正当な意味を持っていることを人は納得しなければならない。

MICROORGANISM

　微生物たちの生命現象の動きを利用する生態系作り、つまりEMはこれからの人にとってとても大切なものだ。ecosystem を十九世紀から大きくなり始めた機械文明に、また工業力に依存していくのではなく、microorganism（微生物の生命力）に頼ることはとても大切だ。動物や昆虫の類ではとても考えられない無数の beneficial microorganism（善玉菌）に頼ることは大きな意味を持っている。EMを土台にして国造りや新しい大地造りの元年が人の手によって成されようとしている。EMで地球というこの汚れてしまった惑星を再生させたいものだ。ほとんど冷え切っており、若者たちには、やる気さえなくしている農業、漁業に活を入れる必要があるのだ。日本という瑞穂の国の河川という河川の水質が汚れきっている。川にも人の生活の中の水処理などにも、微生物が使い方一つで大きな働きを見せてくれる。

　人の身体でさえ宿主となっている事実は、私たちの体の中のあらゆる部分における細菌の働きによってよく分かっている。個人個人に関して何億、何兆と存在する微生物のまともな働きなしに人の生命は正常に活動はしない。

私たちはもう一度マルサスの『人口論』を思い出そう。どんな機械文明がその機械の力を素晴らしいとしても、食料が人口にやがて追いつかなくなる中で人は滅びるより他はない。

この夏、名古屋市内を流れる汚れきった川の流れの中に、市長初め多くの子供たちが集まり、「EM団子」を投げ入れた。微生物を泥に練りこんで団子にしたものを彼らは「EM団子」と呼んでいるらしい。微生物環境を考えて作られたこの団子を、汚れた流れの中に投げ込むということは、汚染されている河川や湖を浄化するようだ。この他様々な環境浄化が行われているが、この島国、敷島の隅から隅まで「EM団子」などを河川に投げ入れていくなら、文明の垢が取れていくのも早いことだろう。

しかしこういった環境破壊を解消しようとしても、肝心の人の心のそれはなかなか難しい。言葉の破壊の中でまた汚染される心の中で暮らす現代人は、すでに理解できないような意味の解らない穢れの渦の中に巻き込まれている。こういった自然の環境破壊を解消するためにも人の心は肝心だが、その人の心はこのことに気づかないのである。かなり長い人類の歴史は便利な思いや生き方が当然のことと納得させているが、そんな時代にこれを直すことはなかなか難しい。心を曲げてしまっている言葉はそう簡単に直せはしない。

言葉を浄化する「善玉菌」を人は発見できないのだろうか。人の外側の国造りよりも、災害の回復よりも、人の心、または言葉の復興に大いにmicroorganismは役に立つようだ。

誰もがちょっとした心掛け一つで、自分自身の中の環境浄化は可能だ。外側の生活は多少苦しくとも、過去に引きずられたとしても、心の浄化を行うのが先決問題だ。文明の汚染された生活だけを考えていると、災害から立ち上がれた時、人の心の汚染はさらに酷《ひど》いものになる。人の心の中は少しずつ暗黒になり、人としての心の美しさは失われていく。ここ、長らく金銭や権力の光の前で汚染されている人の心はどうしても災害などよりも先に浄化されなければならない。魂の災害とも言うべき人の言葉が受けている傷は、かなり深いものだ。言葉とはmicroorganism（微生物状のものの働き）によって長い歳月の中で言葉の、また、その人の生態系を変えてきた。ダーウィンではないが、特別な島の中で進化するものは、他の島の固有な生き物の生態と大きく変わりそれを矯正することはほとんど不可能だと言ってよい。人格や品性といったものはこれだ。一旦身に付けたものは、チョットやソットでは直しようがない。人の生き方の生態系も、踊り方も変えなくてはいけないのだ。正しく「三つ子の魂百まで」という格言がぴったり当てはまる。

本当の農民魂はこのように叫ぶ。

「土の良し悪しは、肥やしによって、特に化学肥料によって簡単に変わるものではない」

たとえ雑草を取り、化学肥料を与えても殺虫剤で虫を殺しても、それだけでは良い作物は育たない。化学肥料ではない有機物の栄養を、つまり長らく堆肥されていた落ち葉が徹底的に風化し、その土壌を使うならどんな作物も勢いよく伸びるそうだ。微生物の多様性と相まって育つ勢いがどこまでも続いていくのである。豊かな土づくりが農業の基本だと言われ、そういう土壌には虫も多く宿ることになる。豊かな微生物と有機物の豊かな栄養の中で植物は生命を大きく伸ばしていく。豊かな土は微生物の助けによって醗酵合成の力を発揮し、力強いエネルギーがそこに生まれていく。人の魂が含んでいる精神の腐葉土の匂いのする生き生きした言葉こそ、読む人の心を打つこと間違いないのである。

モンテーニュは白人の心に啓蒙の風を送ったが、それによって共和主義や民主主義の生き方が白人の心に生まれたと言われている。今日人は全人類の生き方の中に超啓蒙の風が吹くことを願っている。

私は「microorganism」という言葉がもともとのラテン語やギリシャ語の中で教えている深い意味を、もう一度噛み締めてみたい。

六無斎

原生人間の時代からずっと今日の文明時代まで人は無禄《ろく》の存在であった。猿や犬たちは完全に彼らの長い歴史の中で、間違いなく無禄である。もっとも愛玩動物として、社会の中で飼われているものは独特な形の禄を受けているのかもしれない。禄を食《は》むということは長い江戸時代の中に見るならば、侍たちは時間と空間の中に閉じ込めている言わば動植物園の中に閉じ込められている生き物の姿なのである。

人は地上の全てを持たされており、その権力の上に胡座《あぐら》をかいているつもりでいるが、そういった自分を凝視してみると何一つ自分の周りのものを所有していない自分に気づく。江戸時代の暗闇の文化の中で、『海国兵談』を著した林子平自身のように、自分は何一つ所有してはいないと今日の私たちは言えるだろうか。あまりにも進歩しすぎた文明の広がりの中で同じ霊長類に生まれてきていても、人類と猿類ではその差はあまりにも大きい。一文の金も一枚の名刺も、どのような自分自身を証明する権利も言葉も失くなっている自分に気づくことは、今日のほとんどの社会的人間には考えられない。子平そのものの当時の確かな自己理解は今日の私たちにはできないはずだ。彼のように辛辣《しんらつ》な態度で何も無い自分を認めることは、そう簡単にはできないというよりは、事実そうだと分かっていてもそれを認める気にはならない今日の私たちである。

林子平は何と十六巻にわたる大著『海国兵談』を世に向かって著したが、その思想に不安を覚えた幕府の役人はこれら大著の版木さえ処分してしまった。林子平は単にがっかりしただけではなく、その後の日本の運命を考えながら次のような歌を詠って暗い気持ちになった。

「親もなし妻なし子無し版木なし　金も無けれど　死にたくも無し」

彼は自分がこの歌に閉じ込めた気持ちと同じで、自らを六無斎と呼び、周りの人たちもおそらく彼を六無斎の先生と呼んでいたに違いない。事実彼は言葉通りの六無斎であった。

立派な家を持ち、金や札《さつ》を有り余るほどに持ち、権力も学識も、また体力さえ、さらには様々な言葉の操り方を自由自在に持ちながら、外見とは全く別に生きている現代人の中身は果てしなくみすぼらしい。愛深く一切のものとは関わらず、親も妻も子も持つこと無く、自由自在に自分自身を表現できる一言や、半句を心のどこかに持っていて失うこと無く、その日一日生きて行くために口に入れるものもまともにない、浪浪《ろうろう》の旅をしているなら人は自死する以外に道はない。その存在こそ正しく六無斎そのものなのだ。

特に原発などに取り憑《つ》かれてしまった現代の社会に生きる我々は、確かに人類の長い旅の道筋の中で路頭に迷っているのだ。荒野や砂漠に迷い込んだ老いたリア王そのものなのだ。一人ひとり現代人は便利な生き方をしているようで、その実もう一人の林子平であり六無斎なのだ。生活が万事うまくいきているように見える現代人の平和な生き方の裏において、あらゆる事柄の内面は六無斎のそれなのだ。その気になればすぐに地球の裏側にさえ飛んでいける便利な時代なのだが、それでいて人の生き方の全ては何かに捕らえられており六無斎の部屋となっている。森の奥の方の猿や熊でさえも六無斎にはなっていないはずだ。文明の時間の中のこの便利さや平和は、どうして人だけを岩窟《がんくつ》に閉じ込めてしまうのか？　そこには人を騙すどんな魔法がかけられているのだろうか？　人生は現代社会の誰にとっても確かに先の見えない獣道に迷い込んだ形だ。痛み多く悩み多く苦しみ多い時間の中で、人の旅はまともなリズムもなくなっている。大切なのは常に明るい夢を見ることだ。どこまでも広がっていて留まることを知らない己自身の心の紡ぎ出す言葉を持っているのが自然なのだ。言葉には潤いがあり、生き生きとした流れとして滞ることがない。天然で自然な動きの中で生きている動物が小知恵によってサバンナに降り立つ時、彼らの脳は奇妙な変化をする。生命も一旦地上に慣れていくとその力も大自然のリズムを失い、何事をするにも小細工をするようになる。悪知恵も後から後からと生まれ始めその結果としては今日の原発あたりまで来てしまう。

人の知恵は六無斎のそれであって良い。万人が林子平のように親なし妻なし子なしと自らをさして言えるようになれば、人の世も大自然そのものの流れのように平和になるであろう。

現代の神託

「自信」は色々な意味を含んでおり、その力を考えてみても大小に分けられ、左に右に置かれたり向かい合ったり交差しながら様々な色合いを持つ。「自信」とはこういった様々な力として人やまたは他の動物や昆虫たちにも微妙な働きをしている。それぞれの生命が奏でる旅の要素を逐一中継放送して生命そのものの生き生きとした時間をいささかも絶やすことはない。

人が自信を持っているならば、大自然をよく知っている人間などと思うかもしれない。小さな昆虫すら樹の幹に止まり、騒がしく声を上げる時、間違いなくそこに大自然をそっくりそのまま納得している活動があり、それは果たして人の言うところの知と比べてよいものだろうか。人が他の生命体よりもずば抜けて離れたところに立っており、そこがよりレベルの高い生命の座であると思う人の方が何かを間違って解釈しているようだ。

人が自分の生きている今の立場をそのままこの文明社会の一角で信じ、完全な自信と認めているならばそれは大変な間違いである。最も大切な物を恐ろしく誤解していると知らなければならない。一人の人間が最もよく知り、理解し、正しく認められるのは天然の流れの中だけのことだ。大自然の大きな存在を全くその通りに掛け値なしに認めることの中に自信をまず持たなければならない。人が恥じることなく認められるのはこういった自信であり、気の流れだけだ。どんよりと、しかもノロノロと身体を動かしているあの地場の欠伸《あくび》の中に、人の全てが隠されており、人はそれを隅から隅まで理解する時、それを自信と言わなければならない。普通の社会生活の中で物事を認識するというのはこのことである。その人が何であれ、どれほど欠点だらけか、どれほど他人と違って素晴らしい物を持っているか、自信を持って言い切れるのは天の声だけだ。天然のあらゆる流れはその人の全てを見通している。つまり天然は人の全てを知っている、認めている。人は自然の流れによってそのようにはっきりと作られているのである。占い師などはこれを「人に定められた運命だ」などと言って誤魔化してしまうが、そういう不確かな理解の中で人間は天が認める自分に気づかないのである。

数多い人の中で社会の声や権力者の声に騙されずに荒野の声である天然のリズムとも言うべき声に素直に従い、日々を生きようとするなら、この社会が言っていることとはまるで違うものの評価によって人の生き方の中の重みも軽さも理解することができるし、誰が認めなくとも間違いなく自分の中にある天然そのものの重々しい、しかも聖なる才能に自信が持てるのである。

この人によっては、どのようにでも解釈できる物をはっきりと何事によっても代え難い才能や愚かさとして認める力こそ、古代ギリシャの頃の神性なオラクル（神の託宣、神託）なのである。オラクルは今もなお地球上全域に働いている。これを信じて己自身の生き方の勢いとしようではないか。

現代では、神託は重々しい境内や本堂、聖堂の中から響いては来ない。素朴な人間のリズムとして巷に流れている。

二　物を与えられて感謝

人生は旅だと言うが、どんな旅よりも十分内容豊かなそれぞれの人の全時間を取り巻いている旅だ。人生の旅は単なる物見遊山の、尻切れトンボのものではない。しかもその人間の一生涯を初めから終わりまで貫いている厳しくも楽しいたった一度だけの旅である。人生の旅には後戻りができない。良くとも悪くとも、どんな歩き方や言葉の使い方をしても、どんな飛び方や踊り方、歌い方をしても間違いなくたった一度の旅なのだ。

物見遊山の旅ならば、次から次へと何度でも行えるし、それぞれの旅に持っていく道具なども自由に変えることができる。しかしたった一度の人生の旅には生まれながらに与えられている物を全部背負いながら、他人に有って自分に無いものがいくらでもあり、その無いものをいくら求めても自分の身に付く時は決して来ないのである。忽然《こつぜん》と大自然の中に生まれた天然の一つに過ぎない自分という生命は、生まれてきたその時与えられたもので生涯長い旅をしなければならない。人一人ひとりによってこの人生の旅のために与えられているものと与えられていないものは明確に違い、そのことを人は時々悔やんでみたり、大いに感謝をしてみたり、その両方が入り交じった思いの中でこの長い旅を続けるのである。こういった旅の色模様がそれぞれの人間の人としての特質であり、能力であり、力の無さである。そのことをはっきりと知る時、人はある意味での哲学的なまた文学的なさらには様々な科学的な考え方によってそれを理解しようとする。

人生の旅については、時には人には天が二物を与えないと言ったり、全ての人には万物が与えられており、それを納得しない者だけが不自由な旅をしていると理解するような、宗教的な考えの人も出てくる。考え方は様々である。たった一度のその人の人生の旅路は間違いなく本人の心次第でどうにでも変わるのである。間違いないのは他の旅と違って人生の旅は一度きりであり、やり直しのきく道筋はないということである。

さほど昔ではないが、仏法僧《ぶっぽうそう》が美しく鳴き、夜山奥で鳴く声を深々と理解しながら、人はおそらくこの鳥の美しい姿を想像していたに違いない。しかし静岡県の浜名湖の奥、錦山寺の山の中で仏法僧《ぶっぽうそう》の声に出会ったラジオ局の職員たちは、彼らが想像していた美しい仏法僧《ぶっぽうそう》とは似ても似つかぬコノハズクを目にしなければならなかった。全く見栄えの悪いコノハズクを見た彼らは、間違いなくその時、天は生き物に二物を与えないという事実を実感したに違いない。

しかし、二物が与えられないのがこの世の生き物の生き方の姿であり、文明であると認めてしまうのはまたあまりにも投げやりの考えかもしれない。人生は常に上り下りの長い旅だ。それを全て喜び進んで行くためには、二物も三物も与えられる自分の人生の旅を素直に喜べる人物であり、生命体でなければならないようだ。

二物を全く良いもので満たしているような、否、三物も四物も五物も、それどころか百物も与えられて空を飛ぶ大竜のように生涯の旅路を進む人もいるかと思えば、二物どころか一物さえも、さらには全く才能も美しさも力も何もかも与えられずに短い人生の旅をする者も決していない訳ではない。私はそういう人たちを思いながら涙が出る。彼らでさえ決して短いそういった一物も与えられていない人生の旅を悲しむことは決して無いのだ。よくよく考えれば全ての人に与えられている人生はことごとく使い方一つ、信じ方一つ、また旅としての歩き方一つでどうにでも解釈できる。人生の旅は与えられた大脳や小脳の力や時間の長さで計られるものではない。たった一二時間を力いっぱい生きる蜉蝣《かげろう》さえ、精一杯与えられた生命時間を生きているのだ。コノハズクは、あれで彼らの森の中での長い豊かな一生は完結するのだ。おそらく人だけが自分の人生の旅路に対して色々と不満を述べているのではないか。

私には生まれてきて十数時間しか人生の旅を過ごせなかった息子がいる。しかし彼は考えようによってはこんなに長く生きている私よりも何か大いに感謝のできるものを、自分の短い六月の蒸し暑い旅の中で得たはずである。

人生はこの長いそして短い旅の中で万事感謝ができる時、生まれてきたことに納得がいくのだ。

全景観

原子力は人類文明が避けては通れないものだと当たり前の知識を有する人々は考えているかもしれないが、そういった時代はそう長く続くことはない。私の息子のところに送られてくる様々な研究会の雑誌や論文があるが、その中には「里山の可能性」などといったタイトルが付いているのもある。

そこには生物を単なる標本として捉え、理解するだけではなく、さらに一歩前進して生活の現場で捉えようとしていた研究者たちがいる。Landschaft（全景観）といい、日本語でこれを「共生」と名付けたのは昭和の初めまで植物研究をしていた三好学博士だった。「全景観」が必ずしも彼の研究を正しく表していたかどうかそれが解らない点もあるが、大いに考える点はあるようだ。

植物や動物が標本として展示されることも悪くはないが、生物として生き、食らい、伸びていくという点で研究した三好博士の功績は大きいと思う。

息子なども未だに動物植物の展示や標本説明に留まっている日本の動植物園に活を入れたいと思っている。動物園や植物園の全景観が見られる日を彼は夢見ているようだ。

それは生物が檻に閉じ込められていることが良いことではないことを示している。全景観的生命としての、いわゆる景観を示したいという気持ちがそこに見られる。一つの枠に閉じ込められている動植物園ではなく、全景観の場として人と他の生物との共生の社会がそこに生まれる。事実イギリスやドイツ、アメリカのある動物園などでは、実際に動植物園のこういった方向に向かっているところもあるようだ。

人生の早い段階でこの世を去ったある男は、子供用のパノラマ遊園地とも言うべき「ネバーランド」を夢見ていて、半ばそれもできかかっていた。全景観を見せる動植物園の一つの方向に向かって彼の夢は始まっていたのかもしれない。

動植物園に対する先見の明は今日なお多くの人には開かれてはいないようだ。

大都会、巨大なビル、商業センターなどが世界中どこを見ても村や町、森や山を壊して造られている今日の状況だ。人間初めあらゆる動植物がこういったメトロポリスの中で溺れ、呼吸困難になっていることも事実だ。確かに地球上には里山が息を吹き返せないところまで来ている。様々な都会の波の最後の小波のように原発も止《とど》めを刺しているようだ。里山が消えるということは要するに生物が消えることである。人間の消えるこの状態を私たちは怖れなければならない。鴨長明初め、京都の人々が抱いていた応仁の乱の頃の不安を遥かに超えている。

原発を止められない悲しい生物として人間は、その先に滅びを考えなければならない。共生社会としての人間の故郷と、里山の可能性は生物多様性の里山を考えなければ理解することはできない。海でさえもこの汚れから離れて考えることができないところまで来ている。生物がどんな形であっても生きられる場所はただ一つ、里山であり海であり、このような体質を持った地球の上でなければならない。海から這い上がってきて肺呼吸や皮膚呼吸のできるようになった陸の生物や海の生物たちの明日は、原発のないところに関わっている。

里山は生物の歌であり、リズムだ。きれいな海は生物の乱舞する生命の世界だ。数多い諸生物の賑わっているのも里山と海だ。都会に変化していけば、そこに棲《す》む生物の数は少なくなっていく。生き物の歌である囀《さえず》りも、また虫の鳴き声も都会では聞こえなくなった。海では鯨も歌っていた。小魚たちも波間に踊っていた。都会の巨大なビルと、交差する車や電車や地下鉄の間で生物は生きてはいけず、人は都市砂漠の中で自分の言葉を失うところまで来ている。冷たい金銭と重たい権力だけであたかも幽霊のように生きている。人同士が動いていても、そこには愛も喜びも笑いもない。辛うじて酒と金銭で偽笑いするのが関の山だ。

どうしても里山がなければ生物は本来の生き方ができない。東北の里山の町、陸中一関の四十数年間の生活の後、岐阜県南部木曽川左岸の市、可児《かに》市の里山、愛岐ケ丘《あいぎがおか》での丸々一年は、その近くにあった「やすらぎの森」で自分の生き方を慰めていた私であった。

それから今日に至る八年間の美濃、各務原《かかみがはら》の生活はどこまでも広がっている「遺産の森」という公園をこの頂上になる「雲の丘」まで歩き、自分の心を慰めている。単なる村や宿場に過ぎなかったこのあたりは、名古屋や岐阜に通う人々の住むベッドタウンとして広がり、十万を越える人々が住み、駅の数がＪＲや私鉄含めて十ヵ所以上あるが一つの街にしては多い。

確かに人を初めあらゆる生物は、動物から植物に至るまで共生社会の中での呼吸がまともにできなくなっているので、この惑星は瀕死の状態だ。全ての生き物は人間を初めとして「全景観」を回復しなければならないようだ。その手初めにまず、原発をなくすことだ。

穏やかな放射線の前で

大自然のどこまでも自然で穏やかな流れの中に、突然出現した原水爆のあの爆発音は地球上の誰にとっても大きな驚きだった。もちろんその時世界中の新聞も、この激しい爆発のあった日本でさえ人々はこの原爆という名前を知らなかった。広島、長崎といった大都会が一瞬にしてたった一個ずつ放たれた大型爆弾によって、この地上から綺麗サッパリと消えて失くなったという事実を、まるで実際の話というよりはむしろどこかの昔話のように、少年であった私たちは聞いていた。あんな大きな爆弾を落とすのはおそらく原子砲とか何百何千キロかの大型爆弾の仕業かもしれないと思ったのである。あの頃未だ十歳を少しばかり出た少年の私はその当時あらゆる意味で軍国思想によって洗脳されていた間違いなく軍国少年であった。それでもこのような見たことも聞いたこともない巨大な大砲から出る弾で撃たれれば、狙われた大都会などは跡形もなく消滅してしまうと聞かされれば、この戦いは日本帝国の敗北で終わるだろうと子供心にも密かに感じていたものだ。この巨大な威力を持つ爆弾の力は巨大な大砲を操作した結果ではなく、初めて聞く原子爆弾の仕業であると後になって知らされたのである。

それから間もなくあの暑い一九四五年の日本降伏の日がやってきた。敗戦の日から延々と続く十九世紀の終わりから二千年の四半世紀までの間、私自身大いに老いてしまい、後数ヶ月も経てば八十歳になろうとしている。その間ずっと原爆水爆はラジオ新聞テレビ雑誌が大きな問題として取り上げ続け、水力発電などの先に原発による便利な電気の活用法が考えられてきた。

地球上のどこかの場所で、夢多い人間の未来を約束しているような小さな太陽とも言うべき原発が作られるようになった。だが人間の作り出した原発による平和な文明時間の生まれるはずの未来には、暗い影が宿り始めた。

太陽の巨大な爆発は、大自然全体とマッチしているエネルギーを放射しているが、人の手になる爆発から流れ出る放射線は悪の放射線であり、あらゆる生命体の出現をプラスとするなら、間違いなく生命にとってマイナスのものであることをようやく今の人たちは気づき始めた。天然の大らかさであるあらゆる恒星の熱や高温のマグマは大自然の中の素直さだ。時間の流れの中の美しさだ。

しかし人の手による無理なお産をさせられたような原水爆や原発は、とんでもない生まれ方をした反生命的な存在であり、反天然の物質、放射線なのである。そういった異状な小さな恒星の爆発に付き合わされた人間は何とも迷惑な話だ。そういう惑星の上に出現したあらゆる生命体は、自分たちのそういった不幸を悲しむだけだ。

まだ間に合うのかもしれない。あらゆる生命体にとって、この惑星にとって原発はいらない。こんなとんでもない小さな恒星の異状お産に付き合わされているあらゆる生命体は、限りなく迷惑している。天然そのものの大地、地球に戻したい。素直な天然のお産の行われる地球になって欲しい。全てが、もっと貧しくとも、どんなに頑張っても一日数十キロメートルしか歩けない人間であり、木の芽や魚ぐらいしか食べていけない生き方でも、太陽の光を浴び、森の爽やかな風に触れ、全て存在するものをその通り生かしてくれる水の流れの中で、毎日何時間も豊かに過ごしたいものだ。政治家は不要だ。心の詩人、魂の旅人、ボロを着て働く農民や教師や母親たちがいればそれで良いのだ。

ニヒリズムを避けるために　～ある芸術家の手紙に応えて～

意志がたとえ自らであると思い感じないとしても、それは模倣で成り立っていると考える人がいる。だが、そういうなら、私は、意志は、単なる意志ではなく、人間感情の中に生じるリズムだと言いたい。模倣するということは、感情のリズム、つまり音楽が作り出すものではなく、もう一つの別な意志、つまり文法によって顕れる言葉の法則によっているはずだ。もし、そうでなく、意志することが自己を失う行為である模倣であるなら、自分を確かに持つ、つまり自分自身を生きるためには、どうしても意志を捨て去らねばならないだろうし、または意志に対して死なければならないだろう。果たして意欲は象徴（死物）によって引き起こされる感情であろうか。そう考えるのは意欲または意欲のロゴスを何ものかによって刺激を受け、その結果、蠕動《ぜんどう》して第二次的な行動に移動するとみなすからである。意欲はそれ自体、自ら行動して生まれる創造のリズムなのだ。創造のリズムは模倣されたものと比較して考えることができない。

　比較できるものをその周辺に持つことがなければ、当然、意欲の感情が引き起こすエネルギーが微弱であるとか強いとかは言うことができないはずだ。それはそれ自体で存在する。人間は、自らある者として立たない限り、その人の宗教性や芸術性は、常に他者と比較して騒ぐ類のものとなってしまう。賞に入れば喜び、入らなければ失望するのである。このような自分の力の微弱さを憐れむ心は、ニーチェの書いているニヒリズムに堕ちたそれだ。文明社会で人間は確かにこのような比較の基準の渦の中に巻き込まれてしまっている。むしろ脳細胞などで人間よりも遥かに少ない虫や犬や猫たちにはこの比較がないために、ニヒリズムに堕ちる可能性がないのである。動物たちは文化を人間のように持っていないのだ。むしろ生命力の蠕動《ぜんどう》は人間のそれより遥かに大きいのである。人間は大多数の人々から抜け出して、特殊なタイプの生活者、特殊なタイプの考える人、特殊なタイプの言葉を持つ人間として生きないとニヒリズムの渕に堕ちてしまう。こう考えてくると、人間が持つ意志という主観性の熱量は、個人によってわずかな違いを除いてはほとんど資源不足に陥っていることは事実だと思う。

　このせいで文明社会は様々に問題を抱え、苦しんでいる。多様な存在の種にしても、類にしても、そのまたレベルの境地くらいにしても、それらは全てニヒリズムへの逃避の数多いヴァリエーションの一つに違いはない。それゆえに、人間は一度、生活の中で突然変異をしなくてはならない。これを宗教的に言えば、一度死ぬことである。虫や獣たちのレベルで自分の精神の細胞を比較の基準のないところに移動させなくてはならない。意志が必然的に感情の選択であることには同意できても、分裂している精神とそれなりの弁証法的道筋を作り上げていく精神が形而上学的な意味でのことだが、自らの足を喰らっていく章魚《たこ》には思えない。なぜなら、感情の選択という行為こそ、人間存在のヴァリエーションではない固有な個を作っているからだ。固有な個は、自分の足に喰らいつくことはない。常に周囲に喰いつく物を求め続ける。自分の体に喰いつく行為、つまりナルシシズムの傾向は、集団の中で、自分と他者を比較する人間社会において考えられる行動だ。一旦、一切を放棄した人間、死をくぐり抜けた人間、ヨナのような、巨大な魚の腹の中に一度入って出てきた人間は、文明の栄えていたニネベの町に身を置いても、二度と自分を他者と比較することはない。彼においてナルシシズムは存在しない。

　創造とは他を喰い呑み込むことであって、自分自身を喰いちぎって、生きる真似をすることではない。ニヒリストは自滅し、ナルシストも滅んでいく。だが与えられた時間の中で永遠を咲き誇らせるためには、社会の騒ぎとは全く別なものであれ、光を輝かせるエネルギーそのものとなって今を生きなければいけない。

社会で他を喰うことはないといっても、それにニヒルに構えることでもナルシスティックに構えて闇の中にうずくまってしまうことでもない。一度、この社会で死ぬことによって、全宇宙に自分を羽ばたかせることだ。

精神こそ西欧人の意識が必死に依存してきたものであり、今日では、東洋の人々でさえ頼っているこの文化生活の財源としての岩盤は、確かに底を突いてきているというが、すでに諸子百家の時代の中国において形而上学的な多様な精神と哲学の形式は出尽くしたようだ。精神が主張している本能や感情を超えて存在する非神秘的な太陽系と言うが、精神そのものが神秘性の次元に入っている。とすればそれをどれほど望んでみても、非神秘的な太陽系の存在は期待できない。精神がその本質において神秘的であるなら、それを超えた先は当然神秘的であるはずだ。水に潜ればどこまで潜っていっても、その先は水だ。人間は自分を確かな個として、その固有な自分の存在を主張するのに必要な、何一つ客観性に捏造することもない主観性は大切にしなくてはならない。それを避けて、その先に非神秘的な現実を求める行為は、現実の世に戻って自分本来の願っていた生き方を捨てることに繋がっていく。

意志は生命の木の実ではない。それは生命の肌の表面に光り輝く歌だ。もちろん、意志は存在からの逃避ではなく、存在を確信する言葉そのものだ。愛は意志ではなく、意志がその存在する激しい力によって様々な方向付けを持った愛（または夢の歌を歌う行動）を生む。意志の存在しない時に愛は無い。どんなに微量であっても、そこに意志が蠕動《ぜんどう》しているところにのみ、愛は芽生える。生物も無生物も、それらが太陽の生命に触れている限り、愛を育むことには変わりがない。人間にのみ固有と考え、人間社会の中の生き方においてのみ存在理由があるものだとみなされている愛とは、本来言われるべき愛ではない。それは文明社会で生きるための方便であり、社会哲学的方法論の一角でしかない。社会の中で、それに対して権力的にも金銭的にもより有利に生きられるように子供を育てていかなければならない場合に母親が身に付けている、言わば社会的な愛と、自然の野や森に自由に生きられるように巣から子供を追い出してやる母鳥が身に付けている、より原始的な生物学的愛とは、その質と条件を全く異にしている。倫理的な匂いのする人間の愛と、風化作用の中で、長い時間を費やして変化している岩石や湖流が太陽エネルギーから汲み取る愛もまた、全く別のものだ。いずれにしても、これらの愛は、その体質において一つのものであり、万有の流れを大きく揺さぶっている。何かを作り出すのが愛であるの訳ではない。それは愛の一つの形にすぎない。存在するだけでも愛は愛なのだ。動エネルギーは確かにその動きによって愛が感じ取れるが、だからといって位置エネルギーは動かないからといってエネルギーではないのか。一メートル高いところにある水は、それだけの位置エネルギーを満々と湛えているのだ。位置愛というものもあるのだ。静エネルギーと同様に静愛というものがあるということだ。万有は互いにこのエネルギー（愛）をもって向かい合っている。

愛とはエネルギーの原始の形式である。地球と月との間に広がっているあの広がりこそ、愛のアルファの一形式である。それに対し、恋だ、結婚だという行動の中に見られる微量要素の形式は、愛のオメガなのである。オメガの愛であるがゆえに、愛は人間の手によって様々に分類されている。その基本的な分類においては、聖書の専門用語においてみられるアガペー（神または絶対者へ向けられる人間の愛）、ファイロー（知恵、感性へ向けられる人間の愛）そしてエロス（人間同士の愛）といった三つの分類が考えられる。これらの愛は、人間の勝手な、一方的なものであり、全体的な万有の愛から考えれば、子供の遊びにしか過ぎない。浜辺の砂の一粒と全宇宙との違いを感じる。そこまで大きく考えなくても、コップの中の水と、太平洋の水の違い、人間の肺の中の空気と地球全体の空気の違いであることくらいは理解しなくてはならない。

愛とは万有の存在の別名なのだから、精神は何一つ造り出さない。もし造り出すならば、そのことによって精神は精神ではなくなる。精神は行動化するものに影を見せ、歌われる歌に感動を与え、生きる物に生命力（魂エネルギー）を、愛する者に熱量を与えるための熱い風を送るだけだ。精神の造り出す反対物の虚偽の仮面を急いではぎ取らなければ、肉付きのマスクとなってしまい、永久に社会意識に依存しなければ、志高く生きてはいけないなどと悩むことはない。そのような場合、人間はたいていマスクの背後で生きなければならない事実もよく分かる。その思いは高い。だがその悩む精神は、そこを流れる風力が弱い。もっと風を送れ。もっとラジエーターの水を冷たくせよ。精神が熱くなりすぎている。本当心から人生を実感している人間の精神は、考える人の脳の中のそれと同様、極度に熱している のだ。自主性、精神力、主観性の高度な驚異的エネルギーをそなえている先駆的な巨人とならなくてはならないという理由は何もない。最も自然で、最も平凡な生活者のままでいい。何を食おうとも、何を着ようとも、社会のただ中にあって、野の鳥の如く、林の獣の如く、日々を過ごしていれば良い。何がなくても平和に食うだけの人間と、食うために騒ぎ、争い、憎み合い、泣く人間とでは雲泥の差があることを知らなくてはいけない。偉人というものが、常時、聖者対信者、指導者対奴隷といった、つまり対極的に立ちさらには両者の間の距離は大きく離れなければならないと考えることはない。寒山も拾得も、人々の中に存在したし、キリストや釈迦もそうだった。大伽藍の中できらびやかな袈裟を身に着けて威張っている宗教人や勲章を胸に付けた政治家たちの俗物は別としても、信者や読者や称賛者との間に距離を取って構える人間もまた、どれほど高い精神を持っていても、私には聖者には見えてこない。精神の山頂に立って本当のボロを纏って乞食になるまで、その人間は自主性の確かな意志の人間とは言えまい。このような人物は何も孤立したり孤独になったりして生きている必要もない。彼自身がそのまま で神であり、彼の周囲の人々が、彼にとって神そのものなのだ。万有が神の声となって彼の内側に響き、その響きに交じり合って彼の声が木霊《こだま》する。

神はもはやどこにも存在しない。神は存在すると感じているうちはそれは本当の神ではない。一切が消えてなくなり、自分も共に必然の中に消えて本能のままに生きる時、そこに生き生きと言葉が踊り出す。意志を磨き上げ、自分の神などといった妄想に至ろうと努力してみても、そのことによって愛に辿りつくものではない。何故なら意志は磨いて造り上げるような作意の結果ではないのだ。意志そのものがすでに愛なのだ。恐ろしいことだ。愛は本人の意識と関係なく、彼の生き方の流れの中にリズムとして蠕動している。愛とはこの場合、本能の中心にある炎の中から吹き出し、その外側に流れるエーテルなのだ。愛が自然と意志（選択）を消すか、または意志を離れるかすることは事実だが、それは意志が本能の流れの中で意志の厳しい性質を円やかなものに、また全宇宙的なものに変えていくからだ。

　西欧人の意識が精神性を高く買うのに、その生活姿勢に物質中心主義の点が窺《うかが》いとれるのは精神性や意志力といったものが物質の反応であるからではない。彼らの精神性が東洋思想の中で扱われているそれと酷く違っているからだ。彼らのそれは東洋思想がアニミズムに接近している霊魂意識であるのに対して、それとは全く対立したところに位置している。精神とは彼らにとって、もう一つの理路整然とした文法を持った言語である。日本人の精神性の中では、言語でさえ逆に言霊と呼ばれ、文法が整然と存在しながら混沌とした意識や行動の輪郭の風化した世界に入っていく。ヘレニズムの意識以来、精神性は言葉（ロゴス）化され、彼らはその中で、精神を明確に手で掴み取りさえした。キリスト教がそのよい例である。この宗教の神は手で触れることができる存在であり、バイブルの言葉は法律用語のように明瞭である。バイブルは物質に反応するカノンである。一方東洋の神や仏は徹底的に精神化していて、決して物質に反応しない。というよりは、本来は反応しないものであった。今では宗教家という宗教を食い物にしている人々がいて、東洋の神も、経典も、言霊を風化させ、腐らせ、惨めな状態で物質に反応を示す。このようにして、今日では全世界に言霊は姿を消している。

　物質に反応しない精神性だが、この精神性が精神性のみに接近している反物質的なエーテルで出遭う者は、それが何であれ、未知なるものとの奇跡的な遭遇そのものである。物質と対応している合理的にして数学的なアラビアやエジプト文明の流れを通ってヘレニズム文化にまで辿りついた精神性には、その存在する世界が人間社会のそれであるので、そこでどのような未知なるものと出遭っても、そこに奇跡性はいささかもなく、それゆえにそれは単なる二つの物の反応でしかなく、遭遇ではないのである。人間が一度、全く死んで甦るような奇跡の起こり得る可能性は万に一つもない。

　文学上の形而上学は、言葉が修辞字に則《のっと》っていてもいい。だが精神化の領域で言葉は言霊と化し、そこでは修辞学も文法も全く弱力となる。修辞学の牢獄に閉じ込められている限り、その人間は生まれ変わることはできない。ヘンリー・ミラーの文学が私の生き方を変え得たのは、彼の文学が単なるプリントされ、製本され、読者の肉の目によって読まれる言葉によってではなく、その同じ彼の言葉が言霊と化して、精神化して、もう一つの精神化した私の全存在と遭遇した時、私の存在に奇跡が起こった。形而上学な流れの中で、どれほど力いっぱい泳いでみても、向こう岸につくことはない、文明社会的なレベルでの意志には、自主的な主観性、つまり人間主義的同義によっている凡庸《ぼんよう》さの意識が見え見えである。そこにはあらゆる意味での対立が生じる。愛は憎しみと、平和は戦争と、優しさは怒りと、知恵は愚鈍と対立している。対立するということはもう一つの不幸な出会いなのである。信仰という名の人間体験は確かにもう一つの対立をしてその人間を苦しめる。

　信仰という名の意志は、あまりにも形而上学的に燃え立っている勢いのよい情熱である。これに含まれている模倣性も順応性、社会性にも、それだけならば確かに外に広く飛び出すのではなく、社会に潜り込む逃避のニヒリステックなエネルギーでしかない。文法からはみ出し、修辞学を超えた言葉による死の体験と、その後の生の体験とは、反比例する立場にある。愛は対立しない。愛は常に同化である。人間の手になる巨大な飛行機が突然、大地に突っ込んで爆発し、炎上するのに対し、野の花は、あの柔らかさで存在しながら、嵐の中でも倒れることがない。烈風の中でも、氷の中でも美しく咲くものは咲くのだ。主義主張とは前者のことだ。愛の形而上学とは後者のことだ。精神性はそれだけなら、人間を滅ぼしていく。何故なら精神性こそ、文明の檻を造り上げて、人間自らを、そこに閉じ込めているからだ。文明体験としての模倣や社会順応性が個人を滅ぼしている。文明体験としての宗教や一見酷く優しそうな表情をして多方向に向けられた文化活動こそ、人間個々の内面を滅亡させている。

　意志とは危険な機械とみなされる文明行為そのものだ。人間の顔の全面にへばりついて取り去ることのできない、文明行為という名のマスクである。マスクの内側で人間は一人ひとり、それぞれのニヒリズムを熟させ、自分の顔と心を腐らせていく。文法の意志を捨てるのだ。そして自分の生命のリズムをそれに替えて自分に課するのだ。常に言霊の力を、あたかも部屋の中に秋のそよ風を招き入れるように、自分の生き方の全域に入れればよい。意志を感情の選択にしないことだ。優しく秋の野に吹く風のように存在させることだ。熱い心や、激しい思いでもっても、やはりこの優しい風を招き寄せることは可能なのだ。仙人とは山奥に住む不可思議な人間ではなく、もっとも人々の身近に生きているこのタイプの人間である。仙人こそ、利口な意志を身に付けている人間である。もっとも本来的な人間なのである。

　文明人間には、自己改善のために芸術や教育というものがある。非文明的な原住民たちには、それがほとんどない。その代わりに広大に広がる森や川が彼らを人間として高めるための芸術や教育となっている。文明人間には、自らの負わされている様々な不幸から脱け出すための芸術も教育もほとんどその意味を持たず、そのための免罪符《めんざいふ》も用意されていない。文明人間も、今日、ようやく自分の生き方の中心が森の匂いを発散しなければならないことに気づいてきている。その意味では、哲学的論理も、形而上学的言葉も、人間を幸福に導かないということだ。芸術も宗教も文学も哲学も人間の救いには無力である。人間は自分の生き方を通してしか何もできない。自分で自分を何かにすることのできない点は、何によってもどうしようもない。自分の周囲に広がっている運命も自分の行為そのものである。

知恵より香り

言葉は集団の中の雑談として選ばれ、時としては秘密の地下室にあるカウンター下の金のやりとりのように話されることもある。誰に聞かれても何一つ問題はなく、困ることのない言葉が最も意味のないものであり、話す必要もことさらない言葉なのだ。逆にアンダーグラウンドの暗闇でヒソヒソと真剣に話さなければならない言葉はその中に深い意味を持っており、それこそが本当の男の真剣なカウンターの下で伝え合う言葉といえよう。

言葉の中に苔むした形でへばりついている内細菌としての言葉は、見事なバランスのとれた中でどのような除菌力に対しても恐ろしいほどの抗菌力を持っている。人がどんなに努力をして頑張り言葉を語ろうとも、この内細菌には立ち向かって行く訳にはいかない。結局言葉はそういった精神の細菌に取り込まれて行く場を失い、最後には死滅してしまうのが落ちである。要するに人の言葉はあらゆる時代において極度に恐ろしい精神の重症なアレルギーに罹《かか》っていて、それぞれの時代に独特の痛みや苦しみで悩んできている。そのことを人は言葉の不足の生き方と言い、精神の元気のない生活などとも言うのである。

人は常に誰であっても、言葉という名の丸太小屋の中で暮らしている。おそらく自然の中で暮らすということはこの種の丸太小屋暮らしのことかもしれない。こういった丸太小屋生活であればそこでは限りなく心が広がって行く。丸太小屋は魂と身体、また大自然そのものに向かう出口そのものなのである。そこで初めて自分の言葉や他者の言葉を認知するのである。自分自身の夢の認知症（夢がその人の実生活の中で活きないこと）とも言うべきものに罹らないためにはどうしても言葉の丸太小屋に自分の存在を置かなければならない。そこから自然と深く関わり確かな数々の言葉の、つまり自分の言葉や他人の言葉、大自然の言葉全てを聞き分け理解することができる。

このようにして自分の言葉の、また他の様々な言葉を理解できる装置の中に入って行くなら、その状態を現代人の基礎学問とか基礎教養とも言うべき物を身に付けた状態と言わなければならない。この丸太小屋の中の生き方はそのまま独学とか孤学、個学というべきであってそのまま大自然と直接関わっていくアンテナそのものを意味している。

人は常に自分の言葉の用心棒となって、精神の中に身を止め、間違いのない用心をしなければならない。

人の存在の中から絶えず発散している香りが人の知恵よりも遥かに雅であり、必要極まりない状態に置かれることがある。人が集団となって乱れ、天災などと間違って呼んで怖がり、逃げ惑う時代の中ではいくら深い知恵があってもどうしようもなくなる。そんな時には知恵よりも遥かに雅な人の香りの方が、生命の強烈な香りの方が問題解決の道を早く開くことができる。言葉はその時知恵でもなければ単なる光でもなく、勢いよく闇に向かって前進し、そこに突破口を開き、明るい自然の広がりを展開させていく強烈な矢ということもできる。それは知恵でも単なる力でもない言葉の香りである元素そのものとして考えられる言葉なのだ。もちろん未完成のままの元素でありながら、それを見つめそれを信じていく人の言葉はまだまだどこまでも未完成な神話として存在し、すでに何かが完成したと思っているアレヤコレヤの文明の端切れなどはほとんど相手にしなくても良いということが、心の丸太小屋の中の人間にはよく分かるはずだ。

　自立した精神はその人の言葉の自立いかんにかかっている。その人の親子関係や子たちとの関係、夫婦関係、師や友との関係とはほとんど関わりを持たず、はっきりと自立している。人は心や身体の全域でどこまでも豪奢な生活をしていなければならない。金や持ち物によって豪奢なのではなく、むしろ貧しい身なりでまた懐には金もなく、周囲には友もいず、それでいてさっぱりとした豊かさの中に生きていられるならば、その豪華さは生命の生き方の頂上にあり、そこでは言葉は最高に尊ばれ激しく歌われていく。

　社会的言語には常にそれが寄り添わなければならないこの世の中というものが、また上と下、横の関わりがあるが、言葉そのものは人だけではなく、言語を持たず叫び、歌い、怒鳴るあらゆる生き物たちの間にも存在する。

　人の言葉も他の生物の叫びも比較して見るなら、悲しいことにそれらの上下関係はあらゆる点ではっきりと見られる。人の間で緑青のふいている汚れ放題の何千種もある言語を考えてみても、そのことは同じように上下関係の中で考えられるはずだ。語学関係の学校においても、英語やフランス語の教室には数多くの生徒が集まり、アフリカや中近東の言葉の教室に集まる生徒の数は少ないと言われている。言葉の中にも上下関係がこのように現れ、研究者の目の前に置かれている言葉にも明らかに値段が付いている。こういう値段のつくものの間で、人もまた本人の否応《いやおう》に関わらず、はっきりと上下の値段が付けられていると思えば、人は真剣に自由な本物の自分らしい生き方をしようと、様々な問題を一つ一つ解決した後、どうしても最後には自分の丸太小屋に飛び込まなければならない。そこで初めて人は知恵よりも勲章よりも大切な自分の言葉や他者の言葉にぶつかれるのである。

　人は一切の言葉の内細菌の付いていないところで自分を発揮し、他者の同じ状態を見つめたいと願うのである。自然からまた自分の中から出てくる言葉の一つ一つ、またそこから生まれる文字の一つ一つに天然の香りを感じたいのである。

ベルカント

　どんな言葉もその基本においてはその人の生き方のリズムによって形が決まる。言葉はその人の手に握られている小旗のようなもので、高く頭上に上げられていても、下に降ろされていても、また隠されていてもその人の生き方そのものを表している。言葉はその人の中で確かに厳選されていて、そこには他の人と同じ言葉を使っていても意味合いは微妙に異なっていることが解る。その人を離れ、天地のどこにいようと、他の誰の口からまたペン先から伝えられていこうと、最初にその言葉を厳選した人の持っている意味合いは消えることがない。被曝し、一見外側からは見えないはずの言葉の意味はその人から乖離《かいり》していても、その人の心の動きの中で被曝した十分なシーベルトの値を示しているはずだ。生命を芽生えさせているこの力はどうやっても消すことができない。生命を縮める恐ろしい放射線の力がアポトーシス（細胞の死の様式の一つ）そのものであったとしても、しかも陽炎の中で間違いなく行われるとしても、人の中から出現する言葉は、一切そのようなことに左右されず、その人本人の心という名の一種の放射線のようなものによって被曝してしまうのである。従ってどんな言葉にもはっきりとそれなりのその人の焼印やシーベルトの値がつけられているのだ。人の体力という名の個々に成分の異なる言葉という名の精神の重みは大自然の中で作られた構造物と考えた方が良いのかもしれない。理想的な自分に生まれ変わろうとしてもすでにどこかで厳選されてこの世に出現した大自然の力としての自分の生命はどう頑張ってみても他の存在に代われるようなな、輪廻の力は存在しないのである。残念なことに人は今の自分を嫌い、理想の自分になりたいので、どこかに輪廻転生の時期が自分にやってくることを待つ気分を持っているのである。あえてこのチャンスを例えるならば、それは関西あたりの人たちが常に生活の中で見せているあのおもしろい言葉のやりとりとしての「ボケ」と「ツッコミ」の動作を思わせるものがある。どこまでも真面目一本でいささかの間違いもないようなことしか、しかも少ない言葉で真面目に話す東北人の舌からは全く出てこないものだと思う。

現代の言葉はどこまでも軽く鳴り響いていく種類の詩と考えても良い。そこには華やかなリズムが踊り出ていて、一見全ての可能性がそこにあるように見えるが、深くドイツ的な陰鬱な灰色の雲の下で奏でられる音楽や哲学の言葉の一片でも身に付けている人ならば理解できるような危なっかしさを見せている。

薬は薬でも、何とか売ろうとして研究者と手を組み、名のある製薬会社を先頭に立てて宣伝する新薬よりも、ほとんど知られていない昔からの、あたかも雑草の中から煎《せん》じたり煮詰めたりして作り出す生薬の方が、かなり信頼が置けることが分かる。そしてそれはすでに大自然の中で強い陽光を浴びて被曝されていてそれが負わされているシーベルトの値がどれほどのものであるかはっきりと分かっている数多くの物事について納得するならであるが。

人の言葉も文章も、学んだり、研究したりした結果、用意された十分な下ごしらえよりも、素朴な語彙や文脈の微妙な隠し味こそ生命を脅かす放射線を抑えるのには力を発揮するはずだ。人の言葉が古語、ベルカントすなわち美しい歌として響かない限り、どんな商人たちの作り出す宣伝文句も人を動かすことはない。人は誰でも常に激しく感動するかと思えばどこまでも落ち込んで悲嘆のどん底に落ちることもある。喜びも誇りも絶望することも間違いなく人の生命に与えられている可能性なのである。

人間は常に何かを過大評価もするし、同時に過小評価もするものである。人の運命や生命の価値観などはこの過大評価、過小評価の天秤《てんびん》によって揺れ動いているようなものだ。人は常に誰かの十分な理解に支えられ、同時に誰かによって誤解されたり批判されたりもしている。このことを理解しながら生きていく毎日は、上下に揺れ動くものの重さの前に立ちどまっていなければならない小さな針なのだ。

気・興・情

日本の周囲には数多い国々が存在し、それらはまとめて東アジアの民族とか極東オリエントの民などと呼ばれている。オリエントの人々といえば、ヨーロッパから見ておそらく中近東の砂漠地帯から広がる膨大な版図を指しており、極東の小さなそれぞれの国々や民族などは考えの中に入っていないと思う。

朝鮮半島も考えてみれば、そうした少民族の集まりの一つであり、それ自体さらにいくつかにも分かれており、歴史の中で争い、戦い、領土の奪い合いをしたり助けあったりしており、当然そういった民族関係の中で言葉は共通だったり大いに違っていたり、細かい人間関係は歴史家たちが学ぶ多くの材料を提供している。

今日北朝鮮と韓国に分断されている朝鮮人の生き方を私たちは見ているが、一方ははっきりと朝鮮という名を自信をもって口にするが、彼らの領土の南の方に広がる言葉通り半島に住む人たちは逆に朝鮮という言葉を嫌い、私たちは韓国人だといって見栄を張るところがある。おそらくこの前の対戦で敗れた日本に対する嫌な思い出が今なお、北朝鮮や韓国の人々の間からは消えていないところに問題はあるのだろう。

いずれにしても北朝鮮も韓国も何らかの形でやがて繋がっていかなければならない運命にある共通の民なのだろうということを、海を隔てた彼方の島国の中の日本人は思っているのである。

私はこの北朝鮮や韓国の人たちをまとめて一つにし、朝鮮人といったり朝鮮民族と呼び、さらには大和に縦長に広がっている島国の民族とほとんど変わりのない極東の一人種であることを頭に置きたいと思う。考え方もほとんど似通《にかよ》っており南方系のもう少し明るく元気の良い人たちの住み着いた日本列島では、一面どこか静かで口数が少なくむしろ心の中で深く沈むようにものを思う蒙古あたりの風やウラル、アルタイの麓あたりの幾分元気な人たちの匂いが混ざり合った人々の子孫であることを、私たちに教えてくれている。

極東といっても縦長の島国、日本または、邪馬台国と朝鮮半島やその付け根から北に広がる一帯に落ち着いた人たちは、朝鮮民族と呼べるはずだ。考え方、悲しみや怒りの表情をよりはっきりと現す彼らの姿はどこか日本人の心には納得できるものであり、同時にもっと深く理解していかねばならない心にさせる。日本の侍が持っていたはずの忠義や愛や義の心は段々となくなり、白人たちの自由主義や民主主義の中に溶けこみ、徐々に消え去ってきている。その点朝鮮人たちの心に今なおかなり多く遺っている男気というかまた女の大和撫子の心にも似た熱い精神が三つの漢字、「気、興、情」という言葉の中に残っていると言われている。その若々しい感情は朝鮮人がどんな時でもいささかも恥ずかしく思わず、その思いが外に出る時、彼らの兄弟の中の一つである日本人には、単純に発揮される現在の社会人の子供騙しのような怒りに接して驚くのである。しかしこの「気、興、情」は朝鮮人の心の底にへばりついている大きな心のエネルギー源であり、水脈であり、これなしでは彼らが彼らしく朝鮮の風アリランの心の中で生きていかれない力そのものなのだ。この三つの言葉にどこまでも凝縮されているのはいつでも爆発的に多民族の人々の前で発揮できるエネルギーそのものである。

「気」は動物の中の頂点に存在する人間に常に与えている癒しそのもののどこまでも神秘的な心安らぐようなエネルギーであって、白人達からもたらされた毒々しく痛み多い原発などの力とは正反対のエネルギーである。

「興」はあらゆる生き物の一面に見られ、若々しく情熱に燃え、どこまでも広がる大きな心の躍動的な思いを指しており、ちょっとした心にはへこたれない思いを朝鮮人たちに与えている。

「情」は日本人の情緒的な流れの中で味わわれる思いとは違い、どこか一見厳しさも硬さもあり、それでいて心温まるあの朝鮮太鼓、プクがアリランのリズムに乗せて叩かれる思いの中で最も正しく表現されるようだ。

北朝鮮の貧しい人たちも、韓国人のある程度の豊かさの中で感じている朝鮮人本来の未だに達成されていない憧れなど、全てをこの三つの漢字は彼らに伝えている。

今から半世紀も前のことだが、韓国人の牧師であったある人物は、発展し始めている祖国の暴動事件の中で二人の息子を犠牲にしてしまった。この牧師はその時の殺人犯をあえて子を亡くした後の自分の養子として育てたのである。そこには朝鮮人の気や興や情が一つの現実の空気という流れの中で遺憾なく発揮されているようだ。単に民族を口にするのではなく、地球上の万人を大自然からの生命の働きとして納得する時、私たちは感動を覚えるのである。

日本人もエネルギーの多く含まれている言葉の記念碑をそれぞれの心の中に持っている。それを忘れて生きている人の何と悲しいことか。

朝鮮人を単に半島人と見ることなく、確かに彼らは気、興、情を抱いて生きている人というサピエンスの一種だと思う時、北朝鮮や韓国の人たちを白人黒人などと同じレベルで人のレリーフとして受け止めることができる。

富士山を思う

富士山はやはり敷島の中央あたりに聳える気高い形の山だ。山梨側の山深い一体から見ても、遠州灘あたりや伊豆半島あたりから眺める静岡側から見ても、いかにもなだらかな稜線を見せており、それは江戸期の画家たちが描きたくなるような趣を与える富士であることがよく分かる。しかし西の諏訪湖の方から見る富士はどこか稜線が厳しすぎ、南北に広がるこの山の形は東西に広がっている姿とはだいぶ趣を異にしている。何もあえて山岳学会や富士学会の資料などを読んで中味が深いというか言葉多く内容少ない知識をまず用意する必要など全くなく、百名山などの一つとして単純な日本人特有な心で近くで見上げ、遠くから眺める時、そこには生き生きとした動植物が生きており、それを文学的に現す多くの作品があり、同時に朝焼け夕焼け、冬のまた夏の風情の中で鑑賞できる独特な山の形があり、勢いとしてもそこに人間の男女の姿はなくとも噴火の跡や雪深い頂上当たりの四季の思いなどが海幸山幸などの有り難さに感謝できる敷島の人々の心を常に慰めてくれているはずだ。

　富士講の思いが昂《こう》じた頃江戸時代の江戸町民はあちらこちらに実に小さい、今のビルにして四、五階ほどの高さの富士山を作り、しかもそこにはきちんと整えられた十合目までの曲がりくねった登り口や降り口さえできていた。江戸の人々は彼方の富士山まで行かなくともこの小さな富士講の山に登ることによって自らの心が慰められると言われていた。

　谷底でない一帯ならば江戸のどこからでも彼方に小さく実際の富士を見ることができた。私自身も牧師をしていた頃友人の教会を訪ねて武蔵野の寒い秋の畑の彼方に、富士を見たことがある。また東京の一画から少し北の方に離れた狭山《さやま》の雑木林の丘の上に富士山に似た小さな小山を見つけ、これも、地元の人に富士講の名残りの一つだと教えられ、この小富士を造った人々を思いながら十合目まで登ったことを記憶している。確かに富士は日本人にとってアルプスのような登山を目的にした山ではなかった。たとえ北欧や東欧の人々が巡礼の旅の中でバチカンに向かう時登り下りをしたアルプスも、彼らヨーロッパの人々にとっては信仰の対象としてのアルプス講にはならなかった。キリスト教の宣教師が訪日するまでは、敷島のありとあらゆる山々はほとんど登山やアスレチックなスポーツの対象には成り得なかった。おそらくイギリス人ウェストンが「日本アルプス」を書くまでは、日本では山はスキーやキャンプなどといったスポーツの対象とはならなかった。白人たちの考えの中で山々が描かれていたものは、浅黄斑《あさぎまだら》色の日本人の独特の宗教じみた山への感覚とはかなり大きな差があったように思う。

　北斎などの見た富士山は大和心を惹きつける大きな力を持っており、その中には今は消え去っている富士講の勢いを見ることができる。この前の戦争の終わり頃、アメリカの若者たちはB29に乗り、日本本土を攻めにやってきたが、どの街を攻撃しに行くか、まず最初に遠州灘あたりの上に来ると、一度富士山に近づき、その美しい姿に驚きながら思い思いに命じられた東や西に、また北へと分散して進み、予定されていた街に数多くの焼夷弾《しょういだん》を落としたということだ。あの時代には富士山をバックに月見草を眺め、それを自分の文学作品の中に詠った太宰治のような人の心はどこにもなく、勝つか負けるか思いはそのことだけで固まった人間で満たされていた。私自身どの日本人よりも確かな軍国少年であったことを覚えている。

　このような宗教じみたまたスポーツじみた考えから遠く離れて富士山を見たあの第二次大戦の頃は、食べ物にも不足していたのと同じく、富士山の形の中にも信仰の思いも登山の思いも全くなかったようだ。おそらく富士山を単なる観光の山という概念から離れて眺めようとする時代は今後やってくるのかもしれない。甲斐の山々もどこまでも広がる遠州灘も、富士の山をそれらしくこれから先も抱き寄せているに違いない。

指先からの言葉

一言に骨董品《こっとうひん》と口にしたりすると、そこには単なる道楽を思い出してしまう。ある程度生活に余裕ができ、ひたすら目先の生活のためだけに働くところに多少でも余裕ができると、どうやら人というものは、様々な遊びに向かうものであるらしい。パチンコや競馬など幸いにも身に付いている金銭や他の財産を意味もなく使い捨てるという、かつては貧しかった人間が一旦自分に不足していたものを身に付けるようになると、ことさら気前よくそういったものをばら撒いたり、捨てるような行動に出る。成金が芸者の前で札束を広げ投げ捨てたり、かつては貧しかった秀吉が太閤の位に昇ると山ほどの金貨を下人どもに背負わせ、太閤の前を歩かせ激しい戦いの中で敵の大将の首級《しるし》を挙げた者に、自らの手で金貨をばら撒いたとも言われている。

骨董品を愛するとはこのような成り上がり心がどうしても抑えきれずに、その心の中を周囲に見せたくなるあの異常に悲しくも痛み多いトラウマの一種なのである。今夢中になって骨董品を集めている人にとってはとても言いづらい言葉であり、失礼な言葉遣いだとは思うのだが、この種のタイプの人の心の明確な方向への動きであることは間違いない。その証拠にある期間夢中になって骨董品集めに没頭すると、その後には病気の治った元気な患者のように爽やかな生き方の中で、それまで痛み続けていたトラウマを忘れ、全く新しい自分に戻っていくようだ。

考えてみれば人は誰でもそれなりに大小の差はあるにしても何かに不足していた時代を過去に持っているものだ。その中で最も多いのが金の不足ということであろう。もちろんその他に学問の不足や自分らしい言葉の不足などといった問題を抱えている人もごくわずかながら存在するのだが、何としても大多数の社会人がトラウマとして心に抱いていた傷は、貧しさとか金銭といった問題なのである。だから万人には差こそあれ自分の願いとは違っている生まれ方や育ち方、また社会の中の自分の行動の在り方の違いに気がついて悩むのである。もっとも自分が思っている通りに万事が用意され整えられているとするならば、そういう生き方は万に一つも無いことだが、その生き方は本人にとってはいささかの喜びでもなく、むしろ地獄の苦しみであるはずだ。

生きるということはその人の一生の間の何らかの不足不満の中で通り過ぎて行かねばならない時間であり、このような時間であるからこそ、人はそれらの一瞬一瞬の中で苦しみ怒りながら実は最も大切な生きる時間を体験しているのである。

生まれてくるということは身体のどこかが常に痛み、重かったり、痒《かゆ》かったりすることを意味している。指先から頭の毛の先に至るまで常に痛かったり痒《かゆ》かったりしているのが生きている証拠なのだ。人は常に自分の言葉の痛みや重さという意識を抱えている。つまり精神の重さで生きている人生がどこまでも続いており、そこにはいささかの落ち着きも無いのだ。人は自分の言葉を常に哲学する以上に自分自身だけの宗教として実感している。この場合哲学心も宗教心もこの社会の中で繋がって行く人間集団の中の行為ではなく、純粋にはその人自身の生命、すなわち身体全体の中から生み出される言葉であって、人の世の全体像としてこれに耳を傾けなければならない。精神の中を流れる言葉などはこれに比べればほとんど無視しても良いようなものだろう。言葉は常に本人の指先や髪の毛の先端から出てくるものだ。本人が努力してその時代の社会の流れの中で作り上げる精神世界の先端の塊としての言葉などはほとんど役には立たない。

生命を呼吸せよ

今生きるということは、間違いなく現役の心と同時に自分自身の間違いない明晰な言葉でもって生きることを意味している。ものを考え、書き、語り、それ以上に常に自分の生き方の中であまりにも使い古された言葉を使いながら自分らしくリズムの隅々まで納得するまで、己のものとしていくなら、それこそ本当の「学ぶ」ということなのだ。ここでいう学ぶとは、単なる勉強や学習や物覚えを遥かに超えた学びであって、それを別の言葉で言うならば独学ということになろう。

学問や学びや勉強が正規の学校とか社会常識やあらゆる種類の文化的な生き方の縄目から自由になる時、それはその時代の常識から離れるので、そのことを独学という名で呼ぶ以外に方法はない。学問や学校の学びは教師の後から、また先人の後からついていく学びであり、その前に立つことは許されず、そうすることによってまるで非人間的な扱いを受ける。何事でも前向きに向かう人は目の前のものを跨《また》ぎ通り越し超える存在なので、一般の常識的な考えの人々によっては理解されることはない。本当の生命力だけが、つまり生そのものの時間だけが間違いなく生きている時間なのだ。言葉という結晶は心の中で常に固まっていく。もし結晶しない言葉があるとすればそれはその人自身のあらゆる心がそこに吹き込まれてはいないからである。言葉が本来のその人の生命の中で結晶されていく時、その人自身の生命という色彩で輝くはずである。人間は常に自分の色彩で輝く言葉の結晶を自分で喜び、たとえ愚かと言われようとも目の前の人たちに馬鹿みたいに振りかざす。人間は本来誰でも自分自身をはっきりと見つめるならば、この社会で百点満点を取ることのできない無駄の多い人間だということに気がつく。そういう自分を悲しむ必要は全くない。人は大多数の中で生まれ、生きているのだが、決して競争したり勝ったり負けたりすることにあくせくして悩む必要はない。確かに一番になることやできるだけ多くの仲間たちよりは先に行きたい気持ちは山々だが、その思いは実に情のない下人の心でしかない。常識はどんなものであってもこの汚れた考えを正当化しようとして本人に迫ってくる。人は成功することを喜んだり、良い言葉を話せるようになれたことに安心するのである。点数から言ってもどんな競争をしても、どんな学校に通っても常に落第点で過ごさねばならない人を、人々は蔑《さげす》み、嗤《わら》い、馬鹿にするに違いない。あらゆる点で良い返事ができなかった私を前にして母は心の中では十分に泣いていたのだと思うが、表面はニコニコと笑い、いささかの怒りも悲しみも表してはいなかった。むしろ涙を流すのは八十歳になった今の私の方である。それくらい私はこの年になりながら百点満点主義の良さというものに取り憑かれ、そこから離れる仙人の勇気を持っていないのである。この世に最も良いところがあるとするならそれは魂の運動会のないところだ。あらゆる競争という競争はカチカチに錆びつきまともに走ることも上手に踊ることもできない悲しい心の病人の世界だ。

あえて人は零点取りの達人であってあらゆる知識という知識を避け、常識という常識を忘れ、この社会の泥水の中での成功という成功を綺麗に忘れ、零点の自分を万里の長城の上に立たせるだけの心の大きさと足の強さと言葉の偉大さを持つ人間にならなければならない。

あの大いなる陽炎の中から発射される数々の微弱な放射エネルギーがあらゆる意味において地球という惑星の上に湧き出した生命に力を与えている。単に微弱な放射線というだけではなく、四方八方に絶え間なく、しかも量多く、量少なく飛び散っている光の姿はそのまま生命のエネルギーと呼んで差し支えないだろう。この生命の力、または光、または何とも微弱な放射線はそのまま人という生命体の深い味わいを醸し出しているが、それを私たちはただ一つの言葉、言霊と呼んでいる。言霊はそのまま魂であり魄である。魂魄《こんぱく》は人の中の最も生命に深く繋がっている呼吸のことだ。人の使う言葉は魂魄《こんぱく》の呼吸によって生命の動きを表しており、その極意は本人の一瞬一瞬の動きの中で息を吹き返している。

そういう意味では人は与えられた寿命が尽きるまで、当たり前のことだが死ぬということはない。大自然の摂理の中であらゆる生命は生きており、その点においては人もいささかの変わりもない。人の生命をあえて虫のそれと区別して考えるなら、いかにもふざけたような言い方ではあるが、人の生命の中には霊性があると見る向きもある。それをさらに進めていけば人も虫も他の動物にも霊性があって様々な面においてその働きを表していると公言する元気な魂の音楽家もいる。いずれにしても人の生命が生きているということも死ぬということもそれ自体大自然を深く考える時大きな意味を持っている。次から次へと走馬灯のように続き、流れていく生命の時間帯はそのままブツブツと呟く時代の始まりであり、終わりであり、その時代の全体は歌ったり叫んだり怒ったり泣いたりするリズムの変化によって、人それぞれに生きる不満を与えながら時には喜ばせ何かを納得させている。生命はとにかく物事の深いところを探らせ、時にはより高いところを見させもしている。その中間で漠然と生きている人の言葉にはとにかく勢いがない。この勢いのない言葉を文明人間の大半は常識という名で呼び、そこに留まる限り安心して生きられる自分を悟ったかのように思うのである。しかし人が自分の生命を賭けて情熱の海に飛び込むならば、あらゆる一瞬において驚くほど深い淵を覗き、高い天空以上に起立するものを体験する。これらの経験によって人はあらゆる常識を超え、その彼方の非常識の真面目さの中で普通の人が体験しないことを味わうのである。浦島太郎がかつての故郷に帰ってみても、そこで体験するのは非常識という名の玉手箱の中から出る煙だけである。人は誰でも自分の玉手箱を開けるまでは単なる常識の世界の中で威張っているだけであり、夢を見ているにすぎない。今までの竜宮城の生活を思い出しながら実際の生まれた故郷で、玉手箱の中の煙にまかれるまでは全てが夢でしかない。

人は心の隠者として生き始めるまでは学問もただの学問でしかなく、持っている金銭も肩書きも木の葉の金であり舞台の上の演技でしかない。玉手箱の煙にまかれる前の龍宮城の浦島太郎でしかない。

陽炎の中で生命は生きる

五月の半ばを過ぎたというのにどこか桜の散る中で感じる薄ら寒い一日である。朝の八時になる少し前、金環食で東の方の空から夕方のような陰りを帯びてきたが、それから五分十分経った今、その陰りも盛り返してきた朝日の輝きの中で消えてしまった。多くの人たちはこれから簡単に観られることのない明るい朝の一瞬の闇を、それぞれに目がやられないようにと思い思いのくもりをつけた眼鏡などで見ていたはずだが、私はそんなことは全くしないで新聞に目を通していた。天地や大自然の様々な細かい動きはそのような金環食の変化だけではなく総ての流れの中で体験していることを考えれば、あえて見る必要もないことである。

陽炎の煌々《こうこう》と輝く日中いっぱいの動きの中で、陽が照っていようと曇っていようと雨風が吹こうと変わりなく放射線は燦々と惑星の上に降りかかり、あらゆる生命体に否が応でもジリジリと染み込んでいく。しかし小器用な文明人間があえて取り出し、分け、使おうとしている濃度の高い放射線とは別に、陽炎の中から常時流れ出しその勢いの中であらゆる生命体は地球という惑星の表面に出現したが、これらの数多い放射線は生命体を生み育て、行動させるのに無くてならないほどの力としての微妙な弱さの中で降り注いでいる。そういった生命と関わる微弱な数多くの放射線とは別に、人間はあえて生命を困らすほどの強い照射力を持ったものを地球上に招き入れている。農作物や肉など、また香辛料などを作り出し取り出すのに、さらには様々な根菜類の時期外れの発芽を止めるためにも強い放射線の助けは必要であることを人間は見い出した。生命のために必要な適度なしかも微弱な自然の流れの中から、恒星の押し出す力によって惑星の方に押し出されてきた力の前で、人があえて自分たちの必要に迫られて生み出したような高い流れの放射線は、今頃になって人を困らせ、人初めあらゆる生命体の生命の根本を脅かすところまで来ている。根本的には全く安全性というもののない生命の敵である高度な放射線は太陽それ自体人の住む惑星には流さなかったはずだ。むしろ言い方は逆かもしれない。大自然の中で太陽から流れてきた数限りない放射線がその時漠然と、しかも自然に流したその勢いの強さは見事に大自然の中のあらゆる熱や寒さやその他の条件の中で、大小様々な熱に強く寒さに強い生命体を生み出す原因となったのだ。単に責任ある原因というだけではなく、どこまでも無責任な甘い体質そのものかもしれない。生命体は小さな細胞から人に至るまでそれぞれに合う食べ物を口にしながら、与えられている寿命を生きている。日の光を浴び、時にはそこから身を離し自分という生命体の存在を常に保っている身であるはずだが、文明という名の世界の人の出来心はそれを変え、より熱いものに、また冷たいものに変え、それによってより良くなるはずの世界というか、時間の流れを期待したのである。文明とか文化とはそういった人が自分なりに作った生き方の乱数表とでも言うべきかもしれない。

しかし人は今こそ本来の自分という生命の確かな時間の中に戻らなければならない。人間の過ごす日々は歴史だとか地理という名前の一頁になって保たれているが、そういったカレンダーは一旦人の生活の外に捨てなければならない。人の生きる時間はそのまま日めくりカレンダーのそれとよく似ている。日々一枚ずつ剥《は》がしていく時間であり、人の動きと同時に消えていく印なのだ。

人は今文明や文化の名の下で小利口な一人芝居をしているように、放射線を怖れ、あちこちに蛇に追われている蛙のように逃げ惑っている。むしろ人は大きな心で陽炎の中から生まれてくる放射線を自分の身体いっぱいに浴び、両親に久しぶりに出会った子供のように喜ぶべきだ。手の裏から足の裏、体中全てを日の光に照らし、しかも雨に当て、雪に晒し、生命の勢いづくことを喜びたい。適度なそれでいて体中を黒くしていく日の光のあの熱さは、そのまま人の本来の様々な言葉だと思いたい。あえてそれ以上強く勢いづいた放射線に生命をぶつけることは様々な支障を来たすことになる。自然の陽炎の中に人がこれまで神と考えていた大きな力を見い出すはずだ。

ハイ気分の言葉

現代人は数多くの語彙をもって日々話していながら実にわずかな生き方の表現力しかないことに私は驚く。

文明社会から見て遥か彼方の奥のジャングルの中に文明人間と出逢うチャンスのない少数民族がいくらでもいるらしい。彼らの言語生活は食生活と同じく、とても貧弱であると言われている。例えばおはようとかありがとう、さらには調子はいいですかなどといった人と人とが感情のぶつかり合いの中で出会うような生き方は無いらしいのである。犬や熊などの出会いと同じく、さらには猿同士の様々な仕草の中での袖摺《す》り合うような接近であってもそこには心をぶつけ合う言葉のやりとりはほとんど見られないとも言われている。争ったり単純に自分というものを主張して生きるためには、森の中の素朴極まりない環境を守るために、どうしても人同士の言葉の投げ合いも極端に飾ることなく純朴極まりないものになってきたと考えることもできない訳ではない。

この前の第二次大戦で日本は連合国の前で完全に負けたのである。大人も子供も、男も女も全て日本人は無条件降伏をしたという事実に自分の意識を向ける時、アマゾンの森の中の未開の民族のようにあらゆる言葉の中から豊かな感情の修飾部分を忘れたというか、または失くしてしばらくの間、国無き民として暮らしていたことを私たちは覚えている。

マーチンという宣教師は敗戦のどさくさの日本にやってきて、当時の街の一角で上野という青年と出会った。彼から見れば上野は確かにアマゾンの奥地で冒険家が出逢った未開の青年の一人に違いなかった。宣教師のはずであるマーチン師は福音の伝道が目的で日本にやってきたのだが、上野という青年の言葉の端々の中に研究対象を見つけ、結局は十七年間住んだ日本の研究でもって博士の称号をアメリカ東部の大学で授与された。

何が人にとって大きなチャンスとなるか、または本人がチャレンジすべき目標となるか、それは誰にも知ることができないことだ。

どんな人間でもほとんどどのような意味においても変哲のない生き方の中に深々と様々な色合いが付いたり味わいの光が流れたりする時、そこにその人自身の特別な生き方の道が開ける。誰でも自分の言葉の環境を見つけ、それを守りそこに深々とした中味の確かな命題を見い出すのである。単なる文明社会の言葉は一見上品で汚れなくそれでいて人を騙し、たぶらかし、何かのチャンスにありつこうという野心を含ませている。そういう状況はどの人間にとっても力いっぱい打破しなければならない現状であり、どうしても打破しなければならない限界そのものなのである。人は常に言葉という鍼を持っていて、それを自分自身に打つことによってけっこう豊かに生きていた社会での生活で、よりハイ気分になれるのである。熱さこの上なく、間違いなく痛いはずだが、灸《きゅう》もまた人をどこまでもハイ気分にさせてくれる。おそらくアマゾンのジャングルの中の少数民族の間では、どんな言葉でも常に暗いのかもしれない。現代文明人をそれなりに良い気分にしてくれている言葉などは、おそらく森の民たちの暗い言葉をそれなりにハイな言葉にさせてくれることは間違いない。

同じことは敗戦の時間の中で体験した日本人の言葉に関しても言えることだ。自分にとって心が暖かくなり、神経が強くつまされ、一種の要《かなめ》のような状態に導いてくれる鍼や灸の仕草こそ、人をハイ気分にしてくれる言葉なのであろう。

天然の過ちではない

人は今、自分の言葉を持たず、いわゆる病葉《わくらば》として寄《よ》る辺《べ》なき孤児として生きる他なく、色々な種類の自死しなければならないような生き方しか残っていない。

機械いじりの専門家が言っていたが、少しずつ改良されていくテレビの画面の良さは、結局画面がはっきりと光り出すことで、その時人々はこのテレビの画面はよく作られていると喜び、納得するらしい。画面いっぱいに広がっているある情景を観察するにしても、色の良し悪しなどではなくその色の光具合によって人は、色の良し悪しさえ判断してしまう。同じことが言葉の場合にも言える。良い言葉を使うことでも、言葉の並べ方でもなく、むしろ言葉と直接関わっているその人の心の燃え方や光り方が言葉と関わり、その言葉を受け止める相手の人は感動したり納得や信じる気持ちを持つのである。一方はっきりと言葉と関わる人が燃えておらず勢いづいていないならば、たとえその人の言葉がどれほど綺麗な語彙で語られ、文法的に過ちのない繋ぎ方をされていたとしても、聴く人の心には肝心な確かな思いを与えはしない。

言葉が聞く人や読む人や歌う人に思い通りに響かないのは、老人の言葉や態度が若者に簡単には響かず理解されないのと同じである。老人の中の老いの時間は人間の過ちでは絶対なく、また生命を創造した大自然の過ちでもないことを人は知らなければならない。青春は若者の特権であるだけではなく、あらゆる生命体に与えられている天然の潤いなのである。青春は宇宙の確かな流れであり、万有に与えられている喉《のど》を潤す水なのである。この水は生命の言葉であり、常に必要に迫られて爆発するダイナマイトと言えるかもしれない。人の言葉を常に屋上から狙っていて、その頭をめがけて狙撃するスナイパーなのだ。残念ながら人は誰でもそのような危険な狙撃兵のいることにもすっかり慣れてしまい、迎合してしまうので、いわゆる現代人は言葉から受ける大きな力というか、燃え上がる勢いの中の各種の放射線を受けて己という名の特性の芽を出す暇がない。文字といっても単に言葉を表すものだとはいえない。リズムに乗った言葉もあれば、漫画字などといったものもあるが、結局これらは漢字の形から分けられて発達した別の形の仮名文字なのであり、神代言葉であるのかもしれない。

　文明の世の中の便利なそして同時にすぐに傷の付く様々な精巧な機械やそれに携《たずさ》わっている人間は、どうしても少しずつそのルールからはみ出し、逃げ出す姿勢になってきている。太陽の光、つまり陽光で濡れている生き生きとした生命体は今の時代の中ではほとんど干物化し、本来の形を留めてはいない。服を着、化粧し、車に乗り、注射をする現代人は、芋虫やカブトムシ、トンボなどのように濡れ羽色の生命がなく、はっきりと半ば干物になってカラカラに乾いていることを人はよく知っている。文明人の言葉も爬虫類や魚などの濡れ羽色の生き生きした生命の肌とは違い干物の肌になっていることを、むしろ喜び、誇っているのである。人の言葉も、もちろん人の生命の肌以上に干乾びている。全く水気のないカラカラな砂漠の上の薔薇の花のように干乾びていれば、真剣に子供たちに教えている小学校の校長先生の長々しい訓示以上に何一つ子供たちに教育的な力を与えてはいない。修身の教科書の中の格言や箴言であってもそれは、子供たちの心には生命のビタミンとして流れ込んでいくはずもない。

　言葉も文字も、それを話す教師も教科書も、文明の牢獄に囚われているので、これから伸びようとする子供たちの心に栄養を与えることはできないのだ。現代の言葉は間違いなく一種の干物の魚である。彼らは生きた肌を持たない。単なる食料としての干物なのである。生きた服を着たり、その下に瑞々《みずみず》しい肌を見せている言葉が見たい。生きている自然の干物ならばそこに本来与えられていた生命の肌を再現させ、その瑞々《みずみず》しさの肌に触れて生きた言葉を話したいものだ。今の世の中の人間は生き生きとした瑞々しい肌をした生命に支えられている存在ではなく、乾涸《ひか》らびた言葉という言葉の中で生きている。情を持たず、気を持たず、どこまでもポーカーフェイスで生きていかねばならない可哀想な現代人の生き方と言わなければならない。文明の中で自分を語り、他人を語る時、過去と現在と未来を語ろうとする時、その人の顔は何とも馬鹿に見え、そのポーカーフェイスにこちらもポカーンと口を開けているだけである。

　現代の社会は頭上に飛行機が飛び、足元の車が疾走し、電車が動き、結局はどんなものでも全て人と同じように自然死を遂げている。背広を着、グラスをかけ携帯電話を操作しながら、老いも若きもビルの角で自然死を遂げている。万人ことごとく老いも若きも全て老化の進行過程の道筋に立っていて決して青春の時間の方を振り向くことはない。彼らは異口同音《いくどうおん》に口を動かしながら「この悲しい諦めこそ、人間を人にしてくれる」などといい、物ことは全て上手くいかないのだから、文句を言わないのだとあちこちで叫んでいる。言葉という言葉は、とにかく苦情だらけのリズムを発散しながらビルというビルの間から聞こえてくる様々なトラブルや騒音、雑音、などに耐えなければならない。

身体や顔つきよりも早く、心や言葉が先に歳をとっていくのが文明社会の現状である。確かに現代人は一見逞しく、硬骨《こうこつ》にして生き方の何かを濃密に携えているようだが、その実、徹底して一人ひとり現代人の生き方を探っていくと、そこには弱々しく同時に軽薄で物事を自分本位に解釈して、何とか与えられたこの自分の人生を誤魔化しと解っていながら何とか自分中心に終わらせたいと願っているようだ。とても可哀想なことだ。陽炎の勢いと放射線そのもののようにどこまでも濃厚で奥深い自分という名の焼印を捺《お》された軌道を自信をもって進んでいきたい。このように自分の生き方の軌道を走っていけるごくわずかな選ばれた人々には間違いなく天からの権利が与えられている。しかしわずかなそういった権利を意識している人間もそうではない大多数の文明社会人も同じく他人を裁きたがる。とんでもない、人はどんな他人をも裁く権利は大自然から一度も、またこれからも与えられてはいない。自分の子供さえ、また親さえ裁く理由を何一つ持ってはいないことを知るべきだ。このような事実をしっかり自分の生き方の軌道の上に持っている人のことを、かつて江戸時代「妙好人（行状の立派な念仏者）」と呼んでいたらしい。事実妙好人の名に値する人間は万人に一人も、また百人に一人も出なかったことだと思う。それだけに今の乾涸びた世の中で妙好人を求めることは砂浜の砂粒の間にダイヤモンドを見つける以上に難しいことだ。

金融から離れ

物事は何事も輝き煌《きら》めき燃えている限りその状態を保ちながら活き活きと活動している。同じ状態でいるなら物事も存在も全てそこに疲れが生じ、痛みが生じ、老化現象が起こる。人はその現象を耽美的《たんびてき》な姿だと見て喜び感動するのだが、はっきり言えばそれは老いの現象に過ぎない。濃厚なアミノ酸の一振りで一旦老化した生命もあらゆる生き方も再度復活はするが、再びむしろもっと酷い疲れの中で物事は錆びついていくこと間違いない。

時間をかけあらゆる疲れを忘れて言葉一つ一つを丁寧に組み立て、編み直していく辞典作りの語学者たちは、自分の机の上で手にする語彙一つ一つを断定的に喋る。一方穏やかな心で心の中の野原のようなところで一つ一つ物語を紡ぐ人たちは、水の流れのように言葉の流れのままに心に棹《さお》をさしながら悠然と構える。断定的に固まった言葉をその通りに見つめる人間も、流れのままに行く言葉を誘う人も、言葉を操ることにおいてはいささかの変わりもない。

しかしそれを見つめ、読み、そこから生まれてくる意味をはっきりと自分の生き方の中に取り込む人々の場合は、辞典作りの学者や物語を編み出す人々とはだいぶ違っているはずだ。言葉を使って辞典を作り、物語を展開していく人たちには異常なほどの物事に挑む心が強く、戦う勢いが激しく、生命を捨てるまでに恐ろしく構える姿勢が見られる。一方において辞書を開け物語を味わう人々はむしろどこまでも穏やかな心でそこに示され書かれていることを、柔らかに自分の中に取り入れ己の生命の糧《かて》にすれば良いのである。辞書の中の一言一言という語彙も、物語の次から次へと展開する筋の中でも読者は自分が辿《たど》る道筋を見つけるのである。それはあたかも山の中から掘り出される金銀銅鉄などの鉱《あらがね》などを鎔《と》かしながらそれぞれ独特な製品の材料にするのに似ている。金融という言葉が現代社会の中のほとんど中心に置かれて人々に語られているが、この言葉を口にする時人はまず最初に頭に浮かべるのは銀行や証券会社の存在であり、大金持ちの存在やそれゆえに彼らが持っているとてつもなく大きな権力なのである。要するにこの世はまず何ものよりも金で動き、つまり金銭で左右され、この左右する行動を扱っている人々が中心に社会が回っているということである。例えば社会や国やその時代を大きく動かしているのは政治家たちであるがその中でも中心にあって力を振るっているのは、財務省であり、財務大臣なのである。

　このことを頭において文明社会を考える時、金融はあらゆる物事の中心で動いていると感じるのである。昔から小利口な人間が「万事お金だよ」、「地獄の沙汰も金次第」などと言ってきているのはよく知られていることである。人が死ぬと冷たい手に三途《さんず》の川を渡るのに必要な何文銭かを渡すではないか。何がしかの銭がなくて三途《さんず》の川を渡してもらえないならば、本来人は死ねないということなので大いに喜ばなければならないはずなのだが、何とも人はどこまでもいじけている。綺麗サッパリと生命を自然に返して喜べもしなければ、かえって死ぬための何文かを求めようとして苦しむのである。

　今、元気で生きている人は、莫大な金を求めて金融と名のつくあらゆるものに手を出し足を出し生きていることの良さに、頭を下げっぱなしである。

　要するに人は生きるにも死ぬことに対しても常に頭の下げっぱなしの情けない状態である。その点虫や他の動物たちは全くそのような己の生命に感動したり、死ぬことを怖がる時間というものをたとえ一分でもまた一秒でも持ってはいない。肉にされてしまう牛や豚は一瞬の虫けらなみの恐れの本能に見られるにしても、人間ほどのものはなく、死んでいく一瞬までどんな隠者よりも深い思いをもって喜ぶでもなく、怖さというよりは本能の焦りにも似た痛みかもしれず、どんな仙人にも似たような思いで生きているはずだ。

　人はこの金融と名のつく一切の物事から、己の思いを放すべきだ。ひたすら己の魂を光らせる言葉に向かい、魂の筆とペンで自分の生き方を磨いて行け。時には金融に縛られ、三途《さんず》の川を渡りたくなって心は銭が欲しくなる時もあるかもしれない。しかしそのような心は直ちにクールオフの約束に従って送り返せばいい。あらゆる時代の中のその人間の本音は常に自分の言葉の中にある。時代時代の社会の本音と言われるものに騙されるな！

　人の運命はあまり意味を持っていない。本人の生み出す心の中の蚕の糸のような言葉がどのようにでも変えていけるのがその人の本音なのだ。

大黒柱

現代人間の最大にしておそらく半ば命取りになっている病、というよりは考え方の中心である発達障害と、ほとんど誰も彼もが何らかの形で向き合っている。この向き合い方は別の説明の仕方で向き合うならば、言葉を使っているかいないかということに関わってくる。勢い強く、ゆったりとしていてそれで豊かに生きている人はどこまでも素朴さが抜けることなく、それゆえに全体的に万事が単純に見え、明快にして簡潔な生き方として周りの人々の前に現れる。それでいてワイルドさは明解に存在し、こういう人間が考えていることの八割九割の発想はその後続けて単純そのものに実行されていく場合がほとんどである。こういう人が生命として生きていく上では、発達障害から最も遠い存在と言わなければならない。

言葉の発達障害の現代人は最も自分の言葉から遠ざかって生きているのかもしれない。しかしそういった現代人の中で珍しく煌《きら》めきわたるような生き方をしている人がごくごくわずかながら存在するのである。おそらくフランス人たちはその昔ローマ人たちが使っていた言葉の名残りを懐かしむように口にしながら、現代のフランス語でアール・ヌーヴォーを口にし、その華やかさを現代社会の発達障害の病の中で辛うじて生きながらえながらえている言葉の美しい花盛りだと見ているようだ。

あらゆるものが貧しく、痛み多く、情の勢いを失っている今日だ。現代人の懐の中の言葉はただ見ても本当のものではない。本当の味であり大自然のリズムの中で定番のものとされ、安心して人間社会のまたは生命の市場で広げられ市販品として扱われる物でなくてはならないはずなのだが、残念なことに発達障害の言葉の中で苦しんでいる現代人はまともに市場の品々を信じることはできなくなっている。

排他的な兄弟愛も、共生的同胞意識も常に一体となって繋がり紡がれて行く。

確かに現代社会人は便利に楽しくしかも誇り高い文明の中で己の存在を喜び楽しんでいるようだが、その実、肉や骨には充分力が貯められてはいても、とても残念ながら脳内の核酸だけは驚くほど不足している。あらゆる食物から取り出される勢いは十分な水と共に全身に用意されており、まるで雑草採りを一日中やっている人のように生きることが楽しく、ほとんど疲れることもない。そういう人は間違いなく老いることも一つの進化であると納得ができ、老いも若きも同じく発達の勢いの中で共に働くことができる。

日本人の朝食にはご飯と味噌汁があり、昼食には梅干しがあり、夕食には薄ぼんやりとした光の下で干物と漬物があれば大体満足できたものだが、これだけ発達障害の痛みの中で歩くことも食べることもまともに話すこともできなくなっている今日の日本人は、梅干しやぬか漬けだけでは生きていくことに満足できないようだ。

言葉はその人の心より、すなわち精神よりかなり大きいものになっていなければならない。精神とほとんど同じ大きさの言葉であるから、月を見てそこに闇夜に冷え冷えと光る満月の悲しい言葉しか浮かんではこない。月とほとんど同じ大きさで我々の前に見えている太陽の直径は何と月のそれよりも四百倍以上も大きいのだが、驚くほど彼方に存在するので一見月も太陽も人の目には同じ大きさにしか見えない。しかし彼方の恒星と我々の近くに存在する衛星とでは光り方が違う。恒星は生命を生み出す様々な放射線を発散しているが、衛星はただ白っぽく光っており、何らの言葉も発してはいない。己の言葉も事情は全く同じだ。その人の心に彼方から直にぶつかってきて熱い光をぶつける時、そこに生命が生まれたり進化をもたらすものだが、しっかりと寄り添い白い面を見せているばかりで、勢いのある言葉を何一つ持たない満月は確かにただの衛星に過ぎない。

何事にも存在するものには発祥地があり、故郷があり、それまで泳いでいた天然の水の広がりがある。この広がりを言葉に置き換えることもできる。同じ味噌でも東北の味、関東のそれ、東海地方のそれ、摂津のそれなどは明らかにそれぞれの味噌の味わいの違いと同様発祥地の違いを、誇りを持って示している。

何事にも中心の力、または礎というものが存在する。家には大黒柱が中央にドンと構えているものだが、これを人は心柱と呼んでいる。何事にも存在するものには中心のものが無くてはならない。生命の中心である大黒柱はおそらく情だと思う。大きな街の中心に建てられている塔などにも、強い風などに耐えられるように、中心に力となっている柱があるはずだ。言葉は人という存在が曲がらぬようにまた砕けぬように押さえとして一本筋を通して起立している。言葉を話す時には頭の中で丹念にその文字の形を磨き、心を削り、魂を紡ぎ、思念を研《みが》くのが良い。言葉は常に前向きでなければいけない。金や物を借りたり、戦ったり、大きな力仕事をする時、助けを借りるのに人は心を低くし頭を下げ、頼む言葉を必要以上に下げる。そういう時の言葉は単に生気がないだけではなく、その言葉で何をしようとしてもことごとく物事は裏目に出るものだ。どんなに難しくしかも恥多い言葉遣いの中にあっても一本キリリとした筋を通し、恥じても泣いても一歩も下がらぬ起立した心でそこで使う言葉を推し進めていきたいものだ。

常に言葉の胸を張り、どんなに笑われてもすっきりと前進できる言葉の大黒柱が自分であるとはっきり確信して進まなければならない。人は誰でも自分の心や身体の中心に自分の言葉を据《す》え、それが確かに顕正《けんせい》（正しい真理を表し示すこと）であり、優性であることにいささかの迷いもない時に何事にも勝てるのであり、前進できるのであり、一見大風に倒れるかもしれないと思われるような塔などを支えていささかも揺れることのない大黒柱の勢いを見せることになる。

確かに現代人はほとんど全て利口なせいか、この利口さを表す優の生き方の中で生きている。優はすなわち人が憂うることを意味している。それが発達障害という大きな言葉の壁にぶつかっていることを理解しなければならない。

起立して譲るな。たとえ万人から反対され潰されてもその中心である精神は常に起立していなければならない。

季、月、節、候の言葉

梅雨に入る一瞬前の明るい太陽の照る朝、私はいつものように新聞を読み、物を考え、少しばかり強い東風の吹く庭先を眺めている。

嘘をつくのは私である。あらゆる心にあらゆるものによって、あらゆる種類の嘘がつかれている。たとえ本当のことであってもそれは真実ではなく真実という名の嘘であることを私はよく知っている。嘘をつくのは魔物であると言われているが、よくよく考えてみれば天使であろうと菩薩であろうと語ることはまた考えることは全て嘘であることを私たちはようよう物心がついた頃からよく分かっている。

『聖書』の中には悪魔でさえ元は天使であったことを書いている。さらには菩薩でさえまた仙人や隠者であっても、もともとは悪魔であったのかもしれない。

どうしようもない私の腐れかけ壊れかけていた人間性を救ってくれた二人のアメリカの学者であり宣教師であったエド・マーチン師やジャービス師は、若い頃は手の付けられないような、どうしようもない青年であり、彼らはしばらく刑務所生活をしなければならない時期もあったようだ。マーチン師の腕などには歴然と刺青の跡が残っており、刑務所での生活の中で足首に鎖で繋がれていた重たい鉛の玉が、その後宣教師となって暮らしている頃、彼の机の前にとても良い心のトロフィーとして飾ってあった。これら二人の哲学博士たちは二度と忘れることがないようにとこのような鉛の玉や刺青を記念として持っていたのだ。彼らもその頃は宗教家であり教師だったが以前はやはり悪魔の一人だった。

この世の万事は今は生き生きとしているが、元はどの一人をとっても悪魔だったに違いない。人の心と身体にはそれなりに年齢に相応しい肌がつきものだ。人の言葉も同じで、心の年齢並みの悩みの種を持っている。むしろその人の周囲に光っている自信は常に変わりないとしても、ある時は悪魔の自信でありやがては天使の自信に変わっていく。その逆もあって初めは光り輝く自信の中にいたはずなのに、徐々に暗黒の世界に落ち込む者もいない訳ではない。

人は一年を二つに分け、寒い季節と暑い夏に分けその繰り返しを毎年楽しく味わっている。

さらには春夏秋冬と四つの風土の中に分けてより深く花鳥風月の中で人生を楽しむのである。

さらにはもっと細かく十二の月に分類し、その中で睦月とか、如月、弥生と進み、それぞれの月の中で人の生き方を喜び分散して行く。最後に神無月、霜月そして師走に向かい、一年の楽しい十二の月は終わる。

そしてこの十二ヶ月をさらにさらに分散し二十四節気に分け、もっと穏やかな生き方ののんびりとした時代の頃は単なる時季《じき》の遊びや花鳥風月と交わりや海幸山幸の思いだけではない、汗を流す農耕の仕事の時間と重なっていく二十四節気に分けられていたようだ。原発やら宇宙への眼くばせ、そして自分の持っている家や車や貯金などで現代人の頭も心もいっぱいであり、それに優る農耕や食文化の中心となるはずのいくつかの大きな問題は脇に放っておかれている。

さらに現代人はこの二十四節気という実に細かく、同時に人にとって忘れてはいけない林業とか農業とか漁業などといったどちらかと言うと先端を行く文明社会の人たちにはほとんど相手にされないような昔懐かしい心でこの二十四節気や十二ヶ月、さらには四季を細かく分散し、七十二の候に分けていた。人が地上のどこにいても、どこの山や川や野辺で己の生命を過ごして行こうと、そこには古き良き時代の暮らしの形の典型として見られる七十二の知恵や言葉や行動のとり方が用意されている。人の心の醗酵作用によって生命と関わるあらゆるものが己の身の中から押し出され、そのまま生命として大きな意味合いを持つ。七十二候《しちじゅうにこう》は人が生まれて死んでいくまで確かな形で持っていなければならない精神のエキスであり、地上の生き物の全ての中で特出した奇跡そのものなのである。

人は七十二候の言葉や二十四節気の格言や十二ヶ月の箴言などを忘れることなく生きていきたいものだ。

地産地消の心

今この時間に、目の前にあるものや、実際に生きていて直接働き、しかも金や権力などを使わずにできるものなどを指して「地産地消」と言いたいものだ。このような自分の今の生き方を足元に存在するものと深く関わらせて行く時、その人は最も健康に、そして逞しく、素直にしかも本当のサピエンスを備えた生き物として生きられるようだ。大自然と直接つながり、あらゆることが天然の流れと天然の抜擢《ばってき》または手招きによって選ばれる時、その人は最も自然に自分にあった地上の生き方が可能なのだ。世の中の人間はそのような人選びも抜擢《ばってき》もする気もない。選ぶ方も選ばれる方も、まるで秀吉が貧しい百姓の子でありながら太閤にまでなった姿や凡人が大学者や政治家などになって出世をすることは単なるフィクションであっても、文明社会の凡人たちはこういう話を喜んで聞くのである。そのようにこの世間の汚れた流れの中でどれほど出世をしても、常識を遥かに超えた権力をものにしても、結局それはやがて単なる気負いに過ぎないと本人の中で分かり、「浪速のことは夢のまた夢」と納得してあたかも秀吉のように、そして信長や家康のように少しばかり異なった運命の下で死んでいくのである。人は何かになりたいと大きな憧れをもって生きることは必要だが、その考えの中心において特別ずば抜けて出世をしたような人に選ばれても自分の過去を考える時、その人の人生はあまりその後は良いものにはならない。むしろ自分の生き方の中に長らく備わっていた数々の習慣や癖を良い方に少しずつ直すことに向かわせた方が、その人の人生は間違いない方に向かう。日一日とごくごくわずかずつ変わって行く習慣や癖は本人を徐々に変えていく。人生という長い時間の中ではとてつもない大きな変化となって、つまり鬼が仏になったような、悪人が地蔵になったような変化がそこに起こる。言葉はそういった変化の中の最たるものであろう。日々、一瞬一瞬その人が少しずつ意味の中味を変えて語り、同時に書いたり読んだり歌ったりするリズムや色彩は長い生活の中でその人を大きく変えていく。ほとんど見た目の大きさが変わることのない白々とした月が、やがて見た目の姿が同じであり、しかし熱量といい放射する数々の能の力の大きさといい、全く違い、またその力こそ間違いなく地球という惑星の上に生命体を大小様々に発生させてくれた陽光の炎、すなわち太陽と比較する時その違いは歴然としたものがある。一見同じ大きさで人の目に映る太陽と月は実際にははっきりと大小の二つの形に分けられ、一言で大きさのみで比較するなら、太陽は月の五百倍の大きさであると言われている。太陽も月もそれが持っている質量は桁違いに異なり、このことを人の場合に置き換えるなら、古い習慣と、それを砕いてその彼方に新しい習慣を作ったのに相当する。

物事全てに関わる言葉という言葉を見つめる時、読み、書く時そこに生まれる考えはその人の生き方の変化の中では大きく変わって行く。冷たい風が吹く砂漠が、穏やかな風の中で花々や森を形成するところに変わるのといささかの違いもない。

自分の生命と向かい合う時、自分の心のまま、また希望通り、憧れそのままで生きていける人は幸いだ。しかし実際には様々な事情の下でそれらの希望も憧れも一つ二つと削ぎ落とされ、過去のどこかに落としていってしまう。このようにして一つ一つ過去の道端に捨てられていく希望や憧れという名の心のキラキラ光る断片は、そのままその人間の生き方の便利さや調子の良さなどが生まれてくる上で大きな犠牲になったことをほとんどの現代人は気づいていない。また気づくほど利口でもなければ責任感もないのである。

物事というのはものであり、言葉であり、心であり、使えば使うほど、いじればいじるほど、眺めれば眺めるほど、キラキラと磨かれ光り輝き、その人はそれが好きになる。その中で群を抜いているのが言葉といえよう。誰もが使い、長い歴史の時間の中でその時代や大自然の中で使われてきた言葉であるにも関わらず現代の人間がそれを使う時、その人の使い方の厳しさや愚かさに合わせて言葉は不思議に磨かれもするが、また錆びついてもいく。

言葉でも物でもそれが光っていくにも錆びついていくにも、それにははっきりとした原因がある。それを使う人が確かな自分を正しくその通り生かしているならば、物も言葉も生き生きと甦ってくるが、現代の便利な生活にあっては己自身が果てしなく彷徨《さまよ》い続けているので、物や言葉に陶器のような質が生まれ割れたり砕けたりしていくのである。言葉にはそういった迷える生き方をする現代人の心根というか、気持ちの中にあまりにも多くの生命の錆や汚れが生まれ、それが精神の雑菌にまでなっていく。偉大なる帝国に広まっていたあの青銅器の時代が没落し、その後に現れた半ば野蛮な人々はかつての青銅器を仰ぎ見て、それを造るほどの腕は無いにも関わらず、単なる模造品を造って満足したようだ。心も言葉も、たとえ愛や情さえも本物の時代と模造品の時代があったということは何とも悲しい話だ。

今の彷徨える言葉や愛や情の時代の中で人ははっきりと光り輝く自分の言葉と向かい合いたいものである。

レコードは同じ速さで

言葉は自然から与えられている様々な生命体よりも生き生きしていて心強い。

生命は人間初め全ての生物の中でそれぞれに独特な形で存在する。全て任天（「天に任せた」とか「自然のなりゆきのままに」といった意味）生物である。人間だけがどういう訳かこの何とも有難い任天の流れを忘れ、自ら作ったこの社会を文明の賜物とばかり常に愛して止まない。それ以上に芋虫も蝉もミミズも全て遥かに人以上に任天の使命感やその責任の中で与えられた生命を生きることをいささかも疑わず、人間よりは遥かに短い自分たちの寿命をいささかも不平を言ったり悲しんだりせず、従順に受け止めている。何のかんのと言っても常に自由がないとか生きづらいなどといって悲しみ怒り暴れまわっているのはとても残念で恥ずかしい話だが、人間の方である。天はまたは大自然はこういった人の振る舞いや虫たちの振る舞いを前にしてどのようにこれを扱い、何を実感していることだろうか。人間に自由が与えられていないなどということはとんでもない大間違いだ。どんな虫よりもどんな花よりも人は遥かに自由にしかも長い人生を生きている。何という大きな誤解をしている任天忘れの愚かな人であろうか。これほど大きな誤解の下で生きている人はこの事実をわずかでも知ったなら死にたくなるほどの恥ずかしさで苦しむに違いない。生きているこの事実、天災だなんだと言いながら苦しんでいる人間は、あまりにも豊かに与えられているこの自由に感謝し、それ以上に謝罪しなければならない。人間の周りの一切は任天という言葉によって常に味わっている限り人はどんな場合でも一切の不満を持つことはない。人は常に多剤耐性菌を持っているこの事実によってどんな他の生命体よりも多く天然の中で愛されている。血液もリンパ液も骨も筋肉も全て人を人たらしめている。

食文化の大きな広がりの中に見ることができる酸味や甘味、渋み苦味は別としても、塩気だけはどうしても生命には無くてはならない。おかずになるような物が無いとしても、きれいな水とほんのわずかな塩があれば人はかなり長く生きることができる。言葉は人間特有のものだ。何が存在しても、ごくごくわずかな言葉が存在しなければ人間の体や心は一瞬足りとも生き永らえることができず、己という生命を人らしく全うしていくことはできない。言葉は人の心や精神のそしてもちろん肉体を豊かに保つための水分であり、塩分であると悟って間違いない。

同じところを常に与えられた時間の中で同じ速さで回っているレコードとその上の針の状態は間違いなく一定であるが、それでいて聴くものの耳には音の速さ短さ、低音、轟音《ごうおん》、そしてあらゆる音の様々な音階がはっきりと分かる。音はもう一つの言葉の別の表現だ。生まれて来た幼児も羊水の中で身体をバタバタさせていた頃とは違って、ほとんど芋虫のような自然の行動としての動きであっても、徐々にそれは何らかの意味のある運動へと変わっていく。このことを直感力の磨かれていく尊い意味ある時間だと周りの者は意識しなければならない。同じ速度で回っている音盤と同じく、人生もまた同じ速度で回っているように見えるが、その実言葉は様々にその回転の中の意味を変えている。回りながら人生という名の時間の中で人は一人ひとり卒業をする。悲しいことに羊水から出てたちまち卒業してしまう、つまりこの世を去って行く幼児もいれば、かなり長く生きられる人もいる。周りの人はその人生の長さの長短を何の深い心もなく良いの悪いの、不幸だ幸福だとして理解するが、そう考える傲慢さはその人を辱《はずかし》める他の何ものでもない。卒業する時人はそれぞれに与えられた寿命という名の卒業証書の言葉をもらい、ただただ感謝すべきである。

私たちホモ・サピエンスの心というか、魂とか、生命の源流はどのあたりに見られるのだろう。自分の過去の良い思い出や嫌な思い出を常に意識しながら、喜んだり誇り、怒ったり苦しんだりしている人生は、いかにも人が人らしく生きていることを証明している。人がそんな状態でいる時、周りの人はまるで占い師や預言者のように何か物事を透視したり見通すつもりでいるのだが、人それぞれに体験している本人も、その体験を周囲で見ている人も本来は何一つ解っていないのである。人ははっきりとした自分の言葉を心につけるまでは、つまり本当の意味での身に付けるまではどんな人間の、つまり自分であっても他人に出会っても生き方の状態は決して見えてはこないのである。つまり人は誰でも人の言葉を聞き流してしまい、信じることもなく納得することもない。どんな言葉でも、誰の言葉でも、過去の言葉、今の言葉、未来の言葉などでいっても、人は決して誰でもこれを正確に理解することはできない。これが理解できるのは深山幽谷の次元で心の耳を澄ましている仙人や隠者だけであろう。その昔聖徳太子は多くの人が同時に語りかけてくる言葉を全部正確に受け止め、納得し、必要な答えを述べたと言われているが、正しく彼こそが間違いなく深山幽谷の次元のレベルで言葉を使うことができる人物だったのであろう。つまり言葉を聞き流すことのない生き方は物事を信じる生き方である。目の前の多くの真実の言葉を自分の身に付ける生き方なのである。ある意味で間違いなく自分に向かってくる言葉に対してはっきりとその結果を出せる時、このように言うことができるのだ。

あらゆる生命体は、たとえ人間以外は言葉というものを与えられてはいないがそれでも人の言葉に近いような行動の何かを、または音の何かを、または色彩の何かを、さらには態度の何かを持っているはずだ。彼らは人とは違ってこういった多種多様な言葉でない言葉によってはっきりと結果を出しており、たとえ森の中にいても海の中にいても空を飛んでいても結果の中で生きている存在なのである。大自然は常に人から見れば驚天動地の世界だが、言葉を持たない他の生き物たちにとってはいささかも驚くことのない極めて当たり前のところなのである。人は文明社会を自ら作って驚き、天災にあっては右往左往し、そこにはいささかも落ち着きが無い。人間が身体や心の全域にそれぞれの基準値を作っていてそこから外れることを恐れているので問題は大きくなる。人以外の、言葉を持たないあらゆる生命体はそのような自分勝手な基準を作らず置かず、その代わり太陽の炎の中から放射される適度の温度を持っている様々な種類の熱量を、自由自在に扱いながら生きている。冬眠して暖かい春が来るまで寝ていられる態などはその良い例であり、ある微小生物などは必要に応じて仮死状態に身を任せ自分の体にある時間がある時が来ると再度生き返る。これが極端になると微小生物でも植物でも何百年何千年も耐えてやがて再生するものもある。シーモンキー（小型の甲殻類）や蓮の花などに見られるあの再生能力には、さしも頭の良い人間などが考えられずついていかれない不思議な生命力の活動というものがある。

人間には他の生命体にはあり得ない、または想像不可能なものが考えられる。人には物を否定する力がある。物をはっきりと真正面から否定する時、その言葉が持つ力は絶大なものだ。人以外の他の生き物たちには一切否定はないのである。前進していたトンボが、次の瞬間後ろ向きになり逆方向に飛んでいくという行動はできないものだ。蝶でも鳥でも、また彼らを真似して人が造った飛行機でも訳は同じだ。前進していたものが逆方向に行こうとするなら、本人の身体よりはずっと大きく旋回しながら、やがて身体をすっかり後ろ向きにさせてから逆方向への飛翔が始まる。

大自然から与えられているあらゆる生命体の中で人には習慣というものがある。他の動物たちや植物たちにもそれがない訳ではない。しかし人の習慣のように大きく長い時間の中で行動を起こすものは他にないようだ。本人にとって習慣が良いのか悪いのかそれは別問題としても、その習慣を直すのが良い場合と悪い場合がある。つまり人の場合は他の動植物とは違い習慣という物を自分の考え方一つで直せるのである。習慣という名の原因は単なる癖ではなく、本人に相応しい生き方の勢いの有無にかかっている。人生という名の長い時間帯はそのままもう一つの名詞「徹夜」の時間として納得する時、物事がはっきり見えてくる場合がある。徹夜の時間の中で生きて働く言葉に出逢う時、その人は新しい意味にぶつかるのである。何十年という長い歳月の中で政治に関わっている人や、金融に関わっている人が使っていた言葉は彼らの心さえ大きく変わらせていくことは事実だ。金銭にだけ依存した心や政治だけに依存した心、また侵略だけに依存した深い不安な心からはそう簡単には抜け出すことができない。猿や熊はまた爬虫類や魚は人がどう飼い慣らしてもデパートの営業マンや小学校の先生にも用務員にもなることはできない。そうした一方づいた仕事や考えにしか向かない自分をそれなりにとても重要な存在と認めるのも、また逆にこの文明社会で役に立たない存在として納得するのも、その場の状態の中で何か得なければならない。

確かに人生のレコードは蓄音機の上で回転している。その速さは変えることはできない。しかし人はその中から響いてくる音楽の響きをどうにでも自由自在に利用できるのである。自分自身に相応しく音楽を変えていく人になるのがその人の生き方なのである。

自分にフィットする言葉

生き生きと行動している中で、突然眠りにつく一瞬やあらゆる生き方の行動の疲れで寝つく時など、その一瞬に人はすっきりとした言葉の甦ってくる体験をするのである。しかし残念ながら長い文明の時間の中で人はあまりにも社会生活の便利さや忙しさ、不可思議な楽しさに追いつめられて、本当の豊かな寝つきや目覚めやその瞬間の言葉の尊い意味の体験はできないようになってしまっているようだ。嘘のようでその実本当のことなのだが、現代人は奇跡の意味を持っている深い言葉をほとんど体験できなくなっている。人はそれぞれ自分の心の形に合うようにあらゆる言葉を持っているものだ。誰でも常にそのような己自身の言葉を所有していないので、常に何らかの努力をしながら探し求めている。何度も何度も常に北欧の冬のような黒夜の中で、現代人は自分自身の言葉を探し求めている。正義が前から見ても後ろから見ても左から見ても右から見ても上から見ても下から見ても全く変わりなく光って見えるようなものであれば良いのだが、そのような力も愛も喜びも誇りもついて回るものなど全く有る訳ではない。公に存在する正義などというものは単なる迷信に過ぎず、人は誰でも左に寄るか、右に寄るか必ず一方の歌の中で踊らなければならない。正義はその人が信じ喜んで従う一方にだけあるので、人は常に四方八方に同時に己を発散させたいので死ぬほど苦しむのである。結局正義はどんな人間にとっても現実味を帯びてはいない。

人は常に心の耳を澄まし、世間の人々の話に耳を傾け、そういった嘘か本当か、ほとんど耳を持たない話の中にこちらの人間の命懸けの文法を押し込み、全く新しいリズムの世界を構築していくべきだ。世間の人間または荒野の人の声や言葉は、どこまでも荒っぽく酔いどれの味がしているが、しかも一方的でそこには何らのまとまりもない。しかしよくよく心を傾けて見る時そこには得も言われない不思議なリズムがあり、どんな大学者の知恵から生まれる格言よりもさらに上の方の、心の勢いを持つ箴言としての力を感じるものだ。このような本当に生きた、しかも人間の長い時間の中でかき回され熱せられた言葉は、人の生命の中心であるターヘル・アナトミア（ドイツのクルムス著「解体図譜」）そのものであり、人間が心して受け止めなければならないものだ。

人は自分の言葉さえ大切に扱うことができない今日、周りの者を生かすような素朴な色合いをした箴言として自分自身の言葉を持っているはずだ。大自然そのもの、天然そのものとして受け止められ己の内にこのような言葉を持つことのできる人間は、外にはそれを表さなくとも、内側ではすっかりその言葉を納得し、完成させていく。そういう人間は内側において間違いなく一人の仙人なのである。このような人間は言葉に限らず、ありとあらゆる物を手にする時、それをはっきりと一生物として愛せる人物であり、それをいらなくなったとしてまた錆びついた物として捨てることはしないはずだ。本当の仙人ならば、そのようにしてのみ生きられるはずだ。言葉が変われば生き方も変わる。そのように変わる時、大自然はその人の中のあらゆる物を天然の奇跡の中で行動を興させることになる。人間は何事においても百パーセントそのものやことを信じこまねばならない。その時その人は徹底した馬鹿者になるのかもしれない。もしそのことがご破算になるなら全てはご破算なのだ。そういう人間が百のうち、一つでも二つでもそのことを信ぜずに心のどこかに留めておくなら、その人は言葉通りの馬鹿者ではない。何を信じるにも百パーセント信じる時、その人はそれが砕かれる時、本人はその計算の中で必ず滅んでいくのである。ところが一パーセントでも信じない心があるならば、彼は滅びることがない。滅びないということはすなわち彼は馬鹿の中にも完全に滅びることのない一面を残しているのだ。あるわずかな人たちは、何度かこの世間で表明できないかたちで完全に滅んでいる。ある若者は留学が珍しい時代、外国の学校の校長に認められ、あらゆる面で特待生の待遇で招くから留学しなさい、と言われたのだが、あえてそれを思想上の問題で自国の権力者たちから抑えられた。それでも留学することのできたその人物は確かに自分の信じている明日に対して百パーセントの信頼があったので、この留学に関する事件に関しては滅びたのである。つまり彼は行くことのできた留学のチャンスを自分の手によって摘み取ってしまった。

何事も、二度でも三度でも百パーセント信じたものが滅びながらやがて何かがその人の言葉の勢いの全域が大きく広がる時が来るのである。百パーセントの言葉が広がる時、そこに本当の言葉の花が咲くのである。一見どうしても花が咲かない言葉であり思想であるならその植物はどこまでも食い下がり、下の方に勢いよく根を伸ばし、辛い日々を哄笑《こうしょう》し、ついには陽炎の中で絢爛《けんらん》と咲き乱れることになる。

人間は常に自分の生き方の中にどこまでも未踏の山を持ち、荒野を持ち、そこに向かって生命の戦いを挑む。大方の人間はこの社会の中の生きる生活のためにその夢を途中で捨てていく。それでいて未踏の地に最後は到達できる人間はごくごくわずかに過ぎない。このわずかな一人二人の人間の足跡を見るために、人というよりは、人の生命というものは本当の意味の心の戦いに挑むのである。

守破離《しゅはり》

自分自身の言葉を鍛えて滑らかにするために精神の流れを整えたり、階段の上がり下がりのように明らかにしたり、座ったり立ったりして宥《なだ》め、心というものの足枷《あしかせ》を外すようにする時、そのことが心のウォーミングアップとなり、言葉のする次の動作がスムーズになることは間違いない。自分の言葉の十分な補給路が整い、文明社会の様々な問題の中で遮断されようとも心配のないようにしておかねばならない。たとえ遮断されたとしても、人は自分自身の夢を放棄しないでも済むだけの熱い思いを生命のどこかに備えていなければならない。

その昔先駆者たちは己の胸に携えていた熱い言葉によって救われていたのである。

人の身体の中から必要があれば常に湧き出してくる計り知れない自然の力は、そのままその人間の中で言葉として働くことは間違いがない。

陽炎から常時放射されている数多くの能は、昇ったばかりの朝日の中であらゆる生命を引き寄せようとしている。それはとても良いことだ。人の手の甲や足の裏や脇の下はなかなかこの能を含んだ、能そのものである力を、または放射線を浴びることができない。人はあえて身体を曲げ、広げ、ありとあらゆる妙な形をとってこの優しい独特な能を充分に体中のあらゆるところに満遍なく受け入れなければならない。能の熱と放射線の働きや光が人の生命体の全域に行き渡る時、心に言葉が充満するように大きな満足感を得、充分に食べたという安心感が生まれ、歌うべき歌のリズムが一つ残らず満たされたような気持ちになる。

身体は時として先ほどの能の力の働きが弱くなることによって病に罹ることがある。それ以上に人の精神はまた気の流れは言葉の不足という病に侵されることがある。自分自身をよりよく見せたり、馬鹿にされないための手段として可能な限り人の前で無口になり、あえて黙ってしまう方が無難であると考えるのが極東オリエントの人間の特徴だ。

周囲のみんなと違ってしまう生き方は何とも不安であると考えるのが日本人の誰もがすることだ。私などははっきりと自分の中にそのような心が宿っていることを常によく分かっている。極東オリエントの人間の魂の中に常に宿っているのは、周囲の人とは変わりがなく、縦並び、横並びでいなければ不安で仕方がないという感覚に縛られていることだ。人と比べてどうしようもない話であり、とにかく自分らしさの中で飾ったり生きたりすることしかあり得ないと考えるまでにはかなり長い時間が必要なのである。人間一人ひとりは心や身体のどこかが違っていてもそれは仕方のないことだ、互いに許し合わなければならないことだ、と日本人は考えるまでに相当深い哲学や宗教心が無くてはならない。日本人は常にみんなと同じであればそれで満足できるようだ。

この世の中には万事、硬くて精神を汲み取り難い、それでいてとても良い言葉が多いことだ。箴言や格言にしても日本人が生み出したものには逆説が二つ三つと脇に置かれていてなかなか実行に移せないものが多い。嘘も方便などは、その良い例であろう。何事も崩れず折れない本人の心や力というものは、むしろ体力からではなく、自分の心の中から湧き出してくる言葉によるものが多い。

精神世界という言葉の頂上にとにかく駆け上がることが人のすべき行動だ。生命の頂上に躍り出てこそ、言葉は本来のものとして働くのだ。万寿または徳寿のたっぷりと含んでいる生命の雫《しずく》というか言葉の満ち足りたものは、熟している醗酵物であって、そこに生命の出現を予感できるのである。いつでも何事も豊かに育てられ、補修さえ保証されているならば、そのような生命は何一つ恐れることは無い。これを可能にするのは生きた言葉だ。生命はどこから生まれてくるのか？　それは言葉からだ！　言葉の情熱こそ伝達する大きな力そのものだ。読んだり楽しんだりしてもそれだけでは知ることとではなく、そこには行動をとっていられる効果というものを実感することもできない。

能楽というオリエントの哲学を生み出した世阿弥は、中心的な哲学の言葉として「守破離《しゅはり》」という三文字から大きな思想を創り出した。この三つの漢字は人の生き方の順序の大切さを教えている言葉だ。最初の「守」は師に教えられた通りに動きや形を守っていくことであり、次の「破」は教えられて身に付いた基本の動作を様々に応用することであり、「離」はそこから離れ、師からも遠ざかり自由な自分自身の境地の中で力いっぱい生きることを意味している。しかし残念ながら現代人のほとんどは、師から離れず師の教えの中で生涯を過ごしている。結局自分に戻って全く新しい物を生み出さない以上これを独学とは言えない。

世阿弥は守破離《しゅはり》の中で最後の独学の大切さを教えている。自分の言葉、つまり己独特の繊細な思想の創造者でなければ、人は本当の巨匠とはいえないと言っているのであり、独学者とは見られないのである。

早朝の悲愴

東北にいた頃私は大阪の会社「音響」が作っていたかなり形の大きなステレオを書庫に置き音楽を鑑賞していた。そんな中にチャイコフスキーの交響楽「悲愴」も入っていた。岐阜の方に移ってからこれまでの十年近い生活の中では全くレコードを聴くチャンスはなかった。

ごく最近岩手の友人がコロンビア製品のステレオを送ってくれたので、かなりしばしばレコードを聴く機会を持っている。このステレオは卓上型のものだが実にがっしりとしていて、周りの塗りもよく堅牢なところは音響の製品とはどこか違った。音響は大きいばかりで何年か使っているうちには私の扱いが乱暴だったのかどことなくあちらこちらがガタガタになっていた。今度のコンパクトなコロンビアのステレオはその点どんな使い方にも耐えるような製品であることが目に見えてはっきり分かる。

妻や嫁が台所の仕事をしている早朝にも、時にはこのステレオでクラシック音楽を聴くこともある。「悲愴」などはこれにまつわる、どちらかと言えば憂鬱なエピソードがパリの夕暮れの空気の中で語られているが、早朝のしかも全ての点で明るい春の匂いの中でこの「悲愴」を聴くというのは、何とも場違いであるのではないかと思ったりもするのだが、よくよく考え直してみるならば、チャイコフスキー自身、陰鬱な気持ちの中でパリの詩人たちのようにこの曲を書いたのではないという一面を知っているなら、早朝の「悲愴」のメロディも何のおかしいことはないはずだ。

むしろ生き生きとしたパリに向かう旅の途中でチャイコフスキーは自分の弟に手紙を書いている。彼はこの作品「悲愴」という表題の長い交響曲をどのようなリズムで次から次へと飾っていったらよいか、自分に与えられているその自由さを心の楽しみとし、様々に実験し、表現しようとしていた。やがて彼のこの作品を耳にする人々の中のある者たちが、これが自死をするほどに悲しい音楽だとは、曲を作った彼自身、そう考えてはいなかったようである。弟へのこの手紙の中で彼は涙を流すところも確かにあったようで、この涙と表題の「悲愴」は、人々の心と何らかの心理的な働きかけがあったのではないかと考えられる。チャイコフスキーファンたちのある者たちに死への予感を与えていたのかもしれない。作者本人がこの作品を作りながらと言うよりは、歌いながら「表題というものは人それぞれによってまるで謎のように変化していくものであり、作られた作品の内容はその人の想像そのものに任せるべきではないか」と考えていたようだ。やはり音楽というものはもう一つの言葉と同じく、人それぞれによって生き方の心の縁取りの中で構築されていく抽象の色彩だと思う。最終楽章などに目をやるとそこにはアレグロではなくむしろ長々と伸びるアダジオにした方が良いだろうとチャイコフスキーも思っていた。
この交響曲が完成したのは彼が五十歳を少し過ぎた頃であったようだ。私はゆっくりと早朝の空気の中で、むしろ朝日の昇る勢いの中で活き活きとしている生命そのものとしてこの音楽を聴いた。彼のこの「悲愴」は交響楽第六番ロ短調と名が付けられている。どこかドイツ的な哲学的な雲間の下に広がる山々のようであり、そこに流れ込むロシアあたりの北風のように冷たさを感じさせるものがあり、その風が吹き寄せてくる感じがチャイコフスキーの明るい心で作られていた音符の一つ一つに聴く人たちの心に死を招き寄せるような夜の雰囲気が漂っていたようだ。人によっては聴き方は自ずと変わり、そこではチャイコフスキーも間違いなくフランスへの道筋を辿るロシアの農民並みの素朴な人に見えてくる。

言葉のオートマチズムの夢

全ての言葉はここ数千年の歴史の中で、何度も誰かによって舌の上に乗せられ、耳が痒《かゆ》くなるほど聞かされ、書いたり歌ったり叫んだりしてきている。言葉という言葉は従って錆や緑青のように、人々の心の全てが纏わりついている。一つとして幼児や若者のように純粋な言葉は無いのである。汚れ放題の業や劫による泥まみれでメタンガスだらけの泥水のような言葉の山の中で、人はけっこうそれを気にすることなく今日なお、生きているのである。つまりそれだけ人は自分の使う言葉以上に汚れ果てていることになる。そんな中で、もし八十年の長い人生の中で二回か三回ぐらい、否一度ぐらいでもそう簡単にはぶつかることはないのだが、これまで一度も誰によっても使われたことのない、触られたことがなくもちろん聴いたことも書いたこともないような新規の言葉に出会うことが一つの大きな奇跡として起こることもある。もっとも怠け者がこれまで一度も触れたこともないような物を簡単に発見するということはあっても、単なる芸人たちの口にするあの哄笑《こうしょう》だけを観衆から投げかけてもらえるおかし味のある言葉に近いものなら、それは決して今、私が言っている尊い心のサンクチュアリーの中でしか味わうことのできない発見された言葉とは全く違うのである。

あらゆる言葉はオートマチズムの働きの中でかなり多くの危険を孕んでいる。この危険こそはその人を、またはその人の言葉を高い感動の渦の中に導く。だからこそオートマチズムの働きは誰にとっても危険を含んだ難しさを持っており、そのオートマチズムの言葉が何度も触れなければならない心にかなり多くの傷と痛みをもたらす。オートマチズムの働きの中で人は怪しくこの社会情勢の中ではなくそこからかなり離れている己の心の方に導かれていく。その中からこそその人の本当のものを掴み取ることになる。その人の言葉ははっきりとその人の生き方を自分自身のものとしているはずだ。このことをこの平凡な社会においては素朴な人ほど、芸術とか文化と呼んでいるのである。

本当に真面目な人間の言葉とか思想というものは、何の分野においてもその中心において反逆の意思が働いている。素直に従うだけの人間は一見平和で真面目そうに見えるが、その実、人としての自分の人生を自分らしく生きるのには最も危険な状態なのである。反逆のささやかな裏打ちとは、どんな人にとってもピリリと辛い唐辛子の薬味のように言葉にとってもとても大切なものだ。反逆でない思想でその後の世界や本人を高めていくものはまず有りはしない。

人生は自分のしたいことを命懸けで行う時、寿命という道の旅は本人らしい色合いの光を放ち、本人らしい数えきれないほどの放射線を発散する。荒野に響く声もそれは自分を生きようとする人の名演技だということを忘れてはならない。

あらゆる生命体は数限りない大小様々な災害の中で本当の自分の言葉を見い出したりするものだ。生命体の大きさや寿命の長さに比例して自分の言葉などを考えても意味が無い。生命体の生きる土壌の中で数多くの能の一つがせいぜい生きて働くならば、人はそれで良いとしなければならない。この能はあらゆる生物に当然生命の副産物として与えられている。ミミズは農民にとっては畑を豊かにしてくれる能力を持っており、長い間地下で眠る蝉などは一旦地上に現れると樹の幹などにしがみつき、暑い夏の陽射しの中で声の限り鳴くのである。これもまた蝉に与えられている地上での短い時間の中で見られる能なのである。この能なしにまたは能を生かす誇り高い生命が、咲く花の形や色合いの素晴らしいように誇れないならば、何とも残念なことだ。どのような生命にとってもこの与えられた能を完全に生かさない道を進むならそこには、要するに生きた意味がない。無生物にはこの生命の誇りというものがなく、このないということがもう一つの誇りなのかもしれない。流れる風を感じ水の渦を見る時、ここにもそれなりの能のあることを知るべきだ。万有は能の勢いの中で存在する。勢いとはそのまま色合いであり、方向であり、結局は「能」なのである。

恒星から勢いよく流れてくる様々な光は、その微妙な勢いの区分はあるにしてもそれらが放射する確かな能であることははっきりしている。生き物はそれぞれ与えられた生命の大小、長短の勢いの中で、それの叶う微妙さで調律された放射してくる能を受け止めることによって、常に与えられた生命の寿命を保つのである。万有の中を流れており、あらゆるものに存在する気の働きに関しては、人は未だ様々な知恵があるとしながらも、ほとんど何も解ってはいないだけではなく、その解っていないことさえ、まともには理解してはいないのである。人間はようやくにして磁気や電気の仕組みや便利な利用の仕方に目が開いただけの、ホモ・サピエンスのほんの初期の黎明の時代に入っているだけなのである。

言葉をオートマチズムの使い方の便利さから始まりそこからさらに前進する道程を今ここで想像すべきである。

山窩《さんか》とマタギ

人間には色々な匂いがあり影があり光がある。響きがあり力があり言葉がある。それらは目の前の別のものにどこまでも大きな影響力を持ち、それは威力となって周りのものを押し倒さんばかりに迫って来る。人は目の前の大きなもの小さなものが好きになり、時には嫌いになる。人は何かを聞くと、また単に風の中の噂のように漏れ聞くと、たちまちそれに感化され、他の動物や植物とは違ってその思いをますます大きな形に変化させていく。この変化を感化と呼ぶ。同時に現代人の心の傷とも呼ぶ。事故や災害は大きくても小さくてもそこには後遺症を残すが、これこそが傷なのだ。本人が自ら癒さなければならない傷であり、トラウマなのである。人間はそれぞれ一人の人として自分の人生を自分なりに旅していく準備がこのような様々なトラウマの中で用意される。障子や格子戸を通して朝日が射すように、また土間に、畳の上に、絨毯の上に、陽の光は、また空気の流れは様々な塵《ちり》をかき回しながら広がってくる。遠い昔、台所にガスコンロや水道の蛇口はなかった。くすんだ竈《かまど》や外のつるべ井戸から汲まれて来た水桶が置かれていた。竈《かまど》の中に火が燃え始めるまでの時間は、ガスコンロに火が点く時間のように早くはなく、燃え始めてからも煙があたりに充満し、そこにいる女たちは涙を拭かなければならない。煙や煤は素朴な家中の壁や天上に染み込み、それを女たちは常に雑巾で拭き、磨き込み、何十年も経つと実に不思議な色合いで光る宝物のような気品さえ示していた。そこには簡単にしかも便利に作られていく今日の家屋のようなものとは違い、今にも倒れそうな家そのものが一つの誇りと風格をもって何一つ物怖《ものお》じしないものになっている。そういう建物は何一つ説明をしなくとも伝統的な重さでどっしりと構え、それ自体が生きた時代のはっきりとした美意識をもって人々の前に立ちはだかる。そういった存在がごく自然に示している色は、単なる絵の具の色ではない。それは消炭《けしずみ》色であって、どんな画家でも出せない誇り高い色なのである。美しいが簡単には出せない色彩もまた、その前に立つ人の閉ざされた心の中に広がっている力が積み重なってできた色だ。昔人間は竈《かまど》の周りの煙の中で、自給自足しながらの厳しい経済の中で暮らしていた。その当時人間は上から下まで山窩《さんか》の人間であり、同時にマタギそのものであった。現代人はあらゆる時間の中で便利に暮らしている。山窩《さんか》もマタギもあらゆる不便さの中でどこまでも平和に生きていた。それだけではない。現代人よりは遥かに理に叶った生き方をしていた。彼らの生き方は、煙の中で、煤の中で息も絶え絶えに生きていながら、実に穏やかに気持ち良く笑いながら、水辺の鰻や鮒やスッポンを捕りながら元気に生きていた。彼らは山から山を獣道を頼りに雨風をしのぐだけの岩穴や洞で一夜を過ごし、再び陽の光を浴びながら旅を続けた。人生も獣道の歩みも全く同じであってそこに変わりはない。冬の厳しい山の中で熊や鹿などを捕りながらそれを食べ、熊の肝や毛皮などを売って暮らしていた。現代の世界には社会システムがはっきりと存在する。同じように古い時代の穏やかなしかも素朴な山窩やマタギの形でしか、生きられなかった人たちにも実に合理的で条理の通った生き方のシステムが備わっていた。

魂の学校

現代は人間が妙な変化をしている時代だ。現代はあらゆる生物が妙な変化をしている時代でもある。大自然はいささかの変わりもなく流れているのだが、その流れに沿って生きている万物の方が少し存在が怪しくなっているのだ。世界は文化し、妖《あや》かしの中で変わりつつあるようだ。

あらゆる生物は、単に人間の文化生活の煽りを受けて汚れた空気や水の流れ、植物の変化して育つ環境の中で変わっていくだけではなく、彼ら生命体そのものが長い時間の中で徐々に変化していくことも事実だ。それと併せて人類も単なる文明の力だけによらず、それ以上に大きな大自然と人との間の空間地帯で何かを怖れ、その結果単なる疾病以上な別の力の勢いに押されて生命自体の何かが変化しつつある。

人は自分の仲間以外のよそ者を異常に怖れ、不安がり、常に用心深くなって、笑うにも話をするにもいちいち気を使って落ち着かなくなる。初めて会うとか、前にちょっとした喧嘩などをした仲間であってもいちいち相手の言葉の意味を反芻《はんすう》しながら相手の話に自分の考えを併せているようにもなる。常に相手との言葉のやりとりの中で相手に気づかれないように安全地帯を用意するようになる。自分にとって何か困るような問題が起こる相手であるならば、伸び伸びとした昔のようにそれを上手に取り去っており、浄化するだけの真面目さが、今日では人の中になくなっている。とにかく異質なものはどこまでも、しかし穏やかな態度を見せながら排除しようとする。人と人との付き合いの中で特に緊張して意識するのは、互いの胸の中に生まれている意図であって、その細かい表と裏の色合いをはっきり見つめて、自分のとる態度がどうであるかをはっきりと一瞬のうちに決めてしまうところがある。要するに深く考える物事でありながら、心の中で決めるのは一瞬の時間の中なのである。

確かに人間には一人ひとり固有な才能や欠点がつきまとっている。しかし才能という才能には様々な隔たりがあり、特別優れたその人の才能は社会でも親たちの間でも大いに称讃されるので、もちろん本人はどうしてもその才能に溺れ、誇り、胸を張る生き方を作ってしまう。しかしこういう才能が人をして、人生の中の様々な暗い問題を起こさせる。そこで人間は才能をはっきりと見つめ、才能よりはその人の日常の極めて単純な習慣というものを、考えて見る必要が有る。しかもこの何ら誇るところがなく、かえって笑われるのが落ちである癖とか、恥ずかしいものとして扱われるこの習慣というものは、一つ一つ一個人の中に、探っていき、纏めて行こうとすると、上から下まで数えきれないほど有ることが分かる。

誇るべき才能の数々と、恥ずかしくて人の前ではあまり発表したがらない習慣や癖などを並べてみると、才能などよりは習慣や癖の方が遥かにその人間にとって有効な働きをし、その人を社会の良い方向に導き、新しい考え方をその人の中に持ち込んでいることをいつの時代の人間でもよく知っている。

癖は誰にとっても恥ずかしいものと思われている。頭をかいたり、鼻に手をもっていったりする癖から、ものを盗んだり、人を馬鹿にしたりする穏やかには澄ましていられない習慣もある。しかしこういった習慣がある瞬間に逆に働き出す時、身体を清潔にしたり困った人を助けたりする場合もある。一国を助けたジャンヌ・ダルクは彼女の中の習慣を実に良い方に生かすことのできた女性であった。一民族を救おうとする一つの宗教による強い念いであった。人間は才能と習慣を並べてみてどちらを誇るべきかもう一度考える必要がある。

冬が終わり、春先になると、それからの色々な季節の中で人は山菜採りをする。おそらく長い昔から人間はキノコや山菜採りを楽しむ習慣があったようで、狩猟などもその中に入るかもしれない。現代の私たちの生き方の中に、こういった癖が習慣と呼ばれて付き纏っているのかもしれない。他の生き物たちはしばしば人の心に大きなヒントを与えてくれる。なくなり始めている博愛の心とか愛などを広い意味で人に教える場合がある。才能よりはむしろ、おかしな習慣の方がしばしば人の心を開くことがある、学校で学ぶよりは遥かに独学の精神がその人を人らしく仕上げていくことを思えば、この人の周りのこの大自然は最も大きな可能性を含んでいる「心の学校」と言うべきである。ルソーの学校やペスタロッチの学校を遥かにしのぐ魂の浄化される学校をそこに見るような気がする。それは生命の有難さを教える学校であり、それを私たちは、恥ずかしいと思っている習慣の中に、また多様性豊かなあらゆる生命体の生き方と寿命の中に見るのである。

半泥子《はんでいし》が投影しているもの

三重県の県庁所在地、津市に生まれた川喜田という人物は、先世紀の後半に長い人生を全うして亡くなった。十九世紀の終わり頃、素封家に生まれた彼は未だ幼かったが、父が亡くなったので老舗の当主になり、やがては百五銀行の頭取にもなっていた。そのようにして大きな家業を継いだりこの地方の企業に携《たずさ》わっていて、常に忙しかったがこの他に数えきれないほどの芸術面の仕事にも向かっていた。陶作を中心にして、彼独特の書や絵を描くことを好み、特に当時金持ちに好まれた写真などにも夢中になり、その他建築や木版画などにも手を染めていった。

世の中にはあらゆることに手を伸ばす人が時々いるものだが、それら全てのものが平等に高い水準で守られている場合はどうやら少ないようだ。その中でも特別優れたものがあっても、他の多くのものが比較的雑な場合がほとんどである。おそらくそれで良いのだと思う。本人にとってその方が落ち着けるし、彼らの作品に向かう人たちの心にもそれなりの一つの安心感が生まれるようだ。

川喜田という名字の後ろに、彼は芸術家としての自分の名前「半泥子《はんでいし》」を付けていた。何とも彼の芸術的な一面を持った人生を表しているのに相応しい名前であるようだ。陶芸に向かっている写真を見れば、そこには着ているものは好紳士としてのワイシャツ姿の、一見銀行マンとか、大学の教授といった出で立ちに見えるのである。彼の事業家や起業家としての一面を見せている姿と、芸術家としての自由そのものな生き方の匂いのする生活は常に彼の社会人としての生き方と自由人としての生き方の二つに分けられており、当然彼を見る人たちもこれら二つのもののどちらかに分けられた。彼が自らを半泥子《はんでいし》と呼ぶ時、そこには自由に遊び回る子供の姿が見えており、立派な服装をしていながら半分泥んこになって遊び回る姿が誰の目にも当然見えて来てしまうのである。写真で見る彼は都会人としての、つまり紳士としての風格が自ずと見えるのだが、三重県育ちの彼でありながら、実際には東京大伝馬町からスタートしている江戸寛永年間からの続いている木綿問屋の跡取りということを考えても、彼は間違いなく都会人の中の都会人なのである。しかし一旦陶芸の世界に身を晒《さら》すと、彼はどんな田舎者よりも間違いなく田舎者になってしまい、彼の陶芸作品の全ての勢いの中に観る人を引きずり込んでしまう。多芸を持っている彼だが、その広い世界の中から陶芸はぬきんでて彼自身を大きく表している。多くの芸術家や発明発見者と同じく、彼にはただ一つだけぬきんでているものがあった。それは陶芸であろう。

エジソンの何百という発明品の中の多くは雑多な子供騙しのものであったようだが、半泥子の芸術にもどこかこれと似たようなところがある。綺麗な洋服を着せられた子供がその身体の半分を泥だらけになるほどに暴れまわっている姿がここにはっきり見える。この自由そのものの芸術らしさこそ、彼が鑑賞する私たちを彼の芸術に惹きつける原因であるようだ。彼の芸術には遊びが広がっており、それゆえに汚れに汚れた芸術らしさが目に見えてはっきりしている。彼が自分を象徴している、止むことのない力の完熟性がそこに広がっている。確かに陶芸において一つ一つ本人らしい特質が表れている。単なる人間国宝と言われている人々の作風に必ず見られる芸の細かさや、どんな人たちからもまた専門家から何を言われてもそれにはっきりと答え、応じるだけの用意周到さという、否、どこか嫌らしい小利口さ、つまりある意味での大らかさのない人間にだけ見られる狡さというものが、半泥子の作品には全く感じられない。こう言ってしまうと、それは嘘になってしまうかもしれない。名人とか人間国宝とか、その道で確かに認められている専門家から見れば玄人と呼ばれる人たちの内面の弱さや、ビクビクしている態度のようなものが彼の作品には微塵《みじん》も見られないのである。どの作品も一つ一つ力いっぱいに彼自身を表現しており、そこには不安という不安が一切ない。茶碗を見ても水差しを見ても彼自身をはっきりと表しており、焼き損じて割れたり崩れたりしていても、それにいささかも恥じず、何とか誤魔化そうとする心もなく、とにかく半泥子を、わがままで泥んこで一切周りの言うことを聞かない駄々っ子のような彼の自由な自分自身の行動範囲を人々に見せている。実際は銀行マンのような紳士の一面を持ち、大学教授の温厚な一面もありながら、その反面にこのように生きられる半泥子の自由さは、彼の作品の前を素通りする人たちに何らかの影響を与えないはずはないと、私は思っている。

その点、書や画や写真などの彼の芸術品からは、このような陶芸作品から吐き出される力を私はどうしても感じられないのである。このことを別の言い方をするなら、彼はこういった数多い他の芸術品の中に、注ぐはずの力を徹底的に陶芸の世界に注ぎ込んでしまったと思える。半泥子の遊び惚《ほう》けた泥だらけの、無鉄砲な少年の態度がそのまま力いっぱい陶芸作品に投影されてしまっているようだ。

もう一つの神話

この本の訳者は、ショーペンハウエルの言葉を、あとがきの冒頭で次のように引用している。

「あらゆる真理は三段階を通る。最初は大笑いされ、次には猛反対され、最後には自明として受け入れられる」

原人が出現した大自然の広がりが地球上において黎明だった頃、そういった大自然に逆らうことを良しとしていた人間は、自分のその行動を認め誇りにしていた。文明発祥の頃、全地球に支配と独占を目的としていた地球外文明人がいるのではないかと考える人は、長い人類の歴史の中で様々に出現していたことを、私たちは色々な歴史的な書物の中から読み取ることができる。特に先世紀から今世紀にかけてUFOの出現に関して、その事実に躍らされ、様々にSF小説まがいのことに夢中になる人が多いのも事実である。全地球の支配と独占を目的として地球外文明生物を語ることは、この本の著者であるW・ブラムリーに限らず、現代人の多くがフィクションとノンフィクションの言葉尻の間で楽しめる考えにしていることも事実だ。この程度の地球文明の段階においては地球外文明生物を本気になって考えることは、未だ尚早《しょうそう》だと思う。地球外生命体や宇宙的存在者、または地球外起源の高位マスターは、遥か彼方の別の太陽系の中の星々にいるかもしれないが、それを地球上の人類と簡単に出会える、あたかも東洋人と西洋人の出会いのように考えるのはあまりにも調子がよすぎる。大きさにおいて、長さにおいて、言語という力において、精神の大きさにおいて、全く比較にならないものがどこかの星にいたとしてもおかしくはない。二メートル足らずの身長と、五十キロ前後の体重を持って生きている人間に対して、他の惑星の生物がナノ単位でしかないとすれば、人間と他の惑星の生物が出会って理解できるはずもない。逆に地球上の大自然の大きさ並みの形を持っている宇宙的存在者が、人類に手を伸ばしてきても、私たちはただ驚き、戸惑うばかりである。我々の地球単位の中でも、同じ生命体の中の仲間と思われている微小生物などは、共生しようとしても、人がどんなに努力をしても、生命と生命の出会いというものができる訳ではない。

宇宙は宇宙で、人が観ていると他の生物が実感していても、それが同調された感覚で、しかも同じレベルで納得できる訳ではない。まして地球以外の宇宙生物が人類と同じく、一つのものを実感したとしても、そこに共通の感覚で繋がる可能性はほとんどないのである。宗教、哲学、経済、娯楽、産業などといった人類の日々の働きが、地球外の高等生物に一部でもよい、理解されるということはまずありえない。

この本の著者の読書態度は見上げたものだ。歴史の世界や地理の世界、またあらゆる分野の驚く程の知識を身に付けており、そういった彼の知識から生み出される、SF科学やこれまでのUFO研究者の数ある論文などを彼らしく分類して「人類を時間をかけて長らく指導し、必要に応じて人間の伝説などが残している大災害や、不幸な様々な出来事を人に与えて最終的には人類を指導し、地球文明や自然の状態を総べて、独占しようとする異星人の存在」を認めながらこれから先の人類の有り方を見事に語っているようだ。彼は現代文明社会の大都会が新しい時代のジャングルであり、ある意味で彼自身はシャーマンであり、祈祷者であり、エジプトからユダヤ人を約束の地に連れていった現代のモーゼの立場に立っていると、自分を認めているのかもしれない。

この本に向かう読者にたいして、出版した明窓出版は「歴史の闇の部分を、肝を潰すようなジェットコースターで突っ走る」という強い表現で納得させようとしている。しかしブラムリーの地球外起源の生物を、人類を勝手に指導しようとしている高位マスターと考えることは、必ずしも、読者の心に良い気持ちを与えないと思う。こういった高等生物が、この大宇宙または大自然の広がりの中に果たして存在するものなのか？　もちろんこれだけ広い空間と時間の中に広がっている数限りない星々や、それらをあちこちに分けている星雲などの存在を知る時、確かに他の多くの星に、大小様々な生命体が存在しないと考える方が難しいのかもしれない。太陽に似た恒星と距離感覚がほとんど似ていて存在する惑星が有るとする。暑さや寒さの具合がそこに存在する水を蒸発させることもなく、凍結させることもないなら、そこには何らかの種類の生命体が生まれてもおかしくはない。それを偶然といい奇跡といっても構わない。または奇跡と呼んでもこの種類の奇跡を否定してもそれはあまり問題ではない。しかし人間と向き合えたり、何らかの通信手段によって交信できる程の近い存在の生命体が存在するということは、ほとんどあり得ない偶然であり、奇跡だと思う。この小さな地球という惑星は、数多くの星雲の中の星々に存在する生命体から見れば、地球上の人間などは、存在の辺境に置かれていると見られても仕方がない。地球上のホモ・サピエンス、人間はどのようにして辺境の生命体に自らの存在を発信できるのだろう。私たちは地球外高等生物によって長い時代の中で少しずつ作り替えられていると考える人たちがいる。W・ブラムリーもそう信じている一人である。明らかに幼い日に日曜学校に学び、バイブルの教えている神話や伝説にすっかり慣れている点においては、どの西洋人にも劣らず、彼は真面目で利口な子供だったはずである。バイブルの中の旧約聖書が次から次へと、数限りない頁を費やしながら、天地創造の唯一神がエデンの神々を作り、彼らを指導し、自分たちを人類の監督に、すなわち王や皇帝さらには、カストディアン（役人、監督）として崇め与えられた生命の時間というべき寿命の中で、とにかく神に仕えて働き続ける人間を、日曜学校の生徒たちは、素直に身に付けたものだ。

この書物、『エデンの神々』の著者はそういう子供たちの中でも特に真面目で聡明な子供であったと思われる。バイブルが教えている神々は、この著者の頭の中では眉唾《まゆつば》なことを言う人間になりきり、劫や業で縛られている人間として、地球上の人間をあたかも蟻たちを上から見ている人間のような態度で、言葉は悪いが適当に扱っているのだというのが彼の意見なのである。地球上のあらゆる時代の細々《こまごま》とした、また巨大な争い、すなわち戦争なども、彼の意見によれば、この宇宙的な存在の監督が操っており、ある国を勝利に導き、別の国を敗北に導いたりしていると考える。「バベルの塔」という、人類が言葉の分裂の中で別れる出来事がバイブルの中にあるが、これなども地球外生命体の天からの指導によって行った業だと見ている。こういった文章のフレーズを読むと、間違いなく私たちは天の彼方の巨人が危険な武器を振り回したり、ペスト菌や核爆弾を使いながら黴菌《ばいきん》のように小さな人間を自由自在に操っているように見える。バイブルの記者たちは様々に想像力を生かし、天刑《てんけい》としてまた恵みとして様々に天災や恵みの食べ物を天から人に与えている神のユダヤ人に対する態度を書いている。しかしこれをこの本の著者は単純に神として考えずに、宇宙人の地球人に対する躾《しつけ》の行為と見ている。

地球上に起こる不可思議な状況を造っているホモ・サピエンス・サピエンス、または超人類のような存在を発見するには、まだまだ先のことであって、今の文明段階ではまだ夢に過ぎず、捨てた方がよいようだ。さもなければ、まだまだ研究の時間が人間になく、あらゆる想像上の宇宙のホモ族を考えることは無理のようだ。時期は未だ早過ぎる。地球上の現世人間と他の宇宙空間の高等生物を並べて考えられるほど、今の人類の文明は充分に達してはいない。

人類の歴史の流れを上手く扱いながら、遠方で操作しているのは地球外生物という得体の知れない生物が存在すると考えている地球上の人々がわずかでもいるということは、この本の著者によってこれからもこういう種類の書物を書く上では大きな励みでもあり、同時に現代人にとってはアンダーグラウンド文化としてしか扱われないようだ。確かにエジプトやマヤのピラミッドなどに見られる不思議な文字や暦の数字などに、それを思わせるものもある。

星雲の遥か彼方から常に地球上の人類を見ているか見つめ続けている、日本神話や世界各地の神話や伝説通りの行動を取っている宇宙人を、天孫降臨《てんそんこうりん》の形でこの著者は自分なりに解釈しているのだろうが、それはやはり彼がいかに否定しようとも他の多くのＵＦＯ研究者やＳＦ作家といささかも変わりはないことを示している。やはりこの作品はもう一つの広い意味でのＵＦＯの研究者の作品だということに気づく。

この本の前半の頁には濃厚に宗教史やＵＦＯの研究者の言葉遣いの匂いが立ちこめている。後の三分の一ほどの頁は、西洋史やかつて私がしがみつくようにして勉強していた教会史の中の一頁のような感覚が甦って来る。本書の全域に宇宙人が中心となって問題提起がなされている。人類の前に、ここ何万年かの間おそらく他の銀河系からやって来ていたと思われる、地球上の人間よりは高位に立つ監督のような、すなわちカストディアンが存在するという前提の下に、この著者は実際の地球上の歴史の事柄と結びつけて様々に彼特有な新説を書いている。私は、全身に力を入れて一頁目から読み始めた。そして聖書の中に出て来る『エゼキエル書』の言葉をあちこち様々に使い分けながら、この著者特有の不思議な歴史観の中に私は惹き入れられているのを感じた。アンデス山脈の麓の民が握手して来たような、日本神話の中の天孫降臨《てんそんこうりん》や海幸山幸の伝説の中に入って行くような感覚に囚われた。体中が現代文明の空気の中から離れて行くような気分にもなった。普通私は二、三百頁の書物なら、一気に一、二時間で斜め読みするのである。しかし、ある書物に向かうと、一日で二、三頁しか進まない時もある。『エデンの神々』にもかなりの時間をとって百三十頁ほど読み進んだ時、そこから先は物を書く間に、いつものように斜め読みをしてしまった。

この書物の特徴があるところまで読んでいくと、はっきりと分かって来た。日本神話、北欧神話、ギリシャ神話、アメリカ大陸の原住民の神話、ケルト民族の神話などがことごとくあの時代の神話の記者とは違った現代風な文章の書き方によって、この『エデンの神々』の文体が生まれたことがはっきりと霧の中から見えて来た。

しかし、著者Ｗ・ブラムリーが考えているように、自分の前にカストディアンの存在を持ち出し、それに従って大きな歴史の力が働くと、考えることはそのまま世の中の人たちに受け入れられるとは限らない。

地球人の全てを監督しているとか、指導していると思われる、神やエホバの類の存在を簡単に前提として考えることは、あまりにも問題を出す順序が早過ぎるようだ。確かに人類の心は互いに戦い合い憎み合い、それゆえにいつの時代でも、「バベルの塔」の中に見られる民族同士の言葉の分裂がつきまとい、民族同士は共存できず、そこに宇宙の彼方からやって来るカストディアンたちの助けが必要だとこの著者は考えている。というよりは単純で素朴な地球という惑星の上に、現れている人間たちがあまりに穏やかなので、あえてそこに問題を提起して争いを起こさせ、そこに現れたカストディアンたちは、もともと自分たちが兄貴面をして人類を宥《なだ》めようとしたり、時には平和な人間たちの間に、争いを起こさせ、それから助けたりしているのではないかと、この本の著者は考えるのである。

地上を別のエデンにすることも必要だと彼らは考え、神や仏を信じて自分の人生を働き続けて死んでいくことの大切さを、カストディアンという名の異星人は自分たちにどこか似ているところのある地球人たちにも願い指導したのではないかと考えている節がある。これは宗教、思想の新しい匂いのするものを超えた超福祉と呼ぶべきものかもしれない。

生命を万物に与えている大自然というものは、ある人々が神と呼び、この著者が、宇宙の果て、別の星雲からやって来るカストディアン、つまり宇宙人とみなしているものである。

ここ、何万年かの間、遥か彼方の銀河の果てから、当時の人間にも理解できないような空間を自由に移動できるＵＦＯで現れるカストディアンたちは今でこそ、宇宙人と呼んで大方の現代人に眉唾《まゆつば》物と言われ、ごくわずかに信じられ、昔は神や神として高い位の存在として高天ヶ原にいる者と人類は理解していた存在なのである。長い間の時間の中で人間はこのようなカストディアンに脅《おび》え、天災の全てを怖れながら人に踏まれる蟻のように、戦々恐々としながら生きているのである。

天孫降臨《てんそんこうりん》の話をし、ＵＦＯの話に話題が進むと、高千穂の峰をシメール人たちの粘土板に貼り付けるだけで、世界中のあらゆる民族の間ではこの種の神話は盛り上がって行くのである。アッシリアやシメール人たちの遺している粘土板に記されている霊的な動物は、そのまま（超超知識動物）として説明されている。とにかくこの種の動物は不死身な機械で守られている生命体であって、大自然が造り得なかった、むしろ霊的なロボットとして人類は見つめなければならず、ＳＦ小説に力を貸している動画的な存在以外の何ものでもない。歴史の流れというか、歴史の文章の頁の中にまどろんでいるものこそ、これである。ジェットコースターに乗っている人の壮快な時間そのものなのである。闇の時間の中で体験することは歴史の外側の出来事であって、これこそ、この本の副題で言うところのダークサイドなのだ。

この本の百十頁には、次のようにも記されている。

「聖書で明らかにされたカストディアンの別の目的にも、戦争は役立った。アダムとイヴの物語では、肉体的に生き残るため誕生から死まであくせく日常の雑事に明け暮れるようにするという〝神〟の意図が語られた。戦争は大規模に資源を費やさせるだけで、生産の向上には大して役立たないので、〝神〟の意図を実現するにはもってこいだ」

このようなユダヤ人の神概念は、確かにそのまま超超宇宙人に関わっていく宇宙人譚であって、そこは霊的知識人としての宇宙人とかカストディアン、また天孫の話が簡単に出入りできる人間の頭の中の空間なのである。

これまでの宗教に依存して安穏と生きていた人間にとって、とても良い刺激なのかもしれない。しかしこういう話を口にするといささかの後ろめたさによって、背中を押される気分にもなる。語る方も聞く方も落ち着かなくなる。子供騙しの宇宙物語や宇宙人譚に人が惑わされるのも仕方がない。私が子供時代に観た芝居の中の筋のようなものであり、それが本当の話と思えない感情を与えていたが、カストディアンがチョイチョイ出て来る話は、大の大人である今の私にこれと同じ気持ちを与える。一見科学の先端を行くようであって、その実現代のおとぎ話にふと読者は目覚めるはずだ。こう簡単に動物になったり超人間になったり、神から人になったり、人から超人に変化したり、宇宙を飛ぶ高位の生き物から奴隷になっていく人間を簡単に信ずる時、高天ヶ原に天から降りてきた天孫の降臨の話は容易に現代世界の中で生きる立場を見つけることができる。信じたり、夢を見たりするのは誰にも自由である。人には何一つ圧し付けられることはない。疑似科学という用語があるが、疑似宗教、疑似哲学、疑似文学などが存在する傍らに、仏や神やエデンといった疑似思想も当然存在する訳なのである。

この本の三十四章である「ロボ・サピエンス」の中で著者は霊的現実として「誰もが霊的存在。霊的存在は全ての物質的過程から究極的には自由だ。霊的過程は物質界に吐き出すもので、物質界に働きかける。霊的存在の潜在能力には限りがない」、さらに「誰にも霊的側面があるが、純粋な霊的存在は一人だけだ。多くの場合〝唯一〟神に相当する」と語っている。

しかし私はこれを神と言わず、天然、または大自然と呼ぶことにしている。

さらに別のところでは「霊的現実は全く存在しない。全ては物質過程の産物として説明できる」「〝生命〟は存在しない。全ての動きは無生物の物理的課程から生まれる。その過程が〝生命〟と

〝思考〟の錯覚を生み出す」と言う。

この最後の二つの文章から、この著者が決定的な科学論者であることを私は見てとり、彼がＵＦＯを様々に語る時、彼の心はおそらくそこには存在せず、冷徹な科学脳の中で生きている人物のように思える。

何世紀も前から他の惑星の生き物と地球上の人間が結合し、いわゆる天孫降臨の形が現れ、その結果として今日の現代人が出現していると考えるなら、この本の著者は地球上の現代人と宇宙人の空中戦があり得ると考えるのも想像がつくのだが、その前提となっている『エデンの神々』の全文章は、その通り受け止める訳にいかないというのも、はっきりとした事実だ。

仏教もキリスト教も、ヒンズー教もイスラム教も、あらゆる宗教が真実の言葉を喋っている一面において、妄想している面もあることを人間はよく知っている。

この著者はドイツ人の間から生まれた神秘主義の思想を、この作品の後半で多く使っている。ここにも悪い意味でのアンダーグラウンド思想が生きているが、神秘主義者は「地下の超人たちが地上に戻って来て人類浄化計画を開始する」と言っている。人類の中でも特に優秀なのはアーリア人種であると彼らは言う。彼らの創造者は世界唯一の純粋な人種であり、地下の超人たちであり、地球の内部に住んでいると彼らはみなしている。アーリア人種の創造者であり、アーリア人種は世界唯一の地下の超人たちである。

人間の上に立っている監督者としての宇宙的存在者はもちろん非地球人なのであり、地球外起源の高位のマスターであり、カストディアンであって、その中の一人がヒットラーであるのではないかと著者は考えている。この辺に来るとこの作品のノンフィクションとしての匂いがますますはっきりして来る。

しかしこの著者の仏教観には、少なからず打たれるところもある。仏教の中でメシアと同じところに置かれている釈迦は、涅槃《ねはん》の世界の中で確かな霊的存在として理解しているようだ。あらゆる「苦しみ」が苦しんでない世界、すなわちあらゆる物が「無」であり、「空」であるとみなされる時、人はあらゆる物質界や名誉の世界から離れて一段高い認識の次元に立つと見ている。おそらく弥勒とは仏教世界の中のメシアの存在なのか。つまりこういった現代世界の仏教とは大きく離れている原始仏教や、現代のキリスト教からは大きく離れている原始キリスト教をこの著者が語る時、そこには前にも話したような宇宙人の話を口にするような人物にはどうしても見えない。

この著者をノンフィクション作家と考えることもできるし、ＳＦ作家として理解することもできるが、そうでもない一面がこの『エデンの神々』を読む時感じられるのも事実である。そうでなければこの作品は二度と私の目に止まることはなかったかもしれない。

仏教哲学を論じているある頁には、涅槃について述べている。彼の言葉には私の心を目覚めさせてくれるような短い言葉の閃きが驚くほどキラキラと輝いて広がっていた。今日まで多くの仏教哲学者や上人たちが入れ替わり、立ち代わり歴史の頁の中に現れているが、この著者の短い言葉の中にこそはっきりと釈迦の言わんとしていた内容がぎっしり詰まっているように私には思えた。六百頁に近い頁数を誇っているこの書物であるが、終わりの方のたった一頁、四百十九頁全体を埋め尽くしている文章は、たとえこの著者が危惧しているように、宇宙外高等生物がいるにしても、人間はそれに対抗して生きていけるという自信を与えてくれる。

その頁には一九一四年の年のクリスマスのフランス西部戦線のある事件について書いてある。この西部戦線の空気はクリスマス気分の中で、急に穏やかになった。ドイツ軍と連合軍それぞれには八十万人余の死傷者が出ていたが、突然そこにそれぞれの側の兵士たちの間からクリスマスキャロルが聞こえ始めた。ほんのわずかな一時であったが、全く弾の飛ぶことのない一瞬がそこにあった。

この本の著者は地球という大らかな惑星の上のこの静けさを知って、ある人間には神と呼ばれ、また別の人間には超能力のある地球外高等生物としてカストディアンと呼ばれているものたちが、とても自分たちではこの惑星は扱いきれないと、思ったに違いない。互いに争いながら、苦しめ合いながら、常にどこかでクリスマスキャロルや御詠歌を口にすることを忘れずにいる人間という名の、多少能力の低い生命体に対し、また地球という水の惑星に対してそういった宇宙人たちは大いに失望するに違いないと彼は考えているようだ。

またこうも言っている。

「人間はきっかけさえあれば、争っていても武器を置き、遥かに建設的で気楽な余暇活動に勤《いそ》しむのだ」

そして、

「兵士たちが戦闘を開始したのは……」

と書き、地球外生物のしていることとは違った地球人の生き方を記している。

神話になる前の、いわゆる原ストーリーは原人の前の旧原人のネアンデルタール人や後期旧石器時代のクロマニヨン人から変化することなく、時代が変わるごとに神話の内容を異にし、今日の我々はそれを受け継いでいる。このことを著者は人間讃歌として叫び、私などはその勇気にエールを送りたい。

『エデンの神々　陰謀論を超えた、神話・歴史のダークサイド』

平成二十二年八月発行　ウィリアム・ブラムリー著　南山宏訳

(明窓出版)

恨《はん》とパッション

恨《はん》には朝鮮文化特有な思考が含まれており、文明人特有な朝鮮風土の産物である痛恨悲哀、無常観とそれらを納得しなければなるまい。

グローバルな現代の広がりの中で、現代人は文明精神の言葉によって葬り去られている。現代人は、知恵豊かにして古代人や中世の頃の素朴な考えや生き方をしていた人々とは違っている。自然の中に流れている万有の気を古代人のようには吸い込んでいないところに、素朴さを失った現代人の欠点があるのだと思う。動物的な生き物としての人に纏わりついていた頃の、あの愛情豊かにしてどこかちぐはぐな言葉の良さが、すっかり取れているのが現代人の言葉なのである。中新世～鮮新世、つまり五百万年から千五百万年前の頃、人類とチンパンジーは大きくオランウータンあたりから分離した。彼らは共通した先祖から分かれた可能性を今日の学者たちによって理解されている。人類と類人猿との違いはオランウータン科と人科、つまりチンパンジーやゴリラとの違いを我々に教えてくれる。

こういった科《ファミリー》はそれぞれの身体の中に宿しているアミノ酸やタンパク質、ヘモグロビンその他の割合などの違いによって、それぞれの考え方、情念は見事に大きく違ってくるのである。朝鮮半島の人々の心の中に生まれている恨《はん》は半島と繋がっている中国大陸の山間や草原に生まれた情念とははっきり違っている。ましてや島国の日本に纏められた人々のあの大和魂や大和撫子とも大いに違う。米・英・フランス人たちのpassionという言葉は東アジアの我々が使う情念や恨をかなり軽いものにしてしまっている。一方ゲルマン民族によってLeidenschaftと堅苦しい言葉となり、もともとは「内なるものが外から刺激を受ける」という意味のギリシャ語の動詞から生まれたものであって、これをアルファベットに直すならpathosということになる。人間の言葉には数多くのものの表現が存在するが、やはり情念はその中でも語るべき意味が特別大きいのである。

心は常に痛みを伴う。人とゴリラやチンパンジーが住み分けをしなければならないのもまた、こういった考え方の違いによるのである。

ものを考え、書き、それを書物として文章の形でまた詩の形でそれぞれの心のリズムを訴えていこうとする時、そこには当然出版人を選ばなければならず、彼らに多くの苦労をかける書物として出すための言葉や文法の理解と共に、本として作っていく上での経済的な苦労もかけてしまう。単に人間社会で活動する事業家として書物を出すだけなら問題はないのだが、人の心を表す作家や詩人や哲学人や魂の音楽人はこれまでの歴史の中で数多くの心豊かな彼らのことが解る読者として、記者として、心の開拓者として出版人を選びとるのでその辺の歴史的事情はどの一つをとっても本格的に読もうとする読者の心を揺さぶり、熱い涙を流させ、彼らの生き方を百八十度変えるものになる。

自分の生き方を、同じ人間であるのに彼らとは大きく変えるということは、なみなみならぬ行為なのだ。人とゴリラ、チンパンジーの分離と同じくらい大きな変化なのである。

この世には単なる社会的に生きる人間と、大自然の前に自分として生きられる人間とがいる。前者から見れば後者は葬られた人間であり、逆に後者から見れば前者は葬られた人間なのである。

未完成になってしまった二、四楽章

歌も詩も勢いづいた心のリズムの花盛りを意味している。人の生命はこの花盛りの中でのみ、本当に生きられる。時間も行動も生命の中で大きく花開き、存在の勢いや喜びを満喫することができる。短歌も都々逸も演歌も俳句も全て人によって歌われる花として咲き誇る最高の時間の表れである。万事、生命は音楽そのものだ。言葉も笑いも全て満開に広がる花の季節以外の何ものでもない。

　私はシューベルトの交響曲八番、すなわち「未完成」のレコードを今コロンビアの蓄音機にかけたところだ。

　昨日までの雨は今日も午前中いっぱい降り、どうやら午後からは晴れてくるようなことが天気予報では言われていた。しかし実際には朝から雨の様子は全く見られなかった。

　未完成の交響曲の流れの中で私はこの音楽の成り立ちを考えるのである。この曲は長らく人の目に触れず灰色の心の下で、しかも若者の人生の不安に満ちた純粋そのものの心という筆先で綴《つづ》られていった音符であるように思う。この曲はおそらく若さの飛び跳ねるようなシューベルトの生き方の中で、しばしば先人たちの曲を真似するように何一つ恐れなく恥ずかしさもなく綴られてはいったのだが、しばしば先輩たちのような彼の生き方の中で彼の若い心には模倣することの恥ずかしさと言おうか自らの内に忌《い》み嫌う思いが生まれ、ごく自然に彼自身この未完成あたりからは実に重々しく自分自身の形がはっきりと見られるようになった。おそらく彼の中の単なる青春の心はそのままでは安心していられないだけの何かを、大人としての重々しさの中から汲み取るようになっていたのかもしれない。

　私は生えてくる芝生の中の雑草取りに疲れた身体でしばらく土いじりの仕事を止めながら周りに目をやり、漠然とものを考える人々の仲間入りをする。人は誰でも晩年に近づけば近づくほど少しずつ自分らしさに戻っていくようだ。若さはやはり若さの痛手を被《こうむ》り、本来の自分よりはかなり傲慢に、しかも格好付けをしながら大きく横の方に離れているようだ。私は妻のパソコンの音に合わせるようにこの文章を口述しながらこの八番「未完成」を聴いている。この曲を指揮しているのは英国人のマルコム・サージェントであり、それを演奏しているのはやはり英国のロイヤルフィルハーモニック管弦楽団なのだ。

　シューベルトはこの曲に後で付け加えるつもりでいたらしいが、結局は交響楽に特徴付けられる四つの楽章の内、初めの二つの楽章だけで終わっている。もっともその後すぐに第三楽章には筆を進めていたらしい。今残っている三楽章の遺曲《いきょく》はごく部分的なものでしかないが、我々が第一楽章、第二楽章として聴いている「未完成」の曲想からはだいぶ異なるつまらないものだとも言われている。おそらくシューベルト自身一、二楽章を書いた後、彼の心は四章まで完成させるにはあまりにも心のどこかが疲れきってしまっていたようだ。人は物を書くにしても勇み立つ勢いで綴れる文章があるかと思うと、疲れ果ててやる気がなくなる時も、時としてあるのだ。

　「未完成交響曲」はシューベルトのみならず、万人にとって未完成にならざるを得ない時のあることを端的にはっきり説明しているようだ。疲れがやってくる直前はあまりにも美しく勢いづいた最後の蝋燭の芯のような華やかな光を放つ。

言葉は限定されている

　いつでも自分自身の言葉で生きていくことが必要な人間なのだが、それをせずに社会の言葉や他人の言葉で生きていく方が心が疲れず、身体ものんびりできるのである。誰もがたいていそのように生きているこの世の中である。

自分自身の言葉を心の中で並べて行くには人はあまりにも忙しすぎ、自分の言葉に赤信号を点滅させ、制限しまた、限定して生きているのがたいていの人の全人生だ。このようにして使い分けられている言葉やそれが意味するものは、たいていの場合あまり友好的には働いていない。言葉が持っている大きな力が百パーセントとするならば現代人の制限されている言葉の働きは、十パーセントにも満たないようだ。

現代人は規則が好きだ。自分の考えよりはまず規則を重視する。確かに集団の中では便利な言葉や金銭や道具や方法などは、様々に変化しているのでそこには当然規則というものが数多く出現する。この数多さは単に笑って誤魔化していられるようなものではなく、心有る人にとっては恐怖心とさえなる。自分を何とか一流だと考えている人も、さらには自分が二流三流だとのんびりと考えている人たちでもこういった数知れない規則の前では時には大きな恐怖心を抱く。正直であればあるほど、律儀であればあるほど、この種の恐怖心は人を臆病にする。おそらく臆病とは安心できる利口さまたは小利口さの形の別の表現かもしれない。人として生きるための技術とか技法はこんな恐怖心の中で磨かれるのかもしれない。それとは反対にはっきりと自分自身というものを目の前に曝《さら》け出す人は何とも人生の技法が下手だと思われるのが落ちだ。

言葉の使い方はそのまま人生の技法ではあるのだがこの技法を別の言葉、疾病に置き換えるなら現代人の悲しい言葉や小利口な世渡りに必要な言葉の本質に入って行かれるようだ。どんな約束事も、法律も、全て一度東北の大災害のように現代人の生き方の中で破壊されるならば、その後には全く新しい本人の言葉だけで通じ、伸び伸びと生きられる神話や伝説の中の空気が入ってくるような時代があるのかもしれない。今のような汚れたメタンガスの言葉や、行動に縛られているこの世の中に現れる英雄などはアレキサンダーやナポレオンやヒットラーのようにその末路はとても悲しくなってしまうが、それとは別に新秩序の中で個人同士がそれぞれを認めて生きる不思議な世界が現れるとすれば、それは正しく本当の意味の人生を生き抜ける大自然の知恵の技術であろう。

人間は社会で羽ばたいてみても、そこでは自由がなく翼が鎖で縛られているので、自由には飛べないのである。風の中をどこまでも飛翔できる心の翼、すなわちその人の心が紡ぎだす言葉を持っているならそこには疑う余地のない本当の人生があるだろう。

今のところあらゆる意味において何らかの容疑者である人間は、虫や魚のように、小利口な猿や爬虫類のように清廉潔白で日の本の下を歩ける存在ではないのである。

人間何事も金で解決すると思っていたり、大自然が与えた生命を人の権力によって立ち上がった裁判官の力で死刑にするなどと考えるこの現実は、全くおかしい。どんな大罪を犯しても人は人の生命を処刑する権利はない。せいぜいあるのは人の世の中から遠く離れた無人島にでも追いやることぐらいが、最後の人の行える権利なのではないだろうか。

　人の生き方というものは様々に違い、共に生きながら嗤《わら》い、泣き、怒りながら、自分の心の中や身体の外側を紡ぎながら生きて行くのが人の人生の流れであり、細胞の自由な動きであるようだ。言葉の心のどのあたりにその人の性格などがはっきりと見えてくるのか私たちは知らない。しかし人同士の、また集団の付き合い方の中に本来は隠している人の個人個人の独特な形が、ある瞬間にはっきりと見えてくる場合がある。どんな人間でも心と身体は常に元気で動いていなければならない。現代人のそれはほとんど疾病の中で薬漬け、注射漬けで生きている状態だ。人は常にはっきりと、行動だけを、信号を見ながらおずおずと進むのではなく、生命と共に与えられている自分の草ぼうぼうの道や岩石だらけの道を、本人が歩くからその後に小道ができるような旅をしなければ、人生を語りたくとも語ることができない。昔から多くの賢人たちは生命には道が失くなっていることを説明している。人には欲望というものがところ構わず働くので、人の道は常に修羅場と化し生き方の大きな厳しい問題を作る。天然物はどこまでもそういった人の欲望からは遠のいている。大自然はそれ自体一つの大きな約束事であり、決め事であることを忘れず、人間の作るその時その時のたいそう偉そうな法律などは、それ自体欲望の羽が生えているのでこれを脇に置くだけの賢さがなくてはいけない。

　人間の言葉は自分の言葉として生命の中から迸《ほとばし》り出る時、そこには間違いなくある種の覚醒が芽生える。これこそが一人ひとりの人間に必要なのだ。

人の本当の「手習鑑《てならいかがみ》」

　人間は生命体の中の一種だというものの、だいぶ他の動物たちとは訳が違っている。将棋の駒のように、白黒の碁石のように時に応じて自由自在に動かされているだけで、そこには自分というはっきりした存在が見られない。人は人でもおそらく猿人や原生人間たちは初めから、つまり生まれた時から碁石や将棋の駒のような生き方の運命を担《にな》っていたはずではない。まるであらゆる種類の単細胞のように離れくっつき、出現し、消える存在であって、そこには身を横たえたり頼ったりしなければならないような社会は存在しなかった。あらゆる意味において絆というものは今日のように存在はしなかった。文明人間としてあらゆる意味での組織と関わって行く生き方や、自分自身がそのまま組織でなければならない状態を考える時、人はどこまでも心の中心において非社会的な、さらには非絆の中で生きる人である自分を常に生き方の中の中心で意識していなければならないと思う。ここまで人と人との繋がり、つまり絆が考えられないところではまともに生きていけない人間ながら、その人間は本来の平安を得るためには一切の組織や社会や絆から離れてホッとするあの心の安らぎの中で生きている安心を実感するのである。

　人は本来の生命そのものとして、単細胞のように生きる時、その姿はまるで納豆やヨーグルトや酒粕などのような一本の線で結ばれている醗酵食品にも似ている。孤立したまたは個として生きる人なのだが、その人が隣の人と繋がり、醗酵して、全く新たな熱を帯び膨らみ独特の匂いを醸し出す存在となる時、人は大きく新たな生き方ができるようだ。人は与えられた生命体を醗酵させながら大きく変わり、熱を帯び、他の人をも、変化の中に導いていく。人間には指導し、励まし、大きく変化させる行動が唯一の言葉教育によって導かれている。単細胞や猿人また原人たちには考えられなかったような明晰な日々の生き方の中で、人の今日は大きく豊かに広がってきた。たとえ何か人生の中で失敗するとしてもそれを失敗とは認めず、次のチャンスに向かう大きなターニング・ポイントとしてにこやかに喜びながら進んで行けるのが醗酵人間の特質なのだ。人は常に何かを学び、覚えることで己の精神の全貌が見られる。遠い昔日本人には生命の理解の仕方や、生き方を磨くために、「手習鑑《てならいかがみ》」という物があった。それを心の限り読むことが、また自分らしさの理解力とも言うべき独学のリズムの中で、己の心の限りを尽くし、精読することが本来要求されていた。しかしそれぞれの時代の人間はあまりにも細々《こまごま》とした世間体を考えて彼らの前に差し出された「手習鑑《てならいかがみ》」を精読するような時間は持たなかったようだ。彼らの中の、ごくごくわずかなほんの一握りの人たち、つまり二宮金次郎のようなタイプの人間だけが、その言葉の本当の意味において、独学という正しい勉強の形を身に付けていたのである。こういうわずかな人間たちは確かに目の前に現れる言葉やその中に含まれている格言などから深い洞察力を持って物事を次から次へと広げて前向きに巻き上げる姿勢をとり、結果として目の前に示された言葉という言葉の全てを見事に集約していくことができたのである。大半の人たちは文明の社会の中で、学問とか、習いとか、単なる社会の形式として身に付けようとするだけで、本格的な独学精神の中での精神のウォーミングアップをするチャンスを失っていた。言わば「手習鑑」を不活化させていたということになる。確かにほとんど現代人は学問や言葉の全てを不活化させてしまっているのである。要するに人は前向きに生きていないということだ。豊かな言語感覚を備えていても、十分豊かな機知に富んでいても、また奥深い味のある会話ができるとしても最後にはどこかその場限りの気の利いたウイットにしかならない人間となってしまうのが現代人だ。本当の現代人ならば己自身がはっきりとした個人として生きていることを誰の前においてもはっきりと証明しなければならない。そのことを忘れ、どんな大きな問題でも肝心のことを忘れはぐらかして言葉を語る時、それはまるで主語や目的語の欠けた言葉のように中身が無いので相手には通じないのである。

人ははっきりとした主語や目的語のある言葉であらゆる物事を前向きにし、活性化し、生き生きと膨らんでいく醗酵食品のように熱くなっていくのである。人生はやはりあらゆる意味において醗酵食品である。

火の発見

何世紀も前、海洋時代と言われていて七つの海はどこもかしこも希望に燃え、野心に燃え、海の男はそれぞれの帝国の王や旗の名の下に海を渡って行ったのである。

オランダもイギリスもスペインもその中の雄として七つの海をかき分けていった。先世紀終わりの第二次大戦も、アジアだけを考えるならば、日本の軍国主義の考えの中で作り上げられていった「大東亜共栄圏」は、もう一つの東アジアや中央アジアを含んだ海洋時代の縮尺時代と考えることもできる。それぞれの帝国は間違いなくどれも崩壊していった。アフリカ大陸の諸民族も東南アジアのそれも全て属国から抜け出し、国連に堂々と名を連ねる国々となり、それぞれの国の国旗を眺めると、そこにこういった属国や傀儡《かいらい》政権の国々の痛み多い歴史時間の悲しみがよく見えてくる。

それぞれの新しく生まれ変わった国の自然や文化、さらに言葉などは、国際語として使われている英語、フランス語など五カ国語の他に、それぞれの民族の間で、誇り高く使われている。それぞれの人の感情も認識力も生き方の全域における概念の全ては彼らの生活の中に流れている言葉によって、自由自在に動かされている。結局人間はそれぞれ自分が生まれた部族や歴史の流れの先端において、自分に与えられている言葉に従って、自己中心の心理作用に基づいて、誰もが自由に自己を主張しながら相手をも慮《おもんぱか》って生きられる時代になった。

人はかつて未だ猿の匂いを彷彿《ほうふつ》とさせながらさほど大きくもない頭を少しずつ持ち上げようとしながら、火を発見した。火を発見しながら徐々に頭を大きくし、胸を張り、完全な二足歩行の存在となった。しかしその頃は未だ火を人のもとにもたらしたのはプロメテウスだと考えることにいささかも疑いを抱いていなかった。その後人類は体の周りから猿の毛を落とし、ほとんど完全に裸となり、そこに様々に人種によって違う衣を纏うことになった。衣を纏った裸の猿にとってプロメテウスは全く関わりのない存在となった。今日人間は文明時代の人類と自らを呼び、様々な化石燃料から原子力の火に到るまで疑いなく人の先祖が発見したと信じている物を、その通りに認めている。彼らにとってプロメテウスは文明の生き方を人に与えてくれた歴史上の存在とは認められていない。彼は単なる伝説上のページに時として現れる神の一人であり、現代人の前で火は単なる人の小間使いにすぎない。

神様そのものであった言葉も、今日では単なる社会の道具、つまり基準言語に成り果て、ものの長さや重さと同じようなリズムではあっても、人の言葉のリズムとは考えられてはいない。

心の海洋時代を目の前に見ている人は言葉そのもののリズムを大切にしたい。大東亜共栄圏の発想のようなものは不要だが、己の心の中の七つの海はぜひぜひ見つめていたいものだ。

詩人の魂

自分自身の言葉をはっきりと持つということは、この文明社会においてはとても不便であり、嫌われ、何をするにも問題を起こす人物となってしまう。この世の中で生き方が上手く行かなかったり、そうしようと思わずに敵を作ったり、誤解されたり、自分の思う方向とは違うところに向かってしまう人たちというのは、おそらく何らかの意味で詩人の本格的な血が流れているはずだ。詩人は常に大自然に向かって何かを語っている。詩人は常に天然の流れの中でしか自分の言葉の流れを持つことができない。つまり詩人の言葉とは社会の言葉ではなく、社会にとっては駄目な言葉なのだ。それぞれの人本来の中から何一つ曲げることなく真っ直ぐ出てくるものが詩人の言葉なのである。そういう言葉の通りに生きてしまうとランボーのようになってしまう。同じ金銭でも社会人が使うようには、また貯めるようには使うことができない。どっさりと貯まった金貨も懐に入れ、その金で自分の病気を治すために病院にも入らず早死してしまうのが詩人の運命だ。たとえ、金銭という汚れたものに触らずともひたすら芸術とか哲学とか宗教の澄み切った流れや空気の中で力いっぱい過ごす詩人たちは、どうしてもあまりにも純粋すぎて、綺麗すぎて、長生きはできないようだ。

自分自身の言葉を持つことは、もう一つの自分自身の誕生を実感することだ。心有る人が常に涙を流し、社会的人間が笑う時でも熱い涙が溢れるのはそのためだ。

物を書いたり描いたり、音の魅力に憑かれ、とにかく自分の人生を自分らしく生きようとするごくごくわずかな人たちのことを、私たちは純粋培養の人間と呼ばなければならない。この世にもし社会人の外に仙人や隠者が本当にいるとするならば、わずかな彼らはその言葉の最も正しい意味において詩人なのかもしれない。人が作家と呼んでいるのは、よくよく見れば、この社会で通じる最も才能豊かな商人なのかもしれない。名の通った絵描きなどは、一種の詐欺師かもしれない。人前で立派な服装で詩を歌ったり、ヴァイオリンを弾いたりピアノを弾く大音楽家は手品師かもしれない。この世で誰にも相手にされない半ば乞食や放浪者のように生き、愛する病める妻のために金を儲けようとしているピアニストがいるとすれば、彼こそが最高の芸術家であり、結局は本当の作家や絵描き、宗教人たちと比較して本物の詩人と言わなければならない。

人は、詩の言葉を話せたり聞いたり書いたりできる人のことを、単純に先生と呼んではいけない。達人と呼んでもいけない。英雄と呼んでもいけない。そういった本当の詩人の魂を持たない人々は別として、わずかな本当の詩人がいつの時代でも一人二人といるものだ。彼らこそが愛の、また知の大冒険家なのだ。彼らこそが原生人間の、つまり初源のサバンナに降り立った人間の姿なのだ。

本来の人間は全て詩人の魂を備えており、彼の口から出る言葉や書く言葉、発音するフレーズも全ては人が人であることを最も正確に示しており、そこにこそ、人生の流れが見い出せるのである。

老いても消えない言葉

年をとればとるほど、体力が失くなれば失くなるほど、その人の生命力の中で自然と深くつながる言葉の量は少なくなっていき、そういった言葉の発する意味合いの翼は大自然の空気を切って飛ぶ力を弱くしていく。

若者でも老人でも、知恵ある人も素朴な凡人であってもいささかの違いもなく、話している三十分ほどの間の言葉や就寝前の三、四分ほどの半ば眠り始めている中での言葉などは、間違いなくその人の格言でありさらにはそれをきめ細かく整理した格言となるようだ。こういった言葉は誰の場合でも間違いなく神の手によって助けられている。この場合神様とは天然の純粋な動きの中でその人が納得できる言葉という意味である。

記憶力が良いとか何事も忘れない知恵ある頭などと言われている人がいる。こういう選ばれた人たちだけがとても豊かで困ることの少ない明日が期待できると言われ、華やかな未来の世界が造られると見られているが、必ずしもそれは正しい理解ではない。人生を巧くやり過ごすことが良いのには決まっている。しかしそうすることが良い頭や小知恵の働きによって造られて行く生活態度やそれを支えている確かな記憶力だと理解するだけで、必ずしも良いものではない。たとえ話す言葉に正確さが欠け、物事の説明に多少の繋がりの順序が間違っていても、それらのあまり整然と整えられていない言葉の数々の中に、本人の感動や涙やわずかばかりの誇りに満ちた記憶力の綺麗な息を吹き返す一瞬があるならば、たとえ負の記憶であっても生き生きとした正の言葉となり生命を盛り上げる力となるものだ。

宝くじや何々賞に寄りつく心は実に悲しい蛆《うじ》虫の動きにも似ている。綺麗な心は常にそういったものから遠ざかる。一発当てようとかする夢見心地の心には常に蛆が湧く。

人はいつでも自分の心や生き方を高緯度に保っていなければならない。自分の言葉を常に新しい緯度に置き、常に前を向いている経度の中心に据《す》えていささかも動かない状態にしておかなければならない。

ある虫の研究者は、蟻の生態についてよほど夢中になって研究をしていたようだ。左から右へ、右から左へと絶えず物を運びそれを置いてくると、身軽になって脇を通る仲間とぶつかることもなく勢いよくどこまでも仕事中心で動いている蟻たちを見て、この学者は「それでもこれらの蟻の実に七十パーセントほどはそれほど働いてはおらず、さらに彼らの一割ほどはその短い一生の間ほとんど働くことがない」と見ている。確かに蟻だけではなく全ての昆虫たちや動物たちも、またその中のサミットに立つ人間であっても、また人が稼働させている言葉であっても、訳は全く同じであることを納得しなければならない。

要するに人はどんな良くも悪くもある状況の中で、限りなく生命の言葉を使えるものであり、同時に山の木が生い茂ってきたその場から生涯動くことができないように、置かれた場所と同じように生まれた運命の中で、大自然の与えた言葉の広がりの中でそれを大いに喜びながら、与えられた色彩で誇り高く咲く花のように生き生きと生きていくのである。感触がどこまでも抜群である人は一人ひとりの時間の中で常になにかを発明し、発見し、それらの時間の中で絶えず自分の言葉を発していく。人の思いはそれ自体大きな力であり、それが呼び起こす幸運も不運もあの学者が見た数多い整然とした動きの姿を思い出させてくれる。

芸術家が妙な自信を持ったり、心のどこかで詐欺師の思いでもって造る作品などといったものはそれ自体、尊い時間の無駄遣いと言うべきだ。人は自分の人生という田んぼに生き生きとした苗を植え続けなければならない。自分自身に与えられている時間の使い方に大いに注意すべきである。自分に与えられている時間の使い方はそのままその人の生命の使い方なのである。大自然が置いてくれたところに間違いなく咲く花は、そのままでその事実を喜ばなくてはならない。安心した手作業はそのまま続けることで生命はどこまでも咲いていられる。自分の手作業こそが本当の物作りであり、しかもそれこそが創造の技なのである。

天然のものにどんな理由からも反発する力も権利も自然から与えられた生命体はもっていない。心の通気性や魂の放出性こそ豊かな言葉という意味を示している。人は与えられている自分の生命でもって、つまらないことや汚い金銭問題などについていちいち一切の通気性を失い、生き方の湿度の中で悩んでいてもそれは自分人生を暗くするだけだ。生命を瑞々しく、世界の全体がふんだんに新しくなっていく時、人の生命も生き返るのである。

人は自分の中から生まれてくる言葉の数々に常に勢いを保たせるために睡眠状態を与え、立ち姿が曲がらぬように正しく整え、どんな場合でもスヤスヤと眠っていられるようにしておかなければならない。何かを話す時は一瞬の中で目が覚め、それを聴くものは耳が生き返る。

どれほど年をとっても言葉は幼児のようにまた赤児の産声にも似て、その人の中から出てくる状態でなければならない。

桜とコスモス

日本人は桜の花が好きだ。桜の花も外国のどこよりも日本に合うようで大八洲《おおやしま》のどこを見ても北海道から沖縄に至るまで、オホーツク海や南西諸島の海風はどこか春の頃になると、桜の花を見事に美しく咲かせるようだ。

一度ユーゴスラビアの北の方から車で南の方に旅をしていた会社の社長とかいう男が日本人である私に気がついたのか、これからバスに乗ろうとしていた私を自分の車の中から呼び止め、そのバスと同じ方向に行くから私の車に乗れと誘ってくれた。長い旅の中で私たちはけっこう楽しい話をしながら過ごした。途中でちょっと大きな街につくと、車を降りて彼は小さな喫茶店に私を連れていってくれた。確かにあたりに咲いていたのは桜だったと思う。桃や梅のような気もしたのも確かだが、私の中では桜であることを願っていた。

さらにある時アメリカのミネアポリスの街からリッチモンドに飛んだことがある。決して長くはない距離だったが国内線は一度ワシントン空港で降りなければならなかった。たった二十七、八分ぐらいの時間でリッチモンドにつくはずだった。ワシントン空港を飛び立ってすぐ小型ジェット機の窓からは眼下に桜の並木が見えていた。ペンタゴンの大きな佇まいはポトマック川を挟んでその脇にあった。未だ離陸して間もないジェット機からは、ワシントンDCの街の広がりが桜の並木とペンタゴンの周りに大きく見えていた。

ミネアポリスあたりは通る人もどこか北欧の匂いを発散しており、私の中では札幌の冬のような匂いをそこに感じていた。桜はやはり外国には似合うものではない。

秋の花であるコスモスは日本人にとって秋桜と呼ばれて親しま

れており、春も秋もある意味では桜の季節であり、美しい敷島は外国などに身を置く人たちには特に懐かしいものだ。

大自然を肌で感じ、天然を万物の中に認めている日本人には桜が心から消えることはない。一方バルカン半島の南の外れ、ギリシャ人は自分たちの方言、ギリシャ語によって秋の桜と私たちが呼んでいるこの花を、大自然そのもの、宇宙そのもの、さらには世界そのものとしてコスモスと呼んでいる。コスモスの名の下に、遠い昔からヨーロッパでは空が大きく人の頭上に広がっていた。桜は敷島の心や撫子の女心として日本人の間に存在している。

星々の全ては彼らギリシャ人たちによって数多くの伝説となって残り、神話となって空に貼り付いた。そこには羊飼いもおり、龍もおり、大男も全てその下に住んでいる人間を言語の流れの中の生活着にした。

五千年の歴史の中で中国大陸の人たちも巨大な生き物、つまり生命体を夢見、人の中心が生命であることを確認しようとした。空は、または大宇宙は頭上の天然の広がりだと多くの荘子たちによって言われてきた。長い歴史の中で荘子たちは一人の人物にまとめられた。数多くの夢を見たギリシャ人たちや中国人たちによって人の心の中や目の中にはっきりと残されてきている。空いっぱいに広がっている星々の伝説は、長い歴史の中で人の心に移され、やがてそれは夢となり、力となり、ついには頭上の図柄となり、英語、フランス語など世界の方言となり、確かな書き言葉となる前のアルファベットに変わり、漢字に変わった。それにより人は地球のどこに生まれ、どこに生きており、どのように行動していても言葉という心と体の中のリズムの中で自分に与えられた生命を全うすることが可能となった。

春の桜、秋の桜、コスモスは天を描くのに最も適したものであるに違いない。宇宙のリズムと広がり、また流れているものに最も適しているに違いない。おそらく人が死んでいく時、最後に天然に戻っていくのは人に張り付いている言葉であろう。言葉は気の流れだ、精神そのものの流れであり、その人のあらゆる思いのリズムで纏められた歌となって四方に広がっていくだろう。幻覚作用の心の繋がりとしてコスモスは大きな意味を持つ。人は生まれてから死ぬまで、常にそれぞれの時代の中の幻覚を見ており、あらゆる行動の中で幻視を体験している。それから離れるためにも人は天と天然と大自然と深々と繋がっていなければならない。

桜は日本人の清らかな心だ。コスモスは地中海の空に広がる伝説を夢見ながら体験する人々の昼間の夢だ。春の桜、秋のコスモスどちらも人々の生き方の図柄そのものである。

先見の明は寂しい限り

アメリカ人のジョブズは文明の空気の中に生み出された特別優秀な落とし子であった。特別商人として、また技術のマラソンには強い心臓を持っている人物だった。心の中心では、というよりは文明世界では逞しく、その勢いは未知数の存在だった。

あらゆる種類の大小様々の猿たちが己の力を発揮してボスにまで納まるのには絶対的に必要な条件がある。パソコンやその他の文明の利器を、世界を前にしてリードしていくにはそこにボス猿の意気込みがなくてはならない。猿としては最も強く、頑丈に生まれついていなければ他の猿たちの先頭を切って走ることはできない。ジョブズは彼のＩＴ革命が常に先頭を走っていることに自信があった。途中で何度か後ろから走って来る者に追い越されてしまうこともあったが、その時でも彼の心はめげることなく、毎回次の瞬間には先頭に立っていた。仲間の先頭を走っていれば、猿でも人間でも元気でいられる。しかし追い抜かされても次の瞬間の先頭を走る自分を夢見ている限り、元気さをいささかも失わないのがこの彼であった。

ジャマイカの黒い大男は、オリンピックで毎回新しいレコードをスポーツの神話の中で作っていった。おそらく文明の機械革命の中で、ジョブズはもう一人の黒い神様に近いものがあった。

米大統領は彼を称してビジョナリィ（先を見通せた）の人物だと称しているが、おそらくジョブズこそクラーク先生が北大を去る時口にしたあの言葉、アンビシャスという形容詞の本当の意味「野心豊かな」という意味の方が正確さを表しているようだ。ある年のＳ大の卒業式で講演をした彼は、その締めくくりに「常に飢えていなければならない、愚かに徹していなければならない」と呻きながら言った。

彼のような商人、または技術者、監督だけではなく哲学人も宗教人もこのように徹底的に生きる時、そこには何か革命的なものが起こる。

私はジョブズを才能豊かな商人だと認めながらも、さらに心の奥の方では才能豊かな経営者や人生の監督として認めたい。もっと正確に言えば、また言葉の沈殿した奥の方で語るならば、文明人間一人ひとりの手の技や生産力を与えるもう一人の新しいルネッサンス人だと思っている。もっとも知恵のついた猿の王様とも言えるかもしれない。特別優れた人物だけが扱うことができる巨大なビルディングのような機械仕掛けのそろばんを、ちょっとした小器用な人物が万年筆のように扱える小型携帯電話アイフォンとして世間に出した時、人々はこれまで以上に猿からは程遠いところに行ってしまった。その昔、ベルから始まりエジソンに繋がっていった電話と電球という、まだまだのろのろした動きの文明という名の村を放浪する獣は、やがて若者のように元気なＩＢＭなどに変わり、さらには壮年の獣と化し、ところ構わず地球上を自由にかき回し、人間はのんびりと落ち着いて暮らすことができなくなった。偉大な技術者や経営者であり、もう一人の新時代のライフルと元気な犬を持っていたジョブズは、彼の夢であり新大陸でもあったセーラーの薙刀《なぎなた》式ペン先にも似た小さなポケットにも納まる言葉通りの多機能携帯電話を、多くの彼の周りにいる技術者の力を借りて世に出した。様々な動物や植物の生き方を見て人間は大小様々な便利な機械を発明した。ある人は音声通信だけの、また物の移動手段だけに分けて様々に道具を作っていった。人間をより人間らしい秘められたところから巨大で便利に生きるために、機械はどこまでも発展してきている。その意味から言えば、ダーウィンの種の起源より流れてきている大きな種の活動がここに見られる。

しかしどこまでいっても人はこの流れの中で満足することはな

い。ジョブズは若者たちに向かって常に休むことなく飢える心を持ち、愚かでなければならないと宣言しているのはそのことだろう。自分をはっきりと意識しなければならないと言っているのである。どんな発明も発見も人を満足させることはない。そういったものに一時は満足するとしても、それは束の間のものでしかない。全てを持っているということは、その実何一つ持っていないことを意味している。しっかりした心はそれをはっきり知っているだけに今の自分が飢えていることを実感する。

おそらく商人も技術者も権力に心が向いている時、そこからは抜け出ることができず、日本の多くの豊かで器用な会社などはアメリカのジョブズの会社などを対岸に見て涎《よだれ》を流しているのである。豊かな生き方とは、それとは全く別であることを知らなければならない。あらゆる分野でそれ以上の何かをしたいと、また生み出したいと願っているのである。心の苦しみを多く持つということは、それ以上の生き方を意味している。うっかりすると言葉の機能さえ、この縄目の中に落ちかねない。私たちは大いにそのことに注意しなければならない。素朴な言葉や単純さこそ、人を本来の、生まれてきたままの人間に留めてくれる。そうでない時人の存在はどこまでも疲弊《ひへい》せざるを得ない。人はビジョナリィに生きれば生きるほど、彼の周りは貧しくなり、聖なる愚かさに纏わりつかれるようになる。我々はそれを楽しめるだけ、高尚な生き方をしたい。

中心的な言葉

トンボや蝶に羽があるように、魚に鱗《うろこ》があるように、人には言葉がある。羽も鱗《うろこ》もそれぞれに動かす時に生き物は自由自在に動くことができ、生きることが可能だ。

人は何を話し書いたら良いか分からない時、努力して喋ったり書いたりする時、その内容はほとんどその人の言葉としての意味を持っていない。話すことや書くことが思いつかない時、人は間違いなく自分の中のまとまりをもった中心的なものを失くしている。世の中には文章教室とか話し言葉の練習などということを教える塾などがあることも事実だ。しかしそういう言葉の技術によって人は心の中の問題や物事の道筋を説明したり聞かされることはできない。何事も私流、私学、私語こそ本物の意味を持っており、できた言葉であって、こういった言葉の周りは独学の匂いで埋め尽くされている。こういう言葉によって書かれる書物はその土台に独学の力が大いに働き、私流という勢いによってのみ、生まれてくる。

感情を勢いよく生み出す人の心は間違いなく大きな強迫性の良い障害だと言うべきだ。山ほどある言葉の中で生きている人は、間違いなく健康ならば、こういった強迫性の病に侵されている。しかし実際には文明人間はどんな自分の言葉や、雑誌や新聞、哲学書や宗教書の言葉を読んでも、いささかもそこから流れ出してくる言葉によって、強迫性めいた感情を抱くことはない。おそらく人は現代人として生きようとするためには、こういう精神の障害を持つことなく、どんな言葉に、またフレーズに、クローズにぶつかっても壊れることない、つまり感情の動くことのない人として生きなければならないので、言葉という言葉は全て、そういうこともあろうな、とか、それは私の考えが受け付けないと妙な自信をもって、文明と呼ばれている今の世の中を生きていけるのである。

言葉は本来人にとって心を磨き、精神を高める聖なる精神のオベリスクでなければならないのである。残念ながら現代人はとても頑固なイスラム信者のようだ。言葉は脇に置き、ミフラーブ（聖龕：モスクのキブラ壁に設置された窪み状の設備。この方向に向かって礼拝を行う）そのものを聖なる石として崇めてやまない。この聖なる石とは、占いであり占星術であり、あらゆる人間の単なる白昼夢にすぎない。

生命あるあらゆる物がこの地上に存在する。しかし人は石ころや岩石のような全く生命体と関わりを持たないものに執着することによって、何か大切なものを身に付けようとする。イスラム教徒が日に五回熱心に祈るとしても、そういう彼らが日々の暮らしの中でいささかでも他の人々と変わるところがあるであろうか。彼らがあらゆる点で他の人々と変わりないことを知る時彼らは爆弾を背負い、異教徒の前で爆破して死んでいく。要するに人間はイスラム教徒であっても彼らの馬鹿にする異教徒であっても、結局はそのままではバイブルやコーランや経典を読んだとしても、それで何かが変わるということはない。つまりこの世には聖なるミフラーブなどはないのである。

自分の言葉を自分の心から吐き出し、それを信じて自分の人生という道を生きる以外に何一つ聖なる道筋はないのである。自分の言葉を己の生命のリズムとして信じ、その道筋を進む以外に生きられるという自分は存在しない。

尻切れトンボの論理

本当の心のリズムは自分自身を吐き出していることからしか出ては来ない。そういう人の生き方から流れ出して来る言葉はとても意味がある。私自身の場合もこれと同じである。そこには文章を書く秘訣や、文法上の知恵などはほとんど関係してはいない。むしろ単純で、どこまでも素朴なその人らしい文章の中で心の動きは清らかに流れるのである。

私は今、手に一冊の青い色の小冊子を持っている。この十ページほどの本のタイトルは、『尻切れトンボの論理』である。

この小冊子の最初のページにはおそらくこの若い著者が書いたと思われる短い手紙が付けられている。本の中身とは違っていかにも子供であるような思いで手紙文は綴られている。

「拝啓　上野先生様

僕に力を与えて下さい。

今、僕はネパールに行きたくて、でもそれをどうしても阻止しようとする輩がいるんです。

彼らは強固の連体と不屈の精神でもって僕のネパール行きをやめさせようとたくらんでいるのです。

上野先生様

お願いがあります。

この手紙が届いたその日から定期的に僕に返事をください。
どんな下らぬお話でもけっこうです。
僕を勇気づけて下さいませ。
僕もその敵との戦いを一部始終手紙に書いてお送りします。
もうお気づきになったと思います。
その敵とは僕の中のもう一人の僕なのです。
先生との関係を持ちたいんです。
上野先生様
僕の創った詩集お送りします。
どうかゴミ箱に捨てる前に一回でもいいですから読んでみて下さい。
それからでも遅くはないと思います。
今、僕は二十歳です、多分若者なのです。
どうか先生僕をネパールに行かせて下さい。
僕はネパールに行きたいんですから。
読んで下さって本当ありがとうございました。
また手紙書くきます。
上野先生へ」

私がこの小冊子を古い哲学書の間から見付け出したのは昨日のことであった。未だ私が一関にいた頃、読者から受けた手紙の中にこれが紛れ込んでいたに違いない。当時の私はどんなに手紙が多く届いた時でも必ずすぐに返事を出していた。この若者にも返事をしていたに違いがない。しかし、もしかすると一、二通返事を出すのを忘れていたものもないとは断言できない。

その頃一人の見知らぬ青年が寒い冬の一日、一関駅前の電話ボックスから声をかけてきたことがあった。ほんの二、三分の会話で終わったが、それから数日経って彼の遺体が北上川のあたりで発見されたことが色々な情報から分かってきた。

その次の年の夏、青年の母親が鎌倉から出版社に電話をくれた。その時私はちょうどその出版社に居合わせていた。親の話から彼の息子が私の本に夢中になり、長らくインドに滞在したが、それらの国々に絶望し、その後帰国して東北を訪ねて自殺したことが分かった。

この小冊子『尻切れトンボの論理』やそこに挟まれていた私への手紙の主人公が、彼とどうやら一致するような気がしている。

私は果たして彼に何か応えたのか、それがはっきりしないので、今はとてもサスペンシヴな心を抱いている。彼はこの小論文の中の最初の文章「純粋な生きるということは、何か……ということ」というタイトルの下で次のように書いている。

「今日まで私は確かに生きて来た、それは誰もが認めることだろうが、でもその認めることとは本当にこの私が生きてきたということだろうか。ただ単なる私が生存していたそれだけのことのように思われないこともない。そんなことは実際どうでもいいのであるが、この頃の私は本気で生きることの意味を考えることがしばしばある。世の大人たちから見れば下らんと一笑するかもしれないのですが、どんなものだろうか、識者であるあなたたちに教えてもらいたいと思います」

これから先、未だ言葉は続いていくのだが、それは省略したい。

この小冊子の終わりの方には、詩が載っている。彼の心が現れているような詩だ。

「だれがわるいんじゃなくてこの私が憎い
いつもいつも同じようなこの気持ちの毎日
疲れているんだとなにげなくつぶやく
一人旅をするそんな日もあり
旅をしたその後もだるい毎日が続く
これだというものがなく
何を信じればよいのかさえも
分からずもう……」

私は何十年も前のこの二十歳の青年にとった態度はどういう意味合いを持つのか、今ではははっきりしないところがある。この小冊子とそこに付けられていた手紙が、北上川のあたりで自死した青年と同じでなかったことを願うばかりだ。

生命のグリコーゲン

身体は大自然の動きの中で、または流動的な大自然の動きの中で生命が生命らしく生きていけるように食物や酸素などあらゆる物を混ぜ合いながら、化合しあっている。ウィルスから人に到るまで数多くある生命体は、全て見事に万有の流れの中で化合しあっている。それだけではない。動物、植物以外にも石ころや地下のマグマやかなり浅いところの化石などでも、大きな意味では自然の流れと繋がっていてのんびりした長い時間のスパンの中で化合しあっている。その中でも生物の時間はそれと比べて何とも速い。呼吸や血液の流れを見てもその速さには驚いてしまう。

呼吸は筋肉を生み出すための燃焼作用を常時活動させており、その結果体全体が大きく燃え始める。おそらくその原因は未だ分からないが、言葉と大きな関わりを持ちながら心や精神が燃えていく動作も生命体の動きから誘導されてしまうことは事実のようだ。充分に動脈のせせこましい流れの中にグリコーゲンが送られてくるのだが、この動作が続く限り身体は、つまり生命体そのものはへこたれてしまうことはない。いかなる疲労も倦怠感も、もちろん絶望感に囚われる心もそこに起こることはない。枯れ葉が燃えてできる灰も、石炭や炭が燃え尽きてできる灰も、どう頑張ってみてもマッチやライターで再度火を点けようとしても点くものではない。消えた生命は二度と戻らないのである。疲れ果て、喋り果てた言葉に吹子《ふいご》や火吹き竹で充分な風を与えても、そこに火の動きや生き生きとした言葉や行動は生まれてくることはない。言葉とは、生命体と同じように生まれたり死んだりするものだ。それなりのグリコーゲンによって、酸素の呼吸によって、生命体はスタミナを得ることになる。

人の体には数えきれない程の多くの筋肉が存在する。筋肉と骨との間にはスタミナが活躍しなければならない。骨と骨との間に横たわっている筋肉は、肉と骨とを自由自在に動かすことによって生命体の活動を促しているのである。言葉には文法という筋肉が微妙に働いてはいるが、人の体の筋肉と言葉の文法はあるところはとてもよく似ており、あるところでは全く違っている。感情という火を起こす酸素のようなものを、私たちははっきりと知らねばならない。肉体の中の筋の伸縮は人を、というよりは生命力を燃え上がらせる、火力そのものである。その勢いが強くなる時、人はそこに情熱のほとばしりを、体験する。心の勢いある行動にサイクロンや暴風雨のような勢いがつく時、周りの人はその燃え上がった行動の中の人を見て、本当生きていると思う。モーゼやヨナや円空や良寛なども、歴史上の中の燃え上がった形で生き通した人間像なのである。

しかし冷たい文明社会の中で人間は再度火を起こさず、燃え上がることがなく、自分の生命を自爆させたり、自縄《じばく》の中に落としてしまっている。現代人の言葉は生命を撚やすだけの基本的なグリコーゲンを持ってはいないようだ。生命体もその他のものも、大きく十把一絡《じっぱひとから》げに考えるなら、一つの工学と見なければならない。

自分の言葉のリズムを一歩踏み出す勇気ある行動が、今日誰にもなくてはならない。毎日同じ音の繰り返しで生きており、そういう平和な生き方が安心なものだと思われているが、それは大きな間違いだ。そういう生き方は本当に生きていることにはならない。

中国大陸の人は、「鬼道に習え」と言っている。誰もがやっているあの退屈な生き方を生きていては、自分らしい一生は送れない。つまり、吟遊詩人にならなければならないのだ。常に、一瞬一瞬、全く新しい言葉で生き方の全域を謳歌《おうか》しなければならない。自分らしい鬼道に進んでいかなければならない。大自然の中のどこかに間違いなくこの鬼道はあるはずだ。ダークエネルギーの匂いをかぎ分けてみたい。そういった全く新規な風にあたる時、新しい自分になれる。その人の気質も、この社会の中で誇っていたものも全て雲散霧消し、再度母の羊水の中から出てくる赤児のように初めての産声を上げる。中から出てくる全く親しい物を開けてみる楽しみは得も言われぬ喜びだ。

心の坂

私は学生時代、卒業する前の年、あちこちを旅行しながら歩いたが、神戸の坂道もその中の一つであった。

五十歳の誕生日を明日迎えるという日の夜に、ビルの間を縫うようにして空港に下りたパンナムのジャンボ機から香港の光り輝く坂道を観た。しかし小樽の坂道は正確には未だ一度も眺めてはいない。二十代の頃停車した汽車の窓から小樽の坂は一つ二つ見てはいるが、今となっては私の記憶の中ではほとんど消えているというのが事実だ。

室蘭の浜辺、トッカリショの波の厳しい浜辺で洗礼を授けた何人かの北海道の若者たちの間に、一人可愛いアイヌの娘がいた。彼女の顔さえ私の心のスクリーンからはとうに遠ざかっている。

人生は誰にとってもどこもかしこも坂道が多い。しかも上り坂や下り坂がその人の足を痛め、人生とはなかなか素直には進みづらいものだ。上り坂の人生はその中でも特にわずかだが、そこから多くの大切な物を人は受け止める。同時に下り坂の時には、意外と足を滑らしたり転んだりしながら痛み多い、悲しみ多い体験を多くする。後になって考えれば、そういった体験の中から意外と多くの思い出深い喜びを見い出したり、とてつもなく大切な人生の教訓を得ることがある。

どこまでも本州とは違ってもの淋しく、そこに住む人々を無口にしてしまうのが北海道かもしれない。そんな中でも小樽は異国情緒いっぱいの都会である。寒い田舎の都会なのである。ロシアあたりの大きな白人たちと接しながら、そういった彼らの間に細々と生きてきたわずかな数のアイヌ民族は、ギリヤーク族の中の一派なのであろう。だが千島や北海道に住む彼らは、やがては日本語に半ば同化してしまうアイヌ語を山や森や雪や潮風の中に溶けこませている。本州から夢と希望を持って北海道に渡った人々は、多くの困難の後、今日のような札幌を中心に小樽、旭川、室蘭そして東の果ての釧路、南の果ての函館などでこの北海道を押さえているが、これらを基幹都市と呼ぶことができれば、その他の大きな大地の広がりはほとんどアイヌ人の自由に暮らしていた大地そのものであり、道という道はどこまでも真っ直ぐ進み、森も山も湖も、人気のないところでどうしても突然現れる旅人に懐かしさを覚えて近づいて行くように、この北海道という大地はアイヌ人たちと熊やふくろうを神として崇めていた原住民の心から抜け出すことはできず、これから先も決して雑然と人の数の多いポリスになる気配はない。

小樽は古い時代から港湾都市だった。市民は常に商人の匂いを発散している。海の方から山に向かって登り広がっている町並みには当然多くの坂が生まれた。おそらく数えてみればはっきりとした名の付いている坂は三十以上もあるに違いない。小樽の人たちは遥か下の方に船の姿を見ていたせいか、「船見坂」、あちらこちらにロシア人などを観ることが多かったせいか「外人坂」、このあたりの生き方が厳しかったのか「地獄坂」、そういった彼らに仏のような優しい心で近づいて来る人もいたのか「観音坂」、お互いに我を通して譲らない頑固な夫や妻もいたのであろう「鍋壊坂」、これから心を変えて働き出すなら明るい明日があると夜逃げの友を励ます「励ましの坂」、「職人坂」などと人生の匂いがつきまとっている坂が多い。一つ一つこういった坂を上り下りする時、人はこんなことを考えるのかもしれない。

坂は人生と繋がっていて離れることはない。自分の生き方の坂をもう一度振り返ってみよう。上りでも下りでも、その坂は両方に通じる懐かしい心の坂だ。

我らの中の円空

涼しい本当の秋が、今朝の家の周りの空気に感じる。

偉大な僧であって僧でない、凡人であって非凡であり、一切の宗教や芸術から離れながらどんな宗教人や芸術家たちよりも生き方そのものが優れている自由人の円空は、実に憧れる存在だ。多くの素朴な人たちや、心豊かなリズムを持っている人たちが寄っていく彼は何とも不思議な存在である。どう考えてみても円空は坊主でありながらその生き方の行動の全域において、全く坊主ではあり得なかった。

今私が住んでいる美濃地方に十七世紀の初め頃、すなわち、江戸時代の初期に生まれた円空は、二十三歳にして生きる生命の勢いに任せて仏の道に入ったのだが、徐々に、単なる厳しい仏教の束縛や宗教の言葉の苛立たしさの中で、これらから離れなければならない自由の流れを掴んだ。つまり彼は自分の目の前に広がる大きな禅の哲学を見据《す》え、それらから一歩も引くことなく、驚くような力いっぱいの自分の生き方を通して心の大掃除をしたのである。言ってみればこれは一人の人間が時としていつの時代においても体験する自由獲得の行為であった。

東洋人も西洋人も全てこの点においては訳は同じで、真実に向かって突進し、与えられた己の生命の時間の中で体験する、あの自由獲得の行動そのものであった。その人の気質や好みや才能とは全く関係なしに、人は誰でも己をそのままありのままに見据え、反省し、ぶつかって行く時、そこには自ずと誰の場合でも共通な自由を獲得する方向ができていくのである。

いつの時代でも人は、その時代のレベルで理解されている文化の中では、間違いなく病める人間である。この大八洲《おおやしま》の各地で、何千体、何万体もの、どこまでも素朴で枯木をただそのまま割ったような大小様々な円空仏は、自由を求め、それに向かって大きな夢を抱き、前進している人を表している。ある人は次のように歌っている。

自由は「自《おの》ずからに由《よ》る」と書く通り
他から与えられるものではなく
自らの意思や信念を貫き
手に入れていくものである

円空は結局坊主ではなかった。詩人でもなかった。素朴な一人の吟遊詩人として山寺に泊まり、農家に泊まり、人気のない小屋に休み、流れの水を飲み、擦り切れた草鞋でその生涯を歩き通した本当の哲人であったのだ。

人は自分のしなければならない仕事のために、生きる足跡を作るために必要な時間は、長いようで実に短い。死ぬ間際に人は誰でもその短さに驚かされる。円空もおそらくそういう実感を抱いたに違いない。自由を求めるためには誰にとっても人生時間は実に短い。

独学のもう一つの意味

鉄は熱いうちに打つのが良いと言われているが、果たしてその鉄則に従っているだけで良いだろうか？　しかもそうすることによって人は一つの方向から向きを変えられないでいるのも事実だ。単に師や社会から何かを学ぶということよりは、独学の方に重点をおくというのはこういった意味においても大きな意味を持っている。

自分の中で動き出す大きな力が師の言葉や教えや、いわゆる学校の定めた方向から飛び出して動く時、その人間は苦しみも多くなるが、何か本人らしいものを発揮することになる。バイブルに寄り添っているだけで動きの取れないキリスト教信者や、経典に縛られている仏教徒もコーランの重さに耐えきれなくなっているイスラムも、この点から言えばあまりに固く打ちすえられていて、そこからより良いものに飛び出す勢いがなくなっている。生命がより良くなるためにはどんなに打たれていても最後の一パーセントぐらいに動き出せる余裕がなくてはならない。その力は独学精神から生まれてくるものだ。より大きく伸びるため、さらに個性豊かな自分になるためにはまるでこれまでの教えとは反すること を言うようだが、柔軟なまた曲がりやすい、伸びやすい自分を常に用意していなければならない。生命体は何であっても常に心と身をくねらせる状態でなければならない。ある意味で、文明人間とはどこまでも硬い鋼鉄の塊のようなものであり、チタンのような一切の曲がりを許さない律のようなものだと思う。

人は若い頃、幼い頃、常に接近してくるものよりもさらに大きくまた良いものになろうとするため、大人から見れば耐え難いほどの頑固さで、訳もなく泣き叫ぶことがある。大人はそういった子供や若者の頑固さを第一反抗期とか第二、第三反抗期などと表現している。すでに固まった人格の中でしか生きられない大人という名の人間は、そのことによってこの社会を十分穏やかに、しかもどんな困難な中でも何とか生きられる自分に深い安心感を持っている。この安心感がないのは本当の宗教人であり、芸術心を生き方の底に持っているごくわずかな人たちだけである。社会的に何の問題もない宗教人や芸術家たちは山ほどいても、完全に固まっている鉄の塊のような生命体は自由に動くことができない。一見とても頑固なので何か役に立つように見られてはいるがその実ほとんど無価値なのである。人間として自分の内側のものを主張することができない。

一人の独学哲学人

索《もとむる》ものの性質によってその人のこれからの生き方がよく見えてくる。今どのように生きていても明日の生活がどのように見えたとしても、昨日までの生活や行動がどうであろうとも、その人が未来に索《もとむる》もののしっかりとした形から、その人に何が起こるかが明確に分かってくる。

この世の中のあちらこちらに、時として壮大な時間のリズムを鳴らしながら笛を吹く人がいるものだ。そういう人はしばしば大衆からは預言者とか、隠者とか、賢人として呼ばれている。ということは一般の人々にはたいていの場合相手にはされず、本人がどれほど口を酸っぱくして語ろうとその言葉は理解されず、彼の書く書物は外国語のような意味しか持ってはいないのである。そういう一般大衆の子供や孫やひ孫の中に時として先祖が読みもしないのに手に入れた賢者の本などを開いて驚き、びっくりし、腰を抜かすことがある。そういう子孫の中の変わり者の一人がこの山と積まれた埃だらけの本の間から随分昔のボロボロの本を取り出し、そこから隠者の言葉に出会うのである。

ゾロアスター教の信者や哲学者でなくとも、この世の不滅の物を探求している人物でなくとも、今この場ではっきりとそういった先祖が読んだか読まなかったか解らないような古い本の一ページの中から生きている自分をそのまま信じられる言葉を発見し、その通りに行動するなら、この世の中には何も問題がないことに気づくのである。そういった変わり者の子孫は、一期一会《いちごいちえ》の中でこのような体験をすることがある。たいていの子孫にはそのようなことはまずできないというか、そういう奇跡にはぶつからないのである。次から次へと新しい問題が目の前に現れ、そういった複雑な問題に関わることに忙しくなる。この世の中の複雑さは社会の中でこれが人生だとばかりに素直に生きている人々によってかき回され、汚されている。現代人はこの汚れた世の中でその中にいる大多数から身を離し、一人の拝火教の信者にならなければならない。人々に接するにはあまりにも変わり者だとして、受け入れられない孤独な哲学者にならなければならない。索《もとむる》ものの性格によってその人の生き方ははっきりと決められる。この世で平和な社会人になるか、彼らによって大いに誤解される拝火教の信者になって自分の道を全うできるかは、本人次第です。誇り高い独学の哲学生活者でありたい。

三要素の中で消えているもの

人生をよりよく生きるために人は様々に知恵を働かす。かなり長い人類の歴史や異なった様々な時間の中で考えるそれぞれの時代に生きる人の人生観は、様々に違っている。

ある時は食べ物の不足した時代の中で、食べ物のために働くことの知恵や必要性を極端に大きく論じ、地球上が恐ろしい病に侵される時代には、病に勝つための手段に人々は、日々二十四時間の中で徹頭徹尾薬草を用いたり、それぞれの時代の医学に頼ったりしていたのである。

だが、長い時代の中の様々に変化した人生観のページをめくっていくと、最後にぶつかるのは、あらゆる時代に共通している一つの点が見えてくるのである。

それは十分豊かな食事と快眠と快便であることに気づく。この三つの点において身体は与えられた寿命の中で思う存分生きられるようだ。

美食とか粗末な食事の違いは全ての人においてほとんど体力を維持するのに違いはない。よりグルメな食事にありついたとしても、それで特別人が健康になり精神が周囲のどんな状況にも左右されずに元気になっていくとは限らない。

一方素食で多少は不足がちな分量しか食べられなくとも、その他の方法で何とか我慢する人間も裕福な食生活にありついている人たちとほとんど変わりなく生き通せる。気を付けなければいけないのは美食にこだわることであり、他にもいろいろとしなければならないことがあるにも関わらず、そういったことを忘れてしまうのは何とも悲しい。一方において貧しい食事に耐えかねて常にグルメを心のどこかで、また身体のどこかで願っている人の生き方もまた、大きなトラウマに囚われているのであまり良いことではあるまい。

健康そのものな食生活は、美食や素食のどちらにも囚われ過ぎて傾くことのない健康な食べ方なのである。

次に快便を考えるのだが、健康な身体と心で食生活を繰り返している人は、間違いなく便の通じが良いはずだ。

胃袋から腸までのことを考えても、事情はかなりよく分かる。健康で問題のない胃や腸を持っている人というのは、単にそこが丈夫だということではない。そういう人はまず精神が大自然の中で与えられたままの健康さを持っていることが分かる。ある人は胃袋のことを「意」という言葉で表し、また別の人は十分な意味を持って考えられる人を表しているとさえ深いところまで考えている。胃腸の丈夫さは、その人の心の丈夫さであり、また心の頑健さがその人の胃腸を丈夫にしているのかもしれない。薬で病は完全に治る訳ではない。それは単なる対処療法のために用いられるのであって、胃が痛むとか、腸が正常に働かない時に用いられる薬草であったり、時代が変われば化学薬品となる。人の体はそのような様々に考えられる対象治療では全面的な治り方は期待できない。十分美食とか素食といったことに心を動かされ、喜んだり悲しんだりする心の動きの中で、胃の働きも腸に働きかけている数多くの微生物と呼ばれている宿主たちの動きにも、微妙に違った動きをさせることになる。胃も腸もそこに生きている微生物の「意」によって変わっていくのである。

快便だということは、人の内臓の宿主に向けられるその人の心の働きかけによって決まるのである。この働きかけから比べれば、薬などのそれはかなり小さいものである。

これに加えて、睡眠が考えられる。人というよりは、あらゆる生命体という大自然の歯車を回すのに、当然そこにはきっちりと巻かれているゼンマイが無くてはならない。正しい眠りはこのゼンマイ巻きの仕事なのである。どんなに忙しくとも常に生命体は単細胞から人に到るまで、一日二十四時間の中では間違いなく七、八時間は眠る必要がある。人という生命体を歯車と考えるなら、この七、八時間の睡眠は、確かにゼンマイ巻きの時間なのである。

ナポレオン初め、エジソンなど驚くほどわずかな時間しか寝ていないように言われているが、彼らはその実、他の誰よりも十分睡眠をとっていたに違いない。彼らが人に知られず、どこかで眠っていたという訳ではない。将軍たちや芸術家たちや、研究者たちは、自分の時間を十分に持っている。人々に囲まれ、動きの取れない彼らや、逆に全く金はないが自由いっぱいの生き方をしている彼らは、それなりに人に構うことなく、いつでもどこでも平気で寝ることができた。

大多数の、平凡な人たちには、こういうナポレオンやエジソンのような人々を、わずかしか眠らない人間だと錯覚してしまうのである。ナポレオンは全軍を指揮しながら馬上でウトウトとそれでいて十分な眠りについていた。部下の将軍たちはナポレオンが熟睡のあまり、馬から落ちはしまいかと周囲から手を伸ばしていたかもしれない。しかし後方の兵士たちには堂々としたナポレオンしか見えていないのである。

人は間違いなく食欲と快便と快眠といった三つの基本的な条件を備えている。人間の利口馬鹿の問題ではない。身体の大きさや生まれながらの頭の良さでもない。小器用さでも小利口さでも、またその逆でもない。

どんな種類の人でもまた人種にも変わりなく、人はこの三つの条件の中で上手く行っているならその人生は、最も人というものの生命を上手く守っていけるのである。

教育も医者の仕事も多少そのことに関して力を貸すことに違いない。利口馬鹿、強い弱いは人の常だが、そのことによって人の上下や品性が左右されることはないのである。この社会はそれぞれの人を本人や周りの人がそれと理解したり、納得したりしていなくても、ちゃんと天然のリズムの中で不思議な仕分けがなされ、それぞれの生きる道やレベルの高さが決められていくようだ。

社会的な位の高さや、金銭の有る無しなどは人の作った世の中という名の単なる社会での単純な理解であって、大自然の前ではほとんど意味を持ってはいない。

天然のリズムの仕分けの中で決められた人の生き方の有様こそ、人は心して理解し、受け止め、納得しなければならない。このような納得は生命の存在に関わる三要素〝食餌〟〝快便〟〝快眠〟に関わっており、これが正しく巻かれているゼンマイとして存在するならば、その人は生命そのものの確かを備えていることになる。しかしそのような百点満点の人はまずどこにも見い出せないはずだ。ディオゲネスにしてもソクラテスにしても、良寛にしても訳は同じだ。あまりにも欠点の多い私たちから見れば、良寛やニーチェなどに明らかにこの三要素のあちこちが破れているのがはっきり見えるのだが、それだけではなく万人押しなべてこの三要素の中の欠点はいくらかでもあるはずだ。それを日々消していこうとする態度が、孔子の言う反省なのだ。

この二要素の中の失われているところを日々常に探すのが人の基本的な役目ではあるまいか。

火の発見、言葉の発見

人はどうしても万事を脇に置いて、火やそれと関わるものを拝みたくなるものだ。ただそこに存在し、大きかったり、輝いていたり、色鮮やかな、それでなお大きく伸びていくものに対しては、憧れの心や驚きの心を抱くのだが、それだけだ。ただ火は闇の中で赤々と燃えあたりを照らし、近づく物が何であっても燃やし尽くしてしまう。生命を持っている蛾や蚊などでもそこに近づけば生命をなくすことがはっきりしているのに、炎の中に飛び込んでいく。たとえ生命をなくすにしても、あの明々とした夜の闇を照らす燃える火の勢いの前では、我慢できない衝動に駆られるのだろう。

ゾロアスターという人間も、キリストの言葉に一度は従っていたニーチェも、確かにこの燃える火の勢いには負けたと見え、そこに飛び込んでいった。彼らはそれぞれ一匹の蛾だったのだろう。彼らは燃え盛る炎の中に愛以上に確かなものを見たに違いない。そのように飛び込むことをいささかも恐れず、飛び込んだ彼らは、確かにこの世の中には存在しない大切な何かを真剣な心で求めたに違いない。

ニーチェは確かにあらゆる面でゲルマン民族の中の生粋《きっすい》の一人の男であった。ゲルマン人、つまりドイツ人の彼の耳にはあのゾロアスターという異国の言葉の発音も、「ザラトゥストラ」と聞こえたに違いない。人の耳が異国の言葉をどう聞き間違っても、どう色合いを異にしても彼が考えている中身に間違いはない。ゾロアスターもザラトゥストラも言っていることは間違いなく一つの真理だ。この大自然の中の人々の周囲の闇の中に燃えている火は、人の言葉の違いとは関係なく、確かに撚えているのである。

勢いよく周りのものを全て寄って来る時燃やし、質を変え、色を変え、有るものを無いものにし、勢いあるものを弱いものにし、逆に弱いものを強くする。

確かに火が発見されるまで人間は他の動物と変わりない存在だった。食べ物を採るにも食べるにも、道具を作り、さらにはより便利に道具を改良していくにも、その変化の中には限界があり、木の枝や石ころなどを器用に使うにも、その限界ははっきりと決まっていた。しかし人が一旦火を使うことを覚えた時、道具は明らかに大きな変化を遂げた。猿や他の動物たちの使う単純な道具には、どう考えてみてもできそうにない大きな変化がそこに起こったのだ。極端に機械文明が伸びた十九世紀頃から人の文化は物作りの極端な変化をもたらした。しかしゾロアスターのような人が火を崇め始めた時から、物理学や、より広く科学の世界の変化が見られたが、それ以上に宗教や哲学の分野においては特別な大きな変化が現れた。

火は物を燃やし変化させるが、人が発見した言葉は火以上に遥かに大きな発見を見せて今日に至っている。

火は単に物質の変化を起こすだけだが、言葉は無限振り子の動きの中で人の行動を大きく振り動かし、その勢いや振られる様は今後どこまで広がっていくか分からない。

火を発見した原始人は、文明をここまで広げてきたが、ゾロアスターやニーチェはもう一つのより大きな火の発見として、それまでより大きな言葉の発見をしたのだと見るべきではないだろうか。

ヘルツ革製品

シボ入りの、しかも渋いシュリンクブラウン色の分厚いステア（去勢された雄牛、生後2年以上の革）の鞄はいつまで見ていても飽きることがない。

動物の皮が剥《は》がされると、それは初め十分に塩漬けにされ、しばらく放置される。やがて染みついた塩分が水で洗い落とされると、次には裏打ちという作業の行われた後石灰に漬けられ、そのあと再び石灰抜きが行われる。必要ならばその後様々な色に染め上げられ、十分に伸ばされ乾燥される。

やがて十分に艶出しが行われプレスされて皮は革に変わっていく。このような革に変わる段階の工程は実に三十回以上もの作業の中で職人の手を煩《わずら》わせる。単なる皮が革に変わるのにはゆうに一ヶ月以上もの時間が要されている。

皮は、人が植物や化学製品から作り出した繊維と比べて自然が作り上げた生命そのものの一部であり、織物から離れた別の繊維製品であるようだ。自然の作り出したものの一つとして革はタンパク質から成り立っており、人が最近よく口にするコラーゲンから作られており、それは極度に細かい繊維の束ねられたものと言われている。細かい一本一本の繊維は複雑に、しかも微妙に絡みあい、離れることのない繋がりを見せ、自然の働きの結果としての強く丈夫な皮になっている。やがて人の技によってそれは革となっていく。革の繊維は一本一本絡みあいながらも十分に空気を通し、湿度を含み、乾かし、濡れてもべとつくことがない。人の生活に合う様々な道具の材料となっている事情はこれでよく分かる。生物の生活圏の中で、鞣《なめ》す前の革は簡単に腐食したり硬くなり人の生活の役には立たないのだが、人は知恵を働かせて山や野の草や木から渋みを採取してこれをタンニンと呼び、そういった皮の欠点を化学的な変化によって変えてしまう。しかし自然そのもののタンニンで鞣された革はラティーゴと呼び、様々な革製品はこのラティーゴの使い方によって職人は自らの技術を自由に表現できる。

ヘルツの鞄を前にして私の考えは広がっていく。目の前にある鞄の中心には金属の留め金も付いておらず、硬い革紐で止めるようになっている。生後二ヶ月から六ヶ月の間の雄牛を去勢し、二歳以上過ぎてから利用するのがこの「ハイド」らしい。牛革は大判であるものを広げ、作品に十分使えるところを惜しむこと無く使っているという。だから皮についている繊維は十分に分厚く、乱れたところは全く見られない。しかもワイルドさの中に見られる自由闊達なそのシュリンクが感じられ、それが見る者の目に革製品の美しさとして映るから不思議なものだ。人工でないその物の生気をそこに感じる。皮の伸びが少なく、それでいてしなやかさが残るようにするために、鞣しの途中につけられる様々なオイルやグリスを吸収させ、革の厚みの良さを失わないようにラティーゴという革を使っているらしい。長い時間をかけ、ラティーゴは工程の中で自然の風合いを出し、動物の血管の跡さえ時には見えるが、あえて隠すことなく製品を作るところにもワイルドなものと人間の暮らしの中に見られる美意識のようなものを感ぜずにはいられない。鞄は単なる物入れではない。鞄と同じように人の生活の中の時間に色付けするアイテムなのだ。

たいていの鞄屋に入ると、間違いなく本革のあの匂いがあたりに漂い、鞄という鞄は縫い目が等間隔に綺麗に縫われており、角々にはいささかの乱れも革の切り方の間違いもない。学生の頃そういう一切のワイルドな感覚の見られない鞄を手にして私は宇都宮から東京の学校まで通ったものだ。もちろんその鞄を自信をもって愛用していた。今になってヘルツ社の作品を見る時、若い時代の自分が本物の革製品の良さやかなり際どいところまでワイルドな感覚の見られる製品にいかに見る目がなかったか、深く思うところがある。縫い目などはほとんど気にせず、革の切り口などは素材のまま使うことによって、作る職人と使う人間が離れていながらも不思議と繋がっていく、オートマチックな美を生み出すから不思議である。ワイルドな革に金具やミシン糸の縫い目など、さらにデザインは職人の力であり、素材としての革や鹿の角などは動物の匂いとして、両者は一つに纏めて鞄という形に収まっているようだ。同じ製品にしても書籍や食品などとはどこか違って、ワイルドさと人の文化の組み合わせによってできている革製品を人は意識しない訳にはいかない。つまり人の周りの全てのものは、最後には一つに纏められる。

じっと見ているとこのメッセンジャーバッグには隙がない。普通の鞄は、たとえどれほど良い革が使われていたとしても、革独特の利用の仕方によってミシンの縫い目や革の色の組み合わせや革の表情がはっきり現れることがない。それに引きかえ、生前の動物の筋や肉や血液の流れ具合など生き生きと表現されているこの鞄の所有者は、そのままその獣のワイルドな生き様の所有者と言っても良いかもしれない。私はそんな錯覚に襲われている。ワイルドな革の鞄とは所有者にそういった夢を与えるものかもしれない。あらゆる手を尽くし、職人が縫い代《しろ》の中や、縫い目それぞれの長さの中にデザインを溶けこませていることが事実なら、その鞄の所有者は十分満足するに違いない。皮一つ一つが大きくゆったりと使われているならば、そこに付けられている金具も一つとして無駄はなく、全体的にその鞄を隙のないものにしている。人の手によってこの革は皮を浮かび上がらせる生前のワイルドさと、鞄としての気品が一つに纏まり、そこには人間誰しもが求めるはずの「一生物」というイメージがぴったりと来る。

他の会社の職人たちからは、あまり良くは批評されていないのも当然のことと思う。徹底して高貴さとワイルドさを結びつけた作品を物にしようとする時、作品は偉大にはなるが、多くの人たちには誤解されるものだ。誰にでも分かるものには限界があり、なかなか本物が理解されるのには時間がかかる。

ヘルツ社が作品を注文されてから、一つ一つ一人の職人の手によって造られていく革製品の様子は、周りから見るとまるで革製品の国で作られた作品のように見え、イタリア人の職人が手がけていく作品とほとんど見間違うくらいだ。ともすればそれを超えているところが見られ、見事な出来ばえである。ヘルツ社の鞄の頑丈さは、一見、この不恰好さを表現しているように思えるが、近寄って手に触れ、持ち、肩にかけてみると、柔らかさも、重さも、指先や肩の骨に当たる具合も鞄が意外に無骨ではないことに驚く。がっちりした革に負けないステッチのミシン糸は確かに驚くほど太く、そうであって初めて革と縫い合わせのバランスが取れるのかもしれない。

革製品と並んでペンを様々に改良して作ることでイタリアは知られている。モンテグラッファ社やマルレーン社、またはオーロラ社の様々な作品は世界中の人々にもてはやされている。アメリカの小説家や映画俳優などこういったペンのできの良さに感動し、わざわざイタリアの会社の近くに住み始めたものもいるぐらいだ。このようなイタリアのペン会社と並んで日本のペンもまた少しずつ進歩を遂げている。セーラーペンに身を置いていたN・Nという巨匠は長刀《なぎなた》砥《と》ぎの技で彼独特のペン先の改良をしている。何事においても本人独自の技でやっていくなら世の中はますますおもしろくなっていくだろう。こんなことを考えながらヘルツの革製品について深い思いを抱くのである。

色々な鞄を用いている私の次男はヘルツ社の匠の技を知り、一つの鞄を注文した。やがて出来上がってきた鞄を見て、金具という金具をほとんど使っていない、しかもシュリンクだらけの野性味豊かでありながら、それでいて風格のあるこの鞄に私は圧倒された。何日間か私はこの鞄を眺め続けていた。ついに堪《たま》らず私用の、かつて長男からもらった黒革の手帳と本一冊ぐらいが入れられる小さなタイプの鞄をこの会社に注文した。正しく植物性のピュアなタンニンを十分に使いながら鞣しに鞣し、本革のシュリンクブラウンに仕上げてくれることを私は願った。

イタリアのタンナー（皮革製造に従事する仕事）を現代に甦ら

せたようなヘルツ社の手仕事には驚いている。こういう革製品を次から次へと発表していて、彼ら職人たちが大量生産の分業ではなく、一つ一つ個人の作品として作っている、言葉通りの確かなmade in Japanであることを私は知らされた。言葉だけのmade in Japanはいくらでもあるが言葉通りの誇れる「日本製」は今日、滅多に現れるものではない。

何事もヘルツ社の革製品の職人たちのように、自分が向かい合わされている確かな革という材料の前で、徹底的に自分の技にのめり込む姿は、そのまま人生を純粋に、そして同時に素朴に生きる人の姿として見えてくる。そういったヘルツ社の鞄は一つ一つ一人の職人の手作りであるので、いわゆる仕立屋の作る昔の洋服のように持ったり使ったりする人の「一生物」となる。こういう鞄は、よくよく見てみると、どこかがごくごくわずか歪んでいたりしている。こういった歪んだ縫い目は職人の心の吐き出した形として大切に見ていきたい。作品に生命を込めるとはこのことであり、言葉などと同じく、書かれたもの、作られたものには作者の名が、このような形で付けられていくものだ。既製品にはこういった製作する本人の名として残るものがない。全てが寸法通り、そこに生命の持っている息吹や血の流れのようなものが全くない。そのように純粋なら社会の中で意気込まなくとも一個の超職人として自信を持てるのではないか。物事に徹底的にぶつかる時、人は本当の生き方が自然とできるものだ。現代人はその点、哀れである。石ころ一つ足元から持ち上げることができず、木の枝一本さえまともに折るにもそれに必要な力を込めることはできない。このような今の文明生活の状態を超えない限り、人として はどこまでも不完全であるが、そう認めて生きる時、それが本人の反省となって大きく伸びる明日が生まれるのではないだろうか。職人たちは皮の自然さをそのまま作品の中に残しておこうとし、その生物の生前中の皮のしわ傷を丁寧に扱い、生きた革本来の表情を残そうとしているようだ。そのため、いわゆる立派な鞄にするための革の表面加工を可能な限り抑え、天然の手触りや表情を出すことに努めている。鞄の主が使い込めば使い込むほど革の深味が出て、一生物としての鞄となるはずだ。

注文した鞄は一ヶ月くらいで作られて来るようだ。シュリンクブラウンの、つまりチョコレート色のハイドに私は夢を託し、今は待っているところである。

「さるや」

江戸時代の半ば、宝永元年に創業した長い歴史を持つ日本橋にある店の名前は「猿屋」であった。おそらく当時はひらがなで「さるや」と書かれていたもののようだ。店の主人はさも誇らしげにこの屋号を人々に話していたようだ。

猿の姿や顔つきはいかにも山の動物らしくあちこち汚れているのだが、怒ったりする時に見せる前歯や牙などが人間と比べてどこか違っていた。確かに人間は着物を着、下駄を履き、綺麗サッパリと江戸や大阪の街を歩いていたのだが、猿は生まれたままの姿で飛ぶように歩く。しかし美味しい物を食べる人間の磨かない歯の汚れと比べて猿の歯は実に白いということを知っていて、「さるや」の主人はあえてこのような屋号を付けた。

乞食の歯は綺麗だと言われている。食べるものによってその人の歯は綺麗にもなるし、汚くもなるようだ。あまりにも贅沢《ぜいたく》なものを食べている人の歯は一日でも磨いていないと黄色く黒くなり、そうはならなくとも舌で触ってみればべとついている食べ滓《かす》に気づくものだ。しかし一方において食べ物が少なくしかも良いものを食べていない乞食などは歯が綺麗だと言われている理由が、これではっきりしているようだ。

山の中で実際に食べる木の実や果物などを必要のある分だけ十分に食べていない猿などは当然常に飢えており、一日中を獲物探しに時を費やしていることを考えれば、彼らの歯が磨かなくとも綺麗な訳が分かる。従って歯の綺麗なことは必ずしもその生き物の幸せを意味してはいない。かつて原生の時代の頃、我々人の先祖は一日中歩き回り、走り回り、すれ違う仲間と喧嘩をし、獲物を求めて彷徨っていたに違いない。今日のように食べ物も着る物もあらゆる道具がその人が必要とする以上に有る世界では、余り余った時間の中で、人はそれを幸せと感じる以上に時間の多さに不満を感じ、何か大切なものの不足を感じ、それが原因となって怒り、他人を罵《ののし》り、憎むようになるのである。与えられた余分の時間はあらゆる生命体にとって良いことをもたらさない。大自然は生命体をこの世に生み出した時、同時に有り余るような時間やものの不足の必要性も実は無くてはならないことをはっきり認めていたに違いない。常に七割八割のものの中で生きることによって、心も精神も行動も全て綺麗に生きられることを知っていたに違いない。

「さるや」と屋号を名付けた主人は、大自然にこのような人に対する理解力を、心のどこかでどんな宗教心も哲学心も無くともはっきり知っていたに違いない。

今日あまりにも満ち足り過ぎているこの世の生き方の中で、人はその満ち足りた時間の状態を恐れるだけの知恵を持たなくてはならない。有り過ぎる金や権力などが喜びの対象として考えられる前に、迫ってくる自分の不幸だと考えられるだけのわずかな知恵は欲しいものだ。

人の情念

人間の思いという存在の中には、深く感情が蠢《うごめ》いている。情は心情であり、情念であり、日々の生活の中では愛の形を見せている。全て一種の feeling であり sentiment であり Gefühl である。

パスカルは、人が神に出会うのは理性によってではなく、感情によってだけだといった。ということは人間の文明社会には神は存在しないのだ。人は感情や情感によって神という感覚に繋がることができる。

存在とか存という言葉は『歎異抄』や『名月記』また『東鑑《あずまかがみ》』などには濁音で存《ぞん》として記されている。もともと、古い時代の中国の書物では「思う」、「知る」、「考える」などと用いられている。つまり考えるとか思うというのはラテン語で言うところの「コギターレ」であり、「エッセ」は人の心の中で深く関わる思いなのである。

人は単なる昆虫たちの行動や植物たちの動きの中だけで生きている訳ではない。生き方という行動の全領域は考えたり、考える手段の広がりとして感じる動作がつきまとう。人の生き方の全域は蝶の羽の動きであり、その思いは跳び回る姿の表現なのである。心の目を開く時、言葉は一人ひとりの生き方と並んで、蝶のようにひらひらと飛ぶ。このことをはっきり意識しながら言葉を選び、繋げて行く行動の中に確かな言葉の動きによる心の音楽性が生まれてくる。このリズムが連綿と繋がっていくところに情念がはっきりとその姿を現し、思念が絵のようにその念いの色彩を表してくる。そこには疑いも何もなく、欲望する確かな心だけが大きく広がるのである。確かに人は考える葦《あし》であり、風であり、ただ社会という名の機会に囲まれたネジやボールベアリングなどではない。従って単純に人の人生は短く思想は長いと言われる理由がそこにある。宇宙が神秘に囲まれているとも言われるのもこの辺の事情から理解することができる。そのくせに考える葦だと自分を認める詩人は決して自分を卑下したり、最低の方法で自分を低く見てはいないことが分かる。人は時間の流れの中で空間をいくらかでも広げている訳ではない。存在という生命の広がりそのものがそのまま人の情感なのである。人には決して理性と結びついて生きられる寿命という時間はないのである。朝鮮半島の人々が昔から口にする、あの恨という言葉は人の思いの全域を実によく表している。

風の音や水の一滴もまた言葉の一句さえはっきりと人の情念を含んでいる。魂や魄（心と体、精神と形）の源を探そうとしても文明社会の領域の中では見つけることができない。単なる心としてカメラやコンピュータと同じレベルで理解はできるが、深い精神性の奥の方では全く文明の言葉とは関わりのないリズムの中で育っている魂も魄も、沈黙している言葉としてしか理解されない。肝臓のような沈黙している臓器として心の本来の脈内や流れは、別のレベルの世界に置かれている。

それを納得できる人はディオゲネス（古代ギリシャの哲学者）や良寛のような生き方の人だけになってしまう。

真の出版人

大阪のある会社の社長は就活にやってきた数多くの若者たちの中から、自らの面接によってわずか八人を選んだ。この選びの手こそ、とても大切でありそこにこそ生命が宿っているのだ！

私は物を書いたり、自分の言葉を読んでくれる人々によって、あの大阪の社長の手によって若者が選ばれたように選ばれていると思っている。私の読者は心のどこかで読んだ私の言葉を荒野に送り出したいと考えているのだ。出されたそういう書物が売れるか売れないかは別問題だ。彼らは常に商人の立場の外に立っている。彼ら本当の読者は、一度読んだだけで本を脇に置いてしまう大多数の人々ではない。私の言葉を選んでくれた彼らは間違いなく一騎当千《いっきとうせん》（一騎で千人の敵を相手にすることができるほど強いこと）の読者であり、同時に私に言わせるなら本当の記者であり、出版人なのだ。数多くの私の本を出版してくれる中で、実際にはそう思いながらそれができず、それでいてはっきりと心の中で行動している人は数多くいる。一冊一冊彼らの読んだというよりは、心で受け止めてくれた私の言葉または生命の動きを書物と化して、また経典として、野の叫び声として自ら記者となって写し、事実上確かに出版しているのだ。

彼らは間違いなく私の言葉の出版人たちである。これまで世界中の多くの人たちは自分だけの出版人を持っていたはずだ。ソクラテスもアナクシマンドロスも、ターレスも、アナクシメネスもそういった出版人、つまり記者を持っていたはずだ。カントにも、ショーペンハウエルにも、またあのオランダの屋根裏部屋でレンズ磨きをしながら糊口《ここう》を凌《しの》ぎ、同じ同胞のユダヤ人から命さえ狙われていた孤独なスピノザにも、私が直接知っているヘンリー・ミラーにも同じように読者という名の金のない出版人がいくらでもいたのだ。ミラーには最初にパリで本を出した時などは、自分の息子ぐらいの若いダレルという読者が現れ、彼は当時の有名人だったバーナード・ショーや多くの人たちにミラーの言葉を荒野の声となって伝えた。今は亡きダレルも後には世界文学作品の中に名を残すようになったが、生前中のミラーは単なる尊敬すべき自分の記者のように穏やかな心でダレルを見ていたに違いない。

大阪の社長自らの手によって選ばれた本当の社員たちと同じように、真の読者とはそう数多く存在するものではなく、彼らこそ選びぬかれた記者であり、出版人であり、光り輝くオーラの中に現れる月桂樹の冠を被《かぶ》るに値する心のアスリートなのである。

アダムズの月

今となっては名前さえ忘れてしまっているが、日本にやってきたアメリカの一人の老婆はなかなか熱の入った宣教師だったという話だった。その頃未だ二十代に入る前の若い私には、一人のいかにも異様な風格をした異教の伝道師のように思えた。第一、着ているものがこれまで見ていた多くの宣教師たちや白人の教師たちとはどこか違い、羽織っているものが綻《ほころ》びていたり、また履いている靴が古びていた。たとえ新しいものであってもどこか本格的に長い旅をしてきた旅人のそれのように、あらゆるものが埃っぽく感じられた。彼女はいつも一台の大型カメラを携えていた。そのカメラもかなり古いものらしく、ケースの角々が擦り切れていたり、なんとなく埃っぽかった。どちらかと言えば彼女は宣教師というよりはむしろ芸術家の類であった。そういった彼女の態度が、老婆であるという条件付きの中では、若い私には一人の異教の伝道師のように見えたのである。

その頃私の住んでいた関東平野の西の方の地方都市、宇都宮の町の郊外はいたる所、畑と森で埋められていた。そのあたりを先に進めば、昔の人が表現した武蔵野は姿を隠し、東京からどこまでも関東平野が続き、日光の山々やその先には三国山脈などが広がっていた。宇都宮の郊外は、別の言い方をすれば国木田独歩も山口県生まれの彼にとっては珍しいものとして映って見えた武蔵野だったろうが、東京近辺の武蔵野も宇都宮あたりはその最果ての武蔵野の面影だったのであろう。このあたりで聖書に私を導いてくれたマーチン博士は「貧しく悲しかった子供時代のペンシルバニアの黒い森の風景とそっくりだ」と言っていたことがある。そのあたりに何度か私はこの老宣教師を連れていったことがある。その時も彼女はその大型カメラと、木製の、大きな三脚とを携えていくことを毎回忘れなかった。白人は年をとると東洋人のような訳にはいかない。綺麗な顔形もたちまち皺だらけになり、実際の歳よりは老けて見えるようになる。特に彼女の場合はそれが激しかった。そういうところから若い私には彼女がアメリカから来ている宣教師というよりは、アラビアの砂漠からやってきた埃だらけの異教の伝道師のようにしか見えなかったのである。

煌々《こうこう》と輝く満月に近い光の下で、「ペンシルバニアの森」などとマーチン博士の言った、なだらかなアパラチア山脈の麓に広がる森と例えられた森を、彼女は時も忘れて眺めていた。眺めていたと言っても彼女の大きなカメラのレンズを通して眺めていたのである。彼女は長い間隔をおいて何度もシャッターを押していた。シャッタースピードはその頃の私の小さなカメラが感じていたものよりは、考えられないほど長かった。夜の満点の星々さえ消してしまうほどの明るさいっぱいの大きな月を前にして、これを写真に撮ろうとするには大きなレンズを全開させ、シャッタースピードの長さは側にいる人を眠くさせるほどに長かった。満月のアメリカ大陸を撮り続けたアンセル・アダムズもおそらく月夜の大自然の風景に魅せられシャッターを全開にし、天体に向かったのであろう。おそらくこの異教の伝道師のような老婦人はもう一人のアダムスだったのではなかったか。

その後彼女はいつ頃帰国したか聞かされてない。彼女以外の多くの若い宣教師たちの帰国や再度日本訪問はよく聞かされていたが、彼女のことは杳《よう》として私の耳には入ってこなかった。もしかすれば彼女は女性アンセル・アダムスであって広いアメリカの荒野を大型カメラを持って旅していたのではあるまいか。

宇都宮の郊外の森の上に輝いていた円い月を思い出す時、そして初めて私がクリスチャンたちに洗礼式を行った場所の小さな沼が月の光の下に輝いていた風景を思い出す時、自分の青春時代や、異教徒のような旅をしていた名前さえ思い出せないアメリカの老婆のことを思う。

生命のリズム

それぞれの民族、また人間集団の暮らしている土地の豊かさや、風土や作物の特質などが影響していて、人々の平均的な寿命の長さなどが変わっていくといわれている。しかしそういった暮らしの中で与えられている土地は、生命に向けられる恩恵よりも、遥かに大自然全体が満遍なくあらゆる地方の生命現象に与えている力、つまり恒星から発射される光のエネルギーによって支えられている。その力は、たいへん大きく、その点からいえば地球上どこでも暑かろうが寒かろうが、砂漠であろうが湿地帯であろうがそれぞれ異なった生命体に特有な寿命にはさほど大きな変化がないはずだ。北極の白熊も南極のペンギンも、赤道直下に生きている生命それぞれによって百年近く生きるのもいれば、それより遥かに短い種類のものもいる。極端な例を上げれば数時間の寿命で終わる生き物もいるのである。異なった土地のせいで同種の動物も植物も極端に変わってしまうということも、そうならないこともある。

　脳や内臓、骨格、筋肉など細かい生命体の中の仕組みは、各種類によって定まっており、寒さ暑さの中で変化することはない。百数十年が限界であると言われている人間の寿命もこれからの時代、何百年にわたって伸びることがあるとはどうしても思えない。たとえ、長く人命を伸ばすために体中のどこにでも自由自在に使える特殊な細胞が発見されていると言われている今日でも、果たしてそういう医学的な発見が本当だろうかと私などは疑問視している。人命を伸ばすことは、どう考えても、どんなに天祐《てんゆう》が人に味方をしても、色々と変わる天気の変化の中ではさほど期待はできないような気がする。与えられた寿命をそのまま素直に納得していくのが人や虫や花の抱かねばならない本当の知恵なのではないか。

　その土地の暑さ寒さや作物や頭の使い方にどうすれば特別よく働く環境になるかなどは、無理をして考えないことだ。生きている生命体にとって常に今の状態が一番良いのだと知るべきだ。そう考えれば未曾有の天災もその実、大自然の恵みとして受けなければならない。あまりにも数が増えすぎて、それを淘汰するために自ら海に飛び込んで死んでいく北欧の旅鼠の例などをみることもできるが、おそらく天然の歯車やゼンマイのような働きが、人を初め、あらゆる生命体に働いているのかもしれない。それをあまり詮索《せんさく》して考え、時には喜び、時には悲しむ人の方が少し問題なのではないか。大自然も、あらゆる天然の存在や動きはそのまま受け止めるに限る。荘子も老子もこのことを言っているのだ。常に欲しい物に対して願う心も失くしたものを前にして涙を流すのも、かつてのネアンデルタール人の昔から見られる生き物の業や劫であって、与えられている寿命の中ですっかり受け止め整理して行かねばならないもののようだ。

　天も地もその間の生命体も常に何一つ変わりはしない。日々太陽は輝き、月や星は夜のリズムになっている。

半島人の深い心

　韓流映画の一つを二、三日前の午後、テレビで観た。この映画の主人公である少年、タックは大金持ちの事業家の家で働いていた使用人の一人を母として生まれた。その家の大旦那の子を身篭った心の優しい仕事真面目な母は、その後貧しくとも元気に少年を育てていった。様々な事情があって少年は父親の元に預けられることになった。育ち盛りは異母や兄弟たちに辛く当たられたが、この大きな家を継ぐはずの異母兄弟との間も、常に心休まるものではなかった。しかし祖母だけは彼に優しかった。

　パン作りの仕事から大富豪になった父親はある時この息子の天才的な才能を知ることになる。普通、パン職人は用意されたパン生地から出来上がるパンの良し悪しが分かるものだと言われているが、タック少年はパン生地の中の酵母の匂いを嗅ぐことによってパンの出来ばえを知る異常な才能があった。彼の父親は若い頃大物のパン職人から、滅多に現れないこういった才能ある職人が時として歴史上に現れるものであって、未だそういう人に会ったことはないと聞かされていた。タックはどうやらそういう珍しい人間の一人であったようだ。言葉のリズムにも、食べ物の匂いにも、また動きに関しても異状な才能を持っている人物という者がわずかながらいるものだ。何事に関しても異常な能力を持っている人がいることは事実だ。社会が単に驚くような天才ではなく、それで金儲けができる人でもなく、かえって才能が有るゆえに色々な問題を起こす人という者が、時としてこの世に現れるものだ。こういった異能者の出現をテーマにするフィクションとノンフィクションの間を行く多くの時代劇や現代劇が作られているのが、最近の韓国の映画事情であるらしい。それは経済事情による、この国の国策だと言われているが、それとは別に私たちの心を温めてくれる何かをそのスクリーンの上に感じてしまう。アリラン峠に吹く風の響きも、半島独特の小さな太鼓の響きにも、タックのような天才少年、少女たちの足跡にも、単なる愛憎劇以上のものを私たちは観ることができるのだ。

中国とも日本ともどこか違う独特の匂いを持った朝鮮半島の人々の生き方は、やはり恨という漢字とそこに含まれていて離れようにも離すことのできない彼らの独特な匂いが、キムチのそれのように私たちの心の傍らを通り抜ける。天才とか飛びぬけた様々な才能を見せる人間を生き生きと、時には悲しく痛々しく一つの叙情詩のように語る時、彼らはホッとするようである。

病める人生

生きて生きて生き抜く人生というものがあるのだ。人生とは誰にとっても、次から次へと難病に侵されている時間の連続なのである。言葉を話すことも、歌うことも、旅をすることも、誰かを愛することも全て人生を乗り越えるための力として考えることができる。

それに付けても人間は家族や友人たちと何と優しい人生を与えられていることか。こんなに楽しく、優しい人生の中で数多くの人々との生き抜く様を私たちは見ている。常に病める人生がそこにあり、苦悩の峠を越える人生もそこにある。次から次へと名の知らぬ病に侵され、本人の側に立っている医師さえ分からぬような難病を前にして人は生きているのだ。難病の中で明日に希望を持ち、口にする言葉にも、歌うメロディにも跳び上がる程の踊りや舞の中で人は病を思い、背負っている痛みを自覚しながら、人生そのものをまた与えられた自分自身の人生を誰しも何らかの形で喜んでいる。生命を与えられている以上、それを喜ぶのは当然のことだ。たった一度の人生なら、与えられたそのままの道筋をそっくりそのまま有難く生きたいものだ。自分に与えられている言葉の一つ一つは痛みであり苦しみであるとしても、それを喜ばない限り生命は与えられた寿命の全過程を素直に受け止めていくことはできない。その裏側は自分自身の喜びだ。

私は今大小様々なメダカを飼っている。一つの瓶に大きなものを八匹、私の読者の一人が去年の春持ってきてくれたものだ。別の器には今年の春生まれた六匹が泳いでいる。毎朝彼らの前で私がお早うというと、それらは寄ってくるように見える。大きい一匹は目の上に黄色くなったコブが最近できた。メダカの小さな体にしてみれば、このコブは酷い病であるようだ。そう長くは生きられないと思っているのだが、そのメダカはなかなか頑張っていて瓶の中をどのメダカよりも元気に泳ぎ回っている。時々水音を立てながら仲間を追い掛け回してもいる。

今朝、このような言葉を綴りながら私はメダカを見ているのだが、どんな生命もいつかは滅びる時が来る、というよりは与えられた生命には終わりが来るのだ。滅びが来る生命であればこそ、力いっぱい生きられるのである。お早うと言うと、コブのできているメダカは他の仲間たち以上に力いっぱいの表情で顔を見せる。

生命の時間は厳しい。生命の時間は何らかの病そのものであり、痛みそのものの時間なのだ。その痛みこそが限りない平安なのだ。喋らなくても歌わなくとも書かなくとも生命は常に病の中で生きており、旅を続けており、その生きる時間の全てを喜んでいる。感謝している。ホザナ！（ヘブライ語で「救い給え」の意）と叫んでいる。人生は全て喜びの一瞬の連続からできている。この世の中にそれゆえに痛みはないのだ!!　病も痛みもその人によってはもう一つの平安であり、喜びであり、哲学し、思索する時間でしかない。

人生時間はどの一瞬も病める道筋である。怒る時も、泣く時も、笑う時も、走る時もそれが自分の目の上にできた大きなコブとして認め、自分の喜びとして生きなければならない。とにかくこの短い一生は実に長い時間の流れなのだ。どの時間の一つをとってみても感謝と喜びでいっぱいだ。思い出すことも嫌な人生時間の一瞬など一つもない。蜉蝣《かげろう》さえ与えられたわずか数時間の生命を力一杯生きているではないか。人は数えきれないほどの様々な行動の中で人生の旅を続けている。それらの一つ一つに大いに感謝なのだ！

王道

現代人の生き方の全てはどう見ても中途半端である。その中心に言葉の半端が見られる。そんなところに半端でないものが突然現れると、人々はそれに圧倒され恐れ憤《いきどお》るのである。集団の中でまともに存在する者や物を何の衒《てら》いもなく天才とみなしたり宝とみなし、さらには神の類としたり、現代の伝説としてもて囃《はや》すのである。人が大災害を恐れ、慄《おのの》き、経済状態に追い回され、それゆえの知恵にかき回されている姿は、間違いなく人間が本来の人として生きてはいないことを露呈しているに過ぎない。人が本来の人間として学校教育を受けそこで教えられた整列の仕方から本人特有な生き方をすることをどこかに忘れてしまったのが現代人である。本来人はそういった学校教育の前に、独学という流れの心の教育がなくてはならない。本人自らが直接自分の生き方の中で転んだり叩かれたり指先を切ったり溺れたりしながら、自己体験として覚える人の道が、まず基本的になくてはならない。自分の進むべき道を自分の才能と併せて発見し、自分にしか分からない発見品に囲まれてしばらくの間成長することが、大変重要な時間として考えられなければならない。

人は中途半端に生まれついて来た訳ではない。万事自由な空気の中で自分らしく生き、独学して身に付ける自分らしい形の心を生き方の全域に摺り込んでいかなければ何事も自分らしくは広がって行かない。まともと言われる人間は、社会的な人間としての自分の一切を一度、できれば幼い頃放棄しなければならない。その後に展開する自分の顔や言葉はそのまま本人の色合いではっきりと染められる。確かな自分というものを備えている人は、この世の中では間違いなく半端な人間ではないはずだ。半端であることを恥じる心は誇りを失くした生き方を引きずっている人に違いない。自分を純粋に誇れる生き方は、本来一生半端で生きることはないはずだ。何かをまともにやっているというだけの人はこの世に多く存在するが、そういう人は今やっていることに自信がないことを証明しているだけだ。

大自然そのものが半端である天然というマターで形作られていることを、先に述べたような社会の生き方の中の半端でない人生の別の意見として考えることも必要なことのようだ。ビッグバーンで始まり、四方に飛び散り、今なお徐々に速度を増しており、今後さらに発散を続け、やがてそれぞれの寿命が尽きる時、爆発し、四方に万有は消えていく。膨らむだけ膨らむ太陽の熱の中で地球さえ、メルトダウンし消えていく。万事は中途半端なのだ。

つまり天然はその全域が中途半端であることを人は知らなくてはならない。何かの動きの途中であって、一つとして完成したり、完成の方向に向かって進んでいる存在ではないのだ。物事は完成したり完成に向かっているものとして今存在するものは何一つ無い。物事は万事その途中にある。生きてもいなければ死んでもいない。動いてもいないし、停止してもいない。人は笑ってもいるが、泣いてもいる。常に人は中途半端な存在としてあり、その状態を変えることはない。それなら与えられたこのマターとしての生命を生命として認め、十分に噛み締めて終わらせよう。自分という「中途半端さ」を、そのまま自分という「完成さ」として認めていこう。生命という自己表現をそのままいささかも飾ることなく納得する以外に人の生きる華やかな道はないのである。自分らしく、どこまでも人らしく、生命の道を中途半端にしないで生き通そう。

冬のヨーロッパにて

私は『単細胞的思考』を出してから十数年後、ヨーロッパを旅した。

T君とはその間一度も会ったことはなかったが十年近く文通が続いていた。彼は名古屋大学に通っていた兄に自分の持っていた書物と『単細胞的思考』を交換してもらった。それから私と彼の文通が始まった。

ヨーロッパのサブ空港であるフランクフルト空港で私は降りると、まず、フランスに向かう列車に身を任せた。いかにも東ヨーロッパに向かうどこか薄汚れている列車を、ホームの反対側に見ながら、私の乗った汽車は黒い森の広がる麓を進みながらやがてフランスに入った。おそらくこの旅の時間は八時間くらいだったと思う。私の降り立ったパリの東駅のホームは冬の雨に濡れていた。そこから数日間の私のパリの時間が始まった。

大きなカトリックのロッシュ教会の斜向かいにT君が用意してくれた小さなホテルがあった。まだ若い夫婦が二人ばかりの黒人の男女を雇ってやっているホテルだった。ホテルの前にはフランス語で二百数十年の歴史の有るホテルだと説明が書いてあり、夫婦はごく最近このホテルを父親に手に入れてもらったと言っていた。その夜、T君は私の部屋を訪ねてくれた。私とは二十歳ほど違いがある彼だが、その時は未だ三十歳に手が届いたばかりであった。六十歳を越えた最近の彼の逞しさとは違って、当時の彼は手紙の中で語りかける逞しさとは裏腹に色白でひ弱そうな男に見えた。しかし人生の話、人類の話などになると彼の言葉は生き生きと光り輝き、とても希望に満ちていた。そしてパリのホテルでの初めての出会いの夜は涙が溜まっているような目を彼はしており、私もまたちょうど五十歳になった男ながら目頭が熱くなっていた。

フランス滞在中私は彼に案内され、あちこち歩いた。セーヌ川の畔、ラテンコーナーを逸れて歩いたところは人気の少ない夜のルクセンブルク公園であった。しばらく行くと「リラ」という喫茶店が見え、そこには若いバーテンが一人いるだけで店はがらんとしていた。一つ一つのテーブルの角にはこれまでそこを訪ねてきた芸術家の名が彫られているプレートが付いていた。ピカソとか、モジリアニ夫妻などの名がそれである。ヘンリー・ミラーもこの店を訪ねたことは確かだったのだが、不思議と彼の名の付いたプレートは見ることができなかった。バーテンが言うにはミラーのプレートは近々付けるということだった。店を出た私たちは人気の多いモンパルナスの駅の方に向かって歩いて行った。

彼に案内されてエッフェル塔に上ったのは何日目かの昼頃であった。ナポレオン時代の練兵場のある広い公園や、セーヌ川の向こうに見えるシャイヨ宮殿を見ながら私は小学校時代雑誌の中に見ていたエッフェル塔の写真を今実際に思い出し、そこに上っている自分に感動した。上り降りする水道エレベーターの中でT君の話は人の世の明日であり、人類の行く末だった。パリの風景はそんな話のための影絵でしかなく、ボードレールはこういったパリを詠った影絵の詩人だった。ある夜、一軒の喫茶店に連れていかれたが、彼方には明るく照明の光の中に見えていた詩人アポリネールの像があった。パリはおそらくここに住むあらゆる人々に本当の恋心を持たせてくれるに違いない。パンが無ければ激しく恋に燃えようとセーヌ川に架かった橋の上で言えるパリの住人たちは、それだけで天使の翼を持っているのかもしれない。ミラーたち、ロストジェネレーションたちがパリを求めたのには十分にそれなりの理由があった。イタリアのフィレンツェが美しい花の都、フローレンスであったとしても、天使の都パリには成り得なかった。たとえ汚れ、恥ずかしい生活をしながらも、パリの住民は生き方の中心において、天使だったのかもしれない。モジリアニが死んだ後、アパートの窓から飛び降りて死んだ女性は確かに彼の作品の中のモデルだった。

H先生が外国文学雑誌『水声通信』に載せている「北回帰線物語」でも書いているように、ミラーが入ったパリの公衆トイレだが、彼の時代から半世紀も経った今、私はこの同じパリで入って驚いた。一見外側は何の変哲もないトイレだが、酔っぱらいがたくさんの汚物を吐いたらしく、その先には入っていかれない状態だった。一度ラテンコーナーのシェイクスピアの画像が飾ってある書店近くのビルの三階のトイレを使わせてもらったこともあるが、用を足しながら窓の外にセーヌ川を見た時、ミラーも同じようにこの川を眺めたのではないかと私は思った。ミラーが使い、ブラッサイがレンズに収めたトイレは私たちの時代にはとうになくなっていた。

そこには厚化粧をした足の悪い若い娼婦もミラーやアナイス・ニンのような臭いのする人間も見ることができず、私やT君の脇を通り過ぎる日本人のような顔をした若い女性たちは、どれもこれも東南アジアの娘たちであり、彼女らのフランス語はとても流暢《りゅうちょう》だった。ブラッサイのカメラに収めた夜のパリはどこもかしこも穏やかな、しかも東京のようなネオンの明るさはなく、光を抑えた「オテル」の看板ばかりで、漆黒の闇の中から現れる女たちはミラーの筆に書かれた夜空の天使そのものの娼婦たちであったが、そんな雰囲気は五十年も経ったその頃は、ほとんど見られなくなっていた。

雪混じりの雨のクリーシィー通りを歩きながら、本屋に入ると、そこには大きなヌードの写真が載っている雑誌ばかりが目についた。ラテンコーナーの書店や、ミラーやミラー研究家の外交官チャイルド博士などが入った書店などの雰囲気とはガラッと変わっていた。

T君に見送られ、私は北駅から出るストックホルム行きの夜汽車に乗った。今回の旅行の目的は北欧で何人かの友達に会うことだが、パリで長居をしてしまった。私のコンパートメントにはもう一人、これからベルギーの家に帰るというGパン姿のピアニストの女性が乗っていた。彼女は毎週水曜日にパリを訪れ、ピアノを教えた後、次の日の夜汽車に乗ってベルギーの自宅に帰るということだった。私の傍らにあったミラーの作品に気づき、「私もミラーの読者の一人」だと言われ、彼女の降りる駅まで色々とミラー文学について語り合った。

この後、ノルウェーの南に住んでいたイタリア人のピアニストのところで数日北欧の風に触れた。バルト海を眼下に眺めながら断崖の上の松林の中に建っている三階建ての彼の家は、見方によってはただの一階の家のように松林の中からは見えた。その頃このあたりは膝まで積もる雪に覆われていたが、私はそこから北欧数カ国を横断して北極圏の中にあるセダンキュレーの村の住人であり、国民詩人でもあるハーカナ氏を訪ねた。そこで様々な文学的、また民族的な体験をした。第二次大戦の時、ドイツ軍の先鋒となってロシアに進駐した時若い将校であった彼が、腰にぶら下げていたルガーという名のピストルがその時も玄関にぶら下がっていた。近くの森の小さな獣を捕るのには便利なピストルだということだった。その辺の村の数よりも遥かに多い湖の数に私は驚き、彼の運転するスノーモービルに乗せられ、すっかり雪と氷で覆われている林や湖を次から次へと突っ走って行った。周囲の木の枝に手を絡ませないようにと彼は忠告してくれるのだが、あまりにも速いモービルの中で私は何度も不安を感じた。かつてミラーは私に彼の娘が北欧に旅をしたことを手紙で話してくれたことがあった。ミラー自身、私が先ほど書いたピアニストに会うために北欧には一度訪ねて行ったことが有るはずだ。

セダンキュレーの村を立ち去ろうとしていた時、バス停まで見送りに来てくれた詩人は私の妻のために、この村で作られた「死の夜」という名の目出度い印のペンダントをプレゼントしてくれた。あれがフィンランド人の挨拶なのだろうか、私をしっかりと抱きしめ、二度と会えないかもしれないと言っていた彼はどこか単なる白人とは違って見えた。

フィンランドからの帰り、ヘルシンキの港からストックホルムの港まで一晩かかって航海する連絡船の旅は、私を満足させてくれた。雪、また雪のバルト海の暗闇の中はフィンランド奥地の黒夜の昼間と変わるところはなかった。フィンランドの奥地の湖、イナリ湖は常に北極海からの激しい風の中で眠っているようだった。セダンキュレーの村から遥か南にある大都会、ロヴァニエミの大学に通っているハーカナ氏の娘の名前も、イナリであった。長い金髪が美しい娘であったが、彼女はどういう訳か北欧の国々よりもロシアが好きだといっていた。夏休みなど訪ねるのはもっぱらサンクトペテルブルグだと教えてくれた。北欧のどこの国からもさほど良い待遇を受けていないフィンランドは十九世紀頃の貧困の時代の中で、他の諸国には見られないような精神的な発展を遂げたようだ。第二次大戦の頃食料以上に衣類以上に、詩集を飛行機から投下する方がフィンランド人には喜ばれるのではないかと言ったアメリカ人もいる。もともとはアジアの出であり、アラル・アルタイ山脈の麓から西に進み、ハンガリーあたりから北に方向を変え、水と森の国、すなわちスオミと自らを誇り高く読んでいるフィンランド人は、間違いなく、森と湖（スオミ）の民なのである。オリンピックでフィンランドの代表は全て胸に大きくＳＵＯＭＩと記した国名を付けている。青い目で金髪で色白な背の高い白人の中の白人と言われてもおかしくない彼らが、東アジアのどこからか北欧に移動した民であると誰が思うだろうか。

ヨーロッパや北欧の旅は私の心にだいぶ違った人間観を与えてくれた。

本当の誇り

豹やピューマがどこまでも広がっているサバンナを走れるのは、がっちりとしたそれらの骨組みの力によってではない。彼らの自由自在に動く筋肉の中に宿っている力によってである。人はそのことをどうやら忘れているようだ。自分の中の精神が強いように思え、精神に宿っている思想が生き生きと働くので人の生き方は自由自在であり、まるでがっちりとした骨のように信頼が持てるのだと思っている。しかし実際にはそうではない。むしろ精神よりはまたそこから噴き出す思想よりは全く別な何かによって駆動されているのである。

私たちはそれを人の心と呼ばなければならないようだ。精神の動きや言葉の組み合わせによってどんな風にでも広がっていき、そのリズムは止むことのない万有の花となって広がるのである。骨よりは筋肉の方がその存在の駆動力としては力が大きいということを信じながら、これからの文章を読んでもらいたい。

日本人は、人様から何かをもらうという行為を、乞食の真似をするなと言って大いに恥じるのである。何という威張り腐った愚かな人間の態度であろうか。人が生命を与えられ、このように生きている現実は自ら造り上げたものであろうか。とんでもない。存在の基本である生命の芽生えも、食生活や着る物など、あらゆる人の周りの行動も全て天然の物からの貰い物である。このようにして誕生の一瞬から老いて死に至るまで万事、天祐《てんゆう》の流れの中で生きてきた事実を忘れてはいけない。

人から、また天から物を与えられることを恥ずかしがるこの傲慢さはどこから来ているのか。人が大自然の中の穀潰《ごくつぶ》しの生命体であることは確かにその通りだと思う。あらゆる大小の物事は、人が自らの手によって作り出したものでも、こちらに引き寄せたものでもない。常にその人の周りや目の前に用意された宇宙からの贈り物と言って良い。人は誰でも天祐《てんゆう》という手によって時折々に必要なものを差し出されている幸運な生命なのである。数多くある生命の中で人ほど幸せなものはない。一瞬一瞬の中で必要とするものは全て与えられている。

「人様から物をもらうような恥ずかしいことは避けなければいけない」とか、「乞食の真似をして笑われるな」と勧める人の心は、そのことによってすでに非人となっており、大自然の中の反逆児であり、最低の、親を困らせる放蕩息子なのである。今このように生きているという事実、豊かな筋肉を自由自在に動かしながらどこまでも走り続けることができる喜びを、あらゆる天然に向かって感謝しなければいけない。

生きるというあらゆる一瞬において潤いたっぷりな言葉が与えられている自分を、豊かな天然の流れの中の子として十分感謝しなければならない。できれば何一つ物をもらうことはしたくない、とばかりにカサカサの言葉や、全く匂いのしない己の心という花を広げている人は何とも情けない。自分の周囲のあらゆるところに満ち満ちているフラグメントをいささかも恥じることなく、堂々と自分の表現として認めて行きたいものだ。一瞬たりとも止まることなく、吹いている風のように何らの不安もない物と全く同じ物を、人の生命は持っていなければならない。

人は一日の中であるわずかな時間を、生まれたばかりの嬰児《えいじ》のように扱わなければならない。一切を天に任せ自然の流れのまま、身体も心も自由に動かす時間が欲しい。そういった天然のままの生命としてわずかな時間を生きる時、人は誰でも本来の自分を回復できるのである。自然に任せ、体中の、また心の全てを、つまりどこもかしこも自由に揉《も》みほぐさなければならない。気の流れの中で徹底的に揉《も》みほぐされた生命体は、そのたびに地球に、この世の約束に、人の道とかいう縄目に捕らわれている「現代人」がほぐされていくことに気づくのである。もっとも自然体であり、健康な状態とはこのような一瞬の中で体験できることなのだ。本人が最も良い調子の中で生きられるのもこの時なのである。

人は一日のうち何度でも自然に帰れる時間を持ちたい。その昔、中国の賢人は、日に三度は自らを反省しなければならないと教えているが、反省とはこのことだ。自分を何一つ持たない物乞いの存在として認め、しかもそれを恥じず、それどころかそれを誇りにして生きる人である時、そこに反省の態度が最もはっきり見えるのである。

愛しのクレメンタイン

アーゴ・アーゴとおいおい泣きながらどこに去っていったか杳《よう》として分からない娘を、心の中に探し求めているのが韓国の人々の心なのかもしれない。アメリカの開拓時代の荒くれ男たちが歌っていた『愛しのクレメンタイン』を心の中に探しているのはやはり朝鮮人全ての生き方の中の恨の思いであろう。

彼ら彼女らにとって、いつでも何か大切なものを失っていてそれを求めているある種の苛立ちがある。朝鮮半島の女たちはお産する時は大声を上げて唸《うな》るという。もっともその唸りは彼女らにとって泣き叫びであり、お産の苦しみを歌う女の喜びの歌なのかもしれない。日本女性にとってはとても考えられないことだ。可能な限り耐えに耐え、抑えに抑えて上品に子を産むというのがやはり「大和撫子」の姿なのである。

半島の長い歴史の中に住む人たちにとっては、アメリカのクレメンタインは密接に繋がっている同胞なのであろう。アメリカの開拓時代の可愛い娘の声がいつも荒々しい荒野に反響していた。『愛しのクレメンタイン』ではなくどこかに姿を隠した娘として途方にくれている半島人の心、「恨」で娘のことを歌わなければならなかった。

『愛しのクレメンタイン』は日本人にとっては伸び伸びと歌える『雪山賛歌』と化し、私たちはそれを明るい心で歌っている。しかし半島人の心の中ではもう一度アメリカ西部開拓時代の重苦しい空気の中で、荒くれ男たちを相手に荒稼ぎをする可愛い女たちがフランスからやってきた。その時の明るい笑顔のフランス娘たちの心は苦しみ呻き滂沱《ぼうだ》の涙を流していた。荒くれ男たちは彼女たちを錯覚しながら『愛しのクレメンタイン』を歌い続けていた。

これらのフランスから来た女たちの心はそのまま朝鮮人の思いであったようだ。彼女らの人生の中心となっている恨が生き生きとこちらに伝わってくる。韓国よりむしろ北朝鮮の人たちの思いそのものがはっきり伝わってくる。

漱石の『坊ちゃん』よりはずしりと重い革表紙に金文字で『復活』と刻印されているトルストイの本の方が、北朝鮮の人民の心に似合っているのかもしれない。半島人にとっては、特に奥の方の半島人には恨みの心が一つの自然な魂の文学としてぴったり当てはまる。

私の幼かった日、韓国人の友人は「アリラン、アリラン、アラリヨウ……」と泣きそうな顔をして歌っていたのを思い出す。半島の奥地の方の人々のリズムの方がこの歌を歌う時、恨のメロディに合うのである。アメリカ映画の西部劇に出てくる男女のドラマと韓流映画の中の男女とは、どこかが重なって見える。クーパーもウェーンも今日の韓流映画の中の若い男女たちとどうしても重なりあって見えるのである。寒い雪の降る中で抱き合う男女の姿は、戦後間もなく私たち日本の若者の心をときめかせてくれた『慕情』のスクリーンを思い出させてくれる。暗い映画館の中でこんなに華やかな世界が広がっていたことを今でも覚えている。韓流映画は韓国の外貨稼ぎの手段だと分かっている反面、『慕情』や『風と共に去りぬ』と重なって私たちに見せてくれる時、半島人は涙を流しながら「アリラン……」を歌い『愛しのクレメンタイン』を嗚咽《おえつ》を抑えながら観るのである。

任天の人

　自分の中で確かな自分のものだと思っている言葉こそ、どんなものよりも確かな免疫力を持っている。何事もこの免疫力が確かでない限り、たとえどんなに調子が良くとも（もちろん悪い時は当然のことながら）、物事は成立せず完成することもない。良いことでも悪いことでも本人のやり方次第で、また生き方次第でどのようにでも発展していくのだが、その中心に免疫力というものが確かな勢いとして存在しないならば、物事は決してその最後になかなか成就はしないものだ。

　人の乗っていない宇宙船「ボイジャー一号」は、地球から飛び出して様々な大小の惑星の間を通り抜けながらもう何年間も飛んでいることだろう。そろそろ太陽系を抜けだしてより広い宇宙の広がりの中に向かって行きそうだ。人の言葉も一つの恒星を中心としてあちこちに存在する、深く、濃い因習を持っている大小の惑星の間を縫うようにしてどこかに飛び去ろうとしている。「ボイジャー一号」は確かにとてつもなく大きな免疫力を誇示しながら、何一つ余計なことを考えずに、ひたすら宇宙の空間を飛び続けている。人が自分の言葉の中を心の一体感を持って走っているのと同じだ。万事は天然の流れに任せて動いているのだ。任天の「ボイジャー一号」と同じく人もまたそのように生きている時間を飛ぶだけだ。自分の考えに任せて生命はどこまでも飛んでいるが、そこには明らかに超免疫力が働いているからである。小利口さや変な小知恵があったとしても結局それは本人の愚かさや躓《つまず》きそのものであって、それに気づく時はただ己の失敗を納得するだけで終わる。万事はその初めからビッグバンの中で任天の組織の張りめぐらされたウェーブを持っており、その後どんな生命が自分の中に創造され、様々な知恵がそこに働き出し、大自然のどこからか綻《ほころ》びが生じるか誰にも分からないのである。

　その綻《ほころ》びの中の一つとして、人の心の中に原子爆弾が欲しくなるような欲が出たりするものだ。原発が人により必要で便利であると考えるように導かれるのも、そういった意味においては当然のことかもしれない。

　自分に迫ってくる悪よりは、自信を失くしている真実の方がある意味ではずっと怖いのである。自分の言葉を持たない時間の方が、また生き方の方が恐ろしいのである。

　たとえ悪でも不幸でもただそれらが迫ってくるだけなら、人はあらゆる生きる手段の中で、まるで「ボイジャー一号」のようにあらゆる障害物を避けながら、太陽系を抜け出すように生きていかれるのである。また人の生き方の中にずっしりと重くのしかかっている不幸という不幸、呪いという呪い、様々な時間の重圧を上手く避けながら新しい任天の広がりの中に翼を伸ばしていけるのである。これができない人はあらゆる面で言葉もリズムも全て色褪せ、目の前の障害物にぶつかる可能性が十分にある。つまり人生を悪の葛藤の中で生きることを自らわざわざ要求しているような人も、現代ではかなり多くいる。常に生き方のどこかで慟哭《どうこく》しているような不幸な人もいる。本来彼らも彼ら自身に与えられている超免疫力を持たなくてはならないのだ。

人の言葉はその人と一体感の中で素直に流れているなら、それは電気、磁気、そして気の流れのように問題を起こすことはないのである。

大災害も人の手になる様々な悪の行為も、もう一度人が任天の生命で生きている己を実感し、そこからはみ出ないようにするなら、全てはすでに与えられている超免疫力によって守られるのである。

恨の情念

同胞《はらから》として日本列島のごく近くまで突き出している半島に生を受けている韓国と北朝鮮という二人の兄弟たちは、ハングル文字や「恨」という漢字の心の花園で育ってきた。「恨」はこの半島に生を受けた民族の中に宿っている念いである。どの民族にも、例えばバルカン半島の心にも、地中海沿岸の心にも、バルト海に面している北欧の民の心にも、ケルト民族の心にも、中近東の砂漠の民の心にも、アメリカ大陸の人々の中にもそれぞれの願いが閉じ込められている思いがあって、それは様々な言葉となって今日まで残ってはいるが、極東の半島の民族である朝鮮族に芽生えていていっかな離れることのないこの「恨」の心はどの民族の「恨」よりも大きいようだ。

アリラン峠に吹く風の中で半島人独特の胸に抱えて打ち鳴らす小太鼓の響きは、あたかも岩手盛岡のさんさ踊りの中心となるあの太鼓によく似ている。

私の小学校時代の同級生、リョウ　ゲンカンも親たちに連れられて日本にやってきて冷たい態度で扱われたが、第二次大戦で見事に日本が敗北した後、彼らの事情も大きく変わった。初めのうちは韓国名を日本名の南原源一と名乗るほどすっかり日本に溶けこんでいたが、戦後間もなく半島人の名に戻り、妻や子供たちを連れて北朝鮮に去っていった。おそらく今は彼地で酷い生活をしていることだろう。日本を離れたことを後悔しているかもしれない。それとも惨めな生活の中で、もうとっくに亡くなっているかもしれない。

田舎の小学校のクラスの中でけっこう大男であった彼と私は、よく体操の時間で相撲大会になると対戦したものだ。千秋楽として「南原君と上野君の大相撲を見ようではないか」といって先生は、「ヒガーアシー……」などと呼び出しの口調を真似したものだった。二人の戦いは毎回なかなか勝負はつかなかったが、たいてい六対四の割合で私が負けていた。

アリランアリランアラリヨウとクラスメイトの前で体操のできない雨の日など、彼は顔を真っ赤にしながら歌って聞かせてくれたものだが、その表情には寂しさが漂っているのを少年の心で私は感じていた。南原君はいつでも元気に笑いながらその裏では泣いていたようだ。彼の胸の中で「恨」の心はどのように働いていたのか、私たちには知る由もなかった。

日本が大威張りをしていた頃、半島人は屈辱の心で生きていた。日本人の代表としてオリンピックに出場した朝鮮の選手は、白人たちが驚くような走り方をして見事に金メダルを手にした。日本代表であったとしても植民地の名もない男であった彼に過ぎなかった。日本の新聞記者がメダルをもらった気持ちを尋ねると、ただ一言ハラハラと涙を流しながら「恨」とだけ言ったそうだ。この時の「恨」には百万の言葉によっても言い表せない多くの恨みと、憤《いきどお》りと、痛み、辛さ、悔し涙、民族としてのその頃の苦しさがこの選手の言葉に込められていたはずだ。

「恨」は人の心に対する恋心であり、自分をも含んだ万人に向けられた深い怒りであり、自然に対する彼らの不満がそこに宿っていた。与えられた自分たちの人生に向かって吐き出す何かがそこに感じられた。それは彼らの「手鼻」であり「唾」なのだった。

そういえば戦後間もなく福島の磐梯山の麓を走る列車に私は乗っていた。学生時代、肋膜を病み、しばらく会津若松の北の方に行って、療養生活をしなければならなかったからだ。汽車は若松に向かって走っていたが、当時、まだ惨めな服装をしていた私たち日本人の乗客の傍らに、二人ばかり立派な身なりをしていた半島人は、日本語を使わず韓国語で声高に話し合っていた。こんな彼らの態度の中にも不思議と彼らの「恨の思い」を私は感じることができた。日本人には到底理解できない彼らの心に芽生えている恨みの心は、おそらく私たち日本人の、つまり敷島の民の「情」という言葉の傍らに並べて深く時間をかける時、少しずつ解ってくるのかもしれない。

悲しき「伝記」

洗者ヨハネは荒野に叫ぶ声だったと言われている。預言者の一人として大音声《だいおんじょう》に叫んでいたと思われている。そんな運命の中で生まれた、キリストの従兄弟《いとこ》であったヨハネは、よくよく考えてみれば、かなり低い声で、人の道を分からずに生きている人々に伝えていたのではなかったか。むしろ世の中の意味のないような雑談の中で生きている人たちの方が、ヨハネよりも一般的に荒々しく大声で喋っているのではないか。

ヨハネは、ごくわずかな何とか彼の言葉を理解してくれると思われる人々にだけ半ば耳打ちするように囁いていたのかもしれない。ヨハネの言葉の言いようはどこまでも穏やかであった。この静かな言葉が分かるものには納得されたのだが、世間の汚れの風の中で小利口に生きている大多数にとっては、全く理解のできないヨハネの言葉だった。老子は函谷関の前の人生で、果たして聞こえよとばかり、怒鳴り立てていたであろうか？ 李卓吾《りたくご》（明末の儒者）でも良寛でも話す言葉の内容は別にして、いささかも特別大声で話してはいなかったのではないか。荘子が、また老子がどれほど自分を宣伝するために力を込めて物を書いていたであろうか？ あらゆることの研究者たちさえ、彼らの伝記を書こうとする時、迷ってしまうほどにその資料不足に気づく場合が多い。無資料こそ、その人の本当の資料なのだ。あれこれと騒がれる山ほどの資料は、伝記を書く作家にはその人物に対する好奇心が失われていくかもしれない。伝記としての文章が書かれる人物はその時代の低俗な社会の中で誰もが読むようなものであって、単に伝記としてだけではなく、書物としても意味はだいぶ低いのである。多くの言葉や逞しく荒々しい言葉や声は、静かであればあるほど意味深い。荒野に叫ぶヨハネの声は、どこまでも静かであったようだ。

どこにでもいる新興宗教に酔っている信者の口にするような荒々しさや刺々しさ、さらには忙しなさの切り口がはっきり感じられる言葉の隅々には、物事の限界がはっきりと見える。彼らの言葉はカラカラに乾いており、ヒリヒリ痛むような喉《のど》の痛さを感じてしまう。そういった言葉を聴く方の人間もたちまち疲れてしまう。このようなことを思いながら、私は十代の終わり頃から二十代にかけて、毎日選挙の運動員のように、話す言葉やフレーズには落ち着くことがなかった。もっともそのような十年ぐらいの間は、火事場の人間のように何事も落ち着くことなく、宣教師たちや彼らの後について走り回る進駐軍の若者たちの、さらに後について私は動き回っていた。何を語るにも何を考え何を食べるのにもほとんどどのような意味においても落ち着きがなかった。宣教師の後を、仲間として私と同じ年頃の進駐軍の兵士たちと並びながら、間違いなく新興宗教の信者のように走り回っていた。

マーチン、ラタ、そしてクロエカーと言った宣教師の行動力の勢いの中で、また彼ら彼女らの涙とかなり確信のあるような言葉に勢いを付けられていた。

マーチン師は十代の頃兄たちと一緒に刑務所暮らしをしていたが、やがては戦後の、心の落ち着きの失くなった日本を尋ねる宣教師となり、十七年間の日本滞在の研究論文を発表し、アメリカ東部の大学から神学博士の肩書きを得た。

もう一人、私の敗戦後の中でぼんやりとしていた軍国少年の行き場の無い思いに方向付けを与えてくれたのが、カナダ人の宣教師ラタ女史であった。彼女はまるで英国の穏やかな限りなく上品な女性のような態度で日本人に接してくれた。どこか刺々しく生き方の勢いをなくしていた日本人に大きな希望を彼女は与えてくれた。また、クロエカー女史はラタ女史とは正反対のバリバリと行動をするオランダ系のカナダ人だった。彼女の親たちは、オランダからの移民であり、ヘンリー・ミラーと同様、小学校に入るまではドイツ語しか喋らなかったという。私が妻や生まれて五ヶ月の長男を連れて東北に移って五年ぐらい経った頃、宇都宮大学の官舎で誰にも看取られず脳溢血でこの世を去った彼女だった。

これらの宣教師たちからどれほど力をもらい知恵をもらい、物質的にも限りなく世話になったかしれない。ある意味で私は彼らによって、戦後の妙な日本の空気の中で人としての大改革がなされたようだ。その頃は人と出会うのにも、話をするにしても、讃美歌をどら声で歌い、聖書の語句を涙を流しながら辿る日々であった。洗者ヨハネが荒野の声として人々に話しかけた声はどこまでも静かであり、荒々しい人々の生き方の中に響く声も、その荒々しさを消していったのである。洗者ヨハネの声は人の心に響く穏やかなオーラそのものであった。荒野の叫び声を穏やかな己に取り戻す時、人は、その人本来の夢に向かえるのだ。普通の暮らしをしている人にはほとんど聞き取れないような囁きとでもいうべき声なのだが、天の声はそれで良いのだ。荘子は間違いなく囁いていた。何人かの数多い荘子がいたとも言われるくらい、彼の伝記は誰にとってもあまりにも資料が多いので、かえって書き難い。彼の静かな言葉は分かる者にははっきりと分かって響いてくるのだ。老子は果たして函谷関を超えてその彼方に出ていったのだろうか？　函谷関の前の人生で聞こえよとばかり怒鳴り立てていた宣伝家の老子を私たちは考えることができようか？

やはり本人が生きている間に自伝などは書くべきではない。また後の世の人々も自伝に相応しいような人物を取り上げて伝記を書くのは止め給え。そういった過去の人物には伝記を書くための資料がほとんど無いようで、同時に山ほど存在することも事実だ。多く存在するということは先にも言ったように、無いのと同じことなのだ。これまで伝記にされた人物でその被害を受け、それらの伝記はことごとくある意味でのつまらない新興宗教の餌食にされ、仏壇の片隅や礼拝所の中に悲しそうに置かれている。本当の人間はそれゆえに、自伝を遺すな！　伝記を誰にも書かすな！

クラシックレッド

わずかばかり暖かくなった春の陽射しを三重ガラスの窓の外に見ながら、私は終わってしまった冬のことなど忘れたように、この文章を書いている。それにしても実に長く思えた今年の冬だった。小寒も大寒もさほど変わらず寒かった。日本中どこもかしこも雪だらけだというのに、岐阜県を形作っている美濃はどういう訳だか寒いにも関わらず、雪という雪はあまり降らなかった。それに比べ同じ岐阜県でも北の方の山陰に広がる飛騨地方は全く別だ。今年も越前、陸中、越後といった北陸の雪深い地方と同じく、岐阜の北の方のこのあたり、すなわち高山や白川は長い雪の中の冬に閉ざされていた。トルストイが書いている長い冬の、陽射しがほとんど絶えている地方では、確かにネフリュードフやカチューシャのように春を待つ心の喜びには一方ならぬものがあった。様々な色の小さな花が咲き乱れ、氷は溶けて小川に流れを作り、人の心はそれぞれに復活祭を待つ喜びで満たされるようになる。私たち日本人は梅の紅や白に心を目覚めさせ、やがてピンクの桜に酔いしれる。ところが白人たちは単なる桜色の趣とはどこか違ったピンクに心を踊らせる。彼らの心には東オリエントの私たちの桜色とはどこか違った色合いに心躍らせる春先がやってくるのである。

彼らの春を表す色とはクラシックレッドである。日本人にはピンとくる色合いではないかもしれない。クラシックレッドとは、桜のあの清らかな色とはどこか違い、少し汚れたところが春の光にあたって薄くなっているピンク色なのである。それは日本人の最も嫌がるくすんだ赤錆色である。こんな色のワイシャツの襟にはボタンダウンの飾りが付き、しかもその生地は小さな東洋のワイシャツの生地とは違って北アメリカに連れて来られた黒人たちが、白人に使われて育てたかなり大きな綿で作られたコーマまたはコムド製のシャツなのだ。こんなシャツは着れば着るほど古めき、いわゆるコムドコットン（繊維をくしけずり、短い繊維を徹底的に取り除いて繊維の平行度をよくした糸）であって春先の若者たちを一層ヨーロピアン的に美しいものにし、トラディショナルな行動の喜びを見せる。

　このワイシャツの上に薄い生地のジャケット、すなわち背広を羽織り、女性の柔らかな手によってミシンを動かし縫われていったズボンをはくなら、それは正しくアメリカ的な、またはカナダ的な若者の喜びの服装であり、カジュアルなスタイルとして理解されるかもしれない。特にクラシックレッドの錆色のピンクにシャツなどが彩られており、ジャケットもズボンもそれぞれになんとなく柔らかで灰色がかった紺や茶色で染められ、どことなく古びている感じがするなら、それは彼ら若者たちの父親や祖父たちの誇り高かった色であり、ピースメーカー（コルト社のピストル）などの銃口から臭いだす硝煙の匂いさえ感じるのである。アメリカ新大陸が発見され、五大湖の畔に白人たちが住み始め、ミシシッピー川やアパラチアやロッキーの麓の春も、このような服装の人々によって賑わっていたに違いない。

　日本の今年の冬の寒さで、私は近くの老人たちがあたっている東屋の囲炉裏の火にあたるため、盲縞《めくらじま》の着物を身に纏い、角帯を締め紺の木綿のモンペをはき、綿入れのつん抜きを着、足袋に草履《ぞうり》の姿でたびたび出かけた。春はやはり日本では桜色の季節だ。しかしそこに着物姿は滅多に見られない昨今である。私もこの春、あえてアメリカンドリームと関わる訳ではないが、ボタンダウンの縞のワイシャツの上にアメリカンコットンの薄いジャケットやズボンを身に着けて散歩などしたいと思っている。

　常に季節は変わる。冬はいつでも長く厳しい時間を人々に押し付けている。その押し付けが長ければ長いほどやってくる春は待ち遠しい。心の中の桜色が爽やかなものであっても、錆びついたものであっても、人は冬からの脱出を心から喜ぶのである。

　この文章を書き終えたら、私はガーシュウィンの『アパラチアの春』を聴きたくなった。

業・劫類腺

動物も植物も互いにとても近い兄弟である。森も人もある意味では地球上の友として扱われなければならないようだ。同じ樹木でも針葉樹や落葉樹はしっかりと固い大地に根差しているが、中には海水の中に根を生やし、それでいてけっこう塩水に侵されることもなく、どこまでも高く大きく繁茂していく樹木もない訳ではない。

　マングローブやヒルギの種類は海水の中で育っても塩分を根元から吸い取り、古い葉の塩類腺からそれをゆっくりと海に捨てる。こういった塩水の中で成長して行く種類の樹木は当然のことながら陸上の植物とは異なる働きをしながら生きている。午前中は水滴となって、ポタポタと葉から塩分が落ちていく。午後になると細い塩の結晶をピカピカ光らせながら出して行く。こういった生き方でもって海水を吸いながら枯れることもなく海辺の植物は育っていくらしい。

　人間の言葉も世の中の劫（時間の単位だが、それは永遠の業をも現す）という名の海水をたっぷりと世の中から吸い上げている。しかしそういった言葉を浄化する劫や業の涙腺もまた、私たち人間には生まれながらに付いている。しかもこの作用が同時に大自然の中のあらゆる仕組みを人間の生き方の中で、実に上手く利用していることも事実である。心や精神の中に充分これまで育って来た時間の中で吸い込んで来た汚れや狡さを吐き出す腺も、明らかに体中に備えているのが人間だ。昼も夜も、働いていても眠っていても人はこの種の腺を常に活動させている。現代人は言葉をそのように使えないのであれば、何とも不幸である。病んでいるということも事実だ。確かに現代人は森の中の植物ではない。水中の、否海水の中に置かれているヒルギ類だ。それを日本人は人の中に宿している業と呼び、劫（汚れた生き方）と解釈している。人間は誰しも、自分の魂の塩類腺をどこかに探し求めているのだ。それが見つかる時、嬉しさのあまり涙さえ流れるのだ。自分のために生まれてきたような女性に出会う時男は嬉しさのあまりその喜びを様々な方法で表現するが、まさにその時の喜びはこれと同じである。

人の間には言葉は山ほどある。しかし、自分の中から出て来たり、出ていく言葉となると、そう簡単に見つかるものではない。それが見つかった時の感激は一入《ひとしお》のものだ。同じ志の友に巡り合う時人はますます自分の中の生命力に自信を付けるようになる。

現代というか、人類の時間の中は、海水の中で生まれ、生きているヒルギのような植物の生きる世界に似ている。そこで常に吸い上げていなければならない海水は、劫や業類の腺であって、これ無しでは人間は生きてはいけず、しかもこれを常時吐き出し続けていなければ生命としてはまともに存在し続けることも不可能である。このことを弁えて生きるのが今の社会の人間である。この人間を単に人間と呼ばず、人と呼ぶ理由はこんなところに意味があるのだ。

立山連峰

あれは秋遅くのことだった。私たち夫婦は新婚旅行で東京から裏日本に出て、能登半島の付け根から国鉄バスに乗りながらかなり長時間この半島の東側を珠洲《すず》市に向かった。

朝早く起きて海辺に立つと、彼方には立山連峰がその峰をキラキラ光らせており、北の方は麓に至るまで濃い紫色の佇まいを見せていた。そのずっと下の方には富山市や高岡市の低い家並みが広がっているはずだ。

まるでイングランド人が体験するように能登半島のこのあたりは、一日に何度も天気が変わる。晴れていてもコウモリ傘と長靴姿で人が歩いているのはこのあたりではごく当たり前のことだった。

富士山や関東の山々が頂上から麓まで様々な色合いの中でくっきりとその山の模様を表しているのに反し、この半島から観る彼方の立山連峰は空に突き出ている鋸《のこぎり》の刃のような雪の峰々と、山腹から麓に至るぼんやりと広がる風景で、半島から眺めるこの風景は私の心を深い思いに導いたものだった。

その後能登半島の鉄道バスは線路が敷かれ、電車に代わったようだが、それもわずかな間で、今では再びバスが行き交っているようである。

このあたりの人たちは、まるで江戸時代の侍のように、今とは違う古い言葉で他の地方からやって来る人々に話しかける。例えば〃……られい〃と彼らが言う時、それは〃おいでになりませんか〃を意味しており、〃……いーっちゃ〃と彼らが言えば、〃そうやればいいですよ、任せますから〃という意味であって、そこには人々の安心できる会話や行動が生まれるのである。能登半島のこちらからは遥か遠くて見えはしないのだが、伏木《ふしき》の町や新湊の堤防あたりがかつて若い頃私が訪ねた思い出と重なり、能登の方からも見えるような錯覚に陥ったのである。

寒くなってくる季節の立山は、私の感覚の中であらゆる山の思い出を越えて記憶に残っている。一度は若い頃登ってみたかったのもこの山である。何ヶ月かの滞在の後、高岡を去ろうとした夜、私を見送ってくれた若者たちの間に一人、当時富山大学に通っていた娘がいた。高岡の城山の中を歩きながら彼女と話をしていたことを思い出す。いつか立山に登ろうと私に言ってくれたのもこの女性であった。

時は過ぎ、能登の海で見る立山は確かにその深い趣が他の山とはどこか違っていた。

パッチワークされた言葉

人間が喋ったり歌ったり書いたりする態度で物を書くということは、自分の手で言葉にぶつかり、はっきりと文章の上で生き方の何かをカスタマイズしていく様々な色合いなのである。カスタムとして自分の色合いでもそう簡単には浮き上がっては来ない文章は、いくら書いても、また上手に喋ってもそこに力は出てこないものだ。

自分の言葉は、自分のシャツの布でもってパッチワークされているのに似ている。しかも自らの手によってパッチワークされた言葉なら、一層良い。徹底的に大胆に、色々にパッチワークされた物は、アメリカの遠い昔の時代の開拓者、すなわちプアーホワイトの、仕方なくマルチパッチワークをしなければならなかったシャツを私たちに思い出させてくれる。

人は自分の手で自分の思想や文章を、そして言葉の一つ一つをマルチパッチのものにしていかねばならないようだ。すでにある人々の間では、そのようにして続く日々がもたれている。ジーンズのパッチワークの、そして、細切れになったデニムの小さな布、一枚一枚を繋ぎ合せて立派な、人の履けるパンツとなり、デニムのジャンパーになっていく。私自身、今そのようにしてアメリゴ・ベスプッチの精神的開拓民として、しかもダニエル・ブーンのようにペンという銃を担《かつ》いで、アパラチアの森に入っていく。おそらく死ぬのもアパラチアの森の中の、しかも自分で作った小さな森の中であるに違いない。

確かな瞑想は常に日々の生活の中のマルチパッチワークされたシャツやパンツの中に見られるのかもしれない。言葉の生き生きとした誕生は、どんな形によっても科学して学ぶことは不可能だ。言葉は空気のように流れているだけであって、それを人はエーテルと読んでいるのもあながち間違いではない。

経済力を正しく知って

今度の大災害も原発の問題も少しずつ何かが動き出しているようだが、人々はそれには満足しないようだ。津波に遭った多くの土地を専門家が調べても、破壊された海辺の近くや川の傍《そば》、丘の途中や山の上などで家を壊された人たちの財産や不動産の所有権について様々調べても、なかなか埒《らち》はあかない。もともと土地というよりは大地は、全て天然の中の一つであり、自ら天然である人間は、もう一つの天然である大地を所有することはできないはずだ。土地は人の物であったり、天然から生まれ出たもう一つの生命でしかない人間が所有するものではないはずだ。土地は生命と違ってそこに根付くものであり、そこにへばりついているものなのだ。生命は人から微生物に至るまで、宿主以外の何ものでもない。

北欧人のように土地は天からの借り物であると信ずるのは正しいようだ。そして借りた土地に住んでいる人間は自分が死ぬ時、自分の生命や寿命と同じく、天然の中にそれを返していかなければならないことを信ずるべきだ。北欧では村や町の人たちは、大自然と生き物との関係をはっきりと先祖代々分かっていたのかもしれない。国が土地に関わり「天領」などとのさばってきてはいけない。

公民と称し、今では公務員と自分たちを呼ぶあの態度は何ともおかしなものであって、数多い周りの生活者が「お上」と呼んだ暗い江戸時代や昭和までの時代を私たちは思い出す。土地は、さらには全ての動産などもそれらは全て大自然の所有物であり、一つとして特殊な人間の所有であるものは無いはずだ。たとえ王や貴族であってもこの例外ではない。人々は一人ひとり自分が公民、または公人として周りに目をやっている必要がある。まだまだ「天領」という考えがそのあたりにのさばっていることも理由なのかもしれないが、はっきりとオンブズマン制度というものが存在し、それを押さえる理由は何一つ無い。

土地でも他の全ての不動産は天に属している。もっとはっきり言えば、ものや金銭さえもこれは大きな意味で天の配剤《はいざい》によるものであり、人の方から言えば任天なのだ。これを理解した上で「経済」ということを語れるなら、その人は本当の現代人としてこの世をまかり通れるのである。

焼印の付いた言葉

私の言葉は私個人のものであり、固有な様々な色合いからできているマドラスシャツであり、自分らしさしか表現できないノーアイロンのシャツに等しい。つまり長い歴史の中で誰もが使ってきた言葉を使いながら、一旦私の中に閉じ込められてしまうと、それは私だけの言葉になってしまうのである。私の言葉は私のノーアイロンのシャツであり、それには私自身だけのモノグラミング（名入れ）のシルエットが付けられていなければ、どうしても私は満足しない。しかもその傍らに小さく「超」、または「スーパー」という一言が入っていなければならず、そうでなければ私は満足しない。釦《ボタン》そのものも改良されたり復興されたのではなく、明らかに革命であり新生そのものでなければならない。言葉は、どこまでも口の中でモグモグ言われていた稗田阿礼から大きく開かれた万葉の言葉に至るまで、そして現代人のヘリテージ（遺産、継承物）の力強い私たちの言葉であって、自信を持ってそういう私の言葉にははっきりと取れてなくなることのないパッチワークが施され、リネンやマドラスのシャツと同質のシャツにも等しい言葉には季節の変わり目で、また暑さ寒さから身を守るためだけに存在するのではない。自分の中の美の感覚の流れを、より明瞭にシャツや他の衣類に関してもはっきりと表しているのだが、私の言葉にもはっきりその印は付いている。

自分だけのシャツだと言いたげについているモノグラム（個人や団体の頭文字を縫い付けたもの）も、間違いなくその人がカスタマイズしたものだということをはっきりと示しているが、これと同じことを私は自分の言葉に応用したいのである。

自分の牛に焼印を当て、はっきりと自分の所有であることを表すのと同じなのだ。アメリカ西部の開拓民はこのことによほど心を使っていたに違いない。間違いなく私の書くものは輝ける光を放つモノグラムなのだ！

人は誰でも、自分らしく、しかも軽くて時には重たくて、それでいて楽であり楽しく身に着けられる自分のシャツが欲しい。それと同じく人は自分の最も使い易い言葉が欲しいのは当たり前だ。アメリカの開拓者たちもそれを望んでいたのでデニムのシャツを着、テント用の布で作ったジーンズのパンツを身に着けていた。ぶら下げていたあのむやみに長くて重いピースメーカーも、汚れていればいるほど彼らにとっては格好が良かった。シャツなどは少しぐらい切れていて、パンツの裾や膝などは色が落ち、ギザギザになっていればいるほどその男のジーンズは光り輝いて見えた。しかも女たちには憧れられたのである。彼らはブーツを履いたまま相手の男の弾に当たって死んでいくのが理想だったに違いない。そういったシャツなどは男らしさのものであってどこまでも地の果てに彷徨っていく言葉の強さとどこか似ている。もう一人のダニエル・ブーンになりたいというのは開拓者の男たちの夢だった。

言葉もまた、その本質を見つめようとすると、これと同じだ。一つ一つ誰もが使っていても、その人の手に渡ると突然それはその人によってカスタマイズされ、彼の確かな焼きゴテが当てられる。

その人特有な「スーパー」というモノグラムの付いていないシャツや言葉には生命の力が入っていないのは当然のことだ。

行く春や

三陸の複雑な浜辺の一つに大槌《おおつち》湾というのがある。この浜辺は小さな入江と入江で囲まれた一角であるが、そこに住む人たちの家々は纏めて一つの「大槌町」と呼ばれている。海岸近くには漁のための小舟をもった人々が多く住んでいて、奥の方の裏手の山まで徐々に家を建てている人々を考えれば、町の中央を南北に走っている鉄道を中心にけっこう賑やかな町並みであることも事実だ。海岸に住む漁師たちは沖に出て漁をすることもあり、海岸の近くで養殖しているワカメなどをあたかも農民たちの畑仕事と同じように丹念に世話することもある。

私の本を読んでくれている若い一人の読者の親たちもこの大槌の海岸に住んでいた。私たちが東海地方に移り住んでから、毎年実に味のよいワカメが彼から送られてきていた。そのうち父親は病気になり、母親の手で丹念に養殖され、西の方のワカメとは違い引き上げてからは塩蔵されて私たちのところに送られてきていた。そのたびに私はこの美味しい東北のワカメを朝の味噌汁の中で味わいながら大槌とはかなり離れている南の仙台に住むこの青年に御礼の手紙を書くのが常であった。

春未だ浅い三月十一日の午後、これまでの長い歴史のページには決して記されていなかった未曾有の津波が、恐ろしいばかりの地震の後に三陸海岸のどこもかしこも飲み込んでいった。これは単なる日本列島の中の東北の太平洋岸だけの大災害ではなく、日本全体どころか、世界中の災害の中でも比較できぬほどの大きさとして前代未聞の津波として知れ渡ることとなった。それだけに大小様々に国々が日本を助けようとやってきてこの津波によってほとんど全滅したかのような三陸沿岸の漁港などは、少なからず助けられていることも事実だ。

今も話した青年のところにはいくら電話をしても留守電で通じなかった。私の知っているこれらの東北の漁港に住む知人たちは、波にのまれた二、三人の不幸な人々を除いてはほとんど高台の方に住んでいたか、逃れることによってこの津波からは逃れることができていた。しかし今なおこの青年からは何の音沙汰もなければ、彼を高校時代この大槌の町の高校で教えていた人物からも連絡が取れないと聞かされている。彼の両親たちが海岸近くに住んでいたということを考えれば嫌な予感もし、彼自身交通手段もままならないまま、必死に大槌に向かっていることは事実だとも思うし、そこから仙台に戻っていないことも大いに予想がつく。私はこの青年と何とか連絡を取りたい。東北は今が桜の花の満開の時期だと思うが、私のいるこの東海地方はわずかな風の中で、どこからともなく運ばれてくる桜の花びらがハラハラと庭に舞っているのである。私の目の前では春はすでに二、三歩彼方に去りつつある。

その昔芭蕉はこのような春の去っていく季節を次のように歌っている。

ゆくはるや　鳥鳴き魚の　目に泪

何事も愛し、嬉しがるものも全ていつかは遠ざかるのである。長い冬の後に訪れた春は、誰にとっても、全ての生命にとっても喜ばしいものだ。鳥という鳥は鳴き、魚という魚は喜びの中で泳ぐのである。良いものはいつまでもそこには留まらない。鳥の喜びの声もたちまち悲しい鳴き声になり、魚の目には泪がいっぱい溜まる。あらゆる生き物は常に短いしかも良い春がたちまち去ることを悲しむ。大漁の鰯を憐れみながら海の中で泪を流している魚のことを歌った山陰の女性もいた。彼女は間もなく自らも寂しいあの地方で死んでいった。夜の商売でしか生きる道がなかった女性と旅の途中で出逢った俳人は、涙を流しながら美しい句を作っている。遥か東海道を旅していた時も彼は親に捨てられ、泣いていた子供にわずかな食べ物を与える以外には何もしてやることができず、自分の旅路を急いだ。彼の心がどれほどのものであったか今日の私たちにもそれはよく解る。

この春の三陸地方の地震と津波は、市や町や村をいくつ消滅させたか知らない。全く無一文になった人々は、そのことによって人生の本当の有り方を学ぶ場合はあったとしても、ほんのわずかな例外だけであって、今後数十年、いや一世紀の長さの努力のあと、再び同じような文明の苦しさの中に自分たちを閉じ込めていくであろう。そういった未来を考えるよりは、今の私はあの美味しいワカメを送ってくれた漁師たちや若者のことを思いながら電話の声を聞いたり、葉書一本なりともこちらに届くことを期待している。鳥が鳴き、魚の目に涙がたまるようなこの行く春の中で、私は芭蕉のように親に捨てられた子供に何もしてやれない旅の俳人の悲しさを全身で実感しているのである。

唐の時代、十五人の偉大な禅の僧がいたが、その中でも特に徳の高かった僧の名前は「紳季」であった。全世界の万物は全てこの世で顕《あらわ》になっていて、隠れるものは何一つ無いというのが禅の哲学の中で言われており、ただただ管打座《かんだざ》（余念を交えずひたすらに座禅をすること）さえしていれば、人にはこの事実が解ると言われていた。あまりにも蔵《かく》されているものが今の時代、多く、むしろ顕《あらわ》にそのまま真実が表に出ていないものでこの世は満ちている。開かれた心で今度のような大自然の災害に向かい合う時、人は救われ、人の心は大きく傷つかずに済むのである。そうでなければ、大自然は自由な自然の約束の中で存在することはできず、科学者、R・ドーキンス博士が「神を信じることは妄想でしかない」と言い、神を信じる心の中には「この世に、隠された物など何一つ存在はしない」と禅の哲学で言っているように、素直に天然そのものの存在を認め、同じように、あらゆる宗教組織の功罪の罪の部分を見過ごしてはならないと私は思う。宗教は人の心を深々としたところにまで導いてもくれるが、高みに引き上げてもくれる。それでも気を付けなければならないのはルネッサンスの奢りたかぶった気持ちや自信過剰な人の考えが、本来の人の強さや素朴さなどを剥ぎ取ってしまうこともある。自分らしさというものの中で本来の人の平和や穏やかさは生きることができるはずである。それ以外の人につきまとっている知恵は全て、罪のもとであり、汚れであり、錆である。

こう考えると宗教も科学も使い方一つで、また用い方一つで、人の恐ろしい妄想に変わり、痛みで膨らんだ夢に変わってしまう。ルネッサンスという、自然を破壊し、それに取って代わろうとする人の恐ろしい考えが妄想の形で生まれてくる。

常に、行く春を追いながら鳴く鳥のように、涙を流す魚の素直さ生き方こそが大切なのだ。

こういった心と体で今度の三陸津波を見つめられる人だけが自然の与えてくれた大切なものを受け止めることができる。このことを道標にして自分の人生を生きられる人は幸せである。ルネッサンスという名の巨大津波がどこに襲いかかろうとも、人はそれに負けることはない。メトロポリスや町や村が消え果てても、文明の全てが燃え広がって跡形もなくなっても、言葉は生きているはずだ。物は消滅し、人の豊かな心だけが、どこまでも遺《のこ》ることになる。常に消えることなく行く春だけが有るのである。

アルファベットと漢字

ラテン語、ギリシャ語あたりからローマ字につながるアルファベットが生まれたが、こういった西洋文化の言葉とは違ってオリエントの空気の中で、特に東アジアの風の中に出現した膨大な数の種類を持つ漢字が示しているあの数々の意味合いは、とにかく驚く他には手の打ちようがない。

例えば「戻る」という漢字を見ても、これは大自然の中から出現したマターから始まる生命体が、言ってみれば天然の中に飼われている鎖には繋がれていない自由な犬として考えられる。この犬が束縛されていないにも拘らず、自分に餌をくれる、すなわち知恵を与えてくれる家、「戸」に戻る「犬」を想像することができる。その中に作られた様々なエピソードから、戻るという漢字はこのようにして出現したものと思われる。

「恥」という漢字は、「心」に「耳」を傾け、注意して言葉を聞く態度を表し、人の心は常に数多くの恥を体験しながら旅をしていく。恥という漢字は心が周りの現実、すなわち本当のことに心を傾ける態度を表していると認める時、この漢字の意味は理解できるのである。

一つ一つ何万も存在する漢字には、よくよく振り返って見る時、それは一つ一つの中に驚くほど多様で意味深く光り輝き、人の心を目覚めさせずにはおかない内容豊かな意味合いを含んでいるのである。

文明というこの窮屈な人に寄り添って、人の寿命と重なっている中には、なかなか天然の広がり多い色合いを見い出すことはできないが、一旦人の寿命とは別に時間そのものを見つめる時、そこには何ものにも閉じ込められることなく、縛られることなく、泳いでいる伸び伸びとした天然の流れのあることに気づくのである。昔から、遠く離れて全く別のエーテルの流れの中で自分自身の歌を歌える存在だけが何か得をするみたいである。

文明進化の時間帯からははみ出した全く別の分水嶺《ぶんすいれい》からの流れに、人は浸っていきたい。おそらくそこには文明の汚濁とは全く違う高貴な匂いと言葉が漂っているであろう。

教育とはどうやら一つのことに目を向けたら、他の何ものにも目をつぶる生き方であり、または他の一切を無視する頑固な心であるとある学者は言っている。あれもこれも、古いものも新しいものも、ほとんど何でも分かっているような器用極まりない人物は、実のところ名僧が言っているように全く何も知らない人なのだ。ほとんど全ての我々文明人間は、よく器用貧乏と言われるが、この本当の意味合いも、何でも知っている無知な人間のことを指しているようだ。

多くの人々が、あえて目をつむって見ようとしない物や、あえて聴いたり読もうとしないものの中にこそ、実は真実が隠されているものだ。たいていの人が気づかないものの中に、けっこう大自然の広がりの中の真実は隠されている。

これだと言わんばかりに説明するものの中には、滅多に意味深いものは見られない。
人間は文明から離れて永遠の時間の中の一角に立って生きなければならない。一切の窮屈さや痛みのない世界の中に心の中心を浸しながら生きられる短いこの世の旅人でありながら、それができる人を私たちは自分の中に発見したいのである。

ワスプの国

総ての生き物にそれなりの形の好き嫌いがある。もちろん人間もそういった生命体の中の一種なのである。このどうしようもない好き嫌いの感情は、その存在の個性を作っていることも事実である。豊かな才能として異常に伸びていくことも事実である。誰とも変わらず、極めて平均的な長さ、厚さ、重さ、色合いなどが示しているあの平均感覚は、周りの者にとってなかなか覚えづらく後々まで残りづらい存在となってしまう。誰にとっても重すぎて、窮屈すぎる性格からは誰も遠ざかるものである。それでいて不思議なことは、こういった個性豊かな存在であって初めて長い時代を経ても、私たちの心の中にはっきりと存在を残している事実だ。

しかし大きな問題となっているのもこの豊かな個性であり、それを実感する周りの人の存在である。旧大陸から新大陸にメイフラワー号で渡って行ったピューリタンたちは頑《がん》として妥協することのなかった彼らのプロテスタントの信仰の態度を、高らかに掲げて新大陸に新しく生きる自分たちの世界を見い出そうとした。多少は傲慢で威張り散らし、赤い肌の先住民族たちを蹴飛ばし追い散らし、しかも同時に共に生きようとする心も見せながら、アメリゴ・ベスプッチが口にしたこの大陸を彼の口癖の名によって大きく世界に現していった。それからの歴史の中で旧大陸の暗い心の白人たちが驚きをもってアメリカ人たちを仰ぎ見、感動し、彼らのように人間同士が共生していけるのは見事なことだと言わんばかりに、例えば「自由の女神」のようなものをこの国に捧げもしている。旧大陸のラファエル大佐などは自分の部隊を率《ひき》い、独立戦争の中で苦労しているアメリカ軍に加勢をしていたではなかったか。

こんなに人間が他の人間を愛し尊敬し誇ることの良さを知っているアメリカ人のごくごく一面だけの心に、この私はかなり若い頃ぶつかり、かなりいじけており、傷だらけの心を癒されてきた。その後世界のどこの人間とも変わらず、けっこうえこ贔屓《ひいき》をし憎み馬鹿にもするアメリカ人たちを見ながらも、私はそういったことにはいささかも引き回されることなく、私の第二の故郷はアメリカ合衆国だと思っている。こうして八十年近く生きている私の多くの時間を支えてくれているアメリカ人という、一言で言うならば優しく愛せる人たちに私は取りついており、決して離れることはないはずだ。

一九一六年にアメリカの大統領フランクリン・ルーズベルトが宣言した四つの自由は、私たち全世界の人々を感動させている。自由と平等という名の下にどんな人間も自由に言葉が話せ、自由に食べていけるだけの権利を持ち、何を喋っても許される自由がありさらには何を信じても決してそれを蔑《ないがし》ろにされることのない世界が、この地球上だということをルーズベルトは宣言したのである。世界の全国民の名によって彼はこれを宣言したのだ。

それにしてもこのようなアメリカ人という白人の間には今なお、ワスプ（WASP）という言葉が嫌らしく残されていることは何とも残念なことだ。ワスプすなわち白人、アングロ・サクソン、プロテスタントという「アメリカ最上級の階級」を表しているエスタブリッシュメントが心の中に働いているアメリカ人が一部いることは何とも残念なことである。それを完全に払拭《ふっしょく》する時一層アメリカはアメリカらしくなることを私は知っている。

内曝する言葉

燃える心だけが生きた言葉を生む。燃える歌だけが人を活かす。燃える行動だけが愛の態度なのだ。燃えることは生きることだ。燃えることは燃える生き方から自分自身という何かが確かに生まれることだ。燃える情熱の中で生きる時、短い人生は楽しくなる。燃えることは完全な自分になりきることだ。燃え切る中から自分らしさだけが生まれる。燃えるところに滓《かす》は決して留まらない。燃えるところには夢多く、常に黎明の彼方が広々と見えている。夢多い黎明の広がりの中にしか本当の自分の言葉はない。それ以外のところには常に閉じ込められ、縛られ、戸を閉められた悲しい勢いのない、痛み多く愛もない言葉しか生まれはしない。もともと人生は誰の場合でも、いつの時代においても、何かに閉じ込められている。ジャン・バルジャンのように、俊寛のように、さらにはモンテ・クリストのように閉じ込められているのである。

嘘と真が混じり含っているこの世の中を、私たちは文明社会と呼ぶ。文明時代は文化という装飾された言葉や行動によって見事に美しく飾られている。嘘も、痛みも、苦しみも皆美化されている。愛と情と言葉と闇が一つとなって妖怪の世界を作っている。人はこんな時代を歴史の中でいかにも雄弁に語り書いて自分を誇っている。歴史のページは総てどのような解釈もできる。歴史の中の人物や彼らの生き方は人によって良くも悪くも美しくも汚くも解釈できる。その人間が思っている心のままにどうにでも述べられるのが、何とも便利な歴史なのである。奉《たてまつ》って尊ぶのも歴史ならば、燃やしてしまうのも歴史のページなのだ。情念豊かな人間とはこういった心を自分の背後に背負って生きている人のことだ。

言葉の「能」が人の中に入ると、つまり被曝するとそれを受けた人は大いに変化していく。その変化は変異と呼ばれる。この力が入っていない言葉はどれほど美化されていても、文学としてまた科学として立派に見られても本当役に立つ言葉とは言えない。

能力豊かで勢いある、まるで雷の一撃のような言葉を全身で受け止めると、その人は要するに被曝するのである。この被曝を世の中の人が体験する外爆として納得したり認めたりしてはならない。社会の日常生活の中で文明の言葉は確かに人々の生き方の中に入り込み、外爆の影響を与えていることは事実だ。しかし人は出逢った言葉によって内曝されなければならない。シュリーマンが父親から教えられたキリスト教の真実に外爆されていても、内曝されるためにはその後の人生の中で数多くの外国語の勉強に勤《いそ》しみ、トロイの遺跡を発掘する人生時間の中で間違いなく内曝されたのである。同じことはニーチェの場合においても言えるであろう。牧師の父親からの言葉によって外爆はされていたのだが、やがて哲学的な言葉により、しかも自分自身の言葉に目覚めて内曝したのである。

人は誰でも生まれてすぐ言葉によって爆発の中に生き続けるが、数多くの人間の中のごくわずかな例外の人間とならなければ、言葉が心の中を通過すること、つまり被曝することはないのである。外爆の中で、つまり文明時間の流れの中では何事も浄化されることはないのだが、内曝を体験すると人は真実の意味で言葉を生きることができる。

失敗、または人間と人

人間を考える時、あらゆる動物たちや生命体と比較して人間には言葉が与えられている。言葉と並んで同じように他の生き物と比べて特徴があるのは人間には失敗があるということだ。他の魚と並んで泳いでいるものたちにはちょっとした鰭《ひれ》の動かし方が違ってもおかしく思うのだが、人間一人ひとりが異なった言葉を発し、歩き方を変えてもいささかも驚かない。木の枝の先に葉が付くのはその季節の中での生き方の特徴なのだが、全く季節外れに葉が付くと人間はそれにびっくりする。

失敗は多くあるのが当たり前だ。人生の九十九パーセントは誰にとっても失敗の連続かもしれない。それを思い出しながら後になって悲しんでみても、愚かだった自分を回想してみても始まらない。しかし人間は往々にして過去の失敗を必要以上に思い出し考え、そのために怒り悩むのである。失敗の多い中で一つ二つ珍しく光り輝く星のように成功することがある。

失敗の一つ二つは成功の伏線であり、その土台となる生きた言葉を産み育てていることを知らなくてはならない。多くの失敗の中で人は夢を見る力を、本人はそうとは気づかないでいるが、増幅させ広げ、光度を高くしている。人の心が判ったり苦しみや悲しみが判るのも、迫ってくる敵の心が、自分に何を望んでいるかも判るのも事実だ。多くの失敗を体験し、その時の心を忘れない人であるなら、そのようなことが判り、分かり、解り、納得するのである。失敗を多く体験して、人間は本当の意味の大人になれる。失敗が少なく、甘い汁を吸いながら育った人間は、歳をとってもある意味においては子供でしかない。周りにちやほやされて大人になる人間は、人間の喜びを味わうことのできない一種の未熟児なのかもしれない。現代は確かに文明人間という多くの鼻欠け猿の威張って生きていかれる世界なのかもしれない。まともに鼻の整っている猿は周りから笑われ、どうしても人ではなく鼻欠け猿になって生活しなければまともに生きていかれないようだ。

身体のどこも悪くはないのに、世間の人間が松葉杖をついて生きている世界に出ていくなら、元気な人間でさえ、松葉杖を突いて歩かねばならない。

金がなければ生きていけない世界に顔を向ければ、人間はどうしてもその影響を受けて、金がなくとも実に元気に幸せに生きていかれるにも関わらず、金がなければ一日たりとも生きていかれないと、水中で息ができなくて苦しんでいるあらゆる哺乳類のように恐れ、悲しみ、泣き叫ぶのである。愛など、また感動などどうでも良いのである。とにかく金が目の前に出されることが先決問題だと慌てるのである。そんな世界に愛や知恵が浮かぶはずもない。

失敗は何度あっても良い。失敗を恐れながらそれから逃れようとしてオロオロするよりは、あらゆる失敗を喜んで受け、そういった失敗という伏線の中に一つ二つの驚くべき成功を見つめよう。

あらゆる数多くの失敗は他人からもらっても良い、十分その味を自らの中で味わうことだ。人は自ら旅に出る必要があるというのは、このことから十分その意味が判る。

組織化されている宇宙

コンピュータの中から一枚の写真が出てきた。石畳の上に仰向けに倒れている真っ黒なカラスの死骸の写真である。考えようによっては人もまた生きているうちも死んでからもこのカラスの死骸と同じではないか。有ることの終わりは有ることの始まりである。有ることが起こり有ることが終わる。有ることの始まりの形はそのまま有ることの終わりの形とどこかがよく似ている。始まることとは終わることであり、私たちは大きな間違いをここで犯している。初めも終わりも似ていて色合いも同じであり、形もそっくりでありながら同時に色彩も形も違っている。

五万点以上の部品から成り立っている自動車などと比較して見る時、人の身体は天然の流れの中で何万点ものアイテムから成り立っている一人ひとりの人間の身体の部品は容易に想像がつく。多様なそれぞれの宿主であるウィルスなどを考えてみると、一人の人間の身体は何億、何兆もの部品またはそれぞれ深い意味を持った内臓から成り立っていることが解る。

万有も、また一台の自動車も人の体も自己組織されている部品の集まりであることを知らなければならない。

個性豊かな万物はそれぞれ自分の存在を確信し、固有の速さで移動しており、同時に止まっている。自動車も人も絶えず地上を移動はしていても、大きな意味において地球と共に共存し、同じスピードで動いている事実を我々は認めている。現実を求め、同時に奇跡を認めているのが人間だ。とつとつとたどたどしく、それでいて雄弁にものを話す真人の風格のある語り口をする大馬鹿が存在するのもこの世の中だ。寒山拾得のようにまたディオゲネスなどはそういう真人の風格と大馬鹿者の両輪で走っている鳥なのかもしれない。ソクラテスや老子、荘子などもその中の人たちであろう。昆虫や爬虫類の方が人間よりも知恵があると考えることもまんざらおかしなこととは思えない。自然の向こう側に超自然があると思う心が病んでいると考えなくとも良い。科学と並んで魔術がそのごく傍らに潜んでいるとしてもそう思う人の考えは単なる悪い夢を見ているとか、奇跡を求めていると貶《けな》してしまってはいけない。何かを信じようとする心は常に夢を羽ばたかせている大きな翼を持っている鳥だと信じなければならない。夢を大きく生き生きと見る人は、人特有な言葉のエキスを備えている。

時間の流れの中に目覚めている人間の言葉は、全て暗黒知なのである。その人のそれぞれの時間の中でこの暗黒知はどのような色彩にも形にも数にも変化していき、その変化は自由に許されている。言葉も他の生物の生き方の表現も、周りから見れば様々な擬態に過ぎない。ある虫が木の葉に見え、ある魚が流れの中に浮かんでいる木の枝に見えるので、他の生き物はそれに驚くのだが、次の瞬間全く別のものに擬態していくことに見向きもしなくなる。このような物は常に生き物であろうと無であろうとそれ自体は擬態の中で存在している。万物の存在は表現の変化の中で理解されていく。

『菜根譚』（儒教の思想を本にした、老荘・禅学の説を交えた処世哲学書）の著者は「しっかりと弦の張ってある琴は弾くことはできても、弦の張ってない琴は弾くのが難しい」と言いたかったのか、「人解読有字書、不解読無字書」と記している。

宇宙に存在する万有は、それゆえに何ものにも命令されることもなく、そのような人の考え出した神のような存在の命令や指導を受けることも全くない。万有または万物は常に自己組織化していて、その状態を天然の我々はそのように呼ぶのが正しいようだ。この宇宙それこそがそのまま受け止めるのに文明は邪魔だというよりは、あまりにも汚れすぎている。心有る人たちは文明なき幸福や文明に邪魔されない知を求めているのである。生命を生命として認めるのではない二重螺旋《らせん》も、生命に向かって唱えなければならない自己反省そのものなのである。文明という名の歪みに向かっている心の揺らぎだ。この揺らぎを確かなものとして抱く生き方をするのにも、己自身の強固な組織化が必要である。常にどこか、また自分の言葉の中で誇りを持ったり熱い身体で宴を楽しんだり、人生時間の流離《さすら》いの旅の中で詩人となり、最後には人の中の原始の森の中で、哲学、宗教のスポーツをしたいものだ。生命体には常に極めて穏やかな変革と進化の修正が必要である。そして、万有はいつかは時間という永遠から離れて消滅する。それまでは常に熱く燃えていなければならないようだ。

玄　髄

何事にも、その存在の中心やそのアイテムの中央、底の方には、神髄というものが存在する。初めのうちはぼんやりと弱々しく渦を巻いていたものも、流れていく時間の中で徐々にその流れの勢いを増し、その中央あたりに情熱的な勢いが生まれてくる。その勢いがただならぬ勢いと化し、最初のうちのちょっとしたばかりの硬さから徐々に強く固まりだし、チークのような硬い材料に変わり改められ、それはさらに金属のように、ついには金剛石のようにどこまでも硬くなっていく。万物の骨として、髄として、さらには、神髄として気髄（心の中の力）、磁髄になっていく。要するに超神的な物事の中心として固まっていくものが出現する。人は何一つ自分の考えでそういった存在の中心を神社や教会やモスクを建てるように作っていく必要はない。

神髄とは極めて自然に、常識的に、さらには非常識的に突然現れるものだ。歴史というものが長い時間の中で考えられる時、この常識と非常識という名の節《ふし》のような極めて固く頑固なものが存在しなければならない。この常識と非常識の狭間にこそ、「神髄や気髄」が生まれてくるのである。

他の生き物と違って人間は物を考える。考えが数多く交わったり重なったり溶け出すと、それを人間は、特に日本人は粋《いき》と呼ぶかもしれない。本当の大人の生き方や老人の気高い生き方のことを深々とした底力のある粋《いき》と呼ぶようでもある。

このことからもはっきりと解ることだが、人間個人個人も生き方についても神髄という言葉でしか表現できない硬いものもある。それはその人の底力であり、江戸の人たちがその昔日にしていた粋《いき》の精神、または傾《かぶ》く生き方を指しているのかもしれない。このこともまた日本人は大人の、さらにはたっぷり人生を生き抜いた翁の粋だと認めるのである。

豊かな人間の一生は超神髄であり、超気髄なのであって、その硬さは別の言い方をするならば至って単純であり素朴そのものであって明解極まりない生き方なのである。

こういう人間は段々と人生の深みの中で、それまであれこれと苦労して、また人に負けじと考えてきたことに大きな矛盾を見い出し、考えないことの良さを知ることになる。フランスに「考える人」という彫刻作品が生まれたが、よくよく見ればあの作品は地獄の底で何一つ考えず、恐れず、不安がらず生きる自由な人間の姿であることを私は見ている。自分自身の中から紡ぎだされる全ての言葉、それらの言葉が四方に生み出す全行動がいささかの誤りもなく確かに表現されているのである。

トロトロと燃える焚き火を前にしてその人間が口にする炉端の言葉は、文化などではない。そこには一切の被害妄想的な言葉の匂いも、傷跡も誤魔化しの匂いも感じられない。人間最古の文明時間は壁画を描きながら、また穴居《けっきょ》生活の中で森の獲物や海辺の貝を食べながら炬火《かがりび》の炎を見ながら正直に生きていたのが彼らなのである。現代文明の便利な時間の中で生きる人間は、その正直さがなくなっている。釈迦とキリストの間に本来生まれるはずの神髄さが、また粋なものが生まれなくなってきている。ダ・ヴィンチやダーウィンやエジソンやアインシュタインたちの信じていたものの間に、果たして正しいものがいつまでも主張されていれるだろうか。

人は長い歴史時間の中で多くのことを学ぶことを身に付けたのだが、それを嫌々努力してやっていることも事実だ。喰らい、歌い、走り、愛し、信じていくことを願いながら、その実人はとても嫌な学びに時を費やしている。

「神」という漢字は神様のことを指しているよりは、「物事の髄」を本来表している。人間は「神」という迷信的な、心の中の作り事としての世迷言《よまよいごと》を表すよりは、「髄」の方を多く表していることを私は疑わない。「髄」はよりその意味の性格を現しており、「玄髄」はさらにはっきりとこの言葉の意味そのものとなっている。

突然変異を過渡期にして

物書きや言葉を考え、またそれを行動に表して実現化する時、Transgenic wordという言葉があるが、organism（生物）を私は今考えている。オートマチズムの言葉を使って何かを表現し、考える時、かなり実際の生活の中の表現とは違うものをそこに認めなければならない。そこにmutantつまり突然変異体として言葉が出現する。

その人の心の中のリズムや彩色のわずかな変化から言葉の染色体の一部が変化し、逆転したり一部欠落したり、重複したりすることがある。この変化は天然の流れの中で行われ、自然のハーモニーとして受け止められている。このようなミュータント（言葉の突然の変異）の中で、人は自分らしい考えを持ち、それを言葉に表現し、自分らしく立ち上がることができる。しかし、様々な微生物などによる環境汚染からミュータントはこれまでも人の知らぬうちに生まれてきている。言葉でさえ文明をここまで拡大した基本の形として考えられる。農業も多くの突然変異の中の一つとして考えられ、そこからも文明社会を作り上げるのに必要な多くの要素が考えられる。小麦や米やトウモロコシなどといった穀物が果たした農業の役割は決して忘れる訳にはいかない。bioremediation（環境汚染）の繰り返しの歴史の中で人間は数多くのミュータントを生み出し、そこから文明の広がりは今日に至るまで拡大していった。

人の言葉の中のリズムやわずかな変化から言葉の染色体が少しずつ変わり、突然変異体はそこから何度も出現していたのだが、人はそれを必ずしも理解してはいなかった。この不理解はとても幸運なことでもあった。

十九世紀の産業革命から広がっていった地球上の文明の嵐は、人間を興奮させ歓ばせ心踊らせ自信を与えもしたが、一万年以上も前、穴居《けっきょ》生活の中でおずおずと生きていた人間は、遥か中近東の方では野菜作りの農業を始め、トルコあたりでは麦の生産という、火の発見と並べられるような発見をした。広い中国大陸の南の方、雲南あたりでは米作りの知識を身に付け、中米では芋や玉蜀黍《とうもろこし》の栽培の技術で農業は大きく発展していった。

グローバルな見地にたって今述べた世界の三ヵ所、中近東、中国大陸、中央アメリカが現代の発展した農業の礎になったことは、今日何をやるにしても人は忘れてはならない。むしろ今の文明世界は世界三大古代農業事情を忘れているので、農業は大きな問題の過渡期に来ているようだ。

穀物でも野菜でも牧畜に関してもミュータントの出現を意識し始めた現代人は、そこからこの問題の解決に向かおうとしているが、果たしてそこに道が開かれるかどうか、私たちはかなり不安な気持ちで見ている他はない。そこから考えると、原発の事業も複雑で不安多い問題として我々の前に現れてくる。

涙

何とも涙というものは嬉しいものだ。大きな明るい喜びや笑いと同じように、時にはそれ以上に涙にはある種の人を勇気づけ、知恵を与え、本当のその人の中からほとばしり出る言葉となって出てくるものだ。現代人が日々体験している言葉も、そこについている喜びも、実は現代人が除染しなければならない意味合いをかなり多くもっていて、それは別名涙というのかもしれない。あまりにも便利すぎ、思い上がるあまり、現代人の言葉は、どこかに古代に使われた言葉をなくしてしまっている。こういったことを考えれば現代人の言葉はあらゆる大祓《おおはらい》の手段によって除染されなければならないようだ。その時涙がこぼれる訳だ。

あれもこれも涙で思い出される思い出であって、それはとても良いものだ！　希望も誇りもそういったものにつきまとっているあらゆる思い出も実に嬉しいものだが、涙で飾られた数々の思い出として我々はよく知っている。胸を張って堂々と生きられるような生き方もできない長い時間の生活で、ただ涙しながら生きなければならない時も人には有るのだが、それさえ後になってよくよく考えてみると、間違いなく懐かしい思い出なのだ。生きている時間はあらゆる意味においてとにかく懐かしいのだ。有難いのである。永遠の中の自分に与えられたごくごく限られた人生という名の寿命は、その人にとって何とも尊いものだ。忘れ去られないほど尊いものである。殴られ、馬鹿にされ、笑われ、そして時には褒められ、歌われた自分の人生に万歳あれ！　永久の万歳あれ！

人それぞれに体力の差や貧富、その他多くの点において格差を持っている。中でも大きいのは、人それぞれが紡ぎ出す己の言葉の差なのである。人の抱く欲望の大きさの差を超えて言葉の差は驚くほど大きい。人が誇り喜び時には涙を流すのは実にこういったことの差によるのである。人類の歴史とは浄化される心の様々な意味における復興の歴史でもあるのだ。復興とは旧に戻るということではなく、新しいもの、革新的なものに進んでいくことを意味している。

言葉が単なる物質ならば良いのだが、しかもそれに能力または「能」が働き出す時、その言葉を聴く別の人に大きな影響を与える。言葉はどこか薄っぺらで、軽い能力を発揮していても、その影響はさほど大きいものではないが、レントゲンが見い出したX線が「能」を出して人々を驚かしたように、言葉が言葉としてその人の中で働き始めると、そこには間違いなくX線のように「能」が働き出し、それに触れたすなわち被曝した人はそれなりの結果として甚だしく大きな変化をもたらす。

言葉の中から紫外線のように飛び出してくる「能」や「気」はとてつもなく大きなエネルギーと化し、人を変えていく、その勢いが実は涙なのである。単に人の能の中に働く言葉ではなく、心と精神とそこに流れる血液や気の流れさえも変えてしまうエネルギーとしてこの「能」は考えられるのだ。言葉は言葉が紡ぎ出す時間であり、その時間は人の喜びであり同時に流す涙なのだ。

昔、人はゆっくりと時間をかけ、布を織っていったものだ。ある大きさになるとその布を使って自分の体を隠す織物にした。文明の世界では布切れなど機械生産によって一瞬の内に織られていく。だから布切れなどに感謝をしたり喜んだり涙を流すほどに感激することはほとんどない。

今人間は、自分の言葉に古代の布に向かう人のような敬虔な気持ちや歓びや、涙を溜めて向かい合わなければならないのである。

言葉は心が紡ぐ深く尊い時間を意味している。とすれば言葉とはどこかで永遠の流れそのものだという匂いがするではないか。涙が出てくるのは人にとって当然のことだ。あらゆる感動は、結局最後には涙で終わる。
自分の涙に感謝！

地鳴りとしての食感

人間には様々な感覚というものが生き方の広がりの中に分布しているが、その中でも食感というものはかなり大きな意味を持っており、感覚の中の順序から言えばかなり上位に置かれているようだ。

食感が豊かに分かるのは、肉魚新鮮な野菜だけの問題ではない。言葉の使い方一つにも明らかにそれなりの食感が人それぞれによって違った形で働いている。大きな仕事をしようとする人間もまずその仕事に取り掛かる前に、また切腹しようとしている昔の気持ちのしっかりと定まった侍にしても、現代の騒がしい世の中で自殺しようとする愚か者であっても、とにかくそういった行動を起こす前に何かを食べ飲んだりするようだ。それは薬を飲むのとは全く違う心の勢いの中で力いっぱい行われる。キリスト教の方では愛餐《あいさん》という言葉がある。キリストも十二人の弟子と最後の晩餐をしているが、これなどは最初の愛餐《あいさん》であったのではないか。薬を飲むという行為は、事務職員の手に握られたボールペンや書かれた数字の数や言葉の白々とした表面《おもてづら》だけが一切で、生きているという感情を持つことなくただ、そこに展開していることと同じである。

ところが正しい意味において食べるということは大きな意味を持っている。全ての生き物にとって食べるということや、はっきりと実感する食感はその生き物の命を間違いなく満腹にさせるはずだ。自分自身の言葉で何かを語り、書き、また他の様々な表現によって発表しようとする時、そこには当然ながら各種の色分けによって自己分析が行われる。ただの色彩感覚の展開であり、また音の様々な段階の広がりというかハーモニーの形であるかは別にして、言葉は間違いなく目の前にいるものに自分の主張を閃かせる。

言葉は全てどんな人間にとっても、間違いなく思想という踊りに過ぎない幻想なのである。この幻想はそのまま食感の変形に過ぎない。

この食感は人それぞれによって違うのだが、常に誰にとっても自分の内側の表現から始まり、最初のうちは本人も外に現そうという気にはならない。周りの人も彼からそういった何かを引き出そうという気にもならない。しかし徐々に内面のそういった細かい動きが芽生え始めると、それは「内祝い」としてささやかに自分の周り、または自分自身の感覚の中だけで一つの形となって小さくはっきりと現れて来る。

自分の食感または自己分析の結果として、「内祝い」の外まで出て来て「大いなる祝」となるまでには、かなり心の中の多くの道筋を渡り通って行かなければならない。人の言葉は本人の中でささやかな息遣いの中で囁かれているうちは人の社会においてはほとんど役に立つものではない。本人の内側で笑ったり泣いたり信じたり疑ったりしているだけの囁きならば、それは決して周囲の人々や、人の社会や公の機関では知られることはない。食感もこれと同じであり、自分の中で感じられる程度の味わいであったりするうちは、食卓で周りのものに伝わっていくような大きな地鳴りとはならない。

言葉は確かに地鳴りとして人の身体に伝わっていくような大型の地震となる時、そこから何かが始まる。どんな大きな社会問題も、発明発見も愛の豊かな生き方も、美しいといわれる歌声も初めは草の根運動のように実に小さく弱々しく周りのものにはほとんど聞こえないくらいの「内祝い」程度のものだ。これくらいの考えであっても確かにそれは食感の一つであるかもしれない。このように思ったと本人は言うかもしれないが、実際にはエジソンのような発明の結果にはならないし、アメリカ大陸を発見したコロンブスと、自分は同じだと言うことも言い出すこともおかしな話だ。

どんな時、どこで、どのようにその瞬間を感じるにしても、何も恐れずはっきりと自分の主張を通すだけの人間でありたい。「内祝い」をして喜んでいるのは卑怯な人間であり、良いことは受け入れたいがいささかでも悪いことや嫌われることが自分に迫って来ることを嫌がるタイプの人間はいつになっても自分の思いを表現できない不幸な人たちなのだ。

関東平野

関東平野はどこまでも広がっている平原地帯である。わずかばかり太平洋側に寄りながら、八溝《やみぞ》山地が北から南に延び、この平野の西の方一帯は関東山地と呼ばれていて長野や山梨の奥深い山々と繋がっている。

もう一度北関東に縦長に広がっている八溝山地に目をやると、南の外れには、二つの峰を持った筑波山が聳え、その麓から加波《かば》山が北に延びている。関東平野には空に聳える山というものが他にはほとんど無い。

昔は江戸と呼ばれ、誰にもよく知られていた大都会は武蔵野の中に造られた住みやすい土地であったようだが、おそらく世界一巨大なメトロポリスとして当時のヨーロッパやアメリカの大都会の大きさの比ではなかった。江戸という町の周りには、こんもりと繋る武蔵野があり、その広さは畑や田んぼなどと混然《こんぜん》として広がり、やがてそこを私たちは関東平野と呼ぶようになった。その昔、地方官僚として働いていた菅原孝標女《すがわらのたかすえのむすめ》が武蔵野のこのあたりを通った時、村の寺の周りにはこんもりと竹林があったように彼女の手によって書かれている。上がり下がりの中で盆地も丘もそこに広がる川も田圃《たんぼ》も畑も、さらには関東の人々に山と呼ばれていた実は林が延々とどこまでも続いていた。関東平野が北に広がっていてやがて深い森となり、わずかずつ急勾配の丘となり、山となって延びているあたりは、もはや関東平野からは薄青い山々としか映らないところであって、地図の上では学校で習う意外にはほとんど口にすることはない「越後山脈」であり、その北の方には「三国山脈」がまるで北風や西風を遮《さえぎ》り、関東平野を抱き抱えているように広がっている。

幼い日両親の下で、ごくわずか暮らしたことがある八王子の匂いは、そこが東京の外れ、また京王電車の終着駅であり、新宿から山梨の山深いところに向かう甲州街道に沿って走る汽車が東京最後の駅として止まるところであった。

私は間もなく両親や妹たちと離れ、北関東の田舎の宿場町の祖父母の下で過ごすことになる。やがて栃木県の南の外れのこの宿場町のほとんど二キロメートルも無い一本道が真ん中を走っている街中の小学校に入ることになった。冬になると吹き始める北風は、関東平野を厳しい姿で走って行くが、それ以上に西風の厳しさは、幼い私に色々な忘れることのできない記憶を残している。午後から吹きつける西風は、三国山脈の方から畑の砂塵《さじん》を飛ばしながら吹きつけ、その勢いはいつまでも続いた。秋の一日は実に短かった。勢い極まりない西風の中で、日が暮れていき少しずつあたりが薄暗くなる頃、突然激しい西風はピタリと止み、木の枝に止まっていた鳥などがそのシルエットをはっきりと見せていたものだ。ほとんど毎日その時間は五時前後と決まっていて、それが、変わることはなかった。その中で夕映えの最後の明るさが、ごくわずかに見えていたものだ。農民が麦踏みをしていた頃、越後山脈も三国山脈も、森の彼方に小さな峰々を見せていたが、学校の窓からそれらを見ながら私はぼんやりした頭で、よその国を見ているような気がしていた。後ろの方のはっきりと見える筑波山は現実だが、北の方のぼんやりとした山々は半ば夢の中の景色のように広がっていた。しかし太平洋戦争が終わり、進駐軍が日本にやって来た時、私は彼らの通訳としてこれらの山々の麓の一つで働くようになるとは、その頃考えもしなかった。

栃木県の北の外れ、越後山脈や三国山脈の最も東の外れに日光の山々が広がっていた。中禅寺湖の麓とその北に、男体山《なんたいさん》と女峰山《にょほうさん》が広がっていたが、小学校時代に小さく丸く彼方に見ていたのがこの男体山であり、その麓でやがて私は仕事をすることになった。一時、単独行の山登りをしていた私は、女峰山のけっこう長い稜線を歩いたこともある。稜線の北側に雨が降り、風が吹き、南側は晴れているといった状況の中で、鶯《うぐいす》の声が実によく足下から聞こえて来た。

遥か彼方に少年時代眺めていた日光連山とはかなり関わりをもって来たが、宿場町からはさほど遠くはない南の方に見えていた筑波山には、終《つい》ぞ私は行っていない。万葉時代の人たちが歌にも詠んでいたこの山は、少年の私の傍らにあったのだが、どういう訳かそれほど深い関わりは持たずにいた。隣の茨城県にあった霞ヶ浦飛行場から飛び立つ赤い複葉機が筑波山の傍らから現れて来るのを私は何度も見ている。その中には、一度、二度、近くを流れる鬼怒川《きぬがわ》の河川に落ちるものもあったが、ほとんど無傷で壊れた練習機の脇に座っていた若い航空兵は、単行本などを読んでいた。その頃私たちはこういった練習機のことを「赤トンボ」と呼んでいた。ずっと後になってテレビに出て来るこの山の近景を観ると、子供心に思っていたほど大きな山ではなく、鬱蒼《うっそう》と生えている木の緑は、まるで林の前に立つような気分を私に与えた。

関東平野の北風や西風の吹いて来るあたりは、単なる彼方の山々の遠景だけではなく、三国山脈とも深く繋がっている。群馬県の北の外れにある月夜野《つきよの》町はどうしてなのか、私の心をくすぐる。この町から関越道を離れ、三国街道に足を踏み入れると、やがて群馬県と新潟県の境に出るようだ。そこには三国峠と呼ばれているところがあるらしい。おそらく三国山脈とこの辺の山を総称して昔の人はこの峠を三国峠と呼んでいたのだろう。三国街道をさらに進むと湯沢に出る。かつて私は岩手県の南に住んでいたが、そこから一山越えれば秋田の湯沢であって、何度もそこまで車で行ったことがある。以前から聞かされていた新潟の湯沢と秋田の湯沢をどこかで私は混同していた。新潟の湯沢は温泉地として有名だが、秋田の湯沢は犬信仰の伝説やカマクラなどで知られている。

もっとも関東のさらに西の方、群馬と山梨の県境に見える三国山や三国峠というのもあるが、これを三国山脈と見誤る人はほとんどいないようだ。前者は三国街道筋にあるが、後者は単なる山の中の狭い山道に過ぎないのである。

関東平野の特質は数多い都会の存在することだ。そこに発達した商工業の業績には無視できないものがあるようだ。その他道路の整備やゴルフ場の数などによっても分かるように、農村の数もそれに伴う土地の姿もほとんど見えなくなっている今日である。日本の国土全体の中でも、体質が大きく変わり、農業国の形はほとんどなくなり、観光と工業の体質の中で、そこを流れる血液は間違いなく商業の勢いを止められないところまで来ている。どんな民族よりも精神を重んじ、義や情けを多く含んだ熱い血を持っていたかつての日本人も、以前はどこか日本人が笑っていた華僑に夢中になる、金の動きを中心にして動いている国民に成り下がっている。もちろん戦争をするほどこれからの日本人は愚かではないはずだ。しかし今なお恐ろしい武器や経済力によって、周りに人々を驚かすような国に向かって来られると、一溜まりもない日本人の姿は、今すでにはっきりと見えている。

どんなに物が無くとも金が無くとも胸を張って生きられる高尚さが身に付いているなら、その人を脅かす相手はいないはずだ。「刀は鞘《さや》のうち」という侍の意識こそ、人が誰でも己の中心に持っていなければならないものだ。

戦国時代も終わり、徳川幕府に治められていった六十余州の藩の中で、日本人は四つのカースト制度の中に自らを閉じ込めていった。もちろんこのことを悪政と呼び、鎖国の時代と呼び、悲しむ向きもあるのだが、ある人たちは他の時代と比べてかなり自由な空気の中で生きられた時代だという者もいる。江戸の空気が地方から出て来る人々にとって、新世界とみなす者もいなかった訳ではない。確かに藩の存在が少なく、広々とした関東平野はほとんどが天領であったので、人々は自由な空気を吸うことができた。この自由さがかえって数多くの渡世人や、ヤクザなどを排出させたことも事実である。物語になるような人間らしさや悪の話が彼らの生き方の中から今日まで残っていることは、私たちがよく知るところである。

関東という名の田舎は今日、日本の中心に置かれているようだが、そこで顔を出す中味の確かな人間は、たいていの場合辺鄙《へんぴ》な田舎の出身であることを思えば、私はこの事実から深い教訓を得なければならない。関東平野に吹く秋から冬の西風は、それにしてもそこの生まれである人々に忘れられることのない故郷の匂いや悲しみを与えている。

密呪、神呪は音写される

人生はあらゆる時間の中で自分の存在を悦ぶために万歳に似た心根を表すことがある。クリスチャンがキリストを称えてホザナ！　と叫び、今日なお彼らはハレルヤ！　と叫び声を上げる。たとえそのような一種の呪いの言葉にも似た叫び声を上げても上げなくても常に新大陸に強制的に連れて来られたアフリカ人たちは、喜びいっぱいに叫ぶのである。黒人霊歌は彼らの喜びの声そのものである。たとえ故郷アフリカがかなり遠くにあるとしても、今いる新大陸で彼らは黒人霊歌そのもののリズムに化しているホザナとかハレルヤを繰り返し叫び、小さな村の教会の中も通りも、同じ黒い肌の牧師たちに先導されてこの種の聖なる呪いの言葉は何度でも叫ばれる。牧師でも誰でもよい、聖書の言葉やハレルヤを声高く叫んでキリストを崇める人が彼らの村に近づいて来ると、どんなに忙しく働いていても、悲しみが多い日々の生活の中に身を置いていても、男も女も老いも若きも「聖者が村にやって来る！」と喜びの声を上げる。どんなに白人たちに扱き使われ、苛められていたとしても聖者がやって来るこのホザナの時間だけは間違いなく村のサンクチュアリーなのである。赤や青の傘を広げ、自分たちの造ったドラムを叩き、次第次第に声は大きくなり、歌のリズムに変わり、聖者が村にやって来たとばかり彼らは涙を流しながら、キリストにハレルヤと叫び、踊り回るのである。ホザナもハレルヤも彼らにとっては聖なる呪いの言葉である。

仏教信者の場合も、事情はだいぶよく似ている。信仰深い彼らにとっては、サンスクリット語ではマントラと呼ばれている言語を、漢語に訳した「真言」を呪いとか、密呪、神呪を意味していると考え、これを「真言」と呼んでいる。経典の中ではあまりにも神聖過ぎて直接訳すことができず、そのサンスクリット語がそのまま音写されているのである。直接インドから伝えられた仏教の人間哲学は中国で間違いなく密呪または神呪として人々に信じられた。この大乗仏教哲学が日本に伝えられると、同じように聖なるものはこの世の汚れた言葉で穢《けが》してはいけないとばかり、言語や呪いの言葉として信者たちに理解されるようになった。『般若心経』などの中の言葉も、この例から漏れることはない。多く学び、山ほどの知識を身に付け、数多くの書物を読み、碩学《せきがく》として周りに認められている禅学の僧であっても、般若心経の前に心を置く時、まるで赤子のようにまたは全くの朴訥《ぼくとつ》な人間そのものとしてどこまでも素直に日本語を忘れ、漢語を忘れ、全くの言語でしかない掲帝《ぎゃてい》という密言葉を話すのである。彼らの全てはサンスクリット語を理解する学徒である訳ではないが、少なくとも真言の徒として「掲帝《ぎゃてい》　掲帝《ぎゃてい》」と叫ぶのである。この叫びを周囲の人はお経を読むというように理解する。真言は仏教の哲学が分かるものにとっては陀羅尼《だらに》という言葉で音写されるが、真言は短い漢語の場合であり、陀羅尼《だらに》は長い句の場合に使われるらしい。

いずれにしても、キリスト教や仏教の聖なるまた密なる呪いの言葉として多国語に訳されることなく音写され、ホザナ、ハレルヤ、真言、掲帝などと、心を込めた万歳の意味に使われている。

しかし一般社会の祝い事や、勝ち負けに対して使われるあの種の万歳の意味は含まれていないことを、私たちは知っておかなければならない。つまり黒人霊歌やその歴史的な背景を考える時、この種のホザナや掲帝という音写された言葉の密呪、神呪の意味がわずかながら見えて来るようだ。

整理されている煩悩

弱い動物の前で脅かしたり吠え声を上げたりしているけっこう大きな獣でさえ、百獣の王と言われているライオンの前では怖れて声を低くし、後戻りするようだ。さほど吠えもしなければ、威張り散らす態度も、これといって見せはしないが、雄ライオンの目はキラリと光っており、たてがみはたとえ汚れていても老化していて溌剌さが多少はなくとも、他の動物に恐ろしいほどの緊張感を与える。雄のライオンは自分の率《ひきい》いる数多くの雌ライオンたちに獲物を獲らせ、獲物を食べる時には雌たちや子供たちを傍《そば》に寄せ付けることなく、しかし自分の恐ろしい牙を誇示することもなく、肉ではなくまず内臓にかぶりつく。動物はたいてい獲物の内臓から食べ始める。どんな部位よりも酵素の豊かに入っている内臓を本能的によく知っている。充分内臓を食べた後、雌たちや子供たちに獲物の残りを食べさせる。

弱小動物などはあまり上手《うま》く獲物にありつけないのか、己の出した糞を食べるのも、それに充分豊かな栄養分が残っているからである。動物の身体に最も必要な酵素が糞の中にもかなり多く残っていることが理解できる。ライオンも弱小動物もまた人類すらこの点に関しては同じである。

長く厳しい氷と雪と北風の中で過ごさなければならない数多くの北方領土の人たちは、鯨やアザラシのような、寒さに強い生き物、つまり豊かなエネルギーを持っているこういった巨大で生きる力の旺盛な生き物の内臓を常に摂っている。弱い動物たちも自分の糞をにれかむ（反芻《はんすう》のこと）ことによって藁《わら》や雑草のようなものしか食べていない身体に、高いエネルギーを与えようとしているのである。エネルギー豊かな物を食べながら残したり捨てたりしている文明人間の愚かさは何とも恥ずかしい話だ。栄養不足の食べ物を口にしながらにれかむような態度の中に、可能な限り大きなエネルギーを摂ろうとしている弱小動物たちの生命維持の旺盛な態度は、人から見て隠者の態度であり、仙人の知恵ある生き方であり、本当の哲学や宗教に徹する人間の生き方にどこか似ている。

長い間断食をし、または事情によって食べ物に接することができなかった人間は、何を食べても、一杯の泥水を飲んでも、それらが甘露と思えると言われているが、そのようなわずかな味も無いような食べ物や汚れ腐った水が旨い訳はない。人間の心の中に活き活きした生命を培う力が大きく働き、肉体の全域が生命の活動を求めている時、ごくわずかな食べ物の中に、また汚れたわずかな水の中に生きようとする人の心に、ある種の純粋素朴なエネルギーの素を知るのである。このエネルギーの素のことを、酵素と呼んでも良いかもしれない。

山ほどあり、捨てるほどあり、周りに置くだけでどうしようもない生命の素である食べ物は、存在しないのと同じくらいの意味しかない。整備されておらず、そこを歩いて行くだけでも邪魔になるような美味しいものや知の産物など、一言で「煩悩」としか呼ぶ訳にはいかない。

新鮮であって、世界の味覚として名の通っているものが、美味しいという訳ではない。高価な値段が付く食材が旨いという訳ではない。人間は本能的に誰でもよく知っていることだが、飢えている時に、少しでも空き腹を満たしてくれる細《ささ》やかな食べ物こそ、本当の美食なのである。美味しいものがグルメなのではない。飢えている身体に与えられるわずかな食べ物や飲み物こそ、グルメなのである、稼いだ山ほどの金で手に入れる食べ物がグルメだという訳ではない。一片の誰かの食べ残しや捨てられたパン切れや一杯の汚れた水こそ、飢えている身体と心には光り輝くグルメとして映ってくるのである。新鮮なものが旨い訳でもない。腐ったものでも、ただの唐辛子の粉でも飢えている身体は、驚くようなグルメとして受け止めるはずだ。

食べ物は多くあってはいけない。暑い夏の盛り、冷たい水は多くあってはならない。食べ物は常に少ない方がよい。常に少なければ真剣に物を食べ、わずかな水を真剣に感謝して飲めるはずだ。文明人間の不幸はここにある。あまりにも多くの「知」を目の前にし、それ相当の「愛」を見つめている。つまり人類は一見気高い雄ライオンなのである。しかし彼に飢える時間を与え、雌たちが獲物を獲らなくなる時、本当の知やグルメに気づくのである。

生き物は自分の生命を気高く信じて行くためには、どうしても生きる旅の中で、飢えなければならない。知の不足の中で苦しまなければならない。事実人は日々、悩み、苦しんでいる。これを不幸と呼ぶな。この苦しみの中で生命のリズムがはっきりとバランスを保っているのである。

劫や業、原罪などは、整理されておらず、バランスの取れていない人の生き方の中の不幸であるが、煩悩はむしろ、人を少しずつ高めていく力となっている。

イスラム語の基本的文法

大自然が与えてくれたか創造してくれたか、はっきりはしないのだが、有りとあらゆる生命体は動物から植物に至るまで、存在の全域が完全に繋がり、理解し合い、納得していなければそこには生命体としての働きは安心できる物として存在できない。

人間や他の高等動物だけを考えてみても、必ずしも心と身体、臓器と感情が完全に一致している訳ではない。流れる赤い血や、緑の血はその勢いを止め滞ることはないが、それと接続している精神の流れや勢いは必ずしも一致しているとは限らない。昆虫のような、またウィルスのような生命体は感情と心がかなり浅い繋がりしかもっていないので、これら二つのものが簡単に分離することができないようだ。猿や人間たちは高等な仕掛けを各所に備えていて、呻き声や怒り声そして多くの言葉をもっているが、それらは肉体的な直接的力と必ずしも繋がったまま行動している訳ではない。大自然でさえ、そこに展開する美しく巨大な空間もまた、宇宙全体という存在と深く関わっていることは事実だ。

アラビア語の世界で生まれ、『蜜の証拠』というイスラム教諸国ではあたかもかつてのミラーの作品のように発禁処分を受けている作品を書いたのは、ネイミという女史である。彼女によればアラビア語はどこの民族の言葉よりもセックスの言語だと豪語している。アラビア語以外の外国語ならばこんなことはなかったはずなのだが、一行も読まないうちに著者ネイミは濡れたそうだ。それぐらいアラビア語は人間の生命の働きの一方の面に大きな働きをしているのだろうか。もっとも学校の教師をしていた一人の女性は、私の『単細胞的思考』のどこかを読んでいる時、身体が濡れたと言っていた。私の使う言葉のどこにそのような働きがあるのか、良くも悪くも私には解らない。いずれにしても人間の言葉は全て一つの言いづらい神話を創っている。人間の心にはっきりと通じる身体の動きや動作をそのまま伝えなければ、本来の言葉でも自然が与えた言葉でもなくなってしまう。現代人が自由に使っている便利この上ない言葉は何語であっても、実は酷い盗まれ方をしている神話という蝉の脱殻であり、蛇の脱殻なのである。他の動物たちは、確かに雄と雌として生きている。しかし人間は果たして同じように生きているだろうか。ある人は雄は雌と同じように生きているつもりでいるが、ある重大な意味においては無駄に生きているのではないかと言っている。確かに女性は卵子を携え心と身体と卵子を一つに纏めて生きてはいるが、男は精神も身体も精子もばらばらに備えて生きており、確かに男性の生き方は女性のそれと比較して、ある意味での無駄な時間を寿命として体験しているとも考えられる。

しかしよくよく人の心と身体を考える時、大自然は初めから人自身の身体と心を実に微妙な関係において結合させ、仲直りさせ、理解させているようだ。一人の人という心と身体の繋がりは男性女性に関わりなく、雄雌に関わりなく、人の再生計画を奥深く推し進めている。同時に実に肌理《きめ》の細かい製図にも似て、ほとんど何一つ間違いなく、あるかないか知らないが大自然の頭の中で計画された極意として、実に驚くような幾何学の形で表現されている。

ネイミ女史はこういった人の出現に、また生命の製図に力を貸した大自然を前にして受け止めたものを、言葉に分解していったのであり、濡れた彼女は永遠に再生していく生命体の図式を目の前にして、名画に感動する人のようにただただ驚いただけなのである。

人は自分の精神と身体を一致させて生きなければならない。信じた己の考えと言葉を完全に一つに重ねる必要がある。人生という旅路はこの確かな重なりの中で、一歩ずつ作られていく。マイルストーンとはこのような形で進んで行く時間を意味している。精神や心と肉体やその行動は常に重なっていなければならない。そのことを証拠立てているのがその人の言葉である。『蜜の証拠』は人間の生き方の基本的な問題を言い表している。イスラム人たちはあたかもその昔数学の基本を作ったように、彼らの言葉、アラビア語によって、人の中の心と身体の繋がりをこのように説明し表現している。

等身大の言葉

自然の中から流れ出したように生み出されたあらゆる生命体は、このことについて知ろうと知るまいと自分の存在を間違いなく等身大の物として、はっきりと意識しているはずだ。ウィルスがマンモスの大きさの自分を想像しているなら、そこにはとんでもない大きな自己判断がある。蚤は蚤の大きさで、人は人の大きさで自分を理解し、判断し、認識しなければならない。そのために目があり、耳があり、手足があり、昆虫にはそれぞれの大きさと働きの違いの触角があり、人には言葉がある。文明人間は残念ながら異端《いたん》の触覚や蛇の二つに分かれた舌に似た言葉を持っていて、これは原人の時代の大らかで素朴な言葉によって明らかに異端として扱われている。しかし大きく変化して来た、あたかもガラパゴスの島々の中に閉じ込められた形で変化し、異端化していった動物の身体の変化以上に、かつての原人の言葉から離れていった現代人の言葉は、当然のことながら初期の頃の人の言葉から異端視されていても仕方がないと思う。人間は人に戻って大自然の流れと寄り添って生きられる時、自分たちの言葉は原人たちに付き纏っている異端審問会《しんもんかい》の手によって厳しく調べられることはないのだ。

あらゆる生命体はウィルスから人に至るまで全て大自然の動きの中でこれに寄り添いながら耕され押し流され垢や錆を落とされ、ますます勢いづいた不耕米や無農薬の野菜として、また無肥料の果物として出現している。ただ残念なことに人だけは人類という名の充分に耕され満遍なく肥料を蒔かれながら育ってきたところに、大きな不幸があった。人間を中心にして大自然という広がりが存在し、この図式の中で天体全体や地球という惑星の存在が考えられなければならないというところに大きな間違いがあり、その考えの中であらゆる生物は人間を中心として、理解するのが当たり前になった時、人類のこの酷い妄想は、人を人でなくし、人の言葉を様々な意味において撹乱させている。人の手になる書物や、人がごく自然に口にしたり、頭の中で考える物事の輪郭となる言葉という言葉は、妄想する人類によっていじられることは、当然ながら間違いなのである。言葉はこのような妄想の中で、当然原人の意識という名の審問の前で異端として受け止められる。

地球上には様々な物質が眠っており、取り出されて日の目を見ている石油や鉄などといった数多くの物質は、私たちにとって理解されているが、まだまだ未知のものが数多く地下資源としても眠っているはずだ。昔の人が銅や鉄を地下から取り出し便利な道具を作って喜んだ時代があったが、今ではニッケルやその他数知れない量のレアメタル（希少金属）が掘り出され、先端技術の使われる世の中でなくてはならない物として扱われている。さらにレアアース（希土類）と呼ばれている物質はより細かく、精密な文明の機具を生産するのになくてはならないものとして扱われている。こういった希少な金属や泥類を求めて人間はこれからますます争うことになるはずだ。しかしどんなに小知恵を使ってそういったことに頑張っていても、文明の時間はやがてその先の、人間が妄想した大きなサミットには決して達することはない。人の言葉だけが大きな未来を作って行く。

オリエントの人々が使っている墨と筆、そしてそこから生まれる文字、すなわち書は限りなく美しく、文字であっても絵であってもどこまでも美しい。しかしこういった作品ができるためには筆や墨を作る人たちが存在する。墨に美を認め、本当の書道家が書いた書を彫り、また絵柄などをも彫りつける。だがこのようにしてデザインされたものは、墨であるので書家によって硯《すずり》の上で磨られていくと、徐々に墨の面の美学は消えて行く。本物とは何の場合でも後々まで残って行くようなものであるとは限らない。ほとんど全ての言葉も芸術作品もやがては消えて行く。この事実を墨の美学の中に、書かれた、また話された言葉の美や哲学や宗教に求める心は愚かなことであろうか。深い文化もまた洋の東西に関わらず、このように考えなければならないと私は思う。

言葉は文明の時間の中であまりにも耕作され、肥料を多く与えられ、その結果大自然に審問されていて、言葉本来の自然な勢いと流れを失っているのが現代である。

人は自然を学び、自分の言葉を意識する

人間が本当の自分らしく生きようとする時、それは間違いなく孤高の生き方となり、そのサミットに立つことになる。しかしどんな人間でもそのように人間としての理想の高みに立つことはなかなかできることではない。人の世の中で、しかもその社会の中で生きようとすれば、どのように自分らしさを発揮して孤高の極みに立とうとしても、やはり周りの人たちの間において自分自身が何を誇り、何を信じそれに自信を持つかということが問題である。彼らとの繋がりの中で、彼らから全く離れる孤高の生き方というものはなかなか考えられない。我々は単純に仙人や隠者を遠くから垣間見て、こういった孤高の存在として眺めているが、それが実際に自分の周りに起ころうとする時、ある特定の人物をそのように孤高の極みに置くべき人物として理解することに何らかの不満を感じ、安心感を持つことができない。歴史上の様々な人物についても訳は同様である。

人物の評価をしようとする時、それは様々な花の美しさや艶やかさ、また上品さを愛でるのとよく似ている。

秋草をどうしてあのように呼ぶのか、萩の花を愛でる人は古今、また歴史の中にもかなり多く存在する。もちろん菊を好み、桜を好み、薔薇を愛する人も人それぞれの好みによって違うことは事実だ。人は好みの花を単に観賞して愛でるだけではなく、器の中に活け、周りの風景をバックにして楽しむ人もいる。さらには紙の上に筆で描き、キャンバスに絵の具でタッチする人もいる。しかしどんなにデッサン力が豊かな人であり、菊や薔薇や桜などは描ける人物でも、萩の花を愛でてそういった心の動きをそのまま萩の花そのものとして描くことは難しいようだ。一つ一つの菊や薔薇の花弁は描けても、何層にも重なり合い、幾重にも小さな花弁を広げている萩の花はなかなか描き難い。しかも人それぞれによって菊を描くように、また薔薇を愛でるようなタッチで描く本人の存在を表そうとして描くことは難しい。それ以上に萩の花の細かさや複雑さは、この花を愛でる人の心を惑わし、描く一人ひ

とりの思いの中に花は千差万別な形で自然の中でデッサンされていく。

人の言葉は、特定の輪郭の中で整っており、その前に立つ人に同じような考えを与えるのと違って、全く同じ言葉でも歴史の中の温度差の違いや、その人の置かれている環境の違いによって少しずつ言葉の位置も色合いも、有って無きが如しである。言葉の場合社会的環境の違いや家庭生活の違いの中で明らかに違って物事を表現してしまう。萩の花も言葉も常に流れていて止まることのない世の中の雑音の中で、自分の姿を現している。特に「盗人萩《ぬすびとはぎ》」などは、はっきりと菊や薔薇や桜の花と違ってこれと見定められるような形が無い。庭いじりの好きな人にとって「盗人萩《ぬすびとはぎ》」は手に負えない。盗人萩《ぬすびとはぎ》の実は一旦、服や動物の身体に付くと一寸やそっとでは取れないのである。絵を描く人がこの花のデッサンに困るように、この花が花であって、また美しいと言われていながらその美の極致を表現する言葉を選ぶのに困ることを、ほとんどの人は理解されていない。言葉の色彩を良いとか悪いとか人は簡単に言えないのである。言葉のそれぞれの存在は、全て他と矛盾しており、一つ一つははっきりとした個性を備えている。萩の花も言葉も一つ一つ傍によって見るならば、何らかの希少価値を示している。それぞれの傍らに、別の物とははっきりと存在する価値が違い、一つ一つ本物の力を持っていて、他の物の代わりをすることは絶対にない。あの菊の花もこの薔薇の花も別の菊や薔薇の代わりになることはできる。言葉はまたこの言葉があの言葉によって代わりに使われることはない。


言葉もこういったことにおいては同じように考えられ、そのまま人に置き換えられる。しかしあの人間はこの人間の代わりに行動することも生きることもあり得ない。周りの誰かの代わりのできる人間や、この花の代わりになる花や、別の言葉で表現できるような言葉は、全て間違いなく粗悪品であり、大自然の作った物を模造品として扱ってしまう人間の側の態度なのである。人物観であっても言葉の理解においても人間は錯覚し、錯視することが実に多い。本当の自分自身が見えず、孤独の中で自分自身の本物を作ることのできる時間が、絶えずあることを理解することもない。

大自然の環境の中に生命体は出現し、ある時間を経て消えて行く。このことにも理解のできない人間は自然や生命体を単にダラダラと続いている存在だと誤解している。

標準的な利口な文明人間の使う言葉は全てもともとは自然と繋がり、大きな力を持っていたはずなのだが、人の生き方の中で汚れ爛《ただ》れ砕かれてしまっている。言葉はそのまま人の文明社会の中で汚れ果てた内臓に落ちてしまっている。言葉は今日細胞生物学の研究室のシャーレの中で生きている。本来はあらゆる生命と同様、自然の力を発揮しながら生命体の脇に存在し、生命体と同質の次元で語り合い、行動をしていなければならないものである。

人は自分の心の肌に絶えず生命の流れを持ち、それはそのまま言葉として日々刻み込まれている。そうされている時、人は行動する存在として与えられた寿命の中で生きられる。人類は世界というものを学んで来た。この学びはその奥で生命が大自然を通して世界を学ぶという意識に変わったことを信じる時、人類は人間から人に変わっていくのである。人間ではなく、生命体の一つとして存在することを意識する。言葉を持つ唯一の生命体であることを学び、言葉の中の生命の動きを逐次《ちくじ》実感できるのである。

再生の旅人（性の哲学）

人間は知力を物にしたり財力を蓄えたりすると、その後に必ず自分の生命を長引かせようとして、すなわち可能な限り長生きしようと思い、朝鮮半島の王たちのように勢いのある帝王獣を探そうとしたり、朝鮮人参のような各種の威力ある植物などを探し始める。アマゾンの力ある酋長なども豊かな力を発揮する天然の植物の種を探したり、タイの指導者たちは雑草の中から特別選ばれている薬草などを見い出し、同じくアンデス山脈の麓の原住民たちは、伝説によって伝えられている植物に夢中になった。世界各地の人たちのこのような真剣に物事を考える順序にはどこか間違っている点がある。何ものよりも先に人間は天から与えられた自分の寿命の短さを知ってそれをより多く伸ばすための知恵を考えなければならなかったはずだ。北欧のバイキングの王たちやアラスカの勇者たちは何よりも先にトナカイの角や北極熊の精力豊かな心臓などを薬として珍重したかもしれない。アリゾナのインディアンの酋長の大物たちは焼けつくような砂漠地帯で、どのような強い陽の光にも屈伏することのない生命体としてガラガラ蛇を捕まえ、その硬いしっぽを齧り、大和各地の王は家来を中国大陸に送り、命の素を人に与えてくれるかもしれない果物を探しにやり、真面目一方な家来はそのために生命を落としもした。

人間は誰でも生き方の中心において、永遠の生命に似たものを欲しがっている。しかし考えてみれば、たとえ永遠に続く生命が与えられたとしても、それが幸福をもたらすと考えることはできないことに気づかなかった。秦の始皇帝に送り出された除福《じょふく》は日本にやって来てこのことの不可能なことを知り、身を隠してしまった。一人ひとりの人間が、永遠に生きられるということが現実であるならば、この世の中は人間で埋まってしまい、先祖も子孫もゴチャゴチャになり、数多い人間が雑然と押し合いへし合い、殴り合う恐ろしい世界が展開することに気づかなければならない。一人ひとり人間には本人固有の寿命が与えられていて、あるものは早く、あるものはけっこう長く、といっても、七、八十年の時間の中で寿命を全うし、幸福の、また人間としてのささやかな生き方ができるのである。しかもこういった長い天地の寿命に比べて短いあらゆる生命体の寿命は、この短さゆえに美しくもあり大自然のあらゆる物事によって飾られていることも事実だ。

あらゆる生命体はそれぞれの命の特質の中で子孫を次から次へと残していく。吹く風の中で飛んで行く種もあれば、他の生命体に食べられ遥か彼方の土地に糞としてばら撒かれ、広がっていく生き物もある。地球上のあらゆる自然環境は広げられていく一種の拡散と考えても間違いではないようだ。生命体は全て己の種を拡散させていく旅人だ。人の場合はこの拡散が、言葉を自由に使えるという点で、言葉の旅人と言えるかもしれない。糞として出される種、風に吹かれて四方に種は飛んでいく。様々な手段によって種は爆発的に広がっていく。種の爆発はそのままもう一つのビッグバーンそのものである。あらゆる生命体は、己自身のリニューアル、すなわち自己再生の手段として種を四方に撒き散らす。永遠に生きられない自分という生命体を知ってか知らずか、リニューアルという方法によって子孫を残し、自己再生をするようにできている。自然環境の中心にはこの再生の働きが活き活きと回転していて、この動きには休むことがない。その点において生命はウィルスから人類に至るまで、全て永遠なのである。

一見大自然は自ら創造した生命体を苛めているように見えるが、その実、子孫を残す手段としての再生の行動を与えており、それを人は環境問題や自然の版図拡張意識としてごく自然に扱っている。例えば空気や水なしに生命体はまともには生きられず、たちまち死んでしまう。しかし生命体はあらゆる不可能に近い条件の中で、空気や水の資源を確実にどこかに発見しており、そのごく小さな、しかもそれでいて豊かな効率性を見つけ、それを利用して生きる力としている。砂漠地帯で全く雨の降らない風土の中でも、間違いなく死ぬこともなく生きている昆虫たちもいるのである。このようにして手に入れた生命体の力は、それぞれの生命体に備わっている玄《くろうと》の知恵なのである。人に備わっているこの玄の力は言葉と言わなければならない。言葉の必要性はそのまま人の自己再生の歯車であり、ゼンマイなのだ。人間の自己認識もまた己の生命の確認であり、子孫を残す生命力の偉大さを認めることなのだ。与えられた寿命の枠の中で滅びる生命体が永遠に生きる可能性を持っていると信じられるのも、この素人離れした生命体のリニューアル行動だと人は理解しなくてはならない。

人があらゆる力の素となる毒蛇やスッポンなどを丸焼きにしたりして、また錠剤や粉末にして服用し、より長く生きようとする願いもよくよく考えてみれば、愚かな人間の思いつきばかりとは言えない。リニューアルの方法によってかなり高度な玄の持った仕組みの腕でもって、種を残す知恵を実感しての考えであるとするなら、薬草や他の動物の肝などを食することは、単純に人の愚かさとばかり笑っている訳にはいかない。むしろかなり程度の高い人の知恵であり、けだし自然の恵みを持っている匠として理解しなくてはならない。

「阿吽《あうん》の気迫の中の言葉」

人生は一つの旅であると誰もが言っている。単なる社会生活が、出世したりその権力の上で金や物を自由に扱いながら、いわゆる楽しい生き方をすることを求める運動会のように競争社会である訳ではない。周りの誰よりも先に辿りつこうとする競争の世界でもない。もっとも人間は競争が好きな人がほとんどである。その結果、博打《ばくち》を好む心が誰にでもあるというように人は創られており生きている。辿りつかねばならない心の流れはそのまま人生の旅路なのである。生命のリズムの中に、つまり自分の生き方の全域を大きく広げながら進んで行く旅がそこにあるのだが、たいていは社会の一部の中でしか自分自身という名の羽を広げることはできない。自分自身の言葉の故郷へ向かおうとする正しい心は、そのまま一つ一つ一里塚を経ていくならば、何の問題もなく人生の旅路の終わりまで辿りつくはずなのだが、ほとんど全ての人間は社会の細々とした問題にぶつかり、そこで苦労し、次から次へと現れてくるマイルストーンの前で自分自身の素朴な問題が段々と大きくなって行く。

社会の中の一人として全ての人間は、社会と繋がっている言葉によって自暴自棄の中で動きが取れなくなっている。よくよく考えてみれば私たちが使っている言葉は全て自分を縛っている厳しい縄目なのである。人間は本来自分自身の言葉という尊い知識財産を一人ひとり固有なものとして、しかも他の人からはもらえず、またあげることのできないものとして持っており、年ごとにこの知的財産の価値や大きさは広がって行く。個人として人間はどの一人をとってみてもこういった財産を持っているのである。時間が過ぎるごとに年が過ぎていくほどに、この種の財産は大きく膨らんで行き、決して減ったりすることがない。人間は一見長い人類史の中で利口になってきているように見えるが、実はそうではないのである。暗愚の行為や愚行に支えられた言葉によって自分をわずかずつ日々苦しめている自分には気づいていないのである。一つ一つ行動を起こし、新しい言葉に触れる時、それによってわずかずつ利口になって行く自分を意識しているのである。正しく暗愚の中で生きている自分に気づく時その人は、わずかながら上昇しているのだが、こういう場合は人間の世の中では滅多に見られるものではない。文明社会でまともな言葉といわれ、まともな人間と認められる時、人はそこには存在しない。こんな場合自分はどちらに傾いているか、上昇しているのか下降しているのか知る方法として、荘子や老子という名のリトマス試験紙を利用することができる。あらゆる時間の中で人はいつも安心して中央あたりに置かれている訳ではない。常に上昇するか、下降するか、その大きさは毎回違うはずだが、この変化が見られることは間違いない。

数多くある日本の病院が経営して行くのに大きな問題を抱え、崖っ縁に立たされたり、医師不足が問題になったりしているようだが、このことも、病院の経済状態の上がり下がりによって言われていることであろう。もちろんその背後には、医師不足、不正な治療の実態、過剰過ぎる検査やその他にもなかなか専門家にも説明できない医療機関の複雑な崩壊現象があるのだと思う。病院一つにしても常に安心していられるところに置かれてはいないのだ。幼かった頃私などは、町のわずかな数の医師たちが一生涯安心して生活ができるものだと思っていたが、今のような時代の中で、万人が万人とも常に上がり下がりの人生の中で、一人ひとりアクロバットをしているようだ。この社会は、サーカスの綱渡りであり、猛獣を前にして一瞬の油断も許されない調教師そのものと比較することができる。

人は常に解離性の病を持っている存在だ。私も六十の半ばにして解離性動脈瘤（大動脈の中膜が壊死に陥り、内膜と外膜の間が解離して、その中に血液が貯留して瘤状を呈する病変）でうっかりすれば生命を落とすところであった。妻や息子たちに別れの言葉を言ったものだが、まだ寿命があったと見え、それから数週間悪夢の中で苦しんだが元通り元気になった。否、元気になったというのは間違いであって、大自然や周りの人々に支えられてそうなったことを感謝しなければならないのだ。

人生は一つの旅であると先にも言ったが、この旅は大自然から流れてきており、その人間の中に溜まっている一つの阿吽《あうん》の言葉なのである。この言葉が確かならば、人は与えられた寿命を全うできる。

日本語は中国から伝えられた漢字であろうと、様々な仮名であろうと全て上品に敬語を使い飾って用いられている。しかし残念なことに本来は最もはっきりと自分を主張できるはずの主語がなく、形容詞や目的語また、さほど必要ともしない補語で満たされている。日本語は日本人の痛めつけられている脳にも似て、言葉もまた多くの部分が痛めつけられていることも事実だ。自分の目の前に置かれている言葉の一つ一つ目を通してみると、そこには果たして自分の思いが伝えられているかどうか、あまりにも多い敬語などといった雑草に覆われていて本来の言葉が見えなくなっている。このことは形の上ではとても整った理想的な言葉である日本語だが、精神の表現という意味においては昔から今日にまで伝わっている割には、人の生き方を励ます意味においてはさほどの進化はしていない。

果たして現代人には通わねばならない本当の意味ある学校というものが有るのであろうか。立派な建物や、豊かな書物が多くあるが、教えてくれる教師たちがまずしっかりとした自分を持ち、間違いなく本物の講義を聴かせてくれていささかの無駄も無い教え方をする一流の先生がいる学校など、今の文明の世の中にはまず無いというのが現実であろう。本人の生き方から出発している美学や、自分自身の生き方の中で見る大きな間違いなどを土台にして組み立てられた人間論や、愛の哲学、言葉の幾何学などが教えられる学校があって、初めて生徒は何か基本的なものが一流になれるのである。今日こういう人間としての一流の存在になるためには独学しかない。この独学さえ、その背後には数多い力豊かな教師の存在が考えられる。本当の言葉や厳しい文章、流れるような歌でしかない心の思いが伝えられるところに、本当の師が存在し同時に一流の学校が成立するのである。これら全てを含めて独学というのである。

あまりにも暗愚な病みの漂う文明社会の中で人間は本物の人になるために、言葉通りの独学の徒とならなければならない。今日人間は確かに原罪に縛られており、そのためか、劫や業に押し潰されている。このことを別な言葉で言うならば、現代人は全て原罪という名の縄目に縛られて動きの取れない存在だと言えるのかもしれない。

祈り

ギリシャ語の言葉の中に、「ホメオパシー」という言葉がある。病気とも病気でないとも言える状態の人に薬草から絞り出した汁に砂糖を入れて与えると、その人の身体具合が良くなると言われている。しかしこのような生薬は時として毒にもなり、それを避けるために可能な限り成分を搾《しぼ》った後、できるだけ水で薄めることが必要であるとも言われている。こういった病気の癒し方は中国などから日本に伝えられている一種の民間療法の一つなのである。自然の治癒力を確かに導き出すのに、こういった民間療法は必ずしも間違いと言ってしまうことはできないであろう。しかし年寄りたちがこの民間療法やギリシャあたりから発達した「ホメオパシー」を西洋医学の前に持ってきて信じようとする時、それは時として病人をより酷い疾病に陥れ、彼やその家族を苦しめることにもなる。

生薬だけを信じ、「ホメオパシー」に夢中になる人は新興宗教の熱烈な信者に等しいともいえるだろう。

西洋医学の研究者の間に出現した、あのラテン語でいう「喜ばせて幸福な気持ちにさせる」という意味を含んでいる「プラシーボ」は、「偽薬」という意味を持っている。砂糖などにまぶして、ほとんど何の効き目もないメリケン粉で作った丸薬などを病人に与えると、それを名薬だと信じる病人は回復してしまうというから不思議である。

科学は多方面に働く力学の総称であり、医学であり、あらゆる自然現象を詠う詩の原型であるのだが、こういった「ホメオパシー」や「プラシーボ」を考える時、大自然の大きな力や流れというものは、やはり不思議な神秘の力に動かされていることも間違いない。自然医学も、心を穏やかにして生命の全域である心と身体の中の神秘の部分も、素直に考えていかなければならないようだ。

雀は自分に生命が与えられ、卵からヒヨコに孵化すると、親と一緒に過ごせるのはわずかに十日前後であると言われている。この期間に親と子はあらゆる大切なことを話し合い、愛を語り時には怒ったりわがままを言ったりしながら楽しい時間を過ごすのであろう。十日が過ぎれば子供は巣立ち、親も子としては扱わず、仲間として空を舞う。雀たちの目が嬉しさと涙で光って見えるのは、このようなことを考えれば大いに意味が分かる。

小さな蜘蛛《くも》の一生は秋風の中に流れていく自分の身体から出る糸まかせであり、風まかせの一生なのだ。蜘蛛《くも》の子のこのような一生の何と可哀想なことか。本当の己の存在の全てを任せきった達磨大師のような宗教人に似た一生がそこにある。

一生涯休むことも寝ることもなくひたすら泳ぎ続けていなければならない鰹や鮫《さめ》たちの生涯は、どんなに広くとも七つの海の内側でしか動くことが許されない。何とも悲しい世界だ。

悲しみの全くない人間の一生は同時にあらゆる苦しみ悲しみで満たされている！

父親になれる時、妻に喰われてしまうカマキリは幸福なのか不幸なのか解らない。喜べる父なのか、苦しむ父なのか分からない。ぼんやりとしながら漠然と生きている人間の父の恥ずかしさよ。悲しむ父も怒る父も父ならば、笑いも喜びも弄びもするのも父であり母である。常に力いっぱい動いている母はどの一人を見ても美しい！　どこから見てもそこには祈りの姿が見える！　乳を与える姿もそのまま祈りの形に見えてしまう！

言葉という地産地消

与えられた生命は千差万別であり、それらは大自然の中から栄養分を抽出し、その行為を四文字漢字、「地産地消」で表すことができる。

生命とは蓄積された大自然のエネルギーであり、これなしに生命は与えられた時間の中で充分にその寿命を全うしていくことができない。人間以外の生命体は素朴に、しかも単純に蓄積されたリズムを自分の中に備えており、それを少しずつ使いながらちょうど寿命が終わるまでの時間の中で、上手《うま》く配分しながら生きて行く。人類にとってこの蓄積されたエネルギーは、様々な形で人の生命体に働きかけてくる。その中でも言葉の流れや動きとなって表現される時、この蓄エネルギーは理解できないほどに形を変え、エネルギーの大きさや長さや色や味を変え、心の中の愛や怒りなどの形さえも変えていく。それゆえに人類の寿命は他のあらゆる生命体のそれと比べて、比較にならないほど大きく、深く長く勢いが有るのである。

一般に低級な生き物とされているトカゲなどはしっぽや手足がなくなっても、たちまち彼らの身体の中を流れている赤や緑色の血液が普通よりも活き活きと働きだし、自分の体の中の失ったものを再生する勢いが増し始める。それこそがこういった小さく弱く創られている生命体の持っている、実に不思議な再生能力である。植物を見ても訳は同じである。人参などは一枚の葉っぱや根の一部が水の中で生きている限り、やがて時間が経つと再生能力が働き出し、水の中の葉や根の一部は一本の大きな人参となって出現する。

下等と思われている生命体の目が事故に遭って失われることがある。再び彼らの素朴な身体全体を流れている血液が一つに纏まって生命の再生の動きに向かい出す。勢い豊かな彼らの血は、一斉に事故によって失われた水晶体をなくした目の方に向かう。この時、もはや血は赤さや緑の色を傍らにかなぐり捨て、どこまでも透明な、失われた水晶体に似た血になって一斉に身体の各部から傷口に向かう姿勢のみを持っているのである。やがて後から後からと体中から流れて来る透明な血液は、身体の中の欠損部分を、哀れ悲しみながら助けようとする同じ身体の中の大きな力なのである。それは大地震で破壊された都市に向かって各地から救援にやって来るボランティアの人々の行動にも似ている。豊かに集められた透明な血液によってたちまち傷つき失われた水晶体は元以上に豊かなものとして再生される。目が欠損されたものから元通りの状態に再生される時、それまで勢いづいていた透明な血液は、たちまち元の色の血液に変わり、前と同じようにその生命の身体の各部に流れていき、その勢いは落ちることなく、前よりも勢いづいているくらいだ。

大自然が与えた生命体は、それが何であろうと、大小様々であっても、長くとも短くとも、全て生命体である限り、生きようとするあらゆる力や、どんな事故に遭っても何とか再生して与えられた寿命を全うできるだけの時間と行動力が備えられている。

神や仏が、特別人にだけ大きな力を与えているとは私は信じていない。人は頭の中で神や仏の物語を創り、彼らに特別贔屓《ひいき》される状態を夢見ているのである。これこそが神話や伝説の作られる大きなヒントとなった。神や仏はいないにしても、あらゆる生命にそれなりの最低能力が与えていることは事実だ。下等な生命体よりは高等な動物、特にそのサミットに立つ人などは、どういう訳か自分で自分を再生するだけの知恵と力を、特にその先頭にある言葉というものが与えられているので、下等な生命が与えられている再生能力などは人の場合は減らされているように思う。ちょっとした事故で大きな問題を起こし、傷を作り痛んだところなども癒えるのに長い時間がかかる。失った身体の部分などは、二度と再生することはない。人間の医学もここまで発達して来ているのだが、指一本、歯一本失うと、義歯や義指は作れても、元通りの指や歯は再生させることができない。このことによって人は医学というものの力の限界を素直に知るべきである。

人は確かにエネルギーを豊かに与えられている。それはウィルスや下等動植物のそれといささかも変わりないのだが、再生能力という面で理解しようとする時、大自然の力の与えられている中でそういった生命体と人の間には大きな違いがある。これを可能な限り縮めるためにも、言葉という力を、またエネルギーを持っている人類は、地産地消を単なる食文化の中だけに閉じ込めておくことなく、人の生き方の全域で使って行きたいものだ。

ロンダリングできる言葉はあり得ない

言葉を理解していても、それとはっきり区別して自分自身の言葉というものがあることを忘れてはならない。自分の中から生まれ、吐き出され、作り出される言葉は確かにその人の言葉ということができるはずだ。人が常識だと考え、当たり前のことであり、それが本当のことだと考えているものは、全てその人が何かによって洗脳され、教育されている歴史の言葉でしかない。この世の中には数知れない多くの生物無生物の種が存在するが、これらのマターも一年の間に何万種も何十万種も姿を消している。言葉も同じで数限りない様々な物が存在しているが、一年といわず一ヶ月一日という間に様々な人の生き方の中ですり減り、色が変わり、重みが変わり、長さが変わり、特に勢いが変わって消滅するものがあり、勢いを盛り返すものがあり、流行から外れ、流行に乗るものがあって、その様々な出現と消耗の姿はまともには見ていられないようだ。物事は全て時間の流れの中で変換しその混雑ぶりは限りない。

世の中が不条理極まりなく、幼かった頃の私は祖父母の家で育てられていたことがある。その頃私は庭の片隅に小さな祠《ほこら》みたいなものを作ったことがある。次の日の朝それをお参りに来た少女さえいた。神や仏を様々に創るくらいに人間は純粋であればあるほど忙しく、何かに追いつめられている。この世はあらゆる意味で果てしなく不条理であり、理不尽であり、幼子から老人に至るまで、金持ちから貧しい人に至るまで、権力者からただの市民に至るまで訳は同じだ。

遠いギリシャ、ローマの時代から現代の先端の時間の中でも、人間は神々を求め仏にすがろうとしている。哲学でも芸術でも科学でも全て神を求め、これの無いところにホッとできる自由の無いことをよく知っている。人の心の中の森林や河沼の環境として広がっているところには、樹木や雑草という名の神が何らかの形でいつの時代でも広がっている。樹木も雑草も人間の言葉そのものであり、そこで人の住む時間が広がっていく。言葉こそが人の生命の流れとなって勢いよく流れ、決して止まることがない。言葉が消える時、人の心の中で神も萎《しぼ》む。その時人の全体像は不思議な軋みを感じるのである。人間ルネッサンスという名の下で人間は自滅していく道を辿る。傲慢な生命の前に大きく存在する大自然は、決して自滅することはない。人間の言葉はルネッサンスの傲慢な言葉ではない。本来の言葉は生命に力を与え、大きくするエネルギーに溢れている。札《さつ》には偽札があるが、言葉にも偽物がある。しかし人が本物の自分を生きている限りその人の言葉には偽の言葉があるはずがない。その人の心から出る言葉ならそれはどんな色をし、どんな方向に向いていようが、嘘の言葉であるはずはない。真面目な人間でも、自分の道を生きようとしていても、また違った道に曲がろうとしても彼の心から出る言葉には偽の色合いが無い。金ならばロンダリングしなければならない時もあるのだが、言葉に関する限りそういった困った問題は起こらない。自信を持って自分の言葉をはっきりと話そう。

アバウトな人の生き方

私の長男は苦労しながらそれを気にすることもなく不遇とも思わず、演劇活動を続け、法政大学では「比較演劇論」を文学部で講義している講師である。

「お父さんはこれまでいつでも何でも〝アバウト〟だね」と彼は今年の夏私たちのところを孫娘たちを連れて訪ねてくれた時、ぽつりと言った。私には随分堪えた言葉であった。演劇論を教え、ピアノを弾き、英語の通訳者としては力強い一面を持っており、食に関してはそれなりにハンバーグも上手《うま》く作り、土方の仕事さえやったこともある彼自身、アバウトな要素を良い意味でたくさん持っていると私は思っている。

深く考えてみれば確かに私は人生のあらゆることに子供時代からずっとアバウトな生き方をして来ている。幼い頃は両親や祖父母や、東京あたりにいた実にできの良い従兄弟たちと比較され、叔父伯母たちからはできの悪い子供として扱われていたような気がする。何が親不孝といっても、今は亡き私の両親に対して謝らなければならないことは、ただ一つ、彼らの兄弟たちの前で何一つ自分の息子を自慢したり、賞状の一つも見せられなかったことだと思う。確かに私は幼い頃も老いた今も、息子の言うようにアバウトな人間であることを自らよく知っている。アメリカ軍の通訳をしていた関係から、どんなに英語が上手い男だと言われ、また教えていた色々な学校でも「目の前にいる先生は外人のようだ」と言われもしたが、私自身はよく分かっていた。私は語学においてもアバウトな人間であった。それだけではない。人生のあらゆる曲がり角において、浮き沈みの激しい人生の中で間違いなく社会人らしい利発的な態度もこれまで一度として見せて来たことはなかった。チャンスに出会うことは他の人間と変わりなく一瞬一瞬多いのだが、それを自分のものとして自分の生き方の中で使いこなすことにおいては驚くほど不器用であり、出鱈目《でたらめ》であり、それを別の言葉で言うならば、愚かな人間の行う態度といささかも変わりなかった。確かにaboutという英語が示しているアバウトはこの私にぴったり合うことを息子にも指摘され、若い頃は両親や祖父母によっても同じように指摘されていた。確かに私はアバウト人間だ。日々の生き方の万事がこれに尽きる。人生万事アバウトであって人は何とか自分らしく、しかも大自然の動きの中で生きられると信じているのも、この私である。それゆえにこのことを周りから何と言われようと、怖れもしなければ恥じることもない。

　完全な人間生活というものが存在したとしても、そのように生きる人間の息苦しさはどうしようもないものであろう。そのように一瞬のアバウトな時間もなく生きるなら、おそらくそういう人間は数が少ないはずだが、まともには長生きができないはずだ。おそらく二十歳前に死んでしまう天才と呼ばれる人たちには、このアバウトな時間が与えられていないのか、それとも自らそういう汚れた時間を手元に置いて生きることを潔《いさぎよ》いものとしないせいか、長生きはできない場合が多いようだ。自ら、またそういう人間の親たちがその人を天才だと誇り信じていたとしても、その天才と言われている人間が、あらゆる病気や怪我をしても、そこを通り抜け七十才も八十才も生きられるのは明らかにその人物がアバウトな生き方を自らに許しているからである。それを意識せず自らもまた周りの人たちからも天才だと言われ、信じている態度そのものが、はっきりと彼を純粋なアバウトな人間であることを証明している。どんな哲人も仙人も隠者も、実はアバウトに生きて来たからこそ、今日にまで名が残り、人々は彼らから何か大切な教えを受けられるのである。寒山拾得にせよ、ディオゲネスにせよ、ソクラテスや良寛にせよ、彼らは仙人に近い超人間的な生き方の知恵を、また言葉を持っていたように思われるが、その実彼らほどアバウトな人間はいなかったのである。文化的な高いレベルの学問の上に、また厳しい法律や哲学の上に立っていた数多くの学者や知識人たちの山ほどいるギリシャ世界の中で、石工の父と産婆の母を持ち、彼らの素朴な言葉の中で育ったソクラテスであり、しかも母の産婆の仕事を時には手伝いもした彼であったが、おそらく父の石削りの仕事にも少しは手を貸していたに違いない。そういうソクラテスは全くのアバウトな人間であり、ものを考え始めると次の日の夕方まで銅像のように曲がった身体をいささかも動かすことなく立っていた愚かな青年だったと周りの人は記憶していた。

　こういう人間のアバウトな言葉であって初めて後の世の人々が真実に受け止められる箴言になり、格言となり得たのだ。アバウトな生き方、どこか愚かさ丸出しでありながら、もっとも大自然と繋がり易い生き方こそ、人を人たらしめる鎖であり、魂の、また言葉の栄養剤なのである。

　日々の生活の中で人間は自然の流れの中の勢いを持たなければならない。これこそが文明社会の中でなかなか相手にされないアバウトな行為なのであろう。しかしどんな努力やそつのない生き方の中で生きてみても、この世で全く失敗しないで生きていける人など皆無である。それならはっきりと自分の中のアバウトな心をそのまま認めていくだけの大きな度量がなくてはならない。この度量はいささかも恥じるものではない。

知層をいじくり回すな

人間は常に心の中心で悩んでいる。その悩みはそのまま本人の言葉の障害であり、発達不足によって生じている。豊かな言葉を持ちながら、それがはっきりと見えない闇の中で自分自身を覆っているのが人間である。他の生き物は人間ほど確かな言葉は持っていなくとも、彼ら自身の言葉として様々な鳴き声や呻き声や吠え声を与えられている。彼らは確かにそれらの固有な言葉ないしは呻き声を理解するには充分健康な身体を与えられ、それらが駄目になったり崩れるほど、また故障するほど使い過ぎ苛めることはしない。常に適度な彼らの固有なリズムの中で自分の声を自分の心や耳で素直に受け止めている。

このことから人類は一つの大きな教訓を学ばなければならない。つまり、与えられている自分の人生を悪戯《いたずら》にいじくり回してはならないという箴言がこれである。あまりにも多くのことが山積みとなって一人ひとりの人間の上に押し被《かぶ》さってくる人生は、毎日が激しい怒涛《どとう》の流れである。大自然があらゆる物に生命を与えた時に、それは個々の大小様々な質量として分散され与えられているのであって、同じ虫でも森の動物でも自分と同じ仲間に与えられている体格というか心という名の全質量を自分のそれと同じだと見ているかもしれない。つまり生命とは同質の生命体の中でも微妙に一つ一つは異なっている。おそらくあらゆる素粒子の質量も厳密に見比べるならば、個々に微妙な違いがあるのではないだろうか。

人間にとって愛は確かにあらゆる徳の中で最上位に置かれているかもしれない。一人ひとりそれぞれの愛の形は微妙に違っていて、色彩に例えるなら緑であり、赤であり、黄色であり、一人ひとり人間の生き方の運命の中ではっきりと色分けがされている。愛情だけではなく、尊敬の心もアスリートの飛んだり跳ねたり走ったり泳いだりする行為もそれなりの物質の質量として表現することができる。愛情といい夢といい、それらは間違いなく生命物質のレベルで考えられるはずがないのである。大自然が与えたというか、大自然の一部として分け与えられた質量としての生命体は、その与えられ方を人間は「生まれ出る」などと殊勝な言葉で説明している。徳のレベルで考えるなら単なる質量というよりは、間違いなく大きな知層であって、それは言葉の幾重にも重なり合っている地層として理解することもできる。言語は明らかに知層の桶の中に漬けられた漬物なのである。人は常にこの漬物になっていて簡単には萎《しお》れたり腐ったりすることのない人の感覚や考えとして、大きな役目を果たしている。文明人間はあらゆることにおいて都合の良さを求め、それを発見しては生活の中で使っている。その先端に言葉が置かれ、末端には便利な新幹線や車などが考えられる。あらゆる物の便利さや都合良さを求めて人は二本の脚から乗りこなす馬に変わり、楽な籠に変わり、ついには飛行機にまで変わり、そのことによって他の動物や昆虫たちの多様性を追い抜いて、不思議な程人類の基本的な誇りを失うまでの多様性の中に自分を追い込んでいるのである。人は自分の様々な問題と向かい合い、そこで本当の言葉のリズムに乗って生きる生き方を求めなければならないのだが、そのことに関しては大いに失敗している。

文明人間はほとんど全ての、手旗信号やモールス信号などに似た、便利な通信手段を持っている。言葉はその中心にあるということは誰にでもよく解る。コンピュータや携帯電話は先頭に立って現代人の生き方を誇らしいものにしている。しかしそのようにして生きている文明人間は、そのことによって生きている今の自分を誇ることはできていないのである。否、そういうよりはそういった生き方の中で、自分自身を一人の「ニート」としてしか認めることはできないでいるようだ。何一つ便利なものも存在せず、ある意味では少しばかり利口なチンパンジー並みに手先を使い、形の整った石を用い、少しばかり長い棒切れを利用して生きていた原人は、おそらく自分を豊かな人間と自覚することができたはずだが、これほど電気や磁力を利用しながら複雑な世界で生きている現代人は、間違いなく自分を一人の「ニート」として、またこれから何とかしてまともな仕事につきたいと考えている寂しい自分に気づいているのである。はじめという言葉の意味は色々ある。始め、初め、創め、さらに漢字の中から選ぶなら、ほとんど読むこともできない嫌な「ハジメ」があるはずだ。中国人たちは古代から様々に、これ以上に「ハジメ」を表す印としての言葉を作っていたようだ。現代人の我々の知層の中からも、様々な人の事情から造語される言葉が生まれてくるはずだ。

人の生命の質量としての一部として、しかもその中でも特に上位に置かれているものとして言葉は間違いなく本人によってあまり考え過ぎたりいじり回されてはならないのである。大自然は滔々《とうとう》と流れている。滞ってはならないのである。咲く花も飛ぶ昆虫も、羽を広げて空に舞う鳥も、生き生きと泳いでいる水棲動物も、それら全ては滔々《とうとう》と流れていて、そこにはいささかも滞る様子は見せていない。どうして人間だけが少しばかり頭が高次元のシナプスでできているからといって、与えられた生命の流れを時たま滞らせているのであろうか。右から左へ、上から下へと万事をスムーズに流していける生命本来の在り方を、そのまま踏襲していかなければならない。言葉はこのスムーズな流れの中で本来の意味を発揮できる。この言葉を使うただ一つの生き物である人間もまた、豊かな泉からの流れと同じく止まることなく流れていかなければならない。人の生命は流れ流れて止まることのない不思議な質量そのものである。生まれるという言葉によって常に支えられている不思議な質であり量である。質と量はそのまま素粒子とも呼ばれ、質量の基本的な初めの形なのである。言葉は確かにこの質と量そのものであって、生命は明らかに言葉と伝導をしあっている。

このように繋がっている基本的な知層は、そのまま精神の都合良さに繋がり、この便利さを利用しながら人類は電流や磁気以上に便利に物事の理解を身に付けて来た。あまりにもいじくり回しかき回し過ぎた言葉や精神はどこかがわずかずつ崩れ、結局は大きな流れとしては「滞り」として理解される。言葉の流れは実に速い。電流や磁気のそれよりもさらに速く、その到達点において、人は大切な何かにぶつかる。潜在意識という流れは、言葉の流れのさらに前の方に繋がっていて常にその人の他の行動の前に位置を占めることになる。

生きた言葉を話したり、考えたり、誰かから得たり、自分の中で使う時、つまり自分自身の行動として利用する時、それは確かに荒野で叫ばれる洗者ヨハネの声以外の何ものでもないのである。あらゆる人は荒野の声になれるはずである。純粋な言葉とは間違いなく荒野に叫ぶ声であってそれ以外のどのような目的を持った声も純粋な言葉ではなく、浄化されている言葉でもない。この辺の事情から言葉を、否、純粋な言葉を理解したいものである。

サンクチュアリーとしての言葉

現代はこれほど発展した広い世界だが、そこでは人の使う様々な言葉なども含めてあらゆる物事が極悪非道な内容によって満たされているとか、染みつき汚れているとみなされている。性善説よりも性悪説を素直に考えられる人の方が、遥かに多いというのもその理由はこの辺にあると思う。人は誰でも人の本性はこの一文字「悪」だとか「業」、「劫」などで表しているのである。人の本性はさらに奥の方に進むと、「ペーソス」に変わり、この言葉を日々の生活の中で日本人はあの「情」とか「哀」、「悲」などで表したがる。

美しくいかにも立派に見える今日の大病院でもその中は黴菌《ばいきん》で溢れている。学問の世界はある種の人間の闇の心に満ちており、芸術の世界の広がりの中は名誉と金に貪《むさぼ》りついている人の心で溢れている。要するに人の世の中にはある種の悪辣《あくらつ》なギャンブルの臭いが広がっており、人はどの一人を見ても賭け事依存症で苦しみ、そこから抜け出す方法を知らないのである。しかも現代人の金銭欲や権力欲はどこまでも奥が深くその進行性は間もなく亡くなるであろう病人のそれと同じであるようだ。賭け事が平和で楽しい将来のある社会にとって、また個々の人間にとって正論ではないことはたいていの現代人には分かっているのだが、それでいてほとんど全ての現代人の心の隅には、「それでもギャンブルに身を任せたい」という心があるのは確かである。それゆえに現代人にとって今の社会はとにかく息苦しく、呼吸のできないほどに苦しむのである。息苦しいと感じる文明社会こそ、それ自体何かが病んでいる。末期症状の病人のようにどこかに向かって手を伸ばす姿を私たちは今の世のほとんどの人間の生き方の中に見てしまうのである。

昔の人も今の人も、使う言葉はどちらも同じである。いつの世でも人は何か新しい言葉を使っていると信じているが、その実人々が使っている言葉は全て既製品であり、すでに誰かによって使われている言葉なのである。全て自分自身のために特注したものだという確信があるだけに、どこか利口になってしまったここ何千年かの歴史の中で生きている人間は、大きな言葉に対する間違いの考えを抱いている。言葉とはそういうものであることに、まず人は気づかねばならない。窓際にぶら下がっている言葉は、そのままならどんな使い方をしたところであまり意味はない。店の奥の方にある高価なダイヤのような言葉こそ、誰にとっても簡単に触れられるものではなく、高価なので自分のものとして買い取る訳にもいかない。こういった自分自身の本当の言葉こそ、正論を意味するのに充分それだけの確信が含まれている。昔の中国人の間に、「鼎《かなえ》の沸くが如し（鼎《かなえ》の中に湯が沸きかえるように議論や混乱が甚だしいさま）」という言葉がある。原人たちは実に数が少なくなったのだが、その彼方に、はっきりと生きる立場を変えて存在した猿人たちは、鼎のように騒ぎ立て、今日の餌を求める猿といささかも変わるところがない。猿人の騒ぎ廻る鼎の沸くような社会では言葉が言葉としてはまともに存在できない。そのような猿人たちとは離れたところに存在する原人には言葉がある。原人、すなわち人には常に騒々しさは無いのだが、自分一人で充分に楽しめる忙しさがある。この忙しさのことを、心有る昔の中国人は、「三種の余暇」と呼び、「三余」とも呼んでいる。人の忙しさもそれはよくよく眺めてみるとそれなりの暇に通じる。寒い冬の時間の中や夜の帳《とばり》の中、しんしんと降る雨の一日の余暇の時間そのものなのである。そこにはどのような賭け事の心も湧いて来なければ愚かな若者が騒ぎ立てるようなギャンブルの楽しみも浮かんで来ない。

言葉は人間を確かな人にした。木の実などと同じレベルのところで理解される猿たちの叫び声はそのまま賭博の楽しみのレベルで動いている。人は今、はっきりとこういった、言葉の二面性またはニ本の柱をはっきりと知らなくてはならない。言葉は間違いなく人の心のサンクチュアリーである。猿人たちの騒ぎ立てる中で広がっていく言葉ならざる言葉は大病院の中の菌で溢れている病室のようなものだ。

第三部　内なる声としての思想は藪の中で生まれる

第三部　巻頭言

或る哲学者

七十、八十の歳を過ぎてもこの画家は鬚だらけの顔でモンペをはきながら東京のど真ん中の小さな家で、仙人そのもののように、一切絵かきの集まりなどには関係なく暮らしていた。或る哲学者が新宿駅でこの絵描きと出会うと、彼はいつも奥深い里の老人のように手を振って応えたそうだ。

「下手な絵も絵であり、それを描いた本人は誇るべきだ」とこの都会の仙人は何一つ恥じることなく言っていたらしい。老いてますます幼児の描く風情の中で描いていった彼の絵は年取る度に若返っていった。或る哲学者はモンペ姿で現れるこの絵描きを見ながらそのダンディな姿に思わず惚れぼれとしたらしい。一見不精な人間のように見えて細かなことに気が付く苦労人であり、人間味の深いところを周りの人はよく知っていたらしい。あのようなモンペ姿も無頓着や無造作な生き方をしている人間であるのではなく、奇を衒《てら》うものでもなくそれ以上にはっきりと本人の好みの衣類に対する気持ちが現れている。この哲学者の言葉も、彼の周りの人々の言葉もこの老人の下手な絵に深く打たれているのである。おそらく東京のど真ん中で仙人のように生きたこの絵描きはこの哲学者が想像するように自分自身の永久の時間の探求者であったのかもしれない。彼の絵には文化の匂いがプンプンとしているところがない。言葉も同じだ。常に生き生きしている言葉には絶えることのない自然の息遣いがある。下手も文字のうちと言える誇り高い人間でありたい。

言葉が納得するもの

学ぶということはどういう意味を持っているのか、人は誰でもそのことが分からない。私は子供の頃に、一生懸命学ばなければいけないと親たちに言われたものだが、そう言われるたびに自分の中の学ぶという態度を繰り返し繰り返し振り返ってみた。いくら努力して見つめていてもほとんど埒《らち》があかなかった。私の中の少年の心は学ぶということがどういうことなのか全く分からなかった。というよりは学ぶということが勉強することと同じである時、すなわち親たちが学びと勉強を同質に考えていると思う時、私には全てが全く分からなかった。学ぶということが教科書を開けること、文章を読むこと、文字を書くこと、言葉や文章の意味を覚えること等様々な問題として広がっては行くが、それが何を意味しているのか、また個々に分散させて納得しようとしても特定の意味には繋がらなかった。鉛筆を削ることも教科書のある頁の破れたところを別の紙で貼り直したり、カバンの中から別の教科書や鉛筆を取り出したりする行動、さらには机の前に出されたおやつを食べたり水を飲む態度などを含めて全ては学びであり勉強の一端を担《にな》っている訳だが、少年の私にはこの学びと勉強の本当の意味は分からなかった。友達と比べて良い成績をとったり先生に良い生徒だと言われたりすることで、親たちの喜ぶ姿が見えるという自分の心の安心感のようなものが学びや勉強の最終目的だとするならば、私はそのための努力の一切をしていなかった。またする気もなかった。

母に連れられて春の一日、幼稚園に行ったことがある。母は幼稚園の帽子を私に被せ、バスケットを持たせてくれた。幼稚園の中の忙しく動く人たちの中で私は傍らにあった小さな池を眺めていた。本来綺麗な池の水が、その時私の目には真っ黒なドロリとしたものに見えた。三羽の白鳥がそんな水の面で特別白く見えた。その時私は幼い自分の心ではっきりと「ここは私の来る所ではない」とどんな言葉で言ったかははっきり分からないが、とにかくはっきり呟いたことは確かだ。

あの頃から私は八十歳になる今日まで、同じ言葉にならぬ言葉で自分をはっきりと納得している。私が書くものも同じであって、常にこの種の納得が土台となってその上に築かれている。この心の納得は全て徹底した軟骨成分だけでできているのだ。そこに言葉が十重二十重と絡みついているのが、私の心であり情である。私の存在の中に軟骨成分が働き出さないと、私という全存在、すなわち体と心は単なる金属やプラスチックのようような成分の働きに過ぎなくなってしまい、それは犠牲の結果であって、つまり私という存在の滓《かす》であって、そこにはいささかの情というものが存在せず、学びや勉強という問題も全く解決することはない。あらゆる意味で溶解していて意味といい色彩といい全てがドロドロになってそこには解決できるような様子は全くない。そこにはものが、また言葉がリズムを失う程に溶けていて、生命が生命を認めるだけの硬さで存在しないのだ。人の情も劫もどこまでも深くメルトダウンしてしまっている。固まった生命などどうしようもない存在だ。そこから情を他のものから引き離し、劫をきっぱり離すことは、ほとんどできはしない。学びも勉強も全くこれと同じだ。

人間には誰にでもある一瞬の時間が訪れるものだ。自分自身ではなくなる一瞬の時間があるものだ。夢の中でしか輪郭を表さないものを私たちははっきりと見ることがある。しかし本当のその人の夢とは白昼夢でしかないのだ。その人の中で確かに自分は見たと確信できる夢こそが、その人をどこまでも高く飛翔させるいわゆる白昼夢なのだ。現代だけではなくあらゆる時代の人間は自分たちの時代の中で白昼夢を体験している。それを一瞬見ただけでほとんどの人は放り投げてしまうが、中にはごくわずかにしっかりと持っている人もいる。そういう人だけが夢の実現をその後に体験することになる。どんな素晴らしい夢でも去って行く時間の中で溶け去って行くものならば、それは本当の夢ではあるまい。一瞬のまどろみの中で味わう幻想以外の何ものでもない。本物とは白昼夢のことだ。道を歩きながら確かに見られる夢だ。知る人だけが知ることのできる大きな魅力こそ本物なのだ。

人には様々な病がある。心臓の病、胃の病、肺の病、そして脳の病など病の種類は数限りなくあって簡単には区別さえできない。本当に人が気にしなければならないのは、その人の存在全域を覆い尽くしている気の病であり、同時に磁気の流れが異常になる病である。しかしそれ以上に重要なのは生命の中の言葉の病である。健康でしっかりと情と愛の形を美しく備えている言葉の中で生きる人は、とにかく生命の大切さを知り、その美しさを納得している。

明日がはっきりとは見えていない今の時代の言葉の数々に捉え

られ、行き先に迷い、飛ぶ先に不安を抱いているのが、現代社会の人間である私たちだ。それでもなお人は何かを目指さなければならない。生命というものは、その目指している精神の中で生きている以上、常に清浄な水と気の流れの中で自由に生きられる存在でなければならない。生命とは二つのものの一体化した存在なのだ。心とか魂または精神といった存在と金属や岩石といったものにほとんど近い人が現代の理学などといったものとは違った古代学のレベルで一つにまとまる時、そこに結実されるものが言葉なのである。日本の古い神話では「結ぶ」という言葉でこのような形で出現するものを呼んでいる。生命そのものが同じように出現する時この結ぶという言葉で表現されている。万有はあらゆるマターを出現させ生命さえ創造させている。表したり創造するという行為は結ぶ行為だ。人の心もあらゆるものを、また歪みを、さらには病めるものさえそれに気づいて高いレベルにまた清浄な所に導いているのだ。

何事もとにかく無心でいなければこの状態は続かない。世の中のあらゆる状態や行動は早い、しかし心の純粋な動きはたいてい一瞬である。書く言葉は最高にしてあらゆるものを超えている。それだけに人は己の中の生命を無心にしておかなければならない。

何物も時間の流れの中で老化し、やがて滅びる。滅びは新しいものの出現を予測させ、さらには全く別のものを生み出す。

言葉はあらゆる物の滅びを正しいものにしていく。孤立したまま、理解されぬまま滅びさせないのが言葉の役目だ。常に万物のイメージを大きく膨らませ、その勢いの中で孤立した滅びを捨て、そこから新たに言葉の勢いの中で新しい物のスタートを体験させる。

永遠のものとは、中味の全てが流れの中で清らかさや朴訥《ぼくとつ》さを見せているのではっきりと分かる。一方において半ば孤立し多様な流れの滅びは、どこかその広がりが鬱屈《うっくつ》しており、人には素直に言えないような謀略と陰謀の思いに満ちてもいる。

生命は常に春風駘蕩《しゅんぷうたいとう》（のんびりとしているさま）の豊かさの中で流れる時、やってくるそのものへの滅びさえ実に美しい言葉で守られる。万有はそのようにして出現し、また消えて行く。そこには一切の杞憂《きゆう》というものがない。あるのは、ただその万有の一つが納得するという事実だけである。

この大自然はあらゆる努力をして探ったり発見するものではなく、極めて自然に天然の中で振る舞いながら自然に深層の事実に出会うことである。

私は幼い日、ここは私の来る所ではないと幼稚園に行くための帽子を被りバスケットを持ちながら感じたものだ。全深層の言葉がはっきりと私の中であの時動いていたのだ。

眩しさに耐えられず

暖かい朝だが陽の光の春らしい柔らかさの中で、窓の外の風の具合はどこまでも寒そうだ。今こそ太陽の光を全身に、足や手の裏に、心の奥にまで充分に受け止めたいものだ。適当な放射線の流れの中で、確かにあらゆる生命体をかざす時そこに生命が生まれた頃の懐かしい思い出がどこかに甦って来る。数限りない光の中の力は、そのままあらゆる生命を地上に送り出している。この事実は長い宇宙の歴史の中で、昔も今も今後もいささかも変わることはない。生命の基礎や、玄、元、素といって三種の漢語はそのままそのもののもとの状態として用いている。現代人はどうやら信じてはいないようだが、虫であれ細菌であれ人であれ彼等の存在のどこかではっきりと信じ、頼っている。だがそういう人でありながら、今の便利な暮らしの中では、生命体が陽炎（陽光〈日の光〉とは違い、生命を生み出した放射線のこと）の中から流れ出してきた微妙な数多い光の調節によってこの世に出現したことを、感動した心で考えてはいないというのが現実である。万物も万有もそれらの存在は全て大自然の中の生命の趣味であり、それが人の生命の場合は言葉の使い方となって広がっていく。

生命の素である陽炎の中から生まれた光を前にして、あらゆる他の生命体がどうであるかは分からないが、人間だけはその光が自分の生命の玄であると思う時、とても眩しくて直視できない。眩しさの中で人の生命、すなわち心はその眩しさに耐えることができずにそっと横を向いてしまう。生命の元は言葉という形で表現されている言葉をその眩しさに向けようとするが、それに耐えられず、脇を向いてしまうのである。現代人の言葉は誰の場合でもその言葉の意味が十分に伝えられていないのは、このためであるということを私たちは知らなくてはならない。言葉遣いが下手であるとか、ある言語は他の民族の言語と違って文法に欠点があるとか、語彙の数が少ないので言葉が分からないと言うのではない。生命の光が人に与えられている生命力より強い場合、当然実際のものをその通り見ることができず、結局そのことは「眩しさ」という表現によって簡単に納得されてしまう。遥か五十億年近くも前からそこに出現した地球の上の大小様々な生命を見守りながら、微弱な生命にちょうど必要なくらいの放射線を当て続けてきたものが太陽そのものであった。この太陽そのものがそれを取り囲んでいる陽炎によって守られているが、この陽炎さえ言ってみれば一つの生命現象に近い存在であるので、やはりそれにも寿命というものが付いて回っている。陽炎の生命とも言うべき熱せられた光として四方に発散される光の生命らしきものの寿命は、一般に百億年だと天文学者などによって言われている。しかしその半分の寿命はすでに使われており、これからの五十億年の寿命の中で生命の光は四方に流れ出す時間を持っていかねばならない。いずれにしても地球上の生命はこの陽炎の残された寿命の中でさらに短いものであることは大いに想像がつく。

今人はこの微弱な数多い光に身を晒し、己の生命に心躍らせ、単に七、八十年の人生時間を大いに楽しみ喜び感謝して生きたい。

なりたい自分

人間は知恵深い生命を燃やし続けながら生きていく一生なので、安心していられる反面実際には多くの苦しみや怒りや失望を経験しながら日々を過ごしている。見た目はあれもこれもうまく行っているようでありながら、文明社会はどの一人の人間をも、木っ端微塵《こっぱみじん》に吹き飛ばすように困難な中に押し込んでいる。少なくとも人間は誰でも心の中ではそう思っているようだ。

しかし一度物事を考えるならば、万有の何ものよりも人の生命が豊かに燃え上がっている事実に気がつくのである。人の生命はそのまま意志力であり、常時何かに勝ち続けていることに納得できるはずだ。人の心の怒りが失われても、舵が折れ曲がっても、帆が飛ばされてしまっても、決して崩れることのない羅針盤としての生命力が活き活きとして働いているのが人間そのものであり、もっと正確に言えば、生命そのものなのだ。何一つまともなものがなく、頭も手も足も心も心臓も学んだこともしっかりと信じきったことも全て失ってしまった状態の中で、人間は「生きろ」と追い出された状態でいるのだ。つまり意志力の全てが投げ出されたままで、どこに行くにしても力もリズムも目ぼしい目先の目標もない。

それでいてはっきりと人間を見つめるなら、人はどの一人をとってみても間違いなく恐ろしいほどの勢いある意志力によって燃え上がっているのだ。どんな痛みの中にあっても燃えさかる火の中に置かれていても、決してそれに負けない意志力で飛び出すことができるのである。

これほどまでに複雑極まりない大宇宙の中で、人は迷いに迷いながら、最後には恐ろしい意志力の強さで確かな方向に前進していくのである。宇宙はなんともうまくできている。どうしてなのであろうか。宇宙は間違いなくあらゆる生命体を次々と創造している。こういった生命体が生まれるくらい宇宙は万事全てが調子の良い状態にある。

人は何とかして自分自身になりたいのだが、つまり自分の生命体に自信を持ちたいのだが、それがなかなかできないと悩んでいる。それこそがなんとも人の愚かさの特徴と言わねばならない。人は本来はそのように愚かな存在ではないはずだ。自分自身の全生涯をしっかりと見つめていける、実に利口な存在であることをよくよく知るべきである。この食べ物の賞味期限がいつやってくるか、その事実をはっきりと知ることも、明日の天気がどのようなものであるか、自分の身体の全域ではっきりと知ることができるのが人間であり、この事実を誰から聞くのでも断るのでもなく、はっきりと分かるところに人の生命という豊かな物を常に感じ取っているのである。人は大自然に向かって、または宇宙の全域を眺めながら己の生命力を動かし続け、己の生命のチャレンジの中で常に生きているのである。

それでいて人に与えられている人生の全域は可能な限り考えたり、つまりマイナスの思いの中に閉じ込められていくのだ。しかし実際生きる時間とは大自然と自分の生命を重ねながら生き生きと流れる生き方のそれであって、物事をくどくどと考え、宗教的にまた哲学的に行動しようとする流れのない生き方とはだいぶ違う。できれば日々の時間の中で、一瞬一瞬の暗い時間から飛び出しながら、ほとんど何事をも考えず、自分という生命そのものとしてぶつかっていく生き方こそ、人の中のなりたい自分が百パーセント生き生きと生きられるのだ。万事、天然とは何から何までうまく流れていていてそこにはいささかの淀みもない。

劣等感を考える

私たちが普通理解している「劣等感」という三文字の言葉は、たいていの場合己の弱さ、力のなさを表すのに使っている場合が多い。この三文字をよくよく見る時、自分の中の非力さを感じる態度を表していることがよく分かる。あらゆる意味で物事が大きく見え、便利さがごくごく当たり前だと思われている現代社会の中で、「大量生産」や「大量消費」という言葉は当然のように使われ、そういった忙しく同時に便利なこの社会を文明時代、または頼もしい時間だと私たちは呼んでいる。そんな中でこういった条件とは合わない人、それぞれのどこまでも深く、それゆえに小粒な言葉や小ささの中で行われている人の行動は、どうしてもこの劣等感に晒されてしまう。

しかし行動の一つ一つを己自身の熱い心を丸出しにして掴み取り、その言葉をむき出しにして最初に自ら見つめようとする時、物事は意外と現代文明による見方とは違ってつまらないものに見えてくる。あらゆる所で何気なしに目に入ってきたり心に突き刺さってくる言葉の中に、一つ「悪」という文字がある。しかし、よくよく心の奥の方でこの言葉を考えてみるなら、その意味はただ安心してみている訳にはいかない。悪という文字はおそらく漢の時代の人々が「心が亜（まだ完全に成り立っていない）である」という意味から生じさせた言葉なのであろう。

一つ一つ私たちが今日古代中国社会から持ち込んだ漢字をこのようにして丹念に区分けし、調べていくならかなり深く漢時代までの長い歴史の中で培われた文字文化の意味合いが分かってくるようだ。この意味合いを今日の私たちが、軽薄な文化の時間の中で見つめる時、このようにして漢字一つ心を込めて見つめていく態度は大量消費や大量文化の傍らで、なんとも小さくみすぼらしく勢いのない劣等感に見えて仕方がない。そんな劣等感に苛《さいな》まれながら心ある現代人は、やはり一種の楽観的な温かさを持った文明社会や文化集団に帰属意識を持つことにどうしても囚われてしまう。

人は生まれてきた以上自分の生き方はこの世間の何ものにも押し流されず、文明の大量生産や消費の渦の中に巻き込まれず生きたいものだと願いながら、一方においてそういった社会に帰属したくなる楽観的な思いに引き込まれて行ってしまう。悪という漢字などはまさにこれから文明社会に引き込まれていこうとしている悲しい人の運命をはっきりと言い表している言葉だと思う。

もう一つ卑怯という二文字の中の怯は心が去ることを意味しているようだ。心が確かなら物事は正しく成立する。しかし文明社会に帰属しようとする心は、本人から離れた心を意味していることは間違いない。文明人間は大半が魂の、すなわち心の奥地から去っており、現代人は自分から遠ざかっていく心で言葉を話している。このような心の離れ方を劣等感と言わなくて何と言ったら良いだろう。

我《が》意多く神気少ない所では、全て天然の流れは淀んでいる。神気だけが走る大きな流れの中で大自然のリズムは完全に百パーセント感じられる。生き物は老化していくと、基本的な代謝能力が当然のことながら弱っていく。身体中の脂肪という脂肪が完全に燃焼しなくなるので、明白に老化現象がはっきりと見えてくる。人間も文明社会の厳しい大量生産などの中で、心のまた精神の脂肪を燃焼することが極めて少なくなっていく。若者のような代謝の力はどこにも見ることができない。言葉も一種の心筋梗塞を起こし生きる行動の全体としての代謝もまた同じように病にかかり、老化していく。

人は劣等感を捨て、我意《がい》少なく神気の中で暮らそう。

歴史という時間

文明の歴史には栄光と悲惨が常につきまとっている。文化と人類にはやはりそれに相応しい勲章である『世界記憶遺産』という飾りが付いている。文明という名の暗闇の中で人間は常に一瞬一瞬の光芒に照らされ、闇の中に晒されている。これまでの長い文明史の頁はあらゆるところに見事に記録されている。人間は運命共同体のどこまでも親近感の多い中で、常に何とか生きたいと思っている。それでも人はその運命共同体の中で十把一絡《じっぱひとから》げの心と体で否応《いやおう》なしに生きなければならなかった。

文章の華やかさとは裏腹に様々な悲惨の中で人の心は情となり、朝鮮半島の人々が口にする恨の心で生きなければならなかった。魂の言葉や愛や悲しみに連なって人は様々な事故に出遭い、人の生き方の中には災害などもそれに続いて次から次へと現れてきた。人生に先立つものはまず金であったり、名誉であったり、肩書きであって、それを忘れて大自然の本来の約束事に向かって突進できるような人は滅多にいない。そういう人がいるとするならば、それは隠者と呼ばれ、仙人として扱われ、一般にこの世の生き方の中で認められる存在ではない。しかも実際に大地を歩く人とは認められず、半ば幽霊のように半存在のものとしか認められることがないのがこの世の中だ。

文明の中で苦しみ、それを表現する歴史言葉を理解しようとして生きる時間の中である人々はもがき暴れる。人の言葉は本来生き生きとした言葉によって生き続ける。一瞬足りとも息をつかずには生きていられないのがあらゆる大小様々な生命体であるが、特に人の場合はこのことが重要な意味を持っている。相次ぐ心の閉ざされる中で人は深刻な文明の名の下で限りなく苦しむのである。言葉に喜びのリズムが轟《とどろ》き出すのはいつの日であろうか。

常に文明社会には何とか上昇しようとする力が働いていることも事実だが、同時に降下していく冷たい風が吹いていることも忘れてはならない。

半ば金銭の亡者でしかない権力者たちや指導者たち、王などがいるが、一見彼等の生き方はとても良く見え、大多数の人間は社会そのものの、これらの権力者たちの生き方の道具になっているのに過ぎない。社会通念という名のケージ（檻）の中で動きの取れなくなっているのが、いわゆる大多数という名の人たちである。

文明社会の中では高く生きていても低く生きていても、生きる表情の全体像は、悲しく、誇りや喜び、笑いなどはほとんど見られない。人の自由と力は一ヵ所に集約されていて文明社会は歪になっている。人の生き方も考え方も確かに歪であることは事実だ。人の心や生き方の中には常に何らかの災害が起こっており、事故を体験している。昔は昔なりに、今は今なりに様々な問題が発生している。今は原発産業や脱原発などとそれぞれに人は騒ぎ立てているが、彼等の間には太陽熱とか火力発電、水力や波力発電、風力や地熱発電など、バイオマスや自然エネルギーの力や天然ガスの助けを借りて何とか自然の力の中で無理なく生きていこうと考える人たちもわずかずつ現れ始めている。

共産主義という名の、理屈に合わない考えを持つ集団がごく最近の文明社会の一角に現れ、彼等自身の手で幕を閉じたというような思い出も私たちの中にある。

過去の歴史の中の巨大な宗教の姿の中には確かに原始共産思想らしきものが見られたこともある。これもまた最近の共産主義理論に大いに力を貸していたのではないかと私は思う。

どのように人が知恵を絞り与えられた自分たちの生命をより長く全うさせるための天災人災の少ない世の中を造ろうとしたり夢見ていたとしても、それはそのまま叶うはずはない。神話から現実の世界に抜け出したプロメテウスは間違いなく人の手を離れ、つまり自然から与えられた生命という雑草から離れて自ら生命を救おうとしているように私には見えてならない。人が数に物を言わせ、自らの小利口さを大胆に振りかぶり、金銭の力を利用し、人々を騙しながら天然の力をそっくり神話の流れの中から奪いとろうとしても、そうううまく行く訳ではない。文明社会とは、やはり一見とても明日に希望のもてるユートピアのように見えるがその実、人が人を騙す詐欺行為の流れが押し寄せている悲しい世界だ。あらゆる生命の蠢《うごめ》く中で太陽はこれまでのように微力な数多くの光を発散し、生命体の健康を守りながら人の誇る文明のいかなる面にも触れようとはしていない事実を人間は納得するべきだ。力ある人間または端的に言って生命体というものの秘密はここにあるのだ。利口でも金が有ることでも時代の波に乗ることでもなく、そのような生命豊かな人はその魂の中の流れが生き生きした自由な自律神経に支えられ、どくどくと百パーセント気の勢いをみせており、血流を含んでいる。

俳句をものにする時間というものが単に社会で生きている外側の時間とは別に存在するものだ。言葉や愛や哲学の時間が別にあることもまた十分に考えられる。よくできた俳句には深い味があるように、言葉や愛や哲学にも充分こういった味わいがあることを人は知らなくてはならない。単に金銭や名誉の投資ばかりに力を入れていても決して物事は成就する訳ではない。投資したいのならば言葉を、自分の言葉を、自分の心から噴き出す言葉を、語り書くという態度で何かを大きく投資することが必要だ。人はこのことだけを、この投資だけを一心に意識するならば、物事は何らかの形で成就はしなくとも、その人一代の時間の中で納得できるものになるはずだ。侍の時代、宗教の時代、商人の時代、さらには芸術の時代、人の世の歴史的流れは刻々と変わって行く。そういった様々な時代の中で歴史的な変化はあるとしても、人はまたは生命はいささかも決定することはない。そこに人の手になる電力でも何ものでもなく、プロメテウスのまたは天然の稼働させる生命が働き出さなければならない。

人、それぞれの自律神経が整っていて本人が自信を持って笑える時、人間の大きな生命の何かが始まるのだ。

生命力

光り輝くものや、特別キラキラしている人生や言葉は、歴史の頁に記されていく。物でも人の生き方でも人の手で作られた物でも、訳は同じだ。良い物は何らかの形で遺るものだ。当たり前の物や誰もが理解できたり喜んだり、簡単に近づけるようなものは決して次の日まで覚えられていることはない。

文化とは次の日までは覚えられていない歴史の頁であり、文化行為であり、様々な便利極まりない日常品のことだ。

自分自身の生き方全域における介護の人生の中で、人は自分の言葉や行動に不手際が無いかどうか、よくよく考えよう。自分らしく頑張るところで努力してみてもその行為は徒労に伏してしまうだけだ。あまり頑張り過ぎてもいけないし、そうしなくても困る。沖縄の人々が口にする「テーゲーにして（大概にせよ）」という表現は私たちにとっても役に立つ言葉だ。

人は手や足の裏の面倒をよく見る必要がある。陽炎に手足の裏をじっくりとさらして日の光を十分吸い取り、生命をますます強めなければいけないようだ。生命、すなわち生き物は虫であれ、動物であれ全ては陽炎の中から四方に放出される微弱な放射線によってそれぞれの生命を与えられた時間の中で保たれている。生命の基本であるものの一つとして、意志力が存在するが、生きるということは常に勝ち続けていることを意味している。たとえ、舵が壊れ、その人が負けているように見えていてもその人の内部が、またあらゆる生命の中心部が勝ち続けているならば、生命力は間違いなくその先に前進できる。意志力とはその生き物のレベルにおいて考えられる「魂のときめき」であり、「心の中で活動するリズム」そのものなのだ。

数多くの学問を惹きつけながら展開していくいわゆる民俗学は、一言で言うならありとあらゆる生命の力の独走態勢を意味しているようだ。あの南方熊楠《みなかたくまぐす》も柳田国男も伊波普猷《いはふゆう》も、そして広い言葉の世界から民俗学の口を開こうとした折口信夫もまた、人間を生き物の一つの例として挙げ、それぞれの文章の中で生命の存在が他の物に勝つことによってのみ、生きられることを説明している。人生の終わる時までに何かを完成させなければならないと考える人の愚かさ。その人の人生の形は死後の長い時間の中でゆっくりと慌てることなく完了するのであるから、一人の人間の地上の短い人生の中で生命の深い問題をいちいち小刻みに考えることはない。真剣に考え、周りの人の親切な行為に感謝をし、苛めてくる行為に怒ってみても、そういった短い寿命の中で騒ぎ、問題を提起しても、物事は決して大きな広がりを持ってはいかない。人は誰もが見ていて尊敬できたり軽蔑したり、嗤《わら》うことのできる水しぶきの中で動きながら生きている生命体の中の一つであることを忘れてはならない。美しく立派な襤褸を身に纏い生きる状態こそ、あらゆる種類の生命体の本当の姿であろう。何かで飾り見せびらかそうとし、それは芸術とか何とかと人が言っていても、天然のリズムの前では最も恥ずかしい襤褸以上に下の方の襤褸なのかもしれない。本当の文化とはそれよりも上に存在する、いわゆる襤褸文化であろう。襤褸は襤褸のまま間違いなくこちらの物の見方を変えていくならば、もう一つの美として、また雅として、さらには芸術レベルの存在として見ることも可能だ。人は誰でもこうなりたいと思う自分自身になりたいと思っているものだ。人は誰でも、人というよりは人の生命はどの一つをとってみても「なりたい自分」をはっきりとどこかに持っているものだ。おそらく虫でも魚でも訳は同じだと思う。自分自身の生涯をしっかりと見つめるということはこのなりたい自分の方向に移動する行為なのだ。

己の生命の賞味期間も今行っている行動の意味合いも、今日のこれからの天気を考えるのもその人、すなわちその人の生命体の受ける感覚次第なのだ。良いも悪いも有りはしない。本人の心次第であって、周りの考えはそこに入る余地はない。人生の全時間の中で本当の自分らしく生きるためには、物を他の生命体と同じ方に考えないことも必要なのだ。考える時自分はどこかに消えてしまう。自分の血液の中を流れている生命の勢いや気の速度が弱まってしまうはずだ。自分の言葉が消える時、その人は果たして自分自身の生き方をはっきり理解できるのであろうか。

生命にはごくわずかな種類の万能の勢いを持った甘さや塩味の麹《こうじ》のような調味料で満たされ、その麹《こうじ》の使い加減で生命体はどうにでも動く。

煩《わずら》わしい世の中で人はあらゆる言葉を一つの閑話《かんわ》に換えてしまう。つまりあらゆる話を題名の付けられない無題のエッセーに置き換えてしまう。無題の文章の広がりの中で休むことなく、その時代の社会情勢を細々と喋り、しかもそこにはっきりとした解決の言葉のないことを知り、それゆえに生き方の中の何かがホッとするのである。

自分自身の生命を大切に心を込めて介護するということは、一切の閑話《かんわ》を脇に置き、無題の物語を自分の口の近くに置かないことだ。

古代の鮮やかなそれでいて半ば襤褸になった織物を前にして、それを蔑《さげす》むよりは己自身の生命の衰えの中で決して消えることのない文化だと認めることが必要だ。穴があき、ほつれ、様々な色の大小の糸によって、いわゆる刺し子のように刺されている古代裂《こだいぎれ》を前にして流せる涙こそが生きている生命の証拠だと思う。大変な大問題が起ころうとしている時、生命体は生命の脳細胞と行動を一致させ、大きな力を発揮し、生命力の活性化した中で言葉と代わりその問題を避けて通ることができるようだ。言葉の食べ過ぎはものの食べ過ぎとは違って決して生命体に病をもたらさないはずだ。言葉による十分な満足感は、その人の生命をどこまでも進化させ、その人の寿命をいくらかでも長引かせているようだ。

バベルの塔

古代の神話は、バベルの塔の物語を、今日の我々に遺している。大自然が人だけに火を与え言葉を与えたのはいつ頃のことであろうか。言葉がその後の火と共に人間に様々な行動を与えており、少しずつ人工の樹木、すなわち塔やビルは足元から伸びてゆき、遂にはサバンナや森の中に立っている巨木を超え、それを見晴らすまでに高くなっていった。

日本人は今、世界のどこの塔よりも高いスカイツリーを持っていることを自慢している。しかし単なる塔ではなく、バベルの塔のように人が上り、住める建物として、てっぺんには高い避雷針のようなものを付けてその高さを世界一と誇っているのは、今のところ中近東はドバイのブルジュ・ハリファビルであろう。しかし人にはこういったバベルの塔から始まった言葉を混乱させる時代の中の誇りとは全く違う言葉に関する誇りというものがなければならない。数多い民族や種族、地球上各地の森や川や海の民たちが口にする言葉の宗教的、哲学的誇りを前面に出して競い合う生き方があっても良いし、事実そのような生き方や戦いや一種のオリンピックのようなものが、グローバルな意味において世界の大きな人の生き方の渦の中に見えている。しかし人は大自然の災害の問題や権力争い、経済摩擦などにあまりにも囚われ過ぎ、純粋な諸言語の問題に関わろうとする心などはどこか隅の方に置き忘れられている。遠い昔、猿人の頃からまた原人の頃から知恵を弄ぶ人間は、純粋な生命や心と関わっている言葉よりは、いかにも現実的と見えるような巨大なビルや高い塔など他の人々に負けずに作る技術という点においての力や金銭といった権力を、我が物にすることができる能力として手に持とうとするようになった。初めは素朴な心で、巨大な傍らの樹木や丘などを超えることのできる建築物を我が物にしようとして励んだ。その結果として今日のようなバベルの塔からエッフェル塔、エンパイア・ステート・ビルディングなどと人々の競争心は、一方的にでかいもの造りの方向に曲がっていった。しかし人はもともと天然の中の生命の一つとして世に現れたものとするならば、このような大切なものの造り以上に時間の中で大切な言葉との関わりに関して、より深く、大きく、高く、勢い深く、伸びなければ、人という名の生命体として自分を見つめることはできない。

もちろん塔はどこまでも限りなく高く伸びていくに違いない。しかし神話の昔からすでにバベルの塔が天を衝く勢いで上へ上へと造られていった傍らでは、各種の言葉を話す人々が、いわゆる天災と呼ばれる磁か気のようなものに打たれ、それぞれの言葉を徹底的に乱されてしまった。これからバベルの先塔造りの人間の技術がどのようにして磁気の力に触れて壊れていくかは、つまりある高さに達した時、人は自らの手によってこれ以上は上には進めないという自分の力の限界を知ることになるかもしれない。かつて言葉を乱された人たちのように、彼等も自分たちの技術に限界というものを感じるに違いない。

ドイツのある研究者は人の住む住居を丹念に調べた時、階下の住人よりは上階に住む人たちの中に多くの病人の出る事実を知った。また電気の通る電線や大きなビルの近くに癌が発生する人々が多く住んでいる事実をも突き止めた。一言で言うなら人工の手が加わり建物が高くなり塔が聳えるようになり、そこに人が関わるようになる時、人は弱くなっていく。大自然の中で自然の物を食べ、さほど電気や磁気に触れず、それこそ猿人や原人のように暮らす所に生命は生命としての素朴な生き方ができるのではないかと思う。

今の世界の人たちがこぞってバベルの塔の、より高く天に向かって行くことのみを願う時、そこには間違いなく天災は何らかの形で訪れるに違いない。

スカイツリーを誇るな！　ブルジュ・ハリファビルを見上げて金銭の力や権力を誇るな！

溶けなくてはならないもの

言葉も時として溶け出してしまう時がある。言葉一つ一つが持っている意味合いが雨のようにドロドロと溶け出し、その言葉の基本的な意味が様々な形に変えられ、別々の人の中で全く違った色彩に変わっていくのである。つまり言葉が本来のその言葉の意味を失い、色彩が本来のその色を失う時、それは正しく現代人が放射線の放出に恐れ慄《おのの》いている姿によく似ている。もともとは心そのものがあらゆる行動の中で生きている身体と共にドロドロに溶け出す時、生命のメルトダウンが行われていると知らなければならない。溶けたものをもう一度本来の姿に戻してそれぞれの部分の意味が納得できるようにならなければいけないのだが、ドロドロに溶けてしまった飴やあんこのようにその元の存在は分かるはずもないのだ。

この世の中は全て偶然に生まれたものの集まりであり、見方にしてはあらゆる必然の産物は偶然の結果から生まれたと納得しなければならないようだ。必然の行動や発言は確かに偶然の中からしか生まれては来ない。必然の色合いは偶然という名の様々な色合いの練り込まれた形なのである。あらゆるエネルギーは偶然から必然の方向に向かって流れており、決してそれは逆流することはないはずだ。あらゆるものはエネルギーそのものであり、生命という万有もまた、多種のエネルギーの混ぜ合わさった結果に他ならない。人はエネルギーの基本的な知識として人の言葉というものを考えたがる。

一つ一つ言葉が繋がり、離れ、再度別の言葉と繋がり離れる時、すなわちクローズやフレーズが生まれる時、エネルギーは様々に混じり合い、分離し、別の形に混ざり合い当然そこには偶然と必然の間におけるメルトダウンする形が考えられる。生命現象も人の言葉の様々な動きも、考え方によっては存在するあらゆるものの液状化の姿に他ならない。メルトするのも液状化も物の溶ける姿の説明の方法でしかない。どんなに熱が加わり、ドロドロな液状化を示したとしても、その次の瞬間液状化したものは間違いなく固化する言葉の流れていく時間の中で、やはり起こっていくことはメルトすることと固化することである。

鉄は真っ赤になっている柔らかいうちに願っている形に鍛えなければならない。人の言葉も心も夢も同じく短い時間の中で鍛えない限り本人が願ったようには固まってはいかない。火が燃え、もうもうと煙があたりに立ち篭め、熱さが冷めないうちは、目の前に出されているご馳走の味もなかなか味わえない状態だ。人生もまた若さの中で、また良い師の前で、またその人の信じる老師の前でなかなか美味しいと思いながら味わうことはできない。若さや火の燃えている煙の中の時代では師に心からの感謝さえできない。しかしそれでも多感多読多聴多触の時を過ごせる人だけが、自分自身というものを身に付けることができるのである。言葉の中で生き生きと働いている本人に与えられた寿命という名の遺伝子が目覚めている限り、そこから周りの人の人生が動き出せる熱多く、煙多い何ものかが常時、働き出しているのである。

残念ながら現代人の心からは、とうに枯渇《こかつ》した言葉だけしか動いていない。

言葉の揺るぎ

無常という言葉とこの言葉を口にする人のその時の時間の長さと中に広がる気の流れの広がりは、そのまま一つの力なのである。確かに無常は人という生命の存在として吐き出している力そのものである。万有は力であり、勢いであり、気の流れであり、存在している事実を肯定する時間の流れなのだ。万有はまたその一部である生き物の生命は、さらに人の生命は無形の大遺産そのものであり、人は一般にそれを文化の形と呼ぶかもしれない。この世にあらゆる「マター」つまり物質が数限りなく存在し、色彩豊かに区別されているが、そういった存在の外側にそれら以上に希少価値があり、それでいて他の存在と同じく見られているものもごくわずかに存在する。まさに金属文明や金属工業の中で考えられている多種多様な金属を超えているとみなされ、なかなか手に入りづらく、工業の世界でも今後の利用価値がますます期待されているのが、いわゆる希少価値の金属類とか、レアアースなのであるが、これと似たようなことが言えるのは言葉の世界やその先に広がっている精神の世界であろう。日々社会の中で使われている雑な言葉に対して、同じ言葉でも考え方、信じ方、願い方一つによって大きな意味を持ち、光り輝き、触れればこれまでの状態ではいられなくなるような言葉というものが存在しあらゆる言葉がそのどちら側に置かれるのか、ということを考えれば、人間はあらゆる言葉を前にして大いに考え深くなるはずだ。言葉が生きていると言われるのは、おそらくこんな言葉の二面性というか、上下にはっきりと区別される質の違いを考えての発言かもしれない。言葉というものや、また存在するあらゆる物に接する人間側の心の中の基礎的な技法というものを私たちは考えないと、人生の物事はそう簡単には解決しないはずだ。

人間に与えられている生き方や万有の存在さえ真剣に考えその本質に迫ろうとするならば、そこには一種の救いというものがなくてはならない。人は自分の言葉で喋りまた聞き語っている。その行為はそのまま救いという類の行動でしかない。一見救いとは大多数の社会的な時間の中で生きている人にとっては縁がないように見え、完全に人間化し、産業文化の流れの中でいささかもその檻からは離れることなく、要するに完全に閉じ込められたまま生きている人間は、そういった生き方からの解放のためにも、つまり猿人や原始人が持っていたあの自由さを、もう一度獲得するための救いが必要だということに気づくのである。自分自身の言葉を発見するという態度はそのまま世界中を旅しながら自分の本当の故郷を探している昔話の中の人間のように思えてならない。人間の心はこの文化の世の中でかなり傷んでいるのである。そういった心は言葉を使うにも痛みを感じ、疲れを感じて人生時間のあちこちで少しずつ休まなければならない。傷が回復する時間を心は持っていることも事実なのである。

文明人間はそういった救いといった漠然とした名の下に自分に与えられた寿命のかなり奥の方まで、すなわち心の奥深い地の果てまで旅をしなければならないようだ。しかしそういう奥地の旅をする人は、ごくごくわずかであり、大多数の人間はその入り口さえ、見ることがない。様々な知恵や力などを身に付けながら人間は、自分という生命の存在の上澄みばかりを口にして安心し、ほとんど、どのような深い考えに入ることもない。

要するに人は一見あらゆる生命体の中でも百花繚乱の状態に置かれながら、それは大量に便利なものの消化されていく状態の中で本人の言葉の正しい使い方の技法はその基礎さえ分かってはいないのだ。

これで無常という名の言葉の裏に潜んでいる大きな力を我々は知ることになる。時間はどこまでも大きく揺るぎ続けそこにはいささかの安心もない。もう一度自分の中に大地震のように揺らいでいる「救い」を考えてみよう。

自分という匠を信じ……

人間は、誰しも自分らしく生きていく時、最も自然であり自分らしさを誇れるのだ。人類という存在にまで成り上がったかつての猿類なのだから、そのことを充分理解した上で自分らしい生き方を、あまり周りのことを気にせず欲張った考えを持たず、今そのままの自分を納得させていきたいものだ。

人に与えられている言葉というものはあまりにも幸運極まりない大自然の恵みであり、生まれた時与えられた生命に付いていた余計な褒美なのである。こういった人に与えられている生命の副賞としての言葉であれ、人は大切に生活の中で利用していかなければならない。しかし実際にはこの生命の副賞とも言うべき言葉を大きな地震のように、また大津波のように使い果たし、人の生命の様々な力を限りなく振るわせ覆させてきている。なんとも悲しいことだ。言葉の瓦礫《がれき》の中で人類はすでに半ば滅びかけている。地上のあちこちで掘り出されているレアアースも原油も、それらに似たあらゆる資源も、人類をまた人類の文明を支えるためではなく、破壊するために力を発揮し始めている。

そんな殺伐《さつばつ》としたノアの箱舟直前の時代のような、バベルの塔の崩れ始まっている時代のような、大災害の出現の前で人は右往左往したり、何事も無常という勢いの前でただただ黙する他はない状態だ。何が起ころうとさほど怖がらず、悩まず、痛まず、それでいて何とか自由になろうとか、もう少し強くなり、これ以上は大した未来はありはしないと考えているのが人なのだ。悲しいことだ。私たちはどうしてもそこからは抜け出さなければならない。

時に応じ、場に臨んでは常に人は何事をも恐れず、納得し、独学の熱い燃えた心で目の前に開かれている細くて険しい道を進まねばならない。如是我聞《にょぜがもん》（経典の最初の語）の思いをしっかりと持ちながらどこまでも進みたいものだ。この漢字四文字の心こそ、他でもない、独学の基本である。

その昔、稗田阿礼や太安万侶《おおのやすまろ》の口にした言葉や書いた言葉は、今日はっきり私たちの前に並べてみると、それらは果てしなく深い海淵に見ることができる言葉であって、現代文明の浅はかな社会言葉とは全く違うということが分かる。深い水淵に潜るチャレンジャーの勇気を、稗田阿礼や太安万侶に匹敵するような心の勇気のある人々の生き方の中に見ることができる。言葉という名の探検誌の中の頁に遺るような存在こそが、現代の言葉から離れて生命そのものの言葉に触れていかれるのだ。

人間はいつの時代でも大多数の中の一人として安心して動いているうちは、何一つまともにはできないことだと知るべきである。人間は一人ひとり本来何らかの匠なのである。匠である自分に気づかずに生きていることこそ、なんとも不思議でおかしな話だ。深みから探してきたような己自身の言葉を話したり書いたり実行したりする時、その人物は他の誰とも異なっている存在であり、その時彼は正しく匠そのものなのである。

人は生き方をゆらゆらさせてはいけない。常に匠としての自分を信じ、いささかも揺るぎない強くて自由な自分を無常と信じ、生きていくべきなのだ。

動物戯画

数多く売られる書物でも衣類でも社会の豊かさを表し、その流行は結局は果てしない金の流れに繋がっていく。言葉でも歌でもそれらのリズムが拡大していく時、人の流れは大きく動く。それを人はブームと呼び、大いに喜ぶ。一方においで実にわずかだがマイノリティの人たちの心の琴線に触れるようなものは、ブームとは全く離れた所で小さな火花を散らす。しかしわずかな人たちの心の琴線に一旦触れたものはなかなか消えることなく、その後の彼等のたいしたこともない生き方の中で驚くほど大きな働きをする。小さな癇癪玉《かんしゃくだま》が一旦闇夜の中に投げられると、八方に広がり光となって散るのと同じである。

人生の深淵に横たわっている本当の喜びや痛みや光や苦しみは、外にいる人にはほとんど分からないというのが現実であろう。人は誰でも誰とも変わりなく生まれ、生きていると思っているので、正しく生きているのか悪く生きているのかこのことすらはっきり分からない。光を超え、闇を超えた彼方に真実があるとするならば人間は漠然と生まれてきただけでは何一つ本物を見ることはできないようだ。

ものが見えていると安心して言える時、その人は何一つ見えていないことを訴えているのだ。見えている人は本当に見えていることが事実なので、そのことを何一つ口にしようとは思わない。言葉とは、また人の口とは、また舌とはそういうものだ。

人間は魂の、また生き方の目のカリカチュアリスト（戯画家）でなければならない。この世の中は人生という時間の中で人が猿人の心のままで生きている所だ。とても大きな戯画が目の前に広がって現れている。人がこの社会で見ているのは、様々な動物の行動である。動物戯画こそ現代人の言葉が言い表すのには最も適している。見れば見るほど人は単細胞のように所構わず滅びるまで動き回っている。こんな世の中で人の言葉はどんなにリズム豊かに何かを話そうとしても、書こうとしても、全て動物戯画になってしまい、さもなければシドロモドロに話す他はない。言葉がシドロモドロになるのではない。言葉になる前に精神が頭の中でシドロモドロになり始めているのである。あらゆるこの世の中の社会条件が、まず初めにシドロモドロになっているのだからしかたがない話だ。

もう一度生まれた時からの自分をよく見つめて、カリカチュアから離れたいものだ。そこから人の明るい生き方が始まる。

言葉の制球力

水源のない所から水は流れてこない。見たところは奥深い山であったり深い森のように見えて、泉らしいものはどこにも見当たらないが、よくよく地面を見るならそこにはコンコンと水の湧き出す源が存在し、そこからどこまでも川の流れは少しずつ大きくなりながら伸びていく。

言葉も川と同じように言葉なりの内容を豊かに持った水源というものが存在する。人の生命または心というものは、間違いなく言葉の流れを動かしている水源でしかない。富士山の周囲の地下に長い歳月の間押し込められている水が、三島などの池あたりからコンコンと噴き出す泉となって地面から噴き出してくるが、言葉もまた人の生命から長い歳月をかけて精神の奥に染み込み、徐々にその人の生き方の様々なリズムを通して、ある時突然のように言葉となって外に吹き出すのである。言葉を考える時、その水源を理解することはそんな意味でとても大切なことだ。

カマキリはあの大きな頭よりさらに大きな二つの目をしっかり閉じる時、人や大輪の花以上にぐっすりと眠るのである。ミミズなども有るか無いか分からないような目をしっかり閉じ、大きな明日を夢見ながら眠るのである。明日をも知らず散り去って行く梅や桜も野望を豊かに抱きしめながら目を閉じて眠りにつく。生命にとってそれゆえに大切な夜がある。夜を尊べ。夜を喜べ。

人生は常に間違いだらけの時間を用意してくれる。負けてしまった苦しさや悲しさを逆にバネとして人はますます伸びることができるのだ。自分の力無しに人は上昇しようとするバネを持つことができない。夢はどこまでも広がっていき、たとえ失敗多くなかなか先に進めないとしても、やがて自分がぶつからなければならないゴールを諦める訳にはいかない。蝉は激しい声で鳴き続ける。彼等の声は決して夢を諦めない豊かなリズムを見せている。人もまた自分のゴールを諦めない蝉のように鳴き続けなければならない。蝉のあの鳴き声は泣いているのではなく、叫んでいるのだ。吠えているのだ。十何年もの蝉の地下生活はそのまま人間の生き方の中の練習の、また学びの時間によく似ている。人生はその意味で蝉の鳴き声より遥かに多く苦しみが待っている。しかし練習のみが一つの地下生活として長く続くのだ。本番はごくわずかな一瞬の死ぬ時間なのだ。目標の前には生を離れる本当の喜びの時間が待っている。故郷の川に戻った雌雄の鮭たちはこの一瞬の歓喜の中で川を流れていく。それを見る人は累々《るいるい》と流れる腐敗した鮭を見るだけだ。

人間は長い様々な訓練を体験する傍らにおいて、はっきりと自分はこのことに生涯現役のままだということを実感する。社会的人間はそのままでは一時的な現役人間にしかなれない。しかし私たちとはどこか違っている遥か昔の原生時代の人間は、猿や犬のように生涯現役であったはずだ。自分の目標に向かって生涯現役なのが猿や犬たちだ。自分の言葉を使い分け、心の中の多彩な味わいを一瞬一瞬楽しんでいるのは確かに人間だけであろう。それでいて、残念ながらほとんどの現代人の言葉はどこか制球が定まらなくなっている。例えば物事を断念しようと思ってもなかなかそれができず、もちろん何かを得ようとしてもそれが手に入らないのが現代人の悲しみだ。

心と精神は本来自分の生命の中のどこかに収納しておくのが当然なのだが、今日それが人にはできなくなっている。豊かな人の生命はそのまま陽炎の証明そのものであって、その人の工夫次第によってますます明るさは増していく。言葉はこの光の精度をますます高めていくだろう。

言葉はこのように言葉そのものの水源や流れの方向を変えていく分水嶺《ぶんすいれい》をはっきりと持っていなければならない。これらがなければその人の言葉はコントロールのない選手の手の中のボールのようであって、あまり人生の中では力を発揮することはできない。

人の心の水や空気にはどうしても清浄機、つまりコントロールの確かな機械が必要なのだ。人にとって生きた言葉が必要だというのはこのことだ。カマキリやミミズにとって彼等の水や空気をそれなりに洗浄するものは一体何なのだろうか。

自分の共通言語にぶつかるまで

とうの昔ヘンリー・ミラーはアメリカ社会の喪失をはっきりと見ていた。巨大なビルもハイウェイも全て消えて行く未来を彼は心のどこかではっきりと見ていたのである。

五十代の頃、私はマーチン博士に送られてニューヨーク行きのアムトラックに乗った。笑っていたマーチン博士の顔もどこか涙ぐんでいた私の顔も、明治二十四年生まれのミラーに重なったエレミヤの顔となって私には映って見えた。

言葉はどこまでいっても、誰の言葉であっても、間違いだらけで傷だらけのまま姿を現している。言葉遣いの中で、それでも私は半分泣きながら、半分怒りながら、『単細胞的思考』をまた他の著作を書いていたものだった。

人間には陰徳というものがある。この陰徳はその人の十分に隠され、日干しにされ生き方の中心においてかなり小さく存在を示しているが、いざという時には不思議にも大きな役目を果たす。どこを見てもこの世の中はマイナスの螺旋形《らせんけい》の流れによって堰《せ》き止められていて、現代語のボロボロに使い果たされ汚された殻からは、抜け出せないでいる。そんな言葉を前にしてごくごくわずかながら決して己の心を折ることなくペン一筋で言葉を、否、心を書き留める人もいない訳ではない。そういう人間は学問や学校や教師等によっては決して引き出されないある不思議な能力を、心や言語や気や磁の流れの中に持っていて、おそらくそれは天才とも言われるべき一種の片寄った人間の中から生み出される自浄能力なのだろう。もし芸術家に本物がわずかにいるとすれば彼らは間違いなくこの自浄能力を備えているはずだ。

かつて北欧に貧しく生き、やがて発狂して死んでいった作家、アレクシス・キビは『七人の兄弟』を今日の私たちに遺している。貧しい老婆に助けられた半ば乞食同様の彼は、自らの内側からミラーが見せたようなあの自浄能力を、国全体が貧しい十九世紀のフィンランドの一画で、体験したのだ。

本当に魂の才能を豊かに持った人間は、はっきりと自分自身を架空の偉大な伝承人間と信じていささかの疑いもなく、貧しさの中で人に知られず生きていかれる。それはキビのような本当の自浄人間なのかもしれない。

この世の甘さある言葉はいかにもその見かけは美しくきらびやかである。しかしミラーのような、またキビのような人間にとっては一つの「共同幻影」としてしか映ってはいなかったようだ。現代社会の言葉は、折れない心を持った自浄能力豊かな人間にとっては、思想多く内容の膨らみ過ぎた干物そのものとしてしか受け止められない。

私はこれから一人で他の人間の全く近づくことのない無人島にでも行かなければならないとしたら、経典や聖書などのどのようなものも携えていく気はない。ただ一つ天地万有を創造した『世界神話事典』だけを持っていきたい。

人間は誰しも自分の社会の中で通じる言葉で生きている。そういうリズムが流れていなければ大多数の人間は生きてはいけない。しかしミラーやキビは何一つ怖れることなく、生きている世界のどのような危機感にも押し倒されることなく、むしろ健全そのものにあらゆる種類の錯覚の中で笑ったり泣いたりして生きていた。過熱気味な社会言語に厳しくブレーキを何とかかけようとするのが、『北回帰線』や『七人の兄弟』であろう。世の中の人と何一つ合わせることなく、言葉という共通言語によって彩られた繋がりの中で生きようとする人間は、間違いなく共通項の中で生き生きと生きられるようだ。

人間はいろいろな社会や時代の中でもはっきりと己を持っているなら、怒ることも蔑《さげす》むこともなく、自分の生き方を一つの言葉の中に求め、演劇の中に広げている。言葉も演劇も全てまとめてその人間の祝祭の時間と思わなければいけない。

アスリートたちはサッカーや昔の日本の蹴鞠《けまり》のようなボール遊びをする時、そこで使われるルールは実に単純であると言われている。複雑極まりない野球のような約束事をけっこう覚えながら楽しんでいる日本人やキューバやアメリカ人たちだが、単純な玉転がしの約束事の中で、世界中の人は心を燃やしている。その人々は数多い約束事に振り回されていながら、その時代時代の流れによって言葉を自由に話したり書いたりまた精神の中で納得しながら、感動している。しかし人は自分の中の実に単純なルールに閉じ込められている、いわゆる祝祭の言葉によって自分の生き方の全てを決定する神の託言を持たなければいけない。一言二言の言葉のオラクル（神の託宣）はその人間の深く尊いただ一度の呼吸でしかない。

スポーツなどはルールが単純であってもかなり難しくとも、世界で充分に加熱し、集中し、そこに潤沢な資金が流れこむ。同じことは、ルールがどうであっても、競技に参加する選手たちがどうであっても、そこには間違いなく人間が大好きな銭が入ってくる。確かにこの世の中は何事もカネ次第だ。学校に入るにも政治家になるにも死んでいくにも万事カネ次第だというこの世の中に、大多数の人間は不満を持たない。ミラーとかキビといったごくごくわずかな変わった人間だけがこれを気にするだけだ。

　天然の瓦礫《がれき》は一切の汚れを持たず、またこれからも持つことはない。つまり天然の瓦礫の中からいささかも洗い直したり、浄化したりする必要のない言葉として持てる人間は幸せだ。自分の生命のリズムは確かに言葉というこの瓦礫の中からしか生まれない。何事も一極集中の社会語の中からは決して生まれてこない。言葉は本来一極に留まり、どこまでも集中して人の生き方を助けようとするはずなのだが、神代の昔からとうにその勢いは失われている。それでも脱け殻のようなあらゆる言葉ながら、よくよく見るならそこには人に個人としての自由を与えるだけのわずかな勢いを見せてもいる。言葉はどこまで行っても実に内向的でそこにはどんなに周囲から努力をして見たところで、外交的な強さはほとんど持ってはいない。このような言葉が時としてそれを使う人の使い方一つによって途轍もなく大きな力を発揮する。そのような奇跡的なことが起こる時、その人は周囲から狂人と呼ばれ、時には天才と言われることになる。

　型破りの言葉で何かを演じる人生はそのままで決して自由を体験する訳ではない。自由は自分で掴み取るものであり、どんな状態に生きていてもその今置かれている立場を自由だと認める言葉が心から湧き出す時、そのような行動のリズムを「解放」と呼ぶべきなのだ。

蠢動《しゅんどう》する生命

　常に生命は天然の動きとして自らを創造し、同時に大自然から生み出されていく。そういう生命は初めから終わりまで、つまり自らに備わっているのか、与えられているのかは我々にははっきりしないが、常に何らかの形の蠢動《しゅんどう》を続けている。生命を生命として実感するには、また生命自体が自らを納得するためには様々な要因が有る。しかしこの「蠢動《しゅんどう》すること」はそういった生命の表現または確信の中で最たるものだ。しかもこの蠢動をより明確に説明しているのは言葉である。常に出現したちまち消えていく新語は、よくよく考えてみればたいていの場合古語から出てきたものであることに気づく。新語は古語と裏表の関わりを持ち、人はいつの時代でも新語に飛びつき、古語に励まされ、何か深いものを知らされて動いている。

　人間はというよりは、最も高嶺にある生命体はそれぞれ自分の言葉を持っている。言ってみれば言葉とは無酸素のまま高山に登る人間の危険な行動によく似ている。しかしこの危険性こそまた、逆にその人をより厳しくその人らしい特徴豊かな言葉で満たし、生き方で覆い尽くし、独特な情でもって支えて行くのである。

　蠢動する生命は言い方を変えるなら、心のたかみで自らを確信する最高の山登りに例えることができる。しかも人間は一人ひとり可能な限り極上の細い毛先のブラシで、己という生命を常にゴシゴシと洗っているようなものだ。生命を洗うということは、人の心を洗い続ける蠢動の行動そのものなのだ。身体中の毛穴という毛穴全ての汚れを洗い清め、精神というブラシの先で蠢動そのものとぶつかるように繋がって行く。

そうしながら生命は常に無酸素の状態で生きているので、常に大きくまた小さく抵抗し、時には喜び時には挫折しながら過ごしていくのである。生命は決して滅びるまでは老化することはないにしても、生命の中で蠢動し続けている人は間違いなく老化の一途を辿っている。

本気になって人の心が喋り続けると、人の心はごくごく自然にどこかしら放蕩者の生き方に見えてくる。生命の蠢動はそれが限りなく激しく動いている限りその時間の中でごく自然に放蕩的な生き方になっていく。言ってみれば、ある一つの物事に夢中になり、寝ても覚めても常にそのことに徹底して生きる時、その人間はいつの間にかその道の達人になってしまうものだ。陶芸に身を置いている人間でも、野球の選手でも、スケートの選手でも、学者でも、農民でも、その道一筋に生きているなら、その人はある意味で間違いなくその方面の達人や巨匠や、さらには天才、名人、国宝などと騒がれるに違いない。しかし本当に一つの道に徹底しているということが事実なら、決して周りのそのような賛辞を喜ぶこともなく、それに乗って騒ぎ立てることもなく、それを喜びと感じることもない。どんなに周りの有象無象《うぞうむぞう》の人たちにおだて上げられても、しっかりと一つのものに向かい、周囲を気にしない人物はそのような周りの動きに対して何ら態度を変えることが無い。

彼は生き方の中のどこかで、心の一画において、自分は敗者なのだと見ているかもしれないし、与えられた生命をそのまま尻尾《しっぽ》を丸めて逃げていく負け犬そのものの姿としてしか見ていないかもしれない。人の心は自分がこのような負け犬の姿として見ている方がたいていの場合正しいことだと思わねばならない。

生命すなわち人は、心の中で目の前にどこか美しく気品のある高い山を見ている。人の心が険しい世の中で己の全存在を浄化してくれる何かを常に求めているのだ。そういう人間には間違いなく、いつの場合でも気高さを見せている山が見えるはずだ。人の心は常に自分を浄化してくれる montagne または montbell（美しい山）を探していることも事実だ。

人は常に何かに抵抗したり挫折をしながら上下左右に蠢動している不思議な言葉によって生きている。日本語も漢語もまた二種類の仮名文字も間違いなく私たち日本人を敷島のリズムに引き込んでくれる。生命の生きている時間の中で日本語は日本人を敷島の匂いの中に引き込み、言葉を話させている。日本語は海幸山幸の言語だ。敷島の靄《もや》のかかった哲学に裏打ちされ音楽の情多いリズムによって彩られ、宗教の香り豊かさの中でまた詩歌の流れの中で心が湯浴《ゆあ》みできるようなものだ。俳句も短歌もそれぞれ五と七の言葉の組み合わせと並ぶ順序の違いの中で、日本人は心を喜ばせたり、泣いたり怒ったり心の蠢動を抑えることができない。心は常に様々な言葉の障壁によって閉じ込められてはいるが、五とか七といった詩の流れの中で溶かされ、また融かされて行く。その中で生命は勢い多い montagne の勢いで前進できるのだ。

宣教師たちの生き方

神は初めに在ったのか。言葉はなぜ神であったのか。ごく自然に考えれば、人間が初めに存在しなければならないし、人間が神でなければならないし、たとえ神でないにしても神の表現そのものでなければなるまい。いつどこで私たち人間は自分の外側に神を泳がせる夢を描くようになったのであろう。宗教が長い人間の歴史の中で人間を、その全域において高揚させることなく、むしろあらゆる意味において堕落させているのはなぜであろう。私は人間を求めて宣教師の家の門を叩いた。私は宣教師に初めて「創世記」の話を教えられた時、涙を流した。この話を宣教師の流暢《りゅうちょう》な英語で聞く前に、私は旧約聖書の部分は英文で何度も読んでいた。そんな私の心を打ったものは、宣教師のあの素朴さであった。私の体と心は戦争、学校、国家、道徳、修身、そしてあらゆる意味での集団行動に、もはや耐えられないまでの絶望的なばかりの痛みを感じていた。北米人のあの物事に構わない生活態度、そしてそこから生まれてくる宗教的な匂いは、それまで私が体験してきた日本的な宗教の匂いとは全く異質なものであった。

やがて私はこのキリスト教そのものの中にも、別の厚い壁の在ることを知らされることになる。私にとって美しく輝いて見えたのは他でもない、宣教師たちのあの伸び伸びとした生き方であった。私はそれまでいつも自分を叱咤《しった》してくれる美しい魂と言葉と生活を持っている人間像に、あたかもナポレオンがロゼッタストーンを初めて見たあの時の感動を抱いた。それは恋心にも似た激しい心のうねりであった。

達　人

世の中の人々の間には様々な名人とか達人、師匠と呼ばれている人々がいるものだ。大工でも噺家《はなしか》でも剣の捌き手の中にでも特別目立った達人がいるものである。

食文化が生まれたのにも、それなりの名人がいたことがよく分かる。何であってもその道に奥深く進み、並々ならぬ情熱を燃やす人は、間違いなく一人の師匠なのである。何の世界にあっても己の情熱を燃やしている人は、自分を本当に生かしている人だ。生きるとは、そういったことなのである。生命とはその時間違いなく生き生きと働いている存在そのものなのだ。

釣りをしていてもボールを投げていても蕎麦《そば》を打っていても、常に人と張り合うべきであり、好きな異性を愛するのにも、それにとことん尽くしていかなければ人生は納得がいかない。

私ぐらいの歳の寿司職人「すきやばし次郎」は、一旦寿司を握らせたら誰にも負けない力を発揮する。八十の歳を越えた今の彼は、夏の暑い盛りにも寿司を握る手を常に庇《かば》って、外出する時には決して手袋を放さないという。

彼の生き方は、小学校さえ奉公先で行かせてもらい、学校に行く前の時間と学校から帰ってからの時間は出前などを届けたり拭き掃除に一日過ごしていた。それでも何一つ不安もなければ、むしろ他の子供を苛めるくらいに元気だったらしい。幼い日、中村(秀吉の出生地＝愛知県の名古屋市)の貧しさの中で全く屈託のなかった豊臣秀吉と同じように彼は生き生きと育っていったようだ。苛められている子供を見るとそれを助けるのが彼の心意気であった。正しく独学とは彼のような職人において初めて使える言葉なのではないだろうか。本当の匠や達人とは、たとえどんな立派な師匠に出会っていたとしても、本人の中では間違いなく独学が実行されている。物を書くにも歌うにも、その中心では独学の熱い生き方の血が常に騒いでいる。この情熱だけがその人を周りの人とは違ったものにさせるのである。本人のこういった生き方の姿勢は、彼の中を流れている力強い思いをますます浄化させていく。達人の体と心の中を流れている気は、また血の流れは明らかに周りの人とはどこかが違っている。

　同じく寿司を握っても、字を書かせても、普通の人間と達人の違いははっきりしている。米を砥ぎ炊き上げても名人のそれは単なる御飯ではないのである。寿司を食べにやって来る時間を考えながら名人の中ではリズムが決められ、客の口に入る名人の握る御飯は、見事に人肌になっているとも言われている。名人は言うであろう、握られる種の良さが四分ならば、飯の方は残りの六分を占めていると。つまり種よりは名人の炊く飯の方が大きな意味を持っている。そのことが分かるような客ならば、その名人の職人と立場を同じくして渡り合うことができるだろう。茶の湯の師匠と招かれた客もまた同じようにして渡り合えるのである。

「手当て」と呼ばれている下準備の仕事が八分ならば、残りの二分は寿司を握る技だと言われている。剣の道でも訳は同じである。剣を振り回すのは二分であり、残りの八分は抜く前の呼吸を整える時間なのだ。習いに関しても同様であり道場の掃除や日々の生き方が六分であり、残りの四分は道場の中での剣の技だと考えれば間違いない。

　考えて見れば人生の日々の生き方が九分であり、残り一分だけが人が生きる上での実質的な修養だと考えれば間違いない。

　私たちは本当の意味の達人や師匠にはなかなか会えない。事実未だ一度も名人に会ってはいないというのが現実である。一人、二人、さらには十人ぐらい、達人の孫弟子のさらに孫弟子たちの足元に近づいて行った気がしていて大いに喜び、驚くのが私たちである。このことにはっきりと目を向け、今という時間を生きて行くなら、そこには達人の匂いのする風の吹く中の生き方があるかもしれない。常に人生は万歳である！

常に心は装っていなければならない

　その人の内側の、その生命現象の中の勢いよく、しかも強い流れやめまぐるしい勢いの中で、硬さ、熱さは、良くても悪くてもその人の宝だ。周りの人や本人そのものの中の天然の力によってうまく導かれることなしに、大きく伸びることはない。充分にこのことに注意して自分自身、または周りの人々を常に観察したり注意していなければならない！

　素晴らしい宝石も元は恐ろしくゴツゴツとした岩石として巨大な山の中から発掘される。それはまるで巨大な中国の奥の山の中から突然現れる傲慢な猿、孫悟空のようなものだ。見事な宝石も、あたりを睥睨《へいげい》（あたりを睨《にら》みつけて勢いを示すこと）する人の存在もその出現の仕方は孫悟空の存在に似ている。筋斗雲《きんとうん》に乗って、しかも如意棒《にょいぼう》を自由に使いあたりに敵を持たぬ勢いを見せている孫悟空と、人が大切にして持っている見事な宝石の光とどこか似ている。美しいものは穏やかで雅なものでだけである訳ではない。時には嵐のように活火山から吹き出し流れる溶岩のように、どこまでも荒々しい！

理屈を超えてどこまでも空威張りする人の態度を、東北の北の果て、津軽地方の人たちは「カラキジ」と呼ぶらしい。つまり嫌なものはとにかく理屈なしに嫌なのだ、という人の特別厳しい心の思いをこのような表現で表すらしい。

人とは心の中のどこに、また生命力の一角や体の中を流れる赤い血の中にこの「カラキジ」を備えているようだ。多少人によっては強い弱いの差はあったとしても人の生命力の中には間違いなくこの「カラキジ」の頑張り、何とか自分を通そうとする力が働いていているようだ。これこそが人の生きる力だ。その人の生きていられる強い思いが、また情けや夢が生きていられるのである。「カラキジ」は心や精神を大きく広げていく酵母の力に似ていると言うこともできよう。

自分自身の言葉は、読む人や感じる人や、理解しようとする人に接近されて恐れを抱くことはないのか！　自分の言葉にそれほど近く接近してくるものに対して誰もが当然ある種の恐れを感じ、ひるむようであり、怖さを感じるのである。本気になって読むことや書くことや話すことを止めよ！　どんなに近づいてきても、ぶつかるまでまた事件を起こすまで接近してきても、さらにはキスされてもいささかも動じること無く、逃れることのないその人の言葉だけが本当にその人がかける話し言葉なのだ。言葉よ、万歳！　そういう言葉からこそ涙が溢れるのだ！

生き物は全て自分を装う。羽で装い、様々な色や形で可能な限り装いながら天空を飛び、森の中を走り、川の中を泳ぐ。しかし生き物はそのように装う前に自分の装いが自分の心と重なっているかどうかはっきり見つめなければならない。心を装う前に人は身に付けるものが自分に合うかどうか心や体に合うかどうか考える。つまり人は民族とか長い歴史を経て体験してきた時間の中で、自分自身に合う色や服装などを考え、そこから自分の装う姿を前もって見つめる。一日に何度でも装うものを替えるのも、言葉を変えながら話し会うのと同じように人である生き方には必要である。同じ装いで来る日も来る日も生きている人間は、つまり制服を着た役人などは、本当に話せる自分の言葉を持たない九官鳥などに似ている。人は姿を装え！

装うことは知性の表現の第一歩である。言葉を話すということはまずそういう意味ではもう一つの装う行為だと言えるかもしれない。装わない人生は、まずどう考えてもその人間の生き方を面白いものにはしない。誰かがふと口ずさんだ！「装うことはそのままその人の人生の言葉だ」と。装いはその人の生命の表現だ。言葉と同じくその人を組み立てていく大きな力である。

単に物語に出てくる人物に過ぎないが鞍馬天狗は全身を、新しい日本が生まれることを夢見、信じながら流しの黒い着物と黒い覆面で馬に乗り、刀とピストルを持って夜の京の町に現れた。町の人に天狗と呼ばれ自らも天狗として装っていた鞍馬天狗は一体誰なのであろうか。ある人は土佐を脱藩した写真好きの龍馬だと言ったが、確かに鞍馬天狗は自らを馬に乗った龍に装っていたかもしれない。ある者は彼が近藤勇だと考えもした。腕の強さは正しく装っていた鞍馬天狗の姿をよく現していた。さらに別の人は太った九州の田舎者、西郷隆盛だと言い、中には女にもてて仕方がなかった桂小五郎などが確かに装い新たに京の町を走っていたと思ったに違いない。鞍馬天狗は明るい明日がやってくると言っているが、この辺にも単なるあの時代の人気男たちが装った人物ではないように私は思う。京の町の一画で反物売りなどをしていた家の誰にも相手にされないボンボンであり、家から持ち出した着物を羽織って今日の暴走族並みにオートバイではなく馬に乗っていた若者のような気がする。豊かに格好つけて飛び回った勤王の志士たちのように身を装っていなかったのが鞍馬天狗だろう。彼は名もない京都の若者であって、自分なりに装って馬にまたがっていたに違いない。彼の懐の中のピストルにはおそらく一発も弾は入っていなかったであろう。彼の刀の芯は錆びていたかもしれない。彼は心を明日の日本に向けて装っていたのである。

人は誰でも常に装わなければならない。ただ漠然と生まれてきただけの姿で生きているならば、この世の中のその時代の制服に囚われ、自分だけの今の状態の中の装いをする余裕がなくなる。とても悲しいことだ。常に自分の言葉の一画に「カラキジ」を用意していなければならない。自分の言葉に迫ってくるものを恐れないだけの鞍馬天狗でいなければならない。一日に何度でも装いを変えるだけの人間でありたい。そういう人の言葉のリズムはどこまでも活き活きとしており、接してくるものを大きく動かすのである。

自分の生命を解析せよ

現代文明の広い地域に広がっている言葉は、一つ一つ微量な放射性物質、または核医学検査に使う放射性医学物質と比較できるようなものであって、これが人の体内に投与されると、痛み多く目眩《めまい》をするような臓器や骨や腫瘍などがますますその患部を広げていくのである。こういう言葉はアイソトープとか、RIとかシンチなどと呼ばれている放射性物質と比べることもできるようだ。微量な言葉や放射物質はエックス線とかガンマ線として人には理解され、内臓や腫瘍などが解析されるのだ。

自殺しようと考えたり、殺人を考える人の心はそれ自体、心や言葉の腫瘍を持っており、その狡さゆえにそのままでは救われることはない。どんなに堕ちても、そこから這い上がって生きる人こそ救われるのが、ほとんどの人間たちだ。原罪とは自殺や殺人と全く無縁の耐えられる世界である。寺も教会もモスクもまだどんな意味においても宗教という名の力でもない、神や仏を忘れたところに本当の芳しい匂いのする宗教本来の微香がふくよかに広がる。救いのないところに救いがあるというのは事実だ。宗教のプンプンとした匂いを離れて初めて本当の宗教を人は知るのである。人の心の中の読解力こそ、本当のその人の言葉の流れであって、それが確立する時、本を読むにも自由な斜め読みであったり、流し読みであっても間違いなくそこの頁に書かれていることを身に付けてしまうのである。

動物にも植物にも、どこまでも濃厚極まりない「素」となって流れている様々な色の気の流れや、全く無色な気の流れが強く働いている。生き物は全て、特に人間はこの流れの勢いでもって生命力を補うのではなく、はっきりと生み出さなければならない。そよ風がそっと動くだけで自分をあちこちに動かしてしまう現代人だ。万事何事においても何にぶつかってもいささかも動くことがない存在でなければ、大きさの大小などとは関わりなく生命体というものは生命体としては安心しては存在できない。自ら認めることができる力そのものがその人の生命としてのアイデンティティなのだ。はっきりと自分の見る夢が存在していて初めてそこに言葉があり、その人が存在するのである。人智を遥かに超えて自然の力にぶつかり、悲しみ恨み等をそこで消化する時、人は健全な生命として生きられる。

仏教やヒンズー教やキリスト教とは一線を引いて独特の人間観を見せているイスラム教にはそれ自体、独特の芸術性を帯びた物がある。色彩に関してのかなり奥深い宗教哲学や、幾何学があり、その流れの中に私たちは不思議なオアシスの中の水の流れを知るのである。確かに人間はどこまでいっても業に縛られ、原罪の中に閉じ込められていて、そこから抜け出すことができない。だが免罪されない限り人は自分を自分の与えられた寿命の中でのアイデンティティを持つことは不可能だろう。

この社会のあらゆる通念を脇に置き、常識の向こう側に本物、真実、この世で言われている非常識こそ、まさに宝の隠されている所なのだ。私は若い頃富山県を旅し、伏木《ふしき》という名の街を訪ねたことがある。伏木《ふしき》の心、流れのない川、満々と水の張っていない湖、こんなところに生命がある訳はない。生命は常に茂っていて朽ちることのない森であり、清らかな満々と水を湛えている湖であり、いささかも流れの滞ることのない瀬なのである。

私はできの悪い子供だった。山と積まれた大人たちの読んだ古本の中から、次々とそれらを取り出し、頁をめくりながら読めても読めなくとも、絵や写真や他のイラストと比べ合わせてそれなりにまとまった様々な人生の形を作っていった。親たちから見ても、従兄弟たちと比べるなら、一段劣った子供であったようだ。その頃から人と自分を比べることのできない人間になった。むしろ今となってはそのような自分を大いに喜んでいる。

チェルノブイリが何と四百近い村や町を壊して行ったように、人は自分の中の浄化されずにいる業や劫を徹底的に自分の壊していく言葉の中で、一度はっきりと体験済みにして行かねばならないようだ。もう一度自分の中の臓器や骨や腫瘍の部分を放射性医薬品を投与することによって徹底的に砕かねばならない。アイソトープによって、自分の中の病や汚れた部分の画像を、微量ながら確かなはっきりとしたエックス線などによって解析することを恐れてはならない。

雑草の庭

雑草を刈ったり抜いたりして梅雨の合間の晴れた日を利用しているが、雑草は常に伸び、これからの夏から秋にかけて絶えず大自然の動きと格闘しなければならないようだ。一言で言えば雑草だらけの、というよりはそういった雑草を抜いた後の庭や竹藪の中は「雑草と限りなく楽しんで暮らせる本当の荒野なのだ」

生きるということはただ単に家族と暮らし、必要な金のために本当の意味では本人の喜びには決してならない仕事にその人の人生の大半を費やしてしまう恐ろしいロスの時間だ。自分の好きなことを生命をかけ、自分の喜びとしてどこまでもやっていけるなら、それは間違いなく人の悲しい社会の中で与えられたルーティーンによって動かされている身ながら、与えられた生命を全うできる本当の生き方のようだ。心の中にまた日々の行動の中に、我々には常に雑草が後から後へと生えてくる庭がどうしても必要である。

雑草という言葉で茂っている心や魂やそこから生み出される生命こそ、大自然の咲かせる花であり、天然がキラキラ輝かせてくれる清冽な放射能なのである。人生には完全に予想可能な道筋はありはしない。人生を旅するものは毎年、毎日、意外と思われるような道標に出会い、全く予定していなかったような事情の元で道筋を変えることが多い。プランを立てていたものがいつの場合でもそれをご破算にして新しく進み直さなければならない時が各地で起こる。つまり人生の旅は常にリプラン（再び計画する）しなければならない。だがこの replan は常時生き生きと動いている生命にとってなくてはならない大きな力なのだ。文化生活というか、文明のプランの中に閉じ込められている人は目の前に現れるこのリプランまたは非常の事態などをやり過ごしてしまい、それがチャンスであって本人にとってはなくてはならないものだということさえ無視して予定通りの道を進んでしまう。自分らしく与えられた生命を旅するためには、あまり利口であってはならない。利口さとは結局この世からは離れることができず、本来の人の力を発揮するシンプルさの前では敗退してしまうのだ。豊かで活き活きとした本当の身体や心はこの単純さからしか生まれないのである。

文明人間が自ら作り出した、地上至る所に流しているわずかな種類の悪質な放射線は別として、太陽など全ての恒星などから発射されている天然の流れとも言うべき微妙な放射線の力はあらゆる生命体の生みの親とも言うべき気の働きなのだ。このような天然の放射線にははっきりと天地創造や生命を生み出す力が備わっていることを私たちは知っている。文化文明のあらゆる力は人間が原始理論の中で作り上げた生命を縮めるような放射線を声高々に伝えている。

私たちは、野や庭の抜いても抜いてもはえてくる雑草にも似た天然の限りない放射能を身体中に、また心の全域で日々受け止めたいものだ。

己というリズム

物を書き、読み、踊る時、自分の存在はなかなかこの社会に合わせてやってはいけないようだ。自分の思いや情や歌いたくなる愛のリズムでは実に簡単に自己表現ができるのだが、社会的な状況の中で誰とでもうまくやっていくということはそう簡単にできるものではない。美しく飾り、それでいてボロボロの服装をしており、同じようにそのような言葉でもって妙に飾ることなどせずに自分の全てを誇って生きて行くということは、一見とても単純で素朴であるように見えるが、その実とても難しいことである。しかしこういう生き方の中で人はどんな社会事情の中でも喜んで生きられるのである。書く前に自分の言葉を用意しなくてはならない。しかしこの用意というのは自分で何かを喋ることではなく、大自然の広々とした流れの中から生まれて来る生命の本質のような物をただ受け止めて、一旦自分の中で充分消化し、吐き出す時に行われる極めて厳粛な行為なのである。こういった意味の「用意」は人間のあらゆる面において大切なのだ。他の獣や昆虫や魚たちにはそういった力は大自然から与えられてはいない。

　自分自身の服装を整える時、自分の愛や心をそのまま表現する時、信じ、歌う時、人は必ず目の前の別の人を何らかの形で動かすことが可能なのだ。自分らしく生きることを喜びとしていた極めてわずかな人たち、ソクラテスやゲオデネスや寒山拾得たち、さらには荘子や老子たちは常に自分らしく生きることに喜びを持っていた。逆に自分の生き方を社会の生き方の中で他の大多数と同じようにしようとしている人たちには、ここで言うところの天然そのものの喜びを体験することはできない。人の道を説き、人間らしくまた人らしく生きようとしたというよりは、弟子たちにそのことを教えた孔子などは正しくそういった喜びを持たない人々の先頭に置かなければならない。

　昭和の初め頃の壊れている古いミシンを自分の手で直し、妻がもらって来たたくさんの人造皮の切れ端を利用しながらコートを作った。それを身に着けてロシアからイタリアに向かい、夜行列車に乗り、アルプスを越えてチューリッヒに向かい、南アルプスの山越えの道を大都会シュトゥットガルトまで行ったことがある。次の日そこから哲学者、ヘルダーリンの死んだネッカー河沿いの小城を訪ねたり、若い頃のヘッセが働いていた古びた本屋に立ち寄ったり、隣の町ではヘルダーリンや詩人のシラーが幼い日に通ったラテン語学校を訪ねたりした。その間、二日間だったが様々なことができるものだ。自分らしく、自分の手によって、自分に与えられた物を充分使いながら自分らしく生きる時、一日二日という短い時間も実に長く、有用なものとして利用できるものである。朝八時頃東ドイツの町から電車に乗り、ハイデルベルク大学などが見える川のあたりを見ながらベルギーに向かい、たちまちパリに身を置くことができる。そして夕方六時頃には再び南ドイツに戻っている自分に気がつくのである。

　永遠の長い時間の中でも、二十四時間ごとに区切られている一日でも、使い方によっては千年万年の時間として充分使っていける。

　私たちは常に自分自身にならなくてはならない。民族の言葉ではなく人に用意された乗り物でもなく、決められた服装でもなく、誰もが喜びそうな楽器で音楽を奏でることでもなく、己自身リズムでもって自分の言葉を自分らしく語っていく人間でありたい。

絡まる人間

今朝のテレビの番組で「からまる女」というのを観た。

あまりにも現代人の生活の中には物が多く、持ち歩くものが多く、便利な世の中であるがゆえにそれぞれの場合によって使わなければならない雑然とした物があまりにも多い。これらの物を入れて持ち歩く鞄の方も段々とこの忙しい時代の中で大きくなっていくようだ。しかし人間は男女に関わらず、物を雑然と持ち、鞄の中に入れている。携帯電話や手帳、鍵、財布、数々のカードなどとにかく物が多い。こういったものを中心にして一昔前とは違い、人間は移動するにも行動の動きの中でも身の回りは全て自分の必要に迫られて用意した数々のもので埋まっている。その先頭に置きたいのは、本来言葉でなくてはならない。あらゆる雑多な意味に繋がる古い言葉がそれぞれの人に絡まり、繋がり、次から次へと芋づる式に出てくる現代人は、間違いなく物に絡まれるよりは遥かに言葉に絡みつかれている。それでいて本当の言葉を持ってはいない。自分や友や社会と関わっていく言葉は、深く自分と繋がってはいても、それらが確かに自分の中から出た自分らしい言葉であるとは必ずしも言えないのである。中心の物をはっきりと説明する自分の言葉が存在しないのである。自分の生活や考えの周りに絡みついている数多くの言葉はそのまま宗教、歴史、芸術、語学などと繋がる言葉であって、それらが一体となる時、そこにその人と関わっていくそれらの数多い言葉の意味が分かってくるのである。しかし現実にはそういう訳にはいかない。物でも言葉でもその人が住んでいる社会とは繋がってはいるが、多方面にわたる人の考え方の広がりの中ではそういった生活の一部となっている全ての物が繋がっている訳ではない。本当の意味において携帯電話やコンピュータやカードや時計などがその人の今日一日の生き方の時間とはっきりと関わっていく時、その人が携えているあまりにも多くのものの意味が何とか分かるのである。もちろん中には必要以上に持ち過ぎていて、持っている意味が分からない場合がいくらでもある。「からまる女」という言葉は確かに男においても言えることであって、もう少し減らせば残ったものだけで、その人間が一層生きやすくなることを人間は理解しなくてはならない。そこには本当の意味での物や言葉の繋がりが見え隠れしているのである。

本来人は確かな意味を持った繋がりの中でだけ、携えている鞄の中の物の意味を持っているのである。生命そのものは大自然という繋がりの中に存在する物や言葉とはっきり繋がっている。生命そのものはウィルスから人間に至るまで雑多な物の繋がりの中で出来上がっている。心一つ取ってみても、言葉の繋がりの中で機能性ははっきりとしている。生きる時、人は間違いなく「からまって」いる。からまりながら生命は一つの流れとして行動を取っているのである。あまりにも忙しく必要以上に細々しいことばかりでできているこの世の中ゆえに、生命の流れに絡まりつく多くの物や言葉の蔓が多過ぎ邪魔になり、反って一生命体としての人そのものを精神的に窒息させている。

全て山ほどの物を大きな鞄の中に雑然と突っ込みながら、いざという時必要な鍵や金や携帯電話を取り出せないでいるのが現代人なのである。

富士の峰のように

人間は人類などと自らを呼んだり、ホモ・サピエンスや最高のところに立つ生命体とか、知恵ある生き物として理解しているが、その割には近づいて見るとあらゆる人間は阿呆、阿呆と自らを、また他人を呼びながら悲しい泥だらけの存在に過ぎない。確かに阿呆のまま生まれて死ぬまで三度笠を被り旅をしている渡世人のようなものが人でしかない。与えられたけっこう長い寿命も、旅の途中でとんでもない奴らと関わり、殺されていく森の石松のように無駄に使ってしまうのが、どうやら人間の人生のようだ。それならヤクザであっても否応《いやおう》なしに人間であっても確かに涙を流すことができる心だけは確かに持っていたいものだ。こういった美しい心がどこから出てくるのか私にははっきりとは分からない。

遥か彼方の北の方に富士山を見上げながら東海道の松原を胸を張って行き来する三人のヤクザと男が、あのように誇らしげに見え、どこか私たちがないものを持っているのはどうしてであろう。富士の姿は美しい。それ以上に松並木の枝振りの良い姿の前で四人の男たちはどこまでも美しい。元は士族の家に生まれながら博徒になり下がった誇り高い心を持った大政、これ以上の貧しさを知らないほどの中で育ち、親を助けるために寺子屋にも行かず朝早くから蜆《しじみ》売りをした少年はやがて清水次郎長に引き取られて小政と呼ばれて名を上げた。本来なら森村の宿屋の跡取りとして生涯安心して暮らせる身分であったはずの石松も次郎長に走り、その男気に惹かれて家を飛び出した。もう一人の男は同じ博徒でありながら、自分の恩人の死を知り、結婚して間もない妻を離縁して喧嘩に加わり、死んでいった馬鹿者だが、彼の名を知って心を動かさない男がいようか。荒神山の争いの中で彼の名は世の男たちが他の三人のヤクザたちと肩を並べるくらいによく知っていた。

人間は心も身体も細菌だらけの存在だ。しかしそういう人間も陽の光と勢いよく流れる水の中で光触媒によって不思議にも人類という哺乳類の本格的な人間環境浄化の作用ができることがあるが、それにはどうしても言葉の効果ある力が必要だ。どんなヤクザ者でも博徒でもこの種の光触媒に触れると富士の高嶺のように美しくなる。

私が敗戦のどさくさの中で勉強もできない子供でいた頃、私に接してくれた一人のアメリカの大男は私の汚れきった身体と心に光触媒の手を伸ばしてくれた中の一人であった。彼自身若い頃刑務所の中で息巻いていた過去を持っているが、こういう大政や小政のようなどこかが変わっている人たちによって私は己自身の人間という名の環境浄化ができたのだ。この男の名はエドワード・マーチン博士である。この他ジャービス博士や作家のミラーなど数多くの光触媒の手を伸ばしてくれた人たちがいた。

それくらい数多くの手が伸びてこなければ、光をたっぷりと浴びた生き生きとした生命の放射線が私に降り注いでこなければ、私のような業と劫に関わっている人間は浄化されることはなかった。

人は何かに間違ってしまう。子供の頃は玩具で遊び、親が心配するくらいに様々に悪戯《いたずら》をした私は父や母の大切にしていたものを壊し、それらを持ち出し、子供なりの思いで様々な遊び道具にしてしまった。大人から見ればどうしようもない悪戯の子供がそこにいた。その頃にしては珍しい自動車の免許証を抜き出し、革製の入れ物を持って遊び、ヴァイオリンの、馬の毛でできている弓の弦を切り、腕時計を分解して一つ一つを学校のクラスの友に与えたり、まさにそれは石松が酒の上で暴れるのと同じ子供のレベルでの行動だった。親初め大人たちは私を見て嫌な顔をしたのは当然だ。しかし子供がそんな風に遊ぶとそれは暴れることと同じように見えると知ったのは、私がかなり大人になってからだ。大人たちが私を厳しく叱ったり教えたりするのだが、子供の私には全てが理解できる訳がなかった。こういった大人たちの子供の心を理解しようとしない態度に私はことごとく反対し反省する心などは全く起こらなかった。大人から考えれば籠を傷つけ飾り物を壊す子供を見て叱るものだ。しかし不思議に私の母はそうではなかった。子供はそういうことをするものだと考えていたらしい。病気がちな子供と違ってこの子が力いっぱい生きていることが彼の吐く息からも分かると母は思っていたに違いない。知恵ある人間や老人たち並みに、いつも穏やかに過ごせる子供なら、たいていの大人たちにとっては問題が起きないので良いのかもしれない。

「青春の時間の真っただ中で、人が好きにならないような生き方ができれば本当は良いのかもしれないが、青春の中で人間は大人たちの囚われた考えの中に押し込められたままで生きることはできない」青春時代とは少しぐらい身体も心も傷つくぐらいで良いのかもしれない。それは一つの心の麻疹であり、それを通り抜ければ多少の子供時代や青春時代の傷は残るが、大人としては誇り高い富士の峰のような、また東海道の松林のような勢いで生きられるかもしれない。

人には言葉という名の生命のサプリメントが必要なのだ。人には本来の自分として生きられる装置が備わっているのだが、自分を出せずに生きているこの社会ではこの装置も働き出せない。

私は、阿呆、阿呆と叫びながら旅暮らしをするヤクザのように美しい心でこの社会を生きられる人間になりたい。畳の上に水を撒き、何度もそんな悪戯をする私の前で、大きく凹んだ畳に何センチかの茸が生えた。それでも母は私の頭を叩かず笑っていた。あの母こそ私の好きな阿呆阿呆の女だった。

ハーン・松江で見た日本

ラフカディオ・ハーンは明治二十年の夏の暑い盛り、つまり十九世紀の終わりに近づいた一八九〇年の八月最後の日に松江にやって来たのである。それから一年三ヶ月という短い期間を、いかにも本当の心の歴史家として、また人間学の哲学者としてこの裏日本の、日本史の面影深い上地に暮らしながら一日とて無駄にすることなく過ごしたのである。松江の町の全ては彼にとって日本列島の縮図であり、日本史の古い時代の面影として生き生きと彼の言葉の中に生き始めたのだ。

ラフカディオ・ハーンという名前の『ハーン』はヨーロッパ人にとっては、また英語国民にとっては「ヘルン」と日本人が発音する時、より確かな響きとして聞こえるに違いないはずだ。ハーンの「ハー」は日本語のハーに近いので日本人の間ではより確かに理解されたはずだ。同じく日本が西洋諸国と同じ歩みで前進しようとした遠い時代に、日本を訪ねた宣教師の一人にヘップバーン博士がいた。ローマ字をより読みやすくするために、ヨーロッパ人にも分かるように、再度組み立てたのがこのヘップバーン博士であって、今でも私たち日本人は「ヘボン式ローマ字」としてこれを使っている。この場合ヘップバーンとヘボンは同じ言葉の二通りの解釈を示しているに過ぎない。ヘボンは日本語を話す人にはよりよく分かる言葉であり、ヘップバーンはヨーロッパ人に理解してもらう時に必要な、同じことを表現する発音なのである。かつてのハリウッド女優の中にも、ヨーロッパで生まれ、アメリカで世界的に名の知られるようになったオードリー・ヘップバーンがいた。ヨーロッパ人の間では日本語では表現できない「ヘップベルン」にやや近い言葉があって決して「ヘップバーン」ではないのである。こういった言葉の違いは西洋人と日本人の間にますます大きな隔たりを作っている。東京時代のハーンに与えた日本の風物や人情の機微やどこまでも単純な素朴さなどは、松江に行った時より、大きくその土地の人々の間に見られ、長い海幸山幸の日本人の生き方が、そのままいつかどこかでハーンが見たであろう人間としての気持ちと深く重なるところがあった。

その一方においてヨーロッパの文明に心が躍り、富国強兵の思いに躍らされて長い歴史の中に温存されている心の文化などを忘れている巷の日本人に、ハーンはとても遣り切れない思いを抱いていた。『日本の面影』という彼の作品の中で、こうした彼の遣り切れない日本を排斥し、ヨーロッパに向かう心の陰が一つ一つの言葉の中から見えて来ることも事実だ。

ハーンは母国を離れてアメリカに渡ったが、彼の文学的な、また歴史的なあらゆる面において若いうちから相当深い知識と哲学的な心を抱いていたことが、二十代頃の彼の書いた新聞記事などからも実によく分かる。

彼が日本の女性に対して持っていた理解力は、かなり一方的にある方向に傾いていたことは事実だが、歴史上の古い美しい神話のような頁と同じく女性をかなり高く評価している。他人のためには尽くして止まない心根が有るとか、どこの国の女性と比べても負けることのない優雅さを見せていることや、人のために喜んで身体を動かす存在だと認めている。

たとえ怪談話であってもそこには怖さ以上に人の心の愛情や、思いの丈の深さや情けなどが生き生きと訴えられているのである。ハーンは日本人になりたかった訳ではない。紋付き袴姿の彼を見た当時の人々は、決して日本の妻をもらい、この国に帰化し、日本人の誰とも変わりなく働いたり遊んだりする日本人として理解することはなかったはずだ。彼の心や生活の中には常に幼い日の、アイルランド時代の祖母との日々や、早く亡くなったギリシャ生まれの母親の思い出が付き纏い、そういった心で眺めようとする神話の世界や怪談の話が、彼独特のものとなって人々を導くのである。

自分だけの死海写本

ずっと昔、地球上どこに行っても農民たちは米麦を作り、様々な牧畜の仕事をしながら、また漁業に携わりながら、物々交換の形で生活していくことができた。多少穫った物や作った物が多くなると、それを金銭の形に変えて文明の悲しい格差の時代が生まれたのである。

その頃の世の中は穏やかで怨みつらみも少なく、たとえ殺し合うような争いがあったとしてもそれは巨大な民族闘争の形や、大戦争の形にはならなかった。文筆業でまた音楽を生業として、それで農民のように生活できた人々は、昔はいなかった。そして誰もが生活のためには汗を流して働いた。大工や粘土を捏《こ》ねている人々のように、いやむしろ彼等よりも豊かに暮らせる思想家や宗教家や文筆業に携わる人のいる現代は何かが大きく間違っている。

日本などは明治に入ってからも、物書きになろうとする息子に、また弟に、親や兄弟はそれで生活して妻や子供を養っていけるのか、そんな生き方はまともな男の仕事ではあるまいなどと言ったものだ。「おまえはくたばってしまえ」と言われてその言葉通りに「二葉亭四迷」と自分のペンネームを付けた男もいる。

今日、誰にも笑われることがないどころか、むしろ誇らしげに生きていけるので、数多くの物書きが商人たち以上に、また金儲けのうまい出版人が大手を振って町の中を歩いている。一人二人と数えていくと私にもそれなりに出版人は何人かいる。彼等は私の書くものを通して何かしら自分の生活の中に驚くような体験をしているのでそれを自分なりの行動に表す時、私の書いた物を書籍にしてしまうのである。もちろんそれが売れなければ自分たちの生活は成り立たず、次の本が出せる見込みも付かない。そのような時、彼等は、それを「一発大当たりをすればとんでもない程の金が入って来る」と考えている出版人とは天地の差がある、私の売れもしない本を出そうとして教師を辞めた人物もいるし、自分の一生の仕事だと、アメリカ大陸を発見せずにはいられなかったコロンブスのような勢いの中で生きている出版人もいる。

出版人とは本来エルサレムの滅びがやがてやって来ることを悲しみながら泣き予言者と言われたエレミヤのように、火を吐くように熱い言葉を世に送ったイザヤのように、野に叫ぶ声そのものになった洗者ヨハネの面影をはっきり見せている者である。商人の才知しか持っていない出版人は、大自然の流れの前で大いに恥じるべきだ。

あらゆる経典も教典も初めは人から人にと廻し読みされたマニュスクリプトすなわちはっきりとある人の手によって、また指先でもって書かれた文章そのものであったはずだ。バイブルの基本にシナイ写本とか、死海写本というのがあるが、確かにそれらで金儲けをする人は、昔はいなかったはずである。

ヘンリー・ミラーはある時私に言ってくれた。「書いたものが売れないでいる期間が長ければ長いほど、自分の才能を誇ったら良い！」

人は誰であっても自分を大きく見せたがる欲望が有る。それに金が纏わり付いたとしてもことさらそれが悪いとは言えない。しかしそれで商人丸出しの心で生きようとすると、そこに言うことや書くことの本来の意味が薄れて来る。自分の心を誇り高く広げようとする人は、自分の生き方や思想、哲学、自然と自分の生命との対話の中で体験する誇りを常に感じるような存在でなければならない。同じ庭師であっても庭のいじり方一つによって、そこに現れる蚊の数は違って来るようだ。人に忘れ去られている雑草の生い茂っている庭には藪蚊の大群が押し寄せてくるかもしれないが、常にいじられ、真心を通して見られている庭には、たとえそれが名のある大庭園でないにしても、自ずとそこに舞う蚊の数は少ないはずである。同じ農民でも心を入れて作る者とそうでない者の作る農産物の間には、明らかに違いがあるように思う。

物を語り、書くという生命行動もまた、文明の世を漠然と生きてしまう生き方と比べてその違いは明らかに手に取るように分かるものだ。それが分かるまで人間は自分という人の大切さに気づかないでいるのである。

言葉の蒐集人

存在するものは全て単細胞の形をとっている。大自然の中に浮遊したり流れているものは、大小大きさがバラバラだが、その初めは全て単細胞の形式を見せている。人の言葉がまさにこれだ。一つ一つ確かに自立し、ある意味においては他を認めず、自分自身そのものとして存在する。そういった言葉の一つ一つが集まり、繋がり、ある意味での力強い共生を始める時、それは複数の言葉と呼ばれ、いわゆるある意味を形作っている文法の中の羅列として私たちは見つめることができる。複数の言葉がそのまとまりの中で一つの考えや夢となる。それらの熱い言葉が一つの塊として自らを大きく広げていく時、そこに一つの物や型や勢いよく前進したり飛ぶものが生まれる。それが本当のあらゆる形や建築物であり、いろいろな形の「サグラダファミリア」なのだ。

自然の中で自由に動き、移動し、流れるものとして言葉が存在する。多くの人の手に渡り、ある意味での垢で汚れきった紙幣といささかも変わりなく長い時代の中で、常に休むことなく、この人やあの人によって自由に使い分けられ、涙を流させ、歌わせ、夢に酔わせる言葉は、本来どの人間にとっても間違いなく自分の言葉であるに違いない。そう思う時、言葉はどんなに他人の手によって汚され、他人の口の中で、舌の上で、しかも臭い息の中で果てしなく汚れているにも関わらず、自分がその言葉を初めて話すような気持ちで使う時、そこには間違いなく浄化された「気」が大きく働いていることを人間は誰でもはっきりと意識しなければならない。どんなに使い古された言葉であっても、自分の舌から勢いよく出て行く時、自分の生き方の中からこちらの気持ちが分かるような勢いで目的に向かってぶつかるのである。日々の生活の中で、自分の言葉が自分の思い通りに行動を取ってくれる時、その人は何の心配もなくその言葉が自分の発想を周囲に伝えていることを自信を持って信じてよいのである。

言葉は多くの人間によって使い古されていることは誰も知って

いる。それを使う時、いささかの怖れも、自分が詐欺師の一人であるというような考えを持つ必要は全くない。古い時代の色が褪せ、壊れている名品であればあるほど蒐集家は夢中になってそれを自分の蒐集物の中に加えようとする。人がどうしてこれほど骨董品を蒐集したがるのか、その事情を詳しく知っている人はいないはずだ。ただ、蒐集することは人間の本能の中の一つの動きなのであろう。どんなに使い古されていても言葉を次から次へと使って行く人間は、やはり誰でも間違いなく蒐集魔であるのかもしれない。常にこの言葉あの言葉、これまで一度も見たことも読んだことも聞いたこともない言葉、すっかり忘れ去られていて歴史の時間で蜘蛛の巣だらけの洞窟の中から掘り出したような言葉を、まるで夢中になっている蒐集家として集めているのが私たちかもしれない。書くとか考えるとかあえてしなくとも、日常の生活の中で使っている素朴な言葉が人を動かす場合がいくらでもある。蒐集心は時として奇蹟を生む。人間は常に言葉の蒐集者として自分を生き方の前面に出していなければならない。人の心は昆虫の頭の前に付けられている触覚のようなものであり、それを常に持っていなければならない。アンテナは人の心の中から吐き出される言葉の通り道である。

ジョージ・グルジェフ

彼は「人間は眠っている」だから、「人間には意思がなく、同時に機械的である」と言っている。彼が語ったのはどんなに長い彼の論文を見ても結局はたったこれだけのことを言おうとしていたのである。彼の思想はミスティシズムの骨格を提示したのに過ぎない。それに肉付けをし、様々な展開を見せたのはむしろ彼の弟子たちなのである。しかし彼は弟子たちには恵まれてはいなかった。彼の思想の体系はあまりにも完結していたために、後継者たちがなかなか育ち難かった。彼の場合個々の分野のディテールに関してはほとんど語らなかった。彼の言葉は明らかに大時代的であり、多少誇大妄想めいているかもしれないが、そこに浮き彫りにされているのは何ものにも怖れず、全てを知ってしまった人、あるいはすでに絶望してしまった人の存在そのものであった。

グルジェフは十九世紀末ロシアのアルメリア地方に生まれている。幼い頃から宗教的な環境に育ち、成人すると直ぐに旅に出る。彼の大命題であり、体系の基盤となる「我々はなぜまた何の目的でここにいるのか？」という疑問が、いつどのような形で彼の精神に宿り始めたかは定かではない。だが彼の旅は明らかに全宇宙の謎を解く鍵を求めての旅であった。旅の様子については、著書『素晴らしき人々との出会い』の中に詳しく述べられている。この旅を通して目的を達成するには手段を選ばないといった彼の姿勢が見られた。雀に黄色のペンキを塗りカナリヤだと誤魔化して売った話や、古いコルセットを安く買い、少しばかり手直しをして高い値をつけて売るといったエピソードが残っているが、そこに彼のその頃の生き方の姿勢が疑われる。なぜ、何の目的でここにいるのか彼は自分に問いかけてみれば、手段を選んでいられなかったのも当然納得が行く。彼は自分の体系をスーフィー（イスラムの神秘主義）から得たとも、中央アジアに存在するサーマン・

ブラザーフッドと呼ばれる一種の秘密結社から得たものだとも言われている。このことに関しては様々な論議があるが、さほど重要な問題とは思えない。彼は明らかに自分の思想を体系付けるために、東洋と西洋の思想を結びつけ、スーフィーのキリスト教神秘主義、さらにはヒンドゥイズム、仏教思想などを集大成していることは明らかだ。様々な国に伝わる格言や箴言などを集め、そこから一つの宇宙観を導き出したと言った方が良いのかもしれない。

彼は現状のままの人間を本来持っている能力を発揮してはいないと見る。人間は機械であり同時に人間には意思はないとみなす。人間には統一された「ワタシ」がない。我を忘れており、嘘つきであり、常に眠っていると彼は見ている。多くの場合、人は取り囲まれている環境に反応しているだけに過ぎない。彼はこの人間の態度や生き方を「行動している」とはみなしていなかった。また人は不動の意志を持って何事かをやり通すということがほとんど無い。常に何かの変更を余儀なくされている。彼はこの状態を意思のない人間の生き方とみなす。何かをする意思とは真実に自発的に自己の全体、自己のあらゆる側面から出てくるものである。彼の体系の方法論の第一は自己観察（己の声を聞く）することとしている。

グルジェフの神秘主義は今日のリアリズムの世界において、大きな人間舵取りの役目を果たすに違いない。おそらく二十一世紀に飛び込んだ私たち人類にとって、文明病から覚醒するのに彼は大きな使命を果たす人物の中の一人だと思う。

On P.D.Ouspensky

茫漠とした不可解なものでしかなかったのが神秘思想だった。芥川龍之介の心に彼が自殺するまで常につきまとっていたのが、この漠然とした不安な気持ちであった。いわゆる科学精神の光をこの神秘思想に最初に当てたのはウスペンスキーであったと言えるかもしれない。

二十世紀から今世紀にかけての神秘主義思想を語る時、誰しもウスペンスキーを外したところで考えることはできない。一九一五年ウスペンスキーはグルジェフと出会うのである。「ターチャム・オーガム」に始まる学者ウスペンスキーの神秘思想へのアプローチは数年にわたるグルジェフとの師弟関係によって大きく変わる。科学者ウスペンスキーから神秘思想の実践家への変身の時期があった。グルジェフというマトリックスはそこに第四の道を歩むウスペンスキーを出現させる。

グルジェフは単身ロンドンに渡り、彼地に自分自身のセンターを設立した時ウスペンスキーは彼独自の展開を始めだした。それは一九二一年のことであった。グルジェフとは異なり、ウスペンスキーの主な興味は次の次元論である。

彼の次元論は従来の時間と空間に関する感覚を完全に超え、現代物理学の言葉で「スペース・タイム」（時空）という概念に共通点を見い出すことができるのである。輪廻転生、パラレル・タイム、永遠回帰などある意味では実生活に即さない、単なる感傷に過ぎない概念を彼は語りたがらないのである。しかし彼の著作『第四の道』の中では言葉の端々に彼の主要な関心事がそこにはっきりと有ったことが伺われる。『A New Model of the Universe』(超宇宙論)など、極めて知的な著作の影には、豊かな情熱と研ぎ澄まされたような感傷に溢れた人物ウスペンスキーの存在を感じない訳にはいかない。彼は人間の未来に絶望しつつも、明らかにそこには何らかの光明を見い出していたのだ。それは眼に見えないくらいに幽《かす》かな光であったかもしれないが、そこに唯一の可能性を見い出そうとしている。人間は常に進化する可能性を秘めている。彼は隠秘な性格を持っている数多くの原観念や言葉を新しく自分の中の脳細胞の中に宿していた。従って多くの彼らしい仮説が生まれそれは現代人の想像力の貧困さを貶《おとし》めるのに十分な力を持っていた。バーバリズム、つまり野蛮さの原理の中にしか人間本来の純粋で素朴な原理はないと彼は信じていた。こういう考えを彼独特の大自然理解の中に持っている彼は、やはり堂々とした碩学の徒であることは間違いない。

秩父盆地にて

浅川の上に架かっている大和田橋は八王子市の西の外れにある。雨の中を立川の方に向かって北に走り、途中からは西の方に曲がった私たちの車は、青梅や、昔、東村山の教会にいた頃、昼間働いていた米空軍四十一師団のあった入間市を通り抜け、飯能の方に向かった。

東村山市の教会時代、まだ二十代の頃の私は、二、三人の信者たちと共に、リュックやテントを担いで名栗村の山道を、遥か彼方武甲山まで歩き、その頂上近くで一夜を過ごしたこともあった。この道のわずか北の方に広がっている上名栗のくねくねした道を進むと、一、二度外に顔を出すが三、四キロも長く続いている正丸トンネルの名前を、その時は単なる実に長いトンネルだと思っていたのだが、実はこのトンネルが私の牧師時代は存在せず、山の上を正丸峠として旅人を通していたところだと知った。武甲山のキャンプから戻る時、私たちは正丸峠の中間あたりから山の坂道を上り、残り半分ほどの峠道を下りて近くの駅に辿り着いたことを覚えている。長い正丸トンネルを出ると、道は一気に下り坂となり、眼下には秩父の町並みが見えていた。関東の人々はこのあたりを秩父盆地と呼び、その周りは東北や今私が住んでいる中部地方と同じく、すっかり山々に囲われている。秩父の町に入ると奇祭として知られている秩父の夜祭りで有名な秩父神社の脇を右に曲がり、それから車は町の中を様々に通り抜けながら再び人気のあまりない山際を進み、巴川鉱泉郷に出、私たちが探していた『梁山泊』の宿はやっと見つかった。

この旅で車を運転していた友は、前もってこの名前が気に入り、私たちの集まりと同じ名前のこの旅館を選んでいた。ごくわずかな人々のたった一晩だけの集まりであったが、そこで互いに話し合った内容の深さや細かさや奥行きの広さは驚くほどのものであった。

その日の雨の状態とは違って次の日の出発の朝は陽の光の射す爽やかな秋の一日だった。車は来た道には戻らず、先に向かって進むと、小さな山道を越えて彼方に武甲山の見える秩父の町に私たちの車は入って行った。若い頃武甲山から反対側の正丸峠の方に下りて行ったことを覚えているが、このルートからは、秩父の町並みは全く目に入らなかったのである。車は町中を通り、もう一度例の秩父神社の前を通り、そのまま北に向かっていたのである。寺尾、長留、小鹿野、飯田などといった部落をくねくね曲がりながら進むと、山は東北のそれのように目の前で険しいものとなり、車は左や右へと曲がりながら志賀坂峠を登りつめ、一気に下っていくのだが、このあたりは今通って来た埼玉県と群馬県の境であった。そのあたりの山合の底の方には神ケ原とか尾附といった集落が見え、その先には新羽といった少しばかり大きな集落が在り、私たちの車もその集落の間をしばらく西に向かって進んだ。この山の中が群馬県の上野村であり、秩父市の秩父神社あたりが上野町と呼ばれているのには、自分の名字と同じ呼び方がされ、なんとも不思議に思えた。やがて山道は三、四ヵ所短いトンネルを過ぎると、北に向かっている。それが下仁田上野線と呼ばれている道路なのである。前々から聞いている「下仁田葱」や「コンニャク」の産地はこのあたりなのかと考えながら、小学生の頃一年間ほど学校生活を群馬県で送った経験のある私は、このあたりの山深くなく広々としていた風景を車窓から見ていた。

下仁田ジャンクションから上信越自動車道に入り、富岡や、吉井を通過し、藤岡ジャンクションで関越自動車道に入った。本庄、岡部、花園、東松山を経て再び高速道路を下りて八王子の町に戻った。

今度の旅は、埼玉、群馬の山深く同時に広々とした西部関東平野のドライブであった。秩父多摩国立公園として、また秩父古生層とか、秩父山地や秩父盆地と呼ばれているあたりには甲武信ヶ岳、武甲山、雲取山などといった峰々が聳えており、荒川、多摩川、千曲川などといった東京都民の生活を潤してくれる豊かな流れの水源地帯が存在している。

地方小都市秩父は江戸時代から秩父盆地の機業や商業の中心地であって、絹や銘仙、そして武甲山などの近くに在るセメント工場などで長い間大いに発展してきた。単に関東地方の人々だけではなく、群馬、山梨、長野の人たちにも、大きな影響を与えていた。

雨の一日と、秋の雲の間に見える青空の下のこのドライブは、大きな人生の意味を、車の中の一人ひとりに与えたはずだ。聳える山も、流れる川も、点々と山間に、また谷間にそして丘の上に見え隠れする民家も、時代がどのように変わろうとも人間の心に、大自然の動かしようのない生き方の哲学の形と色を見せていた。

私が幼い頃迷子になって歩いた八王子の町の風景も、若い頃歩いた名栗の山道も、今度初めて体験した秩父の駅近くの上野町や秩父神社などの思い出と共に私の脳裏から消えることはない。このあたりを車が通った時、西部秩父線や、西部池袋線のレールが見えていたが、私にとっては東村山の駅から稲荷山公園駅まで毎日乗っていた西武池袋線や、峠を歩き、正丸駅から汗だくの身体でリュックを背負いながら乗った西部秩父線の電車が懐かしく思い出された。正丸トンネルに行く前に、二、三度頭上に見えたあの線路は確かに私が若い頃乗った電車が通った所である。

駆動機

駆動機または駆動機器というものが存在する。というよりは長い人の歴史の中で人間はこの駆動機を作り上げ、そのおかげで十九世紀頃には機械文明からなる産業革命の華々しい時代が開けてきた。もっとも心の詩人たちにとっては悲しい時代の始まりでもあった。産業革命から、遥か以前、小利口な人間はルネッサンスの名の元に素朴に信じていた神を否定して、人間がほとんど何でも作っていくことができる可能性の時代を自信を持って信じ始めたのである。

駆動機とは英語で言うなら pacemaker のことであり、あらゆる生物は、また全ての生命体は大自然の流れの中で獲得した実に単純なペースメーカーを備えていて初めて生命の働きをする。それなりに全ての生命は多様な生命時計の中で動いている。人にとってまさしく言葉は人間特有の駆動機なのである。言葉一つ一つのリズムはそのまま文法というゼンマイのほぐれていく力の動きの中で、その人間の寿命の中で連動している。人は自分の言葉と他人の言葉を容易に区別することができる。物を書き話す時、内容を誤ってしまうことがないのも文法のおかげだ。これを人の生命が備えている動の成熟の時代、または行動の時代といった物差しで測ることができるであろう。

可視光線と不可視光線の違いと同様に、言葉もまた可視と不可視の両方に分けられてしまう。そのように白黒の区別の中で、物事は自由自在に表現できるし、同時に理解不可能でもある。

ペースメーカーという生命の計りを人は持っている。正しくペースを刻んでいく働きまたは動きをメトロノームのように人は自由に使っていくことができる機械を持っているのである。ペースメーカーは人によってまた異なる種類の生命体によってそれぞれに測られている。単純に分かることになる。この駆動機が付いていて初めて時計も、またあらゆる生命体もその存在と熟した動を与えられていることを知る。その点から言えば、あらゆる機械もロボットなども程度の低い生命とみなしても良いのかもしれない。あらゆる機械とロボットの違いは一目瞭然であるには違いないが、これら両者は恒久的な存在であることはどちらにおいても間違いなく、それに対し生命には機械と違って機械プラス暗号という付属物というか、属性が備わっている。あらゆる生命体の中でも人間には、言葉という暗号、すなわち cryptography（暗号学）と呼ばれている復号化されたものによって一層複雑にされている。復号化された鍵として成り立つ文法（慣用鍵）しか付いていない。あらゆる人工知能または電子頭脳（caber）は、このジャンルの中に入る。全てこれらは自動制御（cybernation）によって動かされている。

機械には単純な形の鍵しか付いてはいない。言葉と呼ぶにはとても不可能な、泥棒避けの素朴な単純な作の玩具のような鍵でしかない。

駆動機がどんなに精巧に作られていっても天然の生命体とサイバーと比較することは永遠に不可能だ。不朽の人工知能も電子頭脳の出現も有り得ないからである。どこまでいっても精巧になっていくペースメーカーと寄り添う駆動機のみが見られるだけである。

言葉の賭博人

言葉や思想の整理整頓は本来の人間にとって全く必要ではない。人は一つ二つまたは三つも四つも自分用の大小様々なノートを持っている。しかしそういったノートは頭の整理のため必要としているのではないようだ。ゴチャゴチャに流れ、渦巻いているような考えや言葉の渦であって、その中から言葉や思想がルーレットが回る中で突然博徒がある数字に出会うように出会うのが本当のチャンスなのだ。

オートマチズムの働きの中で言葉や思想が組み合わされたり繋がったり外れたりする時、それがその人の前でまたは心の隣で行われる時、本当の生命の意味において思想の整理や整頓がなされるのである。

何百万年も前、つまり人間が前原人として出現した頃、また時代が下りアフリカの森からサバンナに人が現れた時、彼等は四方八方に散らばりながら互いに挨拶もせず別れて行った。これを機にして黒人や白人や黄色い人種や赤い人種に世界中の人々は分かれるようになった。原生人類ははるばる中近東から東南アジアに気の遠くなるような長い旅を続け、中には北にまたは南に向かいアリューシャン列島を渡ってアメリカ大陸まで辿り着いてしまった人々もいる。初めは氷の中のアラスカからカナダ、合衆国あたりを経て細い道筋でしかない中央アメリカのジャングルの中を進み、赤道直下の暑苦しい体験の後直ぐに再び寒さの南米の突端まで辿り着いてしまった。彼等が歩いた長い道のりは彼等の足を大きくした。そのあたりが大男の土地だと文明社会の世になっても言われているのも当然のことだ。

人類は地球全体に広がり、徐々に人の小利口さによって破壊され始めて来た。人間は地球に存在しない様々な物質さえその器用な頭と手先によって造った。それが大自然の中には本来存在しないものである時、人は生命にとっては恐ろしい放射能から流れる線または気であることを知り、造った人自らが納得しながら、それを除去する方法を知らないでいる今日だ。大自然は、太陽のような恒星から発射されている数多くの生命の素である放射線を受けており、地球のような惑星に生命体が出現したのもその結果なのである。数限りない大小の生命体はその放射する物質の中で出現したことを考えればそれらが全て生命にとって大切な要素であることは分かる。ところが人は自らの手で余計な物質を器用に分子レベルのところで小細工し、今はその生命体を脅かすところの新物質、つまり放射線に追いかけられながらそれを断ち切る方法を知らないのが人間だ。

人は右往左往しながら、遥か彼方のサバンナで深い、しかも暗い洞窟に暮らしていた頃の時代を懐かしんでみても、今のこの恐ろしい放射線に追いかけられている時代から逃れることはできないのだ。ハイテク機械や道具に囲まれて生きている人はそういった便利さに取り囲まれていながら、深い悲しみから抜けることはできない。単純に木の枝から枝へと渡りながら勇気を持ってサバンナに降り立った人類の起源は、今人の頭の中の複雑な言葉のゼンマイが空回りをする中でリセットされなければならない所にまで来ている。一度生命のゼンマイを巻き直し、錆びや汚れを落とし、業を浄化する必要がある。祖先たちと重なり合って、今後開けていくであろう、未来人の生き方がそこからしかスタートできない。ハイテクのテクノロジーもその使い方一つによってどこまでも単純で素朴な人の思いを現していくことができる。こういった人の言葉のまた行動の単純さや素朴さはそのまま人を人として表現するのに、また人類が人類そのものであることの力の全てを表現しているのである。

人は言葉を自分の手帳なしに、心の中で回転するルーレットの中に持っている。言葉の激しい動きの中でそれを発見する人間は、それゆえに心の魔術師であり、賭博人なのだ。

常識の外

言葉は常に意味を変えながら人々の心の前を通過する。言葉は蛇のように脱皮を重ね、ある生き物たちのように変態を重ねている。昆虫も甲殻類の生き物たちもその身に付けているホルモンの作用によってか、人には理解できない脱皮と変態という変化を見せている。人間はこれをただ一つ言葉を操ることによって常に体験している。人と向かい、大きな問題を前にして立つ時、確かに自分の言葉を脱皮させたり変態させている。もちろんその行為を二枚舌とか変節などと呼んで人間は軽蔑するのであるが、人生はそのあらゆる時間の中で誰の場合でもこのようにして残念ながら言葉を操っている。それゆえに人は人間の業を知っており、そのために悩むのである。

言葉は脱皮と変態の繰り返しの中で動いていると言ったが、それは別の言い方をすれば異臭を放つ思考の中で日々人が生きていることを意味している。言葉無しに思考は存在しない。言葉には人それぞれに色があり、温度があり、そして今言ったように匂いもあるのだ。

人それぞれによって、またその日その日の時間の中で微妙に異なっていく言葉はその人の認識や思考の違いを表している。言葉とはそれだからといって認知科学の達する到達点であるとは思えない。日々常に生きているがゆえにその人の思いがそのまま言葉となって表現されていくのである。

大地を歩きながら、実際の土地と地図の上の土地との間の差は実に大きく違っており、そのことをはっきりと知るために人は精神の中でその土地をはっきり俯瞰《ふかん》しなければならない。この俯瞰《ふかん》する態度は独学の心そのものである。大地を満遍なく歩きながら規則正しく土地の状況を調べるのは真面目な学校で学ぶ生徒の態度だ。一人で上の方から俯瞰《ふかん》する理解の仕方は正しく独学そのものである。

常に時間の流れの中で常識は崩れている。例えば、あまりにも地球上に充満している二酸化炭素ゆえに生物の住むところはあまりにも温暖化し、生き物は崩壊の一歩手前だと言われているが、こういった考えさえ実は、常識の域から離れることはなく、果たして常識はそのまま必ずしもそうなっていくとは限らない。むしろ独学する心にとっては常識の外の考えが働くのではないかと思うのである。

どこまでも知的で理性的であり、文法の約束から一点とて外れることなく、暮らし方の全ての点で、常識に適《かな》い全く非の打ち所のない言葉などは反って危なくて信じられない。野蛮人から見れば白人たちは大体に豊かな常識と文法に適った言葉の中で生きている。要するに白人たちは高等民族だと言われ黒や黄色の肌をした民族を軽蔑していた時代が長く続いていた。しかしアメリカ合衆国の作家、コールドウエルは、はっきりと『タバコロード』などの作品の中でプア・ホワイト、つまり貧しい白人を扱っている。さらに今日では高学歴を身に付けていながら貧困線以下で労働するワーキングプアを世界中の人々は知っている。

最近急激に世界第二の経済大国に成長した中国は人口の多いことで知られ、一人っ子政策を生み出したが、高学歴の若者たちが蟻族と呼ばれまともな仕事が無くて困っているという実情を私たちは聞かされている。こんな事情もまた常識の中では処しきれない深い問題を私たち現代人は知らなければならない。

グローバルな目でもって世界を見るならば、数限りなく大都会があちこちに存在する。そこには車が自由に通れるロータリーや百メートル道路や広小路、公園などが造られている。大災害の時このような所は人々が避難するのに必要であり、それを知ってか知らずか、かなり前から街の各所に用意されている。同じことは言葉の世界の中でも言えることだ。常識を離れた大通りがあったり狭い思想から抜け出すための広小路が昔からどういう訳か用意されているのだ。

人は物や金で囚われたとしても、常にそこから避難できる大通りに等しい言葉や認識力や思考の勢いが有ることを忘れてはいけない。

生命の再生

大自然がそのままであるならそれは天然と呼ばれ、何一つ問題はない。大自然はそのままで永遠であり永遠は周りから触ることも触られることもないならば、時間という存在の中で永久に不動のものだ。時間を早めたり、遅くしたり止めたりするところに問題がある。もともと時間は動かないから時間であり、移動しないことによって時間本来の存在を周りに示している。大自然はそういった動かないことによって永遠に動き続ける存在だが、その中で分子レベルから発達して恒星や惑星などに変化していった星々は永遠の流れの中で一時的な公転、自転の中で、やはり時間とは離れた存在という名の生命なのか、そこには寿命があって誕生から死に至る生命と似た一生を歩む。大自然は全て大小の生命体によって取り巻かれ、充満し、流れを作っている。

大自然は生命によって、あらゆる生命が多種多様に発言する言葉によって新たに息づく必要がある。つまり生命体はそれぞれ子供を産み、子供が孫を産み、止むことなく生命の流れを延ばしていくが、このことを別の言葉で言うならば、大自然の再生と言うべきか、改革と言うべきものなのかもしれない。

言葉が再生や改革の橋渡しをしているとするならば、言葉は軽薄であってはいけない。思いやりのない行動や漫画チックな舞台の上の態度のような言葉であるなら、それは生命再生の道筋で重要な意味を持つ潤滑油にはならないであろう。このように生命と関わる諸問題に繋がってくる言葉は限りなく重いものでなければならない。生命とはもともと重いものだ。それを軽くしているのは文明とか何とかと言いながら人間が軽くしている。私たちが今目の前に見い出し、自分の一生とか言って見つめているのは私たちだけの実に短い時間であって、それは一つの宿営地でしかなく、アラビヤ人の言うサライでしかない。大自然の一寸した動きの中で十キロぐらいの礫《つぶて》を投げ込まれれば、たちまち潰れてしまうサライなのだ。地震が起こり津波が押し寄せると人間の誇っている街も建物も一瞬にして滅んでしまう。文明の大都会はよくよく見るならやがて消えていくオアシスに過ぎない。私たち人間は常に言葉の存在を大切にしなければならない。しかものんびりと聴いたり見たり読んだりするだけでは意味がなく、可能な限り斜め読みをし、意味を納得する達人にならなければ文明という名の大都会の真ん中でまともに大災害の恐れなどものともせず生きて行くことはできない。

そのためにあれやこれやことをなすのに、失敗しないようにおずおずしながら、時として小さなことに手を出すようでは失敗もないかもしれないが、何かに成功することもない。失敗は生き生きと生きている生命体にとって起こるのが当たり前のことであり、それをいちいち気にしていては始まらない。何度でも失敗しながら、転んだら一粒のダイヤを拾えるように、溺れたら脇の新しい島に飛びつくように、つまり失敗をそのままチャンスとして受け止め新しい生き方に移れるような生命体であれば、常に失敗もそのまま成功と見ていけるかもしれない。つまり失敗も成功も黒と白のようにはっきりと分別されているものではない。黒であるものが同時に白であり、負けたと思えるものが考え方一つでその視点を変えると反対の意味になる。いちいち白だ黒だと、金や名誉があるとか無いとかとがなり立てることはない。仏教の偉い僧は無ければ有るし、有れば無いのだと言っているが、これは正しくこのことだろう。

人間は実に贅沢《ぜいたく》をしている。グルメに酔い、そんなに長くは生きてはいけないのに千年万年も生きるために必要な補助食品を食べ飲んでいる。何年生きたら気が済むのだと言われんばかりに美食や薬に頼っているのが人間だ。他の動物や昆虫たちは素食の極みの中でどこまでも美しく与えられた生命そのものを表現しながら生きている。このことを常に人間は自らの生き方の見本にしなければならない。

生命の再生はそのまま与えられた素朴さの中で美しく生きることだ。

ガーシュインのアパラチア

常套語《じょうとうご》だけでは常識的なことは説明できても、心の中で広がっていくものはほとんど理解されない。人間の身体には生まれついた掃除する機能が備わっている。それには素朴な言葉や気の働きという箒《ほうき》が付いていて身体の中のあらゆる種類の酵素の働きを常に管理している。これも大切なことだが、それ以上に心の掃除屋の存在も私たちは考えなければならない。どこまでも素朴な言葉の働きによって常に心は掃除され、そこには垢一つ付いておらず、気の流れは身体以上に清々しいものとして心の中を通過している。身体の中を流れる、いわゆる常套語《じょうとうご》として、心の中は気と一緒に通過する言葉でその人の生き方の中心を教えている分水嶺《ぶんすいれい》だ。この分水嶺に欠陥があるから現代人は心を通過するいわゆる常套語《じょうとうご》以外の言葉を使って自分を高めることに不足を感じている。こういう欠陥を備えている自分をはっきりと理解している人間は、なかなかいないというよりはむしろ皆無だと言った方が現実かもしれない。暮らしの中で必要としている灯火のようなものに頼ることはできても、日本本来の陰影の深みや美を明確に持っている人としての生き方の中心を見い出すことはなかなかできないでいる。

人は本来素朴であった方が自分自身をより明確に打ち出せる。己自身というはっきりとした現象や作用を鮮やかに出せるのも、はっきりとした分水嶺の分かれ目において常套語とは全く関係の無い生命の言葉で単純に、しかも勢いよく通過できるような生き方があるからだ。

よく世の中に霊能者と呼ばれる人がいて、一般の人たちとは違った生き方や働き方をすると言われている。人それぞれには個性があり、人格が備わっており、こういうこともまた霊能とまでは言わなくとも霊格の悟りある深い生活者と言えるかもしれない。意外と極端に素朴な中でのんびりとあまり周りの人を気にせず生きている人格の中に、こういう霊格の人を見い出すこともある。人に笑われたり変わり者と言われることを嫌って常に注意を払いながら生きている人にはほとんどと言って良いほど霊格の上に立つ人物はいないようだ。この社会で求めることが多く得ることも多い人間は、結局はそれが果たしてどういうものかはっきりしてはいないが、霊的なものは手に入らず、要するに霊格の上に立つ人間として生きることはまず無いだろう。誰ともほとんど変わることのない人間、またいるかいないか分からないような存在の人間がこれであって、何年も経ってから思い出そうとしてもこういったタイプの人間の名前や住所や共に語り合ったりしたことなどなかなか思い出せないのがほとんどだ。いたかいないか分からないような旧友が一人ぐらい自分のクラスにいたとすれば、その人は明らかに霊格の欠如した人間と言うべきだ。

私たちは自分の心からは逃れられない。どんなに努力しても身体からは逃れられても、心からは離れることができないのである。自分の言葉で裏打ちされた生き方というか、人生の中のあらゆる行動からは逃れられないのである。そこから逃れる方法を見つけようとしてどんな哲学や宗教や社会行動に走ってみても、そういった所にはそれを解決する方法は一つもない。自分にしがみついている限り、自分という生命にかじりついている限り、どんなに頑張っていてもその自分から逃れる方法はないのである。

そういう自分自身だから、自分をいつまでもどこまでも自分らしい優しさで育てていくのが人間なのである。ここから離れられる人は一人もいない。人は誰でも故郷が好きだ。祖国を愛している。そういった人の思いは故郷の基本のリズムとなっている自分自身に良くとも悪くともしがみついている。そういった自分自身であるからこそ、自分がいつでも、どこでも、自分らしいもので生きたいのだが現実にはそうはできず、周りの状況や流行の中で自分にしがみつく一面を認めながら生きているのである。

私自身日本が大好きだ。自分の生まれた関東平野の真ん中が大好きだ。北関東のいかにも田舎じみた方言が懐かしい。だがこの日本がとんでもない大自然の偶然の中で沈没するようなことがあれば、この年になった老いた自分であればそうはしないだろうが、三十代、四十代の私であったならば、私はアメリカ合衆国のニューヨークやフィラデルフィアや、ワシントンDC、リッチモンドが南北に並んでいる東部海岸に逃げて行ったかもしれない。大西洋沿岸から数百マイルしか離れていないところに、同じように南北に延々と伸びているアパラチア山脈が広がっているが、私はニューヨークやワシントンDCなどといった大都会を避け、森の中のリンチバーグや林の中のモンローあたりに住んでみたい。誰でも人には故郷がなくなっている文明社会の中で生きていても、やはり心の中では故郷が懐かしいものだ。しかもその故郷が沈没するようなことがあれば地球上のどこかに故郷を求めるものだ。私の場合はアパラチアの麓あたりがどういう訳だかとても懐かしい。それにはいろいろ理由はあるのだがいつかそんなことも書いてみたい。

交響楽ガーシュインの「アパラチアの春」は私の第二の故郷のリズムだ。人は誰でも自分の心から逃れることはできない。自分の言葉で裏打ちされている己から逃れることはできない。だからこそ自分にしがみついている自分を知らなければならない。

ウィーンに落ちた星

息子雅一君は四十八年前の六月九日の早朝に生まれ、その夜遅く旅立ってしまった。どんよりと曇っている蒸し暑い梅雨の一日だった。次の日小さな手にくりくり目玉の彼の顔よりも大きなペコちゃんの箱と赤とんぼのプラモを持たせて、私が自転車に乗せて火葬場に連れて行く道すがらは今日のように陽の光があたりいっぱいに広がっていた。この日は彼に毎年一年間持たせていたペコちゃんを新しいものと取り替える習慣が私と妻にはあった。

何十年前のことだったか、私が冬のウィーンの街を歩き、市内電車に乗ろうとして切符をホームの脇のタバコ屋で買おうとしてうろうろしていた時、自分の金で買ってくれた見知らぬ青年がいた。彼は背の大きながっしりとした大学の法学部に籍を置いていた若者だった。電車の中で立ち話をしている間にも私は雅一君と同じ年頃のその青年を見てどうしてもそこに息子がいるような気持ちになっていた。私たちは繁華街で大きな教会の屋根を見ながら電車を降りたが、あまりの人混みの中で私が周りを見ていた間に青年の姿を見失ってしまった。これはほんのわずかな出来事だった。雅一君は火葬場で青い煙になって青い天に向かって行った時、星になったと自分に言い聞かせていたがウィーンではその星がそこに落ちてきてあの青年になって私の前に現れてくれたのだと思った。

ウィーンのこのあたりは寒い冬が広がっている夕方だった。人のいない通りの角で、老人が売っていたヨーロッパの甘栗を買って食べてみたが、同じく別の時にパリの雪の降るラゾラ駅の前で北アフリカ出身の青年から買った甘栗と同じく、天津甘栗とはどこか違ってそれほど美味いものではなかった。

私の五番目の息子だと名乗って手紙をくれる京都の方の青年もいるが、おそらく私は三番目の息子である雅一君のことを作品のどこかで詳しく書いているのかもしれない。

明日は息子の命日である。私は若い頃外国を旅する時常に彼の骨を少しばかり上着のポケットに入れて歩いていた。あれはカナダのモントリオールの空港だったか、それを麻薬と間違えられたこともあった。私はいつも雅一君と共に歩いている。アリゾナの砂漠の中で轟々《ごうごう》と音をたてて流れているロッキー山脈の雪解けの流れの音を聴いた時、そこは寂しいインディアン部落であった。私が訪ねたアメリカの作家、コールドウエルと彼の妻は、フェニックスの砂漠の夕日や熱い砂漠に冷たく流れるロッキーの話をしてくれるのだが、その話も上の空で、私は心の中の雅一君と話し合っていた。このあたりにはインディアン部落が広がっていた。

いつになっても亡き子供は親の側にいてくれるし、親は子供と一緒なのだ。早く今年のペコちゃんを買ってきて彼の脇にある古いペコちゃんを舐《な》めたいものだ。

天然ではない現代人間

人は誰でも自分の人生を生きている。しかし人生全体の半分ほどは常に削ぎ落としながら生きている。つまり人は自分自身の願っていることや、自分の存在価値というものを表現する時、その半分ほどはどうしても取り除かなければならない。なぜならば信じていること、言っていること、書いていることの半分は大袈裟《おおげさ》であったり、意識せずにまた意識しながら過大評価を自分に向かってしていることを私たちは素直に認めなければならない。

仮初《かりそ》めなもので人の世はほとんど満たされている。仮初めでないものなど人の世の中にはほとんど存在しないと言っても良い。たとえそれでいて仮初めの出会いをする人たちや仮初めの恋をする人たち、仮初めにあの人は私の本当の師であるとか、指導者であるとか思う人に、人は誰でも出会っているのである。そこで確かにその人が自分にとって単に仮初めの存在だと分かる時、その人は幸せな人物と言わなければならない。ほとんど全ての人は生きている長い人生の中で自分の心に合う本物にはなかなか出会っていないのである。多くの人はこの出会わない人との関係をいかにも出会っているように錯覚しながら日々生きている。しかし本物に出会わない自分を知って単なる仮初めの出会いや時間が経てば、消えてしまう夢のような体験を現実とみなしながら生きているのが大半の現代人なのである。

人は仮初めのものを一つ一つ自信を持って、厳しい態度で脇に退けながら現実の出会いが目の前に現れるまで忍耐して待つ人間でありたい。本当の幸せとはこの文明の頼り甲斐のない世の中に求めても良い結果は決して出てこない。何と多くの人たちが幸せを求めながら、結局は不幸な時間の中で不満とやるせなさと痛みを持ちながら暮らしていることだろうか。

南米の森の中に住む原始の生き方をしている人々や、カリマンタンの熱帯雨林の中で生きているほとんど裸族に近い人々のあの幸せな顔を見ると、文明社会の人々はそれが現実だろうかと疑うのである。蛇に襲われ、毒グモに狙われ、毒草を踏まないとは限らない密林の中で語る言葉も少なく、暗号のような原始語の中で暮らしている彼等こそ、人の幸せや生命の喜びを日々体験していることを私たちは理解しなければならない。もっともそういった世界に入ればそれなりの文明世界には見られない多くの問題があることも事実だろう。しかし原住民の一日一日を全く新しい時間の中で、男を先頭に女や子供たちが森の中を歩き、新しい土地に進んで行く中で、彼等は常に全く新しい物の中に生きている。

考えて見ればあらゆる便利さの中で権力と金銭に囲まれて息さえできないほどの心の重圧の中で生きている文明人間には、呼吸さえままならない所がある。現代人は今海の中から化石燃料の重油に等しいような炭化水素を造り、それを細胞内に貯めこむことのできる単細胞の藻類を探し求めている。もちろんガラスの中から化石燃料を求めようとする愚かな行動よりは良いかもしれないが、現代人は高級車に乗りながら化学燃料のなくなる時代の来ることを考えながら、落ち着きなく生きているのはなんとも悲しいことだ。そういう現代人は何を持っていても、自分自身が好きになれないし、毎日の生活がつまらなく、どんなに自分を飾って見たところで、明るい明日などは考えられない。文明人間の生き方の中にはこのような負の感情が働いている。それは絶望に等しい生き方の中の棘《とげ》であり、それが常に鈍い痛みとして人の心を刺している。本来生命を十分に活かすために水分補給は必要なのだが、現代文明人間の生き方にはそういった水分が摂取されてはいない。密林の中で着るものも無く生きている原住民たちには、十分過ぎるほどに彼等の心の必要とする水分が周りに用意されている。

太古の地球の上に生息した植物でも動物でも果たしてこのような水分摂取のできない遠い未来を想像することができたであろうか。長い時間の中で人間同士はまた、人と植物や動物たちはそれぞれの生命を共存させるだけの知恵を持つことができなくなっていくことを予感することができただろうか。古代の樹木もその茂る葉も、現代の人間や他の全ての風景を天然そのものとしての美しさとして見ていたであろうか。言葉というもう一つの奥深さのある目はそれでも現代人のこの有様をはっきりと見ており、観ており、感じている。

太陽の光を浴びた言葉

茶碗や皿の形は用途に従って様々に変わって造られている。どの一つをとってみても同じ物はない。夫婦物の二つ揃っている物や客用の五つ揃いの物などはどう見ても、一つ一つとしては何か存在する力が足りない。常に二つが揃っていなければ、また心持ちや態度が人の前で立派に整っていなければ五つ組になっている物は落ち着きがなく、そのもの自身の特徴さえはっきりとは現れてこない。人間もこの点においては同じことが言える。何人かでまとまり並んでいて成り立つものは、そのもの自体がそれとして自立して立つ時、走る時、自分だけの言葉でものを言い書く時、どうしても何かが抜けていることに気づく。人は常にその人一人として存在しなければならない。個人で存在するということは間違いなくその人のリズムと調和の中で自分を表現できるし、何かを訴えることも可能なのだ。一人であるという現実の時間は数多くの人の間に混じり込みながら、全体としての中での調和やリズムを意識しなければならないので、人はどうしても自分をまず脇において全体の中の一人である自分を意識するところから一瞬なりとも心を放すことができない。つまり個人である自分が落ち着く暇が全くないのである。睡眠不足でたまらないまま本人の自律神経は極度に傷めつけられて悩むのである。集団の中の人間は、自分自身の存在という点においては途轍もない敵であると知らなければならない。ぐっすりと眠るのも、大きく心を開いて魂の目で万事を見つめ、自分の言葉を紡ぎ出し、語り出し、書き出し訴え出すことができるのである。自分の足の裏を頭の中と同様に力を込めて揉みほぐす時、あらゆる意味においての全身の落ち着きが見られ、体調はすべからく良くなっていくのである。

この世の中や町の中には、どこに行っても博物館があり、図書館があり、本屋があり、レストランがある。しかし人は一人でいても常に集団人間の中の一人である自分を意識し、集団の中にいてさえ一人であるはずの自分を意識することはほとんどできない。現代人間は誰も彼も社会人間であって一人の個人人間としては自分を意識することはできない。つまり個人としての自分の自律神経のバランスがあらゆる意味において崩れていて、どんな宿主に入ってくる病原菌に対しても、ほとんど免疫力を持っていない、人間は全てあらゆる意味で言葉に対しても肉体に対しても自分を守る抵抗力があると考えられていたが、その実そういった免疫力といったものはほとんど全て低下の一途《いっと》を辿っている。人間が個人という存在を離れて集団の中でしか生きられない時、最高に大きな病に侵され、ことごとく自律神経が崩れ睡眠不足に陥っているのだ。しかしこの悲しい事実を何とか知られまいと食い止めるために嘘の言葉を捏造して日々を生きている。数多くの身体をそして心を養うための山ほどのおかずを盛った皿を目の前に置いているのが文明人間だ。人間は何と多くの本を読み、言葉を口にし、ありとあらゆるグルメを口にしていることだろう。しかし人間の心と体の睡眠不足は止むことがなく事実神経の全ては間違いなくバランスを崩しており、どんな薬を飲もうとも免疫力は日々低下していくのみである。

人間は確かに数多くの生命体の中の一種であって、その頂点に立っていることも事実だ。それでいて残念ながら人間という生命体ははっきりと自分が何もかも失っていることさえも分かっていない。言葉は壊れ、流され、そういった物を再生しようと願っていても、数多くの瓦礫の下からは一つとして言葉は発芽しない。長らく言い伝えられ古さの中で苦しみながら悲しみながら甦り、深まって来た言葉さえ、その意味は現代人の社会生活の中で少しずつ訛《なま》ってきており、本来の意味は途切れがちとなり、彼方に流されていく。つまり人間は自分の言葉を自分の中で悲しみながら捏造しているのだ。

もう一度自分の足の裏に手を伸ばし、力を込めてそこを揉めば良い。半ば眠りこけている自分の言葉を揉むことによって自分らしく目覚めることがあることを信じたいものだ。訛《なま》りを取り壊れている自分の言葉をもう一度、どんなに走り書きをしても誰にでもよく読める言葉として表してみたいものだ。沈黙の言葉は意味が無い。太陽から放射される生命の素である放射線をいっぱい浴びた言葉を自分のものにしたい。

言葉の力という才能

　幸せという名の心はそのまま高度な才能と見るべきである。幸いはどんな意味においても形にすることや発見することは難しい。言葉があって、それを我が物としている人それぞれの中でその形は微妙に違っていく。言葉で表現される幸せと、人それぞれが実体験をするものとの間には、かなりの開きがある。私たちが常に納得している幸せとはどんな状況の下でも間違いなく幸せなのである。金がなくとも、名誉がなくとも、友に裏切られても雨が降っても、明るく日が射していても、病んでいても健康であっても、特に自分自身の中で不安や不幸を感じていても、どんな時も何があっても笑いほうけていられるあの素朴なしかも単純な生き方の中にあっても幸せの形はいささかの動かしようもない現実として、その人の心にへばり付いているのである。幸せは周りの社会の、人が見る所の、また作り上げ創造している自然の形の中で考える時、どのようにでも彩られてしまう。しかし幸せは常に動くこと無くその人の中で位置を変えることはない。

　言葉はそれを話す人の力であり、その力に寄り添って離れない幸運は間違いなく大きく呼吸をし、手足を力強く動かし、しかも背骨を伸ばせるだけ伸ばして進むことも飛ぶことも胸を張って座ったり坐したりすることも可能なのだ。このように自由自在な言葉はそのまま幸せという名の心と結びつき、そうなった時にその人は最も高度な才能に導かれる。従って才能が有る人とは才能を求めることではなく、幸せの言葉の中である方向に進む人のことなのだ。背骨を伸ばしながら前進できる人の幸せそのものがそこに存在する。

　生命体は大小の違いはあり、ある者は走り、ある者は泳ぎ、ある者は飛んでいる。天空や地上において生命体は自由自在に乱舞している。しかしその中でも速く走り、遠くまで音を響かせ、七つの海を泳ぎ、空とか天空を自由に移動する力を持っている人間は、与えられた生命を他の生命と比べて最も自由自在に利用しているかもしれない。閉ざされた自然の箱の中では確かに人間は自由自在だが、この枠の中からは一歩も外に出られないという点では、やはり自由を失った獣であり、魚であり、鳥であることには変わりはない。天然の目や耳や口が付いており、手や足は自由自在に動いていながら、かつて人間が造り出した神話の世界の生き方のようなものは全くできないのが今の人間たちなのである。本来人間は何事も自由自在にできる存在である時、神話や伝説の中の人のように自由で有り得た。『古事記』や、『日本書紀』、『エッダ（初期北欧神話）』、『カレヴァラ（フィンランドの民族叙事詩）』といった透明でありながら決して開け放つことのできない神話や伝説の中に閉じ込められている人間が、ある一瞬の中で外に開放される時があるとするなら、そこから人は神話や伝説から自由になり、心の羽を広げ、どこまでも自由に飛び出す言葉を持つ人になれるのである。

人間は今日、文明の時間を誇ってはいるが、その実、人としての品格を失うという形で神話を喜べないものになっている。人間はいつの間にか初めから終わりまで老人の中で生きており、そこには人としての品格は全くない。人は若くとも老いても一人ひとり自分の中の自分らしい解放された心の品格を持っていなければならない。品格を作る言葉とはそれぞれが自分の中でしかも自分の飛び立っている生き生きした言葉でもって造り上げる言葉による。現代人間は神話や伝説という名の存在が全く自分と関わりのないものだとしか考えられない。もう一度これを自分の中に持ち込むだけの自由が欲しい。

幸せという名の現実は、その人がどんな場合でも内側に持つことができる才能なのだ。今、縛りつけられ叩かれていても、最も幸せな時間の中に置かれている自分を感じていられる時、その人は何事にも優って才能があり、しかも品格有る才能に恵まれていることを知らなければならない。

挑戦する言葉

人には何事に関してもその人の力を出し尽くす、いわゆるチャレンジする思いが有る。有るというよりはむしろそういう時間がなくては人は生きられない。真面目な態度でいても、ぐうたらな態度でいても、笑っていても泣いていても、人は常に自分の中の精神に心を込めて取り組まなければならない存在であるようだ。誇っていても、恥をかいていても、常に最も下の自分から立ち上がる意気込みがなくてはならない。燃える心こそ、その人を一歩前進させることになる。どんなに天然の中でゆったりと流れていても、そのまま同じ状態でいられるなら、そこには間違いなく長い間には緩《ゆる》みが生じてくる。この緩《ゆる》みこそ人の敵なのだ。

真面目に生きていれば良いというのではない。笑い、泣き、怒っていても力いっぱい自分を出しきり、今置かれている状態にぶつかっていかねばならない。同じ流れの中で浮かんでいるなら、そこにはどのようなチャレンジ精神もその人らしい生き方のリズムも現れてくることはない。生きるということは、より良い環境に生まれ、その中で育ち、老いていくことではない。むしろ不幸であること、不満であり苦しく悩み痛む今の自分をむしろ、与えているものをチャンスとして受け止める人こそ、幸せである。人よりも余計にチャンスを与えられている自分にむしろ、感謝ができる人は明らかにそこに周りの人以上に幸せを受けている。より多くの苦しみこそ、また痛みや悲しみこそ、その人をより多くの幸せにすでに引きずり込んでいるのである！

言葉とは人の中から出てくる幸せの流れなのだ。言葉こそ生き生きした人生そのものであり、人は人生を常に自分の言葉というものでもって投影する影なのかもしれない。言葉はそこに結果する種なのである。現実を造り出す夢だ。何かによって失われ、崩される言葉は要するに自分の心から出た言葉ではないのである。時間や歴史の中で様々な言葉によって吹き飛ばされ、考えによって消されていく。文明社会の中で流れている言葉は初めから捨ててかからなければならない。そういった言葉は、単なる社交辞令であり誰もが同じ時に同じように使っているので、何かを本気でやる人にとってはほとんど意味を持たない。永遠という時間の流れの中ではますます大きなエネルギーを生み出す。放出するエネルギーの塊としての言葉は、その人の心から生み出されるものであって、それを生命を守る放射線の類と見て差し支えない。こういう言葉は沈黙に裏打ちされた心の言葉であって、それを精神そのものと読んで差し支えない。人は何事においてもチャレンジする力を発揮する言葉でもって生きたいものだ。

心の呼吸

現代という時代の中で生きていながら変わった人物と言われるのは、おそらくその人が現代社会の中の生き方から、どこか外れているからかもしれない。現代社会の中の生活という常識からはみ出た生き方を、部分的であって決して全面的ではないにしても行っている場合、そういう人は珍しい存在だと言われるようだ。

しかしそれ以上に現代の人としては何かが大きく異なっていると見られるのには、しかもその度合いが周りの人にとって忘れられないほど深いものになっていくのには、そういった社会的な生き方の違いぐらいでは人は驚かないのである。社会や人が驚くためにはごくごくわずかでも良い、その人の言葉遣いの中から常識的な匂いのする日本語が、また世界全体的に言うならば自分の母国語から常識的な語彙が消える時なのである。本来の自分をはっきりと打ち出すためにはほんのわずかで良い、一、二、三の非常識な語彙やフレーズを口にしたり行動の中で表せば良い。もっともその非常識な語彙や考えが間違いなく本人に確信を与えていなければならないことも事実だ。こうなってくると、言葉が紡ぎ出される精神の中に、自分の確信の思いから出てくる言葉に自信がなければ、一言でも非常識の言葉を発言することはできないはずだ。

このような自分が信じ、人々が驚きびっくりするような言葉は、単に言葉やフレーズと考えてしまうのはおかしいのかもしれない。こういったものは一応誰もが信じ尊敬する箴言であったり、格言として通るはずだ。そういったものにぶつかるその人の心や精神といったものは、言葉にまたフレーズやクローズにただ、単にぶつかった訳ではない。ぶつかったというよりは、心の気づきであり歴史の中のある人々は神の言葉に撃たれた精神に撃たれたと見た方が良いかもしれない。こね回されかき回されている言葉やフレーズの混沌の中で、現代に生きている人は己の生命をどう扱ってよいか、どう表現したらよいか分からないでいる。言葉はあらゆる面で人の日々の生活の中で多面性を見せており、人はそういった言葉と面と向かい合う時に戸惑ってしまうのである。人は体で呼吸し行動の中で常に急いで走り、疲れはどこまでも続いていく。しかし言葉と向かい合う時、しかも自分自身の生命という存在の中の休みない動きに向かう時、人は誰でも心の呼吸をしなければならない。常に言葉を生かすためには長くて深い精神の呼吸をしなければならない。心や精神がこの呼吸を忘れているのが現代人の生き方そのものなのである。これは致命的な人の生き方の病を作っている。

現代人は心と精神の中でほとんど呼吸はしていない。だから金や物によって身体は安心できると思ってはいるのだが、生命そのものは常にいささかの落ち着きも休みもとることができないでいる。心の休まらない人や精神が落ち着かない人の集まりであるこの社会を、凡人の住む所とか、常識人の住む世界だと考えるならば、非常識でありながら、そこにはっきりと自分を持っている人のいる場所は稀なる人の世界だと言っても差し支えない。昔日本語に稀人《まれびと》、つまりそう簡単には世間に現れない人物を指して言う言葉があった。しかし今日では最も素朴で単純さ極まりなく教養もなければ金や物にあくせくしながら働かない人を意味するのに、この稀人という語彙は適しているようだ。お宝とか宝物と言われる言葉が、仕事もせずぶらぶらして適当なことを言っている人を指しているのとどうやら同じかもしれない。

有史以来こういった稀人と呼ばれた人はあまりいない。敢えていたとすればディオゲネスぐらいかもしれない。極東においては荘子が描いている何人かの人物像や、蒲原郡《かんばらごおり》（越後蒲原郡は良寛が住んだ所）あたりを乞食をして歩いた良寛ぐらいではないだろうか。人が本当に大自然と繋がって自然に生きられるのは、この種の稀人に近いものに近づかなければならない。

言葉は常に危険に曝されている

自分の中に閉じ込められている感覚は、本来、人を解放する自由な感覚ではない。自然に向かって欠伸《あくび》をしたり、自然の一部になって行動できるものであって初めて自由な感覚と言える。自分の内側に閉じ込められている言葉や心は、ベタついている身体の産物であって、それは天然の広がりの中で表現できる自由自在な感覚ではない。いつの時代でも人が喜んでこれは良い薬だとか、内容豊かな健康食品だと信じているもので本当にその通りであるものは、ほとんど存在しないのが現実だ。人間がどこまでも追求し、研究している様々なものの中でもその先頭に置かれているものは医学であろう。しかしそれでいてなお最も遅れているのも医学なのかもしれない。

万事にピンチに立たされるものがあることは事実だ。最も大切なものやその大切な問題を解決しようとして人間が力を入れようとする時、その研究過程はどんな場合においてもピンチそのものであると見ている方が間違いない。自分自身の言葉がピンチに置かれる時、それは間違いなく本当の思想が生まれる原点がそこにあると知らなければならない。

思想は言葉という酵母によって醗酵し、その一つ一つの断片は正しく整理される時、様々な問題に繋がる確かなノートの役目をしている。従って一流のメモは間違いなく何かしら重大な問題を解決するノートになることは確かである。

言葉はその人間の確かなリズムそのものであり、同時に豊かな環境そのものである。生命という流れと調和する力である。

物を書くということや喋るということは、間違いなく人間環境の歌であり、それが昂《こう》じてくると踊りとなり、空高く舞い上がるコンドルの行動となる。だから人は内側に閉じ込められている己自身をこの言葉という環境の下に引き出し、限りなく自由に踊れ！　言葉よ、どこまでも飛べ！　環境は止まってはならない。滞り無く流れていなければならない。自分のリズムで生きよ！　やはり言葉は何と説明するよりもリズムとして理解しなければならない。己自身の豊かな環境そのものだと自ら信じなければならない。しかし、それだからと言って、自分は完全だと思ってはいけない。そう思う時、青春時代の人も、壮年期の人も、老年期の人も、全て老いてしまう。玉手箱の蓋を開けた浦島太郎になってしまうのである。

人は幾つになっても、生まれた時に持たされてきたパンドラの箱を開けてはならない。どんなに華やかな時も、苦しい時も、悩む時もその箱の蓋を開けない限り、その人は自由に自分の言葉を語り書き歌って生きることができる。言ってみれば私たちの言葉は数多く存在する単純な、また難しい漢字そのものなのかもしれない。漢字の限りない数の多さはそのまま私たちのパンドラの箱の中に入っている苦しみや痛みの数なのである。

その点ローマ字も仮名文字もアラビヤ文字もあまりにもその数が少なく、単純で有り過ぎるのでパンドラの箱の中の数多い不幸を背負うことはできないようだ。つまり言葉という精妙な人の中のエネルギーのピンチの一角を担うことはできないでいる。それができるのは確かにどこまでも正確で精密で難しい漢字に許されることなのであろう。

人は完全では有り得ない。それと同じく言葉も、思想も完全ではない。その不完全の一次元の中に、四次元五次元の物を見つめようとする人の心を結びつけるのは容易なことではない。そこには常に初めから厳しい問題が用意されているのである。

自分の言葉の本当のピンチをはっきりと知りながら生きて行こう。

緑のインクで

悪人も救われるというこの事実によって私は確かに生かされている。

私は途轍もなく大きな、広く、奥深いところで馬鹿な人間に生まれついている。ある意味での驚くほどの単純さと誰にでも嫌がられてしまうほど汚れ放題の素朴さを自分から離すことなく、今のような八十歳間近な老境に達するまで平気で生きていられる。一寸でもまともな理解力があれば私はとうに気が狂ってしまったかもしれない。つまらない事故を起こしてとうに死んでしまっているかもしれない。死者に、つまり死せる友人たちに泣きながら手紙を書けるこの変わった単純さは、本来この世にさほど長くもない生き方ができる私を支えている。この私をこのように生かしてくれているのは、以上のような要素が他の誰よりも多いからであろう。

若い頃私は、明日死ななければならない人間のように絶えず叫び、泣き、自分の信じる宗教に没頭して過ごしていた。若さの中で私をそうさせた力は、それまで根っからの悪人であった自分が分かっていたせいなのである。

一つ一つ例を挙げればその数は山ほどある。しかも自分では周りに恥ずかしくて言えないほどの悪い行いが山ほどある。
昔、悪人も救われると思っていた偉い坊さんが何人もいた。私みたいな、とんでもない人間が最初に救われるとはっきりと言われているのだ。教会の牧師であり、教師などもしていた私だが、四国に追放された法然が出逢った子持ちの夜の女や、ミラーがパリで出逢った夜の天使に、本来私もどこかの旅で出会わなければ、とても救われないタイプの人間なのだ。私はそういう恥ずかしい男であることを八十にもなる今、ますます深く自覚しているのである。キリストの十字架の脇で処刑された悪人は、ある意味で間違いなくこの私だった。

寄ってくる老いや金銭、一切の有りもしないわずかな小さな誇りなど追い帰してしまわなければならない！ 心の中にそれでも未だまだ私の中から外に出て行くことのない罪が山ほどある。どんなに謝っても、土下座しても許されない罪が汚れでへばり付いて私から離れようとしない！ どうしてもこの私には許されることのないものを大声で叫びながら執拗に追いかけてくるものがある！ それは純粋な荒野からの叫び声である。洗礼を授ける清らかで厳しいものの声である！ 十九歳の終わり頃、宇都宮のプロテスタント教会の長老にされた若さいっぱいの私の心は、その分いかに多く悪が心や身体の至る所にへばり付いていたかがよく分かる。マーチン博士によって、長老になった若者の私に、そのことを緑のインクで書きつけてくれた羊皮の聖書は、今なお私の手元にある。

悪人はどこまでいってもその影をはっきりと生き方の中に残している。マーチン博士は肩のところに刺青が残っており、彼の机の前には、いつも囚人の頃足首に付けられていた丸い鉛の塊と鎖が「私の金メダルだ！」と言わんばかりに置かれていた。

悪を悪として認めている限り、何とか与えられた人生を生きられることを私は感謝する!! トルストイは『人生論ノート』を書いたが、私も私の人生日記を人生論ノートのリズムで彩って行きたい。

禊《みそ》ぎと祓《はら》い

物事は何事も常に変化していく。存在するもので常時同じ状態でいるものはない。何事も常に変わっているので、そのことに生命体はどんな種類のものであり、普通そのことを気にはかけない。初めは若く、やがて歳を取っていく。大自然は常に変化していく。もしそういった中に変化しないものがあるとすればそれは時間だけだ。ある人は時間も変化すると言うが、それは大きな間違いだ。その人が時間と見ているものは、実は時間ではなく時間の傍らに存在する物事の方を言っているのである。不変化とは、我々の日々の表現力の中で少しずつ壊れているものはそのように見えないからである。錆びる物、崩れる物、壊れる物、外れるものなどを意味しているのである。さらには、汚れるもの、変わった匂いになるものなどもこの部類に入る。

浄化したり、全く新しいものになったり磨いたり、取り替えなければならないものや直すという言葉で表している物は存在してはいるが、古くなったものを祓《はら》い、さらには大祓《おおはらい》する必要がある。

家の中の家具でも、身に着けている服装でも、さらには頭の中の考えでも訳は同じだ。

しかし私たちはこのような物を直したり調子を取り戻すために、それに対するある種の技術を使って手を入れる。つまり祓うのである。

しかしそのような改良をしたり直して使うことを一切忘れ、新しいものを手に入れて始まる時、そこには禊のスタートが見られる。最初にその存在するものを全く新しいものにしなければならない。つまり禊ぐことが必要なのだ。つまり禊の徹底的な形として大禊がまず初めにされなければならない。一つのものが改良されていくのではなく、全く別種のものに変化させる必要があるのである。汚れたものがそのまま磨き直されたり、新しいネジで留められたりするのではなく、全く新しいものに、つまり別のものになって存在しなければならない。これまでの習慣や、こびりついていた物、傷んでいた物など一切を取り除き、浄化し、全く玄の状態、素朴そのものな生命の現実として新しく生き始めなければならない。そこから新しい匠の業が動き出すのだが、それを大禊ぎと呼べるのである。日々の生き方の中で己の瞬時の気の流れの中で行われるのがこの大禊ぎの技であり、そういう自分の確かな自信が持てる時、その生き方の、またその存在の中で大祓《おおはらい》は大禊ぎから見れば、大変小さな祓いであることを人は知るのだ。

禊ぎも祓いも決して神道という日本古来の宗教の用いる言葉ではない。現代のごく自然な言い方の言葉に変化させるならば、禊ぎは人格の、またそこに有るものの存在を全く別の物への変換であって、祓いは常に行っている古びたものの部品の取り替えに過ぎない。大きな生まれ変わりは大禊ぎであり、単なる存在するものの改良は大祓と言ってよいだろう。

ある人物は初め塀の中の人間だったが、全く禊ぎを受けた後、人として役に立つ人物になった。こういう人間は多少傷ついたりする一面も有るにはあるのだが、常に祓いを行い、つまり反省していくことが可能のようだ。

大禊ぎも大祓も確かに現代社会のこれに当てはまる言葉で表現するよりは、より大きな理解力を持っているように見えるのである。

偶然の生命

心の進化を促している人の態度、すなわち人の中の流れそのものを、少しずつ改良されていく機械と同じように考えているのは我々人間である。しかし心は生命と繋がり関わっている大きな天然そのものの働きであって、この働きを真似て人が作り上げた大小様々な機械と同じに考えることは大きな間違いだ。生物の体、つまり骨格や臓物の全ての進化は人の作る機械の改良とは全く別の物だ。進化は変異することである。それは動きの変異作用であり、体の一部の変わりようであり、改められた運動作用に他ならない。

心の進化はまさにこれの典型と言うべきである。言葉の動きの中にこれをはっきりと見ることができる。心の進化とはミュータント（突然変異体）の基本的型であり、動きとして見るべきだ。

敢えて変わったことやこれまで使われなかったことは、言うことも、書くことも、考えることもなかったこととして認めなければならないようだ。自分の生き様をそのままスケッチするだけだ。自分を自分らしく自分そのままに曝け出し、顕微鏡下に目撃するウィルスそのものとして傍らの紙にスケッチするだけである。真実とはそこからしか生まれない。むしろ生まれるのではなく、今まで漠然として見えなかったものが拡大され不思議と見えてくるのである。

この世の中の万事はこのようにして人の心の顕微鏡の下に浮き上がり拡大して現れると、人は物事に偶然の産物と必然の産物があることに気づく。人はさらに目を凝《こ》らして拡大されたものを見つめていくと、全ての必然的な存在が、その実全て偶然から出発していることに驚くのである。万有は、つまり天然の存在はほとんどというのではなく、全て偶然の中から出現している。そうでないものは一つとしてない。星占いも水晶占いもトランプ占いも、そうでなければ全て科学の先頭に立てるはずだ。もしそうでなければ「当たるも八卦当たらぬも八卦」という言葉が全く意味をなさない。あらゆる偶然をもう一度はっきりと自分の心の顕微鏡下にかざして見つめなければならない。万事が結局最初のところで全て偶然から生まれた偶然に過ぎないことに気づくはずだ。

人は様々なことを与えられた自分の寿命の中で行う。土地を耕し、身体を耕し、心を耕すのもまた、全ての人の役目であり、同時に体と心のためのエクササイズなのである。

この耕す行為を、また耕すという語彙を、さらには漢文をしつこく分解していくと、耕すとは田や畑を耕し、川や湖を整理し、山を守ることに通じる。日本人は耕すという言葉を中国から取り寄せて生活の中で使っているが、最近はこういった日本語さえ忘れて「カルチャー」という英語に馴染んでいる今日である。おそらく学び、知恵をもらい、大小様々に碩学になっていく現代人は耕すことが学ぶことや考えることに通じると考えていて、むしろ大地を耕す意味を半ば忘れている。こういった漢字を横文字に変えてしまう現代日本人の、いわゆる言葉革命または言葉の現代語化は止むことなく、大きな川の流れのように進行している。

粉々に砕いていく岩から砂の状態は、さらに砂から粉になるまでドロドロにされていく。まさに言葉は、すなわち漢字も仮名も全て粉々にまたトロトロになるまで摺《す》り潰されて来ている。人の脳も心も漢字と同じように摺り潰され、もう一つのアルファベットとなり、それ以前のフィニキヤ文字のように漢字本来の意味を全く見せていないものになっていく。

物事は全て偶然の中で大きく豊かな働きを見せる。大地が米や麦や野菜を育てていくのもこの偶然の技だ。毎年同じように同じ季節の中で育つ田畑の作物を見すぎている我々は、この偶然をいつの間にか当たり前のこととみなし、それを当たり前のこと、そうなることが当然と言わんばかりに、必然と呼んでいるのである。

本当の言葉、その人の心から織り出される言葉の一つ一つも、それは心や精神というその人の中の岩石を砕きながら徐々に細かくされていく考えの粒子そのものなのだ。こういった言葉の中に本人の真意を見るのが言葉だと分かるのは、以上のことによっても明らかだ。

文明の知を含んでいたり新しい力を発揮するのは、こういった本人の間違いない言葉である。万有の中に存在しているありとあらゆる種類の放射能も言葉を含んでいる。そんな放射能の中にごくわずか人間が作り出した鬼っ子とも言うべき原爆効果を現す放射能は、今のところ未だ少ないはずだが、今後の人間の馬鹿さ加減によってはどうなるか分かったものではない。放射能という生命を助け生きることを促してくれる能力を、人は耕すところから手に入れている。決して必然ではなく偶然に生まれた物として私たちはこれをサンクチュアリの恵みとして受け止めなければならない。耕されそこから能が偶然に生まれ、これから先、質変化が様々に偶然の中から起こってくるだろう。千年後、万年後に地球上の生命体はどのように変わっていくか想像することはできない。しかし人は何の恐れもなくミュータントとして様々に今後生きていかなければならない。

酸は酸であってもそれが水素や窒素だけならば生命は生きていけない。もっとリンゴ酸やクエン酸やピクリン酸等を力いっぱい生命の中に流し込み、生きているというこの現実の時間を延ばして生きたいものだ。

ブライトゾーン

言葉は醗酵作品そのものの形式を備えている。人の生命の中から、周囲の環境の変化の中で、あたかも麹《こうじ》がブツブツと泡を噴き出すように生命の暑さ寒さの具合の中で広がっていくものだ。醗酵されるものは単に麹だけに限らず言葉においてもはっきりと実感できる。高次の電磁界に見られる様々な未知の現象の中で、ごくごく一部は賢い人間によって見い出され、様々に人の生き方の中で応用されている。電球から始まりコンピュータや携帯電話の様々な使い方の中で応用されている電気の利用を、文明人は大いに喜んでいる。今後の新しい時間の中でこの発展はどこまでも文明の夢を大きくしていくことは事実だ。このもう一つの酵素の働きを考えながら、そこにさらに言葉という名の別の酵素の作用が絶えず人という名の生命体の動きの中に力を出し始めていることも忘れてはならない。

人の言葉は常に自分をフツフツと大きく伸ばし、その軌跡を広げている。そこには瞬時なりとも休み、止まり、滞ることのない動きを続け、広がりを見せている。言葉は単に生命と同じくまた、酵素の働きと同じだけではなく、陰陽師《おんみょうじ》のように天然に向かって呪いの言葉を吐き出すように、今という時代から一歩前進した次の時代への何かを発見する。そのこと自体が常に高い温度の中でフツフツと大きく広がっていく酵素の働きそのものなのだ。既存の言葉は常に動き流れている言葉の中で、今の自らの存在に失望する。今の自分の考えや行動していることの中に何一つ確かに胚胎《はいたい》する物を見つけ、そこに自分の行動の破局を感じてオロオロしたり鞭を振って自分を励まし続ける。人の生命とは自らを信じ、時には信じられない時もあるのだが、その時さえ、相思相愛の仲で自分を捨て去ることなく信じていける自分というものを確かに持っている。だから生命体とは常に生きている限り万能的な自分の力を信じて止まない確かな鑑定士なのだ。周りの誰から何と言われようと貶されようと、さらには徹底的に押しつぶされようとも決して自らは砕けることのない心を備えており、それをこのような間違いのない鑑定士と言うのだ。つまり自分自身の生命を常に開発していくもう一人の安倍晴明《あべのせいめい》（平安中期の陰陽家）の末の子孫なのだ。自分の生命の中から醱酵して止まない言葉は本人にとって間違いなく確かな生きた言葉であり、周りの人たちに力を与える醱酵要素なのだ。食べ物の一つとして醱酵するまではあまり長くは生きられない自分を知っている。生命体はまた野菜などもそういう与えられた短い寿命の中で生きているだけだ。しかし醱酵する力がそういったものの中に流れ出すとそこに醱酵の勢いが生まれる。酒も味噌も納豆もまたあらゆるものが醱酵の手によって一段と高い次元で生き始める。与えられた寿命を越えて長く生きられるのだ。

人は自分に与えられた寿命の中に、悩みという名のごく少量の発光物質が与えられていることを、脳や骨の髄や血液やリンパ液が与えられているより遥かに幸運なものであると実感すべきだ。悩みは初めはどんなに小さくとも、醱酵の力によってどんどんと広がっていく。一言で言うなら人の生命体は悩みから幸せを次から次へと増殖させる。全ての人に与えられている固定された人生を支えているのは、悩みともう一つそこから生まれる幸せという二つの輪である。悩みから出る言葉は一つ一つ染み入るようなものとなり、それは幸せという意味を含んだ数知れない多くの言葉に変わっていく。光とも呼ばれている自分自身の言葉と暮らす日々の時間は、なんとも素晴らしい。文明の豊かさの中で、金や名誉などを遥かに凌《しの》ぐ喜びと興奮と感謝で人は生きられるのだ。

醱酵はそのまま人の一つの文章となり、音楽となり、本来不自由そのものであったものが自由に羽を広げて飛翔できるのである。文明人間の日常から離れた聖なる場所で、途轍もなく幸せな何かに出会うのも、豊かな醱酵力を備えて生きている人だけだ。

私は今、フィンランドの作家、アレクシス・キビの作品、『セッツェイマン フェルヤスタ（七人の兄弟）』を考えている。彼は短い三十数歳の人生しか生きられなかったが、その実長く我々のうちで生き続けている。人生はその人次第で幸いの頂点にどんな不幸も、持っていることを自覚しなければならない。そのためには文明という名の悲劇に人は目覚める必要がある。人はこの世界の古代から現代に至る広がりの中であらゆる悲劇を味わっていると思っていて、常に穏やかで平和な生き方を与えられていることに気づかないのは、本人が自分の中の酵素そのものである生きた生命に自信がないからだ。

人は常に吟遊の詩人であり、ある意味においてはホームレス詩人なのだ。ヨーロッパの夜の街でコウモリの焼き肉を売っているジプシーなのだ。私はプラハの城の城門の脇で、悲しそうにヴァイオリンを弾いているジプシーの青年を見た。彼に本来のあるべき喜び多い人生を私は考えている。水の都ヴェネチアの水上バスの汽笛も、もう一つの水の都大阪のたこ焼きも、本来それらはとても良いものなのだが、実際彼等はそれを知らず、自信がなく、不幸だと思っている心が実に不幸だ。

人は誰でも様々な形で生きている。私は五十二歳の時頭をかち割ってまさに死ぬところであった。そして六十六歳の時は早朝、物を書きながら机の前で倒れ、覗き込む妻の顔を見ながら一瞬目の前が暗くなって死ぬところであった。それでも私は一週間ばかりうなされ夢を見ながら、病院のベッドの上で臨終の席に集まってくれた息子たち家族に囲まれて不思議と再生することができた。心の傷は私の場合はそれでも深くはなかった。マーチン博士とかミラー、その他の人たちによって私のとんでもない曲がり、傷ついた心も救われた。

人は常に自分を救ってくれる酵素を持っているものだ。そのことを信じている限り、誰でも与えられていると思っている自分の寿命は、それ以上に長いものであることを信じたい。この世に何かを仕掛けたり言葉を話す神は存在せず、様々な悪い所業を行う鬼なども存在しない。そうでありながら人はこの世をはっきりと見ることができないでいる。やはりこの世はダークゾーンなのかもしれないが、そこで生きる私たちはこの世の中をブライトゾーンにしようではないか。

常滑焼（1）土管坂

はるばる岐阜の美濃の地から名古屋の方に向かい、そこからさらに南の方に下って知多半島に向かい、穏やかに上下する山や谷の間から私たちは常滑の街に着いた。町はどこまでも平らであり、伊勢湾の東の端に寄った所に常滑焼の里は在った。

そのあたりは城郭を建てるのに適しているような丘であり、他からやってきた人たちには城が失くなった跡の城山でもあるように感じるかもしれない。町の大きな道路からその焼き物の里に足を一歩入れると、両側を建物で押さえこまれたような小道は一層狭く感じ、田んぼの畦道ぐらいの広さとなり、人は三人ぐらい並んで歩くと、もう誰もその脇を通れないくらいになる。こういう道が真っ直ぐに、左に右に、さらには下ったり上ったり、放物線を描くように走っている。こういった小道の所々には小さな公園があり、そこに有るベンチで一息いれるのもまた楽しいことだった。

道の左右は家々が並んでいると言ったが、そうばかりではない。この丘のあちこちに見られる、窯場《かまば》で造られていく土管を利用して、それを泥やセメントで固め道の周りのあちこちを押さえている。並んだ土管の間をしっかりとセメントで埋めたり、また土で固めたりしている。地元の人たちはこのような坂道の一つを「土管坂」と呼んでいる。この坂を上がったところから彼方に見える海は伊勢湾である。

常滑を訪れる観光客もこのあたりを歩いているとつい口からは土管坂という言葉が出てしまう。

こういった坂道を巡っているおり、立ち止まって左を見れば、大小のレンガ造りの窯場《かまば》の煙突が三つ四つぐらい同時に見え、右の方には二、三同じようなものが見える。この丘そのものが、常滑焼そのものなのだ。今はそういった窯が全てフル作動している訳ではないのかもしれない。というのは、煙突の近くまで行ってみると、煉瓦は崩れており、登《のぼ》り窯《がま》のあちこちも崩れていることから私はそう思った。窯場《かまば》に繋がって常滑焼の様々な製品が展示されているミニ博物館と、傍らで土産物として売られている作品などを見せてもらうことができる。

土管という名前が示しているように、一言で言うなら、常滑の焼き物は同じ東海地方の焼き物であり、日本人全てが陶器を表す、「瀬戸物」と呼んでいる焼き物の産地瀬戸などと比べる時、かなり性格の違うものだと私は思っていたが、車で知多半島を南下し、常滑市の一角に案内され、目の前に現れた陶器博物館に入ると、あまりにも数多く様々に彩色や形の変わった作品が大小並んでいたので、それを見て私は驚いた。常滑の急須といえば赤っぽい土のモノトーンの作品しか知らず、知っていたとしても黄色や黒などの練り込みの作品しか無いものだと思っていた。こういった数々の作品を目の前に見せられて私の常滑陶器の理解心は大きく変えられた。新旧様々な新しい形の急須を初め、その先には大小様々な壺や、さらにはゴツゴツとした土管や便器や建築材としての煉瓦等様々に見せられると、私の頭の中の常滑陶器の判断力が一瞬にして変わる思いであった。

この焼き物の丘のあちこちには喫茶店や食堂が数多くあるが、そういった店の中でも陶器などが売られていたり、展示されている。中には小さな工房を持っていて、窯や煙突も小さいながら煉瓦作りになっている。どこから見てもこの城山のような上がり下がりの多い、一言で言うなら数多い土管などによって崩れ無いように守られているこの一角は確かに「土管坂」という名に相応しい。この一言はこの町の人たちが口にする言葉だけではなく、ここを訪れる人たちにそう簡単に忘れられない印象を与えるようだ。このすでに天守閣や隅櫓《すみやぐら》を失った跡の城山のような所が窯場だったので、この土管坂などは彼等にとって実によく昔から今に至るまでの歴史を表しているように思える。

常滑のこの丘の一角を除けば、平坦な街の姿は日本のどこに行っても見られる平均的な形だと思う。

常滑焼（２）団子

常滑の窯場は土管坂によって象徴されている丘の周りにあるが、伊勢湾を前にした曲がりくねった小道の一角には、所々休み場があり、ベンチや椅子が用意されており、私たちは時々そんなところで休みながら水を飲んだ。丘の中腹の小道から西の方に伊勢湾を観ることができる。小さな田舎家の団子屋が在るのもこのあたりである。店に入って団子を一串食べながら店の主人の話す言葉にも、こちらの心を楽しませてくれる何かがあった。店を出て小道を歩き始めると道端に団子の串を捨てる用意ができている。もしこの用意がされていなければこのあたりの小道は訪ねてくる人々が投げ捨てる団子の串で汚れてしまうに違いない。人とは自分のしたことの始末を考えない生き物なのだ。曲がりくねった丘の小道の団子の味は、京都のみたらし団子のような味も形も上品なものではないが、田舎の素朴さ丸出しの味わいでこのあたりを散歩するものの心を慰めてくれる。小道を辿りながら途中何度も水を飲み、ベンチにも座り、今味わってきた団子の味を舌が思い出すのである。

この世の中がもっと便利になれば良いと焦って、人は電力がいくらあっても足りないような気持ちになるらしい。この綺麗な大八洲の各所に数多くの原発を置くことを認めたのは他でもない我々日本人そのものだった。政治家たちにそれを認めさせたのもまた日本人大衆そのものだ。福島に原発を置いた東電や政府を憎み怒鳴ってみても何かが大きく間違っているのではないだろうか？

互いに助け合い、あまりにも豊かな優しい心根を見せている日本人ということで、世界中の人々に良い教訓を示している日本人だが、反面、自分の起こした世界大戦の中で原爆をいじりだすように進めた日本人のこの愚かさを、果たして私たち日本人は気づいているだろうか？

私は焼き物の煙突を見上げながら小道を歩き、次のように幾つかの句を口の中に飲み込んだ。

涙して　団子を食うや　常滑の春

土管坂　伊勢の海見る　この身かな

常滑の　煉瓦煙突　春霞　団子は日本人にとって日本語と同じく文化の一つだ。今では誰でも団子と呼んでいるが、むしろ西洋文化の流れに押し流されて、着物や下駄を忘れてしまったように、私たちはハンバーグやソーセージは浮かんできても、なかなか団子は浮かんでこない。

その昔、私たちが純粋の日本人であった頃、団子は「団喜」や「清浄御団」と呼ばれていた。古い食文化の本にはこの他にもいろいろな名で呼ばれていて、団子は日本人とは生活の中で共に存在していたようだ。薬草や薬石などと同じく、団子もまた中国から入って来ている。どう考えてみても、お菓子の一種として団子が日本に入ってきた訳ではないようだ。むしろ仏教的な意味において人々に受け止められ、愛されてきたようだ。

平安の昔から「蘇《そ》（香草）」や「蜜」、「麺」等を混ぜた餅として団子が作られたと『我しょう問答』には記されている。

江戸期に入ると、中京地方の神社の祭りの時などは境内に並ぶ店で厄除けや供養の目的で団子が売られるようになった。やがて江戸時代の中期頃からは広く団子が人々の間に広がっていった。京都下賀茂神社の「みたらし団子」や、東京芝神明宮の「太太餅」はその後の日本人の中に様々な地方色を入れて広がっていったようだ。今度の大災害のような時に、日本人の顔から涙が出るようなこともあるが、そんな時団子は私たちを素朴な味わいの中で笑わせてくれる力を持っている。日本人の食生活の米を中心にして、粟や唐蜀黍《とうもろこし》、キビ、麦などを捏《こ》ね混ぜて精巧に作り上げた団子は、その実日本人の素朴さや単純さの極みを表現している。こんな所から地方地方に名物団子がそれぞれに生まれても当然のことだと思われる。「言問《こととい》団子《だんご》」という東京あたりの団子は、米粉を蒸して小さく丸め、それに小豆のこし餡と大角豆の餡でくるんだようなものであると言われている。

こんなことを今食べた団子の味を思い出しながら私は再び、人の生命と、放射能の愚かさを比較して考えている。焼き物の小道を進みながら、時折涙が出るのもあながち私が年老いているからでもないようだ。

常滑焼（3）　イナックスの便器

知多半島人はいろいろなものを造り出し、それに不思議に練り上げた味を出す。技の溜まりに溜まった表現の全てがそこにあるようだ。鎌倉時代から江戸時代の初め頃にかけて食べ物の味覚や焼き物といった物造りの中で、この半島独特の表現が生まれたようだ。この半島はおそらくそこに産した土の種類も影響したのか、焼き物が今日に至るまで廃《すた》れないで遺されている。江戸期から脱却して新時代に入ると便器という焼き物の作品が厠《かわや》からトイレに移る橋渡しとして大きな役割を果たした。

大豆や小麦といった原料から、中国から伝えられた醤油を作るようになり、これに逞しく手を加えて「たまり」という独特の味の作品をこのあたりで作り出すようになった。よく考えてみれば言葉さえ少しずつ匠の技と相まって溜まる時、味が深くなるのである。

この常滑の数多いレンガ造りの煙突が聳える中でも、特別高く堂々と建っているのが、イナックス社の便器造りの窯場の煙突である。明治から昭和の中頃にかけての日本人の生活の変わりようの中で、この会社の展示館でコバルトまたは藍色を基準とした便器の展示を観ていると、いわゆる数多い職人が生命を賭けて造ったのに気づき、単なる便器を見ているのではないという複雑な気分になる。藍色は確かに藍色であり、コバルトは何の変哲もないコバルトに過ぎないはずだが、様々な種類の花をデザインし、他のものを描くにしても、そのまま便器であることを忘れさせ、古い時代の人が抱いていた、神性な汚れた場所「御部屋神」の思いを現代人の私たちに持たせてくれるから、なんとも不思議である。

人間は何事であってもそれに徹底的になる時、そこに神聖さや神が宿るのかもしれない。生命の胎内には数えきれないほどの細菌が宿っていると言われる。人の体も同じだ。おそらくこのような便器の展示館はそのまま博物館と呼んでも差し支えないであろう。

人の体の中に住むもの、しばらく滞在するもの、つまり宿主そのものは神なのかもしれない。それを吐き出す便器は当然尊いのが当たり前だ。

便所、トイレの原語に私たちは厠《かわや》（川屋）をかなり昔は使っていたようだ。原始時代の人間は確かに流れている川の上にしゃがんで用を足した。川の畔はそのまま用を足す所として理解され、手水場はそのまま厠を意味し、何ものにも優って人が聖なる所と信じていた。手を洗う手水場はそこに向かう前のサンクチュアリを意味していた。ごく最近まで便所を綺麗に掃除している人は、たいてい女性たちだが、美人になると言われていた。玄関や床の間よりも、また応接間や書斎などよりもトイレが清潔になっていると、その家の女性は褒められたものであり、その女性の清らかさがあたりに広がったものだ。清らかな流れや湖畔の爽やかさは、人の心を慰めるものらしい。遠い時代の日本は、万《よろず》の神の中でも、厠神信仰と共に竈の薄汚れた火と神とが厳かに祀られていた。

尺度神、漢字神、金銭神など今日ではいらぬ貧乏神が多く現れている。

私の故郷、栃木県では「おへや神」として便所が扱われ、おそらくそれは岩手県の「座敷童子《ざしきわらし》」などと何らかの関係が無い訳ではないと思っており、同格のものかもしれない。

関東六県あたりから信越地方にかけて昔、生まれた子供を抱いて、近所の家を一軒一軒周り、その家の便所を拝ませる習俗があったらしい。それを人々は「せっちん参り」といって、尊んでいた。おそらく様々な習俗と共に、厠信仰という人々の考えもあったのだろう。厠信仰も中国大陸から伝えられたことは間違いない。漢字と同じく深く日本人の中に根付き、大和心の土台や敷島の豊かな感情となって今日の私たちの中に流れている。情の心が強く、助け合うことに独特な感情が流れ出るのが日本人だが、中国の華北地方や福建地方では今なお女神と厠姑が祀られて、トイレは女性を救う神の場所だと言われているらしい。

私はイナックスの様々な便器の焼き物を観ていながら心はこれらの作品の芸術性の中に閉じ込められ、しばしの時間を楽しむことができた。

我が家の二つあるトイレも改めて見たらイナックス製品だった。今日のトイレには絵柄が付いておらず、純白や青みがかった薄い色が我が家の二つの便器である。

常滑焼（4）　タイル博物館

常滑の町を訪ね、陶器を中心に散歩道や丘の上の数多くのレンガ造りの角型の煙突を眺め、土管坂の遥か彼方に江戸の昔、知多半島の産物を運んだ船を伊勢湾の海に浮かべていた人々を想像しながら私は眺めていた。丘を下った所に丘の上の大小様々な煙突と同じく、イナックス社の煙突がレンガ造りの姿を見せているが、大きさから言うと丘の上の煙突たちとは比べものにならないほど巨大である。道路を渡った傍らにはタイル博物館がある。

江戸期が終わりを告げる頃、日本人はアジアの文化観を後ろに遠ざけ、文明の光り輝く花のヨーロッパに若者の熱い心で目を向けようとしていた。そんな中でヨーロッパのゴシック建築や様々な機械文明に必ずしも熱い目を注いだ人ばかりがこの国にはいた訳ではなかった。中近東のどこかにヨーロッパのそれとは生き方を異にした鈍い光しか示していないイスラム文化や、キリスト教文化の光の下ではっきり見えなくなったビザンチン形式の数多い文化の形に惹きつけられた人々が決して少なかった訳ではない。ヨーロッパ人の中にも極東の心ある人々と同じように、イスラム文化の様々な彩りに心を動かす人はかなりいた。

有史以前、ユダヤ教の人たちやメソポタミア地方の人々は、家や城を造るのに日干し煉瓦の単純な造作から一歩前進して、土を焼きタイルを造ることを考えた。もともとタイルという言葉は、屋根瓦や壁面に貼る、焼きあげて硬質度を増した一片の小さな物を呼ぶ言葉であった。初めは何の模様もない白い一片の焼き物であったが、次第次第に様々にデザインされ、彩色され今日に至ったのであろう。明治からの新しい文化の中で日本人は煉瓦で建築物や門などをいかにも洋風に造ることを始め、そこにタイルを様々に貼り付け、美しさを大いに表現していったのだが、その手始めにメソポタミアの初期文明の力が加わっていることをヨーロッパ人自身はっきり分かっている訳ではなかった。

今は化石燃料の豊富に噴き出す中近東の砂漠地帯は、本来あらゆる学問の基を開いた人々でいっぱいだった。数に関して次々と公理が解かれていき、建築でも煉瓦と言わずタイルなどが様々に工夫されて用いられるようになった。ヨーロッパ文明の前に、すでに中近東にはタイルを作るという意味で力強い文化の光が射していた。極東の人々がかなり遅れてヨーロッパ文化の中に、何か驚くべきものを見つめていたとしても、常滑の丘の麓のタイル博物館で体験するタイルから、中近東から極東に広がった焼き物の知を深く納得することが可能だ。日本的な、つまりオリエントの美学の鮮やかな形は、アラビヤやトルコあたりの建築物に見られる彩色の豊かさとはどこか違って、形がはっきりせず、色合いもどこかくすんでいる。ヨーロッパ人が江戸時代のこのような日本の美学に夢中になりはしたが、七、八百年の間ビザンチン文化の下で形といい、色彩といい、すっかりイスラムの建築様式などに慣れ親しんだ白人の生き方を、スペインやポルトガルあたりにはっきり見てとることができる。これらの国々で用いられているタイルのデザインや色彩は、はっきりとそのことを私たちに教えてくれる。「入欧《にゅうおう》（ヨーロッパ諸国の仲間入りを目指すこと）」よりは「入中近東」の心がある日本人は、明治の頃は未だまだ少なかったようだ。

タイル博物館に入ると、最初にイスラム建築のドームの中を通って行かなければならない。この博物館は二階からなっており、次から次へと時代を隔てて焼かれたタイルが現れる。世界最古の出土品とも言われているタイルから新しいものに至るまで、またヨーロッパ文化の中で白人好みに洗練されていったものなど鑑賞者を喜ばせてくれる。中には中国のタイルやイギリス、オランダといった国のタイルもイスラムのそれと比較して観るのは大きな喜びである。そんな中にアフリカで焼かれたモロッコのタイル等、地球上の各地のタイルを観ることができるのもこの博物館である。私は若い頃、アメリカの西部海岸の断崖に住んでいた作家、ヘンリー・ミラーの家を訪ねたことがあるが、彼の家に通じる庭の中や、太平洋を見渡せる浴槽の周りなどにびっしりとタイルが貼られていたのを私は今でも覚えている。アメリカにもタイルを造る職人はいるということだ。別の機会に同じくアメリカの南部アリゾナの砂漠の中に瀟洒《しょうしゃ》な家を構えて住んでいた作家、コールドウエルを訪ねたが、この近くの先住民族の村にもタイルが焼かれるところがあった。五大湖の一つ、スペリオル湖近くのインディアン博物館でも私は丸太小屋の村の中に彼等独特の釉《うわぐすり》を塗っていないタイルを見た。このあたりの先住民族はその昔フランス人の影響を強く受けていたと見え、彼等の先祖の墓はほとんど全てフランス語で刻まれていた。

人間は季節季節の着るものなどは他の動物と違って替えている。陶器やタイル、そしてテラコッタ（粘土で造形した素焼のもの）などを造り自分の生きた時間を残そうとするのは人間だけなのであろう。

私はこの常滑のタイル博物館を尋ねながらこのような西洋東洋、中近東の文化の違いを焼き物の中に見い出したような気がする。

常滑焼（5）　詫助

伊勢湾の東にあるこの知多半島は、別名「醸造半島」と呼ぶ人もいて、日本酒、酢、味噌、醤油等様々に長い歴史の中で造られてきている。その中でも味噌から長い年数をかけて滲み出してくる物を「たまり」と呼び、これには伊勢湾の塩水から造られた塩の深い味わいが含まれている。それが醤油という名で呼ばれていたに違いない。つまり初めの頃の醤油は醤油として造られたものではなく、長らく置かれた味噌から流れ出した溜《たまり》であり、それは最も純粋な醤油だったのかもしれない。今の醤油は初めから味噌の溜を真似して造った代用品とも言えるだろう。もともとあらゆる食材の味の元は、おそらくこの「たまり」の中ではっきり完成していたのかもしれない。これは単なる知多半島の味ではなく、人類の味、または世界の味の元ではないのか。遠い時代からこの地方は塩を作っていた。豊かな潮風のもたらす言うに言われない味わいの中に地元の人たちの舌は気づいており、これをあらゆる食材に合わせて用いることによって人間の食文化を広めていったようだ。ヨーロッパ人は甘味などに特別関心を払いながら長い歴史を通り抜けてきたが、日本人は、特にこのあたりの人たちは塩気を基本とした味噌や醤油がどれほど食生活に必要であるかをけっこう昔から気づいていたようだ。「たまり」はおそらくこの辺で採れる塩の中から感じられるあの潮風の味わいにヒントを得ていたのではないか。

この地方の様々な菓子の中に「たまりロール」などといったロールケーキが売り出されていることからも分かるのだが、たまりの味は様々な食べ物の中に利用されており、これから先もこの地方の食文化は広く発展していくようだ。

知多半島の人々はある面でとてもよく紀伊半島の人々と似ているのだが、自分たちの作ったものを売りにどこまでも遠くに旅をし、帰りには他の地方のものを持って帰るという点で近江人のような所が不足しており、同じ醸造の腕を持っていても関東の方に出て行く紀伊の人たちともどこか違う。海外に発展した点においてもおそらく知多の人々は沖縄人のような逞しさが足りないのではないか。関東の千葉あたりには紀伊の方の醸造関係の仕事をしている人が数多く移ってきている。私が幼い頃祖父母の家で過ごし、ほとんど小学校時代はそこで暮らしていた栃木県南部の宿場町には、祖父母の小さな家の隣に大きな地所を持った醤油屋があった。今となってはその醸造所の屋号は覚えていない。別の場所には私と同級生のいたやはり大きな醸造所があった。またもう一つこの宿場町の別のところには、はっきりとその名前を覚えているのだが「山天」と呼ばれていた醸造所もあった。その他にもこんな小さな宿場町ですら、紀伊の方から移ってきた醸造所が幾つもあった。

私が岩手の一関にいた頃、懇意になったカメラ屋の主人とよくいろいろな話をしたものだ。資産家の長男である彼は東京の学校にいた時醸造科で学び、四年間夏休みになると家の跡を継いで醤油屋の社長になるために、常滑の醸造所にアルバイト学生の形で来ていたそうだ。当時の話を彼は何度も私にしてくれた。残念ながら彼は彼の父と同じように先祖の遺した仕事の跡を一年ぐらい継いだ後、止めてしまい、それからずっとカメラ屋の主人におさまっていた。彼の父は最初から醤油屋の跡を継がず、特定郵便局を自分の家に開き、そこの局長でおさまっていた。

この友人がいつもとつとつとコーヒーを入れながら話してくれた夏の常滑の話は、東海地方に移り住んでいる今の私を慰めてくれる。残念ながら友人は数年前に鬼籍に身を移している。

知多半島の味覚はほとんど知らない私だが、今度初めて私を常滑に誘ってくれた友が昼食に案内してくれた店は「侘助《わびすけ》」という名の小さな食堂だった。いただいたうどんはシコシコとした腰の強い歯ごたえのある、今までに味わったことのない独特な麺であって、巾着餅《きんちゃくもち》やとろろ昆布と共に冷たい汁の味わいは、これからも、できるならまたあの店で同じうどんを味わってみたいほど美味かった。このうどんを味わいながら窯業の丘を窓越しに見ると、点在する煙突が私をなお一層旨いものを味わっている気分にさせてくれた。うどんと言わず、あの素朴そのものな田舎団子の味は土管のような飾り気のない焼き物と共に、私に遠い時代から今日まで続いていて人の思いから離れることのないノスタルジャーが、この半島に有ることを教えてくれる。本物は、その人らしい特質はあまり外に出したりしない方が良いのかもしれない。キラキラした華やかさよりはずっと落ち着いた、しかも濃厚な長い時間の中の思いの方が人の心を慰めるに違いない。味覚でも作る作品の味でも心の豊かさと同じく人を深く高めてくれる。

常滑焼（6）　六古楽の一つ、常滑焼

焼き物は日本独特の美学と言っても差し支えない。常滑焼の急須は私が幼くして祖父母の家にいた頃から知っていた。私はいつも釉《うわぐすり》のかかっていない赤い土の急須を見ていた。祖父がいつも脇に置いていた湯呑は、福島県相馬の焼き物であって、形が独特であり、その釉《うわぐすり》の具合は今でも私の頭の中にはっきりと残っている。

常滑焼の急須は幼い私の頭の中にすっかり刷り込まれていて、赤い急須といえば常滑焼という言葉が常に出てくるのである。今回常滑の街に私たちの車が入り、まず止めたのは「陶磁器会館」の前であった。中に入ると数多くの様々な形の急須や茶碗、花瓶、その他様々なあまりにも数多い種類の形と色彩の前で私は一瞬戸惑ってしまった。むしろあまりにも大きな怒涛《どとう》となって目の前に押し寄せてきた陶磁器の勢いに圧倒されたというのが本当かもしれない。これまで常滑の急須といえば赤土や緑や黄色の土を練りこんだ物ぐらいしか知らなかったが、この街に来て長い歴史のある常滑窯業《ようぎょう》の歴史を思わずにはいられなかった。

すでに十四世紀頃に丹精込めて造られた、いわゆる叩き目文の濃い灰色がかった素朴そのものな壺などが能登半島の珠洲《すず》市あたりで造られていたが、やはりその頃岡山あたりでは黒い田んぼの土をこねあげて焼き締めの手法でいわゆる私たちが呼んでいる備前焼を造っていた。日本人はこういった美学の作品を見て、それが深々しい素朴さの中から生活者の手によって造られて来たと思うと、驚きを禁じ得ない。窯業の歴史の中で勢いたつ炎と良質な

土に恵まれ、澄みきった清浄な水を使って陶土は一つ一つ形を表していった。古い時代から日本には六古窯《ろっこよう》（瀬戸、常滑、越前、信楽《しがらき》、丹波立杭《たちくい》、備前）という焼き物に関しての言葉から、焼き物を観ていかなければならない習慣がある。陶器を通して美学を考えようとするならそれは当然のことであろう。

日本刀の美学の歴史を紐解くなら、古刀五ヶ伝《ごかでん》（大和、山城、備前、相州、美濃）から始まる。その系譜は日本人の魂の中の美の基本だと見なければならない、と言われている。そこには単に刀の掟があるだけではなく、人の道の掟や律といったものさえ含んでいる。日本の陶磁器には、中世の焼き物の歴史から始まって六古窯と呼ばれていることは先にも話した。焼き物の代名詞として日本人は今なお陶器のことを「瀬戸物」と呼んでいる。古い頃の日本人が焼き始めた素朴な焼き物は、備前や信楽や常滑の、あまりにも現代人の感覚には合わないゴツゴツとした作のものであった。常滑の窯業が始まってから伊勢湾に面した丘は十二、三世紀頃から力溢れた人たちが窯場をこしらえ、煙突を積み上げ、壺や茶碗に限らず、近代に至っては土管やタイルなども造るようになった。どんな類の物を造るにしても、彼等は誇ったり恥じることがなかったのかもしれない。何事も素直な心で行う時、その仕事は長い時間の中に遺るものだ。作られた味噌の桶の中で経つ年数と共にポタリポタリと溜まるのが味の良い醤油であり、これと同じく洗練された焼き物にもそれなりに美学の片鱗《へんりん》が現れるものだ。刀には『五輪書』というのがあるが、同じく窯業にも職人たちが知らなければならない秘伝の技が必ず有るはずだ。戸を閉めた部屋の中で教えられる秘伝という類のものではないにしても、一石二鳥に身に付くことのない技が有ることを、日々生活の中で使っている陶磁器に触れる時、自然にこちらに響いてくるようだ。私は常滑のあの焼き物の丘を訪ねた時、レンガ造りの煙突を見上げながらそんな風に思った。陶磁器は素朴な人たちの生きた単純なリズムであり、燃える火とそれによって溶かされる、すなわち窯変《ようへん》していく土の変容の符なのである。

いつ頃どこからもらったか忘れたが、大振りの赤土の常滑の急須を、今でも時々使っている。最近岐阜の方に移ってからは、実に良い形をした小ぶりな、黒土で焼いた常滑の急須を使っている。これは私の友人の今は亡き父親が使っていた形見の急須である。私はこの急須でお茶を飲む時、夏目漱石の言葉を思い出す。

彼は言っている、「お茶は飲むのではなく、喫《きっ》するものだ」

掛け替えのない独学

自分が自分であることの確かさを知ることの掛け替えのなさは、何にも優って生命にとって大切な宝である。自分自身の言葉が間違いなく自分の心を表せる時このことがよく分かる。自分が使い慣れている言葉を確実にその通りの自分を表現できるなら、その人の言葉は確かに生きている。事実を素朴な事実として知り、しかもいささかも臆《おく》することなく表現できる時、その人は自分の言葉を持っていることにいささかの疑いもないことに気づく。私は自分の言葉を学んだのではなく、発見したのである。発見するとは自分の中から引き出してきたという意味なのである。自分の言葉と巡り合った自分の言葉の紡ぐ力はそのまま何ものにも優ってその人の誇りであり、誰に見せても気後《きおく》れすることのない確かな生命というものの基本的な勢いなのである。生きている自分自身に生き甲斐を与えているのは正しくこの確信である。

言葉だけであってはならない。あらゆる仕事、あらゆる芸術、あらゆるスポーツ、あらゆる食文化、あらゆる愛の形全てが自分のものであると分かる時、その人の生命は生き生きし始める。そういう状態に到達できるまで、掛け替えのない自分自身の生き方に確かな確信を持つことはできない！

自分らしく生きるということは、一度この世の一切の文明という名の汚れから離れることだ。自分の全てを社会的なあらゆる知恵から離脱させ、天然の流れの中に己の生命を流し、そこから何かを素朴にスタートしなければならない。何よりも先に自分の全てを浄化すること、すなわち独学の形で万事を見ようとするところから始めなければいけない。

現代人の悲しみは生まれた時からわずかずつ社会の汚れに接し、その度合いを増していく時間はその人の成長する段階と見事に連絡し合い、そこには純粋な自分に出会う余地などは全くないところに私たちは、人生のどのあたりの時間帯に置かれていようとも、それを気にすることなく初めから生命体験をスタートさせよう。

自分が確かな自分であることを意識しながら生きる時間の何と掛け替えのない大切なものか！

cogito ergo sum

鋼生命とはベアリングだ。多くの志が廻っていて止まることはない。滑ることもほとんど無いのである。しかし、それでも永遠という性質を持っている時間は結局不朽なので、さしものベアリングも時間の中では徐々にすり減り、遂には動きを止めてしまう。どんなに高質で恒久的であっても固く巻かれているゼンマイはほぐれていく時、遂には最後に止まってしまう。つまり永久運動をすることは時間以外には有り得ない。本当の存在とは、ベアリング（社会）から身を外すことによって何かが始まる。存在というアルファから始まりベーターと続いていく。万事存在には気が働いており、血が流れており、電や磁に吸い取られたエネルギーという実在の後（虚）の中に見つめなければならない不思議な存在が、または実在が残る。骨格でも筋肉でもない、それ以上に大きな力でもって、言葉とどこか似ていてブラックホールの中の緊張した時間そのものであるのが生命の中を流れている気なのであろう。

実を結ぶ存在として書物を手がける人間、つまり言葉に接し言葉を書き言葉でリズムを作っていく人間は、本来仙人でなければならず、この世の中の誰とも同じように生きていながらもその実、実際には隠者とみなさなければならないはずだ。裏に商人の願いを隠し持ちながら、様々な書物をこれ見よがしに宣伝しながら、しかも文化の先端を行くものとして売りさばく人たちに狙われた作家たちは、そのことによってはっきりと自分が仙人でもなく、隠者でもなく、すなわち本格的に物を書く人間ではないことを証明している。流行作家などは間違いなく腕の良い利口な商人たちと同じレベルで生きており、彼のために働いている、いわゆる凡人中の凡人なのである。

cogito ergo sum（考えるゆえに私は存在する）。デカルト『方法序説』

人は考えることや行動することを、言葉や思想を脇において始めるからとんでもないことになってしまう。志向する行為が行われる時、人は間違いなく存在する。

チンパンジー、ゴリラ、オランウータンなどは旧世界の猿なのである。確かに普通の猿から見れば、どこか利口に見え、人は彼等の生活態度の中に人間である自分自身と似たものを感じて苦笑したりするものだ。両手両足頭脳などがどこか似ている使い方をするので、人は彼等がうまく教育されれば人に近いものになるのかもしれないという錯覚に陥る。しかしこれらの旧世界の猿たちはどんなに努力をしても原人とはどこかが根本的に違っていて、二次元また三次元の、さらには人間さえ半ば疑っていてなかなか信じられないような四次元五次元の世界には触れることさえできないのである。半ば大人の真似をする幼児のように旧世界の猿は真似をして二次元の世界に足を入れることはあるが、それもわずかな瞬間のことであって、彼等が常に安心していられるのは一次元の世界だけなのである。

言葉の流れはそのまま、どのように本人の都合によって、またその場の状況によって解釈されていこうとも、そこから何かしら大きな発見や発明が生まれるのである。気の流れの勢いの中では物事が言葉通りに流れていくとは限らない。雪と雨は同じに降っては来ない。潮の流れと風の流れも同じ条件で地上を変えてはいかない。笑いながら、泣きながら人の生きる時間もまた千差万別の状況を展開していく。日々行われるあらゆる状況の玄人は常に前後左右を見ながら今の自分とは違った明日をいささかも不思議には思わない。何という心の作用であろうか。

考える心はそのままその人の身体の中を走る電気や磁気の働きであり、さらには天然の万事とどこか繋がっている気の働きを、その人なりの独特なものに変えていく。

人は生まれたままでそのまま固定されている訳ではない。身体は若い時とやがて老いていく時の違いは歴然としている。考えもまた常に変化しているのだ。考えに働く気の力がどれほどの大きなものか人は分かっていないだけである。

人は生まれただけでは心が開いているとは言えない。つまり心のリズムが自由自在に働いているので、常に微妙に変化している。心を自由にするために言葉は様々なアクセントを付け、色合いを変えていく。表情や怒りなどが一瞬一瞬同じものを前にしていながら変化していくのはこのような事情によるのである。

その実《み》が人の生き方の力となるためにはそこに花が咲かなければならない。花が咲くところだけが人を動かし、その人の生き方を独特なグラジュエイションで彩っているのである。

その人の手になる言葉、すなわち思想や書物こそ数多くの実を付けているのは当然のことである。思想はまた言葉は、その人を旧世界の猿からはっきりと遠ざけている。

チンパンジーでなかった自分を誇ろう。

ゴリラでなかった自分があれほどの力持ちでないことを喜ぼう。

オランウータンの小利口さで生きなくて済む自分を尊ぼう。

即興曲「津軽じょんがら」

バッハやベートーヴェンのそれぞれに自分の特質を自分の思うままにいささかも恐れることなく、しかも人の真似からはすっかり脱却して平然と表現した姿には驚く他ない。雪や風の厳しく吹く青森の風土の中で乞食そのものの中の一つの形である「門付《かどづ》け（人家の門口に立ち、音曲を奏したり、芸能を演じたりして金品を貰い歩く人のこと）」の生き方は、これとよく似ている盲目の女性の「瞽女《ごぜ》（三味線を弾き唄を歌いなどして銭を乞う盲目の女）」の生き方と比較されても良いかもしれない。門付《かどづ》けも瞽女《ごぜ》も、男と女の乞食の違いはあったとしても、ただ物をもらい、人間の生き方に全てを諦めてしまった人たちとはどこか一線を引いていて、何か一つ確かなものを持って自分の人生を間違いなく生きている所が見られるのである。

どこまでも孤高な響きを放つじょんがらの音は、単なる三味線の響きとは違うところがある。じょんがらの三味線は太棹《さお》であって芸者の手に持たれるあの細棹《さお》のそれとは全く違う。

どこまでも自由自在で即興的な「三味線じょんがら」や岩木山の雪や風を歌って止まない「岩木」などは、ショパンの「夜想曲」などといささかも変わるところがない。

高橋竹山は単なる津軽三味線の名人だとか、初代高橋竹山と呼ばれている人物だと認めているだけでは本当にこの三味線の音は分からない。彼は何度自殺しようかと考え、寒さの中で手足が痛み痺《しび》れ、門付《かどづ》けに立つと物を投げられたりして絶望したことか。しかしそういった絶望の思いの時間の中にも彼本来の鷹揚《おうよう》な何事でも笑っていられる心があったので、彼の中の冷たさはいつの場合でも温かいものや熱いものによってとにかく支えられていた。長い間自分の前の道が見えない状態にいても、おそらく彼は常に前途に何かを見ていたに違いない。私はそう思っている。重たい津軽三味線の音を唸らせているだけではないのである。本人のどこまでも深く痛々しい、それでいて果てなく明るい人生は、彼の先ほども言った津軽三味線即興曲が常に彼の周りには響いていたからである。

人が人でなく言葉がその人の独特の言葉でない時、そこに金銭があろうと肩書があろうと周りから与えられるどのような名誉や他の社会的な喜びのようなものがあっても、そういった物はその人の喜べるものではない。人は実際にはこの世のいわゆるどんな名誉も周りから与えられる尊敬の言葉もいらない。自分の中から出てくる誇りと自分の好むリズムが外に現れるならば、それでその人は自分の在り方や人生そのものを納得できるのである。

常に人にはその人なりの孤高の響きという生命のリズムがなくてはならない。自分の言葉が自分自身の太棹《さお》でなければならず、自分の言葉が自分だけの確かな音階を持っていなければ嘘なのである。良い言葉が誇れるのではない。自分の心が、生き方が、性格にあった言葉のみが生き生きと響くのである。

自分特有のシステム

人間は誰でも自分の生きている文明時間のどこかの曲がり角において、自分に固有な空気の流れを感じ、そこで特定の流儀、すなわちシステムでなければならない自分の方法にぶつかるのである。自分の生命の中に埋め込まれている特定のリズムに慣れてくると、他の誰とも同じシステムに戻ることは、なかなか難しい。

自分がその時代の流行や形や行動、また言葉の使い方やその時代において尊敬されたり感謝されたりする態度がどんなものかということを納得していて、それから離れることはなかなかできない。そしてそれから離れて自分特有の流儀に徹底しようとする気持ちは薄らぎ、そうすることによってうまく人々の間で生きられない。そうした様々な数多くの体験から得て、結局は個性を持った人間として生きることの難しさなどを知ってしまうのである。豊かな己自身という生まれながらの性格や好みは、可能な限り袖の下に隠し、誰もが理解できる平均的な、あまり目立たない存在として生きる方が穏やかに暮らせると考えてしまうのである。言葉を持っている人間はどうしても一人ひとり個性を持った豊かな存在として本来生まれてきているが、数多いあの昆虫たちや魚たち、また鳥たちは一つ一つほとんど同じ形で中身さえほとんど変わりのない鯛焼きのように、出現し消えて行く。そこには身体の作りから泳ぎ方、飛び方、さらには天敵に食べられていく形さえ、ほとんど同じであることはなんとも悲しい個性のない人の存在を思わせている。

個性豊かで、生まれ育ちが良く、学ぶにも走るにもとにかく周りのものを圧倒するくらいできのよい人間というものが、一人二人あらゆる種類の集団の中に現れるものである。そういった人間をカリスマと呼び、天才と呼び、大多数の人間はそれに肖《あやか》ろうとしたり、何とか一部でも真似をしたりするものだ。しかし大多数の人々はなかなかそこまではついて行けない。

どんなに大国の王や大統領であっても、偉い法王や学者であっても彼等が着ているのかまた着せられているのか知らないが、それぞれ独特の法衣といったものがあり、考えられないほど高価な背広やネクタイでもって身を飾っている。我々には見えないが、猿や犬のボスも何らかの法衣を着ているに違いない。

ここで一言私は言いたい。どんなに偉いことをこういった人たちが話しても、その法衣などを着ている姿を見ると、生きていることにはさほど威力のない言葉しかそこからは出てこないことが歴然としているということを。

科学と同じく神仏も信じたり、崇めたりする対象物ではない。浮ついていない時の自分の目で見ているものや自分が今紡ぎ出している言葉のみに向かわなければいけない。そこにしか生きる道は存在しない。

大多数の人々が崇めたり口にする神や仏は、単なる神話とか伝説と呼ばれている大きなブームになっているにすぎない。一種のその地方の心の片隅に響く音楽とも言うべき民謡に過ぎない。私たちはそういった自分の心が騙されているものから離れて、遠い時代に原人の素朴な一言半句のような自分の心から吹き出す言葉に向かう時、人は確かな自分に戻れる一瞬なのである。

人は誰にでも自分の生きている時代の流儀に沿って生きているのだが、本当の自分を直接大自然と直結させるためには自分の特定の流儀を守って生きなければならない。つまり個性豊かな自分であることが、最も安心して与えられた自分の寿命を過ごせる時間なのである。

五百羅漢（1）

五百羅漢の像は、単に数多く並べられた徳の高い仏教徒や奥深い精神を宿した道教の士の姿を表しているだけではない。もちろん彼等の姿には小乗仏教の中を流れているそれなりに深い仏教哲学の思いが秘められていることは確かだ。小乗仏教の本質とも言うべきものだけをこれら数多くの羅漢像に見ようとしてもそこに有る大切なものを見逃してしまう。

江戸時代の人たちは、この羅漢像を「阿羅漢」と呼んで、悪と罪の世の中全てを綺麗さっぱりと浄化する気風をそこに求めながら暮らしていたようだ。

一方において江戸の人々は武蔵野の遥か西南の彼方に富士山を眺め、その厳しく同時に美しい姿に、この世の人が受けるあらゆる厳しい体験から逃れられる何か尊いものを感じたようだ。あの時代、宝永年間に爆発した富士山のあの経験を自分たちの足元の江戸の生活に置き換えて考えてみたのか、江戸の人々は西洋人のようにアスレチックな意味合いからではなく、宗教心のたっぷりたたえられた己の心の中から出てくる思いに従って、富士登山を考えたのである。富士山に登るというあの美しい山の稜線にしてはなんとも厳しい山登りは、同時に人生の厳しさと重なり、努力しながら頂上に達した人たちは、他の方法では考えられない心の満足感を得たのである。もっとも、江戸市民のこういった考え方の前に、すでに深い仏教の考えに人生を浸していた僧侶がいて、彼ははっきりと富士登山が登山によって得られる体験として、宗教体験の一面を持っているということを江戸の人々の心に、はっきりと説明していたのである。西洋人がスポーツの一端としてアルプスなどの登頂を考えていたのに対し、当時の日本人はますます暗黒の江戸時代の生き方の中で山登りの方向は大きく他の方向に向かっていった。もちろん当時誰もが富士登山できる訳ではなかった。武蔵野から遥か彼方、相模駿河の国までの長い旅路を考えるなら、富士登山が許される人の数には限りがあった。江戸市民はそこで当然思い付くことになるのだが、今の建物の二、三階建ての高さの小富士を江戸の町のあちらこちらに造り、そこに一合目から十合目までの曲がりくねった山道を造り、人々は富士登山をする服装に身を固め、一列に並んで信仰深い心を胸に抱きながらこのような小富士登山をしたのである。

私自身東京の中心からは遥か西の方に離れている狭山《さやま》の山の中に聳えていたこのような小富士に登ったことがある。江戸の町には何と百を超える数の富士信仰の証となっているこのような小富士が、今でもあると言われている。

五百羅漢や百余りの小富士などはそれぞれに江戸の市民の深い

信仰心から生まれたものであり、鎖国時代の人々の暗い心がいくらかでも明るくなったことは、事実のようだ。精神浄化のウォーミングアップの行動を仏教からわずかにというべきか、大きくというべきか曲がって道教の方向に進んだ羅漢の像の前や、富士講に見る登山信仰の形は、私たちに江戸時代の人々があの時代に吸うには不足していた空気を何とかしようとして考えた宗教行為だったということがよく分かる。

この世に善はなかなか生まれない。たとえわずかに珍しく生まれたとしても、それは直ぐに崩されてしまう。常に悪の風が吹き、そこからあらゆる生命は生まれ、あらゆる宗教が、人の世が悪の中から作られていることを説明するようになった。その説明の形の中の一つとして、五百羅漢や富士講は現れたのである。

五百羅漢（2）

良い男なのか醜男《ぶおとこ》なのか、利口なのか馬鹿なのか、利発なのか抜けているのか、強いのか弱いのか、善人なのか悪人なのか、誇っているのか恥じているのか、さっぱり分からない人間というものがいつの時代にもいるものだ。徹底的に一方の生き方や姿で生きていたディオゲネスや良寛のような存在ならば、彼等に出逢った人は誰でも、何の躊躇《ちゅうちょ》もなく目の前の人の人柄を簡単に理解することができる。

しかし数多い堂々と五百人も並んでいる羅漢たちの姿は、顔の形も着ているものも、生き方も多種多様であり彼等に出会う人にとっては分かりづらい。ここで言われている五百人は五百人の数をそのまま表している訳ではない。無数の数多い人のことをこのように五百人という数字で表しているに過ぎない。どこにでもいる無数の小乗仏教の徒が数多くいたという意味なのである。世の中のこの隅にもあの隅にも、ここにも彼方にもいくらでもいるのがこの一見にこやかな顔をしていたり泣くような悲しげな顔をしていたり、言葉をもっと話したがっていたりそうでなかったりする人が入り混ざって、喜びや痛みを心や体のあちこちに持って生きているのがこの世の中である。つまり、あらゆる時代の人間は個々に何らかの形で闇の中や光の中で五百羅漢のように生きている。江戸の人たちはこの羅漢をより親しい友のように「阿羅漢」と呼び、前の時代の人たちが五百羅漢と呼んでいたものを自分たちの心が求めている親しい間柄の人のように受け止めたかったに違いない。互いに手を握り合い、言葉を交わし合いながらこの世で生きていく存在として認めた人たちは、彼等を阿羅漢と呼んだ。阿羅漢はそのあたりを歩いている庶民の姿であり、おじさんやおばさんの後ろ姿を見せていた。この辛い世の中で人々は自分の周りが阿羅漢で満ちていることを知りたかった。

実際には苦しい生き方の中で阿羅漢を見ながら生きて行くということは、心の富士講で満たされている数多い江戸のあちこちに見られた小富士の存在をも意味していたに違いない。どこにでもいる阿羅漢に出会うという白昼夢の体験の中で、人々は嘘つきの自分や騙されてばかりいる自分に生きている長い人生の中で何度も精神的に休むことがないことを知ると同時に、救われて深く息をつき休むことができた。信じ、誇っている自分を意識することがこの羅漢に出会って体験できたと思ったに違いない。阿羅漢は、そのために江戸期の人の心の中に生き生きと働いていて、夢の中の憧れや、やがてやって来るであろう黎明に現れる阿羅漢像にどこまでも何かを期待していた。

組織を作り、伽藍配置を造ることにあくせくしている大乗仏教とはどこか違い、実際に仏と出会う小乗仏教の規模の小ささや万事素朴な宗教態度は、仏教が道教と混ざり合う形になったより深い精神性の中で、羅漢に重なっていったとも思われる。例えば長い年月を経た樹木が、言葉さえ話し、聞くことができると考えた道教の世界では阿羅漢の人との関わり合いはよりはっきりと分かるに違いなかった。人々はそれまでは信じられず、また期待できない仏の心をも汲み取ったに違いない。一体このようにあらゆる意味において俗臭く、それでいて書くものにはいささかも崩れるところがなく、確かに人生哲学が優しく分かりやすく語られ、良寛のように飄々《ひょうひょう》として、ディオゲネスのように乞食に身をやつしている人の在り方そのものの五百羅漢や阿羅漢の姿に江戸の人々が心を向けたのも当然のことだった。

ほとんど自らは外に出ないあの大きなさんしょう魚は、呼吸するエラを持ち、同時に肺も付いている間違いのない両生類なのである。雄のさんしょう魚は何千何万という数の卵を外敵から守り、げっそりと痩せるほどに卵が孵《かえ》るまで子供を一匹で守る。何という健気《けなげ》な雄ではないか。仏には厳しさと優しさの両方があって、阿修羅と阿羅漢がそのはっきりと離れた二極に存在するようだ。大さんしょう魚の牡は卵を盗みにやって来る小魚の前では間違いなく阿修羅の姿を見せ、卵たちには常に新鮮な水の流を与えるために自分の身体を押し付け動かし、阿羅漢の優しさで迫っていく。

荘子も老子も考えて見れば人の世の中で常に厳しい阿修羅の言葉と、どこか優しい阿羅漢の言葉で接している。これら二つをまとめて富士講登山の姿に重ねて考えることもできる。

阿修羅と阿羅漢はその厳しさと穏やかさの中に陰徳の局地のようなものを私たちに教えてくれる。本来この世の中はこのような陰徳の優しい風に吹かれて人が生きるのが最も相応しいのだ。

Garden Terrace

人は誰でも使うと使うまいと、間違いなく一つの「蔵」を持っている。人の生き方の中や、心の中にはどうしても蔵は必要なのだ。蔵に入っているものは、正しくその人の所有物なのだが、蔵から必ずしも外に出されるとは限らない。中には生涯蔵の中に納められているだけで一度も外に出ないものもある。

蔵に入っているもので確かなものは言葉である。言葉は内側で表現されて思想となり熟成するが、やがて外に出て大きく花開く時、野の花のように存在感をはっきりと表し、その人の全てを表現する色とりどりな花びらを周りの風になびかせる。

言葉は水や風や火によって発電するものではない。本格的、というよりは太陽の光線によって常に自由自在に発電するものなのだ。人はそれを人間の精神とか心の働きまたは生き方そのものというのである。太陽光線の働きによる言葉の動きはそのまま人の生命の働き、行動を意味している。文明の言葉は単に壁に描かれた絵に過ぎない。生き生きとした生き方になって時間の中にしばらく流れる時、そこに人生という名の勢いある気の記録がなされるのである。

確かに人の言葉は袖摺り合う心のまたは精神のバザールであると言えるだろう。そこにはオーガニックな精神の流れるオアシスがあって、人の心のアグリカルチャーが存在する。

言葉という名の気と触れ合う時間はとても大切だ。人間以外の生命体には、人の言葉と同じような気の働きはないにしても、それに近い微《かす》かな気が動き、中には尾びれ、背びれ、触角や奇妙な舌などの動きの中で、ある程度人の言葉のような通信が可能であるのかもしれない。

黄金やダイヤモンドが「パワーストーン（すなわち宝石の中でもある種の特殊な力が宿っていると考えられている石のことである）」ではないことを人は知っている。文明の時間の中で人は心を大きく曲げてしまい、金銭欲やダイヤモンドに目が眩むようになってしまった。人の中から紡がれる素朴な砂粒のような言葉一つ一つこそ、その人の存在を表しているのであり、それだからこそ、言葉は間違いなく「パワーストーン」なのである。

名もない言葉は人の心の中でまるで野の草のように生えているが、一変して素朴ながら哲学的になると、言葉は様々な聖典、経典などに変化する。かつてルターや法然上人たちが信じ口にしたバイブルや経典の中の言葉は確かに大いなる言葉であり、ダイヤ以上に光る言葉であったはずだ。

自分自身のスタイルまたは生き方、考え方、行動の取り方を発見し、見つめてみる態度はそのまま別の言い方をするならば、自分の心から流れ出してくる言葉の発見であり、同時に生きる行動の発見なのである。心の中のその人なりの蔵から生命の言葉を掴み出して外に出す行為は、突然長い間闇の中に置かれていた生き物が突然まっ昼間の外に引き出されたのと同じであって、そこには瞬間的に天地のひっくり返るような強烈な刺激にぶつかる。それでも敢えて人は一度ならず、そのように内側に閉ざされていた自分の言葉に接触しなければならないのである。

私の中のガーデンテラスは今この鵜沼《うぬま》の丘である。誰でも自分の周りにどんな所よりも間違いなく正しいガーデンテラスを持っていなければならない。

言葉という微生物は人の精神のための間違いないダイエットを行っている。それにはどうしても自分に叶ったガーデンテラスが周りに用意されていなければならない。常に自分らしく魂の相撲の取れる自分自身の土俵として、このガーデンテラスは必要なのだ。

高瀬舟

人間にはいろいろな生き方がある。命を懸けるほどにまた魂をすり減らすほどに渾身を傾けながら生きる生き方もある。芸術の道に夢中になりそのために家族も苦労しなければならない人もある。釣りに一生を終わる人も、陶芸に時間を費やす人も道楽に身を任せる人もいる。休む暇もなく与えられた一生を働き詰めで通す人もいる。まるで人の顔が違うように、持って生まれた才能の違いや、好みの違いや生き方の色合いの違いのように人は様々である。違っていればこそ人それぞれの生き方の面白さは千差万別に広がっており、それを見ながら生きて行く人の人生は実に深い意味があるのである。

森鴎外は高瀬舟が囚人を乗せて離島に向かう話を書いているが、現代人は全て何らかの形でこの高瀬舟に乗せられている存在であることを忘れてはいけない。現代人も過去の人間も、洋の東西を問わず老いも若きも、利口も馬鹿も幸福な人間も不幸な人間も押し並べてある種の高瀬舟に乗せられながらどこか遠い離島に流されて行くのである。夜の空を見つめながらいささかも恥じるものが無く、爽やかな顔をして人間はいつの時代でも生きて行かなければならない。人間は誰しも犯罪者なのである。仏教やイスラム教において言葉は違っても同じように万人をキリスト教で言う所の「原罪」を持った存在として扱っているのである。しかし人はその反面において誰しもが高瀬舟の中に捕らえられている何らかの犯罪者なのである。間違いなく百八つの劫や業を背負いながら生きているのである。

それでも鴎外が書いている高瀬舟の中の一人の男は実に爽やかな顔をしていた。間違いなく彼は犯罪者ではあるのだが一切犯罪者特有の趣はどこにも見えない。この男は自分に与えられた人生の全てに対して感謝をしている。そのように生きているこの男と比べたら地球上のあらゆる時代に生きている人間は実に悲しい生き方をしている。毎日を苦しみの中で過ごし、いざという時のために小金を用意しておかねばならないと考え、その思いの中で落ち着く暇もなく不安の塊として生きている。芥川龍之介のように自死して果てる人間はどこにでも群がっている。どうしようもない大きくそして説明の仕様のない不安に心の底で怯《おび》えながら、素知らぬ顔をして小金を手に持ちながら何とか生きているのが現代人である。

高瀬舟の中に乗っていた爽やかな顔をした男は弟殺しの犯罪者であった。それにも拘らず彼の態度の爽やかさ、それこそがあらゆる時代の人間が自分の置かれている高瀬舟の人生の中で持たなければならないものである。高瀬舟の中の男の弟は自死しようとして剃刀を自分の身体に突き刺していた。苦しみのあまり死ぬにも死ねずのたうっていた。彼の目には弟の苦しみの表情がよく分かった。遂には弟は恐ろしい苦しみの表情を見せながら兄に向かって殺してくれるようにと懇願した。男は弟の苦しみを取ってやるために突き刺さっている刃物を抜いてやった。その時のその瞬間の弟の表情には嬉しさいっぱいの、兄に対する感謝の思いが明らかに見えており間もなく弟は死んだ。

人の人生もまたこれと同じである。どんな生き方をしていても自分の心のままに広がる翼の音を聞きながら人は生きたいのである。本当に生きるということは、自分らしく、自分のままに、自分という存在の形のまま、自分らしい本当の匂いの中で、自分の言葉で、自分の音で自分の中から出て来る愛によって自分の好みのままに、自分の体と心のまま飛ぶことができる人間であり、自分の生命のまま叫び、間違いのない自分の言葉のまま生涯を通して自分の生き方の中で生きて行く時、それが往生できる人生だと言わなければならない。それを願いながら日々人は生きなければならない。生きるということは何事にも優ってわがままが許されることだと私は言いたい。自分を誇れる人の姿を最高のレベルの生き方だと思い、それがあらゆる芸術の中で最も高度の高いところのものだと思うべきである。信じること以上にその人を励ますものは他には存在しない。自分を信じるということ以上に強い生き方はなく、病の中でも放蕩三昧《ほうとうざんまい》の暮らしの中でもこういう意味の喜びははっきりとその人を力づける。生きるということは本当の夢を見る生き方のことだ。現代人は社会の中で囚われており、自分の中に生まれる夢がどうしても見つからないでいる。自分の夢を可能な限り生き果てる時そこにだけ本人にだけ分かる幸せが有る。大切なのは自分自身の夢である。そういった自分だけの夢は全ての人間の純粋に素朴な心の中に与えられているのであり、それが段々と変わっていくのはその人が周りの言葉や考えの夢の中に自分を入れていくからである。社会や民族や家族や同じ宗教団体の夢ではない。

　高瀬舟に乗せられ遠島の刑に処せられているのが全ての人間だ。そういう目で現代人を見る時確かに一人ひとりは間違いなく原罪を訴えられている煉獄の中の人間として考えることが正しいようだ。生まれながらにもっているこういう人間の原罪業であるよりそれは却なのだ。夜の空を見つめながらいささかも恥じることが無く爽やかな顔をしている犯罪者を前に、むしろ役人の方が生き方のあらゆる面においてとても恥ずかしい存在であることに気づく。今の人生に感謝するどころか不満を抱き悩みを罵《ののし》り金の無いことに不満を持っている自分に、役人ははっきりと大きな生き方の違いを感じる。弟を殺したこの男のこの爽やかさはどうだ。こういう人間になってみたい。

　真心にはいろいろ種類がある。意味深さも色彩のように様々に変わって来る。人生もまたこれと同じである。どんな生き方をしても自分の心のままに広がる翼の音、つまり自分の中から出て来た言葉を信じて生きる時、人は爽やかな顔の人間となれる。

ムスリムの心

　温暖な気候と豊かな水辺に恵まれているモンスーン地帯の神々は、どこかそれ自体温暖であり、あたりは水辺だらけの豊かさに満ちているので、神自体が穏やかである。一方砂漠の乾燥した地帯の神は、どこか乾燥しており、とげとげしく、従って痛み多い感じである。「水辺に至る道」がとても重要な意味を持っている。とにかく水は生命権の中心におかれ、生命を救う基となっている。「救いに至る道」は心神的だけではなく、肉体的にもはっきりとイスラム人たちには理解されている。彼等にとってシャリーアと呼ばれている言葉は、「イスラム法」を意味している。この言葉はそのまま彼等の信じているイスラム教の基本である「聖法」だけのものではなく、現世的なあらゆる大きな意味を持っている。彼等にとってこの道は、彼等信者にとって絶対的に帰依《きえ》することを意味し、服従することを意味している。これを一言で表す言葉は彼等イスラム人にとって、「ディーン」であり、この言葉は「イスラム」と同義語である。

彼等の経典「コーラン」つまり正しくは「アルクルアーン」は奇蹟の書物を意味しており、彼等イスラムにとっては正しく奇蹟の書物そのものなのだ。イスラム人の誰に出会っても彼等は「コーランは奇蹟そのものであって、それ以外何ものでもない」と言うに決まっている。そのようなイスラム人はムスリムと呼ばれていて、仏教信者やクリスチャンとはどこか体臭さえ違って感じる。

シャリーアという名詞がムスリムの「道」ならば、道は老子の開けた心で読み、信じる人々の聖法と言えるかもしれない。コーランと聖法は表裏一体のものであり、それを別の言葉で言うならば、「人間の正しい生き方、また理想の生き方」を意味しており、この生き方はそのまま「アーラアの意思の表れ」とムスリムたちは見るのである。それだけに現実の生き方の中のムハメッド教信者の民族の中の汚れを見る時、人間に関する絶望感を人は抱くのである。キリスト教や仏教などの心ある信者たちも同じ心で自分たちの生き方を見つめながら、絶望しているのと、どこかよく似ている。はっきりと自覚しているクリスチャンはムスリムが原理運動に走っても、そのことに驚きはしない。その運動に意味の有ることとさえ、分かるのである。私自身、夢中になって声の限り叫び、会堂の中で、また道の四つ辻で伝道をしたのも、やはり同じキリスト教のカトリックやプロテスタントの生温さに立ち上がった一種の原理運動作用に違いはなかった。今日ありとあらゆる宗教の活動が文明の便利さやそこから生まれる詭弁《きべん》の中で、無理して新しいカルトとも言うべき組織を作り出しており、また本来の原始共産主義的な考えから遠ざかる意味を求めようとしているが、その中から常にフツフツと基本に戻れ、原理に戻れという動きが湧き上がっているのである。各種の原理主義運動が湧き起こる傍らでは半ば眠れる状態の数多い宗教が、その恥ずかしい寝姿を世間の前に示している。そうした弱さがムスリムにも見られ、そこにスピリチュアリズムとか、占いとか手品、魔術、遂には詐欺の手口までが入って来る始末である。今の世の中はあらゆる点で腐り果てた組織で固められており、そこに本当の生命とも言うべき、宇宙のリズム、また万有の澄みきった声とも言うべき響きはほとんど見られなくなっている。

教会もお寺も神社もそこにはそれぞれの民族の中の特別な階級としての意識をはっきりと持っている。つまりインドや日本にあったカースト制度がそれである。だがイスラム教にはそういった特権的な祭司階級が存在せず、そこにあるのは祭政一致のテオクラシー（神権政治）だけである。その民族が未開であっても文明社会であっても例外な祭司階級の特権はそこに存在する。その点ムスリムの社会にはそれがないのであるが、反ってそれゆえにこの民族全体の広がりの中に大きな俗的な毒が蔓延《まんえん》していることも事実だ。もともと聖なるものというか純粋な生き物の行為が俗なるもの、つまり形式主義とか偽善行為に曲がっていってしまうことは悲しいことに文明の持っている運命なのかもしれない。それを避けようとして宗教家も教会やお寺さえ持たないムスリムたちは特別なものとして用意されている厳しい修行も秘蹟も法衣も用意してはいない。ムスリムの神は、神という言葉を自らの中から剥奪《はくだつ》し、大自然そのものを認める時、徹頭徹尾在家主義の中で生きる彼等はまた生活の全てが修業の時間だと認め、そこで秘蹟と向かい合っている現実を実感するのである。イスラム教はそういった意味であらゆる宗教の中でもっとも厳しい宗教と言わねばならない。「コーラン」は厳しい法律であると同時に、見方によれば最も単純で飾り気の少ない言葉の書物としても世界の人に受け止められるであろう。

「大自然《だいじねん》」という言葉の光の芸術

言葉にも明暗、上下、長短などで糾《あざな》（縄などをよる）われている。

言葉の流れが失われた所に人のリズムは存在しない。言葉の流れはそのまま生命の気であり力であり、この勢いこそ磁気に等しく凍結した流れなのだ。凍結した言葉にはリズムがない。従ってハーモニーもそこには無い。生命力をいくらかでも生むだけの温度がない現代人間の言葉の状態がそこにある。凍結した言葉はもはや言葉ではない。生命を救わない言葉は言葉ではないはずだ。言葉や精神の中に溢れている生き生きとした血液でなければどんな美しい文学も本当の言葉に支えられているとは言えない。現代人は冷凍されている言葉を使いながら半ば眠り始めている。だから人は生命を目覚めさせるために躍起となっていることも事実だ。とにかく言葉は最低の温度がなくてはならない。どんなに美しくても表現が立派であってもそれだけでは文学性が見られると言ってはいけない。心と精神の熱がなくては言葉は幸と不幸によって糾《あざな》われている縄のようなものだと昔の人は言っていた。人生だけではなく、あらゆることにおいて幸も不幸も物事の強弱も長短も上下の関係もはっきりとよじれた縄のように見えている。もっともそうでなければ物事には流れがなくなってしまう。本来動いていることによって成り立つ万有引力は光の力である陽力、気力、磁力を失ってしまう。つまり陽でもなく陰でもなくなってしまう。万有は陽の力の中で流れることが可能であり、その状態こそがマター（精神的物質的物）の生きている形である。上下のぶつかり合いの中で流れは勢いがついて行き増して行く。幸いだけという静止した状態のままでいるならその瞬間の状態は万有では有り得ない。「……気」のないマターはどんな意味においてもマターでは有り得ない。

文学にはそのままでは血が流れていない。血液が流れ出し温度が加わるのと同じように、言葉が凍結状態から緩《ゆる》やかに流れ出す時、そこには生命が働き出す。流れる言葉はそのままでリズムを回復する。その状態の中から新しい生命リズムが生まれて来る。事実もう一つの生命の生まれて来る言葉だけが本物の言葉である。人類は生命のない言葉の中で暮らしている。形の格好良さや色彩の鮮やかさ、流行に乗るのを待っていたり、名誉心と繋がっていく言葉を信じるのも、金銭や権力と関わっていく言葉も生命の言葉とは全く関係を持たない。

言葉をはっきりと魂の表現の浮き彫りにする時、それを「光」の芸術や、「心」の芸術と言わなければならない。脳の中の暗室に入り、念入りに焼きつけをする写真家の仕事こそが、どこか言葉を遊ぶ行為に似ている。人の生き方や生活行動の中に見られる言葉による行動は、写真家の行動、光の芸術にどこか似ている。

言葉は脳と感情に繋がっているもう一つのカメラ行動なのだ。「カメラ」が暗室を意味しているように全く何も見えず、何にも触れず、感じられない素であり、元にも近い常態または原始の常態であることを納得していなければならない。いくらかでも何かに触れたり、感じるものがあるカメラではない世界では言葉は汚れており、そういった言葉によって人の考えや行動は不純なものとなっている。

『ダイジネン（大自然）』の中のモービル（モバイル＝可動性、移動性）つまり行動や動作の中で、最も顕著に表れているのは、人間の生命だ。七つの海を泳ぐ魚も、空飛ぶ鳥も、その生命力の激しさは素晴らしいものだが、人の言葉のモービル行動はその頂点に置かれている。

写真行動に目を向けた最初の人たちは光によって表現される芸術を知って、驚きの声を上げた。しかし心の光によって物事を確実に表現できる言葉の世界は、人間以外の他の動物たちには手の付けられない広大な世界である。

不死の山

この世の中は多くの種類の生物と無生物で埋まっている。大自然は、または地球上は人類のためだけの世界ではない。人類の世界だけだと思っているのは人だけで、一旦そのままの姿で一つの原風景として見つめる時、悲しい場所になってきていることに気づくのである。

人間の世界は物悲しい人間集団で埋まっている。つまり劫や業の混ざった流れの中で時折見られたり掴み取ったりできる不幸なエピソードの匂いのするもの以外には、飛びつく強烈な感動や喜びを体験することはほとんどできなくなっている。

竹取物語の語られた昔から地球上は汚れと愚かさが充満していた。かぐや姫は正しい見方をするならば汚れていた女性である。人類の中で最低の人間の中の一人が彼女だったはずだ。だから月から追いやられて地球に住まなければならなくなった彼女である。善良な翁や媼の家で暮らさなければならなくなったのもそのためだ。企《たくら》み多く、悪質で愚かな男たちが彼女に纏わり付いてきても、一旦汚れた世界から離れた彼女はいささかもなびこうとはしなかった。結局は汚れた世界から離れて、清らかな世界を意味している竹藪の近くの老人たちと暮らしていた彼女は、寄って来る位の高い男たちの方を向くことはなかった。

悪辣《あくらつ》で狡賢い男たちの中の一人はこの世の悪に染まらず最後には死ぬ外はなかった。この可哀想な男が死んだ後、彼女に寄ってきたのは帝《みかど》であった。彼女は帝《みかど》の存在が明らかに分かり、彼に不老不死の薬を与えた。それから彼女がしたことは人の世を離れて月の世界に戻ることであった。彼女にとって人の世の中に存在するわずかな善良な人々が不老不死の薬を用いて永遠の命を得ることを、彼女は望んでいたのに違いない。この世の偉大な宗教家や哲学者が願っているような不老不死の存在など有り得ないことを誰でもよく知っている。生きているものには必ず死が待っている。死の来ない生の存在しないことを知ることこそ、完全な生き方だと誰もが分かっている。

不老不死の薬をもらった帝《みかど》は、この世のどこにも不老不死などあるはずもないことを知っていた。彼は愚かな人物ではなかったようだ、というよりは生命に不老不死があってはならないと納得できるだけの聡明さを持っていた。彼はかぐや姫の持ち物全てを集めさせた。それから駿河の国の巨大な山の上でそれをすっかり焼き捨てさせた。

その山こそ「富士の山」である。つまり「不死の山」だ。人間も、全ての生命体も、万有にも終わりがある。この終わりは了《おわり》でもある。人はその人個人として常に不死の流れの中で生き続けている。言葉でも、本来かぐや姫が万人に与えているのはこの不死の物、つまりマター（ほんとうの物）なのだ。人間は生まれてきてから個々に違うある時間を通り過ぎると消えてしまうのは、言葉が無いからである。常に自分自身の言葉が存在しないからである。

かぐや姫のあらゆる持ち物が「不死の山」で焼かれたというこの昔話は、人の世で見られる死の行為を意味している。汚れ果てたこの世の垢を落とすことであり、本人の身体に纏わり付いている劫や業を払い落とすことであり、そこから不朽、不死の時間が始まる。マターが精神の流れの中で滞ることなく流れ出すのは、こういう大自然の引力の力によるものだろう。

ライフワーク

今の世の中は金儲けか権力を持つとか力強い学問を身に付けるかしないと、まともな人間としては生きていけない社会だ。金銭の面においても権力の場合も同じだが、社会の中で力を持とうとする時、人間は人々に威圧的な力を及ぼしている訳だが、それ以上に大自然に向かってある種の力を圧し付けている。本来大自然と大自然から出てきた生命体や万有は互いに共生し合っているべきだった。

フランシス・ベーコンはこんなことを言っている。

「実験をする研究者の行為はそのまま自然をひどい拷問にかけることだ」

人間同士も確かにこの文明の世の中では権力ある者によって拷問にかけられているようなものだが、金銭や権力なども確かに拷問の道具の中で苦しんでいることを人は薄々と知っている。例えば一点というものが存在するが、この点はこれ以上に小さく分解することのできないものだということは何とか分かっている。つまり点とは、また一点とはどのような意味においても部分を持つことなく、大きさも持ってはいないのである。そのようにユークリッド（紀元前三百年頃のギリシャの数学者）ははっきり定義付けている。すでに二千年以上経っている今、未だに点のはっきりした定義のなされていないユークリッドのこの定義は、肩を張って文明の世の中を歩いているように見える。

様々な研究者は自分の部屋にアルコールランプや試験管、分光器等といった拷問をするための実験用の道具を備えている。自然は人間という知恵のある生き物によって実験の道具にされてしまう。仕事とは言いながら、金儲けや出世をすることによって何かが拷問を受けるならそれは仕方がないとしても、様々な機械類や辞書などが研究材料として拷問のギロチンの刃の下に置かれることとは、ある意味でとても見るに堪えないことだ。人は穏やかな心のままで何かを発見したり発明したりすることはできないのだろうか。

これもかなり昔の人だが、ヘラクレイトスはこんなことを口にしている。

「変化は一つの休息だというべきだ」

また彼はいつも同じ主人に仕えていたり、同じ人のために働くということは骨折り損に過ぎない、とも言っている。人間は一人ひとりどんな人でも自分を生きなければいけないし、何をするにしてもその中心において自分の方を向いて最大の力を発揮しなければならない。人の一生の仕事はどんな場合でも、どんな種類の仕事であってもそれは間違いなくその人のライフワークでなければならない。畑を耕すのも、魚を捕るのも、物を書くのも便利な新しい機械を作るのも、橋を架けるのもトンネルを掘るのも全てそれぞれの方向に向いた別々の仕事であると考える訳にはいかない。仕事の種類、行動の内容がそれぞれに異なっているにしても、全ての人は自分の仕事の中にライフワークの先端を持ち、それが自分の生命の中心に向かっていることをいつも知っている。これを知らない時その人は自分から他所《よそ》を向いていることになる。

人は誰も生まれてから死に至るまで何らかの形で拷問にかけられている。生涯ライフワークの中で休息をし、この休息こそ生命体になくてはならない安息の時間なのだ。動物学者のシャレは、物を食べながら物を覚えることができると言っているが、書物を通してではなく自然から何事でも学ぶことができるということを、別の動物学者アガシーは言っている。確かに自然は facts であり、書物は theories でしかない。天は今日というこの一日を、またこの一瞬の中で動き、同時に休まねばならない。自然に繋がっている言葉に向かうのであって理屈の表面に擦りつけられた抽象画の絵の具のような言葉であってはならない。

流行とか世間の流れを追っている者は、記号と同じ意味でしかない言葉を辿りながら話し、記入するだけに等しく、個人の意味は持たず、個人を表現することは不可能である。手旗信号ぐらいの意味は有ったとしてもそれ以上の人の心の細かさを現すことは不可能だ。微に入り細にわたって説明のつく物こそ言葉と言えるのだ。人は文明社会の細々としたものに依存しながら生きているのだが、自分らしく生きるためには、そこからもっと自由になり常に動いている大自然の流れの中で自分の生命を確信しなければならない。

日本人の忘れているもの

イザベラ・バードはイギリス出身の日本の東北を旅行した女性だったが、若い通訳を連れて東北を旅した時の見聞は、その後私たち日本人に大きな感銘を与えた。彼女が日本人を好きになった理由も彼女の日本見聞記の頁を開ければ自ずと分かる。彼女はこのように書いている。

「自分たちの子供や他人の子供たちをこれほどに愛情豊かに慈しむ人たちを他の民族の中に私は見たことがない」

日本人は西洋人を見て生活や物の考え方、また作り方を比較して自分たちの劣っていることばかり気にしてきた。これまで様々な国を訪れた日本人たちは異口同音に日本の遅れや日本人の考え方や生き方のレベルの低さを語って来たが、こうしてみると数えきれないほど多くの外国人が、日本の良さや日本人の生活の豊かさなどを指摘していることに、私たちは日本人の自信ともいうべきものを得なければいけないようだ。

確かに日本人にはとても繊細で過敏なくらいに細やかな心遣いというものが、どんな外国人たちよりも深くあるようだ。外国人に特有なあの大らかさは同時にふてぶてしさであり、感覚の荒々しさでもあることに私たちは目をそらさず、日本人の気の弱さやそこから生まれる自信の無さや自分に対する確信の弱さをはっきりと認め、その上に立って自分の言葉や行動に勢いをつけるべきではないだろうか。日本語もまたある面で日本人の体質と同様、目の前の何かにおどおどしたり、自信を持って他の国の言葉で話されるものの前で力強く自分を主張することのできない弱さのようなものを持っている。どの民族の人間であれ、皮膚の色が何色であれ目が何色であれ、人としてはその本質には全く変わる所がない。この民族が数学に才能を現したり、あの民族が特別計算に強いといった区別をするのはまるで血液型の変化によって人の気質などが微妙に違うなどといった、あたかも占いに似た考え方といささかも違わない。人の身体は六十兆ほどの様々な細胞から成り立ち、分子レベルで繋がり合っている生命体の深い謎であると思う時、民族の違いなどは人間の違いとして考えることは愚かであると思わなければならないはずだ。背が高くとも低くとも、走るのが早くとも遅くとも、言葉を美しく書いたり話せてもそうでなくとも、人はその中心の一点において生命体としての尊厳において何一つ変わる所はないのである。

生命は全て塑性《そせい》（変形しやすい性質）であり同時に可塑性《かそせい》の存在だ。人の考えも行動も常にこの二つの方向の力の中で動いている。生まれながらに人の存在には十分な弾力性があってそれには、時には硬直したり弾力性のある生き方の行動や考え方の働きが見られる。民族の違いも時代の違いも全く関係なく田んぼの中に立たされている案山子《かかし》のような存在である。同時に夢を見、感動し、泣く時人は可塑性《かそせい》の生命体として動き出す。人は幼子から自然に成熟した時間の中で暮らすようになるが、それこそが塑性《そせい》の物が可塑性《かそせい》のものに変わり、またその逆になったりする時間の中の動きであり、その大きな変化を考える時、民族の違いや受けた教育、生き方の違いなどはほとんど影響することはないのだ。人それぞれによって行う行動のまた生き方の努力の重なり合いの中の違いによって、そこに実現するものは大きく違って来る。民族の違いでも、背丈の違いでもなく、人物としての大きさの違いがそこにはっきりと見えて来るのだ。本人のそれと他人のそれが同じではないという理由はその裏にはっきりと現れている。必ずしも権力や経済力の大きさによって分かるような変化ではなく、人それぞれの偉大さは大きさとは違い、それをはっきりと見る心の目が養われているかそうでないかによって決まるのである。

フランス語で「大きい（grand）」という形容詞が「人物」の前

に置かれる時、「grand omme（グラントーム）」となり、この「大きい」という形容詞は偉人や大人物の意味を表し、この形容詞が「人物」の後に置かれると「hamme grand（オームグラン）」となって大男を意味することになる。

人は物を見るにも話すにも、まず自分の内側のリズムの大きさによってそれらが変わっていく。物事が自信に燃えて相手に伝わるのも、逆に小さく伝わるのもこういったその人の考え方次第である。日本人はあらゆる点で、ある外国の学者が言ったように縮み文化の中であらゆることを考えているようだ。長い縮み文化の中で考え方が縮まっていったことを私たちはもう一度反省の対象としなければならない。かなり多くの点において日本人は自ら考えている以上に大きくまた長くさらには豊かな未来性の有ることをその通り信じなければならない。縮めば縮むほど美しく、また整って見えると考える日本人の心に改革が必要ではないか。あの美しいということを現す「麗」は巨大で栄養たっぷりで逞しい角を誇っている鹿を連想して中国人が付けた名詞であろう。美しいもの、偉大なものとは正しくこの「麗」を用いて表現できることを日本人はかなり多く意識しなければならない。

慎《つつし》み深く

私の友人の一人にギリシャのホリスティック（全体性を意味する、身体だけでなく、目に見えない心や霊性を含めた Body-Mind-Spirit のつながりや「環境」まで含めた全体的な視点で考える医学）医学研究所や日本ホリスティック医学協会の常任理事をしている人物がいる。最近彼から彼の書いた一冊の本が送られてきた。彼はその中で、これまで多くの世界の賢人たちが言って来た「足ることを知る」という大切な知恵を私たちは今日忘れていると言っている。そして彼は「一人ひとりの人間と人類全体にとって大変不幸なことだ」とも言っている。確かにこれだけ文明が勢いよく四方八方に手を伸ばしている今日、内側のこのような人間の不幸に人間自身気づかないでいるのだ。

人の身体と心は、また肉体と精神は一つのもののように考えているが、それらは全く別の二つのものだ。呼吸と言葉は一つとして考えられるが、それが身体と肉体と繋がっている訳ではなく、心や思いと同じように全く別々のものだ。流れと漂流物の関係とよく似ている。人と言葉は強い絆で繋がっている。言葉と血液のように不思議な絆がそこにできている。貧しい時間の中で生きている生命の素朴さに、呼吸も静かにしかも聖なる広がりを持って深々と繋がっている。

考古学者たちはある時、古代の遺跡から建築物の柱となったか、便所の跡か判然としない、間違いなく人の手によって開けられた穴を見つけた。その穴の中からは幾つもの砕けた木片や瓜の種や数多くの蝿の蛹が出てきた。研究者たちはこのことからこの穴が古代人の使用した便所の跡だと分かった。当時紙が無かったので尻の始末をするのに木片を使い、寄生虫の卵がいたということも蝿の蛹や彼等が食べていたものの種の存在によって分かった。

人間はこのようにして自分たちの歩んできた大地から先祖たちの足跡を発見、文明という名の地層を確認することができた。このようにして自然や重なり合う様々な環境や食性、基本的な人間の考える生き方の中から昔を知り、未来をわずかではあるが、想像することが可能となった。先ほど言った私の友は、「宇宙、自然、人間は実際一つの同じ生命なのかもしれない」とも言っている。量子物理学の眼で見るなら、まさに太陽の光と同じ光が生命ある人間の体内でも作られている。

生命のライフサイクルの流れはまず初めに四季の繰り返しの中から見ることができる。赤道直下の地方では常に夏の季節しかなく、たとえあったとしても雨期と乾期交互にやってきて、やはりその地方の動植物は廻って来る時間を正しく見定め、そこで与えられた寿命をうまく使い果たして行くのである。意識や行動の発生と見るべき生命現象として存在し始める。物資について別の言い方をするなら、無機物と有機物の出現ということになるだろう。マターの発生を想起しながら人は万有に囲まれ、自ら作った神や仏の姿を、また人間自身と同じ生命体とどこか似通《にかよ》っているエホバやキリストや釈迦の中にそれを写し変えようとこれまでしてきた。またこれからも同じことをやっていくはずだ。

人は自分の作った神などという光り輝く虹を前にして、それを信じることによって安心しようとする悲しさを中心にし、その周りに造り上げられたのが宗教であり歴史であり、地理や文学などだ。

天地の摂理《うごき》、配剤《とりなし》、経済《たすけ》をそのまま素直に理解し、人の道の中でまともだと思われる考えから離れた流れの通りに物事を認め行動していくことは、たとえ予言者であっても難しい。とにかく自分の心を慎みを持って大地の動きやリズムの中で生きて行くことが大切なのだ。

本能寺で自分の家来たちに叛《そむ》かれて死んで行った信長や、天下を我が物にしながら自分の子供の代にはそれを失ってしまった秀吉も、大自然の前で慎み深く生きることがなかったからではないだろうか。

天と地の動きに操られている磁気のような力の流れによって、何の縁も無い人々同士が時として全く違った場所で出会うことがある。日本を遠く離れた冬の十二月、北欧で私が体験したことを話そう。スエーデンのストックホルムの駅で出会った日本の大学生と、それから二週間もしないうちに、雪深いフィンランドの都ヘルシンキの船着き場で再び出会った。その日の夜数時間、次の日の朝、朝日の中で三十分ほどバルト海を眺めながら船の甲板で私たちは談笑した。

人はあたかも操り人形のように心も身体も動かされているのかもしれない。しかもその人の人生の全時間は大自然の手によって常に動かされており、それを人は人生が旅であり一生が流れなのだと言いたくなるのかもしれない。また自由というものがよくよく考えてみると、いささかも自由なのではなく、その人間を全く隙間が無いまでに縛りつけていることに多くの哲学者たちは驚いている。人間が自由自在で有るということは、同時に大自然の手によって動かされている操り人形の先に人が括《くく》りつけられている事実を示しているだけだ。

確かに人は今の状態で足ることを、また満ち足りている自分の人生に確信を持たなければならないのだ。ここからわずかでも外れると自然の手から外れた操り人形となってしまい、その人としては大切な何かが崩れ去り、元の操り人形になるためには相当の時間がかかるようだ。

このことを理解しながら常に慎み深い大自然の子として間違いない歩みをしたいものである。

囲われているサンクチュアリーの中の言葉

人間は社会的に孤立している。一見大自然の、万有の流れの中で漂流している存在であり、周りのあらゆるものや生命体とぶつかりへしあいしながら、異形の言葉で他者と繋がっている。本来人間はこういった雑多な物の中や集団の中で漂流している存在だったのであるが、こうしてみると人は無人島に一人置いていかれたロビンソンクルーソーに他ならない。人は言葉において、あらゆる考えにおいて、鬼界ヶ島(九州南方の諸島の古株)の俊寛(平安末期の僧)なのだ。生まれた時の純粋な自分の生命に戻って物事を考えて行かなければ、全ての人間はクルーソーのまま与えられた自分の人生を過ごさねばならない。やがて俊寛は島から戻されなければならない。クルーソーもまた最後には無人島を離れることによって、彼の人生や物語は大団円の中で閉じるのである。

フロイトだけではなく数多くの心理学者たちは、一つの病として精神的に悩み苦しみ痛む人間を救おうとした。彼等は正しく現代病の先端を行く鬱《うつ》のような形に対して、大きく厳しいメスを振るった。

一方、日本の精神医学者森氏の心理学は、まるでフロイトやユングたちの心理学とはさらに大きく対立した心理学である。あたかもルネッサンスの芸術家たちが大自然や神に逆らって医療行為のメスを振り上げたのに対し、あらゆる精神医学上の大問題である鬱《うつ》の種類の病に対し、一切これに逆らわず、むしろその方向に流れていく大人の子供に対する態度と同じような態度をとった。例えば患者が嫌なものを目の前に出されても、それを拒否するように勧めるのではなく、むしろ嫌なら残せというような態度をとったのである。今、何とか復習をしないと明日の試験に受からないだろうと言って後ろから背中を押しながら、もっとガンバレと勧める親の態度ではなく、そんなに疲れているならゆっくり休んだ方が明日の試験で良い結果が取れるだろうと勧める親の態度を取ることなのである。苦しみも、悲しみも、痛みもそれを受けることはフロイトなどの心理学の方向と反対になっている。つまりフロイトたちの心理学に対決して向かい合うもう一つの別の考え方である医学または芸術、さらには宗教心の差であろうか。社会の約束事と言われており、社会人を縛りつけているあらゆる民族の間や違った時代の中の「修身」は、そのままはっきり言うならばタブーとして扱われる訳だ。この種のタブーは言葉以外のものでは見えたり感じたりしないものだ。しかも文明社会の中で綺麗に洗浄された今の時代の生き方の標準語であれば、自分を大自然と直接結びつける人間にとっては、今の社会とこの言葉で通じることができないのである。全く素通りして現代社会の中で生きる人々との意味のある繋がりはできない。

自分の言葉をその通り表に出す時、この社会では大いに恥をかくのが当たり前だ。この社会でまともに生きるためには自分の言葉を前にして自己チェックを丹念にしなければならない。しかし自分自身の言葉として何一つ恥じることがないものだと信じている言葉ならば、この社会では恥じることもあるのだが、大自然の流れの中では間違いなくもう一つの「天声人語」であり「格言」であり、大地に書かれた「予言の言葉」なのである。文学の言葉でも大先生の言葉でもなく魂の農夫が開墾したばかりの開拓地に蒔いた種なのである。大自然と繋がっており、自分を持っている個人または孤人は生命体の熱の中で活動する言葉を使う。文明社会に依存した言葉を捨てることから人間は社会人から離れて、本来の人に成り代われるのである。

確かに社会人の間では「人」は異形の存在としてしか映らない。異形の物の先端には間違いなく生命体が置かれている。さらにその先には「言葉」が置かれ、それはいわゆる人々が日々何の考えもなしに使っている言葉とはあらゆる意味において異なるのである。

言葉は単なる日常の道具ではない。まるで音や電流や磁気のように見えはしないのだがその力は強力で、人をより厳しく囲っていて、全く異質な言葉として理解することもできる。雷鳴や磁気のような言葉は、間違いなく文明社会の言葉から取り残されているというはっきりと一つのサンクチュアリーの中に囲われている。

蛹としての言葉から

言葉が無かったならばおそらく政治も経済も今のように発達することはなかった。言葉のおかげで人間は必要以上に猿や犬たちより忙しく生きられるようになった。そのように忙しい生き方や暮らし方が果たして良いのか悪いのか、そのことを考えるのは別の問題だ。

ラジオもテレビも、新聞や雑誌の頁を美しく飾っている数々の言葉も、本来の言葉の意味を使っているものだとは思えない。言葉を正しく理解している人間にとっては、文明社会の大きな間違いが様々な点でよく分かる。

言葉は人の生き方を正しく俎上《そじょう》に置かなければいけない。正しく与えられた生命現象とそれが行う役割を間違いなく真っ正面から掴み取らなければならない。

人間は一個の人としての自分をこの社会の翳《かげ》りの中で斜めに構えてみるのではなく、真っ正面から光り輝くオーラの中での自己評価として見ることに始まり、自己評価としての終わりに向くのが正しい。その時言葉自身もまた一切の翳《かげ》りを持たない真っ正面から見つめる所の物でなければならない。占星術は密教や他の数多い宗教の中で神聖な約束として用いられてきているが、実際には言葉の正しい使い方の中で用いられるのが本来の姿だ。

言葉の占星術だけが正しい物であり、ただ一つの占星術なのだ。

昔から言葉はその人の生き方の基本であり、中心に生まれ、その人の思想そのものであった。物を信じたり、疑ったり、愛したり憎んだり、作ったり壊したりする心の反映として映っている言葉は病める言葉であり、苦しんでいる言葉だ。生き生きと働くオーラの中で生まれて来る言葉こそ、健康で力ある生命からの直接的な勢いであり、流れなのである。

建築家のフランク・フロイトは、建築学の哲学の中で自然の家ということを語っている。山や谷や流れをそのまま用い、そこに彼の生まれた国、アメリカ合衆国のどこまでも広がる平原を基調にした家の姿が彼の頭から離れることはなかった。マンハッタンに林立する摩天楼に対してこの国のどこに行っても平原を基調にする建物も数多く見られる。

同じことは言葉についても言える。言葉は動物の殺し合いなどを基本にして作られている訳ではない。人間が本来の人として生きる所にある必要に迫られて出現したのが言葉なのだ。ヒンズー教もユダヤ教もまたその他の宗教に属する人々もそれぞれの必要に応じて自分たちの生き方に合う言葉を生み出し、そこに文字が寄り添うように生まれた。亀甲《きっこう》文字もある意味では今日の漢字の前身だったと言えるかもしれない。こう考えていくと言葉は一つの人間学の様々な公式の形をとっているのではないかと考えることもできるのである。

人の学力や能力などを言葉の話し方や書き方のうまさから判断されても困るのであるが、それでも人は学識のある人や出た学校を念頭に置きながら、これまでやってきたその人の仕事や行いの内容をどうしても判断してしまう。その時言葉が発揮する力は他の何ものよりも強いのである。しかし言葉はその人間が平常心で素朴に単純に行動する時、最も正しくその力を発揮する。自然体の姿の中でその人の能力の全域が現れるのだが、一方において試験とか面談だとか履歴書等による人物の判断も言葉を通して行われるという点から考えてみれば、あらゆる時代において言葉は裏と表で使われている可哀想な犠牲者でもある。

人間の身体を造り上げている五十兆ほどの大腸菌や酵母やその他のミクロな細胞を考える時、大自然が与えている生命体もまたそれなりに一つ一つ細かい言葉の繋がりであるということもできる。生命体の謎はますますその奥が深くなり、最近では分子レベルで考えなければならず、その先にはｉＰＳ細胞というのさえ人間の手によって探し出されている。言葉も同じように分子レベルの所まで進みそれなりの一層奥の理解力が明るみに引き出されている。

単純な、人そのものの存在が未だに謎であるとされている以上、我々は自分の言葉を通して掴み取らなければならない物が何であるか分かっているはずだ。やはり人は他人によってではなく、集団という他者の集まりから評価される自分自身ではなく、徹頭徹尾自分自身による評価からスタートし、自分自身の評価に終わる生き方をしなければならないようだ。

人の心はこれほど忙しい文明の世の中にあってどこまでも移ろいやすく、果てしなく空っぽである。つまり心は荒涼とした大草原の広がりであり、喜んでいる文明社会そのものが自分を失っているのだ。空ろの心を充満させるため、その人の言葉が生き生きと働かなくてはならない。働くというよりは、流れるということかもしれない。炎のように燃え立つことであり、溶けることであり、赤くなることである。そうならない一歩手前の言葉は未だ言葉として生まれていない蛹かもしれない。

革　命

人類の起源とその移動する歴史の流れは現代文明の姿を理解するのにとても重要な意味を持っている。中でも旧石器時代の頃から人間の口がかなり便利なものになって、単にモールス信号や手旗信号のように音や身振り手振りだけではなく、言葉を使ってかなり精密に時期や物事を仲間にまた自分自身に伝えるだけの知恵を持つようになったのである。言葉によって人はそれまで考えられていたのだが、より明瞭に神や素朴な芸術心が芽生え始めた。人と同じレベルで笑ったり怒ったり愛する神々が数多く生まれ、たとえ一神教の神であろうとその周りには愛したり憎んだりする別の神がいたことは今日明確に分かっている。

もともと猿たちや原人たちの間にも権力上の上下があり格差がわずかながらでもぼんやりと見られていたのだが、初期の頃の人間たちでさえ花や昆虫、魚のように平等に平和に生きていたのではなく、そこにもレベルこそ違うにしても人の存在の格差というものは明確に存在した。知識の有る無しや家柄の違いがあるといった格差はないにしても、物の所有や貝殻や木の枝のように素朴な金銭の有る無しでも格差は権力となってある人の方に流れ、別の人からは離れて行ったのだ。こういった人の格差はその原点に人が人に懐くとか、惚れるとか、信頼を置くといった心の素朴な動きの中から始まったことは、容易に今日の私たちには想像がつく。

大自然の中から押し出されてきたかまたは生み出された各種の生命体を考える時、人は花や太陽や星々や川の流れなどを見る時とは違って、人の命とその流れを瞠目《どうもく》し驚愕せずにはいられないのである。人の心とは肉体以上に、赤い勢いのある血液の流れ以上に激しい勢いを見せている。人は静寂そのものの心といい、また常に勢い多い肉体というが、実際のところ心は悟りの生み出される洞窟であり聖所である。周りの人々にいささかも侵されもせず、自分自身の肉体によってまた精神によって簡単に振り回されることもないのである。だから心とはそれ自体一つのサンクチュアリーであり、そこに自らを閉じ込める時間を持つ人は、あたかも数多くの議員たちから、また、長官たちから離れ一人チャペルに篭もり、これからのアメリカ合衆国の在り方を模索しながら祈っていたワシントンの姿にも例えることができる。ワシントンは国会議事堂の中の一角に備えつけられていた小さな礼拝堂の中で、神父のようにまた牧師のように祈った訳ではない。彼は一人の人間として、一人のアメリカ人として、一人の新大陸の新しい命でもって生きようとした心の若者として真剣に祈ったというよりは、心の中の小さな悟りを体験したのである。

どこまでも広がっていく人智はそのまま文明の進歩であるのだが、同時にそれまで人間に繋がっていた自由を失くす道でもある。それを別の見方をすれば原生時代には身に付けていた明日への光は徐々に消え失せ文明という名の霧の中で暗黙知が自分の中にあることを認め、暗闇の中をまっしぐらに走る可哀想な盲人である自分に怖さをも忘れて気がつくはずだ。

日本には人の道という優しさかおとなしさか分からない心が昔はあったのだが、白人たちのいきり立つような、またバイキングの勢いでもって他の民族を襲う態度の中から当然起こるであろう様々な運動を我々はよく知っている。ベルリン自由大学の学生運動はいかにもヨーロッパの人々がどこででもやりそうな革命だということがたいていの人には分かる。しかしあの白人たちの学生運動が実はこの大学の日本学を学ぶ教官や学生たちの間から始まったと知ると私たちは驚くのである。

古代の人間たちから見れば人の全感覚さえ文明の世の中では大きく違ってきている。自然の中の力で動いたり流れたりするよりは、人そのものの感覚の中で行動できる人が今の時代の人間性である。学生運動に限らず芸術も宗教も政治でさえ大きな様変わりの中で行動の質を変えている。言葉ですら大きく変化をし、これまで機械の技術によって変化していくものが最近では言葉の変化から違ったものが生まれるようになってきている。

謎としての永遠

不朽の命、劣化しない花、動かなくなる時計、味の変わる銘酒、老化する大先生などといったもので埋まっているこの世界を人は常に見続けている。万有は流れている。今有るものは次の瞬間にはもうなくなっている。一生涯使えるような物があったとしても、その一生とは限りある時間であり周りを閉ざされた牢獄のような時間でしかなく、いわゆる不朽のものや永遠と言えるものは万有の中に何一つ存在しない。

確かに物事には早成するものやそうでないものがある。しかしどちらにしても永久に存在するものは有り得ない。巨大な大木は長い時間の中で生きてきた自分を誇り、同じく長い時間の中で矮小《わいしょう》な自分を見つめる盆栽や高山植物などはそういった自分に限りない誇りを抱く。しかしそれもまた永久に存在できる訳ではない。

人の心の中の気高さもまた愚かさも別々な人の中に生まれる訳ではなく、あらゆる人の心が流れる時間の中で、善と悪を交互に現し、その勢いを出すかと思えば引っ込めたりもする。そのようにして動いているものはそのまま流れとし人には受け止めることができるのだ。

あらゆる物事はそれ自体命であると見ても差し支えない。上下左右、白黒明るさ暗さの変化の中で動くマターの様子は、そのまま人間が流れとして受け止めているものだ。流れは同時にやがて消え行く一過性のものでしかない。どんなに長く持続するものだと言ってもそれが永遠のものであると言えるだけの長さの中で続くものではない。

ある時間の中にしか存在しない「もの」は物であり、はっきりと不朽なものと、分けられて考えられる。生命は大自然の動きの中から与えられるというか、動きから分離した小さな塊だと言うこともできる。生命体は一つのコレラ菌と見るのもあながち間違いではない。人の生命体初め、あらゆる大小様々な動植物の生命体は、それ以外の存在を勢いよく侵して行くコレラ菌なのである。

人は自分たちの文明を誇っているが、自分たちが進歩すればするほどその周りのあらゆるマターを破壊し、疾病の中に陥れ、苦しみの中に閉じ込め、それらの寿命に与えられている命の時間さえ短くしている。その昔ヨーロッパにはコレラが蔓延《まんえん》した。コレラの勢いの中で、それを抑えるだけの病理学的な知識を持っていなかった当時の人々は、次から次へと、自分に与えられた寿命を短くして死んでいった。貴族たちや知識人たちがコレラを前にして行えたことは、城の中や豪邸の中に閉じこもって『デカメロン』のような話を語りながら、ひたすらコレラという嵐の去って行くのを待つしか術が無かった。

人は他の物から見れば自分たちが彼等を貶める「コレラ」なのである。人は人で自分を貶める名の付けようのない大きな力を「コレラ」として見つめ、これから逃れようとしている。大自然はあらゆる存在が互いに相手を「コレラ」や恐ろしい病菌だと思い、そこから手を引こうとしている。人は常に人以外の万物を抗菌作用の確かな雑巾で拭きながら、一瞬一瞬を生きようとしている。

人の心の深化の中で抗菌作用のあった言葉はその深みを増している。しかしそれでも人は永遠に生命として存続できないことを思えば、あらゆる種類の「コレラ」は常に万物の周りに存在していると理解しなければならない。

言葉の持っているあらゆる生命の触覚は絶えず周りのコレラ菌に触れ、そのたびにびくつき、恐れ、足を乱しているのである。

人は自分の身体全体よりは、心や自分の言葉全体を、もう一つの豊かな感覚を持った触覚として、あらゆる周りのコレラ菌を恐れるだけではなく、それらとさえ、共生するだけの賢さや、身を投げ出すだけの潔さや安心感の中で生きる他はない。全てを投げ出す時、万有が与えてくれた生命はその寿命を全うして生きられるはずだ。

翁と媼

人間は本当の生命存在となるためには、全人間として自立していなければならない。生まれてきて成長していくからといって、また必要な教育などを受けたからといってそれで自立したという訳にはいかない。単に年をとっているからといって先輩面をするのはもっと悪い。

物事には何事にでも順序がある。新しいものから古いものに変わったり、話す内容に関しても同じ言葉を使いながらある時間の隔たりの中で意味は大きく変化する。見たり聞いたりまた体験したりするそれぞれの言葉の意味は、ちょうど、食物が醗酵したり腐っていくのとよく似ている。この二つはどちらも一見似ているようで本質的には全く違ったものだ。臭さは食べ物の中で変化していく事実を説明している訳だが、醗酵は同じ臭さを持っていても本質的には綺麗なものであり、それを口にする生命体を生かし、強め、生き生きとさせて行く、しかし腐ったものはそれ自体生命体にとっては毒であり、その毒素自体が腐れであり臭い匂いなのである。物は腐る時と醗酵をする時が一見同じに見えるが全く別のものだ。ただ、食べ物の変質の形だけで見るならば二つは全く同じに見える。

剣の達人を目の前にして一人を剣豪と呼びもう一人を剣仙と呼んで区別しなければならないのはなぜだろう。剣聖も剣仙も一人の達人を前にして安心して呼ぶことができる。また剣豪と刀を持った暴れん坊や腕の良い商人を一人の人間を前にして交互に使い分けても決して間違うことはない。大道場を構えて先生と言われている達人と奥山に身を隠して素朴な生活を送り、訪ねてきた剣豪に刀を振り回されても脇にあった鍋の蓋を持って十分戦える人物を比べてみる時、これら二人の剣術使いに全く同質の物を見ることはできないし、そう見ては絶対いけないのである。

洋の東西を分けてディオゲネスと荘子を同質のものと考えられる。同じ広い中国大陸の中で生きた老子と孔子を同じ生き方をした人間だと考えるのはとんでもないまちがいだ。寒山拾得と現代人を同じ人間だと考えることも愚かなことだ。

若者も翁も同じ人間だが、ある点において全く違った存在だ。両者が口にし、生活の中で用いる時、両者の言葉には明らかな違いがある。

森の中の古木の中には時として特別巨大なものもある。ただ太っていたり豊かな筋肉の付き過ぎているアスリート的な巨木のことをここでは言っていない。苔むし、ゴツゴツとした見かけの悪い肌をしており、それでいて生き生きした枝や葉を伸ばしている古木というものが時として目の前に現れることがある。どんな匠が斧を入れても刃が立たないほどに、どんな腕の良い大工が鉋《かんな》をかけようとしても、スベスベにはならないような、はっきりした自己を持った古齢の樹木というものがある。本当に生きているということは、その後にすでに死を持っていることであり、生まれる前から自信に満ちた死を含んでいることがここで分かるのだ。本当に生きている樹木とはすでに死を体験している木のことだ。しかも生と死を重ねるようにして持っている古木のことだ。本当の意味での趣がそういう古木の全面に出ている。老人の老人である趣とは古木のこのような状態から理解することができるはずだ。自分固有な生に対する誇りと自信がそういう翁のまた媼の生き方の中に見てとることができる。森の中の周囲の樹木に圧し潰されず、厳しい嵐にも耐えられるだけの威容さを備えている。

巨大な氷山はその水面下に九割ほどの部分を隠し持っていると言われている。古木も、その根を大きく地面の中に隠し持っている。人は古木にならなければならない。苔むした翁や媼の美しさを見せながら、自立している勢いがどこまでも強くなければならない。これを見上げるものは生命の言葉をまた力を、さらには精神と気をそこに感じることができるはずだ。

若者は若木と同じく確かに勢いや激しさや速さが強く働いている。年ばかりとって何かを一攫千金《いっかくせんきん》の夢の中で発見しようとしている大人たちは、ある意味で若者の生き方を常に続けているだけだ。一攫千金《いっかくせんきん》の夢は夢であって夢ではない。深く広く長く生き長らえながらわずかずつ積み上げていく物こそが喜び多い夢なのである。それこそが実現する本当の夢なのだ。いつになっても本当の老いを知らない時間の中でひたすら見続けている青春の夢はそのまま腐りかけているものの醜悪な匂いであり、豊かな老いの中で醗酵していくものは、周りのものを生かしたり再生させることができる醗酵であり、頼もしい匂いなのだ。

情けに関して

徳や仁は素晴らしい意味を持っている漢字である。しかしこれら二つの漢字は綺麗さっぱりとしたものであり、それだけに何かが物足りない。愛という漢字にはべたべたしたものやわずかながら情けの涙や泪が付いている。生命とは単なる科学という行動のような爽やかさでもさっぱりした存在でもない。徳も仁もこれらの漢字はどちらかと言えば、科学的な方向に傾いている。儒教のあの爽やかさや幾何学的な模様にも似た言葉の姿は確かに心の科学であり、魂の製図でしかない。たとえ愛に関して語るにしても儒教の教えの中では泪の温かさが少ない。人の生き方全域にはもう少し意味のない涙が有った方が全体の精神の形として何かがうまく繋がっていくようだ。『荘子』、『老子』の心にはまた言葉には、いつの場合でも泪がとろとろと流れている。決して大泣きをしている涙ではなく、荘子も老子もそれぞれに彼等の哲学を述べるのにはっきりと漢字をうまく利用しているのだが、それらの言葉の端々に泪の跡が見えているのである。大自然の動きは生命という泪の流れ以外の何ものでもない。その涙は情けの中に含まれている力を嫌が上にも大きく広げ、その中で人はますます自分の心を豊かにしていくのである。人同士もまた大自然とこれが与えてくれる生命を感じる時、その感じ方をそれ以上に補完し、生命同士の互恵や大自然の流れや生命同士の共感を、嫌が上にも大きくしていくのだ。生命のぶつかり合いや繋がりはその時ますます勢いを増していくことは間違いないはずだ。徳や仁は涙の流れの見られない『荘子』や『老子』の姿だと理解しても間違いないようだ。現代人のそれは儒教の受け入れであって常識に包まれた甘い薬のようなものであり、その中に見られる愛は乾いた愛でしかない。本当の荘子や老子の言葉のような愛を愛として理解しようとする時、残念ながらその言葉の周りは一種のブラックホールであり暗黒の状態なのだ。愛という言葉を口にしていながら愛そのものの流れとも言うべき荘子や老子の温か味を持たない時、そこには流れ出る情けの体温を感じることはできない。本当の愛とは単純なリズムではなく、騒ぎもしなければ何も言うこともない母の愛のような素朴さに満たされている。

人は徳の人生を辿ることができる。仁の生き方も辿ることができる。しかし愛の生き方を望んでいるのは人の世だけであって、大自然の中に創造された人そのものの生き方ではない。生命そのものを生み出したか与えた自然は人の生き方の中心に「愛」を求めているのだ。この愛は爽やかなさっぱりした単なる愛ではない。泪のたっぷりと広がっているシャーレの中に漬けられた情けに包まれた愛なのである。徳も、高い生き方も、仁も、綺麗な生き方も品性豊かな生き方を導くはずだ。しかし人生を完成させるのは愛であり、決して徳でも仁でもない。人の世の全域において確かに徳も仁も大きな力を持ち、何事によらずこれらによって大きな力を発揮することは間違いない。しかし徳も仁も人を完成させるという点においては完璧なリズムを持ってはいない。そういうよりは、人は残念ながら愛の真実を涙を流すまでの緩やかなシャーレの中では、どんなに頑張っても意識することはできない。人同士が助け合い愛し合ってもそれだけならばそこには昆虫同士のぶつかり合いや、魚同士のすれ違いしか存在しない。そういった袖の摺り合いは真実を教えてくれることはないのだ。儒教は正しく人同士の袖の摺り合いの幾何学的に教えることはするにしても、荘子や老子のように直接生き方の全域で愛の完全な表現として、また情けのたっぷり入った愛として人に教えることはないのである。

人は一度自分自身を昆虫や爬虫類や植物のような生命体として見つめ、大自然がどのようにして人類を見つめているかまた感じているかそれを理解する時、人間は人として自分を正しく理解することができるようだ。長い歴史の中で昆虫を傍らに見、全く他所者《よそ》として爬虫類を眺めていた人間だが、今はっきりと大自然の中に漂流している人として自分を見る時、そこに生命の全域にこびりついている情けの鱗を理解することができる。もちろん人の言葉の働きも愛の形をはっきりと知り、同時に情けの流れさえ理解するようになる。半島人は恨を使うが、おそらく彼等の恨は大八州の情けと同じであって、愛の形をより明らかにする物であるかもしれない。文明人は確かに数知れない病弊に侵され、どんな言葉でもってもより正確には徳や仁や愛や情けを理解することはできない。

人は今できるだけ多く自分の下着や寝間着を洗濯すべきである。日々使っている言葉をそれ以上に洗わなければならない。時間が過ぎていく中で衣類も言葉も汚れていく。一度口にした言葉は決してこれから話す最初の言葉ではなく、使い古された言葉なのである。人は常に後塵《こうじん》を拝してはいけない。誰かがどこかでいつ頃か口にした言葉の罠《わな》から、人は飛び出さなければならない。もし自由という言葉があるなら、その意味から全く離れ、自分の生き方の中で自分らしく生きるこの言葉を使いたいものだ。人は文明社会からまた歴史の頁の中から飛び出さなくてはならない。そういう意味での家出をしなければならない。家出をすべきだと言った詩人がいた。確かに私たちは家出をしない限り新しい時間の中では生きていけないのだ。決して威張るためでもなく後塵《こうじん》を拝してはいけないのである。

内なる声

自分自身の内なる声に従って素直に生きるということはなかなかできることではない。第一内なる声は人間にとって素直に従えるものではない。従えるのは仙人や隠者であって、彼等のように大自然の流れそのものと合わせて自分を流していくには相当のその人の魂の中で鍛錬された言葉を持っていなくてはならない。誰にも一応その人らしい内なる声が与えられていることは事実だが、人の生命は常に周りの社会的状況の中でかき回され、錆びつき、傷を負い子供から大人に向かう時間の中で誰の場合でもけっこう多くの悩みや人に話せないような人生の中の痛みを持っている。正しくこの数多い傷や痛みがその人を素直に自分の言葉を内なる声に従わせられないようになるのである。あまりにも社会的な事情の中で、しかも普通の道理でないような社会の声に促され、脅されながら人はほとんど全て自分の内側の声に従うことの条理を弁えていながら社会の誰もがせざるを得ない声となって流れていくようになる。甘い砂糖を、それを旨いといって食べ過ぎ、身体が要求しているからといって塩分をやたらに採ろうとしたりする時、人の肉体は様々な疾病の中で弱っていく。こんな状態の中で肉体は寿命を縮めていくことを知る。

やはり人は人間というものが他のどのような生き物とも変わりなく、もう一つの動物であることをはっきりと認めなければならない。単純にこのことが他のどのような理屈からも離れて分かる時、自分が動物であることを認められることになる。そのようにして人は時にワイルドに、時に弱々しく、時にはごくわずか高尚になって生きていけるのだが、とにかく自分が正直な内側の声をそのまま認めようとする時、あらゆる人に見せようとしたり、吹聴したりしたい気持ちになる、いわゆる上品さの全てを綺麗さっぱり脇に投げ捨てなければならない。そして最も恥ずかしい自分自身の様々な面を四方八方に見せ、吹聴し自信を持って威張らなければならない。人がまともに生きようとする時、この社会の綺麗事は全て忘れ、自分は本当に人類の中の一人だと確信するために心も身体もどうしようもない程の土壇場にきている癌の患者であり、糖尿病の患者であり、脳細胞が崩れるだけ崩れた人間であることをまずはっきりと自分で認めまた周囲に吹聴しなければならない。生命の細胞が徹底的にワイルドな自分の心から出てくる言葉によって助けられ、救済され修復されていくというような奇蹟を疑ってはならない。人は常に内側の声が追い回され危険の中に投げ込まれる寸前の状態に置かれていることをはっきり知らなければならない。それを知る時その人は自分の心も身体も天使のようにはっきりと活性化されていく事実を認めなくてはいけない。

言葉は光であり、岩石である。ローマやギリシャの神殿や家はあの時代常に人の前で光り輝いていた。人の内側の自分の声が聴こえなくなるくらいの大きな社会的な事情として石や岩石によって築き上げられた大神殿などは人それぞれの内なる声を完全に消してしまっていた。しかし人が欲しいのは単なる言葉ではない。その人の心の中から出てくる光であって、人の小器用な手になるいわゆる芸術とかいう技の結果としての岩石の誇りでも強みでも何でもない。ローマ、ギリシャそしてロマネスク建築が見せているあのきらびやかな姿は、本来自分の内なる声を聞こうとする人には全く関係のないことだ。

内なる声はその人の心の声であり、その人が向かい合っている大自然の声そのものであり、別の表現で例えるならば、自分自身を中心にした赤児が口にするたどたどしい言葉そのものであって、そのような素朴な内なる声は常に何かに焦っており、常に不安に満たされ、目の前の何かに対して怒り多い状態だ。幼児はたとえ笑っていても、そこには大人の本当の笑いは実感できない。羊水から出てきて間もない赤児はそれゆえに訳も分からず何事に対しても恐れを抱き、泣き声を上げるのである。赤児が産声を上げていると喜び、納得している大人の方がギリシャやローマの大建築物に、人間の未来の華やかな人生を感じ万歳を叫んだのと同じだ。言葉にはどんなヴィタミンもカルシュウムも入ってはいない。その人が自分なりに心の中から引き出してくる言葉でなければ何一つ自分が言ったことの中に一物が全体であると認めるだけの意味を持つことはできない。何を見てもどんなアイテムを目の前にしても、そこにはっきりと一物全体なるものを見通せるならばその人は間違いなく知恵者だ。

長逗留《とうりゅう》

人は人生の旅の中で時々長逗留《とうりゅう》をすることがある。私は四、五歳の頃東京都下の八王子で育てられた。たった数年の間のことだったが、両親や妹に囲まれその短い期間が実に長い生活のように思えた。町の好きな所、女学校の前とか駅の前のロータリーなどの人山の中に紛れ込むことによって、不思議と幼子ながら人生の様々な部分を見ることができた。それはとても長い人生であった。それは私の人生の中で忘れられない長逗留《とうりゅう》の時間だったのである。

親元を離れ、小さな宿場町の祖父母と暮らした小学校時代もまたそれなりに実に長い旅の時間だった。親元を離れた私は田舎の空気の中で自由自在に遊び、ほとんど勉強などはしなかったあの頃は、その後の私の人生に少なからず大きな影響を与えることになった。幼い頃の五年間は実に長い歳月であった。六年間の小学校時代のうち、二年生の時の一年だけは親元の群馬県で暮らした訳だが、精神的にはとてもひどい一年であった。祖父母との栃木県での暮らしの中で身に付けていた田舎言葉は、同じ群馬の親元の田舎言葉と何かが大きく違っていた。やはり埼玉や千葉の言葉と繋がっている群馬の言葉の匂いはどうしても私の栃木や茨城のズーズー弁とは違って、都会言葉に聞こえたのである。一年をおいて再び祖父母の元に戻った私は、澄みきった水を得た魚のように生き返った。

家庭を持って三人の子供たちを育てながらいつでももう一人の子供をたった十三時間しか育てることができなかった悲しみを抱きながら、それでもなお三人の子の親として四十年以上過ごした東北、一関の暮らしは決して忘れることのできない長逗留であった。

人生はどんな人間にとっても間違いなく旅である。人はそれぞれの与えられた時間の中で否が応でも長逗留をしなければならない。その旅が数年間の短いものであれ、何十年かの長いものであれ、それには関係なくその人にとっては意味多い長旅なのである。むしろ旅というよりはその人にとって涙の巡礼行なのかもしれない。こういった生命を人に与えてくれた大自然は、この人生の旅路に何を期待しているのだろうか。生まれて死んで行くまでの人生をどのように過ごすかはその人の器量とも言うべきものであり、生命力の強さや我の張り合いやその人なりの歌の歌い方として表現されるのかもしれない。

一旦心臓が止まり、呼吸が止まり、血液の流れが滞り始める時、その人は何を見ても何に向かって問いかけようとしても、目の前は真っ暗になり意識は徐々に消えて行くはずである。そういった幕の閉ざされた暗黒の、また無意識な時間の中でそれでも人は旅を止める訳にはいかないのである。与えられた寿命の中の旅は理解したり、それぞれの一里塚もマイルストーンの中に見られる生命のリズムの音も聞こえるのだが、この生命の前後とも言うべき、誕生以前、死後の闇夜の時間は全く計る方法を持っていない。それでもその闇の時間は間違いなく寿命の中に閉じ込められていた人生と同じく、巡礼行としては存在するのである。涙多く怒り多く考えること多い無意識の時間そのものであるはずだ。生命の中で愛し合い喧嘩し合い誤解し合い暮らしてきた妻や子供たちと時には会える時間は、果たして暗黒の時間のない時間の中に存在するのだろうか。私はそういう時間があることを願っている。何が長い巡礼の旅だと言っても人生の前と後の、すなわち誕生前と死後の時間の中にこそ本当の意味のある暗黒であり同時に理解し合える長逗留の時間が広がっているのだと思う。

永遠の時間とは、間違いなくこの世の時間の前後に連なっている本当の喜びや涙の多い時間なのかもしれない。人生の中で家族や友人たちと過ごす時間が多いと言っても、人生の前と後ろに繋がっている巡礼の時間の方が遥かに喜び多い長逗留の時間なのかもしれない。

生き方の凍土

今の文明社会やここまで広がって来た巨大な経済社会はこのままで将来に向かおうとしていても、一度魂の大火災に遭うと一瞬にして崩れてしまう巨大なバベルの塔である。都会という都会は薄いベニヤ板のような材木で組まれており、柱という柱は細い竹のような物で造られていて一旦火がつくとたちまち燃え広がり、地震が起これば崩れてしまう脆《もろ》いものなのだ。摩天楼という摩天楼は崩れ始め、文化の美しさを現している大きな橋も崩れ去ってしまえば、その跡には濁流となって流れる勢いの止まらない流れがあるだけだ。確かにバベルの塔の周りにうろうろしている人間たちは言葉という呪いに取り巻かれ、その人為的な力の束縛の中であらゆる意味において自由を失っている。現代の人間には自分を自分らしく行動し生かして行く自由が全く奪われている。人間は間違いなく一つのロボットである。人の存在はもともと大自然から与えられた生命を中心にして動くもの、流れるもの、輝くものであったはずなのだが、かなり前からヒンズー教の信じる神の変身した生き物、アバタ（この世に現われた神仏の化身。思想などの体現者）として動いている不思議な動物になってしまった。なってしまったというよりはそういう現象として自分の願いとは別に、宇宙の大きな力として、果てしない力有る波や風として勢いよく動いているだけなのだ。どんな宗教も人が中心になって行おうとしているものは一つもなく、ただ自由を持つことを誰にも許さないという巨大な力が大きく働いているだけである。全ては占いの類に過ぎない。自分自身の希望であり大きな夢であると思いながら身体の中を流れている人の血液や精神はとうの昔、どこかに消えてしまっている。今人を捉え、押さえているのはこのヒンズー教の変身の化け物であり、あらゆる自由を存在させまいとする力そのものなのだ。一人ひとりの人間の性格さえ今日と明日、また常に嵐の中の風の方向のように吹きつのる勢いの方向が全く違う。生命体の方向はとにかく縛られており、ある方向に向かうことなくただあたりを空回りしているに過ぎない。

町の片隅に在る小さな公園に名もない花が咲く時がある。それも当たり前の穏やかな花であれば良いのだが見たこともないような冬の最中に咲く桜とも言うべき不思議な物が咲く。何日も待たないと、蕾を大きくしながらもなかなか咲かない奥手の花だ。春の暖かさの中で咲くあの嬉しい桜とは何かが違う。咲いたと思えば冬空の寒さの中でたちまち散ってしまう。単なる日本人が好むあの山桜の潔さとは全く違う。そこには情けのリズムが全く見られない。人の心をどんな場合でも慰めてくれる花ではない。冬の冷たい流れと同じく、そこを訪れる人はこの冬桜の語りかける言葉によって生命とか心を慰められる人はほとんどいない。このような世にも不思議な冬桜はヒンズー教の恐ろしい宗教の言葉と同じくそこを訪ねる人を痛めつける小さな公園の中に見られるのである。

その一角は雪深い村と同じだ。零下五、六十度の寒さの中でわずかな村人たちは長い冬を息絶え絶えに何とか生きている。時たま変わった冒険者たちが犬たちに橇《そり》を引かせてこのあたりを通って行く。それが何の旅でありどこに行くのか全く知らないのだが村人たちは無性に旅人を歓迎し、笑い声を上げ、家に泊めたり食事を出す。とにかく長い冬の重苦しい時間の中で見知らぬものも、また旅人をもてなす村人たちにはごくわずかながらそれでもお祭りのハレの日が来たように喜びが湧いて来る。本当に辛い時、苦しい時、痛い時人は寒さではなく喜びの暖かさに自分を向けるものだ。冬の最中に風に吹かれながら何回もかかって咲く冬桜のように、こういう雪深い村の人たちの旅人に会う喜びは想像できないくらい大きな感動を彼等に与える。彼等は喜びに満ち、そこで与えられる温かさは彼等の生き方の中では熱湯のように吹き出し、彼等の生命そのものを現しているごくわずかな言葉を宇宙の彼方まで飛ばすことになる。彼等の周りも彼等の生命そのものの中も全て永久凍土なのだ。彼等の口から出て来る言葉も、言葉から出て来るリズムも全て彼等を訪ねる旅人と出会う時熱い言葉とぶつかり一瞬の春を体験するのだ。

今の文明の世の中は、下町のどこかに存在する猫の額ほどの寂しい公園の一角に咲く冬の桜なのだ。シベリアの分厚い凍土の上に生きている村人たちの姿と重ねて考えることができる。これほどまでに発展している文明の世の中だが、その実その中身は凍土の上の村人の苦しい生き方に似ており、苦労しながら何日も努力しながら咲く冬の徒花なのだ。

心ある人はここから立ち上がり暖かい光の中に向かうためにも自分自身の夢を捨ててはいけない。

大自然の戸としての言葉

生き方というものは様々に見えるものだ。ある人のそれはいつまで経っても忘れることのないものだが、別の人のそれはほとんど何も覚えていないといった具合だ。一回会っただけなのにその印象が強く、その時の行動の何かが好きになり、その人の言葉の一角がこちらの気持ちから離れられなくなる場合もある。一、三回そういう友に会ってみると、一層その人物が好きになって来る。さらに数多く出会っているうちにその感情はますます大きくなる。そういう人物の存在は、稀にしか見られないのだが、時には確かにそういう人も存在する。たいていの社会の人間というものには、そのような印象を受けることができない。どんなに言葉を多く話しても、態度が細やかであっても、後になって残るその人の印象はどこか軽いのである。時間が経つにつれ、他の多くの問題と接しているうちにごく自然にその人のことなど忘れてしまう。こういった集団の中の人間の弱々しい態度や行動を思う時、人々にとって私自身の生き方が同じように弱々しいものであることを教えられるのである。自分ではいかにも確かな言葉を話し、人に分かって貰えるような行動と思想を周りに示しているように思っているが、その実周りの人から見ればこちらの生き方など、ほとんど相手にとっては取りつく島の無いほどに弱いものだということを知るのである。

大自然は引力の固まりであり、あらゆる存在がそれぞれに引力を持ち、それが四方八方に物を引き付け、押し離し混沌としてブラックホールとなっていく。人間の存在も他の物質の存在も同じく引き合い押し合いする引力から成り立っている。人間誰もがこの約束事から離れる理由もなければ離脱する理由も無い。このことを別の言い方をするならば、人間一人ひとりの言葉はそのままある種の電力でありまた磁力なのである。言葉という磁気力によって人は互いにプラスやマイナスの力を得、押し合い引き合いながら何かより大きな気力を得るのである。人が言葉を聞き、読み、さらには書きながら自分の生き方を大きくしていくのには間違いなくこの磁気作用が働いている。

一度出逢ったら忘れられない体験をするというのは二人の人間の間に流れる磁気力が、または言葉の力である電力が特別強く作用しているらしい。中にはこの気力または電力、つまり言葉の力が弱い人もいて、そういう人同士の出会いの中ではほとんど後になって覚えていられるような印象としては残らない。いてもいなくとも良い人間、または名前を聞いても後になって覚えていないような存在は、確かに磁気力低下のまた電気の流れの弱さのようなものをはっきりと現している。

人間は汚れたり、傷ついたり、壊れたりすると禊ぎとかお祓いということをする。この行動によってもう一度綺麗なものに自分をしていけるのである。つまり低下した磁気力や電力の圧力を上げて行くのである。人がまた人の言葉が禊ぎを受けお祓いをしてもらう時は、尸を神や仏、つまり大自然の存在のシンボルとして扱うのである。大自然を人間は神や仏として奉《たてまつ》り祈るのだが、奉るものの尸として、つまり人の尸（形代）として言葉を置く。人間にとって言葉以外の尸、形代も神性も神位もつまり大自然そのものではない。大自然の神位（deity）、神代と向かい合えるのは尸(形代)なのである。おそらくラテン語から分かれて英語となったdeityは明らかに単なる神性以上に神位、大自然の尸を現しているようだ。

言葉は人の存在の全時間を生かしている磁力であり、電力であり、もっとはっきり言うなら気力なのである。この気力の圧力が上がっているほど彼に出会う人間はその出会いの印象を強くし、深い物とする。あのような人物にこれまで一度も会ったことがないと言える時、そういった人物はいわゆる雷に打たれたように自然の気力に打たれて自分の人間性を変えてしまう。数多くの歴史上の人物たちはこういう体験をした後、それまでの弱々しい気力や弱々しい言葉で生きていた自分を強烈な言葉で生きる人間に変えている。

第二のローマの滅び

ローマの夜の街をタクシーに乗って私は駅まで行ったことがある。夜汽車でスイスを通りドイツのシュタットガルトに向かおうとしていたのである。ローマはどこもかしこも遺跡だらけである。駅の前さえローマ帝国時代の巨石がゴロゴロと転がっている。それだけではなく私たちの心の中にはあの頃世に出た数多くの格言や箴言が残されている。セネカやキケロが口にした言葉は集めようとすれば今日なおいくらでも集めることができる。

しかしこのローマ帝国も滅んでしまったのである。彼等の軍隊が弱かったからではない。言葉が無かったからでもないことは、今なお残っている格言などからよく分かる。彼等には山ほどの金銭があり、天から与えられた特別豊かな人としての才能さえあった。しかし彼等には大自然の流れと理解し合うだけの賢さは無かった。与えられた人の命をそのまま素直に利用して使って行くだけの知恵や素直さが無かった。富や権力だけに夢中になり大自然の引力に従う気持ちなどは脇に捨て、ひたすら自分の思い通りの生き方を貫いた。やがて後の時代に起こったルネッサンスもまた第二のローマ帝国の滅びを現代文明世界に及ぼそうとしている。

現代人は今、何かを断つことをしなければならない。文明の力によって何かができるということや大自然の流れを離れて自分の足で歩こうとする思いを断つだけの潔さがなくてはならない。

現代人は離れなくてはならない。誇り高く、自信に満ち、いささかも疑うことのない自分自身を離すことから何かを始めなければならない。文明の名の下に物でも考えでも多く持ち過ぎている。それらを自分から解き放つのにあまりにも執着心が強くそれができないのである。あえて捨てなければならないものが自分の眼の前に山積みにされている今日、それから離れようとはせず、何とか頑張るところに現代文明は第二のローマ帝国の滅びが有ると見なければならない。

大自然が与えてくれた人という名の生命体は、今の文明の便利な世の中で味わっている生き方ではなかったはずだ。あまりにも多くの点で人は間違いを起こしている。本当は断たなければならないものや切り離さなければならないもの、捨てなければ駄目なもの、それらが毎日の生活の中で目の前に山積みにされているのだが、それができないのがほとんどの現代人だ。そうでないばかりか、さらにいろいろな多くのものを自分の周りに積み上げて、その中で息もできない状態でまた周りのものが見えない状態で暮らしている訳だ。世の中にはゴミの山に暮らし、あちこちから拾い集めたさらに多くの塵《ちり》を自分の周りに積み上げ、そこから出ることもできなくなっているのが現代人である。言葉はその昔フェニキア人の海洋民族語であったり、アジア大陸の金文字であったり、中国大陸の甲骨《こうこつ》文字であり、それらから作られていった中国人たちの漢語であった訳だが、そういった原始時代の言葉から現代語に至る歴史そのものがすでにやがて滅んでいくであろう現代文明の不幸な匂いを発散している。

しかしそれでも古代ローマにセネカやキケロがいたように現代文明の滅びつつある錆びついた言葉の傍らに、現代のセネカやキケロの言葉が存在しない訳ではない。今なおはっきりはしないが、釈迦やキリストやソクラテス、荘子・老子等の言葉がそうなのかもしれないというわずかな感触を得ている私である。

ベトコンの地から来た男

私が若かった頃、私は栃木県日光の進駐軍接収ホテルの隊長秘書をしていた。その頃の思い出としてはただ一つ45ガバメントという分厚くて日本人の手には持ちづらいようなピストルの45口径の弾が一個だけ今も私の手元にある。太平洋戦争の終わり頃ガダルカナル島などの激戦地で戦った勇猛なアメリカ兵たちが、関東の師団司令部の置かれていた宇都宮に進駐していた。そして日光市の金谷ホテルの別館である鬼怒川《きぬがわ》のホテルと並んで中禅寺湖畔に在った観光ホテルにしばしば彼等は休養にきていた。私はしばらくそこで働いていた。

その頃アメリカ兵たちと共にベトコンと戦っていたフランス兵もわずかながらこのホテルに滞在することがあった。彼等フランス兵の中にも私が友達になれるような人がいた。その中にジャン＝ポール・ボルドーという中尉がいて、ある時、私の休暇が数日間があったので、フランス語の会話ができると思い、彼を誘って旅行に行ったことがある。

幼い日、群馬県の太田市に住んでいた私は、時々栃木県の外れの足利市に父に連れられて訪ねたことがあった。この町を貫流する渡良瀬川で、父の漕ぐオールの先を見ながらボートの中の三十分ほどを楽しんだ思い出がある。こんなことが頭に残っていたのか、私はボルドー中尉を誘って足利に行ったのである。ベトコンと戦っていた彼はベトナムの町や村についてはかなり知っていたが、日本の戦後の事情や日本人の生活態度についてはほとんど何も知らなかった。足利の旅館に泊まれば畳の部屋の中で分厚い将棋盤に腰をかけるし、そのままの姿勢で座卓に出されるお茶を飲み、山ほどに出される牡蠣《かき》のフライをパクパクと美味しそうに食べていた。さほどうまく話せない私のフランス語に合わせて、彼はいろいろと彼の故郷であるボルドー地方のことを聴かせてくれた。足利にいた何日かの間に私たちは古本屋に入った。俺にも読める本がここにもあったと、棚から彼が引っ張り出した分厚い革表紙の本は、大正時代の終わり頃三版として出されていた『模範仏和大辞典』であった。その扉にはエミール・エックという名の帝国大学文学部教授の名を初め、法学士、文学士など十人近くの名が並び、その中には医学博士の名も連ねられていた。総山羊皮表紙のこの辞書を彼は買い求め、私が良いフランス語の通訳になれるようにと言ってプレゼントしてくれた。残念ながら私はその後通訳ができるほどのフランス語の勉強はしていない。本を読んだにしても、ドーデの書いた『風車小屋便り』の中の一つの作品「アルルの女」などを何とか読むくらいのものであったが、ある年は一年間の日記をフランス語で書いたこともある。その文章も果たしてフランス語の分かる人には通じるかどうか怪しいものだ。ボルドー中尉は数日間の足利の旅が終わった後、今考えてみると一週間ほど日光で休日を楽しみ、再びベトナムに向かった。ビンデンフーの丘でフランス軍が大敗してベトコンたちが自信を持ってその後アメリカと対立したことは誰にでもよく分かっている。幸いなことにボルドー中尉は怪我もせず祖国に帰ったようだ。それからかなり後のこと、私が東北に移ってから彼に短い手紙を出したことがある。数ヶ月何の返事も来なかったが、ある日彼の息子から手紙がきた。かつてのボルドー中尉はその頃すっかり老い衰えてしまい、最近は寝ている始末でとてもあなたに手紙を書ける状態ではないと、綿々と綴られていた。もっともその後私は、ボルドー市の近くに在った先祖代々の城の中でモンテニューが書き上げた『随想録』を読むことによって、ある意味における心の付き合いをボルドー中尉とも持つことができたように思う。モンテニューの持っていたローマ国歌の様々な知識が私にかなり多くのことを教えてくれたし、それは同時に足利の数日の旅行の中でボルドー中尉によって励まされた言葉と深々と関係し合っていることを私はその頃実感した。

日光の観光ホテルを去って行く時彼は、ラルースの『小型フランス語辞典』を私の手に持たせ、別れを惜しんでくれた。彼が東洋にいる間、ずっと手にしていて放さなかったこの仏小辞典には、ボルドー中尉の名前と住所が書かれて有り、彼がボルドー市の一角であるヴィノネーの人であることが分かる。その下には私の書いた文字が残っている。「5th December 1951」

あの頃アメリカの兵隊たちは何度も私に「もう一度かけてくれ」と言って江利チエミの「テネシーワルツ」のレコードをかけさせた。私の中にもこの曲のメロディが今なおはっきりと残っている。アメリカの歌手が歌う時、そこには好きな男に捨てられた女性の悲しみがはっきりと現れているのだが、私が聴いていた江利チエミのそれは全くそれと関係しない心のメロディとなってアメリカを夢見、殺伐《さつばつ》な日本の風土の中で救われていく自分だけの音楽だった。

本当の術としての独学

人間の顔の造作、先祖からいただいた容貌、身体の大きさなどは人の生き方の中ではどうであってもあまり問題ではない。その人の心の置き方によって生き方の全体像は大きく変わるのである。つまり精神の深さや広さが初めて出会う人を動かすものである。出会った一瞬の中の容貌がどれだけ相手に大きな印象を与えるか、その大きさはその後の相手の全人生にどこまでも影響して行くのである。

一人の男がいる。T・Aという建築家である。ある時彼はエヌ・アッシャ・ケイという建物をどう思いますかと聞かれた時、彼は実に爽やかに、あちこちいろいろと建て増しをした、大変なビルだと批評した。彼のこの短い言葉は単にこのビルだけの問題ではなく、東京という大都会初め日本全体に当てはまる問題を意味していた。歴史的に、地理的に、さらには時間的にあまりにも複雑極まりない文化的な問題を含んでいることに気づかされるのである。彼は時には人々にあなたの建築学の思想と行動には常に自信を持っていますかと聞かれたりするのだが、そういった場合彼はいつでも私の行動には失敗が付き纏っているようだと答えているようだ。あまりにも彼が考える建物の大きさやそこで使う資材の種類や資金のこと、またデザインのことを考え、それに加えて施工者の好みや夢を考える時、彼が設計したその建物が設計者の彼や施工者の前でどのように存在するのか、彼はかなり多くの場合、あそこはこうしたら良かったとか、ここはこうした方が良かったと気づくようである。普通の簡単な建築物であれば簡単に直すこともできるのだが、特別目立つようにしかもたいていの場合巨大な形に、しかもこれまでなかったような考えと形で作られて行くので、どこをどう直すにしてもほとんどそのような直しの余地を与えていないのが現実なのである。そのようにどこかを壊したり外したりして直すとすると、直してから見つめるとそこがはっきりと改築を重ねて行くように見えてしまうのである。とすれば彼のような自分の夢をそのまま設計図の上で現していく建築物は、一度造られたらどんな場所もいささかも手を入れて直す必要はないのである。

話は別だが、かつてシベリア鉄道を計画した時、ロシアの皇帝はペテルスブルグからウラジオストックまでの長い広軌のレールをどう敷くか大臣たちや技術者の前で聞かれた時、皇帝の返事は驚くものであった。この二つの地点の間には山あり、谷あり、川あり、タイガの森のようなものがあり、簡単には鉄道が通って行かないところであった。皇帝は鉛筆かコンパスを手に持ち、山もタイガの森も関係なくこれら二つの地点に真っ直ぐ曲がることのない一本の線を引いたのである。もちろん皇帝の考えをそのまま実行するためには政治家も技士たちも実際に働く多くの労働者たちも想像を超えるような苦労をしたが、事実そのようにして長いシベリア鉄道は敷かれたのである。オリエント急行などのような同じ長い鉄道であってもその意味は、シベリア鉄道の場合大きく違っている。

私がこの文章の本題に置いている建築家などは現代文明の中に生まれた抽象芸術の清々しい心根が生きているとは言え、その考えの裏には間違いなく、かつてのロシア皇帝の率直とは言えても人泣かせの考えの自由自在な図面引きが見られるのではないだろうか。そのようにして彼によって造られる建築物は必ずしも施工主の心を満足させている訳ではない。もちろん施工主はそのことをこの名の通っている建築家や自分自身の社会的な立場も考えて、敢えて自分の中にある不安を外に出すことはないのかもしれない。しかし実際には建築家も施工主もそれぞれに不満を心のどこかで感じていることは間違いない。建築家の心にわだかまるその思いはある意味で宗教人の深い悲しみとどこか似ている。どんなに努力をして自分の夢の全域を広げ、それを図面の上で現していこうとも、やがて建物ができてみると、様々な思いがけない不満の点や自分の考えに欠けていた点を見い出すのである。もちろん二度と直せないという現実に立たされている大きな作品なら、そのことを次の機会の建築物において改めようとか、より確かなものにしようと考えるはずだ。そのように考えようとする彼の心は、ロシアの皇帝の心持ちの穏やかさであり、同時に表に出せない慙愧《ざんき》な祈り心なのであろう。

ある時、この建築家は、あなたの住居に関してはどう考えているかと聞かれたことがある。もちろん彼の心はロシアの皇帝並みのレベルにうろうろしていたに違いない。五階建ての彼の家にはエレベーターが付いていないと説明する時、彼は確かに言葉の隅ではこそ泥が巡査の前でとる態度と似たものを喋り方のどこかに見せていたはずである。彼自身は一階に身を置いている。他の人たちは五階までを上がったり下りたりするのを彼は知らない訳ではない。しかも冬になると上の方は風が吹きっ曝《さら》しでたとえ暖房の設備が付いていても身体の芯は寒さで凍える。この家に身を置く人たちの長い時間の中で、彼は常に業や劫を身に背負っている。

もちろん人間は誰しも劫の中に生きている。源信も法然も、親鸞もこのことをはっきりと自分の中に弁えていた。この建築家もそういう意味では「悪人もそれゆえに救われる」という言葉やバイブルの書いている「罪なきものから先に打て」という言葉を自分の生き方の中ではっきりと意識しているのである。

私たち夫婦が今住んでいる息子が手に入れたスエーデンハウスはそういった意味においては何一つ芸術的なケバケバしさも哲学的な言葉のリズムも見せてはいない。確かに窓は三重ガラスの厚みを持ち、冬の寒さから、また夏の暑さから住む者の身を護ってくれるところがあって、いかにも西洋人の合理さなどがはっきりと現れている。少しぐらい風邪を引いても咳が出ても、本当に格好を付けたかったなら寒さなど我慢して分厚く物を着るのではなく、薄く美しいもので身を飾る方がよい、という考えも人には無い訳ではないが、本当の心の美や芸術の深さ、人の生き方の安心などを考える時、このスエーデンハウスなどは実に住みやすいところだと思っている。かつて北欧の四ヶ国を旅した時、十二月末のバルト海の船上でヘルシンキからストックホルムまでの夕方から明け方までの旅をしたことがある。スエーデンに入り、雪の積もった対岸に見える家々は、間違いなく私たちの今住んでいるスエーデンハウスそのものの家であった。

この建築家は日本の最高学府において建築学を教えている人物だが、彼の建築技術は間違いなく彼自身の血とリンパ液によって鍛え上げられて来た「独学」の結果であった。もし少しばかり世に顔を出している建築家の匂いを嗅ぎつけて近づくような彼だったなら、果たして彼自身がロマノフ家の皇帝のように素朴な頭と手でシベリア鉄道の線を引くだけの勇気が有っただろうか。

独学は誰にとっても学びや体験の基本として身に付けていなければならない。星に向かって夜空に飛び出した宮沢賢治の書く「よだか」であって、初めて人間は本当の人間になれる。この建築家はこれからも次から次へと新しい建物や奇想天外な奇蹟の創造物のような建物を生み出していくのだろう。彼の中の「独学」の精神が生き生きと働いている限り、彼のその力は衰えることはあるまい。そして彼の作品が生まれるたびに彼の心には創造されていくものに対する大きな喜びと共に、あの点の失敗やこの点の誤りに気づいて彼自身の中の百八つの鐘を鳴らすことだろう。

人は誰でも生きている一瞬一瞬の中で何かを深く悔い改めているのである。それが分からないうちは常に師を求めていながら物が見えず、分からず、無明の中を彷徨《さまよ》い続ける。はっきりと独学の心が定まる時、その人の安心した心は彼の本当の師に出会ったり、自分の言葉に気づき自分の作品を見ることが可能となる。

ヘンリー・ミラーなどは間違いなく独学の徒の先頭に置かれなければならない。確かにアナイス・ニンなどの手助けは大いにあったにしても、結局は全く学校生活の皆無だった彼女の図書館通いから得た独学の学問が、そのままミラーに乗り移ってもいる。アイルランドの知識人バーナード・ショーやアメリカのインテリなどはミラーの英文をなじったり文法の誤りを批判したりしているが、ダレルやアメリカの文学批評家メンケンなどはミラーの英文を高くかっている。半ばミラーの弟子とでも言うべきダレルは、「これまでの英語圏の世界で大きく飛び出した人物こそミラーだ」と言っている。間違いなくここでも独学の偉大性が取り上げられている。

T・Aの独学の道筋が彼を作ったことがよく分かる。

旨　味

人間は遥か彼方原人の頃から長期保存に耐える食物についてそこに含まれている不思議な力を信じていた。それに対して付けられる名前は持っていなかったが、その食べ物の中に含まれている不思議な力や分解していく何かを今日の人間のように酵素であるとは知る由もなかった。食べ物に対して人間がその内容とそこに含まれている力を知ることよりも、遥か人間史の中で言葉の持っている不思議な分解力や酵素に近い生きた言葉の利用の仕方をよく知っていた。「経典」や「詩」などは確かに素朴な人々の中から出て来た単純な言葉の羅列であったが、それが不思議に多様な分解作用の中で様々な哲学や芸術の形に置き換えられて行った。世の中の最も素朴な農民たちや山の民たちでさえ、自分たちの言葉が不思議な言葉の栄養素によって、まるで今日様々な酵素の分解力が知られているように、本人が死んで行く時の家族に対し、全ての人間に対してのけっこう深い内容を持った格言に等しい心構えを残している。

このような言葉の変遷の歴史の長さから見れば、食文化の歴史などは極めて短い近代から言葉によって説明されるようになった不思議な家庭レベルの哲学なのである。様々な方面にわたって食べ物の中で働く微生物の力やそれとほとんど変わりなく、人間が自分たちの食物と関わっていく重大な問題として腐敗菌の多様な様式を知ることになった。食物を明確には分かれている四つの異なった季節の中で、長期間保存させることに知恵を働かす必要があった。もっとも現代の食生活の歴史の中では、冷蔵庫の存在が人間の食文化の形というか、レベルの高さを大きく変化させていることも事実だ。腐敗菌の侵入や増殖は四つの季節の変化の中で人間は他のどのような問題をも後回しにして、この点に憂慮してきた。人間の食べ物はどんな季節の中でも明日のためにまた次の季節までとっておこうとすると、間違いなく質が落ちてしまう。そのことを人間の口は素直に受け止め、酸っぱさや苦さや甘さや辛さとして感じるのだが、中にはぬるぬるとした漠然とした味も食べ物の中身が変化していくことを現している。納豆などは確かに苦味も辛さも無い代わりに他の食べ物に優る味わいを人々に与えた。鼻につくような臭気はわずかな人たちには嫌われるが、大多数の人々には好かれているものだ。もちろんこういった食べ物の変化していく形は一般に腐ったものとして納得され、その中には漬物などの食文化の方向が世界中の寒さ暑さに関わらず、あらゆる民族の中に美食として今日まで残されている。捕った魚が時間が経つと腐り、キムチや沢庵、ヨーロッパ北部のザワーキャベツやチーズなどははっきりと時間を置いて多少変化した味わいとなる食べ物は、人間にとってどんなに役に立ち、味わいとしてもなくてはならない存在だと、人の長い歴史は教えてくれている。こういった味の変化はほとんど醗酵作用によって行われるものであり、昔の人たちはそれが微生物の成す業であり、プラスの働きをする場合と、逆にいわゆる腐敗菌の増殖によって食べ物を駄目にしてしまう場合がある化学変化などとは、全く知る由もなかった。古代の人々は一体どんな所からそういう知恵を身に付けたものか。何の理由も分からずに、長く暑い時間の中で熟れていく、いわゆる腐った魚を「熟鮨《なれずし》」と呼び、珍重し、味つけをよくするために東南アジアの方では様々な呼び名で通っている魚醤が生まれ、やがては日本列島に上陸した渡来人たちによって日本の調味料に特有な醤油が生まれた。現代の今日でも裏日本の漁業の町には、魚醤の原点からさほど離れてはいない塩汁《しょっつる》などが様々な呼び名で昔から伝えられている。

昔の人たちは大豆などを畑の肉と呼んだり、胡麻を陸の魚と呼んだのにもそれなりに意味がない訳ではない。大豆や胡麻などがそう呼ばれる傍らでは、納豆が人の身体や筋肉を強くする特別な力が有るということを昔の人は十分に心得ていたらしい。十分なミネラル分や人の身体にとってなくてはならないアミノ酸などがこれらの野菜から手に入ることを人間はかなり昔からそう理解するための研究もすることなく、見事に身に付けていた。これと思う野の草や樹木を見てそれが身体のために良いと判断した古代の人の物の見方は科学の力を獲得する前の素朴な人間特有のシャーマン的な理解力であったはずだ。ものの存在を何一つ知ることなくその性能を見分けた人の存在を考える時、そこには人間が大自然から生命を与えられて出現したこの事実がそのまま奇蹟であると、考えられるのである。

人の身体は上下左右満遍なく必要極まりないアミノ酸で正常に守られており、いささかでも体力が落ちないようにと必要な分だけのミネラル分を周囲から常に自分で補給している。最近人が自分たちの食べ物を食文化という名の下に各方面に向かって科学的に理解し始めている。そこでこの研究の中央に置かれているのがグルタミン酸など様々な特殊な酸を理解した上で納得が行く「旨味成分」の働きの研究である。どこまでも豊かで奥深い旨味成分は、単なる甘味や塩気や酸味または渋味、苦味といった特殊な存在とは違って、これらあらゆる味の色彩とも言うべき存在の中の基本であり、各種の色彩の中心に置かれる原色と見ても良いものなのだ。そして身体の栄養素としてあらゆる分解酵素が考えられ、身体中の各部分から吸収されたり消化される力を人間は段々と理解できるようになってきた。

このように考えて行くと食べ物の醗酵する中で人の身体に必要な要素が、日々の生活の中で身体に反するものとして理解される部分のあることを理解するようになったのも現代人である。臭い物やその他耐えられない匂いの物の中に、人の身体に役立つ要素が多いということを醗酵という研究の中で人々は身に付けたのであろう。醗酵という行動そのものが人のためのものであった訳ではないが、極めて大自然にとっては副作用に過ぎない様々なウィルスの働きによって、それらと向かい合った行動を起こす腐敗菌の侵入や増殖を抑えているが、それが人にとって幸運なこととなった。

美味いと漠然と人間はあらゆる食べ物を前にして言うのだが、その時極めて偶然にも微生物の働きによって醗酵作用が働き出し、その食品がその地方の人々にとって忘れられない美食となっているのである。

文化というものがそれぞれの地方において、また様々な民族にとって極めて独特な形で残されているが、それこそがその中心に醗酵ウィルスの副産物としてその地方なり、民族の間の特産物と言われているものなのだ。旨味があって滋養も充分にあるという幸せを天秤にかけて持っている地方の土産物などに、この醗酵食品の成果の一面を見る。

知の源

魂の最も大きな資源として考えられるのは言葉である。この資源はその豊かさと同様便利さにおいても他の何ものにも優ってその大きさが目立っている。言葉は知の源であり、突然出現するとそれから先、限りなくどこまでも拡張し止まることを知らない。人間の世の中は今日の文明社会においてデジタル化し、雪崩を打って人同士が集団を作って寄り集まって来るだけではなく、あらゆる意味において速度を増し、便利さを追求しながら生命の奔流となって流れている。私たちの中にあるアナログのゼンマイや各種の歯車などによって調整されている動きは、そのスピードや便利さにおいてデジタル化した物とは比べものにならないほど遅々たるものがある。

権力や政治指導の人間の生き方などが常に前にも言った奔流のように先に走って行く時、人の心の中で遅々として進むことのない言葉の動きやそれによって生まれている宗教や哲学、自然科学などは常に勢いの良い政治の後を半歩ぐらい遅れて進んでいるようだ。政治が先を進んで行く時必ず失敗する。政治は必ず他の今言ったような問題の一歩後に下がる時、成功することもあることは間違いない。創意即妙すなわち自分の心の中から創り出された思いは、実に素朴であり、アナログの動きの基本であって、デジタル化される文明社会は便利であって物事が早く進むし解決して行くが、人間の基本的な考えは少しずつ薄れていく。

自然の中に生まれる野菜しか本当の意味において人間の身体を養うことはできない。自然の空気と水と陽の光の中で育つ野菜は確かにアナログ的な味わいと生命を生かすアナログの力を持っている。数多くの異なる農薬などで守られ作られていく野菜はその点デジタル化の食物と呼べるかもしれない。季節に関わりなくいつでもどこでも簡単に作られどこにでも運ばれていく不自然な、それでいて見た目はどこまでも美しく、その野菜の美しい基本を留めているので、人はそれに簡単に飛びつく。こういったいつでもいくらでも手に入る野菜によって支えられている現代人間の身体には必ず必要な飲み薬や栄養剤が付き纏う。人間はこのことをよく知っている。数多い現代人の薬やサプリメントは、実は臨時の薬であり、不自然な現代人間の生き方のために用意されたものなのである。原生人間には薬などはなかったし、必要もなかった。古代人たちは薬という名前さえ知ることはなかった。やがて時代が下がって行くと共に薬の素である野菜や鉱物や野草が出現することになった。薬とは自然の野菜を採れなくなった時の臨時の食べ物の一面を見せている。食べる喜びとは生き生きと生きられる喜びを表している。食文化とは一つの学問ではない。食文化の本当の意味は人間の生きる意欲そのものなのである。常に人間は何かに育てられている。生きているというこの時間こそ、食育そのものである。常に人間が体験している日常の時間は自分の生命が育てられている時間なのである。文明の便利さや忙しさや早さの中で人間は非日常の時を過ごしている。世界中どこの国を見ても、人間は金に追いまくられ、大小に関わらず権力を夢見て可能な限り自分の力の及ぶ限り走っている。

こんな時代に私たちは東南アジアの一角にある、あの実に貧しい小国ブータンに目をやってみたい。物がなく今でも私たち日本人の昔を思い出させてくれるような着物の類のものを着ながら暮らしているこの国の人々は、不思議と貧しさの中で自分たちに与えられている生活感のリズムの中で不安がることもなく怒ることも、彼方の夢を追うこともなく、ゆったりとして誰もがブータンの言葉を話し、日本人などには考えも及ばないほどにかなり多くの人々が自由自在に英語さえ話している。世界の多くの民族の中に見られる幸福度を考えると、実にこの国の人々は言わずと知れたサミットに置かれているようだ。同じ東南アジアでも生まれる国が違うところも人間は不幸になるものなのかと、バングラデシュなどの国の人々たちは、生まれて来た自分をだいぶ呪っているようだ。少しばかり頭の良い人たちは外国に飛び出して自分の夢を現実のものにしようと考えるのも当然だ。同じ王様や天皇が存在していても、日本の天皇は実に不幸で、彼を見つめる日本人も不幸そのものだ。ブータンの王も彼を見上げる国民たちも幸せいっぱいなのは、どうしてなのか。貧しさはどこまでも限りないのだが、その中で誰もが今の自分に満足しているブータンという空気の中の生き方は、そのまま汚れた水の中で生き生きと育つ魚のように見えてしまうのは私だけなのであろうか。

徳島県の「祖谷《いや》のかつら橋」や福井県の「かずら橋」などは最も古い時代の名残をはっきりと見せている素朴極まりなく、現代人が渡るのには恐ろしささえ感じる橋なのである。自然そのものの橋は小さな丸太の橋であったり、蔓を巻いて作った橋だ。このような原始的な橋にはそれなりの美しさや、現代人に見せてくれる感激さえそこに宿している。一見崩れそうなこういった単純な橋と現代の橋を比較する時、他のどのような橋よりも安全であることを私たちに教えてくれる。反って橋梁などを組んで造られている現代の橋などの方に大きな事故が起こる。素朴なかつら橋などは二、三年おきにまたは、常に橋に巻きついている蔦を取り替えなければならないという難しさもあることも事実だ。人生とは流れていく時間の中で一瞬一瞬己の生命に巻きついている蔦を取り替えながら生きなければならないのである。文明人間はこのことを忘れ始めている。巨大な橋梁やビルを見上げながら人生社会の忙しい流れの中に身を置きながら、永遠にそのまま朽ちることなく存在するものだと錯覚しながら生きてもいる。恐ろしいことだ。

人間には誰にでも一癖や二癖、否、百癖も二百癖もあるものだ。どうかしてこのような癖が人に感づかれまいとして努力はするのだが、結局は常に周りの人々にはとうに気づかれているのである。これを心ある人々には「無意識の裏側の隠された部分という名の心理状態」としてはっきりと説明されているのである。要するに人間は素朴で単純極まりない自分に戻らなければならない。その時初めて最も強い自分が周りに向かって、また自分に向かって正しく表現されるのである。

三男の織田作之助論から（1）「無頼派と呼ばれた人間」

頁数、百六十一頁からなる『織田作之助の文学』は一九九二年に私の三男高一が書いた早稲田大学の卒業論文です。主査であるS教授は、この作品を読んだ後「君はこれまで大分物を書いているようですね」と言ってくれたそうです。私自身この三男のこれまでに書いた作品に対してとても大きな関心を持っています。

この論文の「はじめに」の中で織田作之助の『西鶴新論』の言葉の一つをそのまま彼は引用しています。

「西鶴は大阪の人である。

大阪に生まれ、大阪で育ち、大阪で書き、大阪で死に、その墓も大阪にある」

三男はこの織田作之助が昭和十七年五月の『大阪文学』の中で書いている「はじめに」の文章に相当激烈な印象を受けたのでしょう。そのことを「私もまた、この文章から論を始めようと思う」と書いています。

「作之助は大阪の人である。大阪に生まれ、大阪で育ち、大阪で書き、大阪で死に、その墓も大阪にある。（実際は東京で死んだのだが）」

私は大阪と言えば何回か歩いていますが、たいていは東海道線での旅であり、梅田駅で下りたり乗ったりしている、実に短い旅ばかりでした。北から南に向かう長い道を歩いたり、西の方に見える大坂城の方に歩いたり、梅田駅の近くのデパートで、その頃わずかながら山登りをしていた私は、スイスかどこかで作られたという立派なカラビーナ（登山用具）を買ったり、近くの昔風の小店でたこ焼きを食べたりした思い出があります。東北の高校生たちを引率してこの辺を説明しながら歩いたこともありました。四十歳になった頃、私の本の一冊が梅田駅の近くの阪急デパートの本屋で半日で売り切れたと聞いて感動したこともあります。最近では私が一緒に住んでいる次男が時々大阪の天王寺区に在る動物園に仕事のために出掛けることもあります。

三男は大阪のことを作之助の存在と合わせ、次のように書いています。

「大正二年（1913）十月二十六日、大阪市南区（現天王寺区）の仕出屋〝魚春〟の長男として生まれた織田作之助は、後年、作家として東京に進出した時期をも含めて、その生涯を通して生粋《きっすい》の大阪人であり続けた」

私は学生時代多くの大阪人を知っていました。北関東生まれの私にはどこかしら馴染めない彼等の言葉や態度に、多少は戸惑いもありました。北関東の人間は東京言葉と違った東北弁と繋がっていた方言を話していましたが、近畿の人々の特徴ある、あの話し方にはどこかしらついて行けないものがありました。時には彼等の語る漫才師の口調のような話し方を真似してみることもあったのですが、結局彼等が納得してくれるような口調で話すことはできなかったのです。織田作之助の文章の中には大阪弁が随所に出てきます。そういった文章を読む時、大阪の友人と話し合う時とは違って生き生きとしたものを感じ、何ら違和感もなく読み進めていくことができました。

大阪と作之助は一体であり、その中で彼と大阪弁は私たち東の人間にはいささかも不快感を与えないのです。三男は『夫婦善哉』の一節を取り上げながら、大阪という土地の気風を次のように語っています。

「大阪人気質というよりもむしろ大阪人根性、大阪人魂とでも言った方がいいかもしれない。がめつさだけではなく、そこには哀しみが、冷たい風に背中を刺されながらも生きる力を失われない庶民の哀愁が漂っている。しかし重要なのは、織田作之助が大阪の庶民を描いたゆえに大阪的なのでなく、彼の小説のその方法、レトリックが大阪人的だという点である」

この論の中で、「特に枠を設けて大阪人と作之助の関係について述べるつもりはないが、大阪人気質というものと作之助の人、作品とは、切っても切れない深い関係にあるのは否定できない事実である。彼の文学上の師である西鶴、スタンダール、ボードレール等等は、みな大阪人気質を持っていた。（フランス人をつかまえて大阪人というのは変だが、あくまでもその文学に対する姿勢が、あるいは世の中に対する視線が、という意味においてである）従って論中、折々この点について触れることにもなるだろうが、なに分、私自身東北生まれの東北育ちという訳で、大阪人気質というものについて大きな誤解をしてしまうかもしれない。けれども何にせよ織田作を論じる訳なのだから、彼が西鶴を論じたごとく、ある程度の独断と自信を持って進めていこうと思う」

三男はこのように書くことによって自分が東の人間であり、近畿ないしは大阪に暮らす人々との気質の違い、また生き方の空気の違いを読み取ろうとしているのです。この気質の違いのようなものをよりはっきりとさせるために、彼は次のようにも言っています。

「さて、文学史上彼の仲間に、新潟出身の坂口安吾がいる。青森出身の太宰治がいる。東京出身の石川淳、そして山梨出身の壇一雄がいる。彼等は〝無頼派〟と呼ばれた。作之助は、なぜ彼等〝無頼派〟の作家の一人と数えられるようになったのだろうか。そもそも〝無頼派〟とは何か？　そして〝無頼派〟において作之助は一体どのような位置にいたのだろうか？　まずはこの点から考えてみたい」

今日は大阪人の気質やそれと深く関わる「無頼派作家」に関しての三男の言葉を書きました。

三男の織田作之助論から（2）「天の邪気」

三男は『広辞苑』の中で「無頼という言葉は、一定の職業なく無法な行いをすること、あるいは頼るべきところないもの」という意味であると述べていると、言っています。さらに彼は長谷川泉氏の『無頼文学の系譜』を参考にして次のようにも言っています。「〝無頼〟の語は『史記』（司馬遷）の『高祖本紀《こうそほんき》』にあらわれる、とある」そこで彼は『高祖本紀《こうそほんき》』の中の無頼に関する記述を『史記』の中から引用しています。

「未央宮が完成した。高祖は大々的に諸侯群臣を朝廷に招き、未央前殿で祝宴を張った。高祖は玉巵《ぎょくし》を奉じて起立し、太上皇の寿をことほいでいった。〝むかし、大人《ちちぎみ》は、このわたくしは無頼で家業を治めることもできず、仲が勤勉であるのに及ばない、と思っておられましたでしょう。ところで、いま、わたくしが成就した事業は、仲とどちらが大きいでしょうか〟

殿上の群臣はみな万歳を叫び、大いに笑って歓楽した。（『高祖《こうそ》本紀《ほんき》』）」

高一はこの後、自分の文章をこのように続けています。

「この文の中で、高祖は自らを無頼と称している。これに対比するのは兄の仲であり、彼はいわば無頼と反対の慎の人間である。しかし高祖は無頼と称することによって、自分を頼るべきところのない、愚かな人間だと卑下しているのではない。むしろ胸を張っているのである。ここにおいて、高祖の無頼には単なる愚かな行為ではなく、仲との対比におけるその勤勉な慎と同等でありながら、異なった次元内での価値観の充実が見られる、と長谷川氏は言う。

仲の勤勉な態度は、父親である太上皇の価値観に適う旧い体制であり、高祖はこれに反逆し、脱出しようとした」

高祖が言い、取った態度の中に見える無頼の姿は、作之助やその他の無頼派の人々の生き方の中に見る態度をはっきりと説明しています。彼等は確かに無頼の生き方で一生を終えました。しかし彼等は見方を少し変えて高祖の生き方のレベルで見る時、彼等はどこまでも本当の意味での勤勉さや慎ましやかな態度で生きていたことを私たちは知るのです。長谷川氏の『無頼文学の系譜』の中でこのことがはっきりと謳《うた》われています。それを高一は、旧いものに対する反逆、既成のものからの脱出、このことを芸術に置き換えてみるとそれはまさに創造ということになるだろう。しかし長谷川氏は、その反逆、脱出とは生活の中に組み入れられた実践行動だともいう、とも書いています。高一は「無頼派」をよりはっきりと説明するために、次のように書いています。

「芸術は、明らかに生活の中の実践行動ではない。美術にしろ音楽にしろ、あるいは文学にしろ、昔から言われているようにそれは無駄飯食いである。しかしこうも考えられないだろうか。無駄飯を食いながらも真実を求め続ける姿勢が、いわばすでに甘んじられている日常生活への反逆、それからの脱出を目指した実践行動だと。つまり、芸術とはその本質からしてすでに無頼なのだと言えるだろう。こう考えてくると、文学は全て無頼になってしまう。事実その通りであるのだが、今度は文学の中における無頼について考えてみなくてはならない。

〝無頼派〟というのは、明確に定義されるカテゴリーではない。人によってどんな作家を含むか、範囲は様々である。つまり文学における無頼ははなはだ曖昧なのだ。先に無頼は旧い価値観に対する反逆と脱出と言った。これから考えれば〝無頼派〟というのは既成の文学に反旗を翻《ひるがえ》した文学ということになるだろう。しかしこれだけは、どうも私のイメージとは違う。太宰、安吾、作之助、確かに彼等は当時の文学の主流に刃向かった。彼等は、〝新戯作派〟とも呼ばれ、新しい方法を模索していた。しかし〝無頼派〟と〝新戯作派〟とでは視点が違うのである。彼等の方法に重きを置いたのが〝新戯作派〟であるのに対し、〝無頼派〟というのは彼等の生き方そのものなのだ。

無頼について語源的に見ていきながら私のイメージで締めるのはどうかとも思うが、〝無頼派文学〟というのはあまりにも曖昧過ぎるのである。

生きるように書き、書くように生きた、生活の中での反逆の実践者。

これが〝無頼派〟に対する私の認識である。

そこで、織田作之助である。当時の文壇の頂点にいた老大家、志賀直哉に対する反抗のみならず、日常の生活においても奇行が多かったと伝えられている。文学上の反逆は後で述べることになるのでここでは彼の生活の中の反逆を見てみたい。作之助の奇行、それはとりもなおさず、彼の反逆精神の基本だった。天の邪気とも言える反逆。人がAと言えばBと言い、人が笑い飛ばすものを誉め讃える。

坂田三吉。作之助がこよなく愛した人物の一人である。

将棋の定跡に挑戦するかのような彼の打ち方に、作之助は心底惚れこんでいたらしく、彼の文章にはしばしば坂田三吉が登場する」

確かに「無頼派」を説明するのにその傍らに「新戯作派」を並べるのは的を射た方法だと思います。「無頼派」というものは徹頭徹尾反逆精神を基本にした天の怒りであり、大自然の邪気とも言うべきものから生まれた神の落とし子なのです。人間には誰にでもいわゆる判官贔屓《ほうがんびいき》という心があるのですが、おそらく、「無頼派」の人たちはこの考えを自分を活かす最大の武器として持っていたのでしょう。「新戯作派」は自分の生き方の外側において格好の良い文学活動の一派を作っていたのに過ぎないのです。

三男の織田作之助論から（3）「銀が泣いている」

織田作之助は『新潮』の中でちょうど第二次世界大戦が始まった昭和十六年十二月に、『聴雨』という作品を書いていますが、その中の一節を高一はこのように引用しています。

「〝銀が泣いている〟という人である。

〝ああ、悪い銀を打ちました。進むに進めず、引くに引かれず、ああ、ほんまにえらい所へ打たれてしもたと銀が泣いているというのだ。（中略）

名人気質などという形容では生ぬるい。将棋の他には常識も理論もない人、というだけでも相当難物だが、しかもその将棋たるや、第一手に角頭の歩をつくという常識外れの、論理を無視したところが身上の人である」

このように作之助の文を引用した後、彼はこう書いています。

「私は将棋をしないので、将棋の定跡というのを知らない。従って、坂田の打ち方がどんな風に奇想天外なのかを実感できないのが残念だが、とにかく〝坂田将棋〟という言葉を産んだくらいに、個性の強い、常識破りな将棋だったらしい。そんな将棋だったので、晩年の大勝負では、勝てなかった。最初、定跡を外れたその打ち方に喝采をおくっていた大衆も、いざ負けるとなると〝あんな馬鹿な手を指す奴があるか〟とささやいた。しかし、笑われながらも最後まで将棋を捨てなかった坂田の後ろ姿に感じ、作之助は拍手をおくったのである。〝定跡を破る〟

これが作之助の生き方の中心であり、〝無頼派〟の共通したところであろう。つまり反逆である。

白崎禮三をして〝誰にでも分かることが、あいつには、分からんのやなあ。それだけ、あいつの感覚は、アクの強い独自のものや〟と言わせた作之助の奇行について、青山光二が〝服装のことなど〟というエッセーに書いている。

……白崎禮三が、ある時、私にこんな話をした。《中略》作之助がトンビ（二重廻し）を着てノートを抱えて立てつづけに煙草を吸いながら歩いているのが気になっていた白崎は門の前で立ち止まって、その格好で教室へ入るのは、何といってもどうも具合が悪い、トンビを中西や（三校に近い書店）へでも預けていったらどうか、と言った。すると作之助は、なぜトンビを着て登校してはいけないのか、と怪語に堪えぬ顔つきになったというのだ。（〝服装のことなど〟）」

「無頼派」の人間には先にも話したように、判官贔屓《ほうがんびいき》といった感覚が普通の人よりもだいぶ強く働くようです。高一はこの文章の後一息入れて次のように無頼とデカダンスの文学の違いを述べています。

「生まれ持った性格がもちろん大きいと思う。しかし、どこか意識された行動を、私は強く感じる。トンビを着て登校することの具合の悪さを、彼は十分知っていたのではないだろうか。反逆は意識された反逆、脱出もまた意識された脱出、それが無頼である。無意識であってはそれは単なる無神経に過ぎない。無神経からは何も創造されない。意識された行動こそ創造なのである。

　生活の中の反逆心という視点でこれまで見てきたが、〝無頼派〟のもう一つの重要な点として、〝下降意識〟を忘れる訳にはいかない。それはデカダンスという言葉と大いに関連がある。デカダンスというと、退廃のことであるが、西洋のそれと日本の、特に〝無頼派〟のそれとは、多少趣が異なる。そもそも、無頼とデカダンスとは異質のものである。山室静がそのエッセー〝デカダンスの文学〟（昭和二十二年六月、『群像』）の中で、安吾の無頼的傾向とデカダンスの異質性について指摘している。

　私にはそのひどく颯爽とした裁断が、デカダンスという言葉につきまとっていると思われる生の虚無感、そのどす黒い色濃い倦怠、悒鬱《ゆううつ》感と、あまりに異質なものである点に疑義をはさんでみたくなった。

　デカダンスとはそもそも西欧において、宗教、道徳と深い関係があった。経済においても、それに生きる人間の精神においても上昇期にあったある瞬間、実はその本質において何もない、空虚なものとして人々の眼に映った時、全てが音を立てて崩れていった。

　そこからは負のニヒリズムが生じ、退廃の坂を下り始める。

　これがデカダンスである」

　坂田三吉の生き方と将棋指しの姿勢の中には白刃の匂いのする、バター臭いデカダンスの感じはなく、やはりどこか泥臭い無頼派の匂いを感じます。

三男の織田作之助論から（4）「デカダンスと無頼」

「この点から考える限り、無頼は明らかにデカダンスとは異質であろう。しかし、前述の通り、無頼と〝無頼派〟というのは非常に曖昧なものである。そこにつけ込むことによって〝無頼派〟とデカダンスの繋がりを求めることができるのではないだろうか。

〝無頼派〟が無頼である限り、それは生に対する単純な讃歌に過ぎない。生きるように書き、書くように生きる、あらゆる呪縛《じゅばく》を引きちぎって生きることを愛する叫びだけである。実際彼等の作品の多くは生への叫びである。しかし時として、読むものの心を掴んで放さないほどの、黒い海原のような死の影が漂うのも事実であろう。

　彼等は無頼に生きたからただそれだけの理由で〝無頼派〟と呼ばれるのではない。彼等は矛盾を生きたと言ってもいい。社会秩序と人間の精神、生と死。反逆すればするほど堕ちていくことの認識」

　高一はこのように書いている文章の中で「無頼派」の人間とデカダンスの人間の間に見られる大きな違いを見てとっています。デカダンスが持っている特定の人間の生き方は分かるにしても、「無頼派」の人間の生き方を説明するのは難しいと彼は言っているのです。評論家たちの多くはこのデカダンスと「無頼派」を一つの繋がりの中で説明しようとする時、そういうことができない訳ではないことも彼は知っていました。大久保典夫が『無頼の思想』の中で次のように書いているのを高一は引用しています。

「おおざっぱに言えば、彼等は、秩序に反抗すること（無頼）と反抗することのむなしさ（デカダンス）との二重性を生きていたと言っていい」

生活の中の様々な物事や古い時代の習慣などに反抗することや、デカダンスという名で呼ばれている無頼の生き方にも反抗する態度は、大久保典夫によって特殊な人たちである織田作之助のような人間が社会に向かって展開していく二重性の反抗態度と言えるかもしれません。もともと宗教家たちがその基本理念として平和なこの世の中や極楽浄土さらにはユートピアの世界を求めながらそれとは逆に動いている文明の社会に抵抗する所に、一見デカダンスや無頼の生活の翳《かげ》りを見て来ています。偉大な聖人や聖者たちほど、この社会の片隅で自分の命を燃やしながら変人や奇人と見られながら生きなければならなかったのです。もちろんこれを宗教人だけの場合に当てはめてはいけないようです。古代の科学者や哲学者たち（その多くを私たちは古代ギリシャなどに見ますが）彼等もまた宗教的な変人以上に変人であったことを知っていなければならないのです。果たして古代ギリシャの誰がソクラテスを立派な人間と認めていたでしょうか。子供時代から老人となって毒杯をあおり死んで行くまでの彼の人生は、単に変人のそれだけだと言ってしまってはいけないのです。確かに彼にはいろいろな世界の、いろいろな階級の中の弟子たちがいました。彼が単に変わり者であり、今で言う所の無頼漢であったり、デカダンスの中に溺れて生きた人間であるなら、そこに集まる人たちも同じような変わり者であったはずです。しかしソクラテスの弟子たちは、確かに生き方のどこかにおいて間違いなく無頼派の人間の特徴を示していましたが、それでも彼等の無頼でデカダンスな生き方には、間違いなく後の時代にも人々が忘れることもできない哲学として、また宗教として、さらには科学の一端として大きな羽を広げているのです。今日なお、ソクラテスを学ぶ人間の中から一人として完全に彼を理解できている人がいるでしょうか。まだまだ分からぬことだらけの彼の生き方は間違いなく彼が単なる無頼派の徒であったのではなく、デカダンスな生き方で人生を終わった人間ではないことを示しているのです。

織田作之助は、そういう意味ではギリシャの科学者や哲学者、宗教人と並べて考える訳にはいきません。大阪という小さな世界の中で自分の心のままに、あるいは織田信長の若い頃のように大胆に生きた作之助が結果した文学は、それなりに彼自身を真面目な無頼の徒に仕立てたであろうし、デカダンスの匂いを振りまいて人間の社会に生き、何一つ恥じない短い一生を終えたのだと思います。高一はこのことを彼なりに無頼派である作之助を単に無頼派の人間として、さらには西洋のデカダンスとはっきり区別して語りたかったことを私は知るのです。

三男の織田作之助論から（5）「学生運動」

戦後日本は敗戦の中の焦土から立ち上がりました。段々と工業が発達し金銭が日本中を血液のように駆け巡り、いつの間にか人々は「もう戦後は終わった」というまでに復興してきました。

戦後生まれの若者たちは、戦争など全く知らず、昭和の少年であった私などが日露戦争などを全く知らないのと同じくらいに戦後生まれの子供たちは平和に育っていました。戦争中の思いを考えれば、親たちは子供たちを喜ばせるために金を与え、美味しい物を食べさせ、そのためには夫婦とも家を空けて働き始めました。どんなに小遣いをもらっても好きな玩具が買えても、子供たちは親のいない家に戻ってくる鍵っ子になった時、当然そこには親と一緒に暮らせない決定的な問題が起こったのです。段々と大人になりつつある子供たちは、このままでよいのだろうかと悩み、学生運動に傾いて行ったのです。日本大学から始まり、東大の安田講堂に飛び火し、蒲田駅の焼き討ちまでしようとするまでに至った学生運動の中で、若者たちは日本を救わなければという、かつての皇軍の敵愾心《てきがいしん》と同じものを抱くようになったのです。それが段々と砂川事件などに姿を変えて進んで行ったのですが、やがて若者たちの頭には、こんな風に頑張ってみてもそれで日本が変えられる訳ではないと少しずつ気づき始めたのです。大きな希望を託した若者たちは赤軍派のような勢い付いた若者のままでいられず、結局かつての織田作之助たちのように「無頼」の人間であることから徐々に身を引いていったのです。大学を追い出された優秀な学生たちは、それでも名を変えたり住所を変えたりして、学校に戻り、医学部に戻り、やがては学生運動のことなどおくびにも出さず、教師になったり、医者になったり、通訳になったりして社会のあちこちで生きていました。もっともごくわずかな学生運動の指導を行った若者たちは、学校にも行く機会が無く、また行く気にもならず、くず鉄拾いや畑仕事をし、中には田舎の塾の先生などをしながら、全く社会の日の目を受けずにいた者もいます。そういう人たちは夢が実現しなかったことの苦しみや哀しみからかなり若く死んで行くものも、けっこういたようです。

戦争が終わって間もなく、織田作之助は、学生運動とはどこか違ってはいましたが、彼の「無頼」の生き方の中にやがて現れる学生運動の雛形または蘖《ひこばえ》（伐った草木の根株から出た芽）のようなものを見てとるのは私たちだけでしょうか。高一は、「作之助は、『世相』（昭和二十一年四月、『人間』）に次のように書いている。」と書いています。

「僕等はあんたたち左翼の思想運動に失敗した後で、高等学校へ入ったでしょう。左翼の人は僕等の目の前で転向して、ひどいのは右翼になってしまったね。しかし僕等はもう左翼にも右翼にも、随いて行けず、思想とか体系とかいったものに不信――もっとも消極的な不信だが、とにかく不信を示した。といった極度の不安状態にも陥らず、何だか悟ったような悟らないような、若いのか年寄りなのか分からぬような曖昧な表情でキョロキョロ青春時代を送って来たんですよ、まあ一種のデカダンスですね。僕等現在二十代のジェネレーションにはもう情熱がない。《中略》だから僕の小説は一見年寄りの小説みたいだが、しかしその中で胡座《あぐら》をかいている訳ではない。スタイルはデカダンスですからね。叫ぶことにも照れるが、しみじみした情緒にも照れる、告白も照れくさい。これが僕等のジェネレーションですよ」

作之助は右翼にも左翼にも傾くことなく人間の作り上げた今の

社会に対して、極度の不信の心を抱いていました。そのことを彼はデカダンスの生き方と認め、さらには少し視点を変えて無頼の生き方と認め、それが彼のジェネレーションだと説明しているのです。それはちょうどヘンリー・ミラーやフォークナーなどの「ロストジェネレーション」とどこか相通じるものがあるようにも思います。高一はこのことに関して次のようにこの論文の中で書いています。

「作之助を語る時によく引き合いに出される文である。左翼運動に乗り遅れた、つまり時代に先を越され、しかもそれが崩壊してしまったという喪失感こそが作之助のデカダンスである。そしてそこにもまた、彼の奇行と同様な意識されたものを感じるのだ。デカダンスに陥らざるを得ない自分を冷静に見つめるもう一人の自分。自らをデカダンスと称する、どこか芝居がかったセリフ。

生に対する本能的な恐れと執着を露呈し続けた〝無頼派〟作家たちの中にあって、作之助はどこか目覚めた目を持っていたのではないだろうか。どうせ無頼に生きるしかないのなら、とことん見せつけてやるしかないのだ。彼はそう考えていたのだろう。

〝無頼派〟に息づく、無頼とデカダンス。この相反する二つの概念が、彼等を苦しめたと同時に彼等を生かした」

今日はこの間の学生運動の前の匂いのようなものを身に付けていた無頼派の作家たちの気持ちをどう理解しているか、という点で高一の文章を読ませてもらったのです。

三男の織田作之助論から（6）「流転の人生」

作之助が戦後間もなく『人間』の中で書いている「世相」の中の文章を（5）の中で取り上げましたが、その中の別の文章を高一が書いている文章からここで引用しましょう。

「自身放浪的な境遇に育って来た私は、処女作の昔より放浪のただ一色であらゆる作品を塗りつぶして来たが、思えば私にとって人生とは流転であり、淀の水車の繰り返すがごとく繰り返される悲しさを人間の相《すがた》と見て、その相を繰り返し繰り返し書き続けて来た。私もまた淀の水車の哀しさだった。

この哀しみを、作之助は捨てようとはしなかった。なぜなら、生きることには哀しみも含まれるからである。楽しい時だけが生ではない。哀しみを捨てることは生きることを止め、醜悪な社会の秩序に身を投じることを意味するのだ。あらゆる矛盾に苦しめられながらも、人間として生きるからには、それを投げることはできないのである。これこそが、〝無頼派〟のロマンではなかっただろうかと、私は思う。多くの人間が見ようとしないドロドロの世界に自ら身を置く。この芝居がかった生き方に、彼等は生を賭けたのである。

〝新戯作派〟という呼び方も、あながちその方法ばかりに重点を置いたのではなかったかもしれない。これから論を進めるうちに、その生き方と方法の必然的な関係が少しずつ見えてくるだろう。ここでは、この二つが〝無頼派〟が〝無頼派〟としてあるためには、同時になくてはならない要因である、とだけ述べておこう」

作之助は大阪の町の中で常に放浪的な境遇の中で生きていたようです。彼の最初の頃の作品に使われていた言葉の一つ一つは、あたかもブラマンクの絵がほとんど黒い絵の具で塗りつぶされているように、放浪という一色で埋め尽くされていたとも彼は言っているのです。単に綺麗な小説を書く人々の作品とはどこか違い、そこに見るのは初めから文学者としてはこの文明社会において何か大切な物が欠落していることがこれによって分かるのです。彼の人生は単に短い物だったと言っては済まされないようです。四十歳の声も聞くことなく彼はあっさりとこの世を去ってしまいました。彼の姉さんなどは余程この一面利発な弟に大きな期待をしていたのだと思います。「私たちは織田信長の子孫なのだ」と、常々彼女は彼を励ましていたようです。しかしそれにしてはあまりにも彼が言う所の「流転極まりない」短い人生でした。作之助はこの事実をはっきりと知っていたらしく、そういう自分に与えられた人生という名の運命を淀川沿いにくるくると休むことなく回っている水車に例えて話しているのです。それはとても哀しく短い生き方だと見ているのは高一です。しかし作之助の自分に与えられたそのような運命を敢えて捨てようとはしなかったというその哀しみを、または淀川の水車の繰り返して回る相をはっきりと作之助の中に見ていたのも高一なので、人生は決して楽しいことばかりでなく、あらゆる時間の隅々には哀しみの多いことを作之助ははっきりと認め、そのリズムをそのまま高一は自分の文章の中に取り入れているようです。単なる世捨て僧や修道士だけではなく全ての人間には人生の哀しい時間を捨てることなく、時にはどうしてもこの汚れ果てた社会の秩序の中で生きなければならない現実を、彼等は言葉というリズムのレベルで感じ取ったのです。人生は矛盾だらけです。あらゆる意味の不条理の中で苦しみもがき、生きることを高一ははっきりとした明言「無頼派のロマン」だろうと言ってのけています。大多数の現代人が決して見ようとはしない汚れほうけた生き方に、はっきりと目を向けた作之助は、そういう自分の人生に総べてを賭けたとも高一は言っているのです。

「新戯作派」に身を置いた作家たちは、その軽薄にして浮き草のような人生の中で、自分の中に見つめられる人生の重みの本物を見つめ、それを自分だけの言葉として生きようとした人々を前にして、人生を華やかに踊るようにしてけっこう長生きしながら楽しく生きていった人々に見えてくるのは私だけでしょうか。同じ人生なら面白く楽しく利口な人間の振りをしてけっこう長く生きる方が良いのだと思う彼等に対して、作之助はまるで修行僧そのもののような重苦しい時間の中に敢えてその短い一生に重点を置いた、と言っても過言ではないでしょう。人間はもし本当に自分を考えようとする時、確かにそこには不条理な点が山ほど見えてくるのです。それをはっきりと見つめながら生きる人間こそ正しく「無頼派」の人々だったのでしょう。バタ臭い人々の心の中ではそれがもう少し別な形に展開した「デカダンス」として日本人には見えたのかもしれません。もちろん高一はこの二つの体質の違い、すなわち、無頼とデカダンスを大きく分けて説明していますが、大久保典夫などは作之助をこの二重性の中で生ききった男と言っているのです。

三男の織田作之助論から（7）「演劇」

高一はこの卒業論文『織田作之助の文学』の中でこのように書いています。火山（私の長男のペンネーム。エリア・カザンから「火山」をもらっている。今講師として法政大学で、比較演劇論を教えている）が演劇について書いているのでこの点に関しては二人の書いている内容が重なるように見えますが、本質的には全く異なり、やがて奥深い所に達すると、二人の考えはまた一つに繋がっていくから不思議なものです。

「戯曲の本質とは何か」

「〝戯曲の戯なる所以、主題そのものの客観的特性にあるのではなくして、流転せる人生の姿をとらえること〟にある、という岸田国士の考えに作之助は賛同する。語られる言葉の美によって表現された人間の生き様こそが戯曲なのであり、その本質において戯曲と文学は離反するのではなく互いに接触しようと近づくのだ、と作之助は言う。戯曲の中で語られる言葉というのはセリフであろう。そして岸田は常にセリフを重視していた。実際、作之助もセリフには凝っていたようだ」

このように高一は作之助の信じている戯曲の本質を理解していますが、このことをはっきりと作之助自身の言葉でこの論文の中に記しているのです。次に高一が引用する作之助の言葉は、『夫婦善哉』の中の一節です。

「『こ、こ、ここの善哉はなんで、二、二、二杯ずつ、持って来よるか知ってるか、知らんやろ。こら昔何とか大夫ちゅう浄瑠璃のお師匠はんが開いた店でな、一杯山盛りにするより、ちょっとずつ二杯にする方がぎょうさん（たくさん）入っているように見えるやろ、そこをうまいこと考えよったのや』蝶子は『一人より女夫《めおと》の方がええいうことでっしゃろ』ぽんと襟を突き上げると肩が大きく揺れた。

決して美しい言葉とは言えないが、作之助の作品には共通して、流れるようなテンポ、歯切れの良さ、絡み合う合い言葉の妙、といったようなものがあると思う。

織田作文学にとって演劇が大事だったのには、もう一つの理由がある。それは、嘘、ということである。彼は文学を語る時に、よくこの嘘という言葉を使った。彼の文学の嘘について後で述べるので、ここでは演劇の嘘と作之助へのその影響を考えてみたい。演劇とは嘘の世界である。舞台上で繰り広げられるやりとりは、全て仕組まれたものである。現代の演劇ではハプニングなどというものもあるが、それにしたところでハプニングを仕込むのである。演劇とは、その在り方からしてすでに嘘の世界と言える。そして演劇嘘を考える時忘れてはならないもう一つのキーワードがある。リアリズムである。リアリズムと嘘とは全く逆の意味を持つ。この対極に位置する二つの言葉は、果たしてどこで交わるのか。

リアリズムとは方法である。リアリティーを追い求める時の手法である。しかし、あるものをあるがままに描写する小説のリアリズムは、もはや記録に過ぎない。リアリズム（方法）がリアリティー（現実）に負けたのである。それに対し、演劇はその存在からすでに嘘であることによって、そのリアリズムは虚構の中のリアリズムと言えるだろう。定められた動き、求められた表情、そしてそこには舞台という限られた空間である。演劇とは、現実をそのまま複写したものではない。その歴史の中で現実をありのまま、眼に見えたまま表現した芝居は一つとしてないだろう。演劇とは明らかに虚構の世界である。そしてその虚構の中に、時として眼に見える現象をも凌《しの》ぐ真実を感じるのである。これが演劇の嘘ということであり、虚構のリアリズムということである。後年、作之助は自分の文学の根本にこの演劇的リアリズム、虚構のリアリズムを置いたと考えられる。そこに彼は行き詰まった文学のリアリズムの可能性を見たのではないだろうか。」

演劇論をこのような形で展開したり、細かく説明していた作之助は、『戯曲論序説』をわずか二十歳の時に書いています。その時彼は未だ小説を書こうなどという気持ちは生まれていなかったようです。外国の劇作家などを知って自分も劇作家になろうと思っていたのです。舞台の上で役者たちが口にする真の言葉は全て嘘であり、それだからこそそれが真実であることを作之助は知っていたのでしょう。このあたり二十歳前後の作之助は演劇志望の心を持った青年である以上に、詩人でもありました。彼はフランスの詩人の中に人生の美しさと同時に、人生の喪失感をはっきりと認め、その中にしか人間はまことにしか生きられないことを見ていたのです。人生が虚構であり、その虚構の真ん中で真を生きなければならないことを知っていたのでしょう。それに目を付けた高一の心の中の優しさや哀しみを父である私は知らなければならないと思っています。

三男の織田作之助論から（8）「芝居がかっている作之助の文学の傾向」

三男の卒論のある所に次のような一文があります。

「昭和八年に『嶽水會《がくすいかい》雑誌』に戯曲〝落ちる〟を発表して以来、昭和十五年に〝夫婦善哉〟が改造社第一回文芸推薦作品に推され、完全な作家生活に入るまでの七年間の戯曲への執着は、彼の作品スタイルに大きな影響を及ぼした。今まで述べてきた演劇の本質とか虚構性とかの問題以前に、作之助の小説スタイルは戯曲的なのである」

作之助の小説はほとんど全て戯曲的なスタイルを持っており、その形はずっと変わることはなかったようだと高一は説明しているのです。このことを彼は作之助の小説『放浪』の中から彼の文学の典型的な例として次に挙げています。

「ある日美津子が行水をした。白い身体がすうっと立ち上がった。あっちぃいきぃ。順平は身の置き場がないような恥ずかしい気持ちになった。夜思い出すと、急に、ぽかぽかぺんぺんうらうらうら。念仏のように唱えた」

さらに高一は『夫婦善哉』の中のリズミカルな一節を次のように引用しています。

「一気兼ねした様子で、かたかた戸を動かせているようだった。『どなたッ？』わざと言うと、『わいや』『わいでは分かりまへんで』

重ねてとぼけて見せると、『ここ維康や』と外の声は震えていた。『維康いう人はたんといたはります』とこともせず言った。『維康柳吉や』もう蝶子の折艦を観念しているようだ。

リズムである。そして会話の見事な絡み合いである。これは前に言った、そして、演劇の虚構云々《うんぬん》ではなく、もっと表面的な演劇からの影響を見るならば、それは非常に視覚的だ、ということになるだろう。もう一つ彼の文章を引いてみよう。

N氏という外柔内剛の編集者の『朝までに書かせてみせる』という眼に恐れをなして、可能性の文学という大問題について、処女の如く書き出していると、雲をつくような大男の酔漢がこの部屋へ乱入して、実は今闇の女に追われて進退極まっているんだ、あの女は馬鹿なやつだよ、俺をつかまえて離さないんだ、清姫みたいな女だよ、今夜はここへかくまってくれと言うのを見れば、ルパンで別れた坂口安吾であった。おい、君たちこの煙草をやるよ、女がくれたんだよ、彼はハイカラな煙草をくれたが、私たちは彼がその煙草をルパンの親爺からもらっていたのを目撃していた。(「可能性の文学」昭和二十一年十二月『改造』)

これは、作之助が、自分の目指す新しい文学を標榜《ひょうぼう》した論文である。〝可能性の文学〟といういかにもらしい題からも、彼の並々ならぬ意気込みが感じられる。しかしその論中にあってもこのようにヴィジュアルなのだ。酔っぱらった安吾が目の前にいるようである。虚構云々、真実云々ではない、作之助のこうした視覚的な描写もまた、戯曲への傾倒によって培われたものなのだ。

演劇を通して文学の世界に入った作之助は、演劇の中に文学の可能性を求め、自らの道を劇作家から小説家へ修正してからもそのスタイルは演劇的であり続けた。彼の生き方が芝居がかっているのと同様、文章のスタイルも演劇的だったのである。例えば〝可能性の文学〟と同時期に書かれた〝世相〟は、決して作之助の唱えた純粋小説とは言えないであろう。なぜなら、主人公の〝私〟は誰が見ても明らかに織田作之助その人であるからである。しかし、その文学論を無視したとしても、この暗い小説にもまた、作之助の演劇的リズムが流れていたのである」

高一によれば作之助は決定的に戯曲に心を向けていたと見ていたように思えます。たとえ作之助が小説家として机に向かっていたとしても、その文体の一切が演劇的なものであると見ていたのではないでしょうか。彼の小説のスタイルは、どこか彼の生き方そのものと同じく、芝居がかっているとも見ているのです。そのことは「作之助の文章のスタイルも演劇的だ」と言っていることからもはっきりと分かります。高一はさらに作之助にとって演劇というものが彼の文学的故郷であるとも言っています。

三男の織田作之助論から(9)「情熱の中で生きた作之助」

高一は彼の卒論の中の第三章で次のように書いています。

「ジュリアン・ソレルと毛利豹一。かたやスタンダール『赤と黒』の主人公、かたや織田作之助『青春の逆接』の主人公である。ジュリアン・ソレルは貧しい製版小屋に生まれ、がめつい父親と狂暴な二人の兄に囲まれて育った。ほっそりと青白く痩せ、その物腰には貧乏人には似つかわしくないほどの天性の上品さがある。そして女にももてる。年上のみならず、年下の女にも、ああ、なんて可愛らしいんでしょう、思わず抱きしめたくなっちゃうわ、と思わせる頼りなげな美貌を持っている。しかしその内面は、誰よりも野心に溢れ、危うい情熱に溢れている。

　毛利豹一。彼もまた貧しい家に育った。もっとも極貧の中にいた訳ではなく、父親の軽部がそれなりの稼ぎがあったにも関わらず、呆気《あっけ》なく死んでしまったのである。その後、〝私はどないでもよろしおま〟が口癖の、自分というものを持たないのか、それともよっぽどのお人好しなのか分からない母親のお君が、高利貸しの野瀬と再婚するがこの親爺ががめつかった。自分の女房に、自分の息子となった豹一の学資を高利で貸しつけるのである。そんな中で育った豹一は、ジュリアンほどの野心は抱いていなかったが、やはり青っちょろいはかなげな美貌で、女にはもてた。

　劇作家を志していた作之助は、スタンダールの中に小説の可能性を見い出し、小説家への転身を心に決めた。そして昭和十六年『二十歳』および『青春の逆接』を書いた。発禁処分を食らったなどというのはどうでも良いことである。今、その作品を読む時、どこにその根拠があるのか分からない。そこには何の政治的イデオロギーもなければ、ましてやエロ小説でもない。しいて言えば、年上の女といちゃついているところだろうか。非道徳的だったのかもしれない。そんなことはどうでも良い。また、私は『赤と黒』と『青春の逆接』を比較しようとするつもりはない。作之助自身、〝私は『二十歳』『青春の逆接』などという作品で、ジュリアンの爪の垢のような人物を描いた〟と言っているのだ。今ここで、そこが似ている、ここも似ているなどとやっても仕方がない。問題は、スタンダールのスタイルを作之助はいかに消化し、いかに自分の小説に組み入れたか、である」

　ジュリアン・ソレルと豹一はとても似通《にかよ》った境遇に育ったのです。彼等は貧しさと人間的な哀しさの中で生まれて来ましたが、段々と年をとるに従って自分たちが内面に持っていた美貌とか知恵とかいったものをどのように隠すこともできず、表に出して、普通の社会人とは全く違う生き方の中で暮らさなければならないある種の運命的な物を知っていました。それをはっきりと小説の形で戦後間もなく作之助は『世界文学』の中で書いています。彼の前には、すでにスタンダールが自分の作品の中で同じように表現していたのです。それを高一は次のように引用しています。

「スタンダールの文章には、私の文章の如き曖昧さがない。いい古されたことだが、スタンダールにあって最も明確なのは、彼の文章が明確だという一事だ。曖昧、不明確、朦朧《もうろう》を、彼は毛嫌いする。彼は情熱という曖昧な得体の知れぬものを明確に掴もうとしたのだ。《中略》

スタンダールは人生にただ一つの色しか見ない。そしてその色しか書かない。赤か黒か一軍服か僧服か。いや、そんな職業的色ではない。スタンダールが人生に見たただ一つの色は、情熱。個人の情熱。ただそれだけだ」

　ジュリアン・ソレルがどんな所に育ってきたとしても、彼が持っていた社会生活の色が何色であってもそんなことには関係なく、彼はただ一つあらゆる時間の中のあらゆる言葉ないしは、色は個人の情熱であって、それからは決して外れることのないことを説明しています。『赤と黒』も『青春の逆接』も『二十歳』も全て、そこに出てくる主人公は、情熱のみで描かれたブラマンクの絵画のように、作之助は見ていたと高一はここに書いているのです。

「情熱とは人間を突き動かす原動力である。情熱ある人間の行動は、ドラマチックな感動を呼ぶ。精神的貴族か精神的賤民か。情熱的か情熱的でないか。スタンダールはその明確な文章の中で彼等を踊らせることによって、読む者をその世界に引きずり込む」

さらにこれに続けるように高一は一行半の文章を書き足しています。

「ジュリアンは死ぬ。しかしそれは情熱の敗北を意味しない。読む者をして情熱に駆り立てるジュリアンの生き様は、永遠に消えない」

三男の織田作之助論から（10）「反逆者、作之助」

高一は江戸文学の中から井原西鶴を持ち出して次のように書いています。

「西鶴の大嘘つきが作之助を惹きつけたことは明らかであろう。思えば〝好色一大男〟などは、世之介の波乱に満ちた冒険譚である。上方上層町人二代目浮世之介、七歳で恋を知り、十八歳までは異常な性欲期、三十三歳までは親に勘当され、諸国を放浪しての色修業、三十四歳からは三都の名妓を相手にしての粋な好色生活、そして六十の年、女護島へ渡る、というお話。こてこてのロマネスクである。

西鶴の文体も注目される。彼は俳諧師でもあり、多くの連歌を詠んだ。連歌とは、前の句を受けて次の句を付け、そしてどんどん繋げてゆくのであるが、その際、前の前の句は無視される。従って、句の内容も、テーマこそ決められているが、どんどん広がっていくのだ。西鶴は、リズムをよくするために散文でも五七調の文を書いたが、連歌の様式も時々紛れ込むのである。つまり、五七五と続く文章を読んでいると、いつの間にか登場人物の年齢が違っている、というようなことがしばしば起きるのだ。全てはリズム、語呂のためである。

ぬけぬけと嘘をつきながらも、リズミカルに物語を進めてゆく西鶴。いかにも作之助好みだ。

スタンダールにしろ西鶴にしろ冒頭で言ったように非常に大阪人的な作家である。大阪庶民を描いたからそうなのではない。スタンダールは大阪庶民を描いてはいない（当たり前だ）それなら何が大阪人的なのか。緻密さである。計算高さである。ボードレールの〝悪の華〟も緻密に計算されたものだった。〝赤と黒〟の撒き散らされた偶然、〝悪の華〟の、激情の後にすかさずやってくる憂鬱《ゆううつ》、これらは全て計算ずくなのだ。

計算された虚構、ロマネスク、人生の瞬間瞬間のカタルシス、作之助が世間と戦う武器だ」

確かに西鶴は俳句や連歌によって、名が知られていました。西鶴は談林《だんりん》俳諧の新風を吹かせていた西山宗因の弟子だとも言っていましたが、果たしてそうだったか眉唾《まゆつば》物です。彼の言葉に対する勢いのある使い方は普通の人の比ではありませんでした。あまりにも言葉が新しく、しかもほとんど考えることもせずに使うその言葉の扱いは延宝時代の頃「阿蘭陀流《おらんだりゅう》」と言われて馬鹿にされました。西鶴は三十歳になった頃処女作『生玉万句《いくたままんく》』を世に出しました。二百人以上もの俳人を集めて万句俳諧を作らせ、それをまとめて本にしたのです。このような普通の人にはできないなかなかの役者であり、自己顕示欲の強い西鶴であり、俳句をわずかな時間の中で三千句も作り人々を驚かせました。こんなアクロバットの人生を送った彼ですが、三児を残して二十五歳で妻に先立たれ、その三児も次から次へと亡くなり、後には盲目の娘が一人だけ残るという悲惨な状態でした。その娘も結局は西鶴を残して死んでしまいました。彼の心は哀しむ以上に殺気立っていました。むしろこの殺気が彼を途轍もなく大きなポルノ作家にしていったのです。

とにかく彼は小説も俳諧もことごとく普通の人の目から見れば邪道以外の何ものでもない道筋に引きずっていったのです。大阪のあるお寺で開かれた独吟会では、一昼夜の間に千六百の句を作るほどの勢いを見せていました。さらには別のところで千八百句とか、さらには別のところで二千八百、さらには四千句を作るという新記録さえ残しているのです。確かに西鶴の力は普通の人にはできないものを見せていましたが、同じ大阪という風土の中で作之助もまた、ヨーロッパの風の中でボードレールやスタンダールが力いっぱい体験したことを、これと同じような文学の邪道とも言うべき道で行ったのです。おそらく高一もこういった勢いのある人間の行動を頭の中で描き続けて作之助を書いたに違いありません。

彼は最後に次のように「第三章　小説の虚構を」の終わりで書いています。

「何度も言うが、これは逃避ではない。世間に対する挑戦であり、反逆なのだ。

これがあんたらの世界や。今俺はここに一人の人物を投げ入れる。生きることに執着した奴や。あんたらはこいつをごつう締め上げるかもしれんけど、こいつはちょいとばかし骨があるんやぜ。作之助は心の中でこう叫んでいたに違いない。

戯曲、スタンダール、西鶴らから嘘、虚構の可能性を学んだ作之助は、いよいよその総決算とも言える純粋文学に向かって進み始める。作之助にしてみれば、当時の文壇には権威の塊であり、そこには文学のいかなる可能性も見い出すことができなかった。彼にとってそれは、文学の逆行に手を貸すばかりでなく、生きることの喜びをも覆い隠してしまう、一種の罪であった。こうした権威主義による文学の他律的拘束は、反逆者作之助を十分刺激した。かくして彼は、虚構という刀を振りかざし、時代に立ち向かってゆく。」(了)

伝道師

十八世紀の半ば頃から琉球・沖縄でキリスト教のプロテスタントの伝道を始めたのは英国の宣教師、ベッテルハイムであった。初期の頃の、プロテスタントの伝道者たちの日本での活動を知る時、戦国時代の頃すでに日本の各地で信者を集めていたカトリック教会の活躍は比較にならないほど大きなものであり、そこに従事していた伝道師たちの姿には数多くのエピソードが残っているのも当然であろう。

十九歳の頃の私をプロテスタントの生き方に導いてくれたのは、アメリカのマーチン師であり、カナダのラッタ先生であった。マーチン師と同じく若い頃犯罪者であり獄中で暮らし、聖書によって改心したジョナサン・ゴーブルは十九世紀の半ば頃琉球諸島で熱烈な伝道生活に入った。それ以前の彼は黒船に乗ってやってきたペリー艦隊に属する水兵であった。沖縄を通り浦賀に黒船が着いた時ゴーブルはこの国に降り立って伝道活動をしたいと思った。船から下りしばらく日本に滞在したいと上官に頼んだがその許可は出なかった。しかし彼の日本伝道の夢は薄れることなくその後沖縄伝道を始めたのだが、アメリカの宣教本部からは十分な経済的な援助は無く、それはごくごくわずかなものでしかなかった。彼はかつて獄中で身に付けた靴作の腕を生かし、休む暇も惜しんで革靴を作り、その糧でもって琉球・沖縄の人々にバイブルの言葉の真実を訴え続けたのである。琉球諸島というあの広がりの中は彼の目にはキリストの時代の、また彼の弟子たちの時代に地中海沿岸に広がっていたどこまでも広い荒野として見えたのである。ゴーブルはもう一人の戦後の日本で伝道をした宣教師を彷彿《ほうふつ》とさせてくれた十八世紀の伝道者であった。戦後復興し世界の一等国にもなった日本だったが、アジアの黄色いヤンキーだとも言われたほどの日本人と違い、まだ貧しい中で生きていた日本人とどこかわずかながら似ていた宣教師たちを知っている私などには、伝道に勤しんだ宣教師たちを琉球のゴーブルとどうしても重ねて考えてしまうのである。

戦後のあの頃、本当に小さな日本の田舎の学校に、ボロを着ながら宣教師の子供たちが屈託ない笑い声をあげながら走っているのを見た思い出がある。宣教師やその妻たちでさえ進駐軍の家族と比較するなら、私の目には涙が出るくらい滲めな所も有った。私が神学校にいた頃、一人のカナダの男性と関わるようなことが起こった。彼はゴーブルやマーチン師と同じく東洋にエバンジャリズム（福音）の声を上げたいと願っていた伝道者の心を持った人物だった。大学を出た後カナダ、サスケッチワンの大きな農家を継がなければならなくなり、彼の伝道師になる夢は潰えてしまった。しかし彼は自分の夢を捨てることはなかった。何年もの間、学校の事務を通して彼からの送金が私に届けられ、私は何度彼の名と住所を聞かせてくれと願ったことか。しかし本人のたっての願いだと言って終《つい》にそれを私は聞くことができなかった。ある時宣教師の一人から彼の名前だけは聞くことができた。この有り難い私の足長おじさんの名はウィンターと言った。

私を聖書の言葉、さらにはこの世の生命の言葉に導いてくれたマーチン博士も十九世紀の沖縄の風の中のゴーブルもカナダのウィンター氏も間違いなく私にとっては伝道師であり、志豊かな東洋に魂を向けていた夢の中で生きている人物なのである。ゴーブルは歴史の中に生きている宣教師であり、マーチン博士もすでに歴史の頁に名を留めているが、ウィンター氏はまだまだ元気でカナダのサスケッチワンの空気中で生きているはずだ。

私と宣教師たちの関わり合い、また私の心と彼等の心のぶつかり合いの中で光と闇、綺麗な流れと泥水の間を健康な精神と肉体でもって生きられることを体験した。人生は上下の問題でも強さ弱さの問題でもないことをこれらの人生の道の達人たちによって若い時代の私は教えられてきた。

花を食べる

尖鋭なる奥深い味覚について私は語りたい。

花を食べ、それを生けて楽しむ日本人は世界でも珍しい民族だ。しかしヨーロッパ人も東洋人も、最近では花を食べ、飲み物に入れたりしてその味わいや色合いを楽しみ、グルメとして薬草の深い意味まで食卓の上で楽しんでいるようだ。植物も鉱物も、肉や魚のように人体に大きなエネルギーを与えていることはかなり昔から人類が弁えている知識の中の一つである。タンポポや菊の花などはお浸しにしたり、桜の花などは塩漬けにして蓄え、時に応じてお茶として飲み、時には菊の花などは天ぷらにもする。山形の美味な菊の花の料理「もってのほか」は私の大好きなものだ。

食用花の歴史の窓を開ければ、かなりその奥は広いようだ。花々はジャムにしたりスープにしたりして肉や魚の傍らに並べる時、それなりに自立した一品の料理となる。バジル、タイム、ナスタチューム、バラ、ボジリ、ラベンダーなどといった西洋の花々も和の食卓と同じように食べるものの前に広がる時間を飾りたててくれる。日本茶や紅茶などといった名前通りのお茶や酒の中に入れてもリキュールという名からも分かるように赤や青などの色とりどりな美しさが同時に味覚と重なって二重にも三重にも人を楽しませてくれる。一杯のコップの中の水に浮かんでいる様々な色の美しさを楽しむのに菊、すみれ、キンセンカ、バラなどを選ぶ時、それには限りがない。

肉の塊や魚の切れ端の脇に野菜が置かれるように、花もまた食卓を飾る。ちょうど宗教の傍らに哲学が存在し、歴史学の傍らに地理学が考えられるように、経済学の脇に言語学が来るのと同じように、様々な花は単に壺の中や皿の中で飾られるだけではなく、肉や野菜のように人の口を楽しませる十分なグルメとしての役割も果たしているのである。

文化史の中に味覚の一角があり、その傍らに色彩が置かれており、人によって単なる味覚だけに留まる人もいれば、また奥深い他の感覚に訴える食通もいる。

同じ剣の道でも振り回す切先《きっさき》の動きにだけ夢中になるという一筋だけの道もあれば、人の心の奥の方の情けや愛に触れてますます剣筋が深みに入って行く剣の道もある。同じ剣の道の種類でも何かがこのように大きく違うのである。

物事には何事においても温度差というものがある。食べ物においても単なる冷たさと熱さの違いではなく、その人の精神の上がり下がりの温度というものが存在する。単に主食と副食、その後の飲み物だけという食事の低い温度から人生哲学の深みにまで達する高い温度の食文化の存在を考える時、花を食べるという行動は確かに食文化の全体像を大きく広げ奥深くしていることがよく分かる。

　何事にも温度が上がると生命が激しく息をする。酵素が動き出す時同じように温度が上がると言われている。酵素の動きの中で食物は大きく変化していく。言葉が熱くなる時もまた、生命の力を強くし熱くなって来る。何事も熱くなる時ますますその中心が先鋭になっていく。おそらく世の中には様々な食文化の珍しい形があると思うのだが、その先端には花を味わうという形が最後のグルメの形として残っているのではないか。

　味わいにしてもその尖鋭には山葵《わさび》や唐辛子の辛さが置かれ、穏やかな美味さで通っている塩気や酸っぱさや甘さは味覚の尖鋭な部分とは言えないのである。例えば味わいという様々な旨味は確かに味の基本とでも言うべきかもしれないが、それでも味覚の尖鋭なものまたは熱い部分を意味してはいないのだ。明らかに尖鋭な意味において奥深いものと納得できるものは、より熱い度合いを持っていなければならないのだ。

　単なる食物よりは確かに花を食べ飲むという行為は、温度の上がった食べ物に接する人の態度と言えよう。

魂のマンハッタン

　我々の周りのあらゆる存在は、そのまま自然の流れに繋がることもなく、そこにこびりついている色合いには天然の趣が全くない。町の中の建物や他の構築物とは違って、農村の風景はどこまでも優しく自然の汚れの中で自らを自由に表現している。農村には崩れたような小屋や石積みがあり、伐り倒され割られた薪などが冬を待つようにして山積みにされ、囲炉裏や竃にはたとえ燃えていなくとも火の匂いが感じられ、水の勢いが聞こえて来るものだ。そういった村の中には常に危険が平和な生活と向かい合って存在するが、村人は自由自在にその中で生活ができる。

　一方、町の生活者には危険な信号を現す各種の看板が出ており、病院があり乗り物があり、一見危険な物はそこには無いように見えるのだが、それだけに危険さはより多く存在する。町の食べ物は確かに村の自然の食べ物よりは旨く合理的であり、現代人を喜ばせるグルメの口を満足させる。一方村の食事は自然の持つ生命の度合いを高めるような自然の殺虫能力を持っている芥子《けし》や唐辛子も十分に使われている。あらゆる物が知らず知らずのうちに抗菌作用をもたらし、殺菌作用を現している。確かに町の生活では人間の身体のどこもかしこもかなり温度を下げているらしいが、それに対し村の生活の中では人間は間違いなく脳の中や骨や筋肉の中の温度をかなり上げているようだ。温度がわずかでも上がる時、人の言葉は同じようなわずかな高見に持ち上げられその勢いを増すことも事実らしい。身体の新陳代謝もスムーズに促す温度を上げて行くのも確かだ。町の生活の中にどっぷりと浸かっていると、人間はあらゆる意味において、身心の危険に常時曝されていなければならない。あらゆる意味において町の環境は一見清潔に見え、誰もが共通に現代人が必要とする物を受けることができる。心や生活の中の予言的な考えを持った人たちだけが、常々意識しており、町の暮らしの中で人はあらゆる危険に曝され、生きて行く上での支障を来《きた》しているのだ。

村の生活は一見とても不自由に見え、危険に曝されているように感じるが、一つ一つ村の中の物事にぶつかるたびに、それらがその人間にとって見事に役に立つという事実に気づいて驚き、感謝できるのである。

確かに村の生き方は古代の人間たちがやってきた生き方であり、文明人から見ればとても不自由で危険極まりなく苦しい生き方に見えるのだが、彼等はその中でゆっくりと人生の何かを、与えられた寿命の鳥瞰図《ちょうかんず》の中にはっきりと見、その通りに生き果てたのである。現代人は悲しいかな、それができなくなっている。

最初から勢いよく飛び出し忙しく何かをやっていく人間は体力を使い果たし、かなり早くその場にへたばってしまう。一方十分に息をつきたっぷりと全身の準備運動をした後、余裕を持って飛び出すタイプの人間もいる。後者は今日の言葉で言う、スローな生き方のできる人間を意味しており、間違いなく古代の人間の生き方や彼等の住んだ貧しい村を説明している。一方前者は忙しく立ち働いている現代社会人を意味している。現代人は初めから、十分なウォーミングアップもせずに走り出し、いかにも自分が生まれながらの才能を持っている天才の如く自慢するが、こういうタイプの人間はその後力いっぱい雄飛するだけの余裕はないものだ。早成する人間であるよりは、ゆったりとスローに熟していく村の空気を十分吸いながら育つ人間でありたい。

人間の中心もあらゆる動物たちの中心も、脳味噌にあると思われているし、そうだと思いたいのである。しかし高等動物の中心はあるいは脳ではないかもしれないと、ある人たちはむしろ胃や腸の方が脳に替わって身体全体の中心の機能ではないかと考えているようだ。しかもそういう研究者は今日の私たちが考えているようなあらゆる方向の感情の動きの中心を理性だということに反対して、あらゆる理性の作用の行き着く先が感情だと考えているらしい。そうなって来ると諸感情のまとめられたのが理性という中心部ではなく、感情こそが諸理性の源であることに気づくのである。

自然の条件によって広がっていた村は、ほとんどあらゆるところが町と化し、メガロポリスと化しているように見られているが、そのような都市化した所の基本的な初めの形として村が考えられる。村や里山こそが大都会の前身であった。巨大なニューヨーク市もその前はニューアムステルダム市であり、さらにその前はインディアンの酋長マンハッタン老人の夏の間のささやかな別荘のあった藪蚊の多い、岩だらけの、イースト川とハドソン川の間の土地に過ぎなかった。

人の身体の中心もまたもう一つのマンハッタン島に過ぎない。島と言ってもニューヨークの中心であるマンハッタンと同じく人の感情は身体全体の中心であり、文明人が誇る都会も里山に近いささやかな村が中心となっている。

書物の地層の前で

小さな丘の上を一本道が南北に向かって走っていた宿場町が、私の小学校時代の思い出として残っている祖父母の住む田舎町であった。丘の上の通りから西の方に向かってだらだら坂を下りて行くと、道が平らになる所に祖父母たちが営んでいた雑貨屋が在った。宿場から離れた近くの村人たちが、夜使うランプのために石油を買いに来たり、どこかに土産物として持っていこうとするのか、農家の年寄りたちが砂糖や鰯の缶詰など買いに来るのも私が育った小さな店先であった。老人たちが長らく使っている煙管をラオ挿げと称して私の祖父の所に持って来ることもあった。ラオ挿げをするための道具一式が店の一角にあり、煙管一つ一つの大きさや色合いを調節しながら祖父はまるで絵を描いたり彫刻をするような気分で、煙管を全く新しくして近所の老人たちを喜ばせていた。またその頃は「萩」とか「みのり」と言った、煙草の中でも最も安いものが他の高級な缶入りの煙草「敷島」と並んで店先の陳列棚にはあった。新品同様になった煙管をくわえて老人たちは煙草を店先で吸うのだったが、「萩」や「みのり」の燃える匂いが、今になっても私の中に幼い頃の思い出として染みついている。結局酒も煙草も終にこの年になるまで私は飲まずじまいだったが、煙管から流れて来る刻み煙草の匂いは皺だらけの老人たちの顔と重なって、今の私の脳裏にくっきりと浮かんで来る。

祖父母の下で小学校時代のほとんどを過ごした私だが、店の裏にあった煙草戸棚は私専用の、いわゆる勉強部屋に他ならなかった。煙草戸棚の傍らには縦に並べられている本が置かれているのではなく、どの本も、大小、薄く厚く、どれもこれも古いのだがあるものは新しそうに見え、残るものはボロボロになって少年の私の目にはいわゆる地層のように見えていた。『キング』という分厚い雑誌があると思えば、当時の私にはその名前さえ判読できなかった『ナショナル・ジオグラフィック・マガジン』と横文字で書かれた黄色い表紙の雑誌があり、『幾山川』や『乳房』、『復活』といった小説が所構わず棚の上に白亜紀《はくあき》の地層のように広がっていた。当然のことながら少年の私はそのような地層の中から『キング』などを引っ張り出し頁をめくると、「ラヴオンパレード」などといった文章の出て来る頁にぶつかった。女遊びと金にだらしない若い頃の野口英世など、様々な人々のエピソードを私は否応なしに知ることになった。祖父が使ったものか、父が使ったものか、さらには叔父たちが使ったものか、『井上英語辞書』やスペイン語の辞書なども、まるで出土されたばかりの遺物のように私には見えたのである。私が最初に覚えようとしたのもエスペラント語の薄い文法書だったと思う。後年になって、父は若い頃隣町に行って若者たちとエスペラント語を覚えようとしたこともあると話してくれた。それも長くは続かなかったことも父のその後の生き方の中から私は理解している。その時エスペラント語を父に教えてくれたK先生は、その後美術評論家として知られるようになったが、私の著書の一冊を読んでくれて、ある年の正月、私に長い手紙をくれたK師と同じ人物であったことを私は後になって知った。その後私の本が出るたびに、出版社の人々に彼の持っている美術作品を提供してくれたりして、何くれとなく経済的な援助をしてくれた。あちこちの講演会に私の出る場所を作ってくれたのもこのK師である。東京のある女子大で話をする機会を得たことがあったが、その時K師は体を壊しており、私はテレビでは何度か師を観ていたが、直接彼に会うチャンスを持つことはできなかった。

私のエスペラントとの出会いはあまり長くはなかった。本能的にこれからの時代にこの言葉が果たしてどれくらい役に立つかどうか、幼いその頃の私にもミミズほどの頭でもって何かを直感したのかもしれない。私のエスペラント語に向かっていた熱は、地層の中から出て来た天文学の面白い話やイラストの方に吸いつけられ、ボロボロの井上英語辞典の方に向かうことになった。

少年時代の私はどこまでも単純で元気な軍国少年であったはずだが、その傍らでは英語熱にうかされてもいた。分かったような分からぬような私の頭の中の英語熱はそれなりに英語理解だと自分では考えていたのである。自分の服の胸元にローマ字で名前を書いてそれを自慢していたのも軍国少年の私であり、若い先生からそれを咎《とが》められ、ぶたれたのも同じ私だった。私は不思議な子供だった。軍国少年として『国史』の中の言葉に酔いしれ、『修身』の中の言葉に子供ながらの宗教心や哲学の匂いのようなものを感じ、同時に横文字に対する思いも常に生き生きと働いていた。『ナショナル・ジオグラフィック・マガジン』の中の頁にはチベットのラサの写真が載っていた。それは最近のチベットとほとんど変わりのない写真であった。別の頁には白人が初めてインディアンの酋長と森の中で出遭うところや、エジプトのスフィンクスの絵なども載っていた。

私はどうやら熱いものと冷たいものを同時に食べてそれを美味しさと思える子供だったのかもしれない。私が育った田舎には不思議な老人たちが数多くいた。一人ひとり自分だけの不思議な体験やこれまでの生き方を彼等は様々なイラストを通して子供たちに話してくれた。ある老人は日露戦争の生き残りだったが、彼の話には真実や様々な嘘が交じり合い、そのようなフィクションとノンフィクションの混ざり合いの中で子供たちは大きく心の中の勢いや夢を伸ばしていったようだ。また別の老人は他のことはほとんど何もできずまたやる気もなかったのだが、ただ一つスッポンを捕ることにおいては見事な腕があった。私の祖父もこの老人に負けず劣らず、田んぼの中を流れている川に仕掛けた「うけ」でもって鰻を捕ることがうまかった。子供心にも祖父が手にする出刃包丁で見事に捌かれていく鰻の美味さや、塩湯で処理された後、錆びた古釘を何本も入れたぬか床に漬けられた見事に紫そのものの茄子の漬物などの味は、今でも私の脳裏から離れることはない。

祖父の、数多くの若者たちを結びつけ結婚させる「縁結びの神」としての腕はなかなかのものであった。

無理数の中での安心

世の中には理屈に合うものと無理なものが存在する。しかも一つ一つ揚げ足を取るように物事を考えて行くと、ほとんど全ての物は無理なものである。理屈に合うものなどほとんど無いことに気づく。人が考え理解し、真面目な自分のリズムによって自分の生活空間の中に持ち込もうとしても、そのようにできるものは極めて稀だ。上役との話し合いや同僚同士の問答においても、夫婦や兄弟や親子の間の語り合いにおいても、相談においても、本気になって考えようとする時、そういった行動のほとんどが無理な相談であることが分かる。ここまで考えてしまうと理屈に合う考えなどどの人間にとっても奇蹟のようにしか存在しないことが分かる。ほとんど全ての物事は人の周囲において無理数であり、決して耳には入ってこない天来のオーケストラのハーモニーなのである。

今日、子供たちに無理をさせないために楽しく勉強をさせる必要があると言って、子供たちに円周率を「3」と教えているらしい。昭和頃までは「3.14」と教えられていたものだ。さらにこれを正しく教えると「3.14159」などとなり、それはどこまでも広がっていく。かつてイギリスのシャープはこの円周率を七十二桁まで、つまり「3.1415926……」まで計算した。マチンはさらに百桁まで進み、ウィリアム・ジャンクスはさらに円周率の計算の数を伸ばし、七百七桁まで到達した。一方、江戸時代の日本では鎌田俊清が和算の計算によって二十六桁まで到達した。今では電子計算器で二千三十五桁以上にまで進んでいる。

二十世紀の終わり頃ドイツの数学者であるリンデマンは、円周率の全体像をはっきりと一つの形にまとめ、それが限りなくどこまでも続く数の繋がりであることを発見した。円周率は無理数であって、整数や分数になることのない運命のまま、まるで生命と同じく大自然の中に生み出され、放り出された、万有の中に漂っている地球四万キロの数さえ表しているようだ。無理数は限りや終わりがなく、留まることを知らない存在である。

ビッグ・バンから始まりブラックホールの中に消滅していく、常に動きを止めない万有の存在そのものの中の一つとして、数の中心に在るような無理数を人は考えなければいけない。

人の心と無理数は同じリズムで成り立っている。その無理な作りは不条理な形でできているので、それはまるで奇蹟を見るような思いで確認しなければならない。宇宙船でさえ、壊れずに人の計算の通りに飛んでおり、人の生命さえも同じく予定された寿命の中で間違いなく生きている。肉体と心を繋いでいる生命体の小ささの中で、壊れずにいるのも、無理数の中で言葉や数を人がいじっていても、そこにそういった存在の破綻《はたん》が来ないのも、そこに限りがないからであり、無理な万有の働きが動いているからである。

数字だけを、しかも円周率のような堅い檻の中に閉じ込められている数からほとんどできている無理数だけを考える時、簡単に万事が理解できる存在と見る文明社会をそのまま受け入れることは、「心」や「生命」にとってはできないことだ。万有の流れているこの時間の中では、最も大切なことはこのことから十分に理解できる。

全てが文明の世の中から成り立っており、条理と理数でもって打ち立てられている城のような物として理解している現代人にとって、非条理や無理数は考えられない存在なのだ。しかし生命そのものや万有引力を直視する時、全ては無理な所から出現し、永遠に続く存在だと意識しなければならないことを人は知るべきだ。人間だけが文明社会にしがみつき、物事の理屈をそのまま大自然の動きと見て安心しているのである。

文明社会には、様々な革命が起こっている。経済革命、産業革命などといった革命の脇では最近エネルギー革命が起こっている。石炭から石油や電力さらには原子力などが間違いなくこの革命の中心に躍り出ている。人間は常にこういった様々な革命の火を灯すために行動を起こしてもいるが、それは俗化していることであり、長い歴史時間の中で人間が亜流に陥っていることを意味しており、その昔人々はそれをエピゴーネン（亜流）と呼んで馬鹿にしていたが、そういう本人さえその中からは一歩も出られない。

確かに現代人は便利なものを手に入れている。各種のエネルギーを求め、自分の肉体や心の中さえこれに満たされ、それがなくなれば恐れ、不安がり、苦しむのである。金銭がなければ、石油がなければ、電力がなければ一瞬足りとも生きて行かれない自分を知っている。このような愚かな生き方の真似を、誰か他人から圧し付けられている人は、確かにそのことによって何か不潔なものの亜流となっている。人間はいざしらず、ありとあらゆる高等動物は全くあらゆる文明の便利なものからの脱出を試みなければならない。理数の中で動きの取れないまま生きているホモでありサピエンスと関わる存在ではなく、限りない明日があり、広がりの中で生きられる無理数の革命の中で生きる猿のような高等生物であるべきだ。留まることがない心の数字はそのままその人の生き方と繋がっている言葉なのである。常に言葉の革命を自らの内に持ち、言葉の流れの中で本人だけの巨大な円周率を作れ！

Placebo Effects

詐欺の名人や手品師が使う言葉や、宗教家が語る珍しい言葉、また偽の病気治療の方法も、よく効く薬だと言われて患者に出される偽薬というものがある。人間はこれらの心の騙し絵によって完全に騙しの手に乗ってしまう。レストランのウィンドウの中に飾られてあるサンプルの食べ物を見る時、実際そこに存在することはないが見た目は本物より色鮮やかで美味しく見え、私たちは涎《よだれ》を流したり、はっきりとその食べ物の匂いさえ感じるのである。こういった効果を与えられることをプラセーボ効果と呼ばれている。巧みな詐欺師の言葉によって人は簡単に騙されるのである。十分用意された数多くの説明によって宗教家の言う言葉の中に人々は真実の匂いを嗅ぎ、これまでなかった世界の現実だとか、歴史上の事実だと容易に信じてしまう。私の妻がうどん粉を捏《こ》ねて作った丸薬を、酔い止めの薬だからと末息子に渡したら、いつもなら車にさえ酔う息子は、この偽薬によって修学旅行の船旅を無事に楽しんで帰ってきたことがある。偽の薬でさえ、それを本物だと思ったり、それを手渡してくれる人を信頼する時、その「薬」は絶大な効果を現すものである。医師たちはしばしば言葉や薬や医療器具などを巧みに利用しながら、このプラセーボ効果を治療の場で役立たせているとも言われている。実際に有効成分の入っていない薬を、つまり偽薬を病人に与えても「心理効果」は人間にとって大きな力を発揮するらしい。このことを新薬をテストするのに利用する場合もあるようだが、それはプラセーボ効果の心理作用であり、新薬テストの対照剤（比較対照する薬）用にも利用される。
江戸時代の頃、人肝《じんたん》が万能薬だと信じられていた。人斬り浅右衛門一族は代々お上の命令で人斬り役をやっていたが、処刑された囚人の肝を自由に家に持って帰ることができたので、これを幾つも軒先に吊して干しておくうちにポタリポタリと血が垂れ落ち、彼の一族さえもそれを嫌がった。しかし人肝は高価なものとして売れた。そんな浅右衛門一族はそのためにも裕福にもなっていた。処刑日などは芸者を招きドンチャン騒ぎをして嫌な仕事の思い出を消そうとしていた。彼の家の仏壇の大きさは見事なものだったとも言われている。明治の新しい時代の波の中で、このような江戸時代から続いていた処刑はなくなり、この妙薬も、全く人の肝とは関係なく、仁丹という名で売られるただの薬となった。言ってみればこの人肝も仁丹もプラセーボ効果の一端を担っていたように見える。

猛毒を持つ蝮《まむし》なども薬の名に付けられるといかにも効き目があるように思われるのも、この偽薬効果なのかもしれない。力強く生きており、噛みついたら絶対に離れないという言い伝えのあるスッポンを食べるというのも、その効果を期待する人情の現れなのかもしれない。そこには信じきる心が大いに働く。

長い冬の間冬眠する様々な動物がいる。もしできるなら人間でさえ冬眠するような時間を持つべきだと考える人もいる。与えられた人間の寿命はそうすることによってより長くなるかもしれないというのが、こういった人間と冬眠の関係を考えている人々の変わった考え方である。冬眠することによって得られる体力はそれを体験せずに生き続ける生き物よりも、数倍も長く持続すると考える人もいるようだ。これもまた生命力の大きさを示しているプラセーボ効果にまつわる考えであるらしい。

本郷というと東大が浮かんで来る。湯島天神というと昌平黌《しょうへいこう》（江戸幕府の学問所）を思い出す。プラセーボ効果も冬眠の時間も人間に余白の時間を与えてくれる。これまでの人間の発明発見などもこの余白の中から生まれたものだ。どんな人間もその人の余白を奪われてしまうと本来の力を失うことになる。余白こそ、その人の存在を伸ばすのであり、その人の力をより多く広げるのである。プラセーボ効果もその点では余白と見て間違いない。プラセーボ効果も余白もそのまま人の時間の中の謎なのである。意識的な思いも意識の外の思い込みもまた潜在的な意識下の諸条件もそれらはいわゆる偽薬であり、浅右衛門の人肝であってそれらは人間の余白や背景の外側にある暗示の効果なのである。

漱石も使っていたオートペン

ダラダラ坂をずっと下まで下ると、道の反対側には小さいがかなり瀟洒《しょうしゃ》な西木戸八幡宮があり、その前には通りにぴったり繋がっているような鳥居が立っている。ちょうどその反対側には私の幼い日住んでいた祖父の家があった。

その坂道を上まで上ると、南北に伸びている宿場町の通りがあり、その街道は一キロばかり続いて他の村の方に消えて行く。この春木町の坂道を下った例の西木戸八幡宮のあたりから西の方には南北に伸びているどこまでも続いている田園地帯であった。秋の夕暮れなどカッコウと鳴く五位鷺《ごいさぎ》（クワクワと鳴くから夜鳥と呼ぶ地方もある）が現れるのもこの田園地帯であった。その彼方には関東平野または武蔵野のほとんど外れともいうべき小高い丘の一帯がありそこにはわずかばかりの茶畑や様々な野菜などが植えられており、幼い日の私の目には冷たい西風に吹かれながら麦踏みをする老人たちの姿が見えたものであった。これらの武蔵野の彼方にはどこまでも広がっている雑木林が連なり、その間には点々と大杉山と呼ばれていた黒々とした杉林が見えていたのを子供心にも覚えている。小さな宿場町の小金持が所有しているのがこれらの杉林だとも聞かされてもいた。このあたりから彼方に見える三国山脈の中には、その頃子供の私には名前さえも知らなかった丸い形をした小さな山が見えていた。私は後になって栃木県日光の中禅寺湖畔の進駐軍専用ホテルとして接収された観光ホテルの隊長秘書として働くようになった時、まさかこの丸い山、男体山の麓で自分が働くようになるとは予想もしなかった。休みの日などはボートに乗り、湖心に遊び、ボートの中に寝そべりながら見上げていたこの男体山が幼い日の祖父の家のあたりから遥か西の彼方に小さく見つめていた男体山であるとは、観光ホテル時代の私にとってはどこまでも不思議な思い出でしかなかった。

幼い日、祖父母の家の雑貨屋の店の裏の方にあった煙草戸棚の前で、祖父が使っていた明治の終わり頃の思い出多いオートペンをアテナ・インクに浸してまともには書けてもいない文字でもって葉書に何事か書いたのもその頃の私であった。祖父の家の住所は「栃木県《あがた》芳賀《はが》郡《ごおり》久下田《くげた》町《まち》春木町《はるきちょう》……番地」であり、両親の住んでいたところは「群馬県《あがた》新田《にった》郡《ごおり》太田町《おおたまち》一丁目……番地」であった。少なくとも祖父はこのような古い時代の読み方で県を「あがた」また、郡を「ごおり」と呼んでおり小さい私にさえ一寸した漢文と一緒に住所の書き方をこのように教えてくれたものだ。あまりにも乱暴に祖父の立派なオートペンを使い、ペン先を曲げてしまってもいささかも怒らない祖父であった。成長して米軍ホテルの通訳をしている頃懐かしい葉書をこの祖父から受けたものだが、そんな時はまるで彼のオートペンを手にして書きづらくしてしまった遠い日が涙に滲んで思い出されたものだった。祖父がアテナ・インクで書かれた文章にはこんな言葉もあった。

「頑張ってアメリカ人の通訳をやっているようだね」

というのがそれであった。おそらくその頃の祖父も私の働いていた男体山を、遥か西の彼方の方に見ていたに違いない。冷たい秋風がこの宿場町に吹いていたが不思議に夕方の五時前後になるとその勢いもぴったりと止み、赤い夕陽がその輝きを増す中で枯れ枝が黒いシルエットになって映り、そこに止まる一羽二羽の鳥の影が遠い群馬県にいる母のことなどを私に思い出させてくれた。

確かに栃木と群馬両県は隣り合わせであり、両親のいた太田町は私のいた久下田町とはそれほど遠いところではなかった。しかしローカル線である南北に走る真岡線から水戸線に乗り換え、東北線の小山駅でもって、小山から高崎までを結んでいる栃木、群馬間を走る両毛線に乗り、栃木県の最終駅である足利で降り、そこから二キロほど町中を歩き、渡良瀬川を渡ると、そこには東京の浅草まで行くことができる私鉄東武線が伊勢崎の方から走っていた。太田はこの駅から確か二つ目の駅だった。私はこの太田から伊勢崎に向かい、群馬県庁所在地である前橋やその先の高崎あたりまで国鉄の両毛線に乗り換えて行ったこともある。太田駅で東武線の電車を降りると二丁目あたりから一丁目に向かい、中島飛行機会社の正門あたりを過ぎれば両親の住んでいる家は間近だった。私が未だにこの年になるまでこの門を左手と覚え、反対側の道の縁に在る店の方を右だと覚えているのはなんとも不思議な話だ。左右を考える時、この正門と店が頭の中に必ず浮かんで来るのである。

私は小学校六年の間、ごくわずかに二年生の時親元で暮らしたが、それ以外は祖父母の元で暮らした。そのためか夏と春は間違いなく栃木と群馬の間を、さほど遠くはないにも拘らず、ややこしい汽車や電車の、また町中の歩きを通して三、四時間ほどの時間をかけて行き来したものであった。

この二県の間の数多くの往復を小学生時代に体験した私の地理感覚はかなり豊かなものにもなった。やがて中欧から北欧、東欧等を歩くのに私はさほど苦痛も感じないでいられたのは、この頃の体験のおかげであった。スイスを経、ドイツに入ったり北欧から中欧を経てイギリスに移動したり、一日にドイツからオランダ、ベルギー、フランスに行き、友人と話をして再び南ドイツのシュタットガルトにその日の夕方までには戻ることができたのも、幼い日の久下田と太田の間の一人旅によって身に付けたものであった。もちろん「栃木県芳賀郡久下田町春木町」も今では「栃木県真岡市」となり、区や番地は知らないがだいぶ変わっているようだ。

私が岩手に移り住んだ時、教え子だった人は、最近校長を辞める年になったようだが、彼の幼い頃の住所は「岩手県胆沢郡衣川村大字衣川……」だったが、今では「奥州市衣州区……」になっている。

幼い日私が初めて祖父のオートペンを使った時、そのニブを曲げてしまったことがあった。また土地の名前でも幼い頃と今日では大きく内容が変わっている。郡は昭和の初めの頃からその役目を果たしてはいなかったようだ。有名無実の何々郡は手紙の上の住所ぐらいにしか使われてはいなかった。県には知事が存在するが、郡の長である郡がまだあった大正頃でもさほどはっきりとした役目を果たしてはいなかったようである。私のいた一関市もかつては磐井郡の中に組み入れられていたが、ほとんど実際にはどんな役目もしてはいなかったようだ。

私の幼い小学校時代の思い出はほとんど県や郡の気持ちで暮らしていた祖父の下で得た生活空間以外の何ものでもなかった。思い出らしいものとして考えられるのは太田小学校の前に在った畑野という文房具屋であり、校門の脇に在った当時としては小さいながら石造りの立派な図書館であった。太田小学校に移った私の一年間はひどく混乱していたものであった。群馬と栃木の決定的な方言の違いや、昔上野《こうずけ》、下野《しもずけ》、または両毛《りょうもう》と呼ばれたのと同じで、しかも関東の一角の勢いの中で幼い頃の私の頭はひどく害されたようだ。特に言葉の点では大いに悩まされたのはあの時代の頃であった。英語などに心が向いたのも、こんなところに原因が有るのかもしれない。太田小学校前の瀟洒《しょうしゃ》な図書館で一人本を前にして過ごした日々の何と多かったことか。秋の短い日が暮れ、電気が点いてもなお図書館が開いていたのを今でも覚えている。その頃読んだ本の中には孫悟空の物語などが今でも忘れられないが、大きなアルバムとなって私の目の前に広げられたパリの町並みやエッフェル塔の写真の前では、いつかこんな物を観に外国に行くこともあるのだろうかと子供ながらに夢を見ていた。それくらいに太田小学校の思い出は少なく、また思い出す友もほとんどいなかった。やがてエッフェル塔の上から眼下にセーヌ川を、またその彼方にシャヨー宮殿を観た時私はあの小さな太田の図書館を考えていた。

ペルソナ

人は一個の個人として存在するのが本来の立て前なのだ。猿の方に近い頃の人間も、人間に近づきつつあった頃の原人も、一言で言うならば個人を豊かに持った人であり、ラテン語で言う所のペルソナとして存在していた。ところが確かな個人として存在できる人間はこれだけ発達した社会という大地に存在するには不可能となっている。しかも文明人間と呼べる人は集団人間でしかない。現代人は人にはなり切れないものであろうか？

集団人間は一見とても利口そうに見え、同時に器用であり、あらゆることに逞しい。だが集団人間は小利口であり小器用であるに過ぎない。彼等は人としては破壊されておりそれぞれの自分を所有して存在するには人間の中の何かが破壊されている。肉体は一見健康そうに見えるが心や言葉を支えているにはどこかここかがひどく傷ついている。これを現代人は自らをはっきりと見つめながら全く新しい現代病だと表現している。現代病は医師たちや医学の研究者たちによってさえもその中味は確かに理解されている訳ではない。確かに自分のペルソナを身に付けていると自信があるならば、その人は何とかしてこの疾病である現代病の本体を追い求めてみたいと思うであろう。私はその疾病の色や形を全く新しい電子顕微鏡以上の力を発揮する顕微鏡の下に確認してみたい。

人間は漠然と語っている言葉ではなく、人が自らの特殊なペルソナの中から生み出した言葉の一つ一つをしっかりと見つめるべきだ。こういう本人の心の生み出した言葉はどの一つをとってみても生き生きとしており、タラタラと流れて来る思いの液となってその人の生き方を潤している。

人という言葉は全て人の生命に命を与え夢を吹きこむ。人という言葉はそのまま己の心を覆っており、ますます己を美しいものに仕立てていく。人は大自然から与えられた生命を足として与えられた時間の旅に出て行かねばならず、人は豊穣な葡萄のようになりふりかまわず次の世代の時間を生み落とし、それを愛し教育し何ものにも恐れない大きな力を持つように励まさなければならない。人も風土も大自然の生命の中から噴き出す一種の間歇泉《かんけつせん》なのだ。それは本当の意味の伝統美であり、その民族の中から生まれる言葉以上の方言や訛《なま》りの確かなリズムなのである。

人や物が増えて行く状態を、大陸の中で生きていた中国人たちは「はびこる」という言葉で表現していた。『漢書』などには「氾《はびこる》」と書いて使われていた。古い時代の中国では物事を説明したり簡単に述べることを「氾論」と言っていた。

何事でも物が増えあたりに蔓延《まんえん》し広がっていく様を見る時、私たちはある種の不安を感じる。有り余るほどの金銭が自分の所に増えて来る時、それが喜びとなると考えるのは現代人があまりにも汲々《きゅうきゅう》として物不足の考えの中で生きている証拠なのだろう。大自然を前にして伸び伸びと生きている人は、むしろ物が増え氾濫する状態を恐れ、価値の少しずつ落ちていくことを悲しむのであろう。

人間は身体と心という二つの関わり合いから成り立っている寿命という時間の中で、身体に取り憑かれ心に取り憑かれながら生きているが、現代の一見便利に思われている時代の中ではこの二つは本来通りに融合してはいない。確かに身体は日々生き生きと動いているように見え、心は魄とも呼ばれ、ある人たちはかなり漫画じみた考えのレベルで霊なども呼んでいる。

しかし人間を形作っており、その全体像をさらにきっちりとまとめて考える時、人間は「人」として一切の文明感覚の中で束縛されている状態から離されて理解することができる。あまりにも文明の数多い些事《さじ》に惑わされている文明人間は一種の依存症に侵され、悩んでいるのが現状であり、同時に「人間」として考えなければならない状態なのだ。人間が本来の人として自分を見つめようとする時、人間が確かにリフォームされて人にならなければならない。本人の顔を確かに他人とまたは周りの多くの人間と区別することができるようなペルソナとして生きるためには、そのためのリメークが必要である。文明の時間の中で長らく使い古された万人の言葉は確かにリフォームされる時新しい息遣いと光を生み出し、あたりに新しい何かを生み出すことができる。それこそが閉じ込められている岩窟《がんくつ》島の中の人間や人間の生き方を島外に向かって解放することになるのである。数多い氾濫した人間は己個人として個性やペルソナを失っている。そこから飛び出さない限り人間は人類という名の一種の高等動物ではあっても、本来の言葉の意味に於ける霊長類の人と呼ぶ訳にはいかない。

文明の複雑な時間の中で人間は壮絶極まりない憎しみや数々の問題を含んでいる愛に支えられて生きているが、そういった人間の状態から抜け出すためにも、自分の不幸と思っている様々な事柄の呪縛《じゅばく》から逃れるためにも自分の中から噴出して来る言葉を信じなければならない。多くの文明人間はそういった束縛から離れるためには、自分の内側から出て来る大自然のリズムそのものの言葉にぶつからなければならない。大自然の吐き出す言葉はどんな花火よりもその人を癒やす力を持っている。

the color ～色に関する日本人の理解力

利休鼠という色合いが茶の師匠、千利休の自死の頃から延々と明治、大正、昭和から平成の今日までその名が忘れられることなく残っている。もちろん茶道に身を置いている人や近世日本の歴史にわずかでも理解ある人々にはよく知られている日本的な色彩の名である。権力者のわがままや怒りに触れて自ら死ななければならなかった利休は、日本のあの時代の社会に対して何一つ怖れることもなければ、自分の心を諂ってまで生きようとはしなかった一人の男である。利休こそある意味では当時の社会の誰よりも自らを誇って止まない傲慢な人物であった。文明社会のわずかな広がりの中で、人間は少しずつ自分の本心を捨てて行くように仕向けられて来ている。そんな中で利休などは例外的に自分を尊敬して止まない人間だったのであろう。

鼠色ならば日本人誰にでもよく分かる。この鼠色に一滴「利休色」を滴らすと、それは全く別の利休調な色に変わってしまい、それがどういう色なのか説明するのに行き詰まる時がある。私自身、茶の湯を少々嗜《たしな》んでいた頃、この利休鼠の着物を着てみたくなったことがある。地方の呉服屋ではそのような色合いの反物はないと言われ、あれこれと奥の方から出してきて見せてくれる反物は、鮮やかな色の藍であったり、誰もが常に見ている当たり前の鼠色であったり、その鼠色にごくわずか薄い紫や青みがかった色合いが流れているような物ばかりであった。結局日本人または現代人の誰もがよく知っている灰色の反物が最も利休鼠に近いのではないかと、また敢えてそう信じる他はなかった。

私はその頃未だ就航していたロンドンから南回りのパンナムのライナーで帰国したことがあった。ドーバー海峡を渡って間もなく眼下に広がっているフランスの農村地帯を見下ろした時、私の脳裏にある種の灰色の翼や胴体が映って見え、第二次世界大戦の頃、ドイツのユンカースと渡り合って戦った連合軍のスピットファイアーの姿がこんなものではなかったかと思えた。何世紀かの間、音楽や哲学の世界の中で、どんよりと曇っている中欧から北部ヨーロッパにかけて広がっていた、あの鼠色の世界はヨーロッパ人にとってジャーマン・グレーと呼ばれ、それは独特の学問、ないしは芸術として理解されていたのである。今でもヨーロッパのあのあたりはジャーマン・グレーの空の下でそれなりの人々の生活や文化の形が広がっているようだ。

日本人の色彩というか、大和の色とも言うべき中に、淡い群青色というのがあり、それは大和の山や川の広がりの全域を一口で言う時に用いられる日本的な色なのである。同時にこの淡い群青色は水の惑星である地球全体を説明する言葉としても使われているようだ。全生物の中心に人が置かれ、言葉を発することができる人間は山や森や平原の、また海の上に広がっている空気無しには生きていけない存在なのだ。この欠かせない大切な色彩もまたこの淡い群青色で統一されるかもしれない。あらゆる生物は大にせよ小にせよ,とにかくこの淡い群青色の空気を十分に吸い込み、それに合わせて吐き出している。

日本人は明るい太陽の下のローマ人の心を持ってはいない。限りなく広がっている神話と伝説の世界の中で自分を見つめていく時、古代ギリシャ人たちは濃く明るい地中海の藍に染まっていたが、日本人の心や生活の中には、特に雨上がりには色の勢いを増す苔色が色の代表のように感じている。心ある人ならば「情」や「真」と同様に「侘《わび》」や「寂《さび》」の極端にはっきりした美意識を抱いてこの苔色に結びつけてしまうのである。敷き詰められた石畳や古木の根元あたりに長い歳月をかけて生えている分厚い苔は、どんな花や樹木よりも日本人の心に深い思いを与えてくれる。限りなく深くどこまでも人に向かって話し掛けて来る森の中のさほど陽の射さない所には、どこに行っても苔色が目についてしまう。苔色は日本人の大和心をどこまでも落ち着かせ、慰め、自信を与えてくれる。

山幸海幸の長い歴史の中でどこからか渡来した日本人にとって、白く踊っている色は大和の開拓者の忘れることのできない色彩であろう。どこまでも厳しい白さでもって表現されたこの色は、海の青に混じって本来人が海から上がって来た遥か遠い昔をわずかながら思い出させてくれる。人の記憶は他の何ものよりも強く、悲しかったり辛かったり苦しかったりする記憶は、敢えて人の利口さゆえに忘れ去ろうとし、確かにその通り大部分を忘却の彼方に置いて来る人もいない訳ではないが、たいていの思い出はそれが良くとも悪くとも人の生き方の中心に残されている。この残されている部分を人は「心」と呼び、多少意味合いの違いによっては「魂魄《こんぱく》（心と体）」とも呼んでいる。白く踊っている色は波の立つ中で、その上部に一瞬泡立つのである。人はその泡立ちを見逃すことはない。そしていつまでもその記憶は残るのである。ローマ人やギリシャ人のあの藍の色彩と並べて日本人の白さを比較することも可能だ。

山桜は大和心を現していると言われている。どこまでも白に近く、その中にごくわずか、薄桃色が染み込んでいるあの花びらに日本人は不思議なほど大きな美を感じる。しかも一斉に咲き始めると短い間にわずかな春風に吹かれて散っていく。夜の帳《とばり》の中ではらはらと散っていく桜の花のフレーク（薄片）は、雪のフレークと一対の生命の在り方を日本人の心に焼きつけてしまう。散る時は一切の生命のそれまでの有り方を綺麗に忘れて行くので、日本人の心はその潔さに驚く以上に大きな美意識を感じるのである。確かに桜色は日本人の願う心色である。

薄紅藤色は遠い万葉時代の人々に愛された色であるが、赤や黄色や白といった原色は西洋人に好まれる色である。蕾のうちのチューリップは決してオランダ人のみが好む花ではなく、ヨーロッパ人は全て同じようにこの花に惹かれる。遠い時代に自然と取り組み、その中で日本人が黒い目で眺めた風景の中にこの薄紅藤色が生き生きと甦っていたようだ。文明のきらびやかな時代とは違って、自然の弱々しい色彩の中で生きていた縄文人や須恵器《すえき》の時代の人々には、いささかもきらびやかでないこの薄紅藤色に心を慰められた。

朽葉色《くちばいろ》もまた遠い時代から里山の麓の方で生活していた日本人にとって忘れられない懐かしい色である。どこから見てもどんな物に付いていてもこの朽葉《くちば》の落ち着きのある色合いは人々の心を安心させた。やっと米を作り単純な野菜を育て、山菜などで生活していた当時の人々はこの朽葉色《くちばいろ》にどこまでも落ち着きのあるわずかな華やかさを見ていたのだろう。

もうすぐ大地に還って行くこの穏やかな色合いは人々に惜しまれながらわずかに華やかな緋色の部分で彼等を慰め消えて行くのである。

自然とは正しくこのような生命の輪廻の中を流れていく。このことを意識する時過去や現代の人間はこの現実にはっきりと目を開き、あらゆる色彩や音響や物の動きに準じていかなければならない。

　日本人の好む色彩はとにかく落ち着きのあるものであって、そこには人の心の奥深い所を惹きつけて止まない力を持っている。このような落ち着いた不思議な色調には必ず利休鼠と同じような灰色の出しゃばらない花の色が思い出される。一見華やかな桜の花でも日本人の心には鼠色の花びらだけが見えてしまうのである。後の時代に作られたソメイヨシノなどには単なる華やかさはあっても人々はむしろその下でドンチャン騒ぎをするのが関の山だ。吉田松陰などは日本人の心に例えて、山の中に他の常緑樹に混じってポツンと一本咲く山桜に涙を流したのである。山桜こそ、その下で酒を飲んだり団子を食べるよりも、心の清さを見定める時間を持つことができる。

　茜《あかね》色もまた大和民族が心と繋がり合える不思議な色だ。誰もが心のどこかに抱いている故郷は本人が一度も体験していない所かもしれないが、都会にいてもどんな巨大な町で育っていても、日本人の心に塗り固められている漆喰《しっくい》にははっきりと遊び疲れた後、子供の目で見る茜《あかね》の色が焼きついているのである。茜《あかね》色は単に夕暮れの色ではない。私と妻はライン川の畔で夜になってもなかなか暮れない夕暮れを西の方に眺めたが、その色はあの懐かしい茜色ではなかった。どこまでも明るさを惜しんでいて暮れようとしないウィーン独特の夕方の色であった。日本人にはまず心の中の夕方の茜色が広がっている。そこにはそれまで吹いていた風が治まり、くっきりと黒いシルエットを見せている鳥が二羽、三羽浮かんで見える。茜色は日本人の故郷の色である。それ以上でもそれ以下でもない、とても懐かしい母親の匂いのような色だ。

　四十年以上の長い年月を三人の子供たちを育てながら私たち夫婦は東北で過ごした。やがて息子たちもそれぞれに東北の親元を離れて行った。私たち夫婦は東海地方の一角に身を移した。おそらく私たちの終の棲み家はここになるだろうと思っている。ここから遥か南の方には伊勢湾が広がりそのあたりには熊野三山があり、木曽川などといった三川が流れている。熊野三山などには古道が通っており昔は数多くの旅人たちがここを行き交ったはずである。彼等は素朴な心でこの世とあの世の間に広がっている聖なる場所をこのあたりに期待しながら、死後の霊魂が集まる所なのかもしれないと現世《うつしよ》を理解しようとした。黄泉国《よみのくに》を遥に見ながら自分たちの今の世の中に見つめようとした色合いはどこまでも薄い藍《あい》色、すなわち縹《はなだ》色であった。その中に広がって見えるのが現世である。日本人には西洋人の色彩感覚は受けつけられないようだ。クレヨンや絵の具の持っているあの機械的な色の感覚は、日本人の心と繋がっている色の感覚とははっきりと違う。物を書いてもそこには物を表現するよりは、物の中の精神を表現しようとするのが日本的色彩感覚なのである。物をはっきり見るというよりは、遥か奥深く広々と見ようとするのが大和絵のそれである。どこまでも薄く淡い縹色などははっきりとそのことを表現している。

パンは日本人にとってお菓子なのである。それに対し米は間違いなく日本人の主食である。秋の田んぼに光る稲穂の黄金色はそのまま日本人の故郷の色とも言える。食物の基本であり生き方の中心でもある黄金色は、単なる黄色ではなく日本人の心をそのまま表現しているシンボルとしての色なのかもしれない。命の厳粛な存在を形に表そうとする時、それは黄金色となって表現されてしまうのだ。

水の流れは常に人を、また万物を清楚にしてしまう。その基本の川に伊勢神宮の近くを流れる五十鈴川《いすずがわ》を考える日本人はかなり多い。多くの人々は自分の生まれ育った村や森の傍らを流れる川にどこまでも平和な自然の姿を求め、その無色透明な姿に故郷を感じるのである。そういう故郷の水の流れは、そのまま日本人の心の中の色彩に持って来るならば、浅葱《あさぎ》色として表現できるであろう。おそらく西洋人にとっては水の色は青かったり、紺色だったりする論理的に明確に説明できる色となるのだが、日本人の中には原始の川の水の流れとして、考え、それを明確な形の色合いで説明することは誰の場合でもほとんどしないはずである。生命を育む水の流れはそのままあらゆる色彩の中で、その先頭に置かれる清いものなのだ。板東太郎（利根川）や、筑紫二郎（筑後川）、吉野三郎（吉野川）などを先頭にして川の数は限りなく日本列島の北から南まで広がっている。日本人は常に水の流れを意識し、その色を忘れてはいない。それを素朴な色の中のさらに素朴な縹色にして忘れないのには、日本人だけに分かる思いが有るからだ。

昔の京都の南に在った朱雀門《すざくもん》はそのまま朱色をはっきりと現している。確かにこの色の鮮やかさはあまりにも奇抜《きばつ》過ぎ、日本人の心には訴えて来る物が少ない。悲しみ多く痛み多い当時の庶民の生活の中で、この朱色はいわゆるあらゆる意味に於ける魔除けの力ある色とされて貴ばれてもいた。魔除けの赤に対して黒は夜の闇の時間を意味しており、そこで広がる魑魅魍魎《ちみもうりょう》の動き回る恐ろしい世界から黎明の明るさに向かう人々は喜びでいっぱいになった心を、明るい色の象徴として赤や朱を用いたのである。

薩摩の国の侍たちは赤い太陽を描き、それを船の帆に付けて自分たちの勢いの豊かさを示していたと言われている。太陽が金色に輝くのは南米のインディオの間であり、別の国では、例えば昔の中華民国の人たちの間では白であった。しかし日本人の間では赤なのである。この色は力を現し、ぬくもりを現し、同時に万有が持っている情熱をも現している。大自然の創造の力そのものとして日本人は太陽を赤で現している。この赤はいわゆる日本的な色彩感覚の上で理解される赤ではない。これは日本人の心の表現としてのいわゆる言葉なのだ。そういう意味で色として赤や朱は日本人が好む色彩ではなく、物を美しく現す時に黒のように悪戯に使う色ではない。むしろ何かを極端に表現するのに己を先頭に出していく時には何事かのシンボルとしてこれを使うのである。

黎明の広がりの中で地平線や水平線の面に昇って来る陽の光は、周りの海の水を水蒸気に変え、あたりにはぼんやりと湯気が立ち、朝霧が舞い、自然が時間の初めの頃見せたあの尊い色を彷彿《ほうふつ》とさせる。そのような日の出の情景の色合いを西洋人は極めて冷静な心で人それぞれにいろいろな色彩で現すだろう。しかし日本人はこのような水平線から昇る誕生そのものの湯気が立ち上がっている太陽を黄丹色《おうにいろ》と表現した。昔の時代にはお上のお達しにより庶民たちはこの黄丹色を簡単に使うことは許されてはいなかった。この色は聖なる色であり、尊い色であったらしく、秘色であった。確かにこの色は天平時代の雄大な伽藍配置を象徴する古色豊かな秘色そのものであった。民主主義や共和主義から見れば奴隷を前において、得々と自分の存在を誇る雲上人の好きな色彩であって、万民平等であるといった現代人の感覚にはどこかそぐわない色なのかもしれない。そして確かに現代の自由な若者たちの服装などには、どう見ても似合わない物の先頭にこの黄丹色が置かれるはずだ。

弁柄色《べんがら》。ヨーロッパの文明の色が徐々に鎖国の心の中で生きていた日本に伝わって来た頃、この弁柄色《べんがら》は当然日本の町に流れて来て、日本人の親しむ色となった。もっともベンガラ色が縄文時代あるいは旧石器時代の遺跡から確認されているという説を唱える人もいる。建物や門柱や橋などが煉瓦で作られたのもこの頃である。日本人の服装も少しずつ着物と下駄から洋服やドレス、靴に変わり、その色合いも鮮やかな物に変化していった。近代文明の始まりの中で人々はどことなくざわめき、この煉瓦色の町を歩きながら自分たちが文明人になれたような気持ちになった。その後古い時代の文化の中で息づいていた本当の文明の力に気づいて、町並みの煉瓦色がさほど意味がないことを知るのにはおよそそれから後の一世紀の時代を経なければならなかった。弁柄色《べんがら》が人間の華やかさを必ずしも表現してはおらず、むしろ文明の古い時代の名残のように見えて恥ずかしい思いになり、様々な形やこれまでとは全く違った色合いの中で、弁柄色に夢中になっていた自分を恥ずかしく思う今日なのである。日本人にとって、また全ての進歩的だと言われていた白人たちにとっても、石炭の匂いやセメントや機関車の存在の中で産業革命の町の風景は弁柄色と離れて考えることはできなかった。しかしその後百年ばかりの華々しい文明の進歩の下では産業革命の匂いなどは石炭の匂いに混じった煉瓦色そのものの素朴さ以上に、どこかうらぶれた匂いにしか感じられなくなっている。煉瓦色はそのまま最も意味のない骨董品の匂いなのである。そういう意味で弁柄色は他の色彩とは違って日本人の色の源流となって考えられるようだ。

友遠方より来たるあり

細菌から高等動物に至るまで、また海洋生物から爬虫類や植物に至るまで、あらゆる生物の生きて行く一瞬一瞬は働きの時間であり戦いの時間でありそれぞれのレベルにおいて思考する時間でもあるのだ。人間も同じように常に働き学び考えるという行動の休む暇のない時間の流れの中で生きている。つまり瞬間瞬間の中や文明の流れと動きと騒がしさの中で、飛んで来る弾丸を除けながら生きている自分を自覚しながら存在する前線に立っているのだ。文明人間は自分らしく与えられた生命を生きていくことに自信のない長い歴史ののんびりした流れの中であえいでいるのでほとんどこの現実には気づかないのである。ウィルスや爬虫類でさえ瞬間の中でそれなりの弾を除けたり今生きている自分の命に対してそれなりの大小様々な感謝をしているはずだ。

今日、私は一人の友人から電話を受けた。彼はどっさりと重たい本をリュックに入れて背負い、両手にも持ちながら、これらの本を置いてくれる小さな書店に出掛けたと言っていた。私の山ほどの本を持って何度も転居し、自らの身体には病を持っている別の友人も彼と待ち合わせ、とうに亡くなっている東北の詩人の姪や、（私も彼女に英語を教えていたことがあるが）九十歳近い文章に夢中になっている若い心を持った老人の前で、わざわざ沖縄からやって来た友人は彼等の前でギターを弾いて聴かせたようである。遥かスペインまで音楽の勉強に留学した彼だが、彼の心はこのようにして集まる友人の前ではまるで前線で弾を除けながら戦っている兵士のように力強くギターを弾いたようだ。彼等はどの一人をとってみてもそれぞれに一騎当千《いっきとうせん》（一騎で千人の敵を相手にすることができるほど強いこと）の兵士のようだ。彼等は両手でライフルを握っているが、もう弾など入ってはいないようだ。弾は全て撃ち尽くしたようにも見える。彼等はすでに着剣《ちゃっけん》（銃の先に銃剣をつける）しているのだ。彼等はすでにこちらを狙っている敵の前に飛び込み、まさに白兵戦に入り始めているのだ。単にスポーツの世界だけではなく芸術や宗教や哲学の前線においてはあらゆる時間の状態が白兵戦の状態でなければならない。一寸した腕の強さや射撃をする腕前などはほとんど気にすることがない状態に物事は置かれている。着剣《ちゃっけん》した自分の銃で敵の塹壕《ざんごう》に飛び込む以外にはどんな方法も無いというのが現実の今なのだ。すでにソクラテスもディオゲネスも荘子も老子も彼等のあの時代において白兵戦に入っていたのである。弾を撃ち出すような暇はないのである。言葉を、しかもそれは世の中の誰もが常套手段として使う言葉ではなく、自分という人の魂魄から噴出して来るいわゆる熱いマグマのような言葉なのだった。こういった言葉を自分の中を通り抜ける生命の勢いの中で使いこなせるなら、その人物は確かに今を生きている人と呼べるかもしれない。

文明の数々の約束事の中で、そのことを守りながら礼儀正しくいささかも熱くなることなく常套語を話し、生活している文明人間には、人になることはできないのである。人とはどの一瞬の中でも生命に当たるような弾丸を避けようとして瞬間に身を避けながら生きている、いわゆるアクロバットのような存在の人間なのだ。これを単に人間とは呼びたくはない。私はそういう人物を「人」と呼びたいのである。

私は一人の友人から電話を受けながらこのように人間と人の間の大きな隔たりを実感した。

「人間」は他の動物や爬虫類と区別するだけの種の違いを表す表現に過ぎない。しかし人間という種とは全く別に「人」は壮麗なる生命体の先頭に立つべき生き物なのだ。人間はこの世の中の多くの事件を見つめ、地震や噴火や様々な大自然の変化の中で与えられた一生を生きなければならない。それに対して他の動物や植物にはそういった自然の大事件を知らずに与えられた寿命を全うするように造られている。それだけに人間は大自然と向き合って生きている現実を理解しなければならない。そのように自分の寿命さえはっきりと分かる人間はそのことによって単なる動植物とは違う存在であることを自覚しているのだ。しかし人間にはなれても、ほとんど一生という名の旅を過ごせる人は実に少ない。文明人間の肩書きに弱く金に対する情けない態度は呆れるばかりである。

私の友人たちは、その点感謝する方向が、文明の流れの中で生きている大多数の人間とは全く違う。文明の便利さを尊ぶ代わりに、それらに驚き喜ぶ代わりに、自分の中の言葉に酔いしれ、同じ心の友に向かって喜びの涙が出るのである。私の作品のために東北の友人は一つの命懸けの心で出版社を興し、もう一人の友人は関東で同じ系列の出版社を、出版社の名前の前に「新……」を付けて興し、大きな夢の中で生きており、沖縄の友人である音楽家は「沖縄……」を前に付けた出版社を彼の名刺のように人々の前に示している。

今は亡くなっている私の友は何人もいるが、一人は五ヶ月歳月をかけ千二百枚の頁に渡る毛筆の手紙を私にくれた。もっともごく最近、同じく毛筆で十七メートルの長さの書簡を大阪の友人がくれた。東京に住んでいた亡き友人は画家だったが、彼は妻と共に埼玉の奥、武甲山の森の中に居を移した。それから彼の画風は大きく変わり、墨絵のような特徴を示すようになった。その作品の一つが彼の死後私の本の表紙の一つを飾ってくれた。

友とは嬉しいものだ。人生の中のどこかで不思議と時間が一致するのが本当の友なのである。孔子が言っている「友遠方より来るあり、また楽しからずや」はまさにこのことを正確に伝えている。それは奇蹟と言っても差し支えはない。飛んで来る弾が耳元を擦っても身体に当たらないことを奇蹟と呼ぶならば、ある意味で現代社会を隠者のように生きていけるのもまた、奇蹟に違いない。人生そのものは間違いなく奇蹟だ。文明の諸悪、劫や業を避けながら与えられた寿命を全うするのもこれは間違いなく奇蹟と呼ばなければならない。

科学の時間の中で

人は時代や季節の中で物事を正しく学ばなければならない。メダルをとって自ら喜び、世の中の話題をさらうようなアスリートであっても、必ずやって来る季節の中で時には病み様々な苦しみという名のトンネルを潜っていかねばならない。どんな問題でもそれはいわゆるトンネルであって、時が過ぎれば必ず向こう側には抜け出る道がついている。一度入ったなら二度と出口のないトンネルなどはどこにも存在しない。長い短いの違いはあっても入ったトンネルには必ず出口がある。朝の来ない夜は決して無いのだ。どんなに絶望的に見える目の前でもよくよく目を凝《こ》らしてみるならば、微かながら彼方には必ず発揮できる力の影が見えているのである。このことに何の迷いもなく導かれていく人だけが決して挫折することがない。人生の中の蹉跌《さてつ》（つまずくこと、失敗すること）とはごく一部のある時間帯の中で広がる闇のようなものであり濃霧のようなものだ。このことをはっきりと前もって極め付けていることが人にとって必要なことである。つまりどんな人でもある種の科学者の一面を持って生きていることを自覚するべきだ。神の存在を認めることも認めないこともその人その人によって少しずつ違っているのだが、信じようと信じまいと、それは本人の自由であり、神は人間が作り出したという現実からは離れることはできない。しかし一見全く文化の世界だけに取り残されている科学は、人が作ったものでもなければ発明したものでもないのだ。科学はまたその思想の流れに存在する言葉のリズムの遊びである哲学などは、決して人間が考え出したものではない。その点宗教などとははっきりと違っている。発明された電気製品も、発見された大陸なども、それらが豊かな夢と力でもって造り出したものでないことがはっきり分かっている。万有という存在の中で初めから電気も磁気も大陸もそういったものは全て存在していた。隠されていた物を光の下に引きずり出したとしても、それはこの言葉の確かな意味において、発明や発見とは言えないのである。

その点宗教または神概念は全く別だ。全く何も無い所に人間というまた様々な種類の動物たち、無生物たちからある種のイメージを工作し、創造し、真似をすることによって神概念は生まれたのである。様々な種類の神様と、文明の利器である機械類はある意味で全く同じ運命の下に生まれており、人間社会の各方面で使われている。どちらも人間や他の生き物の身体の動きの真似から始まっている。世の中の八百万《やおよろず》の神々も、時計や望遠鏡や電話などの数えられないほどの種類の多い便利な機械類または道具も、人間自身の骨格や血液の流れ、または筋肉の動きなどからヒントを得てその人間の手によって作り出されたものばかりである。人間が自分の存在からヒントを得ることなく、全く新次元のものとして造られたものなど一つもないのである。全て何かの模倣であり真似でしかない。神々でさえ嫉妬をし、家族がおり、でんとして天上に構えている姿は、それぞれに凡人たちや天才や権力者たちと呼ばれている人間の姿に他ならないのである。

生命の倫理からあらゆる動作に至るまで、それを人間は科学と称し、前の時代からその研究の結果を受け続け今日に至り、それをまた次の時代に渡していく。科学には終わりというものがない。また一見とても辛い気持ちになるが、一人ひとり研究者は一個の囚われ人であり岩窟島に閉じ込められている囚人に他ならない。

しかしこの常態から、つまり科学から抜け出すために宗教は現れている。人間一人ひとりが己自らの存在時間の中でのみ全うできる。囚われの身から解放される自分のみで完結する時間を喜べるという点では、宗教はとても大切なもの、感動的なものだと思える。

私自身、宗教人としてどんな宗教家にも劣らない人物として昼も夜も徹底的に神に夢中になり、何事も神に頼る自分だけを信じていた頃があった。そういう全く自由な時間の中で、自分自身で全うできる己だけの生き方が有るものだと信じていた自分に、突然嵐に遭うように別の考えが射し込んで来た。人は与えられた大自然の流れの中に漂っている存在であり、与えられた生命の間だけ生きてはいけるが、その前後は別の生命の旅人たちに繋がっていかなければならない自分に気がついた。とにかく神は人間が自らに似せてイメージした物であったとは言え、どんなに飾っても化粧しても、きらびやかな言葉や思想で飾ってみても、生きている人間以上の何ものにもなり得ないことを私は自覚した。なんとも哀れな人は全て自分に与えられた寿命の中でしか生きられないことを知り、人間が造った神はそれ以下に小さい存在であることを理解した。

　このように束縛され、どんなに飾ってもそれには限界があり、生きている自分自身を超えて大きな力を発揮したり、生命を伸ばしたり、奇蹟を起こすはずもない。存在に期待する思いはほとんど無いのである。人は自分自身に期待し、自分自身という才能と奇蹟に頼る以上に大きな夢はないのである。今、このようにして実感している人生の旅路やそれを存在せしめている生命は、目の前の大自然から出ていることを知る時、大自然という名の万有の集まりこそがそのまま奇蹟であることを信じなければならないと私は納得した。ということは、万有の存在に向かう態度、すなわち科学に向かう態度だけが真実の「神に向かう態度」であることに気づくのである。初めがなく終わりもなく、一個の自分としては何一つ自分の中でまとまった形で完成することないこの生き方、または生命体の働きを恥ずかしがったり怖れたり哀しんだりする必要は全くない。

　人生の旅はどの瞬間に絶たれるかもしれない。それを大変な事故として悲しむこともない。人の誕生と死は全て周囲には予告されない時間の中で起こる。誕生を誰もが喜ぶ。死もまた周りの人は誕生と同じく喜ぶべきなのだ。釈迦が死んだ時、弟子たちが泣いているように仏画には描かれている、彼等弟子たちと同じように集まった動物たちも泣いているように描かれている。仏と言われている釈迦も結局は人にはなり得なかった人間として神や仏として祀られようとしている不完成な存在である。この神を仏と呼び、人々は崇拝するが、それは大きな間違いだ。そのくせ仏教徒たちは、否あらゆる日本人たちは、またかなり多くのアジア人たちは人が死ぬと仏になると認めている。これは確かに事実だろう。与えられた寿命から飛び出すと、人は大自然の中から与えられた生命と自分の存在の次元を別にすることを否応なしに自覚させられるのである。そこにはいわゆる人生とは別の何かが、始まるのである。

　人間は結局あらゆる意味で自分を生命の存在から始まった時間の中で己を完成させるなどといった傲慢であり馬鹿げた考えは捨てるべきだ。人は一回限りのゼンマイの巻かれた時計のようなものだ。そのことを自覚し、突然の時間の中に誕生し、突然の時間の中でゼンマイの動きを止めて行く。これらの動きの中で人は何一つ驚くことも心配もしてはいけない。

科学は奇蹟

　科学時間の流れや物理的事物の変化こそ奇蹟というべきであり、奇蹟の中の奇蹟なのだ。このことから分かることは、科学こそ奇蹟であり、奇蹟こそ科学そのものである。科学全体の表現こそそのまま奇蹟というべきだ。自然の全域はそのまま常に進行している科学によって説明され、同時に奇蹟の流れとして理解されもする。物理の全域の俯瞰図こそ科学の目で理解され、同時に奇蹟のデッサンとして理解される。人間は自然を鳥瞰図《ちょうかんず》として理解しているのであり、このことによって細かに自然の全域を事細かに見通すのである。人の心の言葉という目で物を見る時、自然ははっきりと人間の、否人の心の前に自らをすっかり現す。アインシュタインも、ターレスも、科学をそのまま見ていたのではない。アナクシメネスも、アナクシマンデルも、鴨長明も、良寛も、アシジのフランシスも、全て直接宗教や哲学の中で命の時間を見つめていたのであり、宗教のリズムの中に科学を見つめ、科学の肌の上に自然全体の姿を確信したのである。全体像として見えて来る科学は一つ一つ確かな目で見つめられる時、間違いなくそれは奇蹟以外の何ものでもなく、奇蹟それぞれの駒の集まりからできている大自然という名の映画の長いムービーフィルムなのだ。人生は映画であり、人が心の中で歌い、生活時間の中で使っている言葉はそのまま奇蹟のスクリーンとなっている。今日一日だけの映画の中で宗教を体験し、哲学や科学を体験する。

大自然は人間が科学と呼んでいる布切れであり、魂の紡ぎ出す奇蹟そのものだ。科学の匂いのしない奇蹟など存在しない。奇蹟の力の関わっていない科学も存在しない。大自然の全ては大らかで、その流れに戸惑いも無ければ、一切の不安も無い。全ては悠然として流れている。

しかしそう考えていくと、科学は文明史の中で生まれた、とても聡明な人々によって次から次へと伝えられて今日に至った厳しくもあり何一つ隙のない人間によって形作られてきた純粋な学問として見なければならないように思われる。いろいろな科学者の脳裏を経てそのほとんど最後のところでファラディーの電気理論に行き着き、エジソンの生き方の中から様々な便利な文明社会の道具としてこの世に出現することになった。そのために、大分人生時間の大切な点で失ったものも多かったようだ。

単に物事は電気に限らずその他数多くの物の中で驚くほど便利な道具を人間の社会にもたらした。このようにして今の文章を書いている私の手にも間違いなくコンピュータという道具の一つとしてワードプロセッサがあり、長らく長男からより便利になった物を与えてもらって使いながら言葉を紡ぐのに楽しい時間を費やした東北時代があった。このようにしてコンピュータをある程度使いながら、日本中の友や読者たちと連絡し合いながら、楽しく物の書ける東海地方に来ている今の自分を大いに喜び、感謝している。

もう一度言うが大自然は確かに悠然として流れている。しかも科学は青白い表情と考えをしてギスギスと考え続けている人間だけが作り出した物ではないことがはっきりと見えて来ている。科学は確かに奇蹟そのものである。宇宙の中に存在する万有が大きく重なり合い、紡ぎ合い流れ合い燃え上がり合い一つの情念として現れているのが奇蹟という名で呼ばれる物であるならば、間違いなく言葉を持って生きる人間は単なる人間でも他の生き物ともどこか違っている人なのである。

我々人間が間違いなく人である時、少しずつ宇宙のカーテンが広げられ、そこに見えて来る星空も奇蹟以外の何ものでもない。奇蹟とは人の前の広がりそのものなのだ。地上に存在する全てのmatterの前で奇蹟以外の何ものでもないのだ。言葉はその中でも先頭に置かれなければならない奇蹟の一つと言わなければならない。アルファベットも漢字も神代言葉も各種の仮名文字もそれらは奇蹟という名のベールを脱いだ言葉の形式であり、存在の象徴に過ぎない。あらゆる生命体は単に生き物とか種と呼んでファーブルやダーウィンたちのように安心してはいられない。もちろん彼等も科学者として正しく奇蹟のレベルを生命の次元まで確かに受け止めている。数字さえも象徴として用いられる時それは奇蹟以外の何ものでもないが、段々とその領域を広げていくと整数、素数の世界に入り、πの次元に進み、零のレベルに達すると数は奇蹟意外の何ものでもないということが我々にも分かる。自然の広がりは全てπや零の勢いの中で押しまくられ、地上二メートルの文明世界のセピア色の古い写真にしか見えなくなって来る。今という奇蹟から一瞬一瞬別の奇蹟に変化していく自然という名の舞台の上で、人は単なる人間から離れ、「人」として生き始めるようになる。その生き方は奇蹟そのものなのだ。地上二メートルの空間に閉じ込められ、一切の奇蹟から離れた現代文明社会の人間はそのままでは人にはなることができない。

自然に最も相応しいものは奇蹟である。人間の世界やあらゆる生物の置かれている陸の上や海の中は、穢れに穢れ、崩れきっている。そのような地球上の先端に人間の文明社会は置かれている。科学が文明と並んで考えられる時、何という間違いを犯しているのであろう。科学、すなわち一人の人間や数多くの人間によって扱われながら常に完成することなく、長い時間を経ながら延々と続いて行く。本来の科学は不朽の奇蹟そのものだ。万有の流れはそのまま奇蹟であり、生命体はその奇蹟のリズムの中で生きる一人ひとりの願いが大自然中に広がる時、それに感謝し、感動し、ただ一つの選択として受け止めなければならない。その大自然の流れがそのような運命なら、しかもそれが自分に喜びを与えてくれる物ならば大いに喜び、逆に自分の思いにそぐわない物であるとしても、それを甘受し、その試練に耐え、喜ぶ力の与えられんことをひたすら祈り、行動して行きたい。自然の流れはそのどちらであっても人それぞれにとって嬉しい選択をしなければならない。それを次から次へと実行して行くことこそ人生という旅を全うしていく姿なのだ。シナイ山の頂で天の言葉を人間は聞くことができないが、人間が人になる時それができるのだ。この言葉を聴くということは科学を奇蹟として受け止められる素直な人だけである。

群馬《ぐんま》県《あがた》新田《にった》郡《ごおり》太田町《おおたまち》

三丁目の中ほどから右に曲がる狭い道に入って裏通りに出ると、再び本通りと平行に走っている裏通りに面して「畑野」という文房具屋が在った。その反対側には小さな石造りの町立図書館が何本かの杉の木に囲まれて建っていた。小学校の校門はその脇にあり、彼方に校舎が見えてあたりは広々とした校庭になっていた。たった一年しか通わなかった小学校二年生の時の私はほとんどその年ずっと中耳炎を患い、かなり大袈裟《おおげさ》に額から頭にかけて十文字に包帯をされていた。その前の年の夏、祖父母のところで暮らしていた頃、近所の年上の子供たちに誘われて小川に入った時泳ぐことを覚えたのだが、おそらくその時私の右の耳に水が入ったのだろう。田舎のことで二軒ほどあった内科専門の医院ではどうにもならず、ほうっておいた耳の痛みはその次の年の春の転校の時、太田町のこれまで見ていた小さな宿場町の医院とは違い、実に大きな中島飛行場の病院で診察してもらった。その時医師が言うには秋の頃手術が必要だと言われた。幼い私にとってはこの言われた言葉が大きなショックとなってそれからずっとその年の間中、私を悩ませた。もっと幼かった頃、やはり耳の病気で東京都下の八王子の耳鼻咽喉科に連れて行かれたことがあった。その時二階からただならぬ声を張り上げて下りてきた耳を手術した女の子がいた。看護婦に寄り添われていた彼女はいかにも痛そうに見えた。太田に転校し、この大きな病院で手術が必要だと言われた時、私の心はひどく恐怖に襲われたのである。それからは来る日も来る日もやがてやって来る手術のことが思い出され、他のことは私の頭の中に正常な形で止まっていることができなかった。太田病院と呼ばれていたこの飛行場の一角に在った病院には立派なテニスコートなどが備えつけられており、昼休みなどは若い医師や看護婦たちが溌剌《はつらつ》とテニスコートの中を走っていたのだが、私にはそのような風景を見ていても、何一つ感じることもなく、とにかく秋の手術のことで頭はいっぱいだった。

人は簡単に言われた一言でそれからの生き方の全域が大きく変わってしまう。秋になれば手術が有るということと、八王子の医院で体験した少女の手術と泣き声が一つに重なり、増幅され、私の中で私自身を抑えきれないほどに大きなものになっていた。自分が子供であったということや手術という物に対する単純な恐れに似たものの考えゆえ、その年の夏から秋にかけ、私の頭の中は他のことが全く考えられなかった。五十を過ぎてから脳内出血で倒れ、即座にその夜頭の毛を医師によって刈り取られ、開頭手術をしたのであるが、次の日集中治療室で意識が戻った時、このような大きな手術をしてもいささかも痛みを伴わないことを知って驚いた。幼い太田時代、いくらかでもこのことを知っていたなら、また周りのものが教えていてくれたらあのように一年近くの間来る日も来る日も悩み苦しむことはなかったと思う。麻酔とか手術とか、八王子のあの女の子の泣き声等が重なり合って一つの忌《い》まわしい思い出としてすでに大きな心の痛みとなって、幼かった私の感覚を痛めつけていたのであろう。

後年、岩手県の磐井病院付属の看護学院で語学を教えることを頼まれた私が、校長に会って驚いた。彼こそが私を手術してくれた外科の医師であり、看護学院の院長だった。極めて穏やかな当たり前の医師であり、教師であり、教えている者同士の仲間であり、そこには恐ろしい手術と関わる医師の姿は私には感じられなかった。

秋が来て私の中に広がったトラウマがこれ以上堪えきれなくなった時、母に連れられて病院に出掛けた私は、医師のそして看護婦の身体から匂う病院特有なクレゾール液の匂いに半ば卒倒するばかりだった。ほとんど聞く気もない私の耳に響いた若い医師の一言は、ヨハネが聴いた福音の言葉のように、ヨナが鯨の腹の中で聞いた光り輝く言葉のように私には思えた。

彼は言ったのである。

「手術は必要ないですね」

私はまるで死刑を免れた囚人のようであり、十字架から下りて歩き出したキリストのように全身の力がその時抜けた。傍らの母はもちろんそんな私の心も知らず医師と話をしていたのだが、私は早く家に帰りたいばかりに、彼女の手を引っ張り、彼女の日傘を引っ張っていた。

文房具屋「畑野」まで行く前に三丁目の一角から南に入って来た狭い通りの一角に、あの頃にしては珍しく洋風の家が木立に囲まれて在ったことを私は今でも覚えている。一丁目の私の家から大通りに出ると間もなく右側に中島飛行場の大きな正門が見えて来る。時々そこで飛行場の選ばれた人々から作られている吹奏楽団が、練習をしたり何かの特別な日には立派な出で立ちをして正門前のその広場で演奏することもあった。八王子から太田の町に移った頃はこの広場をグルグルと三輪車の音を立てながら走り回っていたものだ。秋の夕暮れなどどこからともなく数多いコウモリが飛んで行くのが頭上に見えた。この正門を離れるとかなり大通りを西の方に歩かないと三丁目の方には行かない。例の細い道に入ると前にも言ったように一軒だけ他の家とは違って立派な西洋式の家が左側にあった。私が学校に行く時間にここを通ると決まってそこから西洋音楽が聞こえていた。それがモーツァルトの作品だということはその頃全く知る由もなかったが、その家の周りに鬱蒼と茂っている庭木の間から不思議と聞こえて来るその音楽に、私は何一つ音楽については知識を持っていないにも拘らず、足を止め、聞き入ることがしばしばあった。そんなことをしていた私は何度か学校の始業時間に遅れることもあった。

やがて西洋音楽にいくらかでも理解できるようになって、その時聴いていたあの路地の一角の音楽がモーツァルトの作品であることが分かったのはかなり後のことだった。そのように分かり始めた頃は私は宇都宮や東京で勉強をしていた。ケッヘル何番といった名前によって呼ばれている数多いモーツァルトの作品がどういう意味を持っているのかということに関しては未だにはっきりとした理解力はない私だが、幼い日の故郷の風の匂いのように、小鳥の囀《さえず》りのように実に懐かしく今でも私の心をくすぐるのである。四十歳になった頃、ふと太田小学校時代の些細《ささい》な数々の嫌な思い出が脳裏を横切り、それでも故郷の一角として訪ねてみようと、私は東北は岩手県の一関からわざわざ長い鈍行列車に乗って宇都宮の先の小山まで行き、そこから両毛線に乗ったこともある。東武線の太田駅を降りると私の中のあの三丁目から小道に入った思い出が強い力で私を押し出した。私は一関で亡くした息子と共に、太田時代の少年の頃失った弟のことを駅前の道を歩いているといつになく強く思い出された。そういった意味で流れる涙もやがて治まると、幼い日の私の心はあのモーツァルトのケッヘル何番かのメロディに惹かれていくのであった。その日私は一日中一丁目の方から例の正門前を通り、二丁目三丁目と大通りやそれと並んで走っている裏道を、小学校のあたりをさらには高山神社の上やその下の方に広がっている野球場、さらにはその彼方に鎮座している呑龍山《どんりゅうざん》あたりを歩き、その境内で悲しい音楽を鳴らしていたサーカスの一団を思い出しながら、とにかく町の中を夢でも見ているように歩いたのである。その時の私の時間は夢の中の流れでしかなかった。あまり嬉しくもなかった幼い日の太田の思い出の中で、確かにケッヘルの何番かと言われた音楽やあの小さな図書館の秋の空気の中で広げていたエッフェル塔などは、いくらかでも良い思い出としてあり私のいわゆる、この種のセンチメンタルなジャーニイを様々に彩ってくれた。

あのモーツァルトの音楽が聞こえていた家はその後どうなったであろう。おそらく代替わりをしているうちに今風な建物に変わり、周りの鬱蒼とした立ち木も伐られているのかもしれない。またはあの大きな屋敷の跡にアパートやマンションが建てられているかもしれない。私が四十代の頃訪ねた太田も八十代に入ろうとしている今では、大きく様変わりしていることは大いに想像がつく。東北時代の私の見た太田とは全てが変わっていることは間違いない。

梅雨の季節も終わり、夏に入ろうとする頃、同じクラスの女の子たちが弁当の時間になると不思議なものを食べているのに気がついた。女の子はどこか男の子とは違っているということは田舎の小学校に入ってすぐに気がついていた私だった。よく話をし、活発な行動に出る女の子の周りには他の同級生が不思議に集まって来るものだった。そして彼女が行動したり持っている物等を周りの女の子たちなども真似するようになった。だがこんな具合にして世の中の流行というものは、女の間から徐々に広まっていくものであろうといった原理的な流行というものの初めを知ったのもこの頃であった。

昼には母親が作ってくれた弁当を開くのが当たり前だと思っていた私は、そういう種類の弁当を開けない彼女たちを見てびっくりした。毎朝御飯の脇に入れてくれるお菜の種類の形が違うなども、学校で弁当の蓋を開ける時の楽しみの一つであったことを思うと、彼女たちが紙袋から取り出したパンを見て私はひどく驚いた。一年生の時は宿場町の南北に走っている道の南外れに在った学校では、一度としてパンを弁当に持って来る子供はいなかった。第一、一本道の通りの左右にはパン屋などという物はなかったし、せいぜい上品な、また子供たちが喜ぶような駄菓子を売っている店が何軒かあっただけだった。やはり太田はその点私には都会に見えた。一丁目から三丁目まで、否、さらに四丁目も五丁目もあったかもしれないが、少なくとも七歳頃の私はその辺のことをよくは知らなかった。しかし三丁目の通りには電気館という映画館が在ったり楽器屋が在ったり「丸高」と呼ばれていた一、二階のかなり綺麗に商品の並んでいるデパートらしい物が在ったことを覚えている。そのあたりには東武駅に向かう道があり、そこには薬屋なども何軒もあり、私の同級生の一人などはそういった薬屋の息子であった。町の中では一丁目二丁目よりもどこか賑やかな繁華街のように見えた三丁目には幾つも食堂があり、その隣にはパン屋も在った。学校に行く途中、私は窓の奥に店員がパンを売っている姿をよく見ていた。同級生の女の子たちはあれが流行というものだと言わんばかりに、男の子の方に向かって昼の時間にはあのパン屋で買ってきたパンを見せびらかしながら食べていたのである。二枚に切ったパンの間に苺ジャムを塗っただけのパンだったと思う。それが私の目には眩しく映り、学校でもああいうパンを食べてみたいものだという気持ちになった。

その次の朝、「弁当はいらない」と母に言ったら母は不思議な顔をした。私の話を聞いて、笑いながら彼女はいくらかの銅貨を私に握らせてくれた。一人で大人の間に混じって映画を観に行く時には銀貨を手にしていたものだが、昼飯の代わりに食べる赤いジャムのついた二枚の食パンを買うためには銅貨が一枚で足りた。大人の間で観た映画は、「白欄の歌」などといった戦時中のものであった。朝早く学校に行く途中パン屋で店員の娘がジャムを付けて袋に入れてくれる二枚のパンを持って学校に向かったのだが、昼がとても楽しみであり、待ち遠しい気持ちであった。女の子たちの楽しそうな昼の時間を、私も体験できると思っていたのである。待望の弁当の時間がきた。

これまでと違って弁当箱の蓋を開けることもお菜の匂いもそこには無いだけではなく、パンが袋の中から引き出された。どんな風に食べても二枚のパンを開けて赤いジャムを見てみても、ただそれだけのことだった。今のようにジャムとパンの総合作用として口の中に広がる美味さの感情はいささかも湧いてはこなかった。いつものような開ける時の弁当箱のカチカチというぶつかる音やお菜や御飯の交じり合ったようなあの感覚がないのに、私は何か大きな心の失望に似た気持ちを味わった。ペチャクチャと話しながらパンに貪り付く女の子たちの姿には何一つ変わる所がなかった。男の子たちの方を向くと何人かはやはり女の子たちと同じようにパンを弁当に持ってきていた。おそらく彼等の家族たちは上品な暮らしをしているのだろうと思ったが、今になって考えれば忙しくて弁当を作る時間も彼等の家庭にはなかったとも言えるのである。そういう時代が戦後から始まったとも言えるが私の家庭には十人ほどの飛行場に勤めている若者の下宿人がいた。私の母は父の末の妹と一緒に、毎朝てんてこ舞いの朝食の時間を味わっていた。彼等十人前後の若者たちは、中島飛行場に入るために栃木県の田舎の方から、また、野呂さんという若者などは遥か三重県の方から来ていた。父は試験を受けるこれらの若者たちに、半ば塾長のようにささやかな工業数学の手解《てほど》きをやっていた。こんな私の家の事情を考えれば、他所《よそ》の家の母親等も朝はとても忙しいと思うのも当然のことであった。

とにかく弁当の代わりにパンを買って学校に向かったのは、その日、一日だけであった。一般的に言って、母はさほど料理が好きな女性ではなかった。それでも戦時中のあの頃、彼女はいろいろな野菜を用いていわゆるトンカツソースを上手に作ることもあった。私は彼女が作ってくれた弁当が一番好きだった。学校は嫌いであり、同級生などとはあまり口を利かない私だったが、この母の作ってくれた弁当の匂いや味だけは今でも脳裏のどこかに沈澱していて、忘れることはない。

伊勢出身の下宿人の野呂さんはどちらかと言えば無口な男であった。時には私を誘って駅の方や三丁目あたりの店に連れて行ってくれた。どことなく外国の店のように華やかな色で飾られていた楽器店に入ると、目の前にはオルガンが一台、またいろいろな大きさのアコーデオンやハーモニカが並んでいたので私はびっくりした。野呂さんは分厚いアルバムを買ってからハーモニカを手に入れた。それからほとんど毎日工場から帰って来ると楽譜を前に置きながらハーモニカを吹いていた。その後彼のハーモニカがどれほど上達したのか、またどんな曲を吹いていたのか私の記憶の頁の中にはそのことがほとんど残されてはいない。十人前後いた若い下宿人の中で野呂さんは最も頭の良い方だったと私は思っている。

ある時彼は長さ五十センチ、高さ二十センチほどの妙な形をした機械を私に見せてくれた。彼は自信ありげに「これは俺が作った機関車だ」と言った。私は狐につままれた気持ちであった。どう見てもそれは鉄と真鍮とできている複雑な機械や鉄の塊にしか見えなかった。私の不思議そうな表情を見てとったのか、彼は機械の前の方タンクに水を流し込み、理科の実験などに子供たちが使うアルコールランプを、その水を入れたタンクの下に置いて火を点けた。かなり時間はかかったが、やがて湯が沸き、遂には蒸気の音に合わせて湯気が立つのを見た。こんな複雑な機械を自分の手で作るからにはこういう方面に余程魅力を感じ相当頭が良いのだと私は思った。彼の顔は自信に満ちていた。彼の両手の動きは自信の塊であり、あちこちのネジを外したり締めたりすると、シュッシュッという音をたてながら蒸気が突然噴き出したり、また止んだりした。彼はこの機械の中ほどのボタンを操作すると、下に付いている二つか三つほどの車がゆっくりと回転し始めた。この車の部分を見ただけでは、いわゆる、機関車の形として見えてはこなかったが、何度か私はこの機関車の駆動部分が機械の中に入れられた熱湯が噴き出して来る時その勢いによって回転することを見て、これが機関車の一部であると納得することができた。実際の機関車は機関士が燃える石炭の熱さの中で苦闘する時、その火力の勢いで先頭のタンクの中の水の温度が上がり、大きな勢いとなって車を動かすのだが、野呂さんの作った機関車はアルコールランプの熱で動くのであった。車がレールに触れることなく少し高いところに付いているので、車が回っていても前進することはなく、この機械は静止したままアルコールランプの熱によって機関車が吐き出すあの独特な音でもって、目を閉じると目の前に機関車が存在するような気分になれたのである。

私の父もこの点どこか野呂さんに似ていた。長さ二十五センチぐらいのプロペラを駆動させるためにその後に空冷の小さなエンジンをつけた、いわゆる飛行機のエンジンの模型を持っていて、時たまそれを動かしていたのを私は見ていた。太田の町は中島某《なにがし》という人物が興した陸軍の飛行機造りの工場のあるいわゆる城下町であった。年に一度ぐらい人々の手作りのエンジン付きの、人の大きさぐらいの模型飛行機大会があったのだが、父もそんな所に自分の作った飛行機を参加させたこともあった。リモコン装置を使って飛ばす時代ではなかったので、一時間ぐらい飛ぶとどこかに落ちることは決まっていた。落ちた飛行機を間違いなく回収するために飛行機の翼の一部には必ず所有者の住所氏名が記されていた。父の飛行機がかなり遠くの方に在る伊勢崎町あたりまで飛んで行ったこともある。

中島飛行場のエンジンを造る工場は町の外れの方に在って、その近くには呑龍《どんりゅう》という大上人が建てたと言われている寺があることで有名だ。この前の戦争が終わる頃はこの会社のエンジンが東京の三鷹あたりで造られていたとも言われている。戦後宇都宮の飛行場の方から毎日アメリカ軍の手によって次から次へと爆破されていく疾風や鍾馗《しょうき》の音を聞いていた私は、英語の勉強に夢中になる傍ら、何度も涙を流していたことも事実だった。どういう訳だか、わざわざ伊勢の方からやってきて中島飛行場に勤めていた野呂さんは飛行機のエンジンに夢中になる代わりに機関車に夢中だった。彼にはどこか人のやらないことに夢中になる芸術家の心根があったのかもしれない。ハーモニカを吹く彼の態度にも、今思うとどこかそのような節が見えていた。彼がハーモニカを三丁目の楽器屋で買った時、一冊のアルバムを買っているが、そのアルバムの表紙を飾っていた彫りの深いベートーヴェンか他の音楽家か分からない肖像画も、どこかしら彼の性格と重なって見えたように今の私には思い出される。

光が与える人の温度

厳しい時間、または鋭く熱しており、凍りついている時間はその人間を極端な方向に移動させる。この場合時間といったものは言葉に置き換え、他の生命体に関しては穏やかに時間と説明して良いかもしれない。

痛み多い日々ほど言葉がどっさりと詰まっているものだ。詰まっていることはそのまま何事かの豊穣さであり実りの豊かさなのである。そういう豊作の中で生まれた言葉には意味が多く、その周りのリズムはキラキラと輝いており、万華鏡のように一時として一ヵ所に止まっていることはない。単にそのような形だけの問題ではない。温度的にもかなり違ってきている。生物保存成分という形はあらゆる種類の生物の質を変えてしまう。もちろん人の形さえ当然変えてしまう。人間の精神温度もそれが高温になればなるほど能力が精妙な状態に変化していく。つまり温度の変化さえあらゆる種類の能力の変化に繋がっていくことを人ははっきり認めることができる。その認め方の度合いに従って当然その人の能力という温度差が測定されてしまう。

はっきりしかも極めて単純に、しかも素朴に短い言葉で表現するなら、人は存在全体の体温、すなわち血管内の温度も骨のそれもリンパ液のそれも、手足の爪のそれも全て理解したところからその人の生き方全域の能力が測定される。その人に付いて回っている免疫力もそこから判断して理解することができる。

数多い民俗や個人個人の人という存在の中に見られる能力はあたかも数多い色彩と同じような区別によって理解することができるし、同じ青でも濃淡様々に分類されることによってその精妙な分類が可能となる。

化石燃料でもって文明化された人類は、何世紀かの間実に楽しく便利で同時に効率の良い生き方を体験してきている。ごく最近の一層速くなった文明時間の中で、人は化石燃料に優る新しいエネルギーを利用し始めようとしている。もはや中近東の民族たちを喜ばせるような金銭の時代を終えて、地球上に人間はこぞって太陽熱の恩恵によって、楽しく生きられる時代に入り始めている。単に燃料だけに限らず、あらゆる電気や磁気の働きと関わっていく人間生活の中が、太陽熱によって一層豊かになっていくだろう。人間のこれまでの頭ではどうしても見たり考えたりすることができなかった化石燃料文化以外の力を、享受する時代に入ったのである。人間は原始時代から常に健康でなければ何事も始まらないと知っていたのだが、それを今のところまだ神という名の迷信の中で祈ったり踊ったり数多いサプリメントやその他の健康食品の助けを借りようとしている。しかし太陽熱と光を利用することによって古い時代のそういった迷信からは幾分なりとも解放されるに違いない。もちろん古い時代のそういった祭りや踊りはある意味では人の心を慰めるのに大きな力の有ることも事実だ。そうでなければ単に裸族たちやその他の現代に生きる原生人間だけではなく、文明社会に蔓延《はびこ》るシャーマンの存在をどう理解したらいいだろう。

　万有は全て引力で締めつけられている。化石燃料や電力や磁気だけによって締めつけられている訳ではない、それ以上に万有を圧《おさ》えている引力の存在を私たちは理解しなければならない。時間とか光とはそれをじっと見つめる限りそこに限りない人の明日を与えているのである。

　物事の初めは全て「魁」と呼ばれている物であり、「嚆矢《こうし》（物事のはじまり。最初）」行動などは呼ばれなければならない。魁や嚆矢《こうし》と呼ばれるものは限りなく多く存在する。これからも次から次へと品を変え形を変え色を変えて現れて来るはずだ。

　多く語る人、読む人、聞く人、動く人、笑う人、嘘をつく人は長生きする。しかし笑い過ぎは、時には馬鹿笑いの域に達し、嘘をつくことはある線を越えると悪となってしまう。もちろんあらゆる悪を毛嫌いする真面目な人も存在するが、生命の力はそういう人の寿命の中ではあまり働かないようである。つまり真面目過ぎていることは馬鹿とどこかが不思議に繋がっている。このような几帳面《きちょうめん》さは大きな大自然の流れと常に同調している人にはどうしても合わない。こういった堅苦しい人間ばかりの世界に、人はとても生き難い。

　あらゆる歴史の中で、またあらゆる時間の流れの中で人は自分の中からまた周囲から啓蒙されなければ与えられることのない生命の力はいちいち働き出さないのである。やはりどんなゼンマイでもまた歯車でも適切な潤滑油を与えることが必要なのだ。人の生き方をより豊かなものにするための潤滑油はその人その人によって、微妙に違う。

熟成

　言葉には二種類ある。いわゆる言葉と熟成した言葉である。この場合、熟成した言葉とは単なるその言葉の意味が持つ熟成を現してはいない。人間の中から出て来る言葉は単に柿やリンゴのように熟成していく訳ではない。生命の成り立ちの中で次の時代の生命が生み出される時の熟成は、梨やリンゴのような物の熟していく形からは当然考えられないまるで昆虫の孵化していくような一種の奇蹟にも似た何かがそこに展開する。スピリチュアルな意味において孵化することを考えてはいけない。奇蹟とは一切のスピリチュアルな考えとは大きく離れて生命体の出現にも似た現れとして生まれて来るのである。

物事はそういう意味において、後者の形で熟成する時、そこには大きな力を発揮する。熟成した言葉だけが人の心に奥深く分け入り、そこから人生に力を与え、時としてミラクルを起こす。大自然の全ての運動はある人々によって言われなくとも間違いなく全てが万有一致の中で自然の法律から離れるものは一つとして無い。スピリチュアルなものを信じる人々は大自然の法や律や万有に決められている約束から離れたものを奇蹟と称し、そうでないものをミラクルとは言いたくないのである。そうすることによって不思議なものがますます大手を振って闊歩できるこの世の中を、彼等スピリチュアリストたちは誇り楽しみ、自分たちの世界が広がったと信じるのである。

不条理なもの、また不可能なものが常に人間の周りに、つまり大自然のどこにも存在する。人間以外の動物も植物もそのようなことには一切関係せず、恐れもしなければ怒りもせず、さらには驚くこともない。

ものは全て植物から動物、そして人間の生命に至るまで、成長するまでは本当にその物が熟れきってはいないと自ら認め、事実大自然から見てもその通りだと受け止められているのである。つまり熟成していないものは不完全な物事として、また不完全な人間としてしか認められないのである。成熟するものは間違いなくその存在として自立していることを自ら証明している。成熟するものは、出現した初めからまたは、小さな蘖《ひこばえ》の頃から自分という存在の大きさについて、すなわち成熟してから見せる自分の姿の状態に何らかの方法で理解しているようだ。幼いうちから、熟さない双葉のうちから大物は自分がやがて示すようになるであろう偉大さを夢見ているはずである。そういった、まるで可愛らしい子供や蘖《ひこばえ》として、成熟した大人の心をくすぐるような可愛さを見せるどころか、いかにも図々しさが前に出るような状態でやがて自分がなるであろう偉大さや大きな夢を見ていていささかも恥じない所がある。そういった図太さが、やがて素晴らしく成熟していくものには初めの頃から付き纏っている。真竹の清楚な佇まいや篠竹の弱々しく細い姿や、ちん竹のような一見大きな所を見せているようでその実全体的に釣り竿や老人の杖ぐらいにしかならない竹と比べる時、何一つこれといって周りに似せられる特徴を持っていない孟宗竹の佇まいには文句を言うことができない。どこかのんびりしていて一度怒れば周りの別の種類の竹などを一喝してしまう孟宗竹は、自分をこれといって熟した大竹だと固持するためのどのような手段も持たず、自分を表現するための言葉も力も必要としていない。それでありながら熟した孟宗竹の存在には侵し難い重みや深みがあり、ただそのように立っているだけで周りのものを押し倒す勢いがあることも事実である。

大物は子供の頃からその事実を本人の内側のどこかで不思議と理解しているようだ。薄気味の悪い子供だと思われるかもしれないし、時にはその存在が嫌いだと中途半端に成熟した大人たちから遠ざけられるかもしれない。こういう子供はそう簡単に子供の集団の中に入っては行かないはずだ。というよりは自らそういう所に入って行く自分に一方ならぬ違和感を抱き、ごく自然にそういった集団からは離れる存在になってしまうようだ。こういった蘖《ひこばえ》の育ち方も幼い時代の、まだまともに言葉の話せない頃に口にする言葉なども時として箴言の匂いがしたり、最低の愚か者の口にする言葉以上に訳の分からない言葉を話すかもしれないが、その中に箴言に近い匂いの発散に気づく大人たちも時としていない訳ではない。

熟したもの、そのものの確かな形に成長したものを自信を持って説明したりより詳しく語り出す時、言葉の様々な表現力は話の全く別な方向に展開していく。ディオゲネスも、ソクラテスも、良寛や長明もどんな歴史書の頁を開いてみても、彼等の幼い日の芳しくない姿やエピソードは伝えられているが、彼等の目から鼻へ抜けるような利発な子供としての文面はほとんど出てこない。一休のような利発な子供時代を彼等の少年時代に想像することは全く不可能だ。大人は幼くして彼の後の時代の大きさを知ることはできるものだとたいていの場合は理解されているのだが、本当のごくわずかな天才というか変わった人物たちはそうはいかないのである。不思議に育ち始めるごくわずかな人々は、数多い子供たちの中に混じり込んでも特別そういった集団の中で目立つ存在として光り輝くことはない。むしろ全くといって良いほど何一つ目立つものはなく、動く態度にも話す幼い言葉の一つ一つにもやがて見せるであろう片鱗《へんりん》のようなものを何一つ見せてはくれない。凡庸《ぼんよう》と言えばどこまでも目立つことのない凡庸《ぼんよう》さで囲まれているようなこういう子供は、その子供時代にほとんど何一つ後世に残るような思い出を持ってはいない。こういった子供の幼い時代、彼の周りに存在する凡人たちは、たとえ家族であろうと、近所の人や教師たちや物が分かると言われている人々たちでさえ、一見どの一人をとっても利口に見えるのだが、その実心の目の開かれている人から見れば、この幼子は何一つ光るものはそこに見えてはいない。何世紀も何十世紀にもわたって当たり前に生きている人たちの中に不世出《ふせいしゅつ》な人物が現れるということを信じるのはかなり難しいことだ。私たちはそのことの難しさをよく知っている。このような凡庸な人間たちの蘖の中から特別な才能や天才性を身に付けて生まれて来る人物は、なかなか凡人の集団の中で見つけ出されることは難しいのであり、一騎当千《いっきとうせん》の武士を大多数のなまくら武士の中から見い出すのと同じくらい難しいのである。そういった難しさは雑然とした掃き溜めのような忙しい世間の中で、光り輝くチャンスを待ち構えているくらいに難しいのである。たとえその人の一生をかけて待ち望み、探し続けていてもそう簡単にはやってこない幸せな時間と言わなくてはならない。ほとんどの凡人たちが一生かかっても会えないこのような、その言葉の本当の意味において「奇人」こそが実はこういう選ばれた人なのである。「人間だもの」と言ってほとんどの人はこの世には言葉通りの才人や天才の現れないことを、いかにも自分には分かっていると言わんばかりに言う人がいる。確かに本物という珍しい存在に出逢えるチャンスは、凡庸な大多数にとってはほとんど与えられてはいない。たとえそういうチャンスにぶつかったとしてもその人間の果てしない感動と驚きは、計り知れず、それを見る周りの凡庸な人たちにはその事実さえ嘘だと言って信じず、騙しているのだと言って認めないどころか、そういう体験をした人の驚きや感動を嘘だと貶《けな》し、さらには人を騙す悪人だとして大多数の人々の周りで言うのである。

本当の宝とは世に稀な存在なのである。宝を見たとか、持っているとか、言う人の方が大多数の住む世の中では生きづらくなり、その場から逃げ出したくなるものである。そうしない時、大多数のチャンスに与《あずか》れない人たちから袋だたきに遭うのが関の山である。

清水ではない泥んこの水溜まりの中から、今にも死にそうな小さな姿で現れるものが天上の稲光の中で光り輝く勢いと通じ合い、やがて黒雲に乗り、巨大な龍となって暴れ回ることを神話として古代中国の人たちは伝えている。平凡な世の中の大多数の人々は常套語を口にし、そうしている限り落ち着いていられるし、常に人間だものという自分であることに安心しているのである。

大きくなってからまた、後の世の人々を、一度会って見たかったと言わせ、唸らせるような名文を残したり、新しい、思想や哲学の一派を造り出すような人物は、幼い時代は間違いなく天才児ではなくむしろ泥水の中で死にそうにしている小さなミミズであり、ボウフラであって、そこには黒雲を周りに控えさせた龍ではないのである。こういう本当の龍であればその人の言葉は、そのまま間違いなく箴言であり、シナイ山の頂でモーセが与えられた石版に刻まれた十の箴言そのものなのである。

人は幼いうちから熟している必要は全くない。確かに凡庸な親はそういった子供に誇りを持ち、それゆえに純朴であって、幸せなのである。

「オッタク」と「すんき」

李氏時代の朝鮮で十七世紀の初頭頃、一冊の漢方医学の書が世に出された。これを、中国大陸に数多く残っている漢方医学の本から輸入された朝鮮半島の医学書であると私は思っていたのだが、ある日本の食文化の研究者は、かなり大きくこの李朝の頃の朝鮮半島の医学書を漢方医学の本の中でも特別意味深い物だと高く評価している。この医学書の名は『東医宝鑑《とういほうかん》』と言われている。その中のある頁には幾つもの漆《うるし》を使った医学の知識、または食文化について記されており、その中の中心的なことを説明するならば、乾かした漆《うるし》の樹皮を煙が出尽くすまで十分に煎《い》ってから粉末にして一種の漢方薬にする方法などが記されていたのである。こういった医学的な処理は中国本来の調合の仕方と大体同じなのであるが、漆の薬効を求める点において朝鮮半島の山々で採取される漆のかなり見事な使い方だと思う。朝鮮半島の人々はその昔からこの漆料理または漆を用いた漢方のことが頭にあるせいか、この漆料理を年寄りたちは今でもオッタク料理として納得している。

漆の樹皮を木から剥ぎ取り、短冊形に切って乾燥させるとこの料理のための材料が用意されることになる。丸ごとの鶏肉の腹の中にたくさんのニンニクを詰め込み、漆の樹皮と共にたっぷり入れた水の中で数時間煮てからこれに味をつける。十分に煮込んだこの汁は褐色になるので、そのことから十分に漆成分、または漆の薬効が抽出されていることが分かる。李王朝時代には朝鮮半島全土においてこの鶏肉とニンニクを煮込んだ漆の汁を、ほとんどの人たちが健康のためだと言って味わっていたらしい。しかし今の新しい時代において韓国の人たちでこれを味わう人はほとんどいないと言われている。たいていの料理屋などでもこの「オッタク」を頼む人は滅多にいないので、この名前を聞く機会もほとんど無いようだ。

古い韓国医学に理解のある人はこの「オッタク」料理の危険性について、これを食すると、

「身体中アレルギー反応で苦しんだり、皮膚炎にかかったり、肝機能や腎臓の病気にかかったり、時には死ぬことさえある」

とも言って、その危険性を教えてもいる。しかしその反面朝鮮半島の人たちの中にはどういう訳か、漆にまけない人もけっこういるようで心配ないのだという人もかなり多くいるらしい。おそらく他の物を食べてもアレルギー反応を起こす人の場合の話であって、蕎麦《そば》や筍などによってアレルギー反応を起こさない人ならば、何も問題はないと思われる。

その他の点において身体の健康のためには良いとされこの鶏のほろ苦い味は、それなりに独特の旨味があるようだ。オッタク料理に関して肝心なことは漢方薬のいかにも病気に効きそうな香りと匂いと、さらには濃厚な鶏の油の味わいが、これを好む人を虜《とりこ》にして離さないというのが未だに朝鮮半島の人々の間から完全にこのオッタク料理が消滅しないでいる訳であろう。

信州の木曽地方に不思議な伝統料理の一つとして木曽産の赤蕪《かぶ》を使った「すんき漬け」がある。「長漬けすんき」や「刻み漬けすんき」などとも呼ばれこの漬物を使ったコンクールなども最近では行われている。こういったすんきを様々に利用した料理の中には、信州独特の「おやき」の中に刻んで入れた「すんきお焼き」や信州独特の蕎麦に添えた「すんき蕎麦」、さらには「すんき白あえ」、「すんき汁」といった味噌汁仕立ての汁もある。この他ある人たちは「すんき蒸しパン」や「すんきサラダ」など、すんき料理について話すならば、限りがない。

このすんき漬けが日本中のどの漬物よりも変わっているのは、全く塩を使わず、ただ乳酸菌の働きを利用して漬けられた漬物であるということだ。日本の漬物はあまりにも塩分が強過ぎて問題となり、いろいろな病気の原因がそこから生まれていることも事実だ。その点このすんきは健康を保つための効用と効果のために特別優れた漬物であり、長期保存できる漬物として納得されている。乳酸菌が十分に働いており、整腸作用があるとも言われ、抗癌作用や、ウィルス感染予防、また抗アレルギー作用があるとある医学者たちは言っている。

スローフード・インターナショナルという食文化の集まりなどでは「味の箱舟」に赤蕪《かぶ》と共にすんき漬けが日本の食文化の中一つとして最近認められている。

このすんきの作り方は極めて簡単である。赤蕪《かぶ》を熱い湯で湯

通しし、そこに種として山で採取した山ぶどうを入れ、その酸味で乳酸菌の醗酵を促すのである。それから少し冷ますのだが、四十五度付近で留めておく温度の管理が難しいとも言われている。このようにして桶の中に仕込んだ赤蕪を、木曽の女性たちは新聞紙や風呂敷でくるみ、一晩保温するという。この時保温し過ぎないことが大切である。翌日赤蕪は乳酸菌の働きによってガスが発生しあたりが盛り上がってくる。漬け汁がピンク色に変わり、赤蕪がべっ甲色に変われればこのすんき漬けは成功したことが分かる。桶はそれから涼しい所で保存される。

すんきの歴史は十七世紀の終わり頃、つまり元禄時代芭蕉の弟子である凡兆《ぼんちょう》が「木曽の酢茎に春も暮れつつ」と詠んでいることが『芭蕉句集』の中に出ているが、このことによっても江戸時代からこの漬物が木曽地方では食されていたようだ。

嘉永三年の頃、つまり十九世紀の半ば頃王滝村の庄屋であった松原家の料理の献立に「すんき」が使われていたことが記録されている。すんきの歴史はおそらく古い本を調べるならもっと昔からこの地方に伝えられていたのではないだろうか。すんきの材料となる物には木曽の赤蕪が使われると言われているが、この赤蕪は信州の伝統的な赤蕪の総称であってこれを分類すれば王滝蕪、開田蕪、細島蕪、黒瀬蕪、吉野蕪、葦島蕪、などに分けられる。私は木曽を訪ねた時、木曾福島から王滝村や開田村の方に案内されたことがある。木曽川の畔でこの地方独特の蕎麦をいただいたこともあるが、まだ「すんき蕎麦」だけは味わっていない。「すんき汁」や「すんきお焼き」などと共に味わえる日がこれからあるかもしれない。この不思議な塩気のない「すんき」を木曽の友人から東北にいただいたことがあるが、それぞれ私にとっては忘れられない思い出である。

朝鮮半島の漆料理、「オッタク」や日本の木曽の「すんき」などは確かに珍しい料理と言えよう。

「脱力系から離れて」または「石になれ」

人間が生きている自分を知るためには、大自然を自分の言葉で納得する必要がある。文明の言葉で、しかも文化の常套語や装飾で飾りながらではなく、素朴な農民の実体験でもって理解しなければならない。そう言っても私自身初め、あらゆる人はそのようにできないでいるのが大方の現実である。そのことが完璧にできるようになる時その人をおそらく達人と呼ばなければならないようだ。

人間は生命体であり、あらゆる他の生物たちと同じようにこの世に生き始めた時生命の力を与えられているのだが、文明言語の中でこの言葉の力のリズムを乱しているのが現実である。このことを人は自分の内側の現実と見てはっきりと、「脱力系人間」と納得しなければならないのだ。文化精神は大自然のリズムを中心としてもう一度本来の状態に戻る必要があるのだ。

古代の頃の時代の流れを見る時、ブリテン島あたりには巨大な石の積まれた物が存在し、太平洋の中の島にはモアイが並び、ギリシャには整然と石の都が造られており、万里の長城もまた石の作品であり、インカ文明の町並みにも石を語らずしては何一つ人の心の中心部は語り得なかった。そしてそのような石の時代から産業革命の一角において機械文明の代に入った時、大らかな心の文明より小知恵の文明に人間は入って行ったのである。その中でもう一度石の言葉によって石のリズムに戻れる夢と力と自信のある人々がわずかながらこの世に現れている。ル・コルビジェもピカソもミラーもその方向に足を向けて走り出した人々であった。彼等の心は小知恵の広がりである文明の中の人間ではなかった。彼等は固く大きく一見おおざっぱに見えながら何にも負けない自分自身だけの道を開いて前進できる人間だったのである。他の人々と手を組むよりは自分で自分の道を進むことにしか夢が無く、リズムもハーモニーも存在しなかった彼等なのだ。彼等は常に自分の前にストーンサークルを造り上げ、それを携えて前進していた。文明の波の中で溺れたり、錆びついてしまう人生を石の人間たちはそのまま認める訳にはいかなかった。彼等は石の人間ゆえに、常に心がリフレッシュされそこには錆びつくような時間はいささかもなかったのである。彼等の言葉は何の飾りもなくともそのまま間違いなく格言そのものであった。格言というよりは格言の要素を含んでいる生き生きとした生活の中の言葉と言うべきなのだ。

「説似一物《せつじいちもつ》」という漢字の四文字を仏教哲学の中では使っているが、このことを別の言葉で言うならば、「何事もその存在を一つの枠にはめて理解してはいけない」ということになる。ものを正しく見分けることのできる人間は、存在するものをこれか、あれか一つのものとして理解はしない。万物はどの一つをそこから選んで取り上げてみても、一つ一つ他の存在とどこかが繋がっているはずだ。このことに理解ができる時、その人はそういった万物の存在の中で生きる自分に対して自信が持てる。そして生きている今の自分に一切の不安を持たなくなれるのだ。

文明の時間を喜んでいながら常に不信の目を抱き自分の中心の何事にも安心できない現代人は、実は神話に裏切られていることになる。神話こそその実、今日使われている言葉の原形なのだ。神話は哲学や宗教や経済学やあらゆる現代科学の基本の形であると私は思う。その基本の形に神話が語られていたのであり、その頃には書き言葉といういわゆる時間的な記録の姿勢を人間は持っていなかった。生物の能力の一形式としてあたかも雄と雌の繋がりのように言葉と夢とその人の心は絡み合っているのだ。二親の間に子供が生まれて来るように、人生の谷間から新しい言葉の誕生は常に存在するのである。身体と心は繋がっていて同時に離れている。子供の心は両親が縫い合わせた様々なパッチワークであり、心を持った人とは同じように大自然が縫い上げたパッチワークでしかないのだ。そのことを理解し始めると人は利口馬鹿関係がなく、何が人間にとって意味があるのか、価値があるのか、つまり本質を見分けることができるようになるのである。人は手に入れることができる自由とは何か、またどんな行動を取れば恥じることなく自由な状態になれるか知ることができるのだ。読む前と後では、世の中が違って見えて来るような書物でなければそれは本当の本ではない。値段が付けられ書店で売られ、出版社が大儲けをすることができる書物などが、一般的には本当の本だと言われているが、実のところ人から人へとカウンターの下で手渡されたり、闇取引のような形で心ある人から人へと渡されて行ったマニュスクリプト（写本・原稿）だけが本当の書物または聖典と呼ばれなければならない。どれにも多少不満があって、いわゆる忍者が手にする虎の巻でなければ本当の書物ではないのである。

　どれにも多少不満があってもコーランやバイブルや経典に大自然の栄光あれ!!

神秘主義の一側面　神話・哲学としての『道徳経』について

神秘主義の一側面（1）

　聖書の六十六巻から成り立っている『旧約聖書』や『新約聖書』の中にはいろいろな言葉が綴られています。「ヨハネ伝」の巻頭の言葉に「初めに言葉あり……」とあるが、中国の人々はこの所を「初めに道があった……」と訳している。

　おそらく道教を信じようと、儒教に傾こうと、とにかく初めに言葉があったという人間の生活の中のスタートの部分を、「道《タオ》」があったと表現しているようだ。この場合、私たち日本人が、または一般に世界中の人々がキリスト教を理解して口にする言葉は『言葉』であるのだが、大半の中国人たちにとっては「言葉」は単なるまたは哲学的な、宗教的な深みを持った言葉では終わらず、タオの世界で言うところの、つまり老子の存在の中から自然発生的に生まれてきた「真実」や「真理」であって、それは正義であり生命力そのものであり、素朴に言って道理であり、原理であり、無限で説明し難い生の原理であり、一切のものをまとめて理解することのできる一なるものであり、宇宙の母、原初の統一のとれた根源であり、生命力の本質、世界のイデア、方法であり、それが外部の人たちには神と訳されているようだ。

　ドイツには数多くの中国学の研究者が現れるが、「道」や道教の研究者などは驚くほど多く出現したのだ。タオの研究家であったリヒアルト・ヴェルヘルムは道のことをドイツ語でSim（意味）、英語ではmeaning（意味）と解釈している。物事の中心的な存在の「道」は、ある点でギリシャ哲学的な意味でのロゴスにかなり近いものだと考えることができる。それだけにあまりにもこの言葉の意味は一点に結ばれ、同時に限りなく拡散してしまっていることも事実だ。人間の考え方の全てを含んでいる抽象的な観念や隠喩《いんゆ》を含んでいるので、老子の考えそのものであるはずの『道徳経』は次のように言っている。

「道とは全く空っぽの原理や入れ物であって、そこにいくら物を押し込んでもいっぱいになることはなく、……奥深く隠れてはいるが、それでいて常に間違いなく存在しており、道とは冲《むな》しいものであるけれども、ここにいくら入れてもいっぱいになることはなく……湛《たん》として常に存在するのに似ている。万物に生命を与えてはいるが、争うことのないのは水のようだ。水はよく万物を利して争うことなく、それは見ることができず、また形を越えており、その声を聞くこともできない。すなわちそれには音がないのである。それはとらえることもできず、それは触れることもできず、また視ることもできないので、それを名付けて夷《えびす》（遥か）といい、聴けども聞こえず、それを名付けて希《き》という。これは摶《さぐ》れども得ず、名付けて微かという」

「道」は神であり、仏として説明する時、日本人にはよく分かるようだが、日本人よりは遥かに多くの漢字を持っている中国大陸の人々は、それでは満足しないのだ。彼等にとって「道」とは、探ってみても見い出せず、尽きることが無く、それを名付けるのに正確な言葉もなかった。「道」はあらゆる存在するものを豊かに養い、大きく完成させていく。「道」は確かに存在はするのだが、先にも言ったようにそれを名付ける名前が無く、それでいて万物はこの「道」から生じている。「道」は万物の奥だと言われるのはそのためだ。万物の源泉であり、宗であり、それは自由にどこにでも流れていき、老子はそれを「汎」と言い、左に流れても良し、右に曲がっても自由だと言っているのだ。宇宙の全域において理解されなければならない総合的な原理としての道は世界中のあらゆる物に関しても同じように使われていけるのだ。世界中のあらゆる宗教、キリスト教、ヒンズー教、イスラム教、仏教、儒教、禅などと共に、道教さえもそこに入ってしまい、その中で特別正しい宗教などというものは一つもないのだ。全ては一なるものにまとめられ、霊長類も、他の動物や植物から原子や銀河系に至る全てのものがここに集約されてしまう。その昔ヒンズー教の宗教詩であったバガヴァッドギーターの中では梵語、つまりブラフマンでは、万有は共通のところで一つのものになってしまうと言っており、それは道の内面的な本質と同じなのだ。全てのものには始まりが無く、それは理解を超えたものであって言い表し難いものであり、常に形を変えているのがそういったものの本質だと言っているのだ。神も女神も統一されており、深い奥の方に存在し、「我」、「息」などといった人間の魂であるアートマン（己自身）と一つになって真実の宇宙の実相を形作っているようだ。

「道《タオ》」とはそのまま不可思議そのものであり、それゆえに東洋人にはかなり簡単に理解できる半面、科学を重んじる西洋人にとっては、なかなか理解し難く、一旦理解するとなると、東洋人以上にこの神秘主義的な考えに夢中になるようだ。この神秘主義について続けて私は語りたいと思う。

心理学はもともと錬金術と同じく、どこまで研究していっても科学としては光が射してこない学問だと言われてもいたのだ。今日でさえ、この心理学を偽科学に近いのではないかと言っている学者も多くいるはずだ。フロイトが医学界から追放され、母国ドイツにもいられずイギリスに逃れなければならなかったのも、この超心理学の研究が禍となっていた。医学研究のためにはあらゆる物を犠牲にすることを厭《いと》わなかったスイスの若い医師ユングは、まるで神を信ずるようにこのフロイトに傾倒していたのだが、やがて超心理学上の二人の意見に差が生まれ、彼はフロイトと袂《たもと》を分けた。ますます深く「道」の方向に進んだユングあたりから、書いて行こうと思っている。

神秘主義の一側面（2）

物事には全てその前後との繋がりの中で、より深くまた意味深くその問題を理解したり認めたり感謝していくことができる。そのことを「意味のある一致」とか「集合的無意識」などと呼ばれることもある。さて、もともと東洋にまたオリエントの空気の中で、広い中国大陸の峩々《がが》たる山々にかかる空気の中に生まれた「道」を考える時、もちろんそこに老子という人物を無視する訳にはいかない。この世の万物には何かが見事に準備され、その準備されたものにピタリと合うように、そのために生まれ、学び、様々な体験をしたりする人物がやって来るらしい。

山深い小国スイスのフランス語文化圏の中で生まれ育ったJ・J・ルソーは、正しくそういったフランス文字の文化の中で見事に何かに予定されていたように素晴らしい教育文化論の思想を花開かせた。

しかしその一方において同じ山国のスイスの中でもドイツ文化圏に育ち、学んだC・G・ユングは、正しくこれもまた意味のある一致の中でフロイトの心理学と繋がり、やがてはそこから離れてオリエントの巨大な懐を持っている「道」の哲学に支えられた心理学に身を投じていくのだった。彼は古代から中国の人たちに言われている、東洋思想の根本である、「弟子に心の準備ができた時、そこにこそ本当に理想の師匠がやってくるものだ」という言葉が、その通りに理解できたのであり、万有はこのように動かなければならないと信じていたのだ。このことをユング自身共時性《シンクロニシティ》という言葉で説明しており、このような彼の心理学も一度は彼の師であったフロイトの超心理学とあるところでは見事に一致している。祖国ドイツにいられなくなるほど医学会や精神医学の研究者たちによって爪弾《つまはじ》きにもされて、この地を去らなければならなかったフロイトだが、その点においてはユングもまた同じようなところで生きていたことは間違いなかった。

なかなか理解し難い「道」の体験は西洋人の間では物事を全て科学的に、また数学的に理解するのに対し、東洋人は生き方の全てを確かな繋がりを持っている時間の中で理解しようとし、ユングが主張したように集合的無意識の元型や自己性というものを考え方の尺度としていた。「道」とは物事を万事正しく読み取ることであり、万有の中の今という一点の空気を読み取ること、すなわち英語で言うところの reading であって、これは「慎重に理解したり、正しく感じる行為」なのだ。このような「道」の哲学または宗教行為はそのままで、心の通り道であり、この道を辿っていく時人間はまたは人の心は、大自然や宇宙との素晴らしい調和のとれた体験ができるはずだ。しかしこの言葉を耳にすると現代人は、半ば新興宗教に流れていくようなスピリチュアリズムを考えたくなるのだが、やはり超心理学は新興宗教の類に傾いているよりは、心理学または物理学の方に傾いていることは事実だ。いろいろな類のスピリチュアリズムのレベルに近づいている、いわゆる占いとか呪《まじな》いの類の行為とは、あらゆる意味において遠ざからなければならないようだ。共時性はどんなに深いレベルにまで達していても、そこには占いの性格はいささかも感じることもなければ匂うことも、あってはならないはずだ。

老子の言葉に関し、また東洋の大きな宗教哲学的な概念として「道《タオ》」を理解する時、それは単なる宗教的な個人体験として見るのではなく、共時性の超心理学的体験だと理解することが必要だ。「原初の根源」とは一切の社会的な条件、受けた教育や持って生まれた能力、今与えられている権力など、全てを脇に置いた己こそが正しい意味において座禅をし、瞑想しているものであって、それこそが、根源そのものであり、話して分かることのできるような「道」ではないのだ。語ったり書いたりする道は永遠の道ではないのだ。瞑想の時間の中で広がっていく道のみが本当の道なのだ。

神秘主義の一側面（3）

　いつも言うように私たち人間の脳は、与えられている命の寿命から考えて、これほど豊かな力を持っていながら、誰の場合でもどんなに頑張ってみても百年と保たないことが分かっていた。しかもあらゆる問題に対して自由自在に脳は動くことはなかった。ある一定の種類の意識だけの中に使われており、他の多くの部分はその犠牲になって、使われてはいないのだ。地球の時間の中に毎日夜と昼とが分けられ、それを交互に使いながら、あらゆる生命体は与えられ、それを交互に使いながら、あらゆる生命体は与えられた寿命を全うしていくことができるのだ。脳もまたそのように二分化されており、それを別の言葉で言うならば、二つの脳があって、それぞれが左右の脳半球として私たちの生き方の中で行動しているのだ。

　左脳は思考脳であり、科学的な実験とか観察をする場合の基礎的な力を持っており、それを「男性的な脳」ということもできるのだ。一方において右脳は左脳が生命体の道具屋言葉であるのに対して、「考え方の全体像」とか「イメージ」を作り出すものだ。つまり、イメージは直感に頼り全体像を掴み取ることであり、そこに現れているものの意味を理解することを経験するものだ。それはまた曖昧なものとして理解し、その考えを二つに分けて対立させることもでき、そこで起こっている問題の細部などを、全体像として一つにまとめて理解するのではなく、一気に、また同時に感じてしまうのだ。つまり賢人や隠者が一つの深々とした大きな問題を言葉で分割して説明しようとせず、一見、極めて単純なある種の隠喩《いんゆ》で話すが、そのようにして話す態度には、明らかに感じる言葉を使い、音楽を聴くような態度で受容しなければならず、そのような教えは学ぶというよりはむしろ、反省の態度に近いものなのだ。正しく右脳とはこういった意味において物事を受容する女性の仕草やフェミニン（女性的）なムードとして理解されるようだ。

　このように考えていくと、これまでの人間の文明の大きな部分を担っていた文化の広さは、そのまま左脳作用の行動と見るべきだ。そういう意味において老子の考えや反省の感覚は、直感としてしか理解できないものであって、一般的に文明社会ではあまり高く評価されることのない、いわゆる「女性らしい人間の勘」に近いものなのだ。科学とか、科学の研究、また科学雑誌や科学的な考えを中心にして物事を考える人たちには、非論理的であるといって笑われたり、相手にされないものだ。しかし詩人や画家や音楽家などが、物事を科学的にきちんと整った言葉で表現する文化人たちによって馬鹿にされたり低級だといわれたり、相手にされていないとしても、必ずしも文明社会の全ての人間によってそれが非合理的であるとか、非条理であると考えられてもいないのです。偉大な音楽が感動を与えている確かな心の象徴として、また隠れている実相を体験する入り口だと納得する人間はいくらでもいるはずだ。

オリエントへのトリップは、心ある西洋人にとっては「内なる世界への旅」であることを分かってもいるようだ。左脳もあらゆる科学的な実験も、それは明確な文明の一部分であるのだが、洋の東西を含んだ全体像は、西洋人としては馬鹿らしく見え、俳句の研究で名高いブライスの次のような言葉によって、私たちの溜飲《りゅういん》は下がってくる。

「知性は、あらゆることの一部分を一部分として理解するだけで、それを全体像としてとらえることはできない。それは、大自然という神がいない時にだけ、何事かを理解するふりをするだけに過ぎない」

このような外国人が日本を理解しようとする時、そこには間違いなく老子の右脳の感覚が働いているのだ。何事でも厳しく分析し、数字で表し、とにかく懐疑的にならないと文化的な人間とか、利口な人間ではないと信じている現代人とは、全く対岸に立つ存在なのだ。このことをゲルマン的な正しい右脳感覚で、「人間はあらゆることを解剖することによって殺してしまう」といったのは、あのゲーテだった。何事でも切り刻み、すっかり開けて中味を取り出して、物事を理解しようとする左脳のその真面目さは、確かに解剖して生きた命や魂や思いを殺すことになるのだ。今日コンピュータのような様々な便利な機械が左脳と並んで論理的に使われているが、それが生命の関わる生き生きとした経験を追い出してしまう眠れる精神を救っていることを、人間は畏《おそ》れなければならない。

神秘主義の一側面（4）

大自然の流れの中で、人間はもっとはっきりと万有引力の中心となっているあらゆる状態を、そのように納得しなければならないはずだ。今の文明社会で人間は、他の生物たちとは違ってかなり多くのことを知ったり理解してはいるが、どうやらその理解は一方に傾いているようだ。全てが科学的であり、理屈にかない、数学的な整然とした並びの中で理解されるものだけが、明るみに持ち出され、それに反して精神的なものの中で繰り広げられる考えや夢や希望や、いわゆる左脳の考えは、単なる遊びとして受け入れられるにしても、本格的には忘れ去られるもののようだ。確かにこの世の中はどの片方だけでも成り立たない。マイナスとプラスがあって物事は成り立ち、陽と陰の中で物事は成就され、外面と内面を同時に理解する時、物は正しく見え、上と下が合う時物事がはっきりと見え、西洋的な科学と東洋的な叡智とも呼ぶべき精神が重なった所でこの世の中の万事ははっきりと理解できる。科学性と精神性は交わることも重なることもなく、また、そうなることを拒否するところに、ここ数千年の間続いているそれぞれの文明時代の悩みがあったのだ。現代人の科学性をより確かに、しかも重たいもの、また明るさの中のはっきりとした事実として認めようとするためには、霊的なもの、すなわちスピリチュアルなものが明確に働き出さねばならない。万事が精神的なものの一切を拒否して数学的な計算と科学的な理解力でのみ判断しようとする時そこには大切なものの形が何一つ見えてはこない。そのような生活空間の中で人間は、耳があり目があっても、それは真実を聞くことのできない耳であり、真実を見ることのない目だ。

時間の中では多くのものを見ている人間だが、時間を超えた彼方に広々と存在する永遠の姿を見ることができないのもまた人間なのだ。老子は確かに人間が見たり、聞いたり、納得することのない世界を『道徳経』の中の極めて確かな中国語によって説明している。もちろん、ラテン語やギリシャ語のかなり古く単純で素朴な形の語彙や文法の中では、かなりわずかな人々を通して語ってはいるが、あたかも一度二度ほど老子に出会った孔子などと同じく、多くの文明人間には時間の彼方の真実の実相を見ることはできなかった。

大宇宙の中に創造されもせず、また何ものかによって動かされてもいない働きとしての一瞬の光や、蛋白質や、震えをはっきりと認め、自分自身の感覚で感じるためには、どうしても時間の彼方の超時間、また歴史の彼方の超歴史などを認める存在でなければならない。いつも右から左へ、上から下へ、前から奥の方に深く流れているはずの時間や光、さらにはダイナミズムそのものを理解する時、初めて人間は、老子のように「道」を納得可能なのだ。この「道」を感じること、知ることも、見ることもできなかった孔子を前にして、あのように無礼な言葉を口にした老子は、決して無礼な人間ではないと現代人は納得すべきなのだ。

詩人であるエリオットは彼の作品『四重奏曲』の中で、

「回転する世界の中の不動の点……

肉もなく、肉ならぬものもなく、来ることもなく、向かうこともない」

と歌いながら、さらに、

「上昇することもなく、下降することもなく、ただ点、不動なる点……」

と続けている。エリオットのこの詩語もまたどこか「道」を理解し始めている人間のフレーズだということができそうだ。おそらくエリオット自身、老子の生きた道筋を歩む人間に出会っていたのかもしれず、老子に出会った時の孔子などよりはわずかながら先を歩いていたようだ。

ある意味では精神科学の研究者であり、超精神科学の道筋で「道」に足を踏み入れた人物の中の一人ユングも、もう一人の先を読み取れる人間だった。

神秘主義の一側面(5)

右脳と左脳の違い、科学と精神性の交流の中で、男女の性の差の中で、生命全体としての明るさと暗さ、また陰と陽の間の特質がはっきりと分かれているのを意識するのは、この私だけであろうか。小利口な左脳は何事に関しても懐疑的に考え、いかにも立派な行動をとっているように見えるが、右脳は上の意識も下の意識も、左の意識も右の意識も、寒いも暑いも、全てその通りに受け止め、その人間またはその人間の心を大きく認めている。老子はこのような心をはっきりと認めることによって、それを「道」と表現しているのだ。頭の良い人間が『論語』や『大学』『小学』などを読んで、人の道の上下関係などを認めようとするのとは、全く違う「道」がここにある。そのことを詩人のエリオットは、はっきりと、「上昇もなく、下降も無いただの点、すなわち不動なる点」がなければならないと、現代の老子でもあるように謳っている。

ユングは自分の超心理学の分野をどこまでも押し進め、そこに「元型」や「集団的無意識」、「自己性」、「共時性」という用語を生み出すチャンスにたどりついた。それがユング派の分析法だと言われているようだ。ユング派に属する研究員の名を数名挙げれば、ジョン・ペリー、ドナルド・サンドナー、ジョセフ・ホイールライト等などだ。彼等はそれまでのドイツ精神医学の誇っていた精神医学界の旗を貶すように、またそこで使われている言葉を捨てるような大きな力を持って、創造的にまた、生本能的に立ち上がり、精神的にも内省的にも、またどのような人間社会的な方法でも攻撃的な態度になり始めた。しかしそれは周りの彼等超心理学者たちにはどこまでも魅力的に見えたことも事実だ。ユングの研究所に集まった彼等は、ユング派の分析学者などと言われて、そのことを大いに誇っていたことは間違いない。時は段々と過ぎ、彼等は「共時性」の形が段々と明確になり、やがて彼等が老境に入る頃、それまでの、心理学者として馬鹿にされていたこの超心理学という概念は、哲学的にも、また宗教的にもとても重要な存在として納得されるようになった。それまではユングのこの「共時性」等は、社会一般的にはほとんど日の目を見ず、暗い独房に閉じ込められていた言葉や、論文のように扱われていたのだが、徐々に新しい時代の光に身をさらすようになった。同じ超心理学の世界での心の友であり、研究の仲間でもあった、前にも私が述べたリヒアルト・ヴェルヘルムが亡くなった時、万感の思いを込めて次のような言葉を述べている。

「友ヴェルヘルムは古代中国の古典をドイツ語に訳した中国学の学者だ。その中で彼は〝共時的原形〟についていろいろと書いている。」

確かにユングは一九四九年に出されたヴェルヘルムやベインズの訳書『易経1変化の書物』に序文を載せ、その時初めて「共時性」という用語を書いている。それからの三十年間彼の著作や講演の中ではほとんどこれにかんして触れていない。この長い歳月の中でユングは「共時性」に関して常に心の中で温めていたものと思われる。「共時性」というのは、この世の物事が起こる瞬間を現し、二つの事件が起こる時、それぞれの持っている意味が不思議と通じ合い、一つに結びつけられる不思議な関係を伝える言葉という風に考えて良いのではないか。もちろんこのことを幾つかの事件の原因と結果という関係に結びつけてはならないと思う。そのような原因と結果ならば、肥をやり土地を耕し、やがてその季節がやって来て甘い果物が実るようなものと同じだ。ユングの言う「共時性」または老子の「道」がほとんど重なるようにして説明される時、そこに起こるものは、まず「ある書物が現れ、そこにそれを読む人間が現れる」というのと同じだ。これこそ「共時性」なのである。

今日一日自分らしく生きる時、そこに不思議と貴い出会いがある。原因と結果の関係、つまり科学的な考えとは別な万有の流れのあることを私たちは認めなければならない。孔子を知るということは、原因と結果のストーリーだが、老子を知ることは「共時性」のエピソードなのだ。物語とエピソードの違いをはっきりと認めたいものである。

神秘主義の一側面（6）

ぼんやりと薄日の射す四月一日だ。日本の新年度は今日から始まる。

これまでのどんな私たちの悪い問題も、少しずつ、良い方向に向かうことを私は信じている。

ある人が「ヒューマン ファクター」という言葉を使い、この言葉は現代人間の間で、かなり多く使われるようになった。つまりこの言葉は、「迂闊《うかつ》にも手元が狂うこと」または「自分らしくもなくけっこう大きな間違いをしてしまうこと」を意味している。人間はどこまでも人間だ。機械仕掛けのロボットでもロケットでも時計でもない。確かに猿でさえ木から落ちる。

「ヒューマン ファクター」を怖れたり、懲《こ》らしめたりしてはならないようだ。人間は人生に真面目になればなるほど、努力すればするほど、走れば走るほどその結果を誇っているだけでは仕方がない。努力した結果がどれほど誇れても、ヒューマン ファクターの結果を生んだとしても、そこで自分を信じ、はっきりと老子のように「為すがままの自分」を信じられる人間でなければならない。

人間は生きていること自体、またあらゆる時間の流れの中で無我夢中になって走り続けなければならない。いろいろな宗教の言葉に躓《つまず》いたり、喋る言葉の能書きに左右されたり、書き言葉の一つ一つに哲学を模索して悩んだりしている私たちだが、この「無我夢中」の時間こそ生命の生命たるところであり、生命体である自分が生きている確かな証拠なのだ。「何気ない行動」はとにかくその人をその人らしく導いていく大きな原動力だ。自らの心を深々と沈めたり、物を深く考えたりするのには、常にこの「何気ない」動作がなくてはならないのだ。

若い頃私はトルコを訪れたことがある。モスクの建ち並ぶ昔のビザンチンを眺め、コンスタンチノーブルの夜景を微かに観、ボスボラスの海で獲れた魚を口にしながら、傍らの海の匂いを嗅いだ。人生は常に「何気ない」動作の中で生き方の基本を体験している。人間は何事においても夢中になり過ぎるほうがいい。決して固まるような緊張感で自分を縛りつけてはならない。人生は常に集中力の中で大きな意味を持っているが、ただの緊張感だけでは何をしても大きな成果は上がらない。確かに人間には数限りない失敗がある。だがはっきりと私たちは失敗から得る大きな成功もよく知っておきたい。ユングの言う「共時性」などはまさにこのことを言っている。ある現代の若い作家などはこれを「輝ける失敗」などと呼んでいるが、なんとも良い言葉ではないか。

どんな書物にも、どんな人の言葉にも、どんな人の愛にも数多くの無駄というものがある。また不必要な点も多く見られる。どんな発明の脇にも必ず発明に優る駄作がある。一つの成功の陰には、百、千の失敗があるものだ。

人間は、人間の内側または精神の内側に増殖する言葉という言葉の因子で、もっと話したり、書かなければならない。生きる時間の外側の文法としての言葉も、全ての細胞も、それらは文明社会の言葉と言わなければならない。人間の言葉は、こういった二つの形で成り立っている。どちらかの文法で一人ひとり人間は言葉を口にしたり書いたりしている。可能な限り、常に精神の内側に増殖する言葉で話す時、その人が願っていることが相手に通じるのだ。

C・G・ユングは、第二次世界大戦が終わって数年経った七十歳の半ば、一九五二年に一冊の本を出している。そのタイトルは『共時性1非因果的連関とも言うべき方法、または原理』というものだった。これは書物というよりは、むしろ深い内容を持った論文というべきものだろう。そこにはこのように書いてある。

「哲学的に見てとても重要だが、大変曖昧な領域に至る扉を開いている」

つまり、科学的な理解や言葉遣いだけではなく、フロイトやユングたちは敢えて私学者としては恥じることなく、超自然の領域にまで足を伸ばして行ったということだろう。多くの心理学者は、はっきりとした因果関係で結ばれている事柄や事件を「同時的な事件」なものとして理解はするのだが、「共時的な事件」としては認めたがらないのだ。

現代社会は物事を因果的に理解して、自分たちが身に付けてしまった絶望や不安を何とかなくそうとしているが、敢えて人間は「非因果的連関の方法」を自分の意識の中にはっきりと哲学的な、また詩的なリズムとして入れておかねばならないのだ。

まだまだユングに関し、また超心理学に関し、そして目を覚まして考えられるスピリチュアリズムに関し、つまり老子や彼の著作『道徳経』について私は書きたいと思っている。老子や荘子は孔子などと違って、書く時の私の心を大きく慰めてくれている。

神秘主義の一側面（7）

老子はこの社会の現実を、そこに住む人間たちや人間が作り出している社会の状態をそのまま見つめるようなことはしていない。孔子などは確かに人の世の流れや社会の中で生きるために必要な言葉や行動の全てを、丹念に細かく考えたのだろうが、老子は全くそのようなことからは離れている。大自然そのものとも言うべき、エネルギーの働きやダイナミズムと共に、その力から生まれたものとして生命の流れをそのまま一つの磁場として、言葉として、素朴に受け止めているだけだ。人間がただ生きているということは一つの大きな現実またリアリティーであって、それは感性そのものであって決して理性によって取り扱うような問題ではないのだ。自然とは、人間にとって生きているというリアリティーであって、自らが大地から生まれ、身体を実感し、言葉や音や色彩を自覚することによって、自然の中の一点と化しているのだ。食べることも愛することも行動することも全て、「存在」

でしかなく、確かな「原点」なのだ。この原点はそのまま一つの感性にまとめられ、そこでは敢えて文明人間が口にするところの小利口な理性などではないのだ。万物はたった二つの種類にしか分けられない。それは生体反応を示す「有機体」と、ただ転がっており存在するだけの「無機体」だけなのだ。機械の「機」はもともと機織り機として木で作られていた。精密な機械を考える時、そこには様々な金属やレアメタルの存在が私たちの頭に浮かんで来る。極端に言うならば、あらゆる無機物であっても、そこに人間の手が加えられる時、人間自らも属している生命体、すなわち有機物の中の一つだと思いがちなのだ。人間はもう一度、老子の「二」に戻り、はっきりとこのような二つの物に分けられる万有を、理解しなければならないようだ。

男性より女性の方が勘が鋭く、この勘こそが「共時性」または「集合的無意識」と言われる。ギリシャ哲学時代のヘラクレイトスも、「あらゆるものは常に成長し、永遠にその成長の過程の中に存在する」と言っている。同じことをライプニッツもまた「人間の存在は大宇宙を説明することのできる小宇宙そのものである」と書いている。ユングはこのことをはっきりと、まるで東洋の孤独な名僧の神秘家のような態度で、「共時的な出来事は全て〝道〟と同じく非因果的な原理の中に現れる」と言っているのだ。彼によればこのような原理は単に人間だけではなく、全ての生物、無生物の中にも見ることができ、それを集合的無意識または因果関係の伴わない集合として考えたのだろう。つまり大自然は互いに集合し、相互に深い関係を持っている力学であると言っている訳だ。西洋では昔から、有機物と無機物、つまり精神と物質の二元論を口にしていたが、東洋人の言葉の中に広がっている神秘的な匂いは、西洋人たちのこのような二元論の傍らにはっきりと宗教性を含んだ一元論を昔から認めていたのだ。西洋人が東洋人のこの一元論に加わろうとした時、そこにはユングの言う「共時性」という一切の因果関係に囚われない集合の原理が生まれた。つまりそれはある特定の確かな意味を持っており、同調または一致（コンシデント）することなのだ。この世の万物は、それなりのミーニングフル（確かな意味のある）やコンシデンス（一致）で満たされており、これらの言葉が使われない状況などは、全く考えられないのだ。

左脳を重視する現代科学の方法は、ある意味において一方に偏重し過ぎているきらいがあって、この男性的な感覚は、間違いなく現代人が重んじている言葉を中心としたものである。確かに言葉はあらゆる物事を正確に伝えてはいけるのだが、その細かさや精密な動きは、現代のような理詰め一点張りの世の中や人間の行動を造り上げているようだ。そんなところから孔子の言葉などは、生まれてきたようだ。果たして論語の訴えているものが、人間の今日の生き方を全て代弁し、その通りに物事はうまくいっているだろうか。そうはいっていない社会的状況を知る時、私たちは言葉のその先に存在するイメージを自分の脇に持って来なければならないはずだ。言葉は言葉でもあらゆる物を大らかに受容し、深く反省できる言葉とも言うべき「イメージ」という脳の意識が伴っていることが、実は大切なのだ。「道」にはこの場合のイメージにぴったりと重なり、それを言葉という綿密な人間精神の機械という考えで言うならば、「イメージで中も外も埋め尽くされた言葉」ということができるようだ。これを人間の行動らしいメッセージで言うならば、「フェミニンな勘」なのであり、職業として言うならば、事務員や教師とはだいぶ離れており、詩人であったり、画家や音楽家のような情緒、感性に訴える仕事にあたるかもしれない。

知識とか知性は確かにその人間を大きく見せてもいる。しかしそれらは全部の中の一部であって、人間の生き方の全域において有効な手段ではないのだ。つまり社会や生活の一部分を理解することは可能であっても、全体としてははっきり捉えることができないのである。懐疑的であっても、また分析的に物事を判断できたとしても、問題の全体像をそのまま丸ごと納得することはできない。今日世界中に出回っているコンピュータなどの力は正しく現代人のある方向だけに進んで行く力であり、それに頼っていても、その人間の人生経験の全体像、すなわち丸ごとの心の問題を解決することはできないはずだ。「道」は内なる世界への深い旅であり、その旅はそのまま外への旅でもある。「神」をもっと正しく澄みきった言葉で説明するなら、それは「共時性の中で働く引力」なのだ。人間には偶然にしか見えないものでも、受容豊かな心で見つめる時、それが「偶然性を伴っている必然性」と言えるかも知れない。

神秘主義の一側面（8）

日本には短い言葉で歌う詩が幾つもある。三十一文字からなるとてもリズミカルな短歌がその一つであり、十七文字の生き生きとした調子の中で、とても数えきれないほどの人間の生き方を説明している俳句もまた、その中の一つだ。

老子は『道徳経』全域で、五とか七とかいったリズムの中ではないにしても、常に中国人のリズムとも違う、彼自身の生き方がそのまま表れている言葉を通して、私たちに大切なことを残し伝えている。文明のリズムは確かに利口であり、物事を便利に導き、どんな問題でも不思議な力で解決して行くように見えるが、その時に使われる言葉という言葉には、その人間の生き方から生まれてきたハーモニーを持ってはいない。老子もそうであるが、荘子も同じように誰もが持っている魂のリズムから離れて自分自身だけの納得のできる本当のハーモニーを見い出し、それゆえに彼等の言葉はどんな意味においてもその時代のまたあらゆる時代に通用し、理解され、感動を与える言葉になっており、深い意味を持ったリズムとなっているのだ。それに引きかえ、考えに考え抜き、思うに任せて思い、その結果としてその人間の最も奥深いところで思想やフレーズや、クローズを生み出した所で、そういう言葉はどう見ても本人初め、周りの人々にとっては驚くような深さを持った。また厳しさを持った破格の言葉とはならないはずだ。こういったものは老子や荘子のそれと比べてみるなら、遥かに位の低い、弱々しい物でしかないのだ。むしろ彼等は考えたり、選んだりする心を捨て、大自然とほとんど同等の流れに乗って、人間の利口さを捨て、爽やかな潔さの中で素朴なリズムの中で、単純に出て来た考えをそのまま押し通していく時、そこにこそ破格の言葉が集まり、馬鹿真面目な人間の夢の塊といって良いものが生まれる。芭蕉にしても一茶にしてもこのような馬鹿げた破格の言葉のリズムに力いっぱい頭を殴られた時、その瞬間に私たちを唸らせるような五七五の文章が生まれたのだ。彼等はどこまでも自分の人生の流れに身を置いて漂泊し、その確かな流れの中で多くの作品が生まれた。このような詩人たちの心を老子に対して、ユングが言っている「原初的心象」としてみている。ここで言う原初的な……という言葉は、そのまま、あまり深く考えない人間の素朴さが現れており、馬鹿さ加減が丸出しの破格の言葉遣いの色合いが強く出ている。ヘンリー・ミラーの文章が時として、ある人たちには破格の英文学に見えるので、これまでに見られなかったような美しさが有ると言われ、英語世界の中で初めて生まれた文学者とも言われていることからも、こういった破格の美しい言葉の力が示されているのだ。

心と言葉、上の言葉と下の言葉、という考え方が有るとするなら、私たちは常に心や上の言葉に思いを向けなければならない。言葉は、力を伴った生命であり、確かな紋様の刻まれた物だということもできる。このことをはっきりと認める時、そこに「言葉の勘どころ」といったものの必要性が考えられる。宗教人であり、数学者であるパスカルは「心というものは単に理性だけでは解釈できないような数多くの理由を持っている」と言っている。この理解し難い多くの真実を訴えているのが、生命の形をはっきりと伴って人の口から出て来る言葉なのだ。万事が額面通り説明でき、解り、納得すると思う時、人間は生き物の長であり、霊長類の中の優等生であることに自信を持つのだが、人間は素朴な心で物を見る時、むしろ理解できるもの以上に多くの不条理なものが存在することに気づく。

老子が『道徳経』の中で言っている「道」はいわゆる、中国人が、また中国学の学者が口にする人間性の知恵や叡智を社会的に発揮できる、あの「道」とは、一見似ているようで全く別のものなのだ。中国人が一般に誰からも理解される人間として口にする「道」は、儒教のそれであり、老子の言っている「道」は隠者のそれであり、いわゆる賢者のそれではないのだ。徳の有る人間をむしろ意に介せず、寒山拾得のような、学がなく、単純で素朴極まりない生き方の人間に会う時、すなわちある意味で言うならば、徳のない人間に出会うなら、そこに豊かに生きている人の存在を見る。老子の匂いがそこにある。「超越的な徳」がそこに存在する。ある心理学者はこれを「永遠なる〝道〟を体験した人物の言う徳」とも言っている。

「道」は易経の根本的な原理であるのだが、易者が筮竹《ぜいちく》を使ったり、コインを投げたりしてその状態から卦をたて、これから現れるであろう内的状態、すなわち占う状態などが生まれるらしい。それは今日、文明社会の中の低俗で便利な手段となっている。本来の古い哲学の中で、「道」を心を込めて探らなければならないところまで来ている。

現代社会には、その昔人間が深い思いを持って信じ、生きていたもので、単なる「集団行動」や「占い」に落ちているものが便利な機械や道具と並んで、数限りなくある。二者択一の手段によって人間はこういったものを分別する行為から万事を始めて行くべきだ。命さえ落としかねない麻薬と、命を永らえさせてくれる薬は、その実同じながら時として別々の形や表現や言葉を持って人の前に現れるので、十分に気をつけなければならない。

神秘主義の一側面（9）

ヘンリー・ミラーが未だ元気でおり、私との文通を続けていた頃、アメリカに、私の友人の一人で、プロテスタントの牧師がいたが、私が牧師を辞める頃彼も同じように牧師仕事から足を洗った。その後彼は精神科の医者としてミネアポリスに住んでいる。ある時、数冊の本が彼から送られてきた。まとめて送られて来た彼からのそれらの書物は全てメキシコの哲人、「カルロス・カスタネダ」の作品であり、その中の一冊が『ドン・ファンの教え』というものだった。隠者でもあり、砂漠に住む仙人や予言者でもあるドン・ファンはカスタネダを大哲人に導くための数多くの言葉を遺している。それらをカスタネダがまとめたのが、送られてきたこれらの書物だ。

私は、三番目の息子が生まれた時、妻と息子が寝ている病院のベッドの脇に、当時使っていたタイプライターを持ちこみ、様々にメモをしながら、これらの書物を読み漁った。ミラーや他の友人に手紙などを書いてもいた。書物の中で、ドン・ファンは、カスタネダに向かって、かなり強い態度で、人生の生きる意味を意識し、決定する必要を強調している。頭でものを考えるよりは感じることとの必要性をカスタネダに教えている。人の生きる道はなかなか選び難いのだが、それはどこまでも修業の道でなければならないということ、そしてそれがどこか老子の「道」に近いことを私は知った。ドン・ファンはカスタネダに向かって道を選ぶにはいろいろな理屈を言わず、ひたすら心を込めて、つまりハートを持ってそうしなければならないことを強調している。あれこれと様々な道を人それぞれに順序を立てて選ぶというのが文明人間の常だが、そういった数々の道は頭で考えていたとしても、人間をどこへも導きはしないと彼は言う。どんな道も、藪の中に人を迷い込ませ、その奥に引きずり込んでしまうだけだとも言う。様々ある道も、それぞれに心を迷わせてそれに向かい、物質的なものが入ってくるようになるとその道はその人を本当に導いてはいかないのである。

ドン・ファンはこう言っている。

「どんな道も無数にある道の中の一つに過ぎない。従ってあなたは、どの一つの道もその中の一つに過ぎないということをはっきりと心に留めておかなければならない。もしその道を行くべきではないと感じたなら、あなたはどんな状態にあっても、その道に留まっていてはならない。そのような明確な判断を持つには、あなたは修業する人生を歩いていかねばならない。その時初めてあなたは、どんな道もただ一つの道に過ぎないということが分かるのである。たとえその道から外れてしまったとしても、あなたの心があなた自身にそうすべきだと決めた場合には、自分自身に対しても、他人に対しても礼を欠くことにはならない。そうでありながら、その道を歩み続けるとか、その道を離れていくべきだと言ったあなたの決断は、怖さや野心から離れた自由なものではない」

こういったドン・ファンが語っている言葉には、次のようにも賢者らしい匂いのする言葉が続けられている。

「この道は心を持っているだろうか。もしそうならばその道は正しいものだ。もしそうでなければ、その道は役に立たないであろう。もっともどちらの道もどこへも導きはしないのだが、一方は心を持っており、他方はそれを持ってはいない。一方の道はあなたがその道を歩み、その道と一つになっている限り、嬉しさに満ち溢れた旅が行われるであろう。もう一方の道は、あなたが自分の人生を呪うようにさせるだろう。前者はあなたを強くし、後者はあなたを弱くさせるだろう」

メキシコのドン・ファンもカスタネダも私の心を動かすが、よくよく考えれば老子もメキシコの予言者たちと並んで一つの新しい道の生き方を私に示し、文明社会が常に定番の言葉や法則や考え方の中で生きることを人間に強制している一面において、こういったいわゆる、異端の正義とか、大義を持って向かって来る何ものにも負けない言葉に自分自身の第三の目を信じて生きることを教えてくれる。

老子はこのように言っている。

「五つの色は、目を曇らせる。

五つの音は、耳を聞こえなくさせる。

五つの味は、味覚を鈍らせる。

競争や狩猟は、心を狂わせる。

高価な物は、人を迷わせる。

従って賢者は、感じる心に従い、見るところに従わない。

彼は後者を離れ、前者を選ぶ」

誰もが安心し、好んで持とうとする定番の物、つまり五つの物以外のものでなければ、持ったり信じたりしてはいけないという教えをここから学ぶのだ。日本人の名前にも「伍」、つまり「ひとし」というのが有る。「ご」が付く名前もあるくらいだが、老子が「五」を使う時、万物の基本を表し、「五」を使う時、それは無数または「定番」を表している。『道徳経』の上篇第十二章には、このように記されている。人は常に、野心と不安と競争の時間の中で生きようとしているが、それから離れる大きな力こそ、本当は選び取らねばならない。単純に自分に良い方を選ぶ間違いをしないためにも、『道徳経』やドン・ファンの言葉を身に付けておきたいものだ。

神秘主義の一側面（10）

霊長類の中でも人類は、けっこう長い年月を猿たちから別れて暮らしている。初めのうちは百万年ぐらいの間、人間らしい生き方の中で暮らしていたものだと考えられているが、段々人類学者の研究は深くなり、三百万年とか、五百万年とか、さらに最近では七百万年もの間、現代に至るまで、それなりの言葉を使いながら、人間は小器用で小利口な生き方を大きく広げてきたと言われている。この働きをヨーロッパのある時代の人々はルネッサンスと呼んでいたことを私たちはよく知っている。ホモとして生きている数百億年かの歴史時間は、現代人にとってはそう簡単には理解ができず、想像することさえままならない。この長い人間の歴史の中で人そのものの外側や内側が大きく破壊され始めていることを、あらゆる研究の道筋の中で、現代人は理解し見ている。人間には言葉があるが、それは人間同士が互いに意見を交換し、何かを主張するだけのものではなく、むしろ自分の内側に閉じこもりながら数多くの思考の中でより多くの言葉を使うためだ。言葉の意味は何かを他者に伝えるというよりは自ら何かを実感し、見つめようとする人間性の再創造の中で、最も深い意味での利用の仕方をしている。

　人間は外側に向かって何かを表現し、説明しようとする時、その行動は何か自分のものを他者に見せようとする意欲の表現であることを知っている。時間の進んで行く流れの中で、限りなく膨張していく人間の身体や脳とそこで活動しているシナプスの働きは、とても抑えきれないほどの数多い欲望や趣味や周りに伝えたいという思いの広がりの中で生きていることを、はっきりと実感するのだ。この生きている働きを数多くの様々な趣味または道楽、さらには遊びとして人間は理解するのだ。ラテン人はこういった人間性の中心になっているものを「ホモルーデンス」と呼んでいた。むしろ趣味を持たない、また遊びを持たない人間の方が、いつの時代でもどこか変わり者であり、深く病んでいる存在なのだ。人間が長い歴史時間の中で、癌やアレルギーやその他の病で悩む以上に、ルーデンスの生き方になれないということによって、多くの人々は悩んできており、また今でも悩んでいる。老子はその点から言えば何らかの趣味を持たないで生きていこうとする人間、すなわち目を閉じ、耳を塞《ふさ》ぎ、口を押さえて生きようとしているかなり新しいここ何千年かの歴史の中の人間に対して、人の真似ではない大きな趣味の必要性を語っている。細々と、様々な、小さな趣味は傍らにおいて、たった一つの趣味、生涯持ち続けられる本当の趣味として、「一（壱）」を語っている。

　世の中には数限りない宗教やカルトが存在する。モハメッドが教えたのも、間違いなく一つの新興宗教であり、青年のキリストが伝えたのもそれであり、釈迦が教えたのも、ユダヤ教やモハメッド教からヒントを得て、主張し、作り上げた新興宗教に過ぎない。これらの世界に広がった新興宗教の祖たちは、一つの大きな人間の生き方にとって必要な、免疫性を伝えようとしたのであり、徐々に広がっていく便利なしかも危険で人間性が物欲で固まっていくその危険性と人間のリスクを伴った便利な生き方を、人間の社会から除去しようとして、言葉に訴え、可能な限り素朴な、しかも単純な言葉によって革命を起こし、人間本来の動物的な心や体にもう一度戻ろうとする充実感そして達成感を伝えようとして、自らを「野に叫ぶ声」として語ったのだ。しかし彼等は人間として優しかったのか、ここ数千年かの時間の中で、人間社会がいくらかでも人の役に立ち、意味があるのだと考えていたので、モハメッド教もキリスト教も仏教も彼等教祖の原点に返る時、彼等が言うところの原点は、どこか駄目なこの社会とまだまだ繋がっていて離れてはいないように私には見える。その点から言っても世界三大宗教も、他の細々とした新興宗教やカルトと同じく、人間革命そのものには達してはいない。

たとえ老子であっても、ある人々は占いという形の社会的な方向に進んだり、気功の様々な方向に向かういわゆる文明人間の中の一人となっており、そこには「道」の精神を全くそのまま純粋なものとして主張してはいないということを考えれば、文明社会から離れていき、ホモと呼ばれるに相応しい免疫力の中で生きようとする本来の人間は、実に数少ないことを知るのである。『道徳経』は様々な占いのためのヒントを与える書物でもなく、気功の道筋を広げてくれる書物でもない。そういったものには数限りないほどの副作用がある薬にも似ていて、簡単に『道徳経』を読むならば、その様々な副作用によって妙な精神状態や生活状態に陥るので気をつけなければならない。

人間にはまず、どこまでも柔らかい考えや行動が必要だ。穏やかな春風にも似た脳の動きや言葉のハーモニーが存在するところから『道徳経』は素朴な心で読み始めなければならない。そうする時、脱文明や脱文化といった便利なものからは離れて、老子そのものの言葉の肌に触れることができる。世界三大宗教初め、新興宗教や数限りなく存在するカルトの肌の硬さや厳しさに慣れている現代人は、「道」に実際に触れる時、予期しなかった痛みや恐ろしさを一瞬感じるかもしれない。それは他の動物たちと別れた頃の原生人間の持っていた、あの「脱単なる動物」の時間の中で体験した爽やかな「ホモ」を再度体験する時間なので、そういった感じになるのである。

神秘主義の一側面（11）

アメリカの超心理学の父と呼ばれているジョセフ・バンクス・ライン博士と彼の妻であるルイザ・ライン博士は、半世紀にもわたる長い道程を現代人にはなかなか理解されない超心理学に携わって、昼も夜も研究の暮らしを続けてきた。超感覚的視覚、つまりExtra・Sensory Perceptionや念力などについても並々ならぬ努力を払い、数多くの困難な中で、まるでフロイトやユングのように同じ研究者たちや市民たちから必要もないような非難や排他的な言葉や態度で迫られた。同じことは日本にもあったようだ。心理学の研究をしていた教授は、超心理学の研究に携わり、それをあまりにも神秘主義的な傾向に曲げ、結局は心霊主義にまで行った結果、熱狂的な賛成者もわずかながら現れたのだが、幾つかの点では予言や占いに近いこともやり、社会の多くの人からや心理学者たちからは胡散臭《うさんくさ》い目で見られ、結局最後には、研究をしていた東京大学をも追われてしまった。福来友吉がその教授で、私が今住んでいる岐阜県で亡くなっている。

しかしライン博士夫婦は、はっきりとアメリカ超心理学者として社会的にも歴史的にも認められていた。このようにあらゆる新しい分野の学問も、そう簡単には社会から認められないのが常で、ライン博士たちのように日の目を見るのはごくわずかだと言ってもいいようだ。占いやオカルティズムに侵されてしまっている心霊主義はかなり多く現代文明社会の中に居座っているが、そういったところであたかも研究をしたり、実験をしてそのデータを発表してはいるものの、それが疑われる可能性もかなり多いのである。一九六九年アメリカの科学振興協会は心理学会を、この集団のメンバーとして間違いなく受け入れたのだが、それまでは何度も申請はしていたものの、そのたびに却下されていた。しかし『菊と刀』でこの前の戦争中、アメリカ市民に知られていた人類学者マーガレット・ミード博士の推薦によってこの分野の研究も明るい日の目を浴びることができたのである。それまでは人の心や物や歴史時間の細部を読む、またはreadingすることが、普通の人よりも余計にできる人は、その不思議で正確な「感覚」または「勘」は、なかなか真面目な市民たちには受け入れられなかった。このように文明が細かく分類され、広がっていく中で認められるようになったことは事実だ。人間一人ひとりはそれぞれに顔型が違い、能力に差があり、好みや血液の組織さえも違っている。もちろんそうであるならば、一人ひとりの人間の「感覚」や、「勘」さらには「好み」も違っていても当たり前のはずだ。

一方においてそれを商売にしている霊能者や占い師、手相見、オカルトの教祖たちは、超心理学にまで寄っていった、または社会が認める人間性研究所の存在に、隠しようのない失望感を抱いたのだ。

老子が『道徳経』のような内容の言葉を綴った時、そこにはどのような意味においても占いの研究などを念頭に置いてはいなかったはずだ。同時に文明社会の生み出した科学である超心理学的な理解力や単なる哲学的な神秘主義のクローズ（文章の節・法律の条項）も書かなかったはずだ。言葉は人間に迫って来る前に、まず色彩や音として迫ってくるはずである。迫ってくるというよりは、その人間が言葉以前の言葉や原風景の前で憑依《ひょうい》するのだ。全て言葉は霊であり、精神であり、スピリチュアル・マターなのだ。こういった存在の前で、憑依《ひょうい》するのは、人間としては極めて自然なことなのだと思う。

神秘主義の一側面（12）

この東海地方に一人の不思議な年寄りがいる。九十四歳の現在、三ヵ所の幼稚園を経営しているが、七十歳の半ばにして自動車免許を取得し、八十三歳の時には弓道の四段になったという元気な女性である。もともとは小学校の教員であり、どういう事情があったのかは知らないが、結婚後はずっと貧しく、二人の子供を育てながら、針仕事や華道や茶道を教えて来たようだ。彼女は幼児教育の大切さを考え、今の教育ではこの国も駄目になると思い、一念発起して、自分の全財産を投じて学校法人の認定を受け幼稚園を作ったのである。彼女が常に言っていることは、今日のようにまともに働いている若者たちが、親の世話をまともにできないというこの不可思議な社会の現実の姿であった。いかにも昔風な言葉づかいであったが、それでいて深い意味を持っている「親孝行」のできない今日だということを、この老女は身にしみて語っているのだ。親が子を殺し、子が親を叩き、家に火をつけるような今の社会では、人間はまともには暮らしていけないことを端的にこの老女は訴え続け、一冊の本の形でそれを現したようだが、三十四歳の孫はこの祖母の書いたものを、近々出版するという話だ。東洋の遠い時代の半ば伝説にさえなっている老子を考える時、彼が書いたかどうかも定かではない『道徳経』を現代人の前で恥ずかしくもなく語る私だが、三十四歳の孫が、百歳に達しようとする祖母の書いたものを出版しようとするその行為を、新鮮な気持ちで私は見ている。

あまりにも何かが強《こわ》ばり、皺だらけになり、傷ついている現代の人間社会は、ドイツの哲学者ハイデッガーの筆になれば、彼の著書の中で次のように表されている。

「人間の人間たる現在意識はそのまま無の本質の現れの基本においてだけ、有るものへと進んで行くのである。ところが、現存在の中で、無いものが有ったり、有るものに関係する限り、現存在としての現存在は常に無から生まれるのである」

老子は『道徳経』の第四十章の中でこう書いている。

「天下の万有は有から生まれて来る。そして有は無から生まれてくる」

この言葉をハイデッガーは「現存在の中で、無いものが有ったり、有るものに関係する限り現存在としての現存在は常に無から生まれるのである」と言っている。

このドイツの哲学者は『言葉の本質』という文章の中で老子と向き合い次のような哲学の表現を持って「道」を語っている。

「道という言葉はおそらく人類が深い思いで心の内を語る最も原始的表現である。老子が口にしたり書いたりしたポエテックな表現のキーワードは常に『道』だったようだ。つまり道というのは彼にとってroadであり、またwayであった」

もう一人の哲学者ヘーゲルは、一般にオリエントの光を燦々と受けていた中国人には大自然の中の万有の基本または根源は、「無」であり、同時に「空」であったと言っている。地中海の空気に触れていたギリシャ人たちはあらゆる物を見つめる時、絶対的な確かなものという存在は「一」であると認めていた。近代社会の哲学者たちは多くの場合、こういった「無」とか「一」とか「万有引力」といったものを足場にしたり、基本において思索という行動をとらなければ、大小に関わらず哲学することができないのだ。ショーペンハウエルも、確かに『道徳経』に目を通している。当時のヨーロッパの知識人たちは様々に翻訳された老子の教えを読んでいた訳だ。ショーペンハウエルの場合はフランス語訳の老子に出会っていた。

彼等西洋の知識人たちが深い内容を持った『道徳経』のような東洋思想に出会った訳だが、そこで「道」は単なる「方法」ではなく、絶対的な「存在」であり、同時に「理性」そのものだ。むしろ私の言葉で表現するならば、「感性」や「情」ということになるであろう。

老子の『道徳経』ほど、解釈が数多くの方向に分かれているものは、儒教以来の中国学の書物の中には見ることができない。単に解釈だけではなく翻訳においても様々な本文を選ぶにしても、あまりにも多岐に分かれていて、それを選ぶのに戸惑うくらいだ。

まず『道徳経』の本文としては、次のような四冊のものが考えられる。それ以外にも多種の本文も有ることを考えれば、老子の研究の道筋は、恐ろしく深く広いものであることが分かる。『王弼本《おうひつほん》』、『河上公本《かじょうこうほん》』、『傳奕本《ふえきほん》』、『開元御註本《かいげんぎょうちゅうほん》』の四種類は、最も本来の『道徳経』に近いものと思われていることも事実だ。

　老子を手に入れ、彼の言葉に接し、その哲学以前の古い言葉に接し、「無」や「一」を知るに至るにはかなりの厳しい時間の中を通り抜けて行かねばならないようだ。古代の中国においてさえ、心ある王たちや知識人たちは、並々ならぬ態度の中で苦労して来たことを、様々な文献の中から理解していくことができるのだ。

神秘主義の一側面（13）

　一口に人間と言うが、人間の中心はこの肉体よりはむしろ、精神の方にあるのだと思う。魂、孤独な、清冽で凄烈な心はその人間に与えられた寿命を、初めから終わりまで力いっぱい助走をつけてそこから飛躍して一生を終わる。それぞれの人間を見て、真面目であるとか怠け者とか、才能豊かだとか愚鈍だとか、運が良いとか悪いとか、様々に批評するものだ。そのような批評の言葉によって表現されるその人間の特質は、その人間の魂の動き全体の中ではほとんど特別な意味は持っていない。例えば天才として生まれてきても、ボンクラな人間として生まれてきたとしても、人間という生命体を生み出した大自然から見れば、また、万有引力の働きから見れば、ほとんど上下の区別も大小の区別もない。ただ人間には他の動物たちには見られない言葉があるので、いかにも個々の人間が微妙に異なっており、個性豊かであると感じてしまうのだ。つまり他の生き物の唸り声や叫び声が人間の場合は言葉になった訳だが、これを敢えて言葉と言わないで吠え声の化粧した形だと考えても、全く私たちの理解の仕方は同じでしかない。『道徳経』の第四十八章で老子は次のように言っている。

「爲學日益、爲道日損、損之また損之、
以至於无爲、无爲（而）无不爲、取天下常以无事、
及其有事、不足以取天下、」

　このような老子の言葉を私は次のように訳してみた。

「知識というものを身に付けようとする人間は、日ごとに知恵の中味を多くしていく。ところが『道』を生きようとする人は、日ごとに知恵の中味を減らしていく。ますます減らしていくと最後には何一つない所まで行ってしまう。その時初めてその人は全てのことを『道』の生き方の中で完成するのだ」

　四世紀頃、インドの仏教徒であった鳩摩羅什《くまらじゅう》は、『道徳経』のこの一文を確かに理解しようとして、わざわざ中国大陸に出向いて行った。そして「損之また損之」の意味は「人間があらゆる意味での善や悪を忘れて生きる境地に達するまでは、あらゆる道筋は険しく巧妙にその人を入れまいと立ちはだかってくる」という風に彼は理解した。人間が善悪の双方に悩まない生き方ができるようになる時、ある高見に到達できるのであると、このインドの仏教徒は信じることができたのであろう。

　近代のドイツの哲学者ハイデッガー、老子の言うこのような「損之また損之」を「歩み返り」と表現している。つまり「本質的に有が開放状態に導かれていくことを説明しているのだ。プラトンなどに見る古代ギリシャの哲学者の宇宙観は、全く老子のそれと

は向かい合っていて、唯一の真実は理性であり、彼等の始原的直感を通して理解できる自発的な経験だけだったのだ。非存在は非現実的そのものであって、非存在は言葉で説明できないものとして受け止められていたのだ。プラトンは後の対話篇『テアイテートス』の中で「人間は合理的な言葉を口にしたり喋ったり複雑極まりないことを考えることはできないのだ。そのようにして考えたり話したり表現することもまた不可能なのだ」と書いている。老子を常に心に置く人間は、非存在的なものも実は存在するものと同じように真実であるとみなしていた。この真実を老子は「一」として説明し、客観的なものも主観的なものも一つにまとめられて考えてしまった。存在しないものと存在するものがより高い精神の次元の中で一つにまとまる時、そこに『道徳経』の本当の理解というものが考えられる。

　このことをはっきりと納得するためには「大自然の中の万有は有から生まれ、その有は間違いなく無から生まれる」と信じられるところから始まる。このような考えに達するためにはどんな人間でも瞑想する時間を多く持つ日々の生活をしなければならない。この瞑想的な高貴な時間は絶対的な自己思考の時間の流れであって、それはそのままこの世の汚れた小利口さに邪魔されることのない概念や観念に守られていて、そこは塗師の作業場のようにあらゆる意味での塵《ちり》一つ無い部屋そのものだ。存在しないものも真実な存在だと見ることができる心や生き方がある所には、精神的な老子や塗師の部屋の厳しさがあるはずだ。

神秘主義の一側面（14）

　万有の流れはそのまま生命なのだが、それがあまりにも大きく存在の全域に広がっているので、人間にはそれが万有という形には見えてこない。人間の伝説などの思いから考えたのであろうが、その大きな万有の勢いは、人間には逆らえるものだと錯覚してしまう。あらゆる歴史時間の中で人間は大なり小なり、曲がり具合は大きかったり小さかったりはするが、何らかのルネッサンスの見間違いをしてどうにかこうにか辿り着いて来ているのだ。つまり人間は常に万有の流れに逆らってはならないということだ。悲しいことに人間は何か大切なものを失ってから、その事実に気づき驚き、悲しみ絶望するのだ。賢人や隠者の心をいくらかでも持っている人間は、その人にとって最も大切なものを失う前にそのことに心から感謝ができる。

　文明社会から脱出しなければならない生まれながらの体質を全ての人間は持っているが、その事実に気づかないでいるのもまた人間なのだ。孔子や荘子は言葉を通してこの悲しい事実を訴えて来たのだが、人々はそのことにはほとんど心を持たず、反って雑念としたこの世のことに結びつけて、彼等の言わんとしていることを誤解している。狂気の中で自分の中の愚を生き続けている長い人間の歴史は、本来誇るべきであった言葉さえ、あらゆる意味で汚し、穢《けが》し果ててきている。何も誇るべき最高の意味合いのある言葉を口にしなくとも良いのだが、少なくともその人自身の単純な生き方の原理や原則の中で生きる時、あたかも寒山拾得のレベルで正しく自分らしく生きていける。『道徳経』は言葉の隅から隅までこのことを述べているのであり、それ以外の無駄なことは何一つ言ってはいない。

霊長類の中から優等生のように頭をもたげて現れたのは、オロリン属やアルディピテクス属、アウストラロピテクス属その他様々なものに属する小利口な猿たちからさらに分離した原生人間や旧人や、一層目覚めの確かな新人だった。彼等はいわゆるラテン人が言うところのhomoと呼ばれ、単に猿がかった半分人間らしくなった動物だったのだが、それでも研究者たちは今日仕事のできる原人だとみなし、ホモ・エルガステルと呼び、直立人ホモ・エレクトスと呼び、別の研究者たちはホモ・アンテセソール、つまり開拓のできる人間と呼び、多くの研究者たちは、ホモ・パピエンス、知恵ある人間として原人たちを理解している。

原人は旧人でもあり、同時に新人でもあったのだ。こういった遠い過去の森の中の人間たちには何となく猿の匂いがしていたのだが、その匂いの中でも彼等は認知的な理解が少しずつ頭をもたげて来たので、それに伴うようにして知識の単位を持つという行動の中で、少しずつ文脈が整い、明確となってごく自然な必要性と相まって、言語の発達を見たのである。

老子や荘子の言葉やそれらの言葉をはっきりと私たちに見せてくれている『道徳経』や『荘子』はそのような初期の頃の唸り声から、あまり遠く離れていず、それゆえに現代人の言葉には、期待できない素朴さや単純さの他に、とても心の歯では噛み切れない意味の深い物を、私たちは学ぶのである。

『道徳経』の第二十章には実に素朴な短い文章が載っている。二十章の短い、たった四文字で終わってしまう漢字の中には、現代人が長い時間をかけて、また多くの細々とした現代語を用いて説明し、判断し、それからやっと、理解しなければならない内容を持っている。

「絶學无憂」

これを老子の研究をしていた武内義雄は『学を絶てば憂いも無し』と訳している。つまり穏やかに生きていくには、寒山拾得のように、学問を捨てるに限るというのが、この教えなのだ。利口な人間はその利口さゆえに人生を苦しいものにしていく。本当の利口さとは、このことをはっきりと認められるレベルに心の目を向ける人間のことであろう。老子はこの本の十九章でも、次のように言っている。

「見素抱朴　少私寡欲」

武内義雄はこの八文字で説明している十九章を、「聖を絶ち智を棄つれば民利百倍せむ。仁を絶ち義を棄つれば民孝慈に復らむ。巧を絶ち利を棄つれば盗賊あるなからむ」と解釈している。

老子の文章は現代人のそれではなく、旧人や新人たちの中でも使える旧文であり、それを理解しようとする私たち現代人は、心の流れのどこかを、同時に遠い過去に結びつけなければならないようだ。現代人と原人の繋がりの中で本当のことが理解できるのが、老子や孔子の文章ではなかったろうか。

神秘性の一側面（15）

『道徳経』はある意味で人類最古の哲学であり、音楽なのだ。

原人や旧人や新人たちが太古の記憶をそのまま現代語によって表現した、生き生きとした言葉なのだ。かつて老子が函谷関を通って行く時感じた言葉そのものが、原人たちの表現から見ればかなり新しい現代語だったのだ。広々と続く大海原の伸び伸びとした循環作用の中に生き生きと存在する生命のリズムは、そのまま私たち人間の身体の中を流れている血液の流れと同質のものである。『道徳経』の中の文章もまたもう一つの大循環作用であり、太古の記憶そのものなのだ。人間はそのことをはっきりと自覚しなければならない。気楽に語りたてる現代人の複雑な知性などで全然歯がたたない言葉が、このような書物の中には書かれてある。

人間は自分の進退の中の全域に血液が流れているように、実は「気」が流れている。あまりにも現代文明社会の雑で汚れほうけている時間の中で、「気」もまた汚れきっている。私たちは「気」を綺麗さっぱりと洗わなければならない。そのことを別の言葉で言うならば、「洗心」しなければならないということなのだ。

『道徳経』は理解する必要がない。理解するのとは別に、ある種の確かな相性の良さを自分の中のおとなしい人間と違って、老子や荘子たちの言葉は常にある種の棘《とげ》を持ち、こちらの気持ちに突き刺さってくることが大いに想像できるからだ。老子や荘子の言葉に触れるということは、常に無意識の状態の中に生命のまともな糸を垂らすようなものだ。その糸の先には大自然のリズムとも言うべき餌が付いており、その餌を付けている針には確かな「かえし」が付いていなくてはならない。宗教の厳しい、そして哲学の単純な「かえし」がそれなのだ。釣り糸の先にこのような仕掛けが間違いなく付いている時その人は、安心して『道徳経』に向かって行くことが可能なのだ。老子や荘子のあらゆる言葉には、不思議な「自食作用」すなわち飢餓状態に陥ると、その生命体は自分の身体の中の蛋白質を養分として食べていき、その人の細胞が動き出す。この自食作用はその細胞が行うのだが、そのことを世界の学者たちは「オートファジー」と呼んでいる。人間もまたこのような文明社会という魂の飢餓の時代に陥り、その時代が長く続く時、やはり精神はこの「自食作用」つまり「オートファジー」を働かせることになる。単にタコなどは腹が空くと自分の足を二、三本食べるだけで済むが、あらゆる生命体は、自分の身体の中の細胞を発動させながら、この「オートファジー」作用を活動させるのである。それがすなわち無意識のうちに心の底に釣り糸を垂らす人間の行動と同じことになるのだ。生命の存在とも言うべき、大きな「地殻変動」の中で、人間の場合は「言葉の変動」が行われる。地球科学も生命の細胞化学も、二つ並べてみる時そこには中心的なことが全て同じであることに気づく。「自食作用」は人間の心にも働いている。魂の声を自由自在に紡ぎながら、その声を聞いていく作用の存在を理解しなければならない。老子や荘子の言葉などは、その点から言えばはっきりと生命体に向かって撃ちだされた「自食作用」そのものであり、私たちはそれをもう一つの神話学として受け止めることができる。たとえ超微小な単細胞生物であっても、「オートファジー」は必要に応じて彼等の内部で働いているはずだ。

確かに今は、生命たちの傍らで世の中は崩れている。どうしても「自食作用」が働かなければならないことを、細胞という細胞はよく知っているはずだ。今日の世の中で、漢語という漢語はどこまでも複雑になってきている。文字の形はとにかく、「画」が多く「偏」や「垂れ」が多く複雑極まりないものなのだが、それでもあらゆる言葉は、単なる「永字八法《えいじはっぽう》」だけなのだ。言葉は無機質な存在だ。全てが言葉の周りでは混沌としている。言葉の存在はそのまま天地創造の神話観そのものなのだ。世の中がどれほど進歩していき、複雑に展開していっても、言葉は常に「永字八法《えいじはっぽう》」の動的な平衡感覚の中で、豊かな生命をそのまま深々と宿しているはずだ。人間の行動はどこまで行っても無意識に思えるものなのだが、想像力や知性やあらゆる行動力はそのまま生命の大きな力なのだ。

『道徳経』を読む時、人間は「太古の記憶」に戻ろうとする自分自身の「自食作用」をはっきりと革新すべきである。

神秘主義の一側面（16）

現代の生活の中に多くの種類のロマンを見るように、函谷関を通り抜けて、二度と人間の世界に戻らなかった老子のような人間の生きていた古代は、間違いなく「オノマトペ（擬声語）」のリズムの世界であり、擬音語や擬態語の中で生きた人間の世界だった。言葉は言葉なのだが、それは全て音楽の形を持ち、言葉の一つ一つに限りなく深くある種の意味が含まれていた。その一つ一つに限りなく深くある種の意味が含まれていた。その一つ一つに確実に踊らされながら一瞬一瞬自分の言葉のままに生きていた老子などは、『道徳経』そのもののように書かれているものが全て本人にとって自信があり、同時にその後の文明社会の中で生きている人間たちには、複雑なものに見え、理解さえもできないものになってきているのだ。その後の時代の人間にとって、老子や荘子の言葉や文章は単純過ぎ、ある種の伝説であり、神話であると見られるようになり、老子や荘子の側から見れば、現代人の言葉は限りなく疲弊《ひへい》し、病んでいるものとしてしか見えないのだ。現代人から見れば、『道徳経』などは憑依《ひょうい》されている言葉の繋がりであり集まりであり、時に短く時にしつこいほど長く、まるで陰陽師《おんみょうじ》が口にするところのリズミカルな言葉にさえ見えてくる。

時代が変わり、人間が話したり書いたりしている言葉は全て始めから終わりまで論理的になってきており、このロジカル（論理的）から離れることを現代人は好まず、離れることを良しとする人間のことを遠ざける傾向にある。生き方の全域におけるものの考え方は全て論理的に整っているので現代社会人は生き方の全てに安心する。「勘が働く」とか、「とっさに考える」ということは、真面目な態度で見せるものではない。心理学は確かに科学であり、理路整然とした言葉の集まりや語る言葉の統一の中で納得される、あらゆる現代文化の中の一つなのだ。ところがこのような心理学の中から文明人間が驚いたり憑依したりするところから始まるところに、いわゆる「芸術的な心理学」とも言うべき学問が出現した。占いとか、呪いとかいった極めて非論理的な要素が簡単に入り込むような隙間の多い形の心理学が、正しくこの超心理学だったのも、ユングが彼独特の新しい心理学の分野を切り拓いて人々に憎まれ誤解され、同時に大芸術家がもてはやされるような待遇を受けたとしても、この超心理学とか霊の研究などと言われた彼の研究が大きく影響していたはずだ。

老子が古い時代から人々に慕われ、誤解され続けてきたのも、実はフロイトたちと同じ状況の中で彼が体験しなければならなかったことだった。心理学という科学の後に超心理学が現れたと見るのは大きな間違いだ。天文学の前に占星術が生まれており、心理学の前にすでに超心理学の時代が存在したのであり、資本主義の前に錬金術師たちの大きな権力の集まりが存在していたはずだ。「神的知識」「神的直感」「神的発明や発見」などは、大宇宙を自然の中の万有が流れている世界とし、また不条理な意見として考えられることであり、大自然をそのまま何々の神などと納得していられる人間の気持ちは、まともな人間の受け止められるものではないのだ。万有の創造者が神であると思うことは、心を整理する一つの形として認めることはできないのである。だが、神を神としてそのままにしておく時、そこには大きな一つの問題が解決せずに、まとまることなく残ってしまう。

結局老子や荘子たちが遺した、一見ふざけたような、または芸術的な言葉の中にこういった言葉の解決の糸口がある。あらゆる人間が大自然の最もサミットに存在するものとして直感的に神、すなわち創造者を考えたのは決しておかしくないことだった。聖書は「一日は千年の如く、千年は一日の如し」と言っている。禅の哲学者は「時」に関して、絶対現在の時間を永遠の時間と同一のものとみなしている。ハイデッガーが「時間というものは充当が充当する方法なのだ」と言っているのはこのことである。曹洞宗の祖である道元は、このように言っている。

「春と呼ぶ時は、花と呼ばれる実存として花が咲く。だから、花々は春と呼ばれる時を表す。これは時の中での実存ではない」

道元もハイデッガーも聖書も同じように「実存と時間の同一性」をこのようにはっきり説明している。

老子は『道徳経』の三十九章の中で次のように言っている。

「一を得て、天は清らかに、一を得て、地は穏やかになった。一を得て、神は霊的になった。一を得て、海は充満している。一を得て、万物は生き返った。一を得て、統治者は天下の模範となった。これら全ては、一によってこうなったのである」

老子は様々なものの一致するという考えを、このような概念化の中で説明しているのだが、「道」は概念化しないで到達しなければならない。このことを荘子は次のように言っている。

「天と地と私は一緒に住んでいる。あらゆるものと私と一つである。全ては一であるのでこの一をどのようにして説明したらいいのか……。一を説明しようとするならば、我々の説明と一とは残念ながら二つに分かれてしまったようだ」

このような違いは見られても、一つのものが違った表現によって伝えられただけで、その本質はやはりハイデッガーや道元が言うように、「一つのもの」であることにはいささかの違いもない。

神秘主義の一側面（17）

文化にも様々なグレードがある。それは赤からピンクに変わり、青から紫に変わるあの色彩の変化以上に大きなものだ。かなり昔人間は話し言葉を口にするようになった。今日人々は神話を童話や寓話《ぐうわ》と同一のものと考え、未だ能力の発達していない子供たちのための物語だと考えている節もある。寓話《ぐうわ》の中で、また花などに変わる話は、日本の童話や世界の他の国々の昔話によく出てくる。

神話の中で、私たちは自由自在に変化して生きられるが、それは現代においては夢を見たり、未来に何かを期待する心の形としてはっきりと受け継がれているものなのだ。神話は古代も現代においても、全く同じ形で受け継がれている。

このような神話の形はやがて色彩がそのグレードを変えていくように、哲学という別のジャンルの言葉表現に変わっていった。神話であり、同時に哲学でなければならない物語や説話などは、世界中のどこにでもある。

遠い昔、中国大陸に生まれた老子は、単なる学者というよりは、神話人間そのものだったようだ。同時に彼は哲学人間でもあったのだ。孔子などと並んで知識人だと、そういった意味での隠者そのものの哲人に見られているが、ドイツに興った超心理学の学者には神話の中の人間とか、サブカルチャーの学問に下げてしまった心理学者の底のレベルにある偽科学として錬金術のように扱われている。しかし科学と芸術が一つに交じり合わなければならないことを認めている大きな魂は、このような超心理学に対する取り扱いの姿勢を許しはしないはずだ。

今のような文明の仕組みの中で、きっちりと組み合わされている世間では、金銭や、それとだけ関わる経済問題の前では、心理学の様々な形はだいぶ意味が間違われて使われている。もともと、経済とは宗教の世界で人間に対して神がそれなりの必要なものを用意して助けてくれるといった行為を表す意味で使われていた。いつの間にか、人間は自分たちで社会を作り、そこでものや貨幣経済の動きの中で、中心となるものを経済と理解するようになった。経済の本来の意味において、人間は心豊かにまた、考え深く、どこまでも素朴に生きていけた。そういった人間こそ、自然児そのものであり、大自然から与えられた生命丸出しの中で、古代人といささかの変わりのない、大胆に自然の中をいささかも怖がらず、彼等が口にする意味は全て神話となり、同時に哲学でもあった。老子は正しく神話の作家であり同時に哲学の師でもあったのだ。『道徳経』はその全ての頁が、本来の意味における「経済」の頁なのだ。現代人の心の水先案内人として『道徳経』はその折々に応じて神話から寓話《ぐうわ》に変わり、その逆になることも常に起こることだった。神話が古代人の生き方に影響を与えていた頃はまだ、人間の口には素朴な単純な言葉しか載ることはなく、文字などはまだ書かれていなかったはずだ。神話が寓話に変わり、伝説が昔話に変わった頃、人間の目はキラキラと光り、食べるものに事欠いても夢だけは多く働いていたはずだ。夜見る夢も白昼夢も、子供を連れて貝塚の前を歩く裸同然の古代の人にとっては、明らかな生きる時間だった。その頃は現代人に比べ、どういう訳だか大脳の容量がだいぶ大きかったことがその方面の研究者によって言われてきている。その頃の古代人には死後の世界を考える能力がかなり多く備わっていたようだ。夜の夢も白昼夢もほとんど同じように空き腹を抱えながら見ていた彼等は、そのような死後の世界に対しての心遣いを大きく持っていたことは容易に想像がつく。トルコあたりから始まった麦の生産からパンの作り方、アジアの古代人の豊かなモンスーン地帯の米作りの中では、満腹の生活で暮らしていたので夢などは見るような暇もなく、ひたすら豊作を考えながら大脳はむしろ小さくなっていったようだ。この頃より、遥か昔、北ヨーロッパあたりでは、腹を空かした古代人たちが、それゆえの知恵とも言うべきか、死んだ仲間に対して墓を作り、花を飾ったという話さえネアンデルタール人の伝説として今日遺されている。

一日中常に起きているのか寝ているのか分からないような状態の中で、古代人の大脳はとにかく大きくなっており、常に動物を見、花を眺め、死んだ友を考えながら寒い時代の生き方の中で、全てが豊かな現代人とは違い、まるで芸術家のようにないものを見、数少ない自分たちの言葉でもってあらゆるものと出会う体験をしていたはずだ。動物が人に変わり、花々が口を利き、愛を語るような時間がそこにあったはずだ。

老子はそういう意味で言葉が多かったというよりは、少ない語彙でもって、夢多い時間の中でネアンデルタール人のように『道徳経』を書いた。彼はもう一人の裸族の人間だった。彼は常に夢を見、白昼夢を見ながら、函谷関の奥に向かい、決して二度とまともな夢も見ることのできない世間には戻ってこなかった。

『道徳経』の十五章の中で老子ははっきりと心の目を開けて次のように書いている。

「いにしえの〝道〟に優れた人物は洗練され、深く敬白されていた。

その深さはほとんど考えることが不可能なくらいである。

〝道〟に優れている人物は古いものに留るし、新しいものにも留ることができるのだ」

老子の研究者である武内義雄はこれをこのように訳している。

「古の善く士たる者は微妙玄通、深うして知るべからず。それ唯知るべからず」

神秘主義の一側面（18）

南回帰線のあたりに生きる植物も動物も全て生命力の何かが他の地方の者に比べて大きく働き活動しているようだ。原人が木の枝から下りてサバンナに降り立ったのは、南回帰線あたりのアフリカ大陸であり、敢えてそこに付けられている国名などを挙げれば、モザンビーク共和国であり、ボツワナ共和国であり、ナミビア共和国なのだ。人類発祥の地は、猿たちから分かれた地域がこのあたりであるとしても、遥か大西洋の彼方の南米大陸では、この南回帰線の通るあたりはブラジルの南の方であり、この国の大都会サンパウロなどの真上なのだ。パラグアイ共和国やアルゼンチン共和国の一部、さらにはチリ共和国の一部を南回帰線は通っている。南米から太平洋を越え、オーストラリア大陸に向かっているこの南回帰線は、大鑽井盆地《だいさんせいぼんち》（オーストラリア大陸の中東部に広がるグレートアーテジアン盆地）やギブソン砂漠あたりを通っています。世界の地理学者たちが調べても話の尽きないいろいろな地球問題を含んでいる不思議な砂地のフレイザー島なども見事にこの南回帰線のほとんど真下に存在している。国名も山の名前も海の名前も、さらには都市の名前などもいろいろと地球上の歴史の意味を細かく区分けしてはいるが、よくよく考えれば、こういった区分けなどは大自然が生み出した海や川初め、ジャングルや火山などの生き生きと存在している力の前ではほとんど何の意味も持たない。境界線というものは人為的に造られたものであり、人為的なものは何一つとして自然の力と関わることはなく、自然と繋がることもなく存在しているだけなのだ。大自然の研究には意味があるが、境界の研究、すなわち文明人間の作りごとにはほとんど意味がない。そのことをはっきりと『道徳経』は教えている。

南回帰線の真下にはどこにでも広々と雨の多い密林が広がり、そうかと思えば、ナミビアの砂漠のようなほとんど雨という雨が降らず、驚くほどの乾燥状態の中で生命を保っているものもいる。今日のような文明の滴りの中で、いかにも豊かに暮らしているように見える大多数の文明人間の他にも、シャーマンの語る言葉や彼等の起こす火の中で、素朴極まりない、動物たちとほとんど変わりのない生き方をしている裸族たちも存在する。彼等も近づいてよくよく見ると、どんなに高等な猿たちと比べても、豊かな感情を持った人たちであることが分かる。車を運転し、コンピュータを扱う文明人間と、南米の裸族たちと並べたり、かなり昔アフリカの南回帰線の通るあたりを飛び出した旧石器時代の人間を比べるなら、両者の違いはほとんど見られないことに気づくのだ。見方によれば王様と乞食の違いがあるように見えたり、先端を行く立派な服装と小さな布切れだけで腰を覆った裸族の女性たちが並んで立っているように見えるかもしれないが、心を確かにして、悪夢にうなされるような思いで文明を眺めることを止めるならば、文明人間と裸族との間には、ごくごく小さな違い以外はほとんど何も感じないはずだ。

あまりにもくだらない歌謡ショーやお笑い番組が連続的に出てくる中で、雨多く、どこまでも大きく高く巨木がそそり立つジャングルの中で暮らす裸族たちの小さな村の中に、一人の十代初めの頃の娘が出てくる番組を、私はテレビで見たことがある。南回帰線の下のどこの国にも属していない、少なくとも裸族たちはそう思っているようなこの地域で、彼等はどんな文明人間よりも元気で平和に彼等なりに生きている。赤いテープのような布切れを一枚腰に巻いただけの彼等裸族たちには何一つ道具らしい道具もなく、人間としては最低限の生活行動の中で、毎日の二十四時間をニコニコと過ごしているのが、番組いっぱいに映った時、私は涙を流した。どんな宗教的な時間よりも、どれほどの哲学的な、また詩的な言葉の列の前に立たされるよりも、この裸族の娘、十四歳の姿を画面に見た時、あまりにも人間として最も大切な何かが大きく崩壊している自分に気づいた。毎日その日一日のための食糧を得るために、大人も子供も女たちもジャングルの中に入っていくのだが、そこにはどうどうと深い川が流れ、大人も子供もその中に入り、さらには木に登り、猿や他の動物たちを捕らえ、食糧としてその肉を持って帰る。親猿を殺された小猿が一匹、あの娘の手に抱かれていた。娘はいかにもかわいいと言わんばかりに手の中に収まるほど小さな小猿の口を開け、自分の口から出てくる唾をポトリポトリと猿の口の中に入れてやる。人間は何一つ小知恵で作り上げるような、一見とても良いことに見えるようなことを大袈裟《おおげさ》にやることはない。自分の唾を小猿の口に垂らしてやるこの行為は、私の心の中ではもう一つの老子の口から出る言葉のように思えてならない。

　十四歳のこの裸族の娘は、その時お腹を大きくしていた。月夜の晩彼女はたった一人で人々から離れ、密林の一角で腰をかがめながら子供を産んだ。裸族とて、やはり約束事は存在し、それなりのやって良いことと、悪いことがあるようだ。生まれた子供は地面に投げ出されているのだが、裸族たちの間では産んだ子供を直に抱き上げたりすることはしない。生まれたばかりの子供はまだ人間ではないと信じられており、未だ大自然と直接繋がっている精霊そのものだと裸族たちは考えている。しばらく時間が経てばこの娘の赤児として彼女は抱くことができるのだが、このような医師もおらず、シャーマンの祈りだけしか存在しないところでは、生まれた子供の多くは、精霊のまま母の手に抱かれもせずに死んでいくのが多いようだ。精霊のまま死んでいく子供たちを彼等は死んでいくとは言わず、精霊のまま天に返したと言うのだそうだ。その晩、一人佇むようにして動くこともなかった娘は、漆黒の闇の中でいつまでも泣いていた。泣いて泣いて初めての子供を天に返したその悲しみを捨て去ろうとした。人生は誰にとっても悲しみ多く、同時に喜びも多いのだが、これらは全て交互にやってきて、与えられた人生の様々な色合いとなっていくのであろう。夜が明け、新しい太陽の光がジャングルの中を照らす時、娘の顔には全く新しい心の中から出てくる言葉が見られる。

　精霊になって天に返された赤児はジャングルの片隅に置かれ、それを映しているテレビカメラの画面いっぱいにシロアリが山のようにたかっているのが見えた。こういった無数のシロアリがたちまち彼女の赤児を消していったが、そうなるのにあまり長い時間はかからないらしい。

　ネアンデルタール人は現代の裸族たちと同じく、ホモ・サピエンスなのだ。現代と遠い過去の時代の人間を結ぶところで老子は『道徳経』のような言葉を発している。老子の言葉は「ホモ・サピエンス」ではなく、「ホモ・サピエンス・サピエンス」（現生人類）なのだ。かなり昔ネアンデルタール人たちは死んだ仲間を心に描き、それをある学者は「死の現実を記号化」したと説明している。私たち現代文明人間は様々な生活上の約束事や事件として理解しながら今の時代に生きていられるのだ。

　老子は『道徳経』の七十六章の中で次のように言っている。

「人之生（他）柔弱、其死（他）堅彊、万物草木之生（他）柔脆、其死（他）枯槁……」

　これは現代文で言うなら次のようになるだろう。

「人の人生は常に弱々しいものだが、一旦死んでしまうとあらゆる意味で緊張する。万物、草木一切は生きているうちは弱々しく一旦死ぬと枯れてしまう……」

レヴィ・ストロースは『悲しき南回帰線』の中で裸族の娘の生き方に似た現代の神話とも言うべき感情豊かな文章を書いている。が、彼はこの時単なる学者ではなく、一人の作家であり、豊かな涙を流す詩人であった。それは素朴な哲学としても十分に理解できるものだ。

神秘主義の一側面（19）

『道徳経』の七章には次のように書いてある。

「天長地久、天地所以能長（且）久者、以其不自生、故能長生……」

これを現代日本語で言うなら、「空はどこまでも長く、地球の上の上では時間が久しく流れ、大自然がどこまでも続いていくのは理由がはっきりしている。つまり誰によって作られたのでもなく自ら生まれているからである」ということになる。それから比較してあらゆる生命体はこの大自然の流れの中で与えられた存在なのだ。

『道徳経』の短くていかにも潔い言葉の流れと比べて、『荘子』のあまりにも数多い言葉、つまり今日ではおよそ六万五千以上の漢語から成り立っているが、遥か『史記』の時代には十万の言葉を超える分量があったと言われている。四世紀頃の晋の郭象《かくしょう》（3～4世紀の思想家）は『荘子』というこの哲学書である膨大な量の書物を、三十三篇に分け、その内容は内篇を七篇に分け、外篇は十五篇に、その他雑篇を十一篇に分けている。長い中国の神話や伝説や哲学の歴史の中や、儒教や墨家《ぼっか》たちが広げていった文明社会の歴史の中で、数多い古代中国の人々は根本的にはどうしても、このような小賢しい哲学や言葉によって救済されるはずもなかった。彼等は老子や荘子の直接大自然と繋がっている思想に感化され、隠者のような孟子や社会道徳の先導者であった孔子には何か飽きたらないものを感じていた。老子や荘子が万物は斉同《せいどう》であり、そういったものが流れ交わるところをそのまま見つめる心は、すなわち因循《いんじゅん》主義（自分を捨てて絶対的なものに任せようとする立場）と呼べるかもしれない。ここまで知能を高めて生きている人間は、どうしても他の動物たちとは違って、どこまでも精神や自由の高さを求め、平和や幸いを求めたくなるのを悪いことだというものはいないはずだ。神話も哲学も経済学も全て利口な人間に当然与えられて良いものなのだ。

『荘子』という膨大な量の哲学書には次のようにこの大自然について書かれている。

「是故古之明大道者、先明天、……」

これを現代の日本語で言うならば、「このことは昔の人が言う大道に、はっきりと伝えられている……」ということになるであろうか。

『道徳経』または老子は、はっきりと大道を現代人に向かって説いている。

ある現代の哲学者は、このような『荘子』や『道徳経』などをも含め、それ以前の詠み人知らずのいわゆる、数多い世界中の神話などを前にして、「人類最古の素朴な話」として語っている。老子は次のようにも『道徳経』の十三章で語っている。

「確かな〝道〟が衰え始める時、そこから慈しみや人の道が生まれ、人間の深い考えや物事の分別の必要さが言われ、そのような文明人間の道から様々な嘘や偽りが起こり、家族の間に諍《いさか》いが起こり、仕方なく親孝行や愛情の必要性が生まれ、民族は混乱し、どこまでも社会は暗くなり、仕方なく上に立つものは忠義の部下を求め、命さえ捨ててくれる部下を集めるようになる」

このように人間は時代が下がる中で、いろいろな道義や人の道を求めるようになるが、そのように求める裏には大自然の中の穏やかな人間として自然体で生きられない不幸な姿が見えるからだろう。

『道徳経』の五章では「空と地面に博愛や神の慈悲などは全くなく、大自然は全て平等に扱っている。賢い人間をも分け隔てせず、どんな人でも同じように扱っている」というような心を書いている。つまり、お願いし、善男善女になれば救ってくれるし、贔屓《ひいき》してくれる神や仏や王などは全く存在していないということの事実を、老子も荘子も声高らかに説いてくる。

人間はひたすら、与えられた生命と寿命と、能力を十分に使い果たしていくべきなのだ。

神秘主義の一側面（20）

原初の頃の大自然の中では、あらゆるものが渾然《こんぜん》としており、一つ一つの構造が今のようには分かれていなかった。人間の心さえ、その中の一ヵ所、すなわち文明の名の下に理解されている一ヵ所を除けば、他の大半はあまりにも漠然としたままで今なお存在している。心は目や口とは並べて考えることはできない。心は結局どの人間にとっても単なる「霊」として理解されているだけだ。「霊」に関わる問題は愛情とか憎しみとかいった自我意識の精神的な働きであって、それは、「無意識」といった名でしか呼びようのないものなのだ。フロイトもユングも確かにその中で力いっぱい心の領域を見つめようとして、無意識の行動の探求と、探索をした人々だった。人間の形、または人間の本当の像として心の全体を一つにまとめて理解しようとするのだが、男であったり女であったりする存在をよくよく近づいて見ると、そこにはユングのような超心理学の研究者たちが言うところのアニムスやアニマという用語でしか説明できない形が見えてくる。アニムスは女性がその内部に様々な形の男性がかった力学を持っている事実を表す言葉であり、アニマとは男性の内部に働く女性的な力であると言えるかもしれない。ユングはアニムスを女の心の中に存在する「男性仮像」、または「女の張る片意地」と説明し、アニマを「男の心の中に生まれる女性仮像」つまり「男性のような女々しさ」のようなものだとして扱い、説明している。

二十一歳頃の元気溌剌《はつらつ》としたユングは、わずか十四歳の娘と出会い、何も考えずにはっきりと「貴女は私の妻だ」と声をかけてしまった。事実この女性はやがて彼の妻となり、超心理学の世界でユングの片腕となって一生を過ごしたエマ・ユングだった。

人間の出会いはいつの場合でも大きな働きをしている。その働きこそが、何らかの意味での改革や発明発見をもたらし、さらには「共時性」と呼ばれているものだ。ただ単に男性が女性の真似をしてもおかしな話であり、女性が男らしい態度に出るだけでは愚かな猿マネでしかなく、女性運動などといって威張る訳にはいかない。やはり長い人類の歴史の中で、男性は太古の雄であって、女性はどこまでも優しい雌が基本となっていなければおかしい。男女の性の在り方が真面目であり、初型、または玄型、原型でなければ大自然の中で構築された生命としてはどこかがいつかは狂ってくる。ブルマー女史(アメリカの女性解放運動家)やボーボワール(フランスの作家・哲学者、サルトルの事実上の妻)たちの一世を風靡《ふうび》した生き方の中にははっきりと男性と女性の間の区別がいつの時代にもあってはならないことを私たちに教えている。アニムスはことさらユングの言葉を借りなくとも、それなりに内面的な異性丸出しの一面が見えてはいるのだが、フェミニズム運動家の元気な女性たちにはこれが一層強く働いている。男に負けてはならぬとばかり、物事を考え、ウーマンリブの旗頭の下に集まるタイプの女性たちは、必要以上にますます内側のアニムスの活動を強くしていく。おとなしく、慎ましやかに、いかにも日本女性のあるべき形を表している「大和撫子」の中にも、はっきりとアニムスの力は働いている。それを敢えてことさらに男と対等になろうと働きかける人たちは、アニムスをより以上に働かせて、女性が勝っていく男たちと同じようにどこか文明病の犠牲者のような気がする。

老子が『道徳経』の五章や七章の中で書いてある言葉を、私はすでに引用しているが、「道の新しい理解の方法」として老子を説明している中国人、張鐘元は老子の教えは孔子の根本的な「礼」の教えに近いものだと言っている。もちろん孔子の礼と老子の人生観の間にははっきりと違いがあるということを私たちは「道」の哲学から学び取ることができ、孔子は「自己」をそのまま認めるが、その点、老子は「無自己の自己」を語っている。それは「名前を持たない名」のことであり、「成功しない成功」のことであり、「評判が立たない本当の評判」こそ正しく大自然の流れの中に順応する生き方と言えるだろう。このことをおそらく平常心と呼び、張鐘元はアメリカの哲学者、エマスンの言葉を持ち出してきて次のように言っている。

「窓の下にバラが咲く時、それは自然に咲く、他のバラの美しさを恨んだり、家の中の人々を楽しませようとしたりして咲くのではない」

遠い時代の中国の人物は、「知性とか思想といったものが段々と消えてなくなっていく。それでもなお、〝谷間の精神〟だけはいつまでも残る」と言っている。「谷神《こくしん》」という言葉は「道」の哲学の中では何度も用いられている言葉だが、「谷神《こくしん》」とかそこに残る精神は「谷間に流れる気」として理解することができる。つまり「谷神《こくしん》」は素朴な村人たちにとっては単なる「穀神」として理解されていたがそれは大きな間違いで、「大自然そのもの、生成している万物そのもの」を指しており、これは「玄牝《げんぴん》」の精神の存在できる場所が、少なくなっていることを意味している。こんな時代でも大自然の大きな広がりの中で受け止めなければならない光や音や色彩はそのまま確かに「谷間の気」として純化されていく。万有の動きや流れの中で、豊かな精神は「谷間の気」

となって存在するので、そこからは間違いなく力に満ちた空の生き生きとした精神が生まれるはずだ。その状態を「一」と呼び、「玄」と呼び、老子は自信を持って「無」と呼んだのだ。このことを張鐘元は「集中と黙想とによって、己の内的な承認に達しなければ、本当に掴むことのできない」ものとして説明している。

※アニマ＝（心）ラテン語の女性形の名詞。男性の心の奥に潜む女性的要素。ユングの用語である。

　アニムス＝（心）ラテン語の男性形の名詞。女性の心の奥に潜む男性的要素を指している。

神秘主義の一側面（21）

　同じ中国大陸の古い時代の言葉となると、一般には孔子だとか孟子といった人物の言葉や思想が目の前に現れてくるが、ごく稀に老子や荘子が話題になる。現代というこの文明の時代の中では老子や荘子はなかなか鼎談義《ていだんぎ》（論議）の中では面白い話のきっかけにはならない。真面目な人間も、調子よく生きている人間も、孔子の前や孟子の言葉の前では何かと大切なものを学んだつもりになるが、人生を達観し、そのもう少し奥の方に心を向けようとする者には老子や荘子がたまらないほどの魅力でもって迫ってくる。こういった哲人たちの言葉は、それを聴こうとする人間をある一瞬の中で単なる人間以上のものにしてしまう。つまり現代人が彼等の言葉に出会うと、少なくともその瞬間だけは、仙人であり、隠者でいられる。現実の今の世の中で誰とも問題を起こさず、仲間であり、また仲間でなかったりしながら、つかず離れず生きて行くためには、孔子や孟子の言葉は実に大きな力を持っている。格言とか箴言とかいったものは、こういった教師らしい人々によってこの世にもたらされるものだ。それと比較するならば、老子や荘子はなんとも厳しくどこか意地悪であり、そこに近づくものに痛みを与え呪いを与える結果となる場合もある。そうでありながら、厳しい考えをもってこれら二人の哲学や言葉を批評する時、中には老子のことをこの世で受けることのできる本当の意味での成功の道だとか、最も現実に近く生きられる知恵の道だと言って非難する場合もある。そしてこのような老子批判をするわずかな人々は、たいてい熱烈な荘子ファンであり、彼の言葉を哲学的な深い言葉と見るよりはさらに奥深い言葉であり、それゆえに行き着くところまで行って神話の匂いを発散するまでになるのを、はっきりと認めている。神話のように完全な純粋さの中で燃えつきるような綺麗さを見せている荘子の哲学は、そう簡単には凡人に触れられてはいけないものとして扱われているのかもしれない。神話には簡単に手を出すと罰が当たるとか、怪我をするとか呪われると言って、素朴な古代人はそれに近づかず、またそれを口に出しては言わなかったとも言われている。

　老子はその点間違いなく人間が誰でも読める言葉であり、ごくごくわずかながら、世の中で体験する痛みや恥ずかしさをそのまま実感できるほど近く、私たち人間の傍らに存在するものなのだ。老子はどこまでも奥深く、彼方の星のようには触れることができないが、それでいて確かに生きている人間の心の肌に、直接感じるくらい接近している確かな言葉だ。『荘子』が若く、今の私たちが達することができないほど彼方に存在して手招きをしているのに対し、『老子』は私たちの心の肌に温かく感じるくらいに身を寄せてくれており、時としては、肌に触れた『老子』が火のついたもぐさに触るほどに熱く感じる。荘子の神話的な哲学は人間の心に因循《いんじゅん》（因り従うこと。自分を捨てて絶対的なものに身を任せようとする立場）主義で連なっていて、息もつかせぬ条理をもって人間に迫ってくるが、その点、老子は実におとなしく穏やかで、一見何事にも騙されることなく油断なく、隙間のない言葉で語っていながら、その実あらゆる時間の中で天衣無縫で、その言葉は限りない素朴さと単純さに満ち溢れている。荘子は確かに読み応えのある文章だ。老子は心ある人間が、その懐に入って寝たくなるような気持ちを与えてくれる。そのことをある漢語に長《た》けた人間は、「喪我」と表現したり、「坐忘」などといった言葉で表現している。『道徳経』の前でスヤスヤと子供が寝息をたてていられるような状態を「虚無を本として因循《いんじゅん》を用とする」として説明している。確かに人間は大自然、つまり「自ら然る」存在であり、それをさらに別の表現で言うならば、「止むを得ない」とか「如何ともし難い」という言葉で『道徳経』の言葉に寄り添う人間の生き方を説明することができる。

『道徳経』の三十五章には、現代語で表現するならば、「道」について実に詳しく、次のように言っている。

「広い意味でのイメージをはっきりと掴み、世の中を扱う時、どこに行っても何の問題も起こらない。世の中を穏やかに、静かに、そして平和に過ごすことができる。音楽も美味しい匂いも歩いている人を魅惑し、しばらくそこに立ち止まらせる。〝道〟の味わいはほとんど淡白で味がしない。それを見ようとして覗いてみても何も見えないし、それを聴こうとしても何も聞こえない。だがそれを使おうとすればいくら使ってみても尽き果てることはない」

道とは奥深い言葉を指しており、その言葉とは人間だけに分かる日常語としての符号や知識のための言葉ではなく、あらゆる動物や爬虫類や魚類たちにも感じられる言葉であり、イメージである。物事の全体を見させてくれるという意味における広がりの多いイメージだ。

「道」とは尽き果てることのない知恵であり、言葉であり、生命そのものなのだ。荘子は尽きることのない生命の解説をしていて、神話と呼ばれ、伝説と呼ばれている。

しかし『道徳経』は「道」を用いている。『老子』と『荘子』を比べる時、前者は「道」を用いることを教え、後者は「道」を解説している。

変遷する言葉

窓から見る外は、多少風がある。間違いなく春の感じだ。ベランダのテーブルの上には、昨日伐ってもらった梅の枝が、読者からいただいた手作りの大きな器や沖縄の壷屋窯で作られた大皿に、妻の手によって活けられている。昨日は未だ蕾であった梅の枝も今は陽の光を浴びて少しずつ綻び始めている。この分だと美濃地方も貴方のいる岩手あたりも、さほど二月の寒さを感じることなく暖かくなっていくように思う。

英語にファンタジーという言葉があるが、この言葉はすでに日本語の中に組み入れられ、いろいろな幻想とか、空想という意味で使われている。もともとはギリシャ人が使っていたパンタシアーという言葉からなっており、その意味は「外観」とか「表現力」「想像」などを意味していたようだ。このファンタジーと並んで現代人はファントムも外来語として使っているが、これももともとはギリシャ語であり、ファンタスムと呼ばれていた。「物」や「夢幻」さらには「能力」や「機能」などをも表していた。私たちは日々の生活の中で遥か遠い彼方のラテン語やギリシャ語やその彼方のフェニキアの人々の言葉や文字さえ、今の文明生活の中で使っている。

テレビなどでアイドル歌手などという言葉で「アイドル」が様々に使われている。これなどもギリシャ語であって、「偶像」や「崇拝する対象物」などを表し、「エイドーロン」と言われたらしく、「肖像」とか「物事の観念」、「物を見つめる」ことなども表している。現代人の生活の中でこの「アイドル」もだいぶ曲がった意味で使われている。

「神様」とか「愛」なども本来の意味からはだいぶ離れて私たちは使っている。「ファンタジー」も「アイドル」も正しくこのような日本人の言葉の一人歩きであり、形は同じであっても中味は全く変わってきている。私たちわずかな人間は大多数の人々の間に生きていても、本来の人間として間違いない「ヒト」として、自信を持って歩いて行きたいものだ。

この分だと今日一日はずっとこのように晴れているようだ。午後少し伐り取ってある竹を整理するつもりでいる。

世界の神話と私たちの認識

人間が作った神々や迷信を信じている人間は、常に多くの問題の中で悩みながら一生を送るが、大自然を信じ、あらゆる存在物の中に万有の引力を信じて自分自身さえその中の一つであると思っている人間は、あらゆる生物の中でよりはっきりと大自然を信じられるはずであり、手を合わせてひたすら太陽や月や光る星々に向かって熱い祈りの思いをぶつけていける。

どこから迫って行っても、近づいて行っても、何とも遠方にあり過ぎて届かないのが自分の言葉であり、自分の未来なのだ。そう言いながらいつでも、どこからでも簡単に近寄れ、しっかりと手さえ握れるのもまた、自分の中から出てくる言葉であり、生き生きと働いている万有引力そのものなのだ。人間は物事を意識し、同時に無意識の状態で万有引力の中に身を置いている自らも万有引力の塊そのものなのだ。万有引力であるが故に、無意識は意識であり、無の認識はそのまま確かな認識なのだ。人間の心や、脳や、脳の中の一瞬一瞬の中で光るシナプスは、そのまま自然エネルギーの動きの形であり、それはあらゆる生命現象の中でも最も直接的に大自然のあらゆるエネルギーと関わっている。本当に神を信じ、仏を信じ、ありとあらゆる民族の中に芽生えた神懸かった風習を信じ、またその方の神官になったり、僧になったり、牧師になったり、神父になったり、イスラム教やユダヤ教のラビになったりする人の中にも、よくよく考えた末、長らく学び、祈ってきた後についにはそれらの宗教から改宗し、神も仏もあらゆる宗教も捨て去る人がいる。その人は自らもそうである万有引力の大きな流れの中で、大自然をそのまま占い事項にすることなく、この世の悩み事などには一切関わらず、ひたすら、大自然に心を向ける人間となる変わり者であり、真の賢者らしい振る舞いをするようになる。そういう人が、ごくごくわずかながら時として現れる。その良い例として寒山拾得などが存在する。

世界中どの地方を訪ねても、それなりの伝説を持っている。ローマには天地創造の初めに存在した主神ジュピターを中心として、万《よろず》の神がいた。豪勢な神殿に奉《たてまつ》られているこれらの神々は、主神ジュピターを中心とし、あらゆる点において現代人の悲しさや苦しさや怒りをそのまま日々の生活の中で受け継いでいる存在に過ぎない。ローマ人の生き方をそのままに生きているそれらの神々は、この世に生きている人間にはほとんど助けにはならない。ギリシャの神々もまた数多くいるが、その一人ひとりに付けられた名前はそのままローマの神々の名のギリシャ文字であり、ギリシャ語読みに代えただけ。ローマのジュピターはゼウスに代わっただけだ。デオゲネスも、ソクラテスもこういった神々や彼らが奉られている壮大な神殿の彼方に、大自然の大きな力を見る夢を見ていたのだ。ディオゲネスは日々の生き方の中でそれを見つめ、ソクラテスは自分の哲学の中でそういった作られた神々の彼方に背を向けて、日々の生き方の中で新しい考えを実行することを捨てた。作られた神々を信じている、また信じた振りをしている人間たちを「ホモ　メンティエンス」つまり、「虚言の人間」と吐き捨てるように言い、「ホモ　ルーデンス」つまり「夢を見ることなく遊んでいる人間」と半ば諦め顔で言っている。

遥か北欧の方には別の神話がある。どこまでも霧深く、しっとりしている北欧だけに、そこに住む人々は、人間世界または全宇宙の真ん中が何一つ無く、がらんどうになっていて、氷や雪に閉ざされた、ニフルハイムの土地だと考えていた。ニフルハイムとは、霧や靄《もや》に包まれている村や町を意味している。こんなところに北欧の人々は、神がいるとは言わず、巨人がいたと信じていたと思った。もちろん巨人は、ある意味で神々であったのだが、これらの神々はやがて消されていった。神々として扱われていた彼らは、巨人であり、やがては人間という名の小人族の出現の中で単なる伝説に置き換えられてしまった。

ユダヤ人たちの世界にも唯一の神が存在した。この神が全くの闇の広がりでしかない大宇宙に光を投げかけ、天と地に分けたと言われている。このユダヤ教から出現したキリスト教の中でも、旧約聖書の冒頭の文章にこの天地創造の物語が明確に示されている。どこか日本の天地創造の神話とよく似ている。

日本の隣の国、朝鮮半島の国造り神話にも、宇宙や天の神に「ハムニム」という無限大の神が存在する伝説がある。「天」とか「韓」「漢」「汗」「干」「一」等といった文字は、崇高な意味があり何事でも最高位の物に付けられている。だから今でも韓国ではゼウスに当たる最高位の神は「天帝」と呼ばれている。面白いことに古い朝鮮には天孫降臨やそれによって朝鮮半島の国々が造られたという伝説が伝えられているが、これなどは日本の国造りや天孫降臨の話の原形であったのではないだろうか。言葉の文化では漢字初め、いろいろな形で中国大陸からのいろいろな影響があるようだが、国体作りの伝説などは、隣の朝鮮半島から直接日本に入ってきたようだ。風や雨や雲と関わっている神々や穀物や命、善、悪などといった刧に関わる人間界の天孫降臨の際に地上にもたらされた事柄として、朝鮮半島では考えられている。

人間は素直な古代であっても小利口な現代社会であっても、常に一歩ずつ生きている寿命の周りの沃土《よくど》をわずかずつ広げてきている。人間の潜在意識の中で神々は働き出し、あらゆる人間の大小に関わらず、いろいろな問題に認識力を与えているのは間違いない。人間の中の脳のシナプスの動きが少しずつ変わっていることも、それゆえに仕方がない。

第四部　生命体（書簡集）

第四部　巻頭言

人生を深く生きて

人は生まれてきたこの社会の時間の中ではまともに死ぬことはできないようだ。一人ひとり与えられた寿命の長さは異なっており、どんな生き方をしても死ぬときは大往生できると甘んじているところが文明人間にはある。しかし本当に自然から与えられた生命を閉ざすということは文明社会の在り方をいじるような簡単な訳にはいかないのである。春の美しい時間の中で桜の花びらに包まれるようにして息絶えていった西行の姿はそう簡単には後の世の人々には理解されてはいないはずだ。

或る年の厳しい冬のこと、深く覚悟を決めて家に戻った西行はこれから本当の自分の生き方の巡礼の旅に出て行く自分を思い、纏い付く娘を蹴倒しながらも背後に泣く娘を断腸の思いで見ていた。しかし人は誰でも自分の生き方の中で吐き出す言葉一つ一つに一里塚を実感しなければならない。神や仏に向かう巡礼行ではなく自分のマイルストーンとして現れる言葉の前で厳かな、しかも厳しい心の巡礼行が行われる。人にとって毎日が、その一生が、巡礼行であるとはっきり納得しなければならない。人生の極意はその人の言葉の中に宿っている芯の剣先にある。日々巡礼の道筋を自分なりに進もう。豊かに一里塚を跨げるように。

天地創成

二月八日の明るい一日です。わずかばかり冷たい風が吹いていますが、梅の花も少し綻び始め、庭で土をいじっていても、その動きの中で背中の方がじっとりとしてくる感じです。

人間はごくわずかでも良いのです。確かな希望があるのなら、周りがどのように暗く厳しくとも、絶望することなく生き続けられるのです。本当に絶望した人間とか、狂人というものには自分の眼の前の三歩にも、三歩後ろにも自分の足を置くところがないのです。希望有る人間には広々と前後左右に広がりが約束されています。何が無くともそれだけで十分に自分の夢見ている何かをやっていくことができるのです。あたりは全て先見性で満ちています。それをどういう訳か、時代的に制限されていると信じきっているのか、抑え付けられているのか、とにかく呪縛《じゅばく》の中で動きのとれない状態の催眠術にかかっているのが、現代社会の人々なのです。私たちの周りに終わりはないのです。生き生きとしている全ての終わりに見えるものは、同時に全ての始まりなのです。新しい時間の扉は常に開けられているのです。言葉も思想もどんな哲学もどんな宗教も全てその人のために開いています。今は新しい世界の扉と言わず、全てを自由に開けて人間は飛び出して行かなければならないのです。宇宙はかなり昔、創造されたものではないのです。今も創造され創成されているのです。常に大自然や、天地や、あらゆる生命体は、生き生きと万有引力として蠢いており、流れており、飛んでおり、広がっており、激しいオーラに包まれています。人間はただそれを喜ぶだけです。自由な己を感謝して歌うのみです。人生万歳！

枯れ節の言葉

貴方からのメール読ませてもらいました。

確かに寒さは二月のそれですが、陽の光はけっこう暖かい今朝でした。朝食前の私は息子が二匹の犬を連れて散歩に出かけた後、玄関前の土をほじくったりして、けっこう長い時間を過ごしました。

今日は針供養の日のようです。もっともこれは新暦で言っているのであり、旧暦の方では来月に入らないと針供養はやってこないようです。一関にいた頃、正装して紋付き袴になり、豚の供養祭等に出て行く老人たちを見ていました。馬頭観音《ばとうかんのん》の碑もあちこちに建っていました。日本人は何でも仏とし、神として奉り上げるところがあります。時計供養があったり、魚供養があったり、全てが古い時代の日本人の優しい心を表しており、宗教的に言うならば、消えていくものは総べて仏になるというあの概念の中で、こういった何々供養は生まれてきたのでしょう。

人間が未だ世の中の細かいことなどを知らず、素朴に生きていた頃、陽の光る昼間は別として、あたりが暗くなると日本人の心は突然暗い闇の中の村芝居に変わって行ったのです。あたりには魑魅魍魎《ちみもうりょう》がまず現れ、鼻の長い天狗たちがあたりを闊歩し、狐や狸たちが人間を脅かしたり、煽《おだ》てたり、騙したりし始め、老いた犬猫などは飼い主が憎んでいるような人間を騙したり、喰いついたりするような時間が一晩中続いていたのです。明治という新しい時代に入る前までの長い退屈な、そして常に何かを恐れていなければならなかった頃は、確かに行灯《あんどん》の火を消した後は、夜風の音に合わせて雨戸はガタガタとなり、闇夜に聳えている木々は、昼間と違って我が物顔に振る舞い出し、背丈さえ大きく伸びていったのです。文明の明るさの中であらゆる夜の闇も心の闇も消えてなくなっている今では、狐や狸や化け猫ではなく、小器用な人間が詐欺という名前の力を発揮して、様々に人を騙し、社会を動かしているのです。詐欺も恐ろしいですが、それ以上に現代の世の中の魑魅魍魎《ちみもうりょう》として感染症は一時この世の中からだいぶ少なくなったはずなのに、今頃になって再び、人間の世界に上陸し始めました。このようなバイタリゼーション（再生、蘇生、復興）の再出現に対してどのような予防注射も、さほど歯が立たなくなっています。狐や狸ならば、駆逐することもできますが、猿やカモシカなどになると、現代人という名の農民たちは、それらを田畑から駆逐するだけの知恵も無ければ、手だても無いのです。

人間はあらゆる生活の手段に関して自然体を保って天を仰ぎ、万有引力の力に抵抗することなく、生きて行かねばならないのですが、それができないほど現代文明の便利なものや、身に付けておけば決して損はしない金力や権力が目の前にあるので、どうしてもごく自然に生きていくことはできなくなっているのです。文明社会の中で人間は、というよりは、動物たちは何らかの意味において、自分を与えられた万有引力からわずかでも離れて生きようとするのです。そこに生命体の悲しい功罪が見てとれるのです。私には私なりの功罪がはっきり見てとれます。貴方には貴方なりの功罪が見てとれるでしょう。そのことを私たち現代人間は、煩悩と呼び、劫と呼び、また業と呼び、原罪と呼び、地獄の苦しみと呼び、煉獄の時間と考えているのです。まるで綺麗なピカピカと光り、どこまでも紅く黒く塗り込められた漆のように硬く光っている鰹節よりは、黴《かび》だらけで見るのも触るのも、ましてや出汁《だし》をとって味わいたくもないと思ってしまいそうな、しょせん枯《か》れ節《ぶし》こそが、本当の味が出る鰹節だと、専門家は言うのです。十分に熟成したこの枯れ節と呼ばれている鰹節は、一本出来上がるのに、一年は十分かかると言われています。樫の木やその他の広葉樹の薪を焚き、その煙で十分に温度を上げて燻《いぶ》したりする中で出来上がるこの種の本格的な鰹節には、驚くほど黴《かび》が生えるそうです。遠い江戸時代の頃には、北前船などで運ばれていったごく当たり前の鰹節には当然のことながら、びっしりと黴は付いていたのです。初めのうちはこれを運んでいく船乗りたちは、こんな黴だらけになってしまったならば、商品としては値が落ちると考えてガッカリしたのです。しかし鰹節が長持ちし、香りも一段と良くなり、取引先では良い値段で引き取って貰えたのです。このような種類の水気も脂肪もかなりなくなって、放つ香りは円《まろ》やかなものになり、鰹節としては最高品として売れていったのです。

人間も年を重ね、日に三度反省をしていく時、毎日の生活の中で常に魂を燃やし、それに燻《いぶ》されて色合いを変え、水分や脂肪が適当に調和され、話す言葉などはどこかしら、その深みにおいて本枯れ節となってくるのです。

昨日はTさんから電話がありました。一度退院した奥さんですが、また入院されたそうです。彼も住所を沢内村に移したそうです。貴方のところに彼の方から訪ねて行くかもしれませんので話を聞いてやって下さい。彼はかなりの自信を持っているようですが、同時にいろいろ悩んでもいるようなので励まして上げて下さい。

韓信《かんしん》にならって股をくぐれ

今日も朝から雲一つなく晴れ渡っています。日が昇る前は玄関の方や南側の庭先を見るためにベランダに出ると、風はけっこう肌に冷たく、やはりこのあたりでも二月の風は冷たいようです。ベランダの上の長いテーブルと、八角形のテーブルの上に活けられている白梅は、一日経つうちに蕾が少しずつ花を開き、匂いさえ感じるくらいです。紅色の梅の花はこれまでよく見ていましたが、今こうして眺めている白梅は萼《がく》がすっかり緑であり、わずかながらその萼《がく》の緑さえ花びらに薄く広がっていき、花として開いていく時には完全な白にさえ見えます。今まで気づかなかったのですが、今朝は梅を活けた大柄の器の中に入れた水がカチンカチンに凍っていました。妻に凍っていると言われた時、初め私は、薄氷でも張っているのかと思いましたが、実際にベランダに出てみると、器の中の氷は完全に凍っていました。何十センチかの高さに活けてある梅は、この氷の堅さの中で、冷たい東風によっても倒れないでいるのです。

何年か前、ドイツを訪れたT君が私たちへのお土産として持ってきてくれたハンブルグの骨董屋に飾られていた青い一輪挿しにも、三本ほど白梅が挿されていますが、これも食卓の上で一つ二つと蕾から花に変わって来ています。北海に面したハンブルグの町中を借りた自転車に乗ってあちこち歩いていたT君の表情が眼に見えるようです。私自身も北欧四ヶ国を周ろうとして、フランスから夜汽車に乗ってこのハンブルグを通過したことや、夜の闇の中で港には船が見え、町の中は車窓からも明るく映っていたことを覚えています。このあたりを、同じコンパートメントに乗り合わせていた初老のドイツ人は、日本のバイクを取り扱っていた店の主人でした。彼がある駅で降りるまでかなり長く雑談をしていました。彼と別れる頃、夜も白々と明け、そのあたりはもうデンマークらしいことが分かりました。

このようにいくつもの思い出に浸っていると、食卓の上の白梅も、少しずつ蕾が開花していくのが楽しみです。

人間には他の動物には無い言葉があります。自分の言葉がどことなく自分の心で自由に使うことができず、言葉のどこかが浮腫《むく》んでいたり、痺れているのはどうしてでしょうか。こんな状態の中で文明人間は凄く自分自身が不満でならないのです。いつでも自分の精神が落ち着くことなく、胸の方はドキドキとなり、頭の中は目眩《めまい》に襲われ不安限りないのです。人間はここまで文明の苛立ちの中で、本来の自分を失っています。何とかして本来の自分に戻って生きて行かねばならないのです。あまりにも汚れ惚《ほう》け、小細工に取り囲まれ、溜まりに溜まってしまった魂の悪臭から、抜け出すこともできないでいるのです。そのような現代人はどうしようもなく疲れ果てています。魂の中心など長丁場のマラソン選手の最後の一キロぐらいのところに戻り、どうにも動けないくらい疲労困憊《こんぱい》しています。

こんなところから抜け出すためにも、ラストスパートで、一気に走り抜くためにも、名誉や金をまず傍らに置き、可能な限り身軽になって走り抜くだけです。かつてギリシャのあるオリンピック選手は、パンツが落ちていくのも分からず（もちろん引き上げる余裕もなく）、ひたすら最後の地点を全裸で走り通したという逸話が伝えられているようです。何事も大きなことをするには、また自分の力以上のことを成し遂げるにも、大衆に笑われることや、自分の中に有る羞恥心《しゅうちしん》など構っていられないくらい、自分の魂を中心にして全力を傾けなければならないのです。

今日、一日のこの春の日に、人間はどんな羞恥心《しゅうちしん》を抱いており、それをかなぐり捨てるための強い力を持っているでしょうか。私たちはそのためにも山中鹿之介（戦国時代の武将）のように必死に三日月に向かって祈らなければならないのです。自分自身を恥ずかしさの中でこれに負けることなく自分を発揮できる時だけ、人間はその分だけの大物になるのです。韓信《かんしん》が羞恥心《しゅうちしん》を捨てて股くぐりをした、あの故事に習って、より大きな自分になりましょう。

人間相

おはようございます。今日も実に良い天気です。東や南の窓から見ると、雲一つありません。

今朝は早めに犬たちを出して庭で遊ばせ、七時前には家の中に入ってしまいました。前から頼んでいたシルバー人材の植木職人がその後、直にやってきて、私たちが頼んでいた庭の太い木の枝を切り始めてくれました。何十年も経っている柿や寒椿の木も綺麗に形良く枝を整えて切り揃えてくれることでしょう。庭の真ん中にある欅《けやき》の木も必要の無い徒長枝《とちょうし》（樹木の幹や太い枝から上方に向かってまっすぐに長く太く伸びる枝）を伐り取ったり形を整えながら夕方までには綺麗にしてくれるはずです。

この地方やあの地方に棲んでいる動物たちは、それぞれに子孫を残しながら長い時代の中を生きていますが、人間もその中の一種であってそこに特別違いは無いはずです。生き方の違いや多少の知恵の在り方や上下の差はあるにしても、逆に考えるなら、人間たちよりも遥かに与えられた命の単純さの中で素朴に平和にしかも、それほどの苦しみもなく生きているのが猿たちや犬猫たちではないでしょうか。水の中をスイスイと泳ぎ、または水槽の中で餌を与えられながら短い命を生きる魚たちの方がある意味では、大自然の万有のリズムをよく知っているのではないでしょうか。動物たちのこのような特定の場所で生きている姿を、動物学者たちは「fauna」つまりファウナと呼んでいます。このラテン語を日本語に訳すならば、「動物相」となるでしょう。この動物相から見る大地の特質を「動物地理区」と言うそうです。だからユーラシア大陸全地域や北アフリカや北アメリカ大陸等は、大きく分けられて「全北区」と呼ばれ、これに対して「旧熱帯区」と呼ばれているのはサハラ砂漠の南の方のアフリカ大陸であり、「北界」、「新熱帯区」つまり南アメリカ大陸や熱帯アジア地域を指している「新大陸」もあり、日本あたりからは遥か南の方に広がっている「オーストラリア区」や「大洋区」等が存在し、それらのいろいろな区域でははっきりと動物相が分かれています。地理学者、ウォーレスの名前をとって、これらの区分けはウォーレス線と呼ばれているらしいのです。

動物相で動物の知識を得るように、植物相も当然有ることになります。つまりあらゆる生物は、大自然の大きな力作用の下で、命を与えられているのですが、それらに与えられている命の違いや共通点を考え、生命の哲学を理解しようとする時、そこには当然それなりに見えてくる大雑把《おおざっぱ》ながら私たち人間が何事よりもまず初めに理解しなければならない素朴な命の問題を見い出すのです。今日という一日の中で私たちは自分の生命を探り出し、その肌を感じ、その温もりを知り、言葉を知り、そこから当然生まれてくるはずの愛を感じ、この一日を生きていく力を実感し、潮の流れの中を泳ぐ魚たちのヒレの動きや、空を飛びどこまでも上昇気流の暖かさを実感している翼を持った鳥たちを理解し、山の中を終日獲物を探し木の実を探しながら歩き走り、枝の上を動いている動物たちに人間と同じ同類の喜びを見い出し、ここまで発達してしまった大きな大脳を抱えて直立している人類の命の重みを深々と考えなければならないのです。動物相や植物相の脇で人間相に区別しなければならない人類は、そういった自分を目の前に見て、ただ鏡の前で映った自分の姿に怖《お》じ気づき、敵と思い、日々出会っている恐ろしい天敵だと考え、そのような自分の顔に権力や金力が日々の生活の中で見ているようにはっきり映っているならば、人間は当然ながら日々争い、戦い、憎み合い、そこから逃れようとして人間相の直中《ただなか》に入っていこうとしているのです。文明人間のあらゆる意味での努力は、単に権力や財力を求めるというだけではなく、より天敵から逃れようとして最も自分の天敵の存在として目の前に現れる他の人間たちに、何としても歯向かわねばならないという劫にぶつかっているのです。有る宗教の言う原罪や、業はもう一つの別な表現でしかないのです。動物相に恐れ怖れ、植物相を怖がる人間相の中に生きる人類は、そのヒトという生活者の存在の中ではっきりともう一人のウォーレス博士にならなければならないようです。

　生命はあらゆる動物でも植物でもないのです。その根本においてウィルスの外側のものに過ぎないのです。あらゆる生命体の細胞の中に存在し、しかも常に増加し、感染性の病原体でありながら、しかも細胞構造を持たない蛋白質の塊ですが、そこに感情という名の宇宙の広がりの中に一瞬光る雷鳴のようなものとぶつかり、それこそが生命体の全体を造っている本来の素朴な存在なのです。私はこの事実に向かい合おうと思います。その時、人間相の中の一個の動き回る細胞である自分に確信を持ち、生きている現実を知ることになるのです。

　こんな明るい春の一日、大きな心で大自然の全体像に向かって哲学でもなければ宗教でもない、本当の心からの喜びを持ちたいと思います。貴方も今日を豊かに見つめて生きて下さい。

立春

　節分の昨日で数週間の大寒が明けました。しばらくぶりですがお変わりありませんか。

　どんなに良い季節が次から次へとやってきても、真夏の暑い季節や凍るような寒の時間もなければ、あらゆる生物はそれぞれに与えられた大自然の万有引力によって生き生きとは生きていけないのです。それぞれの生命体に与えられた寿命は、このような季節や節気の移り変わりの中で、与えられた生命を生きていけるのですが、人間はいつの頃からか文明社会という名の花盛りの中で、まるで自分一人で生きていけるように錯覚するようになりました。病も疲れも有る日々の生活の中でまるでそれが無いような気持ちになり、自由自在に動いてはいるのです。そのようにして大自然から受けている恵みを蔑《ないがし》ろにし、霊長類の力を誇っていますが、そこで人間は一人ひとりある種の存在の中心における挫折に陥っているのです。人間は栄光を夢見、しかもその光を十分に受けていると自信を持ちながら同時に、決定的に挫折を経験しているのが文明社会の現代人なのです。もともと予定されていた人生から徐々にはみ出してしまい、小器用な自らの手作りに因《よ》る人生の中で小さくまとまり、徐々に亡びていく自分を知ることもできないくらい愚かになっています。大自然とか、万有引力の力とも言うべき「宇宙論」がはっきりと百四十億年の歴史の広がりの中で展開しているのですが、その中に一つの命として与えられている自分自身を認めることなく、のほほんと権力や金銭のために生きている現代人は、進歩の多い歴史を作っている人間であると信じているのです。人間は常にあらゆる欲望の奴隷です。その先頭に権力や金銭欲が存在します。人間はすでに自らを圧しつけていく考えを恥ずかしいとも思わず、生物の頂点に立つ人類に与えられている倫理という道筋さえすっかり腐った雑草の中に埋もれてしまって見えなくなっています。おそらくこういうことをいささかでも感じるのでしょうか、人間は何かに生まれ変わりたいとか、昔はこんな人間として生きていたに違いないなどと妙な錯覚をし、自分を誤魔化しています。

人間はただ一度の自分らしい寿命を与えられた生命に過ぎません。五感や六感、三番目の目や耳などではっきりと自分に与えられた今の確かな自分を確信していきましょう。自分の周りの美しい情景はそのまま与えられた寿命のあらゆる場所で展開しています。生活の中に広がる万有のハーモニーをはっきりと信じていきましょう。

今日から春です。まだまだ寒いとは言いながら、私たちの周りは全て心の花々やそのリズムで満たされていくでしょう。貴方が住む四国の海も山もますますこれから美しくなることでしょう。私のいる東海地方の山々も、周りに見える古城等も、近くを流れる雄大な木曽川も、これから春の兆しの中で大きく私たちを慰めてくれることを信じています。竹藪の近くに移植されて、芽を出している鵜沼《うぬま》あたりの蕗《ふき》の薹《とう》も、今朝六つ、七つばかり摘んできました。いつも私を慰めてくれる土佐の風に感謝します。ますます味覚に誘われている貴方の仕事にも春の喜びが盛られますように。

私の息子の本が最近岩波科学ライブラリーの中の一五四冊目として岩波書店から出ました。

『キリンが笑う動物園』というのがタイトルです。誰にでも分かるように、これからの動物園の在り方に関して易しく書いたものですので、ぜひ機会が有りましたら読んで見て下さい。ではお元気で！

赤児に学ぶ

明るい立春の朝です。風もほとんどなく、二匹の犬を芝生で遊ばせた後、今、ベランダの手すりに布団を干しました。

世の中はだいぶ乱れてきており、誰もが考えているお金などが、現代人の生活を困らせるまでに至っています。私たちは確かに何かに間違って来ました。本来人間は舌の先から出てくる綺麗な言葉に頼って生きることができたのですが、そういった時間はなくなり、権力や金力に頼って生きる頭の方や足の方がだいぶ強くなり、傲慢になってきました。物の生産にはだいぶ頑張っていますが、本来の宗教や哲学さらには愛情等、心や魂が働かなくなるようになっています。少しぐらいは力を出すのですが、純粋に裸の心や魂がないので、愛は弱くなっています。そういう状態の中で現代人は、不満いっぱいの生き方をしています。毎日が平凡で不満で、何か自分を満足させてくれるものを求めながら、与えられずにいます。人間の心や魂は求められないものを段々と溜めていき、そういった状態の中で心や魂は屑になり、残飯となり、廃棄物に化しています。しかし棄てる場所はどこにも無いのです。

生まれて間もない赤児は小さな手や歯の生えていない口であちこちを舐《な》めたり触ったりしながら、その実何事かをどんな大人よりも確実に学んでいます。赤児はどこまでも明るく笑うのはそのためなのです。ハイハイをし、ヨチヨチと走り回り、転びながらとても大切なものを身に付けていきます。泣くにも笑うにも大人に体験できないような重大な学びのあることを、私たち大人に教えてくれるのが幼子です。彼らには大自然の生き生きとした時間と、伸び伸びとした自由が存在しています。

今日の美濃地方は、陽の光と木々の梢と芝生の上から春の暖かさを私たちに教えてくれています。あなたが樽と呼んでいる部屋のコンピューター、直ったようで良かったですね。私も安心して次々とメールを送ることができます。これから私たちは散歩を兼ねて、いつものスーパーまで歩いて行ってこようと思います。では時間をかけてゆっくりと行って来ます。

ソウルキャピタル

今にも雨が降りそうなどんよりとした午後です。しかもどこか肌寒く、部屋の中にいても今日が節分だというのに未だ寒い冬のような感じさえします。

今の時代にあってはどうやらどんな宗教でさえも、現実生活に向かうのは無力のようです。しかし心の中の時間の流れの中で、本人がその気になれば、明日は大きな力を生み出せるようです。哲学でさえ、この権力や金力の世界の生き方の中では無力のようです。未来に繋がる魂の中でのみ、あらゆる圧力から逃れることができるのです。芸術は生き方ではなく、夢の中で現実を生きる人間の本当の姿なのです。新しい論理は、現代文明の学問の中から生まれるのではなく、時間を超えて四方八方に広がるその人の自信に満ちた時間の中でだけ生まれてくるのです。この社会には豊かな学問と経済力が備わっていれば何一つ怖れるものはないなどと現代人はその権力や金力を敬っており、そこから離れないようにと言っているのですが、そのようなソーシャルキャピタルにしがみついている人間の人生は、どこかで崩れます。もっとも権力や経済力が全く身体のどこにも付いていないような毛虫や蟻のような人間であれば、また話は少しは違ってきます。どんな人間でも当たり前に目の前のことに常に力を発揮し、可能な限りあらゆる努力をして生きている限り、寒山拾得などのように最低のみすぼらしい生き方や、わずかな金や人が見て笑うようなつまらない小さな肩書きぐらいは備わっており、自分の命ぐらいは何とか守っていくことはできるのです。つまり、ソーシャルキャピタルは莫大な程は要らないのです。その代わり、ソウルキャピタル、すなわち魂の豊かさは絶対にその人間を大きくしない訳はありません。金に、また権力に夢中に飛びつく人間になって恥多い生き方をするよりは、むしろ魂の豊かさを高めながら生きていく人間でいなければならないのです。魂の下剋上《げこくじょう》の世界に生きたいものです。万有引力の備わっている世界において、日々生き生きと生きていく力強い人間でありましょう。DNAの本当の自分としてこの世界を我が物顔に闊歩していかれるところの人間でなければなりません。

ロシアのロマノフ王朝の皇帝は、モスクワからウラジオストックまでの七千四百メートルの長さの高原や山脈地帯に、地図の上で一本の長い線を引き、そこにシベリア鉄道を通すことを国民に命じたのです。もちろん可能な限りロシアの人々は川に橋を架け、山にトンネルを掘り、あらゆる努力をしながらこの鉄道を十四年もの歳月をかけて造り上げました。この巨大な事業は携わった人々の涙と汗の結果でしかなかったのですが、ある意味においては私たちもまた自分の中の大きな夢を目的とした真っ直ぐに伸びる人生時間を夢見るのと重ねて考えることができます。人生は四方八方傷だらけであり、紆余曲折《うよきょくせつ》の道筋になってしまうのが、たいていの人間の一生ですが、それを一筋のシベリア鉄道にするのもまた、最高の芸術であり、宗教、哲学の道ではないでしょうか。コロンブスは一直線に新大陸に向かいました。マゼランも一直線の方向に地球の上を進んだのです。シベリア鉄道の七千四百メートルはそのまま人間一人ひとりの心がけの結果としてその人の人生の結果を表しているのです。

今日も残り時間が短くなりました。私は世の中の信仰のためでもなく、世間の人間のやっている風習の中での行動でもなく、ただひたすら自分の生き方の中から何か穢れたものを追い出そうと万有引力の因子を誘い出すために、「福は内」を叫んで二階から、ベランダから、玄関から、豆を蒔こうと思います。ここ、数年の間に悪霊のようにあらゆる形の汚れのように、また汚染物質のようにこびりついている不浄なものを落とすつもりです。人生の全てが、また人間の全てが天使のように綺麗であることを願いつつ。

本当の教育者

昨日は貴女やご主人からのメール嬉しく読ませてもらいました。

貴女の教育論に関する十分練られた考え、嬉しく理解させてもらっています。何一つ貴女が私に謝ることなどなく、かえってあのように読んでいただいて私は喜んでいるのです。私は何一つ不快な思いなどしておりません。

この際ですからぜひ時間をみて、スイスの教育学者、ルソーの心の弟子であったペスタロッチの教育論についても読むチャンスがあれば良いと思います。なかなかの学問好きなペスタロッチはチューリッヒ大学時代、心がルソーの言葉によって見事に影響を受けたのです。神学や法律学などを学びつつあまりにも大きな影響をルソーから得ていた彼は、それからの生き方をどんな農民よりも優る本当の農民になって、真実の教育を子供や若者たちに与えたのです。彼は農民の素朴な出で立ちでいつも教えていました。わずか二十二才で結婚し、心の命じるままに貧民の子を教育する塾のような学校を創り、不幸な孤児たちを集めてはそこにも孤児院学校を創り、スイスの各地に数多く学院を創ったのです。教育に心ある人々は、彼を指して隠者のような実に偉大な先生だと感心しました。彼はルソーから受けた教育理念を自らの生活の中で実行し、『隠者の夕暮れ』や『白鳥の歌』など多くの本を著し、単なる人間教育の場ではなく、本質的に「人の教育とは何であるか」ということを、親たちのいる家庭や訓導《くんどう》のいる学校に基礎陶冶《とうや》を求めなければならないということを彼は実践したのです。

彼の学校からは周りのどこを見てもスイスの雪の山々が見えました。牛などを飼いながら肥やしの匂いのする中で彼の語る言葉は全て大きな意味を持っていました。現代時間に目を覚ました世界中の初等教育や師範教育の中で、ペスタロッチや彼の先生であるルソーは何度も何度も語られ、本当の教育者としての学問が教えられていますが、金や名誉によって教師自体の本当の姿が薄れている最近ではないかと思うのです。

アイルランドの古語そのままに生かされているゲール語の言葉を忠実に守りながら、バーナード・ショーはやはりもう一人の教育者だと私は見ています。彼はある時このように言いました。

「学校が芝居小屋のように楽しかったらどんなに子供は救われるだろう」

実に多くのユーモアや機知に富み、風刺に満たされているショーの話は、単なる現代の劇作家たちによって読まれているだけではありません。この方面に進んでいる私の長男などは、ショーという言葉を私への手紙の中で言ったことはありません。ショーはやはりもう一人の教育者だったのでしょう。息子はショーというよりは自分の名前さえ上野火山と言っているくらいで、彼の中にはエリヤ・カザンの言葉や翳りが激しく影響を与えています。息子は教育よりはむしろ、劇作の世界に生きている人間です。この間初めて聞いたことですが、彼は大学時代本当に飢えて困っていた時、浮浪者から命を繋ぐ食べ物を貰ったそうです。こんな話を聞かされると親はどうしても涙が止まらないのです。大学の一角を借りて彼自身の演劇練習をしており、彼自身今は大学で「比較演劇論」を教えているのですが、人間は一人ひとり本気になって自分を信じ、そのように生き通す時、その人間の人生は大きな意味を持つのです。

教育はまず自分自身から行わねばなりません。私などはこの年になりながら未だ、学び足りない本当の言葉や内容があることを知っています。お互いにこれからの人生を楽しいものにして生きましょう。

寿命を語る

今日も早朝から明るい天気です。

それにしても人間にはいつの時代にも、誰においてもなんと多くの問題が起こっていることでしょう。私自身そのことを自らの生き方の中ではっきりと実感しています。しかし、考えようによってはこのように問題が多くあることによって人間の心は思わぬ衝撃を受け、一歩一歩向上し前進していくことを私は知っています。鴨長明も言っているように、水の流れは常に留まることを知らないのですが、その流れは時間の流れの中で少しずつレベルアップされていくことを、人間は常に弁えているべきです。人間の生き方はそのまま漂流して漂う大海の渦の中の小舟に過ぎません。人の行く手はこの社会の中を見ている者にとっては、はっきりと行く手が分かりません。つまり人間は他の動物たちのように時間と場所から自由に離されてはいません。人間はこの社会に縛られ、自分たちの知識に縛られ、自分という心と身体の全てによって縛られて生きています。他の生命のように人は何ものにも全く縛られることのない自分と自分の言葉を持っていなければならないのです。ヒトの生き方はその生き方の全域においてあらゆる意味で束縛されることのない存在です。自由に生きるとはこのような無呪縛の次元での生き方です。自分の言葉でありながら、それは同時に大自然の言葉であり、万有の力学的法則に従った力が文法となっている言葉で守られているのです。自由自在にこの世を動かす方向の言葉にかなり偏りながら守られているのです。この場合の守られ方は、縛られている形とは考えてはならないのです。自由自在やイコールは無呪縛なのです。どれほど専門的な法学や経済学があっても、それらは現実のこの世の中ではかなり無力に近いのです。本当に恐ろしい不況の時代を前にして法学も経済学の力も、役に立たないようです。

宗教もまた現実生活においては無思想なのです。心の中の熱い言葉と明日への夢が宗教とぶつかる時、大きな人間の爆発力に変わるのです。

哲学も今日という日の生き方においてはほとんど無力です。未来に繋ぐ魂の中の働きのみが、その人間を強くする圧力となって、現実社会の負い目から逃れることができるもう一つの逃れの町なのです。

芸術もまた単に今の生き方を変えることができたり、そこで押し潰されている心や言葉を助けてくれる力とはならないのです。明日への夢の中で、今というこの現実の世界を生きるのには大いに役立つのです。あらゆる意味での芸術を利用して金儲けなどを考えたり、権力を得ようとしてもそれは難しい話です。人間の長い歴史の中ではそのような方向の中で大成したように、芸術家もわずかながらいない訳ではないのですが、そういった芸術という熱や圧力によって高められた権力や金の力には、当然限界があるはずです。

生命体の寿命は、それぞれの与えられた種によって十年前後とか五十年前後とか百年前後と言って、またまるで俳句のように短いながら深い意味を持っている一時間とか、二時間の命で終わる細い昆虫もいるくらいです。さらに小さなウィルスなどにはどのような短い寿命が与えられているのでしょうか。命の長さを、また寿命を理解するためには、生命を生命にさせている生と死の間の長さを、それを立体的に見せている細胞の変化といった何とも不可解な生命の本質というか、信仰したくなるような戦略を考えたくなるのが私たち人間なのです。他の生き物たちにはそれがありません。彼らは率直にそれを受け止めているだけです。物を食べたりして存在意義を延ばしているあらゆる生き物の中で、また人間の生命の中では、はっきりとそれが細胞の休むことのない進化の形であり、同時に死を意味する秘策なのです。

二、三日前の新聞にOさんの『〝治る力〟の再発見』という著作の広告が載っていました。「西洋医学と東洋医学の長所を活かした〝総合医療〟の知恵の数々」という解説も書いてありました。書店を覗いた時には手にとって見て上げて下さい。おそらく今朝私が貴方に書いたこのメールと重なり、力有る文章として読めるはずです。彼にもここしばらく会っていませんが、海外などに出ていて忙しいのかもしれません。

今日というこの一日も、朝から晩までこの神秘的な自分の中の細胞の微妙な進化や言葉の動きを心と併せて、意識しながら暮らしていきましょう。

山本学園万歳

メールありがとうございました。学校の方ますますお忙しいようですね。四国では名の通った学校だと、この間お邪魔した時に教えられましたが、生徒の中には外国にまで進出して活躍している卒業生もいられるということ、在校生たちにとっても、また教師たちにとっても、どれだけの喜びや励ましになっていることかしれないはずです。確かに先生の学校はすでに教え方や接し方の中で、他の学校の群を抜いていることを私は実感しています。学校の校舎や設備の良さではなく、教室で教える教師の質や、あらゆる生活の面でのレベルアップされている点が、今のような時代になってくると、当然のことながら入ってくる生徒の数や、彼らを送り出す親の考え方が大きく変わってきていることでしょう。松下村塾のような、寺子屋の前の方に、塾長が耕す畑があり、貧しい農家そのもののような学校であっても、教える師が凛《りん》としていれば、そこにやがて名を成すであろう弟子たちが集わないはずはありません。私たちも、「四国に山本学園あり」と、胸を張って東北や関東や東海地方の人々に宣伝できます。たいへんでしょうが先生もこれからますます広い人間教育において力を発揮されて下さい。健康の方も先ずは合格のようで良かったですね。私もそうですがくれぐれも身体に気をつけてお互い頑張って参りましょう。

遥か遠い大西洋の中に存在するスコットランドの大地に「カラニッシュの古石」が天に向かって大小様々に建っているそうです。おそらく文字を知らなかった古代人は、それでもはっきりと人間の存在を記念するためか、このような大小の細長い石を建てたのでしょう。私たち現代人はカラニッシュの立石を数多く建てる代わりに、どこか環状列石を意味しているような円石ではなく、一つ一つ言葉を心の中でまとめ、オベリスクや偶像に刻んでいるのです。人間は目を使うことなく、物をよりはっきりと見ることができるし、耳を傾けなくとももものをよりはっきり聴くことができます。人間はもともと身体全体、特に心で音楽などを理解するし、絵画や文章なども嗅ぎ分け、時には大笑いし、涙を流し、神聖な気持ちになるのです。人間の生命力は目や耳や単なるうるさい雑音でしかない言葉と違った共鳴現象によって、あらゆる生命活動を復活していくことができるのです。これがなければ純粋の音楽も絵画も哲学も文学も存在しなくなります。豊かな魂からの感動によって打ち振るい始める共鳴現象の中にだけ、どこまでも清らかで素朴で気高いあらゆる意味での美や愛が存在するのです。

人間はどんなに頑張ってみても、心豊かな人の言葉や生き方はこの文明の世の中では「あばずれ」や「変わり者」、「傾《かぶ》き者」としか見られません。

私たちの人生をより純粋なものに留めて置くためにも、五感以上に六感の共鳴現象を確かなものにして生きていきたいものです。

四国の匂いのする松山の「おたやん飴」のことを先生のメールの中に読ませてもらいました。

時代は単に十年単位で変化していくものではない今日、直に私たちの子供時代の記憶は老人の心のように消えていきますが、このような駄菓子などは強烈に私たちの心をくすぐってくれます。音楽や詩のレベルではない、さらに高いところで故郷や親たちや幼い日の遊びを呼び起こさせてくれるようですね。伊予柑と同様松山の町や伊予灘の風をいっぱい膨らませているであろう「おたやん飴」、子供のように夫婦で期待しています。あまりにも良いことも悪いことも多いこの世の中で遊び疲れているような私は目に涙を溜めながらこのメールを書いています。いつもありがとうございます。

四福音書考

今受けた貴方からのメールには、貴方の幼かった頃の懐かしい思い出が書かれてありました。昭和の頃の家の姿や生活の有様が、私にも懐かしく連想して思い出すことができました。馬糞や牛糞の匂いまでが懐かしく感じられるようです。

『新約聖書』の最初の四つの福音書は、それぞれマタイ伝、マルコ伝、ルカ伝、ヨハネ伝と言われていて、キリスト教の神学者たちには四つの福音書と言われています。

マタイは、キリストの十二人の弟子の中の一人であって、ローマ帝国の中で働いていた税理士だったのです。それだけに計算とか細かい時間の中の調べ事においては実に細かく書き留められ、その点、キリストの教えを身に付けて人々に説くにも実に正確に伝えたようです。「マタイ伝」の中にだけ、「山上の垂訓《すいくん》」が載っており、これが書かれている頁の中では、キリストが立派な学校の先生のように見えるのです。

これに対してマルコは彼の友人のバルナバと組になってクプロ地方に伝道に行ったり大いに活躍しましたが、やがてアレキサンドリアの最初のキリスト教指導者になったということです。彼は年若くして、しかも両親が違った民族の出であり、混血児であったので、キリストの話していたアラム語やその頃の地中海沿岸で公用語として使われていた難しいラテン語も自由自在に話せたので、医者のルカの通訳をしたり、他のキリスト教を伝える弟子たちの通訳としても働き、大いに活躍をしたようです。

ルカは医者であり、あらゆる面で豊かな知識人でした。医療に携わる他に絵なども描いていたようです。つまり彼は科学者であり同時に芸術的にも詳しい人間だったのです。従って彼が書いた「ルカ伝」は四福音書の中で最も字数が多く、ヨハネ伝のような半ば神懸《かみが》かり、心理学的に、深いものを背後に含んでいる文体とは違い、「マタイ伝」や「マルコ伝」のように簡潔ではなく、聖書を読む人の性格にもよるのですが、じっくりとキリスト教史やキリストという人物観を見定めようとする人たちにとっては、十分それを満足させるだけの深みのある福音書なのです。

最後の「ヨハネ伝」は本当はこれら四福音書の中の先頭に置かれるべきだったとキリスト教学者は思うのです。なぜならば、そこにはキリストが極端に厳しい言葉で書かれており、キリストが述べられている前にはっきりと神そのものが「言葉」としてこの福音書の冒頭の数行に書かれています。聖書はこのヨハネ伝の数行でもってキリスト教そのものの全体像が明確に伝えられているのです。キリスト教は単なる宗教ではないのです。単なる世界史の中で語られる「三大宗教」の中の一つだと考えて安心してはいられないのです。釈迦もマホメットも考えてみれば大自然という神を地上から眺めてその大きさやそこに含まれている真理を理解し、その一部である人間を他の生物たちとは違って特別選ばれた存在として肯定するのではなく、あらゆる生物の中の一つであり、その中の霊長類のサミットに立つ存在として、彼らは若くして死んだキリストと共に人類史の中でかなりできの良い人間だったと見るのが正しいのだと私は思います。マタイもマルコもルカも確かにキリストの教えを理解し、信じることのできた良い弟子たちではあったでしょうが、そういった三人の彼らの中にこのヨハネを入れてしまうのは、どこかそれに値しないものがあるようです。

ヨハネはある意味では他の三人よりもどこか特別に心の動きが鋭かったようです。今日にも見られる透視能力や、物を占う力などにおいて、普通の人を超えていたようです。そんな力を持っていた一見素朴なガリラヤ湖の漁師であったヨハネは、特別な思いでキリストの目に留まり、深く信頼されていたようです。レオナルド・ダ・ヴィンチが描いた「最後の晩餐」の中で、キリストの脇で彼にもたれるように座っているヨハネの姿を描いているのはこのような神的なキリストと弟子たちの関係を実にうまくこの絵の中で表現しているからです。キリストを裏切るユダさえも、まさにそれらしく描かれていることに私たちは極めて自然な感じを抱くのです。

四福音書は確かに大自然の動きそのものとしての力を「神」や「聖霊」として理解し、人間の中の極めて聡明な心をもってそれを見上げることができた三十才にもならぬキリストが、このような宗教時間の中で理解されたことは決して不思議ではなかったのです。

これから『聖書』を読む機会が有るならば、つまり歴史書の一つとしてまた、人間学の論文としてかなり分厚いこの本を読む時には、「新約聖書」の冒頭に置かれている四福音書をこのように理解して読んで見て下さい。

コロンブスの卵

今年の冬はどうみても暖かい感じです。今朝もわずかな雲が流れていますが、陽の光は生き物の気持ちを大らかにしてくれています。

息子吉一の動物学の本が、火曜日（二十七日）頃、岩波書店からいよいよ出るようです。東山動物園の職員たち一人ひとりにも読んでもらうようになるようですが、これを境にこの動物園の意識と内容が大きく新しい時代のもの、すなわち世界の名だたる動物園やサンクチュアリーのレベルまで、またそれ以上に変わっていけば、親としてこんな嬉しいことはありません。息子自身もそれを願いながら東山動物園の企画官になったはずです。

かつてアメリカ新大陸が発見された時、世界中のかなり多くの人々は何だそんなことかと、あまり驚きもせず、人類史の歴史の中の大事件だとは考えていなかったようです。人々は、笑ったり変わった人もいるものだと驚いたりはしたのですが、それだけのことだったのです。ただその時、私たちもよく知っている「コロンブスの卵」という逸話が今日まで残されることになったのです。コロンブスはテーブルの上に置かれていた卵を手にとって、これを垂直に立てることができるかどうか、周囲の人々に尋ねたのです。もちろんそれは無理だと誰もが言ったのです。その時コロンブスは卵の尻の部分を少しへこまして立てたのですが、「そんなことなら誰でもできる」と周囲の人々に言われました。もちろんコロンブスははっきりとこのことが分かっていました。どんなことでも、つまり些細《ささい》なことでもまた、重大なことでも、人のやった後ならば、何だって簡単にできるはずだということを彼は知っていたのです。確かにいつの時代の人間でもこのことはよく分かっているのに、そのことを自分の実際の生き方の中では実行できてはいないのです。

ところがこの逸話も実はフランス語の歴史家であるミシュレーは「コロンブスの卵」を「ブルネレスキの卵」だと言っています。十四世紀の終わり頃から十五世紀の半ばまで生きていたイタリアの建築家、ブルネレスキが、実は友人たちの前で卵のお尻をへこませて立たせた逸話があると言っているのです。

いずれにしても歴史上の逸話や物語はその歴史を学んだり理解したい人、それぞれによって理解の深さが異なるので、良いものも悪いものになり、聖者も悪人として理解され、美人も醜女《しこめ》にされ、良妻も悪妻として理解されてしまうのです。歴史はあくまで二度と戻ってこない時間の流れの中の出来事なので、それを後世の時代の人々が様々に時間の組み合わせなどを変えていく時、当然そこにはエピソードの内容が変わっていくのです。

歴史を信じなければ過去は分かりません。しかし歴史はあらゆる言葉の応用の中で最も悲劇的な一面を持っていることを知らなければならないのです。話は全く違ってくるし、歴史的な逸話も、同じ南欧でも東と西では、また、ポルトガルとイタリアでは事情が違ってきます。日本で言うなら大石内蔵助《おおいしくらのすけ》と上野介《こうずけのすけ》との間の事情でも訳は同じです。

私たちは歴史上のエピソードを一つ一つ良いものから学んでいきましょう。

学び多い人生

日が昇り始めていた東の方は雲でいっぱいでしたが、南の窓に映っている竹藪や楠木《くすのき》の大木の上は青空です。朝食の後、泥で汚れてもいい服を着て庭に下り、家の西側にあるけっこう大きな寒椿などの根本を綺麗にし、そこに溜まっていたかなり多くの落葉を、春になると様々な花が芽を出す玄関の前の一角に肥やしとして移しかえたりしました。風の勢いが強くいかにも寒の寒い冬空なのですが、庭で仕事をしている時や、このようにして部屋の中から口述筆記をしながら太陽の明るい外を眺めていると、まるで四月五月のように心の中の温かさを感じます。

私はこれまでにも生命の発生した遠い過去の時間を考え、大自然の動きの中で蛋白質や大きな雷鳴のような一瞬の勢いの動きの中で、まず最初に生命の小さな発生が見られ、そのようなウィルスにもならない遥かに小さな存在からやがて霊長類まで生命現象が発達してきた事実を考えていました。このことを人間は何らかの形で漠然と認識していたらしく、世界中どの地方に行っても宇宙創造また生命体の出現などを克明に、しかもそれぞれに違った方向で説明している伝説が存在します。それらの伝説は明らかにその根底において神話そのものなのです。遠い昔のこういった神話の時代をそれぞれの場合において考えてみると、インドあたりのそれは最も古く、しかもそこで言われている生命現象発達の神話は、今日の現代社会の『ネーチャー』などに書かれている科学的な論文とどこか類似していることに私は愕然《がくぜん》としています。完全に伝説の中で生まれた過去の言葉と、科学の枠を尽くした言葉が二つ重なると、必ずしも白と黒のようにはっきりとした分け方ができないくらいに何かが似ていることにとても驚くのです。

古いインドの伝説をまとめているものに、『リグ・ヴェーダ』が存在します。その中で『原人賛歌』は先にも言ったように現代の科学者たちの原人出現の姿の想像的な考え方とどこかが一致しています。インド人たちはこの初人賛歌をプルシャ・スークタと言っています。おそらく日本語でこの意味を訳すならば、「原人出現」という歴史の幕開けとなるでしょう。もっと日本語らしい歴史感覚で言うならば、「創造神話」と言った方が、より詳しく理解できるかもしれません。

北欧神話もインディアンのそれも、インディオたちのそれも、アイルランドのそれも、あるところにおいて最初に出現した人間は、つまり原人はどこかが不思議に一致しているのです。エジプトにピラミッドがあると思えば、南米のまた中米の深いジャングルの中にもピラミッドは存在し、日本の南の端、沖縄あたりの海の中にもピラミッドは存在しているのですが、人類の出現は地球上のどのあたりにおいても何かが同じように説明されているから不思議でなりません。仏教の説話の中にも千手観音の話が出てきますが、『プルシャ・スークタ』の中にも間違いなく千手観音と同じ種類の原人が出てきます。

『プルシャ・スークタ』の中で原人は千の頭を持ち、千の目を持ち、千の足を持ち、とにかく巨大で広大な生き物だったので、大地をくまなく覆い尽くすほどの生き方をしていたのです。つまり他の霊長類や生き物たちと比べて比較できないほど知恵があり、力が有り、大自然とまた大地と対等に繋がっていたので、他の生き物は生き物同士として対等に話したり考えたり助け合ったりはできないことを、原人の出現の頃から解っていたのです。大自然は原人を犠牲にして祭りを催し、そこに馬や牛や山羊や羊など、やがて家畜になるようなものを生み出し、原人の中に働いていた「心」から抜き出すようにして月を創り、千の目からは太陽の光や巨大なエネルギーを引き出し、口からは国々を造り、原人の吐き出す息からは風を造り、臍《へそ》からは空界を造り、千の頭からは天界を造り、両足からは大地を造り、千の耳からは四方八方の方向を造ったと『原人賛歌』の中では言われています。原人をいろいろに分類して口は宗教的な心で生きる、いわゆるバラモンを造り、両手は人々をクシャトリア、つまり指導する人間を造り、両方の脛はヴァイシャ、つまり一般社会人を造り、両足はシュードラ、つまり集団で指導者の後に従う群集を造ったと言われているのです。つまり『プルシャ・スークタ』は大自然の力が、実は巨人の身体の部分から様々な人間を創造したことを語っているのです。こういった巨人解体から人間が生まれたという伝説は世界各地に存在します。

私たち現代人は巨人とまでは言わなくとも、酸素、水素などから今の人間の形に造られた自分自身をはっきりと意識して、そのように大自然と向かい合い繋がっていく利口な存在でありたいものです。

今朝も貴方とOさんの間のメールのやりとりを読ませてもらいました。名護と本部《もとぶ》の桜に関しての私の誤解などはっきり分かりました。これからはこういうことにいろいろと理解の方法を考えながら、書いていきたいと思います。沖縄のOさんにもいろいろと教えていただかなければならないと思います。とにかくあらゆる失敗や問題を克服しながら前進していきましょう。人生そのものがとにかく失敗や誤読の連続であり、それを通って行く時、むしろ失敗や誤読もその人間にとって得難い良い体験となるのです。そう信じる時、様々な問題のある人生そのものが、深い意味のあることとして感謝できるのです。何一つ問題がないような気持ちでいる時、その人間は何か大切なものを失っており、何もないと思っている時間そのものが虚《むな》しい時間の流れであることを知らなければなりません。このことに気づいていくつになっても大きな問題を抱えながらそれなりの青春の人生を楽しんでいきましょう。

いろいろ教えてくれてありがとう！

青春群像

今日は一日中外は寒いのですが、窓から見るベランダや庭先、そして竹林のあたりはまるで春のように明るい感じでした。それでも午後の一時、雪が降り出してきましたが、それもたちまち止んでしまいました。

あなた方と梁山泊の方々のメールのやりとり、私もいろいろと聞かされ、燃え上がっている熱い心を共に喜んでいます。

確かに現代は悲しいことでいっぱいの時代です。しかし心の持ちようで私たちはいくつになろうとも、青春の真っ只中を歩んで行くことができます。ドイツの小説家、フェルスターは『アルト・ハイデルベルク』すなわち英語で言うならば、『懐かしのハイデルベルク』という作品を書き、青春の人間像を実に美しく表現しています。確かにハイデルベルクはネッカー河が貫流する田舎の小都市なのですが、ヨーロッパでは最も古い大学ハイデルベルク大学が、スウェーデンのウプサラ大学と共に人々の心には大きな熱いものを遺しています。青春の心を持った人々の多くが、ハイデルベルク大学を卒業したり、アメリカ新大陸の発見をしたコロンブスも訪ねていったウプサラ大学も世界中の若い心を持った人々の青春の思い出を共用しているのです。

かつて私は北回りの飛行機でモスクワに飛び、次の朝早くバルカン地方の上を飛び、イタリアのダ・ヴィンチ空港に降り立ち、その日の真夜中ローマ駅からスイスの山を越えてチューリッヒを経て南ドイツに入り、夕日が沈もうとしていた頃、シュタットガルトに着きました。次の日、一日でドイツやベルギーを通ってフランスに向かい用を足した後、再び同じ日の夕方シュタットガルトに戻ったことがあります。この忙しい旅の間に私は往きと帰りに、ネッカー河の流れの向こうにハイデルベルク大学を車窓に見ていたのです。それは単なる風景を見ていたのではなく、『アルト・ハイデルベルク』すなわち人の心にいくつになっても残っている青春の思い出の時間を読み取っていたのです。第二次大戦の終わった後、イタリアから日本にもたらされた映画の中に『青春群像』というのがありましたが、銀幕いっぱいにそこでも青春の自由や、悲しみや、喜びや痛みなどが生き生きと広がっていました。『アルト・ハイデルベルク』もまた、もう一つの『青春群像』の別の言葉の表現だったのです。世界中の若者も壮年たちも老人たちも言葉をはっきりと理解する人間ならば、このネッカー河の辺の可愛いエプロン姿のケティーや、ハイデルベルク大学の生徒カールの深い心の交流が、自分たちの心の中の青春の熱い動きとなってそれぞれの人の生き方を生き生きと目覚めさせることができたのです。

世の中には燃え上がるような青春の中から吹き上げる勢いの激しい時間が有るかと思えば、それとは逆に実に心が沈んでいく秋の空気のようなものを実感する時間を、私たち人間は抱くことがあるのです。確かにヴェルレーヌの詩などは、人間的にはどうしようもないほどあらゆる点で駄目な若者だったのですが、それでも彼が口にするフランス語は、人々を慰めて止まなかったのです。しかし単にフランス語とか英語とか、ラテン語、ギリシャ語がヨーロッパの人々の心を打つ言語だった訳ではないのです。ほとんど日本語に訳される時、原詩の力を半ば失ってしまうヨーロッパの言葉なのですが、かの上田敏は見事な神の力が加わったように、このヴェルレーヌのフランス語の詩を全く別なもう一つの日本語の詩として『海潮音』の中で表現したのです。あばずれでどうしようもない自分の生き方をそのまま素直に認め、半ば涙を流すように歌ったヴェルレーヌにとって、パリは悲しみの町であり、そぞろ寒い秋の風の吹く中で、枯れ葉が落ちる悲しいところであったようです。

「秋の日の　ヴィオロンの　ため息の　身にしみて　ひたぶるにうら悲し　げに我は　うらぶれて　ここかしこ　さだめなく　とび散らふ　落葉かな」

まさにうらぶれた落葉のような自分を信じなければならないのが、青春の勢いの中で生きる人間の裏の姿なのです。上田敏は、確かにヴェルレーヌの心を理解したはずです。しかし彼が訳した日本語はヴェルレーヌのフランス語の匂いとは似ても似つかないれっきとして、それ自身として存在する『海潮音』の中の日本語の詩そのものだったのです。言い換えれば上田敏はヴェルレーヌの詩を訳したのではなく、自らの日本人としての「秋の詩」とか「青春の裏側の吐息」を正確に日本の詩として表現できたのです。裏と表のこのような深い関わりを考えながら、人間は大人になり、死を迎えるまでの長い時間を可能な限り生き生きとした青春の中で暮らすべきなのです。

これからも梁山泊の方々と生き生きとした青春群像の言葉の中で生きて下さい。私自身もそのようにして、日々の時間を過ごしているつもりです。

白紙、アルバム

月曜の今日もそれほど寒くはなく、明るく穏やかで、朝食前に私は庭の隅にある小さな畑（?）の中で雑草を抜いたり土をかき回したりしながら、小一時間動きました。今こうして朝の食事の後に貴方から転送されてきたメールを嬉しく読ませてもらったところです。

人間は美味しい食べ物だけで健康に生きられるものではないようです。手を使い足を使い様々に動きながら、同時に人にだけ与えられている言葉を様々に動かし使い分け、その人なりに豊かな感情を発揮して生きる時、与えられた寿命はその通りに予定された命の長さの中でまんべんなく果たされていくのではないでしょうか。

さて、かなり古いヨーロッパの歴史の中で、様々な言葉が出現し色とりどりに文化という名の色塗りがされていなかった頃、ラテン語はその難しい文法や長たらしい単語と共に、人々は何一つ嫌な気持ちや難しいと思う考えを持つことなく使っていたのです。

今ではあの白色のことを私たちは「白」と呼び、英語国民は「ホワイト」と、フランスや南欧の人々は「ブランシュ」とか「ブランコ」と言い、このように白色のことを語っていくなら限りがありません。しかしラテン人たちは白のことをalbum（アルバム）とも呼んでいたのです。写真などを貼っておく台紙を本の形にまとめたものをアルバムと我々は言っていますが、本来ラテン人たちはこのアルバム、つまり白という色を単に色彩の一つとして考えてはいなかったのです。青に対しての白であり、赤に対しての白だったのです。彼らにとってのアルバムは「何も書いていない白紙」であり「写真や絵などを全く貼っていない白紙の台紙」を意味していたのです。

こういったラテン人の「アルバム」観は純粋な人間や周りの状況やその時代の文明の在り方や使っている言語の種類によって、かなり汚されてしまっているものから離れている全くの白い紙を意味しているようです。人間はどんな経験も知識も努力も全てさて置いて、最初には、「初人」または「原人」でなければならないのです。学校教育が、校長から教頭、主任といった格付けの中で、教育そのものが酷くおかしなものに偏ってしまうのです。そのようなその時代の教育制度という名の雑色、雑念によって破壊された教育の彼方に、明らかにアルバムの教育、初心から直接生まれた「独学」といった教育の形が考えられるのです。人間は何事かを知識や経験によって積み上げていくのですが、そのような重なり合ったところに作られる教育は、わずかばかりの他人の小知恵や小利口さによってたちまち崩れてしまうのです。素朴であり単純であり同時に無垢《むく》なところから出発する教育、すなわち独学こそがラテン人の言うところの本当の意味でのアルバム教育なのです。人間は一度失敗をすると、二度とそのことには失敗はしないはずなのですが、悲しいことにその利口さが一つの常識となり、それはその人をその分だけ自由ではないところに押しやってしまうのです。多くの老人たちは自分たちが体験してきた失敗から生み出された数多い常識の濫に閉じ込められ、単純な若者のようには物事を自由に夢の通りに実行していくことはできないのです。老人の悲しみはこんなところに見られます。経験も知識もあまりにも数多く心や身体の周りに群がっているのでやることなすこと全ては抱いている夢の通りにはならないのです。その上にさらに可哀想なことは、若者たちに老人たちを縛っている数多くの経験や知識を教え、持っている夢など決して実現しない単なる遊び事だと教えるところにあるのです。人間は理性の世界に閉じ込められてはいけません。あらゆることはその時、その人の行動を呪縛してしまいます。人間は常に自分の豊かな感情の中で動きたいものです。大きなアルバムを常に身に付けて自由自在に闊歩しなければいけません。

経験とか、知識とか体験とかいったものは、それをしっかり持っているその人間の日々の生活の中の夢を破壊してしまいます。偉大な生活者になるためにも、また一人の自分の達成者になるためにも、あらゆる意味において努力をしながら、魂の孤独者になり、物事に対して変わり者、つまり熱狂者にならなければならないのです。テレビでも『情熱大陸』や『ガイアの夜明け』、『カンブリア宮殿』などといった心を熱くしてくれる番組がありますが、世界の若者たちの多くは馬鹿笑いやおかしな物まねで人を笑わせる芸能人の態度に引き込まれ、まるで麻薬に酔う人間になっている現代世界です。私たちは常にそういった人生というアルバムの中で自分を研ぎ澄ませていけるものになりましょう。そういう一日であることを自覚しながら、この文を閉じます。

サボタージュ

寒の最中なのにさほど寒くもなく先ほどまで明るい日が射していたのに、今はすっかりと曇ってしまいました。人生の流れのように常に晴れたり曇ったりしていていちいちそのことに悩んだりしていても始まりません。

日本語の中にはたくさんの外国語の名詞や動詞が混入していますが、文法が分からないのでそれらの異国語を自由に使える訳でもありません。サボタージュというフランス語の名詞もまたそれと同じく、「サボる」とか「仕事や学業を休む」のに使ってはいるのですが、この言葉を日本語のフレーズの中で自由自在に動かすことは全くできないのです。

「サボ」とはフランス語の語源にまで辿っていくと、農民たちが昔履いていた木製の靴を意味しています。農民たちの間や地主と農民たちの間で争いが起こると、腹を立てた農民たちはこの木靴を履いて相手の畑を踏み荒らしたり、様々な乱暴なことをしたのです。サボタージュはこんなことから「故意に憎たらしい相手に何らかの損傷を与える行動」として使われていたのです。近代になって労働者が経営者たちに背き、機械や器物を壊したり、いろいろな意味での積極的な妨害をすることを、このサボタージュという名詞を使って表現している訳です。しかし日本の社会では単に仕事や勉強、または約束ごとを破ることをこの言葉で表現しています。その民族に固有というか、とにかくいつの間にか常識となって残っている生活態度にしっかりと囲まれて生きている時、それを破るものを「サボる」と言って軽蔑する訳です。そうなって来るとあえて自分らしく自分が信じている正しさの方向に進もうとする時、私たちはどうしてもこの言葉によって縛られている社会からは非難されるのです。この不条理から脱出するためにも、私たちはあえてこの言葉を甘んじて受け止めなければならないのです。

このような不条理の中で私たちは多元的なあらゆる非難の中で、むしろそれを喜びとし、誇りとして生きて行かねばならないようです。ではまた書きます。お元気で‼

目覚めた人間、目覚めた国

おはようございます。どんよりと曇った朝ですが、朝食前犬と庭で遊び、朝食後は竹藪の中のわずかな林や枯れた雑草の間を少しばかり綺麗にしました。手を洗い、足を洗い、作業着を脱いだあとこうして貴方へのメールに向かうと、少しばかり汗をかいた身体も落ち着き、これから何かを力一杯書けそうです。私の口述筆記をコンピューターに打ち込んでくれる妻も歯が痛かったり目が疲れたりしているようですが、この私の勢いの中でそれらの痛みも消えることでしょう。

アメリカはまるで生まれたばかりの子供のように生き生きとし、不況の中心地でありながら、浮かれ放題に浮かれ、昔の山里のお祭り騒ぎに乗じている人々のように己を忘れて浮かれています。中央アメリカや南アメリカは別としても、北アメリカの大多数の移民たちは、とにかくいつでも神への感謝と、負けて泣いても笑うことや感動することを忘れない人々です。彼らにはどんな時でも、どんなに苦労している時でも心のどこかではいつも大声を上げて笑い、感謝しています。日本では戊辰《ぼしん》戦争に入り国中が困っていた頃、アメリカは南北に分かれ白人たちもアフリカから連れてこられた黒人たちも、またごくわずかなアジアの移民たちも力一杯それぞれの側に立って命懸けで戦ったのです。あの南北戦争で出した死者の数は、第二次大戦で亡くした尊い人命より遥かに多かったと伝えられています。私が若い頃あるアメリカの女性はこんな風に真面目な顔をして言ったことがあります。

「日本人は頭は良いが、ラテン人のあの強さがない。日本人は女性がかっているがアメリカ人はラテン人の血を引いていて逞しい男が多い」

私はこの言葉に何とも言えない気持ちでした。彼女に言われた言葉の中には確かに真実が篭もっていたからです。日本の政治家が一ヶ月も半年も、時には一年十年と時を過ごさないと解決できない問題も、アメリカ人は一週間ぐらいで解決してしまいます。共和党、民主党と分かれていてもいざという時には必ず一致団結し、今回のオバマさんの場合なども、すでに一晩経ったら重大な問題は解決しているではありませんか。アメリカは確かに巨大な合衆国です。星条旗の中に縫い付けられている五十一の白い星がいざという時には必ず団結して一つの方向に向かって青春の若者のように親の言うことも聞かず、年寄りの涙も尻目に前進する人々なのです。

アメリカは間違いなく異端の、旧大陸の子供たちですが、全く新しい大陸の人間となったのです。WASPすなわち蜂を意味しているこれらの四つの文字はそれぞれアメリカ合衆国を指導する人間の勢いと誇りを示そうとしたのですが、結局世界中どこにも見られないような巨大で雑多な多民族国家になってしまいました。もちろん、今日世界中からやってきている移民たちの力を考えれば、WASPの意味は段々と消え掛かっています。最初のWは「White」白人を意味し、次のASは「Anglo Saxon」すなわち英国系の人間を現し、Pは「Protestant」新教徒を意味しているのです。このようなWASPのアメリカ的なスローガンは今では全く通用しません。

インドネシアの小学校に行き、アメリカ人と言いながら田舎の州のハワイで育ち、やがては恐ろしいイタリアマフィアの横行していたシカゴで高等教育を受けた黒人のオバマさんなどは、どう見てもWASPからは遠く離れたところに自由に生きている知識人としてのアメリカ人であることを知るのです。「第三の男」や「優秀なスパイ」などは文明の名の下にきちんと四列縦隊で歩く軍人や市民たちのその脇を歩く「五列」すなわち英語で言うところの fifth column（第五列＝本来味方であるはずの集団の中で敵方に味方する人々＝スパイ）なのですが、確かにオバマさんなどはアメリカ合衆国を大きく動かす人間像と見るのが正しいのかもしれません。

人間はいろいろな意味においてその方面の巨人でなければなりません。政治の世界の巨人であり、宗教や哲学の世界における巨人であり、動物学や物理学の巨才であり、芸術のフィールドの巨星でなくてはならないのです。このことから考えれば全ての人間がそれぞれの生かされている立場において自分をある意味での巨星だと信じられるようでなければなりません。

人間は誰でも生まれて少しの間は一切の理屈も身に付いていません。それだけに生き方の全域に命の力が漲《みなぎ》っており、そこには嘘がありません。段々とものが理屈の中で分かってきて純粋な本当のことも薄れ去り、自分を誤魔化していくところに、本当のものが有ると誤解し始めるようになるのです。自分が自分として生きることを忘れ、原罪や劫の中に飛び込み、心の盲人となって生きるようになるのです。こういう生き方の中で人間は残念ながら、巨星になることはできません。あらゆる意味で素朴でどこか愚かで、または馬鹿丸出しの可哀想な生き方の中から、反面教師の考えや希望を見い出し、誰とも違う自分を発見する時そこには、自分の中に存在した天使を見つけるのです。この天使を見つける行動に入るまで人間は、本当の自分、あるところで、他の誰にもできない自分として生きることはできないのです。

今日もお互い自分らしく、かつて誕生した頃わずかながら垣間見ることができた己の天使の姿を思い起こし、希望のうちに生きましょう!!

本当の勝者

今日から二月ですね。二週間ばかり続いていた大寒の節気も数日後には明けるようです。

その日である節分にはトルストイなどが『復活』の中で書いている明るい春の初めと、カチュウシャという女の悲しいが深い愛に生きた人生の一幕が私には思い起こされます。『坊っちゃん』や『牛肉と馬鈴薯』、『乳房』などと共にほとんど内容も分からず、分かったとしても動物や昆虫の本能的な感覚で感じたものが、今なおこの年になっても私の中から消えないでいます。

貴方からの、また貴方への梁山泊の友との間のメールのやりとりを読んで、私も妻もそれぞれ顔の向きを反対にしていますが、どこか笑ったり涙をこぼしたり、生き生きとした生き方を与えてくれる唯者ではない文体に、大いに力づけられています。現代文明の空気の中で生きているほとんどの人間は、洋の東西を問わず、金持ちも貧乏人も全て本人が大自然から与えられている生命力の中心の力とも言うべき、「認知機能」をだいぶ失くしています。あまりにも便利なことや物や時間の中で生活しているせいか、本人らしく使うことができず、そういった認知能力をどこかに忘れており、金銭だ、肩書きだ、名誉だ、理性だと、あまりにも本人の生命力というか、命の重みにとって重大ではない問題に関わり過ぎています。そのようにして終わる本人の人生というか寿命は、最近八十年九十年と長く続いていますが、その実際の長さは三十年四十年で、昔死んでいった人々以上に、短い命であることを体験しています。私たちは百年ほどしか使えないような自分の命や脳の力を信じているようですが、その実使い方一つでは何千年も使える脳だとか、能力だと言っている医学研究者たちなどもいるのです。心は常に笑っていなければなりません。

あまりにも泣き悲しみ、怒りながら短い時間の中で使い果たしたり、けっこう長い時間の中で薄く浅く使っている愚かな人間の多いことに文明人間は怖れなければなりません。ある医学者たちは病気の予防のために、本当の健康のためにできるだけ多く笑いなさいとも言っています。確かにそうかもしれません。少しぐらいの怒りたくなるような日々の時間の中でも、人に話したくはないような愚かな自分の考えでも、それをそのままにして苦しんだり恥じたりしていないで、大いに笑いニコニコする時、その人間の本当の生まれつきの力が出てくるものです。人生は本来の自分をそのまま出す時だけ、それができないでいる大多数の文明人間を前にして、間違いなく大物になるのです。単にそればかりではなく一切の勝つように行動する努力もなくして、簡単に文明人間全体の中の勝者になるのです。寒山拾得が仏として仰がれ、あの宗派の方に掛け軸となって飾られているのは確かにそれだけの訳があるからです。勝者になろうとして力んでみたり、負け犬になることを心配していても、そこにはどんな形でも勝者としての生き方はできないのです。自分が自分らしく、それまで様々に言われてきた愚か者であり、馬鹿であり、何かが抜けている自分をはっきりとそのまま表に出して人々に笑われていく時、その人は間違いなく勝者なのです。決してへまをすまいと頑張っている大多数の文明人間の前で、その人間は言わずと知れた勝者なのです。全てを吐き出せるその人間の内面的な力は、どんな大多数の利口者の前でも負けることはありません。このような力を最も端的に備えているのが、万有引力そのものです。大自然のそういった力を、たっぷり備えている天や足の下の大地に認め、今日一日を闊歩して生きましょう！

言語に関して

おはようございます。一昨日の夜は雨が降り、昨日は晴れたり曇ったりでしたが、今日は雲一つない嵐の強い一日です。二週間も続いた大寒の節気もあと数日で終わるようです。大寒に入る前は小寒の何回かが続いていましたが、厳しい大寒が終わると直に春の匂いがするのは、単に暦の上だけではなく、節分という一日があるからでしょう。

貴女への返事のメールを書くためにゆっくりと今朝食事前に私は一人読み直しさせていただきました。

貴女は確かに「言語」に関する私の文章を丹念に読んで下さいました。私自身の考えである「哲学」は私自身の独り言です。これといった定まった教育理論に則《のっと》ったものではなく、いつも私が言うように「独学」そのものから生まれた考えに過ぎません。しかしそのような言葉から「言葉は心の自由や行動を可能にしている」とか「こういった自由な生き方と行動は本当の愛を与えている」という風に理解してくれたことに私は感動もしたり喜んでもいます。かつてルソーは「人間は二回生まれる」と言っています。「初めは他の動物と同じく情欲から始まる自己愛の形」だと言っています。つまり幼子というか世間を知らない純粋な子供は自分自身しか愛せない存在なのですが、やがて物事が分かるようになると、「倫理」を弁えるようになります。もっともこのことをルソーは「道徳生活」に入り始めることだと言っています。つまり、男は男として間違いない存在になるし、女は女としてそれらしく変わっていくのだとも言っています。これを私なりに言葉を知らない幼子から、言葉を理解する大人になる段階においてそれぞれに抱く愛の形が動物的なものから倫理的なものに変わっていく道筋であろうと考えています。

人間の心も脳も骨格も全て間違いなく大自然のエネルギーの動きの中で支えられています。足や脚は人間の重たい身体を支えているエネルギーだけだと考えてはいけないようです。心さえ、万有引力という存在が表面化している自然エネルギーによって支えられていることを知らなければならないのです。人間同士は互いに相互依存の関係において、言葉を変えるならば、精神医学の働きによって常に助け合っていることが理解され、またその必要も理解できるのです。

しかしそうでありながらそういった個々の人間は「自分自身によって承認された自分」として生きなければならないことも事実です。現代文明はあまりにも便利な相互関係という力学に騙され、動物生活環境の中で扱われる大切な面だけを強調し、要するに提灯行列や国旗を振ったり、私が子供の頃見ていた東京での花電車などに振り回され過ぎています。相撲やオリンピックやノーベル賞と言って騒ぎ立てるのは、天皇に向かって騒ぎ立てた赤子意識を持った戦争前の日本人の愚かさが見えて仕方がないのです。そういったところには「言葉」が本来の言葉として働いてはいないことを私は実感します。

さて、貴女は「言葉」を八章まで読んでくれたそうですが、この「言葉」は九章まで書いているのです。実際には二、三十章書きたかったのですが様々な事情があり九章で止めてしまいました。

「子供は自分自身を愛することしかできない。幼子は自分の言うことを何でも聞いてくれる乳母が全てだと考えています」このように言ったのもルソーでした。全くの独学者であり、ヨーロッパの各地を周り、これと思われると知識豊かなご婦人や先生たちに近づいていき、ほとんど学問をしていなかったルソーは、当時のヨーロッパで知識人たちを驚かすような、その上の知識人になれたということは、今日私たちが信じている学問の姿を打ち壊しています。そうでありながら残念ながら好きになった女を次々棄て、しかも十何人も自分の幼子を乳児院などに棄てて次の旅に出て行ける非情さも持ち合わせていた彼です。こんな時私は「天は二物を与えない」という言葉を悲しいながら実感するのも否定できません。もう一度天を仰いで、本当の知識を考えてみましょう。

貧しいところで独学した二宮金次郎はやがて小田原藩の侍に取り立てられ、今日であれば彼が「農学博士」の力があったことをはっきりと今日の学者たちは認めています。

とにかく私たちはもう一度おざなりにされている「言葉」を心の中から探って生きたいものです。

貴女から送られた伊予柑、今朝も食事の後、妻と美味しくいただきました。まだまだあるこの伊予柑に一つ一つラベルを貼って皮を剥《む》くのを楽しみにしています。先生にもくれぐれも宜しく。

身体の方はますます良いことと信じています。

本当に御馳走様でした‼

雪の中の定具《じょうぐ》

おはようございます。

風一つない明るい朝です。貴方からのメール嬉しく読ませてもらいました。昔貴方が通っていた道場の老師は、ようやく貴方が探し訪ね歩いた結果すでに亡くなられていたようですね。そのような師が去ってしまっていたと知る時、残されたものの心は一瞬であっても何かがなくなってしまったような空虚感に満たされるものでしょう。ぜひとも良い道場が見つかれば良いと思います。

貴方は関東の秋から冬にかけての西風や北風の中で自由に走り回るのが好きなようですね。そのくらいでなければ人生の様々な困難とぶつかりながら、一歩ずつ前進することはなかなかできません。貴方のこのような寒空の中で走り回る姿を聞いた時、かなり以前、一関にいた頃尺八を携え、西風の中を真横に吹きつける雪の松林の中に向かい、何曲も吹上したことを私は思い出しました。段々と、二ミリ、三ミリと尺八、すなわち定具《じょうぐ》の上やそれを押さえている手の上に降り積もる雪は、初めのうち体温で溶け出し流れていくのですが、そのうち雪の塊となって手の上、定具《じょうぐ》の上、頭や肩の上に積もっていくのです。正座したまま横殴りの雪が積もった身体が段々と膝あたりから白くなっていくのが自分でも分かりました。それでも吹上していく定具からは、私自身の呼吸や心のリズムと共に、風や雪のリズムが一つのハーモニーを奏で、その寒さの一時が実に嬉しい私自身の喜びの時間であったことを、体験したことを、ふと今頃になって貴方の文章を読ませてもらっているこの瞬間、蘇ってきたのです。

居合い刀を心置きなく抜ける道場が早めに探せれば良いですね。ものをありきたりの言葉で単なる挨拶文として書くためには、短い時間が有れば用が足ります。しかし本当に短い心からの言葉で一切考えもせずただ書くには、長い時間の心からの流れに乗らなければならないのです。お互い本物を行う時、とても考えられぬほどの長い静寂の時間が必要です。とにかく頑張りましょう！

T女史にも貴方の奥さんや娘さんたちにもくれぐれも宜しく。貴方の本当に恵まれている人生時間に、また私の恵まれている妻や子供との人生時間に胸を張り諸手を挙げて感謝しなければなりません！　ではまた書きます。

庭

現代文明の中の万事はどう見ても均衡がとれていません。やることなすこと考えること思うこと、全てが軋轢《あつれき》の中で動きがとれず、それらがスムーズに動けるように注《さ》す油もないのです。

文明の頭はどのような夢を見ようとしてもそれだけの力がなく、知恵もなく、若さもなく、ただただ何とかして今を生き延びようとして、自分という命の存在にすら自信を持てなくなっていきます。

私は事あるごとに、物を書く合間に朝に晩に庭に出、その先の竹藪に入り、古碑を眺め、時間を過ごすことがありますが、確かに庭は人間の心の外側に存在するもう一つの大きな空間であり、夢を育む場所なのです。それにしても西洋の庭は単なる美しさや人間の美しさ、または人間の知恵や頭脳の立派さを見せようとするために造られており、人間の小器用さをどこまでも知らせるためのつまらない芝居小屋に見えて仕方がないのです。庭は人間の心の中から繋がっている広がりであり、大自然の広がりとしての風景であり言葉であり夢そのものなのです。庭園は限りなくどこまでも広がっている大自然の一部であり、その外れに自分という人間の存在があるのです。

自然は決して人間の小手先で作り上げた完結したところではなく、自然の単なる造られた美ではなく、万有引力の中で自然に広がった美しさそのものの象徴なのです。どこまでも静かな山並みや荒野の厳しさや、川や海の水の表面の動く中で常に意味のある言葉を話しているのが庭の本来の形なのです。西洋的な庭には噴水があり、幾何学的に造られ、様々な花がそれぞれの色合いを見せ、周囲の林から流れて来る泉の周りには上手な職人が作った置物などが正しい位置に遠く近く置かれ、その庭を自然の姿の何ものも感じられないような人間たちが上品な姿で散歩しているのですが、こういった人間たちの持っている権力も美しさも知恵もまた心の中の状態の全て大自然に映し出される時、はっきりと文明の小知恵の汚れが表に現れ、彼らが持っている夢の汚さや、未来の暗さが現れて来るのです。サバンナから下り立って二足で歩けるようになった時人間は近くを流れている水の源泉である自然の命を忘れてしまったのです。瀧が流れ落ち、その時聞こえて来る音、流れの表に浮かんで来る波の模様、それに繋がって現れる自然な人間の生き方を見たり聞いたり感じたりする心を失くしている現代人は、本来の意味での大自然そのものであるという庭の原風景や言葉の意味をどこかに失くしてしまいました。人間がごく自然に我を忘れて心から叫び出さなければならない言葉や、大自然と直接繋がる音楽のハーモニーを持つ時、人間そのものの命の存在として生きられるのですが、そういった言葉もハーモニーもなくした人間は、便利なものを作り出し、それを使うことの便利さの中で生きようとしても心の中の肝心な万有引力と直接繋がり合う生き方を持つことができなくなっているのです。本当の意味の均衡のとれた生き方が他の動物たちのようにはできなくなっているのが現代の小利口過ぎる人間の立場なのです。ものを考えるにも食べるにも休むにも全てに均衡がないのです。全ては潤滑油の流れていない、錆びついている金属同士のようなもので、そのために心も身体もまた自分の言葉すら軋轢《あつれき》の痛みの中で悲鳴を上げているのです。

　庭は間違いなく風光明媚な一角でなければなりません。小利口な頭で理屈をつけ、勝手に造った庭などはどんなに綺麗であっても病める現代人の生き方を慰めるだけの力はないのです。「観光」というのはこのことです。本当の意味で心を慰め目で見た物がそのままその人の心の中で本来の物に復活し、大自然の動きや流れや存在がそのままこれで良しと納得できる時、その人の血も言葉も生きる勢いも、つまり生命そのものが力を得るのが本来の庭であり同時に、観光という名に値する存在であり、一切の軋轢《あつれき》を持たない庭なのです。私たちは自分の周りのどんな小さくまた大きく綺麗であり汚いところであっても、そこを庭として自分を楽しめる場所にしたいならば、全力を尽くし可能な限りその一角を自分なりの形にしていくために労働を惜しまぬものにならなければなりません。

　貴方の周りにある貴方自身の「庭」は、貴方の言葉や味覚と直接繋がっています。ますますこれらの貴方の言葉や味覚を貴方本人のものらしく形作り、そこに貴方自身の古碑などを置いて下さい。ではまた。

言葉の綾《あや》

　私たち人類の中に流れている三千年または五千年という長い時間の流れの中で息づいて来た歴史は、そのまま言葉の時間だったのです。どんなに人間が猿たちと手を繋ぎ、仲良くなり、心が通じ合うようになったとしても、残念ながらヒトの言葉だけは猿たちが真似して使うことのできない不思議な魔法の道具だったのです。言葉は永遠にヒトのみが住む舘なのです。ヒトの中に流れている時間の長さはそのまま歴史として詰め込まれていますが、ヒトはそれを所々開いては今の自分の中の時間と合わせ考えながら眺めているのです。

　あらゆる種類の生物たちの生きている時間の全てを纏め上げて

考える時、それは一口に「生命四十億年の流れ」と言ってしまうことができます。繰り返し流れて来た春夏秋冬の中でそれぞれの生命体は長く短くそれを貰った時に、大自然から用意された長短、大小様々なそれぞれの寿命を体験しながら生命を終わらせたのであり、またこれからも終わらせるはずです。

シュメール人が数多い日乾しレンガの粘土板に刻んでいた神話も、フィニキア人の文字も、我々と直接関わっているラテン文字やギリシャ文字や漢字なども、人類の長い歴史時間を今日まで遺すのに大きな力を持っていたことを知らなければなりません。日本人は自分のいる部屋の窓の外に『古事記』や『日本書紀』を見ていますが、広い目でもって地球上の果てまで目を向ける時、記紀を越えて遥かに多くの伝説や神話の書物の遺されていることを知ることができるのです。伝説や神話はそのままどの民族の中に生まれたどのようなものであるにしても、その本質は擬装した言葉の綾《あや》の中で生まれたものであり、同時に擬装されている故にその中には間違いなく歴史の真実もはっきりと含まれているはずなのです。この事実を理解することなく、また信じることなくして、あらゆる歴史は信じられなくなってしまいます。

生命四十億年の歴史は確かに伝説であり、神話であるのですが、同時に確かな生命の勢いを遺している真実の歴史なのです。

今日も一日私たちの生活の中でごくわずかずつ生命の歴史を物語っている言葉に接していきたいものです。

悲しいお祭り

おはようございます。

私たちはこのメールを書いたら、山際の団地近くにあるスーパーに買い物に出かけます。貴方も知っているあの「ビグワン」の南隣のスーパーです。妻が買い物をしている間、私は団地の中の坂を上り下りしながら適当な散策をするつもりです。今朝は貴方が梁山泊の仲間に送ったメールを一つ一つ読ませてもらいました。私の目はずっと霞んでいます。快い気持ちが魂を力づけてくれています。

ワシントンを初め、アダムズ、そしてジョンソン・アダムズといった親子やジェファーソンなどの跡を継いでリンカーンやジャクソンといった中興の祖を得、とうとう四十四代目の黒いアメリカ人オバマ大統領が世の光を浴びることになりました。

開拓時代のアメリカは旧大陸の人たちから見るといかにも変わった人々の集まりでした。ヨーロッパの人々があまりにも年をとり過ぎてできそうもないようなことを、簡単にやってのける不思議でたまらない異能な人々でした。インディアンたちからものを教わり、時には争ったりといった一面は旧大陸の人々といささかも変わりはなかったのですが、彼ら新大陸に踏み分けていった人々には、はっきりと開拓者の心が宿っていました。彼らは確かに開拓者そのものでした。森を切り拓き、アパラチア山脈に分け入っていったのです。

私が小さい頃山と積んであった祖父の家の本の中に、今でもなお刊行されている『ナショナル・ジオグラフィック・マガジン』

が何冊かありました。今のそれと同じく本の表紙は黄色で統一されていました。幼い私は記事を読むこともできないくせに、アパラチアの森の中でインディアンたちと遭遇して今にも戦闘状態に入るような白人たちの絵を見て驚いたり感動したりしたものです。おそらく多くの場合、森の中で彼らはインディアンと仲良くなったはずです。あの頃から長い年月の中で白人たちはまるでダニエル・ブーンの心で生きていたのです。農民としてまた行動する人間として、素朴に単純に生活の中で新大陸の白人たちは生きていたのです。私はこのようなアメリカ人が好きなのです。

オバマ大統領は大統領に就任した時の演説の中で、自分の父の名、「フセイン・オバマ」を口にすることを忘れませんでした。世界のあらゆる宗教が一つになって人類の明日を開拓していかなければならないことを意識した彼は、そういった宗教の優劣も弱い強いもまた良い悪いもないことを明確にするために、キリスト教とイスラム教の間のゴタゴタを払拭《ふっしょく》するためにこのことを言ったのだと思います。このことを逆に言うならば、キリスト教もイスラム教も共に認めなければならないという点において、このような父の名を口にしたのだと思います。ここまで汚れ果てている文明社会がもう一度初心に返り、夫婦がもう一度ハネムーンに戻らなければならないことを彼は言外に言っているのかもしれません。もっとはっきり言えば、ここまで深い泥沼に陥ってしまったアメリカ合衆国が、もう一度新大陸と呼ばれた国家に戻ることを、彼は期待しているのでしょう。ワシントン行政区には四百万人、五百万人という数の人々がアメリカの全ての田舎州から飛行機に乗り、汽車に乗り、自家用車でまた観光パスで集まったと言われています。私はそのような大集団をまるで黴菌や、あらゆる種類の細菌の蠢いている姿のようにテレビの画面に見ました。明治三十八年頃の日本人たちと何かがよく似ています。日の丸を振り、提灯行列を作った熱狂的な日露戦争を祝う日本人は、あの時異常に興奮していました。ワシントンも興奮しています。オバマ大統領を見ようとして手に入れなければならない整理券が、アメリカ人の間では一枚四百万円で売買されていたという話も聞こえて来ました。やはりこんなめでたいところにも汚れた金がまつわりついているのです。寒いワシントンの町です。日本ならばおそらく裏日本の新潟や富山と同じくらいに寒いワシントンだと言われています。アメリカ人たちの心は熱狂の渦に取り巻かれているその一面でこのように何かが凍えているのを私は実感するのです。

マッカーサーのアメリカではなく、名もない進駐軍のアメリカ兵たちこそが私の中の思い出のアメリカとして残っています。私の泥だらけの自転車を貸してくれと近寄って来たアメリカ兵は、銃を担ぎ、私を後ろに乗せながら瓦礫の町宇都宮の大通り、また東京街道を走ったのです。軍隊では使えないくらいガラクタになったジープを払い下げてもらった宣教師のマーチン博士は、彼の通訳をし始めていた私を乗せて同じように町中を走らせていました。当時アメリカから送られたララ物資の中の古着を、マーチン博士も私も着ていました。アメリカ軍の古い靴やズボン、さらには女性兵士が着ていた茶色の縞のシャツや「戦争捕虜」（WP）と背中に書かれていたシャツなどをいつも身に纏っていました。そんな時代でしたが私の心は夢を広げて生き生きとしていました。あの頃のアメリカは今のアメリカとは何かが違っていたのです。あの時元気に走り回っていたマーチン博士も今はいません。四十四代目の大統領の誕生で、お祭り騒ぎをしているワシントンは、その実何とも寂しいところにしか見えません。これからの人類の未来に見えている大きな不安をどのようにして払拭していったら良いのか、誰にも分からないはずです。これまで四十三代にわたってワシントンからブッシュまで続いた大統領の歴史の後にオバマは何を遺していくかそれは誰にも分かりません。とても一人では背負えない大きな重荷を背負わされた彼は不幸そのものの塊のような人物と言っても差し支えないようです。

　私は何度も言うようですが、アメリカが好きです。しかし好きなアメリカも実情は悲しさでいっぱいであることを私は知っているつもりです。

　今朝はこのようにアメリカをもう一度直視してみました。何事でも真っ直ぐそれを見つめようとする時、全てのものはそこに隠されている痛みや欠点を見せてくれるものです。何一つ過去に痛みの無い人間、恥ずかしさの無い人間というものはいないはずです。この痛みを隠して見せない心の悲しさをはっきり認めなければいけないようです。

　ではまた。

心の中の分水嶺

こんばんは！

　新年もここまで来るとだいぶ夕方の暗さも遅くなりましたが、六時半の今頃はそれでもとっぷりと日が暮れています。十二日にいただいた貴方からの贈り物、大きな苺は驚くほど甘く、里芋や深層水も美味しくいただいています。本当にありがとう!!

　東北の方はとても寒いようですが、それに比べれば土佐の海から吹いて来る風の中で貴方の住んでいるあたりは遥かに暖かいと思いましたが、この間は雪がそちらにも降ったということをメールで貴方から教えられました。その後はいかがですか。東海地方も雪は降りましたが、今年はどちらかというと暖かいような気がします。昭和の頃の東海地方とはだいぶ違うようです。

　文明世界は何事においても精密さを誇っており、今の生活を信じていますが、その実人間が失くしてしまった古い時代の生き方を反省する心は、多くの現代人の心の中で消えています。

　そういった失われた心は悲しい人間の痕跡です。私たちはもう一度大きな夢を抱き、自分の生活の中に偶発的に起こって来る良い物を素直に受け止めたいものです。徒《いたずら》に努力をしたり、無性に頑張ったり、小知恵を働かして身に付けようとしているものなどは、直に崩れていく悲しい生活の痕跡に過ぎません。常に大自然はあらゆる意味で文明の自然の力によって自分らしく生きていけるのです。それこそが本人にとって、もっとも自然なのです。

　アジアには大きな天に向かって雄叫びをあげるような思想が三つほどあります。そのような思想の構造を私たちは仏教と呼び、儒教と呼び、道教と呼んでいます。これらは神や仏を求める宗教ではないのです。大自然を見上げ求める知恵のある人間の生きる態度そのものです。一口に三大宗教と言いますが、これに加えてヨーロッパのキリスト教を含めてこれらは全て「宗教」ではなく、大自然を求めようとして生きた人間、すなわち釈迦やキリストや老子や荘子やさらにはマホメットといった名前の、利口な人間たちの教えを示しているだけに過ぎないのです。私たちは仏と対当に生き、キリストと同じように歩み、老子や荘子のように歩きたいものです。オリエントという名の思想空間を生きられる私たちは、大いにそれを感謝しましょう。清貧に生きることを共感し、むしろ負け犬の生き方の中により大きな美学を実感し、富に対してこれを押さえ込むような生き方や理想や格差を認めず、労働することに健康な喜びを感じ、自分の心の中の分水嶺を右にも左にも、また、前にも後ろにも自由自在に行けるだけの賢い人間でありたいものです。人間は寿命が尽きるまでこのことを弁え、豊かに日々を生きていけるはずです。

いつもいろいろな物、ありがとう。どの一つも私たちを大きく喜ばせてくれています。感謝!!

ご家族の皆様にも宜しく。

不完成の完成

おはようございます。昨日一昨日と早朝に目を覚まし、南の窓から眺めると、半月になりつつある下弦の月がはっきりと見えました。旧暦では今朝が完全に月が半月になる日のようです。

朝食の後、妻が朝のいろいろな仕事をしている間、私は細かい石を竹藪の中から集め、ベランダの下の一角に敷きつめるのに少し時間を費やしていました。あと四、五十センチぐらい石を敷きつめれば雨が降っても泥が跳ねないようになるのですが、今日の午後は雨だという予報を考えながら、砂利集めの仕事をしました。

何事も完全に予定の時間の中で完了するものなどは、人生の中では決して無いようです。夢多い心が勢い豊かに何事かを始めはするのですが、その終わりは完全に予定通りには完成するとは限りません。このような不完成の全ては、よくよく理解してみるにもう一つの大きな美しい完成でもあるようです。そのように見られる人は幸せ者です。何かを夢見、そのために満月のような生き生きとした明るい言葉を抱きながら、途中で怠けて止めてしまうならそれは悲しい敗北です。敗北故に完成しないものは確かに悲しい心で眺めなければなりません。しかし大きく夢見、あらゆる美しい言葉を抱き、話し、書き、どこまでも疲れることなく進み続け、それでいて予定していた時間に完成しないものは、そのままもう一つの完全な完成の姿を示しているのです。このような不完成の完成を見ることのできない人間は何とも可哀想です。何がなくとも、どのように生きようとも不完成の中で、力一杯完成した己を信じ生かせる人は、幸せそのものです。

貴方が何度も言われている白瀬中尉などはまさにその中の一人と言えるでしょう。政府の誰が彼を忘れていても、彼自身の中には、また彼の娘の中には、南極を踏破した人間の喜びやそれを周りから見ていて喜べる姿が明らかに見えているからです。人生は心の豊かに燃えている人間にとっては常に幸せです。今日もお互い自分の中の下弦の月を眺めて自分が完成していることを感謝しましょう！

臨界期

今朝は夕べまで降っていた雨も止み、ベランダも庭も竹林も濡れそぼっています。昇って来る陽の光は雲間から姿を現し始めています。まるで春先のようにあたりは霞がかかっているようで、窓の外全てがしっとりと濡れているようで、まだまだ早いのですが、あたりにネコヤナギでも芽吹いているような感じです。

動物行動学の研究者であるローレンツやティンバーゲンは、それまで考えられていた「本能概念」をまず否定して、動物が生まれながらに持っている行動にそれなりの意味を認めて、発達や進化を考えたのです。

生き物のあらゆる行動の中に「解発因」を認め、こうした動物の生命が行動することを「神経行動学」として認め、それを人々は行動生態学とか社会生物学と言っていますが、そういった考えの中に生物倫理という一面があるようです。そのことを息子などは生命倫理と言い、そこから動物福祉の問題が広がっていくのではないかと言っています。いずれにしても人間の中に働いている宗教とか哲学的様々な概念は、そのままさらに大きく広げると、あらゆる動物たちを含んだ場所において、動物倫理になって説明されていくのかもしれません。さらに本能のままにそれぞれの動物は特定の生き方をしているのではなく、それもまた発達や進化や、それぞれに自然の前で適応していく意味合いを持っていると考えられるのです。そのような動物たちの研究の基本にエソロジー、すなわち「動物行動学」が基本的に置かれているようです。これからいろいろな点において人類から始まり、あらゆる動物の世界においてのこういった研究は広がっていくようです。そのためにも人間が火の発見と同じように手に入れてしまった言葉は、否応なしのこういった世界においても燎原《りょうげん》の火のように止まることなく広がっていくことは確かです。

生き物には人間をも含み、「すりこみ」すなわち英語で言うところの「インプリンティング」が生命の誕生からしばらくの間、まるで紙幣が印刷されていくように間違いなく封印付けされていくのですが、このような生き物の子供がまず体験するごく短い時間は「感受期」または「臨界期」と呼ばれているようです。鳥たちは生まれて間もなく飛行機などを目の前に見ると、飛行機が自分の親だと思い、飛び上がるとこれについて行こうとするのです。人間もまた本来は大自然に誘われてどこまでも夢を見て飛翔する生き物だったのでしょうが、残念ながら小利口になり、権力が欲しくなり、理由なく金銭にとらわれなければならない文明という名の漠然とした親を自分の身体にプリントしてしまい、どうにもならなくなっているのが今の姿なのです。ゼンマイ仕掛けが壊れようが玩具のブリキが錆びようが、これから離れられないのです。文明から離れられない人類とはこのような悲しい生き物なのです。人間という名の雛鳥は生まれた瞬間、つまり孵化したらすぐに文明という名の動きを前にして、これは親をまた神だと言って歩くようにヨチヨチついていったのです。人間は全てこのような悲しいヒヨコです。ここから大自然を見上げて正しい夢を見るようになるには、相当の努力が必要であったり、修業が必要のようですが、ある人々はそういった困難な時期も簡単に通り抜け、常に万有引力の力について歩くような雛鳥から親鳥に変わってきています。それが私たちではないでしょうか。私はそう信じています。ローレンツの「すりこみ理論」は確かに私たちの中に生きています。変わった人間の中にはかなり多くそういう人間が見られます。

今日も一日ローレンツの雛鳥として夢見て生きていきましょう。

双極性の障害、躁と鬱《うつ》

今晩は！

正月も過ぎてこのあたりまで来ると、だいぶ日が長く延びたように感じます。六時になろうとしている今は、それでもすっかり日が暮れ、黒い雲の間から一つ二つ星が光って見えます。

人間はとにかく様々なことで忙しく、まるでアルゼンチン蟻のように細かく速くあちらこちらに動いています。名誉や権力や金銭や財産などに目が眩み、一瞬たりとも落ち着く暇は無いようです。人間は常に心の中と肉体の動きの双極性に挟まれて、酷い障害に陥っています。仕事をしたり読書をしたり動いている状態の中ではほとんど実感することはないのですが、その実自分という存在の内側においては躁鬱《そううつ》の行ったり来たりする不安の中で、落ち着くことはないのです。人類はサバンナから地面に降り立った一瞬から今日に至る長い歴史の中で、このような双極性の障害に囲まれてずっと苦しんできました。徐々に文明の時代と言われる波に乗って人間の躁鬱《そううつ》は少しずつ激しいものになってきています。ヒトが大地に立ち上がり、地球上の各地に向かって歩き始めた頃、つまり黎明期からすでに躁鬱《そううつ》の感情ははっきりと人間のものとなりました。それに加えて人間は言葉を身に付け、火を身に付け、躁と鬱の回転軸はますますその回転の速さを増していったのです。人間の手や足や目や口は産業のための働きの中で、その力を増していきましたが、人文知の方は、少しずつ退化し始めています。工業の力やそれに伴う言葉の方は段々と速さを増していく半面、人文知の中で言葉は停滞し始めているのです。

昭和三十年代の初め頃、東京タワーは未だ脚もとしかできていませんでした。やがて青空に聳え立つ姿を見せることになるのですが、現代文明もまたこれと同じであり、その経済力や工業力は戦争という病的な体験の傍らでますます巨大に伸びてきています。動植物の生きていられる空間は、一言でビオトープと言われていますが、この棲息空間は長い人間の文明の中で、徐々に錆びつき汚れ惚け、例えば言葉一つとっても、また金銭一つとってみても、もう一度大自然の力でもって洗浄されなければならないところに来ているのです。生物が安心して生きられるビオトープはその翳りをどこまでも暗いものにしています。警官の数は多くなくてもいいのですが、検非違使《けびいし》はぜひともどこにでもいなくてはなりません。あまりにも汚れたヒトの心が動き出す巷の角ごとに、こういった平安時代の自警団や夜回りのようなボランティアの人々がいなくてはならないのです。現代人の中から生まれて来る言葉の中に果たしてこのような自警団のような匂いを発揮しているところが見られるでしょうか。

あまりにも世の中は不安とわずかの喜びで覆い尽くされたので、昔の中国という広い大地に広がった浄土思想も、本当の平和を求めて動き回った時代もあったほどです。同じ中国大陸の禅の心を抱いた人々は、「無」の世界を求めながら夢を見ようとした時代もかなり長く続いたのです。今こそ人間は文明社会のこの不安を離れ安心できる「無」の中で生きることを願っていかなければなりません。

明日は十時までに予約している歯医者に行かねばなりません。時間の都合でメールが書けそうにありませんので、今このように書きました。

ドラビダ語族

昨日はI先生から電話を受けたそうですね。私も久しぶりで彼と電話で話ができました。

それにしても嬉しいことです。あの『単細胞的思考』がぼろぼろになるまであそこに書かれていたフレーズや言葉の一つ一つが彼の心の中に浸透し、その結果、彼のスウェーデンでの癌研究がつつがなくいったということを昨日聞かされて、とても嬉しかったのです。

世の中には様々な文化遺産やその働きがいろいろなところで大きな運動を起こすまでになっているものが存在しますが、ある運動などはその時代またはその一面でしか知られることなく、まるで細やかな草の根運動並みですが、それが大きな思潮のうねりを作り上げ、今存在するあるものの原動力になっている場合が少なからず存在することを私たちは知っています。

例えばインド洋の近くに存在し、セイロン島の北や東の方の住民たちやインドの南部のごくわずかな人々の間で話されていたタミル語のことを一つ考えてみても、地球全体から見ればアジアの南の方のごくわずかな人々、つまりコーヒーや茶の栽培で貧しく暮らしている農民たちの間でこのタミル語は何とか息づいているのです。しかしこのタミル語という言葉は、言語学上ドラビダ語族に属している、忘れ去られてはいけないかなり重要な言葉だと言語学者の間では言われています。今ではあまり多くの人々には使われていませんが、昔は文学作品など、また伝説などを驚くほど豊穣に生み出していたようです。現代文明社会にもこのタミル語に似たような運命を辿っている言語があったり、文学があったり、哲学があるはずです。しかもドラビダ語族に属しているようなタミル語並みの言葉が現代社会の底流を流れて、現代人の大切なものを忘れている心に、また行動力に火をつけることはないとは誰にも言えないのです。

私たちの日々の生活は、ほとんど文明の怒りの中で夢一つ見ることなく、近未来に向かって進んでいる自分の行動などほとんど考える余地もない状態です。今日、明日といった時間の中で汲々としており、今日、明日の食べ物やわずかな金があれば何とかなるといった状態で生きているのです。このような現代人の生き方の中に、雄大なこれからの時代の何かを期待することはほとんど不可能なのです。

私たちの内側をもう一度探ってみましょう。そこにはタミル語ではないけれども何か特別の力や光るような言葉を含んだとんでもなく大きな鉱脈を見い出し、そこからゴールドラッシュの分け前にありついたような人たちが出ない訳ではないのです。

今日も一日自分の力に自信を持って前進しましょう。未だ私たちの内側にはこの時代の要求によって現れるはずのタミル語を発見してはいません。もう一度力を込めて自分の足下を掘り起こして見ましょう。

言語（1）

おはようございます。毎日このように太陽の明るい、青空の日であるのは何とも幸せなことです。これまでに無い珍しい新年でした。

七日の明日は七草の日ですが、私は食べる餅の数も控えており、あえて七草粥を食べなくともすでに毎日数多い種類の野菜や果物を摂っているので、その必要は無いと思っています。

人間が人間になってから常に怒り笑い愛し憤《いきどお》りながら、それら数々の思いを夢にぶつけ、明日を見ながら生きてきましたが、そういった長い時間は間違いなく言葉に頼る生活でした。これだけ多く地上を埋め尽くしている人類を考えれば、それぞれの地方において使われている言葉が数限りない多くの言葉の種類に分かれていることを私たちは知ることができます。

ヒトが人間になる前、つまり人類以前の素朴な動物であった人間が、それでもヒトと呼ばれていた頃、人類とヒトとの間にはかなり大きな差異があったようです。多くの人類学者たちは人類が単なる動物の一種であるところからヒトという固有の動物に変わってからは、貝殻や石ころや木の枝を利用していろいろな便利な道具を作り始めてきていることを様々な表現で書いています。便利な道具は時間を経るにつれて様々に変化し、便利になっていく度合いも大きく変わっていきました。

道具製作の姿なら猿たちにもそれの片鱗が見られ、その姿が特別立派に見え、また賢く見えてきたのが人間なのでしょう。便利な道具を製作するのに様々な力を発揮してきたのがヒトだけに限定されるようになったのです。この頃からヒトは文明人間とか、文明社会とか、大自然から与えられた時間をやたらに口にするようになってきたのです。ゴリラやチンパンジーたちもまた鳥類や海の魚でさえ、自分たちの棲む家を作り、子供を育てる場所を確保し、雄雌が愛し合う場所をはっきりと認識しています。そういう点からこの考えを広げていくなら、あらゆる生命体はそれぞれに程度の差こそあれ、ある種の「霊長類」であるということができるでしょう。道具を作り、それを使用する不思議な知恵を己という生命体の形に合わせて、それぞれがはっきりと持っているのです。

しかしより細かくまた深く分裂していくヒトの考えの中で、人類の時間の中で出現する道具は、はっきりとまた複雑にそして便利さの点においては、他の動物からバクテリアに至るまでの生命体の持っている道具の概念とは大きく区別されています。特に言葉となると、他の動物の吠え声や、行動の違い、魚類やバクテリアの動きの中に見られる態度という名の半言語形式または下位言語形式とは、はっきりと分類されていなければ、しょせん人間の言語は、「言語学」として理解されることがなく、またさらに大きく発展していくこともないのです。このことを単純に二つに分けるなら、人の行動とそれ以外の動植物の行動と明らかに違うということです。言語は言語学の中において文法や語彙の問題、または宗教や哲学として生き方の全域を覆っており、物理学や数学の領域において物作りの物差しとして使われています。それに対して動物植物の行動の規範となっているものには、声明を予定された時間の中で活かす、すなわち寿命として活かすだけの基本的な生命力として存在するのです。ヒト以外の動植物にとって生命という存在は、一つの象徴であり、同時にはっきりと輪郭を表している生命体の初歩の形なのです。現代人がもっとはっきり、そういった人間以外の生命体を何かと説明しようとするなら、そこには概念以前の極めてぼんやりと開いた存在に対する意見と言えるかもしれません。この意見という言い方を頭に置く時、生命物の彼方に見られる非創造物または水、岩石などといった単なる化学的な存在が、意見の存在以前の数字にも似た意見以前の下位意見と言えるかもしれません。しかし、このように存在するものの全てを大きく分けてしまうと、それに不満を持つ人々も出てきます。他の動物はヒトと同じように魂があるとか、それなりの言葉があり、同時に怒りや愛の色合いの心が有ると言うかもしれません。確かにヒトの福祉と動物の福祉を考えるならば、そのように区別しない方が、また、ペットをペットとして扱うところに大きな意味はあると考える人の心は尊重しなければならないと思います。

だが言語をヒトの言葉または訛りや方言として認めようとする時、動物の吠え声や魚類たちのヒレを振って身を交わす行動を、そのまま簡単に言語という名の全体的な概念の中に入れてしまうことは、少し無理なのかもしれません。かつてラテン語は権力を伸ばすために人間に必要な言語であり、ギリシャ語は宗教や哲学を広げていくためになくてはならない道筋であったし、漢語は人間社会の秩序を守るためになくてはならない便利な道筋であったのです。他の動物や水の中の生き物たちにとってはそのような言語は必要なく、速く走れる足の筋肉や噛みつくことのできる牙だけが必要であり、身体を翻《ひるがえ》すことのできるヒレが必要なのです。

この『言語』は次にも続きます。

言語（2）

人間だけに使える便利な、しかも最高に広い行動範囲を持っている言語は、もう一つの人間の道具であって、その中でも最高位にあるのがこの言語なのです。どんな機械が作られ最高に精密な道具が作られても、言語以上に広がりを持ち、深みを持ち数限りない色彩を持っているものは他にありません。岩石を手にすることから始まり、矢尻を作り肉を切り魚を切り敵と戦う武器を造り出した人間は、やがて石ころを手にして何万年も経った後、火を持つことになったのです。あまりにも荒唐無稽な、とても人の知恵によってなどでは思いつかないような偶然の発見の中から、火を起こすことを知ったのです。昔の人々はこういった偶然の巨大な知恵を神から与えられたものとし、天から貰ったものだと考え、さらには空のかなり上の方から雷神や竜神などによってもたらされたものだと考えていたのです。いずれにしても、全く煙の無いところに火を起こすことのできた最初の人間たちは、自分の手を温め、身体を温めてくれ、肉や魚や野菜を適度に美味にしてくれる事実を知って、ますます神と呼ぶべき広大な何ものかに対しての尊敬の念を、また敬いの念を、さらにはどこまでもどんな状態の中でもこれについて行かねばならないと信じるようになったのです。

火の発見は人間にとって正しく大陸の発見にも似て、人間の心に爆発的な感動と喜びと自信と未来への夢を与えたのです。

しかし火の発見以上に言葉の発見は、超爆発的な発見を人間に与えてくれました。火の発見が人間の肉体にあらゆる行動の自由を与えたのに対して、言葉の発見は人間の心にまた神経の動きの中に自由自在に飛び回り、あらゆる行動を可能とする愛を与えたのです。愛の基本は博愛です。火の発見が二次元での発見なら、言葉の発見は三次元の行動だったのです。

初め火が与えられた時人間が手を温め、食べ物を美味しくしたものであったように、人間の素朴で愚かで不器用な心の中から舌の上で動き出す言葉を発見した時、そこから生まれたのはただ一つ、「博愛」だけだったのです。博愛はあらゆる生き方の中心になくてはなりません。文明人間の日々の忙しさは、また便利さや狡さは実に残念な話ですがこの基本的な愛の形である博愛の動きをだいぶ鈍らせ、博愛の動きを半ば止めるほどに痛めつけてもいるのです。その証拠に、最近では男女の愛も学問的にかなりよく分かっていながら、本来の恋愛に持っていけず、男女で作り出す生活環境を自由に動かす愛さえも、かなりおかしくなっているのです。数多く存在する文明人間の中でごくごくわずかながら我々文明人間が口にするところの基本的な生き方さえもおかしくなり始めています。生きることが基本的な人間の道なのに、自殺をしようとする人間がいるというこの社会の中の現実、子が親を殺そうとしたり、親が可愛い子供を殺そうとしたり、可愛いはずの孫にさえ手を出す老人もいるというこの文明社会という現実の世界は、実に悲しい人間の言葉がまともに機能しなくなったところに生まれた悲劇と言わなければなりません。

言葉は基本的に博愛でなければならないと言いましたが、これが今、崩れ始めてきているのです。

博愛のその先に広がっていく、それぞれに機能豊かにして行動大きくどこまでも感情や心を広げていくことができる多種多様な愛は、まずそのままにしておいて、基本的な博愛の初歩の段階において、私たち人間は愛を自由自在に動かすことができる存在にならなければならないのです。愛の基本、愛のＡＢＣすなわち、はっきりと身に着けるところから生活を始めなければならないのです。この基本的な愛の文法、または愛の九九算を教えようとしたのが釈迦であり、キリストであり、マホメットといった名の呼び方によって伝えられている人々なのです。彼らを神だ仏だと呼び間違えている私たちは、すでにそのことからも与えられた言葉の使い方を間違えています。基本的に彼ら三人の人々は、かなり利口な人々でした。彼らこそ、本当は十人、百人、千人ぐらいの住民が集う町や村の中の指導者になるべき人々だったのです。事実彼らはそのようになって現実の私たちの間で今なお生きています。釈迦の言葉やキリストやマホメットの言葉が、心ある現代人の心の中でまた生活の中で、現代文明の世の中のどのような立派な哲学や他の学問の言葉よりも、私たちの心を最後には動かしてくれます。彼らは仏や神ではないのです。事実仏も神もそういった意味においては存在しないのです。あらゆる万有引力の力の下で、つまり火の働きや愛の働きによって想像の結果としてある長さだけの命を与えられた人間は、どう頑張ってみても、また、高められたとしても、神になる訳にはいかないのです。神になれないというのではなく、どのような学問から考えていっても、今のところ、存在する全宇宙の中に人間が夢見、考える神という形の存在は何一つ考えられないのです。万有引力として存在する物以外は全て空であり、無でしかないのです。つまり、神はいないのです。いるとすれば万有がそれぞれに神であるかもしれません。

火を発見し、かなり自由になった人間は、言葉の発見によって一層自由になりました。しかし言葉の発見の中で愛の温もりを知った時人間は、その基本的な博愛を得ましたが、これほど文明が大きく広がっていきながらも、そこに博愛を超えるより大きな愛を持つことができないでいるのです。

文明とは存在極まりない博愛の中から、それ以上一歩も前進できない自分を憤っている人間の存在をはっきりと教えています。

あなたたちの少しずつ温められた博愛からそれ以上の愛に向かっている姿を教えてくれるメールのやりとり、この文章を書く前に妻のコンピューターから出してもらい、嬉しく読ませてもらいました。

私自身、博愛から一歩も飛び出せない自分を知っています。誰もが釈迦でありキリストでありマホメットになれるはずなのです。頑張りましょう!

言語（3）

言語は人の生き方の全域に大きな意味を持たせています。言葉がなく、他の全ての文明の便利さの中で見るならば、人の生活は徐々に理性的に進んでいくことはあっても、そこに含まれている様々な豊かな笑いや怒りや間違いといったものが除去されていく時間の中で、人間は苦しみのあまり、予定された命よりも遥かに短い生き方をしなければならなくなるようです。一見寿命は徐々に延びているように見える現代社会は、その実近未来において寿命は短くなるでしょう。言葉は人間を自由に伸び伸びと活かすために作られたか、人間自らの手によって考案されたはずの便利な道具の一つであり、同じ霊長類の猿たち以下、全ての生き物には与えられていない特質であるようです。人間は誰でも楽な生活がしたいと願っています。金銭は多くあった方が便利です。権力もまたその人間の生き方を一層広いところに持ち出すことができます。そうであることは決して悪いはずはないのです。誰でも力一杯働き、努力するのが当然であり、やはりヘソを曲げて努力もせず体力を使うことを止めるのは、誰が考えても一種の病気であることは間違いありません。可能な限り、できるだけ多く働き汗を流すことが全ての人間にとって必要であり、健康であり、幸せなことです。だがその一面において人間は、ふと心の中でダイヤモンドや黄金で作られたような持ち物を脇に置いて贅沢三昧の生き方をするよりは、犬小屋や小鳥の巣のような家に楽しい家族と共に住むことの幸せを感じるものだと真面目な心で思うものです。もっともここまで進んできた文明社会では、このように感じなければならない素朴な心を人間はなくしてしまっているというのが本音かもしれません。ドストエフスキーなどは「ガラスの城に住むくらいなら鶏小屋の方がましだ」とさえ書いています。

　言語には様々な特徴が見られます。あらゆる時代において言葉は世界的に言っても、大雑把《おおざっぱ》に話したり野暮に聞こえたりするものがあり、その反対に上品に聞こえ、豊かなまたは雅な感じを与える言葉も同時に存在します。ずっと昔、蓮如《れんにょ》上人などは経典を読む時の本の持ち方、また声の出し方などを事細かに説明しています。これもまた、同じ言葉でも上品なものと下品なものがあることを教えているようです。

　俗であって下品にも取られるのですが、直接人々の自由な生き方の中に浸透していく俳諧の言葉などは、あえて上品な言葉で真実をそのまま説明できないというよりは、俗語を用いて真実を伝える方が意味があるのではないかと、俳諧の方向に極端に向かった人々は考えたのかもしれません。人の世の生き方の中で悩み苦しむ時間を説明する時、確かに軽薄でしかも浅はかな言葉こそが、真実の言葉または今日で言うところの文学的表現なのかもしれません。仏教の教えを説くにしても、ヒトの生き方の全体像を語るにしても、やはり俗語はなくてはならない表現なのです。俳句や堅苦しい漢文で書かれたお経の言葉も、こんなことを頭に置きながら考える時、そこに本当の意味深いもののあることを、私たちは発見するのです。

　小説を考えても様々なジャンルがあります。ユーモアいっぱいの家庭小説から、重苦しい宗教や哲学の小説に至るまで、その中の種類は限りありません。人生もまた大きな意味では小説の一種であると、つまり言葉が組み立てられた中で行われる舞台の上の作品に過ぎないとも言えるのです。私たちは突然様々な意味での小説の中で人生の深淵に出会うことがあります。デパートの中や新幹線に乗っている時や東京タワーに上っている時などは、そうは体験できない深淵を言葉の中で体験するのです。言葉は人間に最も清いものも時として見せてくれますが、ほとんどの場合は醜悪なもの、また非常なものを見せようとします。そのたびに人間は少しずつ人生の中の真実に目覚めていくのです。言葉は人をあらゆる物事に対して明らかにしていきますが、言葉の舞台とも言うべき小説の中で、また書斎の中で、万人は宇宙の中のエキスとも言うべき中心の問題にぶつかるのです。単なる文明社会の人間は常に数多くの問題にぶつかり、何かを体験して人間性が奥深くなり、彩りの多いものがますます明るく光っていくのですが、それでも文明人間はそのままでは小さな村の農家に育つ泥で汚れた少年に過ぎないのです。確かに泥にまみれ、牛や豚といった家畜に囲まれ、貧しいものを食べ、数少ない親の言葉によって育った少年は、健康そのものであるかもしれませんが、その健康極まりない言葉や、百科事典の全域に記されている彩り鮮やかな言語体系が働いていなくてはなりません。人間には常にヴォルテールの百科事典用の言葉が用意されていなければならないのです。漢文も古代文字も仮名もラテンやギリシャ文字も現代人にとっては百科事典の文字であり、その一頁一頁を開ける日々の生活の方が、ジェット機に乗ったり、アムネマチンの雪の頂上に立つことよりも遥かに重要なのです。

言語（4）

物が分裂するためには、長い時間がかかります。霊長類からヒトという霊長類が分離するのにも、そこでとられる時間はとてつもなく長いのです。同じ霊長類のことなので、ゴリラがヒトに変わるのに、またチンパンジーの動作がヒトの動作に変わるのに、ほんのわずかな時間の差があれば、また気候の差があれば、簡単に別の種類に分かれてしまうと思うかもしれません。しかしそうはいかないのです。双方の種類の霊長類が完全に別の物に分かれるのには、考えることもできないような長い時間と長い気候の変化が影響しています。

　確かに初めにヒトは言葉がついて回るところから人類になり始めたのです。言葉の無い各種の猿たちはこのようにして人類からかなり後ろの方に置いていかれるのには、数限りない時間と天候の繰り返しを体験しなければならなかったのです。ということを逆に言うなら、ヒトは自分と同じ霊長類の猿たちから桁外れに大きくある意味での前進を遂げ、前方に走り出していってしまったのです。

　言葉は単に単純な時間の変化の中で人間の心や脳や舌の上で生み出されたのではありません。心の中で、また脳味噌の中のシナプスの動きの中で、さらには舌の上で自由に踊り出すようになるまでには、想像もつかないような長い歳月が流れました。この歳月のことを私たちは簡単に一言で時間と気候の変化と言っているだけなのです。

　このようにしてヒトという霊長類の中に生まれた言葉は、その前に音として半ば大自然の動きや驚きや革命の声として、または他の霊長類の真夜中の森の中の叫びや唸り声として出現したのです。決して人間の舌の上に神から与えられた特権としての言葉と理解してはいけないようです。聖書は初めに言葉があったとヨハネ伝に記されていますが、確かに人間の言葉はその初めにおいて、音として出現したのです。心のことを日本人は言霊と古代から言っています。卑弥呼のいた時代においても言霊は人間の言葉の遥か後ろの方ではっきりと聞こえていたはずです。歌舞伎のような芝居の動作の中で発声しなければならない音も、またインドネシアの楽器ガムランや琉球の三線《さんしん》の響きも、南欧の音楽の響きもどこか古代日本の銅鐸《どうたく》を叩く時のどこまでも神がかった音に通じるものがあります。これらの音はそのまま原始時代の空気の中でしか聴かれない自然の音であり、そこからは夏の夜の森に鳴く虫の音にどこか似ているかもしれません。日本人にとっては快く聞こえ、同時に古い時代を懐かしむ響きにも聞こえるこの虫の声も、西洋人にとっては雑音でしかないようです。土の音、金銀とは違う銅や鉄といった泥臭い金属の音、また竹や木の音、さらにはそこから少し発展し、土器から奏でられる音に変わりはしますが、古代の音は全てヒトが話し聞いて何かを感じる言葉の原形であったことを私たちは知るのです。こういった原形や古代の音はそのままコトダマと呼んで差し支えないでしょう。泥臭く素朴で単純な音は古代人の生き方が混交した音楽そのものであったはずです。このように理解できる古代の音はやがて音の色合いを様々に変えていく時、ヒトの舞や踊りや歌となって大きく展開してきました。生活の全域に広がった舞などは、そのまま土臭い音楽から豊かな形を持った音楽に変わっていきました。この変わりようの中で土臭い音楽は現代音楽に通じるところの道筋を見い出したのかもしれません。

やがて音楽は単に音楽のままでいることなく、それを前進させながら言葉の流れに向かっていったのです。私たちは現代社会の忙しく便利な動きの中でそれなりの音を持っていますが、今の文化の一つ前の時代、すなわち鎖国とも呼ばれていた江戸時代には、かなり違った音を体験していたようです。ある研究者はこの音を「江戸の音」と読んでいます。ということになれば、戦国時代の昔、鎌倉時代の音、平安時代の音などとその時代時代の音を分けて考えることもできます。音はやがて言葉の色彩を多く持っていきました。七色があり、同時に白から黒までの間に数えきれないほどの濃淡があるように、言語の種類や、言葉の種類が分けられていきました。そういった言葉の多さの中で私たちは今日、一つ一つ微妙に違っている一人ひとりの考えを理解し、またこちらの考えを理解させていかなければならないのです。話し言葉もそうですが、書物のそれぞれの頁、また一行一行、言葉の一つ一つに現代人は深く心を留めなければならないのです。

その昔、私たちの理解力の彼方に、今日発掘されて飾られている不思議な道具、「銅鐸《どうたく》」というものがあります。あれは楽器なのか、神への捧げものなのか、さらには感謝の態度で近づいていくヒトの供えるものなのか、今のところ誰にも理解はできません。「銅鐸《どうたく》」の鐸という文字はそのままでは「サナギ」とも読めるそうです。古代、天照大神のようなシャーマンたちは自分の腰にこの鐸をぶら下げていたようです。歩く度に風に揺れてこの「鐸」は音を発しました。シャーマンもまたその廻りにいる人々もその音を聞いてそれが神の通り過ぎていく音だと信じたのです。つまり彼らの時代には自然の中に、つまり彼らの生き方の中に「魂振《たまふ》り」を体験していたのです。神は存在しません。大自然の大きな動き、すなわち万有引力という生命を生命として動かした動きは有るにしても、神はヒトが最高の霊長類として生き始めることによって作り出されたヒトのもう一つの象徴なのです。「魂振《たまふ》り」の行動の中に見られる神を、ヒトは自分で作った自分の形そっくりな神として昔も今も信じているのです。人の別の形（魂振《たまふ》り）として屍《しかべね》は見つめられたと言います。

言語（5）

長い霊長類の一ヵ所に置かれているヒトは霊長類として生きている時間の熱狂の中で、一人ひとりが何らかの批評家になって生きています。批評家というのはそれぞれに早口の言葉で話しながら日に日に言葉のスピードを増し、数百年前また、数万年前までのヒトの生き方の中で行われていたとしても、その文明時間の長さはあまりにも短く薄っぺらな内容の時間の流れであって、そこには各種の猿たちの使い始めている単純な道具の上に広がっていった便利な匂いのする文化の始まりとさほど変わりのないものでしかなかったのです。これに比べればここ、二、三百年かの間の文明の世紀、すなわち江戸時代の始まり頃や、ヨーロッパ旧大陸の白人たちが新世界アメリカのインディアンと合流し、新しい生活を始めた頃からですが、ヒトの知的偉業は確かに目覚ましいものがあります。驚くような食糧の増産や、様々な工業技術や生産の発達、そのために必要となった交通手段やそれを下から支えている科学の研究など、さらにはそういった人の心を後ろから支えている健康や芸術、さらには娯楽などを一瞥《いちべつ》する時そこにはそれらの中に見られる、本来のヒトをヒトとして前進させるのに役に立たないどころか、かえって堕落させるようなものもない訳ではないのですが、全体的に見てそれら全ては進歩という一言で片付けられてしまっているのです。そういった全体的な進歩を見直す時、当然そこには宗教の姿が見られ、やはりヒトが単なる他の霊長類と区別されなければならないことを知るのです。どこか忙しく全ての霊長類の中で振る舞うヒトの態度はまるで剣士のように素晴らしいものに見えてきています。知の技法や、組織の組方、衣食住の習慣などは、他のどんな霊長類たちのそれよりも遥かに優れたものになってきています。ヒトは他の霊長類の中で特別特殊に扱われ、人類と呼ばれて、ゴリラやチンパンジーなどのような猿類とも明確に区別されていますが、この人類が限りなく欲求しているものはヒトをどこまでも利口なものにしています。しかしこの利口なものにしている者は、ある人々にとっては「小利口さ」としか見えないのです。はっきりと宗教の目的を知っている人たちや芸術家たちはそのようなタイプの人々なのです。それを別な言葉で言うならば「神授」とも言うべき特質なのです。この大自然から離れてしまった特質は、実は人間本来の身体のどの部分の特質でもありません。今人間は神授した本来の生き方を忘れ始めているのです。

数百万年前から今日までの人間の脳は、大きく変化して来ました。おそらくサバンナの森から天敵の多い地面に降り立った時から、この脳の巨大化は始まっていたに違いありません。数十万年前から一万年前ぐらいまでのヒトは実にのんびりと平和な時間の中で一切の物に対し、また生き方に対してのんびりと時間を過ごしていました。それからの時間の中でヒトは石器を様々に利用し、物を便利に砕いたり切ったりするための道具に変え始めたのです。日本の各地、ヨーロッパやアフリカやアジアの各地において見られるその頃の、「ハンドアックス」などは、どの一つをとってみても全く他の「ハンドアックス」との違いは見られません。どの地方の「ハンドアックス」も形において、多く使われた刃の部分において、ヒトの手によって握られた柄の部分やそこに感じる古代人の人肌の匂いさえも、考古学者たちの手にははっきりと分かるくらいです。「ハンドアックス」だけがこのように語られるのではありません。その頃の時代のヒトの首や手首、また足首に飾られた飾りの石や宝石などにも、同じように古代人に大切に使われたであろうことが、今日の私たちには実感できるのです。

同じことは言語についても言えることなのです。初めは音として、また光としてそこから音楽が生まれ、さらにその先に言語の形にまとめられていきました。初めは他の動物たちのそれのように夜の中の叫びであり、木の上の吠え声であり、愛情を素朴に訴える唸り声でした。やがてそれは今日の私たちの脳の中で、また舌の上ではっきりと愛の形を表し、他の様々な欲望の形を表し、喜びや痛みの明確な表現として筆で書かれ、ペンでなぞられ、コンピューターでかなり遠いところまで瞬間の時間の中で伝えられるようになったのです。

例えばサッカーのチームの中に京都パープルサンガというのがありますが、そのようなチームの名前になるまでにはそれなりに様々な時間を経て来たことが分かります。「パープル」は英語で「紫色」を表し、「サンガ」は遥か昔使われていたサンスクリット語で「グループ」を表しています。ここまで来ると京都パープルサンガという名のサッカーチームの前身、「京都紫光クラブ」から様々な時間を経てこのサンガが生まれたことが分かります。同じことがコンサドーレ札幌と呼ばれている北海道代表になっているサッカーチームの名に関しても言えます。「コンサドーレ」という言葉を耳にすると、そこにはラテン人の馬に乗った戦いの様子が浮かび、またスペインの闘牛やイタリア人の食事の風景が、このコンサドーレという子音、母音の形で表されている「コンサドーレ」の中に見えてきます。おそらく道産子たちはそのようなことを考えたに違いありません。コンサドはこれをすっかりひっくり返しに読むと、ドサンコにもなります。北海道の人々は世界に誇れる日本の代表チームとして「コンサドーレ札幌」という自分たちのサッカーチームを誇っているはずです。

このように言葉は紆余曲折《うよきょくせつ》する様々な事情の下で暮らし、常に変わっている時間の中で組み立てられ発音されてくるもののようです。言語の出現とはヒトの脳の中の働きの一つの表現としてこのように結果するのです。

言語（6）

言語が生まれていなかった頃、ヒトは多くの霊長類のようにどこまでも純粋であり、穢れてはいませんでした。言語が生まれ、言葉とヒトの行動と並んで自由に動き回るようになった時、「穢れ」や「タブー」という人類にとってだけ意味を持つ言葉が出現し、その反動として「禊《みそぎ》」が必要となって来ました。ヒトには、またはヒトの社会の全域には不浄なものや穢れているもの、さらには一口で、汚れたものがところ構わず存在するようになりました。ヒトは様々な物を紡ぎ出す存在であり、常に何かを新しく紡ぎ出しています。今なお、そしてこれからも間違いなく紡ぎ出していくものはただ一つ言葉なのです。言葉というリズムを分解する時、言語という名のバラバラな魂の欠片がそこに見えてきます。それをヒトは「単語」とか「文法」と呼び、ヒトの前で講演をする巧さや、天の声にも優る名論文なのだと言って誉めそやすのです。このような社会現象はヒト個人の中の現象ではなく、集団の中に見られる不浄や穢れや汚れの存在をいちいち良くも悪くも気にしているのは悲しい心の問題なのです。

日本人の中には「渡世人」という言葉があります。極道の世界の限りを尽くしたヒトが「お勤めを果たした」と自信を持って刑務所から出て来る姿をテレビなどでしばしば見ます。こういった勤めを果たしたヒトを見て、それを周りから優しく時には不安な心で見ていながら、こういった態度を立派な行為とか生まれ変わった人間の姿として見るのもまた、現代人の考えかもしれません。刑務所に入れられた人たちは、しま模様の服を着せられたり、赤半天や青半天を着せられていますが、刑期を終えて出て来る時・には、さっぱりとした洗い上がった私服を着て出てきます。穢れをすっかり落として新しい世界に飛び出したこのようなヒトのことをもはや不浄な存在とは考えず、むしろ清められたヒトまたは禊をされたヒトとして理解するのです。つまりタブーが消えてなくなったヒトの生き方を誰もがそこに感じるのです。

立派なことを公約しながらとんでもない罪を犯す政治家などは、繰り返し繰り返し禊をしたなどと言って、恥ずかしげもなく人の前に顔を出すのですが、このような禊は文明社会の中のごまかしに過ぎないのです。仏教の世界では「死」はタブーであり、穢れとして受け止められます。しかし神道の世界では決して「死」は穢れでも不浄でもなく、むしろ普通のヒトの生き方よりもレベルが上のものとして受け止められています。このような仏教と神道の間に見られる魂の衝突をなくすために「神仏習合」の考えが生まれたように思います。そのために言葉は大きな理解力の力を発揮する道具として存在していたことも事実です。

長い日本人の意識の中には農耕民族として、どうしても払拭できない罪の意識がわだかまっていました。キリスト教の中で信者が抱いているあの原罪意識にどこか似た意識だったのでしょう。いくつかの隣り合った部落の中ではしばしば水田に流し込むための水の問題が生じました。集団の当然の倫理として可能な限り自分たちのところに綺麗な水をより多く入れようとしますが、そこでは当然水を中心として争いが起こったはずです。越後で江戸末期に書かれた地方史の本として残っている古い時代の『北越雪譜《ほくえつせっぷ》』の中には、機織りをしている娘のことが記載されているところがあります。その頃機織りという仕事は神霊化されたいるところがあります。その頃機織りという仕事は神霊化された仕事として田畑の仕事と同じように扱われていたようです。機織り娘が好きな男とデートをして戻って来ると、身体が不浄であるとみられ、機織り機の前で卒倒するという事件がこの本には書かれています。女性はこれでも分かるように、仏教ではタブー視されたヒトであり、不浄の人間として昔は扱われていたのです。女相撲というものが田舎芝居と同様、村や町を賑わしていた時代がありましたが、それでも日本の国技としての相撲はやはり、不浄でない男の聖なるスポーツと見られていたようです。このような女性蔑視の考えは、密教から生まれ、神道の方では全くこのように女性を不浄な存在として見ることはないのです。事実裸踊りをして男たちを慰めた天鈿女命《あめのうずめのみこと》も、聖なる天照大神も一切の不浄からは遠ざかって見えます。残念なことに法華経の方では女性の存在そのものが悪であり、様々な祈りや精神性の高まりの中で、初めから持っていた不浄な意識、すなわち獣の状態から抜け出さなければならないと教典は説いているのです。しかし本来の日本人は、南の方から徐々に北に上って来たらしく、沖縄の女性たちの特別豊かなシャーマン的な能力などが、今日の日本的なタブー意識の根っこのところにはっきりと、男女平等の意識が生きていたようです。今日では言葉が作り出した「忌み嫌い」や「穢れ」また「不浄」という言葉そのものが、今の世の中の穢れを作っているようです。言葉は良いことより、穢れの方を数多く作っているように見え、沖縄の家々の屋根の上には「シーサー」が乗っており、家々のT字路や突き当たりには「石敢富《いしがんとう》」と刻まれた平たい石が立てられており、これらは正しく前もってなされているお祓いの形でしょう。南西諸島とだけとは言わず、日本全国に跨《また》がって特別女性一般に与えられている能力は、昔から内在する言葉の力として存在していることを知るのです。

言語（7）

　人類が他の霊長類と違ってヒト独特な市民権を獲得した生き方は、数多く存在します。火を起こすことから食べ物を煮たり焼いたりして食べたりする行動に至るまで、ほとんど数えられないくらい多くの生き方の形や、食文化、また服飾文化が文明時間の流れの中で生まれてきました。どれほど猿が様々に改良された集団を作り、捕食行動を身に付けていったとしても、人間のそれにはとても及ぶものではないのです。

　音から、また色彩から変化して言語が生まれてきた時、ヒトは火の文化やそれに伴って生まれた食文化を超えて、より巨大な動物に変化してきたのです。つまり言語は「ヒトの手先」の文化を超えて、舌の上で心を動かすところにまで移動していきました。見たり触ったりする行動から心で感じ、見たものが、味わったものが、そのまま魂に関わっていく深いものになりました。音を聞き分けるという行動や、目から入っていく物の形を心が受け止める時人間は、言語または言葉という確かな市民権を獲得したのです。

　市民権を持った言葉がはっきりとした一つの文法の下や、六法のような法律になれたということをヒトは大いに喜ぶのですが、実は堅苦しい言語が易《やさ》しい言葉に移動し、さらには人間が住む地方地方において方言に流れ、一切の堅苦しさを取り外した野良着姿の訛りになった時、ヒトは完全に獣のようにまた爬虫類や魚のように自由になり、その自由の流れの中で自分の心をまた愛や夢を自由自在に表現できる存在となったのです。

　言語が言葉になり、さらには方言や訛りになった時、人間はその新分野での心や表現の開拓をすることができるようになったのです。最近、ヒトは方言や訛りを使わないように努力をします。こういったものは周りの人たちに笑われ、立派な人間は標準語の中で自分を統一しておかなければならないと思っているのでしょうか。しかしヒトの生活の極めて自然な空間の中では、標準語よりは遥かに方言や訛りの方が、正確に物事の判断ができるのです。ラジオやテレビ、新聞といった物に囲まれて生きている現代人は、そういうものが存在しなかった江戸時代やそれ以前の時代のヒトよりも、視覚でも聴覚でもはっきりしているように思われていますが、実のところその反対なのです。もちろん考えようによっては、昔より遥かに医学の技術が発達している今日であれば、現代の方が視覚でも聴覚でも遥かに良いと言わないこともないのですが、昔の様々な書物に目を通す時、彼らの方が遥かに視聴覚が優れていたように私には感じるのです。しかもその地方の方言や訛りをたっぷりと使いながら言葉を話す時、その態度の中にはある種の大自然に憑かれた生き方や、誰かが訪ねて来る前に、その人の訪ねてくる姿が見えることも今日以上に多くあったようです。「訪れるヒト」のことを、自由に言葉を方言や訛り丸出しで話せた昔の人々は、「音連れ」と読んだり書いたりしたのです。

　江戸時代の浮世絵師の作品を観ると、そこにはシャーマンの存在をその画風に感じるものです。男や女が戯《たわむ》れる絵の中に、風鈴が描かれていることがありますが、その下の人間は、部屋の中の右から左へと動いていく神の姿を実感し、そういった浮世絵を見ている人間もまた、同じく神を感じるのです。ヒトが訪れてくる時、それを「音連れ」として実感したり、風鈴の脇を通る風の中に「神の動き」を感じるのは、実に不思議な、それでいて最も言葉を自分に近づけているヒトの行為ではないでしょうか。

　哲学者、折口信夫が「母なる国」と呼んでいる「海の世界」や柳田国男が「常世《とこよ》」と呼んでいるものも、風に吹かれてヒトの前を通り過ぎる神概念の一つではないでしょうか。中国の王様が天に昇り、「霄」と大書されていた門の前で女神に出会い、その時からこの国の運が大きく開かれたとありますが、これも「常世《とこよ》」や「蓬莱信仰」と同じように考えても良いでしょう。蓬莱思想や哲学は単に老子の「道」思想から伝えられただけではなく、ギリシャの「パンテオン（八百万の神）」や「黄泉国《よみのくに》」や「根の国」さらには「竜宮城」や「出雲大社」や「高天ヶ原」の微かな匂いを私たちが感じるとすれば、またこういった荒唐無稽な伝説を書いたり読んだりしている時、しかも方言や訛りでもって語られる時、確かに私たちの生き方はどんなに文明の風土に馴染んでいるとは言え、その一部に、これから「音連れ」てくるかもしれないヒトのことを予想して待つ存在として理解できるなら、私たちもまた「ゴゼ」の体質のごくわずかな部分を身に付けているのかもしれません。確かに私たちは「三十三年も経つと死んだ仏が神になる」と考えたり、チベットの『死者の書』に書かれている霊魂の遊びを信じることはないとしても、自分たちの使う言葉の片隅に「神仙思想」が今なおわずかながら生きていることを信じない訳にはいきません。

不耕起、そして冬期湛水の農業

　おはようございます。ここ毎日少しばかり冷たい風は吹いているのですが、六時ちょっと過ぎると、東の山の彼方から上って来るであろう朝日が、食事をしている私には実に麗しく見えて来るのです。
庭の中央にある欅《けやき》の葉は二、三枚を除いてほとんど落ちてしまいました。私は犬と遊んだ後、力一杯山程ある落葉をドサッと竹林の方に広がっている土手の傾斜に八割ほど投げ棄てました。そのうち一部は手でもって蕗《ふき》の生えている一画に肥やしをやるような気持ちで丹念に入れることにしました。樹木や竹はそれぞれに秋から冬にかけて落としていく自分たちの枯れ葉を再び肥やしに変えて、生き生きと育っていくのですね。人間もまたこの点においてはいささかも変わることはないのです。人生時間の中で、常に物を食べ動き代謝してそこにはわだかまるものなど一つもないのです。

本気になって自分の目標に向かっている演劇人や芝居人たちは、仲間たちに心の底から血の出るような声を張り上げて、「自分の役を力一杯こなし、死に物狂いで与えられた役の人間に徹しなければならない」と言うのです。

物書きなどはただのそれで金をとっている文士であってはいけないのです。物書きはどこか人生と引き換えにして遣り遂げなければならないライフワークとしてぶつからなければならないのです。どうやら、文明社会の中で人間は、金のために働く公務員であり、芸術や思想に生きているというよりは、それらを巧く利用して芝居をしたり、物を書くまねをしたりして日々の生活の道を選んでいるだけの悲しい人間のようです。剣の達人でも、芝居人でも、物書きでもそこに命を沈みこませ、そのためにどんな生活にも耐えながら前進できる四十七士のような独特の侍たちでなくてはならないはずです。

文明の時間は過去にも未来にも長々と続いていますが、それは虚の美学でしかなく、そこからまともな生き方をしている人間の心の中に炙《あぶ》りだされ、さらに焙《あぶ》り出されて来るものは、間違いなくたくさんの農薬を使って作り出していく田畑の作物に似ています。軽く短い文明社会の便利なものとは違って、とても持ち上げられないくらいずしりとした命そのものの重みを教えてくれるのが、こういった命を懸けた演劇や物書きたちの姿を見る時に理解できるのです。

文明人間はその軽い行動の中で、重々しい命と関わるような、また、生き死にとどこかが直接繋がっているような生き方をしている本物の人間や彼らの生活のことを、厄介なものだとか、このあたりにうろうろされては困るというような言い方で遠ざけるものです。事実私なども、この町から出て行って欲しいと電話で言われたものです。真実に自分の人生とそれに関わる行動をとる人間のことを、世の人々は悪魔の手先であるとか、世をひっかき回す人間として扱い、時には神の、放蕩無頼な息子だとみなすこともあるのです。そのような人間の書く物は、いつの時代においても常に悪書以外の何ものでもないと思われ、理解されることはなかったのです。

人間はどんな意味においても、つまり教育や哲学の世界においての大きな意味での魂の農業をやるにしても、常に有り余るような肥料を自分の周りに備え、あらゆる種類の農機具を手に入れ、それで行う農業を期待するのです。

物事はそのあたりから、本腰になる人間とそうでない人間との間に大きな差が出てきます。命を懸けるほどの人間の農への心は間違いなく自然農業への道に向かいます。つまり真剣な人間のあらゆる人生体験という名の大きな意味での農業は、「不耕起農業」でなくてはならないのです。人間時間のあらゆる水田や畑においてはいろいろな意味合いにおいて言えるのですが、「不耕起移植」や「冬期湛水」の心や態度でもってぶつからなければ命懸けの本当の仕事はできないのです。

世界中は今、「不起耕移植」、「冬期湛水」の正しい農業に徹することを忘れている、文明農業の悲しい時代です。マルサスに言わせなくとも、地上の人口はどこまでも増え続ける始末ですが、実際的な、また精神的な、農業が便利な文化の生き方の中で怠惰になった人間たちは、汗水流して働くことをいつの頃からかすっかり忘れているのです。

文明人間は大陸に住む人間たちではなくなってきているのです。豊かな各種の言語を持ち、内容豊かな文化の広がりや潤沢な思想の広がりの中で、自分たちの霊長類の長であることを誇り、何一つ悪びれることなく生きてはいるのですが、実は人間はそれほど安心しては、今の文明の社会の中には生きてはいられないのです。文化人間の世界は決して南米の森の中やオーストラリアの砂漠や、北アメリカの豊かな広い野菜畑などではないのです。現代人が置かれているところは、地球上どこを見ても見事に小さな島々の集まりであって、そこには大陸の人間にしか持つことのできないある種のあの大らかさが全くないのです。高いビルもトンネルも橋も、走る新幹線も飛ぶジェット機も存在しながら、何一つ落ち着きがなく、安心できず、本当の友に出会うこともなく、親子でまた夫婦でまた兄弟同士が殺し合うような悲しい現実を周りに展開させているのです。ある学者はこのような共食いを始めている現代人の世界を、貧しい「小さな島々に住む盆栽のような島民たちだ」と呼んでいるのです。

現代文明社会は金が有り、便利な機械が山のように存在しているので、現代人は自分たちのことを先進国の人間だと自負していますが、その実、経済面でも思想の面でも宗教の面でも福祉の面でも、どう考えて見ても「後発民族」や「後発国家」の人間なのです。原爆を持ったからと言って世界の一等国の真似をしている東洋のある愚かな国の姿などは、こういった、自分たちが「後発福祉国家」の中で生きている悲しい存在だということにいささかも気づいていないのです。現代人は息子を誇って止まなかった発明王エジソンの母のようになりたいものです。幼い時からとにかく落ち着きがなく、喋り過ぎ、何事にも好奇心の多い息子に対し、いささかも悩むことなく、愛情で深々と包んでくれたあの母親がいたばっかりに、何百という数の、今まで考えもしなかったような発明を彼はすることができたのです。エジソンの蓄音機の貧弱で素朴な姿と比べて、今のオーディオ機器などとの間には、比較することもできないほどの差があります。

人間は今の自分を「発展国」の人間だと思ってはなりません。間違いなく現代人は多くの便利な道具に囲まれながら、その実はっきりと、「後発国家」の人間であることを意識しなければならないのです。

宗教はありながら信仰がない

昨日は、岩手弁の新しいCDを受け取りました。早速夕方二つとも聴かせてもらいました。妻と二人で大笑いをし、同時に一関での生活の楽しかったこと、また厳しかったことを再度実感しました。生活とは気候の変化や物の有る無しにはほとんど関係がないようです。その人が話す日々の、一瞬一瞬の言葉の中で、はっきりと大切な何かを体験してしまうのです。このテープを聴いた後、しばらく私たちの東北での生活を様々な点で反省させられました。

もう過去になってしまいましたが、日本は世界の人々に羨《うらや》まれるほどに豊かな国となりました。これまでの歴史の頁を開いてみても、戦争に負けた民族でこれほど豊かになった国はお目にかかったことがないはずです。人々は物質的に、すなわち家を建て、車を持ち、好き放題な物を食べながら、日本人は誰も彼も上から下まで「欲しいものは欲しいのだ」と言っていられる民族となったのです。今の言葉をコピーとして世間に伝えたのは西武百貨店です。人々は大人から若者に至るまで、また医師たちや技術者まで村や町を棄てて大都会、大都会へと砂漠の民の駱駝《らくだ》に乗った旅のように、人の暮らす中心に移動し始めていたのです。そんな過去の時代にも一面においては「家庭内離婚」とか「家庭内暴力」とかいった問題は常に日本人の家庭を騒がせていました。そして女たちはけっこう腕が強くなり、あるひ弱ないかにも弱々しい音楽家は「関白宣言」等という歌を作って駄目男たちの味方をする有様でした。しかしそんな時代も経済の浮き沈みの中で今ではかなり多くの日本人が仕事を失い路上生活者になる始末です。人間はどこまで行っても、どんなに文化的に、また、経済的に豊かになっても常にどこかでボロを出し、綺麗な言葉でものを説明していてもその裏では人の苦しみを喜ぶような変な骨格や筋肉や目のつけ所や、銀行に預ける預金の傍らで常に苦しみ嘆き誰かを羨《うらや》み苦しんでいるようです。

大自然が十分に人間を良い環境に導いてくれても、人間はやはりどこかがいじけており、粗野であり、人を羨み誰かの悪口を言わないで生きられる生物ではないようです。たとえ集団で熱狂的に騒ぎ、情熱的に化学的な真理を求めようとしながら、妙な新興宗教の信者になってしまいます。「私こそ一切の不条理な考えには騙されない」と自負しながら仏教やキリスト教やイスラム教の大きな流れの中に現代世界の全ての人は落ち込んでいます。三大宗教も五大宗教も、八百万の神々も全て大自然の大きな力を見上げようとして立ち上がった賢い人間たちの作ったものですが、この彼らに従った有象無象の世界の大衆は、（もちろんその中に日本人全ても入っていますが）本当の真理に従ったのではなく、真理の外側の妙な新興宗教の色合いに染まっただけなのです。すなわち、様々なカルトの中で騒いでいるのが文明人間です。

人間は常に前進しようと体中の骨や筋肉や血液や精神の全てが刺激を受けてしまいますが、その刺激によって理想的に発奮するだけならば良いのですが、今の立場から逃げもせず、逃げられる方法もなく、結局は元の木阿弥《もくあみ》の場所で深いため息をつくだけです。日本は世界でも珍しく戦争に負けながら、それでも周囲の民族たちが目を見張るような経済大国になりましたが、その日本人の才能は、自ら手にしたものではなく、勝ったアメリカや、他の戦勝国との様々な良い出会いの中で得たチャンスであったことを忘れてはなりません。チャンスもまた運と同じく、その人の才能の一部だということはできますが、そのことはそのチャンスに与《あずか》った者はあまり外に出してそれを言うべきではないのです。そのようなありがたい運命はソッと心の中に温存してそれにあまりしがみつかず密かなる感謝ができるくらいが良いのです。

　人間には激しい欲望や人を押し退けても先に行きたい気持ち、人々に羨まれるような感情を常に持ちたいと願っているものです。実際どのような人でも完全に調和のとれた人間と自分ではっきりと信じられる人は滅多にいないものです。完全に前進する衝動も夢も持っていると言いながら、心の中のどこかでは怠けたくなったり止めたくなったり休みたくなるのがしょせん人間という名の霊長類の特質の一つです。現代文明の中で生まれ育ち、あらゆる意味で教育された人間は、トンネルを掘り、橋を架け、山を動かし、月にまで飛んでいける技術を身に付けましたが、星の世界に身を置いてそこで何かをやろうとする大きな夢や信仰を持ってはいけないのです。何かに満ち足りていながら実は、存在する自分という生命体の全域においてこれ以上どうにも言いようの無い信仰心の不足を私は感じるのです。

　今夜もだいぶ時間は遅くなっています。自分の中に有る発動をもう一度考えてみましょう。

生きられる自由

　おはようございます。明るい太陽が少し前まで空を覆っていた雲間から、さんさんと輝き始めました。今貴方とOさんや北上の文学詩歌会館の係の方とのメールのやりとり、読ませていただきました。それぞれの方の言葉にはますます貴方自身の言葉を生き生きとさせる何かが感じられました。

　さて、私は今手元にミラーの『南回帰線』の日本語バージョンを置いています。この頁の百四十頁、百四十二頁に私の目は釘付けになっています。そこには次のように書いています。

「この人物は私の全く知らないタイプの人間だという事実を直感的に感じた」

　人間は誰の場合でも今の文明の世の中にあっては、誰に出会っても感じるとは、この前または以前どこかで出会った人物を彷彿させる人物であることに気づくのです。これだけ忙しく騒がしい、しかも忙しくて退屈極まりない今の世の中においては、会う人一人ひとりは間違いなく、以前どこかで一度会っているか、また、会った人々に似ている人間であることを、うんざりした自分の心と自分の身体でははっきり意識するのです。ということは、来る日も来る日も現代人は同じことを繰り返しているに過ぎないのです。まるで両親のもとから旅立ってしまった子供が賽の河原で一つ二つと次から次へと石ころを積み上げ、この石ころは父のため、母のためと口走っている姿とあまりにもよく似ています。

あの世でそのように積んでは潰され、また積んでは潰される亡くなった子の石ころに親たちは涙を流すのです。私たちは今、同じように来る日も来る日も石を積み上げ、やがて崩され、再び積み上げ、その動作は生涯止むことがないのです。文明人間は父のため母のためではなく、自分のために石を積み上げ止むことのない動作をとっているのです。日々の生活の中で鏡の中で、自分の顔を日々見飽き、それを我慢している人間は、一度くらいは生まれてこの方一度も見たことの無いような顔を見たいと願うものです。ミラーはこのような新鮮な個人の時間をこのような文章にまとめています。

「このかなり変わった人物に関してはこれまでマグレガーは多少ふざけた意味で変わっていると言ってはいたが、実際に会って見ると彼は文字通り確かに変わっている人物だった。しかし、非常に理知的な人物であることが感じられ、そのことに関しては私も深く感動した」

ミラーだけではなく私たちはそのように珍しいと言われていたタイプの人間のことを聞かされ、しかもそういった人物に会わせて貰えるとなると、しかも言葉通りに変わっているとするならば、受ける感動はまた新規なものにぶつかる体験は説明することができないくらい大きな衝動を私たちに与えてくれます。それくらい今のこの文明世界はここ千年、二千年前からずっと淀んでおり、そこに住む人間という魚は同じように尻尾《しっぽ》を振り、同じ種類の食べ物を食べ、水槽の中はどろどろと濁り、苔がいっぱい生えている人間の日々の生活の中ですることなすこと、また会う人一人ひとり全てが数千年前の時間の中で繰り返し体験していることなのです。毎日同じ物の前に飛び出し、同じものの前で似たような同じ話をし、私の着ているものもまた相手の着ているも全く同じであって、そこには二度と見たくもないといった心が常時働いているのです。

本来ならば霊長類のサミットに立っていて日々崇めていなければならない神概念ですら、今日も明日も明後日も同じものである時、私たちはそこに立って崇めたりする態度に厭き厭きしてしまうのです。常に仏がそこにいるというこの事実、キリストやマリアがそこにいるという事実、それが堪えられないほど苦しい現実となって現れるのです。マホメットが数百年前から中近東の真心として立っている時、それはイスラムの教えが神々しく立っているようには見えず、むしろ彼らを困惑させイライラさせるものとして存在するのです。イスラムの教えのためならば爆弾を背負ってまで多民族の人々の中に身を投げる男も女もいると聞いています。

人間は良いことでも神々しいことでも来る日も来る日も同じようにしなければならないとするならそこに、我慢するにも限界があるのです。私たちは汚れ放題のところにじっと動かずに座っていることはできません。文明社会の人間の行動とは、実にこのようなヘドロの中で座禅をしなければならないような態度なのです。ミラーはこんな風にも筆を進めています。

「哲学者と言っても、それは書物を通して知っているような哲学者ではなく、常に哲学的に思索し、それによって得た自分自身の哲学、独学の哲学を生きている人間のことだ」

遠い昔、ラテン人やギリシャ人の中に、彼らが馬鹿にし笑い飛ばしていた本当の自分の哲学を持った人々がわずかながらいたはずです。今日の私たちも彼らから何かを学び取る必要はありません。私たちもまた彼らと同じように全く新しい自分の哲学、つまり独学の哲学をかざして日々の時間の中を泳いでいかなければならないのです。神はこのような意味においてはどこにも存在しないだけではなく、私たちはそのような苔むした神や神思想にとらわれてはいけないのです。若い頃一度は自殺を図った人物、エリック・ホッファーは心ある人々によって「魂の錬金術師」と言われていますが、全く学校生活という体験を知らず、七才にして失明し、十五才にして突然視力を回復した彼は、十八才になった時、親も兄弟もすっかりいなくなった人物として、この世の最低のところから歩き続けたのです。決して社会の上昇気流には乗らず、ほとんど乞食の生活をし、それでもアメリカの有名大学の社会学の先生として教壇に立ってもいた彼は、そのような長い八十年以上もの人生の中で、人間や神というものを次のように正しく認識しているのです。

「この世界で安らぎを求めることは、動物や植物と大自然を分かち合うことである。人間はこの世界における永遠の他所者である。他の非創造物から自らを切り離し、人間になった時、この世界の他所者となったのである。

我々の克服し難い不確実性や人間の故郷への決して満たされない渇望が神の必要性と人間の救い難い境遇に由来している」

人間は神を作ってそれに身を委《ゆだ》ねるような誤魔化しをしないと生きていけない生き物であり、それは動物や植物以下の不幸な存在であることを意識しなければなりません。人間はミラーが言うように「物事の本質に到達するための理論以外にはどんな理論も持たなかったのである」なのです。このように主張するミラーは結論としてこうも言葉を繋いでいます。

「彼の見い出した真理と、その真理を行動に移した例証との間にはいささかの狂いもあろうはずはない」

つまり、行動の伴わない宗教も哲学も何の意味もないのです。

宗教

人間はこの世に生まれて来るとまず最初に母親の匂いを覚えます。それから次から次へと多くの発見をするのですが、それらは二、三才のうちに完全に周りの風土の基本的なもののほとんどを発見してしまいます。単に発見するだけではなく、同時にその人らしい独特の創造物として形作っても行きます。ですから人間の生き方の中で同じ場所でも同じ時間の中でも、一人ひとりによって風土は異なっているのです。風土というもののこういった個人によって違うものがもし誰にとっても同じものであったとすれば、それは人間の住む風土ではなく、むしろバクテリアや犬や猿の体験する風土とも言わなければなりません。

人間が個人個人で理解している文明社会という名の地球上は、確かにかなり前から感染されています。人間が身体の中に持っている様々な病などとは違って、それは言葉の中の微妙な感染であり、それはほとんど本人の気がつかないうちに精神と肉体の両方を大きく歪めていきます。このように文明感染人間となってしまった現代人が作り上げている一つ一つの町や国家や全世界は、そのまま感染地方と呼んでも差し支えなく、または感染時間と呼ぶこともできるでしょう。

人間には他の生き物とは違って与えられている生活習慣の中でも、必要に応じてそこから抜け出して新しい生き方の中に進んで行く力、すなわち、自助努力が可能なのです。この力によってこれまで使っていた独特の表現力や言葉一つ一つの内容を変えたり、行動の変化が見られるようになるのです。人の書いた物を読むにしても、この自助努力によって書かれてある言葉の一つ一つが全く違った意味を持ったり、また別の力を発揮することになるのです。誤読という態度がその人間を大きく変え、存在するレベルを高めたり、彼の周りにそれまでは見られなかったような光を発揮させるのも、このような誤読によってだと理解する必要もあるのです。

人間は何を続み、何か話を聞き、誰かの態度を目撃しながら、これまでの自分とは全く違った観念の下で生き始めるということがあるのです。また何を食べ何を飲み、どのようにどこで生きようとも、日々の生活の中のその人らしい様々な身体の生理作用によって人間としての存在の全域が全く変わってもいくのです。この場合生理的な行動とは、魂の動きであり、それに対して肉体的な行動が生理的な働きとしてその人間を独特の方向に動かしていくのだと思います。人間にはそれぞれの好みがあります。それは人によって異なり、生まれた環境によっても異なり、受けた教育の状況によっても自ずと変わっていきます。この好みという感覚は、または生きる姿勢はそのままその人間の特徴と言うべきであって、これこそがその人間の疑いない個性なのです。世の中ではほとんど周りの人と同じように生き、同じように行動していながら、自分は人と違うと自負している人がいますが、私たちはそのような文明時間の中にとらわれている「人間家畜」の存在から離れるまでは、自分を確かな意味での「個性豊かな人間」と言うべきではありません。文明人間はどの一人を取ってみても間違いなく、閉ざされた時間の中で、また行動の中で、また夢の中でしか生きてはいないのです。

文明人間はどんな行動を取るよりも前に、閉ざされている部屋の鍵をまず開けなければなりません。まず最初に閉ざされた部屋から飛び出し、そこで最初にすべきことは人間自身が、すなわち自分自身の正体が何であるか見極めなくてはならないのです。そして自分が信じきっていたあらゆる意味での多様な神々の正体をはっきりと見つめ直さなければならないのです。たいていの場合現代文明人間は、金銭というまた権力という神を崇めています。それらの神の正体を見破る時、自分がどれほど愚かであったかに気づくのです。それに気づくまでは未だとらわれている身であるので、幽霊のようなこれらの神々の呪いからは離れられないのです。人間はどれほど立派な教育を受け、良いところで育ち、自らを高めていったとしても、捕らわれた動物園の中の動物人間であるうちは、その人の感覚も身体の作りも決して自分を抑え付けている神々からは自由な身とはなれないのです。どんなに生まれながらに博覧強記《はくらんきょうき》の人間であっても、本という本をくまなく読み尽くしても、それによって自分らしき自由に生きられる道に飛び出すことはできないのです。人間は全て生まれて来る時は、人間植物園や人間動物園に閉じ込められている大多数の中の一人に過ぎないのです。どんなに学び、どのように立派に教えられて来たとしてもそのように閉じ込められている状態にあっては、人間は、本物に対しては未聞であり、未聴なのです。

たとえ宗教であっても、人間にとって本当の意味では未聞であり未聴であって、そこでは本当の意味での経典も神の光も知の大きな広がりも、大自然の進化も見えてはこないのです。地上はあらゆる意味において疲れ果て、本来の人間としての力を失い、地球上は丸ごと言葉の世界で、またものを信じる時間の中で夢を失っているのです。こんな世の中に光を与えるものを私たちは見い出さなければなりません。

文化と異文化

おはようございます。

今、貴方から届けられた様々なメールを妻に読んでもらいながらじっくりと内容を味わいました。インドの方に赴《おもむ》いている方とはどなたなのでしょうか。世の中は万事経済の時代であり、金の時代であり、名誉の時代ですから、仏教もキリスト教もイスラム教も、人々の生き方の中からは消えてなくなり、地球上は全てつまらないことだけで動いているようです。こんな時こそ大自然の大きな力、つまり、三大宗教が見つめていた大自然に向かわねばなりません。

未だ本格的にミラーに接していなかった頃の私は、ごく漠然としながら『南回帰線』などのことは頭の中にあったのですが、この本と同時にレヴィ・ストロースの書いた『悲しき南回帰線』を重ねて考え、これらは同じ作品だと私は勘違いしていました。やがてミラーと心を通わせるようになってから、一、二ヶ月おきにミラーから彼の本が一冊ずつ何年もかかって私のところに送られてきました。彼の文学の研究本とでも言うべきアメリカやフランスやイギリス、そして日本の研究者の本さえも彼のところから送られて来ました。ミラー自身の四十冊を超えた作品の他にそういった研究書などを合わせると、六、七十冊の本が彼のサイン入りで私のところに送られてきたのです。

『南回帰線』が『北回帰線』などと同じく私の心を喜ばせるミラーの自伝であり、ヘミングウェイなどには見られない独特な私小説の形をとっていたので、もう一つの別な意味での思想家であるレヴィ・ストロースの『悲しき南回帰線』は（別に『悲しき熱帯』とも訳されていますが）、ミラーの文学とは遠く離れた未開の人間を通しての人類学の思想であることをやがて知ったのです。

このレヴィ・ストロースは間もなく百才を迎えようとしている今、フランスの地で元気でいるそうです。特別私は読んではいないのですが、彼は、アメリカン・インディアンや他の人たちと深く交わり、自然環境の中で数多くの伝説や神話の時間の中で暮らしている文明人間の社会ではほとんど消えてなくなっている『野生の思想』や『神話理論』などを世に出しているそうです。彼は文明人間の様々な生き方や発明発見の名の下に、ある一方の方向に向かって生きている人間とは一線を画して生きている裸族やインディアンやインディオたちを単なる悲しい未来人とは呼ばず、逆に五千年数百年の孤独を守りながら生きている霊長類の頂点に立つ人間として力強く書いているのです。彼は世界中の奥地に、まるでキリスト教の宣教師のように潜り込み、そこで様々なブラックユーモアにも通じるようなおどけの気持ちも含んだ、それでいて人類学者としては最高の出来栄えの論文を書いています。彼は研究者です。しかし単なる研究者ではありません。単なる真面目な研究者ならばミラーなどの文章とどこか繋がっていると私などが考えることはなかったはずです。文明人間をある意味で憎み怖れ、軽蔑しているミラーと、研究者の心で人類学に携わっているレヴィ・ストロースは、ある不思議な一致を見ているのです。『悲しき熱帯』もその他のレヴィ・ストロースのいろいろな人類学の論文なども垣間見る時、それは人類を尊敬し、愛して止まず、その未来を信じて止まないこの人物の心根を見てとるような気持ちになってしまうのです。彼の学問的な研究の結果は同時に新しい形の文章であり、思想でありそれ以上に「人間」を描いた一枚の巨大なデッサンなのです。人間を見つめながら私たちはこの地球上の文明社会だけを一方的に見ているだけに過ぎないのです。他の一方には西洋文明やアジア文明の他に全く異なった異質な文明の一画が、文明社会によって壊されている森林とは別に野生そのものとして生き生きと生きており、空気などの全く汚されていないアフリカや東南アジアや南アメリカの文明が存在することを、彼は大胆な思いで見つめているのです。

偉大なる異文化とも言うべき大地が多くの文明人間を寄せ付けず、また文明人間があえて入っていこうとはしない恐ろしい地帯となって存在するのですが、そこに住む人々はあえて文明人間に向かって口を開かず、文明人間に笑われたり軽蔑されながら、自信を持って数千年の孤独の中で神のように沈黙を守っているのです。

その点から言えば、文明社会の中でミラーなどはそのような孤独の異文明をはっきりと見ることができた人物と言えるでしょう。ミラーをポルノ作家と言い、放蕩息子という前に私たちは異文明を理解できない自分の方を大いに恥じなければならないのです。

生命体

その後お元気ですか。そろそろ五月の風の中の爽やかな季節も去り、シトシトと梅雨の雨が降り一ヶ月ばかりの鬱陶しい時となるようです。ですがこの季節も日本人に固有なものであり、日本人を日本人らしい固有さの中に押し止めているものなのです。何事でも固有であることは誇りでなければなりません。

宇宙の万有は至るところ有機化しようとしている無機物の流れでいっぱいです。生命はこのようにして極めて偶然から生まれたものでしょう。オーガニックになろうとする万有は大自然の流れの中から次から次へと誕生しています。それは何かを生み出すという意志から生まれる行動ではないのです。それは行動とか各種機械の歯車やゼンマイの行動からではなく、極めて偶然に物が増えたり感じるところから扱われてきたものです。それこそがあらゆる種類の生命の誕生の現実なのです。大小様々な生命体、ウィルスからヒトに至るまで生命現象とその寿命の長さは永遠の生命とは言わないのです。巻かれたゼンマイのほぐれていく時間の中の存在こそが生命でいることを人間はよく知っています。それならば、空高く投げ上げた石ころが地面に落下するまでの短い時間の中にもある種の生命を感じなければなりません。生命は運動そのものであり、動植物の定められた寿命の中の運動としての時間と比較するならば、少しばかり脇の方に置かれている「准生命体」ということができるのです。人間は他の動物とは別に言葉を話します。動物たちの木によじ登ったり降りてくる動作と別に、人間の言葉は語られる時、書かれる時、読まれる時、そして感動を与える時そこに極めて短い時間の中の生命が働いていることを人間は知るのです。しかしその言葉という名の生命時間は決して「准生命体」ではなく、むしろ人間初め、動植物の大小様々な生命体の上に存在するレベルの高いlifeなのです。

今日も一日私たちは力一杯自分の言葉として、呼吸として、歌として生命を生かしていきましょう。ではまた、お元気で!

確かな検索力を持とう

おはようございます。五時頃起きて朝食の用意をしている妻を意識しながら、五時半頃私も床を離れ、一日三度の血圧を計った後、庭に出て一人、芝生の水撒きをしました。勢いよくホースから飛び出す水の音の中で私は暑くなる今日一日の様子が想像できました。十時頃T君が迎えに来てくれ、私は名古屋の美術館で開かれているゴーギャン展を観に出かけます。残念ながら妻は少々腰を痛めているので、今日はゆっくりと私のいない間休むようにと言いました。今年の梁山泊、貴方からの知らせによって、少しずつ顔ぶれが分かり始めています。たとえ出られない人たちも、梁山泊の音を聞いて一層目覚めることでしょう。貴方の努力に感謝しています!!

現代人はあらゆる意味で身体の癒しを求めています。癒しどころか、自分の中から出てくる言葉がいくらかでも褒められることを誰もが願っています。

それ以上に私たちは心の癒しと褒め言葉に飢えています。生活のあらゆるところで心が癒され、出てくる言葉が褒められる力が山程あるのですが、それを検索して引き出す知恵というか、努力が少しばかり私たちには不足しているのです。現代の社会では「情報技術」が不足しています。自分も自分らしく認め、それを発表する「IT(企画作りの道具)」を確かには持っていないのです。一人ひとり人間は自分の生き方の中心に本人らしいデザインとしての企画が無くてはならないのです。世界中にははっきりと知れ渡っている企画や企業、すなわち「サイバネット・テクノロジー」がどうしても不足しているのです。何も文明の理屈で我々の生き方をどうこう言う訳ではないのですが、大自然や私たちに息遣いさえ苦しくさせている文明時間が互いにぶつかり合い、避け合ったり、逃げ隠れしているこの生命事情の中で、はっきりとヒトは一人ひとり自分と連れ添っている大自然を真っ向から迎え入れなければならないのです。文明時間はかなり遠く私たちから離れています。文明時間は他所者です。他所の小父さんです。それなりに会釈するぐらいの付き合いで接すれば良いのです。大自然の流れは、私たちの生命さえ創造しました。大自然は私たちの母です。大自然は私たちが生まれてきた海です。マザーもメールも一つのもの、母であり海なのです。それが自分の中ではっきりと分かる時、ヒトは自分の生命と何の隔たりもなくごく自然に繋がっていくのです。

今日訪ねるゴーギャン展の作者は自らどこから来てどこにおり、どこに行くのだろうかとヒトの生命を振り返っています。全く盲目なヒトが、素晴らしい絵を描いたり、大きな宝くじに当たったりすると、我々現代人は「盲人にはあのような才能があったり変わったことをするものだ」と言うのですがそれはたいへんな間違いです。たまたまそういうことをやった人間が、偶然盲人であったに過ぎないのです。

今日も一日貴方は何をして過ごすのでしょう。目の前に広がる全てのことは大きな海原のように広いのです。身体の方はとても良い答えを医師が出してくれた由、ありがたいことです。良かったですね。万事人生は良と認めなければなりません。

ヒトと言葉が重なる冬虫夏草《とうちゅうかそう》

おはようございます。毎日暑いです。昨日の散歩などは汗だくとなり、帰宅してから早速冷たいシャワーを浴びたくらいです。今日もまた朝から暑い陽が射しています。犬たちにもその暑さが分かるせいか、欅《けやき》の下の日陰にすぐに寝そべってしまいます。今日は久し振りに遺産の森と呼ばれている山深い公園でも歩いて来ようかと思っています。

魂の響きがはっきりと見えてくるような言葉が、人間には必要なのです。こういう言葉には上手下手は別として、文学的とか哲学的、また詩的な言葉でなくとも、相手の人の全身全体に響く何かがあるはずです。言葉とは天から降ってくるエネルギーであって人間の中から絞り出されてくる力以外の何ものかなのです。

ある不思議な昆虫は、死ぬと、その身体から茸のような物が生えてきます。昔の中国人たちはそのような状態を不思議に思い、それを「冬虫夏草《とうちゅうかそう》」と呼んでいましたが、このように冬は昆虫として生き、暑い季節には茸のようなものを生やしている存在は、人間には今でも不思議に思えるのです。その種類は様々あって百近くも見られるようです。人間の行動的な生活も、人の存在の全身から吐き出す言葉という名の雑草も、心してみるならもう一種の、しかも相当に高等な「冬虫夏草《とうちゅうかそう》」なのかもしれません。リズム多い「冬虫夏草」なのです。

このようにして物を考え、書き、伝えている今の私の生き方も態度も、それ自体、間違いなくはっきりと「冬虫夏草」なのかもしれません。植物と動物が同じ物の中で存在するのは動物の一種であるヒトと大自然のエネルギーの一種として絞り出される言葉が、同時に同じところでダイナミックな行動をとるのと、どこか似ています。

私は今日も一日自分らしく自然の流れと噛み合いながら生きてみたい!!

大祓の式

おはようございます。梅雨の季節ですが、すでに夏に入ったような毎日です。お元気ですか?

この文明社会で良いと言われていながら、自然人間としてはかなり質が悪く、悪徳の重みでまともに立ち上がれないようなヒトが多くいます。このようなあくどい人間のエピソードが世界中の歴史の頁に残っています。百八つの煩悩を自覚し、何一つ悪いことをしていないと思いつつ、その実、原罪を堂々と主張しているキリスト教などもこの人間性悪説を認めているからでしょう。こうなると生命は凡庸である方が良いようです。ヒトはどんな生き方をしていても、その全域に陳腐な要素が広がっていた方が間違いないようです。平凡なのが生命の原型なのでしょう。このような素朴な人間性の中にしか、本当の大自然から送られてくる言葉は期待できないはずです。ヒトの心の奥の方、または精神の流れの中に触れることなくその人の言葉は聴き取れないのです。人間の中心とはあらゆる奥深いものがしまわれている広大な広がりそのものなのです。

人類学の専門家である鴻学《こうがく》がどんなに頑張ってみても、新石器以前の人間の考え方や、彼らの哲学や愛の形を説明することはできないのです。今日の全世界の精神医学の碩学に問い質《ただ》しても、旧石器時代の頃の人の心や彼らの集まりから成り立っている社会状態などは聞くことができないのです。

現代人にとってはっきりと理解できるのは、新石器時代から今日に至る歴史の中の人間問題なのです。しかしそれらの頁のどこを見ても、悪質な人間の話が現れてこない事実に私たちは驚くのです。今日、物を書いたり喋ったりすることは自分の生き方を浄化するための大祓の行為なのです。

今日も一日自分の大祓の儀式を、言葉の上で楽しみたいものです。お互い頑張りましょう。

自分の中からのコラム

人間には誰にでもいろいろな問題が次から次へと起こってきます。しかしヒトはあまり小知恵を働かして先へ先へと考えを進めていってはならないようです。あまり深く考え過ぎたり読んだり、腰を浮かせながら先へ先へとものを考え過ぎても転んでしまうのが関の山です。大きく夢を抱くことや、しっかり足場を築き、腰の据え方などを確かにしておく人間でありたいものです。自分自身の心の中の確かな声を聞くだけの準備をあらゆる時間の中で抱いているべきなのです。小知恵の動きに誘われて無知な行動に走るのは、パニックと言います。私たちは知恵を働かせてどっしりと落ち着き、自分の生命の早さというか、リズムによって進むだけです。これほど数が多いヒトが地球上のあらゆるところに存在していますが、私たちはナノメートルで測らなければならないような細菌の集まりそのものです。もう一度自分の生き方と繋がっている文学や哲学の言葉で語ったり書いたり読んだりする存在でいるべきなのです。このように有象無象の単細胞の集まりになってしまっている私たち人間には、自浄作用や能力があるのでしょうか。ヒトは今文明を謳歌《おうか》している一面、自らの内側に自閉症の悲しい現象を自覚しています。文学の言葉でも、哲学の文章でも浄化できない自閉症の大きな傷を見せているのです。

未来への、つまり明日への希望が抱けなくなっているこの社会情勢や国家の在り方の中で、何に頼り何を旗印にしなければならないのか解らないのです。これほど数多いヒトの存在する中で、正しい意味における不世出《ふせいしゅつ》の大天才など一人も現れていません。一見指導者に見えたり、豊かな思想に溢れているような生き方をしていたり、本来の人間のリズムを確かに備えて日々生きているヒトらしく見える存在は、あちこちに見られるのですが、一旦そういう人たちに近づいていき、彼らの言葉を聞いたり、行動を共にしたり、そのヒトの家族との関係や家の中の状態を見てしまうと、そのヒトが本当の天才ではないことにはっきり気づくのです。歴史的にもいろいろな不世出の人間が見られますが、さらに歴史の書物に触れていくと、そういったヒトもまた正しい意味の不世出の人物でないことを知ってガッカリするのです。

神話や未開芸術の広がりの中に、私たちは何か不条理でないものや、自浄作用によって綺麗にされているものが存在することを期待するのですが、神話も芸術も古い時代の汚れたものが底の方に沈殿していて、ちょっとでもそのあたりをかき回すと、欲や妬《ねた》みや権力志向の心が次から次へと浮き上がってくるのです。ヒトが無意識にかき回す神話の底も、芸術や哲学の言葉も、実にくだらない現代人のそれとあまり変わりのないことに気づくのです。現代人の手が伝説の底の方に触れると、そこに現れてくるのは現代社会で我々が体験する汚れ放題の事件と変わりがないのです。ヒトはそこで神話の時代も伝説の時代も、今といささかも変わりがないと解って安心するのです。その安心感は結局浄化されたヒトや本当の天才というものがこの世には実際にはいないという悲しみを現代人に与えるだけなのです。

常に金銭や、習慣や、分限や法度や階級、格式などに捕らわれ、縛られていて動きがとれないのが、ここ数千年間の人間の生き方なのです。ヒトは全てその意味において原罪を背負った存在であり、煩悩に捉えられている何らかの意味での謀反人なのです。このようなヒトは今こそ自分の言葉に目を向けなければなりません。自分の心から出てくるコラムを、新聞のコラムを読むように平和な心で物事を差別しないで読まなければなりません。言葉やコラムがそのまま自分の中から出てきたからといって、ことさらにそこから遠ざかる必要はないのです。そういった言葉などは生まれたての子供のように無心であり、無垢《むく》の状態なのです。幼子が母の前で回らぬ口から「これは何？」と聞く時、これ以上に浄化されている言葉はないのです。ヒトは自分の中のこのような言葉の妙薬に出会って、そこから何か大きなことを受け止めなければなりません。

今の社会のあらゆる風景は高さも長さも深さも遠さもほとんど同じであって、そこには差が全くないのです。差が無い存在などはどんな力もエネルギーも持っていませんし、必要もありません。ヒトだけでも自分らしいダイナミズムの中で生きなければなりません。

水と塩

肉体と精神は同じヒトの中に宿っていますが、全くこれら二つの中に繋がりはありません。肉体と深く繋がっているものが、二つあります。水と塩です。この二つがなくなると、馬力を出すことができなくなるのです。つまりエネルギーの消耗が目立つのです。思ったように走れないし、重いものを運べない。

どこの国でも町でも村でも、その地方の名水という物が土地の中心にあるものです。水の良さこそ、その地方の良さを表しています。

塩は味覚の中心と考えられます。旨味成分こそ、味の基本だと考えられていますが、塩こそがあらゆる味覚の素なのです。生き物を守るのは塩分です。もちろん摂り過ぎると、肉体を壊すのも塩分です。つまり何事もその中心となる大切なものは、使い方の間違いによっては、害にもなるのです。どの地方に行っても「塩の道」があります。遠方から海辺の町に馬を曳《ひ》いて塩を集めにやって来る人は、ある意味でもう一人の布教師であり、伝道師であった時代もあるのです。力の強い動物である馬や牛などは、人間から与えられるごく少量の塩と、彼らが自由に口にできる飼い葉があるならば、大きな馬力を発揮して、どんな力仕事もできるのです。人間はこの馬力という名を自分たちの作り出した機械の性能を表すのに使っています。

水と塩と野菜があれば何とかヒトは生きていけるのです。酢でも甘味でもなく、味噌醤油があれば、野の草を上手く料理して、自らの身体の滋養とすることができるのです。貧しい江戸時代の頃の農民たちは、米と味噌があればどんな飢饉の年でも過ごしていけると考えていたようです。つまりヒトは水と塩とあれば基本的に生きられるのです。金銭や権力といったものは、一見大きな力を持っているようですが、その実本来必要のない飾り物に過ぎないのです。人の生き方を飾っている文明の様々な装飾品は本来基本的な大切なものを考える人間には不要なものと分かるのです。金も権力も飾り物に過ぎません。これらを全てにはどのような本当の力もないのです。水と塩それに精神の中から、生み出される言葉だけが生命に自由を与えるのです。ヒトという存在の全域に潤滑油を流してくれるのです。自由の中心は水っぽく、しかも水臭いのです。さらに自由の広がりは至るところ塩の味がするのです。生命は水っぽく塩味だけが実にはっきりと分かるものです。飾り物の味を感じて感動する人間はヒトの存在の中身を知らない人だと言わなければなりません。

人生万歳!!

おはようございます。梅雨に入ってもう一週間になろうとしていますが、シトシト降る雨、雲間から出る明るい陽の交互の中で、物を書いたり庭仕事をしたり、人生はとても忙しく楽しいものです。貴方もさぞ忙しいことでしょう。

人間は常に物を創造し、自分を創造する存在です！　ヒトそのものは生命を創造されて出現したのです。大自然のエキスである万有のエネルギー、つまりダイナミズムの働きの中で目を開け、生まれたのです。死んでいく瞬間まで一切の休みがなく、生命は常に力強く息づいています。ヒトは、一つの神そのもの、貧乏神、ヒトの傷そのものなのです。ヒトの痛み、ヒトの暗い部分だけをどうしても見てしまいがちな貧乏神です。しかし存在の周りに漂うオーラこそヒトのエネルギーそのものなのです。光こそヒトの輪郭の全てなのです。病気さえ、生命によって黎明を待つ、期待している一時なのです。ヒトの日々は全て喜び、嬉しいこと、歌いたくなること、笑いたくなることでいっぱいです。漫才の馬鹿笑いではありません。わざとひっくり返って人を笑わせるあの作り笑いではないのです。努力した笑いは泣くことと同じです。病み果てて苦しんでいることと同じです。このような生活のための笑いは、本人にとって悲しみであり、苦しさなのです。

　目の前に出現する全てのものを悲しみ、痛み、怒りの対象にしないと我慢ができないヒトは不幸です。ヒトは、大自然の中で当たり前に生きていける時、目の前の全てはマイナスの方向で考えられているのであり、逆にプラスにものが考えられる時、生命エネルギーは確かにその人の息衝《いきづ》きの中で前進を始めるのです。

　四十七士の話は人を感動させますが、大石内蔵助《おおいしくらのすけ》と同じ赤穂藩の家老であった大野黒兵衛は人々を苦笑させています。同じ家老職にあった人物だといっても、黒兵衛は十分な退職金を手にすると家族と共にどこかに逐電《ちくてん》してしまいました。一方の家老、内蔵助は自分の子供を連れて主君の仇を打ち、共に死んでいきました。これら二人の家老はそれぞれに生き方の中で自分を全うしたのでしょう。世から褒められようと貶されようと、本人は本人らしく生きて、人生を終えたならば、私たちはより深い心でそれぞれの家老に貧乏神が憑いていなかったことを大いに喜ばなければならないようです。

　良いことが行えたのでそのヒトが世の光を浴びるのではないのです。そのヒトが、そのように生きたので世間のマジョアリティーはそのヒトを褒めたり、その生き方を真似するようになるのです。不如意《ふにょい》な生き方、悲しい生き方が駄目なのではないのです。それも人間の一つの生き方なのですから。自分の生き方をマイナスに考えるヒトは初めから負けています。大自然の動きの全てをプラスの考えから始めるヒトは、自分の人生の初めの頁から勝っているのです。

　何事もヒトは最初から勝っていかなければなりません。そのためには何度でも失敗したり苦しみ悩むことはあるかもしれませんが、結局その人の人生は、本人にとって豊かなものであると実感できるのです。人生万歳です！

全てはサイラ

　私たちはごく簡単に「自然」と呼んでいますが、この「大自然」は人間が考えているほどにいい加減でもなく、かといって特別強さを表す訳でもなく、ごく自然に万有引力をそれなりに柔い心で表現しています。水の流れのように微風が吹くように大自然は流れ流れ、そこからあらゆる生命体を生み出したのです。サイバネテックスまたは略してサイバー（cyber）と呼ばれている「電子頭脳」は、あらゆるところで現代人の生活を大きく変えています。過去においては考えられないような便利な道具として人間の命じるままに動いています。コンピューターも携帯電話も正しくサイバーが働いている仕組みをまざまざと私たちに見せています。今までのヒトはかなり、これからは変わっていくでしょう。すでに先世紀の終わり頃から古代からの人間は身体の一部、または精神の一部で改造人間に変わりつつあります。この変わりようは髪型とか服装の流行が変わるようなものではなく、それ以上に大きな文明社会のリズムの変化であり、文化のメロディが変わりつつあるのです。現代人はすでに自分自身の心と身体の一部において改造されつつあります。自分が「サイバーパンク」であることを意識しようとしまいとそれに関わらず、電子化された部分が現代人の生き方や行動の中にはっきりと現れているのです。百年前の人間、または五百年前の人間とさほど変わりのない人間だと自分を見ていますが、現代人は、はっきりと生理機能の一部が機械装置によって代行されており、そうでなければヒト同士が現代社会の中ではまともには生きていけないようです。もっとも私のような老化し、そういった各種のサイバーを自由に扱えない人間は、どうしても若い人の間では一歩ならず二歩も三歩も後れをとってしまいます。これでもあるところでは改造人間の振りはしているのですが、私たち以上に改造されている若者たちの間では、行動でも話でもついて行けないというのが本音です。世界共通語となっているこの言葉、cyborg つまり片仮名では幼稚園の子供でも分かっているようなサイボーグを最新語として使うことはできるのですが、それを生活の中で実際の行動として現すのには、生き方のどこかで躊躇《ちゅうちょ》しているのです。確かにサイバネテック・オーガニズム（cybernetic organism）は改造人間または現代人の身体の生理機能の一部を機械装置で代行する人間、すなわち、東欧の未来小説の作家がロボットと呼んだ近未来の人間に現代人は少しずつ変わり始めているのです。現代人は生理的な部分でだいぶ性能の高い部品が付けられています。ある人たちは人工心臓が付けられ、大部分の現代人はコンタクトレンズや角膜を人工レンズに替え、歯はプラントとか、差し歯を当然のようにしています。私などとも自分の目や歯を意識する時、そこに身体の中に文明の名によって付けられた仮想の世界や空間が見えてくるのです。日本人も中国人もこういったごくわずかな身体の一部のロボット化を世界語の中で「サイバー・スペース」と、何のこだわりもなく呼んでいます。つまり仮想空間または、仮想世界として認めなければならない自分の中を、否が応でもはっきりと自覚しなければなりません。

現代人はこういった意味において声なき大衆または声なき声として嫌が上にも文明社会の悪に向かい合うわずかな人々を癒す力を私たちに見せつけています。この力は英語で言うところのサイレント・マジョアリティーなのです。古い時代からの人間らしさまた大自然を素直に受け止めようとする立場をとるマイノリティーを厳しく抑え付けようとしているのが、この silent majority なのです。サイレント・マジョアリティーとは原理的な宗教人のことであり、金や権力に左右されない芸術家であり、人間として純粋に生きている人間のことなのです。フランス人がよく使うところのサエラ（ca et la）に存在するごく自然な言葉の中にこそ、大自然の真実の意味が含まれているのです。

人間は生まれる時、誰でも一個の原始星なのです。星々の間に流れている重量が収縮して、その中心部は一千万ケルビム以上に上がるのです。そしてそこに核融合反応が起こるのです。ここから原始星の出現が見られるのです。ヒトの誕生などは軽々しく見られていますが、実はやはり一千万ケルビムの温度の中で出現する大事業なのです。心あるわずかなマイノリティーは、心してかからなければなりません。

新しいプリンキピア

九州から四国、中国、近畿、そして東海地方までついに梅雨に入りました。日本的なものとは何でも几帳面《きちょうめん》で真面目でソツがないのですね。梅雨の雨ですら、きちんと約束に則《のっと》ってシトシトと降る雨を降らせ始めるようです。ベランダに立っていた今朝の私に、このシトシトとした雨がはっきり感じられました。

ラング、言葉は人間の中に働くもう一つの、しかもヒトと関わる大きな万有引力であることを人間は知りたいものです。どんな病気に罹っていようと、性格的にそうであろうと、聞こえようが聞こえまいが、人間の精神の中に働く万有引力を私たちは生活のどこかで意識しています。一言で言うなら言葉なしで生きている人間はいないのです。語としての言葉は後世にヒトによって個々に作られたもののようです。近世になって言語学の対象にはなっていますが、その基は単純極まりないものでした。パロールの糸口である「前パロール」とこれを呼ぶことができるかもしれません。これは精神作用そのものであり、パロールの翼を段々と広げていくと、そこに言語学の対象となるラングが現れるのです。ヒトの精神が万有引力として働く時、本当の言葉の物語は、つまりヒトのエピソードはそこから始まるのです。ニュートンはラテン語のプリンキピアをはっきりと認めて、そこから現代世界の公用語である英語を主張しなければならないプリンシパル（物事の始まりの中心、基本）が、今日の私たちの中に生まれたのです。人間は長い間錬金術の中に閉じ込められていましたが、はっきりと言葉のプリンキピアに入ることによって、ヒト本来としての万有引力の生き方の中に進むことができたのです。万有は常に、基本に従って動いており、一つとしてそれから外れているものはないのです。ニュートンは確かに万有引力を認めました。しかしそれは錬金術師が錬金術の檻から出るための手段であって、現代人が今後の時代に入っていくためには、言葉の万有引力をはっきりとプリンキピアと認めていくところから始まらなければならないのです。人間一人ひとりはプリンシパルすなわち、しっかりと根を張った基本を得なければならないようです。私は私自身を私の校長先生（プリンシパル）にしなければならないと、常々思っています。これまでのところ、私の中の自分は校長に仕える立場を意識しており、自分の前にいる校長の手先である自分を常に考えずにはいられませんでした。自分とは一歩離れて存在する校長の前では、何でもかんでも自分の考えだけで、自分の信じたことだけをやってはいけないことを知っていました。知っていたというよりは、そうしなければならないものだと自分の存在の中心が教えていました。しかし、はっきりと今こそ目を覚まさなければならないようです。私自身がプリンキピアに、またプリンシパルに、自分の校長に、主人にならなければならないことを自覚しました。

このような何世紀にもわたって人々の考えを抑えていた『プリンキピア』はあらゆる運動を説明する法則だったのですが、今、人間は自分という存在の全域において運動の法則を纏め上げ、新時代の万有引力として認めなければならないようです。すなわち文明社会から離れた原生に戻った人間を見るところから始まる自然を基本にした生き方をこれからの時代の万有引力と見ました。世界の七つの海のどこに行っても、世界中の湖という湖、川という川のどこで泳ぐ大小の魚であっても、明るい光を求めたり、時には口を開けて空気を吸おうとして水の表面に出てはならないのです。そこには常に、餌を求めて待っている鵜《う》や、他の鳥たちが待っています。ヒトは残念ながらそのことに気づいてはいません。今の不況の時代に対しては悩んだり苦しんだり怖れたりしていますが、百年に一度というこのような資本主義社会の崩壊も、貨幣価値の暴落も、大きな意味においてはさほど大問題ではないのです。ヒトの心の中に本来人間が持っていなければならない「プリンキピア」が確かな形で存在しない自分を怖れなければならないのです。

虫や爬虫類や獣たち以上に食料不足の中で、また水不足の中で悩むようになるこれからの人間は、金銭や主義などの問題の崩壊や崩落の中で苦しむよりは、パンや米の不足の中で地獄の苦しみをすることになるのです。マルサスの「人口論」はまさにこのことを予言しています。格好の良いことを並べてばかりいないで、虫や爬虫類や獣たち以上にヒトという自分を一食のために悩むだけの利口さを備えている人間でありたいものです。

Amazing Grace

大いなる大自然の恩寵を！

人生は初めから終わりまで豊かな恩恵に満ちています。ビバルディーは「四季」という音楽を今日まで遺していますが、たくさんの孤児の女の子たちを集めて合唱団を編成し、彼の曲をカトリック教会の中で歌わせました。彼はベネチアの神父の一人でしたが、常に孤児たちに温かい心を向けていた男でした。彼の「四季」はとにかく少女たちの悲しい生い立ちの中に明るい喜びを与えました。

かつて、おそらくあれは四十年近くも前のことです。私が北欧の友人たち（詩人やピアニストたち）を訪ねてヨーロッパを旅行した時、たまたまパリにいて、働きながら写真を撮っていた若いT君が、ルーブル博物館の近くの小さな、二百年ほどの歴史のあるホテルを私のために用意してくれていました。斜向かいにはルッシュという名の巨大な石造りの教会がありました。ホテルに入った次の日だったと思います。教会の中を見ていると、壁にビバルディーの「四季」のコンサートのポスターが貼ってありました。教会の中は朝だというのに電気もロウソクも点いておらず薄暗かったのですが、私の耳には孤児たちの華やかな「四季」の春のメロディが聞こえていました。人生は強いヒトには嬉しい世界ですが、弱いヒトも大自然の言い知れない恩寵に満たされると、強くなるものです。ビバルディーは孤児たちに力強くAmazing Graceを与えたようです。生命のプリンシパルがこんなところにも生きているのですね。万事の中にこのようになると、人間もまた生き生きと活きだすのですね。

　言葉がそのヒトの血となる時、生き方の中心であることが闊達に働き出すのです。生き方の中から出てくる言葉のみが何かを創造するのです。物を表現し、その前に立つ者を創造するのも、血の通った言葉なのです。今という一瞬の中で生きている言葉そのものが、実は「生命」なのです。小さなホテルの中で、夜遅くまで三十になったばかりのT君は話をしながら目の縁を赤くしていました。それより数年前、出版された『単細胞的思考』によっていつでもくれる彼の手紙は、バイブルの弟子たちの言葉のように勢いづいていました。ドイツからパリの東駅に着いた夜、シトシトと雨が降っていました。道を尋ねようとしていた私の前に現れた男性は黒ずくめの服装をした精神科の医者でした。彼はこの一週間は暇が有るのでパリの町を案内しようと言ってくれたのですが、私にはそれからついに再び彼に会う機会はありませんでした。T君に初めて逢ったのはパリの夜、オペラ座前にある噴水の前でした。冬の噴水は凍っていました。

貴方も忙しいようですが、身体には十分注意して頑張って下さい。私も注意しています。

闊達な言葉という血液

月曜日の昼近く、貴方からの美味しい贈り物が嬉しく届きました。今書き終えたばかりの作品を閉じながら、妻と二人で早速、芋ケンピや実に甘いハートの形をした小さなトマトをいただきながら一服しました。枇杷《びわ》や小夏《こなつ》やお茶などなど、これから一つ一つ味わわせてもらいます。若い頃は食べる気にもならなかったサツマイモも今では好物の一つになっています。天ぷらはもちろんのこと、焼き芋にして食べるその旨さは堪えられません。

　人間の身体の中を流れている血液は、日々の生活の中の喜びそのものであり、嬉しさの塊です。滞らない血液のスムーズな流れの中で、日々の生活の中の行動や活動が約束されています。これほどありがたいことはありません。しかし言葉というもう一つの血液がヒトには与えられており、他のどのような生物にもそれがないのは、何とも不思議であり同時に大自然の与えてくれたヒトに対する恩寵を感謝してもし過ぎることはありません。確かに利口な猿も犬も、こういった力を彼らの舌の上には与えられていません。それならば、ヒトは一人ひとり自分そのものの表現でもって闊達に言葉を使いながら、生きていくべきでしょう。仙人や隠者たちが大多数の人々と離れて幽山に身を隠しますが、彼らさえ、社会のゴミゴミした言葉は話さず使わないにしても、彼ら自身の生き方の中では十分に言葉を使っているのです。霞を食べながら、ボロを身に着けながら、どんな人間よりも確かに言葉を話しています。そのことをヒトは生きた言葉の達人と表現すべきなのです。

Oさんとはぜひ良い話をして来て下さい。梁山泊の選ばれた一人ひとりとして、この世の上の方に生きている仙人として手を握って来て下さい。私からもくれぐれも宜しく。貴方の奥さんやお母さんにも宜しくお伝え下さい。いつも美味しいものありがとう!! 感謝！！！

貴方が作る料理のメニュー、貴方の心が入っているので、美味しいはずです。もうそろそろ昼食ですね。商売もお客と店のものが深く繋がり関わっていく時、明日はとても良いものになるはずです。

インターペター

ヒトは自分の眼の前に広がっている全てのことに対して、あまり簡単に近づき過ぎてまともに見ることなく、考え方を決めつけ過ぎてはいけないようです。むしろ単純な考えの中で鷹揚《おうよう》に目の前のものを見つめ、自分の人生観を絡めて大きな人生時間を考えていくべきです。かつて日本の学校を卒業した後、カナダの雑誌などに記事として取り上げられた私は、それより少し前、日本を訪ねていた宗教界の指導者の一人に、こういう日本の若者をカナダ、アメリカなどで教育すれば意味のあることだと書かれたのです。私の留学が決まり、夏休みのアルバイトとしての仕事も用意され、アメリカからは一年間、週に一度ずつ無料で旅行ができる牧師用の切符が送られても来ました。その頃は飛行機の旅費はとてつもなく高く、ノルウェーの貨客船、フェネーツェン号に乗ることにもなっており、私は忙しく外務省や日本銀行、船会社など廻っていました。しかしいろいろな問題があり、若さも手伝い予定よりは半年遅れ、外国の入学式に合わせて九月頃には行けることになっていたのですが、なぜヘソを曲げていたのか、私はそれを蹴り、その年の十一月には、今の妻と結婚さえしてしまったのです。若さというのは何とも無謀なことをするのでいけないと一時は反省しましたが、その後やることなすことどんなに苦しい生活の中でも、妻と子供たちの間で私は意気揚々《ようよう》と生きるようになりました。そして、あの時のあのわがままはあれで良かったとはっきり思うようになりました。そうはっきりと思えるようになってから、目の前のことに対して一層深い心でものを考えていかなければならないことをしみじみと認めている今なのです。

文明の広がりの中で人間社会はどこまでも生産力が豊かになり、金銭や商品経済の社会は巨大なビルの中で止まることもなく、広がって来ています。世の中は不景気だと言いながら、また百年に一度の大恐慌の時代だとも言われている一面、人々は豊かな物を持ち過ぎ、金が有り余り、その分だけ精神の方は限りなく退化し、弱められて来ています。ヒトにはもはや本来の生きる希望や勇気や自信がないとさえ思えるくらい、あらゆる点でこれまで想像できないような悲しい事件が次から次へと起こっています。

ヒトの中の最後の野生の生き方や、ヒトが本来の息衝きをしなければならない平和な空気の漂っている荒野が地上のどこにもなくなっているのです。最後のワイルドネスや流れているエアーは一言で言うなら「無意識」であり、「素朴さ」であり「限りない単純さ」そのものの息衝いていられる平和な領域なのです。文明社会とは、他の生物たちは別として、ヒトには凄い勢いで均等化することを要求しています。人間が作っているあらゆる機械も便利な道具も全て平均化され、均等化されています。世界中どこに行っても、どんな民も、心の中には、恐ろしくはっきりと個性の有ることやヒトと変わっていることはいけないという常識が漲《みなぎ》っています。ヒトと変わっており、喋ったり書いたりする言葉が、また行動に移す言葉に常識の入る余地がなければ、それを認めたくないように生まれついて来ているのです。

タバコも酒も確かにヒトを堕落させます。特にコカインとか阿片とか言われている覚醒剤は、ヒトを本来の平和なヒトにはしておかないのですが、こういった麻薬の他に、禁断の果実ではない、とても有効な別の麻薬のあることを、私たちははっきりと知らなければならないのです。

それは「言葉」です。他の生物には、どういう訳か大自然は与えてはいない豊かな力を持った麻薬が、言葉です。たとえ九官鳥やオウムやまたカナリアが人の言葉を真似して話したとしても、それを人間はことさら驚くことはないのです。あちこちで通訳をしていた私はよく分かるのですが、九官鳥たちが口にするあの言葉はまさに、通訳の言葉と全く同じなのです。通訳には本人の言葉を話す場所は与えられていません。九官鳥はそれを気にしませんが、ヒトはそのことにより、愚かな人間たちの意味のない言葉を通訳している自分に腹が立つのです。通訳という仕事は二十三、四才頃までにしかできない仕事だと私は思いました。金のために家族のために一生涯ただオウムのように働くだけならば、それで良いのですが、ヒトとして、個性ある自分として、夢を持ち、愛を育みながら生きる自分を意識している時、決して通訳のままではいられないのです。英語で通訳という言葉は、インターペターなのですが、ある外人は笑って私に「通訳は通訳ではなく、妨害者そのものだ」と言いました。通訳と妨害者を表す名詞はほとんど綴りが似ているのです。

人間は自分のために役立つ言葉という力ある麻薬を自分らしく生かしていかねばなりません。

糞の中で誇る

天罰を与えられた様々なところで劫を背負っている人間は、別の言い方をするならば、大自然から様々に誅《ちゅう》されているのかもしれません。ヒトの生き方や身体の上でこれがはっきりと説明されているのは、体温が様々な事情の下で、数度上がったり下がったりすることによって説明されているようです。医学的に体温が上がれば熱があると言って騒ぐのではなく、むしろ平温から一度でも下がる時、これを精神的に落ち着いて理解をし、熱く燃えながら生きている事実を認める冷静な感情を受け止めなければならないのです。

自分の中の栄養分で他の植物たちを肥らせ、それが人間や他の大きな生物に栄養を与えるリサイクルの作用は、自然が作った法則なのでしょう。あらゆる生物の栄養学を研究するのが生態学であり、その基本には生物学が存在するようです。
糞や小便は、畑や田圃《たんぼ》の中にうようよしている雑菌が大型の生物の身体の中と同じく綺麗に分解するのに、手を貸してくれるのです。奇麗好きとか掃除が好きだと言っているヒトでさえ、彼らの口の中や胃や腸や鼻や目の中は、雑菌でいっぱいです。その中の悪玉菌を抑える細菌が多くいるので、生命体の寿命は予定通りの長さを保っていけるのです。糞や小便を分解し食べ、掃除してくれる寄生菌は、その生物の身体を常に太らせているのです。自分の中の栄養分で植物を肥らせ、その植物はヒトや他の大きな生物に栄養をリサイクルしているのです。エコロジーは動物植物同士の差別を忘れた共生の姿なのです。共生の形の理想は、こんなところにも見られます。汚い糞も種類の異なる生物の共生のために様々なリサイクルする姿を、人間は十分に認識できるだけの知を与えられています。それが幸せなのか不幸なのか、その時の考え方によって違ってくるのですが、様々な理解の中で、生きていかねばならない、人生時間を自分に与えられた特別な運命として、喜び、あえてそれにルネッサンスのわがままな人間のように、逆らうことなく、夢多く、誇り高い自分として、己の生き恥を曝すだけの人間でいたいものです。ヒトもまた大自然の糞や小便によって分解されている存在なのかもしれません。

自然と生命の共生

人間の肉体は、自然の波に乗ってはいません。自然の時間の中で素直について行けないのが身体なのです。しかし人間の心は、というよりは、大自然と直接繋がっている生命は常に自然の波に乗って流れている。そうであるからこそ、生命は生命として存在できるのです。肉体は常に動きながら場所を変えていきますが、生命は自らの支配者であり、生命と肉体を一つにまとめ、その中心に存在することによってヒトという個人の支配者でもあるのです。生命がレベルの違う世界で常に流れに乗っているのに対し、身体は生命と関わりのないところでそれなりに目的を持たず、ボウフラのように四方八方に動いているのです。

ヒトという個人は肉体といつかはそこから離れるであろう生命体から成り立っていますが、この生命体は例えて言うならば、肉体という下水の水とは全く違う地下水なのです。どんなに暑い日照りの季節の中でも厳寒の季節の中でも、常に一定の温度を保っている地下水は、巨大な山の奥深く何百年、何千年と眠り、その時間の中でゆっくりと下方に流れやがては富士山の底から流れ出る地下水が三島あたりの沼の底からこんこんと湧き出すように出現するのです。沼の水がどれほど綺麗であっても、何千年も日の目を見ていない地下水から見れば、沼の中でいささかの浄化もされることなくどんよりと止まっている水とは比べ物にならないものなのです。

人間の身体は正しく地下水なのです。肉体という沼の水と混ざる時、そこから様々な人生時間の中の物語が始まるのです。その一つ一つをエピソードとして話したり書いたり描いたりする時、物語は面白く展開していくのですが、純粋な地下水である生命はその度に少しずつ汚れていくのです。人間の言葉は何語で話され書かれても、今の時代の中で見つめる時、汚れで固まっている地下水なのです。

地下水は、深海の底で地球の生命の源とも言うべき十二、三度の中で存在していた頃は、決して何ものにも汚されることはなかったのですが、一旦、文明の日の目に当たり始めると、地下水も下水道の水と変わりなく多様性の中で動き始めることになるのです。あらゆる生命体も、その多様な身体の中に働きかけていく本来は地下水であるはずのものは希少価値を持っていたのですが、現代文明の歴史の中の沼の水と混ざってしまうと、その希少資源としての意味合いを失ってしまうのです。人類は今、ますます多くの金銭や自分たちの世界の中の権力を欲しいままにして生きていますが、そんなものとは比べることもできないような水資源をほとんど意に介することはできなくなってきています。地下水は世界の人々によって使われながら、一度使えば下水となって、もう一度地下に潜って純粋な十二、三度の地下水として生まれ変わるのは、ちょっとやそっとの時間ではできないことなのです。機械が錆びついたりして動かなくなれば次の機械を作ってこれを使えばよいのです。しかし地下水は一度生き物に使われて枯渇《こかつ》するならば、もう一度地下に染み込んで地上に湧き上がるまでに数千年の時間がかかるのです。

言葉も地下水と同じです。水や言葉などはどこにでもあり、それを尊いものだと言って見つめるヒトも今では実に少ないのです。凡庸でどこにいても陳腐な存在でしかない寒山拾得のような坊さんがいましたが、地下水は正しく、滅多に掘られることのない希少金属以上の大きな意味を持っており、凡庸であったり、陳腐なものとして扱っているのが現代人です。

水こそが生命の源です。凡庸である故にそのダイナミズムや、陳腐である故に力の中の力、万物の中の何ものでも焼いてしまう炎そのものであることを知らなくてはなりません。ヒトは今、自分と自然の区別ができなくなっています。時空の軸が外れてしまい、それは二輪が外れてしまった車にも似ていてどうにも使いようがないのです。金や権力はそのような破壊された生き方の中にいる生命を回復することはできないのです。その点地下水は肉体を回復するのに力を持っています。自分を解放するというか、自然と一体化する自分という生命体を実感することができる時、ともに生きられるのです。ヒトは大自然の流れという波に乗りながら、常に己の生命と同調していけるのです。この同調行為を自然との正しい交わりというのです。

人間は自分の言葉というものを持っておりながら、あえてそれを使うことなく誰もが使っている下水のような言葉で物事のやりとりをしているのです。地下水のようなまた、超希少金属のような滅多に掘り起こすことができない「タンタル」や「コバルト」並みに、またそれ以上に生命に必要な地下水を考えられる時、そのヒトは、利口者と言わなければなりません。文明社会の用をなさなくなり、汚れ放題のものには夢中になる現代人ですが、レアメタルや地下水などに目もくれないのも愚かな現代人です。

ヒトと自然はあらゆる意味で大自然の流れの中で深く繋がっています。地下水は正しく生命体にとって自分を生かしてくれるダイナミズムそのものなのです。大自然と生命体は流れの中で少しずつ汚れ、退化し、広がりが狭くなり、それを万物の苦しみとして見るものが存在するならば、それは荘子の言う空に飛ぶ巨鳥であり、大海原の中の巨魚でなければなりません。

とにかく生命体は何であっても、自然の波に乗っていなければならないのです。

文明はカルトに生えた黴

おはようございます。今朝はすっかり雲が切れ、青空が六月の最初の日を美しく飾っています。

文明の時間はどんよりと曇った空のようで、青空とは違って常に白い雲や黒い雲が流れ、落ち着きが全くありません。文明の時間の中の人間の心は次から次へと新しいものを発見し、発明していますが、その新しいものの便利さよりもむしろ、生き方の不安の方が、大きくヒトの周りに広がっています。ヒトの心はどの一つをとってみても、その中心がぽっかりと陥没しており、それは常に大きなことをやっている人間を呑み込んでいく奈落そのものです。ブラックホールそのものです。

とにかく文明社会には有りと有らゆるタイプの学問が生まれ、スポーツや音楽や宗教が芽を出してきます。それらをまとめて人間はカルトの出現とか、カルトに捕らわれていく人間たちなどと語っているのです。党派や流派が数多く生まれ、数えきれないほどの種類の中で、現代人はその中の一つ二つに夢中になっているのはそれで良いのですが、残念ながら、この便利な社会の中で自分の入っている集まりを考える時、数多い流儀の中に飛び込んでいる自分に驚く他ないのです。文明社会とはいつの間にか一人ひとりの人間を百、千といった趣味の中で生きていかなければまともに自分自身に満足できないことを知っているのです。古代人はおそらく一つ二つの趣味を生涯動かすことなくしっかりと身に付けていたのではないでしょうか。私たちの祖先にはおそらく簡単に入ってしまうような集団や習い事や遊び事はほとんどなかったはずです。一日中、食べ物を探し、獣を追い、魚を捕り、好きな女のところに通いながらどこまでも単純にそして素朴に生きていたはずです。

つまり昔の人々にはカルトはなかったのです。あれもこれも便利でしかも好きになってしまう物事の中で、自分に与えられた寿命を過ごすようなことはなかったのです。特に日本人はあれこれと数多い団体に属し、八百万の神を奉るようなカルトの渦の中で自分を見失っています。しかもそれを悲しいことだとも思わず、むしろ誇っているような節が見られます。仏を信じ、神道の神を信じ、ユダヤの神を信じ、さらに丁寧にいくつもの新興宗教に夢中になり、そういった集まりには出れば出るほどご利益が多いとばかり、そのような自分に自信を持っているのです。

今の世の中の金銭も、教育も、スポーツも、ブラウン管の上に現れる話や言葉、さらには食べ物の味さえも、それぞれにカルト化し、それに染まっていく現代人は自分自身という色を失い、カメレオンのように七面鳥のように常に色分けをしながら生きている自分にいささかの悲しみも抱かないのです。自分という人間がころころと変わる中で、話す言葉も書く言葉も描く絵も全て次の瞬間には大きく変化するのです。私が私という個人である訳もなく、現代人は一人ひとり役者なのです。今という瞬間と次の瞬間、人間性は変わり、着ているものも、歌の歌い方も歩き方さえ、全く変わっており、それを恥とも思わず、哲学や宗教の方でさえ、変わっていく人間の生き方の立派さを教えたり唱えたりしているではありませんか。そんな文明の世の中ですから、自分自身を本来の自分のまま生きようとする人間は、珍しい存在とばかり、驚かれ、そういう人間は生きた化石として、骨董品として扱われるのです。

今日も一日お互い私たちは、自分自身が骨董品であることをいささかも恥じることなく認めながら、人生の道筋を歩きたいものです。

貴方もお姉さんの助けや父として娘さんたちの今後を見てあげなければならないことを思う時、さらにはそれ以上に奥さんとの間の睦《むつ》まじい生き方を全うしていくためには誰の場合でも喜びながら手を尽くしていかなければならないようです。こんな時に自分に与えられる重荷は大いなる喜びです。全てに感謝!!

素朴な純粋な白さこそ生命

純粋な楽しさに満たされている人生こそ必要です。そういった雰囲気の中で生きる時、全ては世界の三大宗教が格言として、また諺として残している言葉でしっかりガードされている生活ができるのです。しかしそれだからといって三大宗教初め、全てのカルトはそれ自体生命体を生み出した引力という流れでは全くないのです。大自然の流れを彼方に仰ぎ見ながら持っていなければならない、あたかも参考書のようにまたは副読本のような物として、三大宗教などの格言は大いに役に立つのです。

人間は目の前のことを簡単に何でも良い、心を込めてやれば良いというものではないのです。むしろ狭い道を見つけ、小さなことから生命を込めて、途中で投げ出すことなくやれるものこそ大きな成果をもたらすのです。そのヒトを正しくその人らしい特徴をあらゆる意味において発見していけるのが、こういった生き方なのです。本人の肉体がまた精神が完全に働く歯車として活動している限り、そのヒトは自分らしいことを行いながら、大自然と同調しながら、豊かに全うできる自分の寿命を喜びながら、進んでいけるのです。いろいろな知識が世の中には混在しています。しかし混迷の時代である文明社会で生き抜くためには、それなりの新たな知識がなくてはなりません。他人と比較したり、先輩からただ褒められるだけの知識や学問であっては間に合わないのです。大きな引力の渦の中で確かな方向を見い出すことができる素朴な言葉というか、知のコンパスを心の中にしっかり据えて、生きる人間でありたいものです。現代というこの時代のヒトの常識や世界観、または基本的なレベルの教育といったものは、本人の生命を創造してくれた大自然の潮流の中ではほとんど役に立たないのです。

自分の生命は自分で管理しなくてはなりません。自分を信じ自ら誇れる生命は、虫の生命のようにさっぱりし過ぎていたり、簡単に忘却されてはならないのです。それと同じく、自分の人生の中のあらゆる勝負もはっきりと自分の心の目で見て、決めなければならないのです。社会や周りの人々によって決められる勝負の行為は、さほど意味がないのです。自分の行為は自分で決めなければなりません。素白という言葉があります。自分の中に確かなものを、他の色で汚すことなく携えて生きている人間こそ、「素白の野人」なのです。素白のその人間は舗装道路をドライブしません。狭く曲がった古代の道を歩いていくのです。大和の古い道やローマのアッピア街道などがそれです。それから比べれば東海道も奥州街道もまだまだ素白の人間が通っていくのには相応しくない道路なのです。

私たちも自分の愛や言葉を素白の領域で使っていきましょう。いろいろな色で塗り固められた道路はいささかも素白ではないのですから。

素朴さに戻る

もともと人間は雑草や森の中の木の実や魚を捕って食べながら、他の動物とほとんど変わりなく生きていたのです。来る日も来る日もその日一日の量の食物を手に入れれば、それで安心できたのです。彼らは意識していないにしても、大自然から与えられた、または、大自然と同等の生命を守れているその日の自分をはっきりと実感し、それで満足したのです。古代人の心に宿っていた素朴極まりない幸せとはまさにこれだったのです。今日の文明社会の人間の生活から見れば、虫や動物たちの生き方はどのような形においても理解することができずにいるのですが、よくよく考えてみれば我々の先祖である古代人たちは、正しく虫のようにわずかなものを食べてその日を生きられる時間を幸せに思い、動物たちの、天敵から身を躱《かわ》しながら何とかその日だけを餌にありつき過ごしていける幸せを中心にして己の生命を実感したのです。

現代人はこの初期の人間の素朴な実感をとうに忘れています。あまりにも傲慢になり、贅沢になり、便利な道具で満たされたこの社会を当たり前と思い、そこに過分な幸せを感謝することさえできなくなっています。私自身そうですが、全ての現代人はあまりにも思い上がった考え方や、目の前の今の幸せを感謝することができないくらい先祖たちの単純な生き方を思い出せなくなって来ています。昨日まで貧しい荒屋《あばらや》に住んでいた者が、今日宝くじに当たり、大邸宅に住むことになるにしても、そこから始まる大きな悲劇を予測できるヒトはほとんどいないのです。飼う馬屋もなく、飼い葉もなく、これまで専門家に世話され、手なずけられ教育されていた名馬を貰う時、貰った村人には当然ながら、ちょっとやそっとでは解決できない山積みの問題が起こって来るのです。文明人間は単なる寂しい物乞いに過ぎません。素朴で単純で何一つ誇ることのない古代人が、すなわち私たちの先祖が暮らしていた幸せを回復するための、その方法を全く知らないのです。単純な生き方、健康な素朴極まりない生き方、ただ今与えられているものだけで十分満足できる彼らの生き方を理解することもできず、また納得しようともせず、ひたすらに先へ先へとものを追い求め、そこには闇夜の心しかありません。

もう一度人間は先祖の歩いてきたサバンナから出発した道を何らかの方法で取り戻さなければならないのです。私自身の毎朝の数時間は、そのための社の中の時間なのです。瞑想の時間なのです。

今日も一日自分らしく本来の生命の匂いの中に戻り、深々と自分の生命を理解してみましょう。

貴方も今だいぶ試練に遭っているように思われますが、梁山泊の仲間は全て同じように某《なにがし》かの苦しみにぶつかっています。しかしこの苦しみは、安心している文明人間の生活から足を洗うための一時であることを信じたいものです。共に日々自分の中で確かな巡礼行をしていきましょう。くれぐれも健康には気をつけて下さい。

内側の言葉から

今朝は雨が降っていないので、犬たちを庭に出しました。青々と伸び始めている芝生の間のあちこちに雑草も芽を出しているので、それを二、三むしったりしている間に、私も妻も藪蚊に刺されましたが、キンカンを付けると、痒みもほとんど取れてしまいました。身体の中に存在するあらゆる黴菌も、鼻水や目やにや耳かすの不思議な浄化作用によって、私たちの身体はけっこう元気に過ごすことができます。今朝読ませてもらった貴方のメールにも、そのようなことが記されていましたが、黴菌だらけの人の身体の中には、このような浄化作用が働いているので、そう簡単には病気に罹らないのでしょう。

人間が着ている服は、別の意味において力を与えています。その人間の言葉は間違いなくそのヒトの服以上の大きな意味を持った衣なのです。そのヒトの身体も生活の全ても包んでくれる第二の衣として言葉があるのです。本当の力ある人間の内分泌物は大きな力を持っていますが、ヒトを包んでいる衣もまた本格的な命を支えている存在なのです。ボロのズボンや、色褪せたシャツ、曲がってしまった帽子など全ては継《つ》ぎ接《は》ぎだらけですが、実はその人間の本質を助け支え、浄化してくれるものなのです。継《つ》ぎ接《は》ぎだらけのズボンも壊れてしまった靴も、その人間を大いに助けてくれます。

生を楽しく誇り高いものにしていく秘訣は、常に継《つ》ぎ接《は》ぎだらけの自分の言葉とボロをしっかりと纏うことによって守られるのです。本人の言葉も身に着けた衣も一つの字で表すならば、間違いなく「恕（思いやり　自分を思うのと同じように相手を思いやる）」そのものです。まず欠点だらけの、しかも誇らしさの少ない自分を許し、次に自分の前の人の欠点さえ許せるところに、この「恕」は大きな力を発揮します。常に百八つ鳴る除夜の鐘として人間は「恕」を言葉という自分の衣の中に携えていなければならないのです。

万有引力に始まり、あらゆるヒトの矛盾を通り越して人間が喜んで誇っている科学や、哲学や、宗教が存在しますが、こういったものに何の怖れもなく近づいていくヒトは、自らを抗菌力を持った存在として信じているのです。恐ろしいことです。全ての科学も哲学も宗教もはっきりと自分自身の言葉の篩《ふるい》にかける時、そこを素通りした自分という存在に激しい怖れを感じるのです。

人間はもともとある意味での浮浪児であり、非人であり、町に住むことのできない山の民であり、賤民であり、こういった人間がその心の中に作り上げた神とか仏といった概念は、決して荘厳に奉られている存在ではないのです。貧しい山間の村落で壊れた楽器の音に合わせて踊られ、歌われ、色とりどりの衣を着ておどけたように手振り足振りをする人々の集まりに過ぎないのです。文明社会と言いながら、それを誇っている現代人は、その本質において浮浪者であり、非人である事実に目をやらなければならないようです。

私はかつてアメリカの進駐軍のホテルで通訳をしていたことがあると言いましたが、当時名のよく知られていた歌手が「テネシーワルツ」をレコードの中で歌う時、心が躍ったものです。どんな民族よりも、より人間らしく、世界中からやって来る貧しく、幸い少ない人々を、何ら選り分けることなく迎え入れたアメリカ人というのは、何もフランス人が「自由の女神」を通して感動しただけではなく、全ての世界の心ある人間たちも心を動かされたのです。そんな意味で「テネシーワルツ」が本来のこの歌の意味である愛人を失った女の悲しみなど脇に置いて、このメロディの中にテネシー河の重みをアメリカの重みとして感じていたのです。若いアメリカの兵士はこの歌を聴いて涙を流していました。

ごく最近大阪のある歌手が、自らピアノを弾きながらこの同じ「テネシーワルツ」を心を込めて歌うのを聴いた時、私は再度この歌やアメリカの心を認識しなければならなかったのです。彼女は音楽として人々に理解されるための「テネシーワルツ」を自分の前の鍵盤のリズムに合わせて歌った訳ではないのです。おそらく彼女はこれまでに数多く問題を起こし、辛いこともその度にあったに違いないのです。観客の前で単なる賤民や非人並みの芸人として力一杯歌うにはもうその力は無かったようです。彼女はひたすら、自分の自分らしい生き方のために心の限り歌ったのです。たまたま「テネシーワルツ」がそこで利用されたに過ぎないのです。彼女は音楽を、また自分の歌やピアノの才能を誇るだけの時間も暇も無かったようです。自分自身をひたすら表現する以外には、何一つ余計なものは存在しなかったのでしょう。自分の周りをあらゆる物で着飾り、見せようとしている歌手とは何かが異なっていたので、私の中のアメリカがこの裸の「テネシーワルツ」を通して再発見できたのです。

つまり、自分の言葉がはっきりと外に出て行く体験をする時、それまで隠されていた物事の本質が明確に現れるのです。

日々の生き方の中でヒトは自分を包んでいる衣としての言葉をはっきり表していく時、生きている自分を自覚できるのです。

口にできない言葉

再び明るい日が姿を消し、今年最後の梅雨の日が続くようです。すっかり夏空の中にどこまでも流れている南西諸島の風は、沖縄の人たちを明るくしています。その分九州から日本列島を覆っている梅雨の雨は、しばらく私たちを閉じ込めておくでしょう。もっともこういった天気を逆手に取って絵描きや写真家や哲学者は、大きな収穫を得るということを聞いています。現代人はそれにしても何とも生き生きさを欠いています。私たちは現代の重苦しい空気の中でも、生き生きとして生きていなければなりません。生き生きしている人間だけが命の力に与《あずか》り、超高級のレベルでの生活が許されているのです。政治家から商人たちから、またあらゆる階級の人々は、最低のレベルの生活の中で、ただただ金力や階級の高さを誇り、心の中ではすっかりうらぶれています。

幼い日、または素朴だった頃出会ったギリシャや中国の賢人たちは、自分たちの親たちと比べ、いかにも偉大な存在に見えましたが、段々と大人になってくるに従って、人間は彼らから遠く離れているように感じ、同時に彼らが人間から遠いところに行ってしまったように感じるのです。

南西諸島の島人たちは、琉球時代の頃、また、沖縄県の今の時代の中でもごくわずかながら「かりゆし」という方言を口にしています。彼らは自然の恵みの中で豊かに生きられる自分をありがたく思う時、ごく自然にこの「かりゆし」が出てくるのだそうです。

人間には金や名誉や知恵や運が良ければ良いと願う気持ちが常に付き纏っていますが、実際にはそんなものは何も要らないのです。というよりはかえってこういったものが身に付いていない方が「かりゆし」の人間には本当の意味で都合がいいのです。人間は本来豊かで前向きの心で十分に今を幸せと信じて生きる生き物なのです。何が無くとも十分な休息が取れ、必要なだけ眠ることができる幸せを感謝しなければなりません。グルメは必要ないのです。最低の物で良いのです。健康な身体で食べられる幸せを感謝しなければなりません。こんこんと湧き出る水を常時たっぷり飲むことが必要です。自然の中に流れている空気を十分に胸を張って吸う時、生命はそのヒトの中で生き生き動き出すのです。時間を見て常に散策し、時には軽く走り、お湯の中に身を置き、怠らない動作でもって健康な排便をする時、その人間は自分が生きている喜びを最大に感ずるのです。これ以上のこともこれ以下のことも、一切要らないのです。というよりはかえってそれらを誇ったり恥じたりする行為はその人間を駄目にしてしまうのです。

生まれてきたそのままの生命の中で、それ以上でもそれ以下でもなく生きていられる時、その人間は超高等階級の心をもって存在する人間なのです。本当の意味において、大自然の流れを万有の引力そのものであると信じられる時、そのヒトは最も素朴で単純な考えで生きており、寒山拾得もディオゲネスも、ソクラテスも良寛などもこのように自分の人生を生きていたのです。

人類が一つの生命体として、他のあらゆる生命体と並んで出現するのには、いろいろな偶然が重なっていたと思うのです。とてつもなく熱いスープのような海水の流れや、東西南北に走る磁気や電磁、蛋白質の豊かな流れや左右に走る雷が、またそれに加えて人間には想像できないような何かが動き出し、くっつき離れ、その瞬間に小さな生命現象が出現したと思われます。宗教の古典が天地創造の話の中で七つとか、十とかいう要素を取り上げて、生命の創造をいかにも見てきたように語っていますが、どの一つを取ってみてもそれが本物であるとは思えず、同時にその中のどれかが本物であるようにも見えてくるのです。

最近は大学も特別選ばれた専門学校も、アメリカのそういった学校と同じように学校の正門を写した写真などを並べ、うちの学校に来て下さいとばかり、観光地の店の店員のように客寄せを上手くやっています。大学もそれぞれ一つの株式会社か商事会社になりつつあるのです。春から最近までこの東海地方の新聞という新聞には驚くほど多くそういった広告記事が載っています。昭和二十年の夏、戦争に負けた日本がアメリカのマッカーサー元帥の指揮の下で新しい形の国に変わっていきました。あのマッカーサーですら、アメリカの漫画の裏表紙に広告として載っていた幼年学校から軍人としての第一歩を始めたのです。今朝の東海地方のある大学の宣伝文の中に、実に良い四文字言葉が載っていました。

「獨創一理」あなた自身が持つ創造力で新しい時代を切り拓いていく力となり得る。

つまり、自分の考えを自分で創りそれに徹して生きるということの意味は、実に深い内容を持っています。あまりにも今の文明の世の中はヒトをヒトのままに素直に暮らすことを認めず、物欲と金欲という消費が美徳とばかり、宣伝されています。こんな世の中で「愛」は死に絶え、そのためにあらゆる「本心」を現代人はこの社会でまともに生きるためには口にできないでいるのです。嘘こんな時代において人間は本当の自分を語り出せないのです。本当はの自分を口にしている限り、何とか生きていけるのです。本当は素朴で単純な寒山拾得のような人間だけが本当の心を口にしながら生きていける世の中が、来なくてはいけないのです。

タヒチのキリスト

最近T君に誘われて、久しぶりで名古屋を訪ねました。昼少し前に着いたのですが、このあたりは名古屋コーチンで有名なところだそうで、この鶏肉を出してくれる町の中央の店に入りました。様々な料理として出された名古屋コーチンは実に旨いものでした。そこでしばらく時間を過ごした後、T君はさほど遠くないところにあるボストン美術館を案内してくれました。名古屋に来た目的はこれだったのです。

ゴーギャンの数多くの作品を十分堪能しながら、単なる絵としてではなく、現代人が失っている言葉として観て来ました。ゴーギャンはパリの文化的な空気の中で金儲けをしたり、遊んだり、家族とけっこう楽しく暮らしていたのですが、どちらを向いても緑豊かな木に囲まれた島が続き、そこに住む人々はパリの白人たちとは違い、青銅色をした太平洋の島々の人たちでした。特にゴーギャンはその黒い肌の島人たちに別の形のキリストを見たのです。

「人間はどこから来て、何をやり、どこに行くのか？」という長たらしいタイトルの下に、大作を一つ描いています。これは、数多くのタヒチの女たちが神の偶像や、獣たちと一緒に様々な動作を示して、緑の中に存在する作品なのです。バイブルの中に出てくるアダムとイブや彼らの子供たち、部族のリーダーなどがゴーギャンの作品の中ではタヒチの女に変形しているのです。

人々のひしめき合う文明社会の姿の前で、私はそれなりのタヒチの青銅肌の人間として自由で自分の夢の中で生きられる人間でありたいものです。そんなことをボストン美術館という限られた一角の中で、しかも数時間の短い時間の中で十分に体験してきました。

ゴーギャンはパリもフランスの田舎も棄ててはいなかったのです。それらの中にタヒチの島々や、そこに住む原住民という名のキリストたちやそこに吹く風の中に、聖典の言葉を見い出したのだと私は思います。

この暑さの中で、頑張っている貴方ですが、決して無理をすることなく、貴方の夢が花開く時のくることを喜びながら待ちましょう。何事も見ぬうちが花です。私もこの年になりながら、未だに若者のように、幼児のようにその夢を追いかけています。

お身体大切に……。

人の言葉、爬虫類の呻き声

現代人は漫画が好きのようです。子供の時とは違って大人の感覚の中で暮らすようになると、文字の少ない漫画や劇画はあまり好きになれないのですが、最近では日本の総理大臣ですら、漫画が大好きで、漫画会館などという大きな建物を造りたがっているようです。しかしそう簡単に漫画の中からソクラテスの、また本居宣長の言葉に匹敵するようなものは、見つけられないと思います。しかし例外としてまともな人間の心に訴えてくるものに、Tという漫画家の描いた『人間昆虫記』などというのがあります。こういう作家は本来漫画家でいるべきではなかったと思います。彼の心には常に重々しい漢字が積み重ねられています。単なる漫画ファンとか、一種のオタク族を喜ばせたりする漫画家ではなく、天照大神やゼウスが踊り狂って乱れ、涙を流すようなフレーズを常に口にする人間が、このようなタイプの漫画家なのです。どんな人間学の研究者でも、男と女の間の生き生きした、それでいて悲しみ多い問題を提起する人間や、どこまでも幸せを期待する生命を喋り続けるのが、このTのような漫画家なのでしょう。大半の人間には何一つ安心して生きられる地盤のない時代の中で、ただ漫画的に、一時の夢のような、またそうでない生き方を語っているこういう人物は、確かに本気になって明日の人間の生き方が今のそれとは全く違うものだと考えているはずです。

日本では、物を書くということも、お茶を飲んだり花を活けたりすることと同じように、一つの学問として、否、人間哲学、「道」として受け止めることができます。日本人はこのことを「書道」と呼んでいます。しかし長いしかも広いところで考えている中国人たちは、「書法」と言っており、これら両者の間には、大きな上下関係や芸術人間と商人との間の違いさえ見えてくるのです。芸術の分野で考えているにしても、「書道」と「書法」ははっきりとその違いが見えてきます。書は文字をその形の中に定着させ、それは一つの力（ダイナミズム）となって働くのですが、文字は言霊であり、書によって形の中で行動するものです。行動する書、または言葉は、呪うことが可能なのです。祝詞《ノリト》がそこから生まれ、禁《タブー》じる力が同時に行動を起こすことになるのです。書の行動としての筆は、聿《イツ》で表され、「何かに閉じ込められた言葉」または「何かに囲われた文章」とは違って、自由に開かれている聿として考えられるのです。古代中国では集落の周りを土嚢《どのう》や竹垣で囲み、襲ってくる他所者を中に入れようとはしなかったのです。そこでこの土嚢《どのう》などを「封じるもの」と呼んだのです。仙人や隠者たちの言葉は呪祷《じゅとう》や祝祷《しゅくとう》の器であり、何かに封じられたものとして考えることができます。それを別の言葉では「典」と呼ぶこともできるのです。私は幼い日、関東の祖父母の下で「モガリ」という言葉を耳にしました。「封じこめる者」を表していたようです。

人を動かしたり、読む者を発奮させ、感動させる書物の内容もまたこの「典」と呼ばなければならないのです。言葉が「典」でない現代人の生活の中の言葉は、はっきりと言葉の意味を失い、仮名などで表される勢いの不足した言葉であると考えることができます。一見、文明という名の巨大で精密なあらゆる特徴を備えている言葉で封じている現代人の思想ですが、よく見るならそれは全て言葉なしで理解できるような漫画の世界に他なりません。霊長類の天辺《てっぺん》にあってそれに相応しい言葉を持っているヒトに比べ、爬虫類の呻き声は単なる言葉以前の動きであって、漫画とは爬虫類の呻き声のようなものとして考えられるのです。

今日、言葉を何ものにも封じられない自由なものとして自分らしく使っていきたいものです。

韓流映画

おはようございます。貴女へのメールは久しぶりです。

昨日までのシトシトと降る雨は夕べ遅くからすっかり止み、明るい太陽が庭や窓辺に射しています。妻と二人で連れ出した二匹の犬は、青々と濡れている芝生の上を走り回っていました。

貴女も韓流フィルムにいろいろと目をやっていることでしょうが、私も最近テレビの中で何度か韓国映画を観ました。それなりに朝鮮半島の長い歴史から生み出された言葉が語られ、得るものが多くありました。その中で私は古代日本から琉球、九州、また朝鮮半島などから渡来した人々や文物が、我々日本人が考えている以上に多くあったことを思い知らされています。中国大陸からの仏教や数々の哲学や文学の形が日本にもたらされたことも事実ですが、より生活的で人間的な事柄は、半島の方からもたらされたようです。愛の形、恨みの形などもそのようにして韓国と日本などではどこかが同じであるのもよく分かります。「恨」の意味などは日本人にはなかなか理解できない半島の人々の考えが入っていますが、「愛」なども同じように、似ていてなおどこかが違っているのです。それだからこそ、単なる映画に止まらず、芸術や哲学においても単純なる人の道に関しても、韓流と大和心の間には大きな開きがあるようです。

私と常に英語で話していた、前にも書いた同じ年頃の韓国の青年の生活態度にも、はっきりと韓流の匂いを私は感じていました。彼は日本人の医者の娘と仲良くなり、半ば結婚をしたような形でアメリカに行きました。韓国語と日本語と英語が自由に使える彼は、家では常に妻の母国語である日本語で話しているのでしょうが、八才頃まで過ごした韓国の生活は、日々の英語の生活の中でも決して忘れられないものであったはずです。つまり彼の生き方の中心には、はっきり「韓流」の筋目が通っているのです。日本を離れようとしていた二、三年前からは、英語のできる日本人とは一切日本語で話さなかった彼です。一時間と言わず、二時間でも三時間でも、携えてきたパンや飲み物を前にして、時には怒りの顔を見せ、時には涙を流し、あるいは笑い、とうとう英語で付き合っていた彼は、その頃すでに心はアメリカに飛んでいたようです。

大自然の流れ、つまり人間はこれを「神」という存在や、ダイナミズムとしてそのまま茄《かんが》えたり、如時《かんじる》、その行動を恕《じょ》として理解しなければならないのです。恕とは思い遣りであり、許す心であり、相手の立場に立って物事を理解することなのです。このことを韓国では「恕」で表され、また私が出会ったあの韓国青年からは「覗（うかがう、のぞく）」という表現でしか説明できない「恕」だと納得しているのです。二度と日本にも、祖国韓国にも帰らず、アメリカにいるか、それともヨーロッパのどこかで「恕」を忘れることのない生き方をしている彼を、このように韓流の話に花が咲く時には時々思い出します。

貴女の韓流映画鑑賞と、その後の思いをそれなりに貴女の言葉で綴る時、そこにもう一つの生き生きとした一人の人間の生き方が残されるのでしょう。これからの暑い季節、身体に気をつけて時を過ごして下さい。

今年の梁山泊では、残念ながら貴方にはお会いできないようですが、A先生に久し振りにお会いできることをとても楽しみにしています。どうぞ宜しくお伝え下さい。

言葉というもう一つの酵素に似た元素

明日あたりから、もう一度梅雨の日々が続くようですが、今日は一日中どこまでも暑いようです。

他人に教えるということは、この文明社会においてはとても当たり前のことであり、良いこととされていますが、考えようによってはその逆の考え方もあります。今の世界では銀行でも様々な大企業でも、自分たちの誇っていた社名を変えて他の会社と連帯し、童謡のような名前をつけて出発するようですが、大学でも宗教団体でもこれと同じく他の団体と仲良くなるような振りをしながら、共存共栄とばかり、本来の自分を棄てています。

風通しの良い言葉や文章がこの連帯と重なるように今の世の中でまかり通っています。しかし、言葉は自分自身の物でなければなりません。もし風通しの良いものがあるとすればそれは本人の心であり、夢なのです。自由にどこからともなく吹いて来、どこかに去っていく生き生きとした生命の風ならば良いのですが……。風通しの良い愛でなければならず、自由な匂いで溢れている明るさいっぱいの風でなければなりません。本当の風が吹いているところに置かれているどんな生命でも腐ることはないのです。常に明日に向かって熟していくのです。生命はあらゆる意味で一種の「酵素」なのです。生命を分解してみると、微小ながら、小さな働きしかしないことが分かるのですが、一つ一つの物質を別の物質に変えていく力を持っているのです。生命はあらゆる意味において一種の酵素であるならば、それは寒さの中でも暑さの中でもそれぞれの働きを止めることはないのです。ヒトの生命という名の酵素は、宇宙空間の塵そのものであり、地上のあらゆる物とは違い、簡単にヒトには理解できない物なのです。一旦この世の、また人間社会から足を洗い、終身刑の人間が人間社会には二度と戻れないことを自覚した時のように、荘子や老子のような生き方をしなければならないことを自覚する時、この種の酵素の働きや、熱量の大小が見えてくるのです。

それにはヒトの寿命の中で風通しが良くなくてはなりません。ヒトにも言葉にもそれぞれ異なった生命同士の繋がりがあり、ヒトと社会との繋がりの中で、あらゆる物の風通しが悪くなるのです。ぶつかり合い、より火力の強い勢いを呼び覚ます時、温度はますます上がってくるのです。時には逆に温度が下がっていく場合もあります。生命にとってこの場合の温度とは、ヒトの生命の在り方を決めるものです。あらゆるウィルスや猿たちの生命とはどこかが自ずと大きく違うのです。あらゆる生命には、生きていく故の適温というものが有ります。それぞれの生命そのものがはっきりとその事実を知っています。適温よりも上に上がっても、下に下がっても、その生命体にとっては息苦しく動きづらいのです。それにも我慢できる限界線があって、そのボーダーラインを超えなければ、その生命の破壊は起こらないのです。一旦このボーダーラインを超えてしまうと、その生命体の破壊が始まるのです。

現代文明社会とこの中で起こっている人間温度の限界が、今日少しずつ起こっているのかもしれません。ターレスやソクラテス、ディオゲネスといった人々は、この限界を超えなかった人々だったのかもしれません。現代社会のボーダーラインを越えた言葉は、生命の温度の限界を超えたものと同じなのではないでしょうか。

荘子も老子も大人の人間の寓話としてこのことを語っているようです。現代人はギリシャの哲人や中国の超人たちを、何とかして今の時間の流れの中で理解できる文章に翻訳しなければならないのです。心ある現代人は古代の文字を現代語に翻訳するのではなく通訳する人間でなければなりません。心の中のコンピューターでもって、通訳する者でなければならないようです。

今の忙しい時代の中で、携帯電話で物事が通じ、余計な言葉何一つ要らず、短い言葉の中でジャングルの中の裸族のように生きていますが、その実裸族たちが持っている内容豊かな理解力は現代人には持ち合わせていないのです。このことをはっきり認め、不便極まりない今日、明日の不便な文明時間を大いに恥じ、またその中に生きていることを悲しまねばならないようです。

今日も一日、お互い頑張りましょう！

日本の弱さ

日本中どこを見ても人々は一世紀にもわたる文明の中で、これまで無かったような経済的な不安を抱いていますが、一方において本当の意味での人間的な豊かさではなく、物質的な富裕層というものがけっこう多くいるようです。金がないと言いながら、世界中の人々と比べれば、ほとんど意味もなく大学に子供たちをやっているのは、まさにこの極東の日本の人々です。この間までは東南アジアやアフリカの人々とさほど変わらないところに生きており、何とか国際的な国としての立場を作り上げても、ほとんどが国の金で軍隊を作ったり交通網を広げたり、通信網を大きくしたりして、つまり形だけの公務員を置くことによって、世界の国々と肩を並べていた日本ですが、それでも見かけだけはアメリカに次ぎ、一等国の顔をし、それさえニヤニヤ笑いながら武器を売ってくれたり自分たちの軍隊を駐屯させて赤子をあやすように笑っているアメリカに、何とも口出しできないでいるのがこの国、日本です。私などはそういったアメリカに嫌気はさしていますが、それと同時に旧大陸からメイフラワー号で、また新しい船でアメリカに移住した人々の大きな力に感動し、彼らによって多くの点で助けられてきた私は、この国の力といい単純さといい時には苛めてくるような素朴さに、決して忘れることのできない感謝をしているのです。

　日本人は世界中のあらゆる民族の中でも特別依存症の強い民族だと思います。あらゆることに対して人に頼り、特に優れた才能のあるいわゆる優等生タイプの人間ほど、数学の問題を学ぶにしても公式を徹底的に暗記し、物事の本質というか中心の理屈は、公式の彼方に投げ棄てているようなところがあるのです。文章に関しても、すでに誰もが使っている良い言葉やフレーズを考えなしに使い、それによって良い文章が成立し、誰よりも良い手紙文や日記を書くことができることに満足しているのです。おそらく随筆を書かせたら、日本人のように前後左右に考えが成り立ち、言葉にソツがない人々は世界にはいないようです。英語国民の文章はどんな人の場合でも幼い、それでいて天使のように溌剌《はつらつ》とした単純な勢いがあり、ラテン語の古典の勢いをかなり持っているフランス語や、奥深い森の中の野蛮な言葉から派生したゲルマン人の言葉、現代のドイツ語などは文章の美しさや言葉の意味ありげな綾などには一切関わりなく、とにかくそこに与えられている意味に向かってひた走りに進んでいくところがあります。一つの問題が目の前に置かれると、美しく書かれたりより正しく書かれることには一切目もくれず、ひたすら前進するところに彼らの言葉の特徴があるのです。彼らは言葉を雑然とした生き方の中で見事に意味深いものに整理していくのです。雑然とした生活行動の一切を言葉という仕組みの中で整頓し、組み直していくのです。

　人間は酒に酔い、多種の薬物に依存しながら人生の曲がりくねった小道を進んでいくところがありますが、中でも日本人などは集団依存の生き方の中でその依存度が複雑に高くなっているのです。金に依存する生き方が、中でも社会人としての人間性の依存度を一層高くしています。人が多く集まれば集まるほどやれることは小さくなり、意味がなくなり、声ばかり大きくなるのですが、そこで生まれる思想も中味のある言葉も、段々と消え薄れていくのです。

　人間は集団依存から離れ、高声を上げながら依存したものの前から、どんな事情があっても離れられないあの律義さや忠誠心は、よくよく見るならば、自分を持っていない、また何にも依存せず自分として生きることのできないヒトの姿なのです。その最も基本においてヒト初め、あらゆる動物や植物を宿主として生きなければならないバクテリアなどを考えなければなりません。人間は大自然から与えられた生命そのものとして、基本的にはあらゆる他の存在に依存してはならない一つの独立した存在なのです。

ヒトは新しい一つの自分という言葉を、ダイヤモンドのように光らせて生きている骨董品そのものです。あらゆる新しさの匂いで満ち溢れている、骨董品そのものであり、古典そのものなのです。古典という名のオベリスクという文字を、あらゆる時間の流れの中で、心の頁に書き連ねているのがヒトという名の骨董品なのです。

自分の人生は誰にとっても、常に一瞬一瞬フラッシュバックしている言葉の出現の中で、何かを意識しているのです。

グルメが常に美味である訳ではないのです。普通の食事が健康な人間にとっては最も美味しいのです。つまり日々の普通の食事こそ、健康なヒトが依存しなければならないものの中で最も大切なのです。通の言葉、時間の流れの中でさり気無く出てくる言葉こそが、どんな特別な言葉よりも、そのヒトにとっては得難い古典なのです。私たちの今日という時間の中でそのようなダイヤのような古典の言葉を見い出していきたいものです。何かに依存するという便利な、そして小利口な生き方は止めるに限ります。

夕べ、Oさんからファックスが入りました。沖縄本島でもよく名の知れている書店から、『沖縄風土記』が三十冊も売れたという電話が彼のところにかかってきたそうです。とにかく嬉しいことです。売れる売れないはさほど問題ではないのですが、そのように本を手にしようとする人々の心を考える時、また本を出そうとしたOさんの心を思えば、私も嬉しさいっぱいです。やはり人生は感謝です!!

裸族の道

人間は本来あらゆる時間の中で物やヒトと出会い、言葉と歴史の流れの中で成長していくものです。

現代の人間は、文明の汚れから何らかの形から少しずつ離れる時、幸せになれるのです。狩りで疲れ、宴で笑い、常に家など持たず、流離《さすら》いの人生をジャングルの中で体験している人々、つまり裸族たちには文明の汚れなどはごくわずかしか見られないようです。天と地の間で暮らしている旅人には、文明人間には無い不思議な微笑が漂っているようです。事実、評論家などはそういった現代人には見られない微笑を漂わせている絵画や彫刻にぶつかると、彼らは一様に、「古代の微笑」とそれを呼んでいます。それくらいに文明人間からは微笑は消えてなくなっているのです。金銭や権力から目を離せない現代人は常に苦虫を噛みつぶしたような表情をしています。私たちはその表情にいつも出会っているので、そういう皺だらけの顔を学問の有る人とか、隙のない人物、信じられる人間として扱うぐらい醜くいじけて来ているのです。

文明人間は要するに、常に悲しいのです。男も女も平等だと言いながら、女たちはもともと漢字やその前の「嫋々《じょうじょう》」で表されている悲しさを今日なお自由を失った形で身に付けています。人類は全体的に大自然の前で鬼っ子であり、縛られひざまづかなければならない存在なのです。

初めて月の表面に下り立った時、文明人間は気が変になり、宣教師となり、托鉢《たくはつ》の乞食坊主となって旅に出なければならない。裸族たちは確かに文明の社会の外にいて、一人ひとり托鉢《たくはつ》の旅に出ている人々なのです。ヒトはこのことをはっきりと心の目で見つめ、今日、明日としっかり生き抜きたいものです。

フラクタル次元

今日は日本中どこもかしこも、いかにも梅雨らしいぐずついた天気のようです。東アジアの方は日本だけではなくどこもかしこもまるでB・マンデルブロがフラクタル（図形の部分と全体が自己相似になっている）現象として見ていた雨期の季節に入っており、日本人はそれなりにこの一ヶ月ばかりの時期を楽しみ、芸術性の一つの形として喜んでいます。蛙に跳びつかれた柳の枝も、濡れそぼっている森も林も、建築物や遠方の山々の掘る風景も、心ある東アジアの人間ならば、秋の爽やかな月や山々を眺めるように喜べるのです。確かに太い木の枝も小枝も、また山々や川々のうねりも人々の考えも、B・マンデルブロの理解の中では、それぞれフラクタル現象として理解できるのです。

生命を創造した主としての神様さえ、文明社会の人間もまた密林の中の裸族たちも同様に大小の差、レベルの違いはあるにしても、実によく似ています。坊さんも神父も神主も、裸族たちの中で忙しく働いているシャーマンとどこか似ているのです。文明国の医師たちも裸族たちの中のシャーマンと全く違っているとは考えられないのです。結局神を持つという点において、文明人間は裸族と似ているのです。

裸族の中でも特別優れた、考えの深い例外の人間は集団の外にいるのです。離れ猿が集団に入っていけないのと同じです。つまり、fifth column の歩き方をする人間がこれなのです。いわゆる隠者であり仙人なのです。文明人間の中でも、ごく稀にこのような裸族の中の超人と同質の高等な人間もいます。あらゆる点でぬきんでている人間であり、超立した裸族と同じ精神的なものを匂わせています。半分裸族の心で生き、そこには神の肌とも言える「一見ぐうたらな原始の生き方」があり、多くの不必要なことに縛られるようなことはありません。文明の真面目な生活より、自由自在な密林の風の中の生き方の方が、本来のヒトらしいのです。

二、三人の子供の手を引きながら、背中には家財道具一切を背負い、男の後について森の中を毎日歩き続ける裸族の女たちは、いささかの不満も口にしないのです。彼ら裸族は男も女も子供たちも生涯一ヵ所に住まず、密林の中の曲がりくねった小道を歩いていくのです。彼らには文明の不幸を背負っていないことを、心のどこかではっきり意識しないとしても確かに喜んでいるはずです。どっち道、文明人間にとっても裸族にとっても、与えられた生命時間は休むことのない旅の時間です。文明人間の旅の時間はそのまま裸族の生活を見せています。

形状記憶の力が身に付いているあらゆる社会の人間たちは、記憶を身体の中に止めていくだけの数多くの素材を持っています。文明人間や種族の違いとは関係なく、ヒトの神経の中に働いているシナプスは、同じように新幹線の中でもジャングルの中の曲がりくねった小道の上でも同じように働くのです。小利口になり過ぎた文明人間も、原始のリズムによって徐々にこの力が弱まって来ています。これから先、ますますその力は弱まっていくことでしょう。それは文明にかかるブレーキです。

シナプスの電位はどんどん下がり、記憶の力は薄くなっていくのです。この状態をヒトは自分というヒトの中に、また周りの人々の中にはっきりと見ているのです。確かにヒトは上下、強弱の違いはあっても、その差を越えながらフラクタル次元においてほとんど同じなのです。今日の雲の動きも明日のそれも、全く違っていると言いながら、その実どこかが同じであるというこの現実をB・マンデルブロの心で見つめるべきです。「明日は明日の風が吹く」という諺は、あらゆる生命にとってはそう簡単に理解はできないのです。空に伸びる幹の形も地面深く潜り込む根も、結局最後にはそのものの生命という存在に帰結していくのです。全ては生命であり、生も死も同じです。

今日もお互い元気で頑張りましょう！

第五列

昨夕は貴方からのホヤを嬉しくいただきました。やはりあれは東北の味ですね！　夕べ早速妻が二つばかり調理してたっぷり入れた胡瓜と酢の味で息子と共に美味しくいただきました。あと二つも今夜あたり東北の匂いを思い出しながらいただくつもりです。息子も私の隣の椅子に座りながらプリプリとしたその感触を味わいながら、新鮮なホヤはやはり美味しいといただいていました。これからの彼の人生もおそらく上昇することを本人自身がよく知っていることだと思います。言葉も音楽も絵画もそして本人の心が込められている味覚も、確かに単なる文明の動き以上の大切なものを私たちに与えてくれるようです。貴方がホヤを四つ取り上げて買っている姿が私には見えるようでした。今こうして書いていても私の目からは涙が出ています。一つ一つ思うことが多く、味覚の喜びも日々の生活の中の苦しみも痛みも全てが自分の心の中の大祓の心で良い方向に進んでいくということは、何とも嬉しいことです。私たちの涙は、全てが喜びの涙なのですね。

金銭や権力中心の人間社会や教育主義の時代も、ここ百年の間が最も酷いと言われている文明の社会は、明らかにその没落を見せつけられているのです。私たちは何を得て、それ以上に何を失ったかをはっきりと認めなければならないところに来ています。命といい、永遠の心といい、文明の壮大なるスケールといい、私たちははっきりとこれまでの考えの間違っていたことに気づかねばならないところに立たされているのです。日本人は本当に世界に自信を持って立つことができる存在なのでしょうか。スフィンクスの前に刀を差し、羽織袴のちょんまげ姿で写真に納まった侍たちもかつていたのです。まともに字も書けないような漁師ながら、台風の流れに押し出されて地球一周を果たしてしまった男もいました。その昔機関車の運転士として遥か地球の反対側のアルゼンチンで働いていた日本人もいました。四国には江戸時代の終わり頃生まれ、空を飛んだ二宮忠八という男もいました。ある男はアンコールワットの古い石積みに日本語で落書きをしました。私たちはこういった変わり者の日本人の一人として、今の世に生きているのです。それは陽動作戦の先頭に立つ「第五列」の人間でなければなりません。つまり「第五列」、正規の存在の外にいる存在でありスパイであり、また特別な力を持った存在なのです。このことが分かれば賞に入ったり売れたりまともに働いて喰っている芸術家たちや宗教家たちは、単なる力なしの正規の人間としか見えないのです。社会に理解されず、本当の芸術に向かい、宗教に携わっている、いわゆる「第五列」(fifth columm) こそ、誇り高く自分を表していける存在なのです。

昨日は妻が大腸癌の検査で半日近く病院で時間を取りましたので、何一つ書くことなく過ごしてしまいました。お蔭様で検査の結果は異常ありませんでしたが、検査の準備や何やかやで凄く疲れたようでしたので、帰宅してから休養させました。そんな訳で何も書きませんでしたが悪しからず。

今日明日という週末の時間をお互いに有効に過ごしていきましょう。夏の梁山泊に関して様々な話を聞かされ、大いに喜び感謝をしています!!

さらに第五列を考える

貴方からのメール、嬉しく読ませてもらいました。

「第五列」つまり外側の人間、またはスパイは、一般大衆と比べてその忍者的な要素が際だって示されているのです。一、二万人の兵隊たちから成る軍団である一個師団と比較して、たった一人の有能な「第五列」の人間の方が大きな働きをするものだと戦争評論家や哲学者は述べています。一国を倒し、一国を大きくしていくのも、大部隊の兵隊たちや武器ではなく、一人二人のスパイの方なのです。

あるヒトは、天才的な脳味噌や考え方を持って生まれてきた人間は、おそらく現代社会レベルの能力をもった意馬《いば》心猿《しんえん》を所有する人物ではないだろうかと言っています。大自然は人を造り、それに他の動物たち植物たちと同じように生命を吹き込んだのです。人間が周囲の人々を、大多数の凡人と認め、ごく稀な選ばれたヒトのことを天才などと呼んで区別していますが、大自然はそのような一切の区別をしてはいないのです。あらゆる生命体の出現は、むしろ偶然の賜物であり、淘汰の流れの中で生まれる特徴であり、このような進化も退化もそのような用語は人間が正しく大自然を理解することもなく用意した不完全なものなのです。生命体の進化のモデルや退化のそれも、果たして何程の意味合いを持っているのか、大自然のエネルギーの動きの中では理解されることもないのです。華やかな全ての孤独として、ヒトの言葉は理解しなければならないようです。誇り多いヒトの言葉の中で私たちは様々な混沌の中に、またある種の精神のブラックホールの中に閉じ込められてしまうのです。人の言葉はどれほど数多く話されたとしても、そこから生命を目覚めさせるために吹き上げてくる間欠泉のような力はほとんどないのです。人間の歴史の時間の中でとうに枯れ果て疲れ果てて噴き出すものを失くしている言葉という間欠泉は、一つの「リズムを失った音楽」に過ぎないのです。人間の言葉はその数が実に多く、様々なことを表現しながらその実大切なことはほとんど説明できずにいるものです。言葉が数々こびりついているヒトの魂を、確かな命のリズムの中で生きているヒトは、悲しいことなのですが「何の助けにもならない漂流物」として文明の言葉やフレーズを使っているに過ぎないのです。

歴史時間の中で生きてきた人間は、しょせん子供なのです。甘い物や柔らかいものは美味しいものだと理解し食べたがるのですが、苦味や渋味などはほとんど食べる気がしないのです。文明生活の中の言葉は全て、甘く同時に柔らかいのです。しかしヒトを強くしどんな状態の中でも楽しく笑って生きられるような存在になるには、このスイーツだけでは駄目なのです。苦味、渋味、辛さなどを心の舌や仕事をする身体の隅々でもって体験して初めて、本人の本当の生きる喜びが分かるのです。人の心と身体の成長のためにはどうしても甘味などよりは厳しい味に慣れなければなりません。子供に向かって「食べなければいけない」といくら親や先生が言っても効果がありません。むしろスポーツや仕事を多くさせ、言葉を多く読ませ、そういった形での苦味や渋味を体験させることがまず初めに必要なのです。子供たちがここまで体験すると、ごく自然に渋味辛味などを一種の喜びや楽しみとして身につけることができます。

釈迦が体験し、キリストが味わい、マホメットが理解できた言葉の数々は、正しく大人の味だったのです。苦味や渋味であり、辛さであってそれ以外のただ甘いだけの言葉ではありませんでした。こういう言葉であれば、当然後の世の人々には『経典』『コーラン』『バイブル』として彼らの辛い言葉が受け止められるのです。宗教も哲学もヒトの心や身体に自然免疫や抗体を作ります。居合道も空手もひ弱な人間の肉体にごく自然に働き出す筋肉の作用であり、他の動物たちの素早い動作となって効果を発揮してくるのです。日々の生活の中でヒトは自分の言葉や教えられたり聞いたりしている言葉を、そのまま甘さの中で体験しても何も起こりません。ヒトは厳しい訓練の結果、恐ろしいほどの力となって表される自然免疫の言葉を身に付けなければならないのです。

本当の日記を書いた男

田舎の小学校に入る前の八王子時代、私は何度もあちこちに書いていますが母親を困らせるような自ら迷子になって楽しんでいましたが、時々両親に連れられて東京の親戚の家を訪ねたことがあります。隅田川の流れる浅草から北の方に、あまり遠くない三ノ輪やそこから早稲田の方に続いている市内電車の停まる町、尾久があり、その辺に親戚はあったのです。そういうところに行くと御馳走が出され、私は好きな天ぷらなどを食べ過ぎて腹を壊したものです。それから数日間はリンゴ汁だけで過ごさなければならなかった酷い思い出があります。それから私の長い人生は、リンゴを見るのも嫌になったが、やっと今頃になって、再び口に入るようになりました。こんな幼い日の話は、何もことさらに書く必要もなかったのですが、最近の朝日新聞に「三ノ輪」という地名が出てきたので、このような余談を初めに書いてしまいました。

一関時代友人のカメラ屋（貴方も知っている例のラボ）を暇があれば訪れ、単に世間話だけではなく、コーヒーを飲みながら写真の話などを熱い心で話をしていました。毎月この店に届けられていた『アサヒカメラ』なども見せてもらっていました。ある時この雑誌の中に三ノ輪生まれの写真家、荒木某《なにがし》が語られていました。単純な写真だけではなく、心の籠もった被写体を実に上手く掴み、その中に簡単には忘れ得ないようなエピソードを入れ、そういった写真で人々の心を掴んでいました。おそらく私だけではなかったと思うのです。日本の多くの人々がこの「アラーキー」の写真または写真集に心を惹きつけられていたことは事実ですが、特に彼の妻の、結婚してからのごくわずかな二十年近くの写真は、私に強烈な印象を与えています。新婚の頃の小舟の上の写真から、やがて死んでいった彼女の花に囲まれた死に顔まで、彼はおそらく泣きながら写真機を構えていたように思うのです。彼の多くの読者たちもこの写真集には涙を流したと、朝日新聞は取り上げています。

　何事もその人間が本気になってぶつかる時、日常のごくありふれた出来事は、突然膨らみだし、大きなエピソードとなり、ある人々の忘れられない歴史の頁となって残るから不思議です。アラーキーが一九九一年世に送った『センチメンタルな旅・冬の旅』は彼の妻を題材として作られた白黒写真の日記帳だったのです。間もなく亡くなっていく彼の妻は、生前中は生き生きと夫の芸術を支えるためにそのモデルとなり、四十二才で亡くなった時にはその死に顔を夫の前に見せていました。どの写真にもそれぞれの時間が風景として写されており、それゆえにこの写真集は単なる「冬の旅」では終わらず、ドイツの音楽家の『冬の旅』と並んで私の心を打つのです。次から次へと思い出となって現れるアラーキーの写真風景や彼の妻の裸体は、彼に言わせれば嘘八百を並べた写真家の日記帳の頁ではなかったのです。妻と生きられた彼の二十年ばかりのわがままいっぱいで、この世の約束の全てを足蹴にしながら伸び伸びと生きた人生の表現であり、それゆえにここにはほとんど何一つ嘘八百は見えてこないのです。若くて元気な頃の彼の妻は、彼の写真機の中で幸せであったはずですが、最近の新聞の中では、その頃の彼女の顔には笑顔が見えていなかったと言われています。おそらくカメラを手にしたアラーキー自身、すでに彼女が若くして死ぬことを意識していたのではないかと思うように書いていました。彼のカメラのレンズは、はっきりと彼女が亡くなった時のデスマスクをフィルムに焼きつけていました。

　アラーキーは今でも赤子を抱いた母親のヌード姿を、キリストとマリアの像のように撮っているそうですが、おそらくそこには聖なる人間や母親の姿がいつも自分の妻の姿と重なって見えているのでしょう。あれだけの遊び人であり、幼い日のアラーキーの町、三ノ輪からさほど遠くもないところに遊郭《ゆうかく》吉原があり、ヌードの客や女たちに招かれて遊びに行っていた彼でした。三ノ輪と言えばそこは江戸時代の頃、若くして死んだ遊女たちが棄てられた一角であるとも言われています。ヘンリー・ミラーなどと同じレベルで現代のロストジェネレーションの空気を吸い、文明の枠に縛られず、自由に生きられたアラーキーは現代の汚れに苛められないで生きている幸せな人間の一人なのでしょう。

ヘンリー・ミラーはフランスのレジオン・ドヌール勲章を受けていますが、女好きで遊び人のアラーキーは最近オーストリアから最高位の勲章をもらっています。

ヒトの偉さとは権力でも金力でも勲章によっても正確には説明できませんが、どんな人間でもロストジェネレーションの一人として自信を持って生きるなら、そのヒトの肌からは本当の人間としてのオーラが出てくるものです。

どんなヒトもそういった生き方が少しでもできれば幸せです。今日の貴方も大いに自分らしく生き果てて下さい。私も息子に朝食を摂りながらそのように涙を流しながら話しかけました。

書物というもののオーソドックス性

昨日は沖縄の嬉しい贈り物をいただきました。早速夕食の後、妻が大きな種を外してくれた紅いマンゴーをみんなで美味しくいただかせてもらいました。ありがとう！　リンゴには青森の匂いがするように、マンゴーには沖縄の風と海の匂いが感じます。残りもゆっくりとこの暑い夏の中で、冷やしながら味わわせていただきます。

言葉はその種類も量もあまりにも多くなった現代人の世界ですが、あるわずかな人々にとっては言葉は神の匂いのする神器なのです。言葉は人の人格を変え、社会の様相や村の流れを変える力を持つものです。賢人のことを様々な呼び名で人は呼びますが、その中には預言者という言い方もあります。本来の生き生きとした言葉をそのまま使おうとする人は確かに言葉をある意味で神器として使うのですが、そういう人の生き方のことを預言者と呼ぶのです。ことさらに明日のことや来年のこと、さらには百年先のことを占う人のことを預言者とみなすのは、万事人の世が社会生活の良し悪しで決まるとだけ考えている愚かな人々によるものなのです。しかし預言者の本当の意味は生きている今という時間や一瞬一瞬変わりながら流れを止めない時間の中で生きる人そのもの、民族そのものを真正面から見つめて今という時間の中のその人間のまた集団の姿を認識する人のことを指して言うのが正しいのです。聖書の中に出てくる多くの預言者たちはこのような現実の光と時間の中で事実を認めることのできる人だったのです。夕暮れの町の片隅で占いをしたりする人の中に、このような預言者がいるはずもないのです。明るい日の中で高いビルに囲まれ、スピードを出して走る車を避けながら生きている人たちもまた、どの一人をつくづくと眺めてもそこには大きくても小さくても預言者はほとんどいないのです。大衆の中でモミクチャにされさほど見栄えも良くない人々の間に時としてこういった本当の預言者らしい言葉の一つ二つを話したり、態度をとる人がいるかもしれません。そういう人に逢う時、私たちはそれを奇蹟、と思ったり、白昼落雷に遭った体験をしたと思わなければなりません。

Ｎ先生はまるで天地創造の頃からさほど経っていない時間の中で、アラビア糊で作ったインクに浸した葦でパピルス紙に言葉を書き始めた記者のように、私の詩の文章を見事な手作りの一冊の本にまとめてくれました。古い日本の和柄の布や、パキスタンの絵模様やその他、アラビア布などを用いて、まるで昭和の初め頃作られたアルバムや、江戸時代頃の押し絵の羽子板のような華やかささえ、見せている彼の手作りの詩集の表紙はそのまま一つの芸術作品になるようです。

二、三十年前、ヘンリー・ミラーの言葉に酔いしれたあるアメリカの老夫婦が、アリゾナの砂漠に住んでいたことは先にも貴方に伝えてありますが、十六世紀のフランス文化の匂いのプンプンとする活字を使い、和紙の美濃紙やその他の紙を使い、ポルトガルのコルクを薄く切って広げた頁も見られ、それは見事なものです。日本の良さや外国の優れたものなどを取り入れて造られたこういった本はただの書物ではありません。おそらく言葉が何にも優って人の宝であるならば、書物はどれの場合でも最高の贅沢さと美と日本刀の見せるあの心の勢いを表現しなければならないようです。

書物を売るということは、また買い求めるということは、書物の中身を人に知らせるという意味においてもとても必要なことですが、それが一旦腕のある商人の手に渡ると、様々な宣伝手段や他の、人には思いつかないような悪知恵を働かせて、巨大な出版社のビルがたちまち建つようになるのはやはり書物を馬鹿扱いした結果というべきです。さらにそれ以上に「電子本の出版やそういった世界の版権の問題」も書物を正しく書物らしく扱わないところに問題はあるのです。私にとって貴方はSさんIさんなどと同じく、またこれから私の本を出してくれるというAさんのように間違いない人間歴史の中の正統な出版人として信じています。もともといつの時代においても単なる記者であってもなかなか本物の真面目な内容の書物は売れないものなのです。多くの哲学者や詩人たち、自分の真心から出る言葉で随筆を書く人たちはいつの時代でも、多くの真心ある出版人を、影で涙を流しながら金策に走らせ、路頭に迷わせているのです。今の私と同じようなことを涙を流しながら自分の大冊の中の前書きの中で書いている人は、過去の歴史の中でたくさんいますが、今私はこの文を書きながらショーペンハウエルの言葉を思い出し、涙を止めることができません。ヘンリー・ミラーも最初の頃の一冊を出した時に、ショーペンハウエルと同じように自分の作品が売れないことを知って出してくれた出版人に感謝の頭を何度も下げているのです。そう言いながらミラーは四十代終わり頃の大の男の私を膝の上に座らせ、「本当の人間は売れないうちが花だ」と言ってくれました。貴方にも奥さんにもだいぶ苦労をかけますが沖縄論の第二巻にじっくり時間をかけて向かって下さい。

今日は木曜日です。何を忙しく、しかも楽しくやっていることでしょうか。昨日は那覇の方のギター教室は楽しかったことでしょう。私たちは何がなくともこのように楽しく生きていられることを感謝しましょう。

ご両親初め、今夏休み最中の二人の息子さんにもくれぐれも宜しく。

猿人から抜け出して

おはようございます。私が着物やもんぺ姿で通っていた囲炉裏端を離れてから、もう一週間経ちます。その前も、それからも、ほとんど毎日冷たい風が吹き、雪の小さなフレークがちらついていましたが、囲炉裏から離れてからだいぶ北風や西風も治まり、明るい陽光の射す日々が曇り空と交互に広がっていました。日曜の今日は満天青空です。私の背中も首筋も暑いくらいで、椅子に座っていながらウツラウツラしたいくらい実に良い気分です。しかも今日は二十四節気の中の節分の次の雨水《うすい》その日です。こんなに明るい気持ちの良い今日ですが、いつ雨が降ってもおかしくない状態です。

先ほど妻が開けてくれたパソコンから、夕べ送られたと思われるAさんからのメールを嬉しく読ませてもらったところです。文面のあちこちに、ますます深まっていく彼女の韓流の歴史や映画の様子がとても面白く書かれてあり、同時にとても深い内容を私は受けております。

人には幸いにも明るい太陽の光と同様に言葉というものが与えられています。猿人から脱皮する時体中を覆っていた毛が少しずつ抜け、同時にその代わりに言葉が少しずつ生えてきました。しかし長い歴史の中で人は文字というものを様々に用いるようになり、その文字が残念ながらわずかずつ歪み始め、それを見つめる人の心の目が霞み始めているこの頃ですが、あまりそのことは心配ではありません。しかし言葉の意味そのものの曲がっていく最近の状況は何とも心配でなりません。人の目や心の方に問題があるのかもしれませんが、フレーズが霞んで見え、しかもあらゆる文章の意味がぼんやりと見え始めてきているのが現代人の心の病状のようです。自分自身の言葉に向かったり、他人の言葉に接する時人は世間の言葉に重きを置いて、それにおもねるようになってきています。大自然の中でどこか社会に縛られている現代人は自分の中の言葉さえ、探り合いまともに信じきれず、それが元で苦しんだり悩んだりしているのです。言葉はどの人間によって使われても決して手品や奇術や不思議を生み出す小道具として時には大道具として使ってはなりません。芸人が舞台の上で見せるあの奇術は、小道具と言えるでしょう。会社や起業家をまんまと騙す詐欺師の行動は大道具の立てと言えるでしょう。今眼の前に存在するものを見ずに、どこか別のところにある架空のものを現実のものと考えて語るような馬鹿なことは絶対に止めたいです。最近の政治家たちも教師たちもまさにこの種の奇術師並みに生きている自分をいささかも恥じていません。その点夕べテレビで観たハーバード大学の先生の講義などは本物と言えるようです。毛が抜けて言葉が生え出した人間はそのことで普遍的な言葉だけがあると安心してはなりません。変化する自分の言葉の中で確かな目を持ち続けて生きる時、人は間違いなく猿人から遠ざかり言葉を持つホモサピエンスとして生きられるのです。

人は言葉によって自分を初め、周囲の万物を分析していく立派な哲学者でなければなりません。むしろ素朴で単純で大きな愛で生きている、いわゆる荘子の中の人のような人物が本来の自分の人生を生きられるのです。

ますます貴方の行動の中にそういう思いが見られんことを。Iさんのメール嬉しく読ませてもらいました。ありがとう！　彼も病気の中で頑張っていますね。心から応援しましょう!!

「パラダイスの乞食」

昨日はお手紙とアーヴィング・ステットナーさん（アメリカの水彩画家、編集者、詩人、作家）の新しい作品、また『水声通信』(29) 確かに拝受しました。ありがとうございました。

これからゆっくりと、午前中の友への手紙書きや、庭や竹林の雑草取りの仕事の後に、じっくりと読ませてもらいます。

十年近く前、病気で寝ていた頃、病室に配達されたステットナーさんの手紙、今頃になって懐かしく思い出されます。あの頃は未だ精神が落ち着かず、息子が買ってきてくれた「癒し系の音楽」のCDを聴いていましたが、ステットナーさんに返事が書けるほどの気力はありませんでした。今になって思えば、今の世の中には珍しいほど純粋な人物であり、確かに数少ない汚れていない現代人の一人として、「パラダイスの乞食」であった彼と言葉を交わせなかったことを後悔し、まるでダイヤモンドをなくした女のように悲しんでいます。こういう友には二度と会えないでしょう。一度は拾ったダイヤでありながら、同じところに投げ捨ててしまう人間の愚かさを、私は自分の中にヒシヒシと感じています。

存在するモノはそう簡単には、正しく認識できないのです。そういう文明の世の中に、私たちは生まれて来ているのです。このことを自分の心の中で悲しく確信していなければなりません。

物事を確信して認識するのには、「信憑《しんぴょう》する自分」と「過信しない自分」がそのまま乖離《かいり》すること無く、重なるまで繋がっている自分の認識や心の中にあるものをはっきりと認めなくてはならないようです。こんな状態の心の目、つまり第三の目は常に目の前のものを、冬虫夏草として見るのです。同じものが、動く虫なのか、咲くものなのか？　動き出す虫なのか、じっと固まってしまっている黒豆なのか？

人間はどの一人をとってみても、常に生活の中の哲学者であり、科学者でなくてはならないようです。深山幽谷の仙人や、砂漠の隠者の一面を持っていなければならないようです。しかし現代社会は、そういった人間の生き方を拒否しています。金銭や名誉で生きなければならないところに追い立てられています。しかし、ヒトは自らを浄化していくだけの力を確信できるはずです。

今回の書物、心を込めてあちこちを読ませてもらいます。『パラダイスの乞食たち』を通して、ステットナーさんと話し合いたいと思います。これを訳された先生たちの心も理解したいと思っています。ますます頑張って下さい。

先ずは、御礼まで。

喜ぶことは一つの成功である

誰にとっても人生は、そのヒトの個性豊かなもう一つの天候なのです。ヒトそれぞれによって生まれる時間が違うように、生き方という形の天候もそれぞれに違いがあります。確かに天候は四つの季節に区分され、十二ヶ月に分けられ、二十四節気に分けながら、それ以上に細かく分類しながら毎年繰り返す様子は、誰にとっても同じ人生に見えるのですが、より接近して風の具合や日の射す具合、または雨の降る具合を見ていると、そこには自ずとヒトそれぞれの人生によって微妙に違う点を感じるのです。今日晴れたかと思うと明日は曇り、雨の後には明るい陽射しの下に風が吹いてきます。

ヒトそれぞれによって人生時間の流れは独特な変わり方をしますが、はっきりと言えることは誰にとっても常に晴れがあれば雨があり、爽やかな風が吹くかと思うと、厳しい台風が襲ってくるのです。つまり、良いこと、悪いこと、また幸せなことや不幸なことが混ざり合いながら、その日その日を作っているのです。幸せな時は、その人の人生を成功していると喜び、不幸にぶつかると運の悪い自分に腹を立てたり悲しんだり、とにかくその時間は苦しいものです。しかし人生は常に成功と失敗が交互に繰り返される点において全く天候と変わりがありません。

ヒトそれぞれによってこのように人生時間の天候の扱い方において微妙な違いがあります。あるヒトは苦しい時間をいつまでも思い出し、その方に生まれついた自分の不幸を悲しんだり、自分の人生はなんと不幸だろうと悩むのです。一方、ごくわずかながら別のタイプの人間もいます。数多くの失敗や不幸をさて置いて、一つ二つとんでもないほどに大きな喜びや成功の運の良さを常に生き方の中に考え、周りから見るとまるで極楽とんぼのようにはしゃぎ回り、存在もしないのに誰かが作り上げた神という名の心の中の偶像に向かって必要以上に感動し、感謝し、祈りの態度で何度も何度も礼を言うのです。

同じ自分の人生を生きていくのならば、前者のような暗い心で生きている人間は、その時間は何とも悲しく、しかも大自然の流れの中で用意された寿命よりは遥かに短く一生を終わってしまうでしょう。しかし後者の人間の生き方は、嵐に遭おうと、厳しい雷に打たれようと、どんな数多くの試練や失敗に出会おうとも、常に明るい顔で、一つ二つ自分に付き纏っている運の良さを雨の日でも寒い一日でも、病んで痛む時でも、感謝して、しかも笑っていくのです。こういうヒトの、どちらかと言えば、短く予定されていた寿命も、その明るさや考え方の陽光の射す、広い大地に連れ出すのです。そういう人間の周りに吹く風も、吸う空気も、飲む水も、全て長い寿命を与えられていることを意味しています。咲く花もあらゆる種類の生き物も、そういう明るい人間の中に生きている細胞たちもどこかしら生き生きとしているはずです。

今生きているというこの喜びは喜びのまま使いたいものです。あえて苦虫を噛みつぶしたような顔や考え方をして、暗くなる時、持ち前の幸せもどこかに飛んでいってしまいます。

人生は全て自分に与えられたとんでもないほどの価値豊かな時間と信じ、感謝して一生を過ごしましょう。心が生き生きと上を向いているのならばヒトは何があっても幸せに違いないのです。

蘖《ひこばえ》の我ら（初めて生まれた我ら）

昨日の午後からずっと雨です。和歌山から三重にかけて、そしておそらくはこれから静岡の沖の方に雨をもたらす怪しい雲は去っていくことでしょう。梅雨の烟《けむ》るような雨と言いながら、じっと見ていると土用の頃の台風といささかも変わりのない大きな力を持って、黒々とやってくるその力を、人間はどんな文化の力によっても最終的には防げないことを知らなければなりません。地震や台風などと同じく人間の手ではどうしようもできない力でありながら、一見自然の優し過ぎるような動きに見えていて、否応なしに非創造物の事情や考え方など無視して左から右へと通り過ぎていくあの勢いには、人間は何ともし難いのです。ましてや文明の力を誇りながら、そういった自然の流れに逆らってみても何一つそれらを負かすようなことはできないのです。イギリスの知識人、スチュアート・ミルは彼の著書『自由に関して』の中ほどで、次のように書いています。

「強い衝動とは精力の別名ではない。精力は悪く使われることも有るのだが、常に精力的性質の方が、怠惰や無感動な性格よりも多くの善を作り出すものらしい。最も自然な感情を持った人というのは、鍛錬された感情が最も強い場合がほとんどである。個人の衝撃を生き生きとした力強いものしているのは、同じ逞しい感受性であって、徳に対する最も情熱的な愛と厳格な自制心を生み出す源泉でもあるのだ。こういったものを培うことを通して、社会はその義務を果たし、同時にその利害を守るのだ。英雄を作り出す方法を知らないからといって、何も英雄を作り出す素材を拒絶する必要はない。欲望や刺激が自分独自のものである人は、つまり自分自身の素養によってその本質が発達したり修正されるので、その人の欲望や刺激はその人自身の本質を表現するようになり、個性を持つと言われるようになるのだ」

　私はこのミルの人間論を読んで、大自然の巨大な創造の力を考えてしまいました。ベスヴィオ火山の噴火活動も、サイクロンや台風の動きも、大自然の超弩級《ちょうどきゅう》的な動きも、一つの情熱であり、精力であり、衝動であって、怠惰で無感動な行動の反対側に立っています。

　生命体を生み出した大自然の力は、どこまでも翼を広げた鍛錬した感情であり、強い衝動または止むことを知らない精力そのものだと見ているのです。文明社会の優しさや、単なる助け合いや穏やかさばかり求める自制心は、むしろ怠惰や無感動の方向に常に向かっていることを私は見てしまうのです。作られた生命体として数限りなく今生きているウィルスから人間に至る生命体の活動は、常にその前に、ハリケーンや地震などの迫り来る動きと対峙《たいじ》しながら存在しているのです。それがどのような欲望であり、激しい感情であり、鍛錬された勢いであっても、あらゆる生命体とこれと向かい合っている台風のような力は、これらに常に向き合っていて、平和な手を結ぶことはないのです。天敵という言葉がありますが、動物と動物、人間と他の生き物、細菌たちと身体の大きな動物たちの間に見られるせめぎ合いは、さほど問題ではないのですが、大自然そのものの動きとしての、人間が呼ぶところの様々な天災を前にして人類は、戦おうとしてみたり、逃げようとしてみたり、努力しても始まらないのです。

　その点から言えば、いつの時代でも、言葉の表現は違っていてもいわゆるルネッサンスの努力が誇らしげな態度で人間の間に見られるのですが、これは何とも虚しい骨折り損でしかないのです。いくら天高く噴き出る噴水も、上から落ちてくる瀧の飛沫《しぶき》に、適いはしないのです。誇り高くルネッサンスの思いを持ちながら美味しいとばかりに噴水の水や水道の水を飲むよりは、天から落ちてくる冷たい銘水に身を濡らし飲む時、人は本当の意味において生きられるのです。

あらゆる意味での文明化された、一見便利に見えるこの世の中で、浄化されていない心は何によっても癒やされないし、病は治らないのです。

無文化の単純でどこまでも素朴な心は、生まれたままの裸の心であり、そしてどんなこの世の物事、すなわち金銭でも肩書きなどによって汚されていない無修正の心なのです。それが生まれたままの羊水の匂いで濡れているまま、そこに存在する言葉で生きなければならないのです。

私たちは、あまりにも多くの時代を経たあと生まれてきた悲しい蘖なのです。そのくせ大自然本来の万有の流れの中で生き始めようとしているのです。そういうヒトにとっての今日は苦しみが多いのです。相当の覚悟が無いと天使に近いような言葉の中で生きることはたいへんです。

悔いない生き方

本当の分別のある人間は、文明人間の集団にはそのままいられる訳もなく、確かな生き方をしている人間の分別というものはむしろ無分別に近いものなのです。単に分別が有るということだけならば、文明人間の中の小利口な者で良いはずです。老子も荘子もソクラテスも一様に無分別の超天才でした。こういう人間の抱いている言葉は、文明社会の当たり前のことをしている言葉に対して、常に鎮魂の勢いのある言葉を発しているのです。彼らの言葉は常に大自然から直接降りて来る鎮魂《たましずめ》であって、これに触れるとその勢いに振り回され、世の中から大多数の人間の言葉の中に安心してそのままいられなくなるのです。こういった本当の言葉はその人間の皮膚に触れ、心に触れていく生き生きした感情なのです。常に際だっていて、その人間を覚醒させていて、たとえ、寝ていてもはっきりと周りの人を動かさずにはいかないほどの力を持っているのです。

文明社会の人間の生き方は今日の言い方をするならば、「都会の力」であり、金銭の数え方や儲け方や出世の仕方はよく知っているのですが、素朴に生きる生き方は「畑や森の力」であってそれと関わる人間は、限りなく単純でそこで使われる言葉は老荘の言葉のリズムを備えているのです。

現代人間は自分に与えられている生命を自分の時間の中でどのように使っていくかについての知恵はほとんどどこかに失ってしまっているのです。文明の忙しさや妙な浮ついた夢の中で生きている大多数の人間には、自然の空気の流れ、水の流れ、血液の流れなどをその通り理解して、一刻ごとに己の生命のどうすべきかという空気を読み取る知恵が無いのです。虫たちや小鳥たちでさえ、彼らの生命が次の瞬間どのような態度をとったら良いか、それを読み取る力を与えられており、それをそのまま誤魔化さずに彼らは実行しているのです。人間の場合、たとえ文明社会のあらゆる汚れによって生命力が弱くなっているとは言え、幼子の頃、また少年時代には、大人と違って爬虫類や魚や昆虫たちが備えているその時の空気を読む力を、自然そのままに持っているらしいのです。そういった幼子や少年たちの振る舞いや態度を、大人は「子供は困る」とか「あれでは世間で通用しない」などと言いながら、汚れた大人の感覚で不安がるのです。しかしそれはたいへんな間違いです。幼い頃の人間ほど、老化し目先が見えなくなっている人間よりは遥かに正しい空気の読み方を知っているのです。もし子供たちが大人の前に立つならば、起こるべき戦争も起きないはずです。宗教という、あらゆる宗教は、いじけた心の大人が作り出した一つの哲学でしかないのです。人生を恐れ、よりきらびやかな自分を作り上げようとする大人の曲がった考えが生み出したのが、世界三大宗教を初め、あらゆる大小様々な神懸《かみが》かりのカルトであり、これらの宗教の中心に備えているものがこれなのです。従って彼らは、言葉を代え、表現を代えながら、野の花を、元気に飛ぶ小鳥を、例えに取って文明人間の悩み多い人生をまともなものに戻そうとしているのです。人間の生き方は実に悲しく、不安であり、安心しては一瞬たりとも生きられない怖さがあります。それに対し、広い海の生物や、陸の生物たちは、実に素朴に生きており、その寿命は決して長くなく、時には天敵に因《よ》ってけっこう短い生き方で寿命を閉じるのです。しかし彼らには何一つ悔いることはないのです。どれほど短い、また呆気《あっけ》ない寿命であったとしても、死の瞬間まで力一杯生き通し、そこにはいささかも自分を悔いる時間はないはずです。人間は過去を考え、未来を考え、今の時間の中で逡巡《しゅんじゅん》する生き物なので、常に悩み多く、涙多く、怒り多く、悔いることが多いのです。人間以外の全ての生き物にはそれが無いのです。もし宗教に最も大切な言葉が有るとするならば、それは一切の時間の中で悔いないということです。このことを自分の体の中の単細胞に聞いてみるだけの宗教的な心が有るなら、人間は今の状態より遥かに救われるはずです。

物事のリセット

人間は老化すると、確かに物覚えが悪くなります。しかしよく考えれば、幼児の頃、少年の頃、若さで身体も心もはちきれんばかりにしていた青年の頃、そして何事でもそれなりに理屈の言えた長い壮年期の頃を考えてみると、あの頃でさえ、数多くのことを忘れていた自分に気づくのです。それは私が愚かであり物の考え方が鈍いからだけではないでしょう。どんな人間でも多くのことをいつまでも覚えていながら同時に忘れてもいます。ここではっきり分かることは、忘却の空間が有って初めていつまでも生き生きと残っている時間が有ることを私たちは実感できるのです。

おそらくどんな機械でも長い時間の中では、リセットすることが必要です。自然さえ、季節の移り変わりや天候の変わり目を私たちは「美しい自然」と言って楽しく見ていますが、実はあれは存在するものがリセットしながら力を回復して進む姿なのです。存在するものは全てリセットします。生命はそのまま生きている訳ではありません。常に息を止め、息を吹き返し、走り直し、泳ぎ直し歌い直しながらそれなりの形を組み直ししながら、新たに存在の形を変えて進んでいくのです。人間だけ実際の組み直しや休憩時間を持たずに永遠にいられると考える方がおかしいです。

生きている寿命の後に、死がやってくるのも生命のリセットされていく形です。生命の存在はウィルスからヒトに至るまで、その基本的なDNAの形を変えないというその存在の中には必ず、リセットされるものが数多く繰り返され、積み重ねられていることも事実なのです。物事を忘れるとか覚えていないということはその人の欠点ではありません。何事もそのままずうっと覚えたままで進行するなら恐ろしいことです。そのような利口な物覚えの良いヒトは結局は長生きできないし、最も大切な問題をその通り覚えていることもままならないのです。何度も繰り返しながらリセットされる頭の中や心の中は、それゆえに自由であり伸び伸びとしているのです。忘れるということは一つの幸せなのです。

リセットする心は言葉を優しく包み込んでくれるものでなければなりません。言葉という優しさはリセットされていく安心感の中で新しく生まれ、厳しい刃にも等しい言葉を常に落ち着かせているのです。モーターのように常時熱く燃え盛っている存在を冷却させようとして油や水の働きをしています。物事をゆったりと包んでくれる物が存在して、初めて厳しいものは、常にリセットされて生き長らえることができるのです。

人間は大いに忘却しましょう。一度覚えた言葉を怖れることなく忘れましょう。それによって再度与えられる新しい言葉の喜びを、持つことができるのです。

今日は言葉について私は忘れることの大切さを教えられました。

学び

まだまだ梅雨の名残は続いているようです。時おり音を立てて降る雨の中で玄関先のブラックベリーも、夏の暑い太陽に照らされている時のようには育っていないようです。一つ二つ黒光りして大きな粒となり、ピカピカと輝くように育っているブラックベリーの傍らには、大きくなれずに小さいまま腐っていく数多くの粒を見い出します。一人の兄弟を大きく生かすために、数多くの才能を持った兄弟たちが、こんな不順の季節には亡んでいくのだと思う時、たかがブラックベリーのことだと思いながらも私の胸は痛み、涙を流すのです。私自身一人の弟がいましたが、このようにして今の私がいろいろな大病をしながら、何とか元気で生きていられるのも、幼くして亡くなった弟が背後から後押ししてくれているのだと思っています。うちの三人の息子たちの背後にも一人の兄弟がいます。彼は兄弟たちの背中を押しながら、本来生きていられた自分の力を兄弟たちに預けたのではないかと、私も妻もそう考えています。

昔の日本の騎兵隊の父と言われていた軍人が、次のように言ったと、四国松山のある人は伝えています。

「男子は生涯一事をなせば足る」

この言葉は確かに旧日本軍のある程度間違った人間観に沿って言われたことだということも事実ですが、これを多少変えて「人間であれば男も女も、老いも若きも生涯に一事をなせば満足だ」という風に言い換えることもできます。現代人は自分らしいたった一事をすることをほとんど考えず、あれこれと多くのことを文明の利器を利用しながら生きていこうとし、しかもそうすることが楽しい人生だと考えています。何とも情けないことです。大自然から与えられたこの生命をフルに活動させ、どんなに頑張ってみてもこれ以上は何もできない自分の生き方の全時間をたった一つの方向に向けることの潔さを私たちは知らなくてはなりません。これを遺り、あれを遺り、次から次へと遺ることが多い現代文化の世の中ですが、どの一つを取ってみてもそれは自分自身に生まれた時に与えられた一事に吸収されていくということを人間は見るべきです。昨日も今日も未来も、とにかく与えられた時間の中で、「人は生涯一事をなせば足る」と常に実感していくべきです。

人の社会は常に動乱の直中《ただなか》に置かれています。人の精神は常に闇です。人の生活はわずかな喜びと数多くの悲しみを体験しています。それでも分かるように全ての人間の時間は、闇夜そのものです。発明発見の明るい時間の中で、多少苦しい経済状態の中に生きていても、結局全体的には大きな進歩をしていると思っているのが人間なのです。人の住んでいるところはどこもかしこも汚れており、何かが腐っており、そこから生じる暗さはどんな否定の言葉を使おうとも消し去ることはできません。人がどんなに努力して美しく描こうとしても、人の世は間違いなく闇の時間の中に取り残されています。黎明の時間がそこまで来ている最も暗さが濃いところの闇の中で人間は、文明の時間を悲しく体験しているのです。全くの独学の人物であり、デンマーク語初め数カ国語を自国語並みに自由に話せたアナイス・ニン（フランス生まれの著作家、ヘンリー・ミラーを見い出す）は次のように言っています。

「夢だったものが現実の行動となり、行動から夢が生じる時、人生の最も相応しい自立した生産者として生きられる」

人の言葉というものは人間の文化の闇を解き放ってくれる心の中で大きな夢となっていくのです。彼女の学校はパリの図書館でした。彼女の学問も図書館の張り詰めた空気の中で体験したものです。コリン・ウィルソン（イギリスの小説家、評論家）の独学の時間は町の外れの土管の中でした。

人間は常に単なる大人や老人にはなれないのです。純粋で素朴な大自然の子として明日を見つめながら生きているのです。つまり死ぬまで何らかの形の子供なのです。ある人は子供のことを「バーチャル・インファント」と呼んでいます。昔の聖画を描いていた人々は、神に仕える、神と人間の間を取り持つ天使の存在を、どの一人を取ってみても間違いなく人間の幼い子供として描いています。

文明社会では、人は別に正しいことを言わなくとも、また平均的なことを主張しなくとも、理解されることはなかなか無いのです。世間の人々に解ってもらおうとするならば、平均よりずっと低いことを考え、それを言葉にしなければなりません。文明社会とは、大多数の人間の心の中の神々が乱心し、暴れまくっている大地のことです。

本当のリスクというか、危険なことは、行動を取らない時に最も近づいて来るもののようです。しかし一切の行動を止めて休む時、実は最もその人らしい行動がとれたり、創造的に生きられるということも事実です。

進歩は基本に戻る

これだけ長い月日の中で、良くも悪くも様々に変わってきた一生命体としての人間の生活、すなわちどんどん変わりつつある文明の進歩の中で、何がどう変わってきているのかほとんど知らないのが人間という動物です。確かに食生活や行動生活などが権力や金銭の働きによって大きく変わってはきており、それが明らかに人間の一つの歩みのように、または革命のように見えてはいるのですが果たしてそうであるかないかは考える人によって大きく違います。

真っ赤に熱した鉄板を、冷たい水の中に投げ込むような一瞬というのが人の言葉の中に存在します。この場合鉄板とは文明社会の中から受け継いだその人の言葉の汁だと言うことができます。自分の言葉の汁の中に浸けられた言葉の汚れや痛みや錆は、生命のリズムを失くし、言葉本来のハーモニーを失くした存在であることに、人間は気づかなければならないのです。こういった一瞬の中で、熱湯を潜らせ、言葉の日を覚ますことが必要です。こういった体験を潜った言葉は、死に絶えたものを生かす力が有るのです。信じられないでいる者に深い信頼の心を与えるのもこれです。便利な文明社会の言葉は今確かに死んでいます。熱く燃え上がった言葉だけが万物を活かすのです。古いギリシャの哲人たちが言った極めて単純な物理の法則は、昔より今の方が本当の意味において利用されなければならないのです。

あまりにも多くの実行できない約束ごとを常にしているのが、私たち現代人です。それによって今日の人間は全て何らかの詐欺師になっている自分を意識しています。現代人の顔も話す言葉もどこか寂しく、自分の狡さを認めているので、その自信の無さがはっきりと態度や行動の全域から見てとれるのです。ある人は当たり前の意味を持つ次のような言葉を言っています。

「自分ができること以上の約束は絶対にしてはいけない」

ここまで来ると現代人は、真面目な人間になるためには、一言も自分の中から出て来る言葉を話すことができなくなってしまいます。それゆえに毎日、折に触れて自分の心が紡いでくれる一つの言葉を先ほどの名言に逆らって常に話しているのです。常時人間は嘘つきであり、誰かを騙し、誰かから大切なものを盗み取っています。この事実をはっきりと解っていたのは、釈迦であり、キリストであり、マホメットたちなのです。万民は彼らの後に続く同種類の人間なのです。彼らを神と崇め、仏として信じ、神の子として見つめていられる時、全ての人間は、嘘の言葉、騙す言葉、裏切る言葉、自分自身を何とか存在そのものとして認める言葉を口にし、このような自分の中から出て来る両刃の剣の厳しく恐ろしい言葉を、使い出すのです。しかしそうしながらも、今述べた三人の人間たちを神として崇めるような愚かさや狡さや自分自身を正当化しようとする態度の中で、自分の言葉を話す自分を、自ら許そうとしているのが全ての文明人間なのでしょう。こういう人間たちですから私たちは、「原罪」や永遠に続く「煉獄」や「劫」を何の不満もなく受け止め、信じているのです。このことにはっきりと悲しい自信を持っているある人間は、「狂気の状態は、自分の持っている目的を忘れ、自分の生き方の中の努力を一層激しいものにしようとして、人間本来の目的を忘れてしまう」と言っています。

あまりにも複雑極まりなく、どんなに努力をし、学び、信じてみても、その終わりのないこの世の中に向かうことに頑張ってみたとしても、また身に付くように努力してみても、金銭や権力や名誉などといったものには限りがなく、最後に行き当たるのは虚しい最初の出発の地点であり、生まれた時の丸裸の状態だけなのです。いくら学んでも、いくら物を集めても、何を深く多く身に付けても、最後に到達するところは羊水の中に泳いでいる最も純粋な自分です。尺八、つまり定具を本気になって吹こうとする人ならば解るはずなのですが、その人間の口から竹を通して吹き出される音階は、永遠の彼方まで消えることなく進んでいき、アインシュタインの学説ではないのですが、徐々に巨大な放物線を描き、やがてはもう一度その人間のところに戻ってくるのです。人間は常に生まれた時の自分に戻るのです。生きるとは輪廻のリズムの廻転であり、何かが少しずつ大きく変わっていくものでは決してありません。この輪廻の作用の中で確かな自分を認める態度こそ、人間がはっきりと見つめていかなければならない大自然の全域なのです。

今のところどんよりとした、しかも昨日までの暑さが見られない一日ですが、これから雨が降るかもしれません。貴方の仕事にもますます豊かな知恵の降って来る喜びのチャンスがありますように。

安藤昌益の序文

幼い日私は両親に連れられて、八王子から隅田川の近くにある北千住に行ったことがあります。親戚のその家は仕立屋の家でした。マンハッタンのミラーの父親の店も仕立屋でした。親戚の家に訪ねていくと、様々な御馳走が出されたのですが、私はたいていそういう時には食べ過ぎ、当時の人々が言っていた大腸カタルというものになるのが常でした。吉原の賑わいからさほど遠くないもう一つの盛り場でもあった北千住のそのあたりには、当時の日本中のどこでも見られたように、医師は人力車で往診してくれました。私のお腹に聴診器を当てていた老医師は、傍らの母に向かってリンゴを擂《す》った汁をしばらく飲ませなさいなどと話しているのを私は聞いていました。

その近くの子供たちががやがや騒ぎながら遊んでおり、もし私が腹を壊していなければ、一緒になってあたりを走り回っていたに違いありません。その頃私は山梨県と接していた東京の西の外れ、八王子で両親と一緒に暮らしていましたが、そこから新宿まで電車で行った思い出を今でもはっきりと覚えています。北千住や三輪の親戚の家を訪ねていたあの頃は、未だ昭和一桁の時代だったので、東京の空気は今のものとは全く違っていました。

芭蕉が命懸けの心で、長く喜び多く、同時に苦しみ多かった死出の旅路に出た時も、乗っていた隅田川の舟から上陸したのも、この北千住ではなかったでしょうか。彼の前にどこまでも広がっていた日光街道は、トボトボと歩いていく人には辛いものであり、苦しいものに違いなかったはずです。

私の祖父母は若い頃、お互いに自分の家族を棄てて駆け落ち同然に栃木県の南の外れの宿場町に移りました。二人が棄てた家庭にはそれぞれに何人かの子供がいました。その後の二人の間には五人の子供が生まれました。長男が私の父です。しかし祖父母は心の底で棄てて来た子供たちのことを忘れることはできなかったようです。そんな祖父母は私の父を長男とは認める気にはなれず、彼らが残してきた子供たちの四番目の弟として「志郎」つまり四郎と名付けたようです。二人が棄てた子供たちには何人もの私の父や兄ぐらいの年のいった従兄がいました。祖父母たちは小さな宿場町の外れでささやかな雑貨やタバコなどを売っていました。魚釣りや仲人の仕事でいつも忙しい祖父でした。猫の額ほどの土地を借りてわずかな米、麦や野菜を祖母は育てていました。私は学校が退けると、いつもタバコ戸棚に積まれていた古い本を読みながら店番を手伝っていました。

東京やあちこちの従兄たちは、米麦の脱穀を手伝うために夏や秋によく祖父母のところを訪ねて来てくれました。近所から借りた脱穀機を、まるでエンジン付きの自動機械のように従兄の中の二人が脱穀機の左右に立ち、ガーコンガーコンと足踏みしている間に、もう一人が勢いよく動いている脱穀機に向かって稲束を差し込むのです。祖父母が作った米麦などは、半日もかからず、たちまち脱穀されてしまいました。これらの従兄たちはどの一人を見ても成績優秀な優等生ばかりでした。その頃群馬県に住んでいた私の両親たちは、劣等生である私を、これらの従兄たちの前では何とも恥ずかしかったと思います。それでも母は「お前は文豪になる」といつも言ってくれました。そんな母を今頃になって思う時、熱い涙が出て来るのです。従兄たちの一人は東京大学の法学部に通っており、他の従兄たちもそれぞれにけっこう有名な大学で学んでいました。私などは子供の頃から全く学校の勉強はやらない、しょせん独学の男でした。

従兄たちは半日ぐらいで脱穀の農作業が終わると城山の下を流れている川に向かうのですが、従兄は釣りの名人であり、祖父が作る釣り竿などは、それが欲しいと人々がやって来るほどでした。釣りも釣り竿作りも祖父に教わるのですが、従兄の一人は自転車の後ろに私を乗せ、従兄たちに「じいさんと一緒にいるので釣りは上手なのだろう？」と言われもしました。しかし私は釣りが好きになったことは一度もありません。

夜になると、祖父は仲人を数多くやっている割には一滴も酒は飲まなかったのですが、従兄たちは昼間の労を労うために祖母が用意した、酒や肴やおでんを前にして飲めや歌えの騒ぎが続くのがいつものことでした。今にして思えば、それを脇で見ていた私は彼らから何一つ本当のことは学ばなかったようです。タバコ戸棚の裏に山と積まれていた様々な本の中から間違った薬を飲んだ病人のように、人とは違った知識を身に付けてしまったのがその頃の私だったのかもしれません。『キング』という雑誌や『乳房』や『運命論者』『残山川』、そして『らぶ・おん・ぱれーど』などといった野口英世のラブロマンスなどを、またトルストイの『復活』や漱石の『坊っちゃん』、国木田独歩の『牛肉と馬鈴薯』などと一緒にゴチャマゼに読んでいたのが小学校低学年の頃でした。ほとんど漢字などは読めなかったその頃、分かったような分からないような馬鹿な子供の頭でした。

その頃のある月夜の晩でした。学校の休みで一ヶ月近く店のタバコを、確か「ひかり」を自由に吸いながら滞在していた従兄の中の一人は、東京から一通の電報を受けました。彼の好きだった十八才の娘が長い間結核で寝ていましたが、亡くなったという知らせの電報でした。大の男の従兄は月明かりの下で少年の私が見ていることを知りながら泣いていました。その時私は「東海の……」という短歌を彼の口から聞いて初めて啄木の存在を知りました。

北千住はどこまでも過去の北千住でした。「千住街道図」は、はっきりと「千住中組八十一番地」という番地の脇に医師の橋本玄益の名が載っていました。このあたりには、薬種屋、呉服醤油屋、酒荒物屋、鶏卵砂糖屋、穀物屋、煙草屋、小間物屋が軒を並べて存在し、その中に医師も入っていました。おそらく安藤昌益などは橋本玄益のところに顔を出していたことも大いに考えられます。江戸の町に一人、大阪に一人といった具合に昌益の弟子として自らを信じている人たちが、ごくごくわずか日本全土に広がっていたことを考えれば、安藤昌益の哲学は大きな精神の広がりの中で生きていたようです。

安藤昌益の話を展開していくのに、私の千住界隈との関わりと思い出を、ここに書き始めたのです。

大自然の法則の流れ

今朝も未だシトシトと降る雨かと思えば、風が吹く中に、かなり強い雨脚が窓ガラスに当たっています。おそらくこれは梅雨の雨ではなくて、夏の土用に降ってくる厳しい雨なのでしょう。貴方の今日の予定はこんな雨の中でもそれなりに大きな意味を持っていることでしょう。雨の合間に少しばかり二匹の犬を遊ばせた後、私はブルーベリーを二掴みほど袋に採りました。生活というものは誰にとっても次から次へと用意もしていないのに仕事を増やしてくれますが、全ての仕事は本人の遊びであり、前進しようとする勢いの現れですね。

私は初めて聴くのですが、「なら枯れ」、または「楢枯れ」という言葉があるそうです。これから夏になろうとしている今頃、里山の広葉樹のまるで冬の樹木の枯れていくような様子がそのように見えるのです。里山に住んでいる人々がほとんど山に入らなくなったことが原因してか、生き生きと枝や葉を伸ばす夏の林や森が枯れ始めるという、不思議な現象を見せているのです。山菜採りや鳥や獣たちを捕りに、単なる仕事としてだけではなく、遊びとして山や川の流れに近づくことが昔は多かったのです。今ではそういうことがほとんど見られず虫などの発生量も少なくなっています。大自然の働きの中で、あらゆる生命体は、様々な種の生み分けを考えながら雄雌の数も実に上手い具合に調整がとれています。人間も大自然の動きの中であらゆる意味で生命の調整を促されています。文明社会が大自然の動きとは全く別の方向に、便利な道具などと共に人間を向かわせていますが、その一方、里山や川の流れもまた、文明の流れ以上に人間を別の方向に誘おうとしているのです。

道路の質も大きく変わり、土や小石を敷きつめた優しい路や小道が段々と消えていきます。最近の道は車や列車のための物であって、その傍らを気休め程度に歩道が付いています。人道はほとんど有っても無くても良いように見られています。人の入らない山も山の小道も川と並んで走る路も草だらけのところとなっており、そんなところに足を踏み入れるような人もほとんどいないのが現実です。

江戸時代の東北地方に一人の医師がいました。単なる医師で終わらなかった彼は厳しい徳川幕府の体制の下で、それに従う心を持たずはっきりと自分を持って生きていました。彼の名は安藤昌益です。体制の中でしか生きることを知らないほとんどの当時の日本人は、隣に住んでいる彼のことも知らず、彼自身も自らを証明することもありませんでした。しかしその頃の体制国家の日本にも、一人、二人、三人と、昌益のことを解る人はいました。江戸の北千住にいた人物などは昌益の熱心な信者にもなったように、彼の話を忘れることなく、彼の書いたものを大切に隠していました。大学の研究者たちが手を出すまでは、これらが世に出ることはなく、明治の光の中でまるでキリシタンの信者がマリアの像をひた隠しに隠していた状態でした。北千住の男には、日本各地に同好の友がいました。昌益が著した正しい人生哲学の書物の中には『自然真営道《しぜんしんえいどう》』などというものもあります。つまりこの本のタイトルは「大自然の動きに合わせて正しく生きる方法」という意味なのですが、世の中の流れにだけ遅れまいとして人々はこういった彼の深い哲学を知ることなどほとんどなかったのです。ほとんどの日本人の心は、大多数に真似をして付いていくことにあくせくしていた、鎖国の日本の人間たちでした。人間の心の故郷を回復するために目覚めて昌益に寄ってきたのは、カナダの外交官、E・ノーマンやロシアの哲学者、ザドゥロスキーでした。彼らは江戸時代の悲しい日本の社会の制度とこの医師が述べている哲学的な生活態度の間に驚くほどの開きの有ることを知ったのです。

安藤昌益はあまりにも正論中の正論として大自然観を唱えたので、江戸時代はもちろん、明治の光を通しても、大多数の日本人は、彼を理解するまでにはいかなかったのです。むしろ、彼を憎んでいたのです。大学で教えていた狩野亨吉《かのうこうきち》博士や心ある外国の知識人たちは、その昌益の哲学に腰を抜かすほどに驚いていたのです。

東北の野辺に据えられているささやかな安藤昌益の墓石は、何度正面に向けて据えられても、誰かが悪戯するのか憎んでいるのか、その寺の住職が見回ってみると、あらぬ方向に向けられている、と今でも言われています。本当の生き方をする人間は、どうしても社会に憎まれるのかもしれません。

生命としての潮騒《しおさい》

雨の日でも雪の日でも人間は元気で生きられるから不思議です。しかし金が有ったり無かったり、友がいたりいなかったりする時は、消沈するのが人間です。五月の爽やかな風と太陽を浴びながら、同時に病み惚けた心を抱けるのも人間です。腐っている人間は言葉もぞんざいです。言葉を自分の生活の中で生かすこともできません。長い時代の中でシトシトと降る雨の雫《しずく》が硬い岩や石に穴を開けることがあるのですが、ダイヤの先端に付いたヤスリで頑張ってみても豆腐やコンニャクに穴が開けられないこともあります。

愛が強いから人間が動くのではありません。その人が確かに生きているから自然に愛が生まれるのです。その歌が美しいのではないのです。その人間の生き方が美しいので、その人が歌うリズムの全域で歌も美しくなるのです。秋の月が丸い訳ではありません。その人の生き方が円いから月がそう見えるのです。妬《ねた》みや憎しみを抱く時、生き方の中からそういった思いを排除させなければなりません。そこから全てのものが浄化されていくのです。お喋りは要りません。言葉を綺麗に浄化すれば、苦しみや痛みは膿と一緒に心の中から外に出てくるのです。

その時、喜びや光は奥から現れてきます。あらゆる幸いは、汚れや痛みを切開する時、出てくるものです。

現代人はあらゆる面で生き方が便利になり、一見楽しそうに見えますが、その実あらゆる時間の中で息を切らし、疲れ果て、今の文明の状態にそろそろついて行けなくなった自分を意識しているのです。現代人は古代人、また素朴で単純な人々の低い目線に立って誇ることなく、ゆったりと生きる方が良いことを少しずつ知り始めています。こういった古代人の目線よりも上であっても下であっても駄目なのです。そうでない時、人間はただの文明時間の波の上に漂う木の葉のようになってしまいます。大自然の存在そのものである、流れの中で生きられる生命でなければなりません。大自然はあらゆるものを私たちの周りに展開させていますが、その自然の形をいくら真似してみても、人間は利口になれる訳ではありません。人間は一人ひとり独特の個人である故に、大自然を眺めながらその存在を信じ、大自然そのものから何かを考える方法を学び取らなければならないのです。水の流れも、海の潮騒《しおさい》もこの水の動きはどこまでも激しく変動しています。その動きの周波数は流れや潮騒《しおさい》が大きければ大きいほど、揺らぎは細かく小さくなると言われています。これを細かく見ていくと、そこには美しい曲線が生まれていることに気づくのです。人間の生命が最も心地良く感じることができる曲線がこれです。川の流れも海の潮騒も人間の生命にとって最も安心できる曲線であり故郷であり、母の胎内の羊水の動きや温度そのものなのです。言葉にも水の流れのようなリズムを持った言葉があるのです。人が口を開き、書き始める時、そこには間違いなく流れや潮騒の大きさのリズムの波が生まれているのです。大きな活字や小さな活字を自由自在に使い分ける活字職人というものが一昔前まで存在したものです。生き方の行動や愛の形などをはっきり読む者に見せるために、利用しなければならない活字職人の腕は、今ではコンピューターの前に座っている人間の指先の動きでどうにでも決まってしまうのです。マスターやプロフェッショナルマン、またはアーテストというヨーロッパの言葉は、日本人にとっては匠であり、フランス語ではアルチザン、ラテン語ではアースなどという単語で言い表されているのです。

人間の行動は、常に流れそのものであり、言葉を利用した匠の生き方であるのです。

壊された橋

こんにちは。

今日は今のところは未だ雨は降らないようですが、開けてある窓からはカーテン越しに熱い風が吹き込んでいます。クーラーを付けるために今窓を閉めたところです。玄関先の庭になっているブラックベリーや、南の庭先の何とかという外国の名前の紫の数多い小さな実などを毎朝、また時には夕方、草をむしる度に口にしています。暑くても、寒くとも人間は味を楽しみ、暑さ寒さや喜びや悲しみを体験しながらこのように毎日生きているのですね。

かつてネアンデルタール人や貝塚人たちは、彼らなりの生活手段の中で生きていたのですが、現代人の私たちは古代人のロストジェネレーションの一人として今を生きています。果たしてこういう生き方の中で社会的に誰でもするようなことをしていては本当の自分の達成感などは持てるでしょうか。ネアンデルタール人は、知人の墓の前に花を捧げたということを、あるヨーロッパの学者は言っています。モースは、大森貝塚の人間たちがまともに着るものも草鞋もなかった頃、それなりに小さな自分の子供の世話をしていた素朴な人たちを考えていたに違いありません。時代がどのように変わろうと、その中に生きた人間は、自分自身だけが認めることのできる密かな達成感を持っていたようです。

現代人は様々な意味において依存症の患者です。より強いものに依存し、酒やタバコに依存し、金や権力に依存し、それから抜けられる方法を持ってないのです。ヒトが自らそれらから抜け出すためにしなければならない手段を持ってはいないのです。現代社会の中では牢獄の中への囚われ人であり、誰一人そこから抜け出せない以上、ただ起こり得ない夢を目の前十センチのところにぶら下げられた人参を見ながら走り続けている馬のような存在です。頭が良いかもしれません。夢は多いかもしれません。言葉もその数が多くたいていのことならば何とか話し、説明ができる知恵者であるのが人間です。そうでありながら人間は、豊かな言葉の中で平穏に生きられないのです。体中に、また心の中に、愛と怒りと憎しみと明日への到達できない夢のマグマを常に爆発させているのです。かつて原始時代、古代の人間は、素朴さと単純さの中で間違いない短い言葉で生きており、そこではヒトというエンジンはいささかも過熱することがなかったのです。一言言う時言葉は確かな意味を持っていて、自分や他人を喜ばせはしましたが、怒ったり、苦しんだり騙すことはほとんどなかったのです。

今日、地球上には数限りない言葉が氾濫しています。文字という文字は人間のさしも利口な頭を混乱させます。数多くの言語学者がそれぞれの方向に向かって研究していても、この数多い大民族、少民族の言語が一つの統制された言語学の中で整えられることも当分はないようです。言葉同士のぶつかり合いや混同する中で、言語学者や言語に堪能な通訳や、言葉を使っていろいろと新しい物語などを創り出す作家たちも、目の前に道のなくなっていることを理解し始めているのです。昔、バベルの塔が人間たちの言葉を乱したという物語を遺していますが、現代もまた別の形で人間を新規のバベルの塔の中に導いているのです。

かつてフランスの宗教人であり、科学者であったパスカルは、次のような良い言葉を口にしています。

「心には理性では到底理解できないような理屈が存在する」

正しくそうだと思います。これだけ数多い言語の中で生きている私たちは、これらの言語によって努力はしているものの、どうしても分からない理屈というものが次々と出て来るのです。言葉で説明できないものがある以上人間は、一つの終着点に達しているのです。大きな川が流れ、立派な橋が架かっているのですが、その先は流れの強いところで、ぽっきりと折れているのです。そこから先へは誰も行けないのです。現代人にとっての言語はこのような橋と同じです。日本人なら漢文で、また世界中の現代人は古典ラテン語やギリシャ語を駆使しながら、古代の、また近代の知恵者の言葉の跡を辿ることはできるのですが、残念ながらこういった言語が、パスカルの言ったように砕けているとするならば、私たちの明日はどのように見つけたら良いのでしょうか。ドイツの哲学者フロムは「人間にとって大切な仕事は自分を自分で創造することである」と言っています。言葉が不完全なら、壊れているなら、自分自身の心で自分を創造していきましょう。

真似という本物

その後お元気ですか。日本中どしゃぶりの雨で混乱しています。先生の定期検査の結果はよかったことと信じています。

人間の言葉は、利休たちの二畳や一畳半の狭い空間の哲学とどこか似ており、言葉という深海の暗闇の中で確認する哲学的な、また宗教的な言葉もそれと似通っています。日本的な文化の小ささを「縮み文化」と表現した朝鮮半島の学者がいますが、確かにその通りです。千年も生きている松の木を、小さな鉢の中で見事なまでの大きさを表現できる盆栽の技術は、単なる技術ではないでしょう。言葉を巨大に膨らませていく人間の力もまた、驚くほど偉大であり、深遠であることを日本人はよく知っています。

「真似る」という技術は、どこか悲しさを持っており、人々に笑いもされますが、もっと深い意味において考える時、また一人の人間のコア（中芯 core）の中に生まれる匠の技術として見る時、驚くような大きな力を発揮します。今、使っている数多くの言葉もまた、古い時代の人々の「真似」から始まっていることを私たちは知っています。堅いセメントに微分積分の公式を刻み込むよりは、水の流れに空の絵を描く方が本物なのです。大自然を真似るということは、生命に真似て人間を描くことであり、どれほど偉大であり、意味の有ることかもしれません。

人間の生き方の中の創造的な態度の方向は、単なる文明社会の枠の中ではどうにも収まりきらないもののようです。つまり、確かな心の、または生命の芯を備えている人物は、社会の一般的な言葉には動かされず、クリエイティブ・ディレクターの歯車やゼンマイを持っているのです。心の中に比べようのないそのヒトだけのデザイン性が確かであるなら、その人の周りには必ず何らかの意味での革命が起こるはずです。

私たちはますます自分自身でありましょう。たとえそれがこの世の中で不利であったとしても……。

暑さにはくれぐれもお身体を大事にして下さい。お互い元気で梁山泊ではお話いたしましょう。楽しみにしております。

文化をゲル状液で溶かそう

おはようございます。貴方がSさんに書かれた中身の濃いメールなど、彼女からのメールなどと共に、今朝じっくりと読ませてもらいました。貴方自身すでにこの世の中の在り方をはっきりと認め、それを的確な貴方の言葉で書いていることを私は読み取りました。昨日のメールにあったように、脳の検査の方も上手くいったようで良かったですね。私などは一度口にした言葉を直に忘れてしまうことが多くなっています。長いせいもあるのですが、鵜沼の自分の住所さえ、未だに完全に覚えて人に教えられないでいます。もっとも若い頃から、否、子供の頃から自分の心に強烈に響いてくる言葉なら、同じ年頃の子供たちにいくらでも話してあげることはできたのですが、この世の様々な事柄になると、読んだ本の頁や言ってくれたその人にもう一度聞き直さないと、否、三回でも四回でも五回でも六回でも聞き直さないと、私の口からは出てこなかったのです。ソクラテスや良寛の言葉なら一発で言えたし書けたのです。とにかく私たちは大自然の流れの力の中から出てくる言葉に強ければ良いと思います。

文化、またはカルチャーと言った方が分かりが早いとても大切な言葉が文明社会の中に存在します。Cultureとは「耕す」ことを意味し、また「農業に従事する」ことを意味しています。他の動物とは違い、人間だけはどこに住もうと、どんな天候の下で生きようとも、ことの初めからカルチャーを中心に生き出したのです。

カルチャー、すなわち農耕の基本には「焼き畑農業」という最も原始的な畑を作ることから始まり、その技術が少しずつ広がりを見せると、種を筋状に綺麗に蒔いていく畠が生まれてくるのです。畑を耕すことは最初の頃からはっきりと人間を、または人間性を作ることを意味しており、古代人もそのことをよく知っていました。彼らは畑を耕すことは基本的に初めに林の雑木や雑草に火をつけて焼くことから始まることを知っていました。焼かれた林や野原は灰で覆われます。火を放たれた土地は畑に変わり、そこに林や野で取って来ておいた、木の実や草の種を丹念に自然とは違った筋状に蒔いていく時、その畑は畠に変わるのです。自然の森や林は全く異なった様相を示し、畠に変わった時、おそらく古代の人々はごくごくわずかな意味なのでしょうが、自分たちが野の獣や鳥たちとは違っている人間になったことを意識したに違いありません。火をつけて焼かれて畑は大地の中の畠として人間の誇りをそこに見せることになったのです。畠と曲がりくねった小川の近くに小さな小屋が作られた時、人々は自分の家族を意識し、生きている自分という人間の文明人であることをはっきりと知ったのです。

文明人間は畠に変わったこの頃の暗闇の中で、文明意識を誇るのを止めていれば良かったのです。長い歳月の中で人間はジェット機を造り、新幹線を造り、核爆弾を作るまでにその細やかな畠からの文明を進化させていったのですが、そこにどうしようもない悪や不幸をいっぱい積み重ねた今日の文明が栄え始めたのです。いくら除去しようとしても取り去れない汚れが、この現代文明に有ることを私たちは知っています。人間の外側も内側も汚れに汚れています。穢れに穢れており、傷だらけであり、痛み放題です。

畑が畠になり単純な動物の生き方に近い文明から神の手になるようなコンピューター時代の文明に変わった時、畑と畠は、人間同士の駆け引きの上で、その後に現れるであろう金銭とほとんど同じ意味を持ち、一つの財産として左の人間から右の人間に移され、またその逆に戻ってくることもあるのです。その時もはや畑と畠は、畑と畠の意味を持っておらず、田としての意味をはっきりと自分のものにしたのです。どう考えて見てもたんぼは畑と畠の意味を持つことなく、所有者の財産としてだけ考えられるようになったのです。田として出現したかつての畑は、丁寧にその広さを測られ、いささかも聞き違いないことを帳簿に記され、その方面の役所に届けられていくようになったのです。

今日人は、勝手に畠やたんぼに自由に家を建てたりすることはできません。人もそうですが、人の考え方もあらゆる行動も文明の枠とも言うべき檻の中に閉じ込められています。カルチャーは人を解放するための知恵として生まれたものであったはずなのに、今頃になって私たちはカルチャーが人を束縛し、縛りつけ、水を飲むのにも、空気を吸うのにも許可を得なければならない時代の到来を予言しているようです。たとえ、そのように恐ろしい束縛でもって必ずしも文明が迫ってはこないかもしれませんが、人の方がまるで良いことをしているような意識を持って水を飲むにも空気を吸うのにも、またこの季節にはどんなものを着たら良いかなどと、お上に聞かなければならないくらい素直になるのかもしれません。否、すでに人はそのようになりかけています。自ら造った文明社会でありながら、その社会に捕らわれて自由を失っている事実を私たちは知らなければなりません。新聞も雑誌も、ラジオもテレビも、誰の手にも握られているコンピューターも携帯電話も全て人をそれらの言葉や映像などによって取り押さえ、一切の自由を断ち切っています。

人間を今のロボットから、動物に近い古代人に戻すのに、私たちは「カルチャー」の撤廃からスタートできるようです。カルチャーの撤廃ができるのもまた、自由な生きた言葉によって立ち上がるカルチャー豊かな、つまりドイツ語で言うところのゲル状溶液な、寒天質でゼラチンのようなコロイドの中の生命力としての言葉に頼らなければならないことも事実です。

泥の中から生まれる花

今朝は息子が犬たちと五時頃に散歩に出かけましたが、私も早速それに合わせて庭の草むしりに出ました。かつての国連事務総長であったフィンランドのシャマフィールド氏は「きちんと庭を管理している人は間違いなく庭のどの一角にも雑草が残っているようなことはしないものだ」と言っています。私たちの頭の中も、心の中もおそらくこれと同じなのではないでしょうか。

　蓮の花は、英語では「ロータス・フラワー」と言いますが、あらゆる種類の泥水や汚れの中に、一切構うことなく清冽に咲くのが蓮の花です。綺麗に刈り込んである庭に咲くどんなに美しい赤いバラの花であっても、これに敵うことはありません。アメリカのジャズの名曲の一つに『ロータス・フラワー』というのがあります。

　どんなに汚れていても泥だらけになっても、なればなるほど一層凛《りん》として咲くのが蓮の花です。この花と比べるなら、シクラメンやバラなどはその美しさの比ではありません。人間の心も同じようです。さほど文化的な生活もできずに貧しいものを食べ、貧しい小屋に住んでいたとしても、その生き方が人間として何一つ恥じることのないものであるなら、そこには蓮の花の泥の中から咲き出す美しさがあるのです。

　南西諸島の彼方に台湾があります。マカオのポルトガル人たちはこの台湾を「ファモサ（美しいところ）」とも呼んでいました。この台湾の山の奥に住む高砂族の子供たちは、自由自在に漢字を読むそうです。しかも今の共産主義の中国で使われている新規の漢字や、日本人が使っている当用漢字とは違って、老子や孔子や荘子たちが使っていた旧漢字をすらすら読むそうです。どちらかと言えばこの前の戦争前あたりの貧しい泥だらけの高砂族の子供たちは、まるで凛《りん》として咲いている泥の中の蓮の花のように純粋だったのかもしれません。

　人間は生まれながらに誰にも「真似る力や喜び」を持っているようです。愛も平和も笑いも喜びも真似る力によって、人から人へと伝染していくようです。人間の存在とはある意味で純粋な真似る力の業から生まれたもののようです。確かに真似る力がある方向に大きく働き、それが物の発明や発見に繋がっていることを私たちは知っています。文明の社会が構成されたのも、人間が利口に見えてきたのも確かにこの真似る力の結果と言えない訳はないのです。そういった見方からすれば、「真似」とはあらゆる方向から見て悲しく恥ずかしい力として理解されます。大自然の大らかさの流れの中で生命を突然生み出した力とは、遠く離れている自分のない力などと考える時、可能な限り「真似」から私たちは恥ずかしい気持ちで遠ざかるはずです。大自然の「知」が働き出す時、空気や水が常に流れていて止まることが無いように動いていることを理解し、この「知」と対照的な「真似」を考えてしまうのです。

　言葉は、残念ながらこの「真似」から生まれてきたのです。過去の言葉は「真似」なしに現代人の言葉にはなり得なかったのです。「真似」は別名「マジカルな行為」であり、この「マジカルな行為」はそのまま一つのダイナミズムなのです。言葉は単なる言葉として存在し、静止しているだけならば、単なる「スチール状態」でしかありません。しかし言葉は「マジカル」に常に動いています。一つのモーターまたは巻き戻されている永遠の歯車としての力学を持っています。あらゆる生命でさえどこかで最後には停止する動きなのですが、永遠とはこの停止がないだけに、それを「マジカルな存在」と言わなければならないのです。大自然の動きや流れはそのまま「マジカルな」ものと言うべきです。

文明とは彷徨の時間そのものです。そこで私たちはあらゆるチャンスにぶつかります。そのことに関し、ヘンリー・カイザーは次のような言葉を言っています。「人生のどんな問題であっても、それは作業服のままで現れるチャンスに過ぎない」と。チャンスは常に万民に迫って来ています。しかしそれが礼服を着ないで普段着で現れるので、私たちの、彼に対する態度は疎《おろそ》かになるのです。常に迫って来る、見かけではないチャンスに心を込めてぶつかっていきましょう。

追伸「マジカル」とは、手品や魔法の形容詞です。十分注意して文明社会の中の「騙し」とは区別して下さい。

生命活動としての言葉

生命活動とは単に社会行動を指しているのではありません。どこまでも深い生命の流れそのものである言葉を創造し、吐き出す行動の中に有るのです。今の時代は、否、いつの世でも、人類の生き方の広がりはとても言葉の少ない「化野《あだしの》」でしかないのです。マジョアリティーの現代人は確かに言葉多く話し、聞き、語りその形を変えていますが、本当の意味においては彼らの言葉は何一つ他のものに変化させることができないでいるのです。小利口な現代人にとって、言葉は宇宙船や新幹線並みに単なる呪物に過ぎません。どんなに人間が文明の夢を見て、今ある言葉を通しながら何かを呪ってみたところで、そこからはたいしたものは生まれてこないのです。これからの生き方の中に見えて来るものは、単なる人工の、すなわちサイバネックス的な憑霊《ひょうれい》でしかないのです。我々の存在そのものが造られた大自然の物理作用の中で、人間の周りに広がる化野の一切を吹き飛ばさなければならないようです。文明社会という呪物によって至るところが埋め尽くされているこの化野は、そのままでは未来の人類が何をするにしても必ず失敗することが目に見えてはっきりしています。

人は自らの背の高さや骨の太さや足の大きさ手の広がりの形を、また、十本の指のそれぞれの意味合いや脳味噌や心の配線をよく知っています。これらのどの部分が不調であってもまともには生きられないのです。学校で優等生になることが問題ではないのです。むしろ、健康で周りの人たちの言葉も聞かずに走り回っているような子供でなければならず、そういう子供の生命を初め、体調は驚くほど強いはずです。たとえちょっとした病に侵されても必ずそれに押し倒されることはなく、不思議に力強く立ち上がれるのです。言葉を噛み砕き、読み砕き、書き通すことによって本当に健康な人間は、己自身の生命を少しぐらい痛めることはあったにしても、結局最後は与えられた時間の中で立派に生き通せるのです。

地上に雨が降り、どんどんと地層に溜まっていく水は、地下水と呼ばれ、地上のどんな種類の水よりも、純粋であり、あらゆる汚れが取り除かれており、温度さえ十度前後のどんな目的に用いられたとしても、理想的な状態に置かれていると言われています。一旦地上の塵を吸い、汚れに汚れた雨水や雪などは、一度地下に染み込む時、徐々にあらゆる汚物が少しずつ取り除かれていくのです。そして地下の深いところに達する長い時間は何百年であり、何千年の長さであり、それはもう一つの酸素の作用に似た働きを見せており、それに触れて少しずつ地上に上がってくる、いわゆる地下水となった水は、かつての雨や雪の時代の頃の一切の思い出を失い、全く別の物質として出現するのです。このようにして富士山の地下に潜った長い時代の地下水は、三島あたりの池の底から最も適した温度でコンコンと湧き上がってくるそうです。

単なる水道水とは違って、こういった湧き水は大きな意味を持っており、そう簡単に使える水ではないのです。水道水などとは違い、どんなことにも使いそうな現代人も、一旦汚れた水は、そう簡単には元には戻らないということを、何千年かの浄化作用によって新たに生まれたこういった天然の水によって、ごく最近分かり始めて来たようです。希少鉱物などについてはそれなりにとても大切に扱わなければならないと知っており、宝石などの希少価値もかなり昔から分かっているのですが、単なる水道水と違い、いわゆる銘水と呼ばれている地下水の希少価値は、人類の生き方の中心で深く考えなければならない資源問題の上位に置くべきであるということを納得しなければならないようです。地下水の意味と同じものを持つもう一つのものに、言葉があります。長い時代の中で培われてきた言葉の重みの有るものと、そうではない言葉の間の違いをはっきりと理解するのも、現代人の大きな役目なのです。

離人症

言葉は誰にとっても生き生きと生きてきて、生活のいろいろな手段のように疲れたり病んだり失望することはないようです。

大陸の岩石の中からとても不思議な文字が出てきたそうです。その文字らしきものは「女」という文字に似ている中国の古代文字かもしれないとも言われています。人間は常に大自然をそっくりそのままに思想に置き換えています。言葉は本来特定の意味を持った物ではなかったのです。それぞれの時代の個々の人間によってどうにでも意味の変わっていく、いわゆる暗号でしかなかったのです。

若い頃私のところにギリシャやキプロスから花や木や野菜の種が送られてきたことがあります。一年目は何とか生きるそういった植物も、二年目には枯れたり、発芽しなかったり、雑草に変わってしまいました。言葉も植物の種と本質的には似ているのではないでしょうか。人間は常に自分の考えを広げていく精神的な活力を備えています。そのように広がっていく活力は、そのまま大小様々な思想として伝わるのです。言葉がそのまま思想であるというのは当然であり、別の人間によって別の思想に変わることも何ら不思議ではありません。

どんなスポーツでも技でもその中には使ってはいけないという「禁じ手」というものがあります。その手を使うと、相手を怪我させたり時として死なせてしまう場合もあるのです。そういった危険な「禁じ手」は誰でも当然のことながら使いません。同じことは言葉においても言えます。言葉が人を傷つけたり殺すということは事実です。しかし、その恐ろしい「禁じ手」の言葉は同時にそれを使う本人にも計り知れない危険を与えるのです。技でも言葉でも、最初に自分を危険な目に遭わせないためにも十分注意をし、間違っても「禁じ手」に手を出さないようにしなければならないのです。

一見、老子も荘子もそしてソクラテスもまるでお構いなしに「禁じ手」の言葉を自分の中から出しているように見えますが、そう思う現代人の私たちは、根本的に言葉を正しく理解していないところに問題があるのです。言葉のように使い方一つでこんなに便利で生命を生き返らせたりすることができるものは、外には考えられません。しかし同時に言葉はある意味でとても危険な魂の毒薬でもあるのです。老子たち古代の時間の中で生きたごく稀な人物たちは、ただそのことにおいてどんな天才よりも、またヒーローたちよりも遥かにレベルの高い生き方をした人々であることを私たちは理解しなければなりません。文明社会の中で発明発見をする人間を、偉大だとか天才だと言って誉めそやしますが、そういったヒーローやヒロインを持ち上げる大多数の現代人の態度には、何か割り切れないものがあるのです。

現代人は本当にこの時代の中で自分らしく自分を信じ、大自然に実に巧く繋がっているこの生き方を納得するために、とても悲しいことに見えるのですが「離人症」の病人でなければならない一面があるのです。誰とでも仲良くし、互いに理解し合い、感激し合い、助け合い、持っているものを分け与える人間関係はとても良いことなのですが、大自然と一対一で向き合う時その人間は、簡単に大多数の人間の集まりである社会の中で、そのままに楽しく生きてはいられないのです。数多くの宗教人や芸術家たちは山に篭もり、岩山の高いところで生活をし、雨風に曝されながら、大自然と直接繋がる生き方を余儀なくされたのです。ユダヤ人の中の変わり者モーゼはシナイ山の頂きに登り、そこで大自然の声を聴き、生命の流れを実感して来ました。『旧約聖書』はモーゼが体験したこの時の態度を「神から石版に彫られた約束の言葉をもらった」という説話として遺しています。結局モーゼも多くの仙人たちも、若死にしてしまった音楽家のフォスターも、哲学者のソーローもはっきりと言えることは彼らが間違いなく、「離人症」の幸せな人間であったという事実です。

一瞬の時間の中の圧倒的な存在感

文明人間はどの一人をとってみても芸術家という芸術家も、その匂いの終わりの方を嗅いでいる人たちも、宗教人も、わずかでも哲学的な思いを持っている人でも、彼らは全てロータリーに佇《たたず》み街角に座っており、公園や広場でそれなりの自分を主張している芸術家でしかないのです。芸術家というよりはそれぞれが一人の芸人なのです。大学で高等数学を教えながら同時に街角で大道芸を見せる学者もいるようですが、本当に自分を生きている現代人は、この学者のようにならなければ本当の生きた人間にはなれないようです。自分自身の人としての権利を何の恥ずかしさも恐ろしさもなく主張できる人間でありたいものです。あまりにも個人の自分を考える前に、集団としての自分、自分が帰属している国家の中の一人でなければならないとばかり思いつつ、個である自分を見い出したり表現したり歌ったりすることを忘れているのが現代人です。どんな偉大な芸術家でも宗教家でも、本人の個の中で発揮する考えは常に自分自身を大自然の流れと一致させ、激しく励ましている姿勢にしか見えないのです。

二人のインド人たちは、最初の一人は零の存在を発見し、それからずっと後にもう一人の男は我々の周りの空間以外にほとんどの人間には信じきれないブラックホールを発見しました。私たち人間の過去から今日に至るまで使っている言葉は、これとは全く違うもう一つの裏の言葉、これまでの言葉が凹の言葉であるならば、これとは全く反対の凸の言葉を発見しなければならないのです。言葉という世界にもそれなりのブラックホールが有るということをはっきりと認めなければならない時がこれから先にやって来ることは確かです。これまでの言葉に自信を持ち、その中に美しい詩の形を見い出し、あらゆる意味での文学の力なるものを力説し信じている我々ですが、しかもそのような現代の言葉の反対側に無根拠な魂そのものが直接繋がっているものがあるということを信じることは、未だほとんど誰にもできないでいるのです。

四季が来る年も来る年も同じようにやって来る中で、それぞれの四つの季節をどのようにしてより新しい生き方の中で迎えようかと現代人はむしろ喜ぶというよりは、苦しんでいます。与えられた一人ひとりの人間の人生の中で、どのようにしたらより良く、さらに勢いがあり、生き方の力に満ちたイベントとして受け止めていけるか、それを考えるだけでも現代人は頭を悩ませています。現代人の生活の中にはすでに過去に存在した物語が種切れになっています。自分自身というこの存在と向かい合っている大自然と繋がっている心は、日々、あらゆる時間の中で相剋の関係にあります。物語のない人生とは、人間にとっては無感動の出会いと言わなければなりません。文明感覚も心臓の鼓動も魂のリズムの流れも全て、「逃れの町」を探しつつ彷徨する人間の寂しい旅路なのです。数年に一度東北の農民を襲うヤマセの凍てついた季節、大雪で春まで人々を安心させることのなかった十九世紀頃のフィンランドの冬の季節の中で、ほとんどの住民たちは飢えで死に、冬の路頭に迷う物貰いになって巷を歩かなければならなかったのです。現代人は自分がこのような物貰いであることをなかなか意識することはできないのです。ごくわずかな人たちだけがこれをうっすらと意識することができるのです。ほとんど現代人は自分たちが使う日常語の中にこういった人の悲劇を意識できるほど、はっきりと生活を見ることができなくなっています。しかし今使っている私たちの言葉によっても十分に物事の流転や人の消え失せていく姿や、その後に残る文明の影とでも言うべき夏草の残る姿をはっきりと見ています。人間のさもない集まりでしかない文明が遺すものは偉大さと言われていますが、動物にも儚さの有ることを私たちは知らなければならないようです。哲学人も様々な方面の職人たちの営みも、それは一瞬の生命の中の影絵でしかありません。

暗黙知

おはようございます。夕べは一晩中仕事で立っていたようですね。話すにも書くにも人々を誘導するにも、立ったりしゃがんだりするにも常に行動が伴います。それをどのように考えるかが、私たち人間のそれぞれの生き方の中で反映されるのです。どんな姿勢でいようとも、その前の姿勢から変わる時、私たちは身体や心の困難さを覚えます。生きているというこの時間は、全ての人間にとって常に苦痛なのです。しかしそれがはっきりと与えられている自分らしさの態度であり、生き方だと納得できる人間だけが、全人生時間を幸せに生きていけるようです。本当に夕べはご苦労様でした!!

　言葉と呼ばれているものは、またいろいろな生き方の姿勢と呼ばれているものは、描かれた絵の中でも最も短い形をしているものです。それでいて最も力強く人間を動かすエネルギーの塊の行動なのです。現代人は大切なものを失った広い原始の森に身を置いています。今は亡くなってしまいましたがとても身体が弱かった生物学者カーソンが使った言葉の中に、このような半ば枯れ始めている森の姿が窺《うかが》える文章があります。文明社会の中で生きている私たちには、このような人の言葉はそう簡単には理解できません。日本史の中に姿を見せている数多い名僧たち、最澄、行基、蓮如《れんにょ》などは正しくこういった言葉で文明社会を語った人々です。ごくわずかなこういった人々が口にした言葉を小利口なあらゆる時代の人間は、生活の中でとうに忘れているのです。現代の生活者は、そのような澄みきった大空のような言葉を聞いたり、実行に移すことにはとても我慢ができないのです。頭の中は光り輝く金銭のことでいっぱいであり、言葉の流れはそれにとても付いてはいけず、知の深海にはとても住めない存在となっているからです。人類の歴史は原始の初めから現代に至るまで、反映の時間の流れと、同時にその裏では没落の伝説の物語としてこんこんと受け継がれているのです。

　歴史の姿がそのような状態である前で、人間は誰でも呟かざるを得ないのです。あらゆる情報の発信されている中で人間の頭も心もtwitter（ツイッター）を意味もなく口にしなければならないのです。この言葉は「しまった」といった意味に受け止められるかもしれません。世の中はあまりにも複雑で、情報という情報はその人の前進する生き方の中で渦を巻き、とぐろを巻いて、どうしようもなくなっています。そんな生き方で文明人間は何度も同じことを繰り返しながら、一向に何事においてもレベルアップされることはないのです。どんな力の有る人が解り易いことを語り、難しい物事を巧く解説しようとしていても、人々には一向に分からないのです。そんな時に生命を与えることのできる大自然の流れは、ある一つの方向に人間の視点をはっきりと向けさせるのです。どんな良いアイデアでも、誰もが納得できるような常識に従わせようとはせず、広い大自然をそのまま見るようにさせることができるのです。たった一つのことに向けさせるのは、間違いなく詐欺師の行う遣り方です。人間は百、千の目によって、百万千万の考えを一度に一つの方向に見ることが必要なのです。一度に何人かの人々から言われてくる言葉を、同時に理解したという聖徳太子の態度は、現代人が言葉通りの霊長類の天辺《てっぺん》に立たなければならないことを意味しています。

言葉を語るということは厳粛なもう一つの創造の時間を意味しています。人に言われ書かれた言葉の前で、あらゆる存在は人の中で生き生きとした新しい精神領域を厳粛に見い出すのです。大豆は畑の肉だと言われ、トウモロコシは畑の石油だと言われています。山の中で砂漠の中のものが生命を吹き出し、海のものが陸で生きられるようにもなるのです。

原生人間も、裸族も、南太平洋の原住民、東南アジアの人たちも、ある意味においては他の動植物とよく似ています。生命現象としては全く変わるところはないのです。生命現象のそれぞれの固有の生き物たちは、どこから見ても違いが少ないと言った方が正しいでしょう。人間には言葉がありますが、他の動植物たちにもそれなりの言葉があるのです。バラの花も馬たちにもはっきりと直感が働き、そこからは「暗黙知」とでも言うべき知力が四方八方に放射して人間の心には聞き違いなくそれが伝わって来ます。

人間も他の動植物並みに、最も純粋でいささかの文明の汚れも入ってこない人間の暗黙知で過ごしたいものです。

人間が穏やかになれる時

おはようございます。今貴方とA先生やSさんなどとの間で交わされたメールを、とても嬉しく読ませてもらいました。このように人間同士が付き合っていける世の中でしか、私たちは犬や猫や昆虫たちのようには幸せにはなれないようです。あまりにも多くの知恵が与えられ、その小知恵故に様々に体験しなければならない悩み事や苦しみや痛みを、他の動物には持ち合わせていない言葉によって解決できるならこれに優る喜びはありません。

今朝は玄関を開けた時に実に爽やかな、まるで秋に入ったような空気の爽やかさを感じました。昨日までは家の中の空気よりもドロッと濁っていて、呼吸するのも困難なような外の状態でしたが、今朝は窓を開け、カーテンを開けた時、外の空気は大自然の流れそのままに、実に清浄なものでした。しかし朝食の後、孫たちのために出しておいた布団をベランダの手すりに干そうとした時、あたりの空気や暑い夏の太陽熱の中で、今日一日のこれからの暑苦しく息切れのする時間を予測しなければならないようでした。貴方も毎日忙しいことでしょう。しかし一つ一つ異なった方面で忙しいということは、多少仕事の中味が辛くとも、苦しくとも、それなりに不思議な調節がとれて私たち人間の生き方のバランスを支えているようです。そのことを知る時人間は暑さでも寒さでも、どんな厳しさでもそれに堪えられて次から次へと流れてくる時間の中で楽に過ごせるのです。大自然は生命体を存在させた時、同時にそのような生き方ができることをちゃんと用意していたはずです。暑い夏もおそらく普通の年よりはかなり短いようですが、その分、これからやってくるであろう千秋の時間は今までに無いくらい良い物かもしれません。大いにそれを信じ、秋の仕事、学び、助けられる時間、また誰かを助ける時間がより多く生まれることを信じたいものです。

人間には古代から神や仏がついて回っていました。もっとも古代の前の超古代の時代の中で洞窟壁画などを書く前の原人たちには、神や仏はいませんでした。神や仏を頭の中で描きだした人間は、その行動の次、絵を描き音のリズムの中から魂や生活の中のリズムを生み出し、同時に言葉を生むことによって生活感情の一切を実に逞しく表現できる生き物になったのです。人間の長い歴史の時間はそのまま生命体の表現された図表であり、時間の中の全ての感覚の説明となっているのです。

　神や仏に近づくのは当然人間をより優しくし、何事をするにもその初めにおいて行動の全てを予《あらかじ》め見通すことが可能なのです。しかしこういった神や仏を徒《いたずら》に自分の抱こうとしていた権力のため、金銭のためなどに応用して利用し始める時、これはとても不細工なものとなり、本当の人間らしく幸せに生きようとする者には、持ってはならないものとなるのです。これまでに長い人間の歴史の中で、大小様々に、しかも不幸そのものの原因として起こった戦争の始まりを、よくよく調べてみる時、そこには間違いなく宗教の争いが起こっていたことを歴史学者たちははっきりと認めているのです。これまでに人間の歴史の中で起こった戦争は、その大小に関わらず、起こる理由に関係なく、全てその初めは宗教戦争であったことを今の私たちははっきりと知らなければならないのです。核戦争や他の化学兵器を使う恐ろしい戦争にまで進化してしまった現代文明社会の状態を、どのように元に戻そうかと人間は考え悩むのですが、いくら考え悩んでみても、それを止めたり、抑止する方法は見つからないのです。このことに頭を悩ますことをしないで、平和な気持ちで現代文明社会を見ようとする人間たちは、涙を流すこともなく、怒ることもなく、悲しむこともなく、不安がることもなく、堂々とした態度で、「人間という高等動物が存在する限り、どんなに努力しても戦争はなくならない」と言っています。

　これはあまりにも悲しい、それでいて無責任な考えではないでしょうか。人間が造った神や仏であるにしても、それを利用して何とか人間の集団を動かしたり、ある方向に導こうとする人間がいるのはとても困るのですが、その一面において猿や犬やワニたちよりは、遥かに獰猛な人間が、蝿や蚊さえ殺さない人のように穏やかに生きられるものなら神や仏は人間の作り話に過ぎないと言ってよいでしょう。人間が穏やかに、少し素朴で愚かなくらいの生き方ができるというなら、存在する大きな意味を持っているということができるようです。

　今日はこの辺で筆を止めましょう。暑い一日です。妻が昨日買って来てくれたトウモロコシを今から味わおうと思います。

文明は変奏曲

　夕べは青森の珍しい煎餅《せんべい》汁の材料がたくさん届きました。本当にありがとう！　この暑い夏を避けて秋の夜長を楽しむためにも、妻にこのような東北の味のする煎餅《せんべい》汁を作ってもらうことにします。また一つ楽しみが私たちに増えました!!

　文明社会は一つの人間の世界の変奏曲です。少しばかりの気の利いた文明人間が作ったロ短調の響きなのです。本来の人間のメロディは健康な生き方を保証していたのですが、そういう健康な生命の形は、文明社会の今頃になって倒壊してしまっているのです。人間社会の全ては口短調という悲しいメロディに変奏してしまっているのです。

人間にはもう一度、純粋宗教哲学者、または自然の理学、希望の詩学、あらゆる言葉による純粋音楽が、生き方や精神の中心に置かれていなければ物事は始まらないのです。人間は文明のあらゆる産業の中で豊かに生きられるように考えられていますが、それは大きく変奏された悲しい、また死の匂いのプンプンする変奏曲に過ぎないのです。たくさんの知識を持ち、山ほどの財産を持ち、ダイヤやその他の宝石で飾れるだけ飾っているセレブの女たちは、自分の文明社会の中で誇っていますが、よくよく考えれば彼ら彼女らこそ、実は倒壊している文明社会の変奏曲を聴きながら歌いながら喜んでいる悲しい人々なのです。麻薬に、また酒、タバコに酔いしれていながら、そこに喜びを感じている人々だけが病気なのではありません。文明人間は誰しも多種多様な麻薬の口短調に操られ、そして死の匂いのする美しさに踊らされているに違いないのです。人間の言葉さえ、どこまでも広がり突き進んできているのですが、それを良いことだとばかり言ってはいられないのです。やはりそこには短調の悲しいリズムが浮かび上がっているので、時にはどんな人間でも瞬間的に生きていることの不安を感じるはずです。昔の古代人や野蛮人裸族たちの言葉は別として、文明社会の人間の言葉は、頸椎症《けいついしょう》の一種であり、我々が話す短調のメロディで支えられている文明の言葉は、金銭の動かし方や、権力を操り、ピカピカとしている勲章を胸に着けるためには有能な力を持っていますが、人間の生命を生き生きと力一杯働かせるには、ほとんど力がないのです。人間の言葉の首筋の痛み、頭の痛さ、手や足の痺れなど全ては現代の言葉の抱いている病なのです。現代人の言葉はその中心である頸椎《けいつい》が曲がっているのです。人間は何かになろうと夢を見ても仕方がないのです。今自分が親から生まれてきて、このように「存在する」ことに大いに感謝をし、そのこと故に力一杯生き通さなければならないのです。どんな仕事をするにも、その前に全ての人間は自分自身に与えられている基幹産業をはっきりと認め、それに正しい姿勢で向かっているかどうか確認しなければなりません。基幹となっている行動のリズムや確かな長短のリズムでもって生きることが必要なのです。文明社会の人間は全て自分の目の前に有る確かな存在を忘れています。とんでもないことです。国家とか民族とか、個人とは、どこから見ても大自然の流れからは外れており、生命と繋がりながら、本来の人間に必要なのは、食糧であり言葉であり、愛なのです。この三つのどれが欠けていても文明人間が誇り、威張りながら信じている基幹の流れは崩れ、人類という名の生命体を亡ぼしていくのです。人間は本来の「生命体はただ存在する」ということに、確信が持てる時だけ、その人間の言葉には生命力、すなわち生きた言葉が働き出すのです。それを一切の文明の虚偽を遠ざけた純粋な生命の姿だと私たちは信じなければなりません。こういった一切の単調を棄てた生き方は「希望学」と言って差し支えないでしょう。また「超宗教」、「カルト」と呼んでも差し支えないでしょう。これはあらゆる意味における総合的な社会学のどれにも属さないことは確かです。

今日も一日私たちは自分の生命の中心に生き生きと働いている「本来の基幹」の存在を信じていきましょう。

朝河桜

おはようございます。

貴方は、これからしばらく時間がとれるたびに休まないと、疲れはとれないでしょう。しかし人間は常に仕事をしたり、スポーツで肉体と精神の両方を疲れるくらいに夢中にさせることで、与えられている寿命を全うすることができるようです。それにしてもここ毎日残暑の厳しい日々ですが、秋の空気があらゆるところに流れています。生命にとってこんなに安心できる時間はありません。

明治の頃、東北の福島で四人の若者は英語の勉強に夢中になり、名前をナットールという小型の英英辞典の頁を「A」から始まって「Z」に至るまで単語を何十かずつ暗記をすると、その暗記したインディアン紙の頁を呑み込み、胃の中に押し込んでいったのです。二本松生まれの武士の家柄に育った彼は、誰にも負けまいと英語の勉強に勤《いそし》しみ、アメリカに行って、明治の日本人でありながらニューヨークの北の方にあるエール大学の歴史学の教授となりました。長い鎖国の日本で封建制度の荒波の中で育った彼ですが、不思議にも民主主義のアメリカ人の気質の前で、それに負けないくらい豊かな才能をもって教壇での役目を果たしたのです。郡山の安積高校には今でも彼の名前、朝河貴一を忘れまいと、「朝河桜」が植えられてあるそうです。人間は漠然とまたぼんやりと、しかも周囲の誰もがやるような生き方をしているなら、その人の人生からは何一つ学ぶことも得ることもないのです。ちょっとばかり個性が豊かであり、考え方や行動に違いがあるにしても、また、やることなすことがある点において早いにしても、それだけでは決して周りの人間には何かを与えるような存在にはなれないのです。ナットール英英辞典を一冊丸ごと来る日も来る日も暗記しながら、結局最後には全部きれいに呑み込んでしまった彼の体の異常さを驚く必要はないのです。そのような彼の病気にもならない健康な体をあれこれ言う前に、彼の精神の豊かさに私たちは驚き、感動しなければならないのです。何か一つのことをやりたいと願い、夢を抱き、その方向に体を向けるならば、そこから先が問題なのです。周りにいるどのような人間とも同じ歩調で歩いたり走ったり泳いだりしている訳にはいかないのです。彼には夢があるのです。これは周りの人たちと同じレベルにおいて生きるなら決して身に付かない果てしないレベルの高い夢なのですから。

ごくごくわずかですが、このような大きな夢を抱き、しかもその夢を見るだけでなく、実際に生活の中で、実現できる人間というのは、はっきりとどう生きたらいいか、身体と魂の置かれるべき道をはっきりと自覚するのです。人とは変わった大きなレベルの夢を実際に実現させるための生活の中で、それに見合うだけの万有力学的な錘《おもり》を付けた分銅《ふんどう》を、自信を持って振り回すことによって、アルキメデスがテコの応用を利用して一人の人間さえ地球を動かせると信じたあの心で現実のものにすることが可能なのです。人間の心は誰の場合でもその人が長い時間をかけてついには呑み込むことができる小型辞書を持っているのです。それが必ずしも英英辞典であるとは限りません。ある人は宗教の道に、哲学の道に、科学の道に、愛の生き方の道に、つまり様々な方向に展開していくのです。しかし、その基本においては「テコの応用」が厳然として働いていなければならないことをよく分かっています。

説明責任

宇宙全体は万有引力が行き渡っています。宇宙空間の流れを説明するのに、私たちは全身の中に溢れんばかりのアカウントビリティ（説明、責任者）を持たなければなりません。空間の一ヵ所だけの説明や解説ができても、それだけでは本当の説明にはなりません。文明社会について、またそこに存在する哲学や宗教について、またあらゆる細かいことに対して説明できない時、その人間の存在には大きな穴が開いてしまいます。その人間の説明する言葉の態度にはそのままではどうしても現れてこない大切なものがあるのです。心と言葉のブラックホールがそこに広がってくるのです。長い生物の時間の中で、また人類の歴史の中で、あらゆる生命の広がりの中での解説というか説明の中で、言葉を発するものはもっとも大切なものに責任をとっていないことが分かってしまうのです。つまり一言で言うならば、その人にはアカウントビリティ欠如という責任が取らされるのです。

宇宙全体に対する言葉の力、言葉の意味の説明という点において、肝心のものが失われているという訳です。何事も数で誤魔化してはならないのです。様々な修飾語によって広がりの全域を埋め尽くしたからといってそれで満足していられるものでもありません。どこまでも素朴で単純で一気呵成《いっきかせい》に発言できる、説明者としての存在がそこになくてはなりません。確かに count とは数えることです。文明人間は確かに本物を教えてはいません。人類は与えられている広がりや時間の中で大切なものを教えることを忘れています。文明社会は忙しい時間から成り立つ厳しい空間であることは事実ですが、それでもその中心にはものを数えるという最も大切な項目が忘れられています。長い歴史時間の中で全てを初めから終わりまで数えることをいつの間にか人は忘れてきています。

実は人が生まれたままで、自分の全てを細々と数えてこなかったからです。人間はもう一度はっきりと心の目を開け、自分の心から出て来る言葉を見つめ直し、それを数えなければなりません。大自然をそのまま数えなくてはならないのです。教えない自然は存在しない自然そのままなのです。

アカウントビリティをはっきりと自分の中に持つことのない現代人は、哲学的に人生を見通し、宗教的に達観しているように見えても、人というそのヒトの存在の中心において自分を、自分の心を、自分の生命を、説明できるだけの力がないことをはっきりと表しているのです。他の文明行為をどんなに力を込めてやってみても、結局はそれだけでは人間は、アカウントビリティを持っていない自分、またはその責任を果たしていない自分を知るのみで、そこには常に劫や原罪が大きくのさばっており、そこから一歩も前進ができないのです。

このようにして自分を取り戻せない状態でいるのが現代文明人間です。そこで人間は走ったり、高いところに上ったり、広い海に泳ぎ出たり、限りなくスピードに挑戦している新幹線に乗ったり、自家用車を飛ばしたりしているのです。しかしそういった努力を行っても、その人間の中に存在しない生命に対するアカウントビリティは依然としてその人を限りない窮地に追い込んでいるのです。「説明責任」とは、確かにあらゆる時代の人間にとってとても大切なものでした。長い氷河期の頃マンモスたちと通りすがりながら、古代人はまたは原始人は彼らなりに確かな自分の生命に関する説明責任を持っていました。現代人はこれほどまでに便利な世界に生きていながら、残念ながらこの説明が足りないゆえに自分の生命をあるがままに自由自在に説明できていないのです。自分で説明できないものを自分のものとして持っていることほど辛いものはありません。このことを十分ソクラテスの頭で、アルキメデスの心で、ディオゲネスの感覚で考えましょう。

アモエニタス（幸せに生きる時間）

人間は自分の生き方を内心誇るようなロゴスを持っていなければなりません。言語は日本語で大きな意味を持っていますが、古代ギリシャ人たちはこれをロゴスと呼んで、我々以上に大切に扱っていたようです。文明時代の現代人は、世界中どこに行ってもロゴという言葉を使いながら、あらゆるところにこじつけてくっつけている言葉をむしろ遊びの中だけで楽しんでいます。ロゴスはもともと単なる言葉を意味していません。「現生命の言葉の素」を意味していました。つまりギリシャ人にとって言葉の玄（もとの形）であり、生命力の源（はじまり）であり、万有引力を引き出す基礎を意味していたのです。言葉は人間の生命力の極みを司っています。しかし人間が食べることや生活のあらゆる基礎的な要素として金銭を用いるようになり、それを裏づける権力を必要とするようになりました。そこで言葉はだいぶ脇の方に置かれ、生命行動の中心である基の状態からだいぶ逸れてしまったのです。このことを逸れるとか、脇に置かれるとかいうよりは、軋轢と表現する方が意味が確かであり、この厳しい内容がよりはっきりと分かってくるのです。

大自然はあらゆる種類の生命体を生み出し、それらが存在できるためにはロゴスが存在し、このロゴスを私たちは自然の素材と呼び、基本的な勢いと呼び、あらゆる行動の基本条件だと認めなくてはならないのです。そういった世界の中で人類は、一人ひとりの生命体として自分を認識できる時、そういった自分を隅から隅まではっきりと理解しなければなりません。自分自身という誇り高い大きな自分、すなわち自分の生命体の長所を知ることと同時に、自分のそれの短所さえはっきりと見極めている必要があるのです。もっとこれを正確に言うなら、自分を誇ることができる長所と同時に、世の中の誰の前でも頭を下げなければならない短所を認められる人間でありたいものです。長所と短所をまとめてそれを人前で明らかに表し、大いに誇ったり恥じたりしながら自信が持てる時、その人間は間違いなく人生のどの一角においてかそれは分かりませんが、大きな仕事、つまり生き方ができるのです。自分でも周りの世間の人々も、ほとんど理解できない状態でいるかもしれませんが、確かにそういう自分の長所短所をはっきりと認め、それを十分に活かしていく時、間違いなく大きなことが起こっているはずです。

農民たちが貧しくとも弱くともあまり利口でなくとも、彼らには都会の利口者にはできないような大きな力を持っています。あまり良い匂いのしないニンニクやドクダミ、スギナ、唐辛子などといったものを時には手でかき回し、体中をそれで汚しながら、大自然の力をそのまま利用している抗菌剤や殺虫成分を十分備えている力を利用し、驚くほどの強力な栄養分さえにじみ出させ、抽出させ、時には醗酵させ、木酢を利用して田園や畑の作物を大きく育てる知恵を知っています。農民たちは与えられている生命体の源である大自然からこのような不思議な力を貰っているのです。

しかし現代文明社会の中で果たして農民たちは本当の意味で農民であるかどうか、とても疑わしいものです。彼らの中には心や生活が町の方を向き、農民であるよりも町で働き、都市の給料取りである自分を実感し、しかもそれを誇りにさえしています。彼らは農民であることを誇れるだけの田や畑の仕事をしてはいず、町の食べ物に嗜好が向き、都会の人々の暮らしや着ているものと同様になり、今も町も田舎もあらゆる面で区別が付かなくなりました。

微菌や魚や昆虫や爬虫類やあらゆる動物は、ことごとくそれなりの脳味噌や生命力を備えているので、音が聞こえ、匂いが分かり、あらゆる色彩がまた形がそれなりに見えてくるのです。食物も、こういったあらゆる形の個となった生き物がそれなりに生きていくための力を発揮しています。人類は勝手なことを言っていますが、虫には虫の小さな喜怒哀楽があり、たとえウィルスすらナノ単位の怒りや喜びや愛があるのだと私は見ています。どんな生き物もそれなりに与えられている生活時間の中で今いる場所に、幸せな住まいとして感謝しなければなりません。おそらく単細胞でさえ、与えられた短い寿命の中でそうしているのでしょう。

かつてローマ人たちはアモエニタスと呼んで幸せいっぱいな自分たちの住んでいるところを喜び、感謝したそうです。残念ながら現代人はどれほど金があり、知恵があり、肩書きがあろうとも、心落ち着ける自分の住まいまた庭園、アモエニタスを実感することはできないのです。やはり現代人は原罪の中で苦しみ、かえって追い回されている忙しいばかりの生き方の中の人々なのでしょうか。

言葉と落葉

日本列島のあらゆるところに広がっている森は、その周りに広がっている海の母です。そこに育っている樹木は全て生命を宿しており、葉という葉は原動力の父です。そのような森の中から沁み出すように流れ出てくる清水から生まれた、生命体の存在するというこの事実はそのまま大自然の姿であり、原風景そのものであり、そういった間違いのない実存の世界の中で人類も生きている訳です。溢れるような様々な種類の水の中から生命体というものがプランクトンとしてまた魚として生まれ、あらゆる陸上の生物が出現し、それら異なる生命体が備えているのが、様々な形の言葉なのです。森から沁み出してくる泉は言葉の素であり、生命の素であり、人間存在の玄、源なのです。あらゆる生物に行動の力を促し与えている生命の素であるので、それを言葉の始まりの酵素とも言えるかもしれません。人類初め、あらゆる動植物にはそれぞれに言葉が付き纏っています。これを木に例えるならば、一本の木に付いている無数の葉とも言うべきものが言葉なのかもしれません。樹木にとって葉は光合成をしますが、あらゆる生き物にとって酵素はもう一つの言葉の働きをしています。人においてこのことは明確であり、言葉が間違いなく魂の光合成をしているのです。

　一本の樹木には、何千枚もの葉が茂り、人にも数多くの言葉がまつわりついています。たった一本の樹木から落葉する秋の木の葉は、量で例えると数トンにも及ぶと研究者は言っています。もちろんそういった落葉には水分が含まれているのでそのぐらいの重さになるのかもしれません。一人の人間が片方の足で踏みつける枯れ葉の数は、何百枚にもなっているのですが、人はそれをごくわずかな枚数だと軽く考えているかもしれません。生き物の春には若葉の萌え出るような勢いが見られます。植物も動物も、ましてや人間も訳は同じです。生物は全て言葉も心も生き生きとしているのが、春という季節です。逆に人生の秋には、落葉の中で、心や身体の泉が涸れ、それなりに生命体は夏に溜め込んだ力で、自分らしい生命と言葉を発揮しているのです。水分こそ生命の源です。水そのものが大地から生み出された生命という力学なのです。山は緑の春から葉を食べる虫などにとりつかれ、夏の葉などは、虫喰いだらけになっているのを私たちはよく見ることがあります。すっかり落葉し、重い雪に覆われた長い冬の間、枝々には春になって芽吹こうとする小さな蕾らしいものが、寒さにも負けず付いているのです。

　あらゆる虫たちは樹木にしがみつき、伸びてくる葉を食べようと待っています。虫喰いだらけになった何トンもの木の葉を落葉させ、毎年同じ季節の約束の中で、地面を埋め尽くし、そこを生命の水、泉は流れていくのです。この泉の流れ込む海の中で、別の様々な生命体はそれなりの言葉を貰い、新しい生命体を生み出していくのです。北上山地やヤンバルの森は今なお文明の病に侵されている中でも、それに負けず、生命を噴出している土地柄を私たちに教えてくれているのです。

　あらゆる生命体には間違いなくそれぞれの種類の言葉があります。それらの言葉は種類は違いますが光合成をすることを忘れてはいないのです。人は人の言葉を文明社会にとって便利なものに置き換えてしまいました。今私たちははっきりとこのことに気づき、樹木の言葉である落葉の素晴らしい水辺を作っているように、心の故郷を作れるだけの確かな言葉を話し、書き、歌っていける人として生きたいものです。

生命の泉

人はものを語り、書くという行動をとる時、本来大自然の流れの中に全面的に溺れていくのです。ところがそのようにすっかり溺れきれないのが人の言葉なのです。否、言葉ではなく言葉を通して表現されるその人の精神性なのです。万有の二つの極の中を走っている磁気のようなものの一つとして人間の精神は動いており、言葉として表現されているのです。言葉の動きの一瞬の中で人間は山や川を見たり、石ころや獣を見るようにそれを目撃することはできません。

極の間の流れは一切肉眼では見えないものであり、穏やかな世の中にほとばしっている極めて厳しい雷鳴の一つなのかもしれません。今日のような穏やかでもなく、雑多な世の中において、物理作用そのものでもなく、自分の時間の中で辛うじて息ができる文明人間の生命時間は、自分自身という存在の全域すなわち生命が生命そのものとして生きられないことを意識しています。こういった文明の意識はそのまま自分を失っている悲しい特長なのです。

人間に屠殺《とさつ》され、肉となって食べられる家畜も、他の動物たちも植物たちもこのような人間の味わっている悲しさは何もないようです。彼らは死ぬ瞬間まで死ぬという苦しみも悲しみもなく、ましてや死ぬかなり前からそれを予測してあれこれ悩み、様々なそのための用意をするようなことも全くないのです。彼らには医者もいなければ病院もなく、また薬もありません。そういったものを用意するだけ物事を広く理解することもなく、それゆえに自分たちの神を作ることもなく、それを礼拝する時間も場所も彼らには存在しないのです。彼らは言葉通りの意味において、即物的にまたあらゆる習慣の中でだけ生きており、そういった時間はどうしても人間には考えられないものなのです。生まれて来た以上、自分の人生や、自分が関わっている周りの人々の人生を考えずには生きていけない人は、そのことだけで大きな劫を背負っています。過去現在未来を感じることができる人間は、自分が利口であると実感する前にはっきりと原罪を背負っている自分を認めなくてはなりません。生まれてからこの世から姿を消す間、一瞬たりとも何らかの形で深い意味を持った讃美歌を歌い、御詠歌を口ずさみ、鐘を鳴らし、涙を流してあちこちを巡礼していかなければならないのです。どの一人をとってみても人はその全人生の中で常に巡礼行をしています。

大自然に一旦目を向ける時、この劫から解放されます。文明の夢から覚めるのです。人として人間として、そしてもともとは動物として、単なる生物として、オーガニックな単なるリズムとして生き始める時人間は、他の動物のように幸せになれるのです。

懐かしい半島

その後、韓国映画やそれにまつわる人間の生き方に関して、何か意味のあることを体験していますか。

同じ東洋の国であっても、東南アジアの国々や中国大陸、また北の方の民族に関してはさほど深いものも得ていない私たちですが、朝鮮半島は日本列島に直接繋がっていけるところなのでしょうか、遠い歴史の昔から深い関係を持っているようです。長生きしようとした人間もまた相互の国々に妙薬を求めて互いに大きな夢を見ていた頃もあるのです。半島の朝鮮人参も日本のニンニクもそういった関係から深い働きをしたようです。昔話にしても日本のそれと似ているところがあります。長い歴史の時間の中で培われた神代の話や、男女の関係や、親と子の関わりにおいて、または素朴な男女の愛の言葉のやりとりなどは半島の昔のそれが実によく似ているのには、私たちは驚かざるを得ません。

言語学的にも、私は、よくは知りませんが文法などはあるところで日本語のそれととてもよく似ており、言葉の言い回しなども日本語のそれとほとんど同じだと言っている学者もいます。ずっと後の時代になってチェジュ島や対馬はそれぞれ半島と日本に分かれて別々に違った民族の人間として暮らしている人々に住まわれていますが、このあたりは私に言わせればどうしても、両国の考えや生き方を持っている不思議な領域であると思っています。韓国の観光地であるチェジュ島とは別に、良い季節になると韓国の若者が自由に出入りをし、自転車に乗って走り回っているのが対馬だと言われています。韓国の言葉も半ば日本語と並んで自由にこの島では話されているようです。通信士等も対馬を通って江戸まで来ているようです。

小学校一年生の時から私と一緒に同じ教室で勉強していた半島人のリョウ・ゲンカンは、四年生になっても未だ関東の田舎の言葉が完全とは言えませんでした。しかし彼は雨が降っていて体操のできなかった時間に、大声をあげて「アリラン　アリラン　アラリヨー　アリラン越えて……」と歌い出したのです。顔を真っ赤にして恥ずかしさを我慢していた彼でしたが、そのリズムには懐かしい半島を思い出す気持ちが表れていました。この彼は戦争中改名させられ、南原原一と名乗っていましたが、戦後小さな宿場町の一角でパチンコ店をやっているものとばかりと思っていました。ところがごく最近私と仲の良かった小学校時代の友から手紙が来て、彼はかなり前に北朝鮮に帰ったという話です。彼からは、その後何の音沙汰も無いそうですが、おそらく北朝鮮の複雑な事情の中で、日本にいた頃とは違った苦労をしているのではないかと思います。わざわざ半島から日本に移住した彼のような人たちはそのまま落ち着いて日本にいればよかったのではないかと私は思っています。もちろん今の日本の社会情勢が、必ずしも良いものではないのですが、世界的な人間の流れの中では、半島の人たちよりはいくらかでもましなのではないでしょうか。

人間は常により良いものを望みながら、少しずつ何か大切なものを失いつつあります。映画もまたこういった愚かな人間の生き方を様々な面から描き上げ、それがまた怒りであったり、愛であったりして観るものの心を様々に感動させてくれます。今貴女が感動しているスクリーンの上でのリズムとハーモニーを教えて下さい。

A先生からは今度の梁山泊の様々な写真、送っていただきました。しかもどの写真も普通のサイズではなく、人間の両目が十分入るサイズに焼きつけられたので、とても良い記念となりました。宜しくお伝え下さい。

草食性の魂

長い人間の歴史の中で、私たちは様々な足下の雑草を食べながら、その一つ一つを選び抜き、それらを野菜と呼んで大きく育ててきました。動物の肉や家畜を食べるようになったのは、かなり時間が経ってからです。野菜によってはもたらされなかった各種の病気も、肉を食べるようになると人間の生活の中に入ってきました。

言葉そのものさえ、野菜のようにさほど油気が無い頃は生き生きとした生命を示していましたが、徐々に世界が文明化し、油気の多い言葉で満たされるようになると、そこに肉体、精神、両方の病が次々と入ってきました。生命に関わるような病はほとんど肉食の生活から生まれ、文明の大きな問題が生まれるのもまた、言葉の中にそれなりの肉食に似たような危険要素が入っているからでしょう。この文明の華やかな時代において全ては機械化する中で、言葉は本来の野菜のままの爽やかさや可憐さ、また愛をどこかに落としてきてしまいました。いくら頑張って美しい詩を歌おうと、愛情深い文学を志そうと、出来上がるものは総べて毒々しく、生臭く、どこかしら相手をやっつけなければ我慢のできない脂ぎったものとなってしまうのです。

絵画でも彫刻でもまた宗教感覚でも現代のそれは、どこかしら危険性を伴い近づくのに少しばかり怖れを感じるものとなっているのです。全てのものが肉食系からしばらく離れる必要があるかもしれません。それは肉を食すなという原生仏教的な考えで言うのではなく、この系統の精神構造を少しでも穏やかなもの、平和なもの、愛すべきもの、野菜のように野の花のように、何一つ飾らず、爽やかなものの方向に向かうべきだと言いたいのです。全てがロボット化し、サイボーグ化して、その勢いは、今こうであるものを明日すぐに変化させることができる今の時代、何事も一瞬のうちに変えられるこの時代に私たちは安住してはいられません。人間以外のあらゆる動物や植物たちは、長い時間をあらゆる物事に耐えてきています。耐え抜き。我慢をし、常に物を書きながら、語りながら五十年百年とゆったりと待てる昔の隠者たちもいましたが、現代人もそうでありたいものです。そこに本当の与えられた生命の進化が発揮されるはずです。お互い自分を自分らしく発揮できる本物になるためには肉ではなく、野菜の力が必要です。

残暑厳しい折、お互い身体に気をつけて頑張りましょう。

熱いうちにすぐに実行

十一時をちょっと過ぎた今、妻と二人で散歩がてらに歯医者に行って来ました。二人ともそれぞれ常に歯の健康を注意して、近くの歯医者を定期的に訪れます。

静岡のサッカーの強さはよく知られていますが、その中でも強いチームと対戦するあなた方は、とても楽しみですね。彼らと対等に渡り合って勝つこともできるあなた方ですから、大いにやり甲斐はありますね。怪我をしないように、楽しんできて下さい。

仕事でも研究でも同じですが、こういった行動はいつの場合でも二つに大きく分けられます。ある人々は自分の生き方を賭けて物事に取り組みますが、別の人々は机の上で、また、書物を読みながらカーテンで閉ざされた綺麗な研究室や書斎で物事を組み立てていきます。ある人々は屋上に上がり、大空を眺めながら明日の天気を予報しますが、ある人々は書物を開け、多くの論文を読み、調べながら、こんな天気の時はこうなるだろう、ああなるだろうと筋書きを立てて、研究室で明日の天気を占い、裁判所で被告に判決を下す判事たちに似ているのが、文明社会のあらゆる物事の判断です。

　私たちは屋上で空を見上げながら、明日の天気を判断するぐらい、元気で愚かであり、昔風の人間でありたいものです。人生は誰にとっても常に自分の蒔いた種を自ら刈り取らねばならないようになっています。あれこれ言いながら、人の種を眺めたり、それを自分の手で世話をし、いろいろな理屈をつけてまるで自分が蒔いた種の誕生を待つような気持ちでいるのが現代人全ての態度ではないでしょうか。何とも考えてみるなら恐ろしいことであり、悲しいことであり、それ以上に恥ずかしいことです。あれこれ文献を調べて、明日の天気の予報を出すことがどれくらいに恥ずかしいことであるかを、私たちは理解しなければならないのです。火に手をかざし、熱いと感じる古代人の心こそが今なお大切なのです。文明人間がなくしている直感的なこの感情を、どこに忘れてきてしまっているのでしょうか。若者の恋心や老人たちの昔を思う気持ちだけではなく、人生の全ての動きははっきり言って衝動的です。好きになる気持ちや遠い昔を懐かしむ気持ちはただ感じたり、考えたりしていれば良いものではありません。そう考えているだけでは、未だ好きになったのではなく、また幼い日を思い出す本当の心ではないのです。それらが本当にその人間の生き方の中心から出て来る思いであるならば、それは抑えきれないどうしようもない衝動力なのです。どんな約束ごとも抑えることのできないその人の中心から吐き出される本当の心なのです。残念ながら現代文明人間にはこのような古代人に固有な心の激しい動きはなくなっています。何事も控えめに考え、一度その考えを脇に置き、再び考え、さらにそれを脇に置き、再びその気になるのです。現代人は三回四回と同じように一つの純粋な考えを弄んでいるうちに、その考えそのものの方が、少しばかり疲れてしまい、彼の考えから離れていってしまうのです。その人間がもともとの考えに戻ろうとする時にすでにその考えはそこから消えており、生き生きした感情もなくなっています。何事でも考えが熱いうちに我が物にしなければなりません。しかし文明人間はよく知っています。何事でも二回三回と十分に考え直して生きなければ大いに失敗しています。親や教師がそこに手を入れて注意するのはそれ以上に大きな意味を持っているのです。だが、それはまた別の意味においては大きな欠点でもあるのです。ここ一番という時に、瞬間の閃きの中で浮かんできた考えや感情が何度か繰り返されて考え抜いた末、実行に移すとなると、その時には勢いづいていたはずの中味がどこかに行ってしまっています。周りの人々に笑われながら、空を飛ぼうとした二宮忠八やライト兄弟たちがそのことをしばらく考え逡巡《しゅんじゅん》していたら彼らの飛行機は決して空に飛ぶことはなく、航空力学はロケットや宇宙船にまで繋がっていくところの夢は広がってこなかったはずです。

人類の起源も一瞬の閃きの中での感動から始まらなければ、西アフリカの樹木の上から特別利口なチンパンジーの一種が、勢いづけて地面に下り立って、原人として地球各地に移住することは不可能だったのです。

今日も一日、台風の去った後、私たちはそれぞれに自分のサバンナに力一杯降りてみましょう！

誰もが知っている徳の無さ

ある不思議な魚は何キロメートルか森の中を歩きながら別の湖に辿り着くそうです。

ある小さな獣たちが空を飛んでいくのを私たちは知っています。モモンガや蝙蝠《こうもり》以外にも、数多くのこういった獣がいます。

ある病理学の研究者は、癌というものが人にとっては必要なとても良い病気だとさえ言っています。

長らく危険な核武装をして自国を護っていたアルジェリアのカダフィ大佐には、不思議な夜の寝方があるそうです。外遊先でも自国でも夜寝る時は、自分が遊牧民の出であるというイスラム教の伝統に従い、どこにでもテントを張って寝るそうです。

蒙古のジンギスカンや王族の人々も立派に作り上げた城の中庭に草原風の一角を設け、そこにパオを張って寝床を用意していたようです。

中近東の油田地帯では地面の底の方にガラス質のものを食べて生きている昆虫がいるそうです。


発明家のエジソンは人間に努力という言葉は要らないと否定しています。おそらく好奇心が必要と言いたかったのでしょう。確かに、人間にとって粋狂なまでの好奇心が必要です。今も未来も！

多くの若者に「少年よ、大志を抱け」とはっぱをかけていたクラーク博士は、南北戦争の時には軍人として北軍のために少なからず手柄を立て、金儲けの仕事となると、多くのスキャンダラスな行動もとっていました。スキャンダラスなことの少しもない人間の何とおもしろみもないことか！　こういう人間はたちまち存在を忘れられてしまいます。

人間は長い歴史の中で銅や鉄を使うことによって、文明人間となったのですが、最近はレアメタルを様々に使って文明の技術を広く伸ばしています。電池でも、レアメタルであるリチュウムを使って百ワットから二百ワットぐらいまでの力を出すことができるようですが、どんなに頑張っても三百ワットぐらいが限度であって、それ以上の電気を必要とする時には別のレアメタルを使わなければならないかもしれません。

人間は一人として言葉通りの徳の定まっている人などはおりません。陰徳なども、なかなか見ることができないようです。

よくよく調べてみると、私たち一人ひとりはこれまでに、いくつものおかしなことや恥ずかしいことをしているのです。そういったものを隠しながら生きている自分を考えながら、力一杯生きている今を恥じることなく前進して生きたいものです。

この人間も、あの人間も、それとは全く違った一面を持っており、それを恥じ、苦しみ、隠しているこの世の中であれば、それを全部外に表して一種の懺悔《ざんげ》をする必要などは全くないのです。カトリック教会の主張する懺悔は、この宗教の未だに達していない精神性の深みのなさを示しているようです。

まだまだ暑い毎日の中、お仕事はたいへんでしょう。身体に気をつけて下さい。私も気をつけて頑張っています。

神についてもう一度考える

おはようございます。

文明社会のお祭り騒ぎである選挙も終わりましたね。与党と野党がぐらりと大きく変わり、公務員などはまるで戦争に負けた時の日本人のように頭の中がでんぐり返しになっていくのでしょう。それにしても白人たち、特にアメリカ人たちはそのような物事の変化をいささかも恐れず、まるで十年来の友達と挨拶をするように、日本の民主党の人々と今までと変わりなく付き合いすることでしょう。何事にもけじめを付け過ぎ、人見知りが激しい日本人には、とても真似のできない芸当ですが、アメリカ人たちには見事にそれができるのです。今朝初めて出会った人間に、前々からその人を知っているような素振りで語り掛けて来るのが、人懐っこいと言えばそうかもしれませんが、私の大好きなアメリカ人たちの不思議な体質です。自分を誇らない移民、アメリカ人が好きです。

世界の心確かな人間は分かっているはずなのですが、世界の三大宗教も、また雑多でカルトとしか言いようのない新興宗教も、現代人のためには何一つ応えてはいません。世界の神々も日本の神々も仏達も人間の手によって作れるということを私は少年の頃経験しました。同じ年頃の子供たちを前にして、私は両手で抱えられるほどの、つまり三十センチ四方ぐらいの大きさの神社を作ったことがあります。神や仏もこのようにして誰かによって造られたことを私は薄々と子供心に想像できたのです。人間の長い歴史の一部が少年の頃の私にはわずかながら見えていたのです。

昭和二十年の夏、日本という戦争大好きな国家が敗れた時、アメリカの兵隊たちがどっと押し寄せて来て、日本の社会は何かが大きく変わり始めていました。確かに宣教師たちや、心豊かな進駐軍の若い兵隊はその頃の日本人が失っていた心の安心感を持っており、彼らが話すキリスト教の話を通して私は世界の反対側にはあるいは救ってくれる神がいるかもしれないと考えたのです。幼い日の、神がいるはずがないという心は敗戦の時ある程度消えていきました。白人、特にアメリカ人は今でも私は好きです。否応なしに彼らの全てを憧れ、頭を下げたくなるところが私は好きなのです。青年時代のその頃、学校教育の面で、本や必要な物を買うための金銭の面で、私は彼らに助けられました。当時の私は熱心なクリスチャンであり、その方の学校では時間の全てを費やして可能な限り自分の頭に入るものを学んできました。その頃未だ結婚していない頃の妻にもどれだけ助けてもらったか、私の学業は見事に前進していったのです。あるアメリカ人は上野みたいな青年が十人出れば日本人はすっかり変わるだろうとさえ言われたものです。しかし私の徳の無さや愚かさ故に結局はアメリカ大陸に留学するチャンスさえ、自分であえて棄てざるを得ませんでした。しばらくの間は呆然として、コロンブスが夢見たあの大陸に行けなくなったことに対してどれだけ悩んだことか。その後牧師になった私でしたが、こういった悩みの消えていく頃ははっきりとそこからも離れてしまいました。キリスト教さえももう一つの宗教に過ぎず、世の中の人々の争いことや国同士の戦争行為に対して、それを止めるだけの力のないことを知ってからは、世界の数多くの宗教はその理屈がなんであれ、一つ残らず間違いなく新興宗教に過ぎず、もっと厳しく言うならば、邪教の性格を十分に持っていることを認めざるを得なかったのです。

　人の言葉や自然から吐き出される万有の力学そのものとも言うべき言葉を人間は日々口にし、行動の中で実践しなければならないのです。地球上のあらゆる宗教はどう考えてみてもこのような言葉を口にしてはおらず、ましてや実行しているとは思えないのです。どこの政治家もどこの国の足早な態度も憎みあいと騙し合いと今にも戦争を始めんばかりの態度を見せながら生きています。確かに神や仏などのいると言われている民族にも争いは存在するはずです。人々はそういう神々や仏たちを祀るための十分な準備はできているのですが、人が大自然の生命の流れの中で自然に生きられるための力は何一つ持ってはいないのです。大自然が与えてくれた自分の生命、また万物の生命の中で、自分の言葉を吐き出していける時、そういう時間こそが大自然そのままの流れであり、力学的な自然な行為なのです。

　神や仏を信じて生きることもそうしないことも全く同じです。人間は全ての力を使い果たしながら、目の前の一分一秒を過ごしていくべきでしょう。

亡き先生を偲んで

　最近私は小学校時代の先生や友人に手紙を書いていますが、そういった昔を懐かしむ心でもう一人の先生にもこの貴方へのメールの中で手紙らしい物を書こうと思っています。手紙も日記も作品も歌も全て一つのものです。それらのどれを歌ってみても人間は大きく癒やされるものです。

「S先生、久しぶりに先生に一文を書こうとしています。この前先生にお会いしたのは、妻と二人でドライブしながらY先生の村を訪ね、それからの帰り、寺内、真岡を通りながら益子に行った時のことでした。先生はどこかに行っておられ、奥さんが先生を探しに行って下さいました。奥さんから、あんたよりも年のいっているような髭を生やした教え子が訪ねて来ていると言われて、先生は少しムッとしたようですね。幼い頃以来、ずっと会っていませんでしたが、先生はやはり戦争が終わった新しい日本の風土の中でも同じ姿でいました。君も知っている優等生のA君は町会議員として、農民たちのために頑張っているよ、と言われましたが、A君らしい農民の子そのものの利発であった彼を思えば、今の彼が想像できました。長島のS君なども頭の良い子供であって小学校の校長になったと聴いていますが、彼の子供は様々問題を起こし、S先生のところにも相談に来ていたとか、人間の人生には様々な問題が付き纏うようです。

　S先生は私たちが暇乞《いとまご》いをしようとした時、益子焼の湯呑みをお土産と言って私たちに手渡してくれました。それは今でも岐阜のこの家で愛用しています。十数年前、先生からのお手紙がこなくなりました。それまでは私の本などを見てくれて喜んでいてくれたのでした。最近N君からの手紙で分かったのですが、先生はあの頃すでにお体を壊されていたのですね。そしてそれから数年して亡くなったということを今回初めて知りました。戦争中の小国民であった私たちに、力一杯号令をかけてくれた先生でしたが、戦後には大分力を落とされたと久下田の人々からは聞かされました。先生は本気になって教える一面、間違ってものを教えてくれたことも私は知っています。新潟の町、新発田《しばた》をニイハッタと教えてくれたり、幕末の勤皇の志士の名前を違えたりしていましたが、いつも力一杯教壇に立っていた先生は、子供の私たちにとっては憧れの的でした。先生が結婚した翌日、いかにも美味しそうな弁当を持って来て、ニコニコしていたあの様子を私たち生徒は楽しく見ていました。人間は誰でも楽しいこと苦しいこと様々に体験しながら与えられた一生を終えていきます。幼い時代の私たちと過ごしてくれた小さな学校生活の何年かを、感謝しています!!

私自身老境に入っている今、改めて先生にこのような思いを捧げる気になりました。本当にお世話になりました」

福島県の南あたりから茨城県、栃木県に跨《また》がって開けている八溝山を中心とした南北に伸びる八溝山地についていつか文章を書きたいと思っています。このあたりの土が栃木県の益子焼と茨城県の笠間焼の作品に表れている事情がよく分かります。この山地の南外れに、関東地方の平地には珍しく、加波《かば》山と筑波山が聳えていますが、戊辰《ぼしん》戦争の際の水戸藩の武士たちが兵を起こした加波《かば》山や、万葉時代の頃、男女が自由にデートをしたり、ガマの油で知られている筑波山麓についても様々に書いてみたいのです。この気持ちはおそらく、関東の子供時代の心が私に命じているのかもしれません。

スタートラインに立って

秋の匂いが毎朝濃厚に私たちの周りに広がり始めています。

人間は小知恵の有る「人」という生き物である前に、あらゆる大きく小さい、長く短い、強く弱い他の生命力に見守られて迫ってこられ、要するにあらゆる天敵に囲まれ、それでいて同時に大自然の万有引力に見守られて、間違いなく一人ひとり「自己防衛本能」を持っているのです。このことに自信が無いならば、早晩人は滅びてしまいます。しかし生命力という不思議な力、または流れの濃さを適当に加減しながら、どこまでも素早くまた穏やかに深みのレベルに身を浸し、まるで仙人や隠者のように楽しみ多く生きていけるのはおそらく、言葉という名のゼンマイの力が与えられた寿命の中で働いているからでしょう。

宇宙は混沌として渦を巻き、それをよく見るなら電子もあらゆる流れも正確には見えないくらい淀んでおり、どんなに頑張っても人の肉体の目では見ることが不可能なのです。その目を棄て、心の目を発動させることによってのみ、この宇宙全体は、ガリレオなどの望遠鏡よりもはっきりと見ることができるのです。要するに宇宙は全体的に見てそのままブラックホールに過ぎません。与えられた短い寿命もやがて死んでいく時間を経るならば、間違いなくブラックホールの中に消滅していくのでしょう。それまでの人生こそ、可能な限り大きく力一杯生き果てるならば、その人は生まれてきた価値があるものと見なければならないのです。シンプルにささやかにそれでいて、自分をどこまでも全面に、また周囲全体に押し出していく己を認めている「予言者」でありましょう。

全ては時間とか歴史の途中に来ているのですが、心ある人にとっては自分の置かれているどの瞬間もスタートラインそのものであり、全ては自分にとって原始のところに立たされ、語る言葉も愛する心も信じきる万物も、そしてこうして私が語っている今の言葉もその初めなのかもしれません。

私たちはお互いにそういった最初のところに立つ人であることに自信を持ち、今日も生きましょう。

雑学の宇宙船

本当の、意味のある学問とは雑学でなくてはなりません。ソクラテスのそれが正しくどこから見ても雑学中の雑学であり、老子も荘子も彼らの自信を持った生き方は、自分の学問というものを大きく開いていった時、紛れも無い今日で言うところの雑学として広がったのです。ソクラテスやディオゲネスの生き方がそれぞれ違ってはいますが、彼らが語る言葉の端々にはこの社会ではどうにもついて行けない高飛車のところが有り、同時に誰にもついて行けない深さと重みという言い知れないリズムが見られたはずです。彼らの言葉も行動も、角々のはっきりした角ばったデザインで詰まっていたはずです。そういった彼らの言葉に対し、いわゆる世間の人々の柔らかく物静かで簡単に、誰にももう一度言い回せる言葉は、はっきり言うなら二度と言う必要のない、または何度でも繰り返して言っても問題にはならない、言葉なのです。あらゆる特徴が消えてなくなっていく歴史上の言葉が、これまでずっと話されてきましたが、本物の雑学の中で息を吹き返している言葉は、ごくわずかな選ばれた人間にしか話されなくなっているのです。ディオゲネスとソクラテスの言葉が重なり合って薄い光を放っています。雑学は間違いなくこんな形でしか世の中には現れません。テレビやラジオ、雑誌などで言われており、表現されている小利口な芸人たちの雑学とは関係なく、別の次元の言葉がそこに有るのです。彼らシャーマンたちがやって見せる芸の中の雑学とは、たとえ本物の研究者たちと渡り合って巧みに言葉を交わしたとしても、そこに本物の学問としてのディオゲネスなどの、一見とても素朴な「雑学」という光を見い出すことはできないのです。正真の雑学に会おうとしても簡単に会えるものではありません。人間が自分の中で培われていなければならず、自分の中から溢れてくる言葉の流れの中からたっぷりと汲み取らなければならないものが、正しい意味のおける雑学なのです。その人間の左と右、上と下の至るところから出現し、交じり合う様々な言葉という微小な砂粒を手にすることによって、本当の雑学の意味を持った言葉を自分のものにすることができるのです。

雑学とはその人の心から離れている外側の存在であってはなりません。その人間の中に雑草のように生き生きと生えてくるものが、間違いなく雑学なのです。人生の中で誰もが雑学に触れ、そのことによって生粋《きっすい》な働きのできるものでなくてはなりません。小知恵で頓智の力を働かせるだけのものであってはならないのです。本当の雑学を支えている主な言葉は、あらゆる哲学の言葉や宗教語などとは直接関係が無いのです。むしろ原生哲学の中の清浄な、しかも素朴な言葉こそが、雑学と言わなければならないのです。そこで使われる言葉は何であっても原生言語と言うべきなのです。私たちはなかなか入り込めない雑学の領域に入らなければなりません。文明社会という広大な領域は、たとえ雑学という学問の小知恵や権力欲の中で生きるための小細工は持つことはできますが、言葉通り、本当の雑学は一瞬にして、そういった夢を持つ世界では死滅してしまうのです。文明の広がりは、汚れた空気と水によって流れを作っており、あらゆる言葉の駆け引きを持たない原生言語は、そこでは存在不可能であることもはっきりと私たちは知らなければなりません。自分らしく生きている人間は、雑学の空気を吸いながら本人の匂いと色彩と音のリズムで生きているのです。金銭や肩書きが大きな意味を持ってくる文明社会では何の価値も持っていないのが雑学なのです。世の中で言われている雑学とは、小知恵で固めた、あれやこれやの知識の集まりであって、本当の雑学とは何一つどんな公式も年号も知らなくとも自分、また他人を救う、大きな力に満ちているのです。

文明社会は半ばミュータント（突然変異）の世界なのです。人間は自分らしく大自然の流れや万有引力と寄り添いながら生きていくためには、単なる遊びではない雑学の詰まった宇宙船の搭乗員でなければなりません。

素朴で一見愚か者に見えた寒山拾得などこそ、本当の雑学の所有者だったのであり、今話したところの宇宙船の搭乗員であったのかもしれません。

幸せ作り

おはようございます。今朝などは毎回言っていることですが、本当に秋の気配で、窓を開けると実に爽やかな風が吹いていました。それでも二匹の犬たちと一緒に庭に出る時は蚊取り線香をぶら下げ、虫除けのキンカンを手足に付けることを忘れる訳にはいきませんでした。少しぐらい涼しくなり風が吹いている中でも、蚊などはけっこう生命力が強く、他の生き物に止まるようです。

蚊はまるで一本の線の上に止まるように人間の腕や足の血管の走っているところをめがけて、まるで電柱に止まる雀のような感じです。力強いどくどくと流れている血液を欲しいとばかり、蚊たちは止まってくるのでしょう。皮膚の上から蚊は血の匂い、熱さ、赤い濃さに自分たちの生命を維持する力を貰おうとしているのでしょうか。それもまたもう一つの自己愛の深さであり、子孫を残そうとする生命力の力なのかもしれません。本能という深いところに存在する生命力は、この地上になんと多く存在していることでしょう。無生物の間に驚くほど無数に存在する生命の動きを私たちは数えきれないほど多く見ています。そのようにして生きているだけでも熱っぽい生命の関わりの中で、心ある人間ならば言葉を生き生きと働かせることになるでしょう。

生物が地上に出現するためには、極めて偶然のことしか起こらなかったはずですが、三つばかりの働きがぶつかり合ったり七つばかりの不思議な物理的、化学的間違いが生じたようです。生命の誕生はそれ自体、我々自身の中のビッグバン作用です。

今日も一日自らの手で作り出す喜びの中で過ごしたいものです。今貴方から来たメールを読んでそれぞれの方々が自分で作った、他の何ものによって作られたものでない幸せの言葉を、様々に読ませてもらいました。それだけでも私は幸せです。

心の洗濯

この間の梁山泊は、実に小さな集まりでしたが一人ひとりの精神性は、まるで四国巡礼やヨーロッパ人がアルプス越えの苦労をしながら聖地ローマを訪ねた巡礼者の集まりにも見えました。犬山を訪ねながら一人ひとりはどこか清められた心を携えて帰ったことだと思います。

人はいろいろな意味で洗濯をします。下着を、洋服を、帽子を、手袋を、そして襟巻きやマスク等をきれいにいつも洗います。しかし最も大切なのは人の心や周りの文明の汚れを洗濯することです。力一杯洗い落とそうとしなければ、心は毎日の生活の中で金銭や肩書きの汚れと共に、その人の心の光を失っていきます。常にさっぱりとした心を持っていて初めて生き方の時間の流れは爽やかなものになるのです。そこからこそ、行動の美しさも冒険する元気な心も、また生き生きとした言葉が生まれてもくるのです。あまりにも頭の良い現代人は次から次へとものを発見し発明し、それに有頂天となり、その便利な生き方の姿に浮かれたってしまい、落ち着いて爽やかな心をそのまま味わうことができなくなっているのです。やはりしっかりと心を洗濯しない限り、いくら頑張ってみてもそこには元気潑剌《はつらつ》とした行動は生まれないのです。綺麗さっぱりとした心であって、あらゆることに適切な判断のできる言葉がついて回り、人の幸せはそこからしか生まれはしないのです。

悲しいことに現代人は何をさて置いてもまず、金がなくてはことが始まらぬとばかり、肩書きがピカピカ光っていなければ自分の周りの人たちとまともに話もできないと思っているらしいのです。最も大切な愛さえ、まず初めに金がなければ、またある程度の肩書きが無いなら何の意味も無ければ、どんなに頑張ってもその人の愛は報われないと思っていて、それから心を自由な方向に動かすことなどいささかも考えられずに生きているのです。

不格好なしかも惨めな格好をした寒山拾得の姿を人はよくよく見つめる時、物や肩書きにとらわれており、それが最初になければ何もできないと考えている思いが払拭されるのです。

今日は、最近珍しく朝方に雨が降った一日でした。横浜や神戸や東北から娘さんや息子さんや奥さんたちを連れて息子のところにやってきた友人たちが、今帰ったところです。私たち老人たちだけでは満足しない犬たちも、一晩一緒にいた彼らの帰りをつまらなそうなか細い声を出して見送りました。

ますますお二人ともお元気で！

生命の伏線としての言葉

かつてユークリッドは幾何学の基本を口にしました。まるで彼は古代のエジソンであり、天文学者のような人間と見られていますが、実はとても平凡なギリシャの人間だったのではないでしょうか。どんな人たちとも何一つ変わることがない平凡な生活者に過ぎなかったはずです。田畑を耕しながら、小金を貯める時には表情を崩して喜び、失敗する時には他の誰とも変わりなく落ち込んでいました。つまりこの世のあらゆる時代の人たちともどこも変わるところはなかったのです。

どんな人でもそうでありながら、一つ二つは他人と違うものを持っており、そのことを欠点と思って恥じたりはしていますが、発見発明の大きな力として自信を持つことはないのです。もっとも一つ一つ自分自身の日々の行動の中の発明発見を威張っているようならば、これも困るかもしれません。ほとんど毎日自分を天才として見上げながら誇り高い思いで生きるならば、本来なら七十才まで生きられる生命も四十才、五十才で終わるくらい、生き方が苦しいものになるかもしれません。その人の生き方が本人にとっては悲しいものであり、はっきりとは周りの人々に説明できないくらい恥ずかしいものと思いながら生きる時、実は堪えられない生き方が何とか与えられた七十年ほどの生き方をさらに超えて八十才でも九十才でも生きられることになるのです。

己の特徴をそのまま誇ってのみ生きる行為は、そのままではその人を亡ぼすことになるのです。歴史上の全ての誇り高い権力者や財産持ちや、することなすことが上手くいく人の生き方の最後は、悲しいものであり、苦しいものであることを私たちは歴史の頁の中にこれまで何度も読んできています。人の一生は数多くの苦しみや悲しみや痛み多い時間の中で過ごしながら、ごくわずかな喜びの体験の中で過ごせるから素晴らしいのです。そのわずかな喜びや誇りがその人の全人生を輝かしくするのです。

ユークリッドはほんのわずかな発見をしたのですが、他の多くの当たり前の悲しく苦しい生き方の中において、人生の全域を光り輝くものとされて、今日の私たちでさえ、この男の名前を忘れることができないのです。

自分を自分らしく見つめることにたいていの人は戸惑っているのです。自分の心から出て来る言葉はそのまま発言することに恐れを抱いています。またそのことを恥じており、自信を持つことなくあえて口に出さなくても良いと思っているのです。人というのはある意味においてはとても愚かです。言う必要もない言葉が自分の舌の上に乗ってくると、こそこそと私が言わなければならない、他の誰もが言うことができない大切な言葉だと確信して言い出すから実に情けないです。後になって自分が口にしたその言葉を恥ずかしく思うことも私たちにもかなり多くあります。しかし本当に口にしてはいけないような自分の言葉というものは、胸を張って他人の前で言うのが常ですから、何とも怖い話です。

一方において世間の誰もが口にしないような大切な言葉を、人はまるで神や仏に誘われたようにまた、大きな雷鳴によってショックを受けたように口にすることがあります。しかし悲しいことに人はそのような偉大な言葉の生まれる一瞬において、そのことに気づかないのです。そのようにして生まれる言葉をまるで欠伸《あくび》のように思い、ほとんど何の意味も持ち合わせない凡人の戯《ざ》れ言《ごと》くらいに扱ってしまうのです。日常の流れる時間の中で、おそらくは山ほども生まれているこういった言葉を、人は小石を投げ棄てるようにあたりに棄てています。

現代社会の人は電話の向こうの話し相手に何度もハイハイと言い、見えない相手に頭を下げています。しかもそのハイには「そうです」といった意味がある訳ではないのです。相手との話し合いの中でハイという態度は地球上どの地方に行ってもさほど変わっていないと私は思っています。全ての意味合いにおいて、人間は安心してハイを繰り返しています。逆にイイエでもって一日を生きられる人間はほとんどどこにもいないはずです。本質的に人は他の動物と同じで自分の名誉を大いに大切にするのでしょう。人からは遠ざかるよりはむしろ他所の犬猫でもその行動には一種の誇りのようなものが付き纏い、人から見ればまるでしっかりした自分であるかのように、物に対しても好き嫌いがあり、喜んで飛びつくかと思えば後ずさりしてみることもはっきりとしています。生命体がその生命力をはっきりと持つというのには、それなりに主張すべき言葉がそのように備わっているからです。ハイと返事をする人の態度には、よりよく相手と繋がりたいという最低限の力強いこちらの考えが動き出しているからです。

日々の時間の流れの中で、自分をより大切に活かしていくための伏線として、言葉を生き生きと使っていきたいものです。

生命は生命そのものを動かす

この世には極端にエキセントリック（異様）なものは何一つ存在しないようです。全ては大自然の勢いの中で私たち人間も他の動物たちと同じく、知っているものばかりであって、そういったものに厭き厭きしている時間の中で、どうしても何か変わったものを求めたくなるのも仕方ないのかもしれません。

あらゆる生命体はその傍らに人と並んで歩ける道が欲しいのです。カブトムシやトンボも、水草も爬虫類も全て共に生命の生きる道を歩んでいきたいのです。幸いなのかそうでないのか人には言葉が与えられています。言葉はむしろ良い場合で唱える呪文であり、不幸な場合は呪いの印なのです。生命体はどこまでも歩きたがり、泳ぎたがり、空を飛びたがり、ますます上の方に美しく伸びていきたがっています。生命体のこういった力はそのまま、一つの生命の癖なのです。猿たちは棒きれを、しかも長い棒きれを握って他の生き物を追い散らし、力の強い他の動物たちは石を拾って他の者たちに投げつけ、人は常に自分の舌の上に与えられた言葉でもって、他の生命体を、また生命も無く力強く流れている自然にぶつかっています。人は生命の逞しい筋肉を備えています。その筋肉は呼吸であったり、言葉であったり、精神と呼ばれている勢いそのものなのです。馬や象たちが身に付けているあの逞しい筋肉とはどこか違い、むしろ外側の筋肉というよりは内側の筋肉といった方がよいものなのかもしれません。人の筋肉は他の動物の肉体の筋肉よりさらに大きく、常に呼吸をすることを止めることはありません。呼吸の中や光り輝いている精神の呼吸こそ、人、本来のリズミカルな運動であり、活躍であり、精神の世界を飛翔する人の生命の勢いなのです。

こういった人は親たちによって正しく育てられなければなりません。もっとも、下手な育てられ方をしても、人は精神的に肉体的に丈夫であるならば、そんな曲がった自分に気づき、自ら勢い強い方向に向かって成長していくことも事実です。もし精神や身体が弱い時には周りから栄誉を与え、良い教育を受けていても良い方向よりは悪い方向に進むのが常だとたいていの人は言っていますが、それはとても不幸な考えです。たいていの大人が外国語を一つ二つ徹底的に身に付けるには、日夜努力して五年も十年もまた何十年もかかるのに比べ、子供は三、四才頃までの、短い数年の間に親たちが身に付けている母国語をほとんど完全に身に付けてしまうから不思議です。子供は三、四才頃までに、人として持っていなければならない基本的な知識の九十九パーセントを身に付けてしまいます。十四、五才までにはその人らしい個性が見え始め、自主性が少しずつ現れてくるものです。人がその人の運命などと言っているものは、その頃の年の人々の中からはっきりと生まれて来るのです。もちろん人は力強く足を踏みつけ、あえてそこから前進したり、後退することによっていくらでもその後の自分の生き方をどうにでも変えることは可能であることを私たちは、あらゆる人のその在り方を見て理解していることも事実です。常に自由に飛ぶのも目の前の集団に習って泳ぐのも、後ずさりするのも、いつの場合でもその人にとって自由なのです。このことにはっきりと自信を持っていきましょう。

生命体の夢

生命体が生きていられる時間というものは、たっぷりと上昇気流に乗った素晴らしい運命そのものなのです。たとえ私たちが自分の運命を悲しいものだなどと言って苦しんでいる時でも、運命そのものは大きく上昇していることを考えれば全てが感謝でいっぱいです。一見苦節の時間だと我々は思っている人生ですが、それはなんと生命を創造した大自然の大きな力でしょうか！　人が言う苦節の時代はそれなりに後になってみると、その輝かしい季節に私たちは感謝しなければなりません。一見捕らわれている人生時間は私たち人の方に問題があった訳です。大自然は一切を自由に遊ばせるためにあらゆる種類の生命を創造しました。魚も昆虫も爬虫類も他の動物も自由自在に与えられた生命の時間の中を泳いだり歩いたり走ったり飛んだりしています。本来生命体というものは自由自在にあるがままに生きることによって、その生命体が生命体である事実を証明しているのです。

人の脳は常に美しいメロディで満たされています。人の耳は常に考えています。良いことを夢見ながら考えています。眼はあらゆる音を聞き分け、あらゆる色彩を区別したり混ぜ合わせたりしてそのハーモニーを楽しんでいます。人の夢は常に多くの欲するものを求めながら四方八方に拡散しています。

生命とはこのような存在として生き生きと生きています。生命そのものが互いに圧し潰し合い、苛め合い、抑え付け合っているこの文明社会では、生命そのものの本来の形で生きる目的が失われています。単に知識を学び、権力を貪《むさぼ》り、徒《いたずら》に金銭に夢中になり、生命そのものが本来飽く無き願いを持って求めなければならない愛を、どこかに置き忘れてきてしまっています。このような悲しい現実をやがて年老いて振り返ってみると、それは確かに苦節の時代を生まれてきたと思わずにはいられません。しかし人には青春の華やかな時代もあったのです。あれもこれも間違いとも知らず、恥とも思わず、怪我することも承知の上であれこれと手を出し苦しんで来ました。たとえそういった若さの時代さえ、後になって反省する時、ああいう時代を、もう一度送りたいと思うのが人の常です。

人生はどんな時間の中でも、また後になって考えてみても、苦しみよりは喜びいっぱいの時間であったことを実感するのです。人生は常に万々歳です！

歯垢《しこう》のような言葉

この世には数多い言葉が溢れています。同じように生命体の中にも宿っている言葉があります。人はそれをその人自身の言葉だと意識することはほとんどないのです。ですから心の中に生まれたこういった素朴で、あえて他人に言うほどの物ではないものなので、たいていの場合は生活の流れの中で消えていってしまいます。実は、その人の言葉は一つの暗号であり、魂の奏でるモールス信号であることを私たちは忘れてはなりません。このことをはっきりと理解している人は今の人間の社会の中にはほとんどいません。

そういったその人の内側の言葉は、たいていの場合、時代時代の悪意によって汚されてしまう場合が多く、そのような形で外に出て来る時、その人の一種の詐欺行為として現れるので、よほど注意しなければなりません。むしろたいていの人間は素朴な意味で、この言葉を持っているのですが、そのままならば決して詐欺行為の形に発展することはないのです。あらゆる民族や地方、時代の中で素朴な人が自信を持って受容しているこのような言葉は、古代、近代、現代に至るまでずっと受け継がれています。万葉集などのような詩歌の中にはしばしばこのような言葉が引用されています。罪を認めて連れて行かれる夫を見送りながら、心の中でその道が燃える火の中で消えてしまえばとか、山麓で好いたもの同士が一晩中デートすることを大らかに歌った言葉の一つ一つは、間違いなく歯垢《しこう》のような言葉だったのです。人間は常に自分の舌の上や、歯の間から出現するこういう種類の言葉を大いに大切に扱わなければなりません。

北海道も本州も四国九州も、大きないわゆる本島ですが、それとは別に小さな日本の島々は、おそらく七千島ほど存在しているそうです。その中でもさらに小さな無人島を除いて、人の住んでいるところは四百島ぐらいだと言われています。大和の十ほどの大きな島に等しいような言葉は常に使われ、話され、書かれています。しかしほとんど離れ小島のわずかな人々によって使われている言葉は、本当に少なく、歯の間の歯垢《しこう》ほどの意味しかないのですが、それこそが一旦豊かな心で話されると、大きな意味を持つのです。私たちは歯垢のような言葉をしっかりと見つめ、そこにモールス信号のような心の源言葉としての意味合いを見い出す時、驚くほどの感動に満たされるのです。

今日も力一杯自分の歯の間の言葉を見つめながら嬉しい体験をしましょう。お元気で。

目の前の音と色彩

神様か仏様という大仕掛けの文明の舞台を通して人間は、大きな詐欺行為をしています。自分では最もまともなことを心を込めてやっているつもりなのですが、金銭に縛られている人間に、隣にいる人に対して同じ金額にまつわる恐ろしい病をうつしています。麻薬に捉えられた人間が、傍らの人間に同じ病気をうつしてしまうのとどこか似ています。

金銭に関しても麻薬に関してもそれに吸い寄せられる人とはなかなかそこから抜けきれません。一端金銭の虜《とりこ》から抜けきれても、また麻薬の楽しみから離れたとしても、ちょっとした周囲の人の誘いに乗って金銭に溺れ、目の前に出された麻薬に手が伸びるのです。良い物を掴むのは困難なことですが、一旦忘れた金銭や麻薬の味は、かなりそれから離れて遠くの方に生きているつもりでも、突然目の前に出されるとその誘惑にたちまち乗ってしまうようです。

あらゆる時代の中で、人が行って来た多くの行為は、どちらかと言えば夢を見てやがて達成するような良いことばかりでなく、むしろ若者がタバコに慣れ、酒に溺れるようになるように、この人生は何をさて置いてもまず最初に金がなくてはならないという単純なことから始まり、最後にはただ漠然と自分の生活の中の安心を願いながら、神や仏に祈る人となってしまうのです。そういう祈りは、またわずかな金を賽銭箱《さいせんばこ》に投げ入れて祭りの日に祈ったとしても、それは本来の意味から言ってほとんどその人にとって効果は現れないのです。本人は善男善女として神に頼んだと思っていますが、そういう神はその人の勝手な想像に過ぎず、どこにも存在しないというのが現実です。

現代人はこれだけ大きな文明の中に生きているのです。それならば当然素朴な哲学の湖の中で生きていることも事実なのです。お寺や神社やモスクや教会などといった建物が本来何の意味も持たず、そこに存在すると思われている神々や仏たちの存在も、明らかに怪しいということは現代人にはよく分かっているはずです。

大切なのは大宇宙が存在するというこの現実を自分の足下からまた、目の前の原風景の中にしっかりと見つめなければならないのです。自然の流れのままに存在する万有の力は神でもなければ仏でもなく、ただ人間がそれぞれの生き方の中で実感する音響のリズムであり、色彩のハーモニーなのです。それに対して生命体は深い感受性をもってよりよくこれらのリズムやハーモニーが流れてくることを願うだけです。この願いがそのまま祈りであるかもしれません。私自身今、この流れの滞らないように必死に祈らなければなりません。これまでの自分の人生の中で、どんなに困った問題があっても、その途中のどこかでこれらのリズムとハーモニーが吹っ切れるように滞ることなく流れてくれた経験を私は持っています。そしてそれは誰もが、一度二度は体験しているはずです。

人生万歳！　貴方も万有の流れを貴方の目の前に見てますます感動して下さい。

食文化から始まるもの

おはようございます。

実に明るい秋晴れの一日です。犬を連れて庭に出ると、陽の光は体中に当たってまだまだ夏の暑さが感じられます。土佐の方はこれ以上に暑いのかもしれませんね。

しかし作物にとってはどのような気候もその地方に順応し、生き生きと育つその地方の食べ物が総べて美味しいということに関わっていくということは何とも幸せなことです。あらゆる動物を元気に見せている野菜などを考えながら、その一面において０１５７のような毒素が食べ物の中に入ってくるこの文明社会をどう理解したら良いか分かりません。数えれば数多くの大腸菌などが存在し、常に身体の中に潜り込もうとしているようですが、医学がまた薬学がそしていろいろなスポーツなどがそれに対して対抗策をとっているのですが、このような毒素と生命現象とのぶつかり合いは、それ自体長い時間の歴史の中でいっかな消えることのない問題なのかもしれません。このようにしてあらゆる生命体は、菌とのせめぎ合いの中で、力一杯努力をしながら生きていくのでしょう。

それにしても食文化とはどんな他の文化よりも人にとって大きな意味を持っています。あらゆる文化、芸術や宗教や歴史などと比べて、最も大きな意味合いを持ち、何よりも深みがあり、これを簡単に脇に置くことはできないのが、人を初めあらゆる生命体です。世界中の人々から見れば、日本人は宗教に無関心だと言われています。日々の生活の中で祈りのようなことはするのですが、その内容は実にさっぱりとし過ぎ、ありきたりであり、生命を護っていくための悲愴な思いなどは見られないのです。私たち日本人は、そうは感じなくても他の世界に住む人々にはどうやらそう感じるようです。日本人はあらゆる病から遠ざかりたいと願い、家庭だけは穏やかでありたいと思い、仕事が常に上手くいくことを祈っているのですが、残念ながらこの三つの祈りはいささかも宗教的な深さを持ってはいません。しょせん世俗的な呪文に過ぎないのです。ヨーロッパ人やアメリカ人から見れば、日本人や中国人はどうやら宗教心の欠けた魂の希薄な人々と映るようです。

私たちは今自然と繋がっている食文化の厚みの中で、本来の自然礼拝の厚い信仰心を育てていきたいものです。あるわずかな人々の宗教心を養ってきたことを考えれば、現代の私たちも自分たちの食文化をどこまでも拡張し、生活の中心部まで心を向かわせてみたいものです。おそらく本当の大きな文化の形がそこに展開するかもしれません。

味覚と言葉

おはようございます。夕べずっと降っていた雨も今朝はすっかり止み、久しぶりに二匹の犬を庭に下ろしました。秋の気配の中で芝生も欅も生き生きとした青さを失いながら、少しずつ夏の勢いを忘れ始めています。しかし、一日一晩たっぷりと降った雨の力はたいしたものです。芝生が生き生きと緑を吹き替えし、ピカピカと朝日に光っているではありませんか！

二回も続いたイベントの中で、貴方は疲れない訳がありません。しかし日一日と体力を回復している由、私も安心しました。

本当の美は、心の中に広がるものであり、生き生きとした愛は熱い血液の中に発見できるものであり、宗教の穏やかな平和さは生命のリズムの中に、日々生きていく生活に平衡感覚を与えてくれている素朴な哲学の心は、一人ひとりの皮膚上に現れるものです。どう間違ったか利口な人間は、このようには考えず、幸せに生きる道を金銭や肩書きによるものだと誤解しています。ちょうどグルメの食事をとる時、それが自分の舌の上で味わっているなどと誤解するのと同じです。根本的に味覚は脳の中でまず初めに体験するのです。中国人には「妙味必淡（本当にうまいものは、濃い味でなく淡い味だという意味）」という言葉があるそうですが、食べ物の本当の味覚は砂糖でも油でもなく塩味であって、限りなく薄い塩加減が求められます。日本でも昔から「塩梅《あんばい》」という言葉がグルメの基本として使われています。本当の味覚の基本は塩であり梅の酸っぱさであると大和民族は考えていたのでしょう。果たしてヨーロッパ人も日本民族以外のアジア人も、こういった塩加減が甘ささえ感じるという体験を、していたでしょうか。限りなく薄い塩味の中に体験する味噌汁の旨さや漬物や煮物や焼き魚や煮魚の与えてくれる味覚は、日本人が決して忘れることができない妙味なのです。このような塩の必淡の味わいは日本人の心の中に清めの塩となり、悪魔祓いのそれとなり、限りなく力を与えるものとして受け止められたのです。西洋人たちには、特にキリスト教徒たちにとっては、悪魔祓いにニンニクを使っていたと言われていますが、日本民族には間違いなく清めの塩が有ったのです。確かに相撲を取る人間がどこまでも強く、しかもあらゆる邪気を全身から払いのけるのに、塩はなくてはならない存在となっているのです。哲学し、宗教に徹するためにも塩は大きな意味を持っていました。おそらく古代人の頃から日本人は周囲を海で囲まれた大和の大地に暮らし、塩水をわずか舐《な》めながら雑草を口にし、そのことに限りない感謝ができたのではないかと私は思うのです。食文化の始まりがこのあたりにあるということを、私は薄々と感じるのです。

動物にも植物にも深い感謝をし、それがいつの間にか愛情に変わり、大和の大地に共に生きていく生命体として、はっきり自分を自覚するようになったのでしょう。生命体は全て大自然に寄り添う、つまり寄生虫以外の何ものでもありません。人は自分を他の動物の中で選択し、長い歴史時間の中で驚くような発達を遂げ、そうするために身に付いた様々な知恵がそのまま人という生物の持って生まれた戦略として働き、その結果として当然ながら現代文明も出現したのです。あまりにも多くの事柄が短い時間の中で出現したので、人そのものが迷いに迷い、それら戦略の一つ一つを十分に使い果たせなくなっているのです。宇宙船初め、ジャンボ機も新幹線もコンピューターも携帯電話も一見とても便利な道具に見えますが、その実、人はそれらを完全に自分の生き方をよりよくするために使いこなせているとは考えられません。むしろ、良いことよりは、悪いことの方がこういった便利な文明の利器によってもたらされているのです。

言葉自体、文明社会のそれは人に対して良いことよりはむしろ、悪いことをもたらしています。言葉の表現は人類に悪影響を与えていることは目に見えて明らかです。他の様々な動物たちには言葉が無いと思っているのは人類だけです。そう思って得々としてはいますが霊長類のサミットに立つ人類は、彼らにも言葉が有ることを本来は理解しなければならないのです。人には直接理解はできないのですが、与えられた自分の生命をそれなりの形で理解し、信じ、生きていこうという彼らにも確かに言葉はあるのです。言語学に当てはまるような言葉ではありませんが、彼らのそれぞれの社会の中で与えられた寿命を生き、または天敵の前に立たされ、かなり短い一生を終える場合もあるのですが、どんなに偉大な人の中の宗教人よりも、さらに大きな生命感を持って一生を終えるのです。このことにいくらかでも思い当たる点が有るとするならば、人はその分だけ偉大になれるような気がするのです。

愛のコスモス

人生は一つの五言絶句や七言絶句の漢詩にも似ています。同時に俳句のように短い言葉の中に閉じ込められながら、その中で生命の深い意味をますます深く発散できる時間かもしれません。またヨーロッパ人たちの自由自在に言葉を動かしながら愛情や怒りや生活の中の時々の言葉を何の外連《けれん》もなく使っていくあの十三行詩にも似ているのです。他の動物と違って十三行のリズムも、五・七・五のリズムも、七・七のリズムも全て人間特有のリズムであり、心のハーモニーであるのです。人にとってもう一人の人に会う時、それは決して動物園や水族館を訪ねる態度であってはならないのです。人間と他の動物との出会いは全く別のものです。人が人に出会う時そこには、単なる同族との出会いであるだけではなく同胞や兄弟や親子の出会いなのです。そこに本来、極端に言うならば親子兄弟の慈しみがあり、助け合いが生ずることがあっても殺し合いや憎み合いなどといった戦いに導かれるような考えは生まれてはこないのです。この世の中は同族にとって間違いなく平和なコスモロジカル（宇宙の論理に適っているさま）なところなのです。獰猛なライオンや、狼たちさえ、たとえどれほど飢えたとしても、そこには同族の殺し合いは行われないと言われています。悲しいことに人は子殺し、親殺しなどといった事件を常に起こしています。どれほど高い学問を身に付け、同族愛精神の中いっぱいに吸い込んでいても、どうしようもない理屈がそこにあるからといってこういった事件を起こすのです。何の知識も学問も宗教も芸術も無い他の動物たちは、不思議とただ一つ最低の理屈である同族同士の平和という生き方の理論の中で、飢えて死ぬことがあっても、仲間同士が食い合うことはないのです。

人は神を待つ必要はありません。しかし自分の生きているというこの生命の時間を、はっきりと見つめ、心を込めて待っていなければなりません。自分の生命を確かな心で待っている時だけ、人はたとえ飢えて死ぬばかりになっていても子殺し、親殺し、仲間殺しをしないはずです。そのように殺し合うよりはむしろ、飢えて息絶えていく方が幸せだと感じられる存在として与えられた寿命を遥かに短くしても喜んでいられるのが人なのです。ある人は『ありがとう武士道』という一冊の本を書きました。人間は自由に何をするのも許されていますが、そこには決して教わる訳でも習う訳でもないのに仏教やキリスト教に学ぶ訳でもないのに、心の中の基本的生き方とも言うべき武士道というのがあって、これはあまりにも素朴で薄汚れて見えますが、例えば猫や犬や狼でさえも守っている、最も下等な「動物倫」なのです。

第二次大戦の折、キリスト教の人倫の世界の中で育ってきた一人の英国の外交官は、日本の海軍によって撃沈された船に乗っており、漂流している中で日本の駆逐艦に救われました。その時、そのイギリス人は思うままに知っていた「武士道」という言葉を通して単なる博愛ではない深い行動に感嘆の声をあげたのです。それは仏教でもキリスト教でもない、ただ人の心に深く備わっている素朴な思いでした。

人間はいつでもあらゆる時代の中で持てはやされている美談を超えて、その彼方にある極めて単純な同胞を、また仲間を、さらには同じ生き物としての存在に伝わっていく博愛以上の大きな力を見て驚くのです。人間はこの世の理屈を超えた大きな力にまるで奇蹟を見るように、また天使の姿を観るように感動しなければなりません。ヘンリー・ミラーはパリの夜の街角に、娼婦を見て「ここに天使がいる」と言って涙を流したのです。

こんな雨のシトシト降る秋ですが、私たちはあらゆる奇跡的な行動や言葉に出会い、深い感謝の思いを抱きたいものです。

風の道、言葉の道

ある地図を作る会社に勤めている男は、町の中を歩いていても、決して同じ道を二度は歩かないそうです。毎日の仕事がとにかく歩き通しのことなので、休みの時などはゆっくりと家の中で過ごすそうです。一日の歩数は約三万歩を超えていると言われています。私がゆっくり散歩をしながら「遺産の森」という私の町の公園で会った老人は、退職するまで飛騨の山の中を毎日歩いていたそうです。それで彼にはいろいろな面白い、まるで人生論そのものになるような体験があったようです。人生は正しく長い歩きの時間であり、そこで体験する時間は全て一回だけしか歩かない歩みなのです。二回重ねて歩けるような人生は決して無いのです。人生の歩数は何十万歩であり、何十億歩であり、それ以上でもあるのです。

人間は何とか成功しようと願いながら、常に人生時間の中で行うことを意外に曖昧に、しかも無駄に過ごしています。人間は力一杯自分の夢見た通りに生きることは何とも難しいのですが、それをできるだけ多くやれる人間だけが、本当の意味の成功者なのでしょう。自分の強さも弱さも、他人の強さも弱さも全て体験し、その意味がよく分かるようになる時、その人は自分の人生が楽しかったと言えるのでしょう。

ロシアのジャーナリスト、V・オフチンニコスはこのように言っています。

「風と火の通る道を用意することが窯を作る陶工の腕前だ」

人の心の中にも精神の通り抜ける道がその人間によって作られなければならないのです。残念ながら、文明差社会はこの道を作れなくなっています。言葉を通して作られるこの道こそが確かな人間のやることなのです。文化の言葉はこの道をほとんどの場合塞《ふさ》いでいます。私たちは自分の話し言葉や生活行動の言葉を通して、きれいに風と火が通り抜ける本当の道を、言葉によって作っていきたいものです。

今日という一日がそういう言葉が爽やかに通り抜けられるのをはっきりと知りながら生きていきましょう。

必要な余白

おはようございます。

貴方もまだまだ梁山泊や年輪ピックの疲れが残っていることでしょう。現代人はとにかくいろいろな面で疲れています。言葉もそのリズムもハーモニーもどこか乱れていると思っているのはこの私だけではないようです。言葉という言葉はどんなに正しく使おうと思っても、いつの間にか脳味噌の中で、また舌の上で擬音と化し、擬態と化し、別の意味に転訛《てんか》していくから不思議です。しかしこれがまた私たちには大きな意味を与えてくれているので、とても大自然に感謝しています。同じ「愛」を語っても説明してもそれが単なる文明人間の小賢しい愛に止まらず、永遠の流れの中の生命の原動力として語っている自分に気づくのです。同じ「水」を語っても単なる飲み水を表すだけではなく、それ以上に永遠の哲学としての流れに関わっていく自分を嬉しいとさえ思っています。

人間はどんなに豊かに発達した人生感覚を持っていても、その基本に置かれているのは五感以上の六感感情そのものです。しかも動物たちや昆虫たちの小さな心と同じように、どこまでも小さな感情であって、それが受け止める認識の範囲は驚くほど小さく狭く、薄っぺらでか細いものです。神に仕える天使を想像して創り出したのは人間ですが、この天使たちがあらゆる厳しく狡い感覚ではなく、清い思いで抱いているのがおそらく、この純粋である故に素朴な小さな感情なのでしょう。人間はおそらく神という存在を心の中に創り上げた時、それに抱き合わせのように天使の感覚をも創り上げたのです。どこまでも穏やかで生まれて間もない感覚として、感情は天使の中に創られたのです。今のような文明社会の中のどこまでも小利口な、また大げさな感情は、その名を「理性」そのものに変えていますが、初期の人間たちが抱いていた感情は昆虫たちの小さな思いそのものに近かったのです。どこかが爬虫類や魚たちにも似て、ひたすら動き回り、逃げ回り、泳ぎ回る単純な感情だったのです。今の人間たちがどこまでも利口さのサミットに立っているとしてもやはり基本に穏やかな純粋感情が備わっていない限り、人の理性は人の生き方に喜びを与えたり、泣けるような思いを持たせたりすることはできないのです。人間は鼻の穴の中を掃除したり靴の中を掃除し、時には便器の中に手を差し入れ磨くことを徹底的にしない限り、実は長らく使い古されている人の生活の中の時間は、どうしても曇ってしまうのです。悪い匂いに取り憑かれ、痛みや汚れに縛られていくのです。鼻くそをとり、靴底の匂いをとり、便器の中に両手を突っ込む時、その人の心は大きく輝き、一種の朝日に当たって大きく成長するのです。

現代人は一人ひとり悲しいかな、自分で自分が分からない行方不明者なのです。辿っている人生の道筋が分からなくなり、この先がどのようになっているか、そのための道標さえ無いといった状態なのです。そのために、人間は自分の行く道筋を教えてくれるマイルストーンが無いので必死になって努力をした結果、「神」を創り出したのです。「神」は存在したのではありません。「神」は出現したのでもありません。「神」は一言も何も喋らず、「神」の言葉を妄想したのは人間たちそのものでした。西アフリカの森の中で、すでに人間の初期の時代、「神」が人の手によって創られ、目を覚まし始めたのです。西アフリカの広い森の中、ベナンで神霊が最初に生まれたと言われています。ある民俗学者は、「ベナン南西部の部落」から神霊の話が生まれたことを論文に書いています。彼らベナンの村人たちの間から、ブードゥという言葉が話されるようになりましたが、彼らのこの言葉には「神霊」の意味がありました。その後人間は地球上のどの地方に行っても、信仰の実態を生活の中で持つようになり、民俗学の中でも信仰の一面が見られないという状態はどこにも無いのです。神霊はあらゆる世界的宗教の基本であり、新興宗教やカルトの基本でもあるのです。宇宙船を造り新幹線を作り、コンピューターを自由に操作する現代人もまた、一人残らず自分の内側に創られた神を持っており、神霊を抱いているのです。

ある人々は余白をたっぷりと残しながら、赤や青や黄色や緑の絵を描き、それを柿右衛門様式と言ったり、鍋島の紋様と言ったり、上絵に金色を施した美しい紋様を、伊万里と呼んだりしたのです。これらの焼き物を「三様式」と呼んでいますが、これもよく考えれば、創られた神や霊を祀り、人間の当然行き着く道筋だったのです。

人間はこの世に生まれてきて、他の生命体と基本において同じものなのですが、どうしてもそのままでは生きられず、神や霊を何とか創り出すことによって、今のように苦しみながら生きる存在となったのです。そのために哲学が生まれ、芸術が生じ、宗教が編み出されたのです。これらの物は人が与えられた生命を何とかして全うして生きたいがために生じた余白とも言うことができるでしょう。

明るい明日の方がよい！

心の再生や魂の洗濯として精神のリセットが行われる時、人間の生命はもう一度生き方のゼンマイの錆を取り除き、巻き上げられ、さらには埃が取り去られていきます。人の精神を機械の中のゼンマイだと言いましたが、これを別の言葉で言うならば歯車ということになるでしょう。

人間には数多くの問題がついて回っています。むしろ喜びの方が少ないのですが、不幸な問題は山程存在します。そもそも人によりけりですが、ごくわずかな人たちは、たとえ悲しく痛み多い問題であっても、あえて明るく伸び伸びと広がっている自分の心でもって、良い問題を提起する事件として明るく解決していく人もいます。そういう人たちはどれほど数多くの問題を持っていても、それに縛られることはないのです。千も万も解決できないような問題を抱えながらけっこう周りから見ていると、まるで何一つ問題がないような姿で動いています。それらにいちいち縛られていない人はそれにしても実に少ないのです。いちいち悩み悲しみ憂える心で明日を見、未来を悲しく理解している人たちでこの文明の社会はごった返しているというのが現実です。しかしそのように束縛されている自分のことが分かる人は本当の天才と言えるかもしれません。それが分からずにいる大多数の人々は、そうならば凡人と見るのが正しいでしょう。この世は凡人の社会です。人の世の中は凡人で埋め尽くされています。この事実に気づく時人間はおそらく、一つの偉大な哲学にぶつかるはずです！　私は今のような凡人の世の中が、これから先、どこまでも続くに違いないと思っています。

私自身、未だやってこない明日や来年や近未来について、あれこれと不安がり、落ち着かず、眠れぬこともしばしば有ることは事実です。ただこの世の大多数の人たちのように常時そのことに悩み、金がない明日の生活が考えられない人たちから見れば、少しはましな存在のようです。これから先、いくら期待していても、自分らしい健康な生き方をそのまま信じられる人間は、常にマイナーな人々であって、大多数の利口な人たちは、物事を常にマイナスの方向に考えるので、人類の社会に日の目が当たることはないようです。人は本来自分らしさの何事に対しても平常心、すなわち自分が持っているものを目の前にはっきりと現していかなければなりません。そんなことを言うと笑われるとか、みっともないなどと考え、たいていの現代人は自分の言葉を押さえ、そのことによってよりはっきりと自分の凡人であることをばらしているのです。

そのことを気にせず堂々と発表し、話せる人は健康な人間であり、よりよく人の世を渡っていけるようです。とにかく無難で何一つ問題のない生き方を願っていたとしても、誰にとっても人生はそうはならないはずです。文明社会の約束ごとに縛られず、自分自身のための本当のチャンスや幸いに縛られなくてはなりません。縛られるということは、下に降りることではなく、上昇することです。自分の存在のレベルを一歩ずつ上げていくことです。これは別の言い方をするなら精神の登山であり、心の高跳びなのです。人の生き方は常に驚くほどの棒高跳びです。人の生き方が力一杯働いている生命体の動きなのです。人が呼吸している空気の広がりの中から、ＣＯ２を、何としても除去しなければならないのです。人間の言葉はこのような除去機能を持っていることに確信がなければなりません。

生命を考える

　今の時代の人間、すなわちかなり精密に人間自らが自分の生き方の全域において改良し作り上げた人間は、他の動物たちとほとんど変わりのない生命体を与えられているにも拘らず、文明社会の広がりの中で、その状況に見事に合う形になってきています。これから先も社会の精密な構造に合うところの存在として日、一日と人の生活を前進させていくはずです。人の周りに存在する動物たちも、一見同じ大自然から与えられた物理現象の中で、同じように時代を超えて生きているようですが、人や彼らを前にしてこれを見つめる私たちの目には、彼らが人と比べてさほど進化していない事実に気づくのです。しかしそのようなあまりにも極端に進歩し過ぎている人だけが素晴らしいとか、偉大であるなどと見てしまうのは、決して良いことではないようです。人はこの人類の進歩という美しい生命の風景の前で、最も大切な中心の物事において大きな問題を抱えるようになってきたのです。人間の言葉はこれらの進歩の日々の中で崩れ始め、人は様々に心を乱し、一種の内面的な病に侵され、言葉による心の中の鬱状態に捕らわれているのです。

　人以外の全ての生命体は、ほとんど昔から進歩などせず、その点では生き生きと与えられた状態の中で自分に備わっている一生を、その種の寿命や個としての寿命を全うさせているのです。与えられた寿命が一時間であっても、数十年であってもそのことに不満を言わず従容《しょうよう》としてその方向に向かっていけるのです。

　残念ながら人はそういきません。他の生命体とほとんど同じく生命を与えられ、人に値するその寿命を与えられているにも拘らず、自分が望む生命の形やそれによって展開する生活の風景や、やがて終わっていくであろう死の形さえ自分でもって決めたいと考えるほどに傲慢になってきています。

　十年近くも地中で生き、そこから出てきて一週間前後しか生きられない蝉たちは、一匹としてその運命の時間に文句を言ったり違ったものに変えようとする気持ちはありません。人はあまりにも横暴です。どこまでも長く生きようと願い、人を他国に送り、生命を伸ばす薬などを探させた人間を、歴史の頁を開けるとそこかしこに見ることができます。

　与えられた生命を前にして、それに備わっている時間の濃さや薄さに、いちいち文句を付けているのが人間なのです。人は自分の使う言葉の密度を変えようとする時、そこにははっきりと自分に備わっている生命の時間に文句を言っている鬼っ子同然の子供の姿が見えてきます。深みをどこまでも見つめながら、小利口な全ての人間は言葉を自由自在に使い分け、理解の形をあえて取り違え、文明時間の中で広がっていく社会を大きく変えているのです。本来言葉は人の生命の脇に存在し、どこまでも生命現象を与えられたままの姿で美しく広げていかなければならなかったはずなのです。言葉は人にとって個々に意味の違いは有るものの、音楽のリズムであり、ハーモニーである点においては全く違いはないのです。

　魂も言葉も自分の人生時間を進めたり止めたりすることのできるよく利くブレーキなのです。人は生き方の所々で喜び、恨み、誇り、そして絶望するのです。しかしよく考えてみると人はあらゆる時間の流れの中で、数々の思いを自分の周りに展開させています。五つの感覚とか、六つの感覚とか、超感覚といったものを持っている人間は、自分の生命の周りに自由自在に使いこなすことができるキットが与えられているのです。人間が行う様々な発明や発見はこのキットを使うことによって成立するものなのでしょう。人は何かを愛し、信じ、憎み、夢見る一瞬の中で、これらのキットの中の最も便利なものを手にしながら、生き方の時間の中でブレーキをかけ、アクセルを踏むのです。このようにできる人間の行為を自分の生命さえも長く短く自らの手で動かせるものだと人に錯覚させたのかもしれません。自由自在に流れる、ルネッサンス人として、地球全体を我が物にして、他の生き物たちの本来与えられている大自然からの生命の時間さえ、自由自在に操っています。こんな人の横暴さは早晩何らかの形で、崩れていくことは間違いありません。

劫を消す知恵

　どんな意味においても宗教集団に入る必要もなければ、戦争集団に足を入れる必要はないと私は思っています。神や仏を信じる心はそれでも人には許される自由かもしれません。神話や伝説を信じるのは子供が童話の頁を開けるように、一種の喜びを与えてくれるからです。個人的に戦争に与《くみ》し、怒り、競争心を燃やすということは、本来は存在しない神や仏の姿を影絵のように見て、人は必要なものに抱く熱した思いを取り除いていくことができるようです。人間の生き方の中心には言葉が存在し、その熱量が平和な心や愛に人間らしく、加熱した状態であることが分かるのです。人間を他の動物たち、極端に言うならばあらゆる種類の生命体が強化され、生命現象としての粗熱《あらねつ》を持つ時、そのように熱したエンジンにも等しいものは早晩故障してしまうことは間違いありません。機械がそうであるのと同様に、人もまた、本来の自分を失って滅んでしまうのです。与えられた一生をそのまま過ごすためには、生き方の粗熱《あらねつ》を取り去ることです。

　地上はあらゆる意味で汚れています。美しい風景の広がる大地でありながら、そこに生まれてきた人間は、生きてはいますがこういった人間を困らせているのもこの大地です。美しい花も美味しい味覚も、人間にとって住み良い家も、街も、驚くほど汚れています。人間はこのような汚れの中で、生き生きと出現した生命であるという事実をも、知らなければならないのです。

　何とも悲しいことです。それぞれにとっては数多くの困った問題も有ることを知らなければなりません。わずかながら我慢しなければならない問題もあることを人間はよく知っています。人の生活の全域を覆っている山や川の風景、町や村の広がりなどを落ち着いて考えてみると、他の生物にとっては必ずしも幸せでないことも事実です。

　大自然はいろいろな面においてただ単に巧く流れ、素直に互いに通り過ぎていくだけではなく、かなり多くの場合、ぶつかり合ったり、どちらかが壊れたり、同時に破壊されてしまうこともあります。生物はどの一つをとってみても人と人、鳥と蛇、村人と狼、男と女、全てはどこかで対立し、ぶつかり合い、戦っているのです。愛情も憎しみも助け合も潰し合いも、あらゆる生命体のぶつかり合いや対立の直中《ただなか》で生まれる物理現象の全域であり、それだからこそ、生命体は正しく生命体であることを私たちは知るのです。否、そこにこそ生命体の出現もまた死も存在することを理解しなければなりません。それを知って喜び、悲しみ、その中にいくらかでも自然の有様を理解することができる時、その人は自然の心を悟った哲学者であり、宗教人と言えるのかもしれません。

全く自分の方に総べてをよせてしまって、その生き方を人生の正しい捉え方だと納得している、しょせんルネッサンスの人間は、そのあまりにも傲慢な態度で大自然からは大きなしっぺ返しの反撃を受けることは間違いありません。不幸のさらに奥の方には本当の不幸があり、それを文明人間がまともに受けなければならないという事実に気がつかないでいるのです。

大自然は人間に知恵が有るからといって簡単に人の周りの物事を、つまり、万有引力の流れを動かしていますが、これはたいへんな間違いです。人間から見れば、他の生物たちが何かに間違い、汚れていると見ていますが、それらにはそれらなりの大自然と向かい合って理解している合理性や合理的な時間や空間の流れが、厳然として存在するのです。文明を意識しながらその生き方の中で、単なる便利さを楽しみ、誇っている人間にはウィルスや猿たちが理解している自然の大きな流れを認められないのです。湿っぽく暗く、じめじめとしたところで万有引力をはっきりと意識しているミミズなどは、ウィルスたちのような生物たちとはそれなりの個々との繋がりは可能であっても人間たちとの繋がりはほとんどないのです。

人は今、大きな心を持って大自然と繋がっている他の数多くの生物たちと何らかの意味において、心の交渉を計り、傲慢な心を自分の中から排除し、文明に頼る生き方の一部を棄て、生きようとする時、そこから今日の前にある、また、自分の内側に存在する不幸や汚れつまり、自分でもはっきり分からない原罪や劫や業が消えていくことでしょう。

祈りの本質として

貴女からの長いメールを嬉しく読ませてもらいました。T君から届けられた伊勢湾の真鯛、鯛飯にして夕べ食べました。私は小骨取りをする妻に手伝いましたが、その印象が強いと見えてとても美味しくいただくことができました。

魚図鑑や植物図鑑、動物図鑑などの頁を開けるように私たちは自分の言葉の頁を開けています。そして心の思うままに物を話し物を書くことができるのは何とも幸せです。かなり多くの動物たちは身体を動かし、尻尾《しっぽ》を動かし、手招きを行って、もう一つの言語行動を取っています。もっとも、霊長類の中の人間だけはとても精密に言葉でもって自己表現ができます。もちろん猿たちもある種の言語活動をしながら暮らしているようです。彼らは身体のあちこちを使い喜び、笑いや、怒りや恐怖心さえ表すことができるのです。しかし残念ながら、人のように本来は存在しない神を造り上げてそれに頭を下げることは彼らにはできないようです。神はどこにも存在しません。神は霊長類の天辺《てっぺん》に立つ人間の頭の中に創られた仮の夢なのです。神に祈ってもその行為自体が儚い夢です。しかしその行為によってその人が安心できるなら、そのことには大きな意味があるのです。人は自分に対し、自分が向き合っている人間のために、己の生命力に向かって祈り、何かを信じることには意味があるのです。こうして書いている私の行為も、それ自体私の中から生まれてくる祈りの意味を持っているのです。ヒトはどんな時でも祈れるし、祈るべきであり、それによって何ものにも勝って平安な心を得ることができるのです。

現代人は、または現代文明の社会は、恐ろしいほどの荒波に揉まれています。人という人は全て毎日毎晩、次から次へと押し寄せてくる大波に打たれ、静かに休む暇もありません。こんなことを隣の国の人たち、半島人たちは声一杯にあの国の北風や西風に負けじとばかり、「アーリランアーリラン……」と彼らの特別の太鼓を叩きながら歌うのです。私たちにも同じように心の中に打ち叩く私たちの太鼓があるのです。この行動こそが祈りそのものです。ややもすれば負けてしまうような弱い心を叱咤《しった》するために祈る「何ものでもないものに向かって祈る行動」なのです。

お互いますます実に弱い存在ですが、力の限り何ものでもないものにくたくたになるまで祈りましょう。

スパイの暗号

夕べから雨が降っています。今朝方窓の外に見る庭はしっとりと濡れていて、これまでのカラッカラに乾いた白い肌の大地も、十分に潤っているようです。どんな時にも人にはカラカラに乾いている秋の大地のような時があってはならないのです。人間はそれでいいのでしょうが、人として私たちは常時、何らかの生命のこもった言葉を持っていなければならないのです。他の動物には唸り声があり、叫び声があり、それなりの大地と交をする歌はあるのですが、彼らには言葉がないのです。言葉はそのままモールス信号であり、国際的なスパイの暗号にも似ています。人は常に誰かと、そして自分自身と深い内容の話を伝え合っています。このことを私たちは祈りと呼んでいるのかもしれません。祈りとは自分自身との戦いであり、同時に目の前の人との交信でもあるようです。自分に対しての祈りに勝ち、自分自身に屈伏することによって何かがはっきりと完成するのです。それだけでなく、家族との絆や社会との繋がりや数多くの人間関係の取り沙汰の中で不必要なものはガラガラと崩れ去り、それから本人そのものの光が現れ、あらゆる汚れが取り除かれ、本人だけが明確に出現するのです。

自分をはっきりと見い出せない人間はしょせん自分をはっきりと持っているヒトではないのです。ヒトではないのですが、それでも地上に存在するのでそれを人間と呼ぶことはできるのです。私たちは単なる人間のまま、一定の与えられた時間の中で時を過ごし、存在するだけでは本当のヒトとしては与えられた自分の寿命を生き果てることは不可能なのです。今日一日を豊かにヒトとして生きていきましょう。

ルネッサンス人を恥じながら

年をとると人は目が悪くなり歯が痛み出し、物を見るのも不自由になり、物をまともに食べられなくなります。そういう理由から母親から貰った、つまり大自然から母親を通して間接的にいただいた生命の一部としての歯も水晶体も、文明の力をルネッサンスの誇りであるとばかりに使いながら簡単に棄て、入れ歯を入れ、インプラントし、ホヤガラスを入れて、美味しい物をよく食べられるとか、あらゆる物がよく見えると現代人は喜んでいます。しかし現代人は入れ歯によってますます美味しい物さえ美味しく食べられず、これまで見えていたものさえ、ホヤガラスの人工的な水晶体によって見えづらくなってきています。大自然が用意した生命さえ人は人工の物を加えてロボットにしています。ごく一部であっても人の身体は親から受け継いだ本来の物ではなく、どこかしら小利口ではあっても、本当の愛を、豊かな感情をそのまま受け継ぐことができないロボットに変えられているのが現代という名で呼ばれているこの文明社会です。

水晶体も歯も簡単に変えたり抜いたりしてはならないのです。それ以上に大自然からその人に直接与えられている全ての指紋を取り去って格好の良い形の文化の指紋に変えるような愚かな行動を取ってはなりません。自分の本来の言葉を外してホヤガラスのような言葉を入れ替えてはなりません。自分の歯を棄てて人の手になり人工の言葉を入れてはなりません。

人は生まれて死ぬまで、間違いなく自分自身でいるはずです。寿命とはそういうものです。その人の初めから終わりまでの生命時間は、間違いなくその人の指紋であり、生涯それが変わることはないのです。常に同じ語りをし、その人の家紋であり他の誰とも区別できる間違いのない印象である、しかも誰にも盗まれず、親子兄弟の間でも決して取り替えたりすることのできないものなのです。

人にはそのような言葉通りに言うことができる掛け替えのない自分に自信がある時、そのことを英語でアイデンティティーというのです。残念ながらこれだけ開けてきた文明の世の中において、人は日々あらゆる時間の中で便利なものを利用しながらあらゆるところを開拓し、これまで見えなかった物を見い出し、これまで手に入らなかったものさえ、独り占めし、何一つ不自由のない便利な生き方をしていながら、その実人はこれまでになかったほど、多くの問題で悩んでいるのです。

昔、素朴にして単純だった人は、語る言葉も働く態度にもどこか抜けているところが多く見られましたが、彼らの生命体は、また心は今日の我々のそれと比べていささかも劣らないどころか、遥かに人間らしい姿のまま元気に生きていられたのです。飛行機に乗り、新幹線に乗り、自家用車を操りながら自由自在に動き回り、機械という名のあらゆる機械をもう一つのロボットとして扱い、そういう秘書を使いながらのんびり生きているはずの現代人は、これまでになかったような心の中の苦しみ、自分の中の愛の一角に生じた生き方の癌に襲われ、日々の生活はどこまでも不幸なものになってきているのです。人はどのような医学や宗教や哲学の力によっても癒やし得ない奥深い根を持っている一種の癌に襲われているのです。

人は言葉によってもう一度生き始めなければならないようです。大自然の流れの中でもう一度十分に溺れなければなりません。自分で勝手に歩いていた寿命という名の道筋から一歩外に出て、ひたすら万有引力の一里塚が次から次へと見えてくる道筋を大自然に押し出され、促されて歩を進めていかなければならないのです。あまりにも自分勝手になり過ぎた人は、実に悲しい鬼っ子となり大自然の前でまともに自分を曝け出すことのできない、しょせん反逆者としてのルネッサンス人として生きているこの状態を大いに恥じるべきです。

作庭された自然

日本の料理はもともと外国の料理とは意味が違うようです。中国人もヨーロッパ人も材料を一度完全に分解し、料理人の考えの中で再構築するので、彼らにとって料理とは、一つの再創造の仕事なのです。一方において和食とはこういった外国の料理とは全く内容が異なっています。用意された食材も、その味も、そのまま壊さず、まるで庭師が日本庭園を遥か彼方の風景を借景として取り入れ、一つの芸術として作り上げるように料理を作っていきます。材料を壊すことなく、また変えることなく自然そのものの出来栄えを壊すことなく利用する美学は、外国の料理人たちにとっては見るのも驚きであり、口にするのも初めての異様な雰囲気を見せています。日本人の性格の中からまた、言葉から作られていく庭であっても建物であっても、書かれる言葉であっても、それらは全て自然の匂いを保ち、そのどの一角にも自然の厳然として生命力の豊かさを示しているのです。庭の周りの様々な風景や、家の周りの環境の全てと見事に融和し、それが落ち着き良く納まっているのが大和の風景であり、日本人の性格そのものなのです。

日本人が静かに物事にぶつかる時、ごく自然に大自然と繋がり、共に流れていくのがよく分かります。西洋人にとっては何をやるにしてもまず、自然から一歩自分を放し、そのように遠ざけられた空間をはっきりと見届け、そこから自然と全く変わりのない新規の言葉、新規の動きに目覚め始めるのです。

西洋人は美しい風景を観るために、あえてその地方に出かけなくてはならないのです。本来日本人には、その今いる場所から離れていく理由は何もないのです。一回ごとに何かを見るために世界中のどこにも行く必要はないのです。何となく旅をしている現代の日本人には西洋人の癖が身に付いていて、旅行会社は山程あってもいささかも破産しないのです。いつの間にか現代人にはある好きな風景を見るためには、長い旅行をしなければならなくなっており、それができない時にはそういう人たちの目は半ば盲となっているのです。現代人は全て西洋人化してしまっています。常に旅をし、その旅にごくわずかなものを見る体験をしているのです。しかも帰って来る頃にはその見てきたものさえ、半ば忘れてしまっているのです。乗り物に乗ったり、変わったものを食べてきたことは覚えていても、肝心のしっかりと見てこなければならなかったものは、ほとんど忘れているか、初めからそういったものを見てはこなかったのです。単なる観光客に観て来たその国の食文化や絵画や文学や人間性を訪ねてみても、それは無駄なことです。彼らは何にいくらかかったとか、一緒に行った友人の揚げ足を取ることはできても、肝心のその地方の文化に関しては、ほとんど自らの言葉で説明することなどできないということが現実です。つまり観光客としての旅人には、その昔命懸けでアルプスを越え、四国八十八ヵ所を命懸けで廻った巡礼者の勢いもなければ、自分自身の心の目で肝心のものを見ることさえできなくなっています。現代の旅人は見に行きながら、見もしないことを言いふらす講談師の仲間となっているのです。そのものをはっきりと心の中に焼きつけようとする夢も怒りもないのです。

本来は、料理も作庭も本当の観光または旅も、すなわち巡礼行も、大自然と直接向き合う本当の芸術行動の時間なのです。自分という人間の周りに十重二十重に数々の借景を用意している小さな庭のような存在こそが、どこまでも深い味わいのある料理であり、巡礼行なのです。このことを自覚しながら私たちは毎日の時間の中で流れているものをしっかりと見つめていきましょう。

原人

あらゆるものが美しい言葉で語られ書かれ読まれ、それなりに納得されている現代は間違いなく大きな広がりを持った文明社会です。人類はこういった広がりの大地に立たされ、かつてサバンナにいた頃の思い出はほとんど失くしています。

アフリカ大陸の遥か西の方の一角にいろいろな原人と並んで生活していた中の一種族である人間は、大胆に自信を持って大地に飛び降り、数限りない様々な天敵がやって来て脅しをかけるに違いないことを知っていながらあえて、人の最も弱い部分である胸を広げ前に出し、しかも二本足で不器用に立ち上がり、二本の手は木の枝を折り曲げ石を掴み、時間の流れの中で少しずつ器用さを十本の指につけていったのです。その頃は未だ体中に猿並みにごわごわとした毛が生えていたに違いありません。それでも彼らは大地に、二本足で降り立った時からすでに自分たちの未来である文明時代をはっきりと夢の中で信じていたのです。彼らがやがて毛のない猿たちになれる日を、疑いもなく夢見ていたのです。その頃の原人たちには未だ自分の体を初め、自分の行動の中に、話す言葉の中に、作り出す様々なものを意識しながらそれらが文明の時間の中で大きく粉飾されていくことをわずかながら意識することができていたのです。つまり彼らには夢を持つことができるところまで人間としてのごく初歩の成長があったのです。まだまだ実際の日々の生き方は、彼らが夢見ていたような大きな広がりの中に展開していませんでしたが、それでも実際の今の自分にはとても考えられないような時代がやって来ることを意識はしていたのです。夢も見ていたのです。

しかし彼らの現実の生活の時間はまだまだ猿の仲間でしかなかったのです。大きな爬虫類や大きな猛禽《もうきん》類に追われながら、森の中をサバンナの中を逃げ回る弱い存在だったのです。マンモスから見ても恐竜たちから見ても、その後の時代に現れる豹やライオンやワニや鯨たちを前にしても、それらから逃げる以外に方法がないのが彼ら原人たちだったのです。彼らにはそのような大きな爬虫類や哺乳類を前にして、彼らを天敵と呼ぶ以外にはどのような方法もなかったのです。どんな大きな天敵と比べても原人たちには彼らに優る能力は見られなかったのです。どんなに速く走ってみても彼らに勝つことはなく、どんなに力一杯飛ぼうとも、彼ら並みに飛ぶことはできず、相手を喰らい潰してしまうほどの歯の力もなく、遠くから聞こえてくる天敵の迫りを察知する耳もなく、目もなく、ましてや大自然が大きく動き出す地震や津波などの状態を聴き分けることも他の天敵や、小さな虫に劣り、泳ぐにも木の空洞に隠れるのにも、その速さと言えば最低の他の動物たちよりは遅い自分たちであることを、原人たちはよく知っていました。そのようにして天敵たちから追い回され殺され餌となりながらも、原人たちの男女はそれなりに子を作り、何とか子孫を後の時代に遺していくことに成功しているのです。つまり原人たちには唸り声や吠え声や脅かしの態度の陰の方に、数多い天敵たちにはない言葉というものがわずかながらあったのです。何一つ天敵たちに勝るような牙や爪や手足や速度の優れた身体を与えられてはいませんでしたが、その代わりに人には他の動物たちには与えられていない言葉が大自然から生命と一緒に与えられていました。手足の行動や身体全体のあちこちに見られる様々な特性とは別に、原人には言葉というものを与え、これを限りなく長い時間の中で徐々に粉飾させていったのです。他の動物たちが居丈高《いたけだか》に自分たちに与えられている様々な特徴を誇っている間、人は自分の中に見られる実に悲しいそういった力を可能な限り魂のシュレッダーにかけ、ほとんどそういった動物たちが抱いている誇りのようなものを自分の中からなくなるまでに取り去ってしまったのです。しかし最近になってスポーツ大会などが様々にあって、人は投げることに強く、走ったり泳いだり叩き合ったり押し倒したりする力を誇り、その勢いの良い状態で生まれてきた人間だということで、メダルを貰ったりするような時代になりました。天敵に追い回されていた頃の悲しい思い出が逆に働き、人のこのような心の力に勝って、大きな腕力に向けて喜びたいと思うのは、確かに必要なことなのかもしれません。私など小さな大人しい蛇を見るだけで縮み上がってしまいます。先祖が長い時間の中で追い回されていた頃の思いが今日になって私の中に生きているのかもしれません。おそらく人間はこのようなトラウマがどんな人の場合でも少なからず付き纏っているのかもしれません。このようなトラウマが確かに人の生き方の中に疼《うず》いているせいか、人間は様々な神々や仏たちを捏造して今の時代をそのトラウマから逃れたいと努力しているようです。

　言葉がここまで発達し、弱い人類の初期の頃の、しょせん原人の頃の恥多い生き方を除去するために、様々な道具を自分の周りに作り出し、それに手をおきながら毎日現代人は生きています。数多いトラウマから自由になるため、人間の小知恵は様々に働き出し、走るスピードや相手を打ち倒す力や泳ぐスピードやどんなものよりも早く空を飛べる力を自慢しながら、誇りながら、人としての本来の力、つまり愛の働きや動きや喜びをどこかで残念ながら失ってしまったのです。今ではこの失った大切なものをもう一度取り戻すために、たとえ少しでも天敵を怖れたりするぐらいの気持ちを持つことは必要なのかもしれません。

自由

ここ二、三日雨が続きましたが、今朝からずっと日が射したり曇ったり、庭や竹藪の方は秋の時間の中で落ち着いています。おかわりありませんか。

この世の中は山や川や全ての生き物も、それなりに落ち着いているのですが、その中で人間が小利口な頭で作り出した金銭というものが何ともこの世を忙しくし、騒がしく落ち着きの無いところにしています。金銭とはいかにも便利で、物々交換で忙しかった時代と違って、人間はその点では落ち着くことができるのです。心の方はますます忙しく騙されまいと、また、他の人に負けまいと悩み苦しんでいます。長い歴史の時間の中で作り上げられた経済感覚なのでしょうが、この金銭感覚によってこれほどまでに人間が苦しまなければならないとは、誰が一体想像できたでしょう。

マルサスはかつて、人口の過剰になる近未来や遠い未来を予測しながら、その経済哲学の中で食糧問題にも様々に書いています。未来を考える時、私には金銭に因る人類の不幸な時代を予測して、身体が震えるのです。虫や、人間以外の動物たちと違って、人には上下の区別が付けられ、精神的にさえ歴然として格差が生まれているではありませんか。金銭は動きが取れないまでに、本来平等であり自由である人間を、知識や芸術心や持ち物や足の速さや腕の強さによって見事なほど、人間格差を生んでいます。立っていても寝ていても常にこの格差が人を縛っています。狼でさえ共食いすることはなく、殺し合いもしない生き物だと言われていますが、おそらく蟻でも蝶でもお互いに仲間を押し倒すことはないでしょう。たとえ彼らに集団をまとめる上での権力者がいるとしても、彼らには勲章も冠も財力も特別多く与えられてはいません。そういうものを与えられている人間だけが、その分不幸に犯されているのです。そういった他の生き物の生き方を、私たちは最も基本的な自由と考えていいのでしょう。とするならば人間はこれから長い時間をかけ、幼子のように単純素朴になりながら、この失っている自由を求めるための言葉を探し続けなければならないようです。

日々、単に自分の道を生きていくだけではなく、大自然がその流れの中に与えてくれている自由をそのまま素直に受け止めたいものです。アメリカインディアンたちが親たちから聴いていつも忘れまいとしていた諺に、「人の言うことをよく聴け。さもないとお前の喋る言葉が自分に聞こえないくらいになってしまうぞ」というのが伝えられています。私などはとにかくこういった金言を注意して自分に言ってきかせなければなりません。

今日から十月です。月や栗や柿を十分楽しみながら幸せな時を過ごしていきましょう。ご家族の皆さんもお元気で。

物

人は誰でも生きて存在する自分に目覚める時、どうしても心のどこかで一種の寒山拾得の中心的な考えを持たなければならないようです。生き方の中で新しいものを創造し、造り出すことに必ずしも手を出さなくても良いのですが、大自然の中から心を受け取り、第三の目をしっかりと開けて目の前のものを確かな形で探し始めればよいのです。目覚める前の人は、目の前のつまらない事柄さえ第三の目で見ようとせず、第三の耳で聞こうとはしていなかったのですが、今は違います。自分という存在の底の方で何かが寒山拾得の生き方の一部になっているとするならば、これまでのものとは違った新しいものが見えたり聞こえたりして来るものです。生きる力の動いている限り、そういった引力の限りを尽くして、自分の中から出て来る言葉の全てを何一つ抑えることなく解放し、発言しなければならないのです。どんなものでもそのようにして外に出て行くものは何らかの意味において美しいのです。それらを一つ一つ考え倦《あぐ》み、世間の常識の中でもう一度理解しようとして時間を取っている限り、その人は自分らしい本当の表現をしていくことはできません。

　究極のものは間違いなく自然の流れの中に眠っています。実に巧くカモフラージュされて、しかも解放もされているのですが、この世の中の便利で狡い言葉に引っかかっているので、たいていの人にはそれが見つけ難いものなのです。本物の芸術や哲学の言葉というものは、自分の本質を剥《む》き出しにして生きる人間にとってはいつも全て新しく、今この場で作られた物のように新品なのです。長い間、眠っている巨木の中から素晴らしいものが彫刻されていき、言葉が表れ、歌われ、革命の轟《とどろ》きが聞こえてくるのです。豊かなリズムを持った言葉が目を覚ます時、仙人の力を、また隠者の術を持ち合わせている事実に気づくのです。人はその時大自然の大きな流れや力に心を通わせていることが私たちに分かるのです。現代文明世界には、そういった人、また力は滅多に現れるものではありません。仙人や隠者の姿や行動さえ、なかなかこの文明社会の広がりの中では、見ることができません。自然の中からこういった本当の生き生きとした言葉を自由自在に、しかもごくごくわずかに口にする人々が出て来ることは、奇蹟に等しいのです。しかしそのような人物は突然現れます。そういった人に会う時に自分の全存在が大きく変化し、そこから全く新しい生活が生まれる人もあちこちに見られるのも、決して不思議ではないのです。物は全て人間の個性豊かさのもう一つの表現に過ぎないのです。物は全て作られていくものではなく、生き生きとした個性の表現そのものなのです。物を大切に使うのも、乱暴に扱うのも、それを使う人間の側の問題なのです。とても切れる鋭利なナイフも、それを使う人間の扱い次第で、ますます鋭利なものとなったり、歯がぼろぼろになるほど役に立たないものになります。常に不足の心を抱きながら生きる人は、確かに自分の生き方を少しずつ不足するものにしていくのです。金も無ければ物も無く、どんな力も権力も無いとしても、全てのことに充足していると確信のある人は、間違いなく明日も来年もさらには近未来の時間の中でもますます豊かになっていくはずです。不満や不足を抱きながらどんなに努力をし、励み、善行を行っていたとしても、その人の明日はどうしても暗くなるものです。

　自分が自信を持って作った物を町に持っていき、他の人の作品と交換して来る時、そこに人間同士の豊かな言葉の交換や生命の交換の喜びを体験するのです。残念ながら人間はそのようなものの交換を離れ、より便利な金銭のやりとりによる交換を身に付けるようになったのです。確かに金銭はより便利なものの交換を即すものとなりました。人によって作られるものはその時から商品となり、その人の真心の、また誇りの表現ではなくなったのです。どんな物でも作った人の誇りであり愛であり生命である時、私たちは心から感謝して物を大切に扱うことができるのです。自分の周りにある全てのものに、私は感謝ができる時生きることの大きさや力や愛を感じます。

幸せを発掘して

物を書く人間も話す人間もわずかながら大切なものを忘れています。こんな時に次のような言葉を言うアメリカ人に目が向いてしまいます。

「意志というものを伝えなかったならば、その他の言葉を人におしつけるな」

私の大好きなニューイングランド地方に育ったアビー・ホフマンは言っています。

確かに私などもそうですが、ほとんどの現代人は自分の本来の思いや意志を言う代わりに、誰もがどこでも言っている有り合わせの常套句を口にしています。そういう言葉の行き交う中で現代人は、心のどこかでうんざりし、飽き飽きしているのですが、それをそういう訳にもいかず、黙って聞き、自らも短くてよいのですが、それ以外の本当の言葉がないので、どうしてもこのようなありきたりの外交辞令の言葉でお茶を濁してしまいます。しかもそうする時、世間一般には話が通るし利口な人間として目され、誰もが安心してその人を受け入れてくれることも事実です。しかしそういった人々の間にコペルニクスもガリレオもコロンブスも良寛も出現する余地はないのです。自分を磨きながら出来上がっていく人間というものは、むしろ、老境に入った頃、本物として、漸《ようよ》う、自分の言葉をおずおずと一つ二つ、十、二十、口にしていけるのかもしれません。

その人間の言葉はその人の幸不幸に関わっています。確かに本人が自らの思いとして口にできる言葉は、とても厳しく分厚過ぎ、重くのしかかってきますが、それこそが人間を大きく変化させ、時にはそれを聴く周りの人たちを変えていくのです。

人間を幸福にするのは、その本人が口にする言葉によってです。大自然は人に、またあらゆる生き物に生命を与えてくれます。しかし大小様々な生き物たちをそれらしい平和の中に送り込むのは、その生き物自身なのです。すなわち幸せを自らに与えるのは本人なのです。これを忘れて悪運とか強運を人は大自然からもたらされると考えるのはたいへんな間違いです。本人の中に流れている大きな万有の引力の動きがその人を幸せにするのです。自分の言葉でものを話し、その流れに押し出されていく人こそが、幸せな人物と言わねばなりません。全ては本人の中の万有引力の動きの結果であり、それが勢いよく流れるのを傍らから応援するのも本人自身なのです。

人は誰によっても幸福にされることはありません。人は自分に与えられた時間によって幸せがやって来るのを待たなければなりません。どんな人にも常に「待てば海路の日和あり（今は状況が悪くても辛抱強く待っていれば必ずチャンスが巡ってくること）」の時間が付き纏っているのです。周りの人は、その人の運命を、より豊かなものにしてあげることはわずかにできない訳ではないのですが、幸せということの基本的な力は、本人の中からしか生まれることはなく、一人ひとり誰もがそういった自分自身の中に流れている大きな潮のうねりに、どんな時でも常にいささかも疑うことのない自信を持っていなければならないようです。

人は誰であっても間違いなく何らかの匠なのです。徹底的に頭の中の動きや十本の指と二つの目と耳と、四本の手足を自由に使いながらボルトやナットや歯車などをまず作り上げながら、それらを小利口に繋ぎ合わせ、時計を作り、様々な便利な道具を作るようになったのです。ロケットも新幹線もあらゆる人間の中の匠の技の結果なのです。人間の集まりの中から発揮され、出現したものの総体形が文明の形であり、大自然から生命を与えられてあらゆる生命体を総括する人間の頭の姿なのです。おそらく永久にこれからも完成することはないと思われるロボットに向かう夢なども、結局は匠の技を信じて自分の中のそれに、自信を持っている人間という生物の姿なのでしょう。確かにロボットが最近では人間そのものに近い形で造られるようになってはいるのですが、あと数ミリも近づけば、ロボットは人間そのものになりきり、人類の仲間入りするように見えてはいますが、この数ミリが永遠の時間です。決してやって来るはずのない時間であることを知るために私たちは、どれほどの知恵を大自然から貰わなければならないのでしょう！

幸せをまた自分の言葉を手にすることのなんとたいへんなことか、人類は漸《ようよ》う知り始めて来ているのです。

秋の味覚

昨日は土佐の深層水、そして珍しい季節の西瓜や、びっくりするような大きな椎茸、そして柴栗、トマト、南瓜、芋等など、とても嬉しく受け取りました。

四、五日前は十五夜でしたが、あの夜から毎晩丸い月が窓から見えています。早速夕べは栗ご飯を作りました。なんと甘い栗だったことでしょう。柿や栗の味は確かに秋のそれであり、私たち日本人を喜ばせてくれます。

貴方の方も食堂の仕事はますます順調にいっているようですね。人の世の中の基本はなんと言っても「食」であり、「住居」ですね。例えばハーバード大学の学問であっても、ケンブリッジ大学の知性であっても、その基本は「食」と「住居」であって、これ無しにいかに他のことをやってみても、何かが大きく抜けていることを人間は認識します。人が懐かしいと思い出し、常に戻っていくのは故郷ですが、人の心の中に広がる原風景としての故郷は、どこにいても「食」と「住居」に尽きると思います。西洋の言葉で、大工のことをカーペンターといいますが、これは「匠の頭」という意味です。同じように「食の中心」のことをグルメというのもまた訳は同じです。文明の世の中では最も基本的で大切なものを脇の方に見て、さほど重要でないものをけっこう崇めている心がありますが、こんなところにも文明の欠点というか、人間を粗末に扱っている一面が見られるようです。

「栗柿も　秋の味なり　心なり」

ふと私の口からこのような言葉が生まれました。やはり秋は人間の故郷とも言うべき季節なのですね。秋が短く、紅葉の美しさがあまり見られないアメリカやヨーロッパではむしろ、家々を派手に飾り、派手な車で出かけますが、その点日本の山村の風景には茅葺き屋根の家と、苔の生えた水車の風景が実によく似合っています。これだけ時代が新しくなった今でも、あえて公園の中に茅葺き屋根の家や水車を並べたりして、やってくる人の心を慰めています。

過日貴方も一緒に遺産の森を歩いてくれましたが、あそこにも江戸時代の庄屋の家がありました。人の心というものは、何の場合でも基本的なものに目がいくようです。「食」と「住居」というこの人間文化の基本とも言うべきものにどうしても心が惹かれるのは仕方のないことです。私たちは自分の心と身体に単に病を遠ざける免疫力を持つばかりではなく、精神や心の不幸を遠ざけてくれる「食」による免疫力を持ちたいものです。秋という時間の勢いを貰うためにも、柿や栗が免疫力の力を発揮するように、「食」等がますます私たちの精神力や勢いを強めてくれますように。金銭や肩書きに夢中になることに汚れを感じ、「食」にもっと生命を向け、生き生きとした本当の高尚な人間として生きていきたいものです。人生はこれに尽きると思います。貴方も良い秋の時間を楽しんで下さい。

本当にいろいろな食べ物、いつもありがとう！　十分味わいながら、いただきます。ご家族の皆さんにくれぐれも宜しく。

切瑳琢磨

おはようございます。秋の雨がどうやらこちらは一日中降るようです。南西諸島には台風の雨風が近づいているようですね。おそらくそれは日本列島をも縦断していくようですが、沖縄本島にさほどの被害のないことを祈ります。

ところでスペインや東京から、そして本島のギタリストたちの大きな集まりは人々をさぞ感動させたことでしょう！　その大々的なコンサートが終わった今、貴方はしばらくの休みをとっていることでしょうか？　このコンサートの様子など次の貴方のファックスで教えて下さい。

何事も自分の力の限りを発揮して行える時、人は自分の生きている現実に大いに喜べるのです。たとえそれが自分の思い通りに必ずしもいかずとも、それなりの生命を燃やす喜びはあるはずです。しかし、思い通りに近い成果を上げるならば、喜びはどこまでもその人を大きくするもう一つのビッグバンになるでしょう。貴方のこれまでの生き方は、あらゆるところで時には泣き、大いに喜び、そして常に生命の洗濯をして来ているようです。私自身も自らを省《かえり》み、時には失敗したり悲しんだり、そして全体的には大いに自らの人生時間を磨いてきたと実感しています。

人生万歳！　人生感謝!!

人間はその与えられた寿命の中で常に自らを磨いて磨き抜き、少しずつ輝きを発揮する存在となるようにできているのかもしれません。生まれた時は親たちや人々にまるで玉のような可愛い子供だと言われたことを赤子はそのまま鵜《う》呑みにして信じ、どこまでも響くような産声をあげていましたが、実際は羊水と胞衣と血の汚れの中で、その種の生物として生まれてきたはずです。人も猿も犬も猫も目は見えず、何も喋れず、吠えることもできず、ただ親たちの手の中、胸の中で泣きじゃくるだけでした。しかしそれから私たちはこの年になるまで少しずつ親たちの手によって、自分の手によって、自らを磨いて来ました。まさに中国の四つの漢字、「切磋琢磨《せっさたくま》」をしながら、日々一瞬一瞬自分という存在はわずかずつ磨いてきたはずです。オーラの発する光はそのままその人だけの言葉としてその人の前を、後ろを左を、右を自信を持って前進しています。磨き抜かれた言葉こそ、どんな宝石よりも金銀よりも偉大なものです。貴方の培った磨き多い言葉を常に自分の周りで発揮して下さい。

　人は自分の言葉でそのオーラで周りを大きく照らす必要があるのです。複眼と複耳をしっかりと開いて大自然の勢いある流れを、つまり万有の勢いをしっかりと掴んで日々を生きましょう。人というものは本来誰でも自分の精神と心の視座から物を直接覗き見たいものです。しかしこの世の雑事があまりにも多く、それにかまけて生命力を見つめる機会を失っているのが小利口な現代の人々でしょう。お互いにこれからも本当の自分の言葉で大切なことを語り、自分の第三の目を汚すことなく、しかも大いに使っていきましょう！　お元気で。

継続は力（伊予の味を口にしつつ）

　今日の午後、貴女からの嬉しい四国の味を受け取りました。伊予の風と波のうねりの中で段々と成長していく蜜柑の味は、同じ秋と言ってもどこか東海地方のそれとは違って四国の味が私たちを包んでくれました。初めて松山を訪れあなた方にお会いするために乗った飛行機の窓から見た瀬戸内海の島々や伊予の山々の印象が今でも頭の中に残っています。伊予灘の穏やかさの中で秋の気候に守られ成長していくこの早生《わせ》蜜柑、私たちはとても爽やかにいただきました。これから毎日が楽しみです。本当にありがとう！

　食卓の上の籠に盛られた蜜柑の緑から徐々に蜜柑色に変化していく様子が、日々見られることはとても嬉しいです。

　人間は行動する動物の中でも特に変化の多い生き物です。しかしどんな生き物と比べても彼ら以上に一つのことをじっと耐えてやり続ける力を持っているようです。二十年近くじっと座ったまま祈り続けた達磨大師やトルコのカッパドキアで石の上で一生を過ごした仙人たちもいたということですがそこまで徹底しなくとも、人生時間の中の数十年を一つのことに徹底して生きられる人間は、やはり徒者《ただもの》でないと言われても決しておかしくはありません。今日夢中になっていても次の日や一週間、二週間ぐらいで別のことに夢中になるこの文明の世の中で、やはり「継続は力なり」という言葉が大きな光を放っていると思います。物事が何事であってもそれを続けて行える人間は必ずその方面で匠と呼ばれ、才人、発明発見の人間と呼ばれるはずです。しかし残念ながら、文明社会の大半の人たちは、自分の行動に関して長く続けることができないのです。おそらく私たちは一つのものに心を奪われ、それを愛すだけの力を持つのには、何かが不足しているのかもしれません。数多い病原菌や汚れによって一つのものには徹底して生きられる免疫力がないのかもしれません。全ての人間は、まずはっきりと言えることは自分の言葉に徹底するだけの免疫力を持っていないということです。今これを話し、それを行動に移したとしても、次の瞬間それから目を外に向けてしまいます。そんなに良い言葉や美しい言葉を口にする必要も書く必要も自分の行動の中に持ち込む必要もありません。ごくごくわずかな単純で素朴な言葉を前にして、それに従いながら一直線に進む時、正しくはその人は驚くべき才人として、また匠として、さらには本当の意味での奇跡の人間として周りから理解されるようにもなるのです。ところが人はたいていの場合このように一つのことに夢中になる態度を理解不能なものとして拒絶して受け付けません。もっともその方がこの汚れた世の中は生き易いからです。文明社会の錆びついた汚れ放題の風はあらゆる人を引きずり込み、彼らのピュアな言葉や考えを見事に汚れたものに、また純粋な物から遠ざけてしまいます。

確かに人は大多数の文明人間の中で希少種や危惧種として生きなければならない存在ではなく、雑多な種類の動物として生きている訳ですが、本当の自分らしく自分の言葉や行動に徹底しその道を進んでいく時、間違いなく希少種として愛や努力や自分らしさを示しながら与えられた人生を生きるところに、本当の喜びや誇りやオーラを自分の周りいっぱいに照らしていける人間になれるようです。自分で自らを誇れる存在である時、人生を楽しく生きられるのではないでしょうか。

貴女の韓流映画の方はどこまで貴女に大きな力を与えてくれますか？　できれば韓国の古事記とも言われているいくつかの本も読まれるといいかもしれません。韓国の男や女たちの美しい生き方が私たちの心を打つことは間違いありません。そういった半島の記述にも当たる伝説や神話の名前が知りたければ、次の機会にでもお知らせしましょう。

世界各地、ギリシャ、ローマ、ケルト、北欧などに無数の記述が存在し、その一つ一つに私たちの心を揺さぶらせてくれる言葉が含まれています。グローバルな人間の世界にはこれまで私たちが知らないでいた言葉の美しさや愛の行動が山程あります。

今夜はこの辺で失礼いたします。先生にはこの間メールをいただいています。宜しくお伝え下さい。

生命誕生の奇蹟

大自然の流れはそのまま自発的な行動であり、あらゆる生命体の動きの基本でしょう。宇宙に存在する万物は全て基本的には無機質なのかもしれません。たとえ有機物の何かがそこに入り込んで来ても、それは単に生命といって理解してしまう訳にはいかぬようです。

　総体的には全宇宙の存在するものは、いわゆる物質でしかなく、これは横文字ではマターと言われています。その中からごくわずかに不思議な物質が見えてきます。自分から動きだし身体や足や手を動かす不思議な物質が見られるのです。つまりハードな物質とかソフトな物質として明らかに二つに分けられるものが存在し始めたのです。人間の歴史の中でそれは創生時代の伝説であり、神の出現の系図であり、人と関わっていく最初の頃の巨人たちの昔話の匂いをそこに感じるのですが、実際にはそれを超えて生命出現現象となっている自発性の重大な問題なのです。

　生命が生命体であるには、そこにどうしてもハードなマターが、ソフトなそれになっていく発生の段階が認められなくてはなりません。ただそこに転がっていれば黴であってもそれは砂粒や岩石の表面といささかも変わりません。それがわずかながら位置を変えたり、温度が上がったり、ぬるぬるし始めると、そこはハードな物質のソフト化していく段階の初めであるように見えてくるのです。しょせん純粋な、しかもさっぱりとした機械にはどんな意味においても、このソフトな物質の発生は見られないのです。単細胞から複細胞に何らかの理由によって変化していく状態の中で、それを固いものから柔らかいものに移動していくグラデーションと呼ぶことができるかもしれません。微細なぞうり虫など百足《むかで》から見れば遥かに数多い足をオールのように動かしながら、しかも極めてゆっくりと漕ぎ出す櫓《やぐら》のように動かしますが、その足は何千本あるのか、分からないほどの数だそうです。こういった単細胞から始まり、微細な機械から離れたソフトなマターは、徐々にハードな冷たい部分を忘れたり、捨て去りながら長い時間の中で持っていた無機物の冷たさを棄て始めるのです。この時間こそ、ナノのビッグバンの体験というべきです。全く動かない物であった頃は、無機物に過ぎず、ハードな一種の歯車やネジに過ぎなかったようなマターが、徐々に動き出す時そこに生命の出現の神秘を見るのです。生科学者や動物学の研究者たちは、それを簡単に、「そこに生命がある」としか表現しませんが、無機物を有機物と共に考える精神の言葉で存在物の全てを扱う心の博物学の徒は、極めて重大な問題として、神話に似ている天地創造の、また天孫降臨の現実の話として受け止めるのです。もし学問として生命学というものが有るとするならば、この世の理屈を一切言うことなく、本人の考え方の中心の中に何かを見い出すか考えなければなりません。そこで口にされ書かれる言葉は、いわゆるソシュールなどが手掛ける言語学の範囲の中で示されるものとは違い、ソフトな言葉、また精神的な心の流れといったものから現れてくる大きな流れなのかもしれません。それは果てしなく遠くを見つめる仏教徒の修業であり、砂漠で祈りつつ生涯を終えたキリスト教やモハメッド教の巡礼者に近いものなのかもしれません。

秋を語りながら

　おはようございます。実に明るい日の射している朝です。秋もいよいよこれからが本番です。今年の夏があまり良いものでなかったせいか、日本特有の錦の季節と言われている長く続く秋も、どうやら紅葉などの冴えは良くないようです。しかし私は十分に秋の陽の光を浴び、身体を元気にし、心から本人らしい生命の言葉を話して過ごせるとてもよい季節のように思っています。錦よりも、カラカラと音を立て、風に吹かれている枯れ葉も無駄に過ごしてはいないようです。

人間の世界のどのような宗教でも芸術でも富でも権力でも、自分の手の中にそれが有るならば、人はその持てる物を、自分が願っていることに利用しようとしてしまう心を持つのは極めて自然なことです。目上の者に服従する思想も、また儒教などでは大いに教えていますが、そんなところにも人同士の間の上下関係が生まれ、結局文明社会は平等で平和な大地とはなり得ないのです。他の動物たちや全ての生命体にはあまり見られない権力の上下関係が人の場合には嫌になるほど多く付き纏っています。それを嫌がりやがては憎み、しょせん古代宗教の中から始まった原始共産主義や、極めて哲学的な現代の社会主義の中から生まれた共産主義や無政府主義、そしてその反対側に立つ共和主義や民主主義などが現れていますが、当分地球上は人が願うような平和な一角になれないことも私たちはよく知っています。とにかく大自然と繋がっている言葉で行動し、話し、書きながら日々過ごしたいものです。人は平和な小鳥や野の花になれもせず、またなりたくもありません。人としてより高いレベルに生きられるサミットの生命体になれれば幸せです。

貴方も十分に身体に気をつけて下さい。あまりにも多くやることの多い存在ですから、大自然の万有引力はそれに相応しい流れをドッと貴方の方に向けてくれるだろうと私は信じて止みません。ご家族の皆様に宜しく。来年の春頃はぜひおいで下さい。

隠者は目の前にいる

あらゆるものの発見の中心の中に、言葉の発見があり、また言葉による他のものの発見があります。言葉の発見はあらゆる存在の発見であり、言葉による発見とは万有の流れをそのまま大きな生命と関わっていく運動の存在の認識と繋がってきます。鳥は飛び、魚は泳ぎ、獣は唸り、虫は鳴き、植物は色彩で自分を主張し、匂いで愛を感じます。こういった全てを持っている人は、その最後の手段として言葉を使い出しました。モールス信号も手旗信号も、そしてコンピューターによる人と人との繋がり合いも、全てが言葉の変形なのです。愛情や憎しみさえ、高次元における言葉の表現でしかないのです。

人間が徐々に文明化されていく時間の中で、人が軽々しく言葉と考えているものはどこにも存在しないのです。大自然の動きそのものが人によって話される時、その行動はそのまま言葉に変わっていくのです。心の動きは、あらゆる雑音と交じり合いながら発散する時、言葉となるのです。森も獣も虫も魚も鳥も、それゆえに彼らの言葉をとても上手く話せるのです。愛や怒り、笑いや歌うこと、泣くこともけっこう上手い運動になっている言葉という存在物です。コンピューターの言葉より、縄文人の純粋素朴なたどたどしい言葉こそ、時おり悲しく汚れきり、狡さいっぱいの現代人の私たちの言葉より、遥かに中味の深い物事を伝え合っていました。

暗さの中でしか本当の光は理解できないものなのでしょう。本当に自分を生きたいなら、自分の心を一つの坪庭にしなければなりません。町の直中に住みながら、隠者の棲む森の一角のような庭に住みたいと願っても、それは無理な話です。閉じ込められ、束縛されていた言葉が生きるためには、このような町の空間からまず離れることです。生き生きとした自分の言葉というものは、その人を本来の自分自身に戻してくれます。自分になれず、違った人になろうとしての手段を持とうとして用いる言葉なら、それは必要のないことです。自分をますます自分らしくしていく自分の言葉こそが大切なのです。大自然の風が吹き込んで来る京都の町家のような自分の心を大切にしなければなりません。心に吹く風とは、このような言葉を目指しているのでしょう。型押しの豚や牛の偽革と違って、クロコダイルや錦蛇の革に本革の気品が現れているのに似て、本物の言葉は文明や文化の示している文字の匂いを綺麗さっぱりと拭き取り、文明の名を知らない古代人が片言混じりに使っていた様式の言葉の形や素朴さの中に見られるのです。生命力がギラギラと光っている本革同様の言葉こそが、生命力と繋がっている人の匂いを発散させているのです。

生命の熱さによってメルトダウンしてしまうほどの言葉でなければ、その人の生命とはなり得ず、本来の人の言葉としての力は持つことができないのです。

神は存在しないにしても、無機物の固まりを生命体にまで引き上げていった力は、間違いなく存在するのです。ギリシャの哲人たちは、それをいくつかの物質（無機物）の重なり合いや、流れという万有引力として、古代ギリシャ語のぶつかり合いや、流れの中で実感できたのです。タ－レス、アナクシメンデルそしてアナクシメネスなどは、それら賢人たちの中の人々でした。彼らは神という、その前のギリシャローマ人たちの神概念を棄てることができたようです。神に関わる様々な伝説に変わって大自然の流れの中に、万有の持っている引力を信じる心がわずかながら見え始めたのです。神は実在しませんが、自然の流れの中のどこかに常に小ビッグバン、つまり有機物の出現を期待していたわずかな人々がいたはずです。生命を間違いなく生命体として目撃できた人々が、不思議にも原始人から古代人の間に流れていた時間の中に存在したのです。彼らこそ本当の意味における仙人や隠者であったし、現代人の目の前にいる伝説などではない、実際の人々なのです。人間の歴史が右往左往しながら、伝説や迷信の中で迷っている態度をこの辺で止めましょう。心の中でひたすら願う思いはますますこれからも、誰にとっても必要です。神への懺悔ではなく、大自然または万有の引力に対しての喜びに与《あずか》る生き方をこれからもずっと持ち続けたいものです。

十分健康に気をつけて頑張って下さい。

北の雀と南の雀

貴方やA先生やSさんからのメールを今妻に読んでもらったところです。やはり人には言葉が生き生きとあらゆる形で迫ってこないと内部に潜んでいる生命体が本当の意味で働き出さなくなるようです。

言語というものは不思議な存在です。権力も金力もその他諸々の存在の中で言語というものは、その初めの頃の叫び声や唸り声などから発展し、多くの民族のそれぞれの言葉に変化してきました。

日本語という言葉自体、アルファベットを基本とした西洋人のそれとどこかが異質なのは当然なのですが、日本人の骨組みや脳や内臓器官、そしてそれに合わせて徐々に整えられてきた精神性や感情の動きや他の働きが深く関わって、日本語という独特なラングに化したようです。中国大陸から吹き寄せてきた黄砂と並んで、数多い漢字の存在があるようですが、神の言葉やいくつかの仮名文字などが考えられるようです。もちろん仮名そのものが漢字の中から生まれた言葉であるということも頭に置かなければなりませんが、とにかく日本語の基本はこういった大和の細長い島々に出現した黴のようなものだと思わなければならないようです。

日本語はその裏側において、いくら否定しても漢字の匂いと趣をかもし出しているという事実は否定する訳にはいきません。日本語は、着物と同じく、精神の立ち居振る舞いや心の動きや魂の微妙なリズムとしてのハーモニーを常に発散しています。それらは全てアルファベットのそれと大きく異なっています。日本語には心や音にならない深い芯があり、無音で流れている確かな日本語の芯は、スポーツ行為の勢いをあえて持つことなく、ドレミファの正確極まりない整然としたものではなく、尺八（定具）の一見、雑然とした和音に聞こえるはずです。事実心に達している永遠の音なのです。日本語のリズムは荒野に叫ぶ声であり、あまりにも速く空気を斬るので一切の雑音の聞こえなくなったさっぱりとした風切音と言ってもいいのかもしれません。

洋服には寸法というものが有ります。一方着物にはそれがありません。反物に縦横に鋏を入れ、手縫いするだけで、後は身体の大きさの様々に違う人々が着方、裾の上げ方、帯の締め方を自分の好きなようにまとめて着ることによって、たいていの日本人には上手く着こなすことができるのです。西洋の洋服やドレスとは全く対立している着物を理解することは、もう一つ全く別の哲学や神学の下で立ち上がらないと理解できないようです。いろいろな分野で何かを学んだり身に付けようとする時、人は大きく精神の世界の中でこのことをはっきりと認めていないと、確かな物事は何一つ周りの人には判らないということになります。もちろん男性の場合も同じです。科学を語り、哲学を講義し、宗教を説いても、現実を論じてもそこで語られる日本語のリズムはいささかも衰えることはないのです。日本語の経と緯も一糸乱れず、どんな世界においてもいささかの乱れを起こすこともありません。日本語はバイオリンの音にも合うし、ピアノのそれにも、ギターのそれにも、琴のそれにも、三味線のそれにも、琵琶のそれにも合うのです。着物がほとんどどんな大きさの人間にも着方次第で着られるのと同じく、人生の生き方もその中で使用される金銭の使い方も、また言葉の使い方もたいていの大きさや深さの人間に合うようにできています。着物がはっきりとその人の身体に合わせて作られていなくとも、幾何学的な線で裁断され、一つの雛形によって合わせられ、縫われていくなら、それはたいていの人に着られるように作られていることが判ります。着物と同じく、言葉もまた心さえ確かならば、誰にでも精神の寸法が合い、向かい合っている者同士の確かな反応が受け止められます。言葉という名の人の心の中から生み出される幾何学模様に沿って語っていくなら、そこには間違いなく一つの哲学、芸術が生まれ来ることは間違いありません。個性豊かな人というか、人間の精神のはっきりとした幾何学模様を知ってしまった人は、一様に自分の周囲の人間と同じ存在であるということが、判ってきます。喜ぶのも、悲しむのも、人は同じように体験します。強い人も弱い人も表現力の有る人も無い人も、皆一様に幾何学的な同じ模様で色付けされた生命を、大自然から与えられています。どんなに個性豊かな人間だと自分をみなしていても、ここまで考えて来ると、人一人ひとりは多かれ少なかれ、似たような存在なのです。どの雀を見ても、北の雀も、南の雀も、さほど変化がなく、同胞であることにガッカリしたり、安心したりするものです。

生命の哲学

全く風の感じられない静かな秋の朝です。日が照っているのでいくつかの文章を書いた後、妻と散策に出かけるつもりです。身体のためにはやはり、薬などが必要なのかもしれませんがそれ以上に散策が必要のようです。衰えは足の骨の方から来るとも言われているようです。人間初めあらゆる動物は骨とその動きの衰えから老化が始まり、人の精神はその人の言葉から老いていくと私は思っています。本来足は常に動いていなければ人としての生きている意味がないのと同様、口から言葉が生み出され、書き出されていく一瞬一瞬が連絡していなければその人の人生はまともなものではないのです。身体と心の両方は骨の脆《もろ》さから始まり、ものを喋り、書くことの時間の中で守られたり、衰えたりしていくのです。これからもできるだけ散策は可能な限り毎日続けたいと思っています。幸いなことに人は限りなく喋る動物であって、また何かをメモしていなければ落ち着かない生き物でもあります。カナリアが常に啼くのを、犬が常に吠えているのを、嫌がり止めようとしているのは人の方であって、彼らは自分たちの生き方をはっきりと自然に向かって証明しているのであり、彼らにはそれを止めなければならない理由を何も持っていないのです。名もない小さな野の花も、虫でさえ、彼らが彼らなりに与えられた寿命を生きようとすることを誰もが止める権利もなければそれを嫌がる態度もないのです。美しい花さえ、それを美しいと言って眺め、切って飾ろうとするのは人の側の勝手な行為であり、もう少し詳しく言うならば、余計な行為なのです。花は決してある人たちを喜ばせるために咲いているのではありません。花は自らをそのように咲かせることによって生きるという短い時間を自分なりに喜んでいるだけに過ぎないのです。人も他の動物も植物も全て他人の前で誇るのではなく、自分を自分に喜ばせ、自分の前で誇り、自分で感動し、自分で自信を持ち、生きているその時間が長くても短くてもそれに安心して与えられた時間を過ごすだけなのです。人は大いに動植物やあらゆる物に与えられている生命を豊かな心で大きく優しく理解すべきでしょう。

とにかく楽しい人生です。それを与えてくれている大自然に感謝！　万有引力のこのような生命を与える不思議な力は何からもたらされたものなのでしょう。全く判りません。ただ限りない何かからの慈しみを実感するだけです。

秋を満喫して……

今日も何とも秋らしい風のない爽やかな一日です。日に日に夜の時間が長くなり、朝も夜も暗い時間中で目を覚ましたり布団に入ります。妻は庭先の無花果《いちじく》を、私は柿の実を採って秋を味わっています。二匹の犬たちと朝日の光の中で遊び、彼らを走らせている時、足下の芝生の中に伸びているわずかな雑草を引き抜いたりしていると、今生きている自分のさほど長くもない人生が、とても大切に思えてならないのです。

どうやら外国人から見れば日本人には神々というものが生活の時間の中で存在しない不思議な世界の人々だと言われているようです。ユダヤの神も、キリストも、モハメッドも、他の神々と妥協することがないのが日本人にとってはとても不思議に見えるらしいのです。確かに神棚があり、仏壇があり、その他いろいろな神や仏に関わるものを身の周りに置いて、家族のため自分の仕事のため、世界のために祈っているのも自分たちであると信じているのが日本人であって、これが外国人たちにはそんな態度がいさされかも理解できないようです。しかし外国人たちの信仰心などが大いに力を発揮し、その結果として日本国内にいくつもの新しい大学や病院などが彼らの手によって造られたのも事実です。日本よりは遥かに小さく、貧しいとも言えるような国々から宣教師が送られ、布教師が自分のわずかな有り金を使って日本にやって来ているという現実もあるのです。もっとも最近は日本でもＮＧＯに身を置く若者たちが外国に出かけていく例も少しずつ見られ始めてきていますが、彼らにはほとんど信仰心から出てくる勢いによってではなく、その点から言えば、日本に来る外国の人々の方が遥かに昔風の素朴な信仰心が誰にもよく見えているのです。

神々があらゆる時代のあらゆる人間によって手間をかけ、綺麗に塗られ、ピカピカとオーラが出るように造られていますが、これが未だに文明の時代に生きる人々の間でも、それなりに大きな力を発揮していることも事実です。どんな神でも神話から抜け出してきたものであってもそれらが現代人に与えている影響は決して少なくありません。結局現代の人ははっきりと造られた神以上に大自然そのものという万有引力の力としての大きな流れを神として実感できるようになって来ているのです。美しい秋の時間を満喫できる私たちの生き方もまた、そういった大自然をそのまま満喫できる日々も、作り事ではない本当の神が心の中に存在しているからでしょう。

先生も健康になられたお身体と共に豊かな心でこの秋を満喫して下さい。

本能はチャンス

どんな人間でも、あらゆる動物でも、つまり全ての生物は間違いなく本能で動いています。本能で動くことが生物の存在する基本となっています。どれほど多くのことを、またいろいろなことを学習しても、多くの知識を身に付けていても、生命力の基本というか、行動の可能性はその基盤において本能の働きだけであることを人は知らなければなりません。本能という中心の働きの周りには、数限りない知がつきまとっており、それらが常に生命現象の周りに蠢いています。このことを人はまるで本能がどこかに失せ、知識の大きな流れの中で人が溺れているようにしか感じられないのです。しかも人は大いに自惚れ、他の動物たち、さらにはあらゆる全ての生物は、本能の流れに任せているのに対し、人だけが知的生物の理性的な行動を取る生き物だとみなし、その考え方の上にあって生み出されたのが、いわゆるルネッサンス的人間であり、彼らの社会であり、人全体が関わっている大きな世界なのです。もっともルネッサンスはある頃から人類の生き方全体の方向を表し、人の生き方の色合いそのものであるように見られて来ました。

万物の霊長という考え方も、人間なら誰でも夢を見るのが当たり前のことであり、しかも様々なことを妄想して生きなければならないことを誰でも知っています。しかし本能で生きている生物の基本的な生き方の形が自分という存在と間違いなく繋がっているのに対し、人の力がかなり迷走しており、自分の生命を錯覚しているのです。人が本能に戻るためには、どうしても素朴も意味合いにおいて哲学し、なんらかの形の宗教言語をものにしなければならないようです。隠者は山に篭り、仙人は霞を食べて生きなければならない意味があるように、また禅の修行をする人がいるのも、劫の中で自分を見定めなければならないという人が出現するのも、実は本能に戻っていく本来の生活の難しさを前提としているからでしょう。

今世間は二酸化炭素で汚染され、温暖化の汚れの中でまともに息もできないほどになっています。しかし実際には人の心や魂の中から出てくる言葉がＣＯ２にひどく汚染されていることに私たちは驚かなければなりません。つまり、人は最近多くの知識を身に付けているにも関わらず、生命体の中心にあるべき本能の光や匂いや、力の勢いとも言うべき大自然から流れてくる力をわずかながら感じるようになったのです。この力こそ、誰もが口にしている言葉、二酸化炭素と温暖化で表そうとしているのです。日常のあらゆる言葉の中には確かに現代社会の様々な問題を説明するのに便利なものがあるのですが、真に困ったことや生命体にとって、劇的に大きな力をもって働く言葉は、やたらに存在するものではありません。日々の時間の中で、感じられる得難い言葉は、一見とても単純であり、素朴な存在に見えるのがほとんどなのです。生き方の流れの中で、人は一瞬の風の揺らぎと同じくらいに、このような真実の言葉を受け止めることがしばしばあるのです。つまりチャンスは常時人の周りに流れているのです。常にその人に捕まえられるのを待つように存在しているのです。このことをはっきりと知っているのは隠者であり、仙人なのです。チャンスはまるで万有の法則のようにどこにでも数多く存在し、そのあまりにも多い量に人は面食らい、感謝の気持ちを忘れ、それに手を出す気持ちを失ってしまうのです。

確かに本能は人の中心に存在はしていますが、それを一つの大きなチャンスとしてまともに受け止めようとする気持ちにはなかなかなれないのです。むしろ、愚かとも言われる数多い人の流れの中で、山ほどもある小知恵や理性の汚れた塊などは脇において、その人の髄とも言うべきチャンスの素を、その人の言葉と拮抗させる時、普通は滅多に起こらないいわゆるビッグバンの一つとして、チャンスが訪れるのです。

人は自分の中から出てくる本能の叫びをチャンスとして受け止めようとする時、間違いなく一つのビッグバンがそこに生じるのです。

人の基本としての女性

女性というものは間違いなく男性よりは一歩何かが大きく造られて生まれて来ているようです。どんな生命体でも、つまりあらゆる種類の動物でも、人類に分かるように表現でき、また作られているようです。親は常に子を守り抜くようです。しかも順位から言えば間違いなく男よりも女の親の方がその力が激しくまた大きいようです。大自然はどんな生命体に対してもサバイバルのための力強い行動を親たちに与えています。特に女や牝にはより多くの力を与えているようです。

仮の親が郭公《かっこう》の雛を巣の外に棄てる行為を最近見た博物学者がいるそうです。仮親のムシクイという鳥は、自分の産んだ卵と郭公《かっこう》の卵を区別することができず、自分の卵を巣から落とされていくのを平気で見過ごしていると言われていましたが、ごく最近ムシクイは決してそんな馬鹿なことをしないということが分かったそうです。ムシクイは本能的に自分の産んだ卵を見分け、これを守るために郭公《かっこう》の卵を自分の巣の外に棄てるそうです。鳥でさえ自分の子供を必死になって守ることがこれによって分かるようです。

女性は常に生命を維持するためだけではなく、自分の子孫を守るという責任の中で最も基本的なサバイバルの力を発揮するようです。女性は男性よりもその心の中でコスモポリタン的な力が大きく働くようです。大和撫子などと周りから誉められたり時には野蛮だと馬鹿にされていた日本女性は今日、白人女性たちのドレスを身に着け、化粧していることに心ある白人たちは、心の中のどこかでひどくガッカリしています。どんなに素晴らしいスカートをはいてみても、足が短く形が悪く、腰回りに独特の美しさがなく、胸の方も優美さに欠け、歩き方に関しても西洋人のそれとは違っています。それに比べ、一日着物を身に着け、淑やかに行動する日本女性は、西洋の女性にいささかも負けることのない女の美を見せています。男も女も行動し、動く時、確かに洋服の方が歩きを素早くし、どんな行動の中でも一瞬の遅れを取ることはないのです。歩いたり飛んだりする動作においてはどうしても一歩遅れをとるのが着物の方です。しかし本来日本人の佇まいの中には日本舞踊のあの雅なものが見られ、基本的にそれは武士の動きのような一切の迷いも無い仕草なのでしょう。これが日本女性の場合にはしばしば大和撫子という名で説明され、その基本動作はどこまでも穏やかなものです。

着物を着て歩く女性も、その姿で座る態度も、椅子に座る西洋女性や、様々な形で足を立て横座りをし、時には胡坐をかくアジアの南の方の人々の座り方にも、日本女性の雅さはいささかも見ることができないのです。日本女性の特有な優しさや穏やかさの美しさをそこに見ることができないのです。自分の子を決して見誤ることのない女性の中に働く正しいサバイバルの力を、この優しさの行動の中に私たちは見ることができます。

もう一度人は、女性の一歩レベルの高い存在に大切なことを見い出さなければなりません。確かに大自然はウィルスや下級生命体を生み出した時、その傍らの方で人を造り上げながら、まず女性を考え、女性からわずかずつ部分的に改良を加え男性を造り、男と女の両者をぶつかり合いの中で子孫を作ることを決めたようです。この生命創造の行動の中に男の思いがはっきりと定まる時、力があるばっかりに世の中を治め、男こそ人の中の中心的な存在だと威張っている態度を、大いに恥じなければなりません。私など特にこの点に関しては多くの場合において恥じなければならないと思っています。

我が子を見誤ることのないムシクイ鳥に万歳！　子供たちに男親よりは遥かにサバイバルの力をもって愛を注ぐ女親にますます大きな力のあらんことを！

ビヨンド、超えて

昨日は、散歩を兼ねて東郵便局までいつものように妻と二人で歩きました。あなたへ送るカセットテープを入れるエクスパックを手に入れて早速あなたに発送しました。一時間ほどの散歩でしたが、秋の太陽の下、爽やかな風が感じられ、これまでは真っ直ぐだと思われていた道もけっこう曲がっており、これまで目についていた山や建物が実際には違った方角に存在するという事実を知らされました。人間は文明社会の位置もそこに存在する考え方も、もう一度見なおしてみるとかなり違った方向に存在していることが分かるようです。いつも見えている姿は意外と仮の間違ったものであり、その間違いの中で知らず知らずに生きている自分に驚くのです。

ビヨンド文明、ビヨンド愛情、アスレチックな馬力、早さ、匠の正確な腕前などを超えたその人らしさこそ、ものの存在の深い意味があるようです。ソクラテスやディオゲネス、川喜田《かわきた》半泥子《はんでいし》、また良寛などの生き方は、いわゆる文明の世の正しい言葉やありきたりの文学の言葉をそのまま自分の生き方の中で使わない一面を、わずかながら今日見せています。日本人は明治に入りヨーロッパ人の生き方や考え方を大いに尊敬し誇り、これに見習おうとしていました。ミルトンやチョーサーやシェイクスピアの文章に神を見い出し、その結果漢文や仮名の日本文化に対して日本人は自信を失い、ビヨンドアジア文明主義者になってしまったのです。後になって考えてみれば、特に昭和二十年の敗戦のあたりから考えられるようになったのですが、東洋文化も西洋文化も心あるコスモポリタンの目から見れば、ほとんど変わりなく、良さもあり悪さもあり、それぞれの人間が自分の平衡感覚の中で全ての物事を判断しなければならないことに目覚めたのです。そうなるためにはビヨンド文明人間として、つまり文明全体の彼方に個人個人がその人らしい自分らしい人生時間の素晴らしさがあることを知らなければならず、それを生き通すためには通り過ぎなければならない時間は難しく、しかも哲学的であり、匠の腕が試されるし、本当の愛に生きなければならないことが一人ひとりの人間に要求されているのです。人の道とはなかなか生き難いところです。あらゆる学問を踏み越えていくのは至難の技です。大自然は全てよくよく考えてみるなら、様々な体験や学問を通った後、その彼方にある本人だけの独特な匂いや色合いや言葉を持った独学の道でなければならないのです。美しい花も、どんな変わった動物も、本当の平和も、愛情の力も全てこの存在の中心に置かれている、誰にとっても最後の学問である独学からしか生まれないのです。文明の名の下に汚れに汚れた知恵の中で身に付けた人生の知恵も、それは全て周りにいる教師たちから教えられたものに過ぎないのです。本当の知恵とはそういった教師たちの匂いや癖や失敗から培われた教育によっては決して正しく身に付く訳はないのです。個性なら良いのですが、ねじくり曲がった教師の生き方を前にして教わるものが、大自然の正しい生き方の道に向かえるとはとても思えないのです。かなり適当な生き方をしてきた教師たちから何を真剣に教えられても、生徒たちは自分たちの生き方の中で自分を生かすためには利用できる可能性はかなり薄いのです。他の動物たちならそれでいいのでしょうが、人の場合はそうはいかないのです。目の前の教師の見せている馬力や早さや速さを前にしても、生徒自身がそれを高めるということはできないのです。

人は人生のいろいろな場所で様々に学び、知り悟った後、最後には独学の道に進んでいくのです。自分を自分らしく大自然の与えてくれた流れの中に自らを溺れさせ、自然のままに生きていくためにはそれ以外に必要な学問は、また生き方の手段や自分らしさという匠の道は、どこにもないことに気づくのです。

物事には全てそこに到達する前にそれ以前の場所というか、ウォーミングアップの時間、彼方の地点、ウォーミングアップの場所が必要なのです。つまり人は何事においてもスタートラインから始めればいいというものでもないのです。ビヨンドスタート地点が存在し、それを見つけることをしなければなりません。かなり困難な技ですが、これこそがその人の巧みさを表すことになるのです。それを表す言葉はただ一言、独学です。

西部の原人から

医学者たちから見れば生物の心臓や脳みそはほとんど自由に手がつけられないくらい複雑に絡み合っているそうですが、素朴な人間にとってこれらの機能はただ必要な力を右から左へと流していくだけの大きな力としか感じられません。人初め、あらゆる大小の生物たちは、彼らの大きさや与えられている、寿命のために必要なだけの機能を備えた心臓や脳みそをフルに回転させながら生きているようです。生命体自身は、この複雑な心臓や脳みそを可能な限り単純そのものとして、また素朴そのものの機械として扱い、平常にそれらが動いている限り、いささかの不安も恐れも困難さも感じてはいません。こういった生命体の生き方を司っている機能に真似て霊長類のサミットに立っている人類は、数限りない便利な機械や道具を作り出し、それらをまんべんなく利用することによって今日見られるような文明社会を地上に広げていったのです。アフリカという大きな大陸の西の方の小さな森の中の枝から一念発起してサバンナに飛び降りた人類は、まだ身体のあちこちには猿ほどとは言わずとも、かなりゴワゴワとした毛が生えていたはずです。もちろん今日の研究者が原人と呼んでいる古代の我々の先祖は、身を覆うどのような形状の衣も服も持っていませんでした。すでに人間としての心が大きく働いていましたが、その頃は男であり女である証拠が見えている身体をかなり恥ずかしく思うようにもなっていたはずです。大きな木の葉や枯れ草などを紐のようなもので括《くく》りつけながら、下半身を隠すようになったのもアフリカの西部のサバンナ時代の人間たちでした。怪我をして心臓や脳や背骨や手足の指先などの露出した仲間の屍体を見たりして、人は少しずつ木の枝や石ころ、また魚の骨など利用して、人の身体に似たような様々な道具を作り出していったのです。

車も機織りの道具も、全て人が自分たちの身体の構造を見ながらそれに真似て道具を作り出した結果なのです。

人はまず直立して歩いたり走ったりすることを覚え、手を器用に使い棒を握り、岩石を掴み、目の前に現れる天敵と対決することを覚え、しかも自分や仲間の生命を天敵から守る方法さえも考えたのです。古代人たちはすでに空手や柔道や剣道、マーシャルの基本とも言うべき形を身に付けていたようです。おそらく今日の人類が納得している技術や技の百分の一、または二百分の一くらいはすでにサバンナで腑に落ちるところまできていたようです。

確かに全ての生き物は生物多様性の中で、見事な連絡をしあっていることを私たちは知っています。大小の生き物が互いに助け合い、天敵から救い合い、まるで医者や仙人のような力を発揮しながらお互いに他を利用しあっていることも事実です。もっともこのような助け合いの力が逆に働いて、互いに争う結果になったり、同じ人間同士や動物同士が、またウィルス同士が殺し合う場面も見られない訳ではないのです。しかし人類と比較すれば、他の生物たちの同胞同士の殺し合いは極めて小さいと言わなければなりません。

生命体がどうしてそこに存在し、他の異質な生命体にとって役に立ち、またそれを利用して自分をより大きく活かしていくのか、その辺の生物物理学の事情は分かりませんが、やはり食べたり食べられたりするあの生き方も、大自然が生命を与えようとする時に避けることのできない動的な平衡感覚として用いられているのかもしれません。人の生命を考える時、喜ぶ生き方も苦悩する生き方も、そのように大きな意味合いをもって叫ぶような魂の叫びも、これらをなんと呼んでいいのか、私には分かりません。男も女もオスもメスも、また雌雄同体の生き物も、それは子孫を残すためだけにそうなのでしょうか？

私などはそうは思いません。子孫を残す行為としての雌雄以上に、人間が人間らしく生きるためにどうしてもその人の生き方の中から表現されなければならない、大きな声であろうと思うのです。この叫びこそが、今後の人の近未来を新しい別の形に変えていくのかもしれません。経済的なことを考える知恵、戦うための助け合うための知恵などの他に、自分の言葉をより自分らしいものを表現しようとして、どこまでも粘り強く、一種の粘菌《ねんきん》のようにしていく知恵はそのために必要欠くべからざるものであると思うのです。

降下する熱量

今度の台風の影響はいかがでしたか？ 松山市内では停電したところもあるそうですが……。それにしても人生は時には大きな台風などによって、全く新しい空気の中で生き直すのにやってくる必要があるのかもしれません。私たちのところは夕べから今朝にかけて、伊勢湾あたりを通り抜けた台風の余波を受けて、雨はかなり降ったのですが、風の方はさほどではありませんでした。信越地方から関東東北と今度の台風は律義にもずっと日本列島の曲がり具合に合わせて、北に去って行ったようです。

人は自分の前に個性ある顔を備えているように、一人ひとり心には言葉を生み出す真情というか叙情というものを備えています。人の心の土台には、大自然や美におもねている言葉の憧憬《どうけい》が誰の場合でもひしひしと感じられるのです。人間は誰でも一人のエイリアンであり、コスモポリタンなのです。奥の深さや広がりの中に豊かさと厚さを備えています。それなのに人は、今のこの文明の社会の汚れた空気の中で、人間としての生き方の限界に立たされています。教育界も政治の世界も法曹の世界も間違いなく一つの悲しい老人たちだけの限界集落に等しいのです。言葉も文字も活字も全て、どこかしら老化していて若さも夢も心のアスリートの速さも見られない状態が限界集落の端の方に見え始めているのです。自信を持って大きく伸び伸びと生きる若者の勢いはなく、生存競争が加速する中で、老化した言葉は日に日に力を弱めています。人間は病気にならぬようにと食べ物や仕事の仕方に注意していますが、本来は元気で与えられた寿命をそのまま太く長く生きられる精神そのものとして、確信しなければならないのです。自分自身の全域に満々ている万有引力を強化しなくてはならず、この力を温め、ますます流れを良くしなければなりません。宇宙全体というビッグバンの名残りは文明の世の中でわずかずつ常に温度を降下させています。温度の下がる中であらゆる生命体は元気に動いているのですが、人のそれは弱まるばかりです。人の言葉もその流れや働きも弱まり、与えられた生命を保つのに大切なエネルギー、つまり熱の上昇が期待できないのです。人はこれから自分の生命の流れに、つまり万有引力の勢いある流れに対して寛容にならねばなりません。

ますます己を大切に、これを誇り、その中に有る勢いという名のエネルギー、すなわち熱量を上昇させて下さい。

先生にも宜しく。ではまた書きます。お元気で！

人は皆伝道師

おはようございます。庭先や家の周りやベランダの上、また下の方を、今度の大きな台風が来る前に、あれこれと片付けておきましたが、その割に大したこともなく、夕べから今朝にかけてこのあたりの南の方をかすめて行った台風は、甲信越から関東あたりを今、荒らし回っているようです。間もなく東北もこの台風の被害を多少は受けるでしょうが、それほどの被害のないことを願っています。森の動物たちや昆虫たちは、綺麗さっぱりとなぎ倒された森や林などを見て、これから新しい生き方ができるとまるで人間が正月の来るのを待つように、嬉しがるそうですが、残念ながらここまで文明の発達した町の暮らしの中では、台風の九九％から受ける傷や様々な被害に悩みながらこれを恨んだり、悲しむだけです。人はそれくらい大自然の様々な勢いに対してそれを喜ぶことができず、恐れ苦しみ悲しみ後ずさりをするだけです。

今の鵜沼はぴったりと風もやみ、雨さえ上がっています。

人間は人々の間に生まれてきた存在だと思っていますが、実は大自然のビッグバンの動きの中で生命を与えられて生まれているのです。社会も文明の様々な兼ね合いもそれは人にとっては有っても無くてもいいものです。人は、一人ではこの世の中を生きていけないと思う人たちと、一人でしか生きていけないと思う二種類の人間で埋まっています。前者の人間は常に自分の存在を不安に思い、いかなる時でも身構えていないと安心ならないという感情に取り憑かれています。自分の前の何かにすがりつきたくなるのもそのためです。大自然の存在の流れの中に見い出す何かにすがりつくのはいいことなのですが、社会の中の自分よりも極端に大きな存在であるわずかな人々や権力に何かを見つめ、それにすがりつけばいくらかでも不安が除かれると思っているのです。誰もが昔から口にしているとても悲しく惨めな諺である「寄らば大樹の陰」をモットーにして日々暮らしているのには、このような悲劇的な心の持ち方があるからです。常にあらゆるところで自分と同じくらい、何かを恐れ、怒り泣いている周りの人たちの中でもまれながら、ごくわずかでも自分の目の前の人が生き方の何かにおいて力があると分かると否応なしにその人に向かってへつらい、おべっかを使うのが大多数の現代人の姿なのです。自分を反省してさほど力が無いことを認め、周りの人々に今の問題を解決できる即戦力があると見定めると、実際にはそれほど力や勢いや大きなその人だけの歌がある訳でもないのにも関わらず、その方に向かって助けを求めていくのです。しかし人間はこのように本来悲しく弱い存在だったのでしょうか。私はそうは思いません。

この世間には金儲けに走ったり、メダルを探しながら生きている人間の傍らには、単にお客を金を持ってきてくれる神様だと信じて上手に歌を歌う輩もいます。ところがその反面ごくわずかながら、「私は不特定多数の人たちに向かってドサ回りの役者のようには歌わない。私は常にこちらを向いてくれるたった一人の人のために歌いかけるのです。自分の心の中に思い描いている本当の耳を持った人のためにだけ、いつでも歌っているのです」と言っています。歌う人間でもこのような気迫を持って自分の歌を歌う時、彼は単に歌いたいだけの存在ではないのです。彼はいわゆる伝道師なのです。布教師なのです。世の中にはあらゆる種類の伝道師がいます。語り部として歴史や伝説や神話を語り伝える匠たちも、全ての力の限りを尽くしてそれを全うしている時、その人物は、人生の、また愛の、さらには言葉の伝道師や布教師として扱わなければならないのです。人間は一人ひとり誰でも顔の形は違い、背丈は違い、話す言葉も違い、歌うリズムも違っていますが、それでも彼らは民族が違い、時間が違っていたとしても一様に人の世の宣教師として苦しい世の中で希望の夢を持って生きられる道を教える布教師になれる、またならなければならない可能性と責任を生命と共に大自然から、間違いなく与えられているのです。

戦慄している利口者

人間とはものを考える動物です。他のあらゆる生き物も、特にその中でも哺乳類や霊長類などは、人ほどはないとしても、様々に脳が動き出し神経が震え出すようです。たとえ小さな虫やウィルスさえそれなりの自分の存在に相応しい大きさの心のようなものが、また心の影のようなものが存在すると考えても、それは間違いではないと思います。つまり生命体は全て大小様々な存在の変化はあるにしても、なんらかの形の思考回路は存在するもののようです。

人間の存在の中心とも呼ぶべき芯が有って、それが私たちによって心とか精神と呼ばれているのかもしれません。人の肉体は、暑さ寒さや風の勢いに対して生きているあらゆる一瞬一瞬を与えられている寿命を全うするための対応をしているようです。そのことを私たちははっきりと、間もなくやってくる台風に対して家や道路やその他の守るべきことを準備しなければならないことと合わせて考えてみると、よく分かるようです。このようなこれからやってくるはっきりとしない、不確実性な危険なもの、つまり台風のようなものにいかに対応したら良いかということを表現する動詞は「カオティックス」とも、昔からギリシャ人たちによって言われていました。この「カオティックス」は他の動物には見られず、人間だけに与えられている生き生きとしたものの見方を扱っている脳であり、忍耐力やこれから近づいてくる危険なものや喜び多いものに対して気配りをしたり、特別偉大なものや卓越したものを見い出す力であったり、滅多に現れない選ばれた独創的な力を持った同じ人に対して近づいて行こうとする働きかけとも言うべき、人の中の能力なのです。人は他の動物たちには、またあらゆる種類の生命体には見ることのできないとてつもなく大きな力を持った道具を備えています。それは他でもなく驚くほど大切な生命力の中の、さらにサンクチュアリーとも言うべき「言葉」なのです。考えてみれば、外国語を身に付け通訳をしたり翻訳するあのような能力は、他の道具を使うようないわゆる匠の技でしかないのです。言葉というものが本格的に力を現すのは、その人間が自分自身の存在を自由気ままに四方に放射する時です。思う存分遊び、不真面目なことや道楽の限りを尽くす行動の中で、ごくわずかな驚くべき偉大なことをしてしまうのです。真面目一方の考えの中や生き方の中で、本来のヒーローのような、またヒロインのような革命的な良いことはできないものです。名言と言われ、格言と呼ばれ、箴言と称えられるオベリスクに刻まれるような言葉は、自由自在に生きている人間がその最中さほど深く考えもせず出てくるものなのです。このように自分というものをはっきりと自由自在に生き方の表面に出せる人間とは、いわゆる自分に迫ってくる問題や運命や嵐のような特別勢いの強いものに向かってそれをきっぱりと断ることのできる強力な人間力であり、たとえ、少しぐらいそのために苦しむことや恥じることがあるとしても、そういったものにしがみつかないだけの胸を張った自分が有るからなのです。これが無いばかりに、あまりにも小利口になり過ぎた文明人間は、そのために人生の至るところで自分の心と全身を戦慄させているのです。文明の輝ける戦慄は、また、美しく飾られている言葉の前で戦慄している文明人間は、なんとも悲しい今を生きているのです。金銭や光り輝くような勲章を胸に付けて、生き方の全域では恐れ戦《おのの》き、震え上がり、立っている場所が崩れんばかりに驚いているのです。

仏教もキリスト教もその言葉の流れの中で間違いなくいくつかの哲学を、または箴言を我々に遺しています。こういった言葉を私たちはむしろ、宗教と呼ぶよりは、革命的な力をもって、あきめくらの人を開眼させようとする本物の芸術と見る方が正しいのかもしれません。

神の発見

おはようございます。秋空の中で、強い朝日を浴びながら、半ば枯れつつある足下の芝生や庭の中央に伸びて五本の幹で支えられている欅の枯葉を踏みながら、まだまだ青さを保っている枝々を眺めています。どんな生命にも生命力が生き生きと保たれているのは、おそらく森や林や公園や庭の中に立っている樹木の呼吸しているせいなのでしょう。人間が健康に生きていくために必要なのは、森の中の空気であり、林の中の風であり、庭の青さの力でしょう。アフリカの西の方から四方八方に移動して、長い時間、人生の旅をしてきた人間は、その途中のあちらこちらに村を作り、町を開拓し、ビルが林立する都会を完成し、そこに住むことを良しとしてきたのです。しかし村から大都会に至るまで全てそのような便利な一角は、森や林を壊しながら生まれて来たところなのです。空気は汚れ、あちらこちらに落ちているのは金銭や肩書という名の枯葉たちであり、風に吹かれて片隅に寄せられていくこのような枯葉の中で人間の心も、どこまでも枯れ果てていくのです。

今私は、東西にだだ広い町に住んでいます。いくつもの大きな団地が丘や山の中腹や頂上に建てられ、人が通り車が行き交うところなのです。半ば息もつけないほど息苦しい町の一角に、「遺産の森」という公園があります。森や林や田圃《たんぼ》が広がっていたあたりが公園というよりは整然と整えられた大きな公園となっており、その途中には江戸時代の庄屋さんの茅葺き屋根の家が移築されており、一段と高い一角はまさにその通り、青空の中に雲が湧いて出てくるようなところなので「雲の丘」と呼ばれています。私と妻は、この公園の中を一時間ほど手を繋ぎながら片方の手で杖をつきながら歩いています。ほとんど一時間ほどの散策の時間と五分か十分ほどの庄屋さんの家の前の日向《ひなた》での、また雲の丘の一角に備えられているベンチや東屋での休みを一日、二日おきにやっています。時には持って行った蜜柑やバナナや握り飯を食べ、水筒のお茶を楽しむことにしています。森の中の空気は車の激しく行き交う国道とは違って、どこまでも爽やかであり、竹林や雑木林、また青さが生き生きと見られる池のあたりを歩く時、私たちの身体も心もこの遺産の森と同じように生き生きと生き返り、大自然の言うに言えない大きな生命の恵みに感動するのです。

先程も話した遥か彼方、アフリカ大陸の西の方から人類の遠い時代の親たちの声が今も雲の丘を囲んでいる山々から木霊《こだま》となって聞こえてくるような気がします。彼ら神代の人間の親たちは、その頃まだ頭もさほど大きくなく、考えも浅く、サバンナに降り立っても、周りの全てが不安で仕方がなかったのです。

ロシア生まれのインドラ・デヴィというアメリカのヨガの行者は、次のように言っています。

「人体は毎日体験する痛みや苦しみによって、壊されているが、それを回復するため、十分な質の良い食べ物を摂《と》る必用がある」

よく考えるとこれは最も当たり前な言葉のようですが、十年間にわたり、インドの奥地で修業の末に得た彼の考えには、もう一つその奥に深い哲学が有ると私は思うのです。人の精神もまた同じです。与えられた日々の生活の中で激しく痛み苦しんでいるので、常時その心を癒すために、どれほど多くの精神的なビタミン剤が必要であるかということの考えにぶつかるのです。

神も、かみも、カミも、全て人が信じているものです。人が信じられるものは何ものにも勝って神であり、かみであり、カミなのです。それらはただ一つ万有引力の元であり、素であり、基であり、結局は神社の中の、また教会の中の、またモスクの中の、また何もない森や草原の中の神もかみもカミも全て万有引力そのものとして信じなければならないものなのです。

神は存在するというよりは、人の心に刻まれたエピローグなのです。神は何かを願う対象ではなく、人が自らの中の何かを、その場その時間の中で走馬灯のように夢見、発言するところの言葉以外の何ものでもありません。その人の確信無しに一歩も生活の全域に前進することはできないのです。神を信じ、何かを願うということは、自分自身を信じることに他ならず、自分の前進をはっきりと見つめることです。特定の神を信じるということは自分自身のアイデンティティーの確立です。神々を漠然と眺め祈ったり賽銭《さいせん》を入れる行為は、自分を信じない行為と同じです。誰とも変わりない自分になんの確信もなく漠然と口を利くことは、自分を侮辱することです。ほとんど存在の価値の無い自分に気がつき、そういう自分が分かり始める時、神や、かみや、カミが少しずつ分かってくるはずです。

半泥子

昨日はT君を誘って多治見市の川喜田半泥子の作品展を楽しん

できました。本名を久太夫《きゅうだゆう》政令《まさのり》と言って、江戸時代から続いている素封家の跡取りであり、三重県あたりの信用金庫とも言うべき百五銀行の頭取や数々の起業の要職にあった彼でしたが、俳句や書、建築、木版画、油絵、写真、日本画などで毎日休む暇もないくらい忙しく、生き生きとした自分の人生を楽しみながら生きた人物だったようです。しかし写真やパステル画などの明日にさほど大きな未来を感ぜず、五十才になった頃陶芸の世界に身を置いたのです。確かに彼は金持ちの道楽者として、立派な竈を築き、その頃の写真を見るとワイシャツに背広を着て、全くの実業家や頭取そのものの風格を見せていました。その姿でロクロを廻し、泥だらけの手で楽しい時間を過ごしていた彼ですが、東の魯山人に対して、西の半泥子と呼ばれるくらい、単なる素人ではなく遊び心でロクロの前に座っていた彼ではなかったのです。生まれは東京のど真ん中、大伝馬町の大きな木綿問屋の総領に生まれ、その店は寛永年間に創立され､幼少にしてすでに父の死に目に会い、十何代目かの当主になっています。彼の作風は本格的に窯を持っているどんな大先生にも劣らない風格があり、ミラーではありませんがその破格の風格は、私たちを驚かせます。人間国宝と言われる数多くの人々が簡単にそばに寄れないくらいの風格がそこにはあったと言われています。T君は「焼き物の大先生といえども、彼のそばに立つと存在が霞んでしまう」と言っていました。

　美濃焼を復興させた荒川豊蔵という人間国宝などは、半泥子からどれほど大きな影響を受けたか分かりません。今度の展覧会のパンフレットには、昭和における陶芸復興の礎とも言われている人物として、半泥子を取り上げています。彼は単に偉大な陶芸の人物というだけではなく、偉い先生たちが彼の脇に立つことさえ嫌がるほど人間として、哲人として、宗教人として、ごく自然な人生の生き方において半泥子はそこいらの十把《じっぱ》一絡《ひとから》げの人物とはとても言い難いのです。

　彼の作品は一目見た時、茶碗というよりは丼のような大きさや分厚さで目立ち、その釉の使い方やごく自然に入ってしまった割れ目などは、一見作風をよりその人の個性に合わせて化粧しているように我々に見せながら、その実極めて彼に寄り添っている大自然の引力そのものの流れが自然に流れ出ているように見えるのです。そこで見るものは、息を飲み、一気に吐き出し、次の作品に目をやると、そこにはいわゆる普通の茶碗となんの変わりもない極めて薄く、単なる小振りな印象ではなく、釉の扱いや、秋の錦として楓の葉が浮き出ている不思議な作品にぶつかるのです。この小さな茶碗には「雪の曙」と作者は銘を打っており、今は石水博物館蔵となっているようです。こういうタイプの茶碗にはその方面の知識の有る人が見ればすぐ分かるように「粉引茶碗」と説明されています。このような作品とは別のところに、実にさっぱりとした大振りではありますが、どこか威圧感のない「高麗茶碗」の一つがあり、これも石水博物館所有であるようですが、半泥子はこれに「雅茶」と銘打っています。まるで関東地方の田園の朝霧の中に見る風景や輪郭そのもののようなこの大振りでありながら、決して分厚い感じを与えない作品は、心ある人ならば、一人で春の空気の中で茶を味わうのに相応しい作品のように思えました。

半泥子の手にかかると土はある種の勢いを盛り返し、彼の前のロクロのリズムに合わせた不思議な、まるで野武士のような、また尺八を口にする世捨て人の出で立ちを表す「黒織部茶碗」の形に姿を変えてしまうのです。半泥子は、彼の手になるこの黒織部茶碗に「富貴」と名づけています。この作品は昭和十五年頃作られたと記されていますが、ふと私は訳もなく、その頃小学三年生だったということを思い出し、しばらくこの作品の前からは立ち去り難かったのです。

もう一つ「高麗茶碗」として作られた「雅茶子」は否応なしに見る私の心を惹きつけました。こういう茶碗なら常に眺めるだけでこの世の汚れや痛みの中で苦しむ人がそれなりに癒やされる力があるように思えるのです。この作品は説明する言葉は要らないというよりは、してはならないのかもしれません。作品のどこを見ても蕎麦粉のような黒い塊が若い娘のそばかすにも似た素朴さと美しさが浮き立っているのです。賞などを貰う芸術家たちが近寄り難い自然の力が感じられる作品です。

半泥子のわずか四十年に満たない作風の中に凝縮した彼の心は、何ものにも勝って燃え広がり、これらの作品に結果したのです。これは偉いとか、才能とかいったことを説明するためのあらゆる文化社会の力を削ぎ落とされ、純粋な人の生き方の結晶と言わなければならないようです。実に豊かな多治見の一日でした。

解説すると、「独学」とは？

おはようございます。

私の頭の中にはまだ多治見市での広大な山の中の敷地に建てられている陶芸会館での、半泥子の何百という数の作品を見た自分に酔いしれています。

腕が良いとか悪いとか、綺麗だとか勢いがあるとかいった問題では全くないのです。天才の作品でもなければ、それかと言って金持ちの道楽人間の遊び仕事でもなく、また文化勲章や人間国宝にされてもいいような人物の手仕事でもないのです。どの作品の一つを取ってみてもそれはいわゆる一般的な芸術家や陶芸家やその方面の先生たちやそれに関する教育学の大家たちが作るような、極めて常識的であり間違いの少ないインテリジェンスの匂いの深い作品でもないのです。このように言ってしまうと、まるでいわゆる人間の手仕事ではないように見えますが、あるいはそうかもしれないのです。宇宙人の作品とか、この世の色彩や形を超えている別の次元の、つまり三次元の世界のものからどこかしら離れている四次元、五次元のものを感じるのはこの私だけでしょうか。おそらく半泥子自身、このような体験を彼自らの作品の中に実感していたのではないかと、私は思います。

一つ一つ作品の前に立ち、心を込めて見つめる時、これこそは最高の作品だと思い、そこからそう簡単には離れ難いのですが、あまりにも数の多さゆえに次の作品に向かうのです。そこには形といい大小の大きさの違いや釉のかけ方や色調の違いが、また極めて自然な焼かれた物の割れ方などが見えてくるのですが、前の作品と全く異なる目の前の作品にある種の戸惑いを感じ、ここにもまた本当の素晴らしい作品があると頷きながら、あまりにも次から次へと出て来る生き生きした作品の前で、おろおろしたり、息つぎができないほどになりました。自分がこれほどいろいろな美の存在を前にし、焼き物の生命そのものを違った形で見せられると、これほど次から次へと走馬灯のように現れてくる作品の一つ一つに夢中になってしまう自分に対して驚いたり、当てにならない自分を感じない訳にはいかないのです。

本物とは宝石でも他のどのようなレアな存在であっても数多くの物の中から一つぐらい現れるものだと思っていましたが、このように海岸の小石のようにざくざくと現れるなら、驚きはごく初めのうちだけであって、そのうち自分の脳の中が、身体の全身が、何かに溺れ、流されるままになってしまうのです。あの人と比べてそれと比較できないくらい偉大というのではなくて、一億円が千円よりも価値があるのだということではなくて、青いバラの花が極めて貴重であってどこにでもある赤いバラなどとは比較ができないといった上下の関係、または熱い冷たいという格差でもないのです。このような作品を焼くことができた半泥子はどこにでもいるような名陶工たちといかに比較したら良いのでしょうか。また人間国宝という社会的な最高の名誉を貰っている陶工たちと並べて、いかに解釈したら良いのでしょうか。

物が陶磁器には限らず、絵画であっても文章であっても同じです。ある人間はいわゆる寒山拾得のようにこの世に生きており、他の人たちも同じように生きています。しかし寒山や拾得の前では他の人々は存在する、また創造するその人の存在がどこか薄れていき、どんなに拭いても、洗っても、汚れの取れる薬品を流しても、取れることのない靄《もや》に包まれる状態となってしまうのです。人間国宝ならまた会社の社長なら、また重役の椅子に座っている人ならば、その存在ははっきりと輪郭を表しているのですが、この社会のまたこの世の教師たちによって教わったものでないいわゆる独学の力や知識を得ている人間の前に立つと、この世のどのような肩書も力もそれは雲散霧消してしまい、丸っきり裸の人間が恥ずかしそうに立っているだけとなってしまうのです。大王であろうと百戦錬磨の大将であろうとこのような寒山に似た人間の前では形なしです。何一つ誇ることができないのです。

本来人間には金銭や名誉といったものを超えて、その上に立つことのできる大きな力を持っています。このような力を身に付けるためには最初に自分を自分らしくまとめ、その流れの中に流れていく一つの大きな力「万有引力」そのものに化していかねばなりません。

そんな訳で百五銀行の天辺に納まり、多くの事業に手を出していた久太夫政令は、どこにでもいる人でしたが、川喜田半泥子の存在にはそのそばに立とうとするどんな名人も大学者も小さく見えてくるのです。雑学が独学と同じように考えられる節もありますが、これは大きな間違いです。独学とは小奇麗に小細工をもって頭に入れた雑学ではなく、一つ二つ大切な点を捕まえている人の素朴な理解力なのです。半泥子の焼き物にはそれをはっきりと実感することができました。

pansophia

　何年ほど前のことになるでしょうか、私と妻は東ヨーロッパを彼方にスロバキアの山や農家を遠望しながらウィーン川沿いに旅したことがあります。ウィーンの町を離れ私たちが乗ったバスは田園地帯を進みながら、次第にプラハに近づいていました。窓のそばには見渡す限り菜の花が咲き乱れていました。彼方の小高い山の方まで続いている黄色い広がりはどうしてもこの国、かつてチェコスロバキアが機関銃生産などであまりにも有名な工業国であったことが嘘のように、そこには穏やかな田園地帯が広がっているばかりです。ボヘミアン地方とはそんな黄色い絨毯の広がりの大地だったのです。

　生まれはモラヴィア地方だったのですが、偉大な教育者であり、哲学者であり、純粋なキリスト教の教職者であり、長老であったヤン・コメニウスは、ほとんどポーランド諸国といった外国で人生の大半を過ごす運命にありました。十六世紀から十七世紀にかけて彼はボヘミヤ王国に興ったヤン・フス運動の「兄弟団」の指導者として激しく宗教運動にも手を貸していたのです。その当時三十年もだらだらと続いたいわゆるハプスブルグ家を中心として興っていた三十年戦争も大いに影響したのか、「兄弟団」の元気な信者たちは、彼らの祖国チェコには住んでいることができずに、確かにその名の通りボヘミアンとして大きな祖国解放の夢を抱きながら、外国の各地に居留しなければなりませんでした。ヤン・コメニウスもそのような夢多いチェコ人の一人でした。

　私たち夫婦はプラハの市庁舎前の広場に向かい、その中央に設《しつら》えられている大きなヤン・フスの火炙《あぶ》りの刑の銅像に近寄ってみました。フス初め、彼に従った信者たちが刑に処せられている痛ましいこの風景の前で、この国のあらゆる時代の夢多く叶えられなかった彼らの心が私の胸に伝わってきました。この広場の近くにはフスが説教したと言われる古い教会が今も建っています。その方を見ながら私と妻は近くの水道水でその近くの朝市で買った小さなトマトを洗い、口にしました。

　ヤン・フスの半ばキリスト教の原理運動とも見える若々しく激しい勢いは、コメニウスの教育者としての奥深く力強い運動にも一層勢いのある力をつけていったのです。彼の持っているラテン語能力をフルに活かし、数多くの教育論を当時のヨーロッパ世界に訴えていきました。十六、七世紀頃のヨーロッパ人の心を捉えるのにはラテン語の力無しの地元の言葉だけではほとんど無力だったのです。江戸時代の心ある日本人が漢文に強かったように、当然のことながら彼らはある程度のラテン語に慣れていないとそれは不可能だったのです。あらゆる時代において言葉は人間の基本的な武器だったのです。コメニウスの場合、彼の教育論は自由に使えるラテン語の力無しには考えられなかったのでしょう。

　彼は自分の教育論の大系を一言で「パンソフィア」pansophia と言っていました。それは世界のあらゆる民族が一致団結して完成していかねばならない生涯の学問を教えられる学校教育を意味しており、それを彼は「光の道」Via lucis と呼んでいたのです。そこで彼には宗教的な祖国の解放運動やヨーロッパ全土の国際的な理解の下での平和運動が興きなければと信じ、そのためには各民族の言葉が一つに統一され、人間同士の階級制度、または格差があってはいけないと考えたのです。イギリスの平和主義者たちと手を繋ぎ、統一的な世界国家のできることを彼は大きく夢見ていたのです。エスペラント語が生まれたり、国際連盟や国際連合が現れたのにも、コメニウスのこのような教育論の夢が影響してはいなかったでしょうか。全世界の人間がお互いに尊敬し合い平和に生きるということは、人類史のあらゆる時間の中でいつも誰によって、言われてきていることです。

コメニウスは『人事改善大会議』や『自然学概論』、『大教授学』、『最新言語教授』、『言学入門』、『広間』などと、数多い作品を著し、可能な限り表現できるあらゆる学問の意味や教育の意味をこれらの著作を通して世に出しています。本当に教育者らしい教育者はまずこのコメニウスという東欧の人物を除いては他に考えられません。

文化としての米

おはようございます。

今朝も朝日が射していて、ヒンヤリとした秋の空気の中で、ベランダで深呼吸をするのはとても良い気持ちでした。

何千年か前から東アジアや南アジアにかけて米文化が広がってきました。これに続いて全世界に徐々に麦文化が広まったのは、三、四世紀頃からだと言われています。米も麦も野生植物、または野菜の中から突出して地球上の多くの人々の食生活の中に取り入れられたと考えられていますが、地球上のどのあたりでどのようにして人の手になる栽培がなされたかは、植物学者や食文化の研究者によってもはっきりとは分からないと言われています。パンなどが中心となっている多くの民族の存在を考えれば、かなり後から栽培されるようになった麦文化の方が、より長い歴史を持っている米文化という穀物文化よりも、今日では人類の世界を潤していることは間違いありません。インドやヤンマーやタイ、ラオス、ベトナムあたりから中国、日本といったモンスーン地帯に米文化が集中し、アジアの人々がこれを中心に米文化の中でまるで米が、または稲が宗教心と重なるようにして生きていることを、『記、紀』を読む時はっきり分かるのです。「豊葦原の瑞穂の国」という一節などは、他にどのような米文化に対する美辞麗句を付けなくとも、米の重要さがはっきりと見えてきます。

米文化を大きく二つに分けるなら、日本型の米粒は見たところ丸く、飯にすると粘り気がとても強いのです。餅文化というもう一つの米文化の中の広い文化が日本列島を覆い尽くしているのも、その理由は実によく分かります。日本人、または大和人と呼ばれていた古代の日本人は、おそらくこの粘り気のある円型の米にすっかり馴染んでいて、他のアジアの米を受け付けられないくらい頑固になっていることも事実です。もちろん外国にも米がない訳ではありません。

ヨーロッパや同じアジアの米でもインド型の米となると、米粒は一般に細長く、パサパサとしていて日本人の米感覚にはどこか合わないようです。東南アジア一般の米感覚として、日本人はこれを外米と呼び、「豊葦原の瑞穂」とはっきりと分けて考えるところがあります。

日本人にとって米を連想する時、そこには宗教観や哲学心を抱くのですが、一般に西洋人が多くの種類の麦を頭に抱く時、またパンを想像する時、そこに芸術を考えてしまうのです。おそらくこの前の敗戦直後、イタリアからもたらされた多くの映画の中に、「苦い米」というのがありましたが、確かに、当時の彼らにとって米は労働力の対象でしかなく米は苦い米としてしか映らなかったのでしょう。しかし現在リゾットと呼ばれ、彼らの食文化の中で多種にわたるレシピが有るところをみると、それなりに外米も彼らにとっては十分大きな食文化の一端を担っているようです。

ただアジア人とヨーロッパ人の食文化や食感覚の違いの中で、米で表現されるレシピには大きな違いがあることは事実です。まず神に捧げ、その年の豊作を感謝し、歌い踊りの騒ぎの中で味わう新米を楽しむ日本人と、たとえ秋の感謝祭があるにしても西洋人の米に対する感覚は全く別のもののようです。キリスト教の祭壇の前に米や麦や肉などを捧げる態度を東洋人の私たちは想像することもできません。彼らにとっては海産物であっても単なる芸術行為としてしか扱えないようです。

日本人にとって魚は単なる魚肉ではないのです。魚をイメージして言葉を口にする時、「海幸」というフレーズを感謝の思いで言いますが、同じように米について語る時にも「山幸」とか「瑞穂」を口にして感謝をするのです。それに対し、ヨーロッパ人たちは「海の芸術」とか「山の力」としか言わないはずです。

日本人が好む丸い粒を目の前にして、八十八もの段階を経て稲から籾、玄米、白米と変わっていくまでにも、田圃を耕し、すき、十分な自然の肥やしを撒き、苗を植えそれが育つうちに周りに生えてくる雑草を抜かなければならない、数多くの労働を考える時、確かに米に出来上がるまでには何十もの仕事があるのです。日本人はこのことを十分に理解していたのか、あの小さな一粒の丸い米の表面に微小な米という字を八十八個も書いた人がいたと言われています。

それくらい、米は日本人とかなり深い関わりの中でずっと作られて来ているのです。

文明尊重の今の時代になってそういう米も、全世界に広がっている麦の中でほとんどの日本人に忘れられようとしています。パンが日本人の食文化の中に広く浸透し、パンと肉と牛乳で十分生きられるという西洋人の感覚が、日本人の中に浸透し始めているようです。しかしよくよく日本人の心に向かって質問するならば、やはりご飯と梅干しが有れば安心できるし、感謝ができる心はまだ残っているのではないでしょうか。米は単なるレシピの中でも一つ二つの形に分けられている訳ではありません。正月にいただく雑煮さえ、東日本の角餅を使い、西日本の方では丸餅を使い、東海地方のこのあたりがその左右に分かれる分水嶺になっているようです。四国のある地方では餡の入った餅を雑煮にするそうです。

握り飯というあの独特なレシピの中でも東北地方ではかなり大きな丸いお握りを握りますが、関東を中心にして今は全国どこでも小ぶりの三角のお握りが作られているようです。西日本の方になると今でも俵型の細長いお握りの習慣が残っているところがあるようです。関東や東北では稲荷ずしは俵型に作りますが、西日本では三角に作るそうです。

今私が住んでいる岐阜県もまたこの地方らしい米が生産されています。その中の一種に「ハツシモ」というのがあります。この県の北の方、飛騨地方はかなり寒いところです。採れる米も収穫される頃には初霜が降りるようになるのでしょう。美濃焼の茶碗と高山の方の木地師の手になるお椀でご飯と味噌汁を食べればやはり、この地方のありがたさが分かるようです。

さらにこの地方の南の方は伊勢湾が彼方に広がる三重県です。伊勢の農民たちは粘りが強く見た目が光沢豊かで甘いこの地方の米を、いわゆる早場米と呼んで、彼らはそれを語呂合わせのように「みえのえみ」と名づけて誇っています。三重県人の顔に笑みが現れるほど良い米だという自信があるのかもしれません。遥か伊勢湾の方から吹いてくる暖かい海風の中で育つ米はそれなりに美味しいのでしょう。

岐阜の北の方には富山県があり、ここには隣の新潟県の「コシヒカリ」と並んで「黒部山麓コシヒカリ」が名を上げ、それに負けじと名乗りを上げているのが、佐渡島の「コシヒカリ」であって、それは農業団体の力を借りて環境に優しい米と言われています。

面白いことに同じ日本海沿いの一帯でも能登半島地方の「コシヒカリ」が有ったり、富山には「てんこもり」、福井には「ハナイチゼン」という早場米が有ると聞いています。東北にはもちろん驚くほど多くの米の文化が広がるほどの祭りなどがあります。山形、宮城、秋田、岩手などは米の文化無しにはいろいろな文化活動も仕切りも考えられないほどです。山形の「はえぬき」宮城の「ひとめぼれ」秋田の「あきたこまち」など最近になって自分たちの生産した米に名称をつけるようになりましたが、むしろそんな名前をことさら大げさにつけなくとも、日本人ならばその地方の味として、また心として米の味が分かるのではないでしょうか。確かに日本人には大和心が分かるように米の味もよく分かり、その地方の空気の中でそれを味わうだけの生活感があるのだと思います。日本人の生活の思いが、車や金銭の前に、塩梅《あんばい》の中で、口にできるご飯にあるのではないかと私は思います。

かつて少年の頃教えていた衣川の人物から地元の米、岩手の「ひとめぼれ」が毎年送られてきますが、長い間暮らした地方の思いが漂っているこのような東北の米の味に、忘れ難い過ぎた時間を思い出しています。

愛という受容の行為

おはようございます。今朝はどんよりと曇り、全くの無風状態の中で欅も竹林もまるで眠っているようです。近所からいただいた、小粒の渋柿を家内と二人で皮を剝《む》きながら干すように紐で繋いでいました。

貴方からのメール、嬉しく読ませてもらいました。貴方のプリンター、活動し始めたようですね。これからは様々な生命の言葉が多くの人たちのところに送られていくことでしょう。本当に万歳です。

人は人を誉め、人の喜びに自分も喜び、他人の苦しみや痛みを心から見舞える時、人はなんとも幸せです。自分自身をそのようにして癒やすことができる人生はやはり、より長く、より明るく続いてもらいたいものです。私は長い間、そのことを知らないでいました。人は誰でも生まれながらにしてそのような人生の良さを知らないでいるようです。それくらい人の生活圏は汚れ、錆だらけの状態でいることをはっきりと認めなければなりません。幼い日、目で見たものも口から出た言葉も、夢中になって走っていた時も、飛んだり跳ねたり歌ったり叫んだりしていても、何かがはっきりとはしていませんでした。万有引力や無生物の中からあれこれと選び抜かれた末、あらゆる生命体は生まれてきた訳ですが、その生命体が与えられた寿命の中で生きていくには、あまりにも何かが不備なところが見られるのが今の世の中のようです。大自然はそのことにおいても間違いなく生命を受容しているようです。その受容を一口で言うなら、生命体が全てなんらかの意味において愛されているということです。有機物と同様、無機物もおそらく愛されているのでしょう。

水の流れも空気の流れも全て愛されています。ましてや単細胞から霊長類に至るまであらゆる生命体が愛されていることは間違いのない事実です。大自然自ら風のように、水の流れのように、自分の存在の一部を動かしています。その動きを自分自身の中で生命自身の愛として受け止めており、もう一つの引力としてはっきり認識しているのです。それができる時、人は間違いなく自分自身として、生命体自身として生きられるのです。

今日も一日精一杯自分を自分らしい生命体としてはっきり認め、自分やあらゆる周りの存在を同じように愛していきましょう。

コルネリウス・タキトゥース

その昔ローマ帝国は今のイタリア半島から大きく広がり、北はバルト海から西はブリテン島まで、東は今のヨーロッパの果てまで、そして地中海の彼方、南はアフリカにまでその領土を伸ばしていました。ローマの兵士たちは数多い属国、属州として数えられないほどのローマ民族の周りの人々や都市国家をローマ帝国の名の下に従属させせました。彼らローマ人の生活には全ての点において天にも昇るような勢いが見えました。その頃、属国や属州になってローマに従わなければならなくなった異国の人々は、数多く奴隷としてもローマ人の生活の中に溶け込んでいかなければなりませんでした。

当時の生活においてあらゆる通りという通りは、ローマに向かって上っていく大道だったのです。その中のいくつかの通りはそれから何千年も経つ今日、あのアッピア街道のように潰されているのです。こういった街道に敷かれた石畳にはローマの兵士たちの軍団の轍の跡が今なお残っているとは、なんとも不思議です。つまり文明とはこのようなローマの攻防の跡にもはっきりと華やかなものが必ずやがて衰微していくことを教えています。

ローマの属州の一つであったナルボ・ガリアは今のフランスの南の方の一角を占めており、そこに住んでいたケルト人たちはローマ帝国に他の属州の人々と同じようにあらゆる点で協力しながら、ローマ文化の勢いを貰いながら暮らしていました。このナルボ・ガリアにBC一年頃一人の男がローマ軍の騎士階級の家に生まれました。彼の一族は確かにナルボ・ガリア人でしたが、その時代にローマ帝国の市民権を持つほどの名の通った家柄になっていました。当然その家族の中に産まれたこの若者コルネリウス・タキトゥースはローマまで上京し、それなりに昌平黌《しょうへいこう》（江戸時代の学問所）のような、また東京大学のようなところで十分なローマ文化の教養を身に付けることができました。さらに別の幸いも彼に味方しました。同じナルボ・ガリア出身の人徳ある偉大な将軍アグリコラは、将来のタキトゥースを認め、自分の娘を彼の妻とさせました。確かに彼は心ある周りの人々の目に止まるほど才能を示し、五十才の半ばにしてローマ皇帝の目に適い、元老院議員に抜擢《ばってき》されました。数年も経たぬうちに彼の力はローマの多くの人々に理解され、法務官の地位を彼は獲得し、さらには執務官に任命され、とんとんと彼の地位は高くなり、たちまちアジアの方に広がっていた属州の一つ、トルコの知事の椅子に座らされました。

単なるナルボ・ガリア出身の騎士上がりの男にとっては、当時のローマ帝国にあってはちょっと考えられないほどの驚くべき出世美談の物語として人々の間に伝わっています。政官の世界においてとにかく忙しかった彼でしたが、文筆活動も決して手放すことはありませんでした。岳父アグリコラを深く尊敬していた彼はアグリコラと、当時暗愚な皇帝と言われていたドミティアーヌスとのただならぬ関係を「アグリコラ」という一冊の伝記にまとめています。タキトゥースの筆の才能から、またその優雅なローマ文から読むものの心に彼の義父であるアグリコラの生き生きとしている美しい人格を見る思いがします。

またローマの賢人と言われてきたセネカやキケロたちの会話にローマ帝国の勢いづいた動きの彼方にやがて凋落していく姿を、タキトゥースは見通していました。こういった思いを彼は「雄弁家についての対話」という作品の中で著しています。

もう一つ、これまでのドイツの繁栄を見通しているような内容で埋まっている「ゲルマーニア」もその頃、タキトゥースは書いていました。

日本にも昭和二十年の夏の敗戦や、軍国主義の消滅を前もって見通していた人物が決して少なからず存在していたように、大帝国ローマの頽廃をこの国の国民の不道徳や物や金にのみ夢中になるところから想像することができた賢人たちが、一人二人ならずかなりいたという事実を、ラテン語を十分に理解する歴史学者や言語学者たちは、知っていたのではないでしょうか。タキトゥースはこの作品の中でローマ帝国がやがて古代ドイツ、ゲルマン民族を侮《あなど》れない敵にするだろうとも書いています。

このような三つの短編「アグリコラ」、「雄弁家についての対話」、「ゲルマーニア」などは実は彼が次に書くべき大作のエチュードに過ぎませんでした。彼の次の作品とは十人のローマ皇帝の時代を取り上げた皇帝史であって、長い歳月をかけて三十巻（または十八巻からなる年代記）に上る歴史書に著しました。

政治家であり、作家であったタキトゥースは、その前にやはり凄い力を見せている歴史家であり、今日の世界に生きていれば間違いなく歴史学の教授になれたし、間違いなく文学博士であったでしょう。大帝国、ローマも全土にありとあらゆる悪が横行していました。とにかく金銭がものを言う現代文明がそのままローマ帝国のあらゆるところに漂っていました。それにつきまとうように肩書や名誉が全ての人間社会生活の前に存在していて、市民たちには本来の自分を出して生きるだけの余裕は全くありませんでした。現代の世の中でギボンは『ローマ興亡史』を著していますが、この本の中で彼はあまり多くはローマを滅ぼした当時の人たちの考えを伝えてはいません。正しく歴史という名の通りに、淡々と人の歴史、時代の歴史、経済問題や政治問題、そして戦争の問題を言葉通り、涙もこぼさずに、また驚きもせず書いているだけです。それに対し、「ゲルマーニア」の中などでは全篇を通してローマ帝国の周りに生きていた属国や属州の人々の単純で素朴な生き方が実によく伝えられています。彼らの心と身体の豊かさや健康さが彼らの悲しい生き方の中にはっきりと見えるようです。

全ての道は当時、ローマに通じていたのですが、彼ら貧しい属国の民族たちには実際にはできなかったことですが、上京するということは頽廃と不道徳の世界に身を投じることに等しいものでした。今日東京もニューヨークもパリも確かに頽廃しています。それだけではなく小さな町も村も全てが金と肩書を求める魂の病人で満ち溢れています。こんな地球上にも一ヵ所ぐらい「ゲルマーニア」が無いものでしょうか。タキトゥースのように「ゲルマーニア」や「アグリコラ」に匹敵するような作品を人間が書けない今の汚れきった時代をどう考えたら良いのでしょうか。

チョンハーへの道

昨日、今日は爽やかな朝から一日が始まっています。動物園でも夕方猿が見つかり、息子たちはホッとしています。

昨日はSさんが親子で訪ねてくれました。秋の爽やかな空気の中で、ベランダに出てゆっくりと話す時間が持てました。単なる雑談ではなく、面白おかしく言葉が交わされ、お茶を飲みながらクッキーを前にして過ごす時間でしたが、その中に人生の深い意味のある言葉が一つ二つ雷鳴のように光りだす時、人は生きている自分に深い感謝ができるようです。数時間の会話でしたが、私たちは得難い人生の一時を持つことができました。

朝鮮文学の父とも言われている十四世紀から十五世紀の世宗《せいそう》は日本の古事記と同じレベルの書物、「竜飛恩天歌《りゅうひぎょてんか》」を書いています。こんなところから朝鮮の文学は生まれてきたのでしょう。「沈清伝《ちんせいでん》」は八世紀の頃に朝鮮に現れた伝説です。十九世紀に入ってから劇作家の申在孝《しんざいこう》はこの伝説を「沈清歌」として再び世に出しました。ある盲人の男に一人の娘がいました。彼女の名前は沈清と言いました。父の目が良くなるようにと願う彼女は身を売ったり、水神の人身御供になったり様々な苦労に耐えていましたが、このことが皇帝の知るところとなり、この話は紆余曲折《うよきょくせつ》した後、彼女は太守の后となり、幸いにも再び出会えた父の目は見えるようになっており、この話はめでたしめでたしで終わっています。二十世紀の初頭の頃、韓国に産まれた鄭飛石《ていひせき》は日本の学校を出ています。彼は自然の大きな動きと人間という生き物のハーモニーをいかにも半島の人々の叙情豊かな思いで韓国語の中で表現しています。まだ文学の流れに勢いがなく、無力状態の朝鮮では、彼の存在は大きな力の基となりました。「青春の倫理」や「青春山脈」などは「自由夫人」などと並んで韓国の男女に生き甲斐を与えているようです。

十八世紀から十九世紀にかけて物を書いていた、どちらかと言えば思想家に近い小説家の朴趾源《ぼくしげん》は浮浪者や辛い仕事をして働かなければならない最下層の人たちに深く同情し、様々な小説を書いていています。封建制度の苦しい生き方の社会が続いていた朝鮮の封建時代にメスを入れたのが彼でしたが、作品には「両班伝」や「広文者伝」などがあるのです。中国に旅行した彼は、その時の見聞を「熱河日記」として著していますが、それは「紀行文」や「論文」「随筆」「小説」などいろいろであり、あまりにもその内容は長く、なんと二十八巻にまでなっています。

先にも書きましたが、韓国の作家、鄭飛石は日本大学で勉強した作家でしたが、十九世紀の終わり頃産まれた朝鮮の作家李光洙《りこうしゅ》は早稲田大学で学んでいます。やがて彼は中国の上海に渡り、いろいろな作品をものにしています。彼は封建的な家族の破壊やそれに伴う悲しい結婚や恋愛をテーマに現代朝鮮文学の基礎を整えた人物として、その存在を認めない訳にはいきません。彼は理想主義的な人道主義に傾き、大きな影響をトルストイ文学から受けて「子女中心論」や「愛」「地」などといった文明批判とも見られるような作品を世に送り出しています。

このようにして一つ一つ朝鮮や韓国の作品を見てみると、そこには日本やアメリカやヨーロッパの文学に劣らないレベルの高い作品があるのに驚くのです。

韓国二世である新井英一はギターを弾きながら生きている人物ですが、彼が出した「清河《チョンハー》への道」というCDを聴くと、朝鮮人の「恨」や韓国人の「半島人の思い」が分かるような気がします。

「清河への道」の中で彼は声高らかに

「玄界灘を船で越え　釜山の港を前にして
夜が明けるのを待っていた」

と歌っています。この第一集の終わりはもっと声高らかに、

「アリアリラン　スリスリラン
アリラヨ　アリラン峠を俺は行く」

と歌っています。全部で六章からなる彼の韓国人としてのバラードには、明らかに朝鮮人のメロディがはっきりと聞こえます。貴女などは韓流の映画の流れに心打たれているようですが、そのように燃えている心ならば、朝鮮人の「恨」の思いを、この民族のいろいろな文学作品の中から得難いものとして引き出す力を持っているのではないかと思います。

ますます暇をみて、韓流の心を養って下さい。ではまた。

キメラ人間

おはようございます。貴女からのメール今朝も嬉しく、Aさんからのメールと共に読ませてもらいました。ゆったりと自分の時間をそのままこの文明社会の忙しさや、意味のないところで使わ

ず、大自然の流れの中で悠々と泳がせていく態度こそ、本来の人間の姿であると思っています。

貴女の身体の方も特に心配ないようなので安心しましたが、とにかく無理はせずに、日々のわずかな散歩や息抜きの時間の中で常に体力を失わないように維持して下さい。お姉さんの方はいかがですか。どうぞお大事に。私たちも今から雨にならないうちに買い物がてらに遺産の森でもぐるっと廻ってくるつもりです。やはり国道沿いの散歩よりも自然の森の中の空気は美味です。

人は長い時間をかけてこれまで本当の自然の色合いを出し、言葉を喋り、力を発揮して生きてきました。しかしそれが人間の作った歴史となると、なんともみすぼらしくいじけており、所々数多い切り傷や痛みを伴い、その言葉を口にする時、また耳にする時、人は喜びより人間の経てきた悲しみを感じない訳にはいきません。心が脱落し、そこから出てくる言葉は真実の意味をだいぶ失っており、様々な枝葉の問題が枯葉を付けながらあまり大したことを人に教えてはくれていません。幹も枝も根もどこかしら老いぼれており、そこに付いている実や花はとうに脱落し、葉という葉は全て枯葉に過ぎません。

言葉は全てDNAの手錠や鎖でがんじがらめにされ、動きが全くとれない状態が、今の文明社会の人間の姿です。むしろ姿というよりは、人の成れの果てなのです。なんとか文明の機械類や小知恵によって培養し、増殖される形で人が生まれてきているように見えますが、それはアフリカの西の方の森の一角で人になり始めた、あの頭が良くて行動的な旅好きの人間の出現ではなく、残念ながらキメラ（同一個体内に異なった遺伝子情報を持つ細胞が混じっていること。そのような状態の個体）動物の出現でしかないのです。恐ろしいことです。人間は本来の大自然の生命を一部分いただいて、一種の生命体とされたはずですが、長い歳月の後、結局は新幹線に乗っていたり、金の束を胸の中の財布に持ち、腕には時計をし、手帳と一緒にペンを持って歩いている現代人は、単なるキメラ動物に過ぎないのです。全世界にもはや自然の雨は降らず、夜も来ることなく、常にネオンサインの下でゆっくりと休むこともできないのが今の文明人間たちなのです。今の人は全世界どこに行っても一つの悲しいシャーマンの声に怯《おび》え、自分の生き方の中心には古代の神々が石ころや古木や山に宿ったアニミズムの精霊信仰に縛られて生きなければならない状態なのです。

カミは存在します。神は人間が作った神話でしかなく、伝説なのです。カミは人の心の中に存在する大きな広がりです。神は文明の世界の中では神社の中で、永い眠りについていて、いつしか目覚める気配もありません。カミは大自然の勢いよい本流なのですが、神は盆栽に過ぎません。カミは人の前に、また人の生き方の中に出現します。神はうつらうつらしていて人の前には現れることもなく、何かを話し掛けても全く返事はありません。カミは愛や怒りを知っており、それに対して確かに応えます。神は花のように咲くだけです。

こういう「カミや神」概念の中で、つまり人が作ることができない大自然の万有引力の確かな力を「カミ」と呼び、長い歴史の中で人間の欲望や権力の必要や夢を見る心から当然生まれてきた神話としてのまたは有りもしない伝説としての「神」を、「カミと神」として言葉にまとめることは決して無駄なことではないでしょう。

人は昼や夜を、または愛情や憎しみを、誕生や臨終を、体験しながら生きています。生者の世界も死者の世界も認識できる時間や広がりや、認識できないそれを交互に体験し、味わいながら喜び泣き、愛し怒り、このように生きてきています。それは大自然から生命の一部を貰って誕生した人の自縄自縛《じじょうじばく》の状態であり、自業自得の運命なのかもしれません。一口に文化とか文明とか呼ばれているカルチャーという名の生命の働きかけは、人に自縄自縛《じじょうじばく》を強要するだけで、本当の意味における人間向上性の力とはなっていません。むしろ文明化よりは、下文明、下文化の中で人は失ってしまった本当の人間性を得られるはずです。その手始めに、下文化の中で、つまり素朴な心の動きの中で、愛を獲得するあたりから本当の文明は始まるのかもしれません。サバンナの空気の中で素朴に体験していた古代の愛が、このようにしてもう一度復活するのです。

言葉という生命の呼吸器官

毎日言葉の山にぶつかりながら、その間を通り抜け、次に来る一里塚のような言葉を踏みつけ潜りながらいく生活は、単なる社会生活というよりは巡礼の旅路であり、発見や発明の厳しい雄飛の羽ばたきでしょう。人間はこのような激しさがある限り、勢いのある力強い言葉を失うことはありません。現代のような文明の世の中では、このような言葉の勢いがどこかに吹き飛んでしまっています。語られる言葉の一つ一つは朝であろうと昼であろうと、夜であろうと、間違いなくその人の真実を語っているはずなのですが、今日では大体人の言葉は多かれ少なかれ、誰の場合も似ているのです。同じようなことを同じようなリズムで同じように語り合い、誰もが結局は同じことをつぶやいているので、それは同じ種類の鳥の鳴き声でしかないのです。誰が言っても、言葉の音程は違っていても、そこに響いている内容は全く同じなのです。このように喋る人もそれを聞いている人たちも当然の義務としてそこで語られる言葉を納得し、分かったと認め、頭を下げるのであり、話す自分の番が回ってくるといつものように同じことを同じ仕草で何一つ感動する心もなく、ただ責任を果たすだけに常套句を口にするのです。

そこには言葉があるはずもないのです。ましてや世間の言葉と自分の言葉の間に生じるハーモニカルな調子も自信を持って出していけるはずもないのです。もともと言葉は人間が発する唸り声であり、鳴き声であり、呻き声に過ぎないのです。とすれば、本人が痛いか苦しいか怒っているか愛しているか、またそれらが混ざり合った感情の叫びの中で出てくる唸り声が本来の人の言葉でなければならないのです。有っても無くてもいいようなこと、あまり大切でないものや危険でないもの、自分にとってほとんど意味が無いものなどが、雑然と言葉になって口から出てきたとしても、また書かれたとしても、そこにはほとんど言葉の大切な意味がつきまとっていないのです。言葉という名の生命の細胞は常に若返っています。老人が話しても、やっと言葉が分かりかけている幼児が話したとしても、言葉は常に生き生きとした生命の細胞そのものなのです。細胞は次から次へと新しい細胞を増殖させ、止まることのない勢いの中で、大きく成長していきます。言葉はまさにこの成長過程を持っていることからでも、間違いなく一つの細胞から始まった生命の素であり、そのもの自体がそのままで言葉と呼ばれ、生命体と呼ばれることにいささかの不安も感じていないのです。

　ある人は、言葉というものを魂の呼吸器と表現しています。現代人間の言葉がもう一つの精神世界と微妙に繋がっている呼吸器だということができるでしょう。呼吸することなしにあらゆる生命体は生きられません。人だけでなく、あらゆる生命体には呼吸法によって常に呼吸されている生命の力が存在するのです。従って呼吸器が病に侵されるようなことがあれば、それは死に繋がる大問題なのです。それくらい言葉という呼吸器官は生命体にとって重要なものです。人が日々の生活の中で金銭などを重要に扱い、その他のどんなものが大切であっても、一瞬たりとも金のないところでは生きていけないと納得していますが、そこには言葉や愛情や夢といった金銭よりも大切なものに対し、ありがたさを感じていないのが我々現代人です。美しく身を飾り、グルメを愛し、常に働き続け、休む間もないのに、そういったことには何一つ心配せず、恐れず生きている人なのですが、肝心の生命体に必要な水や空気のような基本的なものに関してはほとんど気がつかずにいるのです。人にとっては水や空気は言葉であるとも言えます。すっかり濁り、メタンガスが嫌な匂いを出しブクブクとガスの発生があたりに見えている流れのない水の表や空気は、単にH_2Oや他の必要ないガスで満たされているところでは、本来の言葉の呼吸器官は存在していても生命の働きを全くしていないことが分かるのです。こんな状況の中で人間は自分自身の中からごくわずかながら滲み出してくる言葉、または気分を一新した言葉のリズムを新しい呼吸器として使わねばならないのです。小利口な頭を司っている左脳が駄目になれば、リズムの深さの中で人を成長させてくれる右脳がもう一つの呼吸器官となって勢いよく働き出すことを、人間はよく知っています。左脳がほとんど使い物にならないくらいに破壊され、砕かれ、切り刻まれてしまっても、右脳は自分の勢いあるリズムを奏でながら、人という生命の存在の全てを押したてていく力を、つまりその人の気分が、一新された力を発揮するのです。

物には全て五彩あり

　明るい明の空気の下で、庭に立つ私の気分はどこまでも清々しいです。貴女は自分の心の向くままに言葉に触れ、ものを考え作っているその姿に、深い創造の時間を私に教えてくれています。この間近所の老人からいただいた渋柿を一晩がかりで剥き、一週間近く乾かしていますが、だいぶ干し柿らしくなってきました。しかし美味しい干し柿になるにはまだまだ時間がかかるようです。秋は実に果物の季節です。あれもこれも食べたいものでいっぱいです。人は四十年とか五十年働いて、その社会や学校、仲間たちに支えられながら、暮らしの糧を得てきました。それを簡単に給料を貰うという形で考えてしまうと、味も素っ気もないのですが、実はそのことによって自分自身や家族が暮らしてきたことを思えば実に感謝しなければならない深い一面を見せているのです。肩書や名誉などに関係なく、ただ人間として生きられた長い時間を思えば、少なくとも親に感謝できたくらいの深い思いを社会の仕事の中に感じてもいいはずです。たとえ何一つまともな形の仕事についていなかった人でも、毎日を飢えずに暮らせたことに深い感謝の心を感じるのは当然でしょう。

「墨には五彩あり」と昔から言われています。仏にも五彩どころか、十彩以上の意味がいつでもつきまとっています。たとえ、そういったものに信心の心がない現代人であっても、ここで言うところの数多い色彩については、その意味が分かるはずです。仏や神を意識する人間の力に数多くの意味が含まれているのです。

仏も神も仙人も隠者も、またある種の人たちも、天才的な詐欺師や手品師、または魔法使いなのかもしれません。彼らがそれらの中のどの範疇に入るにしても、またそれら全ての異なった範疇に当てはまってしまうことも事実なのです。いわゆる仏や神や仙人や隠者がそれ以外の特別変わった種類の人間であっても、他の種類の生き物であっても、そうならば理解ができるのですが、生き物以外の何かであると思う時、そこに人の頭の中でどうしても取り込むことのできる範疇は存在しないのです。つまり仏や神は人を助け、懲《こ》らしめたりするような力を持つ存在としてはどこにも存在しないのです。存在するのは、もう一人の人であって、それ以外の何ものでもありません。人と向き合って存在するのは人であり、天才的な詐欺師や手品師以外には全くあり得ないのです。人の範疇から、また生物や無生物の範疇の他に存在して流れているものは万有引力という数限りない力の存在です。ただ力の存在という流れの中では、生命体もまたそれなりのレベルでこの範疇の中で自己主張していることは間違いありません。

生命が生き生きとしている時、人の言葉には勢いがあり、夢多く、常にある種の進歩がついて回っているのです。しかし同時に刻々と進んでいる文化の流れの中で、人の存在のあらゆるところがひび割れ、錆びつき始めているのです。昔の人から見れば、現代人は実に汚れ、錆つき、常に利用している時間さえ、力を失っています。空気や水の流れや人が作り出した美味しい醤油や甘い味さえも、今では現代人が忘れているものになっています。旬の味わいを楽しみ、その力によって生き生きと生きたい人も、今では常に半病人のような、つまり中国大陸の人たちが言うところの、「未病の状態」で毎日を過ごしています。この時代の人が口にする言葉は、そういった意味において眠っているだけの言葉であり、生きた意味がほとんどないのです。私たちはそこに穴を開けていかねばならないのです。

糞まみれのナザレに祝福あれ！　ハレルヤ!!

最高に美しいもの、どんな宝石よりも輝き多く、どんな言葉で話しても言葉の全てが聴く者の存在の中心にまで響くようなものが存在するのです。この光や輝きや匂いに慣れない限り、人はいつまで経っても本来の人としては生きていけないようです。今の文明社会の人は汚れに汚れ悲しい夢ばかりを見、何事に対しても心から納得ができないでいるのです。人生を楽しいところにできない今の世の中は酸素不足の苦しい息の下で生きている、一度頭の方を踏みつけられた虫のようなものです。この辺から人生の哲学に向かっているほとんど全ての人類は、間違いなく疾病に犯されている存在に過ぎないのです。

人がいかに努力して大切なものや本当の美や愛に向かおうとしても、結局はそこにまで達していけないのにはやはりそれなりの理由があるからです。

人は一人ひとり持っている肛門と同じように自分の使う便所を綺麗にすることから生き方を始めたいものです。「女性は本当の美人になりたいのなら、便所の掃除から始めなければいけない」と言われていることを私は子供の頃耳にしています。美しくなろうとあれこれと飾りたてられる女の醜さを私たちは知っています。人間は十分に栄養のある食べ物をたっぷりと食べ、その結果十分に匂い、色の良い脱糞をしなければいけないのです。力のつく米を食べ、勢いよい強い脱糞をしなければなりません。米も糞もそこに使われている言葉は同じものです。それを「食」と「残飯」と同じく扱っている犬猫のように人は自分を扱い「食」は「グルメ」ではなく、「糞」は「汚いもの」と決めつけているのです。とんでもない話です。食も糞も、要するに「米」であり、「糞」なのです。ある女性は「糞」を題材として詩を詠みました。しかもその作品は多くの人に認められて賞にさえ入っています。

糞をひり出す大腸は、人のいろいろな臓器の中で最も疾病に悩まされる部分だと医者たちに言われています。糞をひり出すことは、女性がお産をする行為と仕事の内容は同じです。子供と糞を一緒にさえひり出してしまう女性を笑うぐらい、ひどい冒涜《ぼうとく》の態度は他に考えられません。聖なるひり出しに祝福のあらんことを!! この時女性は誰でも本当のマリアになれるのです。世界中のナザレに恵み多からんことを! 幸多からんことを!!

確かにうんこは臭います。健康な人の便は決して臭わないという人もいます。とても健康な便の臭いはむしろ清々しいものを感じさせると言っている医師や哲学者や宗教人もいるようです。しかし糞は臭っていてもそれをそのまま匂う美しい大便だと認めることのできる人の心こそ大切なのです。嫌な臭いを発散する自分の小便さえ一日一回たっぷりと飲んで体調の良さを自慢している医師もいることです。

そうでもないと、これからの老人たちは、とても辛い目に会います。マリア様だって、糞まみれの中のキリストをひり出したかもしれません。糞まみれの釈迦やマホメットたちに祝福あれ!! 彼らに幸いあれ!

人の美しさも利口さも幸いもこのように考えてくると、その見方が大きく変わってきます。とにかく人生万歳!! です。

生命・数億回の脈拍

おはようございます。まだまだ寒さより暑さが窓辺に感じるこの頃です。このようにして書いている今も、窓を少し開けて風を入れなければ、むさくるしい感じです。

貴方はいろいろな方に貴方なりの態度でもって力を与えていますね。本来人間は誰でもそのように外側に向かって発散できる力を己の生命の動きと合わせて持ち合わせているのです。むしろじっと黙っていて回りの誰にも影響を与えられない人の方がおかしいのです。そのように人は作られてはいないのです。もし生命が与えられていない朴念仁《ぼくねんじん》のような、また岩石のような人間なら話は別です。しかし生命が与えられている人であれば、周りにそれなりの力を、感動を、喜びをそして最後には愛を与えられるのが、本来の建前の下で生きている人間の姿なのです。つまり人は大自然の大きな流れや渦の中に巻き込まれている一つの生き生きとした歯車であり、ネジなのです。たとえぐっすりと寝ていたとしても、常に大きな影響力という名の下に、驚くべき力を周囲に発散しています。その力は常に周りの存在に少なからず影響を与えています。人は常に言葉を発散しています。喋り書き、夢を見ながら周りに新しい夢を作っているのです。しかし文明の世の中ではそういった人の言葉も金勘定や政治問題などに巻き込まれ、他者をそれなりに生かす力を見せないようになっています。むしろそういった新聞や雑誌、さらにはテレビやラジオの中の雑談ならば存在しなくともよいのです。小さな子供たちの落書きでも若者のグラフィティーでも、江戸時代や今の画家たちの春画であっても、その方がむしろずっと人の心に生命の芽生えを与えてくれるはずです。金銭や肩書や名誉より、素朴な言葉のリズムの中に本当の意味での知的な興奮を与えてくれます。あまりにも利口になり過ぎた現代人はもっと深く見るなら、むしろ小利口な鼠のような人間でしかないのです。激しい興奮に駆り立てられはしますが、現代人のそれは宝くじに当たることや、何かの賞に入ること、メダルを貰うことに集中し、それは石鹸の残りクズに群がって興奮する鼠以上の何ものでもないのです。

自由な時間の中で、なんとか人並みに暮らしていると考えている多くの現代人は、その実、本当の自由な時間をとる暇もないのです。お金や名誉にドブネズミのようにすがりついていきますが、生命にとって最も大切な「時間」を求めて、それに飛びつくような知恵はほとんど持っていないのです。人間は地上のどこに暮らしていても、同じ仲間の集団の中で、奴隷の時間をもてあましています。本来なら奴隷としてこき使われている時間など持ちたくもないはずなのですが、現代人はこれにドブネズミが風呂場の方で探してきた石鹸のカスに躍起になり、群がっているように、目の色を変えて跳びかかっています。本来の生命を豊かに自分の中心に持っている人は、はっきりと自分に迫ってくる奴隷の時間を傍らにして、自由な時間を求め、それが勢いよく流れてくる時、全身でその中に飛び込み、いわゆる言葉通りの精神の湯浴《ゆあ》みを体験するのです。やがて来るべき未来の夢を見ながら、ますますその夢を磨き、それにまとわりつく汚れや痛みを綺麗さっぱりその湯浴《ゆあ》みの時間の中で刮《こそ》げとってしまうのです。

人の一生の間に脈拍は数億回も打たれると医学者が言っています。人の生命は、また寿命はあたかも巻かれたゼンマイのようなものであって、ゼンマイが外れて行く時、数億回の脈拍のように最後の死に向かって進んでいくようです。生命体も他のあらゆる無生物も全てが、長い時間の中で摩耗していくものなのです。存在するものの一つとして永遠に同じ状態でいられるものなど無いのです。人の身も心も常に時間の流れの中で何かに捧げられているのです。何かに対して引力に近いものを発動しているのです。この発動する力こそ万有をごくわずかずつ長い時間の中で摩耗する力を与えているのです。一回ずつ打たれていく心臓の動きも血液の流れの脈拍も、人の生命を摩耗させていることを私たちに教えてくれています。この事実を認めることこそ、「知的な行為」であり、「知的な大きな興奮」なのです。

物事には全てに値段がついています。値段がついていないものなど何一つありません。生命には値段がないと考えるのは、あまりにも愚かです。与えられた寿命を生きるために数億回かの脈拍が予定されていると書きましたが、考えようによってははっきりと脈拍一回に対しての値段があるはずです。しかしこの値段は金銭で説明することはできず、むしろ愛や智や夢によって計られるものです。

K君が入院したり最近退院したということは、彼からは聞いていません。しかし、病状も良くなり、病院を出られたということ、とにかく良かったと思います。まだまだ多くのことをK君にも我々と同じようにやってもらいたいものです。常に人生は万歳です!!　私からも宜しくお伝え下さい。

熱量としての言葉

おはようございます。その後お元気ですか。秋の空気の中でお互いに身体に注意して行きましょう。

神代の時代、女の神様は世の中が暗くなったので、人々の前で裸踊りをして喜ばせました。たちまち世の中は明るくなったのです。暗い鎖国の江戸時代政治家も学者も暗い町の中で生きなければなりませんでした。もちろん大衆も同じように暗さの中で暮らしていました。しかし一人二人とんでもないほど大自然の中の生き方をすれば人は明るく生きられると信じ、そのように言葉に出して書いていた人々がいました。しかし彼らはそれを世に広めることはしませんでした。そんなことをすれば彼らは人の道に反すると世から罵《のの》られ、犯罪者として扱われかねなかったのです。その頃のまともな心を持っていた安藤昌益などは今なお東北の一角で後ろ向きに置かれたささやかな墓石となって存在するではありませんか。いつの時代でも人間は本当に大自然の子として生きている自分たちをその通り正直に自分の言葉を通して表現する時、それはスキャンダルという行動と見られるのです。そういう人物の弟子たちはまるで泥棒のように身を隠しながら集まり、本当の話を聞かなければならなかったのです。しかしそのようにスキャンダルな不思議な錬金術の業に因るのか、「神話」に変化することがあるのです。今日本当のことをその通り発言する人はいつしかスキャンダルから「神話」に変化するのです。

物が音を発する時、そこには熱が生まれます。人の熱さも、生き方の熱さも、音を生み、それは熱い音なのです。熱い音とはそのまま言葉なのです。言葉は人の身体の中から生じる熱量という物質の存在を表しているのです。熱量も言葉も人には聴こえ、ある種の力をもたらします。両方に共通しているのは人の心の新しい生き方なのです。

今日も言葉を自分らしい方向に進めて生きていきましょう。お互い頑張りましょう。

言葉の裏表

秋の明るい朝です。昨日は日本中どこもかしこも激しい風が吹き、何艘ものボートが転覆しています。盛岡や新潟の方ではテレビで見る限り初雪が降ったようですね。元気に店でコピーを取られているあなたのメールで読んで、私は安心しました。岐阜のこのあたりは当分は雪は降らないようです。それでも今朝は一番寒かったようです。やはり昨日などは干しておいた唐辛子や干し柿を家の中にしまわなければならないほど強い風でした。

神という人間の迷いごとから生まれたものから作り出された様々な美しい言葉が今もなお人の生き方の中で動いています。神をつくりながら自分自身をますます大きく伸ばしてきた人というもう一つのけっこう大きな微生物としての私たちは自分自身を見つめなければなりません。人によって造られる神はそのまま人間の言葉なのです。言葉は愛し飛び交い、世界中を宇宙の果てまで一瞬にして移動することができるのです。人の手によってコンピューターが作られるとこの瞬間移動の行動はまだまだ小さいながら実際存在するのだという事実を人に教えてくれ始めるようになったのです。

「私は他人の頭の中から言葉や考えを貰うことが好きだ。それ以外の時は散歩をしながら読書をしている」といったのはチャールス・ラム（イギリスの作家、エッセイスト）です。新聞の記事を、また雑誌の一部を切り抜いてそれをスクラップブックに貼ったのは小学校一年生頃の私の癖でした。それは今でも続いています。

他の存在を動かす人は実に偉大です。しかし、自分を動かす人はさらに偉大です。こだわりが特別強く、社会の人間関係がとても不器用なアスペルガー症候群の人は考えようによっては一種の天才であってどこにでもいる大多数の人間としては生きていないことを私は分かっています。他人の気持ちや常識や誰にでも理解されるような考えや生き方だけで生きている人はアスペルガー症候群にはほとんど罹ることはないのです。彼らは個人という名に値する人としては生きていけないようです。こういうことを言う時、やはり私はこの文明の世に向かってたいへん無礼なことを言っているのかもしれません。ほとんどの人が気持ちよく、ニコニコしながら生きていけるような社会であればそれはいいのでしょうが、必ずしもこの世を自分らしく過ごすためにはそうもいかないのです。

残念ながら人は老いていくと、まともに便でも言葉でも綺麗に排泄さえできなくなる悲しさはどうしようもありません。こんな寂しい世の中です。そんな中に一人二人どうしても綺麗に排泄のできない病人や老人たちをなんとか救おうとして立ち上がる若い介護のヘルパーさんがいるということを聞いて私は感動しました。人の身体の中で生命を元気に保つために大きな働きをした食べ物は誰もが感謝できる働きの素として内臓の中や腸の中を駆け巡っているのですが、一旦体内から押し出され目の前に出てくると、人はまた本人自身さえ臭いとか汚いとか言って扱い方が突然変わるのです。

今まで神のように扱われていた偉大な人物が、ある瞬間から近づくのが嫌だと言うほどの悪人として扱われる態度ほど悲しいものはありません。とにかく体内に存在するうちは神であり、一旦押し出されると悪の権化のように扱われる排泄物に私たちは言うに言われぬ悲しさを覚えるのです。

あるタイプの人が突然悲惨さや苦しさや悲しさの中で生き始めても、生きることの逞しさと優しさを自ら体験し、また人にそれを教えられる時、その人は正しく大自然から生命を与えられた喜びと感謝をはっきりと自覚している人なのです。言葉はそれぞれの人が美しいものとして体内で享受でき、一旦外に出されると糞のように最も汚いものとして扱われるのです。だから人間は体内の栄養物として言葉を扱うことはできても、それを外に吐き出された汚れとしての、不潔なものとしてはっきりと見つめて扱うことはしないのです。人にとって言葉ぐらいよく扱われ同時に汚いものとして扱われるものは他にありません。言葉は宗教に、また哲学に、そして文学の世界に向かいそこでリズムとしての詩の形で広がるものですが、言葉自体美しく同時に汚れのどん底にあるものとして、言葉を使える人とは寒山や拾得であり、ソクラテスやディオゲネスに限定されてしまうのです。理屈を言う心も米やパンを食う身体も考える言葉を忘れ目覚める魂を捨て去っている悲しい心そのものなのです。豊かな流れの中で勢い豊かなリズムに乗って生きている言葉だけが一切の理屈を離れあらゆる意味で屈折することもない言葉で生きられるのです。生きている言葉の隙間を縫って本当の魂はそのまま人の中で常に自分を誇っていられる身体の中の力そのものであり、同時に排泄された後の輝かしい糞として、誇り高く存在することができるのです。

今日も貴方らしく頑張って下さい。私も自分の内側のそして吐き出された美と悪の匂いをしっかり自分の物として見つめながら、生きるつもりです。

双子

秋風の中で変わる天候のように人それぞれの生き方の中で物事は大きく変わります。大自然の流れがまさにそのようにできているのであり、そのことを人間が過去現在未来の問題としてはっきりと占うことは決してできないのです。予言者といえども、占い師であっても、隠者というこの世の一切から目をつぶって大自然の囁きの中だけで生きている人であっても、これらあらゆる歴史時間の中で起こる問題を読み取りそれに最も相応しい態度を取るというような芸当はできないのです。一切が理解できず、見えず、それに対して入れ知恵を挟むこともできないところに宇宙の生き生きと生きている姿が感じられるのです。やがて秋も終わり冬となりやがて再び春の季節の柔らかい風が吹くかもしれませんが、それらのことをいちいち考えたり、そこに何かを期待したりすることなくその時その時を生きていける時、人は最も幸せであり、大自然に対して素直であり、平和なのです。

その昔ギリシャの名もない石工の息子として生まれたソクラテスは、バルカンの森の中に生まれました。ソクラテスは誰から見てもいわゆる名前の知られている教師ではありませんでした。人々は自分の頭の良い息子を自慢して誰か良い先生に紹介してくれないかとソクラテスに頼むことはあっても、ソクラテス自身にこの優秀な子供を立派に教育してくれないかと頼むことはしなかったのです。アテネには山ほど名のある先生は存在し、周りの国々を旅して立派な講演をしている先生も多いはずで、確かに彼らは学問の小国家で名が通っているだけに言うこと成すことに間違いはなく、全てのことにそつがありません。しかし残念ながら彼らは自分たちのしていることがはっきりと何であるか分かっていると思っているところに大きな間違いが有るのです。その点は正しく現代人の悲しさや恥ずかしさと同じであることを知らねばなりません。ソクラテスはこういった当時の学者たちを向こうに回し、何一つ恥じることもなくはっきりと「私は自分がまだ本当の意味においては何一つ正しくは分かっておらず、私が自分を誇っているのは、自分の分かっていないこの事実をはっきりと認めているということです」と言って憚《はばか》らなかったのです。彼はそれゆえに私こそが最高の賢者であると言っていささかも憚《はばか》らなかったのです。もちろん当然のこととしてアテネの市民たちは彼を死刑に処しました。しかもソクラテス自身があえて死ぬ必要もないと感じているなら、彼の周りに集まっていた弟子たちの中にはけっこう富豪もおり、彼らが役人たちに賄賂《わいろ》を渡して簡単にソクラテスは自由になることもできたのです。しかし彼には「やがて目覚める夏の夜の短い眠りに過ぎない人生」というものを考え、あえて弟子たちの意見には従うことなく、堂々と毒杯を口にして逝《い》ったのです。

一方、その昔老子はオリエントに生まれました。広大な中国大陸の大自然の中で伸び伸びと呼吸をしていた老子は、自分の言いたいことを言い終わり、『老子』の頁に収めると、遥か函谷関の彼方に消えていき、二度と人の住む社会には戻ってくることがありませんでした。『老子』の七十一章である「知らないことを知ること」という章の中でこのように言っています。

「知ることのできないものを理解するのが最高の理解である。
しかも、知らないというこの事実を知らないことが欠点だ。
欠点を欠点として理解するならそれは欠点ではない。
賢人というものにはこの欠点がない。
賢人は自分の欠点をはっきり欠点として認める。
だから賢人は欠点を持っていないのである」

何という大胆な概念でしょう。老子はたとえ函谷関を通り抜けて人の住まない霊山幽谷に行くことが無かったとしても決して人の世の中ではまともに暮らしてはいけなかったようです。

ソクラテスと老子は、ギリシャと中国といった異なった国に生まれたことは事実ですが、間違いなく双子の兄弟と言えるでしょう。同胞という言葉がそのまま使えるのはこの二人の間だけでしょう。寒山と拾得は大きな年齢の差もありつつ明らかにもう一つの同胞の名に値する存在でしたが、これと並んでソクラテスと老子の関係は同じだったのです。ニューヨークやハワイの大学で教鞭をとっている張鐘元《チャンチュンユアン》はライフワークを老子の研究の「道《タオ》」に費やしているそうです。知らない物事を知る重要さについて彼は教えているのです。一般に物事を理解するということは単に社会的な知識として納得することなのですが、「道」のレベルに立つと、むしろそのことに対しての社会的な理解または知識を捨てることを意味しているらしいのです。賢人というものがものを知るということは単に理解することや納得することを超えて徳清という呼び方でしか通じないものなのです。この徳清とは社会のものに相対的に執着しないような「知」であり「啓発」を意味しているのです。現代人の知は残念ながらこのような徳清や執着しない態度である「知」または「欠点を欠点として認める知」には全くなれてはいないのです。知識でも学問全てにおいてもまたこれまで身に付けてきた体験的な理解力でも、それらを自分の中から一つ一つ捨て去り忘れる時、また減少させていく時、「道」のレベルで納得できる「知らない事実を納得すること」ができるのです。

ソクラテスも老子も同じようにものを知らない自分を知っているものと認めたところに、全く新しい「知」の発見があったのです。宇宙の彼方の新星を発見することよりも遥かに大きな発見として、これら二人の兄弟の発見を私たちは理解すべきなのです。

言葉はキメラ生物

人間は毎日、一瞬一瞬の時間の流れの中で言葉を使っています。話される言葉も、書かれる言葉も読み上げられ思考する言葉も全てそれらは生命の行動そのものなのです。現代社会に生まれ、このように生きている人間たちの使う言葉を「モダニズムの言葉」とか「現代的な古典語」と読んでもいいかもしれません。古代の人々が使っていた言葉をただそのまま使う訳にはいかない現代人は、自分たちの今の言葉を古代語から分離して考えるためにも、どうしても現代語というルビを振らなければなりません。

現代人は今という時間の中に、つまり現代の檻の中に囚われて生きています。偉大な過去の人たちの生き方や考え方、また言葉の使い方をそのまま踏襲していないことははっきりしています。現代人はまた現代の言葉や思想は一度一種の篩《ふるい》にかけてから利用しなければならないのです。「言葉や考えの闇」とも言うべき遠い昔の時代の時間から脱出することこそ、いわゆる篩にかけられた言葉ということができるのです。寒山や拾得、ディオゲネスやローマ時代の哲学者の言葉をそのまま使うよりは、それらを一度徹底的に例の篩にかけ、現代語としての表現に生まれ変わらせる時に、初めて人の生き方の中で言葉が生きてくるのです。それは表言葉を裏言葉にすることであり、ポジをネガにすることなのです。同じことは単に言葉だけではなく時間においても言えることです。人生を大きくまた深く考えていく時、消去時間の中から始めるべきなのです。何事に関しても消去法はその人を正しい方向に導くでしょう。表時間としての二十四時間は一日一日として進む時間であり、裏時間としての一日は千年を意味し、千年は一日を意味しています。この時間を裏時間として扱わず、表時間として扱う方が良いと考える人もいていいのです。

ヨーロッパにもオリエントにもまた中近東の砂漠地帯にもアフリカのサバンナにもそして南米の森の中にも「動物辞典」に見られる生き物が存在していることは確かなのですが、「キメラ動物」は決して見かけることはできません。非生物もある人たちにとっては魂を持っていると考えられている精霊信仰や神というなんらかの名前を持っていないような、また教義無しの宗教的一切の組織を持たず、上下の位を持たず、経典もなくはっきりと神概念と関係がないと言っている裏カルトがこの世にはいくらでもあります。シャーマニズムの時間の中で人は神という言葉に簡単に騙されるのです。

再生の森の中から吹いてくる風は、現代人の身体と心から汚れを落とし、重苦しさで悩んでいる言葉を清浄化する力を持っています。大自然そのものである森に新しく吹く風によって全てのものは新しくされるのです。この新しさをキメラ風と呼ぶことはできないでしょうか。

言葉さえ従来の言葉から離れた全く別のキメラ言葉になれることを私は信じたいのです。とてつもなく長い始まりも終わりも分からない時間の中で、不思議にも名のない素朴なそして純朴な人の口にする言葉がやがて印象深く人々の心に残る名文として、また殺し文句として残る時、それはもう一つのアラベスクになるでしょう。言葉は一つ一つキメラ（同一個体内に異なった遺伝情報を持つ細胞が混じっている不可思議な存在としての生命体）的存在であって碑文として永遠に残ることを信じたいものです。

迷い

人は誰でもいつでも自分の心の中をじっと見つめています。そしていろいろな意味での文明の拒食症や過食症、引きこもり、また職場や学校への欠勤や登校拒否といった様々な不安障害や鬱を見つめながらそれに打ち勝とうとして生きているのです。しかし文明の知恵によっては、このように痛めつけられている人の様々な心はなかなか癒されることはないのです。その昔、この世に生まれた人間が誰もが生きている間、常に体験する多くの問題である現実の時間と真っ正面から向かい合い、つまり自分自身を十重二十重と取り巻いている社会に対して、中国の詩人「杜甫」は大河の上の貧しい生活をしながら私たちに教えてくれる数々の憂愁の詩語を遺してくれています。彼の妻や子たちに囲まれたどうしようもない悲しい生活とは全く別に、私たちに対しては意味のある助言をしてくれているのです。例えば、ヨーロッパ人のバニヤンが綴った「天路歴程」などは人生の迷いから飛び出し、己の一里塚を超えて進むもう一つの進軍歌です。

人は人生という旅路の途中で迷っているのです。今のような文明社会の便利な生き方ができる世の中でも迷う人はやはり多くいるものです。否、ほとんど全ての人は自分の人生の中のどこかで迷っているはずです。若者は青春の迷いの中で苦しみ、壮年は壮年らしい時間の中で呼吸ができず、老人も幼子もそれぞれ自分がいる場所が耐えられなくて苦しんでいるのです。

ごく最近ある老人が山菜採りの途中山で迷ったニュースがありました。自分が道を見失ったと知ったのはその日の午後早くだったそうです。彼は妻の用意してくれた二個のお握りを食べて体力をつけた後、迷ったところから抜け出す算段をしたのですが、なかなか道は見つからなかったようです。人は誰でも常に自分の行かねばならない道筋をそう簡単には見つけることができず悩んでいるのですが、それと訳がよく似ています。山の中で見つけたナメコをかじったり、沢の水を飲み酸っぱい山ぶどうを口にしてなんとか体力を保ち、夜が来れば用意していた山菜採りのビニール袋をすっぽりかぶり、地面には落葉を柔らかに敷きつめ、そこに身体を横たえ、その上にもできる限り多く枯葉を被せ、実に一日二日ではなく一週間も耐え抜いたそうです。何度も頭上には捜索のためのヘリコプターが素通りしたそうですが、いくら手を振っても樹木の間からの合図は捜索隊の目には止まらなかったようです。

この老人の七日にもわたる山の中の迷いの時間はどう考えてみても文明人間誰もが常に体験している人生の中の迷いと実によく似ています。杜甫が吟じる言葉と、どこかが頭上に飛び交うヘリコプターに気づいてもらおうとして手を振る男の態度と重なって見えるのは私だけでしょうか。

第二次大戦の狂気にも似た人間の争いの様を精神医学の専門家であるV・フランクルは『夜と霧』という作品の中で明確に人生に彷徨う人を通して書き上げています。ナチに囚われていたユダヤ人を彼は書き上げている訳です。

いつの時代でも人類は人生の俯瞰図の中で本来はっきりと書かれておりその通り見ることができるにも拘らず、生まれてから死に至るまで様々に曲がりくねり登り降りする人生の道を見ることができなくなっているのです。文明という時間のダイヤの中にそれぞれの時間表が予定されて書き込まれているにも拘らず、人は正しく見ることができなくなっています。昨日の時間が分かり、今日のそれが分かる人はもちろん明日明後日の予定時間が分かってもいいはずなのですが、残念なことに前に述べた老人のように木の葉の間から手を振ってみても、それは捜索隊の人たちには分からないのです。

人は常に自分の人生の旅路に迷っています。ゆえにこの旅路を巡礼行と呼ぶことができないのです。時として人間は巡礼行に身を置く時もあるのですが、それも長くは続きません。巡礼行に加わった自分を省《かえり》みて、人が大いに喜べるのも仕方がありません。人生時間のほとんどが迷った道である人は常に祈り、鬱の心を抱きながら生きなければならないことを十分知るべきです。

原典に向かって

おはようございます。このメールを書く前に貴方からのメールを読ませてもらいました。Iさんにせよ、貴方にせよ、今やってくれている行為は紀元一、二世紀頃のキリスト信者の熱い行動にどこか似ています。

インクとパピルスの紙を片手に葦を単純に削ったペンで古代ギ

リシャ語、コイネイ語でその頃すでに昇天していたキリストの言葉そのものや、彼の直接の弟子たちの言葉、さらには一度も生前中キリストに会ってはおらず、それでいてキリストの十二弟子たちの誰にも劣らぬ弟子としてその後の時代の人々に認められているパウロなどは聖書の言葉を素朴に書きつけていったのです。そのような最初のバイブルとも言うべき、またバイブルの元となった写本を書いた人々は、そのずっと後になって書かれたシナイ写本や死海写本、その他数多くの写本の原点として遺されていたり、クリスチャンの心の中で息づいています。Iさんも貴方もOさんもSさんも、彼らはその点においてパウロたちに負けないしっかりとした自分を持っています。そのことに対して私は心から感動し、同時にこのような殊勝な友を持つことができたことに感謝せずにいられません。ありがとう!!

ミラーが手紙の中でアメリカのネバダ州の砂漠に住む素朴な老夫婦について、私に書いてくれたことがあります。この夫婦は突然ある時ミラーに手紙をくれたそうです。彼が言うには「一生に一度でいいからミラーの本を私たち夫婦で印刷し、製本して世に出したい」と書いてあったそうです。もちろんミラーはそれを喜びました。喜んだというよりはこの老夫婦の熱い行動を表している言葉に彼は涙したそうです。私のところにそれから一年ほど経ってからその老夫婦が発刊した初めにして最後のミラー作品がミラーから送られて来ました。私自身この砂漠の中に住む老夫婦やミラーの涙以上にとても大きな感動の時間を持つことができました。

人は常になんらかの言葉を口にし、書き、読んでいるのですが、この文明の社会の中ではそういった行動のどの一つもさほど感銘は与えてくれません。疲れたような身体で漠然と朝起きたり、仕事に行ったり、食事をしたりする日々の生き方と同じく、そこにはなんの変哲もない時間が流れています。Iさんが売れない本であればあるほど出す勇気が湧いてくると意気込み、Sさんが学校の先生を辞めてまず初めに中尊寺の観光用の本を出すという形から『くがね夢』を出し、そこからまるで新大陸を発見したコロンブスのようなヒーローの行動をとったのも、Oさんが南西諸島の風と太陽の熱い勢いの中で「沖縄風土記」をなんの出版事業の経験も無しに出してくれたのも、それは発見者や発明家の最初の勢いと夢の喜びの行動といささかも変わらぬものがあったからです。貴方が一語一語自分が心から信じ、そこから何かを得ている体験を常にしていて、そういった文章を初期のクリスチャンたちの、また釈迦の弟子たちのように出そうとしているその態度には、間違いなく貴方を高めていく大きな力が見えています。

人生は何事においてもその人が自分らしく生きる時、真の自己は宇宙の本心であることをいささかも疑ってはいないのです。しかし現代人のほとんどは自分が利口だと思っているのでしょうが、真の自分は宇宙の本体などであると絶対考えない立場で日々を生きています。つまり今の文明社会の領域の中ではそのように「自分がまたは自分の生命が宇宙の本体」と考えるのは愚かであると最初から認めており、コロンブスやガリレオのような、または老子やディオゲネスの生き方が笑いの対象でしかないと認める時、この世の中は安心して生きられるというのが現実なのです。人々はそれにも拘らず神意を信じることはするのです。もちろんわずかな賽銭《さいせん》を上げたり、お祭りの時に祈ったりするという態度で神に何かを期待するだけです。五百円、千円、壱萬円を賽銭箱に入れたからといって、とんでもなく大きなことを願う現代人の方がどこまでも愚かであることを私たちは知らなければなりません。自分の息子を有名な大学に入れてもらうために、また商売繁盛のために神に自分の残りの生涯を任せるぐらいなら話はまだ分かりますが、端金《はしたがね》を賽銭箱に投げ入れて自分の大事な問題を解決しようなどという根性は大自然の流れの中の引力に許される訳もないのです。

昔の偉大な人々は原典に向かってそれなりに厳しく立っていたのですが私たちは今の世の中でコンピューターを前にし、ペンを握りながら昔の人たちとなんら変わりのない毅然《きぜん》とした姿勢をとっています。大自然の流れが我々の生き方の中心部を勢いよく流れていくことを信じてやみません。

利口者には分からない道

中国のある哲学者は、おそらく老子の考えに導かれてこの人物は次のように言っています。

「天の偉大さは普通の社会的な人間にはとても分かるはずがありません。彼らはこの偉大さを前にしてまごついたり理解したりすることができないのです。こういった態度は老人と若者の間や生と死の間に見られるどうしても繋がらない問題と同じです」

他の動物たちは別ですが、人間はものを他の動物たちと同じく理解する、いわゆる情というものが生き生きと働いているので、それが大自然の動きなどを素直にキャッチすることができるのですが、同時に人間には他の動物たちと生き方の全体が大きく分かれ始めた時から理が目覚め始め、これが少しずつ情の上に働き出しその力は今の文明の世の中を造り出すところまで発達してきたのです。だからといって情が全くなくなった訳ではありません。経済問題や行動をすることにおいてどこまでも他の動物たちとは違った高い水準にまで達してはきているのですが、それでも人間はその存在の中心にはっきりと情を残しています。この情は愛であったり尊敬であったり夢であったり様々な表現に分離され、その力は、どこまでも機械的で理詰めでしかない現代文明の基本となっている金銭感覚や肩書といった歯車やネジやゼンマイの動きの傍らで全くそれと意味の違う存在として生きているのです。これが有るからこそ生命は間違いなく生命であって理を土台にしてこれまでも、これからも限りなく伸びていくであろうサイバネテック（異なる二つのもの、生物と機械における通信、制御、情報処理の問題を統一的に取り扱う総合的な科学）スペースの中で重要な働きをするのです。

文明社会が限りなく伸びていく中で地球は間違いなく人間の支配の下で理解され、他の生き物たちがどれほど数が多く体力の大きさを誇っているとしても人間の知能には、つまり理性の大きさの前ではこれに手向かうだけの力はないのです。昆虫たちの数は人間の住む世界の人口を遥かに上回っています。各種の爬虫類や動物たちまた魚類たちと並んで人類がアスレチックな競争をしようとすれば、走ることにおいても泳ぐことにおいても格闘技をするにしても、間違いなく人類の方が負けるに決まっています。

しかし人類にはここ数十万年かの間に、つまり原人から古代人、さらには物を生産する知恵を身に付け手足や機械を動かす存在にまで達して来ている今、その点では他のどのような種類の生き物たちと比較されてもいささかも負けることはないのです。その結果として海も陸も氷の大地も山も森も川も全て人類が占領し、他の動物たちは動物園や水族館、植物園という檻の中に閉じ込められており、他の大きな平原や森を彼ら生き物たちのサンクチュアリーとして保護されてもいるのです。人類はこのような人以外の生物たちを見つめながら、また彼らの中のある動物たちを見つめながら「動物の福祉」という問題さえ考えるようになって来ているのです。私の息子などもその方の魁として立ち上がっていることを喜ばしいことだと思っています。

人類も他の動物たちも等しく生き方の時間の中で物事を簡素にそして寛大に、さらには素朴で単純に生きる時、そこに生命を施してくれた大自然の万有引力と繋がる真実を見ることができるのです。おそらく人類を別にして、数限りない生物たちは、大自然のこの「物に生命を与えた不思議な力」をはっきりと認めており、その通りに生きているようです。その通りに生きているゆえに、彼らは人類のように驚くべき発展を遂げてはいないのです。人はこのことを大いに笑い、文明社会の中の自分たちの日々の発展や進歩や楽しみ多いと思われる生活と生き方を楽しみ誇り、他の生物の前で自慢している始末です。ルネッサンスとは人間のこの間違いをはっきりと示しています。

しかし考え方をちょっと変えてみれば、大自然が生命を与えてくれた考えに対して、とんでもない間違いをしているのは人類の方であることを確認しなければならないのです。他の生き物たちの方が大自然に素直に従っている本物の存在であることを、かつてごくわずかに荘子や老子やゲオデネス、そして寒山拾得たちはよく分かっていたのです。彼らとはほとんど考え方の違う大多数の人々が歩んできた方向が今の文明社会なのです。

大自然の偉大さというものがまともだと言われている人間にはルネッサンスが分からないのはそのためです。不幸や不安や失敗が喜びや成功の基であることを全ての文明人間には分からないものその意味ははっきりとしています。

水

貴方から妹さんへのメール拝見しました。お姉さんを中心にしてこれからいろいろと忙しくなっていくことでしょうが、そのことは貴方にとっても良い体験となるでしょう。その間には常に言葉によって励まされる時間が流れているので万事は大自然の流れのままにうまく進んで行くと信じています。どうぞお大事に。

干乾びているような虫たちでさえ、それらが短く与えられた寿命を全うするために我々が知らないところで実に瑞々しく生きています。たとえ大自然から生命を与えられていない数多い無機物でさえ、その中には意外と量の多い水分が含まれているようです。

むしろ完全に干乾びているようなものは滅多に存在しません。もし完全にカラカラに乾いているものであれば、その無機物の存在はたちまち崩壊し、バラバラに分離してしまうに違いありません。水素と酸素から成り立っている極めて単純そのものの化合物に過ぎない水という液体は時として氷のような個体に変化することもありますが、やはり二つの元素の化合物である水は水そのものであって初めて本来の姿に戻っているのでしょう。陸地よりは遥かに広大な海は水から成り立っています。おそらく地球上の最も原初の生命体はこの海という名の海水の中に出現したはずです。それゆえにあらゆる動物たち、また人類の身体もその九十％以上は水分であり、その流れの動きは与えられている生命の時間の続く限り止まることはないのです。何をさておいても、人の身体は海洋の大きな流れとちょっとも変わりがないのです。そこには血液の動きが見られるのです。人は少しでも心が物事の存在の核心に触れるだけの力があるなら、こういった流れの中に潮騒の音さえ聞くことができるのです。

あらゆる物質を簡単に溶かす能力を持っているのが水です。生命現象さえ水の動きが無かったならば、そこに出現することはなかったはずです。単に磁気として、蛋白質として、その昔海水の状態をかなり変えていた高温などが微妙に働いて生命現象が芽生えたのです。ここに生命誕生、または創造のプログラムがあったのです。その最も近くに存在した引力の形は、人が今日「神、カミ」という符号でまた象徴的な言葉で呼んでいるのです。神がどのようなものとして崇められていても、それはそれぞれの民族の問題であってさほどあれとこれを区別する必要はないのですが、全く神を考えないで与えられた寿命の全てを生きてしまうということは、何かが大きく不足しているのです。やはり人は自分の身体と心の全域を十分に満たすものを携えて、一瞬一瞬の時間を通っていかねばなりません。生命体というある意味では広大な器の中を満たすには神無しに生きる人間にとってはあまりにも大き過ぎ、背負いながら自分の人生を歩むには重すぎてとても耐えることができないはずです。やはりそれが神話であろうと伝説であろうと歴史的な読み物であろうと神社や教会やモスクの形をとっているものに頭を下げるにしても、そのようなものが存在する時、人は、自分の肉体と精神が清められ汚れがなくなった自分をいくらかでも信じられるので、与えられている生命時間を全うすることがうまくいくはずなのです。

基本的にあらゆるものの根本には水が存在します。水の流れの中でいくつもの化合物がぶつかり合い、こね回されるところから生命が生まれ、時間が生まれてくるのです。

時間の中で大いに人は自分に与えられた寿命を感謝し、喜ばなければなりません。

未承認のもの

文明社会とは様々な点において問題が多く、昔と比べてあらゆる点で人の生き方が難しくなってきています。解決されていない、つまり未承認の事柄が山ほど私たちの周りに堆《うずたか》く積まれています。現代人の言葉と行動は日に日にその数を増していますが、それらのどの一つとしてまともに解決したり完成したりしているものはないのです。現代人は立派な服装をして町を歩いていますが、彼らの顔はどことなく青ざめているのです。つまり人はまだ未承認のまた未解決の問題を抱えているので、どうしても落ち着きがなくなっているのです。家にいても会社に行っても、とにかく心の底からの落ち着きがないのです。実にかわいそうな現代人です。江戸時代の頃は山ほど浪人という者があちこちにうろついていました。親の代から、祖父の代から、ずっと以前の先祖の代から浪人のまま侍の生き方や生活自体未承認のまま生きている人々が山ほどいたのです。私たちは試験に合格しない若者を浪人学生と呼んでいますが、江戸時代も現代もそういった浪人で世の中は埋まっています。彼らには確信のある言葉がないのです。自分たちの生活を全うしていけるだけの自分自身の存在に因る支援の力が弱いのです。誰も働いています。誰も学んでいます。誰もそれなりに夢を持っています。しかしそれらが確かに息づいていないのです。どことなく中途半端なのです。書物を最初の頁から最後の頁まで読み通すことはできるのですが、そういう妙な生真面目さはあったとしても、どの頁でも良いそこを命懸けで読むとか熱い思いや涙が出るような態度で読むことはできないのです。つまりそこに有る目の前の一言一言に自分の全てを集中させて読むことができないのです。本来書物とは、そこに書かれている言葉を生命の中心から読み取ることなのです。しかし彼らにはそれができないでいるのです。ただ漠然と話の意味を受け止めるために初めから終わりまで一頁も抜かすことなく読むことは、一つの言葉、一つのフレーズ、一つのクローズを真剣に受け止める態度とは違うということを理解しなければならないのです。

文明浪人はまともに初めから終わりまで読み通すことはできますが、ある一ヵ所二ヵ所、または数頁を命懸けの思いで読むことがないのです。読んだ本の著者が頭に浮かびその人物にすぐにファンレターを出すくらいなのが本当の言葉の読み方です。現代浪人はそういう気持ちになることがほとんどないのです。百冊書物を読んでも千冊読んでも、しかも初めの頁から終わりの頁まで実に正しい態度で読んだとしても、そこに言葉言葉に対する抑揚、つまりアクセントがはっきりと付いていないのです。どの言葉も平均的なリズムに乗っていてそれはまともな歌にはならないのです。読む者の心に響いていく確かな著者の思いが全く伝わってこないのです。書物を生命の糧としてそこに連なっている言葉の一つ一つが読む者の夢となる同じ仲間の暗号でなければならないのです。読者にとって実に生命の糧になった書物を読んだという気持ちを与えてくれた時、その人は単なる漠然と生きている現代浪人の姿をそこに見せてはいないのです。彼は直ちにペンを取り自分の下手な文字でもって、著者に対して手紙を書くでしょう。文明浪人でないと、はっきりと自分を持っている人間は、読んだその書物の著者とたちまちなんらかの形で出会うものです。こういった出会いが一生の間に一度でも有るならば、その人物はこの頁で言っている「現代浪人」ではないことを自覚できるのです。

人は多くの学問を抽象的な言葉や、ほとんどリズムを持っていない表現でもって説明されています。日々の行動も熱の入った熱い生活態度で埋められてはいません。昨日も今日も同じリズムでまた同じ勢いで走りぬける力のない風のようなものです。そういう風が人の心の中で夢になるようなことはまずあり得ないのです。生きるということは現代浪人の生き方であってはならないのです。生きるということは一瞬の力ある時間の中でこれまで全くない新規のリズムと色合いと激しさの体験そのものを実感する一瞬なのです。

私たちはこの瞬間自分を長らく捉えていた現代浪人の時間から勢いある、または読んだ書物の著者に一筆ファンレターを書かずにはいられないほどの生き生きとした人間に変えて行くでしょう。

原人を考える

古代人は人間というものが初めから現代人と同じ形の人間だと思っていたのでしょう。もっとも神がかった人々はそれぞれの宗派の教えに従って先祖の姿を想像しますが、ダーウィンの『種の起源』以来人間は徐々に猿に近いような動物から手足の動かし方や、言葉の使い方などまで覚えて今日に至っていることをよく理解しています。世界三大宗教からあらゆる民族の中に現れた宗教に至るまで人の先祖ということになると、源は神だったとか、神の降臨などと言っており、それぞれの地方に行っても「神話」と呼んでいるようです。

いろいろな気候や天災の中で生物は様々に身体の特徴を変え言い方を変えることを余儀なくされたので、持って生まれた身体の特徴さえ否応なしに大きく変えざるを得なかったのです。

数百万年前、また数十万年前、いわゆる原人と呼ばれた人々には、今日人が使っている言葉というものがありませんでした。否、言葉がないということは間違いで、言葉は存在しましたが、その頃の言葉は鳴き声であり、唸り声以上の何ものでもなく、それによって仲間に伝えられる信号としての価値はかなり限定されていたと思います。彼ら原人の唸り声は、現代人の利用している自動車のクラクションの音の働き以上のものではなかったはずです。サバンナの中で天敵が現れる時に発する彼らの悲鳴と、車が衝突する瞬間に本人が鳴らすか身体がぶつかって鳴るクラクションの音とほとんど同じなのです。

草原での生活時間以上に彼らの樹上の暮らしは一日の間にかなり長く続いていたのです。二足歩行の草原での生活の中で天敵に襲われ、あまり早くもない走りで天敵に捕まってしまうこともかなりあったのですが、四本足で自由自在に歩き回れる森の中の樹上での生活は、逃げる時の速さなどは草原に降り立っている時よりも何倍も素早かったに違いありません。

頭も小さく、従って脳も今日のチンパンジー並ぐらいだったようですが、研究者たちに言わせると、七百万年前に存在したアフリカのチャド原人や六百万年前頃に暮らしていたケニア原人たちや、三百万年前頃のかなり新しい時代の原人たちは、現代人と比較できるような脳を持っておらず、従って言葉さえ言語学のレベルで考えられる基礎的な語彙も、文法の原型も存在してはいなかったようです。

その頃の原人たちは歩行の仕方においても今日のチンパンジーより不器用だったに違いありません。確かに一日のうち数時間ぐらいしかサバンナを歩いてはいなかったかもしれません。彼らのその数時間は、天敵の出現をいつも考えていなければならない厳しい時間でした。動物園のライオンの檻に入っていく緊張した飼育員の立場に似たものが当時の原人にはあったに違いありません。脳の中はチンパンジー並の容積しかなかったにしても原人と猿の区別はすでにあったようです。

この辺の事情を考える時、もともと人間に今日の表現ができるような力を持った言葉が原人たちにはなかったことが理解できます。たとえ大きな愛や未来に対する夢があったとしても現代人のそれと簡単に比較して考えることにはかなりの無理があります。原人たちの愛も夢もこのような理解の上に立って考える時、現代の研究者がチンパンジーに見る研究上の語学や感情の理解と重なることを知らなければならないのです。

永遠の旅路またはコスモス論

大自然の中で生きるということは結局自然の中を休みなく歩いていることであり、巡礼のような旅をしていることなのでしょう。万物がそれぞれの形と動きの中で生きておりやがて滅んでいき、別のものが生まれてきます。こんな世の中の仕組みの中で利口だとか愚かなどとものを考えて比較をしてみてもさほどの深い意味もありません。そのようにして比較したものをそれなりに理解することを「知」と言うならば、そんなものは知っても知らなくてもたいして大切なことではありません。広い宇宙の広がりをたった一言「大自然」と呼んでいる訳ですが、それはそれで良いとしても、私自身もまたそれぞれの自分というものを宇宙とか大自然と呼んでそれに向かっていることも事実です。人はその広大な周りの宇宙を見つめながら同時に自分自身の内側にも目を向け、そこにどこまでも広がっていく「ナノ宇宙」を見い出すことができるのです。しかし外の大自然は見ることができても内なる宇宙を見ることはほとんどできないのです。そのように言い切ることは、あるいは間違いなのかもしれません。人間の中の誰が外の宇宙を隅から隅まで徹底的に見ているでしょうか。この外の大自然をあるがまま全てを見通すということなど誰にもできないのです。宇宙を見上げる専門家である天文学者や星占いの人間にとっても結局は外の宇宙を見上げながら、それらのほとんどの部分がまだ分かっていない自分のことを十分に知っているのです。

外の世界よりは遥かに理解し難い内側の世界であれば、人の内側の宇宙などはもちろん知らないことばかりで知っているのはほんのわずかな部分でしかないのです。

現代人は数多くの精密な機械に囲まれ、二十四時間という限られた時間の中でその三分の一や半分、中にはそれ以上にそういった機械に向かって働いている人々がいるのですが、それでも何か確かなことをしている自分を納得した心で見つめている人はほとんどいないはずです。一日でも数時間しか睡眠をとらないという驚くような研究者もいるそうですが、こういった人さえ安定した時間の中で自分が満足するような仕事はしていないことに気づいているのです。
現代の社会では確かにサイバー・スペースの名に値するような様々な研究があちこちで行われています。ロボットと言わず、キメラ人間などが人の傍らに現れる日も決して遠い話ではありません。全ての機械が人に真似たイメージからサイボーグとして作られてきているのですが、その精密さは大自然が生物を造ったレベルには決して達することはないにしても、それに近い何かに近づいていくことは容易に想像できます。

人間の外の空間を見つめ続ける心と、内側のそれを見つめる厳しい態度は様々な発明や発見の元となっており、当然様々なものができているのですが、それ以上に私たちを驚かせているのは、数多くの種類の神がそれぞれの民族の中に出現していることです。神やかみやカミは出現したというよりは、人の手により、また人のイメージの中から数多くの言葉によって作り出されたのです。一人ひとり自分自身の空間を持っており、そこに出現する神は自ずと他の人の空間の中から出てくる神とは違うのです。このままの考えで神を理解しようとする時、それは「神話」以外の何ものでもなくなってしまうのです。しかし人が求めようとする神は結局大宇宙、すなわちギリシャ人が口にした「コスモス」に過ぎず、現代の私たちも山や川の流れなどに見い出す神はこの「コスモス」に帰結してしまうのです。

原人から現代人、そしてこれからの未来人に至るまでの外側と内側の事実を、知ろうとしてそのために必要な「知」を求めて旅を続けるのでしょう。そのために神という名の勢いある流れが常に動いて人を発奮させるのです。

巨大な物語

マルクスやレーニンたちによって共産主義の哲学や教義が生まれ、世界中の人々は新しい文明の考えの出現だと驚いたり喜んだりしたものです。ある人たちは世界三大宗教初め数多くの新興宗教の中にもう一つ全く新しい宗教というか、経済学や社会学と結びついた新しい宗教が出現したのだと考えたりしたものです。全く新しい思想の中に神社も境界もモスクも持たずに新しい思想で深々と滲んでいる哲学として、これまでの数多くの帝国などとはどこか違いながらやはり別の形の皇帝や王様を先頭に立て、その下には恭《うやうや》しく従う将軍たちが存在する国家が生まれたのです。それこそがソビエト連邦社会主義共和国だったのです。ロシア皇帝やその周りの数多くの少数民族たちは共産主義の流れの勢いの中でまるで吸い取られるようにソビエトになびいていったのです。ソビエトという異質な現代のローマ帝国もまたその周りの小国たちも共産主義国家を作り始めたのです。南米のキューバや、アジアの中国、朝鮮、アフリカのリビアなどといった国々はこういった新しい形の社会主義哲学の力に煽られて夢中になったのです。しかしこういった激しい炎のような思想の中にそれ以上飛び込んでいく民族は出てきませんでした。

民主主義国家が台頭するグローバルな傾向の中で社会主義は姿を消し始めていったのです。結局は八十年足らずの共産思想は、主義、主張を携えた人々によってその歴史の幕は下ろされてしまったのです。ソビエト連邦の周りの諸民族のさらに周りにはやはりこの影響を受けた東欧諸国が存在しましたが、彼らは段々と共産主義の本当の中味が分かってきたらしく、ソビエトの知識人たちよりも先に薄々とこの新興宗教集団にも似た、社会主義にある種の疑いの目を向け始めたのです。

同じような形によって、どちらかといえばブルジョア階級に属する若者から成り立っていた昭和の終わりのあの「赤軍派」も、マルクス主義を実行に写した属レーニン派の人たちも、もっと早く数年にして彼らの思想の幕を閉じなければなりませんでした。彼らが抱いていた激しい夢であってもそれは実に儚い、実行動の伴わない夢でした。

二十世紀の初頭に生まれたレヴィ・ストロースははっきりと共産主義の弱点や、いずれやってくるであろうその希望のない近い未来を予想していたのではないでしょうか。人類学者であり、思想家であり、さらには神話研究家でもある彼は、それ以上に人間社会の構造について深い関心がありました。フランス生まれの彼は十分な学問を身に付けた後、人の本質とも言うべき社会的な生き方を教えるためにブラジルに渡り、現地の人々の生活や社会的生き方を調べ、そこから人に普遍な文化を理解しようとして、現地の大学で教鞭をとりながら、「構造主義」に繋がっていく、いわゆるポストモダンな思想を少しずつ発展させていきました。フーコーやラカンによって繋がっていくこの新しい考えがやがて生まれてきました。彼は単なる思想家でもなければ人類学者でもありませんでした。大自然の中で他の動物たちと同じように生きている人は、我々が文化と呼び文明と考えている狭められている世界から人類を解き放ち、より自由な自然の世界の中でまるで花々や他の生き物たちを考えるように考えていかねばならないことを教えているのです。サルトルのような文化に縛られており、いくらかでも共産主義にかぶれているかシンパと目されている人たちの考えに真っ向からはっきりとポストモダンの言葉で迫っていったのです。彼が書いた大書『悲しき熱帯』は、単に人文社会学の教科書としてだけではなく、むしろ人というものがどれほど進化していこうとその中心に未開社会の生き方が蠢いており、神話や婚姻の形や愛の形が基本的に同じであることを説いた。そして未開の現地に赴《おもむ》いていた彼は「神託や婚姻の形や愛の形」が人の不変な基本生活であると認め、それを構造主義といった考えの中に持ち込んだので、当時のヨーロッパの知識人たちはとても驚いたのです。神話も人間も一つに重なって人を知る上で知らなければならない問題だと彼は考えたのです。これまでの人間学がいかに小さな枠の中にはまっていたかと分かる時、彼の考えはなんとも巨大な人間の物語として人を論じることが分かるのです。

「為らわないこと、いじらないこと」

世界には数限りなく神話や伝説が残っていますがそのどの一つをとってみても人類の初めや世界の初めについて同じようなことを異口同音に語っています。我々と同じ人類の中の一人である老子でさえ、また荘子でさえこの世の中には初めというものがあったとそれぞれ別の形で書いています。しかし私は「初めに何が起こったか」と言われている態度にいささか不満を感じます。何かが存在する前に必ずしも何かが興ったと考えなくてはならないその考え方に私は何かしらの不足の思いを抱くのです。あらゆる物事のその前に何かがあり、その前にさらに何かがあると考えたがるのは当然の人の思いです。だがそのままその状態を続けていっても終わりはないはずです。それを見越していたのか、ユダヤの心ある人々は「初めに言葉があった」といい、それによって親から子へと続くはずの考えの中に断絶の時間を作り、全く繋がることのない言葉と神を、または言葉と人を結びつけたのです。このことをずっと後になってハイデッカーは「人に繋がる道」ではなく「言葉に繋がっていく道」を唱えたのです。彼はこの論文の中で次のように言っています。

「言葉は人の口から出る葦である。言葉というものによってこの惑星は空間に広がる花を散りばめたのである」

ゲルマン人である彼はまた、花々に包まれた一人ひとりの人を、笊《ざる》いっぱいに入れてきた灰を敷いて桜の花を満開にした花咲か爺の話のように語ったのですが、それなりの至高な考えの流れの中で受け止めていたようです。

初めに神々がいたのでもなく、人類の先祖が現れたのでもなく、この世界には言葉という無機物が撒かれた灰の中から満開の桜となって咲きほころんだように人間が現れたと見るのが正しいのかもしれません。

言葉の源は華が四季それぞれの時間の中で咲き誇るように、飛び散った灰の中から桜の花が満開となって開くように、おそらく言葉は人の舌の上である時は眠り、またある時は満開の桜となるのかもしれません。

人の一生も言葉の流れもどこか大切な点でとてもよく似ています。言葉は決して終わることがありません。言葉には死がないのです。生物はその有機体の動きを止める時がくれば間違いなく死を迎えます。しかし単なる有機物としての人だけではなく言葉を話す人が考える時、そこには決して朽ちることのないある種の勢いが残るはずです。人は与えられた寿命の中で生命を表現しますが人に憑依した言葉はその言葉としての動きを止めることは無いのです。言葉は与えられた生命のように救われたり滅びたりを繰り返す輪廻の時間の中で理解されるものではないのです。言葉は常に内側から光を放ち、それがゼンマイ仕掛けの機械のように疲れたり老化したり勢いをなくしていく最後が来ることもないのです。

言葉ははっきりと生命体、つまり人と並べて考えるものではないようです。言葉は言葉そのものの支配者であり、同時に言葉自身の救済者なのです。動いているものも、静止しているものもお互いに一つにまとめ、信じるものも反対するものもまとめて絶対帰依《きえ》するところに結びつき、そこからまるで煩悩や原罪をそのまま信じられる心で理解し納得していくのが言葉だけなのです。言葉はそういった意味においてどんな与えられた生命よりもレベルの高いところにしか見られない存在であって、この言葉に関しては初めも終わりも意識してはならないのです。これこそがドイツ人の言う「sich lassen」すなわち「存在するものをなんらいじることなくそのままにしておけ」ということなのです。文明の悲しさは、あらゆるものに人が手を加えるという不幸に関わっていることです。

「匠」

人間は常に与えられている自分の生命を部分的に分解し、周りの環境に合わせ状況に合わせて再創造しているのではないでしょうか。腕の良い職人や匠でなければならない人間なのです。腕の良い指物師《さしものし》は細工をするために使う木の味を出すために、自然の中で曲がったりさんざん風雨に晒されたものを使います。腕の良い料理人も、材料をできるだけそのまま崩すことなく本来の鮮やかな、また地味な色合いをそのまま実に見事に使っていきます。見た目や感じの良い和の料理を作るのには指物師《さしものし》が良い仕事をするように料理人は自分の腕を見せるためにあえて、少しばかり腕の良い職人たちとは違った態度をとるのです。一つはできるだけ見栄えを良くしたり本来の日本人の小器用な腕の技を見せるのではなく、むしろそういったものを奥に隠すような仕方で人々を喜ばせる大きな技を見せるのです。

言葉においてもこのことははっきりと言えます。はっきりと外に出して、大げさに表現するかと思えば、深々としたリズムが消えたようにそこには言葉の余韻が静まり、見えない句となって現れてくるものがはっきりとした意味を読む者に窺わせ、目の前にいる理解しようとする人々を納得させるのです。聞こえてくる言葉と聞こえない言葉のハーモニーの中でえも言われぬ感覚を生み出すのです。

誰にとっても言葉、すなわち人生のテーマに潜んでいる生き生きとした普遍性を引き出すためにはそれなりの語彙や句を引き出す技能が必要です。こういった技能はその人間が社会の中のどの辺のレベルで生きているかということに関わってきます。どっぷりと社会のど真ん中で大多数の人に囲まれ、忙しくそれでいてその混雑の中に安心感を抱いている人と、この世の在り方に様々な意味において不安を抱き、恐れさえ抱いている自分の心を実感している人は文明の時間の外に目をやることがしばしばあるはずです。人を大きく二つに分類するならば、社会的人間と心の中の広い部分を大自然に向けている人という形に分けられます。社会的に名誉や物質に囲まれ、それに喜びを感じる人々は他のあらゆる動物たちとほとんど同じレベルで生きていることは間違いありません。こんな時、沙門であって沙門にあらずとか、人であって人にあらずなどと本心から言える人はなんとも幸せです。そういう人にだけ大自然の流れは自分の心臓や各所の血液の流れと全く同じ勢いで存在します。そのことがはっきりと分かっている人間だけがこれに納得がいくのです。

私たちも何を喜び、自信を持ち、誇る以上に大自然の流れと一致している自分の心臓の動きなどに限りない自信を持っていたいものです。こんな時、ぜひともディオゲネスや寒山拾得にこのことを聞いてみたいものです。

消滅するもの

地球上はどこもかしこもＣＯ２に汚染され、これを除去するために必要な多くの森は段々と姿を消しつつあります。生き物は疲れ切った空気の中で本来は大きく伸びていく力を失っているのです。もちろんこのことを生命体の寿命が尽きる年齢にも例えられ、人類の全体的な高齢化を意味しています。南米の巨大な森の広がりや、人類さえ今日の文明の形に育て上げた初期の頃のアフリカの森もしっかりその勢いを失い、今ではサハラ砂漠など多くの死に絶えた森の姿を露呈しています。これらの森は大量に姿を消していますが、その裏には人類の文明の発達が大きく関わっています。大量の樹木が伐採され地球上のＣＯ２を吸収する力は年々弱くなっています。

おそらくこのような森が受け持っていた大きな能力が近い将来にはその可能性をほとんど失っているかもしれません。生物が生物として生きていける可能性はその時ほとんど消えていくのです。もちろん文明を誇っている人間も、確かに新しい技術を取り入れて空気を人の手によって生み出す未来が考えられるかもしれませんが、それでも少しずつ人命が人間の医学によっては守られないほどの疾病の中でその数を減らしていくことは容易に考えられます。

教育も資本主義の様々な努力も、つまり人が人として健全に生きていく上に必要な全教育も少しずつ足下から滅んでいくのです。人間性を苛酷に扱い、とにかく文明社会を伸ばせるだけ伸ばそうとして頑張っている人類は文化という名の下に奴隷のようにこき使っているのでその未来は惨めなものです。

大自然が我が子のように大切に万有引力を扱うように、人は自分の生命を本来は大切に扱わねばならなかったのです。人間自身は人間を苛酷に扱って来ました。十九世紀の産業革命以来特に人の生命はひどい仕打ちの中で、身体の外だけではなくその内側や心や精神の中まで徹底的に、最もひどい主人に扱われた奴隷のようになり、その結果今日の驚くべき文明社会が出現したのです。莫大な金を左から右へと動かしありとあらゆる小知恵を利用しながらこれまで無かったような便利なものを発明発見し、その中で人は文明人間という名を肩につけて今日威張っており誇っているのですがこういう老化した人類の近未来は実に恐ろしい結果になることが想像できるのです。

地球上の森という森は消えつつあります。これと平行に人は理解できないほど多くの疾病に悩まされています。

素朴な人

陽の光は明るく輝いているのですが、風はけっこう冷たく庭に出るとやはり冬の寒さが感じられるようになりました。万事がうまくいっており、しかも常に何かが不安に追い立てられ、ただ落ちついて見ていられる訳でもないこの文明社会を、どんな心で見ていたら良いのでしょうか。やはり人は自然のまま何事にも恐れることなく進まなければならないようです。

神の国、日の昇る国、そして大八州と呼ばれている日本列島は美しい山々や川や大地を誇っていますが、遥か昔大地震や風化の中で出来上がった陸地としては至るところ原石や噴火の跡で、いかにも大災害や、戦争が終わった後のように全てがこれから再生しなければならない状態だったのです。生まれてすぐの赤子のようであり産声を上げるだけの状態でした。日本列島のどこを見回してもそこには人の姿は見えず、どんな生物も動いてはいませんでした。そこには荒涼とした月の表や火星の広がりのような大地しかなかったのです。それを今日の、人間を中心にした文明社会にしたのには長い時間の中のそれなりに努力し苦労した人間の頭脳の働きがあったのです。これほどの努力をした結果として人間の頭脳は特別に大きくなり、そこで閃くシナプスの数は異常に増殖し一つ一つのシナプスの大きさや輝度は他の動物たちとの差などとは言えないほどのものになりました。太陽エネルギーを、また電気を自由自在に操り地球上の至るところと一瞬にして繋がる知恵さえも持つようになりました。神の国はもはや人間が誇るべきものではなくなりました。大八州もその意味をかなり失い始めています。今、大地は人間の支配の下でどこまでも延びようとしています。

しかし、地球上はこのままで良いのでしょうか、これほど栄えている人類中心の地球上にも必ず大きなしっぺ返しの何かが起こるはずです。ごくわずかずつ気候の変動やさしも利口だと言われている人間が興し始めている戦争の予感は、もし巨大なダイナマイトのように爆発を始める時、文明の力で大きくなった今の作られたルネッサンスの都会は一瞬にして滅び去ることでしょう。このような未来がないとは言い切れません。そんな中で生きている人間は、それでも巨大さを誇る国家同士の力を信じてなんとか生きている今ですが、中にはそのように作られた極めて不自然な力を信じることができない人もかなり多くいるのです。人間は自分自身に戻らなければなりません。人間は人になってより良く人という生き物の全体像を把握しなければならないのです。

日本列島を悲しい破壊の後に変える前にはっきりと大自然すなわち単純な人が口にする神の国、大八州にすることによってまたそう信じることによって文明の恐ろしい力や考えをそらすことができると思うのです。

人が頼り過ぎる文明こそ占い師や詐欺師のように恐ろしい存在です。私たちはそこから手を引く単純で素朴そのものの人間にならなければならないようです。

自由

人はいつの時代でも自由を求めています。自由は非常に私たちの周りを満たしている最も大きな流れであり、万有引力そのものなのです。そうでありながら不思議と自由の方から人間に向かって寄ってくることはないようです。人は求めれば与えられるというバイブルの言葉のごとく、自分の方から求める時自由はやってくるものです。横を向いて自由が背中の方からしがみついてくるのを待っていては、自分の愛情を出すことなくツンと構えている女のように、大切な婚期や愛の時間を失うように、自由を満喫する時間を失ってしまうのです。

これほど私たちの目の前に揚々《ようよう》と流れている自由なのですが、

それゆえに人は自由を、飢えているものが貪りつくようにしがみつくことなく鷹揚《おうよう》に構えていて、結局は自由を掴み取れないでいるのです。自由はないのではありません。人がそれに向かわず、それを確信を持って受け止めないところに問題があるのです。自由を手にするということは結局自分らしい自由の中で生きることです。自由を自分なりの形で作ることです。

人は何事でも自分らしく作ることに不安を感じています。自分の思いの通りに何かができていくことを恐れている風にも見えるのです。悲しいことです。こんなところにも人間の悲しさははっきりと見えてきます。人は力いっぱい野の鳥のように、森の中の昆虫のように自分の夢や願いに向かっていかなければならないのです。このことを一つの言葉、すなわち自由を作り出す行動と認めて前進したいものです。むしろ大自然の中には揚々《ようよう》と流れる自由という名の万有引力が存在しないように生きることが人間には必要なのです。あたかも自由自在にどこででも吸うことができる空気ですが、人はこの空気を自由に吸えるからといって、安心して吸わずにいるでしょうか。とんでもない話です。まるで空気がなくなり酸欠状態に陥っているかのように、一瞬一瞬空気を吸い与えられた時間の全てを生きる行動に使いながら、同時に決して呼吸することを忘れることはありません。全くこれと同じです。人は常に一瞬一瞬何があろうとも自由を呼吸することを怠ってはいけないのです。実際にはどこにもない自由ですが、それでも自由を吸うために口を開けなければならないのが人間であり、全ての生命体なのです。

お金がないと一日どころか半日も生きていけないと考えているいじけた人間です。それゆえに常に金のことばかり考えており、何が大切かといって金より大切なものはないのが今の時代の人間なのです。この金の問題をはっきりそのまま自由に置き換えてみましょう。自由無しには本来人は一瞬たりとも自分らしく生きてはいけないのです。自由がなくとも周りの人が言う通りに生きていればなんとか生きていけると思っているのは現代人です。とんでもない話です。肩書や金銭や人付き合いや家などを持つことはまず脇において、今この瞬間になくてはならない自由を、飽くなき亡者のような態度で求めなければなりません。あえて私たちは自分の周りに揚々と流れている自由を見る必要はないのです。その代わりにあたかも自由が全く無い岩窟島の檻の中に閉じ込められている囚人のように自分を認め、その状態の中で飽くなき自由を求めなければならないのです。自由とはこのようなものであると知る時、人はどのように生きなければならないか、その本質が自ずと分かってくるのです。

挑戦的なリズムで穏やかに

朝日が部屋の中に入ってくるので、その眩しさから身を避けるために二重になっているカーテンを閉めっきりにして、部屋の中は暗室とまではいかなくとも暗い感じです。私はノートしたメモを見、家内はコンピューターに向かっています。その割には私たちの目には暗さを感じさせてはいません。暗さも明るさも、不幸も幸せも、理解できないこともできることも、分からぬことも分かることも、鈍い走り方も早い走り方も全てその人の心持ち次第でどのようにでも変化するもののようです。それが自分の力で統一され、その時その時必要なレベルに持っていける人は、ごくわずかでも隠者や仙人の力が宿っている人です。文明の小利口さが段々と進歩している今、そのような力が少しずつ失われている自分を実感し、私たちは恐れなければならないのです、痛くもないのに痛がったり、けっこうそれで間に合うものや金やそれなりの肩書があるにも関わらず、無いと言い苦しみ焦り恐ろしい夢の中で生きているのが、この便利な文明社会の中で生きている私たち人間です。

人はたいてい何事に関しても保守的でいたいものです。それほど必要も無いのですが、いざという時のために最低限の物や金や小さな権力は持ちたいと願っているのも私たちです。そして最低のところに生きていても、ごくわずかな愛の匂いくらいは感じていて、ちょっとしたことでごま粒ほどの名誉が人々によって語られる時、それで全てのことに安心して満足しているのが今の世の中の人間たちです。愛があって幸せだとか、才能があって人々に認められているとか、物や金がなんとか息づくくらいはあってこんな幸せなことはないとか、ささやかなというよりは、かなり下の方の生き方の中で悲しい自分を喜んでいるのが、全ての現代人が持っている悲しみであり不幸な時間なのです。それはこの社会の上下のレベルで生きていることには関係なくそうです。

もう一度はっきりと目を開けて、しかもダマスコの門の前でソウルがパウロに返信して盲目になり、それからはっきりと目を開けたような体験をする時、人は自分の周りの何事に対してもむしろ穏やかに、また保守的にならず、かえって挑戦的になるのです。この何事に対しても挑戦的に向かう生き方はそのまま自分に与えられている夢を生活の中で実現しなければならない思いそのものなのです。本当の愛も、ものの考え方も、生活の中のどのような創造力も、全て保守的な柔らかい生き方の中ではほとんど成就しないのです。むしろ徹底的に他人に対してではなく、自分に対して挑戦的になる時、愛は本来の愛の力をまた色合いを発揮するのです。持つものもどんなにつまらないものであっても、そのように生き方の全域で挑戦的になる時、実に生き生きと動き出すのです。このことを最もはっきりと表しているのが、人が言葉を使う時です。穏やかにのんびりと生き方の流れにいささかの手も加えない人が、どんなに良い言葉や格言、箴言などを使ってみたところで、それらの言葉はいささかの光も表さず、それを受け止める人に感動は与えないのです。言葉は常になんらかの意味において常に革命の勢いを持っているものです。言葉は過去の人の言った格言や箴言でなくとも良いのです。ぼんやり転がっているあまりにも平凡で寝ぼけているような言葉であっても良いのです。大切なのはその言葉を使う人の方です。革命的で夢多く挑戦的なリズムの中から出てくる時、そういったあまり勢いのない言葉も生き生きと角という角を鋭くして聞く者の心に響いてくるのです。

今日も私たちは自分の口からあらゆる言葉を自由に吐き出しながら革命的な角をつけながら一つの自分の歌として歌っていきましょう。

計画無しの人生

生物多様性という言葉がよく使われる今日です。花も昆虫もあらゆる動物にも生きていく上の計画などは全くありません。自分の生きられる寿命について人のように大方のところを想像することもできないのが彼らです。もっともそのように無計画の中で生きているだけで今日一日の生命なのか、三十年生きられるのかそれとも九十年生きられるのか、ある程度見当がつくのが人であって他の動物たちにはそれがないのです。それがないゆえに、人の手によって生み出されたり時が来ると屠殺され、それから肉となって売られていく家畜たちは、おそらくその一瞬以外には悩みや苦しみや痛みはほとんど無いはずです。もっともそう考えなければ、人は自分で造ることもできないこういった家畜たちを簡単に飼い、また売り買いができる訳がないのです。そんなことからも、どんなに権力があり力が有っても、極悪人だからと言ってその人間を死刑にすることは絶対にできないという条理を私たちは心の中でよく知っているはずです。

もちろん昆虫や爬虫類、また植物たちをも家畜同様に扱って人はさほど気にはしません。特別心の繊細な宗教家や哲学者などは、蚊一匹殺せないという深い感情を持っています。それが特別人間としての偉さの特徴だと考えることもないのです。そういう性格の細やかさが一般人とはどこか違うといった意味において扱われるのは、それなりに大きな意味を持っています。叙情的な人間の例としてこのような花を折ってはいけないとか、トンボを捕まえて羽をむしってはいけないなどといったことを極端に評価して感情的になるのもおかしな話です。

計画性の無さは、人以外の生き物に共通した特徴です。段々と人に近いような感覚を持っている高等動物になればなるほど生命のセンスは複雑に、細やかになってくるはずです。人間はもう一度自分をはっきりと見つめてみましょう。生きている一瞬一瞬の中であらゆることを計画し、その計画の一つ一つをはっきりと覚えています。しかし人はこの計画性をなくす時、またあえて認めない時、その人が認知症の人である場合は別ですが、確かに大きな世界に目覚め生きられることは確かです。広い信仰の世界というものはこの無計画な次元に飛び込むことによってその最先端に立つことができるのです。今誰かに命を奪われようとしている人は今行われようとしている行動に対して突然無計画な考えでいられるようになると、そこにはいささかの不安も恐れも悲しみも全く消えてなくなります。おそらく哲学的にも同じことが言えるでしょう。持っている計画が無計画となる時、その先に出現するであろう現実を考えて悲しむことも喜ぶこともまた痛んだりすることも全くなくなります。絞首刑になる直前において全てとは言いませんが、ある犯罪者は一種の宗教人になっているのかもしれません。今自分が処刑されていくという計画性を忘れ、無計画の人生の中に置かれた時、全ての不安とこの世の思いなどが捨てられ、虫のような、黴菌のような爽やかな心になって次の瞬間の時間を待つことができるはずです。

本当の哲学者や宗教人は偉い学問や苦行などによって身を鍛えた人のことを指して言うのではありません。自分の今もっている計画性を無計画にできる瞬間が持てる人こそ本当の哲学者です。また宗教人なのです。毒杯を飲む前のソクラテスなどは、また鎌倉の浜辺で処刑されようとしていた日蓮などはそういった意味において間違いなく最期の一瞬、計画を無計画に変えることのできた人間でした。荘子も老子も生きている間に全くこの世から自分の計画を捨て去り、はっきりと自分の無計画を知っていた人物です。荘子は自分の愛していた妻が死んだ時、太鼓を叩いて、涙一滴もこぼすことなく見ている周りの人々が唖然とする中でどこまでも歌い続け踊り続けたそうです。老子が函谷関を越えてその向こう側に身を置いた時完全に人としての自分の計画を捨てたはずです。彼にとって全ては無計画となりました。この時人は完全にあらゆる恐れから離れられあらゆる痛みや憎しみや欲望から離れられるのです。人生万歳!!

結局私たちは常に計画の中に閉じ込められて生きています。夢を持ち痛み悩み臆し、欲望の虜になっているのは当然の結果です。何かに対して恐れたり祈ったり恥ずかしがって生きている今をその通り認めていくだけの人間でなければなりません。百八つの煩悩や劫をはっきり認め、それから逃れようなどという考えは捨てるべきです。全く痛みも恥ずかしさも無い生き方をしようとするなら、万事無計画にならなければならないのですから。

説明する言葉がない

おはようございます。とても明るい朝です。庭に昔からあった古木に実をつけた柿をベランダの手すりに六つばかり干そうとしています。実に不思議なことがあるものです。数年前までは富有柿だと思い採って食べていましたが、今年実った十数個の柿はどうやら完全に渋柿になっていました。甘柿の木がいつの間にか渋柿を実らせるということがあるのでしょうか。もっとも近くの老人の家の柿の一枝は甘柿であり、別の枝は渋柿になってしまったと言っていました。こういった突然変異もあるのですね。渋柿も、甘い富有柿もその原産地がこの岐阜県であると物の本で調べ、我が家の柿の古木が突然渋柿に変わったことに妻は驚いています。

夕べは貴方から私の誕生日に合わせた速達を嬉しくいただきました。早速抹茶ミルクを飲み、身体がほかほか温まりました。ありがとう!! 貴方が作られたパズルの遊びができる紅葉の葉、よくあのように考えられましたね。息子にこのことを今朝話し、一枚上げました。今朝の食事の席で一関で英語を教える時に使っていた机代わりの板を使って貴方が下駄を作るということを話したら驚いていました。弁慶が履くようなゴツイ下駄になるのでは?と少し心配もしていましたよ。今年の冬は一関で初めて買った伊予絣《いよがすり》の着物を着て散歩してみたいと思うので下駄を作ったら、私にも一度履かせて下さい。すぐお返ししますから。

私はお陰様で七十七才になった昨年、貴方や皆と久しぶりに新宿でお会いできました。あれから一年経ち、風邪一つ引くこと無く七十八才になりました。与えられた寿命を考えてみたところでこの先どれくらい生きられるか誰にも分かりません。しかし幼い時代も青年の頃も壮年の頃もそして今の私もなんら変わりない同じ心で生きているのですが、自分初め周りの人々を見ると時間の流れの中で人は少しずつ心の在り処がずれ、足下が揺るぎ、人としての存在の全域が錆び、崩れ、わずかずつ抱いている夢もどこかしら汚れていくようです。もちろんこれではいけないのです。同じ思いで言葉を五、六才の頃の覚え始めの爽やかさで今も使って行かなければならないと思っています。

人の目には文明というこの流れや広がりの時間が、はっきりと近未来のどこかで必ず滅びるのだという事実を知っています。他の動物や細菌などは別として、人間の文明は少しずつ砕け始めています。一日が存在するように文明時間に黎明と暮れる時間があり、その中で人は単に寿命だけではなく精神のまた心のさらには愛の寿命さえ徐々に錆つき始めています。多様な生命があるとは言いつつも、人は多様な生活の中で変異していくという現実も知らなければならないのです。長いと言えば長く、ある人々にとっては短いと思われている五百万年先には太陽が綺麗に燃え尽き、その周りの惑星はほとんど消えてなくなるでしょう。もちろん地球もそれで自分に与えられている寿命を終わらせるのです。このことを考えるなら、あまりあくせくと金や物や肩書に囚われて息もつかずに生きるような態度は持つべきではありません。一人ひとりの人間がそれぞれの特質を持っていたとしても、結局は与えられている万有引力の中ではさほどの変化はないのです。どんなに変わった服装をしてみても、どんなに奇抜《きばつ》な帽子を被り、サングラスをかけてみても人は人なのです。人はあまり変わり映えはしません。ワニが人に変われる訳でもないのです。しかし人は己の言葉によって大きく変わります。同じ身体の動きが鳥類から魚類に変わるぐらいに変化するのです。着るもの被るものなどはどうでもいいのです。心から流れ出す言葉をはっきりと自分のものとして出していきたいものです。

そこに確かに自分が信じ夢見ている深い意味を持った存在があるのです。個々の人はそのものを表現するだけの十分な勢いと輪郭と色彩を持った輝くような言葉がその場に無いので困る場合が常にあるのです。このことを別の言葉で言うならば、今自分が説明したいものを目の前に見ながら、しかもそれに確かに触れているにも関わらず、それを見ることができない盲人たちに説明する方法としての言葉を持ってはいないのです。大自然はつまり神と呼ぶところの存在が人に与えているはずの言葉という万有引力の中でも特別巨大な万有引力として理解されなければいけないのです。人はこの文明の社会の中でも言葉という、忍者の術にも等しい大きな力を持った万有引力、つまり言葉がなくては、また身に付けていなければならないのです。

愛したい心があるのに愛する者や物がこの文明世界の広がりの中のどこにも無いのです。健康に生きていながらその生き方が病んでいるのはなぜなのでしょう。健康に見えながら、不健康に生きているのはまさしく現代人です。人には残念ながら豊かな言葉が無いのです。その人らしい個性豊かな独特の言葉が無いのです。誰もが異口同音の言葉で生活をしているのです。

文明という名の檻の中で、肝心の言葉を失っている人でこの世は埋まっています。できるだけ早めにそこから抜け出しましょう。

荀子《じゅんし》の価値概念

文明社会とはいつでも進歩や発展の名で呼ばれていますが、この進歩などは果たしてどれだけの発明発見に連なっていることでしょうか。不幸や不安の塊のような事件が毎日の新聞やテレビを賑わせています。よくよく文明の進歩を考えてみればそれは悪事や悲しいことの入り口でしかないように見えてきます。

この世の中には三千万種ほどの多くの生物が存在するようです。しかも生命は全て一言で「生物多様性」という名で括《くく》られ、単純に文明人間は扱っていますが、果たしてそれでいいものでしょうか。

その昔、荀子《じゅんし》はあらゆる人工の物や人為的になされたもの、人があえて積極的に行った行為についてそれらはどこかで大きな無理があり、何かがごまかされているのではないかと考えたのです。本当に価値のある創造物や行動はどんな場合でも大自然の概念であり、価値観であって、荀子は人類の歴史の中でその魁としてルネッサンスの思想を伝えた人なのかもしれません。もちろん人の手になるものや人が便利に作り出すものを自然の創造物と比較して偽物という必要はないかもしれません。しかし大自然の流れの中から万有引力を借りて生まれたものには何一つとして失敗や間違いや時が経って壊れたり朽ちることはありませんが、文明の中で生まれる新製品は時が経つと古くなり、壊れ、錆びつくのが関の山です。

人の考えでも同じことが言えます。どんなに偉大な宗教でも哲学でも他の思想でも時が経つと古い常識となり他の新しい常識の前で惨めな姿を晒さなければならないのです。あの飛行機が存在して初めて今日の飛行技術が生まれたと人は感動していますが、最新のジェット機の前でライト兄弟の複葉機などは、その惨めな姿をそのままでは見せられないはずです。単なる骨董品としての価値や、博物館の中の埃をかぶったアイテムとしての価値はあるかもしれません。

荀子が言っていることは、人が自分の力ですることは絶対に大自然の流れの中の想像物と比較するほどの意味が無いことを語っているのです。大自然の行為は「無為」であり、それに対し、大自然の中から生まれてきた人間の行為は、全て時間の流れの中で「無為」のようにはならないのです。このことを「無為之為」と中国語では言われるのです。

このことを本物と偽物という言葉で対立できるように、考えてはならないのです。偽物はあえて本物を真似て人の手によって造られるものですが、大自然の流れの中から極めて自然に生まれてくるものと生命多様性の中の一つである人間が、あえて自分の手の動きによって作られるものは本物と偽物という関係において理解されてはいけないのです。このことをはっきりと荀子も主張しているのです。大自然の生み出すものも人が作り出すものもそれらは全く異質な別のものでありながら、決してどちらも相手の真似をしてはいないのです。白と黒という色彩は全く別のものであり、黒が白を真似したり、白が黒を真似したりしてはいないのと同じです。そこにはものを偽ったり、偽物を造ったりして行われる詐欺の行為の匂いは全くしないのです。文明社会の流れは詐欺行為ではないのです。しかし時間の流れの中でやがて全く別のものになるという運命を背負わされています。この大自然と向かい合って文明のものづくりは結局、「無知之知」を現しているだけに過ぎず、このことがルネッサンス行為と呼ばれなければならないのです。荀子ははっきりと大自然の中から生まれた物事と人の手から生まれるものの決定的な違いを伝えようとしているのです。あらゆる時代にそれなりのルネッサンスの大きなうねりが文明の中の人の心を貪っていますが、そこに私たちは荀子の価値概念を受け止めなければならないのです。

荘子と老子

人間は長い歴史の中で初めの頃はスローに、徐々にスピードのついた生活の中でそれぞれの形の文明を作ってきました。文明を構成している人間はその上にどっしりと構えてそれを誇っているのですが、同時にその文明を批判したりしていることも事実です。人に与えられている時間のあらゆるところに疾病が生じ、権力などがつきまとい人の生活を否応なしに苦しめています。この苦しみがかえって人間の知の中に哲学や宗教や、他の多くの学問を与えられることになりました。

文明を批判することも文明社会をしっかりと見つめてこれに対処することができるという一事を見ても、人類は確かに全ての生物の中のサミットに立っています。他の生き物たちの中でほんの微かでもいい、歴史の匂いや宗教の翳りをまたそういったものを表すことができる言語に近いサインを持っていると感じさせるものは何もありません。

人は利口も馬鹿も全て含めて一様に言葉を話し、言葉を人だけのモールス信号として交換し合いそれぞれの考えや夢や愛を的確に表現しています。

しかしこのような言語の発達の中で人間は様々に文明を作り上げ、これを誇り、これを利用しながらいわゆる進歩らしいものを身に付けてきましたが、同時にこの進歩の傍らに負の勢いがついて回っていることをなかなか理解できないでいました。

この文明のマイナスの面を人類史上初めて口にしたのはおそらく荘子であり老子でした。あまりにも大きな、また考えられないような真っ向からの文明批判であったので荘子を一人の人間として当時の中国人には考えられなかったのです。おそらく何人もの荘子が存在したか、様々な名の人物が主張した言葉をそっくりそのまま寄せ集め、その中の一人におそらくいたであろう荘子の名に代表させたのかもしれません。

老子においても事情は多かれ少なかれ同じようなものです。函谷関の彼方に身を隠し、二度と騒がしい、しかも愚かで誇り高い人々の社会から離れ二度とこの社会に戻ってこなかった何人もの老子がいたに違いありません。それぞれに文明の負の考えに否定的に立ち、そこから足を洗って離れていった人々なのです。

世の中には大きなことが時々起こります。おそらくそういった事件はある一人の名前によって後世に残されますが、その実、実際には数多くの人々の行動が一つにまとめられて伝えられているに過ぎないのです。「荘子」も「老子」も確かに人間の歴史の中で人類の生み出した思想の初めての厳しい否定と批判の哲学でした。人々はこれほどはっきりと文明をなんの衒《てら》いも恐れもなく、批判する態度を知ってただ驚くだけでした。真実なものと対立する嘘というものは、価値の問題の考え、すなわち概念であって、これはたとえヨーロッパのソクラテスやディオゲネスの生き方や考え方によっても、説明することは不可能でした。ソクラテスもディオゲネスもまた寒山拾得でさえ文明の思潮の中で彼らが信じた通りに生きたことは事実だとしても、文明にチクリと痛い針を刺したのは荘子や老子の、文明にとってはとても嫌な、しかも痛い言葉でした。

こんなことを考えながら、つまりディオゲネスやソクラテスや寒山拾得のただの生き方だけでは気の済まない荘子、老子の厳しくもあり文明にとっては痛み多い行動に対して、私たちははっきりとプラスの行動なり思想を発見しなければなりません。中国のある男は「真人有りて、然る後に真知有り」と言って荘子を褒め称えました。

本当の貧困

おはようございます。夕べからずっと雨です。このように毎日の天気予報に喜んだり寒いと言って襟巻きをしたり、私はとにかく忙しい人間であることを自分の生活の中から納得しています。もちろんこんな天気の変わりぐらいの中で生きているので人生に飽きはこないのでしょう。ほとんど風も吹かず足跡が付けば数千年も数万年も同じ姿でさほど変わり映えのしない月の大地のようであるならば、おそらくそこに百年ほどの与えられた生命を楽しんでいくことはできないはずです。そう考える時日々の五月蝿《うるさ》い地球上の生活は嫌だと言いながら人間はけっこうこれを一つの音楽や雑音として心の中心では喜んでいるようです。

人間は今日の文明の時代にあっても、原人のいた頃の人や犬猫の生活とさほど変わりのない単純な生活の中で、常に生き方の中心や精神のどこもかしこもが貧困です。言葉において貧困であり、精神においてまた働き方においてとにかく貧困です。その貧困さの中でそれゆえにどこかに飛び立とうとする思いが生まれ、それが夢の形で大きく広がり与えられた寿命を全うしていくのが人なのです。毎晩あれやこれやと繋がりのない夢をしかも荒唐無稽な形で見ている私たちですが、そういった夢は長い人類の歴史の中で人が見なければならない大きな夢の見られないところにまるで病のように出現する、まるで吹き出物のようなものなのです。夜にくだらない夢を見て奮発したり、悲しんだり、喜んだりしていても、夜が明け目覚める時そういった感動的な夢の姿は本人の思いの中のどこにも残ってはいないのです。まるで夢など全く見ていなかったかのように食事をし、仕事に出かけ人々と当たり前に話し合って一日を過ごすのです。毎晩見る全く内容のない取りとめもない夢は一種の宴会と同じです。そこで酒に酔いしれ、ある者はくだを巻き、泣き上戸《じょうご》は様々にこれまでの不幸な体験をくどくどと泣きながら語り、ある者はいきなり立ち大喧嘩まで始めてしまうのです。中には気が小さいのかあまりおおっぴらに自分を出したくないのか、隣の席の仲間にやっと聞こえる程度に人生論を哲学的用語で語り、その間にもちびりちびりと酒を口に入れているのです。ふらふらした足取りで、同じ足取りの友人たちと家に戻るとまともに靴も脱げず服も脱げず布団の中に入るのですが、しばらくすると再び宴会の時間と同じように全く意味の繋がらない夢の時間の中に入っていくのです。

こういう夢を見ている人間は誰も彼もが本当の明日への夢を知らない自分であることに悲しむこともなく、恐れることも疲れも知らないのです。明日が今の自分といささかでも違うと思える人は見る夢の質が大きく違います。

ソクラテスは夏の夜の短い夢を見て、力強く目覚めようとして、アゴラの門の傍らで通りすがりの若者たちに説教しようと大きな夢を見ながら、弟子たちの止めるのも聞かずに彼の若い妻の泣く声も傍らにおいて毒人参の汁の入っている盃を口にしたのです。老子は函谷関の彼方に永遠に身を隠してしまいました。世の中どんな人間よりも貧しかったと言われている荘子は死ぬ時、子供たちや弟子たち友人たちに、野辺にこの身体を棄ててくれと言ったそうです。これらの人間たちは、つまらない取りとめもない、朝になれば忘れてしまうような、また酒の上で立派なことを言いながら、次の日にはその時の言葉の全てを忘れている人間のように生きることはしなかったのです。彼らの夢は実行できる夢でした。必ずその通りになるとその後の日々の中でずっと思い続ける飛翔する青年の持つ確かな夢だったのです。コロンブスもエジソンも見た夢をはっきりと後々まで覚えていたタイプの人間だったのでしょう。

夢は次の日になっても決して忘れず、その感動も消えない時、本当の夢と言えるのです。感動の消えた収まらない怒りや痛みの治まらない夢はほとんどの場合全ての人の朝霧の中で綺麗さっぱりと消えてしまうのです。消えてしまえばこそ何となく楽しく次の日が生きていけるのです。

本当の夢は持続する夢です。喜びであり痛みであり、怒りであり酒の上の大暴れのようなことはしませんが、本人の生き方の中で決して消えることのない本当の夢なのです。

現代人がまた長い人の歴史の中で、人が言葉通りの貧困の中で生きているというのはこのことです。夢を見ながらそのとてつもなく意味のない物事の繋がりの後で、たちまち消えていく物こそ人を本当に貧困な状態に押しやっているのです。文明人間はこの貧困の中で今も生きています。人はそこから抜け出す本当の大きな消えることのない夢の中で生きていく時、貧困ではないのです。

勤労感謝の日に

明け方に東の山の方は雲に覆われ、その彼方から太陽がまるで布団をまくって起き出すように昇ってきました。やがてすっかり青い空の中に輝き始めた太陽はあらゆる生物が生き返られる時間を与えてくれています。大自然の全ての生命力の中で、地上の生命にとっては命の素である光を十分に受け止めています。光はそのまま生き物の流れを勢いよく押し出し、水には水力という流れがあるように、空気力にもそれなりの流れがあり、人の生命にも、精神にも同じように大きな流れがあるようです。それらが滞る場合もある訳ですが、その時を疾病と呼び、争いと呼び、憎しみと呼び、信頼できない物事の状態というのかもしれません。

古代から現代に至るまであらゆる種類の文明が作られたり消えたりしていますが、それ自体なんらかの力学の大きな働きであったり、その滞りであったりしている状況なのでしょう。地上を歩いたり走ったり、空を飛んだりする行為は理想に近い夢多い行為なのですが、必ずしもいつもそのようにあらゆる生物が予定通りに行っているとは限りません。じっとうずくまり、深く考え、泣きながら、失望しながら病に打ちのめされながら時間をもてあましていることもあるのです。

水が存在し、空気が存在し、精神が存在し、言葉が存在し、心の力学が存在するのです。もちろん言葉は文明人間によって言語学という名で言葉力の行動として人々は認めているのです。一口では言語学というのは、言語学という広い世界の入り口でしかなかったはずです。おそらくソシュールもはっきりと知っていたと思いますが、言語学のほんの入り口である敷居でしかないのです。

今日は勤労感謝の日だそうです。病気で倒れる前、私は師であるマーチン博士を訪ねた時、彼に送られて小さな林の彼方にあるモンロー駅に向かいました。そこから半日ばかり汽車に乗り、ニューヨークのペンシルバニア駅についたのですが、その日は秋の爽やかな一日であって、私は地下鉄に乗り、イースト川をブルックリン橋沿いに進む、コニーアイランドの終点まで乗り、そこで貧しい身なりの小さな子供を連れた父や母を眺めていました。しかし、耳元でつんざくような音を出している音楽に耐えられず、鉛色の波が広がっている大西洋の砂浜でアルバイトをしている少女が剥いてくれた牡蠣《かき》を頬張りました。その前であったか、あるいは後であったかもしれませんが、南回りのまた北回りのライナーで何度もヨーロッパや北欧を訪ねていますが、ニューヨークから見る大西洋は確かに旧大陸を離れてやってきたピューリタンの心の勢いが実感できるところなのです。

私はニューヨークのマンハッタンやブルックリン、そしてロードアイランドで、アメリカの勤労感謝の日を過ごしてから汽車で再びカナダに向かったのです。モントリオールやそしてナイアガラを訪ね、トロントで厳しい生活の中でカナダ文学の多くの本を出している「恐れる女性たち」にあったのも、実は中央公論社に頼まれていたことだったのです。

勤労感謝の日が日本の場合とアメリカの場合、その日付は全く違いますが、今日が日本のその日であると思うと、取りとめもなくこのようなメールをあなたに書いてしまいました。

貴方の娘さんは良い伴侶となる方とめぐり合い、あなた方のところに訪ねてこられているのですね。

本当に良かったですね。おめでとうございます!! 娘さんの今後の人生がさらなる幸せであることを願ってやみません。

そちらもこの勤労感謝の日が良い日であらんことを!

紫毫《しごう》の万年毛筆

人間の生き方は人様々であり、それぞれに与えられている時間もまた日々変わっているのですが、ある人は再びこの不況時代の煽りを受けてか、突然スポンサーから与えられる助けもなくなり、再び浪人生活を余儀なくされています。そのような困った中で、むしろ心の中は前以上に激しく燃え上がるものがあり、まるで私を芭蕉か何かのように思っていてくれているのか、「くれ竹の万年毛筆」を私にプレゼントしてくれました。人間の心とは花や生き物のように周りの事情によって動くのではなく、本人の心の流れの中で世の中の事情とは全く関わりのない異常な働きかけをするものです。この万年毛筆は「くれ竹」が自慢するように彼らが誇る最高の毛材の「鼬毛《いたち》」を使い、その材は紫毫《しごう》と呼ばれているそうです。長年のペン作りの熟練の結果、筆先には驚くほど力が有り漢字や仮名の勢いを書く本人の思いのままに発揮できるそうです。私は半ば文字が書けなくなっている今です。ここ十年近く妻のコンピューターの動きや口述筆記の中で私の心と身体の全域を動かしている始末です。前の頃より一層勢い有る自分の言葉を、身体を動かすことができなくなった今でも自由自在に動かしています。こうして毎日の時間の中で書いている内容はそれまで以上に自分を表しているものと信じてやみません。私はこのようにして与えられた紫毫《しごう》の万年筆を天からの贈り物としてこれからはどこに行くにも、散策するにも小さな鞄に手帳と一緒に入れて持ち歩くつもりです。もちろん私は字が書けなくなったと言っても絶えずメモはしています。しかし「は」の字が「も」になっていたり、「林」が「川」の字になっていたりするので、後になって読む時、自分でもどうしても読めない場所が数多く出てくるのです。しかし妻にこのノートを渡すと、時間はかかるのですが、私の考えが分かってくるらしく、たいていの場合は解読してくれています。これは暗号を解読する人の頭の良さではなく、共に生きてくれている仲間としての人間の本能の働きであり、リズムだと思っています。

私はこの万年毛筆を与えられたことにより、さらに自分の手で頭の中や心の中の原風景をメモランダムする意欲が湧いてきています。人間が生きていて最も素晴らしいのは、いつでも何かが自由にできることです。中でも思いついたメモランダムがそのままの原画として、また原風景としてその場で残せるなら人にとってこれ以上の喜びはないでしょう。この万年毛筆を私にくれた人物は昔の矢立《やたて》とそこに収められている一本の筆を自由に使いこなして、魂の奥の細道を歩いた芭蕉のように私が歩くことを願ってくれていると思います。ありがたいことです。私もまた、そのことをその通り痛切に思わずにはいられません。この万年毛筆は矢立《やたて》の中の筆と同じ意味を持っている訳ですから。

人の耳には超聴音力があり、目には超聴色力、舌には超聴味覚力、心には超聴愛情力、そして精神と身体全体には超聴言語力があります。これらの様々な力は人をうっとりさせて生きられる時間の流れを作っています。

人が何かをはっきりと意識する時、そこには大きな勘が働き空気が動き、そのことをいろいろな「力」または「引力」と呼ぶのかもしれません。言葉も精神も誰のまた何かの形を真似たところで、また美しく整えたところで、人を動かすようにできるものではありません。その人の自分だけの生き方が語り歌うものであって、そのことを周りから真似るものではありません。誰かのそういったものを聴きながら短い時間の中でそれを自分のものにしてしまう不思議な、いわゆる真似とは違う、それでいて真似かもしれない力が働くのです。それを真似であって真似でないとはっきり認めるのは、それが誰から教わるものではなく、徹頭徹尾独学だからなのです。他の人から聞いたり教わったり、真似をしない独学などは存在しません。どこかから誰によって伝えられるものが心の中の一つの風聞となって来る時、その人の人生の中では間違いなくそれが立派な独学から手に入れる力なのです。私は天から与えられた紫毫の筆ペンに感謝をします。人生万歳!!

生命体の機微

いつものように明るい朝ですが、やはり冬の寒さはそれなりに私の身体に響きます。今朝は犬との遊びの後、朝風呂に入りこうして様々な言葉やまとまりのない考えをメモしています。窓からの陽の光は暖かくこうして家の中にいる限り風呂で温められた身体は実によく私の考えを言葉にまとめてくれています。

世の中はいかにも平穏で何事もない無事なところに見えます。少しぐらい経済的な苦しみがあったとしても、一人ひとりの人間はその脇を通り抜けてなんとか無事に生きていけるものです。無事に生きていることは事実ですが、地上の万人たちはその実、生き方の中心において何かを深く隠し、苦しんでおり、それをそのまま言葉に出して表すことはできないでいるのです。要するに人は苦しい生き方の時間の中に生まれてきているのです。列を作りながら歩いている蟻の集団も、それらを踏みつけながら苦しい呼吸をしながら荷物を運んでいる馬やその馬を半ば苛めるようにしてこき使っている労働者たち、また彼らを顎で使っている人々、これら全ては実に悲しく寂しく痛み多い生命の生き方の全容なのです。釈迦は若い頃こんな世の中のパノラマを一瞬にして見破り、この世から離れることに心を砕いたのです。

あらゆる生命体の誕生はそのような苦しみによって押し潰されていたとしても、やはりはっきりとした「天孫降臨」であることを信じなければならないようです。言葉には機微があり、男女の生き方の中にも同じく機微なものが流れていることを知らなければなりません。この機微の流れにそぐわない時間も空間も言葉のリズムにまとわりつく時、大自然から与えられたもう一つの機微の中から生まれた大小様々な生命のハーモニーを大きく崩しているのです。

大自然の流れも、生命誕生も、地上の人の生き方の機微によってなんとか保たれています。この機微の基板を失くすことによって人はなかなかまともな生き方のレールに戻っていけないのです。人間は他の生命体とは違う外来生物として宇宙のどこかから来たものだと考えるような学者がいたとしても、また変わり者がいたとしても、それを簡単に笑う訳にはいきません。

天孫降臨の夢にすがりついた人々は、間違いなくキリストや釈迦の誕生を頭の中で生み出したに違いないのです。

言葉の行動をあえて選択した時、人は大自然の流れの分かるという自信を持ち、そこから考えられるあらゆる形式の生き方を選んでいるのです。

そういう生き方の縦糸と横糸のはっきりとした時間の図面の中で人はできるだけまともな生き方を願っているのです。そういう人間の生き方はあらゆる生命体の素直な生き方や無気力なところがない他の生命体とは違って、常に大小の違いはあるにしても何かに夢中になり、夢を見、怒り、泣き、騒ぎながら己という生命体を励ましているのです。このような人は一見情け深く、より良い世の中を作ろうとして平和に生きたいと願いながら実は心の深いところで隣の人や自分の仲間や愛するものを苛めているのです。人には劫や業がつきまとっていると言われているのもこのことからもよく分かるのです。本当は優しくしてやらねばならない態度が逆に苛めになってしまうのが、業や劫の名で呼ばれているのですが、これを別の言葉で言うならば、免疫力のない人の罹る病に似ています。釈迦もキリストもこのような人の罹っている心の病を癒すために、免疫学として様々な経典や聖書の言葉を今日の我々に残しているのです。

人の生き方の時間の中には広々とした緑豊かな森林が広がっています。それは山の緑ではなく、言葉の緑なのです。人の心やその働きの中には巨大な言葉のダムが広がっています。しかしそれは満々と湛えた水のダムではなく、どこまでも広がっている緑豊かな言葉のダムなのです。人は言葉という名の緑の広がりの中でそれと同じ深い緑を湛えている愛を持っています。それは単なる男女の機微を促す愛でも文明の世の中の大きなうねりや風を起こす言葉でもなく、情愛とも違うそれ以上の愛を奏でるリズムから成り立っている愛であることを、またダムであることを人は知り始めるようになると思うのです。

言葉に宿るもの

霊長類の中のヒト科の動物に属し、その頂点に立っている人間ですが、この生き物に関して考えれば考えるほど私たち人の心は悩みに襲われます。あまりにも小利口であり、小手先の器用さに自ら甘え、言葉という便利なもう一つの口や目や耳によってそつのない生き方ができることの驚くべき器用さゆえに、実は様々な点において苦労しています。人は確かに様々な職業についています。職業につくというか、幼子の時代を通り抜ければ文明のこの厳しい時代を生き抜くためには、どうしてもなんらかの技術を身に付けなければいけません。まず基本的には農業に従事したり、焼き物に向かったり、籠を作り、それが昂じれば車を作り、自転車を作り、さらにそれが先に進み、自動車や電車やジェット機を作る技術を身に付けるようになりました。人が体得するものに限りはありません。結局それらの技術や体得したものや職業は最終的に金銭に結びついてこの世の中は成り立っているようです。学問もそれを教える教師の仕事も忍者の身を隠す技術と変わりない術そのものなのです。人は器用にも術を身に付け、その最後のところで金を儲ける手段にどんな技でも変わりなく繋がっていることが利口馬鹿の区別なく誰にも分かるのです。宗教人も芸術家もたいそう偉そうな顔はしていますが、一旦金銭と関わるところでは、石のお金しか持っていない野蛮人たちにも笑われるくらいニコニコとして、人間以前の猿のような表情で笑い始めるからなんともおかしいです。

このように人の小利口さは様々な職業を生み、その檻の中から出ることのできないもう一つの動物園の中の生き物であることを私たちは知るのです。一旦そういう人から目を他の方向に向け、言葉を知っており、それを話し、聞き考える人について何かを理解しようとするなら、話はだいぶ分かってくるのです。言葉で心を見ることです。魂を書きつけることです。言葉を書くということは見た言葉をプリントすることです。言葉をプリントすること、すなわち焼きつける方法は様々にあります。その中の、自分にとって最高のものを焼きつけられる人はある意味で天才なのかもしれません。それくらい現代文明社会の中で人はこれほど簡単に扱っている言葉を正しい意味については扱っていないのです。人の生活の中や行動、感情の大きな揺れの中に宿るのが本当に焼きつけられた言葉なのですが、実際にはこの社会において言葉はそよぐ風の中で飛んでしまう一枚の薄紙にも等しいのです。言葉は人が作った神を表すこともできず、人の心から出てくる信仰心さえ確かな形でプリントすることはできないのです。遠い時代のギリシャの七人もいた大賢人の中の一人であるターレスも、人に与えられている最も難しい問題は「己自身を知ることだ」と言っていますが、これは結局言葉を知ることの難しさを表し、それを心に残るように焼きつけなければならない難しさを表しているのではないでしょうか。それに対して彼は私たち現代の人がとても易しい問題だという、他人に良い行き方を教える言葉を語っていますが、ここで話すことが簡単だということは結局、どんなに話してもそれをプリントする必要のない言葉であるからなのです。結局焼きつける必要のない責任のない言葉はいくらでも喋れるのでしょうか。責任のある、また間違いなく焼きつけられた言葉なら、どんな人にとってもそう簡単には口にできないものです。例えば、どんな物語であっても、どんな文学作品であってもそれが読むものの心に何か影響を持っているならば、それは間違いなくプリントされなければならない言葉なのです。ある作家は昔の偉大な書物を読んだ後、「こんなに破天荒な本でなければ文学作品とは言えない」と書いています。きれいな文章だとか、話の内容が心を打つとか言って文学作品を批評しても始まりません。文学は一つの宗教です。社会に蔓延《まんえん》する様々な宗教を越えてその上に立ち、その奥に存在するものなのです。単なる文学作品ならば、商人たちに喜ばれているだけの文明の悪に過ぎず、それは心ある人の自由自在な生き方によって払い除けられるものであり、そうしなければならないようです。人の心をまた言葉を蝕むものとして商業ベースに乗った文学書や音楽のリズムはそのうちに消えていくに違いありません。そういったものはいわゆる今を賑わせているお笑い番組の一端に過ぎません。社会の波にのったブームの言葉でしかないのです。

本当の言葉は文明の数多い人の生き方や職業を越えて遥かに超絶したものなのです。そこにサンクチュアリーの匂いを感じるのです。

聖なる非常識

おはようございます。すでに冬に入った十二月の初めにしては驚くほど穏やかな暖かい一日です。多少の風が梢を揺すっており、その度に枯葉を五枚十枚と落としています。妻と二人で犬を遊ばせながら足下の枯葉を熊手で掃き集めたり、それを箱に入れ、小さな畑の中に肥やしにでもなればと敷き入れたりしていました。隣家のまだ一才になったばかりの女の子はベランダから犬を見て大喜びです。このままの情景を見ている限り天地も生き物たちも問題なく陽の光の中に存在しているようですが、一旦目を文明の誇らしいビルや車やそこに動いている人々に向ける時、また彼らが手にしている紙幣やカードを見る時、なんとも不幸な世界を作り上げてしまった人類を見ない訳にはいかないのです。人を除けば、他のあらゆる生物は二千年前と、また何万年前といささかも変わるところはないのですが、人間と共に生きている愛玩動物は人と共に文明社会の悪習を伴う空気の中で、半ばある種の呼吸困難に陥っているのです。学問といいその中心で強烈に悪臭を放っている宗教や科学などといい、外から見る限り華やかに何かを飾っています。文明を口にする人類や彼らに従う愛玩動物たちが華やかに見せていながら、その実汚れるだけ汚れ、傷つくだけ傷つき、錆びるだけ錆びている存在なのです。こういった文明の華やかさはその陰に悲しみ痛みを多く持っていますが、それらは堅い城壁によって守られています。この城壁こそ「常識」そのものなのです。人が常識から外れる時、最も大きな悪行を行ったものとして囚われている文明社会から手酷い非難を浴びせられます。常識と思っている限り、少しばかりの他の悪行をしても、嘘も方便などと言って許される不思議な世界です。

人は人類という集団の名の下で生きることが許されるためにも、常識を守ることを第一番としなければならないのです。しかし世の中には変わり者もいるのです。あえて自分を本当に生かすために、自分らしく生きるために常識の外にあえて出る人々がわずかながらいるのです。ディオゲネスがそうでした。ソクラテスがそうでした。荘子がそうでした。老子も孔子のようには常識の中では生きられませんでした。ごく最近では音楽家のフォスターも常識の外に立って、本当の人の心の悲しみや痛みを感じながら生きたもう一人の常識はずれの人間だったのです。青春のただ中にいる男も女も、もし好きな人に対する愛が本物であるならばそれは間違いなく常識はずれのリズムを持っており、それゆえに見事な人の道としてのハーモニーに達することができるのです。愛や恋だけではなく、全ての人の生き方は、間違いなく精神力の不屈な動きによって決まるのであり、それは間違いなく常識によって苛められていない健康な心、すなわち常識はずれの考えから生まれるのです。

だから人は、虚しいと思いながら本当に造ったり助けてくれたりはしないことを知っていながら神様をいくつも星の数のように多く造ってきました。神々の脱け殻である神社仏閣を造り、教会やモスクを大げさに大きく造りました。しかしそれをやった人たちはそのことをやったからといって非難されることはないでしょう。遥か彼方に見える幻影として見つめるだけの神様ならば、許されるのかもしれません。人の信仰心とはどんなに頑張ってみてもこの程度のものでしかないのです。神は助けることもあればそうでない時もあると人々は信じています。神は存在もし、また存在しないものだと心で思うこともあるのが人間です。出雲の国では他国で神無月というところを神在月と呼び、その間は地元の人たちは結婚式や農事や他のあらゆる仕事を控えたそうです。その上、歌舞音曲や大工仕事、障子張りや髭剃り、針仕事までしなかったそうです。平成の今でさえ声をからして選挙運動をすることを辞める人たちもいるそうです。

結局こうした常識はずれの考えはある人々にとって不思議と守られているからおかしな話です。しかし誰でも自分の心の中をじっと覗いた時そこには、そういった造った神仏のいないことに気づいてはいるのです。純真な子供だけが裸の王様に気づきましたが、大多数の文明人間は変な自信を持って裸の王様を笑いもしないで信じ、なんの意味もないのに金銭に夢中になり宝くじを買うのに長い時間列を作って並ぶのです。

非常識をはっきりと見つめられる人間の真実を大いに称えようではありませんか。常識の波に飲まれている現代社会のリズムの中で生きている悲しい昆虫以下の人間を憐れみたいものです。

「自由」を考える

おはようございます。だいぶ寒くなってきました。

一関にいた頃の、いわゆるものが凍るような寒さにはまだ出会っていません。雨が降り風が吹き早朝などは霜が降りるようなことも今年は一、二度あったのかもしれませんが、これを一関の冬の体験と比較するとだいぶ暖かいものだと思います。そうでありながら昨日一日などはとても寒く、妻の出してくれた分厚いシャツを重ね着するくらいでした。人間というのはおかしなものです。ビリビリと凍るような、いわゆる東北の方言で言うところの「しばれる」寒さの中ではそれに耐えて少しぐらいの冷たさなら温かいと納得できたのですが、この東海地方に移って岐阜の中でも暖かいと言われている美濃に暮らしていると、静岡や三重の方から吹いてくる風が遠州灘や三河湾、また伊勢湾あたりから風の中でもかなり暖かく、冬と言っても雪などは一冬に数えるほどしか降ることもないにも関わらず、それでも何年かここで暮らしているうちに身体がなまり、ちょっとしたことにも寒さ暑さを極端に感じるようになってしまいました。もちろん私自身が老いてきたことも大いに影響しているのでしょうが、東海地方のこれくらいの寒さに応えてしまう自分にわずかばかりのだらしなさを感じています。人はおそらくこれくらい弱いものなのです。それを自覚して力いっぱい足場を固めて生きなければならないと私は自分に言い聞かせています。

文明社会の穏やかな空気の中で生きている人は、静岡あたりの穏やかな風土の中で育つ人間が、東北の、また裏日本の人々の厳しい生き方に比べて万事において弱いと言われていることと、どこかよく似通っています。おそらく文明の豊かさが生み出した調子の良さや便利さの中で、人は不自由な時間の中で生きていた昔よりは生き方が楽になったからであるように見え、同時にその便利な生き方が現代人をこれまでになかった別の意味の不自由さや生き方の難しさの中に押し込めているのではないかと思います。

人は本来大自然の流れの中から崩れて、それぞれが自分なりに人生のどこかで苦しんでいるようです。人はあえて自分の生き方を苦しまなくともよいのです。常に自分らしく自分のリズムで自分の言葉を前にして自分のタクトを振る時、最も自然体でしかも自分らしく生きていけるのです。ジョン・ケージは観客が見ている前でじっと椅子に座りながら微動だにしないでいました。今か今かと人々は彼の指が鍵盤に触れるのを見守っていました。しかしケージの指は鍵盤には向かいませんでした。長い間座っていた後、数十分後立ち上がり向きを変え彼方に姿を消してしまいました。彼のこの時のコンサートは、このようにして一曲も弾くことなく、出てきてピアノの前に座っただけで終わってしまいました。彼のこの態度を厳しく非難する人もいましたが、中には奥深い芸術性や宗教性をそこに感じる人もおり、なかなか彼の本意は誰にも分かりません。またそれが分からないのが当たり前であり、あーだこーだと理屈をつける方が実際に存在する物事や思想を複雑にしてしまうことを知らなければなりません。

ケージは要するに大自然の流れにごく自然に彼らしく従っただけなのです。自然の動きの中で最も自分らしく行動を取る時、それはまず自分の信じられない自分を、自分が認めなければならないことであり、周りの人もまた同様な態度を取らなければならないのです。自分も周りの人も納得するようなところで生きるには、大自然の流れから最も離れたところで、自分や周りの人の本意ではない何かを作らなければならないというこの事実を知る必要があるのです。文明の社会で生きるということはこれで分かるように固く縛りつけられた生き方を表しています。呼吸一つするにしても、全て社会の時間の中の約束の中でする行為だけが認められ、それから外れる時人は許されないのです。閉じ込められている状態の中で過ごす人生から飛び出す時、それをいわゆる「自由」と呼ぶのでしょう。こういうたぐいの自由は社会人にとってまた文明人間にとって、自由ではなく不自由なのです。許されており自由にできる生き方は、従って自由の縄目から離れて不自由に戻ることにあることを知るのです。それでもこのような社会的な自由はやはり一つの檻の中の暮らしと同じです。

言葉の骨組み

生きている毎日の生活は食べること、言葉を使うことを中心としてどんどんと広がっていきます。この広がりを私たちは文明という言葉で表現しています。食べることはその広がりの中で様々なグルメを見い出し、言葉は思想を形作っています。味覚という形のある食べ物を前にして生きているのが人です。一方思想を形作っているのは言葉であり、それぞれの民族の所有している言語活動なのです。様々な言葉によって生み出される様々な形の考えはあたかも異なった絵画のように色彩において形において様々に終わることのない変化を遂げています。

食文化は様々な形や色彩を次々と生み出していますが、それと同じく元の色彩や形の原風景として粗食文化にまで下がっていこうとするところも見られます。あらゆる美食が人の手によって推し進められていくと、その彼方には結局粗食文化が待っています。あらゆる種類の美化したコスチュームの彼方にはやはり穴あきルックやボロのジーンズの文化がやってくるのと同じです。粗食を旨とするのは必ずしも厳しい修行に身を任せる宗教人だけの問題ではないのです。日々当たり前の社会の中で働いている人でさえ、金の力で美麗なコスチュームの果てに達すると、そこからは不思議とボロルック志向の世界に足が向くのです。尺八というよりは法竹に奥深く進んだ名人が、名のある法竹よりは、物干し竿などを切って手作りした法竹で吹く名音とどこか似ています。このような深い時間の中に沈み込んだ尺八はもはや尺八とは呼ばれず、定具と呼ばれているのです。

良い言葉、文学的表現などに現《うつつ》を抜かしているうちはまだ本当にその人は言葉の発見に至らず、言葉の力に接してはいないのです。その人にとって言葉が自分の心や魂と同調していく時、言葉のボロルックがそこに見られるのです。本当の言葉とは、その人が自分らしさの中で本当の自分を表現しようとする時に現れてくるものなのです。

食文化は、すなわちものを食べるという行為は、その人の体力を養い、健康を保つことを意味しているのですが、言葉をいじるということはその極みにおいて心を育むことであり、言葉の本当の使い方はその人の精神をどこまでも豊かにすることです。豊かにされた言葉は本人がどのようなタイプの人間であり、またはどんな生き方をしていたとしても、その人の表現する言葉はどれほど短くともどれほど単純であっても間違いなく一つの格言としての骨組みを備えています。そういう人の言葉はそのまま美辞麗句を辞書などに頼って作ろうとしなくとも、間違いなく一つの箴言なのです。そういう人の句や節はそのまま偉大な詩として受け止められるのです。

ここまで真実の言葉というものを考えて来ると、心の言葉の骨組みや単純な格言はそのまま一つの宗教心と考えてもいささかも間違いはありません。そこから多くの学問がこれまで生まれてきました。荘子の言葉の一つ一つが間違いなく箴言以外の何ものでもなく、老子の言葉がどの一つをとってみても輝かしい格言であり、釈迦やソクラテスの句の一つ一つが修行者の前に置かれた粗食と同様に粗言語であることを私たちは疑う余地はないのです。

言葉もそこに含まれている思想も、それらは全て宗教という匂いを発散している言葉の基幹なのです。言葉にこのような宗教的構造が関わっていることを知る時、その言葉は間違いなく箴言の骨組みを備えているのです。

人の考えの原点にはいつでも単なる言葉があると考えてはなりません。そこにあるのは間違いなく格言なのです。格言は言葉の骨組みそのものです。その骨組みの色は宗教心以外の何ものでもないのです。それを超えた人間哲学のサミットそのものなのです。

現代語でもって文明史を読んでみても、また地球の物事を学んでみても、そこからはまともな答えは出てきません。そういったものを読んだ後には寂しい風が吹き残るだけです。そんな時老子の言葉に一触れするだけで人の心は再度目覚めることができるのです。

ozone hollow（オゾンホール）

誰かが言いました。「東京の空には青さが無い」と。私の子供時代、先生から「大阪の町はいつでもどんよりしている」と地理の時間に教えられました。確かに昭和の初め頃の大阪の写真を見ると、至るところに煙を噴出している煙突の林立する姿が見られるのです。これから伸びていく大国だという自信のある現在の中国の地方都市も同じように煙に覆われているところなのだと思います。産業革命の頃のロンドンもテムズ川も石炭の煙の中で息ができないくらい苦しんでいました。ヨーロッパ一の大都会であった霧の都と呼ばれていたロンドンも、明け方頃は濃く汚い霧に囲まれてちょっと先が見えないほどの状態でした。通行人も車などもあちこちで事故を起こしていたのです。テムズの流れも汚く、その後ロンドン市民の目が環境破壊と戦うために立ち上がって初めてこの川も綺麗な流れになったと言われています。

今の日本の空も本当の昔の青さを見せてはいません。雲のない綺麗な秋の空と言いながら、世界中の空にはプラネタリウムのような星々の輝きを私たちは見ることができません。確かに人間の目も、この文明の世の中で悪くなっていることも事実ですが、それ以上に澄んでいる空も昔ほどは澄み切ってはいないのです。そこに瞬《またた》く星々は姿を消しています。

日本のどこもかしこもこのような状態の中で、沖縄の夜はどこかが違います。二度ほど訪ねた私の南西諸島の旅の中で、確かに沖縄の夜の空は星々で満ち溢れていました。昼間の太陽の輝きさえまるで遠い時代の神話のように、光り輝く大輪の花のように私の背中を照らしてくれました。

あらゆる種類の生命体に常時生命を与えている太陽ですが、同時に地球上の生命体を脅かす有害な紫外線などといったものを放射していることも事実です。生命体をそのようにして生かすためにはこういった有害物質を吸収してやまないオゾン層が用意されていることもまた、万有の流れや法則の一部であり、それは間違いなく大自然の恵みとしてあらゆる生命体が受け止めなければならないのです。

文明の世の中で人間という生命体は、地上十二キロメートルあたりから成層圏と呼ばれている五十キロメートルあたりの空間に広がっているオゾン層を、他の生命体とは違ってわずかながら認識しているのです。この分厚いオゾン層の固まりも太陽から流れてくる有害物質を押さえている事実を知っているのですが、このような人に与えられている力は大自然の恵み、または摂理、神の恵みとしてとして理解しなければなりません。

この文明の世の中で、このオゾン層を破壊している空間のあることも私たちは理解しなければなりません。人の身体の出来物や癌のように出現し始めているものに気がつかなければならないようです。オゾン層の中のその空間を研究者たちは、オゾンホールと呼んでいます。オゾン層（ozone layer）を破壊し始めている宇宙空間の中の癌とも言うべきオゾン空疎化、すなわちオゾン層を乱すオゾンホール（ozone hollow）が最近生まれているのです。

オゾン層破壊物質として塩素化合物が人の手によって作られていることが分かり始めてきているのです。人は土壌を殺菌するために臭化メチールなどといった破壊物質の垂れ流しをしているのでますますオゾン層は破壊され、そこにはオゾンホールが大きく広がっていくようです。現在フロンガスなどの禁止を訴えても時は遅過ぎるのかもしれません。

南西諸島の空のような健康な自然の姿は地球上から徐々になくなっていくのかもしれません。こんな点からも人の生き方の近未来を理解していく必要が有るようです。

心

人生は常に忙しいです。何もしないでいる時でさえどこかしら人の心も身体も忙しいのです。最も常にこの忙しさにつきまとわれていないと不安でたまらないのが現代人です。芥川龍之介がぼんやりとした不安という言葉を言いましたが、おそらくこの言葉によって集約されるのが現代人誰もの心の在り方ではないでしょうか。

忙しい人生。特に忙しい四季の始まり。十二ヶ月の初日や週末の二日間。人は常に忙しいのです。

それに比べて数限りない他の生物たちはどうやらいささかも忙しさを感じていないようです。大自然の流れの中で自分に与えられた生命をあるがままに動かし、そこには何一つ目の前にした天敵への恐れもなく、滅びるであろう近未来に対する不安もないのです。本来人類もこれらの動植物と同じレベルに置かれている生命体に過ぎないのですが、彼らとは違ってどうしてこうも忙しいのでしょう。本来人はさほど忙しくないはずです。花や魚や動物たちとほとんど同じレベルで動いている人であればそう思わなければならないのが、当然なのです。

しかしいつの間にか長い時代の中で、人だけがこんなに忙しくなってしまいました。暮れともなれば聖人君子でさえ、先生や宗教家でさえ、本来常に落ち着いてどっしりと構えていなければならない格闘の選手でも修行者でも間違いなくアタフタと動き回っています。他の生き物には存在しない金銭が多く少なくあらゆる人の前に蠢いています。これが問題なのです。これが人を常に騒がしくし、忙しく動かしているのです。特に、年の暮れとなると常には考えもしない百八つの煩悩を深く意識し、それと有ったり無かったりする金銭や、金銭の匂いや色合いがついている品物に囲まれている社会人としての全ての人間は、常に忙しいのです。

明治の終わり頃、日本は大国を打ち破り、世界の一等国になったと自分たちを誇り、やがてそのしっぺ返しを受け、どん底に突き落とされるという近未来を、はっきりと自分の書く文章のあちこちで当たり障りなく書き留めていたのが夏目漱石です。事実上昭和二十年の夏、ひどい形で世界中から罵られるような敗戦の体験を日本人はしました。このような一種の予言者の力を持っていた漱石ですが、彼は、日々の追い詰められた龍之介の体験していたあの漠然とした不安を、はっきりと自分の中に抱いていたのです。ロンドンに留学していた時も家族と一緒に東京で暮らしていた時も、博士号を受けることを拒否してまるで子供のように暴れた時も、はっきりと彼が自分の心の中のどこかに恐ろしいほど身に迫ってくる漠然とした不安を感じていたのです。彼は立派な文学者であり、言葉の人間である前に一人の精神病で苦しむかわいそうな利口者だったのです。妻や娘たちを前にして、突然銭を火鉢に投げつけるような行動を示したのもまた、彼の生き方の中に働いていたトラウマのせいだったのです。

漱石の作品の中で、先生が結婚したいと思っていた娘を好きだと先生に告白した弟子を知っていながら、先生は彼女を妻にし、その結果弟子は自殺をしました。先生を信じていた弟子のこの自殺が大いに先生の生き方に影響を与えたのか、先生もまた妻を残して自殺をしているのです。このようなごく短い二人の間の自死を素にしてかかれた「こころ」もまた漱石の人間としての、特に明治大正、昭和にわたる日本人の心の中のトラウマやぼんやりとした不安を内側に持っている日本人の忙しさをよく表していると思うのです。

明日は十二月の十四日です。私の長男はこの日の夜生まれています。実に貧しい私たち夫婦の間にはその瞬間大きな喜びの声が上がりました。雲一つない満天には今とは違って星々がまだ輝いていた頃の話です。未熟児だった彼も今は法政大学の文学部で教鞭をとっている講師ですが、あの日のことを人間の暮れの忙しさと比べてしまうこの私は、それがどうしてなのかはっきりとは分かりません。

文明社会の弛《たる》みの中で、十二月十四日は元禄頃の四十七士の実に生き生きとした短い人生を通して、現代人の心を引き締めるのに役に立っているようです。この日には品川の近くにある泉岳寺や兵庫県の赤穂の町や京都の山科で盛大な義士祭が開かれるはずです。ちょっとやそっとのことでは涙の出ない現代人に熱い涙を流させるあの義士たちの生き方は、暮れになって忙しくなる現代人をどこまでも励ましてくれます。

私が居合道に身を置いていた頃、わざわざ泉岳寺まで行って四十七士の墓の前から線香の灰を袋に入れて送ってくれた人がいます。今もそれは書庫に大切に保管していますが、時に応じて刀と共にこの灰を取り出しては眺めています。

アメリカ大統領の一人、セアドール・ルーズベルトも少年の頃義士の物語を読んで泣いたとも言われています。ちょっとしたことでは泣けない現代人は心のどこかが病んでいるのではないでしょうか。理由もなく心が痛んでいる現代人はその証拠にいたずらに忙しい時間の中で大切な自分の人生を無駄にしています。

マルサスと一緒に人口増加を恐れる

ここまで文化が奥深いものとなってそれぞれの民族の歴史となっていることは今の人間にとって喜びであることは間違いありませんが、一方において文明という名の下で人間を脅かし、その生き方を追い詰め大自然の在り方にさえ大きな力を加えている世の中全体の動きには一種の恐れを感じ、これをどのようにして圧《おさ》え止めたらいいか、世界中の一人ひとりの個人には半ば分からなくなってきているようです。

この地上には未だに古代の人類とほとんど変わりなく緑のジャ

ングルの中で半ば裸で文明社会の恩典、または苦しみを受けることなく暮らしている人がいます。彼らは文明社会の空気を吸い、その恩典に浴しながらそれに感謝をしたり、憎んだりしている人々とはあらゆる意味において接触することがほとんどないのです。彼らは密林の中の植物に真似て、いわゆる人間が言うところの焼き畑農業を営んでいます。バナナやパイナップルやサツマイモ、山芋といった素朴な食べ物を収穫し、それを生きる糧とし、その傍らでは単純なやり方で獣や魚をとって生きています。しかしそういう彼らの農耕生活は十分な栄養を彼らに与えていないことも事実です。文明社会の中に見られるたくさんの肥料を用意したり、研究の結果必要以上に多くの子を産ませて家畜を増やす農業や牧畜の確立の中で、どこまでも体力をつけていく文明社会の人間とはたいへんな違いです。しかし最近になって人はこの地上のどこもかしこも裸族たちの不足の中で頑張って生きている人たちと変わりなく、食糧難の時代がやってくるであろう近未来を予測しながら不安を覚えているのです。

裸族たちは作物を森の中のあちこちに分散させて育てることによって、植物の病気が彼らの全ての農作物に広がらないことを本能的に考えてもいるのです。雑草を抜くこともあえてせず、虫たちも自由自在に作物に寄ってきますが、そのことによって健康な食べ物ができるというメリットもあるのです。文明人間があえて畑の中の害虫をとらず、農薬を撒かず健康な作物を手に入れることを今日知り始めているのとよく似ています。焼き畑農業とは天然の肥料以外はほとんど他に肥料をやることはないので一年目の良い収穫を除けば二年目、三年目と段々収穫の量は減っていくそうです。文明社会の農法においても、これと同じようなことが最近言われています。雑草をあえて抜かず、肥料もやらず育つ作物は最初の年はよくともそれからの十年ほどは農民たちが生活していけないほど収穫量が減っていくそうです。しかしその後は少しずつ古代の農業の形がその畑に作られている作物たちに順応して、徐々に収量を上げていくそうです。裸族たちも森を焼き、豊かな収穫の後、その土地を捨てて他の山に向かって焼き畑をするのですが、彼らに見捨てられた古い土地が豊かに穀物を実らせるにはそれから五十年前後の歳月を必要とするそうです。つまりごくわずかな村人たちを養うのに十分な収穫量を保つということは相当の歳月をかけて自然から受け取る栄養を待たなければならず、そうでなければ人間が用意する肥料が必要になるようです。文明人間もはっきりと頭の中にマルサスの人口論と、一度ものを植えて収穫した後、元のジャングルの中の大自然に力をつけられた土地に戻るには、一年や二年ではどうにもならず、地球上どこに行っても半世紀はかかるということを覚悟しなければならないのです。化学肥料などを使いトラクターを動かし、散水機などを使って無理矢理収穫の量を増やしている今の農業生産は、明らかに大自然が大地に与えてくれた作物を脇から手を出して人間が苛め抜き、ことさらに病弱にし、苦しめているに過ぎないのです。ように農業にこのように人間は手を出すことを止めたいものです。ようにしてそのことが分かり始めている人がわずかに現れていますが、まだまだ恐ろしい文明農業は地上から消えることはないでしょう。地球上の温暖化もその他のあらゆる気象の変化もこのこと深く関わっているのです。

たいへん非能率的に見える素朴な農業も、裸族たちのジャングルの農法もそれにには大きな意味があるのです。私たちはこれだけの人口の増えた今の地球上をマルサスと一緒に理解していきましょう。人口の多さを喜んでいる馬鹿者にはなりたくありません。

アンテナを流れる情感

生命は全て大自然の流れの中に浮かんでいる根無し草なのです。人間からボウフラに至るまで、さらには単細胞に至るまで全て万有の力とどこかが繋がっており、宇宙の動きの中で同じく動いているのです。人の言葉も歌も単細胞の身体の分裂も、他の分離した単細胞と繋がっていくのもまたこの種の根無し草特有の動き、また働きに違いないのです。全ての生命体は大小に分かれてはいるものの、それぞれの個性とも言うべき自分なりの考えや創造の力を持っています。籠を編み、土を焼き、米作り、魚を獲り、写真を撮っていくような人間の構造もまた創造の天辺にたつ働きと言うべきなのでしょう。これがミクロなどの世界に影響を与え、単細胞ですらそれなりに彼らの動きという思想を持ち、自分の進退を分離していく創造の最も基本的な動きを、生きている間は常時行っているのです。

生きている間生命体はその大小に関わらず、本人にとっては最も相応しい形で思考する力と、情報を周りから得、知識を獲得し、強め、整理し、さらには最も大切な忘却の手段も与えられているのです。考えたものを、また整理されたものをどこからか得た考えとして言葉や思いも生まれるのですが、このようにして得たものをもう一度捨てる行為によって、新しい何かを得ることが可能なのです。この行動こそ、生命体に与えられている大きな力、すなわち「忘却の知恵」なのです。

常に人は何かを忘却し、そこから新しい何かを得ているのです。常に忘却できる新鮮な人の存在の全域は、別の言葉で表現するなら、情報を獲得するアンテナなのです。アンテナとは昆虫たちの目の傍らについている触覚のことなのです。工業の世界で呼ばれている各種のアンテナを私たちはよく知っています。テレビのアンテナ、ラジオのアンテナ、電話のアンテナ、確かにアンテナは基本的に昆虫や爬虫類のそれと同様に生命を与えられた人にもついているのです。しかも人のアンテナはどのような生物のアンテナよりも複雑であり、精妙であり、昆虫のそれのような単純な一本二本の突起物や角ではないのです。

人は人類に与えられているこの情報処理の突起物にして、しかも突起物ではなく、角であって、角でない存在なのです。光が通り、磁気が走り、閃光が発射され、最も大切なのは、人のアンテナには情感が走っているのです。昆虫のアンテナには電話帳などのあの単純なしかも微弱な電気しか走ってはいないのです。人を驚かしてやまない雷でさえ、生まれたばかりの幼子の全身を流れていく力と比べるなら、百万分の一も、千万分の一にも相当しないのです。人の働きは素晴らしいものです。その中でも一旦覚えたものを忘却し、そこから全く新しい情報や知識を得るというこのメカニズムの中で人は情感の流れの偉大さを常に全身のどこかではっきりと意識しているのです。

人はこのようにしてものを忘れるという大きな権利と喜びと力を確信しながら今を生きています。人生万歳!!

惚れる心の美しさ

人は常に、今という時間の中で何かが自分を超えている人を見上げていなければ安心できないようです。憧れていたり何かを学べる人が目の前にいる限りその人には前進があるのです。もっともこの前進が極端に早くなると、いわゆるルネッサンスの衝動を心の中に持つことになり、いたずらに先を急ぐ自分らしいリズムの中で生きることができなくなるのです。現代人のほとんどがこの種の忙しさの中で、一見外から見るには利口に見えるのですが、落ち着いた人物から見れば、単なる小利口な人間の行動でしかなく、素朴さや落ち着きを失った、他人と交わっていなければまともなことが何もできない極めて常識的な存在なのです。

この種のこの強さがないのが現代人であれば、私たちは常に自分を探し求め、個を求めることに努力しなければならないようです。この強さがない時、人はその存在のほとんど半分ほどを失っているのです。単なる生命体と人との違いはここにあります。激しい憧れや夢を心の前にぶら下げている限り、人参を前にぶら下げられてそれを見つめている馬のように、その人の存在の全域は常時不満の状態にあるのです。現代人はあまりにも利口過ぎるのかもしれません。もっとワイルドに何かを欲望するようでなければいけないのです。あまりにも兎やこれに近い動物のように優しいのですが、そこには肉食動物のまた猛禽《もうきん》類の厳しさの血が流れていなければ、人という存在の全域が安定したまとまりの中で存在することは不可能なのです。草食的な現代人は夢を抱く余裕がなく、一生を個人という自分を発揮することなく終わらせてしまうのです。与えられている人生という自分の時間を忘れるくらい確かに忙しいのですが、そこには個人を出す余裕がほとんどなく大多数の人たちの間に自分を置き、一種のマスゲームをしているようなものなのです。水族館の中に見る鰯の大群の一糸乱れることのない泳ぎ方こそ、今の人間の生き方をそのまま反映しています。人は自分らしく右に左に上下に、己の心のままに動きたいものです。人は常に自分の出会う人々の中に心から惚れることのできる人間を絶えずなんらかの形で見い出していなければならないのです。そうしている人は袖摺り合う周りの人々から、また近くのものや遠くのものからなんらかの形で惚れられているのです。一糸乱れぬ魚の泳ぎ方の中にはこの種の惚れたり惚れられたりする熱い関係がほとんどないのです。惚れるよりはむしろ、妬み、呪い、疑う関係で人の付き合いは保たれたり繋がったりしていくのですが、そういう関係は本来人の生命の豊かな繋がりとは言えないのです。しかし人は常に今という時間の中で自分を超えている人を見上げていなくては、また憧れの対象として見上げていなければ近未来の自分が今の自分より上昇していくことはないのです。人は常に自分を勇気づけ、様々な色彩に塗り固め、可能な限り言葉という名の音でもって響かせていくべきなのです。そのために袖摺り合う人の生き方の中に憧れの対象を見つけることが必要であり、極めて当然のことなのです。人生という旅路のあらゆる角において、このような憧れの色彩で彩られた時間が吹き抜けていくのです。

生物の一つに過ぎない人間ながら、あまりにも多くの器官を与えられている存在であれば、人間という生物は他の様々な生物たちとはどこか違った大きな責任を与えられています。それゆえに与えられた人の生命にも簡単に傷がつけられ、痛み、時には夭折《ようせつ》することもかなり多くあるのです。私たちはこのような夭折《ようせつ》する人たちを見て時には不幸な人だとか、天才だとか言ってその死を惜しむのですが、それくらい人の生き方は様々に多くの問題を孕んでいます。魂や心や人そのものの生と死は人そのものに生きている能力や再生力について多くのことを考えさせています。これほど大切な人の一生はまたそれを支えている精妙な肉体と精神の内蔵を人が何も考えずに保っておく訳はないのです。宗教も哲学も他のあらゆる考えの中で生きるというこの事実は、深々と吟味されているのです。

人はこれまでの長い時間の中でまたこれからの長い時間の中で、今というこの一瞬が最も大きく光り輝いていることを、また自分というこの存在が最も輝いているオーラに彩られていることを忘れてはいけないのです。

人は今、最も高いところで光っている事実を認めない限り本当の自分でないことをはっきりと知るべきです。

兄の死を泣くな、弟よ

おはようございます。空には雲一つありません。冬の風一つありません。とても寒い一日だと言われていた今日の予報でしたが、陽の光が暖かく欅の葉もあらかた落ち、庭で犬と遊ぶ私たち夫婦も足腰に痛みを持ちながら今日も一日元気に過ごせるようです。ありがたさの詰まっているような福々しいこの人生に感謝しない訳にはいきません。万事にありがとう‼

私たちが論理的とか常識的とかいう言葉の多くは、そこにはどうしても一人ひとりがあえてこじつけた屁理屈を考える時に付けられる用語であることを、自分の心のどこかで少なからずかなり多く考えるはずです。

これまですでに誰かによって話されたり考えられたり言われてきていた物事に対して反対意見を言おうとする時に、この論理的という言葉は実に多く使われます。それゆえの論理的という言葉からスタートする文章はそこにいささかの建設的意味もなく、むしろ攻撃的であるように思われています。しかし実際には多くの場合、一見屁理屈的にしか見えないこの言葉は簡単に屁理屈だと言ってしまっては味も素っ気もなく、それ以上に何か大切なものをその場で得たり失っている事実に気づかなければなりません。たとえ知らないにしても、その場においてわずかながら大切なものを失ったことを自覚するはずです。このようにして革命や発展や進歩は進んで行くのでしょう。痛みが多く悩みが多く、苦しみが多い革命の声は、このようにして様々な不幸を伴いながら喜びの成就をやがて見るのです。

文明の社会はそれにしてもなんと小利口な人間の発する野蛮人の呻き声の中でしか生まれてこないのでしょうか。本能のままに生きることのたいへんな事実と本能のままに素直に大自然に従って生きる人間を野蛮人として扱おうとするこの世の中に対して、まるで子供の悪戯を前にしていささかも動じることのない大人のように生きる革命者の生き方はなんと高尚なものでしょう。

人間は本来この高尚さを保ちながら与えられた自分の時間の中で生きなければならないのです。大自然が与えてくれた自分の生命が不滅なものと常に関わって死ぬ瞬間まで生きられることを信じなければ、本当に人生を生き果てたとは言えないでしょう。このように一生を不滅なものと関わりながら生きられる人間はごくごくわずかであって、そういう人間こそ本当の天才ではないかと考えます。東洋にもごくごく少ないながら数人の人々が存在し、西洋にも同じように片手で数えられるぐらいのわずかな人たちしかまちがいない天才とは呼んでいないのです。

西洋の若くして世を去った数学者ガロアはそういう意味で実に幸せな天才だったのでしょう。たった二十年にも満たない自分に与えられた生命を共和主義者の夢の中で生きたガロアが、その数学における天才ぶりを人々に知られるのには彼の死後半世紀も待たなければならなかったのです。一八三二年の初夏の朝まだき、彼は秘密警察の手にかかって殺されたのです。こんな短い人生にも関わらず、彼の人生は不幸というあらゆる不幸の連続のような人生の中でも十分に満たされて過ごせたのです。彼の心に燃え立っていた共和社会の出現を夢見た彼の生き方は、彼を学校から追い出し、単にそれだけではなく、牢獄に繋がれ結局最後は処刑されてしまったのです。弟に対して彼は実に良い兄でした。彼は死を前にして弟に渡す次のような短いメモを紙切れに遺しています。

「我が弟よ、泣くんじゃないよ。二十で死ななければならない兄さんだ。兄には果たしてこの死に耐えていけるだけの勇気が有るだろうか」

熱烈で大きな夢の中で共和主義の世界が生まれるであろう明日を信じながら死んでいった彼は、まるで日本の吉田松陰にもどこかよく似ています。こんなに人の世の明日の明るさを信じて火の玉のようになって生き抜いた短い彼の人生は、同時に傍らでは数学の大きな発見さえしているのです。彼は友人の中の一人に短い一通の手紙を遺しています。彼は手紙の中でこんな文章も書いています。

「……私の発見したいくつかの定理はその真偽がはっきりとしてはいません。どうかこのことに関してガウスやヤコービたちの考え方に合わせてみてくれないか。やがて時代が変わればこの手紙を読んで役に立ててくれる人も出てくるはずだから。私はそうなることを望んでいます」

本来私たちは誰もがガロアなのです。今の世の中で長生きしてはいますが、生き方の中心ではガロアのようにまた吉田松陰のようにそう長くは生きられない運命ではなかったでしょうか。こんなに長く生きている今の自分を、ことさら恥じる必要はなく、むしろ大いに感謝しなければなりません。

ガウスやヤコービの意見を聞きたかった青年ガロアは、結局与えられた短い生命ゆえに今日の私たちに彼の数学理論を託してはいますが、ガウスたちには生きている間には繋がることがなかったのです。

新環境

現代人間というものは、万有の流れの中に浮かんでいる生命という名の名無し草に過ぎません。日本人の言い回しの中に、「死んだ人が草葉の陰から……」などと表現することがあります。日本人の好きなあの流行語は全て人の世の嘆きや苦しみや愛や悲しみがつきまとっています。この世の辛さをあらゆる言葉によって、またメロディによって説明しようとしているのがあの流行歌なのであって、それはさらにはっきりと演歌として表現されています。中世の頃の日本人は『梁塵秘抄』などの世界が示している人の世の姿を、彼らなりの歌謡でもって歌い上げていました。

時代が変われば、人の価値観も社会も文化の価値観も大きく変わっていきます。いずれにしても人は歴史というよりは流れていく時代の中で、自分の外側や中の価値観を様々に変えていくのです。

人は本来、魚と同じく海の水を体内に持っているので、目の前のものに対する距離感や方向感覚を間違いなく理解するための何かが鋭くついています。どんなものにも、どれほど早く行動するものに対してもそれに応えて対処できるだけの不思議な能力を持っていて、決してぶつかってしまうようなことはないのです。生命力の大きな特徴としてこの距離感や方向感覚を理解しなければならないようです。

文明人間は本来与えられているこの特徴を、長い歴史の中で少しずつ失ってきています。つまり魚から大きく陸の動物に変わりつつあるのです。血液などが海水と似ている点でわずかに水棲動物の名残をとどめているに過ぎないのです。

あれほど大きな陸の動物である鯨でさえ海の水の中に戻っているではありませんか。ある意味で人もまた海洋に戻る生き方に似た何かを、今の生活の中のどこかに持たなければならないようです。それができないところに『梁塵秘抄』や今の世の演歌などが示している人の心の悲しみが見えるのです。英語ではmediocre(ミデオーカー)という名詞がありますが、これは物事の、また人の「凡庸さ」や「平凡さ」や「二流のもの」などを的確に意味している言葉なのです。

人は文明という名の凡庸さや平凡さの中で満足しているところがあります。というよりはこの平凡な人の生き方に満足せず、心のどこかで何かを期待しているのが人なのかも知れません。それができないゆえに『梁塵秘抄』の文章を読んだり歌謡曲の言葉に触れて自分の中の何かを満足させようとしているのです。

「青」という色が段々と深化すると、「紫」になっていきます。その色は人の肉体を離れ、心をすり抜け、空の広がりとなっていくのです。そしてついには「紫」も「藍」になるのです。「藍」は生きているものの進退の色を表現してはいないのです。それは心の動きや言葉に化した生命の活動を表しているのです。空の広がりとなった人は絹のようなきらびやかさを持ってはいません。木綿のような暖かさと絣《かすり》模様のような生命の色合いを見せています。あらゆる動物は極めて単純に生きています。彼らは自然を壊すことはあるのですが、その自然を可能な限り素朴なものや単純なものに変えていることも事実です。動物たちの中の例外として、人間は自然を壊し、そうしながらも自然を単純化することなく、より深く分類し、二度と元の素朴な自然に戻れないほどに破壊の度合いを深めています。人間は自然を複雑にするためにあらゆる手段を用い、手を加えています。生物を殺していく全く新しい数多くのものを、また同時に恐ろしい新自然を作ってもいるのです。この新自然から離れようとする人間の手立てのことを「環境の回復」とか「エコ運動」などと呼んで、人間は自らの犯してきた大きな失敗を隠そうとしています。生物多様性の広がりの中でそれらが徐々に滅んでいく環境破壊の現実の前で、人間はどうしていったらいいか、呆然と佇んでいるのです。この悲しい環境の変化を人間は文明という名で呼んでいますが、文化という名でさえも時には文明という名を飾っているだけのものであると、時おり私は感じることがあるのです。文明は人の汚れや痛みであり、悪そのものなのです。

人は本来、海水の中から出現しました。このことに思いが戻る時、今何をすべきかはっきりと考えることができるようです。

雑食性

人間はどんな他の生物と比較しても比べようがないほど雑食の動物なのです。確かに雑食ゆえに健康面でも行動面においても他の動物たちよりも生きる力が強かったはずです。少なくとも昔はそうでした。しかし文明の世の中の今日では、グルメなどと言ってあえて上品にものを食べ、その味を楽しんでいるのはいいのですが、一つ一つ大きなことや辛いことをしていくうちに、古い時代のあの雑食的な食べ方の中で培ってきた力をどこかで置き忘れてしまいました。それまでは罹ることもなかった雑菌にさいなまれ、各種の病気を身に付ける生き物となり、他の動物たちと変わりなく苦しむようになりました。しかし他の動物たちには医者がおらず、薬がなく、病院が存在しないので、極めて自然に雑草や岩石などを口にして簡単に病が癒るような存在になっています。ところが人間だけは残念ながら、山ほどの薬があり、サプリメントがあり、病を癒すことに常に従事している医師たちがいるにも関わらず、ちょっとした病に罹ってもそういったものに癒してもらおうとしているので、かえって長い文明の時間の中で強いはずの人間は徐々にひ弱なものになってきてしまいました。あらゆる雑食の中で、チーズと石鹸をなんの比較もせず食べてしまう鼠やモグラなどは、その雑食の生き方の中でとてつもなく強い生き物になってしまいました。かつて鼠などは「ネコイラズ」などを与えられると簡単に死んだものですが、最近ではちょっとした「ネコイラズ」の力では彼らは死なないのです。人もまたどこかでこういった鼠たちと似ているところがあるのかもしれません。春の野辺で喉が渇き、私は農薬の撒かれている水田の水を飲んだことが有ります。友人はそれを困ったと言ってくれたのですが、なんの痛みも苦しみも現れませんでした。こんな文明の時代の中で生きているひ弱な人間ですが、それでもまだ個々の人の生き方の中には、これまでの長い時代の中で身に付いた雑食動物の強みが、時として現代の恐ろしい毒薬蔓延の時代にも働いて人を助けることがあるのかもしれません。あまりにもビクビクしすぎ、一つ一つ持ち物の全てを洗い落とし、殺菌消毒しなければ、その次の段階のことをすることができない現代人たちはなんとも不幸です。遠雷の響きにも、耳元で囁かれる厳しい言葉にも卒倒するような弱い人間の集まりの中で、人は自分らしく生きる時、何ものにも動じない古代人の勢いでもって生きられると私は信じます。

生命の言葉、力の言葉

　おはようございます。南の窓から斜めに入ってくる明るい陽の光は、外の寒さとは別にこのように物を書いている私や妻を暖かくしています。昨日降った雪は飛騨から山々を越え、私たちの住んでいる美濃地方に十センチほど降り、さらに名古屋の方に向かい、三重あたりまでも寒くしましたが、今日はこの東海地方はどこもすっかり青空の下に広がっています。

　人間は時代の区別なく常に新原人でなければならないのです。私の息子は大学の研究者から動物園に異動したことを、ある雑誌の中で記者が「野の人」になったと書いています。もっとはっきり言えば人間は全て本来「野の人」なのです。ものを喋るにも、言葉を理解するにも、教育があろうとなかろうと、何をして生きていようと、万人はある意味において野人なのです。私の息子は理学博士ですが、立派な野の人です。野人は単に人の小利口な力を誇っていても始まりません。常に行動的に生きながら物事をテキパキと批評する精神に満ちていなければならないのです。人は常に心の内側に批評精神を目覚めさせていなければなりません。悪口を言ったり、喧嘩をする必要はないのですが、そこにあるものに対して、批判できるだけの元気さがなくてはならないのです。そういう心が新しいものやより活発に動くものを目覚めさせるのです。その力こそが本物として何事をも生かしているのです。そんな時に使われる人の言葉は、良い悪いは別にして、私たちの前に広がってきます。

　昔中国には「三上《さんじょう》」という言葉が格言として人々の口に上りました。言葉を使ってものを考える時、最も適した場所を次の三ヵ所に選んだのです。一つは自分が乗っている馬の背中であり、もう一つは昼間の疲れで休む時の頭の下の枕の上であり、最もものを考え自分らしい思想を練るのに適しているのは便所であると理解していたのです。あまりにも忙しい今の時代では人が落ち着いて自分らしく言葉を生み出す場所などないのです。これら三つの場所は他の何かに変わっていきます。ラジオは車の中だったり、枕上は世間体の様々な夢に場所を取られ、トイレは時間を取ることができない単なる生活の汚い場でしかないのです。

　戦国時代、博多の大商人であった島井宗室《しまいそうしつ》は、来世への信仰心がなくては人が生きていけないと言い、仏教の教えに囲まれていた世の中で、あえてその信仰心さえきっぱりと捨てて生きようとした人間の一人でした。この商人島井などは間違いなくあの時代のはっきりとした批評精神を持った人物です。

大体こういった精神を豊かに培っている昔の人間は、刑に服したり、苛め殺されています。幸いなことに、今の世の中ではそういうことが起こらないだけ私たちは安心して豊かな精神を培っていけるようです。偉大な精神の趣をもってあらゆる宗教の経典などを遥かに超えている一人の人間の素朴な言葉、つまりマニスクリプトは単なる批評精神と呼ぶには惜しく、一人ひとりの人間の素直なしかも直接的な言葉はそれ自体もう一つの宗教の彩りを示しているのです。

北海道は東の外れ、阿寒湖の近くに、先生もご存知かもしれませんが、小さな「女阿寒湖」と呼ばれている湖があります。とても小さい、しかもどこまでも青く住んだ湖なのです。アイヌの森に囲まれている湖があります。アイヌの森に囲まれた綺麗な湖であるにも関わらず、そこには一匹の魚も住んではいないと言われています。そこに流れ込む硫黄成分があらゆる生命体の生きることを拒否しているのです。昔の人は「水清ければ魚棲まず」と言っていますが、この湖も見たところは綺麗なのですが、そういった事情で魚には棲めないところなのです。

私たちの住むこの各務ヶ原から南東に多治見という焼き物で有名な街があります。かつて夢窓疎石《むそうそせき》は湖の街の一角から京都などに数々の庭園を造っていった名僧でした。鎌倉あたりの彼の造った多治見の庭を見ると石を並べたり銘木を植えたりすることなく、岩に穴を開け奇妙な形の庭となり、それを人々は「引き算の庭」と呼んでいるくらいです。ものを考えるのにも言葉を足していく考えよりは、時として引いていく方が大きな意味や言葉の勢いが強いことがあるのを私たちは知っています。言葉はその意味では様々な力のある思想の裏側であって、そこには言葉の力が生き生きと働いています。芋虫のような昆虫の動きに等しい表側の力よりは、むしろこういった私たちの裏側の言葉を大切にすることが必要でしょう。人の愛も力も芋虫の動きのように小さいものであるよりは、空を飛ぶ鳥の翼のような言葉や思想の動きとしての愛などであればいいですね。今年もごくわずかしか日にちが残っていません。本当の言葉の生まれてくる新しい年を信じつつ。健康にご留意下さい。

永久運動

一度動き出したらその動力は二度と止まることのないような精巧な機械があるなら、この世の中はどんなに便利でしょう。ダ・ヴィンチもその他の多くのルネッサンスの心で生きた、ある意味での傲慢な人々は決して終わりのない生命を、または機械の存在を常に夢見ているようです。つまり動き始めたら、また巻かれたら二度と止まることのない機械やゼンマイのような生命体を人は夢見るのですが、そのようなものは万有の中に一つとして存在することはないのです。地球上のあらゆる生命体に命を与えている彼方の太陽さえ、はっきりとその寿命が終わることを人間は今の文明の流れの中で認めています。

太陽エネルギーの働きの中で一旦動き始めたら二度と止まることのない時計または時計というよりはクロノメーターという名に

値する動力は、この世の中のどんなところにおいても生まれるはずも製造されるはずもないのです。全くあらゆる時間の中で同じような動きをする機械などできるはずがないのは、機械よりは遥かな生命体がそのように動き続けていかないことを考えればはっきりと分かります。どんなものでも万有には与えられている確な寿命があって、決してその脇には不朽の生命が存在することはないのです。不朽とか永久不滅などといった言葉は人に与えられているにしても、それを使う意味はほとんどないのです。物事を大げさに説明する時、これらの言葉を使って美辞麗句を並べることがあったり、ホラを吹くことがあったりします。しかし、中国の大詩人たちが五言絶句や七言絶句の中で「白髪三千丈」などと多くの偉大な詩を詠っていますが、彼らは決して物事を大げさに表現しているのではなく、むしろ彼らの心を深い思いで正確に詠っていただけなのです。

「永久運動」を期待するのは単にダ・ヴィンチだけではなかったのです。文明世界のほとんどの人間たちは同じく外部から一切のエネルギーを補給すること無しに燃え続けるもの（生命）をいつかこの世に作り出せると、または発見できると信じているのです。つまり現代人は誰もがそういう意味では永遠または不朽の存在、物の発見者や発明家になりたいと願っているのです。人には決してできないこのような生命体を自分の手で造りたいと思うところに、物凄い傲慢さが秘められているようです。人の手によって大恩人を処刑できると考える心も、無いところから普及の命を発見するのと同じくらい恐ろしい無謀さを秘めているのです。永遠の生命を造り出せないのとその裏返しに悪人を処刑する力も人には与えられていないことを私たちはよく理解すべきです。

文明人間は、ある意味で自分の中にある恥ずかしさを知らないでいる存在なのです。外部からなんらかのエネルギーを入れなくとも、どこまでも燃え続ける核エネルギー装置を造り出したと考えている先進国の科学者たちは、こういった特別深い意味を持った核融合炉を「トカマク型炉」と呼んでいます。自己点火条件を伴ったこの炉はロシアの学者たちによって造られたと言われています。今では三大トカマク型の炉として、アメリカや欧州連合、そして日本に存在しています。この三基が果たして本当の意味で永久運動と呼べるかどうかは大きな問題です。アメリカなどはこの炉を維持していくのにかかる莫大な費用のことを考え、この炉を手放すことを考えています。もちろん欧州連合も、またこのトカマク型炉を持っている日本でもこれを放棄しなければならないところに落ち着くのではないでしょうか。青森の方に造られかけていたこの炉に関する話も立ち消えになったのは当然のことでしょう。いずれにしてもこのトカマク型の炉はアメリカではTFTRと呼ばれ、ヨーロッパ連合ではJETそして我が国ではJT―60と呼ばれて現実に存在することを知らなければなりません。いくつかの小さな国々も核実験などをして世界に迷惑をかけていますが、確かにどんなに小さくとも核実験には恐ろしいグローバルな引き金がついています。たとえこの三炉と比較するなら幼稚園の子供の悪遊びに過ぎないとしても。

どんなに人間がその知恵を働かせて頑張ってみたところで永久

運動を装置にして存在するものなどは作れるはずもないという事実をはっきりと見つめていなければならないのです。神と呼ばれているかもしれないこの大自然のどこかに存在する大きな力でさえ、永久のまたは不朽の生命を創造することができず、常に万事の生命を寿命有るものにしていることを考えると、この世には永久のものなど有りはしないのです。有りはしないと考えるその真面目な心が実は永久の愛なのかもしれません。

私たちの言葉

お手紙嬉しくいただきました。

私たちの言葉はお互いに生命を鼓舞し、より高いリズムを与えてやまないものである時、一つの大きな意味を持つのです。事実私たちの言葉はそれぞれお互いに相手に向かう時、そういった力を発揮しています。

メタ文明や高等な現代文明のあらゆるリズム、またグローバルなものの存在の彼方に見えてくるものを私たちは一切の文明の雑念から離れ、汚れの中から引っ張り出して、清浄な空気の流れの中ではっきりと見つめなければなりません。人の万物認識や認知の次に来るものは、間違いなく具体的な超教育であり、超中心であり、超脱理解でなければなりません。肉体の目で見ることを離れ、心や魂の目で見る時、そこに付随してくる中心的なもの、すなわち言葉は間違いなく単に語るだけのものではなく、本当の意味における見る行為となるのです。ここまで分かり始めると、人は言葉そのものに接する時、つまり自分の言葉や相手の言葉の中に、間違いなく目があることを実感するのです。

万有の引力と一言で言うことができるあらゆる物質の活動の中や流れの中で、目である言葉は確かにそれらの存在の質を認めることになります。

貴方からいただいた鯛を小骨を抜き、鯛飯にして美味しくいただいたことはすでに貴方に知らせてありますが、夕べ同じ大きさの鯵《あじ》もまた、唐揚げにして頭から中骨まで綺麗にいただきました。妻の口にした鯵の中には、長さ二センチほどの釣り糸を付けたままの針が入っていましたが、確かにこの魚は網で大量に獲られたのではなく釣られたという事実をはっきりと証明していました。伊勢湾のこの鯵も鯛も全て海幸の伝説から分かるよう大和の人間が大自然に感謝をしながら歴史の中を力いっぱい生きてきたことを証明しています。

今度お会いする時には、こういった話を、夕べとっておいた記念の釣り針を前にして語りたいと思っています。

ではまた……。ますます元気で!!

沖縄巡礼

貴方からの手紙、嬉しく読ませてもらいました。ありがとう。人間はもともと一人で生まれやがて一人で死んでいくのです。このことを頭に置くと有名人でもただの人でも一様に同じような個人であることが分かります。もっともそのように生きていてもどこかで周りの人に迷惑になるような、時には喜ばれるようなこともしばしばしている訳ですが。そのように自分に与えられた寿命を全うできるなら良いと思わなければなりません。人間は一人ひとり達人なのです。しかし自分は達人だと威張っていても始まりません。誰もが社会全体にとっては無用の大達人なのです。

人はグルメの食事をする時美しく見え、こそこそと排便する時実は見られた姿ではありません。しかしどちらもその人の現実です。人間はあまり自分を飾り過ぎても恥ずかしいし、だからと言って汚れている自分を恥ずかしがっていても始まりません。花や他の植物も何一つ誇りもしなければ自分を恥じることもありません。もっとも人間の言葉も常に無用の長物としての自分に徹底して生きているようです。私たちもこれに見習いましょう。

世の中は全て商業主義に偏《へん》し、学者でも宗教人でも偉いことを言いながら経済観念という曲がった心の動きに合わせて生きているから悲しい話です。私たちはそこから足を洗い、自分らしい主義に向かって進みましょう。それこそが本当の巡礼行と呼ばれる美しい生き方なのです。

貴方と貴方の女友達のとても良い関係、私は喜んでいます。金のないことや肩書の問題など全く無視して良いのです。愛と比較できるようなそれ以上の大切なものなど何一つこの世には無いのですから。お互いに大いに愛し合って下さい。相手の良いところをそのまま受け止め、貴方の喜びにして下さい。貴方の周りは全て喜びに満たされています。人生万歳‼　私たちに与えられている寿命の長さに大いに喜びましょう。とにかくお元気で‼

今年の冬の沖縄巡礼は、都合により来年の冬に延期になりました。今年貴方に会えないことは残念ですが、来年はお互い元気にお会いしましょう。貴方のガールフレンドにも宜しく。来年はぜひお目にかかりたいですね。楽しみにしています。ではまた。

第五部　言葉の設計図（書簡集）

第五部　巻頭言

崖の淵に立たされて

理屈の愛情と騙し合いの悪知恵となっている金銭や肩書、そしてあまり人の役に立っていない物事に囲まれている現代人は受験競争や、老後の心配、そして環境破壊の風土の中で大きく行き詰まっている。自然であり、必然であり、合法的に与えられている生命にその寿命を全うしなければならないはずの人間は、どこかで、そういった生き方ができなくなってしまった。文明、文化という名の下で、人間は何を失ってしまっているのか？　確かに、文明、文化は表面的に幸福を人に与えているように見える。余裕ある愛と理解の中で人間同士は生きているように見えるが、その実、他の動物たちとほとんど変わることなく生活時間の中で憎みあっている。狼の方が人よりも同胞達の殺し合いをしないと言って自殺した人間もいるくらいだ。自分自身や子供の明日を思う時、どんな人間も危険な崖っ淵に立たされていることを知る。

　このような世の中にあって、言葉は余計な事を言っている暇はない。文字の中心に小さく存在する事実をそのまま、余計なことを考えずに、自信と勇気をもって口にすべきだ。

　『幽篁記』は小説でも大説でも、詩でも唄でもなく、崖っ淵に立たされている人間が叫ぶ言葉なのだ。かつて荘子が叫び、老子が叫び、ソクラテスが教えたのはこういった言葉であった。彼らは思い思いに自分の『幽篁記』をはっきりと分かっていたのだ。その中のあらゆるリズムの中にははっきりと認められた「能」を知っていたのだ。

「春夏秋冬　そして春」

先ほど妻と一緒に郵便局まで出かけ、貴女から送っていただいたＤＶＤ三枚と、ＶＨＳ一本をエクスパックで送り返させていただきました。明日の午後着くそうですので宜しく。

　ＶＨＳは家にある機械が故障のため残念ながら観ることができませんでした。

　夕べは『うつせみ』を観ようとして再生し始めたのですが、いろいろな映画の予告などやタイトルやその他の文字が出てきてその後に『うつせみ』のタイトルがやっと出てきました。しかし一分ぐらいするとまた同じ『うつせみ』のタイトルに戻り、十分ほど同じことが繰り返し繰り返し映されるだけでその先に進まず、夜も遅くなったのでついに諦めて観ることを断念しました。

　『春夏秋冬　そして春』はその出だしから実に美しい韓国の山の中の風景が映し出され、静かな湖の中に建っている小さなお堂や、周りの森の景色が、これから始まるであろう、実に深い人間の生き方を予見しているように私の心を揺さぶってくれました。

　このお堂には、おそらく親に棄てられたか、また貧しい家から預けられたか、小坊主と老境に入った和尚さんがいました。村の方に出ていく和尚さんとは別にこの小坊主は山の中の薬草採りに入ったり、いかにも幼子らしく小さな魚や蛙や蛇を捕まえ、それらを糸で縛りその先端には彼等にとってはけっこう重い石の錘《おもり》をつけて水の中に放します。小坊主の顔には何の邪念もないのですが、老僧にそんな風にして生き物を苛めてはいけないと言われたり、死んで水の底に沈んでいる魚を見て小坊主は泣きじゃくるのです。正しく生まれてきた全ての生き物にとって苦しく悲しいところだと、この映画は半ば古いお経のような民謡風の言葉によって語られます。人間の、苦しくも誰にとっても通らなければならない道を、この映画の全域で実に静かな言葉で、しかもほとんど言葉にならないように周りの春夏秋冬変わっていく美しい風景の中で滾々《りょうりょう》と語り、観るものの心を潤してくれているのです。やがて小坊主も成長し、夏の陽射しの中で恋をし老僧を棄てるように山を降ります。それから彼が幼いころ体験した悲しい生き物たちといささかも変わりなく、妻が他の男と逃げその妻を殺すまでに至った悲しい運命の時間が始まるのです。人生の汚れをいっぱいに背負い追われるように和尚の下に戻ってきた彼は、様々な苦行にも近い体験をすることになるのです。この青年を何一つ口を開いて怒ったりすることのなかった老僧は、突然棒切れをとり何度も何度も彼を叩きのめしました。お堂の前の縁側にいた猫の尻尾に墨を付けながらお経の文字を書き上げた老僧は、これらの『般若心経』の文字を、人を殺してきたナイフで彫るように命じました。彼や老僧の態度は全て人生のどこかで行った悪を取り除く厳しい仏の前の体験のように、見せてくれるのですが、それもまた、この映画をこのように作った監督の芸術の力と技なのでしょう。

そのうちに彼を追ってきた二人の刑事に捕まるのですが、夜も遅くなったのでその行動が終わるまで傍らで見て待っていた刑事たちも宗教的な深い感動の中に閉じ込められていたのです。刑事たちはやがて彼を連れて山を降りるのです。数多い春夏秋冬が過ぎ行き、お堂の周りの湖はまるで私がかつてカナダの秋のミネトンカ湖畔を眺めた風景とよく似ていました。老僧もこの青年と同じような何らかの体験を過去に持っていたことを画面いっぱいに匂わせています。刑事に伴われて青年が山を降りると老僧はその一生を燃える火の中で終わりました。

やがて何度かの春夏秋冬が過ぎ去った後、自由な身となった男は、まるで小坊主の頃自分の傍らにいた老僧のような風格に少しずつ似ていくのが観客にはよく分かるのです。厳しい冬がお堂や湖の周りを白くし、生き物が耐えなくてはならない与えられた寿命をその中に見せつけられるのです。どこでどのように苦しい生き方をしてきたのか、その生き方がはっきりと分かるような顔を布で隠した若い女が、乳飲み子を抱えてお堂を訪ねたのはこの頃です。

この映画の出始めの風景が再び画面いっぱいに現れます。老境に入ったかつての小坊主と、彼の周りで屈託なく動き回っている小坊主は新しい春がやってきたことを見ている私たちに教えてくれました。

人生は何度も繰り返される春夏秋冬の中で新しい命を体験して行くことを、悲しいアリラン、アリラン、アリランを越えて、……という民謡のこだまを森いっぱい響かせながら教えてくれています。そして人生は一つの『般若心経』以外の何ものでもないことをこの映画を通して私たちは知るのです。人間は小さな生き物と同じように、悲しい糸に縛られその先には取り外すことのできない重い錘《おもり》が付いているのです。死んでしまった小魚を地面に埋めながらオイオイと泣いている画面いっぱいの多くの小坊主の顔と幾多の老僧の顔が重なって私の心に見えてきた時、この映画は幕を閉じました。

この映画を見る機会を与えてくれて本当にありがとう!! これで私も韓流のフィルムを観て、意味のある熱い涙を流せました。またメールによると新しいものを送ってくれたようで楽しみにしています。『風の丘を越えて』は昔一関にいた頃テレビで一度観た記憶がありますが、再び観られることに喜んでいます。これは一つの童話のような、そして心を浄化してくれる作品ですね。ではまたその感想などメールします。今日はこの辺で。

アリランの風

こんにちは! 昨夕韓流映画のテープと「しぐれ」嬉しくいただきました。最初に言わなければならないことは、せっかく送って下さったのですが、私たちの機器の故障でこれらのテープを観ることができません。『沈清伝』は是非とも観たいと思っていました。日本に様々な伝説や昔話があるように、確かに朝鮮半島にも私たちの心を潤してくれるような様々な伝説があるのでしょう。長男が小学一年生になった時、五十巻からなる、一冊一冊分厚い少年少女用の世界文学全集を買ってやったことを覚えています。その中にも朝鮮の文学が入った一冊がありました。かなり息子が成長してから、彼はこれらの本をほとんど読んでいたと聞かされました。それが役立っているのか、あまりできの良くない私たちの三人の子供たちでしたが、それでも長男は今法政大学から頼まれて比較演劇論を教えています。人間は何かを真剣にやろうとすればたいていは何かになるものです。世界文学全集の朝鮮文学の本の中にも、たくさんの『沈清伝』と似たり寄ったりの美しい話が載っていました。私はそれらの子供の本を読んで、何度も涙を流したことがあります。

『沈清伝』は愛する父の目が見えるようになることを祈願したチョンが、やがていろいろな体験をしながら王妃になっていく物語のようです。朝鮮半島に伝わっていた仏教や儒教の教えがこの『沈清伝』というもう一つのシンデレラ物語となって残されているのですね。そして観るものにはこの地上と竜宮の間を舞台にして描かれた李王朝の伝説を美しく実感できるようですね。

このテープは近々一応お返ししますが、こちらの機器が使えるようになった時には再び送っていただければ幸いです。

『風の丘を越えて』はかつて一関にいた頃テレビで観たことがあると言いましたが、話のあらすじはほとんど覚えていないといった方が正しいでしょう。日本の写真家Aはこの作品をエロティシズムの作品といい、性欲情を乱す作品だと言っていますが、もちろん彼がこのように言う理由ははっきりあるのです。彼の写真活動のために裸になって写真を撮らせたのは今は亡き彼の妻でした。しかも死んだその日にお棺の中で花に囲まれて眠っている妻をも、泣きながら写したのはこのAでした。かつて私は知人のカメラ屋さんを訪ね毎月送られてくる『アサヒカメラ』を借りて読んでいましたが、そこに出てきた写真家Aの妻の写真に目頭を熱くしたことを覚えています。彼にはこのような過去があるのでこの『風の丘を越えて』を説明する時、この作品はエロティシズムだと言ってしまうのがよく分かるのです。

朝鮮半島の田舎道をトボトボ歩いている三人の男女は日本的に言うならば田舎芝居の芸人の親子であり、東北の雪道をお互いに手をつなぎながら歩いている瞽女《ごぜ》の集団に似ています。この映画に出てくる娘もある意味では山深く寒い朝鮮半島の瞽女であるかもしれません。たった三人だけの芸人たちは、一旦パンソリを歌いだし踊りだすと父親と息子のトンホと養女のソンファは悲しくとも元気になります。息子のトンホは太鼓を叩き娘ソンファは歌を歌いだすのです。

やがて、旅芸に矛盾を感じた息子は、父やソンファと離れていってしまいました。パンソリの明日の生活に未来の無いことを知りながら、父は厳しくソンファを盲にしてまで芸を教えてきました。このあたりにも同じ東アジアの民族である日本人には、どうしても、もう一つ分からない朝鮮半島の「恨」の息遣いが聞こえてくるのです。

「ハワイ映画祭」や、ベルリンや上海、フランス・ナントなどといったところの映画祭でも数々の賞を貰っているのがこの作品のようですが、この映画の最後の方で「恨」の心をアリラン峠に吹く風のリズムに合わせて踊り歌う二人の姿の前には、一つのはっきりとした人生のリズムが見えてきたのを、私は今でも忘れません。演歌でも民謡でもない「パンソリ」は朝鮮半島の人たちの心を動かす情歌なのです。そして讃美歌であり、グレゴリア聖歌であり、朝鮮半島の人々の「哀歌」なのです。

私はかつて、小さい頃大阪にやってきて、二十歳になる頃まで東京にいた韓国の青年と、韓国語でも日本語でもなく、彼が望んだ英語で、時には半日くらい人生論を語り合ったことがありました。やがて彼は日本の医者の娘と仲良くなり、私に別れを告げに来て、二人はアメリカに発ちました。それからは一度も手紙を受けてはいません。彼等は「恨」の心で立派なアメリカ人になっているのでしょうか。私と会っていた頃もすでに私よりも遥かに英語の上手な男であっても、彼の心の中の「恨」の勢いはその意味が私には当時よく分かりませんでしたが、ずば抜けて私の心に染み込んでいます。

残念ながら今回は風の中に流れてくるパンソリのリズムやアリランのメロディを聴くことはできませんでしたが、いつの日か聴く機会があれば日本語を話さず、ずっと英語で通したあの青年のことを思いながら堪能したいと思います。『風の丘を越えて』を話す機会を与えてくれて本当にありがとう。このテープはしばらく預からせて下さい。

ではいずれまた。ご主人にもどうぞ宜しくお伝え下さい。

バクテリア星

人間は常に自分自身を探す旅をしなければいけないようにできています。理屈を言わず、理性の言葉で物を話したり自分探しをする時そこにはどうしても人の意見や、その時代の流行の中でことをおこすことになります。実際私たちは本当の自分を見つめ、自分の言葉を組み立てていく時そこには間違いなく本人の感情だけが動くはずです。千分の一ミリぐらいの小さなバクテリアも命があることには変わりなく、その命を動かしながら生きていることにも変わりがありません。こんな小さな命でも己の内側に深く入り込みそこに自分の言葉を見い出しているのだと思います。一寸の虫にも五分の魂などと言いますが、微小なバクテリアさえ、さらに小さなそれでいて自分を主張する言葉があるはずです。利口になった人間であるにも関わらず自分自身の言葉がないということはなんとも悲しい話です。人間が自らの命をはっきりと主張することなく、人間が作った文明社会がそれ自体を主張しようとする時、そこには、残念ながらそこで語られる言葉は全て、一人ひとりの人間を主張することができなくなってきています。どんなに学問をしようと、教育を受けようと、文明社会の人間は一様に自分を主張する言葉を持っていないのが現状です。

倫理とは道徳より遥かに奥深い存在であるはずです。倫理とは個人の中にひめやかに存在する言葉であって、その言葉はそのまま「私」そのものであり、それをじっくりと見つめるとそこに、深々とした美徳が存在することに気づきます。

一方、道徳とは社会的な約束事、または文明の淀みの中で汚れながら存在する自己なのです。別の言葉で言うならば道徳とは本質的自己が最も嫌うものです。文明の流れである淀みの中で汚れに汚れ、生き絶え絶えになっていることを、私たちは今頃になってやっと知らなければならないのです。自己の中の他人は、すなわち自己に同化しますが、他者の中の自己も、または文明社会の中の自己も他者に同化してしまいます。文明社会の中や大多数の文明人間の中に溶け込んで行く自己は「自己」を失くすことを意味するだけでそこには他のどのような意味も存在しないのです。自分の言葉、しかも今の自分の言葉は間もなく終着駅に到達するのです。それ以外にどこにも行くところはないのです。自分自身をはっきりと持ち、自分の言葉で、バクテリアのように自分の奥深い言葉にぶつかりそれを話そうとしない限り人間の言葉は間もなく暗闇の夜の中の終着駅にしか到着しないのです。

人間は生命を持って生まれてきました。その道は妙な夢でも見ない限り間違いなく「無」の道を生きているのです。しかし狂ったような夢の中を生きているがゆえに、本来の「無」の道も、とうに忘れています。

人間は社会の何ものをも持つ必要はないのです。その時こそ全てを持って生きる人間になれるのです。そこに本来の人間らしい生き方があるのです。そこに達するまで人間はどんなになってみても二流三流の人間であり、どんなことを話し、どんなに名前が出るような生き方をしていてもかなりレベルの低い自分であることを意識しなければなりません。その時人間は絶望の存在であることを意識しなければなりません。絶望の個人は社会的には生きられても自分自身としては生きてはいけないのです。

あらゆることに感謝のできない生き方はとにかく空虚そのものです。この世の中では神の話がどんな物語よりも多く語られています。それは誰の場合でも、先の無い夢であり、大酒飲みのたわいのない話に過ぎないのです。神も大自然の夢も、本人の心の中で拡大し、熟していく味の無い果物に似ています。十分に練り、熟し、醗酵するまで寝かせておくと、その言葉は心の中の本当の夢を激しく目覚めさせていきます。その時本物の人間の行動力という名の活動が見えてくるのです。

広い宇宙観には様々に星間物質が存在します。その昔ビッグバン以来四方八方に広がっていたこの星間物質は巨大な星を作り、小さな星となり、バクテリアのような微小な欠け片として星間に今なお漂っているのです。人間などという存在もまたバクテリアに等しい星の仲間であって、恒星や惑星と並んで宇宙空間に存在しているのです。人間は一人ひとりまたは一個一個それぞれに星々なのです。人間は星屑であり巨大な星の彼方から出現したバクテリア星に過ぎないのです。微小な星の形で動いている星間物質なのです。

人間は言葉を話す不思議なバクテリア星なのです。

大自然の力やニュートンの力学や、万有引力や海水の動力、蛋白質の働き、電気、磁器の震え、雷の稲妻などは、人間が勝手に思い出し考え出した神様よりは、確かに本格的な宇宙の中の大きな力なのです。ダイナミズムの動きの中で創られた生命として誕生した自分の感情に感謝しましょう。

神や仏を夢見る前にまた何かを願う前に、力学としての雷鳴、雷神に自分の命のありがたさを感謝しましょう。神は生命を持たぬ存在なのです。もし神がいるとするならば、それは大自然の力以外の何ものでもなく、ニュートンの力学であり蛋白質の働きそのものなのです。

今日も一日私たちは蛋白質の動きやニュートンの力学に目を向け、心を熱くして過ごしていきましょう。

文明人間と「しまの」の自転車

昨日はテレビで日本の一人の少年がニューヨークの病院で亡くなったことを報じていました。ブラウン管に映ったこの少年の顔が薬のせいなのでしょう、大きく腫《は》れ上がっていました。何ヶ月か前、自分の手術のために募金してくれてありがとうと日本の人たちに言っていたこの少年は、今はいないのです。何十年も昔、私の次男がこれと同じように薬のせいで頭を大きく腫れ上がらせていたことが思い出されました。しかし彼は健康となり、明日は名古屋市役所の二十年、三十年勤続の職員千人ほどを前にして講演をする予定があると言って、今朝は出かけていきました。こんなに元気になっている幸運な息子のことを思う時、ニューヨークで亡くなった少年が不憫《ふびん》でなりません。しかし人生とは一時間しか生きられなくとも八十年生きようともそれぞれの人生に良い悪いの区別はないように、大自然の大きな力が働いていることを私は信じます。十三時間しか生きなかった自分の息子のことを考えながら今生きている自分を思うのです。

アメリカという新大陸の発見の影には間違いなくコロンブスがいなければならなかったように、イタリアと日本という二つの国が世界の自転車産業を二分するように、今日の華やかなレーシングカー並みの自転車の出現には大きな働きをしている「しまの」の存在が忘れられてはならないのです。父親が何人もの息子たちの連係プレーを通して新しい自転車が生まれる基礎を作ったのがこの「しまの」です。もともとは釣り具のリールなどを作っている会社で名前は知られていたのですが、自転車作りで「しまの」

の名前は一躍若者の間に知られるようになりました。

一台の車を買えるぐらいの値段もする高級な自転車が生まれている今日の世の中です。たかが自転車と言いながらもそこまで格上げされた文明社会の道具として自転車は作られている今日です。百年からの歴史を持っている「ツール　ド　フランス」という名で知られている四千キロメートル近い長さを走る自転車大会を考えずには、こういった高級な自転車の存在を理解することはできません。

このような高級な自転車は実に軽く大人が片手で持ち上げられるような六キロ前後のものであって、そのフレームはわずかギヤやペダルやチェーンといった十数点のパーツでしか成り立ってはいないのです。こういった高級な自転車の威力を表すのはパーツの存在です。高い山険しい山などを自由自在に進むためにはいろいろな工夫を凝《こ》らしたペダルやそれと連結したギヤの存在が考えられなければなりません。ギヤの歯の形は微妙に異なっていて、八十年代の頃は歯を変形させることによって、チェーンがスムーズにギヤ板の間を移動する仕組みになっていたのですが、それからの機会的な進歩のおかげで、歯をやすりで削りながら数多くの実験を繰り返していったのです。こういった人間の勘で行われた実験も今ではコンピュータで計測され最も適した形に作れるようになっています。以前は六段だったギヤも十一段にまでなり、それも電動で自由に変速できるボタンがあって、どんな所でも適切な判断の下に乗っている人間は自転車を自分の体の一部のように動かすことができるようになったのです。このような自転車ができあがる前の段階で、自転車作りの名人たちはフレームをどのように仕上げていくかに技の見せ所を示すことになるのです。自転車を作っている金属の素材は、最近ではカーボンファイバーです。この素材はものすごく軽くそれでいて強いのが特徴ですが、製造の段階では職人たちは手で上げるくらいに軽いのです。太さが七マイクロメーターの炭素繊維が数万本も束ねられて作られているカーボンファイバーを横に並べて、それをベエポキシ樹脂で固め、百五十度ほどの高温で熱しシート状にするのです。こうしてできたものを数枚重ねてフレームを作っていくのです。カーボンファイバーのシートの並べ方や並べる枚数の微妙な違いによって重さが変わり強度も当然異なってなっていくので、軽くしようとすると弱くなり、ちょっとした衝撃を受けてもフレームは曲がってしまいます。技術者の腕はここで試されます。これからますますより軽い自転車が要求され、同時にどんな衝撃にも耐えるフレームが期待されていくでしょう。

人間もまたこの文明社会の中で可能な限り軽く勢いがあり同時にどんなことにも耐えていく力がなくてはなりません。自転車はある意味で人間一人ひとりの生き方を証明しているようなものです。文明人間の中に生きて働いているカーボンファイバーをどのように並べているかによって生き方の違いが現れてくるようです。

祈り

大自然の大きな「力学」というものがありますが、蛋白質の流れや、巨大な電磁波が出す光と力の中で、または海の水も上空に漂う空気も加熱され、ある瞬間に、微小な生物体がそこから生まれました。その時間から長い変化が生まれ人間も生まれてくる結果となったのです。

それならばこのような引力の法則や力学作用によって、消えるべき命は生き返るであろうし、当然命という「寿命」はこの世の中のどんな力が作用しても壊されることはないのです。万有引力の法則は人間の作った「法律」よりも遥かに力があり、権力であるのです。人間がどんなに力んでみても、自分の権利を主張してみたところで、大自然の力学という権力を押し退けてしまうことはできないのです。死ぬということは、その人にそれだけの寿命しか与えられていないからです。どんなに頑張って死のうとしても、与えられている寿命がある限りその人は死ぬ力も権利も知恵も全く与えられてはいません。

生まれてくることも、死ぬことも、自分の問題でありながら、人間は、否、大小様々なあらゆる生物は自分のこの寿命の問題を動かしたり変えたりすることはできないのです。生まれてくるというこの存在の出現は死ぬという行為とはっきりつながっており、生と死は一つのものです。生きているということはその裏側にはっきりと死を持っていることであり、死ぬということもまたその傍らに生の息吹を感じさせているはずです。

人間は常に生きることだけを考え、願い、その方向に夢を追い求めなくてはなりません。元気な身体で生きていながら、死を見つめる人間は、確かに頭が良いのかもしれません。だが、そういう人間はあらゆる大小様々な生物の中で最後に置かれる怠け者であるし、ぐうたらであるし、熱く燃える生きる意欲の無い存在といえるのです。生きている喜びや目の前の何かを放棄する白旗を振りかざす人間なのです。もっとも、人間以外の生物はほとんど自ら選んで死ぬことはないでしょう。人間同士は仲間同士で左右に分かれ、争い、殺し合うことをするのですが、他の生物たちにこの種の行動は見られないのです。人間は自分自身の改革のために運動を起こします。そのことから人類には当然のことながら進歩というものが見られ、数多くの発明発見の行われた道筋が、歴史という名によって様々に記録されてきました。またこれからも歴史の流れはますます数多い頁を用意しなければならず、そこには数多くの言葉やフレーズやクローズが用意されなければならないはずです。

偉大な人間たち、すなわちソクラテスもキリストもシャカもマホメットも生命を与えられている人類の運命をよく知っていた賢い人間たちでした。彼等を神としてまた仏として崇める人間たちは、そのことによって最も大切な事実を誤って考えているのです。生物体は何であっても万有引力の創造にぶつかり、刺激を受けて存在している現実を理解しなければいけません。生物も無生物も宇宙空間に広がっている力学作用によってのみ存在していることは明らかなのです。今話した古代の知恵者たちは自分の哲学やバイブルや経典の頁の中にこういった事実をまとめて封じ込めようとしたのです。この力学以外に生物や無生物を動かし移動できるものは何もないのです。驚くことは何一つないのです。宗教や経典や教祖様を前にして畏《おそ》れたり崇めたりする必要はないのです。彼等は一つのシンボルに過ぎず、象徴は印として帽子や胸の一ヶ所に留めておればそれで良いのです。キリストもシャカもマホメットも実に素朴な言葉でもって自分の中の真実を吐露《とろ》した生活哲学者であったろうし、自分の心の中から真実を歌い出した賢者であり、それゆえに生活の中に不満を残さない充満した命を持っていた人間たちだったのです。

彼等のような本当の詩人や歌い手や物書きや語り手には、その背後に万有引力という名の神が存在していました。

大自然を大自然そのものとしてあらしめている「ダイナミズム」や「万有引力の法則」はあらゆる大小の様々な生命を出現させてきたのです。自然の「法則」こそそのまま「神」なのです。人間がかつてない小知恵を働かせて、人間の形に似せて神の像を造ってしまい、今もそれを行っています。そういう神の像に似たものには人間の家族のようなものが付きまとっており、一つ一つの像には愛があったり、憎しみの心があったり、殺し合いがあったり、ジェノサイドと呼ばれている戦争などが見られます。

もっとも、このような人間に似た神の像を造ることによって、知恵のない人間に大自然の、「力学」そのものを理解させようとしたのかもしれません。

歴史上に見る半ば教祖様と崇められている宗教指導者たちは、単に偉いというだけではなく、神や仏にまで持ち上げられててしまっています。ビッグバンの爆発以来の生命クリエーションのドラマがここにあります。リクリエーションは、その後であらゆる時代の人間によって、受け継がれてきました。今日でも私たちは本当の意味でのリクリエーションを実行し、生命を与えられた時に身に付いた寿命を全うし、日々の生活をその中で体験しているのです。

時間の流れの中で、一人ひとりの人間は自らの生き方の中のビッグバンを体験しています。その事実をしっかりと見つめている人間が生物学とか数学とか物理学、さらには歴史学や地理学を仕事にしている人たちなのです。しかし、そのことを誇っていても始まりません。学問でさえもう一つの素朴な理解の仕方の形であって、その中で万人はある意味での「口寄せ」であり、「イタコの語り」に過ぎない行動をとっているのです。あらゆる学問は学者たちによって緻密に見つめられているのですが、もっと正しく言うならば「見つめる」のではなく「素朴に暮らしている」庶民の生活の態度そのものなのです。庶民はそれをあえて喋ったり書いたりすることはしませんが、学者たちや教師たちは論文という形で自分たちの考えを世に残すのです。そこに各種の人間の生き方の違いや上下左右の差が生まれてくるのです。

人間はここまで新しい時代に向かってきている以上、そこにはっきりと「力学」という形の神に心の目を向けなければならないようです。

ネオテニー

日本人たちにもラテン人たちにも、古代ギリシャ人たちにも間違いなく人間を象ったシンボルとして数多くの神々が存在しました。当時の知識人であろうと、一般民衆に近いような人々であろうと、一様にこういった八百万の神々が、自分たちと同じもう一つの家族として信じ、彼等神々の体験した痛みや悲しみや怒りや悩みなどを実感しながら、それが自分たちの日常の生活の中で体験するものと合わせて喜んだり悲しんだりしていたのが、古代の人々だったはずです。そういう神々とはだいぶ趣が変わり、今日の人間はかなり生物としての生き方のレベルを高め、むしろ古代からの神々は人間たちよりずっと下方で、金銭や物質や権力などといった人間の力や勢いの前でほとんど手が出せない状態になっています。

人間は人間で神を崇める心はほとんどどこかに失せ、事あるごとに祈ったり、礼拝したり、お祓いをしてもらうのですが、神の方が遥かに小さくまとまり、まるで老人たちが親の権利を持ちながら今を盛りに大胆に地球を踏みしめ、社会を跋扈《ばっこ》しながら暮らしている若者の前でビクビクし、自分の言葉で話すことがほとんどできなくなってきている姿とよく似ています。

かつてエジプトの神々の中にNutつまりヌートという名の母神がいましたが、Gebつまりゲブまたは Ked、ケドとも呼ばれていた父神が側にいました。この父神は全く世界中の神々と同じようにどこまでも人間そのものの姿をしており、頭の上には鵞鳥《がちょう》を載せていました。おそらくあの巨大な数々のピラミッドの建てられた時代には、親として、年をとった長老として子供たちの前で威張っており、自分の話す言葉の全てに不満はなく自信いっぱいに聞かせていたのでしょうが、今日の文明社会では世間を大いに騒がし、良くとも悪くとも力いっぱい生きている人間たちの前では、形ばかりの祈りや尊敬や祭りをもって迎えられていても、ほとんど自分たちの言葉を何一つ言えないくらい言葉を失って、小さな神殿の奥で凝り固まっています。

L・ボルクという医学者は女性の、子宮の羊水の中で暴れたり上下にひっくり返ったりして十ヶ月を過ごす胎児の状態を、ネオテニー「幼態成熟」とか「幼形成熟」と呼んでいるのです。十ヶ月の終わりの方では全く形が小さいだけで人間としてほとんど変わりなく成長しているのですが、それでいて間違いなく何かは未成熟なのです。ある時期では指と指の間に水掻きのようなものがまだ付いていたり、他の部分でも魚のような、または鳥のような、そして爬虫類の名残のようなものが付いているのです。

今でもメキシコのある地方には、アホロートルと地元で呼ばれているサンショウウオがいるそうですが、身体は未だ成熟していない状態にも関わらず、不思議とこの生き物は性能力に関しては十分子孫を残すだけの状態になっているようです。このような未成熟のまま子孫を残せる生物のことを研究者たちは「ネオテニー」と呼んで扱っています。こういったいつになっても成長できない生き物でも、甲状腺ホルモンを与えてやると正常に成長していくことが可能だということが分かっているようです。ネオテニーは単にホルモンの異常ではなく、体中の組織に反応性が無く、そのためにこのような変態が生じるのだそうです。

現代世界の人間はたいていの場合ほとんどが利口です。現代人が作り出した多くの物事によってこの世界は他の生き物を全て押し退けて、人間の世界にしてしまっています。大自然の動きの中でこのような状態がどうして起こったのか私たちは自分を利口と思っているようですが、この訳だけではこれから先どこまで行っても謎であって分かることはないでしょう。確かに人類は利口です。しかしメキシコのアホロートルのように未成熟のまま子孫を残す生き物としてどんどん発明発見をしていくのが人間ですが、この人間に注入できる甲状腺ホルモンがはたしてあるのでしょうか。人間は他の生き物とは全く違っていて八百万の神々をけっこう長い歴史の中で作ってきました。そしてその神々をさえ崇め、またけなしながらルネッサンスの夢心で生きています。

このことをもう一度考え、メキシコのネオテニーにはならないようにしたいものです。大自然の生命創造の中に存在するL・ボルクの力を受けたいものです。

ラテン人以上に自信を持って

私はいつも言っているようにアメリカ人が好きです。しかしある意味ではとても単純であり物の考えが浅い彼等の生き方は、日本人として私はあまり良くは評価していないのです。彼等新大陸の人々の目にはどちらかと言えば弱々しく見え、何事もはっきりと大胆に表に出せない日本人や旧大陸ヨーロッパの人々を馬鹿にするようですが、一方においてどこか東洋人にわずかながら似ているような旧大陸ヨーロッパの人々は、私たちとこの点に関しては気が合うようです。あるアメリカの女性はこんなことを私に言ったことがあります。「ラテン人は男らしいが、利口な日本人はある意味で女性化しているようにしか見えない」と。これをもう少し深めて考えるなら、おそらく古代ギリシャの人々はどこか女性がかっており、その点ラテン民族はどこまでも男性的であるということなのかもしれません。このことを現代の人間関係に置き換えるなら、アメリカ合衆国の人々は男性がかっており、日本人は女性的に見られているのかもしれません。男性がかっているということと女性がかっているということを別の表現で表すなら、物事を大胆にはっきりと行動に移したり語る人間と、穏やかに物を考えじっくりとそのことを行動に移す人間の二つに分けられるかもしれません。

物事を考える時、察し合いまたはその場の空気を読み取るということは、やはり単に女性がかっている行動といってこれを軽蔑することはありません。常に目の前の人物やそこに広がっている物事の状況を深く察し合ったり、その場の空気を読むことは絶対に必要だと思うのです。自分の言葉を自信を持って語り表現しながら、常に察し合うだけの余裕があって良いのであり、その場の空気を読む余裕がなければならないようです。

現代文明は崩壊している人間社会を作り上げています。こんなところに私たちはより大きなものを期待することはできません。悟性の領域において人間はやはりはっきりとその場の状況を読み取らねばならず、そこに広がっている空気を悟らねばならないのです。それをわずかでも無視して自分を先頭に立てるとやはりそれは子供の勢いの良い行動に似ていて、そこには新しい行動が生まれてこないのです。一つのものを目の前に見てそれに感動して、そこからより豊かな自分を表現しようとする時、必ずしも自分が思っているような行動がとれない場合もあります。多くの人間がそういう事情の下に自分の言葉による伝達の方法を放棄したり、悟性的な新しい改革の行動を棄てなければならないようなことも起きるのです。人の魂と相手の魂が必ずしも同じレベルの上で理解されるものではなく、こちらの夢多い努力にも関わらず拒否されたり批判されたりもするのです。

毎日の私たちの生活はある意味で、一つ一つ拒否されながら、一つ一つその逆風の中に飛び込みながら前進しているのです。私たちの言葉が難解であったり、この社会で穏やかに生きている人々には非難されるものであり、一般的に知的理解が深いと言われている人々には分からないと言われてきました。しかし私たちはあえてこの逆風の中に身を徹しその彼方に革命の心の黎明《れいめい》を確信しなければなりません。

自分の身体に十分に気をつけ、逆風が常に吹いてくる現代社会の状況の中で力いっぱい前進できる生き物であることに自信を持ち、同時に喜んで行動していきましょう。

顕微鏡から目を離して

あなたはゲーテやシラーについていろいろと読まれたようですね。シラーといえば何十年か前、私はモスクワからローマに向かう夜汽車に乗ってイタリアを横断し、スイスから南ドイツに入り、シュトゥットガルトで降りたことがあります。その時は夜汽車の中でミラノやフィレンツェを通過し、スイスではチューリッヒで汽車を乗り換えドイツの山々を越えたことを覚えています。あの時私は、ヘルダーリンの跡を訪ね、彼が幼少の頃通っていたラテン学校（小学校）などを訪ねました。この学校にシラーも通っていたということはその時初めて知りました。中世のドイツでは、どんな学問よりも先にヨーロッパ人の先祖ともいうべきラテン人が使っていた、とても難しいラテン語を学ぶことが要求されたようです。もしできればそれと一緒に全くアルファベットの違うギリシャ語を身に付けていれば、ヨーロッパのたいていの文化人とは自由に話ができたし、文通ができたし、様々な人々の論文を前にしてディベートもできたのです。江戸時代の日本で知識人たちが間違いなく漢文を習得していて、当時の知識や学問を違った藩の人々同士で話し合ったり文通したり論文を交換できたのと全く同じです。シラーの時もゲーテの文章も、こういった文化事情の中でヨーロッパの隅々にまで伝わっていたのもよく分かります。

現代人はあまりにも整理されている学校で学び過ぎているのか、教育されているのか、軍隊制度のように躾《しつ》けられ過ぎているのか、現代人の言葉や考え方は除菌され過ぎています。文章も音楽も絵画も思想も全て医学研究室のように無菌の状態のようです。あらゆる意味で力がないのです。わずかな雑菌さえないところでは酵母さえフツフツと熱をもって動きだせない状態にあるのです。現代人はほとんど間違いなく与えられている常識の中で約束通りの行動をとっているだけです。現代文明社会の空気の中で生きている私たちは、ある程度生きている人間らしく、与えられている自分の中の常識を少しずらしてみる必要があります。行動の中で言葉を発見し、そこから何かを少しずつ発明していかなければならないのです。

　現代人の親子の関係の中に生まれる愛には、悲しいかな誰の場合でも少しずつ毒が混じっています。現代人の心の中に憎しみの混ざった愛情のあることを私たちは誰でもよく知っています。親が可愛い子供を殺し、子供が親や祖父母に手をかけ、バットを振り回し、家を焼くような事件を知る時、私たちははっきりと親子の愛の間に毒が混ざっていることを信じない訳にはいきません。結局、現代人はあまりにも何かが整い過ぎており、何かがきちんと教育され過ぎているのです。

　人間の心の中に存在する病の原風景は、極めて自然な人間の感情でしか読んだり理解したり解決したりすることはできないのです。それが文明がここまで進んでくると、ＤＮＡや遺伝子で読み取ろうとするので、そのような正確極まりない電子顕微鏡下の判断の下で、何か親子の関係や人間同士の関係さえおかしく映って見えてくるのです。

　文明人間の使っている言葉や脳味噌の仕組みの中心においては、心房細動が常に起こっているのです。ある意味では人間はむしろ寡黙《かもく》でいることが必要なのかもしれません。あまりにも言葉多くしかも理路整然とした言葉の中で物事が語られる時、それを聞いている人間は単に疲れるだけではなく言っている言葉の意味は分かったとしても、言われている本当の意味は分かっていないはずです。家庭の主婦の愛情こもった本当のだし汁こそが、あらゆる味の中で最上位に置かれなければならない旨味成分なのです。百万長者も、ミリオネアも、ビリオネアも決して幸福なはずはありません。健康で豊かな本人にふさわしい学問と技術があるならば人間は幸せなのです。人間はマイナーの層に身を置いて安心する変な意識がありますが、確かにそこに身を置く時、恐ろしい天敵から逃れられ最も安心していられることは事実かもしれません。しかし人間は、どこに置かれてもその場所で安心できるだけの自分の課題というものをしっかり意識し持っていなければなりません。長い歴史は全て弱い人間が何か大きな力を怖れ、特に神を怖れ、仏を怖れて、あえてこの文明の時代を大きく伸ばしていったことは事実です。確かに現代人は魂と日々の生き方の中の不潔さを怖れるところがあります。清潔でなければならないとあらゆる意味で衛生観念を重視します。否それ以上に不潔なものを恐怖の対象としています。公衆浴場が黴菌の巣であるといわれ入浴さえ恐ろしいと、これを禁止する時代が中世の頃医師の指導によって強制されたこともあったそうです。夫婦や愛人同士がお互いを黴菌の身体を持っているといって怖れる不幸な時代もあったようです。

　現代人はもう一度魂の電子顕微鏡から目を離し、あまりにも極端になり過ぎて全てを怖がり、恐怖の心で見つめ怖れている現代教育の時代から足を洗わなくてはなりません。自分の言葉で生き始める時、万事は上手くいくのです。親子の間の愛も情も他の全ても上手くいくのです。

　今日も一日自分の目ではっきりと物を見、健康な自分を見ても、うようよ動いている黴菌を見ても、さほど驚かない健康な人間でいたいものです。

奇跡は存在する

人生は、というよりはビッグバンで広がっていった広大な宇宙の領域は全て謎だらけです。その中のごく小さな人間の歴史の頁の中でも、そこで使われる言葉や行動の中にも間違いなく多くの謎がいっぱい含まれています。

人間が惹きつけられるのは、真面目な話などではなく、様々な不思議な体験なのです。奇跡も全てその根底には謎が含まれています。新しい言葉の渦の中で人間はやはり謎を生み出していかなければならないのです。真面目で人と同じように動き、人と変わりなく、またあらゆる時代と変わりなく生きていることに安心している人々には、どうしても言論の思潮というものが生まれていないのです。そこにはもちろん謎の力が働かず、人々はそこから遠ざかってしまいます。旧弊の考えで政治を動かしたり革命を起こしたり新しい公論の場を作ることができないのです。かつてゲーテは古典主義者だったのですが、イタリアを旅した時、ルネッサンス運動は本物ではないとみなして、あえて芸術の都すなわちアルノ川の畔のフェレンツェを訪れることはなかったのです。謎がない通り一遍のダビデの像の前を通っても、おそらく彼はどのような影響も受けなかったはずです。この世に神はいないのです。しかし大自然のダイナミックな働きの法則は間違いなく動いています。それらは人間にとってどの一つを見ても奇跡であり謎に過ぎません。ルネッサンス人たちはこういった様々な謎を見ることもなく、それらを打ち消していったのです。

いつの時代の人間も努力をし、どんなに頑張ってみても、文明社会の全てのことに正解というものが無いことを知らなくてはいけないのですが、神を作ったり仏を作ったり様々な偶像を目の前に置くことによって、正しい答えが見い出せたように錯覚するのが現代の人間たちです。人間は地上を安心して踏みつけながら生きる存在ではないのです。常に空中を歩き回り、同時に地上を移動しながら謎を求め、謎の前で苦しんで生きる存在なのです。文明人間の大半は単に地上を踏みしめながら、安心して生きられる真面目な人間だと自分を思っているようですが、その実彼等の生き方の中には謎が無いので本当の意味の大自然の様々な法則を理解することができないのです。人間は自分の言葉で何かを終了させたいと思っているのです。つまり何かを変えてこれまでなかった新しいものにしていくような、空を飛ぶ夢多い人間にはなっていないのです。何かをこれまでと違い全く変えてしまうような奇跡の雷に当たって身震いするような体験をすることがないのが現代人です。文明人間は安心して生きてきた長い過去の時代があるので、どうしても改革の匂いのする奇跡には飛びつくこともなければ驚くこともないのです。彼等は文化の汚れにまみれ文明社会の洞窟の中や、金銭や権力にまみれた租界から決して離れることのできない存在なのです。そこは古代人の匂いを今なお持っている人々の入っていくことのできない文明の世界なのです。文明の青苔がいっぱい生えている言葉から退散し、ロボットではなく仙人や隠者の風格を生活のどこかで示しているのが、実は謎の多いマイナーの人間たちです。そこには本当に光り輝く人間らしい生き方のオーラが光っています。

私たち人間は今こそはっきりと自分の前に置かれている様々な謎に目を向けましょう。ルネッサンス人の物事を理解したような生き方で日々を過ごすことだけは、私はしたくないと思います。

自然体の行動

外は雨が降り雷が鳴り、この分だと二、三日は雨降りのぐずぐずした天気が続くのかもしれません。

パリからノルウェーに向かいそこからスエーデンを通ってフィンランドに向かった私の旅が思い出されます。長い汽車の旅の中で若い弁護士とコンパートメントの中で向かい合って座っており、かなり長い時間いろいろなことを話し合いました。それは夜のことでありこの弁護士はウプサラの大きな駅で降りていきました。何百年も昔貧しいコロンブスが南欧からわざわざ北のウプサラまで訪ねてきたことを考えながら夜の寒さの中を走るスエーデンの汽車に身を委《ゆだ》ねていました。フィンランドに向かう国境に着くのは明日の朝十時頃だということを回ってきた女性の車掌から教えられました。コロンブスのウプサラ大学訪問は今のアメリカ新大陸の開発の基本になったことを考えて、ウプサラあたりを走っている汽車の中で私は普通では味わえないような感動に浸ったものです。

名のある多くの山々も、名山と呼ばれている峰々もそれらは文明人間によって作られた名前であり、自然で純粋で素朴である古代人たちはそこに名も付けず自然な里山として扱っていたはずです。そこは彼等の暮らしの中の食べ物や薪を取る場所であって、しかも素朴な歌を作り月や星を眺め頭上に飛ぶ鳥たちを見上げる彼等の生活の一部だったのです。現代人の生活はこういった里山にも名を付け名山と呼んだりしています。そこにはひどく腐食した現代人の言葉がへばりついていて、人を癒やす里山の存在というものが感じられません。現代人の言葉や文章や愛の形がかなり深く腐食しているのも、その意味がはっきりと分かるような気がします。世界のどんなところでもそこは古代人が遊び人間が作り出した英雄たちが跋扈《ばっこ》し、神々が踊っている明るい場所だったのです。大八州もまたその時代の広々とした時間の中からもれることはありませんでした。地上は全て遊ぶ人間と神々の通り道であって、そこで口にできる言葉は全て仏のたむろするところでした。そんなところで子供たちはどんな大人たちよりも大きな夢を見、長い時間を楽しんでいたのです。だが、大人たちや老人たちはそういう訳にはいかなかったのです。あまりにも忙しくいろいろなことに手を出すので長くゆったりとした時間も実に短いものになり、彼等の生き方の範囲は実に狭いものでした。子供時代を喜んで過ごせた子供の時間から切り離され、大人たちは実に短い時間の中で追い回されているのです。そのくせ今すぐにやらなければならない大切な問題でさえ、すぐに話したり書いたりしなければならない言葉さえ目の前で行動に移すことはできなかったのです。今日私たちがどんな生き方の事実さえ直にやれない自分であることを知っていながら、それをそのように認めることができず、自分が何かを失敗するのではないかと怖れ、周りの人に笑われるのではないかと気恥ずかしく思い、結局は自分がはっきり表に出ることが億劫《おっくう》となり、大切なことを何一つやることができないでいるのです。長い間人間は今日の文明社会の生き方の中で苦しんでいるのです。

今の社会はいつからこのようになったのでしょう。生き方の全てが、その中心には競争の原理が働き、競争で敗れるなら落ちこぼれと言われ、人間としては最低の存在だと認めなくてはならない「至上主義」がはっきりと通用しているのです。しかし人間はこのような競争の原理の中で勝ち負けを決めるところから少し離れ、自分の本当の気持ちや、それを表す心の表現を考えたいものです。自分を自分らしく表現しようとする時、その人間の行動や言葉は、当然その人と平行に並び、大多数の人間の行動や言葉と並ぶことはないのです。このような生き方こそ行動をその人らしいものに育て上げ、言葉を間違いなくその人の生きている事実の表現とし象徴として他人に伝えることが可能なのです。目の前に現れてくる誰かの行動や言葉をしっかりと見つめ、読み通し、そこに浮かび上がってくる情景を受け止めるだけでは単なる動物であって、人間という霊長類の生き方とはいえないのです。文明の社会では数限りない行動が見られ、言葉や文字の形で展開するキャンバスが見えてくるのですが、それをいちいち細かく解釈したり説明したりすることはさておき、直接的にこちらの心に飛び込んでくる原風景として受け止めなければならないのです。文明のスクリーンや文明時代の時間の中に照らされているものは、総べてそのまま認めなくてはなりません。

私たちのグルメは全て素朴である時だけ身体の健康を救ってくれるのです。現代人を心と身体の健康な人間にするためには、最高のグルメに頼る必要はないのです。あらゆる時代の数多くの宗教人や隠者たちが口にした、また心の栄養とした食べ物は、間違いなく単に素朴であるだけではなく、見たところは最低のグルメであったはずです。ありきたりの野菜や山菜などで、一見辛うじて体力や心を支えられるだけの食べ物で生きていたのですが、そういった彼等の生き方は現代人の薬を飲み医師に頼る生き方より遥かに元気に生きられたようです。

何事も考える時間の中で戸惑っていることなく爽やかで素朴な人間の業や技術を常に行使する時、どんな時代の人間でも最もその人らしく生きることが可能なのです。自分らしいという唯一無二の行為こそがその人にとって最も効果を現す行動であり言葉なのです。

毎日の生き方の中でこのことを身に付けておれば、その人間は最も自分らしい、しかも自然体の状態で生きられるのです。これこそ自分らしく生きるということなのです。

今日も残る時間は少なくなりましたが、明日の中に待っている時間の中で本当の自分らしく生きられる人間となりましょう。

美しい秋

「大粒の　どの星見ても　秋深し」

今日は私が感動した人の句を取り上げ、この秋の思いの中で時間を過ごしてみたいと思うのです。このようにして私がこれからも引用する句は確かに私が好きな句ですが、大先生から俳句を学び、俳句の勉強会などに出席したり、俳句を即座に作る秋の夜長の集まりにでるようなのんびりとした老人の作る俳句では決してありません。独学の俳句作りであって、俳句一筋に生きている俳人でも決してありません。彼は昭和の終わり頃、世の中を立て直そうとして役人に立ち向かい力いっぱい戦おうとした青春群像の中の一人でした。よほど苦しい時間の中で妻や子供たちと引き離され牢獄に入れられたのでしょう、自分の持つ大きな夢が崩されたそれを「落ち日の美学」または「闘いの美学」とみなしました。そんな彼はおそらく自分の短い一生を言ったのでしょう「美は一度限り」とも語っています。彼は若くして果てしない夢を見ながら最後には自殺してしまいました。ピストルで自死したのです。

彼のような群衆の中の一人を見る時、私自身は決してそのような社会運動の中に生きる自分ではないことを知っていますが彼は情熱の徒であり、饒舌《じょうぜつ》の人間であり、いわゆる進歩的な文化人たちや醜《みにく》い日本人を軽蔑し、自分らしい言葉と情念に赴くままに生きた本当の俳人だと思うのです。しかもこの俳人は全ての自分の句を間違いなく遺書として書き残しているようです。私は秋の陽射しの中で、また雨の中で作った彼の句のいくつかを熱い心で理解していきたいのです。

「深くなる　泪が菊に　散りにけり」

彼の物を書いている古い写真を見ると、確かに彼は実に良い男です。まるで売れている作家が原稿を執筆しているようなその端整な着物姿や彼の机の前のスタンドも実に上品なものに見えているのです。彼は「右翼民族派の闘士」などと言われており、ビュービューと吹く秋の風の中で拳銃を振り回す人間のように思われますが、実はそれとはほとんど反対の穏やかで知識豊かな若者だったようです。彼はまた秋の陽射しの中で次のようにも謳っています。

「独房の　起き臥しいまは　萩の候」

「裏門の　鉄扉はさびて　秋の雲」

「拝啓と　書いてしばらく　聴く時雨」

この若者の句には、一茶や芭蕉や蕪村たちの歌う秋の風景よりも一層深い秋を感じさせてくれます。私もこの秋、庭や竹林の中で手足を動かし椅子に座ってあたりを眺め、心の中で自分の句を温めようとしていますが、彼の「全くものにならない私の句でありますが……」と言っている独学そのものの心の燃えている作品に、自分の心を燃やしたいと思っています。

彼は秋の空に浮かぶ白雲を見ながらこのようにも謳っています。おそらくこの時も彼は刑務所や留置所の窓から秋の風情を眺めながら謳ったものでしょう。

「頬こけて　しかも自若と　雲の峰」

このように秋と深くつながりながら、彼はやはりもう一人の国を思う右翼の心でこうも謳わなければならなかったのです。

「祖国依然　こんとんとして　雷鳴す」

「この雷鳴　ただごとならぬ　国危し」

「無明とは　かくなる濁世　白椿」

短い彼の人生の多くの時間を自分の夢に賭け、獄中で暮らした苦しい生活を送って十年経った頃、このように彼は謳っています。

「石牢を　出て鰯雲　また秋か」

今年は十五夜の月を観ませんでした。それくらいどんよりと曇っていました。しかし十五夜の月よりも一層まん丸な十六日目の満月をはっきりと観ました。この若者の句をこのように詠んで、私は去年の雑草の中に立つ小仏や古碑の彼方に観た十五夜の月よりも一層深い思いと情けを体験しました。彼の秋の句を次に並べながらこの手紙を終わらせたいと思います。

「人の世の　さりげなく去る　秋の蝶」

「回想の　萩の明滅　風の中」

「隣房は　左翼学生　銀杏散る」

「子を想ふ　唖にひとしき　秋風裡」

「看守にも　いい人がいて　木の実をくれた」

今年の秋は私にとっていい季節です。

この人物の名前を私はあえて言わないことにします。今日も一日秋の風の中で陽の光を浴びながら過ごしていきましょう。

頑固さという愚かさ

中国大陸に生きた老子は、やがて年老いてからさらに奥山に向かい、人の多い、しかも忙しいこの世の中には二度と戻ってはきませんでした。彼には普通の人には考えられないような彼自身の素朴にして深い思いがいつでも生き生きと働いていました。彼は常に自分に言い聞かせていたのでしょう。

「物事を一つ一つ理解し、じっくりと識別することをやめよう。しかもそういった妙な理屈をつける知識というものを全て棄てようではないか」、と彼は自らに言い聞かせて生きていたのです。そうすることによって人間の全ては理屈を振りかざして生きるよりは、何倍も何十倍も正しい意味で理解されると彼ははっきりと自信を持っていたのです。

それだけではありません、博愛の精神などはあえて利口ぶって持つ必要はないと考えたのです。一切の道徳的な考えさえ棄てた方が本来の人間としては幸せに生きていると考えたのも彼です。博愛の精神も道徳の美しさによって自分を飾って生きていくよりは、それを捨て去り、野の花や小鳥や海の魚のように伸び伸びと自由に生きられる時、そこに本当の愛の素朴さが生まれるのだろうと考えたのは彼でした。彼ははっきりと彼自身の言葉の表現でこうも言っています。

「利口さを口に出して人に教えることは止めよう。利益を中心とする考え方は一切棄てよう」

このような態度で生きるなら、そういう人間に盗んだり詐欺をするような生活行為は一切なくなるだろうというのが彼の確信した心の一部でした。ものを正しく理解するとか、知識を多く持つとかさらには他人を慈しみこの社会の道理を全うしながら、できるだけ利口に生きて十分な利益をもたらすとかいった態度は、その人が外面的に便利に生きることであり、文明人間が望んだりそのように生きたがったりする方法なのですが、人間が本当に自分らしく生きる時には、かなり害悪をもたらすはずだということを彼は考えていたのです。

人間は本来生まれながらの自分を持っているはずです。生まれながらの本性というものがあるはずですから純粋にそれを守りその中で力を発揮し語る時、その人は周りの人間の真似をして自分を駄目にしてしまう生き方に入ることはないのです。

老子ははっきりと確信していました。

「同じ先輩の人間または教師によって何かを学ぶという態度は一切棄てた方がよい。そうする時だけ人間は人生の万事において煩うことがないのであるから」

老子は一体どこから、どんな時代にこのような知恵を学び取ったのでしょうか。私には彼のこのような知恵の出たところを知ることができません。同じことはソクラテスについても言えます。石屋の父親と産婆の母親から特別大きな知恵を学んだとも考えられず、どんな立派なアテネの学校に通ったとも思えず、多くの知恵ある弟子たちがどこから得たソクラテスの知恵によってより賢くなっていったのか、どう考えても現代の知恵をもっても理解することができません。おそらくただ一つ言えることは老子もソクラテスも、徹頭徹尾「独学の人間」であったことです。このことから彼等は一歩たりとも退くことなく、彼等自身の考えの中ではっきりと生きた人間だったのです。他人の意見で自分を壊すことなく、自分の生き方自分の考え通りに通していくことからは間違っても退くことなく、常に自分の言葉でのみ物事を判断して生きた一生が、今の私たちを勇気づけているのです。

誰の人生にもあらゆるところで困難や痛みや悩みがやってきます。そんな時に、特に自分にはっきりと固執したのが彼等だったのです。少しぐらいいいかげんなこの世のいろいろな問題なら、人の意見を聞いても人の考えに付いていっても悪くはありません。しかし命に関わる自分の問題となると、それに関わっていこうとする時、「独学の精神」だけが基本とならなければならないのです。

まだしばらく続く秋の風の中でこれまで知らなかったいろいろな教えの一つ一つをあらゆる物から学んでいきましょう。

生命と言葉

生命体がこの宇宙に現れた時の様子が私には不思議に見えて仕方がありません。ビッグバンの破裂した時間に、最小の生命体が動き始めたことは、たとえそういった「無」から出現したオートマチックな行動体がそう簡単には理解できないのと同様に、生命体が生まれた歴史もまたそのまま単なる奇跡としては信じられないのです。

しかし確かに何も無いところから生命体が鼓動しながら生まれたことは、現在の生活の中に見られるあらゆる生命体の現実を考える時、信じなければならない事実だと思います。ロシアの学者が改めてこのことを発表しなくとも、確かに無生命のこの世の中に「命」が、ある一瞬の中で生まれたことは間違いの無い事実です。

波動、電磁波の流れ、どろどろした蛋白質の濃厚な味わいなどが混ざり合い、そこに一瞬の時間の中で大きな閃きとして走り去ったかなり強烈な稲妻のような電波の流れの中で、何を間違ったかそれまで決して存在しなかった生命体の一粒が生まれたのです。生き物の中心についている心臓の動きそのもののような見事に小さな命の動きがそこに出現したのです。小さな生命体は少しずつ流れていく時間の中で徐々に拡大し、一粒が分裂して二粒に分かれ、二粒もまた分裂して四粒になり、四粒が分裂して八つに分かれ……、そのように拡大していった生命体の粒は時間の流れの中で何万粒、何億粒、何兆粒の数に広がっていくにはさほど待つことはなかったのです。生命体はそのままで一つの単なる時間の流れの中で捉えるだけでなく、熱として受け止めなければならないようです。時間の中で熱はその温度を上げていきます。温度の変化はそのまま時間の変化であり、同時にものを拡大していきます。生命体の熱の変化はそのまま眠っている無生物を生物に変化させる不思議な時間であり、その不思議は別名「夢」と呼ぶこともできるのではないでしょうか。

生き物には夢を持つ能力があると思います。行動するにも考えるにもそこには全て夢の基本ともいうべき予知能力が前提となり、霊長類はこのことを予知できる夢とみなしているのです。「予知夢」は日々刻々と生命が誕生した頃のあの勢いが考えとして働き、未来に広がっていく大きなダイナミズムを作っているのです。二人の人間の諍《いさか》いが、また議論が、十人の人間の間の議論となり、やがてそれは小さな村の戦いとなり、国同士の大戦争にまで発展していくのです。戦いはそれ自体人間の汚染状態であり、あらゆる動物同士の汚染でしかないのです。

人間の世界においても汚染はそのまま教育汚染や宗教汚染、さらには社会汚染、金銭汚染、愛情汚染に発展し、ついには生命体の先端に広がっている大きな汚染としての「夢汚染」にまでつながっていくのです。

人間にとって、波動の動きや蛋白質の流れの中で行動を起こす時代はとうに終わり、今では波動の中で徐々に発達し、電磁波の動きの中で徐々に息づき始めていた初期の言葉または古代人の素朴な歌の形は大きく拡大し、宗教を作り哲学を作り思想を並べて単なる三次元の世界から四次元の力強い能力になってきているのです。

すでに『万葉集』の時代、人間は「相聞《そうもん》の言葉」を口にして恋心を相手に伝えたり、もめ事などを解決するために利用してきたのです。自分の生き方の中心にあるものを見事に言葉にして歌うことができる時代は、すでにその頃できあがっていたもののようです。

木簡に書かれた素朴な文字は、今日の文字とは違って、それらの一つ一つには熱い命そのものが込められていました。木簡すなわち、薄い板や竹の上に書かれた真心の匂う言葉は相手に思いが通じた後には、もう一度ナイフで削られ、何度も繰り返しながらその時その時の違った問題の説明をするために文字が書き直され、また違った相手に必要な文字が書き連ねられていったのです。万葉時代の言葉は単に印刷された今の文字と違い、そこには無味乾燥なものがほとんど見られず、色彩豊かな魂の広々と広がって見える表現がありました。人間は、いつのまにか物の表現を印刷機やコンピュータやペンで書く文字によって失くしてしまいました。言葉の音や色彩や人間の心の燃えるような命の熱さを干からびさせてしまったのです。言葉の薄さの中で人間も軽くなってしまっているのです。万葉がな一字一字にはそれぞれ一つの読みしかありませんでした。万葉がなには人の心に深く染み入る真心がありました。当時言葉は光り輝いていました。万葉の人々が手にしていた銅や鉄よりも大切な金属以上の心を持っていました。

現代人はあらゆる努力をして汚染されたこの時代の言葉を一度浄化し、常にナイフで削りながら木簡の上に書いて行く己の言葉を話す人間になりたいものです。常に生まれつつある生命体を実感できる生き方をしなければならないのです。

真の有神論者

久し振りに秋晴れの良い一日です。

文明社会は暮れていく秋ですが、私たちは日が昇る青空の秋であることに感謝しましょう。

カトリック教は仏教や様々な宗教と同じく偶像の中にのめり込み、夢を失っています。プロテスタントは声を大にして原始キリスト教への回帰を願っていますが、肝心のキリストが彼等の偶像である限りは本当の回帰は無いようです。私たち自身もこの世のあらゆる宗教を否定していながら、自分自身が近世以来の「人間神化」に努力をし「人間中心主義」にのめり込んで中途半端な生き方をしています。人間はいくら利口だからといって、夢が多く大きな力を発揮できると言っても、「自己神化」を口にするようになったらおしまいです。文明人間が本当に「自己独立」を唱え、「自己充足」をするようになったら、そのために人間は破壊されていくでしょう。全く神を信じない人間でありながら、最も真実な有神論者となって初めて、つまり物理的な大自然の力学といわなければならない力に深々と頭を下げる時、人間には未来があるのです。今日も一日どこまでも深々と人間というバクテリアの宿主である力学を考え思い、大自然に頭を下げる本当の有神論者でありましょう。

十分身体に気をつけてその場その場の時期を過ごして下さい。

魂の秋日和

現代の文明の世の中は、ある意味でどこかから聞こえてくる地球のすすり泣きのような気がします。地球というよりは人間のそれであり、人間の心や言葉の発する音もしないトロトロと燃えている炎のようにも感じてしまいます。とても良い秋というこの季節ですが、考えようによっては文明の一瞬の時間の中の悲しい表現とも見えるのです。それは私たち人間の心にはとても悲しく思える時があるでしょう。私たちがどんなに頑張ってもこの地球から離れて他のところに行くことはできませんが、それでいて文明の忙しさや便利さの中で地球から追求され同時に他の生き物たちからも追い出されています。文明の匂いは本来いるべきところから追い出されている存在が自覚する悲しい思いであり、すすり泣きに過ぎないのです。

人間だけが本を読むことができます。だから誰にとっても愛書というものがあり、生き方の宗教や哲学や芸術を教えてくれる書物というものが存在するのです。一人ひとり人間は性格が違い、顔形が違っていても異口同音にその人にしか感じられない奥深い言葉を持っているものです。江戸時代に本居宣長は彼なりに近代的な日本人の思想に埋没し、その中で大和的な憂いを「情け」という言葉で表現し、同時に大和の人間らしい形だと理解しました。

確かに現代の日本人の口からでる言葉は情けないくらいにブツブツと泡立っています。金銭感覚や経済感覚で泡立っていることはよく知っている現代日本人ですが、それ以上に自分の言葉が抑えられていられないくらい泡立っています。本来は自信を持ち、自分を慰め、時には友人を励ますことに使える宝のような自分の言葉が、常に泡立っている状態の中で、現代人は自分を尊敬する心さえも失い始めています。つまり泡立つ言葉とはそのまま泡立つ心なのです。こんな世の中で、またこの地球上のあらゆる意味での環境の中で生きるので何一つ自信を持ってはできないことをかすかながら自覚しています。人間はルソーやソローのように精神の森や実際の森深くに入って本当の学問に徹しなければならない時代に入ったようです。

文明の喜びやその便利さや豊穣の中で人間は自分の心が伝えてくるものを聴くことができず、当然ながらそういった大自然の声に正しく応えるだけの知恵さえなくしています。それに併せて残念なことに人間は自分自身に似せた神を造り全世界の主であり統一者である存在としてこれを崇め、その結果として人間は安心を得ようとしています。このようにして信じた世界の主や環境の中心に立つ象徴は、その実、信じられる存在ではないのです。人間が人間に似せて造った主、または神は人間が宿るに足る宿主ではないはずです。人間の心が頼りにできる、また、命を預けていられるのは万有の法則でありニュートンが見た落ちるリンゴそのものなのです。この世の中に偏在するダイナミズムの力学そのものが、人間初めあらゆる生命体が依存できるただ一つの「宿主」なのです。

その昔、ラテン人の哲学者、セクストス・エンペイリコスは『神を信じるという理論に反駁して』という哲学的論文の中ではっきりと「神の存在とその本質に関しての認識は不可能だ」と言い、

「それを証明する哲学的方法は何もない」と主張して判断中止の立場をとったのです。さらに彼は神が存在すると思える積極的な事実は何もなく、このように正しく判断する人間は必然的に不敬の行為に陥ってしまうのではないかとも言ったのです。大きな力の中で生きてきたラテン帝国の人間たちはその心のどこかに人間の造った神を崇める心があって、彼等が真実に万有を支配する神という概念を棄てようとした時、そこには当然無神論者という恐ろしい名が付けられました。そのように彼等は造った神を信じない代わりに物理的な大自然の力学を信じようとする時、親でも友でも彼を恐ろしい事件に巻き込まれた存在と見たに違いなかったのです。この世の何事でも支配できる神の存在を疑わない限り、そこには本当の生命を創った大自然の力学の力の存在をはっきりと認める心の目は開かないのです。

　ラテン時代も終わり、やがてキリスト教の弁神論や仏教の祈りの言葉がそれ自体理屈なしに大きな勢いをもって文明社会を跋扈《ばっこ》するようになると、ますます大自然の力学の力を認めようとする人間の立場は、一言で無神論者と言われ片づけられてしまうのです。現代の唯神論者よりも、より一層唯神論の中で生きているいわゆる無神論者も存在することを、心ある人間ならば理解できるのではないでしょうか。

　今日のような暖かい秋の日が長く続きますように……。文明の秋と言われればそれは悲しい時代の表現となってしまいますが、私たちには間違いなく喜びの表現でなければなりません。大自然の力に深く長く祈る秋であり、家や庭先を眺めながらあらゆることに感謝のできる秋でありたいものです。

　Hさんもエジプトに行かれるそうで、なかなか頑張っていますね。あなたからもくれぐれも宜しくとお伝え下さい。

神は沈黙する

　ある人間たちは特別光り輝くような言葉を話し、それを行動に結びつけて生きていたので周りの人々から崇められ、驚かれ、ついには神としてまた仏として拝まれるまでになってしまいました。

　そういった形でできあがったのが世界三大宗教の教祖と言われるキリストやシャカやマホメットたちです。彼等の後について段々と順位を低くしてはいきますが、地方の神様や村の鎮守様、森の中にまた道端にひっそりと立つ神々が世界中どこに行ってもそこに住む人間たちの間に存在していて、これから先決してなくなることはないでしょう。

　幸いなことに、そのように崇められている神々や仏たちが存在する傍らには、時が経ちいいかげんその骨董的な古さゆえに苔が生え、神や仏になっても良いような匂いを発散するまでに至っていますが、それでも完全にそうなっている訳でもなく、人間として扱われている人々が存在します。彼等はその点において骨董品とはなっていないだけ、心ある現代人の心にとって大きな希望となっています。

　広大な中国大陸の山の奥に住み、中には人々の間に住んでいながら最後には隠者のように山奥に身を潜めてしまった人間たちとして、荘子や老子たちが考えられます。一方そんなこともせず、仙人にもならず、霞を食べることもなく、それでいて今日の私たちにも多くの格言を遺している孔子のような数多くの人間たちは、どんな意味においても神になることはなく、仏となることも決してなく、それでいて後の時代の人々になくてはならない大切なものを次から次へと教えてくれています。彼等はついに神にはならず、仏の匂いも発散せず、それどころか仙人となって霊山幽谷に暮らすこともなく、一人の完全な人間として何一つ恥じることなく生き果てたのです。

こうして見ると、いろいろな階級の人間が歴史の中の頁には存在するものです。あるものは神として扱われ、一般の人間たちとは違った存在として扱われており、あるものは半分神として、半ば人間として扱われています。そしてどんな生き方をしようともその変わった生き方の姿を見られていてもついには神にならず、仏の匂いも持たず、完全に人間として生き果てた人々もいるのです。ディオゲネスもソクラテスも今なお長い時代を経て現代人の心の中に自分と同じような人間として生きています。

彼等のどの生き方をした人間が良いということもできません。しかし彼等に共通しているのは彼等の生き方の全域に「道」があるということです。英語で「道（Way）」を説明しようとすればそれは精神を表す「マインド（Mind）」であり、「理解（Understanding）」であり、「言葉（logos）」であり、「存在（raison）」であり、「感情（finding）」なのです。こういったヨーロッパの理解力から離れて中国大陸の遠い昔に言われていた「道」は中国語で「タオ」と言われているのです。これは単なる日本的な「道」で言われる「剣の道」や「茶の道」「華の道」「香の道」という時の芸の道ともどこか違っています。芸よりも広く深い意味がそこにあり、西洋人のいう社会的な人間の生き方の上手さや不器用な生き方の上で考えられる道でもないのです。それは人間がこの社会の状況の中でどう生きるかが問題ではなく、全くその人らしい思慮深さを基本にして、人間の生き方や言葉の原初的な生き方を説明しているのがこの「道」なのです。中国人たちは決して神にならず、また人々にも祀られることもなかった老子の言葉をこの「タオ」で表現しているのです。

シャーマンの言葉を説明する時、「タオ」はどこか神がかってきていかにも「祝詞」のように聞こえて来るし、その意味は神の言葉になってしまいます。それは経典やバイブルやコーランのように聞こえてきますが、老子の『道徳教』の名の下には、一つの道徳の教えのようにいささかも神がかることはなく、深い人間性の深淵が窺い知ることができるのです。

十八世紀の末の頃、ロンドンでは、ラテン語に翻訳された『道徳教』の一部が出版されており、十九世紀の半ばにはドイツやフランスでこの書物が全頁訳されてもいます。この書物を読んだ哲学者のヘーゲルはその考えの深さに驚き、西洋以上に発達していた中国大陸の思想に感銘を受け、最も古い大学の名で人々に知られていたハイデルベルク大学の教室で心熱くして講義をしています。彼ははっきりとこのような中味の深い哲学書がオーストリアの都、ウィーンで心ある人たちに読まれていることを生徒たちに示唆してもいます。ヘーゲルは、無であり空であり決定できない深みの中に存在する宇宙を示唆していますが、今日の私たちはビッグバンの中から四方八方に飛び散った万有引力とそれに関わる物質を認めるまでにきています。ビッグバンの中で神は沈黙しない訳にはいかず、ここまで発達してきた文明の世の中で人間は人によく似た神を造ることを断念しなければいけないようです。永遠の中の万有の沈黙はそれ自体神であり大自然なのですから。

悲しい数々の戦争の中で終わった二十世紀に、その戦争の中に身を置き様々に苦労した哲学者のハイデッガーは、彼の哲学「実存と有」の中で『道徳教』の中で言われている、「自然の中から万有が生まれたのは有であり、この有を創造したのは間違いなく無でなくてはならない」と説いています。戦争に荷担し己の哲学者としての資格を疑い悩んだ彼ですが、中国の古い時代の哲学人の前では、はっきりと本来の哲学者である自分を認めているようです。彼はこのことによって自分の哲学心を浄化したように見られます。

やはり人間の造った偶像としてのあらゆる神は沈黙せざるを得ないのです。

どこまでもシトシトと秋の雨が降っています。秋の明るい日がやってきたら庭に出ようと思いますが、今日はこれから沖縄論のいくつかに目を通しOさんに送った後、本の頁を開けたり、ラジオを聞いたり、妻と話し合ったり、体を休めたりして時を過ごそうと思います。

人間は憑依する

お元気ですか。

こちらは昨日同様秋晴れの良い日です。昨日は一ヶ月の検診に出かけましたが、先月の検査の結果は血糖値も少し下がり、コレステロールも心配なく良いものでした。体重も食事に関しても現状維持で良いとのこと、これからも十分に身体に気をつけていきたいと思っています。あなたの方も十分大事にして下さい。

どこまでも広く広がっている文明社会の中で人間は、あらゆる種類の生物のサミットに立ち、自信を持って霊長類の先頭をゆっくりと歩いています。それなのに自らの内に大きな不安を持っていることも間違いの無い事実です。

確かに人間は巨大なモスクを建て、十字架を翻《ひるがえ》し、赤い鳥居を建て、数限りない偶像を造り、これ見よがしに人間の利口さを証明しているようですが、その陰では常に争いがあり、闘いがあり、経済的なトラブルの中で心休む暇もありません。様々な疑似的な問題や発明発見の中で日に日に成長しているように見える人間たちですが、実はその逆を歩いているのです。人間は「神」という虚構を作り、その中でとても大切に扱わなければならない数多くのものを偽装しているのです。「神」を知ったつもりで、また自分の何かがそれゆえに救われていたり解決していたり、納得しているつもりでいるようですが、この「つもり」が大変な間違いなのです。モスクも十字架も赤い鳥居もそして数限りない偶像も間違いなく、「つもり」でしかないのです。「神」という虚構は、そのまま文明人間から裸族の中に力を持っているシャーマンに至るまで全てが人間誤解の振り出しから進み始め、小知恵のある人間は虚構と誤解の中で、何か本物を手に入れたような錯覚に陥っています。

人間が造ったあらゆる目に見える構築物や、目に見えないところで一層大きく広がっているものを信じて、そこに「神」が鎮座しているのだと思っているのです。「神」が人間の前に、またこの世の中の中心に存在し、人間は礼儀を尽くし儀礼の限りを用意して、神の前のまた仏の前の真面目な動作としての疑似的なドラマを、ラジオ・テレビの中で繰り広げられる演劇のように続けているのです。

例えば新興宗教「大本教」の教祖などは、周りから見れば驚くほどの自信を持って大きな筆を動かし、「根から花咲く雪の下」と書くそうです。雪の下には普通の植物のように根っこがあり、茎があり、枝葉が付いているのですが、普通の植物のようにその先端から花が咲くのではないそうです。雪の下は直に根っこのところから花が咲いていくようです。根っこが花に直接つながっています。大本教の教祖はこの事実を大きく受け止め、天空と大地の接点がそのまま一つの花となって自分を形成していると信じた訳です。天空と大地はそのまま原生と別の世界を意味しており、生と死を意味してもいるのです。それを花に例え、しかも楚々と根から直接咲き始めている花に例えているのです。

東南アジアのあるところでは、シャーマンによって回されるコマが驚くほど長い時間回り続け、それを見ている周りの人々はまるで奇跡のように止むことのないその直立して回るコマを見ているそうです。そこには間違いなく神がかった人間の目があり、心があり、そこではこの世でできないような不思議なことが何でもできるように思われるのでしょう。この力が宿るその一瞬の時間は、生きている他の長い時間の上に立つ喜びの時であるのかもしれません。

文明の世の中がどれほど人々を安心させているか分からないのですが、よく見ればその安心の傍らでは常に何かが不安で仕方がないのが現実なのです。多くの宗教家たち、すなわち旧約聖書の中に現れるモーゼやヨセフのような人々、キリストやマホメットや仏教の指導者たち、哲学の様々な言葉を生み出して人々の心を慰めている人たちを、神や仏や予言者として仰ぐ時、私たち人間は、今日裸族や東南アジアのジャングルに住む人々たちといささかも変わりなく、もう一人の一時的に憑依される人間たちであることをはっきりと意識しなければなりません。たいていの場合それぞれの地方の様々な種類のシャーマンの腕によってこのような「普通の人間の憑依体験」が行われるのです。どれほど文明が「憑依体験」を追い払おうとしても、それが完全に行われるということは絶対にあり得ないのです。人間はどこまで行っても完全無欠な理性だけの人間、または文明人間になることは不可能なのです。昔、本居宣長は自分の「日本学」という哲学を編み出しましたが、それでもはっきりと、「もののあはれを知る」ということを口にすることを忘れませんでした。どんなに理性的な現代人もやはり本居宣長の子孫であることは間違いのない事実です。

本当の俳人や和歌の人間、さらには三行詩などの詩人たち、すなわち本当の詩人たちはその本質においてもう一人のシャーマンであったのです。創造された生命や日々の生活の中の源泉、一つの原風景としてそこに尋常ではない奇跡そのものの絵として見つめているのです。つまり普通の絵ならばそこに限りなく広がっている「余白」を見つめているのです。

人間は自分の前におかれている絵の中に間違いなく余白を見い出し、それを喜べる存在でなくてはなりません。

今日も一日私たちは周りにシャーマンを求めず、自分の中にシャーマンを実感し、裸族のように憑依する大きな人間として過ごしましょう。

天の声

おはようございます。昨日からずっと秋雨に濡れている窓の外です。竹藪の下草も二、三日前まで毎日一ヶ所に集め、それらをこれからどのように処分するか考えているところです。昨日はサッカーの試合で忙しく、同時に楽しかったあなたでしょうが、今日の予定はどのようなものですか。人間は常に目の前におかれている行動を自分らしく取りながら同時にそれを喜んでいかなければ何かが狂っています。お互い大いに自分の目の前の状態に感謝をしましょう。

世界はいたるところ山や森が破壊され、トンネルが掘られ、橋が架けられ、限りなくどこまでも舗装され、地面には土や雑草や植物たちがほとんど見られず、団地の花壇にのみ辛うじて花が悲しそうに咲いているだけです。

現代文明人間は、今日一日のためだけに何かを力いっぱいやっているようですが心の中では決してそのことに満足している訳ではありません。明日あるいは明後日にやってくるであろう処刑の日を待ちながら、歌を作ったり詩を詠んだりして過ごしている死刑囚と何ら変わりのない内面を備えているのが現代社会人です。

あらゆる形の宗教はそれなりに大切な言葉をいろいろと遺しています。近代のどんな哲学者たちよりも、どんな思想家たちよりも、どんな芸術家たちよりも多くの言葉を遺しています。数から言えば遥かに多いのが宗教家たちのそれです。しかもそれは極めて素朴であり単純なものです。

大自然は生物を見捨ててはいません。宗教に関わった多くの言葉を自然の中に発散しています。文明の名の下にあらゆる生物や人間たちのずぼらな世の中を浄化しようとしているのは、大自然の手や足となって活動している宗教人たちの多くの言葉なのです。

シャカもキリストもマホメットも、ユダヤ教やヒンズー教も、准宗教というべき生き方の中で生きた荘子や老子や孔子たちも驚くほど多くの言葉を、軽薄な現代の人間たちの生き方の中に投入しています。それはそれでとても良いことだと思います。

どんな生物でも子供のうちは全て可愛いものです。体が細くなり皺だらけになる老人たちとは違って、生まれたばかりの赤ちゃんは丸々と太っており、何一つ心配がなく邪念がなく、いつでも笑い顔を見せています。丸々と太り喜びを全身で表している赤ちゃんは当然大人に可愛がられるはずです。そこから愛や宗教の優しい心が生まれてくるのです。赤ちゃんには言葉がないように、全ての生物を作った大自然にもまた言葉がないのです。赤ちゃんとは違って、大自然は言えないのではなく言わないのです。ニュートンだけではなく、人間はそれを理解して天の言葉にならない言葉や音楽を聴きとらなければなりません。賢人たちにはそれができるのです。ディオゲネスもアルキメデスもソクラテスも一休や良寛たちもそれが可能でした。ある詩人たちも哲学者たちもそういう天の言葉を理解することができるのです。このような異能な人々の数はこの文明の社会には残念ながら実に少ないのです。誰もが言う言葉をただ口から出している人間だけで埋まっている現代社会は、そのどこかから綻びが生じることは間違いないでしょう。

躍る念仏の旅の僧も、社会を飛び出していた一休も良寛も、地球上の別の世界に住んでいたオーガスチヌスも、アクナァスも、ウイクリスやフッスもアシジのフランシスなども、ルターやバルトやニーバーといった神学者たちも自由な生き方をした宗教人たちも、人間の文明生活の中で果たした役割は驚くべきものがありました。彼等無くして、言葉を持たない大自然の創造した天地やあらゆる生物、そして人間創造の働きは愚かな人間の耳や心には響いてはきませんでした。本来人間は持っている心の耳を開いて大自然の声を聞かねばならず、躍る念仏の動きを見ていなければならないのです。口がありながら、耳や目がありながらあらゆる動作が取れる人間でありながら、人間は十字架やマリアの像や、様々な仏たちのように動くこともなく、口を開こうともしない悲しい存在なのです。天の声は、人々には、またこの文明社会ではまともに相手にされないのです。天の声を代弁する人間の数はとてもわずかです。このわずかな人々の声は確かに「荒野の声」なのです。それは命そのものの声なのです。それこそ選ばれた人々によって彼等のミッションの中やコーリングの中で語られる声なのです。それこそが本当の意味での音楽なのです。人間の本当のリズムなのです。それに触れた人間だけが大自然の力に打たれ、天空の雷鳴によって全身が生命の力に浴することができるのです。

私たち文明人間は一体救われているのでしょうか？

文明という名で呼ばれている時代は「言葉」を忘れている時代なのです。重なり合い、ぎっしりと歴史の中に積め込まれている言葉の中でどこまでも軽薄になっていく今の時代の小利口な文明人間にとって、この事実はそこから抜け出すチャンスを与えてくれていると私は信じています。

天の声はいつの時代においてもわずかなエリートたちである哲学者や宗教人と言われている人々や、思想家、芸術家によって代弁され、一度はどうしても「荒野の声」に翻訳されてから地上に語りかけられるのです。

近々Tさんともお会いすることになるでしょうが、それなりに人生を見つめている彼と話をした後、いろいろとあなたの考えも教えて下さい。二、三日こんなぐずついた日が続けば再び爽やかな秋の日が訪れることでしょう。厳しい冬の前の一時の中で、おそらく貴方は庭いじりやランニングなどで身体を鍛えることでしょう。私も庭いじりや散策に励もうと思います。お互い元気で東京でお会いしましょう！

秋に土を語る

日本人はやはり山の民であり海の民であり、同時にそれ以上に土の民なのです。ただ意味もなく背中を暖かい陽の光に照らされ、時には雨に打たれ、吹雪の中で動いていても土とつながっており、真っ黒になりながら仕事をしていればどんな状態の中でも幸せなのです。今の若い世代は徐々にこのような土の恵みを忘れ始めています。庭に跪《ひざまず》き、竹林の中の雑草の間に身を置く時、私などはこれまでのどんな時間よりも至福の時間を味わっています。

今の日本には土地が少しずつなくなってきています。大都会も、町も村も、部落も里山の周りにへばりついている人家なども、完全な意味ではその周りに土がないことをはっきりと実感しています。自分の家の庭先も昔は土の庭でしたが、今はコンクリートで固められ、そこから町や都会に車で出かけるのも舗装された立派な道です。わずかばかり砂利が敷かれている道にぶつかると車の中にいても私たちはホッとし、ほとんど体験することはないのですが、文字通り黒い土の道に通りかかると車のタイヤでさえまるで躍るようにそういった昔の道を喜んでいるようです。

地球はどこもかしこもコンクリートとアスファルトで固められたところとなってしまいました。その昔英国のマカダムという名の大学生が工学を学びながら大地を削り取り車に適したコンクリートを考え出し、それからは地上のあらゆるところがコンクリートで固められ、大地は土の匂いを忘れ、山でさえ樹木や草や獣の匂いを失くし、山の上にはコンクリートが敷かれることはないとしても、理路整然と建築用の樹が並んで植えられ、ある年月が過ぎると伐り倒されるという人間の側の約束事によって、たくさんの金銭と交換されていくのです。そこには黒々としていて青草が生え四季の変化の中で乾いたり湿ったりする土の肌の様相はほとんど見られなくなりました。コンクリートこそ流されはしませんが、規則正しく植えられた杉の樹などによって、土は全て沈黙し、生命の匂いを発散することはなくなっているのです。フィトンチッドは生物を有害なものから守るために存在している生命力を持った化学物質なのですが、それさえコンクリートやアスファルトで固められた土地では息がつけなくなり、整然と植えられ、きちんと枝打ちをされ根元の雑草などが刈り払われているところにも命の匂いのする化学物質は少しずつ除去されていくようです。

私はこんな文明の息絶えた大地ではない四季の中で、深々と呼吸をし、温度を上げたり下げたりしている庭や竹薮を前にして感謝しています。六十も半ばにしてある朝、原稿用紙に向かっていた時、もう助からないと言われた病気に見舞われた私ですが、幸いにして大自然の考えはもう少し私を生かしておこうとしてくれたらしく、最近息子の住んでいる東海地方に移り住むこととなりました。このところの一年間は里山を切り開いて造られた団地の人間となって、里山の下り上りの道を妻と散策していましたが、そういった下り上りの里山の道もすっかり舗装され、またはかなりの数の階段が作られていて、私などはここも都会だとはっきり実感したものです。やがて息子は犬山城が彼方に見える木曽川の畔の、まだ草木が呼吸している里山の中腹に土地を手に入れ家を建てました。そのおかげで私は、庭と竹藪という実に贅沢な命の呼吸や肌ざわりを感じる一画で毎日何らかの形で手足を動かしています。人間は晩年が幸せであれば全て善しとしなければならないようですが、様々な問題を抱えたとしても、土が生きているこの贅沢なところでの毎日を、大自然に感謝しています!!

　私の最近の秋の句をここにいくつか記しておきましょう。

竹林の　秋の風吹く　月まろし

古碑望み　地蔵もしるや　風の秋

竹倒れ　落葉も白し　秋しぐれ

初めての　無花果《いちじく》二つ　盗む鳥

百円の　中国鋏　枝に負け

浜茹での　蟹を前にし　秋の宵

　今日も私たちはそれぞれこの秋の爽やかな季節の中で行動をおこし、喋り書き、瞑想の時間を豊かに過ごしています。

文明の意志は存在を殺す

　毎日ジョギングをしたり自転車に乗ったり庭いじりの仕事をしたりして、体力をつけることに頑張っているようですね。安比(東北岩手県の高原)でのサッカーのためにウォーミングアップをしているのですね。人間は常にいつの時代においても目の前に用意されている様々な行動を起こすために、まず基本的に準備しなければならないのは、小利口な人間の頭をより小利口にするための努力ではなくして、体力をつけることです。単に古代人や素朴な人間だけが体力の豊かさを自慢するのではなく、大自然のような大きな臨機応変の力を、法則そのものから、命を与えられている以上の力にしていこうとする心がけは大切です。それが命を大切にし、守り、可能な限り向上させようとする方向へのまともな努力ではないでしょうか。頑張って下さい。

　近代の世界情勢や人間の生き方を見ていますと、それまではローマが中心となっていた芸術が、いつのまにかパリに移ったことが分かります。世界中の諸民族の考え方や行動の仕方はまるで坩堝と化してしまったヨーロッパの中心で燃え出し始めたのです。あらゆる民族の溶解した芸術の形式や学問の形はパリを中心としてそばのドイツなどにも広がっていったようです。十九世紀に入るとすっかりルネッサンスという光の中で神を棄て、人間中心の大きな生き方はその光を失い、かつてローマが古典主義の指導権を握っていて美学の形式を規定していたのですが、この新しい形式の中でその力を失いローマの美学はほとんど骨董品のようにただ愛され古色蒼然とした昔の良さとして古い歴史上のものとなった権威を若い心は見ているだけでした。

画家のマネは青春の頃真剣になってアカデミックな画業を身に付けようとして、来る日も来る日も有名な画家の作品の模写に力を注いでいました。そんな彼がある日、モデルになる人物を前にしてこれをデッサンし絵の具を施してみないか、と先生に言われたものです。若い学生のモネの前に現れたモデルは名のよく知られている女性であり、気位もひどく高い人物でした。まだ学生のマネはこのモデル嬢に厳しいことを言われ、自分にはまだ分からないような難しい言葉で絵画論などをふっかけられました。

彼はひどく困惑したのですが、二十世紀のベーコンの『教皇Ⅱ』やディビュッフェの『オパールの顔』さらにはヴォイスの『コンポジッション』を観ていたならば、自信を持ってこのモデル嬢の前に立てたことでしょう。それにしても彼は当時いささかもこのモデル嬢に引けを取りませんでした。得々と語りながら、まるで自分の言葉を喋るように言葉の仕草でもって話していた彼女に、マネは自信満々の態度で、貴女は八百屋で大根を買う時でもそんな気取った態度で接するのですかと言ってのけたのです。もちろんこの彼の態度に彼女はそうとう屈辱的なものを感じ、がらりと顔の表情を変えたかと思うと、声も荒々しく、自分がとって見せるこの美しいポーズでなんと多くの有名な画家たちをついにはローマに行かせてやることができたかを説明したのです。もちろんマネは彼女のそんな言葉にいささかも驚くことなく、ますます冷静な態度になって一層この女を怒らせるような、私はローマになど行く気にはならない、このパリが大好きでありパリの女性を描ければこんな幸せなことはないと言ったのです。これでも分かるように彼の夢多い心は十九世紀までの絵画の権威であったローマ美術を決定的に破壊したのです。革命とは、発明や発見と同じように従来のものや従来の権威を完全に破壊することなのです。二十世紀の初め頃からパリの空気にはこのような革命の力を少しずつ燃え上がらせ始めたのです。燎原《りょうげん》の火を燃え上がらせていたパリはユダヤ人であろうとスラブ人であろうとオリエントの人たちであろうと彼等を決して拒むことはなかったのです。彼等よそ者でありそれまでのヨーロッパ人には相手にされなかった人々もパリの炎の中では楽しく迎え入れられました。あらゆる民族の文化の遺産もそれぞれの宗教も、世界観も、伝統も全く異なるものでしたが、人間の体質も形態感も存在感も色彩感も全てパリの中では平等であり、一つが素晴らしく他は駄目だということは全くなかったのです。おそらくこういう考えはフランス革命や啓蒙思想を伝える知識人たちによってパリを中心とする周りのヨーロッパ人たちに少しずつ伝えられてきたはずです。燎原の火が広がっていくように人々の心の中には平等の精神が広がっていったのです。

パリは美しい広場であり、同時に心ある人間の思いが休めるところでした。新しい個性が次から次へと発見され創造性が生み出されていったのです。遥か彼方みすぼらしいロシアの村から美学の対象をはるばるパリに持ってきたシャガールなどにも、もう一つの歴史の姿を見ることができるのです。夢の中に、その夢の通りに生きたのはシャガールだけではなく、ピカソなどもアフリカの原住民の心と一つになり自分がスペイン人である事実も忘れ、パリの真ん中で自由に生きたのです。こういった人々は結局最後には単なる文化や学問の調和だけではなく色合いや幾何学的な模様の中に本当の神秘性や非合理的なものを実感し、それを色彩やリズムや言葉の上で自由自在に表していったのです。彼等はいっさいの文明人間の意志を棄て、「意志」は芸術の死を意味すると、マチューのように異口同音に言えたのです。それをもっと正確にいうならば、人間の文化的な意志は人類の全てを壊してしまうのです。

今日はこの分だと一日中秋の良い天気だと思われます。これから妻の買い物に付き合い、スーパーの周りを散策してきたいと思います。あなたもますますお元気で！

共生を考える

文明人間はここ数千年の間、わずかずつではありますが、それでも他の動植物と比較して極端に生き方を延ばしてきました。どんな他の生物と比較してみてもこれほど進歩が早くまるで忍者のように勢いづいた成長の跡を見せているのは人間以外考えつきません。秋の稲に群がるイナゴやその他のバッタや、フィンランドのレミング以上に人類は異常な発達を遂げています。動植物学者が「大発生」または「異常増殖」するある種の生物を驚きの目で見ながら研究していますが、またキリスト教の『聖書』が古代においてバッタなどの異常の繁殖によって太陽の光さえ見えなくなり、あたり一面が真っ暗になってしまったような事件のあったことを記録しています。正しく人間そのものがこの「漸進大発生」の形で今日の文明を体験しているのです。人間の学者がこのような異常な歴史を論文に書いているとするならば、それ自体とても異常なことであることを知らねばなりません。

「他感作用」という生物の行為は、他の生物に対してある種の生物学的な影響を与える行動であることが言われています。例えば野に生えているセイタカアワダチソウなどが自分の生き方の中から阻害物質を発散し、自分の周りに生きている他の植物に影響を与え、時としては他の植物を痛めつけたり駆除してしまうそうです。同じことが森を作っている勢いの良い樹木から発散されるフィトンチッドという物質にもいえます。森を散策する人間たちや、森に住む獣たちにはとても健康な力を与えてくれますが、残念ながら微生物の生き方にとってはとても悪い物質のようです。つまり樹木などは自分たちがやられないようにとこのような阻害物質を出して天敵である微生物が近づかないようにしているようです。

「他感作用（アレロパシー）」はこのように天敵などを駆除するために発散されますが、同時にそれは他の動植物を苛めることにもなるのです。人類という名の高等動物は全ての他の動植物を前にして、ほとんどの場合共生することができない存在であることを私たちはよく知っています。

一方人類を除いてあらゆる生物は人類との間に「相利共生」や「寄生共生」が成り立っていますが、人間の側から見て「片利《へんり》共生」の場合がほとんどであることも理解しなければなりません。数多くの動物は人間に食べられ、野菜なども人間だけに利益をもたらしています。

英語を話す人々は自信を持って英語でoutbreakつまり「大発生」の名の下に他と比較できないくらいの文明の発生を誇っています。もちろんこの点ではヨーロッパ人も東洋人もアフリカの暗黒大陸の民族と言われた人々でさえ、あらゆる動植物の前でこの事実をつまりアウトブレークの事実をはっきりと理解しています。人類という名の霊長類を前にした数え切れないほどの他の動物や植物、また数えることの不可能なほどの昆虫たちは、自分たちを防御しあえて「相利共生」の下に生きようとするだけの小知恵も権利も何一つ持ち合わせていません。このことを人間ははっきりと理解していく時、たとえ蚊さえも殺さない形の素朴極まりない宗教の匂いのする哲学を持つことができるし、同時にようよう最近になって人間が手をつけることができるようになった「動物の福祉」にも関わることが可能になり始めているのです。人間という名の動物はこの地上に生きているありとあらゆる動物たちを前にして真面目な顔をして単に「相利共生」を口にしているのですが、実際は「片利《へんり》共生」や「寄生共生」もこれと同じくらい声を大にして、しかも人間以外の他の生物に対して頭を下げるような心で言わなければならないのです。

今日の貴方の試合、どんな東北の天気の下で行われているのでしょうか。かつてシャカは奴隷のような荷馬車を引く人間や、人間に使われている馬たち、それに踏み潰されていかなければならない蟻を心からの痛みを持って考えていました。これを単に博愛の精神のレベルに留めることなく自分の中の哲学として理解していきましょう。とにかく頑張って身体を鍛えるためのスポーツに、今日は励んで下さい!!

私たちに遺されている言葉

昨日は予定していたようにTさんと楽しい一時を過ごしました。妻が用意したハヤシライスを食べながら話の内容はどこまでも進みました。長い時間をかけ息子の子供時代から最近までの写真を一つ一つ見ながら、その中の一、二枚をテレビ番組の中に入れ、わざわざ東京から何度も名古屋や各務原《かかみがはら》に訪れ、息子と一緒にニューヨークのブロンクス動物園を訪ねたり、とにかくあれほどの時間をかけて撮り上げたフィルムがわずか二、三十分の「情熱大陸」という名の番組に仕上がるということを考えると、本当のテレビマンという仕事というのも周りで見ているより遥かに命懸けの場合もあるのですね。何事も軽々しく小さく妙な笑いの中でごまかす番組の多いテレビですが、二つ三つ、例えば「ガイアの夜明け」や「情熱大陸」は、T君が言うようにすでにできあがった良い仕事を映しているものではなく、今後起こるであろう夢多く新しい仕事の始まりを撮っているようです。その点から言えばT君も言っているように、こういった番組に取り上げられる人物は、もっと年が若くとも良く、息子などはとうに四十も過ぎているので遅い方かもしれません。何事もこれから起こる大きなことを目指しながら黎明の空に向かって力いっぱい飛び出す人間でなければいけないので、テレビ番組であるにしてもこういった勢い多い色を濃くしている番組は成り立たないようです。私自身この年になりながら未だに黎明の朝を確かには見ることのない自分であることを知っています。夜明けがつまり東雲《しののめ》の新しい時間が彼方からやってくるのを待ち焦がれている限り、その人物はいくつになっても間違いなく青春を生きています。もう一つあるテレビ局は息子のこれまでやってきた力強い生き方を中心にして独特な番組を作りたいとも言っているそうですが、果たしてそれが実現するかどうかはまだ分かりません。

韓国人は、古い時代のいわゆる朝鮮人は「和色（日本的なもの）」を常に様々に考えているようです。ほとんどの朝鮮半島の人々は日本すなわち和色が何よりも嫌いなのだそうです。そうでありながら彼等が一番学んでいかなければならないと考えているのも日本である、つまり「和色」からだと意識しているようです。私たちはこういう二面性をはっきりと持っている彼等に対して、それに負けないくらい深い意識を抱いて生きたいものです。

私たちの周りには、またヨーロッパやアメリカ新大陸になんと多くの詩人たちがいて、彼等の言葉に影響を受けていることでしょう。彼等の作品のどの一つをとってみても人生の喜びと大きさを教えてくれます。あらゆる時代の人間は数え切れないほどの良い言葉を私たちに遺してくれています。一つ一つ口にするだけで私たちは大きく伸びていく自分を実感します。

今日も一日彼等詩人たちの熱い言葉を咀嚼《そしゃく》しながら勢いづいた生き方をしていきましょう。本当に素晴らしい人生時間です。

識や智は知ではない

朝の太陽が雲一つない冬の空を明るく照らしています。外に出ればそうとう寒いのですが、窓辺に立っていると背中の方は暖炉の前に立っているような暖かい気分です。ガラス越しの暖かさの中に立ちながら私は、コンピュータを操作してくれている妻の方を見て、言葉の一つ一つを投げかけています。あなたの今日の予定は様々な喜びやそれに伴う忙しさでいっぱいだと思います。

微生物というものは醗酵という行動に身を変えていくために蛋白質をアミノ酸に変えていくそうです。内臓は生物の身体の中で最も微妙な器官であり、最も生臭い所であるそうですが、しかし微生物はこの生臭い内臓の匂いを消してしまうようです。微生物が微生物として元気に生きるためには、他のどんな場所よりも複雑極まりない内臓を選ぶ必要があるようです。

食文化の中で最も大きな発見は、微生物の生命が行う醗酵の行動を見つけたことです。この発見により人間は食文化の助けによって人の生きられる可能性をこれまでの百倍千倍の大きさにしていったのです。

酒や魚などにしか認めていなかったこれまでの醗酵の科学を人間は現代の世界において、商人の道がソロバンからコンピュータに移ったように、自然と人との間に存在した大きなルビコン川を渡ったのです。食文化はこの種の醗酵という名の川を渡ることによって食文化の緯度経度を限りなく大きく広げていったのです。

食文化もそうですが、人間は何よりも先に自分自身を識ったり、知ったりしなければならないのです。原人として出現した人間にはまだ各種の猿たちの匂いがこびりついており、体中は毛深く、顔の表情も人間というよりは猿に近く、どこか赤みがかっていたかもしれません。原人は段々と人間らしくなり、毛の生えていない猿となり、他人を助けたりからかったり、騙したり、過去を思い出すだけの頭も与えられるようになり、笑い、恥じ、涙を流しながら、人の生物学の頁を開けて、物を考え自分の思いや身体を常に洗わなければ落ち着かない生き物となったのです。自分自身にびっしりとこびりついている生活の垢や劫や業を取り去ることにたいていの人間はほとんどを費やすのです。そうしない人間もいるのですが、そういう人はいわゆる怠け者であり、悪い意味における鈍感であり、考え方の弱い人なのです。人は常に生き方のどこかで進歩を遂げています。この進歩を注意深く覗いてみると、それはたいていの場合大祓いの時間であることが分かるのです。日々の生活の中では簡単に部屋を掃いたり窓枠や障子の桟《さん》にはたきをかけることぐらいしかしませんが、大祓に匹敵するような大掃除は暮れの一日ぐらいでしょう。しかしよくよく考えれば、毛深い猿が毛のない人間に変わった時、そこにははっきりと一つの生命のリンクが存在していて、人が初めから人間であると認める神話は姿を消したのです。このリンクの次のリンクから人間は常時一瞬、一瞬の時間の中で大祓の、すなわち今行っている年に一度の大がかりの大掃除を常に行っているのです。まるで神経の病に侵されている人のように汚れていることにいささかも我慢できないのが現代人です。人は常にあたりを掃除していなければ落ち着かないのです。人が劫や業を意識しながらしかも常にそこから離れられないでいるところにこのような心と身体の大祓の式が常になくてはならないのです。

この世に生きている時間の中で、汚れは人の心に、船底に付いている貝殻のようにそこから離れようとはしません。それを削り取り、その後に赤いペンキがべったりと塗られているのです。このようにして新しい船底になった船は安心して七つの海へ渡っていかれるのです。人の心もまたこのような船底に似ています。常にこびりついた貝殻を削り取り、赤いペンキをどっさり塗っていることによってつつがない航海は可能なのです。今という時代を生きる人間は、明らかに一つのリンクの向こう側にいる猿たちとは生き方が全く違います。彼等には劫も業も考える必要が無く、その状態を自然の生き方というのでしょうが、人は劫と業の中で流れ、生きながら絶えずその人らしい大祓の時間を体験していることによって、人間の自然が成り立っているのです。識や智は知ではありません。弁ずることこそ知という動詞なのです。

哲学のアスリート

ごくわずかな人々の共同体の弥栄《いやさか》を願って沖縄の人々の間では、「ウムイ」という歌謡があります。人間は高いレベルで体験する心の奥底の、また素朴な生活の全域で味わう魂の体験を南西諸島の人々は一つ一つ歌謡として遺していったのです。どこまでも深い情け、生き方の全域に溢れるものの哀れ、そして己を無視していささかも後悔しない、むしろそれを喜びとする素朴な島人の心は、ギラギラと光る太陽の輝きと並んで島民たちの喜びそのものでした。言葉というものは必ずしもその意味が分からなくとも良いのです。本当の文化とは、意味が分からなくともその人の生き方の全域を熱くしてくれる「知」でもって常に囲ってくれるのです。

人間の身体は一度でも二度でも温度が下がると、それまで身体の中に持っていたあらゆる病に対しても免疫力を半減させるそうです。人の言葉もまた同じです。使うその言葉の意味をその人の考えから少しばかり落としていくと、それを聞いたり読んだりする人々には、ほとんど半減して伝わっていくようです。言葉の基盤はその言葉を発生する人の生命の力と同じように動いています。その生命が弱ければ同じくその人の言葉は弱く、鋭ければ同じようにその人が発する言葉も鋭いのです。常に世間は事件の流れで動いています。巷に流布している事実は良くとも悪くともそれに関わっている人の運命そのものと言わなければなりません。この世に生まれてきたのも与えられた時間の中で様々な形で生きられるのも、死んで行くのもまた自分の周りに流布している真実であり、この真実はその人が誇っていなければならないものです。現代社会の中で生きている小利口な私たちは、一つ一つ自分の周りに流れている物事を、たいていの場合否定し、不幸の種と思い、マイナス要因と考え、自分の人生全体を不幸だと思うところに文明の悲しさが見られます。

人は自分と同時代の人たちを見ながらなんとか自分を彼等と同じところに埋没させることを否定するのです。つまり周りの多くの人々の生き方が決して幸福なものではないと考えるところに問題があるのです。それ以上に彼等の時代を誇っている彼等の考え方を頭から否定しようとするところに現代人の悲しさがあり、悪があり、あらゆる種類の数限りない劫や業があるのです。常にこの劫や業を祓い除けるためにあらゆる知識が生まれたのだと言っても過言ではないようです。

人の存在はあらゆる生命体のそれと全く同じです。生命体はそのまま様々なタイプのエネルギーの表現であると言っても良いのです。あらゆる生命体は存在している限りその全域において一つの力学的な力を表現しています。生命が動いていない時でも、そこに蓄積されているエネルギーの量は質点の運動エネルギーそのものであり、その質量はそれが行動するエネルギーに掛け合わされると、その力は半分に落ちると研究者たちは言っています。静止している物のエネルギーは動いている生命体のそれと比較する時、遥かに小さいということが分かります。生命は常に動いている時、エネルギーそのものであり静止している時は生命体が落ち着いているようだと考えてはいけないのです。考えることも、書くことも言葉と共に動きだす時もそこにこそ、生命体としての存在が認められるのです。

禅の世界でも絶えず物を叩きながら長い月日を過ごすではありませんか。十何年も祠《ほこら》の中の一点を睨みつけながら動くことのない動作を続けた達磨大師は、手足が全く動かなくなったではありませんか。今日私たちは達磨といえば手足のない「起き上がりこぼし」を自然に思い出します。全く手足の動作を失った一見不幸に見えるエネルギーの塊として達磨を見る人はいるでしょうか。

一人としてそう考える仏教信徒の多い民族はいないはずです。この社会の中で忙しい行動を起こすよりもむしろ、全く動かないという行動の中で生き生きとしたエネルギーの働きがあることを私たちははっきり認めるべきです。禅の哲学ははっきりとこのことを意味しています。鈴木大拙が語り書いていることは、また彼自身の中で生涯生き抜いたのはこの大きなエネルギーの作用を前にしての行動だったのです。こうなってくると、禅はむしろ、宗教というよりは自分の生命の示しているエネルギーの表現方法そのものであり、鈴木大拙などは哲学のアスリートというべきかもしれません。

プラシーボ効果という潤滑油

言葉は不思議な因縁の下にそれを使う人の心と不思議に繋がり、考えてもいなかった方向に一人歩きするものです。言葉はその意味においても生きています。昔の人の言葉が現代人の言葉の中で全く違った方向に一人歩きするのもそのためです。その時代の空気の流れや言葉の歪みというか、曲がり方や流行の中で人が話し始める時言葉の内容はかなり違った方向に向き、その時代の時間のレンズを通していろいろに内容が変わっていくのは当然のことです。このことを理解せずに言葉を吟味したり、その意味を解釈しようとする時、たいへんな間違いが起こります。ミラーの文学にせよ、シェイクスピアの文学にせよ、それをはっきりそれぞれの時代の言葉の光の光輝さを正しく判定していなければ、それぞれの人物の文学の姿は正しくは見えてこないのです。ミラーの文学を見る時、明治の中頃に生まれ、大正のニューヨークの空気を理解せずに、また第二次大戦の歪んだレンズを通しての言葉をそれなりに正しく理解しなければ、彼の文学は彼の人生哲学と重なって正しく語ることも理解することもできないはずです。

言葉はそれを使う人間の精神の癖と重ねてもう一つのはっきりとしたプラシーボ効果の一面を表しているのです。言葉は必ずしも良薬であっても良いものではなく、同時に時としては偽薬の存在がかなり大きな働きをするものです。この偽薬と日本語で言われている言葉はプラシーボそのものなのです。

私の妻は修学旅行に行く息子のために酔い止め薬として、うどん粉を練って作った小さな丸薬を持たせました。帰ってきて息子が言うにはその丸薬は大いに効果を発揮し、往路の北海道に渡る連絡船の上では全く船酔いしなかったと言っていました。帰りの船の中ではこの丸薬は少し腐敗していたようで飲まなかったそうです。確かにプラシーボはどんな人間にも、利口にも馬鹿にも正直な人間にも狡い人間にも同じように効果を発揮するようです。効果がないにも関わらず、あると信じてその通り使う物は不思議と大きな効果を発揮するようです。それを初めから期待して「不思議」または「奇跡」などを信じても物事が決してうまくはいかないものですが、純粋に素朴なプラシーボ効果の働きの中で行われることは不思議にその効果を表すようです。

人の言葉も全くこれと同じです。その言葉や文章が、それを読んだり納得する人にそのまま利くというものではありません。その言葉や文章に寄り添っているプラシーボの働きをする脇の力によって聴く者の脳の中に大きな違いが生じ、ある種のえこひいき観が生まれ黒も時として白に見え、短い物も長く見えるから不思議です。

言葉を信じるということは脳に向かって働き出すある種のかなり大きな動きが起こるのです。信じることができないものよりは信じているものの方がそのものの見方が実際よりは大きく、長く、より明るく見えてくるものです。魂というものが言葉の水先案内になっていることは間違いありません。言葉が人を導くのではなく、言葉を導く魂が結局はその人物を導いていくのです。古事記でも他の数多い古い時代の書物でも間違いなく魂の働きをいろいろな形で説明しています。言葉が人を動かすのではありません。魂がその人の言葉の水先案内として動きだすのです。

魂は言葉の芯です。心の骨組みです。魂とは言葉という生命を浮かばせている羊水なのです。言葉とは機械の中の歯車の一つではありません。ゼンマイの一つでもありません。その言葉を使う人が扱う機械に注《さ》す潤滑油に例えることもできます。

人が存在し、ある言葉や文章に近づく時、一種の潤滑油となり、言葉という歯車やゼンマイにその油を注いでいくのです。あらゆる人の言葉は、その言葉自体を見つめて何かを調べるよりは、その言葉に注《さ》された潤滑油を調べる方が正しいのです。

荘子も老子もソクラテスも未だに生きている

どんよりと曇った空にぼんやりと朝日が昇ってきました。先ほどまでは全く風はありませんでしたが、今は少しずつ竹藪の梢を揺らすほどに吹き始めています。

人を含めあらゆる生物が生まれまた置かれているそれぞれの大小の命の暗闇の中で、それをすっぽりと囲んでいる「自然」は、人の目には大自然であり同時に小自然でもあるのです。人の目の前に展開する事物は大であったり小であったり長かったり短かったり、重たかったり軽かったり、はっきりと見え過ぎたり見えなかったり、全ては様々です。色彩一つその色合いは濃いものから薄いものまでその間の違いは数限りなく存在します。音にしても考えにしても全てこのようにそのレベルの違いが明確に見えるのです。全ての生命体はその一つ一つの前に立ちながら、自分の歩き方すなわち命の行動に注意しなければならないことに何らかの形で努力をしているのです。大いなる自然は無限大の広がりの中で、実は有を失い無として存在しているのです。どこまでも小さな自然はどこまでも小さくまとまり、それなりの豊かさをもって存在しているはずです。

万事は全てそれなりの夢に向かって限りなくコツコツと自分の道を歩んでいるはずです。昆虫にしても、空飛ぶ鳥にしても、咲く花にしても、人にしても訳は全く同じです。そこには間違いなく限りなく平凡な一瞬が存在し、その時間一瞬がそのまま素朴にして何一つ飾ることない永遠の広がりを持っているのです。一瞬こそが永遠と重なっており、その重なりの中で命という命はそのまま自然と同化し広がりとして存在するのです。

こんな世の中で人には言葉という熱い熱を放射する存在が付きまとっているので、他の生き物とは何かがはっきりと一線を画しているのです。あらゆる生命体と比較し人の生命体はその存在の全域が実に熱いのです。地球という惑星から見て遥か彼方の恒星である太陽は、灼熱の存在でありそこから流れてくる光は実に良い具合に生命体をそれなりの状態で生かしています。太陽の驚くほど濃密な熱は太陽までの距離が短い金星や、遠過ぎる土星とは違って、ちょっとの狂いもない適度な温度の中で地球という惑星を見事に各種の生命体のそれぞれの寿命を与えるだけの条件を与えているのです。このことを考えれば人は今の世の中を生き難いなどと言って文句をいう必要など全くないのです。これくらい温度管理が整っている世の中でそれでも人は生きづらさを常に批判しています。もう一度人は昆虫や他の動物たちと共にそれなりに暮らせていることを、つまりそれぞれに長かったり短かったりする命が与えられていることをどこまでも感謝していきたいものです。それが生き物の知恵であるはずです。いくら自分で努力しても、より便利なものを発明発見し生きていけるとしても、それで人は何かを誇れる訳でもありません。他の人と比べてちょっとばかり小利口な自分を誇ったところで、真に心ある人から見れば、自然の目から見れば、いささかも驚くこともなければ、利口だと褒めそやされることも笑われることもないのです。こんな世の中を素晴らしいところだと特別誇ることもまた苦しい世の中だと言って悲しんだり憎んだりすることもことさらないのです。自分に与えられた時間を、あの微小なウィルスたちもその短い命の中で誇ることも憎むこともせず生きているではありませんか。人もまたこういった生きる時間の中での事情は全く同じなのです。この世の中で全てをそのまま受け入れ、少しばかり誇ったり笑ったり感謝をしながら、長い時間の中の一角に生まれ、やがて死んでいく自分を意識していくなら、その人は本当の利口者と言わなければなりません。それを特別何かがあるとか、名誉があるとか、こんなチャンスにありつけて幸せだったとか騒いでみても、それが良いことでも悪いことでもないことをある瞬間にはっきりと分かる時があります。その一瞬の中で自分を見つめたのがディオゲネスであり荘子であり老子たちなのです。彼等の実に賢い自然の理解の中で生き抜いた人たちを一つの絵として表現する時、そこには達磨が存在し寒山拾得の絵が描かれるのです。恵比寿様が飾られ大黒様が飾られるのです。十字架もミフラーブも様々なイコンも全てそういった豊かな安心した人の心の利口な表現そのものだったのです。

　あらゆる命の存在する世界で、また数限りない人の生きている忙しい世の中で、なんとか自分は勝ちたい負けるものかと意識する人の弱さは、限りなく虚しい運命を教えてくれます。自分だけが決して負け犬になってはならないと考える心は、そのように生きなければと願う思いは、実に寂しく情けないものです。自分一人だけが勝ちたいと願う心がすでに「負け犬」なのです。地球も太陽も、負け惑星でも負け恒星でもありません。宇宙全体がウィルス一つ一つが負け犬ではないのはこのことでもよく分かるのです。最もこの世の中で生きている人にはそう簡単には理解できないかもしれませんが。ソクラテスは毒杯を飲んで死んだ時、それが良いことであるかそうでないかを意識はしなかったはずです。

彼はどちらでも良かったのです。彼は彼なりに確かに弟子たちに教えながら自分を自分らしく生きたのであり、なお私たちの中に生きているのです。むしろ彼は未だに生きているのです。

放射物質

放射物質全てが悪い訳ではない。宇宙の一角に住む少しばかり小利口な人類が手を出して作り出すものの中にも様々な、大自然にとって迷惑なものがある。その中に生命体に害を与えるものがずいぶんあるのだ。太陽から流れてくる紫外線や赤外線も、その他多くの放射線も天然のものであるゆえに、使い方によってはいささかも害にはならない。放射線は全て恒星から発射されているが、これを受け止めている天然はそれで悩んだことは一度もないはずだ。あらゆる生命体はこれらによって支えられていることも事実だ。逆に言えば、このようなあらゆる恒星から流れてくる適度な放射線はそのまま生命の熱だ。生命の本格的なビタミンであり、たっぷり流れている血液そのものだ。人が作りだした、これまで宇宙に存在しなかった物質はどんな天然の生命にも近づいてはいけない。もっとも、天然でないものを生命と呼ぶ訳にはいかないのも事実だが。

どんな理由があっても天然と人工のものは交わってはいけないのである。

むしろ宇宙のあらゆるマターは間違いなく四方に何かを放射している。全く何も放射していないということがあれば、その方が不思議であり、奇跡だ。存在するとか、生きるということは何らかの形で放射物質を動かしているはずである。人もまた生き方の力を放射している。生きているということはまたそのために与えられた一人ひとりの寿命は間違いなく放射マターなのである。物一つ存在するということは、放射行動を繰り返す働きそのものであると言わなければならない。

何ものよりも人がその生きている時間の中で働いているのは感情そのものであり、人生の全てを動かしているのはその感情なのだ。事実人はあらゆる動物の中で唯一言葉を持ち、この言葉がその人によって自由に動かされる時、そこに間違いなく様々な種類のマターが周りのあらゆるところに働きだす。

私たち夫婦が時々散歩する雲の丘の少し下りたところに江戸時代の庄屋さんの家が移築されており、そこからあまり遠くないところに「翡翠《ひすい》」の池がある。いつも蒼く穏やかな池だ。水鳥の家族が住んでおり、魚たちもけっこう多くいるらしく、時には水面に跳び上がることもある。

人の住むこの周りの世界にも、宇宙船の飛ぶ周りの世界にも、さらにその彼方の北極星や多くの星雲の存在する広大な広がりの中にも、全てかつてはごくごく小さな物質がビッグバンの働きの中で突然爆弾の破裂のように四方八方に放射し始めた時に生まれたのである。しかもこの放射は今なお止むこと無く、我々人はそれを大宇宙の終わりない大きな広がりと見ている。これを驚いてみたり怖がってみたりしても始まらない。私たちの周りの存在は、私たちの生命と同じくただ有るだけであり、それをそのように認めなければならない。

和の心、匠の業

世界には様々な大工がいたり様々な物作りがいますが、日本には匠や物造りが存在します。世界の人たちが読んでいる『ミシュランガイド』という本の中には、日本のあらゆる匠について詳しく説明をしています。貴方が手造りの本を作り、爪を作り、様々に仕上げていく姿に、匠本来の飾り気のない匂いを私は感じとるのです。しかも世界中の人々は簡単に古いものを捨て、飽きたものを脇に置き、新しいものに向かうようになってきている今日ですが、これは日本人のする態度ではないようです。日本人は昔から「もったいない」とか「大切にしよう」、しかも「一生もの」と言ってもつものしか愛せず、そのように愛したいゆえにあえて自分の脇にある物を「もったいない物」、つまり私などには「持ち得ない物」として物を持つという心があったのです。この心は「和」の心です。日本語さえ、「私たちにはもったいなくて使えない言葉」だと言ってどこまでも丁寧に扱うのです。和の心はここまでくると、信仰心に近い深みを持つようになります。日本語の一つ一つ、すなわち漢語や仮名文字などは日本人の心にとって神様そのものなのです。八百万の神というのは日本人が使っている言葉に対して付けられた別名なのです。このようにして言葉を八百万の神として使い愛している日本人には間違いなく大自然と限りなく上手くリズムを合わせていける真心があり、それを和の心といい、もったいないとあらゆる瞬間に感じる日本人の魂なのです。『ミシュランガイド』に言われなくとも日本人は本来誰もが何らかの形の匠であり、他の人の中の匠を愛し、尊敬し、羨み、時としては妬みさえするのです。本来日本人は自分の外側の他人である同胞の日本人を見ると、それを八百万の神として崇めるだけの宗教心ではなく、むしろ和の心やもったいない思いが働くようです。

西洋諸国はかつて確かに高度に工業化され、たとえ農業や漁業ですら日本人が驚くほど何かが便利にできているようですが、やはり和の心で八百万の神として崇められる工業品を、またエネルギーの色合いで塗り込められた工業風景を見せているのは、その裏に匠として西洋人には真似のできない日本人のもったいないという心が有るからなのでしょう。

名久井先生、私たちはあえて格好の良い西洋人の真似をして物を捨てたりする必要はないようです。自分の手元にある万事をもったいないものとして、また私には分不相応のものとして崇めながらまた感謝しながらペン一つにしても、破れた本一冊にしても、抜けば玉散る氷の刃としての伝家の宝刀や名刀のように扱っていかなければならないようです。そういう点で日本人は極度に精神性が高い段階に積み上げられた「もったいないから使えない」と言いながら生きていける高貴な民族なのではないでしょうか。このことを明らかに説明した外国人は『菊と刀』を世に出したアメリカの人類学者、ベネディクト女史でした。これから比べれば新渡戸稲造の『武士道』などはカナダ人である彼の夫人の英語訳があまりに優れていたので読者は惑わされてしまうのですが、そこに書かれてある内容は当時の江戸時代の武士の常識に過ぎず、その外国人にとっては目新しい人の生き方と見えるようですが、その本質ははっきりと明かされているとは私には思えないのです。日本語という言葉も文法もそれ自体八百万の神そのものだと信じて語り、読み感謝する時、その人間はより高いレベルの段階に上っていけるのです。その時その人は日本人であればもちろん、外国人であろうと人として高められていくことになるのです。

この暑い一日、匠の匂いのする言葉という名のの扇風機によって爽やかに過ごしていきましょう。

恨の心を土台にして

特別異常な梅雨時ですが、この調子で今年の夏が続いていくなら、私たちもそうですが、東北三県の三陸海岸の避難された人々はどれだけ辛いことか想像を絶していることが分かります。しかし人間は他の動物たちや爬虫類、水生動物と同じくどんな環境の中でも生き抜くだけの生命力をそれなりの天然物として与えられていると私は信じています。何も無いところから出現した人であれば、どんな苦しみも通り抜けて向こう側に抜けるだけの生命力を持っているはずです。生命力そのものがもう一つの天然の放射能だと私は信じています。

ところで最近あなたの韓流映画鑑賞の結果はますます良い方向に進んでいると思っています。千五百年も前日本人は玄界灘を隔て、朝鮮半島の北の大きな高句麗や南の百済、新羅、任那などと交易をしていたり戦ったり、時には百済の人々の前ではさほど強くもないのに兄貴面をして遠征部隊を送り結局は負けるといった状態でした。そんな中で彼等韓国の人たちは彼等の生活文化や愛の形を少しずつ独特なものとして育んでいったのです。山幸海幸の生き方の中で記紀のリズムに支えられていた日本人もまた、それなりの方向に生活や愛の形を進めて行ったのです。こんな事情の下で韓流の愛や金の形はあらゆる意味において日本人に深い刺激を与えているはずです。日本人は文禄、慶長の役でだいぶ韓国人を虐げもし、明治に入ると無鉄砲に日本の属国にさえしてしまいました。彼等韓国人が我々日本人を前にしてニコニコしていたとしても、心の奥底では間違いなく断腸の患いに晒されている彼等の恨を日本人ははっきり意識しなければなりません。日本人よりも遥かに勉強のできる若者の多いことを、私は何人かの同じぐらいの歳の韓国人と付き合っていて実感したのです。八才にして大阪の伯父を訪ね、それからの猛勉強の中で日本語をマスターし、その後二十歳頃までの彼は韓国人の魂を燃やしながら猛勉強をして英語をマスターしました。私と一日中話していてもそこには一言も韓国語や日本語が出てこないといった日がありました。やがて彼は日本の医者の娘と結婚し、アメリカに行きましたが、彼は二度とお世話になった日本や韓国には戻らないと言っていました。事実英語での話し合いの中ではっきりと私は彼の語学力の方が数段上であることを実感しました。あのように中国人や韓国人の特別生き生きと生きている若者の中のある者たちは、日本の若者よりもどうして数段力強いのでしょうか。愛の形にせよあるところでは日本人が惹かれてしまうようなところが見えるのは仕方のないことかもしれません。もっと深く、さらに大らかに愛したり信じたり感謝できる日本人になるためにも、韓国、中国の本当の知識人や生き方の確かな人たちには、私たちが見習うべき良いところがあるようです。私も時々権力などでぶつかり合う韓国人の時代劇を見ることがありますが、私たちに必要なとても大切なものを何度もそこから受け止めています。韓国の経済的な政策として世界中に韓流映画が流れていきますが、その一部を日本も受けているとはいえ、豊かな内容であればどしどし受け止めていっていいのではないでしょうか。

あなたもまた韓流批評家たちの文章なども時には聞かせて下さい。この暑さに負けないでお互い乗り切りましょう。

自分の言葉で気づくこと

蕪村は多くの彼の俳句よりも、漢文や絵の方が私には素晴らしく思えてなりません。俳句について語るなら、本当の意味の人間らしさや自然主義の匂いの中で怒りや喜びやつまらぬことに欲をかきながら、けっこうみっともなく生き果てた一茶の方が、本物かとも思います。なんとも情けない一茶ですね。

六十を過ぎた頃蕪村は、小糸《こいと》という芸者に夢中になったということです。彼女は若くして入水自殺をしたといわれていますが、そんなことも蕪村に何らかの俳句の上での、また絵画の上でも影響を与えているのかもしれません。けっこう年がいってから彼の絵画作品は周りの人々に影響を与えていますが、おそらく彼はあちこちに時々見られる天才でも、小知恵で立ち上がった人間でもなかったようです。一つ一つ自分の言葉や考えをじっくりと引き出していく、どこまでものろまで、融通の利かない人間だったのでしょう。その点から言えば、一茶の方がその生き方の姿勢とは違って、俳句の中では本格的にどっしりと構え、自分を世の中に見せながら、一生を過ごしたように思えます。

人間はどこにおいてもいつの時代でも、自分と共に生活の流れの中に生まれてくる言葉を自らじっと見つめながら、自分という存在の全てを捧げきるだけの、自分に対する勢いを持っていなければならないのです。全てを捧げる時間という流れにいささかの立ち止まる瞬間はありません。常に言葉の流れはその人の心臓と同じように、一瞬の躊躇《ちゅうちょ》もなく下方に流れていきます。人間の言葉はどの一つをとってみても、紡いできたその人間の深々とした深みの匂いを発散しています。

「言葉」は「忘却」と向き合っている対語なのです。忘却の対岸にある言葉です。全てのことを時間の流れの中で忘れていく私たちですが、それに対して言葉はその人間の中心から噴出してくる心のマグマなので、言葉自体、記憶そのものなのです。人間は日々、忘却という名の精神的な食事にありつきながら、一つ一つ過去の思い出を忘れ去っています。それと同時に常に言葉を吐き出しながら、記憶していく範囲を広めようともしています。人は愛するものを忘れず、喜びの中や悲しみの中で得た体験をいつまでも記憶しています。そして同時に次から次へと若い頃から老境に入ってまでも、忘却の歌を歌い続けています。

このような記憶と忘却の間で人間は常に「物に気づくこと」を意識するのです。その意識は気づくことに対して心が向くというよりは、自分に気づくという態度なのです。人間は自分自身の歴史や、人類全体の、また時間全体の歴史を自分の言葉で一枚のキャンバスの上の絵のように、言葉の上で紡いでいくのです。

言葉は、いわば現代人が便利に使い、同時に様々に苦労している金銭と比べることもできます。海辺の人々はお金に魚の血の匂いがしたり、鱗の匂いがするといいます。商人たちはお金に冷血な血の匂いがしているともいうし、豆腐屋には、はっきりと油揚げのあの油の匂いを感じてしまうのです。このような匂いがとれない金銭こそが、働いても働いても、ごくわずかしか手にすることができない尊いお金なのです。朝手に入れて、夕方は城一つ買えるような莫大な金を儲けることができる銀行マンや、証券を左から右へと移しながら莫大な財をなす人々にとっては、先ほどもいった魚の鱗の匂いのする小金などのことは理解することもできないのです。金儲けをしている芸術家たちにも、言葉の本当の匂いは分からないはずです。シャカの弟子たちやキリストの弟子たちが使った言葉一つ一つには、心ある人にしか理解できない血や汗の匂いがはっきりと読み取れるのです。

現代人の、世の中を支配するメカニズムを手にして、あまりにも傲慢な生き方には、決して理解できない深海の言葉があるのです。そういう人間は一度、言葉の崖っぷちに立たされたら良いのです。

人類は一個のヒトとなって大切なことに気づかなければなりません。本当の言葉とはそういう意味で誰にとってもなくてはならないものです。

生命の言葉を聞くために……

人間の世の中は、現在も過去も常に様々な言葉で埋め尽くされ、それぞれのリズムで人の心が語られてきています。生きるとは、その人の言葉の流れる道筋のことです。

前面に出る言葉、人間の深層に潜んでいて、そう簡単には表に現れそうのない言葉が重なり合って私たちの生き方の前に流れています。喜びや痛みや愛や憎しみの重なり合って異様に光っている言葉こそ、人間だけが知るもう一つの音楽なのでしょう。他の生命体には食べ物を味わったり、極めて直感的な食うや食われる敵対関係の中で、喜び怖れながら短い生命を力いっぱい生きているのですが、人から見れば何とも短い一生であるようです。他の生物たちと違って言葉がある人間は、やはり万物の霊長と呼ばれ、必要以上に長生きができることも事実です。悪い悪いといいながら、今の文明社会の中で確かに人類は長生きしています。この人間の寿命の長さと関わっていくものは、間違いなく「深層文明や文化」、そしてその副産物として出現している数多い便利な道具などです。それらをガラクタとして扱っている現代人を考えてみるなら、実は人類として極度にレベルの高いところに引き上げている張本人だと自負していますが、そこにもたいへんな間違いがあります。

今日の文明のリズムの中で、匂いや味の中で培養される言葉には深みというものがなく、その色合いには趣というものもありません。文学の世界では様々に言葉や文章に格好をつけ、飾りたて、そういった作品が、数多くある文学賞などを受けるのですが、そここには果たして本来の素朴な人間の単純な表現でしかない言葉のウィットを感じることができるでしょうか。文学的に褒められる言葉は生まれますが、人の心と関わる生命豊かな味のする言葉はそこにはないのです。

人間は常時周りの状況から何らかの「空気」を読み取り、的確に次の行動が前の行動とは違って素早くとれるものなのです。しかし本当にその人間を的確な行動に走らせるものとしての「空気」の動きは、本来言葉でなくてはならないのです。文明社会の忙しい今日では「空気」を読むことはできても、「言葉」を読むことはなかなかできないようです。要するに言葉は氾濫しています。洪水の時に人命や家屋や物や道具が流されていく以上に、氾濫している言葉は、人の心をあらゆる意味において綺麗さっぱりと流してしまいます。その人間が住んでいた場所は何もなくなっているために、彼の持っていた住所の意味を全く失ってしまうのです。自分自身の存在する場所の住所さえ、氾濫する言葉の流れの中で失ってしまっているのです。

人間は今、誰もが漂泊者なのです。文明の激しい勢いの中で流されているのが人間という名の漂泊者なのです。金銭や物によって、また知識によってどこか豊かに見える人間が、ある意味で限りない貧困の空気の中で息絶え絶えに生きているのです。一見豊かに暮らしているような、確かな住所持ちの、自分の名刺を携えている現代人ではあるのですが、よく見ると住所もなければ名前も定かでない着の身着のままの放浪者として漂泊しているのが、実は現代人であるということを知るのです。

自分自身は確かに両親から生まれ、定まった住所の中で安定して生きるように思っているのですが、それは漠然とした考えの中や伝説に過ぎず、本来の自分の肉体や精神がどのような自分自身の部分として存在するのか、隠者のような本当の自由人に惹かれたり指摘されると、何一つ答えられないのが現実です。そこまで行ってしまうと人間は、自分が果たしてオーガニックな存在であるか、デスオーガニックな存在であるか、その区別さえはっきりとしなくなってしまうのです。仕方がないからそんな時は、これまで受けてきたあらゆる教育や体験的に覚えた自己流のいっさいの考えを脇において、両手で力いっぱい耳を塞ぐ時、外からの音はいっさい聞こえてこなくなります。ただ身体の中からの大きな音が、ガーッガーッと響いてきます。それは心臓や血の流れていく音かもしれません。それ以上に肉体のどこかとつながっている心の一部が叫ぶ声なのかもしれません。それとも大自然とそれがもたらしてくれた、生命現象の吐き出す叫びなのかもしれません。

人間は自分をはっきり認めるために精神の中の言葉とも言うべき、このガーッという音を聞くために、耳を一瞬押さえなくてはなりません。

梅雨は最後のあがきのようにあちこちで暴れているようです。十分気をつけて下さい。

パラダイスの乞食たち

今から十年近く前のこと、私は死ぬか生きるかという病気で寝ていましたが、その間に、かつてミラーと人生について語り合うこともあったと思われるステットナーさんという方から長い励ましの手紙を貰いました。ほとんど、一、二週間、毎日毎晩様々な夢を見ながらベッドの上に横たわっていた私は、彼に返事を書こうとしながらついにそれをしないでいました。ミラーがそうであったように、シャカやキリストやマホメットや良寛がそうであったように、またステットナーさんもパリの空気の中で、乞食をしていたようです。今「ミラー文学協会」の会長をしているH先生がおそらく私の名をステットナーさんに耳打ちしてくれたのでしょう。彼から手紙を貰った時はそんなこともまともに考えられず、私はうつらうつらと狂っていた頭で夢を見ていたのです。何年前でしょうか、日本で暮らしていたステットナーさんはアメリカに戻り、そこで亡くなったという風の便りも私に聞こえてきました。そういう人物の亡くなった後で、大きな喪失感を抱くということは、いつの場合でも同じです。両親がこの世から消えた時も同じような言うに言われない喪失感に襲われました。一度ぐらいは手紙のやりとりがあっても良かったのではないかと、痛切な思いをしたものです。たった一度だけ受けた彼からの手紙を思い出すたびに、そういった慚愧《ざんき》に堪えられなくなるのです。

ごく最近、H先生から先生自身が訳された『パラダイスの乞食たち』というステットナーさんの著作の一つをいただきました。

「Beggars In Paradise」は私にとって読めば読むほど、まるでパリの街角でT君に出会ったような懐かしい思いでもって、一度も会っていないステットナーさんに会ったような気持ちになるのです。

ステットナーさんはこの作品の中の第五章の中で、次のように書いています。

「『アリス・B・トクラス』と、聞き返してはみたものの、その名前はぼくにはピンとこなかった。つまり彼女については、むしろ曖昧な知識しかなかった」

それから直接会ってはいないのに、『アリス・B・トクラス』という名前の女性に、けっこう多くの金を借りていたようです。トクラスさんのメイドが預かってきた金を、毎回あれこれとごまかしの話をしながら、ステットナーさんはその場をつくろいながら貰っていたようです。初めはなぜこんなに親切に金を貸してくれるのか彼にも分かりませんでしたが、そこは乞食の苦しさで良いコネにありついたとばかり、トクラスさんに甘えていたのでしょう。やがてメイドに追い返されることになるのですが、彼は天使に頭を下げるようにこの著作の中でこう書いています。

「昨日のこの日まで『アリス・B・トクラス』の名を聞くたびに、すぐさま声をひそめ、ぼくは静かに祈りを捧げる。『アリス、貴女に祝福あれ、貴女がいずこにおられようと！』

なんだかんだいっても、それは二度とは起こりえない体験だった。人が窮地に陥った場合、助けを求めて世界中のドアを叩いたとしても、ニューヨーク、東京、シカゴ、リオデジャネイロのいずれの都市においてもこんな即座に気前のよい反応を受けることはめったにない」

このようなことはキリストでもシャカでも孔子でもミラーでも何度となく体験しているに違いありません。正しくパラダイスの乞食であったステットナーさんもよほどこの体験が忘れられなかったとみえて、第五章の終わりには、次のように結んでいます。

「いずれにせよだ。今もなお、ぼくにあのユニークなひと『アリス・B・トクラス』のために惜しみのない感嘆と、敬愛と、称讃と共に、何千というホザナと万歳を叫ばせて欲しい。アリス・B・トクラスの名を聖なるものとなさせたまえ！」

本当の人間として生きるためには、他のどのような生物たちとも違った聖なる人として生きなければなりません。要するに人間は一見とても上品に見える文化人として生きるだけではなく、それ以上に中味の濃いパラダイスの乞食として生きる必要もあるようです。あれほどの名文を世に残した、それでいて本物の人間には生命のリズムを与えていない孔子さえ、乞食の中の乞食として野宿しなければならなかったことを考えれば、万人全て、本物の人間に帰るためには乞食になることにも自信を持たなければなりません。

ステットナーさんは、あるギリシャ生まれの画家志望の男が次のように喋っているのも聴いていたようです。

「ラファエロの絵が見たい一心で、まだ農民のブリューゲルは若い頃、フランダースからローマまでのみちのりを歩いて旅をしたといわれている。くたくたになるまで歩いて、歩いて、夜は干し草小屋で眠るか、野宿しながらだ！」

私は、どうしても一度は会ってみたかったし、文通などもしたかった亡きアーヴィング・ステットナーさんを思う時、どうしてもこんな文章が今日は書きたくなったのです。

曖昧さは生命の敵

知らないということは、知っていることの裏返しであって、知っていることのもう一つの変わった形ではありません。知らないということが完全な白であったり青であったりすることを思えば、知らないことは知っていることと同様に、自信を持って受け入れなければならない現実です。しかし、覚えていることと忘れることとは裏表の関係にはないのです。忘れるということは、覚えていることの別の条件付きの中の状態であり、覚えていなければならないことを忘れている状況なのです。学問や技術などは完全に覚えていることを前提に言われる言葉なのですが、人間は他のどのような生き物とも変わりなく、大自然から与えられている各種の器官がそれぞれに忘れたり崩れたりすることがあるので、当然人間が一度覚えたことを、部分的に忘れたとしてもそれはいたし方のないことであり、恥じることでもガッカリすることでもないのです。人に与えられている言葉も、時には覚えており時には忘れ、時には誤解したりするものです。そうすることによって健康な人間がそこにいることを自ら、また目の前の人間によって証明することができるのです。

学問についていうならば、完全に覚えられた学問は、その人の心や身体の一部ではないことを示しています。時には忘れ誤解することによって、学問にたずさわるその人間の一部としての学問の意味がはっきりと見えてくるのです。

万物は自然のままである時が完全な状態なのです。本当の言葉は自然であり、本当の力は自然の流れや動きの中でしか実感できないのです。本当の畑も田園もあらゆる農薬を使わず、自然の肥やしの中で作物を成長させる時そこに、完全な「農」の状態が理解できるのです。殺虫剤や化学肥料などを肥やしとして使う時、そこに育つ農作物は、何らかの形で疾病を生き物にもたらすのです。多くの勉強した医学者たちよりも、確かな見方ができ、正しい匂いや味を認められるのが、生命を与えられたそのままで生きている蝶や蝉なのです。あらゆる種類の虫などは、完全に大自然の中で育つ野菜や木の葉にしか寄り付かないのです。

人間は基本的な感情を文明の風の中でどこかに置いてきてしまいました。理性という一角がちぎれたり、腐っている感情の部分だけを頼りに現代人は生きているのです。城に住み、有り余る財産を持ちながら、実に奥深く、この世の風景とも思えぬ絵を描いて、最後には自殺したド・スタールも、白や赤一色の世界をそのままキャンバスに描き上げた最近自殺したマーク・ロスコーも、考えてみれば不完全なまたは、感情の一部でしかない色褪せた理性を排除し、完璧なまでに整っている感情の表現をこのような黒一色でキャンバスの上に表現したのです。言葉も色も同じです。たくさんの色彩を自由自在に使いながら、綺麗に描き上げたレンブラントも、アフリカ原住民の素朴なタッチを忘れることなく使ったピカソなども、ド・スタールやロスコーから見れば、何かが間違っている画家などではなく、白と黒が別の色彩であるように、方向が全く別なだけです。

人間は集団を作ります。集団は心地良いものです。同時に甘く、特に数字の甘さがめだちます。文明人間の大多数の力はマイナーな本物を見ようとして躍起になっています。何事でも数多い人間に認められたり、数多い作品を遺したりすることによって、後の世にははたしてそれが良いのか悪いのか、そんなことには関係なく、その人の銅像が立てられたり、その人の言葉が刻まれた碑が公園の一角に立てられたりします。そのような碑などが実際のその人間の存在を示すほど偉大でないことは、本当の歴史の頁がよく示しています。

何十年か前のこと、岩手県の国立高専を訪ねた時、招き入れられた学長室には一枚の大きな油絵が飾られていました。それは正しくド・スタールの作品でした。キャンバスの中にどこまでも広がっている地中海の風景が描かれていましたが、その中央に小さく一隻の船が、雪舟の描く素朴で単純なフォームで描かれていました。

ド・スタールやロスコーだけでなく、人間は誰でも、いつの時代でも自分自身に忠実に生きようとしているのです。そう思いながら、より大きな集団の方に流されていき、人の心の底の方では本心とは違って人並みになろうとする考えで揺れているのです。そこから生き方のあらゆる面での曖昧模糊な態度が湧き上がってくるのです。人生とは力学や数学のようにはっきりと中味が良い悪いに分けられてはいず、漠然としているのですが、その状況が人間の心の願いの甘さの中で、より一層その人を曖昧な方向に押しやってしまうのです。正しいとか間違っているとか、百人中九十九人までがこうだと言うならば、人間はたいていこの九十九人というマジョアリティーな人々の考えに傾いてしまうのです。

たった一人で何かを個性的な勢いの中で主張してもそれについてくる者はなかなかいません。文明の世の中では百分の一や千分の一の少数派に何を言われてもそれに従うだけの自分を持った人間はなかなかいないものです。

何事もその仕事に限りなく魅力があり、奥深さの知れない魅力があったとしても、だからといって社会の流れに逆らってそれに従えるほどの人間はそうざらにはいないのです。しかし人間本来の心根は、漠然とした曖昧さの魅力の中についていこうとする自分の心に気づくことにあるのです。漠然として得体の知れない無限の広がりの中で、人間はその人らしい魅力を発揮するものです。決して徒《あだ》や疎《おろそ》かには扱えないような厳しさの中に生まれる魅力というものもあるのです。

その人間にとってどんな生活の中の仕事であっても、力いっぱいやり通すべき意味が目標としてあるならば、その奥にある細道が一本の線としてはっきりと浮かび上がってくるのです。

曖昧さは何においてもいけません。目の前の確かな線を適当に扱う時にこの曖昧さは使われます。人生は一切の曖昧さを否定しています。笑い惚け、踊りながらふざけた仕草を見せる態度が真剣で涙の出るような生き方をしている人間の振る舞いの中にも時々見られますが、それは曖昧さの態度でないことをはっきりと理解できるようでありたいものです。

Attitude

今までしばらく朝食の後、ここ二、三日の新聞をあちらこちら目を通していました。世の中は様々な雑事の中で、いつの場合でも展開しています。本来ならば自分の心のままのアティチュードで進めば良いのですが、あらゆる新聞や雑誌、テレビ、ラジオなどの動きの前で、その方向は本人の思いとはずれていくことになるのです。つまり、人間はよほど宗教的な心に自らをしっかり落ち着かせ、讃美歌を歌うように、唱名を唱えるようにしていかないと、本人自身の考えの方向にしっかりと向かうことはできないようです。自分自身のみに与えられている、誰にとっても間違いなく個性的な定命《じょうみょう》や寿命を見い出すということは、この文明の世の中においてはかなり難しくなっているということが、これでよく分かります。人それぞれかなり個性豊かな顔をしており、性格をしており、好みなども大いに違っているのですが、そのような個人差を作らせたのもまた創造原理である大自然の流れの業だと人間は知らなければならないのです。それをあれこれと理屈をつけて解釈したりするのは、ますます自分の周りの状況を複雑にするだけでしかないのです。

考え方や生き方の方向、物や心の置き方や信じ方も、生まれてきた自分自身の生命の動き方の中で微妙に変わっていくのですから、それを他人と合わせて何かをしようとする時、大きな問題となってしまい、苦しみや痛みとなってしまうのです。

これだけ細かく発達した文明社会という名の複雑さの中であらゆる人間は目の前の問題とぶつかる時、そこに合格したとか、不合格になるという問題を目の前に突き付けられ、喜んだり悲しんだりしているのです。生まれてからこの方、一度として不合格にはならず、合格点ばかり採っているような運の強い人間も、時たま見ることがあります。常に喜び、自分を誇り、悲しむことなどほとんど無いようなこういった人間は、その実人生の多くの時間を不幸の中で送らなければならないことを、自らの心ではっきりと体験しているのです。むしろ、やることなすことの全てが不合格であり、失敗であり、痛みであるような人間の方が、現実の自分をよりよく見つめることが可能なので、かえってそういった人間の長い日々の時間は誇ることなく自分の欲しいものがないだけの生活ゆえに、心豊かな生き方ができるようです。文明の世の中はほとんどこのように不合格の人間によって満たされています。若い頃から大きな夢をもって学んできながら、やがてそういった身に付けたものも、さほど役に立たないということをはっきりと知り、そのことに苦しむのもまた、ほとんどの現代人です。単にそのように苦しむだけではなく、若い頃に身に付けたものが全て、後の時代の自分から見れば、昔のものであって、目の前の若い世代が手にしている新しい考え方や学問や技術とはかけ離れているということに気づいて、大いに失望を知るのです。おそらく老人たちの寡黙な口や頭の中では、自分たちの身に付けてきたもののみすぼらしさをしみじみと噛み締めながら、夕陽の沈むような人生の時間の中で吐息をもらすのです。

しかしものの考え方には、つまり老いた人間のアティチュードには、そのような悲しい考えの他に、別の考え方や心の向かうべき方向もあることを知らなければならないのです。昔の古い考えや行動をそのまま古い時代の匂いのするものだと諦めてはならないのです。どんな考えもどんな行動も、今も昔も同じように、その本質は変わりがないと見ることもできるのです。よく考えてみれば何千年も前のギリシャの哲人たちの言葉も、ローマ人たちの言葉も、また現代の温かさをそのまま持っている今の言葉といささかも変わりのないことを知ることができるのです。幼児の頃の考えも、若者の頃の考えも、またその同じ人物が七十、八十の老境に入ってからの考えも、生き生きとした心の方向性の中で見つめる時、驚くことに、いささかも変わっていないことに気づくのです。四才の私が、ここは自分が来るところではないと実感して眺めた幼稚園の中の真っ黒い池と、二、三羽の白鳥の存在は、七十をとうに過ぎた今なお、同じように見ることができるのは、単なる驚きではなく、真実の動くことのない事実をはっきりと私に教えてくれています。今朝の考えを夕方には変えなければならない今の世の在り方の方を、私は怪しいものだと思うことにします。はっきりと心の目を開けてとる人間の態度は、三千年も昔と、今日というこの新しい日の考えと、いささかの変わりもないのです。

attitudeがはっきりとその人の考えを間違いなく照射する時、一つ真実は時間の変わる中で、いささかも変化することはありません。

天才と非線形

イチローや松井などが天才なのではありません。はっきり言えば人間は一人ひとりそれなりの方向の天才なのです。しかしその方向をはっきりと自ら認めたり、周りから認められたりした人だけがその天才性を明らかに表すのであって、大多数の人間はその方向が本人や周りの人々によって理解されずに終わってしまうところに、いかにも天才は長い時間の中で一人二人しか出ないなどと思われてしまうのです。不世出《ふせいしゅつ》の人間または普通の人間と比較できないほどの人間というものは、なかなか理解されないものです。普通の人間は自分を見る方向に完全に心の目や行動の目を向けておらず、周りの人々も彼の本来の力を発揮すべき方向に目を向けていないところに、天才がごくごくわずかしか生まれないなどという考えが生じてしまうのです。人間は一人ひとり自分の生まれながらにやらなければならない生き方の方向を、大自然が与えてくれた生命の方向といささかの誤りもなく見ることができないところに、大多数が天才になれない理由があるのです。イチローや松井などといった人物たちは、かなりまっすぐ生命の創造者である大自然の物理的な力の方向にほとんど近く進んでいるところに、いかにも一般の人々とは違う体験をしているのです。

人間にはいろいろな感覚が備わっていますが、その中の一つに視力があります。完全に備わっている視力などといったものは誰にも与えられていないはずです。ある人はごくわずかでも弱視の傾向が見られ、別の人間は遠視の方向に、さらに別の人間には近視の傾向があり、乱視や斜視の傾向に向かっている人もいて千差万別であり、揃って完全な視力検査をしてもらうならば、万人が何らかの目の病や不満を持っているはずです。生命そのものに関しても同じことがいえます。このような病の傾向は誰にもありながら、それがよほど極端なものでない限り、本人がまず気にせず、周りの人にも分からないものであり、医者にも早期発見ができないようです。

このことを言葉の点に置き換える時、文章の理解の仕方、同じく子供の頃から学問を教えられても心のままに、感情のままに使う言葉の方向は、一人ひとり同じ家族の中に生まれた兄弟たちや、双子同士でも異なってくるはずです。ましてや心の中の考えや方向や好みとなると、まるでそれぞれ別の家に生まれた人のように変わってしまうのです。

それでも大自然の極めてダイナミックな流れの中で、ほとんど意識などなく自然に生み出された生命力の結果としての数多い虫たちや爬虫類や霊長類は、不思議にも一列に並び、同じ方向に進み、再び踵を返して別の方向に向かうのです。自分の体よりも大きな物を運びながら、行くものと帰るものがぶつかることもなく急いでいる蟻の姿も、上官の命令によって並びを変えたり、整列する兵士たちの動きもまた、心あるものには一つの大きな驚きを与えるものです。

ある学者たちや極めて素朴な人たちが、夏の夜に乱舞する蛍を見たそうです。一匹一匹調べていくうちに夜空に舞い、その間に雌たちは地面に降りて産卵をしたということが後になって分かりました。次の夏がきて今までにないような日照りがそのあたりを襲い、普通の状態では孵化できないような蛍の幼虫が元気に出現したそうです。

人は、よく古い時代の宗教書などに様々な予言者の出現の物語を見ることがあり、そして渇水の季節や嵐や地震のような予言をして人々を救ったといった説話を教えられることがあります。また突然繁殖しすぎるバッタや、数多く増えすぎた旅ネズミが海に向かって飛び込むまで平原を絨毯のように埋め尽くして移動する風景や、地震などの災害によって命を落としていくポンペイのような町の悲劇も歴史の中で知るのですが、良くとも悪くとも、大自然が極めて偶然な流れや動きの中で、力学作用としてあらゆる形の生命を作り出していく姿は、予定された形で残されるものではなく、全て非線形の世界として私たちは理解しなければならないようです。あらゆる大自然の現象というべき物の本質は、明らかにこの非線形の姿です。これを見抜く力こそが人間の人間である勢いそのものなのです。

　万人はその意味においてどの一人をとってみてもよくよく見つめる時、「天才」であるはずです。イチローや松井以上に、見方こそぴったりと一致して重なる状態にあれば、そのヒトが語る言葉も別のヒトがバットに当てるボールも全て天才の業だと理解されるはずです。たとえそのような見方の一致がないからといっても、それを恥じることはないのです。自分自身はっきりと自分の考えや言葉を信じ切れたり、その方向に自分の目の方向が重なるまでついていくならば、そこにはそのヒトだけがはっきりと分かる「自分自身という天才」が存在するのです。大多数が認めるどんな天才よりも、正確無比な天才がそこに生まれることは間違いありません。

杜甫

　今は共産主義と金銭の垢でまみれた中国を悲しみ、そこから外に出ていわゆる亡命生活をしているある一人の詩人が、言葉通りコスモポリタンとしての生き方を余儀なくされています。その彼は唐の時代の半ば頃、詩を書いていた杜甫や李白などに心を奪われたり、何かとてつもなく大きな言葉の力を得ているようです。彼らがこの詩人の傍らにいつもいるようで、そういった彼は単なる詩人としてだけではなく、座禅の時間の中で精神を統一したり日常のあらゆる些事《さじ》から逃れ、清らかな精神時間の中でゆったりと過ごしているようです。

　杜甫の生き方も常に貧しい乞食のような旅人のそれでした。誰とも同じように杜甫は世の中の名誉を願っており、科挙の試験を受けたのですが、見事に失敗しました。世の中を見て下さい。中年、老年までそういった名誉も喜びも持つことのない人々の中からしか、それぞれの時代の痛みや怒りや汚れを払拭して立ち上がる人間というものは出てこないようです。杜甫はいわゆるこの世の中の有名人になるための努力に失敗した揚げ句、三十代の半ばにして若い頃からの望みを棄て、放浪の旅に出たのです。しかしそれは決して彼のその後の人生にとって悪いものではありませんでした。李白や高適《こうせき》と出会ったのもその頃であり、あらゆる意味で世間の常識的な生き方を諦め、自由自在で勝手気ままな生活の中に身を置いたのですが、一方そういう生活の物質的な苦しさも原因したのか彼は科挙の試験を受けた頃と同じように、熱心に身の振り方をこの世的に考え、孔子が一時そうであったようにあちこちに向かって仕事探しさえしたのです。

しかしこういう詩人や哲学者や芸術家たちに合う良い仕事などは、文明の枠に閉ざされた世の中にはそうあるものではなかったのです。それからの十年近くにもわたって彼を苦しめたのは日々の生活そのものでした。安禄山《あんろくざん》の暴れた中国は乱れに乱れ、どこまでも破壊されていきましたが、この社会的な不幸は杜甫に良い仕事を与えることになったのです。このような乱れた生き方から抜けると彼は、友人の助けもあって遥か西の方の四川省に移り、それからはしばらく平和な人生を送ることができたようです。しかしそのままではいられなかった杜甫は、妻や子供たちを連れて友人たちからとも別れ、本来の詩人としての放浪の旅に再び出たのです。病に見舞われ、子供たちには罵られ、大河に浮かぶ小舟の中でこの世を悲しみました。杜甫の旅は、彼の家族に迷惑をかけながら、時には見事な詩を謳いながら、結局湖南省に向かう途中そこで息を引き取り終わりました。

彼の詩は、人間と文明社会のつながりの悲しさを、彼独特の独学の漢文によって、見事に展開していったのです。それまでの中国人の独特な生き方から生まれる一切の詩の形を打ち壊し、彼の心で観たものをそのまま彼独特の言葉の技法によって全く新しい詩の潮流を切り開いたのです。彼の言葉は一つ一つ恐ろしいほど重々しく、その分厚さは他の詩人たちを寄せ付けることがありません。彼の目の前の人間たちの生き方の苦しさなどが、まるで読むものの目の前に生き生きと現れてくるように、彼は自分の詩を展開していったのです。

彼は人の世の三つの悲しみを、「新婚別《しんこんべつ》」「垂老別《すいろうべつ》」「無家別《むかべつ》」に分けて説明しました。むしろ説明するというよりは、人の一生が人の願っている望み通りにはならず、本来大自然から与えられたその人の寿命として、そこから離れることのできないことを、彼は自分の詩の中に謳い込み、紡ぎ出し、織り込んでいったのです。彼は今なお、詩聖として扱われていますが、確かに彼は一つの独特な詩の型の完成者であったのです。どの方向に向かう詩であっても彼の作り上げた詩の文法は決して動くことなくついて回るのです。

本来、詩は書くものではありません。その人間が生きている今という時間から織り上げていく人生の中の絨毯そのものです。ペルシャ絨毯が存在するように、杜甫の言葉はもう一つの人生絨毯なのです。一つの詩として、認めているだけなら、何か大切なものが、見落とされていると言わなければなりません。私たちの中の「垂老別《すいろうべつ》」を脇に置いて、単なる芸術としての詩に向かうならば、杜甫について考えるのはよした方が良いようです。

三人のトーマス

岩手県の南部、平泉の一角に広がっているけっこう広い遊園地、「ニュージーランド村」には、トーマスと呼ばれている汽車が走っていました。私の孫娘の一人は小さい頃、このトーマスが好きでした。あたりには羊たちが三々五々にたむろしており、ニュージーランドから来ている男女の若者たちが、忙しく働いていました。トーマスは自分が子供のための玩具の列車であることも忘れ、まるでアメリカの砂漠地帯や、軽井沢から草津温泉に向かっている軽便鉄道の機関車のように、何の憂いもなく走っていました。

キリストの十二人の弟子の一人に、トーマスがいました。『ヨハネ伝』の中に伝えられているトーマスは、ヨハネとほとんど同じようにキリストの神聖を素朴に信じていたらしいのです。キリストの昇天の伝説時間が始まってから、トーマスは自ら選んで未開の地であり、自分と同じようにその頃広まり始めていた文明の黎明など一切知らないこの土地に、今で言うところの宣教師として赴き、彼の地で世を去ったと伝説の中では伝えられています。

かつて仏教が栄え、今ヒンズー教が栄えているインドに、不思議にトーマスという名のキリスト教の教会が僻地のあちこちに存在していることを私は聞いています。アメリカで信仰に導かれたある男は、宣教師として現代のインドに赴いたそうです。自分にキリストを神と信じる、いわゆる「救われた」という経験が果たしてあったのかどうか、一般の宣教師以上の精神のレベルで彼はよくよく考えました。本当の自分の心に触れてみると彼は、どうやらそうではない自分をどこかで意識し、異境の地インドで泣くに泣かれず、その心の痛みをどうにも堪えられない状態になっていたのです。ある夜のこと、牛の糞の匂いがしたり、人の肌が堪えられないほど匂う時間の中で、二、三人の酔っぱらいが彼の脇を通って行きました。酔っぱらいの中の一人がごくごく当たり前の言葉で何かを叫んだ時、その言葉が聖書の一節と重なって彼の心の琴線に触れました。キリストの弟子の一人トーマスが田舎教会の形でこの国に残っている現実が、この宣教師を動かしたかどうかは知りません。しかし様々な形の共感性は決して無駄には動いていなかったようです。場所を越え、暗闇を越え、民族を越えて心の中の生き生きとした文脈はそのままある人々を突き動かすぐらいに大きく働くのです。

第二次大戦が終わってから三十年ほど後に亡くなったディラン・トーマスはイギリスの詩人です。様々に象徴的な手法で新しいリズムを確立するために自分の詩風を創っていったのです。彼の詩の深い創造力は彼自身の奔放的な生き方や普通の人には想像できないような性的な衝動や様々な生き方の不条理を自分のものとして受け入れ、『死と入口』や、『愛の地図』、さらには『医者と悪魔たち』などといった独特な詩でもって本格的な文学愛好者たちを夢中にさせました。最後にはニューヨークに行き、ストラヴィンスキーなどとつながり、これからますます本格的な詩の世界に向こうとした矢先、彼は突然の死に見舞われたのです。

時代はずっと昔にさかのぼり、私の好きなもう一人の人物の名を挙げなければなりません。十四世紀の頃ドイツで活躍したライン川の畔の神秘主義神学者、トーマス・ア・ケンピスがそれです。

私は妻と二人でライン川の上流あたりからオーストリアやチェコあたりまで旅をした時、その畔を車で移動したことがあります。ウィーンのライン川の畔で尺八も吹きました。遥かそこから西に向かいケルンあたりに来ればラインの流れもトーマス・ア・ケンピスの言葉の色に染まっているのかもしれません。かつてはこのケルンから山の中の鉄道を東に向かい、ベルリンまでは行ったことはありますが、どうした訳かその時はこの神秘主義神学者のことなど、ライン川の橋の上でも気にしていない私でした。トーマス・ア・ケンピスは私の神学校時代、「世界キリスト教史」の学びの中でも忘れ得ない存在でした。数多くのラテン語で書かれた彼の文章は中世文学の中の白眉とさえ私は思っていました。「キリストの生き方を真似するならば、そこにこそ神の国は出現するのだ」といってゆずらないケンピスの言葉に、当時の私は酔いしれました。数多くの彼の著作の中で、『イミタチオ・クリスティ』すなわち『キリストに学べ』は単なる宗教書としての傑作であるだけではなく、『中世のもう一つのバイブル』とさえ言われて人々の手に持たれていたのです。トーマス・ア・ケンピスは社会の中のキリスト教ではなく、人間個人の中の生き生きと働く精神を歌い上げたのです。彼は単なる世界宗教の中の一つ、「キリスト教」の神学者、または伝道者としては納まりきれない存在だったのです。彼はむしろ生命の創造者である大自然に、人は学ばなければならないと言っているのです。

もう一人のトーマスは十三世紀に生きていたトーマス・アクィナスです。彼はカトリックの修道僧であり、神学研究者でした。南部イタリアのロンバルディアの高貴の家に生まれました。幼い頃から深い宗教的な教育を受け、ナポリ大学に入ってからはアリストテレスの古代哲学に触れ、彼の家族の反対を押し切って信仰者としての謙虚な心から、乞食のように托鉢《たくはつ》もして歩いたといわれています。パリ大学に行ったり、様々な神学者や哲学者と出会い、彼の精神の深みは限りなく広いものとなり、それを現しているのが彼の著作、『神学大全』なのです。だがこの著作はついに完成することはありませんでした。これはまだ不完全なものだと、彼自身嘆いていたそうです。十四世紀に入り聖列に加えられ、聖トーマス・アクィナスと呼ばれるようになりました。しかし聖者にされるとかされないとか、カトリック教会の中で叫ばれていることは、あまり、その外側の世界では関係のないことです。トーマス・アクィナスが常に強調していたのは人間の極く自然な大自然の流れの中の知性であって、アリストテレスなどと並んで、我々がよくよく覗いてみるとそこには彼自身の「知性的動物」としての人間が生き生きと描かれているのです。原罪が人間の単なる知性では理解できず、それゆえに自然神学や哲学を超越したところで「一つの恩寵」として理解すべきだと言っているのです。神から生まれてきて神に帰らなければならない被創造物である人間は、この事実に気づいてトーマス・アクィナスの不完全な作品『神学大全』を理解しなければいけません。聖アクィナスの言葉として理解しようとするならば、そこには大きな誤解があるでしょう。

トーマス・ア・ケンピスに関し、トーマス・アクィナスに関し、ディラン・トーマスに関して現代の私たちにそれぞれ意味深い言葉を与えてくれています。

三人のトーマスを語るのに、ヨハネ伝のトマスから始まったこの文章は、この辺で閉じておきましょう。

後発の言葉

その人の言葉はその人、己だけの人生を強く現しています。はっきりとした個人の心が確信の重みによって支えられていればこそ、周りの状況などには負けないものとして存在できるのです。その人に降ってくる天からの言葉は、文明社会の雑多な中でどうにでも受け止められる言葉とは違って、個人というものを見事にはっきりと言い表しています。その人の心にしっかりと沁みついている言葉はそのまま、その人の生命と同質の流れとなり、同じレベルで常にどっしりと生きられるのです。

言葉そのものは、純粋であればあるほど、どんな種類の汚れにもとらわれないでいる時だけ、見事に単純なのです。現代人は複雑な言葉を喜んでいるようですが、悲しいことです。複雑な言葉だけではなく、あらゆるものが汚れており、他の要素と雑多に交じり合い、そういった要素をはっきりと分類して理解したり煮詰めたり使うことがほとんど不可能になっているのです。言葉は常に単純そのものであり、驚くほど素朴な色合いをしている限り、その人を裏切りません。その人の心を雲一つない青空のように清冽にしています。世の中のあらゆる道具ははっきりと他の道具と区別できるような素朴さが必要です。鋭い刃を持っているナイフや、書き味の驚くほど良いモンブランのようなペンなどは、理想的な現代人の道具かもしれません。昔ならば歪んだ茶碗、切れ味の良い刀などが同じように良い道具と言えるでしょう。良い道具は本当の自分を持っている人間には必ず愛されるものです。人生の安定感をさらに安定させる大きな力を、このような道具は持っています。人生観も確かな道具も、心の外側にありながら、その動きは心の内部で心と同調し、流れているのです。

言葉はどんなに頑張っても、どんなに頭の良い人間であっても、現代人に使われる時、間違いなく後発の道具に過ぎません。どんなに頭が悪く、だらしなく生きていたとしても、古代人たちは間違いなく先発的な言葉を使っていたはずです。現代人の言葉はどんなに頑張ってみても今使っている言葉は間違いなく、古代人たちが使い果たした彼らの先発の言葉の前で、現代人のそれは後発のそれでしかないのです。人間は自分の生き方をどんなに頑張っても後発の言葉でしか説明できないことを意識しなければなりません。自分なりのストーリーを作ってはいるのですが、つまりノーベライズ（小説化）しているのですが、それは全て後発の言語のなせる業なのです。

私のような七十才を超えた人間の言葉などは、どんなに心の奥の奥から出してみても、さほどの威力はないと思っています。しかし、ある人が言ったように「七十才の弱い語彙は二十代のそれの二倍以上も内容豊かなのだ」は真実かもしれません。この方は、また「厚顔可憐《こうがんかれん》の老境はおもしろい」とも言っています。決して年をとるということがその人の言葉が後発のものであるといってもそれほどガッカリする必要はないようです。

深化している心

もうそろそろ梅雨も明けるようです。いつまでも降り続いている梅雨の雨は、最近見られなくなり、だからと言って青空がくっきりと現れる空模様ではありません。

現代人は生活のいろいろな面において、その多様性を誇ってはいるのですが、同時にその難しさの中で本当の自分らしい生き方を自覚しているようです。しかしそのことをそのまま表現するのが恥ずかしいのか、文明の生活の深化などと言ってごまかすのも、この人間なのです。人間は常に何かに挫折しています。自分自身という存在の自立性を様々な時間の中で失っているのですが、それを挫折とは見ないようにしているのです。挫折や青春の滅びの中で人間は、自分の夢を失い始めています。こういうところでは内面的な生き方の中で、自ら実感できる仙人とか隠者を自負できるヒトは、るヒトは、実に少なくなっています。文明社会の道筋や回廊や広い外に向かった海を航海する人間は、ある意味で一度は生活のどこか、または夢のどこかで仙人や隠者にならなければならないのです。仙人や隠者というのは、俗の時間を離れ、どこまでも孤高な生き方をする変わり者を指しているのですが、現代人の私たちは少なくとも一瞬の夢の中で、自分という名の仙人や隠者として生きる体験をしなければならないのです。まともにこの世の中で生きるということは、どうしても夢を棄てなければなりません。そういった、いわゆるまともな大人にならなければならないと自覚している人間の多い現代であれば、仙人や隠者体験をする人間はどうしても限りない苦悩を味わわなければならないのです。

ある詩人は、自分は前に歩いてはいないのだが、どこからか道の方が草木と連れ立って、しかも遥かな地平線を手で隠しながらこちらの方に近づいてくると歌っています。人生という道は言葉を使って書いたり歌ったりする時、無から出現するものではないのです。おそらく、人間が歩こうとして、旅に出ようとして心の用意をしていると、向こうの方からこちらに近づいてくるようです。その人間の運命も一緒に彼が口にしなければならない言葉と一緒に、こちらに向かって近づいてくるのです。私たちは自分で何かを作ろうとすることを忘れたら良いのです。私たちの生命が創造された時、同時に私たちの進むべき道は目の前に用意されていたのです。それがはっきりと具体化する時間を、私たちは道が向こうからやってくると言うのかもしれません。自分の心の目を開いてこのような生命の不思議な哲学や宗教的体験を受け止めなければならないようです。

記憶の影

今日は一日中雨のようです。

あなたも腰を温め、身体が良い方向に向かっていること、良かったですね。今度の青森での試合、大いに頑張ってきて下さい。

人間はここまで心が細かく動くように生かされている以上、人生は力いっぱい突っ走っていかなければならないようです。中途半端な人生時間や微温湯の精神の中で生きる時、かえってその人に与えられている時間はドロドロとしてしまい、汚れをさらに酷くしてしまいます。行動は一気に駆け抜ける時、より一層深い意味を持っています。走り抜ける人生の中でその人の時間は爽やかに浄化されていくのです。難しい問題や困り事があったとしても、そこでぐずぐずと戸惑っているなら、そういう問題はどこまでも長く尾を引いていきます。痛みでも、あらゆる意味での苦しさでも、貧しさでも、一気に前を向いて走り抜いていく時、いつのまにか人は向こう側に達しています。おそらくその時ヒトは自分の力に感謝することでしょう。自分をそれほどに困難な中から救ってくれた自らの力に誇りを持つでしょう。あえて神や仏がいるとするならば、それはその人の中に存在する生命そのもののダイナミズムです。大自然が賦与《ふよ》してくれた私たちの生命であれば、その中には当然大自然の力または宇宙の流れの一端が精神的な血液として流れているのです。

文明社会の中で、人類は神や仏という名の手作りした器用な作品、つまり迷信を持っています。この迷信の汚れの中で大きく、大自然の流れの方向に向かっていなければならないのです。第三の目や耳を閉ざしてしまい、機械や化学の様々な力だけに依存している現代文明の構築物の中に見られる時間の中に閉じ込められてしまっているのが人間なのです。神や仏に間違われてしまった生命現象の素になったダイナミズムの当然な動きの中では、生命の中心、心をかけるべき問題もその本質的な行動をとれずにいるのです。

知識の記憶は意味の記憶であり、知の記憶であり、それは結局言葉の記憶や言語記憶なのです。走馬灯のように次から次へと流れ、止まることのない意味を含んでいる記憶または映像としての記憶を、他の動物とは違い人間は先ほども言った知恵の記憶として理解しているのです。そこには現在、また過去、そして未来の歴史記憶が映像化されているのです。これを別の言い方で表現するなら、陳述記憶であり、電話番号などと同じく、受話器を手にした時脳の中に浮かんではいても、一旦切ってしまうとたちどころに消えていく言葉としての記憶なのです。人間の記憶もまたこれと同じです。一見どこまでも流れ続けている走馬灯のような人の記憶も、一旦切られてしまうとその先にまでは記憶は残らないのです。ヒトは自分の全存在の中に、生命の流れというダイナミズムを動かしているエネルギーを蓄えており、それが実は本人のある種の知識の記憶なのです。

ある英国の知識人はこのようにもいっています。

「新規な考え方や行動に向かおうとする時、そのような天才的な一面を備えている人間を野蛮で粗野な人物だとみなし、奇矯であるといって側面から非難したり、一般社会人の中に身を置いて攻撃するのである。いかにも上品でもったいぶった言葉で警告でもするようにこういう人間は言う。大き過ぎる心の勢いの良い流れの中でナイアガラ河が、オランダの小さな運河が左右の土手に挟まれていながらゆったりと伸び伸びと流れているさまを非難することは、正しいことだろうか」

むしろ現代人には独創性の豊かさが欠如している方が心配です。この独創性の欠如の中で、現代人という名の池の水が汚れ、腐っていることを考えなければなりません。溢れるばかり噴き出す地下水や、銘水こそ必要なことです。

こんな雨の一日、普通の日よりゆっくりと自らを反省していきましょう。

心の聖所

おはようございます。

日本中どこもかしこも何らかの形で、梅雨の最後のシトシトとした時間を過ごしています。

昨日は嬉しく土佐の水や、スイカなどいただきました。あの枝豆などはさっそく茹でていただきましたが、あのような味こそ、大和本来のものなのでしょう。夕食の後、スイカも半分ほどいただきましたが、とても甘く、味わい深く今年の夏の味わいを早めにいただかせてもらいました。このスイカの皮はさっそくピクルスになるそうです。

人間は他の動物のように一日中食べ物を探し、寝たり遊んだりする訳にはいきません。本当の人生を過ごすためには、それぞれにヒトの暮らしがあり、それはその人らしい業を起こすことなのです。これを漢文式に言うならば、起業となるでしょう。しかし起業という言葉が意味している内容とは大きく違い、業を起こすということは、自分というヒトを自分らしく生かして行くことなのです。自分らしく生かしていく業とは、別な言葉で言うならば、単に平和なこと、安心できることだけをすることではなく、険しいことや危険なこと、より新しいことに冒《けわしく》分け入って進むことをも意味しているのです。つまり一言で漢文式に言うならば、「起業冒険」をするのが、他の動物とは違う各人のヒトの生き方なのです。

サンクチュアリ、つまり聖所とか、聖域とかいう場所が世界中のあちらこちらにあります。伊勢の皇大神宮初め、ヨーロッパにも北中南米、中近東などにもこのようなサンクチュアリを探すとすると、その暇はないくらいです。南西諸島の島々には沖縄本島を中心として深い心のつながりをもっている聖域が「ウタキ」として奉られたり、信じられています。文明の世の中ではほとんど全てが科学の匂いの中でより日常の生活の表面だけが語られており、サンクチュアリはヒトと深い関わりを持たなくなっています。しかし私たちは聖所としての森の中や言葉の深みの中に、時には身を沈めなければなりません。

長い歴史を持つ漢字なのですが、言葉のリズムや豊かな感性が本当に日本人に伝えられているのは、「仮名」なのです。心ある人が手にする筆先から連綿として流れ出る仮名の奥床しさや、まるで曲がったように書き並べられている心ある人の「散らし書き」などは、かえって文字の正しい位置を心豊かな人に教えてくれます。あなたが詠んでいる句の形の中にも、はっきりとリズムが現れており、そこには感性豊かに人間の生き方の聖域が読み取れるのです。あなたの散らし書きの文章は連綿としてあなたの心の深さがまとまって私には見えてきます。

この夏の集まりでは、お互いの嬉しい思いを吐露したいものです。

ご家族の皆さんにどうぞ宜しく。いつも美味しいものをありがとう!! 暑くなります、お身体に気をつけて。

今という一瞬の行動

私はかつて『宇模永造』という文庫版の本を明窓出版社から出してもらいましたが、千年近くも前に中国大陸の禅僧、無業和尚は「莫妄想《まくもうぞう》」ということを彼の教えの中で使っています。つまりこの「莫妄想」という三文字の漢字には、人間は生きていくこの人生において、決して何事に対しても妄想してはいけないことを教えているのです。文明人間は、頭が良く、あらゆることで利口であり、便利なものを作り、ことごとく人生を巧く処理していくようになっていると言われていますが、その実現代人の生き方全ては妄想の結果でしかないのです。私はこのことを『宇模永造』の中で様々に隠喩《いんゆ》を用いて書いています。無業和尚は妄想するなと言っていますが、早稲田大学を創った大隈重信は一言はっきりと、「過去を思い出すな」と言っています。妄想するなとか、過去を思い出すのに合わせて、未来のみを見つめ過ぎるなと私は言いたいのです。発明発見の心と深く結びついている人間は、数多く妄想し、過去の思い出を現在に引きずり、多くの夢を未来に求めますが、そのような生き方の良さは、それなりの良さを持っています。しかし目の前の今の時間の中で何かを徹底的にやるためには、そのような二つの時間は脇に置きたいものです。どのようなものであっても「今」という瞬間の時間の中でしなければならない問題の前で、妄想も過去も未来も完全に邪魔なのです。目の前の事をなす時、人間はこれらをはっきりと脇に積み重ねてそれらが風に飛ばされないように文鎮を載せて置くくらいでなければならないのです。妄想も過去の思い出も未来への夢も目の前の素心にとっては邪魔な存在です。目の前の一瞬の時間の中に存在するものを見る目にとって、これら二つは「眉宇《びう》（眉のあたり）」なのです。一瞬の目の前の時間の中で、また、行動の中で妄想も過去も未来もこれらは全て邪魔なのです。

　ユダヤ教の聖典に、『タルムード』というのがありますが、この聖典の中に次のような文章があります。

「過去を追うな。未来を願うな。過去はすでに棄てられている。そして未来はまだやってこない。だから現在の事柄を、それがあるところにおいて観察し、揺るぐことなく動じることなく、よく見極めて実践せよ。ただ今日すべきことを熱心にせよ」

　古代のローマ人の間で言われていた次のような格言もあります。

「明日できる仕事を今日はするな。他の人のできる仕事は自分ではするな」

　今というこの生き生きと生きている時間の中で、自分自身をも活かし、はっきりとした行動の中で生きる時、それは間違いなくその人の命の表現であり、その人の言葉の確かな発言です。

地獄門の中で

　人間は黙っていてもこの文明社会の中の様々な事柄で忙しいのですが、自分自身というヒトの世界では、自分がその気にならなければ何事も成り立ちません。私たちは自分の言葉を自らの手で、また足で耕さなければなりません。生命の持続というものは、社会の中で生きている人間の生き方をいうのではありません。このsustainability（持続）はヒトの生命の動きそのものなのです。自然環境と開発の問題は、かなり前の時代から使われてきています。食糧、エネルギーに関して人類はこの地球に住むことが恐ろしくなり、今のような社会制度がこれからも成り立っていくのだろうかと不安がっているのです。決まった量の資源の中で、それをリサイクルしながらこれから先もあらゆる生物は、特に人間は生き続けていけるのだろうかという問題に突き当たり、個人のヒトとして人間は悩み始めてきているのです。サステナブルチックな足場に立って人間は、直接的な自分そのものの生き方を考えなければならないところにきているのです。

かつてマルサスは、経済哲学の学者として、しかも現代世界を一つの大きな量として考えながら、地球に与えられている数々の資源の限界を見定め、今後年ごとに増えていく動物たちの数や人類の人口を、それと比較しながら「この惑星にこのまま時代の変化の中で人類は生きていけるだろうか？」と考えあぐんだのです。こういった考えが巨大な海と大陸から成り立っているこの惑星のいたるところから出てくる限りある資源とどのように関わりあっていけるか、広い意味での哲学や宗教や経済学の世界で考える時、共産主義や無政府主義や民主主義や、他の様々なカルトの枠に納まっていくのです。

しかし、人類がヒトという個人を前にして考える時、いっさいの哲学も宗教も経済学もいらないし、役には立たないのです。そういった集団行為や、一見華やかに見える世界的な体育祭やオリンピック競技、また巨大なカルトに過ぎないあらゆる宗教活動は、ヒトつまり自分を前にして生命問題を考える時、ほとんど存在する意味を持たないのです。ヒトは手の中に握られている一片の米や金銭の、また自分自身の一言二言の言葉でもって、この生命の持続可能性について、深く考えなければならないのです。その時ヒトはもう一人のロダンのこねあげた「考える人」として、現代の時間である「地獄門」が存在することを見定めなければならないのです（ダンテの『神曲』に着想を得て制作し、それを『地獄門』と名付け、その門の頂上にある像が「考える人」である）。

サステナビリティ（持続可能性）とは本人の言葉と心と愛が限りなくそのまま維持されていく時間の流れそのものなのです。

今日という一日も、自分の時間をはっきりと「地獄門」の中に認め、そこでじっと考えるヒトは、自分自身だと確信しましょう。

Core skill

まだまだ梅雨の日は続くようです。そちらも大雨の日があったようですが、それによって水不足が解消されたようで良かったですね。ハッとさせられるような思いに立たされ、不安でいっぱいになることもありますが、次の瞬間、心や生き方が安心に満たされると、人生の喜びを痛感せずにはおられません。人間一人ひとりがそのようなところで毎日生きているようです。

リンゴにも、モモにも、梨にも種が入っています。coreと呼ばれたり、stonesと呼ばれているのがそれです。リンゴの小さな種やモモの丸い大きな種などが、これら二つの言葉に分けられているのでしょう。あらゆる果物には種があったり芯があります。人間にも、人間の生き方にも、その存在の、また行動の中心となる「柱」すなわち「芯（心）」があるのです。人間の言葉にもその中心には「礎」があるのです。常に挨拶文やお互いが笑えるような常套語が囁かれ、書かれたりするものですが、それとは別に、その中心には「礎」または「芯」となる言葉が語られなければなりません。この「芯」が語られずに使われる言葉は、死んだ言葉です。

skill は「手腕」であり、「技量」であり、「技術」や「技能」なのです。「コアスキル」という言葉はそのヒトの芯となっている「技量」であり、「業」になっているそのヒトの「核心」そのものなのです。要するに人間は正しい言葉と社会で通じる資格などを持っていれば、しかも家族がいたり、適当な財産でも傍らに置いておけば、安心して暮らしていけるのですが、一人の確かな自分をもって生きようとする人間は、単に人間であってはいけないのです。ヒトとしての自分が存在し、その中心には間違いなくコアスキルを持っているべきです。私たちが神や仏と呼んでいるキリストやシャカは、実は最も優れた自分のコアスキルを備えていた人間だったはずです。私もそういう生き方をしたいと思っています。しかし、自分を見つめることのなんとも難しいことか。

私たちは常に地獄門の炎の中に立たされている「考える人」です。

来月はお互い元気でお会いしたいものです。奥様にもどうぞ宜しく。

前進あるのみ

五月晴れの良い天気です。晴れたりシトシトと雨が降ったり、絶えず代わり映えのしない天気の後で、今日は青空いっぱいの空に陽が照っています。夕べの雨で芝生も竹林も濡れていますが、犬たちと一緒に私たちは庭で遊びました。

あなたが今様々な問題を抱えているということを教えてくれてありがとう。私たち夫婦にとってもいろいろな問題を前にして、やはり生きるのがどこか危なっかしいこの文明の世の中ですが、それでも力いっぱい生きています。この人生をつつがなく向こう岸までやっていけるなら、自分の命さえ予定の寿命より少なくされてもいささかも悔いがないといった状態が、心の中の隅の方にはっきりと見えています。となれば、一瞬一秒たりとも無駄には使えません。多く書き、垣根を作る竹の枝を切り、散歩をし、私には神はいないのですが、私の周りに流れている引力の勢いの中で、とにかく常に祈っています。まず自分の心に、自分が強くこの人生に感謝をして与えられただけの寿命を生きることのために自分に祈り、妻や息子たち一人ひとりの人生が意味あるものであるように祈っています。あなたも奥さんや三人の娘さんのため、あなた自身に向かって、またあなた自身の体力に対しても祈って下さい。引力が確かにあなたのためにも働いているのですから。それを信じるのは私たちの生きているこの強さですね。

人間はこの文明社会の便利さや物の豊かな生活の中で、実はとんでもない「貧困層」の人間になっているのです。あれほど強い空手チョップの力道山でさえ、一目見ると何の心配もない偉丈夫《いじょうぶ》に見えますが、それでも彼の内側ではヒトに言えない多くの問題を抱えていました。誰一人強さでは彼に勝つことはできないと思っていましたが、彼自身、実は文明社会の中にどっぷりと浸り、もみくちゃにされながらなんとか短い人生をやっとの思いで生きていた「貧困層」の一人だったのです。

人間にはいろいろなものの単位が存在します。長さや重さや光り輝くような宝石やレアメタルの単位があったり、ヒトの頭の中の知恵といった物の単位もあれば、人間としての心や身体の美しさも単位としては十分に一人ひとり測ることができるでしょう。

しかしヒトの心の単位はそういった文明の諸問題の単位とは違って時代の流れと共に進化していくことはないのです。文明の時間の中で作られてきた単位は、原始単位から原子単位まで少しずつレベルを上げてきました。しかしヒトの存在または生命力の単位は一万年前と千年前と今年の間にいささかの違いも無いのです。全く同じです。土を焼き、精巧な機械を組み立てる仕事に従事していても心の大きさの単位は全く一つです。このことを弁えながら人間は自分にはっきりとした自信を持って自分に向かって祈り、自分の前に与えられた道を、ただ力いっぱい進むのみです。失敗を怖れてはなりません。何が失敗であるかないかを自分が与えられた命によって分かるはずもないのですから。確かにそれが失敗であったとしても、しないよりはした方がよいのです。失敗の後に必ず大きな喜びの伴った成功がやってくるのです。要するに天から与えられたこの命がやることに失敗など一つもないのです。失敗だと思っているのは愚かな自分だけです。何事も小利口な態度でやらなかったりごまかしたり、ものおじしたり、怠け癖で通す時、ヒトは与えられているこの命の中の大きな部分を使わずに一生を終わるのです。あらゆる点において否定はいけません。マイナスの考え方や行動はその人を小さくし、悲しくしていきます。私自身よく親たちから言われたものです。「お前は内気で困る」。また親たちは私のことを「気が小さくて、ヒトの前では何事もできない子供だ」と親戚のものに話していたものです。駅前の人混みの中に入っていき、迷子になった訳でもないのに迷子の振りをして見知らぬヒトにバスに乗せられたりタクシーに乗せられたり、市内電車に乗せられるほどとても傲慢な子供であった私でしたが、それでもこの文明の世の中ではやはり気の小さい内気な子供に見えたのでしょう。

あなたもあなたの中の内気な心を追い出して下さい。力いっぱい何事でもできる人間になって下さい。与えられた今日というこの時間を全部使い果たして下さい。沖縄に行けなくとも少しも残念ではありません。かえってその時間が、あなたを良い方向に向けるかもしれないのですから。

私もあなたも、また全ての梁山泊の朋友たちも、やはりそれぞれの問題で苦しんでいるかもしれません。彼らがそれぞれに自分だけの単位でもって万有引力の流れに感謝ができる存在であることを願いながら……素晴らしい人生ありがとう!!

ライデン（leiden）

人類以外の動物の豊かで代わり映えのしない何万年という時代の中では、全てがほとんど同じように進行していますが、その進行は停滞と同じ意味を持っているようです。その点人類は見方次第ですがあまりにも早く動き過ぎ、明らかに、進歩が全速力で動いている宇宙船の操作に似ているようです。人類は心や魂の起業に力を尽くしています。その結果、金銭とか物とか、メダルの数が次々と数を増し、他の生き物には見られない巣とは全く違う家というものが造られ、そこに入りきらないほどの所有物が増えていったのです。

文明人間は人類としてサバンナの平原に降り立った時から熱中症患者となりながら、時代の流れの中で少しずつその度合いを増していったのです。今ではすっかりほてっているヒトの身体は、熱中症の中で苦しんでいる自分の言葉以上に、経済的な、また政治的な熱さの中味が違った、より複雑な熱中症に悩んでいます。こういった全く異質な熱中症の中で医学も、哲学も、さらには根本的な中心の治療である宗教さえも、ほとんど何もできないところにおかれ始めています。あれこれと言葉を話し手を出すのですが、それは単なる一時的な文明熱中症の対象療法でしかなく、いわゆる、確実にそれを癒やし得るワクチンなどは全くないことを文明人間は知っているのです。

地球そのものでさえ、徐々に温暖化の方向に進み、近未来の人たちはこれから先、いかがすれば良いのかその方法さえ定かではないのです。世界には多くの知恵ある経済学者たちが存在し、人間を全体的に救うことができる哲学者も間違いなく存在し、局部療法においては驚くほどの力を発揮している世界三大宗教初め、いろいろな種類のカルト集団は存在しますが、もっとも基本的な地球の温暖化現象を癒やせるだけのものは今のところ何一つ存在しないのです。

ゲーテはかつて自分の母国語であるドイツ語で「受苦」という言葉を、あの『若きヴェルテルの悩み』の中で好きな女性を愛する純粋な若者の心にこれを使っています。キリスト教の受苦の基本として表れる言葉に「原罪」があり、この原罪の周りには、または、伏線には「煉獄」が考えられます。受苦はより高い次元で理解できる言葉ですが、日々の生活の中で私たちはこれを「心の痛み」つまり、これこそがドイツ語で言うところの「ライデン(leiden)」なのです。

しかしこの苦しみ無しに、心の悩みなしに、人間は本来の人間にはなれないのです。苦しみ無しには、ヒトは単なる動物になってしまいます。そうなるとヒトは爬虫類や昆虫のレベルで生きることになるのです。彼等をより下の生き物として馬鹿にすることはないのですが、人間がヒトではないという事実を認識するのには、彼等が異質な生物であることをはっきりと認めなければならないのです。日本人は大晦日に百八つの鐘の音を聴き、煩悩、すなわち苦から逃れる道を求めます。ユダヤ人たちには「逃れの町」があり、日本の悲しい女たちには「駆け込み寺」があるのです。しかしこのような救いの場所が、あるヒトには大切な人生の教訓としてのライデンが体験できないので、本当のヒトになるには大切なものが抜けてしまうのです。他の生物たちにはヒトが受けなければならない人生の苦しみがほとんどないので、文学も哲学も宗教も必要とせず、常に一日中餌を拾い、同時に天敵に襲われはしないかと機械的な素早さで、逃げたり飛んだりしており、その動作は同時に運動会の日に走ったり転んだりすることに喜んでいる人間の子供のように見えて仕方がないのです。どんなに餌に不足して苦しんでいても、天敵に追われながら走り回っていても、それをヴェルテルの抱いていたライデンと比較してはならないのです。人間の抱いている原罪の時間は一生付きまとっている休みのない苦しみであり、このことを、芥川竜之介はまた心あるあらゆる時代の人間たちは「常に後ろから追い立てられているこの痛み」と実感していたのです。

人間は魂の視線で常時万物を見つめています。苦しみながら、愛しながら、憎みながら諦めながら、生まれてから死に至るまで常に物を見つめています。だからこそ、一人ひとりのヒトの一生は間違いなく書き忘れの全くない日記の頁であり、まだ使われていないオリンピック競技の記録なのです。人間は人生、または人生時間を常に油断しながら読んでいます。時間を常になめてかかっています。人生時間を斜め読みしています。この斜め読みの人間の態度こそ、生き方の全域をライデンにしている理由なのです。もっと深読すべきなのです。

ヒトは天から与えられた自分の寿命を、決して馬鹿な扱いをしてはならないのです。斜め読みをしてはならないのです。全ての頁の人生の言葉をはっきりと読み取っていくのが人生を生きたという意味になるのですから。leiden から離れた爽やか言葉を自分の目の前に置きましょう。

密林の中の言葉に帰って

遠い時代の人間にはサバンナの風の匂いが付きまとっており、先の見えない旅路の道筋が伸び伸びと広がっているのですが、そこにはいささかの不安もないのです。しかし段々と狭められている文明人間の道筋には、様々な雑草が生え、呼吸さえまともにはできなくなってきています。こんな事情の中で人間は芯の抜かれた虚しい言葉の中で生きています。どんなに大声を出して歌ってみても呼んでみても、そこには荒野に叫ぶ洗者ヨハネの声は響いてこないのです。市場で笛吹けど誰一人彼の方を向いて歌い踊る人の現れない悲しさを、いかにもできないでいるエルサレムの若者キリストを助けることは誰にもできないのです。ガンダーラのシャカを後ろから押し出してやる人もいないのです。

代わりに笛を吹いたり、後ろから押し出してやる力を持った人間がどこにもいないのです。身体は力いっぱい動いており、働いており、それだけの成果としての発明、発見や権力や金力の扱いは上手くなってきているのですが、自分という存在の中心においてはっきりと抱いていなければならない覚悟がもう一つどこか足らないのです。人間は外側の体格や文明の知識によって生きている訳ではないのです。経済的に、またメダルの数で肩をそびやかせ、胸を大きく張っておられる訳ではないのです。人間は基本的に神経の細かい流れの中ではなく、精神の恐ろしいほどの生き生きとした渦の中で、自分を信じられるのであり、確かに生きているのです。人間のそのような精神の渦に、いやが上にも高い温度を与え、回る速度を速めてくれるのは言葉なのです。その人のその人らしい個性豊かな言葉だけが、生命の周波数なのです。

残念ながらここまで文明が広がっている時代の中で、人の言葉はとても重傷な心の汚染に侵されています。医学者や哲学者や芸術家は、現代人間の支えきれないほどの重傷の状態を脳内汚染だと自覚しているのですが、それはとても軽い症状として文明人間の病気を扱っているからに過ぎないのです。見たところ、とても格好の良い現代人には、素朴過ぎ、単純過ぎる古い時代の人間の良さというものが消えてなくなっています。文明人間は本来の「単純なヒト」から外に飛び出した絶対的に大切なものを失った悲しい帰化人なのです。話す言葉も信じるものも、本来の自分が喜べる音楽も、味覚も全て失ってしまい、全く別の世界で、あたかも裸族がニューヨークのウォール街を歩いたり、パリのシャンゼリゼ通りで食事をするような不思議な光景が、現代人には見られるのです。何かとても良いことをやっており、ピカピカ光るものを身に付け、自信を持って自分をみせびらかしながら、歌い踊っているのですが、その実、周りの人々に笑われ、悲しい狂人がいると哀れに思われているのです。

　ヒトは現代のどこかに帰化してしまった生き方から、自信を持って、再度素朴で貧しい雑種の黒いアフリカに戻るところから生き方を始めなければならないのです。かつてアメリカ合衆国に「アフリカに戻ろう運動」というのが起こったそうです。キング牧師などは、魂のレベルにおいてこのように実感していたはずです。アフリカ人も東洋人も西洋人も一様にキリスト教の言葉を借りて言うならば、「シオンの娘の国イスラエルに戻ろう」と言わなければならないのです。もともとシオンの娘である素朴で単純な人間は、長い時間という名の氷河期の中ですっかり文明の楽しさや便利さや、貨幣経済のおもしろさなどにどっぷり浸かり、文明という名のアヘンに囚われ、本来の人間性をなくした存在なのです。

　このような生き方の中で私は本来の原人間から文明人間に帰化した自分を恥じ、今の言葉を棄て、自然の言葉、うめき声、うなり声、本来の洞窟の中で話していた密林の匂いのする言葉で再度、暮らしてみたいのです。

暗い江戸時代

　現代というこの全く新しい時代は、様々な点において私たちに新しい体験をさせてくれています。確かに江戸時代は二百七十年間の全く藩同士の戦いなどのなかった不思議な時代です。外人から見れば平和そのものの時代のように見えますが、その実、お上の力が強く、締めつけが激しく、市民たちは、というよりは半分奴隷のような農民や商人たち、さらにその下で喘いでいた職人たちは、息も付けないところでなんとか生きていたのです。世界に珍しい綺麗な都会江戸でさえ、下層の男女たちが呻いていました。女郎《じょろう》や花魁《おいらん》といった華やかな人々の生活さえ、近づいてみるなら奴隷以下の生活の体験者だったのです。宿屋（旅館）の娘すら、飯盛女（女郎《じょろう》）が不足している時には夜の仕事に出ていたといわれています。こんな所にはほとんど目がいかず、三百年も続いた鎖国の暗い時代を平和だなどとおだて上げている外国人たちは、ふざけるのもいいかげんにしろといいたいのです。そんな時代の中では確かに紙くず拾いをしてもなんとか食っていけるほど、誰もが低収入で生きていたのです。そこにはヨーロッパ人たちの当時体験していた愛情をもてあそび、文学を語り、哲学をサロンでコーヒーを飲みながら話し合い、すでに存在していた大学の研究室でラテン語やギリシャ語などを母国語と同じように使い分けながら暮らしていた人々には、山幸海幸の国の閉ざされた空気の味など全く理解されなかったのです。何をするにも自分の生まれた家柄が先に現れ、自分が身に付けている剣の道がどれだけの資格を持っているかまず名前を名乗る前に示さなければならず、家柄も剣の道もない人々にとっては単なる動物のレベルに近い人間として何事にも文句を言わず、怒ることなく、主張することなく、暮らしていなければならなかったのです。素直というよりは少し脳の足らない愛玩動物並みに振る舞っていれば、なんとか生きていられたのです。鎖国の日本では、全く無機質な、喜びも悲しみも外に出すことなく生きていればそれでなんとか暮らしていけたのです。たとえお上といわれた上の人たちも、これと同じく喜びも感動する気持ちもできるだけ顔の表情や身体の動きの中に表すことなく、ひたすら彫刻のように捕まったまま生きているならば、その人の一生は無事に過ごせる時代だったのです。鎖国の空気の中では、笑うこともふざけることも走ることも全てこのようなことは、生まれながらの日本人の生活の中で許されておらず、ひたすら隠者のように静かにしていることの大切さを知らされていたのです。食事の時には最も徳のある宗教人のように黙り、部屋にいる時は部屋の空気が埃を立てないほどに静かにしていなければならなかったのです。

当時の日本人はどこまでも透明で、音という音の全くない無機質な文章で埋まっている孔子等の言葉に守られながら、良い日本人になろうとして頑張っていたのです。ソクラテスのように笑い、おどけ、皮肉を言い、自分のことさえ非難するようなヨーロッパ人やあらゆる言葉の角々が尖り過ぎていて読んだり信じたりする者の心や生き方をびっくりさせ、初めて聞いた言葉だと驚くような体験をさせる老子等は、鎖国の中で生きていられる人間にはほとんど近寄り難いものであったのです。ソクラテスや老子やディオゲネスなどは、当時の日本人にとってはとても恐ろしくて近づくことも読むことも考えることもできなかったはずです。黄色い肌の日本人にはとても合わない代物だったのです。おそらく白人たちのより単純で明るく何事でも自由に表現できる彼等だったからこそ、受け止めることのできるものであったのです。

日本人の目が、そして心が大きく開くためにはどうしても実在などしなかった京都の大店の息子、鞍馬天狗の口にした言葉が必要だったのでしょう。「日本の明日には必ず明るい朝が来るだろう」と、ある小説家は鞍馬天狗に言わせたのです。鎖国の時代の中で日本人のそれぞれの人生の旅路は、大自然から与えられていた長い道中ではなかったのです。どこまでも、へとへとになるまで歩いていった本当のジプシーのような生き方は、鎖国の日本人にはとてもできなかったのです。西洋人の厳しい人生の時間の中で彼等の靴は減るだけ減ってしまっていたのですが、日本人のワラジはほとんど減ることが無かったのです。日本人の生き方の中で愛も他のどのような生き方もそれなりの化学反応を起こすことなく、水は水のまま、汚れた空気もそのままあたりに漂っていたのです。

そのためか、日本の古い時代の文化がとても珍しいと珍重されながら現代世界の人々に愛されていますが、そのことを別の言葉で言うならば、何一つ努力せず、小さくまとまり、自分自身という存在の中で縮こまってしまった当時の日本人が、数々の浮世絵としてまた盆栽として、庭園として、さらには日本的な芸術としての能や歌舞伎や文楽として今日ある意味での特質を認められているのです。

日本人は特別馬鹿であった訳ではありません。新しいものを発明発見するだけの力がなかった訳でもありません。汽車を知らず、電信の技術を知らなかった当時の日本人は、そういったことに一切関わることを禁じられていた空気の中でしか生きられなかったところに文明の機具と関わる時間が持てなかったのです。はたしてそのようなどこまでも暗い鎖国の日本が悪かったかどうかはまた別の物として考えなければなりません。

明るい五月の終わりの午前中です。人間は何一つ怖れたり恥じたり恥ずかしいと思うことはないのです。自分をそのまま前に出して今日一日を歩んでみましょう。

疑似化学

昨日の午後は嬉しい贈り物が届きました。カシューナッツやレーズンや様々なお菓子など本当にありがとう！　物を書き終わった時一休みしながら抹茶ミルクなどと一緒に味わわせてもらいます。

本当の学問とか知識とか言葉というものは、その人間の遊びの豊かな時間の中からだけ生まれてくるようです。人生を遊べないソクラテスも老子もいなかったはずです。日本の古い物の本の中にも「遊びをせんとや生まれけむ」と記されています。遊ぶことはそのまま本当に生きることであり、生きるということは生命の時間を間違いなく生かすことです。

現代人は必死になって自分の社会での成績だけを気にし、価値だけを見つめようとしているのですが、例えば、子供の成績でさえ、決して価値として決められる訳はないのです。社会が用意した成績や価値の中だけで安心して生きる人間は早晩自分たちが期待している子供たちの生き方を間違えてしまいます。子が親を傷つけたり、老人たちを殴ったり、家に火をつけたり、親が子を殺したりする現代の世相の中は、確かに成績だけが良いことだけに安心したり、その価値を大いに喜ぶような軽薄な人々が多い証拠なのです。

怪しいものを信じたり科学では証明できないような不思議なことが見えてくる人間が、この忙しい文明の世の中においては数多く現れますが、そのような疑似科学の考えや思考停止のほとんど入り口まで来ている人々は、自分自身の本当の万有引力から遠のいている疑似科学、または、その次に来る第三種の疑似科学の懐に入っている自分を信じなければいけないようです。自分は万有の流れの中から生み出された生物であることを忘れ、まるで科学的な確かな裏づけがあるように間違った自信を持ち、はっきりとした効力があるとは証明されていない科学食品などを手に入れて喜んでいる新興宗教の信者になり始めているのが文明社会の中の私たちです。何事でも大自然の流れの中の存在であることを考えずに、疑似科学の世界の入り口に顔を出し、物欲しげに覗いているのがとにかく現代人の特徴なのです。私などもその一人かもしれませんが、確かに証明できないもの、信じられない物の中に、何か本物がなくてはならないと思い、それゆえに現代の社会はあまりにも明日への夢が無く、つまらないのだと思い、結局は何か遠い世界から響いてくる隠者の声のようなものを、なんとか聴こうとするのです。悲しいことで恐ろしいことです。自らをスピリチュアリズムの教師であり、霊能力の持ち主であり、科学の世界が見落としているたいへん重大な問題について語ることができ、そのための行動がいつでも起こせると豪語する超能力者並みの人が、一人二人ならず、世界中にかなり多く存在することも事実です。このような人間の存在と、社会の片隅にうろついている様々な詐欺師の区別ができるようでなければ、私たちは誰もが口にしている言葉以外は舌の上に載せてはいけないのです。明らかに人間には数多くの言葉が与えられてきています。それらの言葉を他の言葉に転化し、数多くの新語を造り、これまで見えなかったものを見せようとするのも現代の世の中の片隅から見い出される、小予言者、町内のいわゆる知識人の特徴です。このような小予言者の動きを相対的に表すならば、それを文化と呼ぶのかもしれません。その中央で言葉は流行の波に乗って様々に働きだしますが、一つの夢として動くことなく、近未来を間違いなく望む言葉が存在するということを、私たちは知らなければなりません。

ある人はこれからの半世紀の間は、ずっと鬱の時代が続くだろうと言っていますが、これが本当の予言となるかならないかは、誰にも分かりません。とにかく鬱のダイナミズムは、現代人の誰の中にもフツフツと息づいていることだけは確かです。そのような現実を知っているせいか、大多数の現代人は、心の中に蠢いている魑魅魍魎をこの一言「鬱」という言葉で表現しています。あらゆる便利な道具を使いながら、自由自在に生活の行動をしている現代人ですが、心の中では完全に閉鎖されているこの岩窟島、すなわち檻の中に閉じ込められている自分をよく知っているので、心のこの現実を、この一言「鬱」で表す以外は方法がないのです。そこから抜け出そうという意欲もわずかにはあるのですが、それを言い表すのにも「人生を生きやすくする環境が欲しい」としか、言いようがありません。そのために金や権力がどうしてもなくてはならない現実を考えてしまうのです。あらゆる犯罪もここから起こるのです。

私たちは鬱から逃れるために、このような愚かしい疑似科学から離れたいものですね。

人生は見方一つで、全ては健康そのものです。いつもその方向をプラスのメガネで見たいものです。

一瞬の心の浄化

夕べからの雨もベランダや庭を濡らしていましたが、八時の今、雨は止み、東風が楠木《くすのき》や竹林を揺すっています。あなたからエクスパックが届くとのこと、先ほどそのメールを嬉しく読ませてもらったところです。あなたからいつも励まされています。ありがとう!!

ついに絵描きとしては認められなかった竹下夢二は、あのような絵は芸術に値しないとも酷評されていましたが、そのような世間の批判をものともせず、何人もの女と愛しあい、心を打つような詩を作り、そして病弱そのものの女の絵を描き続けました。そんな夢路はこんな風にも人に話しかけています。

「いつも一番後ろに立っている者を、一番前に置きたいものだ」

この気持ちは心ある人ならば誰にでもよく分かります。現代の俳優として頑張っているある役者は、この夢路の言葉に触発されて演劇の世界で頑張っているそうです。

人間は数多くの世迷い言を語っていますが、それを脇に棄てる時、心の確かな浄化がなされるのです。あまりにも汚れきった文明の世の中を常に歩き通さなければならない人間は、本当の自分を見い出すこともできず、心の中の思いや願いを実行することもならず、結局自分が信じられる自由や幸せを掴むことができないのです。それは本人の罪でもなければ間違いでもないのです。集団の中でしか生きられないと錯覚している文明人間の悲しさや文明社会に囚われているヒトの特質なのです。結局ヒトは生まれながらの終身刑の犯罪者なのです。このことがはっきり見てとれるので、キリスト教では人間は全て「原罪」の中に閉じ込められていると言っています。仏教で言う「劫」や「業」は終身刑には当たらず、一等を減じて無期懲役にされていると認めるのですから、「劫」や「業」に責め続けられてもやがてはそこから解放されない訳ではないのです。

結局この文明社会の人間は全て、打たれた頭に重い後遺症を残しているボクサーだともいえるでしょう。次の試合のリングに上がる時、今度チャンピオンの座に立っている選手に、一発力のこもったパンチを受けるなら死んでしまうかもしれません。そんな際どいところに立たされているボクサーの厳しい立場を文明社会の便利さや豊かさや、それでいて自分を自分として受け止めていけない万人の姿がもう一つの表現として映って見えるのです。決定的に皮膚の表から心の奥まで汚染され続けている現代人は、明日をも知れない重病人なのです。こんな人間に必要な特効薬は金銭でも肩書きでも名誉でもありません。読書だけが心の重病人である現代人に必要な特効薬です。どんな本でもその頁の中の一行一句には、間もなく死ぬかもしれない魂のための光り輝く言葉があり、その人間を驚くほど明るい饗宴の座に導いてくれるのです。言葉を読むということ、また文章を信じるということ、その本全体がハーモニー化して流れてくる時、それに対応できる人間は、不思議な救われる時間を持つことを体験するのです。

そこから夢が広がります。他の多くの人々が同じように同じ方向に同じ踵を向けて信じている言葉とは全く関係のない、言葉や文章を持っている限りその人間は、忍者の「虎の巻」のような物を手にしたことになるのです。自分の生き方の中心において、「虎の巻」は一陣の煙となって文明のあらゆる汚染されたものからその人間を救い出し、生命の本来の在り方である行動に導くのです。

何事もその人を初めから夢やその行動の方に向けずに、そのヒトを確かな意味で活性化させる言葉の方に向けなければなりません。そういった言葉の数々が作りだすフレーズやクローズが「虎の巻」となり、そこから現れる煙の中でその人が行う行動の一つ一つが生まれるのです。いわゆる竜宮城で時間を忘れ、遊び惚けていた浦島太郎が故郷の村に戻り、開けた玉手箱から一陣の白い煙が広がり、一瞬にして彼は自分自身という人間が変化したのと同じで、髪の毛や髭という髭は全て白くなったのです。ヒトはこの煙に触れる時、一瞬にして単なる文明人間から、全く新しい浄化された人間に変わるのです。そこから本当の人生が始まるのです。人生万歳!!

竜宮城のあの「劫」多い夢を徹底的に棄てましょう。

心の中の庭造り

他の生き物たちとは違い、人間は良くも悪くも歴史の中で目覚めを体験しています。今もなおその状態は続いています。悲しいことに悪い方への目覚めがなんと多いことでしょう。多くの物の発明や発見はあるのですが、その大半がヒトの生き方の悪い方に向いているからなんとも残念です。人間に様々な「神様」はいりません。しかしヒトの心の中に「神性」はなくてはなりません。生き方や考え方や動き方の全てを引き上げてくれる「神性」は絶対に必要です。金や物や肩書きに夢中になる力はいりませんが、全てのものに向けられる愛に向かう神性な生き方こそ必要です。

人間には言葉の作庭が必要です。生き方の中ではっきりと形作られ、いささかの雑草も生えず、枯れもしない心の園庭が必要です。常に最高の園を作る芸術家であり宗教家でありたいものです。あれこれと神様や仏様や予言者たちを作り上げ、奉《まつ》りあげる様々な宗教などはいりません。愛の心が拡大し、四方に広がっていく究極の言葉の庭園が必要なのです。そのためにヒトは周りの何ものにも共感できる確かな、しかも素朴で単純な脳味噌がなくてはならず、そこで夜の空に弾け飛ぶような数多くのシナプスの動きがなくてはなりません。

最初に己自身の裏の心や願い事や、愛情が読み取れなくてはならず、次に自分の周りの人たちの思いがはっきりと読み取れるだけの、たっぷりと脳味噌の中に入っているセロトニン神経組織が活躍していなければなりません。この働きこそがヒトらしいその人の顔を作り、同時に考え方や肉体を作っているのです。自分の心の中の言葉の極めて明確な広がりは現代人の小利口さの中では何がなんだか分からない謎なのですが、本来はそうであってはいけないのです。自分の心の中からでてくる言葉は全て明確であり、いささかの間違いのない約束でなければならないのです。あまりにも便利で気持ちよく生きている現代社会の中で人間は万事を疑似体験しています。全てが疑似体験の明るさや美しさとして見えるので、このような疑似体験を決して疑うことはないのです。とんでもないことです。私たちは本当の自分の言葉が生み出している体験をその通り発言し、行動し、歌っていかなければなりません。

私たちの今日の生き方の中で自分の心の中の作庭に自信があるならこんなに嬉しいことはありません。お互いに頑張りましょう。その人の生き方はその人の手以外では何事もできないのですから。

特攻機

おはようございます。

今、全世界は新しいインフルエンザの大流行の中にあります。しかしこのパンデミック（感染症の全国的世界的大流行）な状態は、かなり前からいろいろな面において行われています。人間らしい、またそのヒトらしい言葉が話されず、書かれず、そして口にしてはとがめられるようなこの世の状態は、明らかにもう一つの大流行の悲しい表現でしかありません。誰もが金に夢中になり、多くのヒトは同じような行動しかとれないこの文明の世の中は明らかにパンデミックな邪悪の中に取り込まれています。このような生活様式をそのまま続けている便利な文明社会は、必ず自己破壊に陥ることは間違いありません。何かを創造し、愛や言葉や音や光や強さや美しさを確かな形では創造できずにいるヒトは、必ずいつか滅びることは間違いないのです。悪い原因は必ずもう一つの氷河期の中で自滅します。正しい原因だけが明るい未来を創造するのです。あらゆる物が早急に四方八方に広がり、それを説明しようとして新しい言葉が生まれているこのグローバルな広がりは、決して良い方向に向かうはずはありません。ヒトは自らを信じ、自らの体質をそのまま生き方の中で素朴に守っていくなら、そこには間違いなくローカル化された波が打ち寄せ、人間らしい何らかの生き方が生まれてくるのです。ヒトは二つの目や耳を信じていては本当の自分の中のローカル化を期待することはできません。ヒトは第三の目や、鼓膜以外の感覚で物を見、音を聴き光を受け止めなければならないのです。多角的な水晶体やトンボやカメレオン以上に無数の複眼からできている心の目ではっきりと目の前のものを見つめなければなりません。文明社会の宝である金も物も体質さえ持つこと無しに、堂々と狙ったものに対決できるもう一人の魂の特攻隊員として帰ってくるのに必要な油を全て棄て流して飛び立つ人間にこそ、明日はあるのです。

私はあなたの心の中に残りのガソリンを棄てた激しい勢いを見させてもらいました。それを思う時、涙が出ます。Tさんにもお会いする時がありましたら、宜しくとお伝え下さい。

あるジャングルの中の原住民の男たちは旅に出る時、また戻って来た時、涙を流して出発や再会を祝うそうです。この文明の世の中では本当の明日を信じて生きる人間は、このジャングルの民と同じように、感動の内に出発し、再会しなければならないのです。

誕生と出現

大宇宙の広がり、または星々の存在するところから流れてくるある種のガスが、その重力を収縮しながら温度を高くし、そこから赤外線や電波を放出するようになると、宇宙空間のあちらこちらにポツリポツリと星々が出現するそうです。これらの星々はガス体の周りを動きまわりながら、巨大な恒星ともいうべき物質の上に降り注ぎ、そこから出現したいわゆる「原始星」なのです。この原始星「proto - star」のことを考える時、つまり

stellar evolution に見る化学作用や物理作用がそのまま生命の誕生のドラマの一つの形として見えてくるのです。人間も他の全ての生物も、それぞれの親たちから生まれてきたのですが、それを単純に親によって生まれてきた存在として素直に、素朴に受け止めて良いものでしょうか。親から子へ受け継がれていく、それぞれのはっきりした個体である生命現象は、そのまま種の寿命として大小様々に存在すると考えただけで満足している訳にはいかないのです。最小のバクテリアなどにはいわゆる生殖作用などはなく、自らを分裂させその分裂したものがさらに分裂し、その繰り返しの中で増えていきます。こういった生き物たちは、この分裂という手段の繋がりの中でだけ、彼等の寿命を周りに説明しているのです。説明するというよりはむしろ、単に展開していくといった方が良いのかもしれません。

動物たちも昆虫たちもそれぞれの種によって子を生み、孫を生み、けっこう長い間その種の寿命は続いていくのです。ゴキブリやネズミたちの寿命が他の生き物に比べて遥かに長いと言われていることを考えても、そこに生命の長い時間の中の行動がよく見てとれるのです。この生命誕生の繰り返しを人間は「神の創造」とか「巨大なものの与えてくれた祝福」などといったり理解していますが、そこには大きな間違いが付きまとっています。ヒトの遥か上の方に存在する巨大な力が人に命を与え、ヒトの運命さえ変えられると信じる時、神や仏は当然それぞれの民族の考えの中で深い意味を持った真実となってしまうのです。このような仏や神の恵みである生命を見つめ、それに感謝しているなら、当然そこにはそれと反対の劫や原罪といった対極の事実も、人間は信じなければならないのです。

しかし生命の誕生は、また生命の創造はそのような人間の作った昔話や伝説によってある一方の方向に曲げてしまってはならないのです。大宇宙の大きな広がりの中で、ある種のガス体が大きなうねりをもって流れる中で新星が出現するように、地上の生命体も大きな力の物理的な現象とも言うべき動きやぶつかり合いの中で出現したのであって、そこにはどのような人間的な歴史や、それにこびりついている考えも余計なものでしかないのです。しかし人間の中には人一倍考え深く、物事を理解しようとするものがおり、そういう人々にとっては彼等なりに理解しても良いかもしれないし、極めて純朴な人々はそれを聞いて安心することもあるのです。占い師とか、予言者などといった人々はそれなりに必要以上に人間の歴史を変えていき、それもまたヒトの歴史時間に様々な彩りを添えています。

星々の出現も砕け散って消えるさまも、生物の出現と消える姿も全てそれら、万有の物理作用であって、それ以上の何ものでもないのです。北極星を観て、星の中の星、星の中の王として崇めるよりは、天空のあらゆる星を、原始星からスタートし、やがてダークマターの中に姿を隠していく単なる物質であると認める時、人間は生き方のどこかで肩書きがあろうとなかろうと、財力があろうとなかろうと、ホッとすることができるのです。

生命は誕生するものではなく、死んでいくものでもないのです。膨大なガス体の中で、明滅している星に過ぎないのです。このことに確信しながら自分の命が生きている限り、自分の存在を動かしているパルサーに自信を委ねたいものです。生命の電子や中性子の限りない自転の穏やかな動きを信じて、今日も生きたいものです。もう一度私たちはパルス状の可視光線電波X線を発生する天体について考えたいものです。

感染爆発

現代の世の中は、古代のそれと大いに違っています。米を作り魚を捕り貝塚が山のように土手をなして広がっていた時代には、人間はさほど権力や名誉などに縛られることなく、騙されずに掘立小屋にもならない小さな家に住み、風に吹かれ雨が漏る家の中に薪を燃やし炭を焚き、家族が素朴な生き方をして暮らすことができました。

人間はあまりにも生き方が広がり、便利になり、だれの身にも付いている権力も、いざという時に自由に使える金も、その度合いを大きくして、日々の生活の全域がその金のために動かされている始末なのです。一日中考えていることや注意していることや、これから先の努力をしたりしなければならないことは、とにかく自分自身の存在ではなくて、自分の周りに蓄えられている権力を守り、財産を失くさないようにと近づいてくるものを敵として常に看視するだけなのです。それまで明るかった顔も優しかった目も恐ろしいものに変わり、手足の動作さえ何ものにも負けることのないような無骨なものになったのです。

現代文明社会とはまさにこのようなところなのです。何事も近づいてくる友に騙されないようにと、またかつての樹上の生活の頃、天敵に襲われないようにようにと身に付けていた数々の小知恵を地上に降り立った時、一度はすっかり忘れ、見せてはならない弱味でもある胸を大きく広げ、その結果他のどのような動物にも負けないような巨大な頭脳が人間の歴史の中で異常に発達したのです。その一方において言葉が収縮し、尻つぼみとなり、愛情や豊かな感情が小さくなってきたのです。人間の生活の事情はそれだけではすみませんでした。生き物の存在が健康で頑健であるためには、常にある程度の危険を周りに備え、天敵を持っていなければならないのですが、生活のあらゆる面において豊かになり、危険と思われているものを全て排除し、病という病を全て取り除くために医学の知恵を発達させ、薬を手に入れる知恵をかなり多く持つようになりました。それゆえに人間はどのような生物よりも多くの疾病に悩まされる生き物となってきていることも事実です。

これから先の人類の生きる時間の中では、どこにでも何が起こるか分からないヒト自らがはっきりと自覚し、しかもそれは事実そうなるように見えて仕方ありません。

あらゆる種類の精神的なまた肉体的な感染爆発が各地ですでに起こっています。このパンデミックから生き残るためによくよく考えてみると人間には完璧な方法というものは何一つ無いのです。人間の心がかつて素朴で朴訥《ぼくとつ》な生き方をしていた時代には、ものが見えたのですが、これだけ文明が発達した今では見えなくなっています。メガネをかけ、コンタクトレンズを用い、各種のレンズを精密な機械で動かしながらほとんど全ての存在するものを見ることができると自負している人間ですが、一言素朴な言葉で、しかも生き生きと働いている言葉で表現しようとするなら、そこには心も肉体も盲目な人間がいることを知るのです。今人間は他のあらゆる大小の生物を前にして、自分たちが感染爆発を起こして消滅するかもしれない危惧種であることを心の片隅のどこかで感じているのです。人間にとって万事は崩壊前の状態なのです。絶滅前の巨大なマンモスたちに過ぎないのです。彼等の前にはそう簡単には解決しない氷河時代が広がっていたのです。

文明人間の小利口な生き方は、一見、氷河を溶かしたり、文明の巨大な森を焼き尽くそうとしているその猛火から防ごうとしているのですが、その行動にも限界があるのです。

文明社会はどこもかしこも魑魅魍魎《ちみもうりょう》が蠢いている恐ろしい世界です。私たち人間はそのような魍魎たちを現実にははっきりと蠢いてやまない各種の雑菌だと理解しています。口の中を掃除し、手にはハンケチを持ち、家の中には隅から隅まで綺麗に拭き掃除を日に何回となく行い、ちょっとでも汚れればそのままにしてはおけないのが現代社会の人間の特質です。そのような生き方を、人間自ら逞しい生き方だと喜んでいます。現代文明社会の姿は、共和主義だとか民主主義だ、共産主義だ無政府主義だ、カルトだと自負しながら、勝手なことを言っています。しかしこのような言葉の雑多な使い方の中で人類は、パンデミックの悲劇の中で滅んでいくかもしれない近未来を望んでいる気がするのです。

こういった事実を前にして人間は汚染されない言葉でもって、まず正気にならなくてはなりません。これだけ巨大になってきている脳を豊かな感情の中に泳がせ、どこまでもはっきりと現実を見てとれる存在である時、このような精神汚染社会から離れられるでしょう。

今日のあなたには力いっぱい動かねばならない時間が予定されているようですね。全てが良い時間である一方、人間はその力をますます筋肉質にしていくために、嫌なこと苦しいことをしていかねばならないようです。私たちはそれを承知でこれらの時間を費やしていきましょう。あなたも頑張って下さい。いろいろなところに意味ある手紙を書いたり、本を送ったり、大変ですね。

言葉とブラウン運動

雨降りの日がおさまり、再び暑い日が始まるようです。今朝などはまだ涼しいのですが昼頃からは着ているものを少し脱がなくてはならないくらい、蒸し暑くなるようです。

人間の生活の中で常に言葉が何らかの働きをしています。確かに感情の動きとなると、単に人間だけではなく大小様々な動物もまたそれなりに彼等の生き方の中で感情を使っているようです。言葉となると、これはヒトだけに限定されるようです。言葉を単なる人間の生き方の側面につながっている機械の一部、つまり様々な形の歯車として、長かったり短かったり、とにかく同じような働きをするゼンマイとしてつながり、その人間の考え次第で使ったり使わなかったり、使い方一つの中で完全に使い果たしたりほとんど使わない場合もあるようです。ごくごく短い人生の中で使わずじまいに終わる言葉もあれば、万巻の書物に値するような深い意味を含んだ言葉を使って、短い人生を驚くほど深く長く、生き生きと、熱烈に使い果たす人もわずかながらいない訳ではないのです。

確かに言葉は持って生まれたその人間の生命同様、使い方一つでつまらないものとして扱われもしますし、驚くほどの、まるでローマ時代の輝くばかりのきらびやかさと誇りを持った、それでいて角が曲がり、不完全な形に造られたアウグストスやトラヤヌス等の肖像の彫られている金貨にも似ています。現代の社会で用いられている世界のあらゆる完全な形に作られている貨幣もよくよく見るなら、そこには歪んだ角が崩れた古い時代の金貨といささかも変わるところはないのです。良い人間も、心が素直で愛に満ちている人でも、このような歪みに汚れまみれている貨幣や紙幣を手にする時、ごく自然にその人自身の人間性が、また思っている考えが汚れ砕かれていくのは仕方がないことです。

現代人は生活の全域という空気や水の流れのごく自然に起こすブラウン運動を体験しているのです。人間自身は人間の言葉がどこまでも不規則に、しかも激しく周囲の微粒子にぶつかり、目を回し止まることの知らない無駄な勢いの中で行き先のない浮遊をするのです。イギリスの植物研究家であり、大英博物館の学術研究員であったロバート・ブラウンは、極めて偶然に、自らの研究の中で花粉粒などの故意的な分類をあえて避けながら、自然の分類を行っていた時、顕微鏡の中に渦巻くように動き続ける微粒子の様子を見たのです。あらゆる時代の人間もまた、自分の使う様々な微粒子ともいうべき言葉を心の精神の、さらには深い感情の顕微鏡下に見つめる時、そこには言葉の微粒子または心や魂や、その人間の大きな夢が、外部のどのような力にも動かされず、見事に乱舞するさまを見ることができるのです。もっとも言葉の微粒子のこのような乱舞のさまを自分の感情の領域の広がりの中に、わずかでも見ることができないならその人にとっては、言葉はさほど大きな意味は持っていないのです。どんなに良い言葉も、古い時代の格言も全ては肩書きや金銭の光の前では輝くことも夢を与えることも全くないのです。

十八世紀の前半から十九世紀の初頭にかけてイギリスで生きてきたロバート・ブラウンは、大英博物館でつつましやかに顕微鏡の虫になっていました。やがて彼は顕微鏡の中に「ブラウン運動」を発見しましたが、それは世界の科学者たちに忘れられない名前となりました。

今日言葉はいろいろな意味において言語学の名の下に分類され、言語哲学として、言語音楽論や言語心理学の形の中でいろいろな研究者によって、もう一つの独特な顕微鏡下の仕事となっていることも事実です。言語学は文学などと関り、そこで使われる顕微鏡は単なる顕微鏡では役に立たないのです。この場合の顕微鏡は一層精巧にして単にレンズを基本にしたオランダのレンズ磨き職人が作り出した顕微鏡を超えて、複雑にして精巧な電子顕微鏡以上な感情豊かな顕微鏡を覗かなくては、言葉というナノ単位の微粒子は人の心の中に覗き見ることは不可能なのです。しかしごく稀な、選ばれた人間はこのナノ単位の微粒子ともいうべき言葉を覗《のぞ》くところまで到達していることも事実です。まだまだその入り口の最初のところに届いているだけですが、それでも言語の魂との関わりや、言語と感情の重なり具合をわずかながら人間は見始めているのです。ガラスが陶磁器や磁器から離れてはっきり理解されたように、ガラスとレンズが分離した歴史は、レンズと電気の繋がりの中で新しい世界を見い出し、ついには電気と言葉とが精神世界の動きの中で人間によって理解されようとしているのです。言語が単なる文学や文学という名の芸術からはっきりと飛び出し一つの人間行動の魁となることを私は願っています。

言葉の設計図

あなたからのメール、今朝も嬉しく読ませてもらいました。あなたのお姉さんも自転車で買い物に出られるほど元気になられたようで良かったですね。暑くなりますからくれぐれもお大事に！

言葉はどの一つをとってみても、全て光る宝石以上に何かが人の心に訴えてきます。言葉は単なる言葉ではないのです。言葉は常に変化しています。言葉はオーラでもあるのです。人間の生き方を単なる生き方以上に変えるのと同じく、言葉そのものの存在はヒトに働きかける力の勢いを変えているのです。言葉は心のダイナミズムであり、魂の歌であり、そのヒトの愛であり、悲しみであり、怒りであり、結局は人生時間の全域に流れている夢や虹なのです。金銭や権力を圧し潰すことのできる唯一の抗生物質であり、麻薬みたいなものです。言葉は常に姿を変えており、今現れている存在も次の瞬間には別のものに変化します。言葉はヒトの心の中で常に熱くなり、その熱量の上がり下がりによって意味がいろいろに変化します。旧石器時代以前の単純な「符号」のようなものの頃は、言葉そのものが生き生きと力を発揮していたのですが、今日のように様々に変化する言葉の形の中では、そのような温度の違い、色の違い、奥深さの違いに因る意味はなくなってきているのです。言葉はヒトの心の中で熱く燃え尽きると、最後には歌に変わってしまいます。歌はそのまま完全に燃え尽きて、ある種のかなり純粋なリズムとなるのです。単なるヒトの生き方の陰になり、ヒトの存在の浮遊物になっていくのです。文明の言葉は自分の生き方の力を凝視する時、一つの絵となってしまいます。音楽や絵画になってしまうまで、文明の流れの中で身に付いているあらゆる汚染物質をふるい落とすことはできないのです。言葉を文明社会にこびりついた匂いにしているヒトは、言葉を冒流している以外の何ものでもありません。言葉は、喧嘩をしている、位の低い兵士と位の低い警官に例えることができます。兵士は刑事でないお前に言われる筋合いはないといい、警官も同じことを兵士に言います。現代社会の一つの言葉と別の言葉が向かい合い、一つの文章と別の文章がそれぞれの自分を衝突させる時、そこには譲り合いも理解も全く生まれません。言葉の芯にリズムがなく、メロディがない現代人が便利過ぎる美辞麗句を並べても、そこには何一つ解決の道も、前進できる道筋も見つけることはできないのです。

文明人間には確かに言葉があります。しかしその言葉にはどんな出口も窓もないのです。それを探し求めるのが自分をもっている確かなヒトだけなのです。

万有

昨日に続いて今日も雨です。沖縄の方は青空の下に吹く爽やかな風の南西諸島の晴れも片隅に追いやられ、そろそろ梅雨の季節が始まるようです。このモンスーンのじめじめとした一ヶ月が無いならば、豊かな米の実りも、大和の国を豊かにしてくれることはなかったはずです。やはり瑞穂の国はその山幸と海幸の豊かさを年に一度必ずやってくるこの雨季によって保たれているのです。春先の爽やかな日に比べて、光の代わりにどこか冷え冷えとした寒さを感じ、それでいてちょっと走ったり、力を入れて仕事をするたびに、びっしょりと汗をかくようなこの季節は決して良いものではないと思っていますが、その裏の事情を考え、米の文化を考え、黒潮などに守られている魚文化を考える時、この一ヶ月間のシトシトと降る雨の中で過ごさなければならない日本人は、大きな喜びを感じなければならないようです。中近東の砂漠の民や、西洋人の間の渇いた風土の中の一年一年と比較する時、私たち日本人は様々に異なった特質を持っている四季の移り変わりの中で、どれほど人間味を深くしているか分からないのです。愛の形も物の形も、漢語やカナのような様々な言葉によって表現されている日本語で日々生きているこの時間も、実にありがたいものだと認識しなければなりません。

世界中どこに行っても農民は本来素朴な百姓なのです。大地主も小作人も全て農民という名の下に、また百姓という半ば農奴としての名の下に理解される時、実は大地から食べ物を生み出す人間の尊さや、そこから直接受け止める素朴な哲学や芸術の匂いを、また宗教の味わいをたっぷりと受け止めることができたはずです。そんなところから本来の農民は、人間が大自然によって極めて自然の流れでもある引力の働きによって生命の生まれた事実に気がつき感謝できるのです。農民には当然ながらこういった素朴な感謝の念がやがて生まれ、単純ながら深い意味をもった哲学が生まれてくるのです。それを一言にまとめて書くならば、「農地は決して所有するものではなく、利用するもの」であるのです。おそらく古代人はまた縄文人や貝塚時代の人々は、この哲学を思想としてではなく、言葉を書くことによって後の時代に遺すような文言としてでもなく、ある瞬間にふと口から出てしまう謎のような素朴な言葉として人々の頭の中に漠然と残ったのです。

やがて時代も下り人間は自分の土地を持つことを覚え、多く持つことによって喜んだり誇ったりするようにもなり、初めは単純な考えに過ぎなかった土地を持つという意識は、金力の塊にまで発展していったのです。他人には自分の土地も財産も渡せないとばかりに、親戚から嫁を貰ったり、あえて行う近親結婚がまるで愛玩動物の掛け合わせを作るように行われ始まり、その良い例が古代の有力者や王たちの一族の中に現れたのです。ごく自然に年頃になる若者たちは他の州に雄飛し、全くかけ離れた人々と健康な家族を作るので、その点からも新大陸アメリカなどには未来の理想的な人間関係が生まれるのではないかと私は思っています。

どこでいつ間違ったのか、また失敗の仕事をしたと誤解しているのか、現代文明の中で呼吸している人間は、そのまま前進すればそれが創造の道であり、その人らしい力を発揮する道なのですが、あまりにも複雑すぎ、細かすぎ、便利すぎる社会の中で、結局は小利口すぎる文明社会の一人の人間として、そのような成功の道さえ失敗だったと悲しむ場合が数多く見られることになるのです。人間は大自然に導かれるままに流れ、今のように生命を得たし、そのまま与えられた寿命を生き延びられるように造られているのですが、残念ながらそれをそのまま信じて素直に生活していく方法をどこかに忘れてきてしまいました。

文明人間は引力の流れや極から極に流れていく力を素直に受け止める態度を忘れているのです。人間同士の間ではこの事を単純に「なまくらな人間」とか、「根性なし」と言っていますが、世間の九十九パーセントの人間はたいていそうなのです。時おり隠者とか貴人と見られながら存在する変わり者の中に大自然の流れに素直に従って生きる人間が見られます。全て深々とした心の目を近づけると、おそらくこのような人たちは、偉人であったり仙人であったり哲人として認める必要があるのかもしれません。

今日はこのように文明時間の中で傷ついている人間の姿を語ってみました。この傷が分かっていてもその修復に手が出せないのも現代人の私たちです。もう一度自分を心の鏡の中に見たいものです。

言葉という気圧

言葉がその先の長い時代に使われたり覚えられたりしたのには、それが多かれ少なかれ諺《ことわざ》の意味を持っていたからでしょう。たいていどんな言葉でも諺の芯ができると、それを中心にして周りに少しずつ格言や箴言《しんげん》の広がりが集まってきます。そうすると、言葉は単なる気持ちよく吹いてくれる微風のままでおさまらず、台風や、ハリケーンや、サイクロンになったりするのです。人間の世界は言葉で埋まっています。言葉は諺の渦を作ってぐるぐる回り、走馬灯のように回り出し、やがて人間の心の低気圧の中で箴言や格言に変化していくのです。

人間の心の中心において精神が炸裂し、それが生き生きとした言葉として動きだす時に、そこに一つのビッグバンが起こるのです。こんなことを想像しながら自分自身を一つ一つ吐き出していく時、そこにその人間の生活がはっきりと形を背後に残していくのです。台風が去った後にその足跡が残されるのと全く同じく、確かな人間が生き抜いた後には荒野の激しい叫びとしてその人の生き方の言葉が残るのです。命をかけたボクサーが戦った後のリングの上には、間違いなく常に栄光か死のどちらかが残されます。人間の生き方が残る人生のリングの中には燃え尽きて終わってはいても、夢と栄光が残るのです。そのことをはっきりと芭蕉は「兵どもが夢の跡」と言ったのです。夢の跡をよく見るとそれは草葉に溜まった雫《しずく》の一つ一つであることが分かるのです。

言葉は雫です。人間の夢が熱烈であればあるほど、溜まる雫は一つ一つこのような言葉の塊となってあたりに残るのです。

昨日のテレビで、誰かがスリランカのおもしろい話をしていました。酷い鬱で悩んでいる人間が現れると、この国のある小さな村の人々は、総出となって彼の周りに集まるそうです。夜になっても鬱の彼は思うように眠れないらしいのですが、集まった人たちはある者は歌を歌い、またある者は手足を動かしながら踊りだし、それぞれに笑い続け、叫びに叫び、どこまでも止むことなく泣き、そのように我を忘れてそれぞれの行動の中で熱中する彼等の存在は、巨大な叫びの渦となって、悲しそうな表情も確かではない鬱の人間を包み込んでしまうようです。それは確かに狂人たちの集まりのように見えます。人々はいっかな止みそうもない騒がしい行動の中で次の日の朝を迎えます。村人全員のこのような熱狂的な騒ぎに囲まれて、鬱の人間はすっかりこの病から目を覚ましてしまうのです。どんな人間であっても数多くの人々の熱意とも願いとも考えられるこの大騒ぎの前では鬱も消えてしまうのは当然のように思われます。立派な医師よりも、良い薬よりも、設備の良い最高の病院よりも、病める人を癒やしてもらいたいと願い、夢中になってくれる数多くの人々の前で病める人間も病気のままですましてはいられなくなるのです。自分のためのこれほどまでに夢中になってくれる村人たちの狂気の沙汰ともいうべき態度や熱意によって、その人間は綺麗に癒やされてしまうのです。「熱意」や「願い」こそどんな文明社会の医療や薬よりも大きな力を持っています。こういったものは病める人間を癒やす力を持っています。愛も、学問も、どんな夢もこの熱意からしか、集まった村人たちの気違い踊りの中からしか生まれてはこないのです。

生命をまた、有機物質を発生させ得るこの力は「情熱」であり、「白昼夢」だけなのです。この白昼夢のことを私は言葉と言いたいのです。しかし言葉が諺と化し、そこから格言や箴言という大低気圧に変わったものだと言いたいのです。

言葉の気圧がその人間を常に大きく変えていくのです。その人間をより広い世界に押し出してくれるのです。常に言葉は高気圧、低気圧として人間の生き方の周りに動いており、その人間の行動の有様を動かしているのです。言葉とは、間違いなく単なる言葉ではなく大きな気圧の変化です。生命の生きている時間の中でなくてはならない動きなのです。

今日も一日こちらは雨のようですが、東北の方はいかがですか。どんな気候の中でもそれを上手く使って生きていきましょう。

生命の温度

おはようございます。ここ数週間ばかりのけっこう暖かい日々を過ごした後で、今日のような涼しさを感じていると、やはり最近の気候はどこかが時の流れから少しばかり外れているのかもしれません。

温度の差はあらゆる生命体にとって何らかの影響を及ぼしています。動物の身体にしても、植物の育っていく中でも、さらには人間の精神生活という極めて細やかな活動の中においても、目に見えないような細かい点で、かなり大きな影響を与えているようです。人間の身体も体温も精神の流れの中の熱情の差も、感覚の細やかさも、一口で健康という言葉で片づけてしまいますが、よく考えればそれ以上の大切な何かがそこにはあるようです。

私などは最近、足の裏や頭の中がボウーッとしていて何かしら熱っぽいものを感じています。それが分かっているせいか、常に低い温度の方に身体やその生き方を向ける状態になっています。

しかし普通の場合は、あらゆる生命体は自分の存在の中に見られる体温を可能な限り上げようと努力しています。意識しようとしなかろうと、常に体温は降下し始めているのであり、それゆえにいくらかでも温度を上げている方が良いと思うはずです。万病の素であると言われている風邪にかかると、人間やあらゆる動物たちは、何もせずに単純に身体を温めようとします。ある医師は言うのですが、風邪を引いた時には熱い風呂に入るのが一番良いと。ヒトはどんな危険な状態よりも冷えることの危険をまず考えるのですが、それは古代から続いてきている生命力のハザードランプだったのです。心ある人間ならば、生命現象が破壊されないために、常に十分な蛋白質を取り、身体全体を適度の紫外線にさらさなければならないというのですが、おそらくこれはこれからの超文明時代に入っていく人間にとっては間違いなく必要なことであるはずです。

しかし温度を上げるということは、単に身体だけではなく、精神の働きの中でも考えられると言いましたが、それを具体的に指摘していこうとするならば、「言葉」という生活の全域で使われているものの中で、理解されなければならないのです。ヒトの表現の中心に、適度に、常に変わりやすい温度を持っている言葉というものが考えられるのです。人間を理解しようとする時、言葉の温度の違いなども他の様々な気質の違いと一緒になって他人には理解できます。低温の言葉、幸運の言葉などといったものが存在し、低温の言葉はどこか固まっており、凍りついており、動きが鈍くなっています。一方高温の言葉には熱く燃えたぎるものがあり、ぐらぐらと沸騰しているような勢いがその言葉の前に立つヒトにははっきりと分かるのです。

生命は、作られた様々な機械や道具ではないのです。生命は創造された結果としての機械ではなく、巨大な動きや流れの中である種のビッグバンを体験し、無機物の様々な動きのぶつかり合いの中で、ごくわずかな寿命を与えられながら存在できる有機体なのです。生命は単なる創造物でも組織でもなく、ただ存在するだけの無機物の集まりに過ぎないのです。突然ある瞬間に一種のビッグバンの動きにぶつかり、有機化し、生命化したのです。有機物も生命体も常に温度をある高さまであげていなければならないのです。その温度が下がる時、そこに生命のゼンマイがほぐれていく状態が起こるのです。生命体として与えられた寿命を全うするためにも常にゼンマイをきっちりと巻いていなければならないのです。この巻いている状態こそ、温度をあるレベルにまで上げておかねばならない状態を意味しています。

これから私は妻と一時間近く散策してきます。

準備

おはようございます。

今日はわずかな文章を気持ちよく書いた後、例の病院を訪ね、先週の検査の結果を聞いてくるつもりです。

何事も自分の願っている通りまたは、社会全体が予定していたりそうなることを願っている方向に予定通りの時間で進むことが必要ですが、それができないのも、残念ながらこの文明の世の中です。いろいろな面においてあまりにも不条理な点が多く、自分の心がまっすぐ歩もうとする時に、どうしても避けて通らなければならないことも数多くあるのです。全てが良いことであり、正しく平和そのものであり、何らかの上下関係の中の愛の匂いが漂っているものであればそれで良いのですが、そうでないところに劫が生まれ、原罪というものが生じてくるのです。そのためか、人間は常に心を痛めながら準備に忙しいのです。明日すること、来週手に入れなければならないこと、来月までに揃えなければならないこと、来年までに覚えてしまわなければならないこと、十年先、二十年先には若い者に教えられるほどしっかり身に付けていなければならないことなどを今、準備しなければならないのです。

　だが「準備」というものには大小様々あり、正しくいうならば一つとして完璧なものはないのです。準備はあくまで予定であり、予定であるからこそ誰にでもその通りに行えるものでもないのです。準備はあらゆる意味で確かなことのはっきりしない自分なりの予測です。準備とはさらにはっきりというならば、未来においてしたいと願う夢でしかないのかもしれません。準備にはあらゆる点において多少なりとも危険性が伴うのです。そのリスクを省《かえり》みず、あえて不確かな自信だけで進もうとする時、その時間は準備行動と呼ばれるのですが、それだけに完全にその通り実現されるとは限らず、またそのために不満を抱き悲しむことも大いにあるのです。

　しかしそれだからといって準備をしない生活が良いとはいえません。特に霊長類は他の生物と違って常に一歩先の時間の中に様々な準備をしています。猿たちから見れば、さらに原人や古代人から見れば、現代人は常に一寸先の時間の中において行わなければならない事実を想像しながら準備怠り無いのです。つまり準備をする行動とは、これから起こる時間を考えて言葉を吐き出すことであり、それは今の自分の周りの空気を深々と読み取ることなのです。自分を含め、あらゆる物の性格や言葉やリズムの中の夢の広がりが生み出す空気の流れを読み取ることが、一寸先の未来を夢見るのです。この時に使われる言葉や夢の形は古い時代から心ある人々によって、また隠者や仙人たちによって語りだされた、また行動の中で示された隠喩《いんゆ》そのものなのです。隠喩《いんゆ》がはっきりとそのことの意味を正確に表すのは、確かな人間が目先に何かを準備する時最もはっきりと現れるのです。私たち現代人はこのことを過去の人間たちの生き方の中にだけ見ようとしていますが、実は、今のヒトのあらゆる準備の中に隠喩としての夢の中心である言葉を見なければいけないのです。

我が終焉の地、鵜沼宿

　江戸時代には中山道の宿場町であった実に小さな鵜沼宿は、伊勢の方から若い時代の芭蕉が時々遊びに来ていたところでした。

　名古屋や犬山に通う家族の家が建ち並ぶ団地が鵜沼の周りに建ち始め、飛行場や航空博物館などが建ち始めると、各務原《かかみがはら》という水田や畑続きのこのあたりは町の人に開拓され、岐阜市の方までどんどん延びていったのです。人口などもたちまち団地族の人々が住みつくことになって、今では間もなく二十万人の地方都市になろうとしている始末です。ＪＲ、私鉄含めて十何ヶ所も駅が存在する各務原市は、数年前突然やってきた他所者の私たちにとってはなかなかなじめないところでした。これまでの関東や東北の都会や町とはどこか違っていて、都会でもなく町でもなく村でもない不思議な団地族の住まう一角であり、同時に団地族の家族を相手にデパートが大きく店を広げたり、公園の中の図書館などには一つならず二ヶ所にもエレベーターが付いているほどです。東の方から西に向かって小さな公園が数えられないほど存在し、市役所近くの中央公園などは、けっこう大きいのです。この町には地方の人たちを呼んでみたところでこれといったこの町の目抜き通りも、歴史的な建造物も、驚くような山などもなく、自動車の免許や税金の問題や裁判の細かい問題などは全て岐阜市の方に行かなければならない始末です。各務原は大きな町であり、一見大都会の匂いはしており、見かけだけは色とりどりの建物に囲まれてはいますが、不思議な感覚で私などはここにきて、七年目に入っているのですが、まだこの町の性格ははっきりとつかみ取ってはいないのです。北の方の山々の彼方には、まるで東北の奥のような、北陸と地続きでもあるような寒さと雪とこれまでの長い時代の産業をバックにして、それを誇り、安心して暮らしている飛騨地方の町や村が存在しますが、地図でみて分かるように、実に大きな広がりを持っている岐阜県は、北の飛騨と、南の美濃に分けられています。幼い日祖父母の下で暮らしていた私は、時として祖母の口から美濃紙という言葉を何度も聞いていたものです。美濃という地名が、岐阜県の広大な南の地域を指しており、戦国時代の雄たちは「美濃を治めることができるなら、日本の平定は不可能でない」と大きな夢を抱きながら木曽川の畔を眺めたはずです。木曽川の対岸の犬山城から今は存在しない小高い山の上にあった鵜沼城や、西の彼方の岐阜城、そして簡単に望観できる他の城を眺める時、あの時代の雄たちは、舌なめずりをしながら心の中で美濃征伐の作戦を考えていたのです。

五大街道の中心と目されていた東海道と比べても、実は京都と江戸の間を結ぶもう一つの街道、中山道はよく心得ている江戸時代の人々には、多くの諸藩の問題を抱えていたり、難しい問題を抱えていた箱根の関所のようなもののある東海道よりも、この中山道の方が、遥かに通りやすい街道であったようです。遠いそのままの昔の時代の岐阜あたりは日本の中心地、またははっきりと住民たちの戸籍が登録されていたところであったらしいのです。岐阜の南の一帯は、ある意味で銀座などであったかもしれないのです。

そういった、歴史的な過去の華やかな事実と比較するなら、その後のこのあたりは実に寂しく、語るに意味あるところではないようです。ごく最近になって、韓国などと関りをもった並木道や、何かを町の観光事業のためか、その他の目的があるのか話し合っているようですが、なかなか中央から訪ねてくるような者にははっきりと意味は通じないようです。とにかく地方の中小都市の一つとして、存在してはいるのですが、川一つ隔てれば、小さいながら長い歴史時間を我が物にしている愛知県南の小都市、犬山の存在の前では姿が薄くなっているのがこの各務原ではないでしょうか。犬山という名は分かっていても、各務原という名はなかなか分からないのがほとんどの日本人ではないでしょうか。同じく美濃加茂布の地と隣り合って木曽川沿いに開けてきた可児《かに》市に、一年ほど私は暮らしていましたが、この町の名さえ、最初は私は知りませんでした。可児《かに》からさほど遠くない各務原に移ろうと息子に言われた時、どんな山の中の村か町だろうかと、危ぶむ気持ちもありました。その時一言息子から中山道の宿場でも、名の通った所の一つだと聞かされていれば、これだけの膨らみを持った団地続きの将来性の多い中都市であると認識することができ、それほどびっくりすることもなかったはずです。

人間の生き方や与えられた寿命がもっている幸も不幸も、住んでいるその町の歴史や人々の意識の問題を理解することなく考えるのは、あまりにも殺伐としすぎていて、その人間そのものを正しく扱うことができなくなってしまうのです。その人間を大切に扱い、その人に与えられた時間を豊かな心で見つめようとする時、そこにはいかがしても彼が住んだ土地柄とか、町の匂いを識別し、様々な色合いに分けて納得しなければならないようです。

今日も私たちは自分の住んでいるところに目を向けて、言葉より色により匂いによって自分の存在した歴史時間をはっきりと掴んでみましょう。

万有に従い

昼近くなった今、太陽の光は、夏のそれのように明るく暑く、南の窓から射している光を見ながら私は妻のコンピュータに向かって口述しています。

先ほどはあなたからのメールを読ませてもらいました。昨日の朝の番組はフジテレビだったのですが、はっきりとあなたに伝えられなかった私たちの行動、すみませんでした。この間の同じ番組で、九時半頃から息子は放映されました。東山動物園の賢者として日本中に知らされた訳ですから、数多くある動物園の中でも名古屋のそれは人々の目に大きく印象付けられたことと思います。今回は人間が何をするにしても長い列を作ってそこに並び、そうすることによって同じ買い物でも、新しくできた店に行くにしても簡単に並ばずしていける店よりは印象に残り、買ったものにさえ深く感謝ができるのだということを動物学的に、また心理学的に動物園の巨大な象を前にして息子は説明していました。ただそこに出された餌（干し草）よりは、簡単には取り出せない干し草の塊の入っている管を出されると、すぐさま象はその方に向かい、さんざん努力をして中の餌を取り出すのです。動物でさえ、さんざん努力をした後に手に入る餌の方がその辺に投げ出された餌よりは喜んでいるようです。息子はこのことを哲学的な単純な言い方で説明していました。もう一人映画監督が賢人として出演していましたが、小倉さんという司会者は息子の説明の方が行列を作る人間の心理がよく分かると番組の中で言っていました。動物園と関りながら息子は人間生活の中の優しくそれでいて奥深い哲学を、これからもどしどし教えていく確かな賢人になって欲しいものです。今朝も出ていく時、今日は商社丸紅の社員たちの前で講演を頼まれていると言っていました。人間はソクラテスではありませんが、アゴラの門の前で、アテネ通りの横丁で、神殿の前で、可能な限り荒野の声として喋っていかねばならないのです。言葉をどしどし書き連ねていかなければならないのです。

今から数十年前、名古屋の市長になった革新派のYさんという名古屋大学出身の教育学の専門家だった人は、三日前九十八才という長い人生を終えたそうです。私たちは誰も自分を信じ、自分らしさを発揮するのに怖れることなくビクビクすることなく生きていきたいものです。一見文明社会はどこもかしこも磨り減っており、崩れかかっており、汚れ放題ですが、よく見るなら三日前に亡くなられた、かつての名古屋市長さんのように、世の中の全てが瑞々しく、新しく動いていることを知らなければならないようです。それにはまず一人ひとりの人間が瑞々しくなければなりません。瑞々しいからこそ、生まれたての赤児のように激しく手足を動かし、産声を上げて周りの人を驚かすのです。いつのまにか、周りを気にして泣くことも手足を振るわせることもできない大人になると、目の前に見える万事はすっかり汚れており、傷ついており、話す言葉も書く言葉も弱々しく何かに怖れ、聞いたり読んだりするものにしっかりとは届かないのです。あまりにも多くの助言や過保護の手が差し延べられ、干渉だらけの檻の中で動きがとれないのが現代人なのです。体中はすっかり文明人間の肌であり、そのままでは七つの海を泳ぎ回りながら休むこともなく生涯を終わる鰹や鮪《まぐろ》のようになることもできず、一休みして息絶えてしまう鮫《さめ》のようになってしまうのです。泳ぎのために生まれてきたと思われていたオーストラリアのイアン・ソープ選手はアディダス会社製の水着を着て泳いでいたそうですが、よほどこの水着は着づらいものであったせいか、レースが終わるとすぐに脱ぎたくなったそうです。しかしソープはすぐには脱げないこの水着に我慢ができず、ハサミで切って脱いだそうです。ミズノという会社はより早く選手が泳げるようにとカジキマグロの肌を参考にして水着を作ったそうです。あらゆる努力をしながら水の流れに逆らわないように紋様を付けてサメ肌状の水着を作るというのもまた、こういう会社の人々の深い思いであるようです。言葉も同じです。心のカジキマグロの姿を願っており、サメ肌のような言葉や文章を常に願っていなければなりません。実際本当に早く泳ぐ選手の肌に感じる水着は選手にとって苦痛そのものだと言われています。抵抗や低減の中でこんな水着を着る選手は、地獄の思いの中の一瞬を過ごさなければならないということは、なんともおかしなことです。もちろん選手は泳ぐ時、全裸に近いものになればなるほどタイムを短くすることができます。しかしそのために人間らしさを極度に苦しめる時間の中で過ごさねばならないということも事実です。本当の言葉は極端にその人間の思いを伝えようとする時、あらゆる文明の抵抗を避けるために心を日常生活の時間の流れの中で当然のことながら圧迫していくことになるのです。言葉を魂の心を込めて語り書く態度には宗教的なまた哲学的な勢いが無くてはならないのです。

私たちはお互いにより自然の流れに逆らわない言葉でもって生きていきましょう。

敗北の時代

ここしばらく五月にしては珍しく雨でしたが、今朝は黒雲ではなく白い雲の合間に青空が顔を出しました。ごくわずかながら湿っぽい大地から草を抜いたり、三葉や蕗《ふき》を採ったりしました。あなたが何年か前送ってくれた東北の蕗が去年あたりからすっかり根付き、今年は青々と梅の木の下で三葉に囲まれて伸びています。人間はよくよく考えるなら、足下に生えている草や川や海の小さな生き物たちを捕って来て食べるだけで、基本的な生命確保の生き方はできるもののようです。そういった素朴な生き方から、コンピュータや携帯電話を持ち歩かなければならない現代の社会にまで生命の問題はつながっています。

どんな生命体であっても、それは大自然と向き合い、つながっている力学上の関係であるに過ぎないことを、冷静な目で人間は確認しなければならないのです。それは理性も感情もどのような芸術的にして哲学的な一切の修飾語も付くことなく、極めて単純な言葉でつながっているのです。大自然も神として崇めたり、「……申さく」などと最高の敬語を使って話すこともなければ、生命を与えてくれた創造主ゆえにあらゆる生命体は、大にせよ小にせよ大自然を前にしてそれを崇め、びくつくことはないのです。大自然は力学作用の中である種の力を発揮し、雷鳴にも似た光の粒を発射し、ある種の蛋白質をぶつけ、温度の高い海のどろどろとした水の中に、ちょっとした風の動きの中で身震いをするような無機物との接触を実感しながら、わずかに大自然という自分を揺すった時、そこに大小様々な生命体が出現したのです。とにかく自分を揺するか震わせることによって無機物が有機物に変化したので、この奇跡にも似た変化が生命体の創造を促したのです。このことさえはっきりと分かれば、あらゆる生き物は大自然を前にしてこれと親子の関係や主人と家来、先生と弟子、また王様と家来の関係を持っていきたくなるのは自然の理なのです。しかし大自然と生命の関係には一切そういった熱い感情が生まれてはいません。あくまで冷たい石や水のように存在し、それら両者の動きの間にはいささかの感情も働かないのです。

このようにして長い時代を経た後、人類は段々と小利口になり便利なものを発明し発見し、それらを各方面において使うことに成功しています。人間が自ら作った紙やインク、そして数字や物の移動の仕方を巧妙に覚えた後、ついに貨幣を造って、物そのものの代わりに交換する新しい手立てを覚えたのです。まだ文明がさほど発達していない密林の中や島々の原住民たちは、神を崇めながらも文明人間たちが金貨などを見せると、神を見る時以上に目が輝くということを知っています。どんなに立派な神や仏を創ってみても、それを飾りたてた言葉で崇めてみても、現代人は貨幣の光に、有価証券の分厚い束の前でだらしない一人の奴隷か物乞いになってしまうのです。

文明人間はこの点においてははっきりと、人間敗北の時代に今生きているのです。どんなことを言っても、どれほど科学の力を信じていても、深い愛があると自信を持っていても、一度金銭の前に立たされると、これら全てのものが光を失い、金銭の力の前で、敗北者になってしまうのです。あらゆる生物が生きていられる水の中ですが、そこで人類だけは繰り返し戦いあい、正義をかざして殺し合い、水の流れの傍らで何かをかすめとっているのです。

現代とは明るい頭で前進している真っ暗な心の時代です。こんな時代には金銭も愛情も他の多くのものを脇に置いて、ひたすら言葉に向かわなければなりません。常にメモをノートしなければならず、それはそのままその人の日記であり、随筆であり、小説でもあるのです。つまりそれらは一つにまとめて雑記帳の中の汚い一頁であり、そういった頁の一つ一つが最高の古いペンで書かれた聖典なのです。大航海時代の夢多い自信に満ちたキャプテンや海賊の頭が描き残した宝島の地図でもあるのです。

宗教には哲学初め、あらゆる科学に無い祈りというものがあります。キリスト教の祈りも、イスラム教のユトロギも、仏教の静まりも、この種のゆとりを説明しているのです。

宗教人がこの文明社会から何らかの意味において離れる一瞬、大自然の流れの中で人間という生命体の一ヶ所が息づき始めるのです。その生命体の動きに近いものが、微かなリズムであり、本来の意味での魂や魄《はく》であり、再度言うようですが、細やかなビッグバンの頃のそれと変わりのない生命のリズムなのです。

今日あなたは家におられるのでしょうか。あらゆる自分自身の行動の中で確かな生命のリズムを実感して下さい。

香油

おはようございます。しっとりと濡れている欅《けやき》の若葉や、竹の葉や、少しばかり青くなり始めている庭先などは、窓から観ながらこのようにあなたにメールを書いていると、ごく自然に私の内側から力が湧き出てくるのを感じさせてくれます。

昨年の誕生祝いに男子用の練り香水を息子が私に贈ってくれました。この練り香水のメーカーの名は「PROUDMEN（誇り高い男）」というものでした。あまりにも不満が多く、金がありながら無いといって騒いでおり、真のことは何一つ言えない現代の男たちは、その点誇れる男からは遠い存在です。この香水の瓶の入っている箱には「GROOMING BALM」つまり「身だしなみの香水」と書かれていましたが、実際は身だしなみの香水ではなく、その人の言葉や生き方や人間としての自信のある表情のための香水でなければならないと私は思います。

かつて遥か東方の国から、山を越え砂漠を越え、ラクダの背に乗りながら貴人に会いに来た老いた博士の中の一人は、確かに香油を携えていました。人間が本当の人間である時、どんな生き物よりも高貴な匂いを発していなければならないのです。人間は何が無くとも常に紳士であり、淑女でなければならないのです。それにしても今というこの文明時代はなんとも悲しい時間の流れの中に置かれています。ちょっとばかり物があったり金まみれになりながら、ピカピカの勲章を下げたり、ちょっとばかり学問があったりはするのですが、生き方の中心に光るものがありません。東方の博士が香油を持たないでラクダに乗り、砂漠を越えて来るとしても、それではこの話はお笑いぐさにしかなりません。人間は常に自分の生き方の中に確かな香油を持っていなければならないようです。人間の心の中には、言葉の辞書が無くてはならず、自分だけの気の辞典がなくてはならず、自分の魄の辞典、つまりその人らしい思想の辞典が無くてはならず、あらゆる時代の中で使い古されていながら、その組み合わせによって、その人だけの言葉になり得る造語辞典が無くてはならないのです。これらの辞書や辞典そしてディクショナリー、レキシコン（辞典の一つ）、ボルテルブッホ（ドイツ語で辞書）などは、言い方によっては紳士の身だしなみや、博士の品格と同様な香油そのものです。あなたの中の香油も私の中の香油も、もう一度はっきりと見つめておきましょう。

現代は言葉が様々な意味において多く生み出されている一方において、言語貧困の時代なのです。別の方法でいうなら香油の無い男たち、女たちがそれでもなんとか自分を飾ろうとして生きている、悲しい時代です。最貧国の現代人でありながら、最も豊かに生きていると信じたり、夢見たり、錯覚しているのが、現代のグローバルな人間たちです。現代人の中心において、言葉の貧困は金銭や物の不足の先に大きく存在していることを私たちは意識しなければなりません。ある素粒子学者は、自分に迫ってくる死を前にして、現代人のこの悲しみを書き残しています。現代人は戦っても戦ってもついに勝つことのないボクサーなので、自分の人生を悲しんでいますが、それでも「それが俺の生命なのだ」と言える時、実は深い意味においてその男は勝っているのです。

ほとんどの現代文明人間は常に下を向き、転び、体に傷を作っていますが、それでもただでは起きず、その人にとって最も大切なものを手にして立ち上がれるなら、人生は喜びでいっぱいです。私たちはそういう人間で今日一日を生きていきたいものです。

一つのエッセイ

今日はこれから例によって一ヶ月の検診に行ってきます。二ヶ月ごとの血液検査のために今朝はまだ何も口にしていません。息子や妻の食事の傍らで、いろいろと話をしていました。話をするということは時には食べること以上に大切なものを自分の中に取り込むことができるのです。

現代文明のとても忙しく便利な時間の中だけで生きようとするなら、私たちは誰でも心のどこかで失望し、何かが痛み、興奮することも感動することもできなくなってしまいます。生き方の中で常に夢を抱き、その達成感のようなものを信じ、あらゆる危険の中で生きている人間だけが、自分の人生を自分のものだと信じられるのです。文明社会では、することなすこと全て本物ではなく、また自分にふさわしいものではないのです。全ては疑似体験に過ぎません。家族と言いながら夫婦はどこかですれ違い、親と子の間にも不思議な流れの渋滞があり、兄弟たちの間でさえ、何かを求め助け合い話し合うような時間の少ない現代は、間違いなく家族の崩壊を意味しています。家族の危機は生物の絶滅危惧種を怖れる以上に、大きな問題を抱えています。家庭の中で自由に、しかも心の慰められるような言葉を交わす時間さえ、まともには持てないのが現代の社会風潮です。何事も単純で素朴でいいのです。ことさらに派手でキラキラ光るような家庭内の生き方を周りに吹聴することはないのです。単純で素朴な言葉と身に付けているもので動きだす時、全てが感動的に見えるから不思議です。その人間のあらゆるところが力強くしかも自信に満ちており、何も持っていないのに全てを信じられるような心が見えてきて、周りの人間は簡単に口を利くことができず、ただただ、そばに寄りたい気持ちになるのです。

魂には植物と同じように肥料とたっぷりとした水やりが必要です。さらに十分な量の石灰などを肥料と一緒にやっておくなら、植物は自ら驚くほど元気に伸びていくのです。何事も自らの力によって前進するものです。何事にも時があり、最も正しい時間の中で植え付けたり、必要以上に密植させるようなことをせず、伸び伸びと育つことを周りから期待し、虫や雑草などの被害から守る態度が必要なのです。自分自身という人間も間違いなく一つの生命体です。言ってみれば植物の一つに過ぎないのです。自ら十分に肥料をやるところから、自分を夢多い人間に育てていきたいものです。

今日も一日自分が自分らしく存在できるかどうか、反省していきましょう。

偽物から離れて

再び雨の朝です。おそらく明日からの毎日はどんよりとした空の下で、何事もなかったように大自然の動きは流れていくことでしょう。それを邪魔するように文明のいろいろな便利なものや細かく切り刻まれたものが、その間に飛び込んできて、人間はあれこれと悩み、さほどではない行動の中に、とてつもなく誇大妄想的なものを錯覚して生きているのです。まるで地球そのものを我が物にしたように誇り、錯覚しているのです。地球上が全て自分の懐の中で温められ、大きく美しく広がっていくように考えているのです。

こんな文明社会の片隅では、数え切れないほどの大型の動物や、昆虫たちが絶滅危惧種として愚かな人間の知らないところでわずかな余命をつないでいます。蜜蜂などは、北半球において何百億匹も死んでいるそうです。植物も同じように日々どこかで枯れ果てて始めているのです。愚かな人間だけが自分を霊長類の長として誇りながら、その実足下から大切なものが崩れさっていることを知らないのです。社会に出てさほど意味のある働きもできないくせに、学校時代の自分の優等生であったことを誇っている人間の愚かさは、今日文明社会のどこの世界を見ても、はっきりと現れています。歯車を作り、ナットやボルトを作ってその使い方一つでまるで大自然が用意してくれた人間の生命体の働きに似た便利な機械が作れることに大いに自信を持ち、本来の生命体の歯車の動きの中で与えられている寿命をどう使って良いか、そのことにはいささかも心を向けないのです。人間の力は大自然の流れの前ではどんなに頑張ってみても、適うはずはないのです。

陶磁器一つとってみても、火山の爆発や流れ出す溶岩の動きの前では、とても比較にはならないのです。火を発見した人間は、もともと存在する火山の爆発の前ではほとんど語るに足るものを持ってはいないのです。芸術としての陶芸も、他の道としての人間の生き方も、大自然の現象の前では、単なる物まね以外の何ものでもないのです。物まねの中で体験する人間の行動は、どんなに素晴らしいものに見えても、単なる子供の遊びに過ぎません。哲学も芸術も、ヒトに似せて作られた神の像も遊びに過ぎず、それゆえに宗教は言葉通りの伝説以外の何ものでもないのです。単なる遊びに過ぎないということは、これによってもはっきりと分かるはずです。芸術も科学も全て大自然の現象としての大きな流れの前では、実にとるにたらない子供の遊びでしかないのです。

人間はこの子供だましの遊びに過ぎない砂遊びから離れるべきです。芸術も科学も、または宗教も哲学も全て、子供の砂遊び以上の意味を持ってはいないのです。ヒトは大きく心の目を開け、翼を広げ、足を広げて大自然の前に両手を差し延べて力の限り、飛び出さねばならないのです。夢を抱くということ、東雲《しののめ》の空に向かって上昇気流に乗って、飛び出す態度こそが、ヒトの本当の生き方と言わなければなりません。

今日も一日、日本列島は雨のようですが、また恐ろしいインフルエンザが地球上を襲おうとしていますが、それに負けずに、自分の行動を生き生きとしたものにして生きましょう。

日和下駄《ひよりげた》（主に晴天の日に履く歯の低い下駄）で……

あらゆることが常識として認められているこの文明社会は、不幸を負わされています。この不幸の原因として、魂の冷え切った血液の滞りがあったり、精神という名のリンパ液の汚れがあったりして、現代人の日々の生活は極度に瀕死の状態です。いくら頑張ってみても人間の今の医学ではいかにもならない簡単な病気インフルエンザを前にして、手がつけられない不安の中に置かれています。つまりどこまでも簡単な常識でしかないものが、その実、非条理の物であり、非常識であることに心あるものは心を痛めています。本来なら、浴衣姿で日和下駄などを履いて、のんびりと好きな友達や伴侶と一緒に野辺を歩きたいのですが、それさえ許されていないこの文明の社会を私は恨みます。

小説は言葉で書かれたどこかの世界の物語でしかなく、随筆はもともと歌だったのです。私たちはもっともっと大らかに歌を歌いたいものです。誰もがそれぞれの生き方のレベルの中で使う言葉でもって、随筆をものにしなければなりません。この場合随筆とは、その人間の日々の生き方そのものなのです。ヒトにはその人なりの生きる目的、すなわちプロジェクトがあります。つまりライフワークこそがこれなのです。与えられた人生の全時間の中で、様々なことを行いながら、生を意識している私たちですが、そのヒトのライフワークとなれば、それは一つのものにまとまり、一つの大切な行動となってしまうのです。人間は、生きているだけで他には何も要りません。金銭や財産や肩書きなどは、そのヒトの脇の方にぶら下がっている金ピカピカの勲章でしかないのです。本当に大切なものは梅干しと塩や味噌であり、この味覚を傍らにあらゆるものを雑食すれば、そこから自ずと、その人らしい生き方が生まれてくるはずです。全ては新しく、同時に古いのです。水の惑星と言われている、このまん丸な地球の上で、ヒトは自信をもって、自分らしく生きていかなければならないようです。しかしどう間違ったのか、金銭の魅力に憑かれて市場を走り、自信と誇りをもって立派なメダルを胸にぶら下げながら、実は海賊行為をしている人々がいたり、オウム教だけではなく、あらゆる大宗教も新興宗教も狂信たちのマスゲームを前にして自信を持ったりしている文明社会は、この惑星にはとても似つかわしくないものです。ましてや未知のウィルスの襲来を前にして何一つ正しい手立てを持たない現代文明社会の人間たちは、大自然の前で自信をもって口を利くことさえできないのです。

今日も私は私らしく、あなたはあなたらしく、はっきりとヒトとしての愚かしさや悲しさを吐き出して、心を素直にして生きていきましょう。これからやって来る五月の風の後の梅雨の淑やかな雨も嬉しいものです。人生の一歩一歩をこんな雨に濡れて歩いていきたいものです。

大自然に感謝して

人間にはどこまでいっても成長というものが必要であり、またそうしなければ本当の生き方は無理なようです。若い時代にすでに「自分の人生はこんなものだ」と考えてしまう者が多いのは、今というこの文明時代の人間たちです。

地球上の各地で掘られている化石燃料のほぼ八、九割が、自動車や飛行機や工業関係の方面で使い果たされているようですが、この分だと石油に変わってどうしても新しい何かを人間はどこからか掘り出してこなければなりません。しかしそういったものを掘り出す以上に太陽エネルギーや海の波動エネルギーを使っていかなければならないようになるのでしょう。

それ以上にヒトの肉体の動きの中に生じる波動を利用しながら、さらに大きなエネルギーを生き方の各分野において使うことになるはずです。脳の科学や頭の中のいろいろな回転に関係づけて、こういった化石燃料に変わるものをヒトは用いだすはずです。ヒトは各種の微生物や巨大な生物、また地下水や各種の土壌などを上手く利用してこれらをさえ、もう一つの化石燃料や地下資源として使うかもしれませんが、そうすることによって生物の住むこの地球は、まるで子供に食い荒らされていく親のスネのように滅んでいきます。この滅びが、現在すでに文明の持続性のなくなる形としてヒトには分かり始めてきています。やはり最後にはヒトの身体の全体的な動きの中に、石油などに優る資源を求めなければならなくなるのです。今の生き方はマイナスの力で押し通す時間と光の動きでしかないのです。マイナスの光とは闇です。それから比べれば金銭問題に関わる危機などは、ずっと手前の小さな問題でしかないのです。

これだけ便利な楽しい世の中に生きていられるように見えるヒトは、その実、本当の意味での新しい生き生きとした感覚や感情をもって生きてはいない現実を納得する時、やはり負の強烈な圧力によって文明社会に押し潰されている事実を意識するはずです。ヒトはすでに地上のあらゆる資源を九割近く、九割九分まで使い果たしているのです。いくら伸びようとしても伸びていくだけの限界線に達しているのです。成人はしたのですがそれから先には伸びてはいかないのです。このような惑星、地球を目の前にしてヒトは何を考え何を話しどう行動したらいいのでしょうか。私自身ある意味ではそのことに迷っている、あと数年で八十近くなる老人なのです。

私はあらゆる形の神を信じません。神の恩恵を信じていません。しかし大自然はそれ自体生命をくれる大きな動きであり流れであり万有引力そのものであるならば、言いようによっては大自然こそ、人々が言うところの神なのかもしれません。文明人間はあらゆることができます。これを潰し、あれを生み出し、できないことはほとんどないくらいな文明世界を造り、そこで誇り高く生きています。しかし大自然から見れば小さな岩窟の中に、または堅いガラスの箱に閉じ込められた虫や細菌に過ぎません。これもできないし、あれもできないのです。山ほどの、長い月日の中で培ってきた言葉の一つ一つを使いながら、名文は書くし名言を吐くのですが、それでも言葉の本来の力をまた光を、引き出してその勢いの中で生きることはできないのです。

こんな状態の中にいるヒトはモンテクリスト伯であり、石川五右衛門なのです。このような閉じ込められているヒトには新しい認識や光り輝くような感情をそのまま抱いて生きる道が無いのです。これまで生まれて以来、このような物を持つことが無いヒトであれば、万事を大自然に向かって頭を向ける以外に道はないのです。ヒトは今こそ文明人間として生きられる明日の無いことを知りましょう。大自然を見上げて己の頭を大きくそれに向け、万有の流れの中の動きに従いながら、ただ生きるだけです。この生き方はそのまま親の前でこれから何かを学び、教えられようとする素直な子供の姿に見えるのです。

私はこれから様々な行動に身を任せていきます。その中で絶えず大自然を仰ぎ見、その光を見つめ、いささかでも己というこの存在が浄化されることを願うつもりです。もともとヒトは自分を見つめ直す時、この世に生を受けて以来、常に劫を背負い、業の重みで苦しみ、どこでどのようにして身に付けてしまったか分からない巨大な原罪によって悩み通しの人生時間を体験しているのですが、それでもこのように喜べる時間の中で生きていられることとは、ヒトがまた自分が愚かであり傲慢であり、情けのない状態だからでしょうか。

しかし私はそうは思いません。ヒトはカフカの小説の中の虫なのです。ある朝起きてみたら突然変異している大きな虫です。この変異無しには今日一日を生きていくことはできません。自分という名の突然変異したカフカの虫である存在を、大自然に向かって大いに謳歌《おうか》しましょう。

「……申さく」

人間の肉体とは全く別に、精神的な存在として意味の深いものがあるのですが、これを私たち日本人は魂と言い、魄と言い、英語ではスピリットと言い、ボディと言っています。私たちはこれをさらに「霊」とも言い、肉体とは全く離れたものとして理解していています。岩石と空気のように全然質の違う存在として理解し、同時に一個の生命体としての言葉を話し、語り、夢見る異質な二つの物からできている存在として何の違和感も持たずに受け止めています。かつてスペイン風邪によって地上の人間たちの中の約三十七万人が亡くなったといわれています。肉体と精神からできている生命体としての感情豊かな人間の爆発的な量の破壊であり死であったのです。生まれるということも死ぬということも肉体と霊が同時に消えていく現象です。スペイン風邪も香港風邪もこれらは全て大自然が地上に生み出した生命体の変化を表しています。

同じ言葉であっても、また文字であってもその意味は時代と共に、人間の感情の大きなうねりの中で少しずつ変わっていきます。肉体も魂と魄も同じようにその人間が行動している時間のわずかなずれの中で、少しずつ意味を大きく変えていきます。一つの言葉に固執して一つの意味や光や炎を追っていてもはじまりません。自分の生き方の中で肉体も精神も常時、変化し、位置を変え、その存在の中に生き生きと働いている大きな夢の意味も変わってきます。今日は闇や痛みを表している言葉も、明日は輝くばかりに光を表し、誇りに満ちたものになるかもしれないのです。一つの言葉にしがみつくのは良いのですが、その言葉が自分にとってそうであるところの意味の中に閉じ込められていてはならないのです。言葉は動きません。しかし光具合や色彩や燃え具合や、爆発の度合いは、一瞬一瞬大きく変化するのです。この言葉を理解したり、知っていたり、豊かに説明できたとしても、それで人間は安心してはいけないのです。瞬間的に電気の流れのように流れ去り、移動していく言葉の意味を、その通り自分の精神と繋がっている限り、いささかの油断もなく見届け続けていかなければならないのです。私たちは「明日は明日の風が吹く」と言いますが、アメリカ人たちは「tomorrow is another day」と言っています。時間は常に一瞬のうちに表情を変え、言葉を変え、感情を変え、動きを変えます。言葉を自分の中に留め置きながら、流れていくその電流のような早さの中で、いささかも遅れることなく、その早さのリズムの中で自分を御していく時、また人間は間違いなく大自然という生命の創造主の前で生きる時、そのような個人の細やかな生き方をそのまま一瞬のビッグバンとして受け止めていかなければならないのです。人間は自分に生命を与えてくれた大自然の傍らに常に存在するのです。しかし人間はルネッサンスの生き方の中で大いに錯覚し勘違いしたように、大自然の中のヒーローやヒロインとなっていてはいけないのです。黴菌から全ての生き物の中で、そのサミットに立っているという自負心から人間は、自分が大自然の中の長であり、ガブリエル（ユダヤ教、キリスト教、イスラム教で神意を伝える天使）であると錯覚しています。ルネッサンスの行動こそ、そのような成り上がった心の天使や人類が持った、夢なのです。しかしヒトは常に自分に生命を与えてくれた大自然の脇に、素直に立っていなければならない脇役なのです。脇役を演じている限り、人間のその生きる態度は長い間ヒトが神を信じこれに向かってうやうやしく「……申さく」と自分の言葉を使って口の利ける幸せな人物なのです。大地震も雷も津波も疫病も全て、文明の力を誇っている人間は止めるだけの力や知恵を持っていません。常に全く予測のできない大自然の動きや人間の誇っている文明の生き方の中に次から次へと連鎖的に迫ってくる出来事に対処するには、生命を与えてくれた大自然に素直に従う他はないのです。それこそが神に従うヒトの知恵であり、愛の生き方なのです。

与えられたこの肉体と精神のつながりの中で、大自然の子として生きている一瞬一瞬を素直に流れていきたいものです。何をしようと、何を発明しようと、そのことに大自然は文句を言わないはずです。何を見つけたとしても、常に幼子の心で大自然に従う生活だけが人間の幸せなのです。

醗酵と塩蔵

数千年の長い人類史の中で私たち人間は、様々に悩み苦しんできました。何百万年かの人類史の中ではほとんど猿や犬と同様のレベルで生きてきたはずですが、ここ数千年ばかりの間の人間の歴史は、今日と昨日のようにその間が近く、我が家の庭と隣の庭との関係のように近いものなのです。

ヒトとその周りの環境の中で人間がまず手始めに手にしたのは塩水であり、自分で作る食糧だったのです。米や麦や野菜と並んで塩水から塩を取り出し、自然を食糧としてヒトに必要な形に分けたところに、文明の生まれてきたその初めを見い出すことができるようです。ヒトにとって何が必要かといえば、まず食物であり、その中には野の獣から取り出す肉などもあり、いざという突然やってくる例外などを予測して食べ物を醗酵させたり塩蔵して保存しておく知恵がついてきました。残念ながら今日では銀行とか、証券会社が作られて、金銭を、いざという時のためにいくらかでも、醗酵させたり塩蔵しておこうとする知恵が身に付いてきています。貯蓄というのがそれです。金銭や財産を醗酵させたり、塩蔵するこの文明社会人の知恵は、食糧をそのようにして長期保存することと比較すれば、百害あって一利なしであるということに人間は気づかなければいけないのです。どんなに便利な機械や道具が造られたとしても、結局は醗酵された有価証券や塩蔵された金貨や紙幣は、さほど大きな意味を持ってはいないのです。あらゆる意味での愛情や希望やフランス語でいうところのエクラはそこに生き生きとした形で留めておくことができず、同時に時間が経てば当然同じ価値をもって使うことはできなくなるのです。時間という流れの中で、今日腹の足しになるものが明日は腐敗してしまうことを人間は昔から知っていました。聖書には天から降ってきた神の贈り物である「マナ」のことを書いていますが、この「マナ」さえ、醗酵させることも塩蔵させることもユダヤ人にとってはできませんでした。次の日までとっておかれた「マナ」は全て腐っていて食べられなかったと書かれています。文明人間は今日の金銭が明日は腐ってしまって使えなくなることを考えないのです。現代の貨幣は昔の「マナ」と同じなのです。

確かに愛は永遠です。本当の愛は今日も明日も同じ光を放っています。確かに百年先の愛も今日のそれと同じくエクラの光を燦然と放っています。この光が八方に輝いていないのは、その愛がやはり最初から本物でないからなのです。文化も愛も夢もこれらは醗酵食品でも塩蔵食品でもないのですが、はっきりと分かることは時間の流れの中でいささかも変質せず、人の生き方の中で何にも勝って必須の所有物であり、また資源であるのがこれらなのです。やはり愛も文化もある意味において、醗酵させられているものであり、塩蔵されているものなのです。大きな国の博物館の奥のガラス戸棚の中に収まっている文化遺産も、また野辺から発掘される古代の遺蹟なども、ある意味での醗酵食品や塩蔵食品なのです。文化を尊び重んじるということはもう一つの現代人が行う醗酵食品作りであり、言葉や愛情を次の世代の、また未来につないでいくのは塩蔵の現代的な方法なのです。地球全体に広がっている環境破壊の問題も、愛情と同じく醗酵の手段を通して解決していくことができるはずです。醗酵も塩蔵も別の言葉で表現するなら、自然の中で時間を越えて伝えられていく行動だといえるし、風雨に晒されながら、保たれていく「大自然」の極めて初歩的であり、同時に自らそうであるところにもう一つの行動といわなければならないのです。

言葉は考える言葉ということができますが、同じように愛情ももう一つの言葉の別の動きなのです。考えることによって愛は生き生きと存在し、同時に醗酵し、塩蔵され、時間の流れの中でいささかも腐ることも滅びることも風雨の中で朽ちることもないのです。こういう力を人間は文化と呼び、この文化という名の発酵菌や塩などを人間はよりよく判断しなければいけないのです。あまりにも風化し始め、腐り始めている地球上は環境の崩れという変化の中におかれていますが、これ自体元の状態に戻すだけの発酵菌や塩化ナトリウムをヒトは用意しなければならないのです。

物事は時間の流れの中でたいていの場合、徐々に変化し、腐敗し、破壊され、朽ちていくものです。文明の光の中で輝いて変わりながらここまできた文明五千年の歴史は、いわゆる人類の数百万年に至る、長い歴史の中の簡単には壊れたり腐ったりしない人の部分と違って、簡単に崩れてしまうのです。現代の地球環境やその中の一部でしかないヒトは、早急に醗酵や塩蔵の手を借りて時間の流れの中で崩れていく状態を止めなければなりません。そのために言葉は最初に手がけなければならない存在です。愛や夢が決して腐らないものである本来の存在に戻れるまで、ヒトは経済事情の日々の苦しみの中で、生きなければならない劫や原罪に当分脅かされなければならないようです。

あなたの中の言葉や愛や文化が生き生きと塩蔵されたまま生きて働いていることを信じています。

革命と運動

私たちの傍らにはいつでも一本の木が生えています。何ものにも負けない力強い木はさほど伸びていかないのですが、がっしりとしていてその中心には命の重みのような、魂の言葉のような物が埋め込まれていて、この木の近くに寄ってくる者は誰でも説明できないような力と安心感と飛躍感を持つのです。

これは生命の木でしょう。生命の木であれば、これにあるのは単なるミカンやリンゴであるはずがありません。マンゴーやバナナでもありません。人間が常に味わい楽しみ生命の糧としている言葉の実がなる木なのです。バイブルにも出てくるアダムとイヴはリンゴの木の下にいたように表現されていますが、これは単にリンゴの実がなっていたのではなく、生命の実がなっていたのです。言葉の実が常に生み出されていたのです。他の動物たちと変わりのない生き方とはどこか違う生き方がそこにあり、それをそうさせているのは間違いなく、そこに言葉の実が完熟して常に必要としている人の前に落ちているからです。日々の生き方の中で生命の実は完全に熟し、その人に最も合う形の中で必要とされる色合いにされて、確かにその人が必要とする時間の中でポトリと落ちてくるのです。

ニュートンの目の前でポトリと落ちてきたリンゴは彼に万有引力の法則を教えただけではないのです。それ以上に大自然が与えてくれている生命力そのものを人に教えようとしていたのです。現代人は万有引力を初め、様々な知恵を、ニュートンの前に落ちたリンゴから始まり、あらゆる時間の中で体験しつつ今日に至っていますが、どこまで科学が進んでいったとしても、生命力としった力を具体的に信じるには科学の世界だけでは通用しないようです。心理学がフロイドたちによって超心理学の分野に入っていきましたが、このあたりから少しずつ生命の科学は窓を開け始められてきたようです。それでも純粋科学と純粋哲学、さらには純粋心理学は、新興宗教の力学の中で動いている世界三大宗教を含め、あらゆる大小様々な宗教が邪魔をして、科学の分野と足並みを揃えたり、まともに語り合ったり、尊敬しあう同志には、まだまだなれてはいないのです。つまり科学と哲学などの共生の中で文明は一つの大きな生命の力となり、ポタリとニュートンの前に落ちたリンゴのように豊かに成熟するのです。

人間の身体や生命体全体としての動きの中で、言葉や神経伝達物質であるドーパミンや様々な言葉の機能が落ち込んでいき、鉄分などが不足し、精神も肉体も弱くなってきているのが現代文明人間です。人間の言葉や愛や肉体の各部が弱っているのは、それゆえ当然のことなのです。意味の無いのに頭痛が襲い、視力が弱くなったり腰が痛かったり、足の方にむくみがきたり、むずむずする感じがし、もっと基本的に困るのは自分の言葉が自分のものらしくはっきりと出てこないところに、このような魂の伝達物質や肉体のドーパミンが不足しているからなのです。

あらゆる人間の時代の中には革命とか大変化というものがありました。歴史の教科書にはそのことが様々に語られています。最近のことを言えば、中国の天安門事件やニューヨークの巨大ビル破壊事件などが思い出されますが、あれらは単なる人の歴史の中の戯れ言のような事件に過ぎず、革命といった名に価する宇宙的な広がりとしての運動とは、ああいったものではないのです。大自然が生命たちを創造して、惑星や恒星などを出現させるビッグバンのような働きを革命運動と呼ぶならば、人の社会の中の動きなどはどれほど大きくとも、革命の名には価しないはずです。生命を創造したり、新たに改革する大自然の大きな行動と、人の時代の中の細やかな集団の動きを並べて考える方がよほどおかしいと言わなければならないのです。

良寛が「沙門にして沙門にあらず」と言い、親鸞が「非僧であって同時に非俗である」と言い、多くの歌人や俳人や世捨て人が「世に生き世を離れて」と言っていたように、この世の中の偉大な行動も革命も全てそれらは小さな出来事に過ぎないのです。出来事の中で生きる人間が、どんな理由からでも、もう一人の別の人間を堂々と自信をもって処刑するなどということは絶対できないはずです。

誇りをもって祖国のためや王のために数多くの人々を敵とみなして殺す兵士の態度も、法に従って犯罪者を殺す態度にも、全く正統性が無いということは、はっきりとヒトである私たちが納得しなければならないことです。生命を作り出すことのできないヒトが、目の前の別の人の生命に手をかける理由は全くないのですから。

革命は人によってはなされません。革命を行うのは大自然だけです。ヒトは素直に大自然に寄り添うだけの存在でなければいけません。せいぜいヒトにできる大きな行為とは、運動でしかないのです。このことによって分かることは、ルネッサンスを行おうとする人間の大きな誤りです。

スパルタンというヨーロッパ語の形容詞

本来あらゆる生物には病気というものがなかったのです。数多い昆虫たちがはたして人間のように病むことがあるのでしょうか。杖をついている蛙や蛇もいなければ、薬を必要とするミミズもバッタも見たことがありません。しかし自然を薬品などで壊している人間は、このような生き物たちをも変形させたり様々な病で苦しめていることも事実です。人類はそれに比べる時、数限りない病に侵され、常に苦しんでいます。大自然は命を与える時、生き物たちに病も一緒に与えているのでしょうか。そうではないと私は思うのです。文明の汚れの中でまた小利口さの中で老いも若きも常に何らかの疾病に悩まされています。しかもこのことが人間にとって当たり前だと認めている節もあるのです。

医師にしか病名が分からないという状態にある現代人は、小利口であり自分に与えられた生命体の何かが弱っているのでそのようになっていることを認めるだけの知恵が無いのです。死ぬことや老いることと同じく、病もついて回るのが当たり前だとなかば認め、諦めているのが現代人です。

私たちは初恋が、美しく楽しく誇らしげに思えたあの頃の夕焼けや西風が吹く野辺が忘れられません。段々と時間が経つにつれて老化していく人間は、そのような喜びからも離れていってしまいます。

地球上のあらゆる生命体は、人類を先頭に全て与えられている命を弱々しくしてきています。中でも愛玩動物である犬や猫などは人間と同じ悲しい病気に罹らざるを得なくなっています。これらの動物たちも医師に診てもらい、薬を飲むといった状態にあるのはなんとも悲しい話です。

人間が若い頃の初恋をそのままに抱きながら何人も子を育て、この文明社会の中の苦しい生活をしながら老いても翁《おきな》と媼のように白髪頭で生きていられるのはものすごい幸せといわなければなりません。彼等には明らかに太陽のエネルギーが燦々と降り注いでいるのです。人間の言葉でさえ、太陽エネルギーによって救われており、力を与えられ、与えられた時間を生き生きと過ごしているのです。

文明の時間は、時としてある生物を予定されている寿命よりも短く終わらせてしまう場合があります。それは大自然の予定していたその種の生命体が、あえて大自然に逆らって妙な生き方をするからだと思うのです。生命体としての自分を、若くとも老いていても動かし続けている人間は、どんな時でも「運動しながら平衡感覚を保って」いるから健康に生きていられるのです。不自然さを持っていない生命体はどのような生物の中にも生命を与えられた瞬間からその力が宿っているのです。

白人たちの言葉に、「スパルタン」という形容詞がありますが、古いギリシャ時代の滅びた国で使われていた言葉です。この言葉の意味は現代ヨーロッパ語に訳すなら、「素朴、飾り気なし、質実剛健、本当の強さ」などを表しています。つまり、その生き方の中に一切の無駄が無く、使う言葉においても余計なものが削ぎ落とされ、純粋に大自然と渡り合う時だけに必要な機能だけを有している人間を意味するのが、この素朴さでありシンプルさなのです。

人間一人ひとり誰を見ても同じ方向を向いて、同じ言葉を使い、同じ能力を備えており、そういう人間だけが才能を認められ、個性を尊敬され、その人のどこにでも今の当たり前の人間らしさが見られ、異常さが無く、様々な形の人間らしさが大きく花開いて、その社会で役に立つとみなされる時、本人も周りの社会もそれを安心して認めるのです。文明社会が定めている路線から離れることなく、人間は安心して学校を卒業できるし、勤められるし、何の心配もなく、何の仕事をしても、あえて努力をしなくても一生を暮らしていけるのです。しかし本来の与えられている生命体とは、努力の限りを尽くし、たとえ小さな虫でも天敵と戦いながら力いっぱいスパルタンに生きることによって、与えられた寿命を幸せに全うできるのです。

あなたの腰骨にかつてあった痛み、これからも十分注意して行動をとって下さい。私自身も学生の頃東京で腰の痛みを体験し、彼方に見える甲子園の叫び声を聞きながら、道端の家の塀に腰を押しつけて、痛みを一時しのいだ経験があります。文明の時代に生まれついた私たちは、どこかにおいて時代の痛みを持っているのです。お互い十分に注意をしながら与えられた人生を楽しんで行きましょう。人生万歳!

再生不可能な現代の言葉

文明の世の中ではあまりにもすることが多く、どの一つにも難しい理屈やしなければならない義務が付きまとっている便利な仕事でいっぱいです。しかし本当の物事はまるで古典文学のように難しく、時には退屈で、人間を困らせることもありますが、そこにこそ本当の深い意味が隠されているのです。『古事記』やディオゲネスやソクラテスの言葉、さらには荘子老子のねじ曲がっているような言葉の中にこそ、現代の人間が救われる道が隠されており、深く理解しなければならない言葉でいっぱいなのです。

古い時代から杜氏《とうじ》の間では「一に麹、二にモト、三に造り」と酒造りの秘伝を伝えているようですが、人間が偉大な生命体としてまともに生きるのには、「一に言葉、二に夢、三に創造」と言うことができるでしょう。人間の長い歴史を見るなら、それはほとんど罪深く、汚れ多く、荒廃に満ちており、その中心で人間は夢を見ながら何もできずに滅びていくのがほとんどの場合です。精神世界の真っ只中で言葉が生きており、光っているならその前に立つ人間は決して滅びることはないのです。文明人間には徐々に生きた言葉が消え薄れ、何を語ろうとそこには大きく立ち上がる力が存在しないのです。ごくごくわずかな変わり者だけが、歴史の中のあちこちに突然現れ、周りの人を驚かしているくらいのことです。自分の生きている時間の中で、与えられている毎日を力の限り走り抜けようとする人間だけが、夢に満たされた明日を掴むことができるのです。

文明人間の中にごくわずか存在する変わり者の人間は、常に周りからも笑われるし、時には怪しい存在とみられるようですが、こういうタイプのヒトだけが、大切なものを受け止めることができるのです。こういう怪しい人間を一つの形に置き換えられた伝説上の人物が、寒山拾得なのです。姿形はどこまでも素朴というよりは、乞食《こつじき》の姿に見え、語る言葉には何一つ聡明なものが見られず、誰からも馬鹿にされ、顔の表情は阿呆そのものの風貌を見せています。怪しい存在とみなされながら、ごくわずかな人間たちを大きく甦らせる力を持っている寒山、拾得は、伝説の上の存在であり、いわゆる人間と同じレベルで存在した生命体ではなかったのです。

ですから、心ある現代人は時に、彼等と同じように穏やかなそして阿呆のような霊力をもって、霞を食いながら生きてみたいと願う思いに駆られる時があるのです。人間に必要なのは、油とか、天然ガスとか呼ばれている、再生不可能な種類の文明社会に必要な資源ではありません。そういった資源は、やがて使い果たすことがあるのですが、山に伸びる樹木の間の間伐材を丹念に切り倒し、これに深く頭を下げながら祈るような心で焼く炭などが、決してなくならない本当の意味での再生可能な資源だと言わなければなりません。それに加え太陽熱や風力などもまた決してなくならない資源であるはずです。そういった資源の中で生きられない文明人間の明日には、当然滅びがやってきます。言葉も同じです。文明の知恵によってまとめあげられた言葉は読んだり信じたり何かを理解していき、目の前においては大いに役に立つのですが、未来においては氷河期のマンモスたちのように滅びていく時間がくることを考え、怖れなければなりません。

今日も一日お互いに頑張りましょう。

言葉と裏切り

言葉ないし文章は、それが人類の間に生まれた時から嘘を含み、暴力や詐欺行為を含んでいました。それを一つ一つ取り除きながら言葉を使っていく行為は、あたかも塵の入ったコンピュータまたは悪質なイタズラに遭いながら、上手にそれを取り除きながら使っていく知恵の手立てがなくてはならないのです。さらにこれを文明社会の問題に例えていうならば、食品だけはなく、私たちの日常会話や思想の言葉の中にもある種の毒素が含まれており、詐欺の体質を持っており、理想の性格さえ見せているのです。つまり言葉はたいへん危険なものです。もっともこの危険が全くないならば、その人間は自分の一生を七、八才の子供のまま生き続けなければならないことになってしまうのです。言葉というものは、もう一つの生命体の熱力であり、統計学のグラフであり、常に大自然の動きの中でこれと同調して間違いなく進んでいるものでなければならないのですが、人間の方が文明社会の流れの中でこれと同調できなくなっているのも事実です。

言葉はどこまでいっても言葉でしかなく、生体としての人間または生命は、自分という存在をその寿命のある限り肯定し続けなければならないのですが、この生命体そのものの肯定が続けられることはかなり難しいのです。人間が自ら生命の傍ら作り上げた大小様々なレベルの文明は、言葉という流れの中で一つにまとまり、そのまま寿命を終わらせるということは、誰の場合でも難しいと言わなければならないのです。これを全うできる生命時間をとうに諦めて、言葉が言葉通りにいかないことを嘘の人生とか、ある種の詐欺行為の入っている生き方とみないところに「嘘も方便」というような宗教の中の純粋な時間として認めようとする考えが生まれるのです。純粋に言葉が言葉通りに進んでいく生き方を単なる幻想として見るようになったのは、それゆえに仕方が無いのです。苦しくとも、心が恥ずかしいと意識しながらも、詐欺の要素を自分の中に持っていることを認めつつも、ある程度は「嘘も方便」を認めている自分を「自分を自分らしく生きようとする人間はこれでよい」のだとなんとか認めつつ、その「自分に褒美をあげよう、または褒めてあげよう」としているのが、長い時代を経た現代の世の中に生きている人間たちなのです。良いことはこれだと分かりつつ、完全にそれができないということを十分承知しつつ生きている現代人は、年に一度ぐらい、季節に一回ぐらい「原罪」や「却」や「業」が自分の中に有るということをはっきりと認めることを意識するのです。

言葉がその裏に理想や様々な詐欺の匂いを発散させていることを承知しているので、私たちは力任せにそれに戦いを挑み、何度も負けながら千回に一回ぐらい、打ち負かされたような気持ちになったり、引き分けになったりしている現在であれば、言葉を使っている現代人が、顔色が悪く、なんとなく不満を抱いているのも仕方がないのです。

それにしても力の限り自分の中に生まれる言葉についていきましょう。光るような肩書きや金銭にはさほどついていく必要はないのですが、言葉には常時それを裏切る失敗はするでしょうが、それほど真面目に本気になってついていきたいものです。生命にしっかりとつながっているのは言葉だけです。

そんなことを考えながら、この二十四時間、何をするにも言葉を考えていきましょう。

人類とヒト

人類という呼び方は、人間全体の集団を指しており、過去から現在に至る時間の中で生きてきたあらゆる歴史の中で、人間を総まとめに言っている言葉に過ぎません。しかし自分のことを直接見つめる時、また周りの人を一人ひとり眺める時、そこには人類は存在せず、ヒトが存在し、一人の人間が存在し、個が存在し、自分の家族の一人が存在しているだけです。結局人間は自分の中で生きている存在のようです。考えてみると誕生したオギャーと泣き叫んだあの一瞬や、老化して死んでいく一瞬には万民こぞって自分一人でその道を通り過ぎていかねばならないのです。

　純粋な「個」として生きる時間は確かに誕生と死の時間なのです。その間に挟まれた何十年かの時間は、いろいろな理由や生活の違いによって、人それぞれに変わることはあるにしても、人間常に何らかの集団の中で生きることを余儀なくされています。つまりこのような人間こそ、「人類」であり「民族」であり「家族」なのです。この人間は純粋でいられますが、集団化し様々な周りの人間の事情により自分という個の生き方は、必ずしも通せないことがしばしばです。「誤魔化《ごまか》し」や「偽り」が生まれるのはこういう集団の生み出す軋轢《あつれき》の中においてです。自分がやりたいことも周りの人がそのようにしたくないと分かれば、あえて止めるだろうし、こちらの意見を通そうと考えれば周りの人が否応なく自分の意見を抑えてしまうのです。偽装商品などが世に出回るのもその理由ではっきり分かります。これこそが真実であり、あえてそれを行っていくなら人々は必ずやがて分かってくれるだろうと考えることが、子供時代なら通る考えなのでしょうが、成人してからは通らない意見です。周りの人たちの願っていることの空気が読めない大人は形は大人でも、半分はまだ子供なのかもしれません。それを知りながら押し通そうとする時、浅野内匠頭《あさのたくみのかみ》や吉良《きら》上野介《こうずけのすけ》の果たし合いの形が出現するのです。この二人の頑固さが、というよりは空気の読み方の下手さのゆえに四十七人も侍たちが命を落とすことになったのです。全く周りの空気ばかりに気を囚われている人間は、動物にも鳥にもなれないコウモリのようになってしまい、そういう真剣な時間の中で人間は、誰からも一目置かれる確かな存在となれる機会を得ることになるのです。空気を読むこともまたあえて読まぬことも、私たちはよく知らねばならないのです。

　プリンターも良いものが手に入ったようで、良かったですね。あなたによって他の誰が使うよりも力強く各方面で使われることを、プリンターは喜ぶことでしょう。ではまたお元気で！

言葉に引きずられて

おはようございます。その後お元気ですか。

　ドイツの哲学者ハイデッガーは、私たちが言語を持っているのではなく言語の方が私たちを取り込んでいると言っていたことがあります。確かに人間は古い時代から現代に至るまで、簡単な言葉や新しい言葉を様々に使っているので、どうしても言葉は人間の奴隷であり、子分であるように考えていますが、よくよく考えてみると人間は言葉によってどれだけ生活の中をかき回されているか分からないことに気がつくのです。悪口を言ったり、苛めたりするのも言葉であって、それによりどれだけ困ったことになるかしれません。一方深い言葉や愛の言葉や知恵の言葉を利用する時、本来の自分ではないくらい、生活のレベルが上昇することもあるのです。ここまで考えると、言葉が先にあり、言葉によって人間は上下左右いかにでも動かされることを知るのです。つまり人間は言葉の奴隷であり、丁稚小僧であり、書生でしかないのです。こう思うと、言葉を徒《あだ》や疎《おろそ》かに扱うことはできません。神や仏を拝んでいる私たちですが、それ以上に自分の使う言葉を崇め、拝まなければならないようです。単に人類の進歩に留まらず、自分自身という一つの生命体そのものが生きている間、一時なりとも言葉から離れてはいない事実を意識しなければなりません。夢を見ることも妄想することも愛することも憎むことも、全て言葉に動かされて行う人の在り方なのです。

人と話をし、物を書き、読み、笑いながら、泣きながら、喜びながら生きられる日々の生活もまた、私たちを引きずっていってくれる言葉のおかげです。ある人々は金がなければ愛も知恵も喜びも無いと言っている今の時代です。このような妄想から離れましょう。言葉に導かれていかようにも生きられる時代であることを、人類は確信しなければならないのです。

いつも幸せな私たちであることを、大自然に感謝しつつ。

向かい合う人類と細菌

その昔、白人の世界に生きた人間、エピクロスは古い文字で書いています。

「できるだけ若いうちから哲学的に生きることは大切である。年老いてからも休むことなく哲学的に考えていくことが意味のあることだ」

彼は人生の全域において哲学すると言っていますが、この「哲学する」ということが問題なのです。ヨーロッパ人の言葉で言う、「Philosophy」は「深く学ぶこと」、「深く考えること」、「深いところまで思うこと」、「精神の全域で理解すること」などを意味している言葉であって、さらに別の言葉で説明しようとするなら、「中心的な素朴なことを理解すること」、「単純な心でものを理解すること」などを表し、一言でまとめるなら「一目で理解すること」であり、「一目で信じること」なのです。古代において人々は、一瞬の天来の不思議な光を浴びながら、まるで雷に打たれたように瞬間的な真実に触れる人が、数多くいたものです。エピクロスはこの雷に打たれたような人間の素朴な体験を「哲学」という表現で説明しているのであって、とてつもなく物々しい言葉で説明される学問でも、頭が痛くなるような知識でも、ある特定のわずかな人々にしか理解できない問題でもないのです。大半の純朴な人間には、分かるはずのない高度な学問として「哲学」が説明されるならば、それは大きな間違いです。もっとも誰にでも読みやすい手紙文やいつまでも時代の波の中に遺されている詩の破片などこそ、正しく「哲学」と呼べるかもしれません。

言いかえればエピクロスなどは、原則的に詩人の魂を中心にして生きていたのかもしれません。

あらゆる意味での生命体と最も生命体の中でも小さなものである細菌などは、生命体が生み出されてからの長い歴史の中で、止むことがない状態で向かい合い、侵略しあってきています。人間は単純にこのことを、疾病と向かい合って負けまいと争っているもう一つの生命体であることを意識しています。この意識こそ、医学を信じ、どこまでも医学が伸びていくことを願っている人間の姿をよく表しているのです。疾病がなくなるようになるまで、その戦いに従事している人間という名の十字軍は、医学研究の道の中で、その日が来ることを期待していながら同時に、決してその日がこないことを予感しています。

核分裂の知恵が人間の手に渡った以上、どんなに頑張ってみても人間には、これからの世界の中で核爆弾などが落ちないことを信じられる人は一人もいないはずです。人類と細菌の向かい合っている時間の中で、これら二つが平和に手を取り合って生きていけるような世界が来ることを信じる人は一人もいないはずです。確かに細菌は人間の中に十分取り込まれています。それは医学という名前で呼ばれ、他にもいろいろな名前で呼ばれていますが、それがなくなる日はあり得ないのです。人間も細菌も同じ生命体には変わりがありません。しかしこの世に出現した時、これら二つの命の生きていく方向は、全く別の方向に向かっています。人類が伸びていく時、細菌類は消えていかなければならず、細菌類が伸びて生きられる時間の中では、人類の消えていく時間が待っているのです。確かに人間の身体の中には、人間に与えられた寿命がその通り保たれていくために働いてくれている数多くの細菌類が口の中や腸の中に、うようよと存在します。しかしこのような人類の宿主としての細菌の数は、他の細菌と比べれば、その数はたとえ、一億であってもそれ以上であっても、人類の生命に対抗してくる細菌の数と比べる時、比較にならないほど少ないのです。

生命力はあらゆる生命体にとって同じ方向には向いておらず、それゆえに向かい合っている訳ですが、おそらく大自然の中の万有に働く引力は、このように対立しながら生きていたり、滅んだりする状態の中に、あらゆる生命を生み出し、同時に対立したままに放り出しているのです。食虫植物と、そこに近づいていく虫との関係は人類と細菌類の間においても考えられることです。

言葉について

言葉は生き物です。生命体はそれ自体大自然が生み出した身体を持っているので常に動いているのは当然ですが、生命体でない言葉も人間と関わらないでいるなら、無機物であるはずです。しかし人間と関わらない限り言葉は言葉で存在することは不可能です。言葉は存在する限り常に人間の命と一瞬たりとも離れることはないのです。長い歴史の中で言葉と人間の生活行動は全く表裏一体の関係にあり、人間が笑う時言葉も同時に笑い、人間が怒る時言葉も同時に怒るのです。ここまで言葉について考えてみると、「私が作った言葉」とか「私がどこからか盗んできた言葉」といったようなものは一つもないはずです。どんな言葉であってもそれは人類が出現して以来、使い始めている道具の中の最も初期の段階のものであり、赤子が生まれてからしばらくの間は己の生命について何も知らないように、全く意識なく、それでいてその人間の最も初めから存在する道具なのです。しかも常時自分の生活行動の中で自分と同時に動いているものであるだけに、言葉は自分の体の一部だと考えてしまうのにも無理はありません。しかし言葉は生命体の外側から動いているもう一つの大きな力であり、人間というダイナミズムを形作っている上下関係であり、左右の方向性に過ぎません。言葉は誰の言葉とか、誰によって使われたものであると豪語することはそれ自体、大きな間違いです。目の前にあるどのような言葉もそれは万有の中で人間と共に動いている精神的な素粒子の一種なのです。従って人間はどんな時代の中でもどんな立場に生きようと、自由に言葉を使う権利が与えられています。

言葉が話す人物によって力あるものになったり、感動的な勢いを示し、音楽的なリズムを出したりするのはその人の話す言葉が良いからだと言ってはならないのです。どんな人間が話す言葉も、書く言葉も、全て平等です。言葉自体はその人の生き方の力の配分によるリズムによって、魂の動きの強弱によって決まるのです。

言葉は全て新しさも古さもなく、その人間の頭脳の働き次第で変わるものではないのです。言葉に働きかけても意味はないのです。人間本人がどのように生きているかによって、聴く者には言葉の意味が大きく違ってきます。言葉は全て既存のものです。最近できた新しい言葉というものはなんともおかしな話です。そのようなことを言いながら、言葉を妙な技術によって振り回す人も現代社会ではかなり多くいるのですが、そのようなところに言葉による本格的な詐欺事件は起こるのです。言葉を語り、書く前に、その人間がまずその人間らしい行動をとっていなければなりません。

ここまで考えてくると私は再び言葉の師であるヘンリー・ミラーの言葉に帰っていかなければならないのです。

「言葉を考える前に書き始めていなければならない」

言葉を書け、ということは、言葉を初めに動かせということではなく、その人間が最初に自分自身の行動を始動せよということなのです。言葉が何かを動かすのではなく、行動が言葉によって一つの説明となっていくのです。

言葉がまず出てくる時にそれに突出されるように行動が生まれてくるというのも間違いないことです。『新約聖書』の中のヨハネ伝の冒頭には「初めに言葉あり……」とありますが、確かにここで言っているのは、生命体の出現と行動の前に、「ことば」があるということです。超心理学者の一人エマ・ユングは聖書の「初めの言葉」のことを人間の力と言っており、私は人間の夢や開拓や発明発見などを意味していると言いたいのです。そのような行動を促すのは言葉ですが、その場合の言葉は行動の前に人間が抱く大きな夢であり、考えの中の広大な設計図そのものなのです。人間は常に目の前の時間と空間の広がりの中にある種の質と量の行動を持たなければなりません。しかもその行動を説明するのに言葉ははっきりと無くてはならないのです。「初めにある言葉……」は「行動の後で生まれる言葉……」とは別のものではなく、全く一つのものなのです。夢としてまた設計図として展開する言葉は、同時に完成した家屋などと、一つになって生き生きと働く言葉となるのです。生命のダイナミズムをそのまま機動力として時間の中で動かす時、その前後において働く空間の中で言葉は行動の前後で働きかけをしながら同時に人間の目には初めにある言葉に見えたり、後の完成作品として見えるのです。

前後の言葉を単なる人間のこの地上に閉じ込められた狭い考えで見ることなく、理解していかなければならないようです。

古道を歩く

おはようございます。

桜の季節もすっかり津軽海峡を渡って北海道の方に去り、昨日一昨日の雨も今朝はすっかり止み、春というよりは五月頃の風の匂いのする一日となりました。

先生は最近どのようにお暮らしですか。いろいろと漢詩を書いたり、それを筆で表しておられるものだと想像しております。私たちはけっこう長い老境の時間を過ごしています。私たちが考え、物を書き、散策する道筋は全て古道です。全てが苔むし、傍らに立っている樹もそれなりに曲がり、古風な趣を示しています。こんなことを考えていますと、古道とは全てが希少価値に満たされた、また、骨董的な匂いのするところなのかもしれません。老人は何も若者の振りをしたり、彼等の好みを自分のそれにして生きている必要もないのです。若者が我々老人の真似をしてゆったりと構えることも必要ないのですが、それでも老人、若者双方に自分にないものを真似したくなるような心があることは事実です。それはそれで生命の勢いであり、ことさらにそれを否定するのもおかしな話です。

同封して送らせていただいたもの、時間がある時に読んでみて下さい。人間は常に何かを読み、何かを聞き何かに涙を流す時、ごくわずかながらそこに進歩があるようです。

できれば今年の梁山泊でも是非お会いしたいものです。名久井先生は愛知の犬山あたりにその開催地を考えているようですが、そうならば、日本一古く、余計な現代人の手によって拵《こしら》えなど無い犬山城の天守閣から、信長が見たであろう岐阜城を眺め、鵜沼城の跡を近くに眺め、あの当時、天下をとるなら美濃地方を取るべきだと言っていた天下人の心が分かるようなこのあたりを是非とも訪ねてみて下さい。先生の漢文と筆と墨と紙を使って天守閣の一室で何かを書いていただければ嬉しいです。

これから先も、私たちはますます元気で希望の多い老人でありましょう。お元気でいつまでも。

巣立っていく娘さんたち

おはようございます。

夕べの雨も今のところ上がり、日曜日に息子が二時間ばかりかかって刈った芝生の跡の青さが私たちの目を楽しませてくれています。

今朝読んだあなたからのメール、私の心に様々な喜びを与えてくれました。二人の娘さんたちの最近の生き生きとした生き方が、まるで傍らで見ているように私には分かりました。生き生きと、しかもはっきりと自分を押し出していく春奈さんなど、全くあなたそっくりで、嬉しいですね。友利恵さんもいろいろな方々との出会いの中で生き方の良さなどを学び、音楽の方に道が開けるようで、これもまた本人にとってどれほど力になるか分かりませんね。何事も自信をもって自分の全てを信じて進む人間であることを誇りにしましょう。

　何を語り、どんな行動をとろうと、それが自分そのものである時、喜び以外の何ものでもありません。現代文明社会は、残念ながら、レプリカの自分や言葉や笑いを作って生きる悲しい土壌です。本人の抱く愛や言葉や生活態度はそのままその人を大きくします。これらは全て鳥の羽のようです。力いっぱい空気を斬り、どこまでも飛び続ける大小の鳥たちは、そのまま自分を生きているあなたや娘さんたちの今の状況を私に教えてくれています。

　人間はまず初めに、自分の顔を変えるところから生き方を始めています。あなたも娘さんたちもこの私さえ生まれた時の顔とは違う誇り高い顔をしている今です。人間は誰しも完全なものではありません。しかしどんな欠点があっても自分らしさを誇っている魅力が滲み出ている顔は、そのままその人の人生の全域を光り輝かせています。大自然から与えられたこの生命をベストの状態にしてあらゆる時間の流れの中を、小雀のように、また雲雀《ひばり》のように前進しましょう。私たちがしっかりと見つめなければならないのは、自分の才能ではなく、誇り高い自分の生き方なのであり、人間性そのものです。人間は一度嫉妬で覆われた先入観をかき捨てるならば、どんな人も間違いなくいわゆる自分以上に伸びることができるのです。

　実に爽やかな人生です。次に起こることが間違いなく良いことであり、嬉しさに満ち、多少つまずいてもただでは起きない力を持っている自分に感謝しましょう。

　今回も、あなたからのメール心を込めて読ませてもらいました。ありがとう！

　あなたの力になっている奥さんやUさんやHさんにもくれぐれも宜しくと伝えて下さい。

学びの行く末

　長い間大和国と言われ、細長い島国である海の中の小国を、あらゆる意味で実感している日本人は、常に海幸と山幸が意味しているように、豊かな海や山の豊富な食べ物を前にして暮らしていました。一口に海幸山幸として片づけられている日本は、その中心に常に豊かな畑や水田を持っていました。それゆえに実り豊かな大地そのものである瑞穂の国にいささかも不信を抱くことはなかったのです。どこまでも広がる海洋を前にし、ヨーロッパのアルプスをそのままに実感できるような峩々《がが》たる峰を持つ山々を眺めながら、中央には実り豊かな大地がそれなりに広がっていることの現実の前で、不安がったり怖れたりするものは何もなかったのです。このような国家事情の中で突然日本人の心には、外を見なくとも安心していられる思いが根付き、それが日本人の心の中に鎖国の精神を植え付けることになったのです。同じ日本であっても南西諸島のような大きな広がりの中で琉球人の魂や沖縄県民の心は、他の日本人とはどこか違い、他国に雄飛する心が芽生え、故郷の島にはじっとして留まっていられなくなるのはごく自然の思いでした。四国の南の方の人々や南紀の人々もまた、早くから海外に出ていき、彼等には国内に目を向け、そこで何かに頑張ろうとする気持ちだけではいられない衝動が常にあったのです。

黒船が伊豆半島の沖に現れ、三浦半島の沖合に現れた時、日本人は鎖国の心ではいられないこれからの世界情勢や、そこに含まれている日本の状態を意識し始めました。そして結局は西洋人の出入りの中で貿易国家にならざるを得ないこれからの日本の運命を、心ある日本の知識人たちはたちまち察知したのです。この前の戦争の敗戦の後まで貿易立国の姿は、自動車産業や精密機械産業の中でその姿を段々と大きくしていったのです。貿易立国である日本は、同時に鎖国国家の歴史を背景にして、海幸山幸の風景を示しながら、スイスや北欧などと同じように観光立国になってきているのです。

このような日本の他の国家の前の一国家としての事情は、日本人に当然必要とする外国理解を深めさせることになったのです。そのために日本は教育にも大きく手を伸ばし、大学の設立から、外国の大学に優秀な人材を送るような方向にも手を伸ばしたのです。夏目漱石や森鴎外そして数多くの医学研究者が外国に出ていった事情は、遠い昔、遣唐使が出ていったのと訳はほとんど同じでした。まるで月の世界に向かった宇宙飛行士のような厳しい心で外国に向かった最初の若者たちのかなり多くは、人間時間の違いの中で、外国で客死したり日本に戻ってから命を落としています。あの当時の大学生も海外に向かう知識人たちも徒《あだ》や疎《おろそ》かには勉強はできなかったのです。それに比べ、八百以上も大学のある今日の日本国内において、本当に自分がしなければならない勉強が分かってもいないのに、大学に進み四年間を半ば遊びながら、親の送ってくれる金を無駄遣いしながら、意味のない時間を過ごしてしまう若者が実に多い今日です。しかもそれに加えて大学自体も戦後は雨上がりの筍のように出現し、明治からの国鉄や郵便局のように国費でもっていけた師範学校やその他の農林学校や高等工業学校がそのまま地方の大学に昇格し、そこで教える教授たちもさほど良い待遇も受けず、研究費の必要に迫られ、その他の事情もあるのでしょうが、一人二人と国内の大学に籍を置きながら海外流出してしまう事情もそこに生まれるのです。学生たちは学生たちで貧しさゆえに、またはあまり勉強をせず遊ぶために金の欲しさで様々なアルバイトに向かい、不勉強な姿が一目瞭然となるようになってきたのです。

しっかりした国造りの心ある若者しか通うことのないわずか二、三十ほどの優秀な大学しか存在しない外国の事情から見れば、日本の教育事情は実は暗い未来に向かって進んでいることが誰の目にもはっきりと見えています。金がなければ幸福になれないと考えるような知識人が多い現代の日本人です。このような感覚の持ち主が水先案内をしている日本の明日は、小説の中の鞍馬天狗が言った「明日の日本は明るいだろう」という言葉は、口にできないのです。

現代人はもう一度心のどこかで近未来に向かって大きな希望が持てる存在にならなければならないようです。経済的に困っている世界の現状に対して、ウロウロするだけでいささかの落ち着きも無い現代人はこのままで良いのでしょうか。私たちだけでも与えられている金や物でもってこの社会状況の中でも感謝をして、力いっぱい生きたいものです。

　今の状況を恐れない自分であることを認めましょう。

生命体の内因物質としての言葉

　大自然は常に動いているので、その動きの中ではっきりと分かることはそこがどこまでも限りない不毛の大地であるということです。たとえそこが密林であろうと、限りなく広がる砂漠地帯であろうと、しっとりと濡れており常に苔などが生えている広がりであろうと、そこは二種類の厳しい熱に侵されながら存在しています。そのことを果てしなく動いている生き物のような存在と呼びたいのです。太陽熱のギラギラと光り照らす中で、それによって砂漠地帯がどこまでも光熱に覆われ、生き物が我慢できないほどになっていきます。一方において限りない密林の中は別の形において湿度の高いしっとりとした熱に覆われ、それによってどこまでも黴や苔の生えるままにそういったあたりは広がり続けているのです。

　大地はあらゆる種類の生命体の足の下で熱を持っており、いっかなその熱から離れることはないのです。森の緑も砂漠の白も全てはそれぞれ違った形や様相をしていますが、それらが放射している匂いや音は微妙に異なるのです。生き物たちが絶えず吐き出している微妙な匂いも、動物たちが空気を震わせているあの唸り声も苦しみに近いような音も、また人間が吐き出し歌い書いている言葉という言葉の匂いも、全て大地のそれぞれの湿度の中で一層増幅され、巨大なものに変わっているのです。その変わりようは、また大きな増幅作用はそのままこういったものをより敏感に感じたり、理解したりすることのできる人間には、愛の形に見えてきたり、金銭の形に響いてきたりするのです。愛は時として幸せな人たちには優しい仏に見え、金銭の豊かさそのものの神様に見えてくるから恐ろしいのです。文明社会をより大きな人類の場として見る時、そこは単なる物理学上の磁場であるに止まらず、海の匂いや魚や肉のプンプンとする匂いの遺伝子を基本として生きている存在として、はっきりと認めなくてはなりません。文明臭さの遺伝子を中心として、その廻りには数限りない肩書きや名誉、金銭の働きというものがつながっており、そこで生きる人間は単なる生命体そのものとしての人間に止まってもいられず、もう一つの大地に広がっている砂漠や、密林の苔のように数々の汚れの中で、むしろその汚れを汚れとして除去するだけの力も余裕もなく、ひたすら与えられた生命体の時間を生きることに費やしていかなければならないように見えるのです。タンポポにはタンポポの遺伝子が寄り添い、メダカにはメダカの遺伝子がついて回り、狼には狼なりのそれが、そして霊長類にもそれなりの、決して否定することのできない遺伝子が歴然として寄り添っているのです。

　現代人の言葉も同じくそれなりの遺伝子が中心になって動いていることは否定できませんが、それこそ砂漠の中の中心となっている無機質な物質と同様に、もう一つの内因性のモルヒネともいうべき物質の存在です。人類は食べるにも働くにも考えるにも単に移動という名の行動をとるにも、常に同じように内因性モルヒネのような基本的な物質を稼働させることによって、自己主張をしているのです。たとえ自分は周りの動きに自らを合わせてだけ生きていると言っている人間でさえ、アマゾンのジャングルの中に生きているナマケモノのように、それなりの自分なりの可動性を持っているのです。

　基本的に大自然から与えられた生命体、そしてそれに続いて特殊な麻薬物質にも似た存在のリズムや言葉という力を絶えず活動させながら、自分なりの行動時間を自信をもって過ごしていくことを人間は大きく意識していくより他に、どんなに頑張っても与えられた生命体そのものの存在とその動きである寿命通りに使い果たしていく方法はないのです。

文明という高圧力

　おはようございます。あなたからの昨日のメール今読ませてもらいました。日が燦々と照っている青空の下に、庭も竹林もそこで遊ぶ犬たちも私たち夫婦と共に喜びでいっぱいです。物でも金でもありません。本当の平和とは、人間なりに笑ったり怒ったりしながら元気に生きることです。

　現代人はあまりにも自分の生きている今日や過去や未来に関して、何か余計なことを考えているようです。芝生も竹の葉も全ては極めて自然にそれぞれの生命を生きています。現代人間は常時何かに驚き怯えているようですが、それは極めて簡単な状況なのでしょうが、躁や鬱の形であることは明白に分かります。薬を飲んだり病院に通わなければならない程の病状ではないにしても、日々の生活の中に金銭やメダルを一つでも余計にぶら下げなければならないと焦る心は、間違いなく平常心の置かれているレベルからはかなり離れています。魚が川や海の中を泳ぐように、鳥が上昇気流と自分の羽の動きをそのまま使いながら飛んでいるようには、文明人間の苦しさなどは微塵も見えません。言葉の働きの中で人間は、様々にこの世の中を社会化し、巨大なビルや高速の乗り物などを駆使しながら生きており、その生き方のスピードこそが、また存在するビルなどの大きさが、人間自身の文化の力であり、文明の広がりであると自信をもっています。しかしこの自信は単なる自然な状態の自信ではなく、人間一人ひとりを周囲から圧しつけ、縛りつけ、本来存在はしなかった大きな不自然な力や義務感や威しで抑えつけているのです。こういった文明社会の状況は一言で言うなら、かなり深い深海の状態を示しています。水圧によって圧し付けられ、その力が四方八方から厳しく迫ってくる中で生きている深海魚は、一旦釣り上げられたり網にかかってしまうと、水面まで引き上げられる時、徐々に失われていく自分という存在の周りの圧力のゆえに、目玉は飛び出し、内臓すらも口からどろどろと押し出されてしまうのです。現代人間は正しく金銭や名誉、メダルなどといった強烈な圧力によって抑えつけられながら、生まれ、成長して今日に至っているのです。このような一種の深海魚やあらゆる深海生物の状態で生きている限り、一瞬なりとも金銭が無ければ、勲章が無ければ生きていけない自分を、深海生物であるからという理由は別にしても、今生きている文明人間のままでは仙人になることも隠者になることも、言葉通りの一切の汚れも浄化することはできないのです。人類はこの文明の社会において必要とする物を捨てなければならないところに生きていることによって、正しく原罪に取り巻かれて生きている不幸な存在なのです。これらの、放せず離せないもの、生活の中から捨てられないもの、それはいわゆる人間を取り囲んでいる強烈な水圧から高等な霊長類を自由にすることがないのです。

文明社会を覆い尽くしているこの水圧は、全体としてそれぞれの人間を四方八方から圧し付けているので、このままでは何も問題は起こらないのですが、そういった私たちの近くに本当の仙人や隠者が接近してくるなら、恐ろしい事件が起きます。深海生物の一ヶ所でも圧力の差が現れる時、文明人間は目が飛び出し、内臓が破裂する事故に巻き込まれてしまうことは事実です。古代から心ある人間はこのような文明社会の水圧を時間をかけ、少しずつ減らしていくような言葉を書き残しています。箴言などという言葉は正しくこの類のものだと私は思います。

今日も圧力の高い文明の生き方を、徐々に取り除くためにそれなりの言葉を使いながら生きていきましょう。

欲　望

大自然のあらゆる意味での流れの中で生まれたのが、様々な生命体です。生命体は岩石などと同じくもう一つの物質です。前者には命が無く、従って与えられた寿命の終わりに死が存在しません。ただ存在し長い時間の中で風化するままに消えていく岩石と生命体の間には、計り知れないほど大きな開きがあります。言葉通り自由そのものであり、周囲の何ものにも囚われない無機質な岩石などに対して、生命体は単細胞から人間に至るまで全て多くの事柄に取り囲まれ、縛られており、あらゆる意味での自由を失っています。こういった閉じ込められた状態を破って、その外側に立ちたいと思うのは、ウィルスから小利口な霊長類に至るまで全て同じです。このような生命の働きかけ、つまりダイナミズム、すなわちギリシャ語で「力」を表すこの言葉は、一体無機質な物と比較する時、どこから出てきたものなのでしょうか。抑えつけられ、閉じ込められ、束縛されているものが、そこから自由になったり抑えつけているものを打ち破って外に出ようとするこの力こそ、意気そのものでありギリシャ語のダイナミズムで表す以外に方法が無いことを私たちが知る時、この「力」はそのまま生命体にだけ与えられている「欲望」であることに気づくのです。良くとも悪くとも、つまり大きな徳の下で拡大されていく欲望であっても、悪徳の流れの中で生まれるそれであっても、欲望は間違いなく生命体が大自然の流れそのものである束縛や、はめられている手錠を外してその先に飛び出して存在したいと願う、熱い心そのもの以外の何ものでもないのです。

このことから生命体の身に付けているあらゆる欲望や夢を考えながら、人間の抱く欲望の全体像を私たちははっきりと、一言で高生命体の熱っぽい活動と言わなければならないのです。あらゆる生命体の中で人類はその天辺に立ち、その生命の働きかけや、前進の仕方は、全ての意味で他のどのような生命体のそれより遥かに前進をし、その数から言っても常に先頭を走っています。生命体としての人類は、間違いなく地球全体を覆い尽くし、全てそのような生命体を呑み込むようにして、大きく膨れあがっています。化石燃料を用いたり、遥か彼方から差し込んでくる太陽エネルギーまで吸いとり、その結果として原子エネルギーを利用した発電装置を考え出し、ついには人間同士の戦いの場においてとても役に立つだろうと考えられる原子武器さえも奪い合うようにして、この狭い限られた地球上で生きようとする人間たちは、どれほど与えられた自分の命の限りを尽くして発明発見の広がりを大きく延ばしていったとしても、人類の限られた脳味噌は、現代文明の先には自らを制御していく知恵を持っていないのです。ヒトはこの制御不可能な今の足下の状態、または、瀬戸際まで追いつめられている地球の姿を、正しく見つめるだけの知恵があるのでしょうか。

地球上はどこもかしこも高層ビルや機械類で満ちており、橋やトンネルで繋がれ、そのいたるところが恐ろしい一酸化炭素や二酸化炭素が悪魔のように音も立てず、呪いの言葉も発することなく人類に迫ってきています。確かに京都議定書などではこのような生命体の生き方に関わる問題について話し合ったりしていますが、文明社会の発展のためには無くてはならず、同時にあらゆる生命体を脅かしているこのような一酸化、または二酸化炭素の恐ろしさの前で、これを押し止める訳にもいかず、特に先進国の人たちは、この不条理をいかに解決したら良いか、また受け止めたら良いか、その瀬戸際にきているのです。

人間の生活の中に自然に発生することになっている「徳」や「礼」が存在するその傍らに、はっきりと「悪徳」や「悪礼」があるのと同じく、酸素の向こう側に炭素が当然出現するのは、この文明社会の発展の中では、止めることのできない不条理なのです。言ってみれば子供たちに人の道や道徳について教えようとしても、なかなかそれは相手に伝わることなく、教えもしないのに悪徳の方はどこまでも人間を駄目にしていくところからも理解することができます。良い言葉を覚えるよりは、これまで使ったことがないような悪い言葉が簡単に覚えやすいという人間の中に働く「流れ」もこれと同じように考えることができます。文明は確かにその基盤に善よりは悪の方を多く持っているのかもしれません。強い欲望や、他人を出し抜く知恵の方を多く持っているとも言えるでしょう。それゆえに本当の知恵者や達観した人間は、今の自分の中に見る知恵をそのまま感謝して認めたり、今与えられている最小限の欲の中で満足できるだけの本当の知恵を持っているのです。この知恵がなくなる時、人類は足下の断崖が崩れ、滅びの中に落ちていくかもしれません。

原爆などを怖れるより、小欲や知足をはっきりと知らなければならないようです。

今日も一日こちらは強い風が吹いていますが、その中にもチラホラと桜が咲き始めているところもあるようです。根雪などもなかった岩手も本当の春が来るのは、これからもう少し先のことでしょう。南から北に、沖縄の方では北から南へとそれぞれに桜前線が流れていくのはなんとも春というこの嬉しい季節のもたらしてくれる喜びです。

悲しい透かし彫り

何の仕事でもそうですが、それに没頭し、それに夢中になってしまうと、ただ世間の動きの中で生きている人間とは違った状態がそこに生まれるようです。例えば医師や医学生が自分の手がけている医療や学問にとらわれたり、深く心を奪われてしまうと、不思議にもその人の人間性までもその方向に吸いとられていくようです。癌の治療にまたその方面の学問に向かう医学者たちの多くが、自ら癌で苦しむということをよく聴かされています。精神科の医師でもあった斎藤茂吉も彼の息子の一人も、精神病で悩むこともあり、同じく物書きであり、医師でもある宮城音弥なども自分の研究の対象であった病気で悩まされていたようです。小説家であり、日本学の一端に与《くみ》してもいたかとも思われる芥川龍之介も、夏目漱石も同じような苦しみを体験していたようです。何もなければ人間はそう簡単には病には侵されないし、たとえ侵されたとしても時が経つと癒っているというのが現実でしょう。このことを私たちは「自然治癒力」と言っていますが、特に最近はあらゆる病気に敏感になり、日本中の人間の三人に一人は癌にかかるとか、かなり多くの人間が糖尿病で死んでいくなどというデマに侵されて不安がっています。しかしある医学研究者などは、数百人に一人ぐらいしかそういった病気にはかかっていないというのが統計学の上から言えると言い、もっと楽天的に考えるようにとも言っています。

これだけ忙しくなり、苦しくなっている文明の日々の中で、現代人はいつになっても消えることのない影ともいうべき「永久影」に怯えています。喋ったり書いたり読んだりする全ての現代用語には、永久影が裏打ちされています。もちろんそれは言葉だけではなく一人ひとりの人間が日々の行動に裏打ちされたり、透かし彫りとなってはっきりと判が捺《お》されたように付きまとっています。この永久影がなくなる時、その人間は劫や業から離れて生きることができるのでしょうが、それができないのが人間として生まれてきた自分というこの存在の本質なのです。常に何らかの永久影を透かし彫りとして自分の心や肉体に持っている私たちですから、それをある宗教などは「原罪」と言って見ているのです。年に一度だけのおおつごもりの夜遅く鳴る梵鐘の音に、百八つの劫を理解するだけではなく、日々の生き方の中でこの劫を認め、それを一つ一つ越えながら、生命時間を与えられた通りに生きていかなければならないようです。

美濃あたりは今日は一日中シトシトと雨が降り続くようですが、東北の方はいかがですか？　どんな日であってもそれなりに自分に合った生き方のできる現実を知っている私たちは幸せです！

禅僧のように

今朝のあなたからのメール嬉しく読ませてもらいました。学校の方も、外の仕事も上手くいっているようですね。ただ、病院の検査もきちんと受けて心配ないようにして働いて下さい。

人間は大自然の流れの中で造られて以来、常に脳味噌は必死になって何かを欲望し、血液も肉体も骨も何かを欲望しています。体中が何かを望みながら化粧していきます。言葉という言葉は年ごとにその内容を化粧していき、書く文字も書く内容も、その量においても段々と大きくなっていきます。サバンナの森の中の時代には、ほとんど形さえまともでなかった言葉は、今のような文明の中では当時考えも付かないほどに大きなものになり、複雑なものになりました。さらに深いものになり、勢いの大きなものになってきています。言葉がこのようにして変化してきていることは、私たちにとってなんとも喜ばしいことです。初期の頃の単純な言葉は猿たちの呻き声や啼き声から少しばかり発達した物に過ぎないのです。宗教も哲学も他のあらゆる科学も実は言葉が変化し、様々に化粧して成り立ってきている姿なのです。こういった意味において人間は化粧をありがたいものだと思わなければならないようです。

しかし女たちが自分の顔形や姿を化かすために化粧したりコスチュームを身に纏うのは、実は悪い方向に向かっている化粧の一つの形なのです。持って生まれた顔形や健康な皮膚を傷めつけ台無しにしてしまうような化粧品や、持って生まれてきた身体の状態を痛め付けるまでに扱っている衣類なども同じように化けるための道具でしかなく、そこにはあまり喜べない未来に向かう感情が生まれているはずです。

人間以外の生き物は、このような化粧の仕方を知らないし、またそれを望む欲望なども全く無いようです。あるとすればそれは種族を遺すための手段にだけ利用される雌雄の出会いや子育てのため、天敵から身を守るためだけという、実に単純で一切の妙な欲望の付いていない素朴な生命行為だけがそこに見られるのです。生物学者たちはこの点をさらりと理解して、その研究に向かっているのです。あらゆる生命体は確かに色彩や音色や多様なカモフラージュの名の下に、化粧をしてはいるのです。しかしそこには生命体そのものの単なる生きる上での欲望によって守られている物は一つもないはずです。残念ながら人間だけは数多い欲望に誘われて、間違いなく化けるための化粧を考え出しているのです。化粧を様々に用いようとする時人間は、幽霊に変わってしまいます。闇の中に轟《とどろ》く魑魅魍魎と化してしまうのです。現代文明人間は、見事に綺麗な化粧をし、見事なコスチュームで身を飾っていますが、その本質は闇の中を右往左往し、平和な心で休むことのない虫に過ぎないのです。

このことがはっきりと認められる時、その人間は人生の無情を知り、与えられた己の寿命の全域においてあたかも禅坊主のように「無の道」に向かう人も出てくるのです。たとえ禅僧にならないとしても、日々の生き方の中で無限の流れを見い出し、万有の力のみに従う人間になれるのです。

今日もお互いにどこか春めいてきた空気の中で、自分らしく喜んでいける人間という生命体であることを確認しましょう！

悲しさは言葉の貧困

人間の世の中には、何千年かの文明の時代が横たわっていますが、こういった歴史を作っている時間はあらゆる物に優って言葉であると思います。物質や単なる考え方の中で、人間は生き方の方法を学んだというよりは、一つ一つ行動や出会う言葉の中で大切なことを実感し、予感し、自分の中の豊かな感情の領域の中で感じとってきたのです。確かにシャカもキリストもマホメットもそれなりの独特なリズムの中で、いろいろな人生論を遺していますが、それ以上にキラキラ光るものを持っている言葉をディオゲネスやソクラテス、さらにはほとんどこの世の中の明るいところには飛び出してこない人々の豊かな人生論というか、素朴な言葉を私たちは数多く知っているのです。人々にポルノ小説家などと言われ、妙な陰口を利かれているヘンリー・ミラーや、良寛、山頭火などもまた、その辺のヘタな人生論よりは、遥かに高度な、しかも歴史という歴史の汚れに触れ、垢にまみれた誰にでも分かる、未だにピカピカ光っている言葉を私たちの周りのあちこちに残しています。

生きるということの難しさをこの文明の世の中では誰もが知っているのですが、そういった問題に関わる時に持たねばならない本当の力としての人生論は、世間ずれをし、誰もが語り、考えなくてもその道理がはっきり分かるような教えの中にはないはずです。人並みのことを言い、教師面をし、先輩面をし、年が上だと言って胸を張るたいていの人々が口にする言葉は、理解するのにさほどの考える時間も必要ではないだけに、すでに疲れ果て汚れ果てていて、文明がここまで進んできている今の時代を生きる私たちにとっては、それほど大きな生きる活力を与えてはくれないのです。

現代人は、二十世紀までの人々のようにさほど物質的な、金銭的な貧しさは体験していないのです。一昔前までは、かなり長く、人間は愛や真実や勇気よりも遥かにいざという時のための蓄えとしてまとまった金を持っているならば、人生は安心だと考えていたのです。愛などは金銭的な困難がなくなれば自然と自分のものになるだろうと長らく考えていたのです。

ところが今頃になって金銭的な貧困が人間生活の、また文明社会の根本的な大問題ではなく、心の中の在り方やそれを表面化していくのに、絶対必要な言葉の貧困さまたは不自由さが問題であることを最近ようようにして人間は知ることになったのです。

強い言葉や確信に満ち、確かに固い言葉を口にし、心で信じる時、そこから本当の意味の豊かな生活が生まれるだろうということをまだまだ、わずかですが、ある選ばれた人々によって、理解され始めてきているのです。

今日も私たちの中の貧困が、単なる物質や金銭だけの問題でないことを、はっきりと確信しておきましょう。豊かな自分らしい言葉を、何ものにも汚されることなく持って生きている自分を、信じられる時だけその人間はどこまでも誇り高く、自分の存在を誇り、自慢し、明日への道は全てどこもかしこも拭き清められているはずです。

悲しい新里山人

最近の文明の大きな広がりの中の町の姿の中にはほとんど見ることはできなくなりましたが、かすかに昭和以前の時間の中で体験していた里山や山里近くの村の佇まい、または、雑木林の広がりの中に、人間の本当の生き方をかいま見ています。雑木林は単なる森でもなく、山というのでもなく、それがはっきりと里人によって意識的に植林された大切な場所であったことを私たちは知るのです。枯れ葉や落ちている木の枝を丹念に拾い集め、少しずつ分けて縛り直し、集めて籠に入れ、背負って家に帰るのはたいてい女子供たちでした。大の男たちは田んぼや畑で働き、家庭の煮炊きから掃除、洗濯をしなければならない女子供たちは、雑木林と深く関わっていました。クヌギ林こそ雑木林の基本的な形であり、あらゆる種類の落葉樹が絡み合いながら伸びている林は、生命全体の中心であり、村を形成している動脈そのものでした。

クヌギの根元は枯れ葉で埋め尽くされ、まるで腫れ物になったように膨らんだ根元には大きな穴が開けられ、そこには樹脂が溜まり、何百種類もの様々な昆虫がその甘い樹液を吸おうと集まり、そこをねぐらとするのです。数限りない蜂たちはまるで村祭りの風景にも似て、忙しい羽音を立てながら、樹液の周りを飛び回るのです。子孫を残そうとするこういった昆虫たちの営みは、雑木林を祭りの夜のような賑わしさで満たしていきます。

クヌギの他にトチノキやドングリの木は、雑木林をねぐらにしている小動物たちに餌を与えています。これらの種類の木の実は、彼等と共に秋の里山の中を豊かな物にしていきます。クヌギの枯れ葉は椎茸を育てる村人たちに原木を用意し、やがて何年も使われた原木は、古木となって腐っていき、雑木林の中に捨てられると、枯れ葉と一緒に雑木を育てていきます。

トチノキや、他の雑木もそれらが地面に落とす実は、雑木林の中の生き物たちの餌となり、里人たちが秋になって切り倒していくクヌギの切り株から勢いよく伸びてくるひこばえは、見事な早さによって数年も経つと、人の高さを遥かに抜くような新しい世代の立派なクヌギになるのです。

こうしてみると、人間の生活は常に基本的には、里山に囲まれているところでしか存在しないのです。小高い山があり、森があり、畑があり、田んぼがあり、それらの片隅に点々とみすぼらしい人家が見え、その中央に雑木林の風景が置かれ、こういった人間を一応中心とした山の獣たちや小川の魚、さらには数限りない昆虫が、全てまとまって、そこに生まれた人間に故郷を与え、故郷の原風景を見せているのです。この原風景が徐々に消えつつあるのが現代です。人が生まれ、子供時代や少年時代を過ごすのは、デパートがあり、学校があり、工場があり、アパートがある都会そのものなのです。雑木林の中の静かなのびのびとした時間ではなく、新幹線が走り、車が通り、頭上にはジェットライナーが簡単に外国と行き来できるところで利用される時間が、人間をどこまでも落ち着きのない生き物にしてしまうのです。やがて落ち着きなく、常に働いていなければならず、しかも周りの人々に遅れをとってはいけないとばかり、常に時間を気にしています。町は雑木林の時間に囲まれている里山とは全く違ったところなのです。現代文明の生活空間における現代人は、どの一人をとってみても、テレビやラジオ、そして携帯電話やコンピュータによって抑えつけられている新里山人なのです。里山人である私たちは自らを市民と呼び、文化人と呼び、自分の周りには小さな庭を置き、それを武蔵野のような雑木林と思っているのです。一瞬たりとも手放すことのできない財布の中の金を、クヌギ林の下にうず高く広がっている枯れ葉だと思っているのです。

人間は再度里山の傍らに住む素朴な村人にならなければ、健康一つ保てなくなっていくのです。言葉一つさえ、本人の心の流れの中では使えなくなっているのです。

ホログラム印刷

世界にもまたこの日本にも様々な種類の紙幣があります。確かに私たちはこの金銭というものに少なからず苛められているので、「紙幣」などといったことを口にしたり書いたりするだけで、胸くそが悪くなります。そうでありながらそのわずかな重要さとかなり大きな悪徳について言わなければ良いことが分かっていながら、何度でもあちこちに書いている私など、金銭という病気に悩まされ、半ば意地になって金銭の悪い面を書いているのかもしれません。

例えば、一万円札を見るなら、そこにははっきりと人間の生き方の多くの面を教えてくれている福沢諭吉の像が載っています。世界中の人間が全て違った顔をしているように見えても、よくよく見るなら、どの一人をとってみても、どんな言語を口にし、今の生活を眺めているとしても、人間は霊長類の頂上に立って生きているという点において、全く変わるところがないのです。一万円札にしても福沢諭吉の浮き出ている肖像も、大きく書かれている「壱万円」も、その上に書かれてある「日本銀行券」もいささかも違うことなく同じですが、その他の部分を注意してみると、世界のどこの国の印刷よりも精巧にできていると言われています。諭吉の二つの目の部分は超細密画線で成り立っており、彼の肖像の左下の方には驚くほど細かくマイクロ文字の仕上がりが見えています。またこの壱万円札の左下の光って浮き上がるように見え、紙の上の文字というよりは、金属の板の彫刻された文字のように見える10000という文字は、真っ赤に染まり、それを見る私たちの目の位置がわずかずつずらされるだけで、単なる紙の上の文字に見え、少しずらすと青い字になり、金色に光り、銀色に光り、さらに目を移動すると青空の色になり、オレンジ色に変わります。こういった複雑で高度な印刷技術は、他の国々では持ち合わせていないようです。この印刷技術は「ホログラム印刷術」と呼ばれ、そこで使われる日本職人の腕のある中味でも、この壱万円札の左下の片隅に印刷されている10000を刷るホログラムを真似することはできないそうです。

本物とはどのような手段によっても、また技術によっても決して真似のできないものです。長い文明の歴史の中で、様々に変転してきた言葉もそう簡単には真似ができるものではないのです。良い文章とか、綺麗な文章とか、さらには叙情豊かに展開する文章であっても、ある人間が一つの方向に心を向けて綴った真心の文章なら、それを五年十年の努力の中で盗みとろうとしても、我が物にしようとしても、それは不可能なことです。超細密画線も凹版印刷もマイクロ文字もホログラム技術も、さらにそれに加えて特殊発光のインクもそう簡単には、一朝一夕で身に付くものではありません。

一人の人間もその生まれた時間の中で、またどのようにして成長してきたか、どのようなことを誰によって学んだか、またその学問の本質が中心部において独学の意味を深く持っているか、さらにはこれまで生きてきた時間の中でどれくらい多くの喜びや悲しみの回数の時間があったかなどが、その人の今の存在を正しく決定するのです。一人ひとり人間は、あたかも顔形が違うように、また服装が違うように食べ物や音楽や言葉の好みが違うように微妙に細かい考え方や生き方の全ての点で異なっているのです。彼の手に握られている壱万円札と私の手に握られている壱万円札の使い方やその札から感じる手の温もりの違いから、どの一枚をとってみても同じものは一つもないはずです。財布に入れる際の札の折り方や、銀行の窓口から出される新しい札を見るなら、使い古されている物と新しい札の違いは歴然としています。

物は全てそのグレイドによってこのような微妙な違いはあります。書く文章に関してもそれを読む人間の精神の在り方においても、そこには微妙なグレイドの違いは明確です。

今日も一日誰とも違う自分であり、その周りを流れている時間とエーテルをはっきりと自覚し、日が暮れるまで過ごせる一日でありたいものです。あなたはだいぶいろいろなことで忙しいようですが、決して無理をしないように。私宛てのメールなども心配しないで下さい。あなた方の中味の濃い短いメールのやりとりで、十分あなた方の言動は私に伝わってきています。

南方方面軍総司令官

「私の天性が暗愚であった」と南方方面軍の総司令官であり、敗戦後はフィリピンで処刑された人物は自分のことを言っていますが、ある意味では現代文明の風土の中で呼吸し、物事を考えながら生きている人間は誰でも、間違いなく本質的には、生まれながらに暗愚である自分自身のことを自覚しなければなりません。現代人は一人として完全に確かな自分を所有していると思える人はいないようです。一人ひとり、誰もが言ってみれば透明人間です。現代人というのは存在のどの部分もじっくり見つめても、そこが素通りでき、個性がなく生きる重さが足らず、愛の嬉しさや痛みがなく、考えることにおいてさえ、重みを感じない存在なのです。今朝話した言葉が夕べには簡単に変わってしまいます。今見たものが次の瞬間には別の絵に変わっています。

本来人間は重い存在でした。動きという動きが堂々としており鈍なくらいにどっしりとしていて、簡単には動かないものでした。このような重い少年たちや老人たちこそ、どのような人生の波風にぶつかっても、透明人間にならないで済むだけの重みがあったのです。どんな問題が迫ってきても、どのような厳しい風に吹かれても倒れることのない存在だったのです。周囲からどのように言われても、自分の言葉には自信があり、いささかも怖れることはない千年杉が持っているゴツゴツとした根っこのような存在なのです。

人間が生きるということは、この重みの勢いの中で生きることです。喜びも痛みも、褒められても笑われても、それら一つのそれなりの勢いの中から確かな自分自身を生み出していくのが本来の重い存在の人間でなければならなかったはずです。長い歴史時間の中で人間は徐々に軽い存在となってきました。どこまでも透明であり、確かに爽やかではあるのですが、そういう人物を心を込めて見つめようとすると、その存在が透明であるゆえにその人物像はどこかに消えてなくなり、向こう側の情景や風景がはっきりと見てとれるのです。その人間の輪郭は、軽くて透明なだけに常に小刻みに揺れており、太い線もともすれば細く見え、その人間の心も言葉も彼の精神界の色合いにも、はっきりとした形が見えず、その存在をどうしても疑う気持ちになるのです。このような人間の言葉は、常にフレキシブルであって、それを明確にしなければならない輪郭の色合いは薄く見えてくるのです。つまり透明な物の存在とは、そのものがはっきりと見えず、その彼方の背景の方がはっきりと見える状態なのです。私たちは自分の存在というものを、一つの言葉として、それ以上に一つの熟語としてはっきり見つめられる存在にしなければならないのです。軽いものはますます軽くなり、やがては透明の域に達し、それを色付けしたり、リズムをとったり、言葉として理解することができなくなってしまうのです。

軽いということはまともに信じられないことです。一つの意味をもった言葉としては理解されないことです。どんな行動をとろうとしてもそれができなくなることです。走ろうとしても走れず、ただ浮かんでいるだけで時がくれば消え、時がくれば再び浮かび上がって見えてくる白雲に似ています。人間が本当に生きたいと思う時、はっきりと自分という名の重さを持っていることを確認しなければならないのです。

軽いということや透明であるということは、そのまま軽く見びられることであり、馬鹿にされたことであり、存在を完全に無視されたことなのです。

あらゆる条件と状態をそのまま信ずるにしても、決して軽く見られない重たい存在でなければなりません。重さの光り輝きは、意味ある言葉を発散する重い生き方だけをもって、その人間を豊かにするのです。

南方方面軍総司令官は大男でした。ずっしりと重い将軍でした。それでも彼は暗愚な自分、すなわち透明な自分をはっきりと知っていたのです。軽い自分の存在をはっきりと知っていたのです。

私たちは今日も一日可能な限り文明社会の中の重さから外れ自然の軽い存在として生きましょう。

忠臣蔵に学ぶ

十二月十四日は長男の誕生日でしたが、元禄の昔、当時使われていた旧暦の十二月十四日は赤穂浪士の討ち入りのあった日です。

単に日本だけではなく、世界中がかなりゆったりとしており、人間に必要な心の緊張が足らなくなっている時、そこに突然このような四十七士の事件が起こると、心ある人々は心の活性化を促されるようになるのです。アメリカの大統領の中の一人、セオドール・ルーズベルトは少年時代にこの話を本で読み、人間の生き方にいろいろな形があることを認識し、さめざめと泣いたということです。この地球上にはこの大事件を知った心ある人々が少なからず存在し、同じように弛んだ心を戒《いまし》められたはずです。四十七士も、実は下僕の一人であった下級侍が、力いっぱい主人のために戦い、その後で泉岳寺に向かう一団の中から姿を消したのです。大石内蔵助《おおいしくらのすけ》によって「夕べの仇討ちの事実を後世に残すためにお前は生きていてその役目を果たせ」と言われたこの下僕は、泣きながらそれを承知したと言われています。

人間の高い精神構造、または人格の高さは、社会的階級の上下とは決して一致しないようです。もう一人の赤穂藩の老いた足軽である八助は討ち入りに参加はしなかったのですが、ある日、大石内蔵助を訪ねて彼から何か形見の品をいただきたいと無心したのです。八助は大石が必ず主君の仇討ちをするに違いないと考えていたのですが、彼自身は年老いた足軽なので、そんな仲間には入れてもらえないと思っていたに違いないのです。大石は八助のその求めを聞いて片側の硯《すずり》箱を開け、わずかな金子を与えようとしたのですが、八助は「私は身分こそ下郎ですが、金などは要りません」と激怒しました。大石は「悪かった、実は今の私には形見になるものが何もないので……」と平謝りに謝り、墨をすり、川の辺に一人の下僕を連れ、立っている編笠の武士の姿を一幅の絵に描きました。そして言うには「お前も忘れてはいないだろうが、江戸にいた頃私はお前を連れて吉原の花街に通ったことがあった。この絵はその頃のことを描いたものだ。形見としてお前に上げておこう」この言葉に八助は思い知るところがあり、こんな形見を貰うことは光栄だとその場に泣き伏したと言われています。このことははっきりと『朝野雑載《ちょうやざっさい》』に載っています。

大石内蔵助以下四十六名の志士たちは一人も死ぬことなく吉良《きら》上野介《こうずけのすけ》の首を捕り、次の日、半日かけて泉岳寺に赴き、主人の墓の前で鬨《とき》の声を上げたと言われています。人心が崩れ、戦国武士のあの男らしい勇ましさのようなものがなくなっていた元禄の頃、人々は侍が侍であることを忘れ始めていました。志士たちの働きは、人々にもう一度心の引き締められる思いを感じたはずです。

それから数十年後には芝居小屋でも志士の話は観客の涙をそそったのです。その頃の話は今日聞かされているようなものよりは単純なものであったらしいのですが、戯作者たちが一つ二つとフィクションの話を付け加え、段々と中味の長い話に展開していきました。志士たちを助けた熱っぽい商人たちの話などが芝居の中に入ってきて、「天野屋利兵衛《あまのやりへい》は男でござる……」といった話に続くいろいろな情景は、観客の心をいやが上にもくすぐったのです。京都の悲しい女、お軽勘平の筋立てもその中の一つでしょう。数多い女たちがこの仇討ちの話の中にでてくるのですが、こういった『女忠臣蔵』などの話は単なる色話というよりは、雪の夜の場面の中で、お互いに身分を知らず抱き合い泣き合う男女の姿に、それを見ている観客たちもまたボロボロと涙をこぼすのです。汚れた世の中でモミクチャになった人情とか、忠義の心、または深い愛の思いなどは実際の生活の中では見ることがなく、ただこのような戯作や芝居の上でしか見ることのできない時代になってきているのです。

毎年このように美化された複雑な忠臣蔵の物語で日本人は相も変わらず涙を流すのです。日本人には忘年会という不思議な酒飲みの時間がありますが、おそらくこの忘年会の最もはっきりと分かる意味合いが、この十二月十四日の義士祭で流す涙ではないかと思います。今年私の観た「忠臣蔵」は、『音無しの剣』であり、昨年の忠臣蔵もその前の年の忠臣蔵もそれなりに異なったタイトルが付いていたと思いますが、今の私にはそれを覚えているだけの記憶はないのです。

『音無しの剣』の中では一人の浪人である慶之助が、討ち入りの武士たちが吉良邸に入った後、上野介を助けようとしてやってきた上杉藩の武士たちと外で渡り合い、それらの武士を全て斬り倒すと、彼の表情には人生の空しさみたいなものが見えていました。

もう一人赤穂藩に深い恩義のある大阪商人清兵衛は自分が江戸に出てきて作り上げた莫大な財産をほとんど使い果たし、義士たちの武器や衣裳を用意したという筋立てになっているのです。かつては慶之助の女であった人物は、その後この海産物問屋清兵衛の妻となって、浪士たちのために努力をする夫に手助けする姿に、これを見ている視聴者は涙を流すのです。

このように忠臣蔵は年と共に話の内容を複雑に、また感情豊かに広げていくのですが、そこには必ず大石内蔵助の辞世の歌があることを私は忘れられません。

「あら楽し　思いは晴るる　身は捨つる　浮世の月に　かかる雲なし」

人間が本当に何ものにも邪魔されることのないサッパリとした生き方に入るのは、身を棄ててしまう時の心構えではないでしょうか。

はっきりとルネッサンスの意味を知る

今日も暖かい日です。お元気ですか？

人生はどんなに問題多く痛み多いことがあっても、その全体像はやはり生きる喜びを中心とした明るい日々であるはずです。それをそのように理解するために人間は、ラテン国家の思想家たちや、ギリシャ都市国家の哲学者たちのように詰め込めるだけ詰め込んだ豊かな人生体験の知識で、自分の中に力を創造して行かなければならないようです。これこそがまさに命の再創造です。これをル（新しい、または再び）とネッサンス（生まれる）が一つにまとめられてルネッサンスという言葉がラテン語で、またイタリア語につながっていったのです。ヨーロッパ人の頭には「創」の方がこの言葉にはぴったりときていたようです。

生活の奥深いところでは何一つ微妙な知識や小知恵などは求めていないのです。物事を経験に基づき体験によって理解し、推察によって組み立て、演習によって確実に自分のものらしい製図に写しかえ、そういった組み替え作業の全域の中で自分の力や個性を発揮し、大自然の生命創造行為の周囲に伝えていける人間とならなければなりません。

新しい考えとはそのまま新しい命であり、知識であり、創造された力であり、結局はその人間に与えられたただ一回だけの人生時間という名の成果なのです。このことをしっかりと理解しているならば、与えられた寿命の中で人間は自己を表現し、発現し、さらには事細かく伝達するだけの「プロパガンダ」の名に価する存在になることができるのです。人間一人ひとりの独自の生活態度のプロセスの中でこそ、運命という名の豊かな人生が存在するのです。そこには痛み多く悩み多い時間というものはないはずです。それがある現実を思う時、文明はやはり、それに付きまとう便利さや金銭や肩書きの汚れが災いしているのだろうと人間は考えなくてはなりません。

高度に広げられた人間の環境は他の生き物たちや地球そのものの環境とは似ても似つかないものであり、青い地球などと言いますが、そこに見られる多彩なリズムなどはその実とても汚く、悪臭を放つヘドロにまみれた下水道の姿そのものです。どんなに数多い知識やその応用の頭を持っていたとしてもそれによって休むことなく喋り続ける言葉の中で、人間は日々人生の輝きがあり、オーラが見えているものが、どこかに置き忘れられていることに気づかないのです。文明力に転化されてしまっているものに目をやりながら、本来の物を己自身の精神や行動で受け止められない人間は、結局アクセルをいっぱいに踏み出せない存在なのです。

本来ならば大自然が人間を全的に教育していくのですが、違った意味でルネッサンスしてしまった文明人間は、そのような命を与えてくれた大自然の手による教育の時間を見過ごしてしまいました。人間は魂の孤独な存在です。自らの手で自分を教えていかねばならない独学の存在となっている今、一切を無と考え、老子が言ったように数多くではなく一を基本にしてそこから立ち上がり、神を裏切り悪魔と手を握ったエヴァが全人間の存在を自ら受け止めてルネッサンスしたように、自分に気づかなければならないのです。

今のあなたは自分という名の初めての生命体として自分を見つめていることを、私は喜びをもって語りたいのです。身体に気をつけ、今という時間の冬の風の中で、力いっぱい陽光を浴びて下さい。あなたやOさんやN先生との熱いメールのやりとりなど嬉しく読ませてもらっています。

躾けられる日本人

アジアにはたくさんの言葉がありますが、やはりその中心は、長い漢時代を経て培われて来た漢字の表現法がどうしてもアジア人の私たちの中に生き生きと今日でも息づいています。あたかもラテン人やギリシャ人のアルファベットがフェニキア人の言葉から生まれながら、彼等のもともとの言葉であるように使われているように、漢字は中国人や日本人のような東アジアの人々にとってはごく当たり前のように使われています。

そうは言いながら、中国とか日本、台湾、韓国と詳しく分類して考えていく時、同じ根をもった漢字が少しずつ変化していることが分かります。万葉時代までは、日本人は一つ一つ漢語を一字読みしながら綺麗な短歌を作ったり、愛の言葉を囁いていたのです。やがて段々と日本人の生活の深部まで入って来た漢字は、知らず知らずに日本人特有の漢字さえ生み出すようになりました。その速さは現代の若者たちが新語を作り出す以上に早かったとも言えるでしょう。

裃《かみしも》を身に着けるようになった日本人はごく自然に漢字には無いはずの、「裃《かみしも》」を作り上げ、中国の広い大地に彼方の山から吹き降ろす風とは違ってどこか優しさを感ずる大和の風のことを頭に置いて考えられたのか「凪《なぎ》」という字が生まれ、天の方からまた森の奥の方から現れて来るかもしれない神の霊を意識してか、日本人はそれに頭を下げる時、手にする木の枝に「榊《さかき》」という中国人には理解できない漢字さえ作ったのです。中国の山々と小さな大和の山々の間には、その形やそこに吹く風や雨の形さえ、生えている樹木の形さえ、どこか違っていたのでしょう。汗をかきながら山に登り、ここからは下り一本だと安心をしながら、そこからは漢字には決して見られない、「峠《とうげ》」を口にすることができたのです。もちろん同じように日本人が愛を語り、怒りを口にし、理屈を言う時、漢字の形ではどこかよそよそしく見えたので、漢字一つ一つの草書をさらに崩し、偏などを外しそれを平仮名と読んで五十音を作りました。一切の難しい漢字を用いることなくこのような極端な草書の形の中で、中国大陸から伝えられ、体中に縛りつけられていた重たいものを取り外すことができたのです。それ以上に肩肘張って難しく重たく存在していた漢字の左側の一偏や頭の方を取り、右の方だけを用いて片仮名が生まれました。四つ足でまた二本の手で動き、行動していた漢字が、まるで爬虫類のように身体だけで歩けるようになったのはこの片仮名が出現してからのことなのです。あまりにも几帳面《きちょうめん》でうるさい漢字の勢いの前で、日本人の生み出したごくわずかながら新しい漢字や仮名などは、大自然と一体に繋がり、その理解の中で生まれる感情表現や大自然に対する万有引力の力を、人間自身の力と同一化し、これに感謝をして生活できるようになったのです。仏教の哲学が、人間と仏を一つとみなし、死んだ人間を仏として奉るあの態度の中にも、日本製の新しい漢字や片仮名平仮名の出現の当然さを示しています。

何事にもその是非を問い、理屈の上で論理に縛りつけられ、それを説明することに夢中になる中国人たちは、東アジアの中の西洋人と言うべきでしょう。中国人は徹底的に、しかも明確に物事の因果関係を糾弾しないと我慢ができない不思議な民族です。漠然としていて、はっきりとしたことの良い悪いを究明しないで、直謝《ひたあやま》りに謝るあの優しさにも似た日本人の態度が、中国人には今後どこまで行っても理解されることはないはずです。ただ謝り続ける日本人のあの相手に通じるかもしれないと思うことを信じる態度には、それを絶対に許さない、またははっきり釈明したのだと言って何度も頭を下げることなく堂々と話し返して来る中国人は辟易《へきえき》するかもしれません。謝ることで、また頭を下げっぱなしの態度で恭順さが相手に通じると思うのは日本人であって、理路整然と言葉巧みに物事を整理し、それゆえにこんなことをしてしまったと一度謝りはするがその後は前と同じく付き合いをして来る中国人のようなタイプの人々とは、なかなか付き合いづらいのです。

このような日本人の態度をある学者は、「謝意が多様にもちいられている日本人の感謝重視の文化」と呼んでいます。しかしこれに対して物事の是非やはっきりした説明の必要を大切にする中国人たちは、西洋人とは巧く付き合えるのかもしれません。このような日本人の謝りに謝る態度を、そして謝意を何度も態度に表す姿をある人は「自然融合感」と呼んでいます。

日本人は他人に笑われまいとするのか、子供を躾ることに余念が有りません。着物でも日本人はしっかりと仕付けをかけて、着る時には恥じない着方ができるように、前々から用意していた時代がありました。漢語には無い「躾」はやはり日本人が作った漢字なのです。洋服にも作られた服にしつけをしますが、そこには日本的な躾の深い意味はありません。

この暖かい冬の一日、陽の光をできるだけ多く浴び、物事を深々と考え、終日自分らしく生きていきましょう。

自然力と万有引力と星占い

長い人間の時間の中で、物や金銭はその人の名前や肩書きと繋がり、その人に対して要らぬ思いや欲をかかせます。人間は、このような物に左右される時代の中で、大きな人間の特質を失くしてしまいました。それゆえに人間は「無欲」などというような言葉を時々口にするのですが、その傍らで決して無欲にはなれない自分がいる始末ですから、人間は常に何かに追い回され、悲しんでいなければならないようです。しかし無欲な人間という者も時おり一人二人存在するものですが、そういう人間は周りからとんでもない変わり者とか、何かが狂っていると言われるのが関の山です。このようにもし私たちが金銭や財産を愛するように書物を愛せるなら、そこに書かれている文章や言葉の一つ一つを心に貼りつけていくなら、そこにはわずかながら金などをあまり相手にしないようなタイプの人間が出現するはずです。書物とは人の心を変えたり希望を与えたりする時、今日出たばかりの書物であって、それは同時に永遠の光を発している、またオーラが浮き上がっている言葉で満ちている「古本」の意味も持っているのです。書物を愛し、そこに書かれている言葉の一つ一つを心の中に受け止める人物にとって、新品の書物も、ぼろぼろに古びた古書であっても、全く同じ聖典なのです。人間は常に生活の中心で自分自身の聖典を携えていなければならず、同時に二宮金次郎のようにぼろな着物を着、そだ（伐り取った樹の枝）を背負いながら『大学（儒教の経書）』や『論語（講師の言行）』から常に目を離さなかったように生きなければならないのです。

パンダは竹の葉が無くては生きられないようです。コアラにはユーカリの葉が無くてはならぬように、中南米のインディオたちにはトウモロコシが無くてはならなかったように、モンスーン地帯のアジア人にとっては米が無くてはならないように、トルコを中心とする中近東や西洋諸国の人々には麦が無くてはならなかったように、徐々に文明の羽を大きく広げて行った世界中の現代人間にはジャガイモがなくてはならないようになり始めました。昔は可哀想なアイルランド人たちが食べるものに不足し、ジャガイモを口にしたのですが、他の西洋人たちは愚かなアイルランド人といって彼等を蔑みました。しかしこれだけ人類の数が増えて来ると、他の生物たちの多さとは違って、個々にある程度の個性を持っている現代人は、喜んでジャガイモなどにも飛びつくのです。まだまだ米や麦の時代は続くのでしょうが、ジャガイモ一辺倒になる近未来がやって来ることは間違いないのです。

ノーバディー　イズ　イコール。ナッセィンゲ　イズ　イコール。

全て存在するものは個性豊かです。個性の無い存在はやがて必ず消滅します。

無垢の心でリンゴが落ちて来る樹を眺めたのはニュートンでしたが、錬金術に夢中になり、星占いに夢を持っていたのも彼でした。科学も似非《えせ》科学もある意味では大自然の中では同等に扱われなければならない存在なのです。錬金術や占いは確かに科学の世界には入れない領域として扱われている存在です。しかし心を持ち、言葉を持っている人間はこのような錬金術の奇跡や星占いの魔術をただ非合法なものとして捨て去る時、科学の中心に含まれている大きな力まで見落としてしまうのです。錬金術をその通り実行する必要はないのです。星占いをその通り信じることも必要ないのです。どんな将来の希望でもそこには必ず夢の欠片《かけら》が含まれています。この欠片《かけら》こそ今なお、錬金術や占いの形として人間の心の傍らに寄らず触らずに存在しているのです。この事実を信じられるあなたは確かに生きています。

科学一辺倒の人間の硬さやそういう人間の言葉の弱さを私はよく知っています。今日というこの日の長い時間の中で「あの人が訪ねて来る」と思う時、十回に一度ぐらいそのような友が訪ねて来る現実が起こることを考えれば、万有引力も占いの言葉も一つのところで理解するだけの優しさが必要であり、その優しさはそのままその人間の知恵そのものです。

尸《かたしろ》

文明の世の中はあまりにも全てが大き過ぎてそれが物事を雑に考えてしまうと、昨日のメールで私は書きました。しかし人間がわずかでも哲学性を抱き、キロメートル単位の中から、ナノやピコ（一兆分の一）単位のところで、ペン一つ、腕時計一つで考える時、それらは宇宙的な広がりの大きさになってしまいます。そういった今の生活の大きさの中から魂でレベルの小さな生活に一瞬にして戻る時、人間は大変な苦痛を感じるでしょうが、そうしない限り、文明人間は本当の魂を言葉にして生きられる人間にはなれないのです。

人間はただ、このだだっ広さの中で暮らしているだけならば、本来の生命そのものである存在の単なる尸《かたしろ》だけでしかないのです。尸《かたしろ》はただの存在するものの形であり、影にしか過ぎません。生命を持ち、大自然としっかり繋がっている存在ならば、表現としての形でしかないのです。人間という心の音や色彩が単なる音と表され、色彩として表現される時、それは尸と言うべきなのです。人間そのものは命という存在であり、その人の痛みやあらゆる病はその人の尸でしかないのです。尸を語る時、これを最もよく説明できるのが、次のような隠喩によってです。

人間がその前に立つ時、エレベーターのドアは自然に開くのです。人が何の前に立つ時でも、ごく自然に生活している時でも、その人の前ではエレベーターのドアが開くように、人形《ひとがた》、すなわち尸というその人の生命そのものの影がその前に現れるのです。人の前に尸が存在するのです。人がいない限りその人の尸はどこにも存在しないのです。私たちという人間は、ヒトを視てはいないのです。ただその人の尸、すなわち形、幻影を見ているだけなのです。彼方に山を視ているのではなく、山の形や色合いを漠然と見ているのです。長い歴史時間を持っている野の花を視ているのではなく、その花の色や形にべったり人間の目がへばりついているだけなのです。

人に話をする時、そこで語られる言葉は、単なる尸に過ぎません。手仕事をする時、その行動も単に尸でしかないのです。生命でぶつかろうとする時、言葉と匂いと色と音と、さらに数多くのその人らしいものに触れれば触れるほど、それらは単に尸でしかないのです。しかし全然尸から離れた存在そのものに出会うということは稀なのです。どんな物の出会いも、たいてい尸との出会いでしかなく、そこには存在するものの本物と出会うことは、無いのです。商業主義の世界で金銭中心の社会で、さらには肩書きの時代の中で、人間も物も全て尸が一人歩きをしていることを私たちはよく知っています。その人間の生命がそのまま表現されるなどということは、めったに無いのです。万事が尸のまま通っています。芸術作品とて訳は全く同じです。

私たち人間は尸でなく、その人のまま、そのことのまま、本物の存在のまま、姿を表したいものです。尸はどこかに埋めてしまわなければなりません。尸は、捨てるために、または取り除くために存在するのです。尸はきっぱりと除くためにあるのです。尸は忘れるために、またあらゆる努力を払って消去するためにあるのです。悲しいことながら、尸は殺すために、生まれた時からその人、その山、その川、その花について回っているのです。尸は生命を生命そのものにしてはいません。存在するものをはっきりと生かすためにはやはり、消去しなければならないのです。在る物をそのように一時的に表しているのが尸の役目です。尸は生命の無い存在であるにも関わらず、生命あるがごとく在る時間の間、生命を再生させているのです。ただ暮らしている人間を、本人らしく生きるのに尸の果たす役目はとても大きいのです。生命の中心に在るシナプス（神経細胞）は尸をほとんど離れてはいません。尸は単なる形、色彩、音に過ぎません。人間の尸は残念ながら人間そのものとは違って夢を見ません。生命はトーキー映画に近く、尸はスチール写真に過ぎないのです。尸は全く命ではないので動くことはありません。生命は常に、あらゆる瞬間に移動しています。生き物を動物という名前で呼ぶのも、この常に動いて止まない生命から付けられている言葉なのです。躾《しつけ》そのものです。

人間は自分の名前を相手に伝えて自分を紹介する前に、自分の肩書きや名前の書いてある名刺を渡す前に、まず自分自身が戸の自分で無いことをはっきりとアイデンテファイしなければなりません。

今日も一日しっかりと、自分が自分の影で生きるような文明社会の人間では無いことを確信しましょう。

無差別抽出法

人間は他の動物たちと同じく、二つの目で物を見ています。しかし他の生き物とはどこか違っている点があるとみえて、物が白黒で見えるだけではなく、原色の世界として見えているので、時には言葉以上に目の前の風景が大きな意味を持ち、華やかな歌となり、さらには言葉以上のドラマチックな活き活きとした二番目の言葉となり、それが人間の生活を動かし、その時の人間の顔は猿や犬や猫の表情の無い、いわゆる愛玩動物や動物園の檻の中の生き物たちの顔とは違っているのです。

しかし人間の二つの目から入って水晶体を通り抜けていく画像は、単にそれだけのものではなく、身体全体の勢いを貰った熱い血液の流れという力によって心の中に別の画像として理解されていくのです。この理解こそがこのまま脳味噌の中で崩されかき回され、いじり抜かれた末の画像であるだけに、半分言葉に変化するというか、言葉の持っている意味合いを間違いなく掴んでいる画像として存在するのです。心の中の画像とも言うべき人間の目の中の風景は、原風景であろうと、生活の中に活き活きとした常時の風景であろうと、その後には熱い血液の流れが表現しているダイナミズムによって支えられた特別な色合いが有るのです。ここにはっきりとあらゆる動物や他の生物の目とは違った言葉というリズムのある風景が、人間の目には見えるのです。

人間はいつのまにか単に視力だけではなく、手足の動きや心臓や血液の動きといった人間が自ら手を出さなくとも動いていてくれる力を十分コントロールできる時間を、与えられている生命、または寿命と同じく携えているのです。与えられたこの寿命や、または生命体の息づく時間の長さこそ、そのまま自然の法則なのです。

科学は人間が威張って、または畏敬の念でもって過信するものではないのです。いろいろな科学小説を背景にした映画やテレビドラマを見過ぎるせいか、現代人は科学にあまりに期待をかけ過ぎています。もちろん科学は今日のそれよりはどんどん発展していく近未来を信ずることはできるのでしょうが、ずっと長く展望する時、そこに「科学時代の終わり」ということがあるということにも気がつかなければなりません。あらゆる生命に寿命があるように、また終焉の時間があるように、科学でさえ必ずその終わりがあることを私たちは考えなくてはいけないのです。万物に終わりがあるということぐらいは、科学を信じている現代人ならばはっきりと知っていなければなりません。

それにしても現代の文明世界という名の闇は、同時に心の闇を展開させており、そこでは生命論の哲学的な意味がどこか砕けているようです。本当の自由とか、生命の力というものが果たしてどれほど文化という名の物理の力で制御されるか私たち誰もが知らないことです。

進化している生命体の頂点に立つ人間の心にも魂にも間違いなく音色があります。その音色はともすれば奇跡などと言われたり、信じられたりするのですが、実は極めて当然なことであって科学の頁では、はっきりと証明されている万有の力でしかないのです。世の中にはいろいろな形の行動があり、質問があり解答があり、それを見たり聴いたりして受ける感動がありますが、そこから十分本当の言葉を選び出そうとするなら、私たちは極力、ランダムサンプリングすなわち、無差別抽出法の行為の中で、あらゆる物をその全体像の基本型として認めなければならないのです。

学問でもスポーツでも宗教でも様々な形の大小の魚でも獣でも、研究者の様々な論文であっても、これをランダムサンプリングの手法によって抽出しなければならないのです。文明が誇っているあの数量化する知識は、とにかく嫌らしい手で金の計算をするくらい、汚らわしいことであり、見るに堪えないおぞましい態度なのです。

私たちは大自然の力の前でその一翼を担って力いっぱい誇って生きたいものです。

ガラスの動物園

現代は、どう見ても巨大な地球という惑星を呑み込んでいるガラスの透明な檻の中に閉じ込められているのが人間たちのようです。この檻を作っている材料は、各種の大小の透明度の高いレンズであり、それを通して映る像は、様々に屈折しているので、現代人そのものは正しい目や心を持っていても、レンズの中に見る様々な像は決して本人が思っているようなものとは違ってくるのです。正しく人間の社会の話し言葉など何と語り、何を説明しようとも、そのまま鵜呑みにしてはいけないようです。全てには裏表があり、私たちはよほど注意してかからないととんでもない事件に巻き込まれてしまいます。

現代文明社会とは、一つの大きな惑星という名の動物園に過ぎません。しかも遮《さえぎ》るものの全くないガラス張りの檻の中に人間は閉じ込められています。そのガラス張りの檻には、様々にレンズ効果のある部分が張りついているので、人間は様々に見たものを誤解し続けているのです。人間が作った動物園と違い、全てがまる見えであり、隠しごとのできないサンクチュアリという名の動物園なのです。そこに入っていながら人間は見ている画像の屈折する様の中で、物事を大小、遠近様々な状態に見てしまうので、万事はとても混乱しているのです。こんな状態の中で人間は気の狂った動物としてしか扱われないし、自分自身でもそのように感じながら、それでもなんとかしてまともな存在として生きようと努力はしているのです。嘘偽りのところに文明社会は存在することはできないのです。そんなところに現代人は長らく閉じ込められているのです。そこに流れている純粋な空気の中で人間が窒息してしまうのは当然です。常に濁り淀んだ水を飲みながら、また身体を洗いながらその汚れた状態を幸せと思わねばならないのが、ガラスの檻の中に閉じ込められている人間という動物なのです。そのような狂った動物としてレンズの外にものを見ながら常に、自分を幸せなのだと感じているのが現代人です。何とも不思議なことです。

イギリスの作家、コリン・ウィルソンは一九六六年一冊の書物『ガラスの檻』を世に送り出しました。この本の中に出てくる主人公のリードは実はウィルソン自身の分身でした。日本ではこの本は昭和四十二年の秋に、新潮社から出されました。

ウィルソンはこの作品の第一部で、「自然の慈悲深さを積極的に感じる」と書いています。彼はまたこの作品の真ん中で、次のようにも書いています。

「罪悪を自分の体から洗い流すことを意味する。だから、ハイド師は殺人を犯す一方で、ジキール博士は川の近くに死体を棄てるんだ。それは犯人の平衡を保たせる一方、正気を留めて置くための一法なのだ。健康を保つために性行為をなす聖職者のようなものだ。犯人は精神的な緊張を解きほぐすために殺人を犯し、それから、なんとか殺人から自分を分離させ、神秘的な離脱の境地を達成しようとするんだ」

ウィルソンは確かに現代人がガラスの檻に閉じ込められていることを実感しています。人間は人を殺すとか、詐欺を常にしますが、そのたびになんとかごまかしや詐欺の手段を講じて自分はそういう悪いことをしていないと主張するのです。つまり現代人には自分の悪行を見ても、いわゆる、ガラスのレンズを通してまるで良いことをしたように見えるので、常に自分は正しいと思うのです。再びこの本の著者は言います。

「純粋に動物的な引き合う力、知能は全く加わっていない本能的な温かさの交感というものについて、いくらか知った」

またこの著者はガラスの檻の中で生きている現代人を「真の勇気が無い人間だ」とみなしています。また「本物の犯罪者は自分を見失った人間だ」とも言っています。また「自分の利害から離れることができなかったから犯罪者だったのだ。彼は最も原始的な意味で言っても利益を追い回していた」とも書いています。人間は確かに文明社会に閉じ込められている最も悲惨な生活をしている動物なのです。全ては透明に見えている人間世界は、決して透明ではないのです。その檻を作っているガラスはどの部分も少しずつ何かが違っているのです。物は全て歪んでしか見えず、曲がって見え、大小様々に見えてしまうのです。人間の言葉は動物の吠え声とは全く違い、そのまま別のことを表現していることがほとんどです。

ウィルソンは「でもそうじゃないんです。私は貴方から何かを学びたいんです。しかし、私の方から差し上げるものはありませんので、どうしても貴方の時間をいくらか浪費させることになるのです。それは避けられない。貴方は自分の時間を浪費している。自分の生活を無駄にしているのです」と書いており、「文明は新しき人間なくしては存続できない」とも言いきっています。

人間の社会は決して檻の外に出て語ったり体験したり信じたり、確信したりするものを持つことができないところなのです。このことをこの著者は「彼の暴力は不安から出て来ているのです。……生が突然、空虚になったように見える時に、私たち全てが感じる奇妙な不安から、生じるのです。彼はこの不安から逃れる方法を一つしか知らないのです。すなわち、暴力によって極端に走ることによって逃れるんです。彼は、自殺するか、狂人拘束服を着せられるかに至るか、そのどちらかでなければ、大きな風船になってしまうまで飲み食いするでしょう」と言いきっています。人間はこれから先もこのままでは、歪んだガラスの動物園に入れられている利口な動物に過ぎないのです。ごくわずか、自分のこのようなガラスの檻の中の悲しい生き方に目覚めて立ち上がる時、そこに一抹の明日が見えてくるのです。

この文を書くにあたり私はコリン・ウィルソンに一言彼の文章を使わせてもらったことに感謝をしたいのです。

ピコスケールの中で

この世の中はますます高度成長、さらには高精度の機械や生き方の中で未来に進みつつあります。昔のようなのんびりとした時代が消えてなくなり、それゆえに人々は文化の発展を喜んでいますが、もう一度後ろを振り返ると、平和な昔の時代を思い出し、何かしら大切なものを今日失っているのではないかと実感し始めるのです。この高度成長や高精度の生き方の中には、物事を全て一ミリ、一センチ、一メートル、一キロメートルといった長さのみで考えなくては追いつかなくなるほど生活の中の何かが混乱して来ているのです。それでもウィルスや単細胞などと言った小さいものからはさほど離れていない微小なものがなお今でも存在し、その先端に霊長類などと言って威張っている人間さえも含まれているのです。やはりウィルスから鯨や象などに至るまで、今の生き物は一見地球というこの惑星や大洋と比較して小さいものだと見られていますが、別の極小のものから見れば大き過ぎるほど大きな雑な存在なのです。小さいことが基本になってそこに作られた命という名のあらゆる生命体は人間によってどういう訳だか大きな物、雑なものとして扱われ、考えられています。

今私は、我々人間初め、鯨や象、さらにはウィルスや他の数多くの単細胞生物までを一つにまとめて小さな存在と考えてみたいのです。一ミリよりは遥かに小さなミリミクロンやナノスケールやさらにはそれよりも微小なピコスケールでこういったものを考えてみたいのです。ミクロはギリシャの時代の人々が、物事をより小さな精度の中で考えていたためか、近代の科学者たちは、それをμ（ミクロ）で表しています。それよりも精度を高くしてピコスケールで表そうとする学者もいます。現代は物事を一層細かく理解し、見つめていくためにごく自然にナノスケールやピコスケールが今後ますます使われるようになるでしょう。人間も単細胞もそういう点において、全く同等のピコスケールでしか正しく理解はされない高精度の命なのです。一キロとか一センチといった長さの中では全てが大雑把になってしまう命の問題ということを今こそ真剣に考えなければなりません。肉体に目覚めることだけならおそらく一センチ、一ミリの長さの精度の中で物は解決するかもしれません。しかし命の問題または大自然の問題、すなわち天や神の問題となると、ことは別であり、ナノスケールやピコスケールの中で考えなければ問題はなかなか解決しないのです。

命というものは、多くの種類の夢を見、あらゆる欲望を抱き、それらがどこまでもより精密な小ささの中に本流として解き放されていくのです。

人類は今、最も大切な部分が破壊されています。我々の周りの日本人を見ていればそのことがよく分かります。文明社会がおかしいと我々は言いますが、それは間違いです。文明社会が悪いのもまず初めに人間の命そのものがおかしく解釈されているからです。何事も雑な大きさの中で考えられる時に精密などんな機械よりも一層高い精度を示している命は、肉体の中にあるように見られていますが、肉体と直接繋がっている訳では無いのです。共に一人の人間の生き方の中で連動している一面もあるのですが、それ以上に全く別なものとして動いていることも事実です。肉体は魂に依存していますが、命は肉体に直接依存はしていないようです。肉体の大きさというか、雑な機械並みの動きは、命の精密にして細かい動きとは全く別のものです。命を考える時、ナノスケールやピコスケールの尺度を持って今日ある高精度の電子顕微鏡でも視ることの不可能な世界を見なければならないのです。それを視ることができる人間は目の力を頼る訳にはいきません。魂のスケールに達し得る物を持っている人間によって第三の目でしか見えないものをはっきりと見る必要があるのです。ここまでスケールを小さくしてしまうと、それはものを見たり、視たりするのではなく、心で何かを闇の中に探すようなものです。これを別の言い方をするならば、白昼夢ではなくぐっすりと眠っている瞬間に明らかに見るあの夢の形をとっているのかもしれません。私たちは時々白昼夢を体験するのですが、そこには現代生活の中の社会の状況が見えているだけで、いわゆる未来や明日のことをはっきりと見てしまう夢ではないのです。日常生活をしている己自身が全く遥か後ろの方に押しやられ、そういった自分の消えたところで生き生きと見る夢こそが、こういったピコスケールで感知される体験なのです。私たちはこのような雑な一メートルを基本にした生活の中から一日に一回ぐらい瞬間的に離れ、本当の夢の中でそういった命の夢そのものを体験しなければなりません。

祝　NET - OPNA ２００８展

NET - OPNA ２００８展おめでとうございます!!

昨日、NET - OPNA ２００８展の招待状、奥さんから嬉しくいただきました。

三十名近い、松山初め東京や広島の芸術家たちが総揃いした姿は実に堂々と見えます。一人ひとりどのような作品が現代の人間社会と関わっているのか、愛媛県美術館南館の二階を是非訪ねて観ることができれば、実に楽しいと思いますが、送られて来た案内状を見ながら私は様々に考え、思い巡らせています。

文明社会はその長い歴史と広い広がりを持ってはいるのですが、その全体像はまるまる暗い闇の中に閉ざされており、歴史書などは様々にありますが、その全貌は現代の文明人間にはどうしてもはっきりと分からないのです。ある人はAと言い、ある人はBと言い、またある人はCと考えています。歴史は全て汚れており不潔そのものです。

最近流行語として「アラフォー」を口にする女性が多いようで

すが、ことさらに女性だけではなく老いも若きもaround40を意味するこの「アラフォー」を口にしています。つまり現代人の中には老いも若きも青春時代がなくなっているのでしょうか。四十代というのは東洋でも西洋でも、昔も今もどんな類の人間であっても、男も女も今のような文明の忙しくて物が有り余り、嬉しい時間の過ごし方のできない時代中では誰もが一度や二度は考えなければならない言葉なのです。何かが疲れ果て、彼方には沈もうとしている大きな赤い夕日を見ながら、ぼんやりと佇む人間にはとても辛い時間なのです。

　仏教もキリスト教もイスラム教も私たち人間に自分を取り戻すだけの知恵を与えてはくれませんでした。人間は今もう一度大自然そのものを前にして万有引力と呼ばれているダイナミズムをじっと見つめ、そこに生命そのものである自分を見つめていかなければならないのです。人間の彼方には一つの秘密があります。私たちが自ら飛び込んでいって自分を自分の手で、また自分の足で大自然の中で「行方不明」にしなければならない義務が有るのです。人間として生きて存在するとはそういうことなのです。

　母親が洗濯などで忙しくしている間に私は何度も家を飛び出し、八王子の駅の方に歩き、駅前の人混みの中に自分を紛れ込ませたのです。一人二人小父さんや小母さんがいて「お家はどこ？」かと必ず聞いてくれて、その後でバスや市内電車やタクシーに乗せて、私が適当に指さす方に行ってくれました。そうなることに自信のあった悪ガキの私は三ヶ月に一回ぐらいは自ら迷子の子供になったものです。

　現代文明のヘドロの中で苦しむ私たち人間は今こそ、大自然の前の悪ガキとして人混みの中に消え去っていなくなってしまうような子供にならなければならないようです。

　長い人間の歴史の中で私たちは様々な『聖書』のような経典を探しながら、なかなか本物には出会えず、ヨーロッパ人たちは天刑病《てんけいびょう》（ハンセン氏病）に悩み、自らの小知恵に悩まされながら災害に遭ったりし、凶作に見舞われたりし、死ぬような苦しみに遭いました。麦が採れず苦しみながらも南米の方から伝わって来たジャガイモはその花を愛《め》でるだけで、今のように食べ物として扱うだけの知恵はありませんでした。やがてどうした弾《はず》みか、あのいろいろな意味において悲しい国アイルランドで十八世紀の頃主食となったジャガイモは、その後ヨーロッパ人たちの主食の一つとなりました。

　本人の心から出て来る言葉が本人の主食になる時代は、この地球上にいつ来るのでしょうか。言葉の隅の方を突っつきながらジャガイモの花を愛《め》でるような態度を取っている現代人には、なかなか文明の闇の中では命の言葉が理解できるはずはないのです。現代社会の言葉の巨人の一人、または黙している碩学（学問の広く深い人）の一人としての加藤周一氏が最近亡くなりましたが、こういう人物の言葉などは、これほど物作りや組織作りの上手いそして金儲けの上手い現代文明人間には理解されないようです。

　先生も奥さんもますます美味なる果物のように、また活き締めされた新鮮な魚に接するように命の言葉に触れて下さい。いただいた二枚の松山城の絵葉書何度も手にとって眺めています。いわゆる日本特有の形をした姫路城や名古屋城のような美しさや大きさとは違って、どこか素朴で古代の日本人の骨格を思わせる姿に、私は家の窓から常に見えている木曽川の向こう側の犬山城と重ねて観ています。

先生はお忙しいとのことでわざわざ奥さんがこのようにお手紙を代筆してくれたそうで、本当にありがとうございました。数日前訪ねてくれたT君と夕食を共にしながら話をしたのですが、近々彼が先生たちを訪問するようですね。是非とも彼から帰宅したらいろいろな話を聞かせてもらうつもりでいます。今度の展覧会についても彼から様々にエピソードを聞かせてもらえると楽しみにしています。彼自身なかなかの絵心があります。東ヨーロッパあたりでは食堂に入った時、テーブル掛けに即席の絵を描き、それを見た店の主人から食事代はただにされたという武勇談も持っている彼です。写真学校を出る時、ここに残って先生をしてくれないかと言われたのも彼です。おそらく彼との話は大きく膨らむことでしょう。

お手紙下さった奥さんにもくれぐれも宜しくお伝え下さい。展覧会の盛会でありますことを祈りつつ。

色盲の生物

ギラギラするような太陽の姿ではありませんが、こんな冬の朝に出る太陽であっても、雲一つない綺麗な空気を通してその透明なまるい姿を見ようとする時、太陽そのものの色が激し過ぎるのか、あらゆる生き物の目には、そう簡単には映ってこないようです。今朝もまだ太陽の上がらぬ六時に家族揃って朝食を摂《と》りましたが、その後で貴方から送っていただいた富有柿を食べました。

十数年前T君は、彼愛用のカメラをぶら下げて、和歌山の方に行きました。その結果が一冊の柿の写真集となってある出版社から出たのです。その頃私は初めて「富有柿」という名前を知りました。彼の写真集の中で富有柿はどの一つを取ってみても実に大きく美味しそうに見えたことも事実です。関東育ちの私ですが、終《つい》ぞこの富有柿の名をそれまでに聞いたことはありませんでした。私が育てられた祖父母の家には一本の柿の木が庭の中央に植わっており、片隅には太い栗の木が聳えていました。どういう訳だか「あまや」（関東では納屋をこう呼んでいました）の傍らにこの栗の木は立っていたのです。普通の栗の木と違って秋早く実がなるこの栗のことを人々は「盆栗」と呼んでいました。他の栗に比べてかなり大きく甘味も多かったことを私は子供心に覚えています。柿も栗も確かに秋の味覚です。昔話にも猿や山の動物たちが、競い合って落とし食べるのもこういった秋の味覚でした。

青森や岩手の貴方の育ったあたりでは「あまや」などという言葉は使われないのでしょうか。山形県の方では屋根のことをこう呼ぶそうですが、関東や東北の一部では「あまや」が納屋を表すのに使われているようです。

ところで貴方のメールによると、大晦日の御馳走のことを青森の方では「口取り」と言うそうですが、少なくとも私が育った北関東あたりではあえて大晦日の御馳走のことを表す言葉は聞いたことがありません。ただ、「年越しそば」と言ってその年の終わりに家族揃ってそばを食べる「しきたり」はありました。

たいていの物は大きいか中くらいか極端に小さいかといった特徴を備えています。愛情や言葉などはとてつもなく大きな勢いや広がりを持つ時、現代人は文明という名のかなり縮こまった盆栽のような中で暮らしているので、それが理解できず、また確信が持てず、時には脇の方に捨ててしまうことがあるのです。適当に小さな愛や、誰もが使っている身近な常識に包み込まれた言葉だけの中でホッと安心をして生きているのが現実なのです。山ほどの財産や、肩書きを持ち過ぎると、たいていの人間は本来生まれながらに備えていた自らの力や徳さえも失くしてしまうことがあるのです。またあまりにも幸せな光に当たり過ぎ、キラキラ光るような数多くの言葉に接し過ぎても人間は、自分という存在のどこかに本来なら体験しなくても良いような、ある種類の傷を受けてしまうものです。リズムの深い愛を体験しながら、ハーモニーの豊かな言葉を身に付けていて、話すにも書くにもまた読むにも生活のあらゆる時間の中で何の不自由もしない人間が、もしこの汚れた世の中に存在したとするなら、その人こそ、巨大な愛情と高過ぎる言葉の大きさゆえに、自分が分からなくなってしまうかもしれません。しかし実際には長い人類の生命の中で、そのような極端に大きな愛情や言葉というものは存在しないようです。どんなに幸せな万有の工学の中で形作られた人間であったとしても、精神や肉体のどこかで一つ二つ、時には五つも六つも不幸や欠点や小さいものが備わっているものです。どんなに大きな人間も常にその裏では小さ過ぎる自分や愛や言葉の存在を意識しているのです。それだからこそ、人間という生命体はなんとか弾けることなく与えられた寿命の中で存在を保っていけるのです。

生き物は地元で採れた物を食べ、地元の歴史を学び、自分の生まれた地元の方言の中で本物を発揮することができるのです。他の世界の物を食べ、本を読み、異言語を話しながら、それに満足している時、そこには本当の行動も理解力も生まれてはこないのです。確かに地産地消は現代人が身に付けなければならない知恵なのです。文化としての農業も、母国語を十分よく理解する態度も、それらは全て「しきたり」として脇に捨ててしまう訳にはいかないのです。「しきたり」という言葉の形はその地方の文化なのです。文明の様々の忙しさから足を洗い、文化の、すなわちエスノロジカル（民族学的）な素朴さや方言の匂いのする言葉の中に飛び込んで伸び伸びとした人間集落の中で生きたいものです。このような集落はそのまま「民俗学」そのものとも言うべき純粋な生き方を示しているはずです。確かに文明社会はここまで来てしまうと、人間の心や肉体やそれを厳しく制御しなければならない硬く凍りついた言葉などは、そのまま「限界集落」そのものであって、それは「民俗学的集落」から最も離れたところに在る存在なのです。

犬や猿は色盲だと言われています。ましてや各種のバクテリアなどは当然色盲であるはずです。その点から言えば人間も時間という名の風景または原風景を見たり理解しようとする時、確かに色盲であるはずです。そうでなければ今の文明社会がこのように混乱している訳はないと思うのです。シャカやキリストやマホメットがこの世に出現しなければならなかったのにも、このような事情が考えられます。彼等は神ではありません。彼等も時間に対して色盲であったゆえに、大多数の人間たちと互いに理解しあい、共に生きていられ、バイブルやコーランや多くの経典を人類史の中に残し得たのです。

今日も一日こんな点についても時間をみて考えてみて下さい。私もそんな時間を持つつもりです。

日本橋を起点とした五街道

私は関東に生まれ、三人の息子たちを育て、一人の息子を亡くしたのは東北でした。そして年老いた今は、江戸時代の五街道の中でも最も長い道筋を持っている中山道の小さな宿場町、鵜沼宿に住んでいます。脇には木曽川が流れ、その対岸に犬山城が見えます。

江戸の町がどうやら日本の中の中心地になろうとしていた初めの頃は、ロンドンやパリといった世界の大都市と比較しても負けることのない当時の世界で稀に見る百万都市にはなっていませんでしたが、それでもローマに通じる数多くのアッピア街道に似たものが在ったように、江戸日本橋を起点として五街道が作られました。徳川家康を神として祀った日光東照宮に通じる日光街道は、若い頃私は何度も通っています。進駐軍の宿舎となった中禅寺湖畔の観光ホテルに通訳として働いていた時も、宇都宮と日光の間をかなり往復していました。四十年以上も暮らしていた岩手にいた頃も、東京と岩手の間を何度も国鉄の頃から新幹線の時代まで、行ったり来たりしていました。幼い日には父と一緒に八王子から新宿で乗り換えて東京と甲州街道を行来していました。東北を去る頃には知人の家を訪ね、新宿から松本や木曽の方に、この街道を急行列車「あずさ」に乗って、また車で通っています。学生時代、軽井沢や日本海の方に抜けるために中山道を通ってもいるのです。

世界のどこの国とも変わることなく日本全土の交通網は、驚くほど緻密に完備されています。果たしてそれが良かったのか悪かったのか、文明社会の落とし子として道路という道路はただ単に交通の便をよくしただけではなく、それ以上に静かで平和で経済的な忙しさの少ない生活を、大きく壊しているという点においては、こうした道路の問題も大きく考えていかなければならないようです。

五街道が江戸に吸い付けられるように通っていた素朴な江戸時代の生活の中で、日本人は今日これほど高められた文明の社会の中で苦しむとは、想像がつかなかったのです。

昔の人は左右に松の木が格好良く生えており、その近くには細やかな人家があり、峠が在るような穏やかな土や砂利の道、または馬糞などが落ちており、その臭いが銀蝿を寄せ付けているようなところを歩いていたのですが、巨大なビルやタワーがニョキニョキと聳え、一旦雨が降り出すとコンクリートやアスファルトの敷かれた広い道は濁流の流れる川と化し、人も車も流されてしまう状況になってしまうのが今日の都会なのです。

道路が「一号線」とか「ルート」と呼ばれている今は、猛スピードで車が走り、よほど気をつけないと歩行者は大変な事故に遭うことになりかねません。五街道の頃の道筋には、このような心配はほとんど起こりませんでした。俳人芭蕉がのんびりと旅ができた道筋であり、親に棄てられた幼い子供が泣いているような情景しか見られない悲しくとも伸び伸びとした街道が昔はあったのです。ゆっくりと昔の街道と今日の、何号線とかいったルートを比較しながら、今日一日の自分の生き方を考える日々でありたいものです。今はすでに一里塚はありません。今は昔在ったようなお茶を飲ませ、団子を食べさせる茶屋はありません。峠の茶屋の娘も老婆もどこにもいません。老婆たちは養老院に送られています。

こんな時代の変遷の中で、私は数多く通ったことのある五街道を不思議な気持ちで考えています。たった一世紀にも満たない時間の中で生活の中のあらゆる物が大きく様変わりをしています。人間の生き方自体が、住んでいる家と共に大きく変化しています。一里塚は一里ずつ旅人が歩いていくその長さを知るように作られています。旅人は一里塚の前に腰を下ろし、時には残してきた家族を思い、これから会いに行く友を思い、人生の儚さを考え、懐の路銀《ろぎん》の減っていくのを心配しながら再び立ち上がり、足を速めるのです。

五街道が整理された時、江戸は世界に誇る百万都市になったのです。江戸の町には塵一つ落ちていなかったと言われていました。貧しい江戸の庶民たちでしたが、落ちている草履や紙くず一つ拾うことによって生活が成り立っていたようです。棄てられた草履などを拾い集めながら大金持ちになった人物もいたということです。夜のある時間になると木戸を閉めてしまい、人の出入りができなくなるのは吉原のような遊郭だけではなくそれぞれの町内でした。

江戸のような町の形は今日どこにも見られません。五街道と同じく町の形も、日本人の生き方も考え方も大きく変化しています。このことを考えるなら、文明の時間の中でどう過ごして良いのか、どう自分を考えたら良いのか分かるはずです。

「全てのストラーダ（道路）はローマに通ず」とラテン人は誇りをもって言っていたのですが、確かに五街道のみならず全ての街道は江戸に通じていたのです。あまりにも東京を中心としたこのような道筋は、文明社会の危うさに似て、日本の高度成長の危うさを示しているようです。

文明の不自然さ

雲一つない初頭の青空の木曜日です。早朝、出勤前に貴方の書かれたメール、じっくりと読ませてもらいました。涙の出るような貴方の言葉の一つ一つに私は感動しています。N先生にしろ、Oさんにしろ、貴方にしろ、私にしろ、確かに今日の梁山泊の心を持った幸せ者です。多くの人々は、文明の足枷《あしかせ》にどこかが抑えつけられ、自由にできない心の一部を引きずっていますが、私たちは自分の道を闊歩するだけの道があり、力が有り、周りに五人十人と集まって来る方々に支えられながら、今朝のような冬の青空の中で生きられるのです。

おもしろおかしく何の意味も力も人間を本来の人間らしく扱う番組から離れたテレビ番組の中で、「情熱大陸」や「ガイアの夜明け」、「プロフェッショナル　仕事の流儀」などは、私たちの心を打つとても良い番組だと思っています。文明がとても上手に、それでいて冷ややかな冷めた心で歌う挽歌がラジオからもテレビからも店先からも流れている今日、私たちは勤皇の志士が明日の夜明けを涙を流しながら歌い合ったように、本当の言葉を十分リズムを付けながら歌っています。命が生きた言葉を通して私たちの感性を深々と磨き上げています。私たちは原始人の過去の夢を、今という現在や未来に繋いで力いっぱい見続けています。原始人の素朴な歌や言葉はそこに流れるだけで心ある人の生き方を変えてしまうものです。私たちはあまりにも数多く存在し、一つ一つが便利であり、役に立つものですが、それらに操作されることなく、つまり車を運転したり新幹線に乗ったりジェット機に乗ったりして安心して文明の世の中に生きていることに満足することなく、私たちの心の中に展開されなければならない明日の人間になるための「soul war（心のなかの戦争）」をしっかりと持たなければならないのです。

文明人間が紡ぎ出す毎日の生活の中で、人間は文明の便利さに酔いしれ、その便利さは人間をどこまでも小利口にし、狡くし、嘘つきにし、世の中は壊れるだけ壊れ、騙しの設計図の中で果てしなく愛の形を失っています。

動物はとても単純で馬鹿ですが、どんなに飢えても仲間同士を殺して食べ合うことはしません。しかし人間はこの文明の便利な空気を吸い始めてから、初めは嘘を言うくらいでいたのですが、徐々に仲間同士で殺し合うようになりました。中国などは今年には千人以上の同胞を法律の名によって死刑にしています。今日世界の多くの国々は死刑廃止論を謳い始めているのですが、それでも地球全体の人々の中では、きちんと真実を守りながら千数百人の人々が処刑されている現実は忘れる訳にはいかないのです。大自然が生物に生命を与えており、知恵のサミットに立つ人間すら、一個の細菌のような命さえ、自らの手でコンピュータやロケットのように生み出すことのできない今、いかにしてどんな権利があって大自然が万有の一つとして創造した生命を処刑する権利があるのでしょうか。ありとあらゆるその道のプロフェッショナルな人間の考えや技術があったとしても、それが同じ人間の命を絶つ権利を持つことは絶対に無いのです。またこれからも決してあり得ないのです。それが分かっていながら人間は、躁と鬱の病の中でうなされているので、そのような間違いを犯すのです。

夏目漱石は今から百年近く前、やがて大きな鬱の時代や躁の時代がやって来ることを『こゝろ』などの中で半ば予言するように書いています。

人間はそれぞれに異なった哲学や思想を伝える『論語』や『韓非子』を振り回していますが、やはり私たちは老子の言葉を振り回しながら、笑われることを恥じることなく一瞬一瞬を生きて行きたいものです。人間はいろいろな失敗を重ねるたびに毎回自分の存在についていた「常識」を棄てていけるのです。経験や知識が人を利口にすると考えていたところから、逆に経験や知識がその人の最大の欠点となることに気づく時があるのです。その時私たちの目の前の大きな壁は崩れ落ちるのです。私たちの明日を信じましょう。それ以外に道はないのですから。人生万歳‼

心意気

たくさんの嬉しい内容のメール、今読ませてもらいました。本当にそれぞれの方々が自分なりの強い生き方と、それを支えている自分の言葉を持っていることに私たちは驚いています。

私たちは昨日朝から夕方まで、終日雲一つない明るい青空の下で、東山動物園を散策しました。残念ながら仕事で忙しく動いていた息子とは、一度妻がメールで連絡しましたが、会うことはできませんでした。『情熱大陸』に出てきた新しくできたチンパンジーの塔を見た時、私たち三人はこの動物園に何か新しく、しかも大きく始まろうとしている革命に近いものの出現を予測しました。まだまだここで働いている人々の心は、従来の眠りから覚めてはおらず、息子もその点なかなかやりづらいこともあるでしょうが、その傍らでエールを送ってくれたり、励ましの言葉を手紙の形で投函してくれたり、電話などで励ましてくれる方々もかなりいるようです。何事も様々な苦労の中でやり遂げればそれはいわゆる「有終の美」となってその場所を飾るものです。

暗くなってからは貴方も調べてくれた「水徳」で「ひきずり」と呼ばれているいわゆる名古屋コーチンを中心とした野菜のたくさん入った「すき焼き」でT君は私の喜寿を祝ってくれました。十七日の新宿のルノアールの集まりと共にこの「水徳」の宴は私にとって新たな喜びの誕生日でした。

動物園の池の畔で妻が用意した昼の握り飯を三人で食べていた時、Tさんに沖縄からOさんの電話が入りました。思わぬところで私たちはOさんと交信することができました。

動物園の行き帰りの車の中でも、また「水徳」などのTさんと私は様々に語り合いました。語る言葉にしても、書く言葉にしても、個人の肌からはみだしてくる言葉の一つ一つはこの文明の世の中にあってたいていの場合は三人称なのです。自分のことさえ三人称でしか話せなくなっている現代人は一言でいうなら言葉が正しく用いられていないだけではなく、本当の内容を正しく表現できない人間になってきているのです。もちろん自分のことを一人称で説明するのは必要ですが、相手のことも周囲の状況も人生の一切の問題さえ自分と関わるという一点において一人称で話す必要もあるのです。つまり、核心のあることは全て涙が止めどなく溢れるくらいに自分の問題として、一人称で話すべきなのです。

人間は心の一角で一つのものに集中し、それに極端に狂う人物でなければなりません。この世の中があまりにも簡単には信じ難いことが多いのですが、そういった文明のあやふやな世の中では、私たちだけでも信じ切れる何かに巡り合わなければなりません。全てのことが、またあらゆる問題が、驚きもせず涙を流すこともなく、ただ白々とした心で第三人称の冷たい表現でもって囁かれている現代人の中では、魂も心もさらには心臓さえどこかに熱くなるものをなくしています。現代人のそのような肉体状況や精神構造の中では愛情という熱く燃えていなければならない臓器も半ば凍っていて動こうとはしないのです。

人間は与えられた生命と共にそれに付随している寿命に有終の美を飾っていなければならないのです。生きているのも死ぬのもそうでなければ何とも美しいものとして存在することはできないからです。有終の美はそのままその人間の心意気を現しています。今の忙しく便利であり同時にあやふやな不安の時代の中で、愛は愛の確かさを持たず、力は力の強さを持たず、歌という歌はその歌らしい喜びや笑いや自信を持っていません。このような不完全な文明社会に喜びを持とうとしても、しょせんそれは空しい行動なのです。なんとかして有終の美を自分の周りのどこかから手に入れてこなければなりません。そのために自分という個人が文明の仮面を外してしまわなければならないのです。生まれながらに身に付けているこの世の仮面を脱ぐことのできない文明人間は、文明の世の夜明けと共に身に付けることとなった病を抱えています。この病は単なる疾患とは違います。仮面を脱げない人間に与えられている「魂の病」であって、普通はこれを精神病ないしは鬱病と呼んで、最初のうちは「放っておけば治る、文明人間のほとんどは多かれ少なかれこの病に侵されている」と言われているのです。

躁も鬱も文明の仮面を被っているがゆえに感じているわずかな痛みであり、悲しみなのです。それがどれほど気にならない小さな痛みであろうとも、それがあるゆえに人間本来の愛情が失われているのです。私たちはこの人間らしい愛情をもう一度回復する時、それを「生命に有終の美を飾る」とか「本人らしい独特の心意気を持つ」ということになるのです。

今日は雲が広がっている一日ですが、それでも日の光は暖かいです。お互いに今日一日の有終の美を飾り、大自然の子としての人間の心意気を発揮していきましょう。

神性

私のベッドの脇に、今は音信が途絶え、どこにいるかしれない読者のS君の手作りのずっしりと重い老子の像が飾ってあります。アメリカ西海岸の赤樫が巨木となり老化して倒れ、太平洋に浮かび、長い時間をかけて柔らかい部分が溶けてなくなり、石のように硬い中心部だけが海の流れの中で長い月日を過ごしていた後で、カリフォルニアやワシントン州の海岸に打ち上げられました。そういったとてつもなく長い時間の中で陽の光を見るようになった赤樫の流木を、S君は彫刻の技術を持っているドイツ人に指導され、ドイツから取り寄せた彫刻刀を手に持ち、この流木に手を付けたのです。いくつもいくつも彼は素晴らしい作品を飾りました。その中にはベートーヴェンの顔もあり、ミラー像もありました。この私の目の前にある老子の像もその中の一つです。

老子は『道徳経』第三十九章の中で、「一」を人生の中で身に付けることの大切さを言っています。

「一を手に入れると、天は清らかになる」

この世の中は常に物事が山のように雑然と存在します。あまりにもすることが多すぎます。学んだり知ることが多すぎます。便利なものが多すぎます。作るものが多すぎ、考えることが多すぎます。人間が人間らしく生きるためには周囲にあるものが混雑していて今すべき行動や生き方が、それを前にした人にははっきりとは見えてこないのです。だから老子はこのように言っているのです。信じるものや愛する者や、見つめるものや、手に取るものを、あらゆる雑然としたものの中から一つだけ選んで自分の心に取り込みなさいと、そうすることによってその人間は清らかに生きられるのです。

「一を手に入れると、この大地はどこもかしこも穏やかになる」

あらゆる生き物の世の中は、それぞれに穏やかです。大きくても小さくても、利口でも愚かでもとにかく与えられた生命の動きの中で、平和です。しかし人類だけは特別変わった形の生命体です。古い時代にはそれなりに穏やかで平和で争いもなく単純な存在でいましたが、時代が下がるに従って、様々に言葉を覚え、貨幣経済にのめり込み、便利なものを作り、生き方の中は限りないほど複雑になりました。そんなところに当然権力のやりとりに関わる競争心が生まれ、そのために必要な武器が作られ、平和外交と言いながらそれは全て相手をやり込めるための小利口な手段に他ならないのです。しかも心のどこかには常に相手をやり込めることによって自らを信じる喜びを持つようなものが常にいて、あらゆる人間の生活の中に生まれるようになりました。ほとんど人間が征服してしまっていて、他の生物たちには口を出す暇のないこの大地は穏やかな存在としていくことはなくなりました。このことを老子はこのように言ったのです。

「万物をまとめて『一』と認め、その『一』を納得し、『一』を手に入れると、神は神社などに祀られているところから引き出され、それまでにない霊性を手に入れる」

他の生命体には決して見られない特徴として、神が人類の生き方の中に存在します。神社や寺や教会やモスクの中に存在するのは、神であって神ではないのです。霊性がない神は生命体を救う訳はないのです。神官も僧侶も神父も牧師も神から霊性を奪い取りました。大自然の万有引力とも言うべき、生命の根源である力の基本として神が置かれる時、そこには老子が言うところの、霊性が存在することになるのです。人間が勝手に自分たちの考えの中で作りだした神の存在や、神に祝されたり、憎まれたりすると考えることは、もう一つの占いの形でしかないのです。もちろん生命体という人間性の中に物を前もって理解したり、期待したりすることのできる能力が誰にでもわずかながらみられ、その差はわずかなある人々の場合などは、他の多くの人々と比較して驚かれるほどその力は大きいのです。預言者とか占星術師とか言われる人々はこのタイプの人間なのです。

しかし私たちは、ごくわずかに離れた未来などを知ることができれば後は大自然の力、または万有引力、さらには神性に任せればいいのです。大きな万有引力が働くことを霊性に向かって願えばいいのです。人類はもう一度一つの万有引力の中の存在であると認めて、自信を持って与えられた寿命そのものの時間を生きる他はないのです。神性を中心にして人の一生は幸せ以外の何ものでもありません。

今日も一日、日本列島の各地において、それぞれの気候の中で自分らしく、嬉しさいっぱいの生き方をしましょう。

「ホヤ」が分かれた時

長い間東北に暮らしていた私は「ホヤ」という脊索動物を何度も味わってきました。食べ過ぎて当たって苦しんだこともありますが、新鮮で生臭くない「ホヤ」は、それなりに東北の海の味覚なのです。この名前「ホヤ」はその昔、おそらくは神話時代に人々が「ヤドリギ」の古名「ホヨ」から「ホヤ」が転化したものだとも言われてもいます。蟹や海老や烏賊《いか》や蛸《たこ》なども海の味覚なのですが、この「ホヤ」が人間や魚に近いようには近くはないのです。「ホヤ」は小さい時はオタマジャクシのように細長い形で海の中を泳いでいるのですが、やがて成長すると魚類の仲間のように脊椎動物に変わっていくのです。子供から親へ変わっていく時変化する生き物が、変化しない生き物よりずっと後に出現したと考えるのがごく自然なのです。そのせいか、以前は「ホヤ」は、かなり原始的な生き物だと思われて来たと、このように京都大学の先生などは言っていますが、「ホヤ」はただ味わうだけではなく、その存在を考えるだけでも面白味は尽きないもののようです。単なる神話や伝説と同じく、このような海の中の生物の生き方も、どこかしら海幸の日本人に与える大和心の源流には考えさせられるだけの大きな力を持っています。

「ホヤ」は脊椎動物の、つまり人類の先祖ではなかったとしても、かなり昔、あるところで枝分かれをしていったらしく、「ホヤ」は子供の時、脊椎動物と共通の親たちの姿をなぞってしばらく動いていたことは事実のようです。

確かに人間は生きているこの暗闇の中で何かをするためにはできるだけ経験豊かで学習豊かなものを身に着けていなければなりません。このような人類の身に付けている知恵で、結局全地球の上で他の生き物の上に立つ霊長類の長となったのです。それをはっきりと現しているのが、今の地球上を覆い尽くしている文明の世の中です。だがこの文明時間の流れも、段々と目の前に夕焼けの時間を認めなければならないようになりました。文明の黄昏《たそがれ》が近づいてきているのです。西の方に沈む大きな赤い太陽を、もう一度キラキラ輝く明るく小さい太陽に戻す方法を人類は持っていないのです。人類以外のあらゆる生き物たちには、文明の華やかな時間も、文明の黄昏《たそがれ》の時間も、一切気にすることなく彼等の寿命を静かに全うしようとしています。

文明時間の中で十分に学習し体験してきた経験や知識は、もう一度自分の生き方や身体の全域から取り出し棄てなければならないところまで来ているのです。学習した経験や知識はこれからの人間の生き方にとって、大きな危険の壁となっているのです。老子もソクラテスも孔子も全て学習したものを棄てた時に得られる大切なものを、私たちに教えてくれているのです。私たちは学ぶよりも、棄てることに力を向けなければならないのです。昔の知人たちはこのことをよく知っていました。大自然の中に熟したように存在する万有の法則や力学の力に目を向け、その力に頼るために小利口な人間の経験や知恵を傍らに棄てましょう。

静かで風一つ吹かない冬空の中で、庭の大きな欅の枝からは、一枚の葉も落ちて来ません。とにかく学習した文明の小知恵を投げ棄てましょう。

自分中心の悲しい国

長い間敗戦後の苦しみから、まだ困難さから人間として褒められるような努力も頑張りも何一つしていないのに、地球上のあらゆるところからそれなりに助けられたり、幸運が廻ってきて日本は驚くほど豊かな国に変わり始めました。東南アジアの人たちからは「アジアに出現した黄色いヤンキー」だと囃《はや》し立てられ、同時に羨まれたあの敗戦後の現実を、日本人は決して忘れる訳にはいきません。

しかし何の夢もなく希望もないところから生まれた幸運などが本当の幸運である訳はないのです。金を動かし、建物が建物を転がし、道路が道路を大きく変えていく謎だらけの繁栄ともいうべき日本の文化事情は、当然ながらそのしっぺ返しのきしみを受けることになりました。バブル状態で膨れあがっていた日本の幻の繁栄は、突然大音響と共に弾け飛んだのです。繁栄の余韻の中でそれに酔い、物や金で生活を楽しみ、高価な化粧や服装で生活空間を飾っていた日本人は、そこから逃げ出さなければならないようにバブルの崩壊の勢いに押し流されていったのです。それでもこれまでの繁栄の匂いや、色合いがわずかながら日本人を豊かさの思いの中に留めてはいたのですが、阪神や淡路地方の大震災を境にして日本中は単なる地方都市の破壊には止まらず、大八州全域に破壊状態の恐ろしさを理解させたのです。関西地方で六千人を超えるほどの死者や行方不明者が出たのですが、これは単なる都会の持つ様々な不安や、近未来に用意していなければならない文明の怖さを日本中の人々にまざまざと見せつけることになったのです。もっともこのような大災害の時期が文明の便利さの中で怠けていた日本人の心をわずかではあっても、上からの命令ではなくごくごく自然に発生したボランティア精神を生み出しました。

新大陸アメリカが旧大陸に向かってあえて独立しなければならない運命に置かれ、それまでオランダやイギリスの半ば植民地として地元のインディアンたちと仲良くやっていく心構えから、あえて独立して星条旗の下に立ち上がらざるを得なかった開拓者たちは、一丸となってボランティア（義勇軍）の自分を意識し始めたのです。もし旧大陸の人々が攻めてくるなら、直ちに今している畑の仕事も山で狩りをして毛皮をとる仕事も止め、十二分のうちに妻が用意した弁当を持ち、銃を携え、各自それぞれ思い思いの戦闘服を身に着け村の教会でならす鐘の音に励まされ、心身共に間違いのない本物のボランティアになったのです。フランス人はこのような新大陸の人々の心からのボランティアの精神に心打たれ、それまでも共和革命に心を許していたアメリカに、ラファイエット将軍を中心とした一団は新大陸のボランティアを助けずにはいられず、祖国フランスを離れて新大陸に向かったのです。このようなラファイエット以下の人々は本当のボランティアとして立ち上がったのです。

阪神淡路大震災の時には、これほどの西洋のボランティア精神が生まれたとは思われませんが、それでも老いも若きも日本中の津々浦々から必要な物を担ぎ、おそらく自転車しか通れないような災害後の町だろうと考え、それに必要なものを携えて人々が集まったのです。ボランティア精神の人々はお互いに知らずして同じ心となって集まったのです。しかしこのような良い兆候もあれば、同時にオウム教の地下鉄サリン事件のような悲しい事件も同じ頃に起きたのです。

確かに戦後の日本は世界の一等国を目指しながら、大帝国主義を標榜《ひょうぼう》しながら人間としての本質を軍国主義の考えと共に放棄してしまっていたのです。敗戦の後、日本はそれに大いに失望したり、恥ずかしさを感じたりしながら、同時に民主主義を押しつけられ、その結果人間として当然持たねばならない人の道さえ捨てることになったのです。おそらくボランティア精神も、あの阪神淡路島の大災害の中で当然身に付けるべくして身に付けたものではないと思うのです。

アメリカ初め連合国の前で敗北した日本は彼等に苛め抜かれ、彼等の主義である民主主義を行われなければならないと薄々心の中では感じていたに違いありません。しかしよくよく考えれば日本の「集団主義または軍国主義的体制」が大八州からぬぐい去られていくのは当然なのですが、戦争に負けることも民主主義に傾くことも時の流れとして生まれてきたのです。

だが、どこまでも金銭や科学を中心として動いている西洋諸国ですが、彼等には間違いなく単純な考えで抱いている「神」が存在するのです。残念ながら「神」がいた日本の長い歴史は脇に置かれ、西洋あたりからうろ覚えに学び取った「個人主義」が混沌として定まるところがない繁栄の中の戦後の日本に力を盛り上げ、何事も自分中心に考える、いわゆる「自己チュウ」の考えが自由主義と間違われて闊歩するようになったのです。男性はかつての日本の男たちが持っていたあの勇ましさや友人たちと向かい合う時の信頼の心を失い、女性たちはいわゆる「ハナコ族」などといった名前で呼ばれたり、「クロワッサン症候群」に侵されたり、何が何でも男たちから自立しなければならない幻想に酔いしれ、必要もないのにブランド品のものを身に付けたりする悲しい存在となり、良い子どもたちを育てることのできる「大和撫子」などは、この今の日本には万人に一人もいなくなりました。

日本はあらゆる意味で不条理なところになっています。日本人は素朴な人間であり、親切であり、必要以外の物にあえて手を出さない利口さや尊い影が見えたと西洋人たちに言われた時代もあったのですが、今では世界のどこの国にも劣らず危険の多い悲しい国となっています。

今日も一日私たちだけでも可能な限り素朴で物事にはあまり余計なことを考えず、自分の言葉を大自然と繋がらせながら、生きてみたいものです。

「人情」、言葉の広がり

人間の世の中には人情というものがいろいろな意味で右往左往しており、文明や文化の細やかな動きの中で説明することがなかなか難しくなっているのも事実です。大きな愛の深さも金銭や肩書きに関わって一人ひとりの人間の奥の方に染み込んでいくのも、その人間の思い出の中に入り込んで人生の大半を埋め尽くしているのもまた人情なのです。感謝することも、恨みに思うことも全て人、それぞれの色合いの異なった人情がなせる業なのです。

よほど家が貧しかったと見え、またその頃の日本が悲しい状態であったのかもしれませんが、三、四才の頃旅回りの一座に、たった二十七円で売られた女の子がいました。彼女にしてみればそれからの人生はどんなに頑張ってみても行き先は見当がつくような悲しい状態でした。大正の終わり頃のまだまだ貧しいながら世界の一等国の仲間入りを願っていた日本で、不幸な人々は常に不幸から抜け出せず、苦しみの中で違う明日を夢見ていたのです。北海道あたりは強国ロシアの勢いを前にして常に落ち着きがなく、昭和に入った頃東北から北海道に連れていかれ、そこから樺太の国境の炭坑町で大きくなった彼女は段々と恋をする歳になったり、惨めな体験の中で死ぬことさえ考えるようになりました。ある老人に助けられ、雪の中で馬そりに乗せられ、ロシアに向かったということですが、あの老人の優しく伸ばしてくれた温かい手の温もりが無かったならば、「今の私がない」と彼女は当時を懐古しています。寒いアラスカのエスキモーの人々とも暮らさなければならなかった彼女でしたが、人間には大自然から与えられている万有の中に働く生命のリズムとしてのパルスがあり、その中心に繋がっている寿命というものがあるならば、どんな厳しさや怖さの中でも巻かれているゼンマイのように完全に巻き戻されるのと同じく、それまでは寿命は果てることはないのです。このようにその時が来るまで、生命が消える瞬間まで、生き物は間違いなく生きられるのです。このことをたった一つの言葉、すなわち「人情」という言葉で表現することが可能なようです。

しかし寿命はあらゆる言葉の表現によって濃かったり薄かったりそのグラデーションが変わり、言葉の色彩そのものも変わっていくのです。人情は博愛と表現されたり、福祉と考えられたり、さらには男女の愛だったり、親子の絆などに転化していくものです。人情は、一つの意味や真実によって作られており、また表現し得る言葉ではありません。私たちが細かく分類するならば、百、千と分けられるような細かい意味を含んでおり、人、それぞれの人生のいたるところで体験する時間や行動の表現となって驚くような多彩な意味をもって展開していくのです。大きな夢をもってこれから伸びようとする人間の心も、人生の全てに自信を失いひたすら自死の思いで満たされる心も、それぞれの考えに合わせてそれにふさわしい表現の言葉が生まれてくるものなのです。男と女に関してもそれぞれに人情の意味は、人に与えてもまた人から受けても非常に言葉の持つ意味は違ってきます。

男が『源氏物語』の頁を開く時、数多くの女性たちに出会った光源氏を説明し理解するのに、人によって用いる言葉や使う表現などは自ずと違ってきます。自分に寄って来る女たちの態度などが一つとして同じ愛の言葉や怒りの言葉によって表現されることなく、この物語を読む男たちそれぞれの生き方の中でも当然言葉の表現は異なって来るのです。一方において光源氏に近づいた女たちも彼女たちの中の愛の形を初めとして、生き方の違いや物の考え方の違い、性格の違いの中で当然そこに出てくる言葉は違ったものになっていたはずです。

さらに男性たちが読む場合の『枕草子』や女性たちの理解するこの物語もまた大きく言葉の表現、つまり人情の色彩の機微は自ずと違ってきます。男たちはこの書物を前にしてそれぞれの哲学を抱き、女たちはこの世に対する女性というものの恨みを体験します。

私たちはどれほど多く自分を言い表すための言葉を知っているかしれません。その中でも「人情」という語はたった二文字なのに、実際には千、万と言いたいほど中味は拡大し膨張して行くのです。書物を読むのも人間には大切です。しかし一つの言葉、自分の人生体験の中から生まれ、離れることができない言葉は、その内側に広がるだけ広がっていく色彩が存在し、それを分類していこうとする本人は、自分を知るという点において、与えられた寿命の全てを使っても足りないというのが真実です。

リサイクルの意味を考える

雲一つない冬空に太陽が明るく輝き、夕べ降った雨もすっかり乾き今朝帰宅した息子と共に遅い食事をし、その後長男一家からクリスマスや私の誕生日を祝って送ってくれたパウンドケーキを味わいました。いろいろな種類の木の実がたくさん入った中味や味の濃いアメリカ人好みのケーキは、特別私の身体に力を与えてくれたようです。何やかやと妻が忙しくメールに向かう時間は昼頃に近くなってしまいました。

貴方のところに送られたOさんやSさんのメールは、その中味に多様性が見られ、私もついつい引き込まれて拝見しました。いろいろな方々との出会いは常に私たちにそれなりの感動や教訓を与えてくれます。

地球上もいたるところがいろいろな意味でリサイクルされなければならないところにまで来ています。リサイクルとは言っても、文明人間は本来自然であったものが少しずつ壊れていくところを手直ししたり、修繕することだけを考えて言っているのかもしれませんが、よくよく考えてみれば、そういうことではないことがよく分かってきます。自然の姿の変わっていくのを怖れながら修理していく状態をリサイクルとは言わず、長い文明の時間の中で人間が造り出して来た都市文化や人間が勝手に楽しめる広場や公園などが壊されて、その後に自然そのものの広がりが普通りに現れる時、それをその言葉、リサイクルと呼ばなければならないのです。

人間の小知恵が作り出した文明の諸器具が故障する時、それを修理したり、再生することは可能ですが、大自然の止まることないパルスの中で造られた、いわゆる「根源的な資源」はほとんどの場合故障してしまうと、つまり死んでしまうと、これを再生することは人間によっては不可能なことです。つまり死に絶えた生命は決してどんなに利口な人間の手によっても再生することは不可能なのです。大自然の中には電気が存在し、多様なガスが存在し、古代人が炭を使ったように近代から人間はあらゆる方面において電気やガスを使い始めるようになりました。しかしある人々はこういったものから取り出して利用しようとする多くのエネルギーを極力避けるようにと考え始めても来ているのです。節電などというのは、単なるけち臭い人間の考えとだけ理解してはならず、地球全体の寿命をより長く保たせるための手段として人類はこれを理解しなければならないのです。化石燃料なども各種の動力機械のために使われている今日ですが、これがやがてなくなる時代も必ず来ることも間違いないのです。他の生物と違い人類はおびただしい熱の消費量によって、いわゆる文化生活または文明の生き方を保っています。例えば、食糧の自給率などもその陰において理解し難いほどの熱量の消費が考えられずには保ってはいかないのです。

限りない可能性の多いエネルギーを確保することによってだけ、地球上は人類の生命の活動を保っていくことが可能なのです。しかし人間はこの事実に目を向けていません。ひたすら再生不可能な資源のなくなる未来を考えるよりは、人間の小知恵が生き物の生命の骨組みや筋肉や脳味噌からヒントを得て造り出した諸機械の明日は明るいものだと、またこれらは常に再生可能な資源であり同時にどのようにでもリサイクルして使っていけるものだと信じて安心をしているのです。文明人間は置かれている場所や、富の豊かさがどうであろうと、自分たちのこの地上での生活が他の生物から比べ、とにかく頂点にあることに自信を持っていて、何一つ怖れるものが無いというのが現実です。化石燃料と電気とガスと、さらには最近発見されているより新しいエネルギー資源や、近未来において人間の手に入るかもしれない数え切れないほど多くのエネルギー資源に関する夢を持ちながら、実際には再生不可能とも言わなければならない数多くの自然を前にして悩むことが無いのです。なかでも「水」という資源の未来ある姿は心ある人間を喜ばせてくれます。

「人類の明日は無い」というこの現実を世迷い言と考えてしまうことはできないのです。私たちは単純に言うならば古木を伐り倒し家を造り、橋を造り、木炭を作って暖をとる生活に戻る心がない限り、このような大都会や橋やトンネルや車や新幹線の動いている中で、どのように文明社会の喜びのみを考えていても、心ある人間には人類としての明日がひどく暗く見えるのです。

ある学者は山奥に住むクマゲラの研究に没頭しているのですが、若い頃、初めてこの研究にとり掛かった頃、来る日も来る日もこのクマゲラを見ようとして山に入っていきました。しかし研究を始めて最初の三年ほどは全くこの鳥の姿を見ることが無かったそうです。

何事においても人間はこの研究者のような悲しみを最初に体験するでしょう。事業を興そうとして大きな夢を抱く人間も、最初の何年間かは、また何十年間かは事業などを考えなかった頃以上に金に不足し、苦労するはずです。外国語一つ覚えるにしても本気でその勉強に向かうならば、最初の数年間は習っているその外国語が憎くなるくらいに、自分の身に付かないことを知らなければならないのです。人類に大切な大自然の贈り物でもある万有引力の一端として生まれている諸エネルギー資源を、心を込めてある外国語を学ぶ生徒の態度と併せてみることもとても必要なことです。

この地球を単純に温暖化の世界だと考えて安心している訳にはいきません。生物に与えられている寿命と、その寿命を維持していくためのエネルギー資源には、寿命以上には生きられない、すなわち再生不能な工学的な図式が存在することを意識するべきです。

喜寿を迎えられる喜び

尚一君、芙美さん、花琳ちゃん、紫音ちゃんへ

今度の東京での集まりは、犬のことがあったので、残念でしたがそちらには伺えませんでした。集まりは新宿であり、宿泊は上野の駅の近くに在るホテルで過ごしました。前の晩だけ高一君の所に世話になり、十七日は朋恵さんが新宿の駅まで送ってくれました。

尚一君は一昨日動物園で頑張っている吉一君に電話をしてくれたそうで、本当にありがとう。どんなにか彼も励まされたことか。

お父さんは全く知りませんでしたが、N先生があなたたちに頼んでくれたそうで、とても美しい花琳ちゃんと紫音ちゃんの詩を、喜寿の祝いに贈ってもらい感激しました。花琳ちゃんが歌った、

「鷹が切った空の色、燕がよんだ、風の音……」

実に素直に大自然を歌ってくれました。七十七才の老人でありながら私は伸び伸びと自然の空気の中を歩いていけるような気がしました。これに合わせて紫音ちゃんは、

「小川は、一人で、どこまでもどこまでも流れていく」

とますますおじいちゃんを自然の中で遊ぶようにけしかけてくれました。どうぞ彼女たちに宜しく伝えて上げて下さい。

芙美さんも家族の世話や子供たちの学校の仕事で忙しいことでしょうが、風邪など引かないようにして下さい。どうやら今年の冬は例年になく寒いようです。お互い来年の夢多い春のために力を蓄えましょう。

尚一君の演劇も少しずつ軌道に乗ってきているようですね。未だにさほどはっきりしためどのつかないお父さんとは違って、脇から見ているだけでも嬉しさが感じられます。法政大学の方々の協力もあって学内に、貴方の劇団練習場も借りられたようで良かったですね。いよいよ旗揚げ公演に向かって活動開始ですね。頑張って下さい。法政大学や他の学校で教えながら貴方はますます忙しくなることでしょう。十分健康には注意して下さい。これからもいろいろと問題も起こるでしょうが、その一つ一つ力いっぱい通り抜けて前進して下さい。人生は常に前進あるのみです。お互いに明日を確信しましょう。

素敵な色紙本当にありがとう!!

吉一君

喜寿の誕生日祝ってくれて本当にありがとう!　このようにされると今までのどのような誕生祝いよりも何か喜び多いものを感じました。

貴方の色紙に書いてくれた言葉、

「肉体は衰えます。しかし精神は常に高みを目指しています。

鳳凰のごとく精神を羽撃《はばた》かせて下さい」

本当にお父さんにとって似つかわしい言葉を書いてくれました。

動物園の困難な仕事を前にして、力いっぱい頑張っている貴方に敬意を払います。これから先の日本の動物園の在り方がこの名古屋の動物園から始まっていくような予感がしてなりません。

この歳になるまで、一見雌伏《しふく》の時の中に置かれているようなお父さんですが、それでも「梁山泊」のような心豊かな人々の中で生き生きと、誇りと自信と未来の夢を持って生きています。

二度も死を潜りながら今こうしていられるのも貴方の励ましのおかげです。

「三度目の人生大いに楽しんで生き抜いて下さい。そして書き続けて下さい」

このようにも貴方は色紙に書いてくれました。お父さんはこの言葉を肝に銘じてこれからの人生を、物を書き、庭をいじり、竹林に入り、散歩をしながら頑張ります。

吉一君もますます仕事が多くなり忙しくなり、それが喜びとなる日が増えて行くはずです。それに応えるだけの健康で逞しい人間であって下さい。今年の終わりか来年の初めに出される岩波書店の本をお父さんも期待しています。

マダマダ歩ケヨ

こんばんは!

今度の東京旅行で一泊させてもらい、本当にありがとう。

喜寿のお祝いを読者の皆さんにしてもらいましたが、新宿の「ルノアール」の席上で、思いもかけず、N先生が用意してくれたあなた方の色紙の贈り物、単に嬉しいだけではなく感動を持っていただきました。上野家五人で二百九十一才と書いてくれたあなたからのこの色紙嬉しく眺めました。あなたの描いてくれた家族それぞれの表情は、見事に現在の私たちを表現しており、文章も上手い貴方ですが、絵の方もまたそうとうなものです。単に漫画とか、劇画とかいうものではなく、それなりの肖像画としての意味もあるものだとお父さんは思っています。

「高一君マダマダ歩ケヨ」貴方は力強い貴方の足跡と共にお父さんを励ましてくれました。喜寿の時間の中で自分としては何一つまともにはまとまっていないお父さんですが、自分なりに今の己を十分に誇っています。高一君も大器晩成の大物として、雌伏の時間に耐えていますが、貴方なりにすでに人間としてのある所は力強く成功しているのです。それに自信を持ってこれからの毎日を進んで行って下さい。朋恵さんもあの可愛い颯士君もますます貴方を信じ尊敬して行くはずです。

お父さんはまだ八才の颯士君が、東京地区の空手であったとしても、一つの金メダル三つの銀メダル、そして六つの銅メダルを全て首にぶら下げて誇らしげに見せてくれたのには、胸を熱くしてしまいました。ずっしりと重い九つのメダルがこの孫の心にそれなりの自信を与えているとしたら、それはとても嬉しいことだと思っています。

人間は全てがうまく行くよりは、あちこちに傷があったり苦労したり不満がある時の方がその人らしく頑張れるのです。お互いそのような日々の中で力いっぱい生きましょう。来年の夏は是非家族揃って来て下さい。

これまでに無いような私の誕生日を祝ってくれて本当にありがとう。お父さんはマダマダ歩キ続けますよ！

寒さに向かいます。健康には十分注意してやって下さい。

梁山泊

過日は梁山泊の集まりに、わざわざ大阪から飛んで来てくれてありがとう！

初めて来られた貴方に会って、いささかも違和感を感じないのは貴方の中に私たちと同レベルの心構えや考え方や生き方がすでにあったからでしょう。

Sさんの今度の作品のために、堂々と序文の書ける貴方は、確かに私たちと同じところをすでに歩いている方だと信じています。

今の文明の時間の中では、何が貧困だと言っても、心の中ほど貧困なものはありません。人々の生活の不公平さや生まれた立場の不幸さは、現代人の擦り傷にもなりはしないのです。心の豊かさや言葉の強さが無いところにおいて、私たち現代人は、何とも自分が不条理であり、理不尽であることをはっきりと自覚しなければなりません。

前世紀にイギリスの青年マカダムがコンクリートという名の人工石を作り出すまでは、世界中どこを見ても人間は、実際の石ころや材木や竹や紙やパピルスなどを素材として建造物を造っていました。全ては自然の材料で、自然の形のまま、大自然の流れに反対することなく素直な宇宙の子としてあらゆるものを作っていました。しかし二十世紀に入ってほとんどの物は人工の物に変わってしまいました。合成樹脂のものしか私たちの周りには見られないのです。コンクリートや合成の物質以外のものを探そうとすることは大変難しいことです。言葉ですら合成の言葉であり、愛情でさえもう一つのマカダム青年の知恵から生まれた物に変わってきています。

私たちはあえて、素直に大自然の素材である万有引力や自然の力に従いながら、毎日を生きていきたいものです。人工でないものが現れるとビクッとする私たちはいったい何を恐れているのでしょうか？

貴方が頑張ってとろうとしている国家資格も、そのうち見事にとれることを私は信じて祈っています。そうなるためにも大自然に素直に従う宇宙の子としての自分に自信を持っていて下さい。日々喜びと大きな笑いの言葉の中で生き始めている貴方を私は信じています。とにかく貴方の夢に向かって頑張って下さい。

ペスミスティックな社会

人間には常に不安が付きまといます。もっともこの不安という言葉は単なる不安を表しているだけではなくそれ以上に、本来知らなければならない正しい生き方を忘れていたり、あえて行わない生き方を表している場合もあるのです。このような二つの面を持っている「不安」というものは、文明人間に常時人生の曲がり道を与えているのです。文明の知恵は多くの場合私たちに近道を与えようとしてその実遠回りの道を与えています。文明の時間の対策を立てようとしても立てられないといった現実が、最近の毎日の生活の中に見られます。あらゆる人間は常に人生の回り道をしているのですが、これを知りながらそこから逃れられない自分を悲しんだり不満に思っています。どのように頑張っても対策のしようのないこの現実にどうにも分からない不安や落ち着きのなさを感じています。

悲しいことを言うようですが、文明人間の中には、数多く、否、大半は痛みや困難や苦しみの生活がよく似合う人がいるものです。あまりにもそのような人たちに日々出会い、自分もその一人であることに気づいているので、時々一人になって鏡の前で自分の顔を見つめる時、もっているあらゆる夢や希望をなくしてしまうこともあるのです。しかしあらゆるものはそれなりの型を持っています。人間は確かに人間の型をしており、日本人は日本人らしい型の中で独特の美意識を持ち、作法を持ち、品性を持ち、道徳や礼を持っています。おそらくそれからどんな努力をしてみても完全に抜け出すことはできないでしょう。日本人の美意識や作法、品性、道徳、礼は大和大地の広がりの中に生まれた農耕起源の中から当然生まれてこなければならなかった、いわゆる文化の型なのです。または日本人類の歴史の形式そのものなのです。日本人は当然身に付けるべくして日本独特のまたは、大和の風の中から生まれるべくして生まれた超越哲学を持ち、宗教を持ち、愛の形を整えてきたのです。生物の中には黴やバクテリアのような極めて微少な存在もありますが、それらでさえ、巨大な動物や人間たちと同じようにある意味での戦争状態を展開し、互いに殺し合ったりするし、オリンピックのようにメダルの奪い合いをしたり、一等二等と叫びながら争いの中で競り合うこともあるのです。そうして恥ずかしくもなくひたすら競り合う時、大小の存在を忘れてひたすら精一杯に競争し、時には我慢もしなければならないのです。だが生きるということは大小の生命体に関わりなく常に争い、我慢をする生き方を味わわなければならないのです。それを覗いたところにもう一つ共生という時間もあるのですが、競争と我慢が共生の時間とまるで違い、真っ向から対立しているという現実を前にして、共生という時間がなかなかあらゆる形の生命体の中にもたらされない現実を私たちは知らなければなりません。共生とは決してやってこない良い夢のようなものであって彼方に見えており、なかなかそれには手が届かないのです。ものを考えたり、理解したり、納得することの可能な人間は、そのように共生を納得することはできるのですが、競争や我慢を脇において、それまで夢でしかなかった共生の時間を現実の生活の中で持つことは簡単なことではないのです。オリンピックの競争や民族同士が争う戦争という名の時間は容易に人間の生活の中に取り入れられますが、共生はほとんど不可能なくらいに人間の生活の中に固定して入り込むことはないのです。

ここに書いた考えは、とてもペシミスティックなものですが、それでいて否定する訳にもいかず、考えない訳にもいかないのです。むしろ人間は多少愚かな存在となって大らかにというか、素朴というか、このような現実の時間としてのペシミスティックな哲学を抱かなくてはなりません。

至上主義

トーマス・アクナイスという哲学者というか宗教家が唱えている有名な言葉を付け加えながら、私は全宇宙の命とも言うべき大自然を次のように表現してみました。

「大自然という名のこの宇宙でただ一つしか存在しない恩寵は、大自然を破壊せず、完成させている」

この宇宙は全体的に見て圧倒的な物質の広がりの中で、人間を押し潰さんばかりに群がっている精神からできている言葉の熱量で埋め尽くされています。生物の世界でも、無生物の世界でも、創造という創造は単なる常識からはみだしてその外におり、多くの知識のダイナミズムの組み合わせから飛び出している閃きの中で生き生きと存在しています。花や森や林の中の樹木や、数多く存在する野菜のような植物や、あまりにも数が多く数千種類にも及ぶ微生物と呼ばれている菌類が、それぞれに生命体としてこの地球上には広がって存在しています。人間がものを工作するのに樹木の存在は欠くべからざるものであり、数多くの野菜類は食物として存在し、菌類などは百数十種類ほどが人間の食用となり、他の微生物なども、医学の力によって人間の疾病を癒やすために用いられています。このようにして良くも悪くも万有の中の一つとしてあらゆる生物は結局互いに助け合い、心の形としての言葉のように大自然の全域に展開し、存在しています。人間は自分たちの命を中心に物事を考えているせいか、万有は常に脳の健康のために可能な限りのダイナミズムで協力を惜しまないことを、清冽な自分たちの命のグラフの中で、確かな多くの図書として説明しています。

人間の身体のほとんどは、海水に似たものでできており、この水分の中で人間は泳いでいる事実を知っています。しかもそのようにして泳いでいるのは、その人間の骨格でもなく、脳味噌でもなく、皮膚でも血液でもなく、人間という身体を構成しているものの二十パーセント近くの、アミノ酸であるということも知られています。このアミノ酸が詩を作り、愛を語り、怒りの行動に出ている時、そこに海水の中を泳いでいる鮪《まぐろ》や秋刀魚のような勢いづいた親潮の中の生き生きとしたダイナミズムを、私たち人間は自分の全存在を通して実感するのです。このように勢いづいた海水の中を泳ぐ生物を自分そのものの中に実感する時、そこには、非日常的な現実を見るのです。

一方、大都会を造り車を走らせ金銭の計算などをしている人間の生活は、日常的なものと考えていいでしょう。人間の毎日の生活はこのような日常性と、非日常性が重なり合い、交叉し合い、ぶつかり合い、溶け出しあって存在するのです。それらのどちらに人間の心が強く傾くか、人それぞれによってその力関係は違うのですが、日常性に傾くマジョアリティーの中の人間と、非日常的なものに傾くマイノリティーの存在は、人間という生き物の歴史の中では常に傾き方はその大きさの差はあるにしても、間違いなく同じ傾きなのです。

他の生物の本質は人類のそれとは大きく違っています。人間以外の生き物は全て大自然の創造のリズムの中でこれに逆らわず、素直に自らの寿命を全うするのですが、人類だけはその生命力とダイナミズムの本質が彼等とは全く異質であることを私たちは見抜いていなければならないのです。人間は常に他の生物とは違って憧れを抱いています。未来に向かい、上昇気流に向かい、強い憧れを抱いていますが、それは常に現在形の中で生きており、そこにはいささかも憧れ思考の線を辿ることはありません。もし彼等が憧れらしいものを抱くとすると、それは疾病に悩まされているに過ぎないのです。人類は常に必要以上に地球上に至上主義をもたらしています。そのくせ、あらゆる生命体のような平和を自分たちの生き方の中に持てないのもまた人類なのです。それゆえか、人類が抱く至上主義は民主主義となり、共産主義となって彼等の生き方の中に展開するのですが、この不条理な至上主義をはっきりとその通り見極めてしまう人間は、悲しい心で動物たちの獰猛でありながら平和な生き方を見つめ、その結果自殺をしてしまうような芸術家も時おり出るのです。人類は未来性の性格を持ったあらゆる種類の批評をするのですが、それによって至上主義の未来が来ることを夢見、信じながらまずほとんどの人の場合、それが来た例はないというのが文学や哲学やそして医学などの場合の現実なのです。

貴方もいろいろと忙しく休む間もなかったことと思いますが、くれぐれもお身体お大事に、十分休息もとって下さい。

今という一刻一瞬を大切に

この世の中は多くの生物によって満たされるはずだったのですが、実は霊長類の先頭に立つ人類によってほとんど全ての地域が占領され、人間社会というもので大陸も海の上も全て文明社会という名の下に人間の約束事の中で整理されてしまっている状態なのです。つまり地上は簡単に青い惑星だと言ってばかりはいられなくなってしまいました。文明社会はただ一言で言うなら、閉鎖社会です。人間以外の生物たちは全てその生き方や生命力の存在が、人間の手によって勝手にいじられています。人間だけが文明時間の空気の中で、自分を安全に、しかも自由自在に動かし確保していられ、そのことを当たり前のことだと信じています。これだけ勝手に地球上を我が物顔にいじり回している以上は、その勝手極まりなくずいぶん悪いことをしている行動を、人間は他の多くの生物たちに対して謝らなければならないのですが、それができないのも人類です。単に謝らないどころか、それが当たり前だと信じ切っているからどうにも仕方がありません。人間は自分に与えられている時間の一刻一瞬を、いつでも好きな時に使えるからと思っているせいか、大自然から与えられた貴重な時間も、すぐに感謝の心も抱かず、飛びつくことなく、好きな時に好きな時間を好きなようにいじれると思っているだけです。こんな状態の中でも賢い人間とは自分に与えられている一刻一瞬を間髪入れずに使うことができるのです。しかしこのような利口者はなかなか見ることはできません。たいていの人間は与えられた有り余る玩具を前にして喜ぶ心も持たない馬鹿な子供のように、毎日を生きています。

そういう意味で、地上の生物の中で人類だけが自ら残酷さを体験しながら、それを大自然の与えた苛めと考えているのです。大自然は常に空気のように自然です。助けもしなければ苛めもしません。チャンスを、与えも奪いもしません。しかし運命などを大自然の与えたものと信じる人間の方が、勝手に時間というこの広がりを誤解しているに過ぎないのです。人間はその霊長類の利口さゆえに他の動物たちとは違った愛というダイナミズムの活動を持っています。大自然は、生命を造り上げる時、蛋白質や電流のような流れの中の響きや熱い力を活動させましたが、そのようにして造られた生命の中で人間の生命だけは愛という行動の動きを特別違ったシナプスとして手に入れてしまったのです。確かに愛というシナプスは他のダイナミズムの行動とは違い、とても清らかなものであり、限りなく時間の中で持続性を持っているものですが、同時にとても儚いものなのです。若者の青春時代の儚さと似ており、美しく夜空に光り輝く花火のように、愛は美しく人間を輝かせるだけに、それは短いものなのです。残念なことにどんな生命体よりも感受性多い人類なのですが、ここまで文明社会が大きく広がり、この青い惑星をいじり始めてきている今、人間はほとんどの一人を取ってみても実に感じることの多い弱い存在となってきているのです。霊長類のサミットに立つ人間でありながら、金銭や権力に理解する時にはかなり敏感に働く感覚も、愛に対しては実に鈍感なのです。愛などは要らないし、しかも愛などを信じたくもないというような若者や年寄りが地球上至るところに数多くいるのです。森林や都会の環境は気になっても、人間一人ひとりの環境はほとんど相手にされていません。人間の愛の問題や動きは本来環境の基本的なものであるのですが、人間はこの事実には気づかないのです。人間は長い歴史の中で少しずついろいろな薬を作り、それを利用してきました。しかし最近は病気でもないのに病気になったら困るというので、あえて前もって飲んでいればと考え、それを栄養剤またはサプリメントとして利用しようと、薬というよりは健康食品または微量栄養剤を若いうちから大量に飲んでいる人々もいるのです。本当に未病の状態ならサプリメントも意味はあるのですが、ほとんど疾病の状況がないにも拘わらず、サプリメントを飲むというこの態度もまた、別の意味における文明人間の病なのかもしれません。

現代人間は、その意味において差はあるにしても、ほとんど鬱に侵され、躁に追い回されているようです。現代人間の口にする言葉は金銭欲が動き、あらゆることに利己心が動き、それゆえに他人と力を込めてせめぎ合わなければならないという欲望が働き、そこにはいささかの落ち着きもないのです。一言で言うなら現代人は、自分の生き方の中心を深く正しく読み取ることができず、明日や来年の自分の生き方を先取りして理解していけない状態におかれています。このような小利口で狡賢い私たち現代文明人間は、その事実に気づき、目の前の道をはっきりと見つめる時、そこから何かが自分らしく始まっていくようです。

今日も大いにサプリメントを用意するのではなく、あえて捨てることによって目の前の状態を正しく理解して歩みましょう。

アクセルとブレーキ

今日はKさんのコンサートがあり、彼の奥さんやOさんがそれぞれに自分の楽器を通して自分の言葉を話すことでしょう。難病を患っていながらもあれほど明るく行動しているKさんには私たちも大いに励まされます。今日の集まりがあらゆる面で意味多いものであることを願って止みません。Kさんご夫妻にくれぐれも宜しくお伝え下さい。

人生またはあらゆる生物の生き方の社会の中では、常に激しい競争が行われています。上に上がったり、下に落ちたり、先頭を走ったり、後ろの方を走ったり、その目まぐるしく動き変わっていく様は驚くほどです。空の雲や風の流れの変わりようなどはそれと比べればまだまだ小さいようです。生きている大小様々な生物社会は人間の良い頭で考えようとしても、とても追いつかないほど中味が細かいのです。毎日の天気のように、またそれ以上に生物の生きている時間の森の中に備えつけられている「掟」は厳しくあり、絶対的なもののようです。これをニュートンは引力という言葉で単純に説明し、「万有引力」という色彩で染め上げたのです。

生物は常に競争しています。どんなに高等動物である人間や猿が嫌だと言っても、間違いなく生物時間の中ではあらゆる物が、競争行為に巻き込まれ、その結果としての勝ったり負けたりする時間を汲み取り、喜んだり悲しんだりしているのです。平和と言いますが、この競争の生き方はどうしても平和な時間を乱して存在することも事実です。しかしその一面には物事に我慢をする時間もあるのです。そして競争の気持ちに駆られる時もあるのです。それをしなくてはならないように仕向けられることもあるのです。この「わがまま」な態度は「競争」を要求されているあらゆる生物の生き方の原動力から見れば、実はまるで正反対のダイナミズムであり、逆の風の流れなのです。元気に生きなければならないという生物の競争心に吹きつける勢いの良い逆風そのものなのです。「我慢」は別の言葉で言うなら生き生きと働く生命力に掛かってくる静止の力であって、これを「共生」という表現で表すこともできると思うのです。

生きる力とは確かに競争のダイナミズムでますます勢いが出るのですが、その勢いだけで進むならば、その勢いは止まることなく、ついには自滅の方向に向かうことになるのです。「我慢」することもその結果として「共生」の穏やかな休みの時間を持つことも与えられた生命の寿命を保つ上には絶対に必要なものなのです。

毎日の生き方の中で「競争」という名のアクセルを踏むだけではなく、それに合わせてブレーキという逆方向に向かうダイナミズムを行使することは絶対に必要です。生きているこの時間の中で人間初めあらゆる生物はアクセルとブレーキを適度に踏みつつ与えられた寿命を生きて行きたいものです。

今日も私たちの命の歯車はこれら二つを正しく動かしているでしょうか。

傾《かぶ》く言葉

長い日本の文化の中には、演劇も初めは河原乞食と笑われ、最下層の生き方をしていた世界が門付けや村芝居からスタートし、やがて社会では「傾く者」すなわち自信を持って自分らしく生きるタイプの人間として呼ばれ、歌舞伎という演劇の形に展開していったのですが、その中で「見得をきる」とか「見栄を張る」また「六方」、「だんまり」などといったとても大切な行動が生まれました。それは日本人特有な独特な生き方の行動なのです。ストップモーションの態度で人が接する時、その人の存在は否が応でも効果的にクローズアップされていくのです。

「六方」という行動は「とんぼ」といった行動と共に、単に歌舞伎だけではなく日本人の生活のあらゆる中で演出される独特の表現なのです。例えば普通の生活の中では普段着を着る私たちですが、どこかを訪ねる時にはよそ行きの着物を着たりよそ行きの言葉を使ったりするところにもこのような態度が見られます。日本人の生活態度ははっきりと「はれ」と「け」に分けられ、季節の変わり目の「衣更え」などといったものもあります。

「だんまり」もまたあたりのロウソクや電気を消し、すっかり暗くなった中で数多くの人々が、一切の台詞、つまり言葉を発することなくただ、探り合いをする行動であって、それこそ「そこまで言わなくても分かる」という日本人の、空気の中で理解し合う生き方をはっきりと表現しています。日本人には言葉がないのではありません。他のどんな民族よりも言葉は豊かに存在します。しかしそれらの言葉を時に応じてあえて言うことなく「だんまり」や「闇の中」で手探りしながら互いに理解し合う時、そこに通じ合う不思議な世界が展開していくのです。日本人ははっきりと知っています。私たちの人生の中で最も大切な一瞬には、「見栄」を張るのです。「見得」という行動を通して力いっぱい自分を表現するのです。日本人は知らず知らずに外国人とは違い、本気になると「六方」や「トンボ」の態度をとるものです。自分を極端に大きく表現したり、口にする言葉をあえて口にせず、胸の中に飲み込み、大きく自分を表現しようとする時、先祖から受け継いだこの「六方」や「トンボ」の仕草を身体全体や心全体で表してしまうのです。小さな昆虫の中に危険に晒された時や愛を告白したりする時、羽などを大きく広げて相手を威嚇したり自分の存在を示す場合があります。おそらく「見得をきる」のも「だんまり」をするのも、このような最高に危険な状態や嬉しいところに身を置いた時なのかもしれません。

このような日本人特有な生き方の姿勢や独特の言葉の使い方を外国の人々は、必ずしもそのようには理解しないのです。闇の中でただ手を動かしている日本人や見得をきったりする日本人を、不思議な態度で逃げていく負け犬だと、また何一つ喋れなくなってしまう人間たちだと見てしまう傾向にあるのです。アメリカの宣教師を養成する牧師たちの訓練所のことを「ブーツキャンプ」と呼んでいますが、南米や東南アジアやアフリカに宣教師として行こうとしている人々よりも、日本に向かう宗教人たちの訓練時間は、他のそれよりも遥かに長いそうです。彼等にとってみては、日本人を説得したり、理解したり、彼等に相手にされるためにはそうとう時間がかかると考えられているのです。私が実際に直接関わっていたアメリカの宣教師の一人が、まだジェット機の時代でなく、氷川丸などといったライナーで行き来していた頃、太平洋の真ん中で投身自殺を計ろうとした事件を聞いています。それくらい日本人と付き合うには、彼等外国人たちには大変な苦労があるようです。つまり「見得をきる」とか「だんまり」をする日本人は彼等にとって理解の外にあるのではないでしょうか。確かに日本語とラテン語、ギリシャ語は全く相容れない言語であり、全く相容れない他国同士の言葉なのです。日本人は自分たちの生き方を独特なものであると自覚していかねばなりません。

今日も一日私たちの歌舞伎的な生き方の要素としてのストップモーションやクローズアップの多くの態度をとりながら、自分を表現しながら生きていきましょう!!

腐っても鯛

人間はサバンナから降り立ち、四方に散っていきましたが、その時間の中で本来身に付いていたはずの自由を失い小利口になる代わりに、ヒト本来の大切なものを失ってしまいました。文明の世の中と呼ばれている現代の時間や空間の中で、ごくわずかなタイプの人間である私たちは、それでも再度自由に辿り着くことができました。「梁山泊」に集まってくれる読者は、間違いなく言葉と心の中に発見したこの自由を喜ぶ人々の集まりでしょう。

健康な人間はその健康な生き方の実践の中で、はっきりと他のどのような人間たちよりも「生活哲学」の模範を示しています。自由で生き生きとした生物の模範的な存在として私たちマイナーな人間たちは何一つ世の人々の笑いの対象になってもそんなことを怖れることなく、胸を張って前進をしましょう。梁山泊の世界でしか今のところは利用されない言葉によって自信を持って語って行きましょう。荒野に叫ぶヨハネの声として吐き出して行きましょう。

中国大陸の長い歴史の中には「痩死的駱駝比馬大」という格言があります。痩せ細って死んだ砂漠の駱駝《らくだ》であっても、馬よりはずっと大きいのだという意味がここにあります。つまり日本人が長い歴史の中で口ずさんできた「腐っても鯛」という考えとほとんど同じだと理解すれば良いのでしょう。この人生で貧しく痩せ衰え、ままならぬ生き方をしていても、どんな金持ちや権力持ちの人間よりも大らかに生きていられる私たち自らを、大いに見上げたいものです。

今日も一日腐っても鯛である自分を光らせて生きていきましょう。

スローな人生に戻るために

現代人は無農薬などと言って食べ物などにかなり注意しているようですが、それ以上に私たちは語る言葉や読むものや見るものに注意をしなければならないようです。文明の産物は全て何らかの毒が混じり汚れており、心の中の血を穢すようになっているようです。無害な言葉を力いっぱい口から出し自分の握っているペンや筆の先から豊かに白紙の上に発散しなければなりません。私たちは無農薬の野菜を作っている健康な農民でなければならないのです。

自然の空気の中で自分の言葉や健康な過去の人間の言葉を愛し、自分の生き方にいささかの不満も感ぜず、堂々と進む人間こそどんな文明社会に取り残されても困ることはないのです。そういう生き方こそ、誰言うとなく「スローな人生」の中でその一生を楽しめる人間なのです。寒山拾得や良寛のような人間こそ、まさにそういった生き方のできた人物の中の代表的な存在だと私は固く信じています。常に浄化された心でもってものを語り、愛を歌い上げ、万事を生きていられる人間とは正しくこのような「スローな人生」の中で呼吸していられる人間なのです。

この文明社会にあっては己自身の外も内も常に危険な言葉や意識やものや金などで埋まっています。黙っているならそれらの真ん中に没入し、その悪質な勢いの中で自分を失い、ただ出世とか名誉を求めながら動いていなければならない不幸な「忙しい人生」の人間となってしまいます。地球は確かに温暖化や他の環境変化の中で今の存在の方向を徐々に変えつつあります。二酸化炭素はますます濃厚に増え始め、温室効果ガスの削減とか騒いでみたところで、それがどれくらいの効果を現すのか、私たちは信じることはできません。それ以上に人間の言葉や愛の色彩や形が変わってきており、金銭感覚やその他の経済事情がますます重苦しく人間を抑えつけています。今日人間は猿や犬のような動物よりもむしろカタツムリに似た存在となってきています。長い時間の中では様々に変異している生き物の中で、特にカタツムリなどは変化しないままに残されてきている存在なのでしょう。人間も文明の発達の中で妙な便利さの中で一見生き方が過去の人間とは変わってきているように見えるのですが、その実まるでカタツムリのようにまた銀杏の葉の形や黄色い色のようにさほどの変化はなく今日に至っているのです。使っている言葉さえ、その本質はほとんど変わりなくしかも革命的に変わっていかなければならない言葉の意味などは、全く行動せず、昔のまま私たち現代人の舌の上で微動だにしなくなってきています。個性をなくし、熱い思いを語れない言葉は大切な中心部が壊された存在であり、そういった生命を失った言葉は、生きた存在とは言えないはずです。現代社会とは、現代人と並んで、全く正気を失ってしまった時代の虚構的な存在なのです。文明社会のあらゆるものは、この虚構の製図に合わせて作られており、そこには正気なものなどは全くないのです。だからこそ私たちは虚構からの脱出をいろいろな表現によってあれこれと言わなければならないのです。私たちは現代社会の人々にさほど相手にされない古代の日本の生き方の中に蠢いていた仏教や神道や儒教などを単に馬鹿にしていますが、ある意味ではああいった素朴な古代人の中に生きていた考え方こそ、今の便利な世の中において人間を破壊している多くのものをどれほど正しい方向に向かわせているか、はっきりと知らなければならないのです。現代の文明社会の中にも様々な混合物として息づいている哲学があったり、宗教があったりします。外来のもの、また個性豊かな人間によってまた特別教育がなかったり、生活の低いところで苛められたりしている人間が、異常な閃きを持って造り上げることができた、いわゆる新興宗教等がある意味では今日の文明社会を改革するのに大きな動きをしているのかもしれません。

　人間は米や魚の文化にもう一度帰り、木綿や衣の文化に戻り、コンクリートやアスファルトの道を歩く代わりに砂利の道や泥の道を歩くなら、本来の文化の意味を取り戻せるかもしれません。

　今日もそのような失われたものを発見する時間の中で過ごしましょう。

天刑病

　今朝も明るい朝です。ベランダで太陽を背にしてゆっくりと『残月抄』を読んでいますと、自分で言うのもおかしいですが、まるで違った時代の誰かが書いた清々しい文章のように思えて、一言一行、さらに一頁を読んでいくごとに目頭が熱くなり、鼻水がツーツーと流れてきます。文章とは、また命のこもった言葉とは、自分で口にしたり書いたりしても、後で再度見直す時、大自然の中から自然発生したビッグバンの流れのように見えてきて、自然と涙腺が弛んでしまいます。

　生きている自分にこのようなチャンスを与えてくれたIさんに感謝しない訳にはいきません。

　長い歴史の中で人間は他の生き物たちとはわずかながら一歩歩き方が早かったのか、それとも力いっぱい歩いたのか、古代のゆったりとした時間の流れの中でそれなりの文明の時間を「正」として十分に表してきましたが、近世あたりから現代文明社会の忙しさの中で人間の生き方はそこに付随している文明の中で「負」の要素を多く背負うことになりました。文明の便利さも、数多くの種類の便利な道具なども、地球の形を変えるまでに作られていったトンネルというトンネル、空を穢すほどの摩天楼、数多くの橋やレールなど、さらにその中心には数え切れないほどの量の金銭がばら撒かれ、動きが取れないまでに地球は汚されてしまっています。それを私たちは簡単に「環境破壊」という問題で片づけ、さほど気にしてはいませんが、これこそが正しく文明という名の「負」の時間であり、同時に「負」の生き方を表しているのです。

　そのようにしてビッグバンの爆発の中から出現した生命の最も新しい形として生き物たちが生まれたのですが、その先端に人間は存在しているのです。しかし創造の結果としての生命工学やまたはリベラルな考え方はそのまま前進することなく、少しばかり片方に傾き、人間の文明社会の発信という方向に曲がってしまいました。

　人間は、または文明社会は、大自然の真似をしてかなり早く前進をしたのですが、それが実は大きな間違いだったのです。人類はもう少し寄り道をしたり、少しばかりゆったりと息抜きをしながら左右あちらこちらと眺めながら進むべきだったのです。まっすぐと早く進むばかりが能ではないのですが、そこが小利口な人間たちですので、様々なことに不平を言い、驕《おご》りたかぶり簡単に物事が進まない時にはどうしても不満を爆発させたり嫌な顔をするのです。このようにして現代文明の匂いの中で進み始めた文明社会の態度はそのまま大自然に素直に直接向かうことのできない存在となってきてしまっているのです。大自然は青い惑星の上の他の生き物たちは別として、人類を瞠目《どうもく》しようとしていたのですが、大自然の言うことも聞かず突っ走ってしまう人類に、文句は言わない代わりに目を背けてしまったのです。人類はそういった大自然の状態を漠然としながら知り始め、ごくごくわずかではありますが、自らの反省を促すような気配も一部には見えない訳ではありません。

私も己自身のことがかなりはっきりと分かるのですが、自分も素直でなく優しくなくさらには正直でもなく、心と体のどこかにいつでもわがままな自分がいることも分かっています。他人には言えず己の心の中でそれを恥じてはいるのですが、その傍らでもう少し豊かな愚か者でありたいと願っていることも事実です。

日本人の美意識というか、全世界の人間の綺麗なこころというものの根本的なものを生き方の中に持ち始めない限り、この文明の汚れるままに任せて人間の世界は、いずれ汚濁の中に沈んでいくに違いありません。人類の脳味噌の小利口さも萎んだ目も、痛む腰や背中や足のしびれも、長い文明時間の中で当然体験しなければならない天刑病なのです。

東北も今日は秋晴れの良い日であると思います。お互い自分の中の文明に汚された部分を浄化するのに役立つ一日でありましょう。

双極Ⅱ型障害

現代人間は様々な時代を経ながらヒト特有な言葉の檻から逃げ出してきているのです。そのたびごとに新しい言葉が生まれ、言葉の数はますます増え、その中で忙しく動いていなければならない人間ですが、可能な限り心静かにしたいために誰もが知らず知らずのうちにそれなりに瞑想して生きています。それではっきり分かることは己の心が、文明社会の荒波の中で常時迷走している現実です。そういった意識の中で追い回されている現実が人によって様々に違いながら、それでも万人は何らかの形で常に追い回されている自分の心をはっきりと知っています。

現代人の生き方全域の中にある種の鬱病が蔓延し、日ごとにそれが拡散していく状態になっていることをよく知っています。メランコリー親和型の鬱病の時代が現代文明の中で徐々に終わろうとしています。その代わり双極Ⅱ型の障害（軽躁状態を伴う双極性障害）というか、軽い躁鬱病が反復しながら、その人間の全体的な気分の障害をおこすようになってきているのです。おそらく今後はこういうタイプの鬱病が多くの人々の間に蔓延していくのではないかと言われています。

現代人はますます様々な知識を求め、生活の中で用いているあらゆる道具を可能な限り便利にし、より使いやすい状態にもっていこうと努力するので、頭はますます鋭利なものになっていくのです。それに大いに力を貸しているのが実は、人間の外側から身体の中に入って来る抗酸化物質なのです。この物質の働きこそ人間の小知恵以上に脳味噌や血液や肉体や骨を強いものにしていくようです。このことを別の言葉で言うならば、抗酸化物質と霊長類という名の中で言葉さえ身に付けた人間は固有の夢を多く持ち、大自然の工学に繋がっている人間という名の生命体を一層他の生命体と切り離して高いところに持ち上げているかのようです。

簡単に言ってビタミンBとかCとかは単に肉体の疲労をとるだけではなく、心のある状態を別のものに変えたり、脳の活性化に繋がっていることを人間自身最近ようよう分かり始めているのです。ニュートンの万有引力の理解あたりから始まったのでしょうか、人の命の全域をそれぞれの与えられた寿命の中でごく短く行動する肉体と一緒に、抗酸化物質の大きく働いていることをよく知っているのです。

これまでのサバンナから続いている長い人の歴史の中で、今までは医学薬品を神の如く頼っていましたが、ここまで文明が広がりを見せていると、そういった医薬品、すなわち古典的な薬の他に言葉という名の新しい薬を処方しなければ、人間はその寿命を大自然から与えられている長さのまま保てないことをはっきりと意識し始めてきているのです。誰もがごく軽く、しかもそれでいて人生のあらゆるところで罹っているメランコリー親和型の病に必要な言葉という名の薬を正確に処方しなければならないことを、徐々に知り始めているのです。今まではギリシャの医学者の時代から病気を遠ざけることをあらゆることの先頭に置いて研究してきたのです。病に罹らないことを神に感謝する心を人々に与えたり、医師はそのための可能な限りの知識を身に付けることを教えて来ました。しかし時代がここまで来てしまうと、生命体には何の場合でも疾病は付きものだと自覚し、それを怖れずそれを癒やそうとして焦ったりしないようになりつつあるのですが、ある医学者が言ったようにどんな形の疾病に対しても「ありがとう」とそれに感謝するだけの落ち着きがあるなら、現代人はかなり多く鬱の時間から解放されるものと思います。

Tさんは最近手紙でこのように書いて来ました。

「深き人生こそ、大自然の営みの順応した理想の味覚（uta）であり、その大いなる支柱でありましょう！」

またある人は

「鈍感で大きな心で生きている人間は他の誰よりも遠くに行くことができる」

と言っています。確かに人生は生と死からできており、若さと老いはその先端が一つに繋がっており、元気なものは常に己の中の病を実感し、若者はその中心に老いの存在することを怖れることなく自覚しなければなりません。

文明人間が文明の時間の中で力いっぱい生きるためには、この自信をはっきりと持つことです。医薬品よりも生き生きとした言葉の薬によって生きられる今日一日に自信を持ち、己の命の存在や、大地震や火山の噴火などさらには全ての事故に関して堂々と胸を張って生きていくべきです。

今日も自分らしく胸を張ってあらゆる事故を喜びと共に受け止めていける幸せな生命体でありましょう。

時の流れの中で変わるもの

毎日の生き方のどの部分を切り取ってみても、また全体像を大きく大まかに眺め回しても、そこには目先にだけ映って見える文明社会の姿を通り越して生き生きとした古代からの大きな流れが、一つの原風景としてまた一つの玄風景の重々しい不可を背負いながら広がっている意味の深い時間として、私たちに映って見えます。文明社会の人間とか、人間の前後関係に繋がっている様々な事情は、人間の目には息詰まるようなディテール（細部）として、常に迫ってきます。この情景の中で人間はしばしば躁や鬱の状態に取り巻かれ、自分の中の古代からの勢いと流れを持っている言葉が、ますます文明的な全く違った言葉や行動力としてしか、迫ってこないのです。

ヒトは生活の中で常に自分に関わってくる様々な問題を錯覚したり、こういったことが少なくなることに努力し、また注意することに怠りはないのです。

だがもう少し心の奥底や左右を見渡し、そこに手を差し込んでみると、そこには自由自在に、その人らしくはっきりした意識をもって錯覚したり誤解したりすることの重要さが分かってくるのです。正確な行為のみが正しいのではないという現実が分かるなら、あえて己の自由な考えやものの見方を通して目の前の現実を錯覚したり誤解することの必要性を知ることになるのです。

昔、ある写真家はシャッターを切る時、あえて三脚を蹴飛ばしました。ぶれた写真の中に今までなかったような自分らしい本物の映像や考えが映って来ることの深みや重なりを持っているので、物事を理解するに当たっても、これが正しいとか、あれは誤解されているとか、ヒトそれぞれの生き方の違いや生活の色彩の違いの中で、簡単に判断したり説明したりすることは不可能なのです。古い時代からヒトに与えられていた言葉は、ある意味で今日の私たちの日常使っているそれとは大きく様変わりしているはずです。何百年も何千年も前に、生き生きと使われていたアルファベットらしき様々な文字も、細かに書かれた象形文字の各種の形を見ても、それが文明社会と言われている現代の複雑な時代の中では、ほとんど簡略化されており、または半ば消え果てようとしています。全く同じ形で古代の言葉の意味がまた形が今なお使われているとしても、それを話す現代人の舌を口の奥の方で下か上に置くことによって、全く違うのです。古代人の意味していた言葉が現代人にとっては全く意味が違うという現実も忘れてはならない事実です。

人間には常に問題が提起されていますが、特に言葉の問題はその中でも意味が深く、どこまで追求してもその奥には限りがないようです。周りの人々には笑われながらその道の研究のために一生さえ過ごすような人々がいるという事実から、あらゆる事物はどの一つをとってみてもそれに熱中する夢の多い人間にとってはライフワークの端緒になるはずです。

今日もこの秋の一日として、十分その隅々まで使い果たしていきましょう。

本物に出会うために

現代のある詩人はこんな風に現代人の姿を歌っています。

ココロは自分が分からない
悲しい嬉しい腹が立つ
こんなコトバで割り切れるなら
何の苦労もないのだが

ところが彼は私たちと同じように現代人の中で動いており、切実に何かを説明したりぼやいたり怒ったりしていることをよく知っています。そのことを彼は次のようにも続けています。

ココロは思っている
コトバにできないグチャグチャに
コトバが追いつかないハチャメチャに
ほんとのおれが隠れている

人間は実に多くの言葉を持っています。時が変わるごとに言葉の数は人間の生き方の細かさの中でますます複雑になり、名詞の数や表現の数を増やしていきます。結局人間は言葉の城壁に囲まれ、言葉の部屋に閉じ込められそこからはどんな事情があろうとも抜け出せなくなってきています。ただ抜け出せないならそれで済むのですが、結局最後には言葉に圧縮されてしまい、言葉そのものの命を失い、身体を殺され魂を失くすことになるのです。だが言葉を失くして他のどのような動物たちとも植物たちとも変わりないレベルに落とされ、まるで空気のように、また、雪のように風のように生きることを強いられるのですが、一旦落ちた他の生物たちや無生物たちと同じところで簡単に柵を破って自由自在に出たり入ったりすることができるのです。決して逃げ出す必要はないのです。おそらくこのことが本当の意味での宗教的理解ができるということに通じるのではないでしょうか。果たしてそこまで人間に理解できるかどうかはまたもう一歩先の大きな問題です。

先ほどの詩人はこの詩の最後を次のような言葉で締めくくっています。

だがコトバの檻から逃れ出して
心静かに瞑想してると
ココロはいつか迷走している

このような詩人の言葉もまた私の川の流れのような自由な考えも、それらを言葉の形の中でよく考えてみると、それは「自由気ままな誤解と錯覚」の結果であることが分かるのです。世の中にはよく物事をあまりにも大切に考え、周りの者に押しつけがましく進める言葉に「本格的な本場」の考えとか、「誰々さんのお墨付き」などと厳かな態度でいうことがあります。とんでもない話です。この世の中に有るものは下らなく、そして有るものは本場のものだと言いきれるものは何一つないはずです。本人が責任を持つ時、全ては間違いなくお墨付きであり、巫山戯《ふざけ》た物事でもあるのです。この世の中に自由でないものは一つもなく、誤解しても錯覚しても全てが間違いである訳ではなく、時にはそれが大いに新しい道を開くという現実の時間も見えてくるのです。人間の時々のあらゆる言葉は人によって助言として受け止められるという事実も知らなければなりません。ということはあらゆる人間は酔いどれがつまらない歌を突拍子もない声で歌っていたとしても、それを傍らで聞いた人間には「理解者の声」として聞こえる時もあるはずです。そういう時こそ人間は、その人の人生で最も大切な神の声を聞く体験をするのです。本場の言葉を、またお墨付きの言葉を受けることになるのです。

現代は言葉だけではなく、万事が危険な状態に置かれています。あらゆる時間の中で人間は本場の友に出会わなければならず、本当のお墨付きを出してくれる先生に出会わなければなりません。そのためには自分の目の前に本物の人間を見つけるだけの確かな自分が存在しなければなりません。その時私たちは危機から脱出できる言葉を発見できるのです。「言葉の発見」とはこんな場合にだけ言えるものなのです。抑制された現代文明の世の中では、よほどしっかり自分を高めていなければ、または自分自身の歌とでもいうべき言葉を持っていなければ前述のような人物には出会えないのです。

グルーミングツール

一昨日『残月抄』が送られてきましたが、百冊を作りながらIさんの胸の内は熱い思いでいっぱいだと思います。その心がよく分かる私はこのところそれを考えるたびに涙を流しています。私などよりは遥かに断腸の思いでいるIさんを思う時、人生のいろいろな事柄が浮かび上がってくるのです。私などはこのところ綺麗に片づけた竹薮の片隅に小さな丸太小屋を造ったらどうかなどと話したりして軽い気持ちでいましたが、その浅はかさを昨日今日は大自然の手によって大きく戒められた感じです。本来はいくらかでも経済的に助けたい気持ちにならなければならないのに、あまりにも浅はかな考えでいた自分を恥ずかしいと思っています。年をとった仲間が病で来られなくなる時には、その分までも頑張って朝から晩まで働いているIさんは、どんなに辛い時でも常にできあがって来るであろう本を見つめながら仕事の手を休めないもう一人の賢者であり、今様《いまよう》の聖者に見えてきます。

人間の生き方は本人の心の持ち方に因ってどのようにでも変わるもののようです。考えてみて下さい。ここ数年の間にネパール王国の人々はだいぶ共産化され、王一族を王宮から追い落とす運動に加わるようになりました。そういったネパール民衆の心は、この王国の親子兄弟たちが肉親の争いの中でお互いを侮辱したり最後には武器をもって殺し合うまでになったことで、王一族からは大きく離れてしまったようです。ギリシャの王がアテネから追い出されたように、ネパールの国家情勢も大きく変わったのです。私はアテネの大きな公園を訪ねたことがありますが、その時ここがかつてはギリシャ国王一家の私有地であり公園であり動物園であったと聞かされました。

同じ貧しいブータン王国も今話したネパール王国に繋がるように続いています。ブータンの王はこの国も少しずつ貧しさから離れてきているから、「王などは要らない」のではないかと言いました。しかしこの国の人民たちは昔の日本人のように、着物に似た物を身に纏いながら目に涙を溜め、「王様は私たちの生き甲斐の光です。どうぞいつまでも王であって欲しい」と頼みましたが、あえて自ら王は退位を宣言したのです。

同じ王国でも、また同じ貧しい国々でも、しかも隣同士で肩を並べていても、王たちの考えはまるで白と黒のようにはっきりと違っているのです。人間もまた地上のどの地域に住んでいても、どんな言葉を使っていても、どんな思想を持っていようとも、生き方の中で持つ考えは様々に違うものです。金がなく、食べるものが貧しく、病で苦しみながら生きなければならないとしても、生き方や心の中に希望の星を眺めていたり、近未来に大きな輝きを持っている人間や民族は、山ほどの学問や物があったとしても漠然と生きており、今の自分が不安で仕方がなく、退屈さゆえの息苦しさを感じている人々とは違って、どんな困難な中でも大きな息遣いの中で一瞬一瞬生きる時間を感謝の心で楽しんでいます。

人間は常に大自然に目を向けて感謝ができる生活者でありましょう。百冊の本が数え切れないほどの数の命の言葉となって全世界に広がる事実を私たちは信じていたいものです。

昨日は立冬だったと言いました。夜遅く仕事から帰ってきた息子は笑いながら「これお父さんに提供します」とまるで会社人間が相手の人に言うようなおどけた口調で私に小さな箱を渡してくれました。それは「PROUDMEN」というメーカーの「GROOMING BALM」（全身をほのかな香りとうるおいで包む男のボディクリーム）でした。これは香りと生き物を大自然の方に向けてくれるのをケアするグルーミングツールだったのです。

微小生物のゲノムから学ぶ

おはようございます。木曜日の今日も雲一つない青空の下で朝日は東風の中に流れています。今日の私たちがすることは、必ずしも全てがはっきりとは分からず、その順序さえも時に応じて変わっていきます。しかし全てが大自然の仕組みの中で極めて巧く組織され、今日という日の暮れるまで必ず予定の中で終わることでしょう。

世の中にうようよいる人類は大自然が組織立て計画立てている道筋を通っていないのです。しかし、海には魚類が群をなして泳いでおり、各種の潮の流れの中で彼等独特の言葉で話したり歌ったりしているように、微小な細菌の間でもそれなりに語り合っている言葉やリズムがあるはずです。それは彼等が大自然のリズムの中でそれに従って素直に生きているからです。あらゆる種類の遺伝情報は、その方の研究者たちによっては「ゲノム」という言葉で呼ばれているようです。

微生物の中には日本特有の、というよりは、東アジア、南アジアあたり全体に広がっている調味料の源となっているものが存在します。誰がどのような意味でそう言いだしたのか、またはその方面の研究者が名付けたのか、それとも酒を飲んだ上での笑い話のように言った言葉なのか分かりませんが、麹というものが国菌とか、大和菌さらには大八州菌として巷の日本人たちの間で語られているようです。調味料である味噌や醤油どころか、調味料以上に人間の嗜好品の形としてテーブルの上に出される数多い酒類や西洋のスピリッツ等が麹菌の働きによって生まれてくることを知っていれば、当然こういった菌はただそのまま他の微生物や雑菌とひとまとめにして考え、片隅に置かれてしまってはいけないようです。

形の大きな、しかもある程度はっきりと組織立てられており、目に見えて目的を持って行動し前進している、いわゆる生き物たちなら、人間にもその存在の意味がはっきり分かるのです。しかし微小でありその行動がほとんど分からなかったり、特定の意味を持たない数多くの微生物のような生命体という集まりの範疇の中に、人間はどうしても入る気にはならないのです。我々が読む書物に関してもこれと同じことが言えるのです。本は書店で求められますが、スポーツ店ではその用が足せません。だが本屋にもいろいろな種類の書店、数知れない書店があります。すなわち漫画専門の店、小説が中心に置かれている店、思想や哲学や宗教の類の本が中心になっている店、さらには医学書専門店等です。例えば神田の神保町に広がっている古書店の数や、古本の数の多さは世界中の知識人によってよく知られています。どんな地方に行っても町の一画には古本屋が必ずあるものです。書店の主人らしい、または店員らしい方々の立ち居振る舞いと、古書店の奥の方の暗い一画に座っている初老の店主などはどこか骨董店の主人のようにも見えるのです。確かに古本は人間に例えるなら、老いの悲しさがいろいろな面で目について仕方がないものです。その反面新本には期待できない古い時代の良さや、新しい時代の中では学び得なかったような言葉やフレーズやクローズに出会って学び取ることはできるのです。捏ねて捏ねてさらに捏ねて旨味たっぷりと出ているその地方独特の味わいのある味噌や醤油に似ているのが、実は古本の特質というべきです。並んでいる様々な古書も古本屋そのものも、ある人々にとってはどんな図書館などよりも彼等の心をくすぐって止まないのです。

現代人はあらゆる意味で疲れ果てています。同時に体も心も傷ついています。ということは現代人の中から出て来るあらゆる言葉が、痛み惚けており、傷ついていると言うことができるでしょう。

大きな生物からかけ離れて存在する微小な菌たちは、それなりのゲノムの組織の中で自信を持って生きています。古書もまた新本との間に大きなボーダーラインがあり、新本にはない独特の組織の中で生き生きと動いているのです。人間も微生物も組織化された自由でしかも統制のとれた不思議な動きの中で、絶えず休むことなく動いているように生きていきたいものです。文明社会の中での今日の人間の動きは、何一つ組織立てされてはいず、混沌としている一つのブラックホールに過ぎません。

東の窓から徐々に上がっていく太陽はもうすぐ南の空に昇りながら東の窓からは見えなくなってしまいます。お互い喜びながら今日一日を過ごして行きましょう。今度の梁山泊もとても楽しみです。いろいろな方々から嬉しいメッセージを受けているようですね。私からも宜しくと伝えて下さい。

座すること

人間の存在はいろいろに分析することができます。人の持っているそれぞれの言葉や物を見る目やものを聞く耳など全てを一つに行動する存在として、受け止めることができます。

また人間をその生命機能や物として生きる行動器官として考える時、粘りけのある成分から成り立っている脳や軟骨や硬い骨などの集まりとして理解することも可能です。脳味噌は必ずしもこれまでの人間が考えていたように言葉を生み出し、思想を練り固め、宗教や哲学のリズムの色彩を出すものではないようです。よく考えてみればそれほど高尚なものではないのです。私たちが美味しいと言って味わっている蟹の味噌と人のそれはどれくらい違うのでしょうか。おそらくその違いを分類するだけで多くの時間をとられ、その結果としての答えは人を満足させるものではないはずです。単に脳から出る行動や考え方は霊長類も他の生き物も、さほど変わらないはずです。最近ある若い学者は粘菌《ねんきん》が持っている生きるための知恵と、人の生きようとする知恵との間にとても類似するものがあり、両者は人が考えているほど大きな分け方ができないと言っています。人間は上下に区別されたりしているのですが、実際には上流階級も下流の人間も、他に存在または大自然の動きから見れば、単なる似通った一つの群衆に過ぎず、霊長類と苔類さえまたは動物と単細胞すら、完全に交わっている集団に過ぎないのです。巨大な動物も微少な生き物も、結局はこれからの近未来において人間が切り拓いていかなければならない大切な生態学なのです。

現代の人間が過去の人間と比べ、あらゆる動物や植物と比べ、比較できないほどの特別な存在と見ているのはヒトたちだけであって、我々が作った実際には存在しない神々や実際に存在する大自然、そしてヒト以外のあらゆる存在はそうは考えていないのです。ヒトは自らこの文明の世界をそこに作りながら、自らの狂気を認めてはいません。あらゆる便利なものを作り、あらゆる規則を作ってそれを大いに自慢していますが、実はヒトの狂気または文明人間の狂気は目の前の何かを単に偽装しているだけに過ぎないのです。ヒトの誇りであり、喜びであり、高い宗教性であり、哲学であり、芸術であるものも、実はヒトが大きく偽装しているものなのです。本来、人間は何もないところから万有を作りだした大自然の一部である限り、やはり大自然と同じく無から万有を一つ二つ、五つ、六つぐらいは作りだしてもいいはずです。マンモスや恐竜たちが何一つ万有の名に値するだけの「存在物」を作っておらず、氷河期の勢いの中で、姿を消していきましたが、ヒトも過去から今日に至るまで、あらゆる時代の中で愚かさを悲しみ、やがては文明人間であることを大いに誇り、様々なものを作りだしてきていながら、それでいて何一つ、万有の名に値するだけの、存在物をこれまでに作ってきてはいないのです。ヒトが作ってきた様々な乗り物、互いに殺し合うための武器や寿命を全うしていくために口にする食べ物などなど、全ては大自然の存在させている万有の脇に自信を持って並べていける、「存在物」ではないのです。

人間は長い時代の中でごくわずかながら大半の人々とは違った

考え深い人を生み出しています。ごくわずかな彼等が持っていた小さな思想は全て一つのことにまとめて考えることができます。彼等は結跏趺坐《けっかふざ》という禅の座り方やバラモンの聖者が病を癒やすために座る座り方などを考えていましたが、これと同じようにヨガや密教など多くの考えの中にもそれぞれの座り方があります。この世の文化の光の中で新しいものを作り、その中で生きている人々とは一風変わっていて、そこから離脱した賢人や聖人や奇人たちと呼ばれているごくわずかな人々は、間違いなく「座する」ことから人生の生き方の基本を始めています。物や金や肩書きや権力などはほとんどいらないどころか、かえって「正しく生きる道」が塞がれてしまうのです。

剣豪や剣士や剣聖というものが存在しますが、彼等は斬り方の巧さで自分を誇っているのではありません。彼等は武術の中心に身体的な行動の技ではなく、むしろ精神的な深い価値観をそこに見い出しているのです。彼等の心がアスリートのスポーツ精神だけで生きているなら、彼等の見た目の剣の捌きが素晴らしいものであったとしても、彼の必然的な腰の高さは高く軽くなり、貧弱なものになってしまうのです。しかし腰を可能な限り低くし、上から斬り下げる形でなく、下から斬り上げていく「座する」態度にこそ、人の情けに満ちた深い剣聖の佇まいがあるのです。

遥か昔、弥生時代の日本人は、怠け心や何かの中で駄目にしてしまった米の中に、突然麹菌が湧きだしたことを発見したのです。それよりも以前に小利口な猿たちは奥山で雨上がりの一日、岩のくぼみの水たまりの中に山葡萄が落ちて腐った中に、ある種の醱酵した味わいを見い出しました。縄文の人間の怠け心や小知恵を働かせ、猿たちの行動の中から酒が生まれたということも、文明というものの知恵も愚かささえ、ある種のおどけた馬鹿さ加減さえも、今日の私たちに見い出せるのです。

私は自分の住んでいる町がそれなりに地方の都会だと思っていますが、同時にここが無医村であるとも考えています。現代の文化世界はどこを向いても間違いなくアフリカやネパールの奥の無医村と同じです。最近私たちは、世界の大都市である東京でさえ、立派な病院も数多くの医師も存在していながら、若い産婦が病院をたらい回しにされて子を産めずに死んでいかなければならない無医村であることを知っています。

人間は誰しもとても利口です。私たちはこんな小知恵の世界から足を洗いたいものです。ただ自信を持って様々な形の座り方をもう一度発見しなければならないところにきています。

この美しい秋の一日、東北と東海地方に分かれて、また東京や沖縄といった各地に住んでいるのですが、力いっぱいこの秋を満喫して、ますますお互い元気に頑張りましょう。

囚われている文明時間の言葉

あらゆることが複雑で細かく分裂し、自壊の道を進んで行かざるを得ない文明人間の一人として、目の前を流れていく生命時間の中で、どんな人間とも変わりがなく悲しい気持ちです。しかしあるところからは決定的に離脱しているマイナーな人間であれば、そんな悲しみの脇にはそれに優るような大きな明日への希望や喜びや誇りといったものが豊かに備わっています。

何回も言うようですが、確かに人間には他の生物たちには与えられていない言葉があります。この地球上のどの一画に住んでいても、その暮らしの中で人間は言葉を天から与えられています。人間には肉と骨と脳味噌の他に心というものが与えられており、そこから染み出すように言葉が生まれてくるのです。全人間的な遺伝情報とも呼ぶべき「ゲノム」は、そのまま音声や形式の形で大自然から言葉を貰っています。言葉は間違いなくそれぞれの人間の「個」を作り出し、その領域で自分だけが生きる独特な時間と行動を作っています。言葉はそのままその人間の心であり、別の形で言うならば、その人の人格や尊厳の勢いの左の方に「魂」として存在し、右の方には「魄」として存在するのです。

真実の匂いのはっきり染みついている個の言葉を持っている人間は、そうざらにはこの文明の世の中には存在しないことも事実ですが、ごく稀に出現する人間はいつでも確かな自分の言葉や文章によって自分の周りの状況を見つめながらそれを告発するのです。本来人間は、物事を厳しい批判の下に告発しなければならない勢いのある言葉を、またフレーズを、そしてクローズを自分の周りに持っていたはずですが、長い歴史の中で人間の言葉は、言葉を持たない他の動物の啼き声や呻き声や威しのために発する唸り声とほとんど同じレベルの音声となってしまっています。それが現代人の社会言語です。

これだけ確かな二つの目を持ち、しかも水晶体の奥の方まで考え方の深みさえ持っている目でありながら、何を見てもその本質が分からないのが現代人です。目の前に存在するものが見えていながら、平面的にも立体的にも見える目が、その実、何も見てはいないというのが現代文明の利口な人間の生き方なのです。世の中の全てのものを見ていながら何も見ていないというこの現実を、お互いの言葉を聞いていながら何一つ聞いていないという形式によって、現代人ははっきり説明しているのです。だがこの状態で流れる時間の勢いの中で常にそのままいられる訳もありません。文明社会とは、ごくごくわずかな短い時間の中の休憩の一時なのです。

人間は一息ついたならば、物事を正しく理解できず受け止められないこの忙しい状態から立ち上がり、内側に溜めていた力をフルに発揮して再起動しなければなりません。人間の言葉がただ毎日のごく当たり前なことのみに使われていてはもったいない話です。言葉は心機一転して次から次へと全く新しい方向にこれまで考えもしなかったようなことのために再稼働しなければならないのです。このことを「普通なものからの離脱」とも言え、「脱文明社会」とも呼べるかもしれません。

いつの時代でも生物を生み出し生かしているこの世の中には飢饉が現れ、水害が襲い、大地震がいつ迫ってくるかも分からないのですが、そういった末法の世の中のみを考えて心のしっかりした人間は、これまで常に油断することなく生き続けてきたのです。しかしそのような蜻蛉《とんぼ》の悲しい生き方は棄てたいものです。大自然の工学そのものでしかなく、他の何ものでもない力学の変化の中で生きている生命体は全て自分の前から、先ほども言ったような「末法思想」をかなぐり捨てなければならないようです。よほどの例外的な人間以外は全てこの末法の思想でがんじがらめにされており、その宗教的なまたは哲学的な思いの中で息もつけない状態でいるのが現代人です。それに対して人類以外の霊長類も他の生き物たちも全て、幸いなことには最高の宗教家や哲学者たち以上に間違いなく末法思想から解脱しており、というよりは、こういった考えが最初から与えられておらず、このような人類以外の生命体は死ぬ瞬間まで死を怖れる気持ちも死を実感する時間も持ち合わせていないのです。形があってもないようにしか見えず動きがあっても常に静止しており、乾いているのか粘着的に存在しているのか全く分からない菌類などには驚く他ないのですが、彼等はどんな学問豊かな人間たち以上に何かが解脱できている、死を怖れたりしない不思議な生き方をしているようです。

このように考えている今の私自身も、ある意味では間違いなく文明に囚われている人間の中の人間であることを悲しく認めざるを得ません。悲しい批評人間の一人であり、文明を意識する形の中で処刑される日を恐れ戦《おのの》きながら待っている囚人の一人です。

人類という名の高等生物には長い歴史の流れの中でこびりついている、暗く重々しい表現しかできないのです。こういった文明に囚われている言葉の一つ一つからなんとか離脱しなければなりません。人間には明日があるのです。再出発の時間としての近未来があるはずです。高らかに自分を歌い上げましょう。

教育の果てにて

おはようございます。

今朝は薄日の射しているような、どこか寒さが感じられる晩秋の一日のようです。

文明社会は言葉の力を失い、物や金に関しては勝ったり負けたりどこかしら勢いづいているようですが、その実人類の内面は瀕死の状態です。この状態を私たちは文化と呼んで人間の社会の大きな働きのように感じているから情けないです。文明はどんな薬を飲ませ注射をしてもこれ以上は元気にはなれないようです。人間はヒトとしてまた霊長類の最高の生き物と納得しており、その証拠に言葉を自由自在に話す舌を備えていますが、その舌から生まれてくる言葉やその結果としての文章は驚くほど傷ついています。どんなに豊かな森の中で自由に生きているとは言え、矢玉に当たって瀕死の重傷を負っている熊などは、その傷のせいで命が明日まで保つかどうか分からないのとどこか似ています。音楽の方では二点嬰《えい》ハ音、つまりツィスは不思議な音を生み出すそうです。この音は奇妙な音階であって、本当の物書きがペンの先で表す誰にも真似ができない本人の言葉や文章に近いものらしいのです。音楽の世界で言われているものと同じことが言葉の世界においても言えるのかもしれません。人間の言葉は小利口な文化の世界の中で吹き荒れる恐ろしい嵐に揉まれています。ある人は女性が美しくなっていくためにはそれなりの人生の厳しい嵐に遭うことが必要だと語っていますが、言葉もその人間の中を何度でも通り抜けていく厳しい台風のような勢いがなくてはならないのかもしれません。幼い頃から穏やかな日々の中で上品に学ぶ言葉などはそのままでは人生の荒波の中ではほとんど役に立たないのです。学校で学んだ学問や様々な職業の手解《てほど》きがそのまま社会で通用しないのとほとんど訳は同じなのです。やっと覚え、様々な文章が書けるようになっただけで嵐の中で消されない生きた文章が書けるということは、ほとんどありはしないのです。もしあるとするなら、人の心をつかみ取ることができるような天来の言葉そのものであって、それはおそらくどんな人間でも直接手渡されることはないはずです。本当の花というものは厳しい嵐の中でも形をいささかも変えることがない存在なのです。どんな苦しさの中でも滞ることなく意味の通じる言葉というものは、そのような嵐の中でも崩れることのない花と同じです。

物事は何事であっても融点というものがあります。ある温度まで上がるとどんな雪景色でも否応なく消えてしまいます。消えてなくならず、滞りなく通じる言葉というものだけがこの世の中の嵐を何度も潜り抜けて来た人間にとって、力強く受け止められるのです。形をなんとか整え、目の前に現れる花などはそのままではほとんど役に立つことはないのです。鋼鉄のように、またチタンのように硬い物質であって、それでいて同時に美しく色の付いている春先に咲く花のような言葉の前で、人々は生きる力を見い出すのです。数多くの異なる人々は偉大な教育者の前に群がる態度を持っている花を探し求めるべきです。その求め方を人々は偉大な教育者の前に群がる態度に比較して考えることもできます。訓導《くんどう》とは、むしろ隠者の例えであり、深い森の中に、また雪深い幽谷の中に住んでいます。このような老子や荘子にも例えられる教育者の周りには野生の空気のようなものが豊かに漂っています。こういった先生が存在する学校とは、むしろ学校というよりは塾に過ぎません。畑があり、牛たちがおり、森に囲まれ、彼方に雪山が聳えて見えるペスタロッチ（スイスの教育家。人間性の覚醒と天賦の才能の調和的発達を教育の目的とした）のような訓導《くんどう》のいる田舎の学校でなければならないのです。大都会の立派な建物の学校などは、第二第三の程度の低い学校であって、畑や牛の匂いのする学校こそ正しくペスタロッチのいるところなのです。

私も海岸の町ジェノヴァから汽車に乗って北に向かった時、車窓から彼方のスイスに広がっているアルプスの峰嶺を見たものです。ジャン・ジャック・ルソーもあの偉大な教育論を書くためには牛の糞の匂いのするペスタロッチの足下にひれ伏さなければならなかったのです。ペスタロッチの学校こそ第一等の学校であり、本当の言葉の大物が通わなければならない塾だったのです。

文明時間は呪縛された部屋です。そこでは否が応でも精密画しか描くことを教えられません。しかしペスタロッチやルソーのような先生の教える教室は何一つ呪縛されてはおらず、そこでは実に大らかで牛の糞の匂いのするような部屋の中でごくごく大雑把な略画しか教えられません。本人の自由な生き方の中でそれに勝る略画を描くことによって大訓導からは褒められるのです。人間の世界からは精密画を棄てることによって文明社会からの脱出が可能となるのです。しかも人間がどんな努力をして本物そっくりの精密画を描こうとしても、それには限界があり、本人が完全に納得できるような作品は描けるはずもないのです。それに対して略画は本人の頭の中や心の中の自由な広がりであって、そこからはどこまでも広がる精密画以上の精密画が時として生まれてきます。

自分自身の生き方の中で今日も文明のかげりと汚れを落としていける自分を感謝しましょう。

氷河時代

文明社会のあらゆる言葉は忘れても、読んだ話の筋は詳しく覚えていないにしても、一つ一つ細かい言葉の裏の事情やそこからはみだして見えている空気などは、不思議と生命とどこかが繋がっていてそれぞれの時間の中で何をしていいかはっきり分かるものです。何事もそのエピソードの全体像をぼんやりと分かるよりは、点である筋が心の中に入っていれば、その言葉はそのヒトにとって生きているということになるのです。米やお金や自分の体重などはいくらでも機器によって計ることはできますが、知識とか愛情とか夢といったようなものの深さや大きさを測定できる器具は、これほど発達した文明の世の中であっても何一つないのです。特にその奥深さや精密な色彩やリズムを持っている言葉の一つ一つを計算できるほど、奥深い器具など人間は一度として作ったこともなければ手に持ったこともありません。大自然をしっかりと見つめ、その色や匂いやリズムを実感している人間だけが、その存在の全体を生き生きとした器具として物事を計っていけるのです。愛の言葉や平和の教えなどはそういった本来の人間として素朴に生きており、何事も堅苦しく感じて生きることのない人間だけによって正しく計算されるのです。ここまで文明が発達してくると、「言葉」さえ金銭や米のように目方や価格を計ることができるようになりました。このような文明の言葉は確かに間違いのない重さがあり、それは別の言葉で言うならば、この世を生きる上で必要な「武器」としての言葉なのです。しかし私たちには本当に大自然と繋がって生きていく上にはこの武器の言葉などは絶対いらないものです。いらないというよりは持ってはならず、持つことによって間違いなく本人の中や生き方の中から霊性が失われ、古い時代の人間が持っていたあの大らかさが失われ、優しさや愛が失われ、それよりも直に失われてしまうものは、本来の人間としての聖なる存在の力なのです。

かつて日本列島の南の方には大きな身体をした体長六、七センチもあるクマゼミが棲息していました。長い間地中で育っている幼虫はその時間の中でやがて空に飛び立つ日を夢見ているのです。一日空中に飛び巨木にしがみつき、暑い夏の日に昼となく夜となくシャンシャンと啼く時、彼等は与えられた生命体を思う存分体験しながら、むしろ休むことを忘れたように短い夏の間の寿命を過ごすのです。土の中の二十年にもわたる生活の後、たった数週間で尽きてしまう寿命を思う存分味わって行くのには、一分一秒たりとも無駄にはできない時間として、彼等はうるさいほど大きな声で啼きながら、与えられた自分の夏の日を謳歌しているのです。以前は南の方から関東南部までがこのクマゼミの棲息できる北限だったのですが、これだけ温暖化の中で世の中が変わり始めた今、北関東の栃木県や群馬県、さらには新潟県あたりまでこのクマゼミは移動し始めたようです。彼等が生きていく上に地面で必要な気象状況が現れたせいか、関東北部から東北にまで移動し始めるのは遠い将来ではないようです。

日本アルプスや北極南極の雪が溶け出し、特に南極などには雪が溶けるだけではなく、草原地帯さえ現れていると言われています。これらの現象は文明の変化を表しており、あらゆる変化を表しており、人類の社会の興亡を促しているのです。

人間は言葉をまず初めに目で見ます。やがて心で読み、指や耳で行動に移します。行動によって動きそのものになった言葉は本来大自然の動き、または万有の工学的な動きの中でそれに従いながら動くはずなのですが、文明社会の不思議な曲がったリズムによって、人間は何かに慰められ、また癒やされなければ直には動けない存在となっています。小鳥たちのようにまたレミング（旅鼠。時に大発生し集団で大移動する）のように、またある種類のウィルスのように、人間は周りの仲間たちとつながり合うことによって何らかの慰めを受け、ごくごくわずかながら動くことが可能なのです。前進することは文明人間にとっては至難の業です。仲間の芋虫の後をついて歩く芋虫のようにどんな天敵が現れてもそれ以上には動きが取れないのです。大自然の磁気のような速さの前で、自分の利口さを誇っている人間ながら、その行動力は驚くほど鈍いのです。人間が鈍い以上に人間の言葉はますます鈍いのです。もう一度文明人間は古代人のように伸び伸びと夢の中で大きく生きていきたいものです。あれほど巨大な身体を自慢し、豊かな餌を自分の周りに見つけながら生きていたマンモスたちも、一旦氷河期が迫って来るとこの天敵の前ではひとたまりもなく全滅してしまいました。人間も文明の社会の後に見え隠れしている別の種類の氷河期によって滅びるかもしれない運命をはっきりと自覚したいものです。そのような氷河に耐えてその彼方の近未来に進みだしていける大きな生物である自分を実感しましょう。

貴方に励まされる私

貴方からのメール嬉しく読ませてもらいました！　身体の問題でいろいろと苦しんだりする貴方でしょうが、この文面から見る限り、貴方の心はすっかり言葉と繋がっており、どんな状態よりも豊かであることが私には見えてきます。

貴方の結婚式の日山田を訪ね、遥か彼方南の島から流れ着いたというタブの木が密生したというあのあたりに建てられた「タブの木荘」でもって行われた披露宴、今でも私は忘れてはいません。タブの木荘や貴方の家でお会いし、お話ししたお父さんやお母さんやお姉さんやお義兄さんのことなど未だにはっきりと思い出に残っています。あの時の貴方や貴方の奥さん、そして多くの高専の友達との語り合いの姿がとても懐かしいです。貴方のお父さんもお母さんも今はもういないのですね。時間の経つのは早く時代は刻々と変わっていきます。

今貴方は難病を患っているにも拘わらず、この世の誰よりも健康な心と生き生きとした魂を表に出して暮らしています。最近ラジオの「心の時代」という番組である医師は「貴方が人生に絶望しても、人生は貴方に絶望しない」と言っていました。また、バイブルには「神はありとあらゆる試練を人間に与えるが、その人が堪えられないような試練は与えない」と書いています。

ある意味で貴方の苦しみは、また痛みは蛇の生殺しのようなところがあると私は思っています。どうしてこんなにある人にだけ試練が集中しているのだろうかと思う時、堪えられない気がします。しかし貴方も言いましたね。その人が堪えられない試練は与えられていないのではないかと。物の見方をちょっと変える時、全ての人間には自分の目の前の条件が大きく変わってきます。その変わりようの中でその人の外や内側の状況も驚くほど変わるはずです。ある人はそれを心理学的な変化だと言い、また別の人は忍者の身を変える微妙な仕草だとも言います。忍者の家の構造さえそれを知らない人にとっては次々に変わっていく魔術のように見えてくるのです。

この世の中は人間がいろいろな時代に様々に人間そのものに似せて作ってきた宗教とか手品とか魔法とかいったものが存在し、それによって人間は善くも悪くも手なずけられてきましたが、実はこの世の中はそうとう昔ビッグバンの大きな一瞬の爆発の中で、あたりに飛び散った光や、どろどろした蛋白質や熱湯の流れの中で突然微少な生命体の種が出現し、長い歴史の中で徐々にそれが大きくなっていきました。これらは全て物理学的なまた科学的な力であってあらゆる生き物、その先端に置かれている人間もまたその工学の力の中でしか生きていられず、また成長もなければ拡大することもないのです。あえて神が存在するとするなら、それはダイナミズムの動きでしかないように私は思います。人間が作った物は、どんな神様でも全て争い喜び憎みながら存在しますが、工学の力は一切そういったものとは関係を持ちません。貴方の身体の痛みさえ、そのように考える力の外側にあって、貴方を見つめていてくれるはずです。人間はあえて努力をして夢を作る必要はないのです。人間の心と体はそのままであって一つのビッグバンであり、夢なのですから。それをそのまま信じていきましょう。貴方を必要としている人はこの世にはたくさんいます。

貴方は決して生殺しにはあっていません。巨大なビッグバンの先端で見る夢そのものが私たち自身なのです。いつもあなた自身を大きな夢にしていて下さい。来月はOさんが訪ねてくれますね。今岩手と沖縄から九州を訪ねているN先生とOさんが熊本と鹿児島からメールで連絡しあっているようです。今朝も昨日も一昨日も、私のところにメールが入っています。そして今朝、貴方からのメールも読ませてもらいました。

とにかく貴方らしくその生き生きとした魂をますます磨き、拡大して下さい。私も今の貴方の生き方によって勇気づけられています。ありがとう!!

破格と反抗

おはようございます。今日は知覧《ちらん》（鹿児島県薩摩半島の町）を訪ね、彼方南の方に開聞岳《かいもんだけ》を見ながら帰途につくのですね。

文明社会は挫折に向かっています。この世の中が人間の文明の大きな力によって爆破され、地球上至るところが温暖化の痛みによって苦しみ始めていますが、そのことをよく考えてみる時、それはあまりにも文明を過大評価している人間たちの心の中の間違いではないでしょうか。何度にもわたって続いてきた遠い昔の氷河時代も結局は恐竜やマンモスたちを滅ぼしたと言いながら、それは全く人間の関わる問題ではありませんでした。今日の温暖化の問題にもこのことから考えれば必ずしも文明社会の起こした重大な事件とだけいう訳にはいかないようです。人間が何をしようとも果たしてこの大自然や地球がそのことで壊れていくものでしょうか。大自然がまた宇宙がそう簡単に小さな人間の文明によって破壊されていくものでしょうか。確かに人間は大自然を前にして少し驕《おご》りすぎています。温暖化もいろいろな時代の中で起こる一つの波であって、この波の後には今の私たちには分からない別の波が押し寄せてくるはずです。確かに文明は何かを挫折させています。人間の小さな文明もそれなりに心ある人に「挫折の秋」を予感させていることは事実です。果たして人間の学問やそれによって生まれる教養豊かな生き方は、猿や犬や猫たちの学問のない学習を上回るものでしょうか。人間は常に自分の文明や、生き方の全域を覆っている文化を誇り、自然そのものの野蛮な暮らし方からなんとか離れようとして限りなく戦いを挑んでいます。このようにして自分や自然を前にしてどこまでも激しく闘うその態度を、美しい言葉「鍛錬や修身」で表しています。でも、よくよく考えればこの「鍛錬や修身」でさえも猿や犬や猫たちのごく自然な生き方を抜いてその上を誇らしげに進める行動ではないかと分かるのです。むしろ素朴で朴訥な古い時代の裸に近かった人間たちの数多くの伝統こそ、実は今日で言うところの環境に優しい生き方ではなかったでしょうか。橋もトンネルも、エレベーターもエスカレーターも、レトルト食品も様々なビタミン剤も、よく考えてみると人間にとっては役に立たず、かえって害になるような環境であることを、ようよう今頃になって気づき始めたのです。文明といってこれを誇り、感謝している人間ですが、少しずつ文明社会の怖さや伝統文化の環境の優しさを理解し始めるようになったのです。誰かが言いましたが、「世界一短い詩の形、すなわち俳句はあらゆる意味において破格であり、反抗的」なのです。つまり人間は格式を守り、穏やかにそして奇抜《きばつ》でない生き方の中で不思議と病に侵され痛み苦しんでいるこの文明の現実を知るならば、あえて破格で反抗的に生きてみたくなる気持ちを抱くものです。山頭火や尾崎放哉《おざきほうさい》（東大法学部卒。保険会社の洋食から一切を捨てて放浪生活に入り口語自由律の絶唱を生む）などはあえて俳句という短い詩の形からさらに飛び出し、「自由俳句」の世界に遊んだのです。ヘンリー・ミラーの英文を英語世界の中で生まれた美文であると言う人々がいるかと思うと、彼の英作文は破格のものだと言う人もいるのです。人はいろいろいてものの考え方も違って当たり前です。むしろ約束を破らない良い文化などは誰も心を込めて読むことはないでしょう。本当にその人らしい文章だけがある人々の心を打ち、大きな力となるものです。

最近様々なビタミン類の中に「葉酸」というものが存在し、

それがたいへん大きな意味を持っていると言われています。二分脊椎症《にぶんせきついしょう》（先天的に脊椎骨が形成不全となっておきる神経管閉鎖障害）や無脳症といった困難な病があるそうですが、二分脊椎などは背骨に不思議な穴があき、そこから脊髄が流れ出てくるといった恐ろしい病だそうです。このようなめったに見られない病には、ビタミンB群の中の一つである葉酸が効くのではないかという臨床試験が行われ、その新しい結果を期待しているようです。こういうことにいち早く研究を行っているアメリカでは、普通の家庭でパンなどに葉酸加工を施したものを与えることによって二分脊椎の発生率を下げているとも言われています。

　文明社会は刻々と前進しています。その中で人間はこれまでなかったような病や事件などにぶつかっていく可能性を持っています。そのために発明発見は否が応でも数多く体験しなければならないようですが、その一方において、伝統という名の素朴な約束事が今の人間の生き方の環境に優しいという事実をも教えてくれています。人間は傷ついています。人間の心は挫折しています。人間の知恵も文章もその力を失い始めています。人間の行動は廃壊の中に投げ捨てられています。こういう今であればこそ、伝統文化の単純さの中に限りない環境の優しさを求めていかなければなりません。つつがなくいろいろな良いことを体験しながら帰途について下さい。

古き時代も悲しい時代

おはようございます。今日は九州のどのあたりを廻っているのでしょうか。貴方の昨日のメールによれば知覧《ちらん》の町を訪ねるとか言っていましたが、知覧《ちらん》といえば国のためと言いながら特攻機に乗って南の海のアメリカ機動部隊にぶつかって命を落とした多くの若い人々の出発した場所です。彼らが両親や兄弟や友人たちに宛てて書いた手紙などがたくさん並べられている記念館を訪れるでしょうか。かつての小泉首相もそこを見て彼ら若者の書いた肉筆の文字や墨の跡を読みながら、男泣きをしたと言われています。やがて総理になった彼は毎年違うことなく靖国神社を訪問し、周りの人には見られないようにと涙を抑えていた事実を考えれば、おそらく知覧町の記念館は、日本人なら誰でもこのような熱い涙を一掬《いっきく》（ひとすくい）流せる聖地なのかもしれません。戦争は決して良いことではありません。しかし時代が時代であり怖れず死の中に飛び込んでいった彼らに対して、平和な時代の今の私たちが涙を流したといって何が恥ずかしいことでしょうか。そのような涙が出ない男なら、本当の男ではないと私は思うのです。知覧の飛行場を後にして飛び上がった戦闘機は一度ゆっくりと知覧の町を一回りし、お世話になったお母さんたちに頭を下げ、それからまっすぐ開聞岳の方に向かい、頂の周りを一周し、自分の育った故郷日本の地に別れを告げ、南冥《なんめい》の雲間に消えて行きました。中には遥か遠い古里からやってきた父母や妹たちに手を振られ、はちまき姿の出で立ちで飛行機の上から手を振った青年もいたようです。最後のその息子の姿を見て声は出さなくとも、泣かない両親がいたでしょうか。

　私の七つ年上の従兄弟である、晃《あやる》さんは私と違ってとても優しく大人しい兄のような存在でした。昭和二十年の敗戦色濃い中、彼は台湾にいた叔父を訪ね、母を宜しくと言って台湾沖航空戦の中で特攻機に乗って戦死しました。彼が使っていたいろいろなものを私は小さい頃貰っていましたが、その中でも戦争中の国史の参考書などは戦後もずっと私の愛読書として残されており、そのうち私の長男が大学を出た頃、欲しいというので彼にあげてしまいました。この本の頁の終わりには従兄弟の手で「晃所蔵」と書かれてありました。

貴方が訪ねる知覧の心の風景を、開聞岳の偉容な姿と共に私に教えて下さい。

ところで岩手から行った選手の中に怪我をした方がいるとか、大したことがなければ良いと思っています。それくらい激しく闘ったのでしたら、勝っても負けてもそのようなことはまず二の次に置き、心が豊かになれたことに感謝しなければならないようですね。

それにしても今の日本は元気に生きられる生命の言葉の秋でなければならないのに、周りを見るとどこもかしこも元気のない文化人たちの悲しい凋落した秋に見えて仕方が無いのはどうしてでしょうか。数々ある日本中のあちらこちらの仏閣を訪ねると、そこには数限りない神々や仏たちの姿が飾ってあります。どの一つをとってみても神々しく、古びた中にも時代を経た光と輝きが見え、そこを訪ねる人々はごく自然に手を合わせ、頭を下げ腰を低くするようですが、よくよく考えてみれば千年の昔、二千年の空気の流れの中でこういった仏像などは驚くほど赤や青や黄色に彩られていて、どこから見てもいわゆる国宝と呼ばれたり信じたりできるような風格や重々しさの見えるものではなかったようです。伽藍配置も全てカラフルで、大仏殿の中のロウソクの光も極楽の姿を現すよりは、地獄絵そのものの蠢く世界に見えてしまっていたはずです。

私たちは日本という国体の古い姿の中にとても清らかな何かを感じようとしていますが、その実かなり多くの魂の中の国宝は、現代人のカラフルで中味のないものと同様、古い時代においてさえ、頭を下げたくなるような姿も色も音もしていなかったはずです。

その昔地中海の海の色は神々の存在していた美しいところであったと思っているのでしょうが、今日のギリシャやエジプトに囲まれた地中海は貧弱そのものの海です。私が訪ねたアテネやコリントやテサロニケの町などは、禿山《はげ》で覆われ、オリーブの低い樹がパラパラとあたりに広がっているだけでした。彼方西の方のトルコからアテネに向かって乗った汽車などは、夜中にギリシャとの国境あたりで脱線し、乗客の私たちは寒さを凌ぐために汽車から降り、畑の草などを燃やして暖を取らなければならなかったほどです。あのあたりでは根がかなり浅くなっているせいか、大風がギリシャのあちこちに吹き荒れた時などは、その勢いのせいで簡単に何本ものオリーブの樹が倒れていたのを私は見ました。

いずれにしても栄養豊かで豊漁を喜んでいた人々のいた地中海などは、昔から今日に至るまで見られなかったというのが事実だったのでしょう。文明の夜明けとも言うべき今も、豊かな時代だときっと私たちが信じている過去の時代も、同じように人間にとって何事も信じることができない不安の多い時代だったに違いありません。いつの時代の中でも人間は、何らかの悲しい特攻隊員として飛び立って行かねばならないような状況に追い込まれているのであり、歴史の頁はつねに重なっていてそのことをはっきりと時間の重なりの中で伝えています。

私たちは、不足することや何らかの痛みや悲しみを常に抱いていなければならない命の時間をそのまま受け止め、生きていくところに大きな意味があるのでしょう。

今日も一日九州の風に触れ、貴方らしく貴方の言葉で、貴方の目で、大切なものを体験してきて下さい。

瑠璃《るり》と玻璃《はり》

大塩平八郎に関して貴方はいろいろな歴史上の文献を読んでいるようですね。彼の家が燃やされ、それが合図となって幕府批判の炎が上がったのですが、大阪の多くの部分を火の海にしてしまったこのデモ騒動も大阪の町民たちによって反対されることもなく、むしろ良かったとばかり言われたという歴史上の現実は、私たちにとっても溜飲が下がるものです。

長く重苦しい沖積層《ちゅうせきそう》の下で息づくこともできないでいたあらゆる基本的な生命体の柱は、そのような重圧に耐えていられたのですが、現代文明社会の中で生命の柱は、あらゆる意味において崩壊しています。人間でありながらその本質と命の持っている力学を大半失っているのです。私たちはこのことについてもう一度反省の深々とした時間を持ちたいものです。

暗い世の中で存在する全てのものは、それ自体の特有な光を放つことなく、それ自体の特質ともいうべき磨きがどこにも見い出せないのです。

瑠璃《るり》と玻璃《はり》は光り輝くもののもう一つの表現として理解することができます。古代エジプト文明の栄えた頃、王や女王たちは「ラピスラズリ」と呼んで、この瑠璃《るり》を天来の宝石として己の内側の魂そのもののように扱いました。長い時間をかけ磨きに磨いて光を手に入れたこの宝石は、たとえダイヤモンドにしても比較することができないほどのものだと言われていました。ところがこの瑠璃に対して、一般にさほど心を込めて勿体ぶった形で言われることもない水晶玉並みでしかなかった玻璃《はり》は、瑠璃と比較される時一段劣る存在として見られているのです。

長い間人間の人格や身に付いている学問や、天才などと崇められている人物たちのことを、しばしば「瑠璃玻璃」と呼び、それなりにそういった人間を比較してきました。流れに流れていく自分の人生の中で苦しみ痛みあらゆる努力を払って己の天分や学才を磨きながら日々の生活の中の汚れを除去しつつ大きく伸びていく人間のことを「瑠璃」の光として見つめ、一方生まれながら親の七光りを利用し、身に付いている生まれながらの天分を喜び誇りながらも、あえて努力することもなく磨きもすることなく終わらせてしまう人生のことを「玻璃」という名で呼んでいた時代もあったことも事実です。つまり瑠璃も破璃も同じものの別の表現だということもできるのですが、同時に全く二つの物は別のものであるということもできるのです。

瑠璃も玻璃もある時代にはセメントのように人間が作り出したガラスの別名でもあったのです。ガラスが瑠璃と呼ばれた頃、この瑠璃が訳されて玻璃と言われたとも言われています。つまり江戸中期からの人々は、軽い気持ちでガラスという陶器や磁器とは違っている華やかなガラス製品を洒落た気持ちで瑠璃玻璃と言ったようです。もっとも、瑠璃と玻璃をはっきりとどうしても区別しなければ安心できないようなタイプの人間もいて、そういう人は玻璃とは襲《かさね》の色目の一つだと言っています。

日本語の中には数多くの諺やものを表現する手段のフレーズなどがありますが、「瑠璃玻璃」は似ているものの例えであり、さらにははっきりと似ていると分かりながらある種の弁別方法によっては区別のできるものの例えとしても使われています。

現代人の複雑な生き方の中であらゆるものが弁別できないくらいに重なり、言葉では表現できないような所が生まれてきています。しかし一方においてどんな難しい問題でも、精密に観察すればそれぞれを全く別のものとして弁別できることも事実です。現代人間は重なり合っているものや、分けなければならないものをはっきりと区別していかなければなりません。

貴方はもう家を出て九州までの旅に向かったことでしょう。道中ご無事でありますように！　試合には大いに頑張って下さい。

ヨ　ガ

インドではアジアの他の国々と同様、もしかすればそれ以上に人間と宇宙との関わりなどがいろいろな言葉や考え方の中で伝えられてきているようです。

例えば「ヨガ」というあの独特な体操も、単なる身体を鍛え、精神を鍛え、心を鍛えるだけのものではなく、それ以上に意味深い生命体と宇宙全体との繋がりを語っているもののようです。呼吸をする鼻や口の動作がそのまま息を吐き出す動作の中にみられる態度と繋がり、遥か彼方の星々や人間の生き方とが深く繋がっていることをインドの人々は昔から知っていたのでしょう。仏教もヒンズー教も、このような宗教的な考えなどは、これと比べれば遥かに意味が小さく奥の深さも浅いものだと知らなければなりません。あらゆる生命体は単に生命である時、人間は「ヨガ」という哲学の初歩の段階において宇宙全体と繋がっている自分を自覚することができるのです。

大きな宇宙の中の動きを通し、そこから生命体が生まれたと私たちは納得できるのですが、それ以前にすでにビッグバンの爆発ないし、広がり、そして閃きの一瞬の時間の中で四方八方に放射した「物」の始まりが「重さ」、「音」、「色」によって質と量の各自の違いが現れていったようです。物に重さ、音、色が関わった時、物の存在ははっきりと万有そのものとして、また力学的存在そのものとして見えてきたのです。それまでは物が存在せず、物があったとしても、それに重さ、音、色が繋がっていないので、その空間はどこまでも、私たちが暗いとしか表現のしようのないブラックホールの状態であり存在であったはずです。

今日の私たちには幸いなことに言葉が存在します。言葉も初期の頃とは違って文章と繋がり、はっきりとあらゆる物の存在が理解され、記録されるようになりました。「重さ」、「音」、「色彩」は生命体が霊長類の次元にまで発展していくと、そこにもう一つ「時」がついて回るようになりました。時間の流れの中でそれは決して止まることも逆に流れることもありません。言葉は暗闇の流れと繋がり、そこに「重さ」、「音」、「色」が付くと一層レコードされる時にますますはっきりと歴史の重みを持つようになったのです。

ヒトが言葉を話し書く時、それは自動的に記録となり、歴史となっていくのです。

今日も一日ヨガの知恵でもって全てを知り、言葉の記録する力によって生命体の存在を確信する人間でありたいものです。

耕す行為

おはようございます。今日もどこまでも澄んだ青空の広がる秋の一日です。

秋風に　土佐の匂いの梨届き
凪なくて　東海の空　秋の色
雨上がり　濡れにし庭に　柿一つ

万有は生命体であろうとあらゆる無機物であろうとそれなりに存在の勢いとしての回復力を持っています。「ヒト」事態がまさにそのことを証明しています。小利口な文明社会を作りだし、そこにある種の意味を見い出すのも、全くそういった知恵から離れ、万有のただ存在するだけの勢いや景色の中にそれ以上に大きな勢いを知ることができるのも、私たち人間なのです。ビッグバンの勢いの中でまるで間違いのように生まれた人間という名の命の先端の存在でありながら、そのサミットに立っている現実を考えるならば、「ヒト」は当然神と並ぶか、神の直接の弟子のような振りをして堂々と胸を張って生きることも可能なのです。

しかし「ヒト」はいろいろな面で明らかに万有の力学の先にある歯車ないしはアンテナとして、あたかもゼンマイのようにではなく、そこから生まれた存在に過ぎません。万有の力学そのものの時間の中でほぐれていくのです。ダイナミズムという宿主の前では遥かに遠くに離れており、そのような僻地の一端から跪いて深々と頭を下げなければならないのです。人類は自ら作った文明の縄目によって縛り上げられ、ますます細くなり小さくなり、かつての大きな力をどこかに失っています。それを回復する努力や夢だけが「ヒト」に与えられている望みなのです。あらゆる生き方の中で、またあらゆる時間の中で「ヒト」は力の限りにこの回復力を前にして努力を払う時だけ、生きている自分を間違いなく実感できるのです。

ヨーロッパの言葉に「カルチャー」すなわち学問とか、ものを学び文化の中に入っていく時間を意味する言葉がありますが、このカルチャーは人間が未だ素朴だった頃は「耕す」というたった一つの意味しかなかったのです。畑や森の中、荒野を開拓したそこに肥やしを撒き、小麦や野菜の種を蒔く一日中の労働が、この「カルチャー」の意味だったのです。学問を意味する「エジュケイション」はもつれ絡まっている心の中を少しずつほぐしていくていたもののようです。人間は耕作し、もつれたものを丹念に解く時、当然そこには正しい知恵が生まれてきます。広大な中国の山また山の中で仙人や隠者たちが解きほぐそうとした心の中も、荒れ地同様の荒野を開拓し、耕したのもまさに「カルチャー」であり、「エジュケイション」なのです。だがこの世はどこを見てもそこには異文化が存在しています。一人の人間が、またはその一画に住む人々がどう見てもそのまま素直に信じ切れない周囲の異文化の波の勢いや肌の色の違いに押し流されてしまうのです。一つの集落の人々は徐々に異文化の流れに流され、薄まっていく自分たちの習俗になす術がないのです。しかしそのことを悲しむ必要はありません。耕す人間は雑草だらけの土地が見事な畑になっていくことを喜び、そこから豊作の秋がやってくるのです。異文化の力は一層その土地を豊かなものにしていきます。

しかし怖れなくてはならないのは、その耕された土地にセメントが塗られ、アスファルトが敷かれ、トンネルが掘られ、橋が架けられていく時、私たちは荒野に叫ぶ声としてこれらに反対の声を上げず、同時に態度によってそれを示さないことです。裸族の村人たちは森の中で自分たちの習俗を守り続けている限り、確かにものを耕し、生き方を耕し、いつまでも保っていたい素朴な文化の形を持ち続けられるのです。このことにはっきりと確信がある限り、人間は何一つ怖れることのない「ヒト」で生きられるはずです。文化が誇っている文明だが、それに負けないヒトは素朴さの違いない確信があるはずです。

霊と気と大自然

おはようございます。夕べはとても長いメールを妻に読んでもらい、あるところで感動し、あるところでは貴方の生き方の一面がよく出ていることに感心しました。

フランスの女優のその後の生き方が書かれた文章がありましたが、まさにその通りです。私たちは研究者達でないので他の動物などのことを勉強したり、生き物の生命倫理という段階で顕微鏡や何かにすがりついて学ぶことはないにしても、ごくごく自然に生命というものに関して当然ながら倫理観が付きまとっていることは事実です。私たち人間がすでに大自然の力学の力によって無から偶然に、または必然的に出現した生命であることを考えれば、ヒトから黴菌に至るまで一応備えている生命なので、何事にも優って命を考えなければならないようです。毎日の生活の中でやはり中心には命の問題があらゆるものを通してその前面に出てくることは仕方のないことです。

ビッグバンという名の大きな爆発の中でピカリと光った雷鳴または稲光の動きの中で蛋白質が震えだし、その動きの中で徐々に熱を帯び、傍らで噴火している火山の力やそこに降るスコールのような雨の力によってやがては霊長類なる最高の生命体が生まれるであろうきっかけが微量な単細胞などに発展し始めたのです。

生命体のうろうろしているこの地球上にはいかにもある生命体または神に近いものが最初に存在し、ビッグバンの後に広がっていったあらゆる生命体の出現はそういったそれ以前の神らしきものの手作りのもの、すなわち生命創造の古い歴史がそこにあったように私たちには見え、人間はそれを一言でいかにも軽々しく「必然的な事柄」と呼んでいます。もちろん私たちが周囲に見る全てのものは人間存在の中に生まれた必然的なものの姿だと思うのです。しかし、この出現はもう一歩その奥を見つめて見るとそれが実は偶然であることに愕然《がくぜん》とするのです。

そうなってくると今、私たちの目の前に存在するあらゆるものが、偶然であるということにもなるのです。

この宇宙に存在するものは全て、すなわち万有は間違いなくどの一つを取り上げてもそれは偶然の産物なのです。人間も樹木も火山も神も全て偶然が偶然を生んで、次から次へと発展していった偶然の重なりの中で生まれた結果であるということを私たちは認識せざるを得ないのです。

白人たちが彼らの中心に置いている理屈はそのまま間違いなくオリエントの魂にも大きく働いています。私たち日本人は「深い情け」ということをあらゆる考えの奥底に起きますが、韓国人たちには「恨《はん》」という生き方の基本となる言葉があります。しかし白人たちだけが「理屈」を操っていると考えるのは間違いではないでしょうか。日本学の大家たちが情けの生き方をとうとうと口にしていながら、日本人も他のアジアのこれに等しい生活の中のモンスーンの哲学に一応は納得している人々も、その情けの傍らにははっきりと理が活き活きと働いています。現代の文明社会において、もはや西洋と東洋をはっきりと分けられるほどその二つの間には明確なボーダーラインが存在しません。いかに民族的に経済的に、あるいは軍事力において民族間のボーダーラインを引いたとしても、人間がここまで文明の風の中で目覚めるまでになっている以上、このような地図の上の線引きはほとんど民族同士の大きな問題に関しては意味をなさなくなってきているのです。地球上は全てボーダーレスになっており、文明社会は線引き不可能なある意味での魚の世界であり、昆虫の世界であり、鳥の世界であり、爬虫類の世界です。これが動物の世界になると象でも猿でもはっきりと縄張りがあってかつての人間のようにあたりにボーダーラインを作っています。

ヒトは他の高等な動物と同じように便利なものを作りだし、そのサミットに立っていますが、これだけでは単なる猿たちと変わりなく、単なる毛の生えていない高級な生き物に過ぎないのです。しかしヒトがある意味で神の位につくくらい生き方のどこかが利口になり高尚になっていると考える人たちもかなりいるのです。ヒトはそんな文明の便利さでもって他の動物よりレベルアップされているとは考えてはならないのです。ヒトにはどんなに貧しくとも、どんなに便利なものを多く持っていないとしても、なお多くの動物たちと比較して厳然とある高みに存在するのには、はっきりとした別の訳があるのです。ヒトには「霊」が間違いなく存在し、「気」が存在し、そしてもう一つヒトだけがはっきりと心の目を開いてぶつかり話し合いをすることができる「大自然」があるのです。これら三つの力、霊と気と大自然がある限りヒトはどんな状態に落ちてもヒトとしてのレベルからは絶対堕落しないことを私は信じています。この三つが備わっているヒトの今は、何とも濃厚な精神の積み重ねからできている存在です。広く大きなとてつもない空間である大自然と向かい合ってヒトはいささかも距離感を感じないのはなぜでしょうか。つまりヒトと大自然は生命の創造の時からあらゆる意味で距離感を持たなくなっているのです。

アメリカの日本学の碩学であったベネディクト女史は、決して日本的な骨董趣味の楽しみをもって『菊と刀』を愛したのではありません。彼女は日本人の霊と気と大自然をそのまま受け入れている心を愛していたのです。このような哲学的問題を彼女はいかにも東アジアの風の中に生まれた恥と義理と恩とでも言うべき人情に触れ、骨董好きのジャパニズムに親しむお宅老人のように振る舞いながら、実に明快に日本人を取り上げてそれを一つの人間学にしてしまいました。

ヒトの存在はいつでも簡単に一つの倫理学の頁として置き換えられ、それを研究するにも学ぶにもさほど手間はかかりません。日々の生活の中で学問とは言えないほど単純明快であって素朴極まりない生活の知恵をこんなところから学べる人間でありたいものです。

今日も一日我々のする行動が深い意味のあることを信じて……。

古代人の秋

ある音楽家は、自分の中に常に生きているもう一人の自分、一個人の獰猛であり常に自信をもっている獣のことを長らく意識していました。おそらくこの音楽家は最近のこのような文化社会の忙しさの中でそういった自分の中のもう一つの生き方を忘れ始めていたのでしょう。

「私の中のこの獣に最近はっきりと出会うようになりました」と言っています。私たちはあまりにも便利なこの文明社会の市民となりきっているので、本来古代人の頃からはっきり持っていた自分の内側のもう一人の自分、つまり、「生き生きと動いている獣」を忘れ始めているのです。その通りです、コンピュータを使い、携帯電話を利用し、時計を当てにし、車に乗り飛行機に乗っている私たちは、どう考えてみても内側にいるもう一人の自分という名の獣には気づかないのが当然です。

私たちは自分の内側の自分という獣にはっきりと出会う時、こんな不条理な世の中に生きていてもそれに負けず自分らしく生きていけるのです。ある大学のいい年をした名誉教授は恥も外聞もなく言ったではありませんか。

「阿呆な人間は最も神が望んでいる者だ」

この場合「神」はこの世の中にある宗教の神ではありません。大自然の働きそのものであり、生命を生み出す物理的また、化学的そのものを、あえて「神」と呼んでいるだけです。確かに人間は阿呆であればあるほど、力学の力はその人間に驚くような知恵を与えています。この文明社会で知恵豊かな悲観論よりは馬鹿丸出しの楽観論の方が偉大であることを、誰もが少しばかり知恵があるなら分かっているはずです。ソクラテスも荘子も孔子もはっきりとこのことが分かっていた本格的な馬鹿者であったはずです。

銅や鉄が古代人によって大地から抽出され、様々な便利なものが作られましたが、そういった文明人に向かう人間の力は東や西に延び、北や南に波及していったのです。青銅や鉄はこの丸い地球上の森の中や海辺のあらゆる村々や部落に浸透していきました。しかし文明がここまで広がってきている今日、レアメタルはますますその勢いを伸ばし、青銅や鉄などには考えられないような大きな力を持って人間をそれ以上の内側からの、また外側からのロボットに変えつつあります。こんな私ですら、脳味噌を切り裂かれて今なお生きており、親から貰った目や歯をホヤガラスやプラスチックに変えられ、いい年をしながら今も元気に生きています。よくよく考えれば、このような元気な現代人の一人として生きていることを喜んでいられるだけ、また本来の人間としては、大自然が力学の素朴な力によって創造してくれた生命でありながらこの事実に怖れたりすることもなく生きていられるだけおめでたい人間なのかもしれません。

最近ロンドンでおもしろい展覧会があったようです。現代人のことを一応忘れて、古代人の骨を集め、それを展示しているこの会場には、現代人が忘れている大切なものの発見が観られるようです。かつて人間があまり文明とは関わっていなかった時代の本格的な生命体としての動きや行動や、素朴な言葉の使い方、また、文明人間とは一歩も二歩も何かが大きく違っている涙の流し方や、愛し方や、怒り方を、現代人間は知る事によってもう一度創造されたそのままの生命体の中で生きる自分を回復できるのではないでしょうか。

文明人は古代人の体質を知らなくてはならず、同時に彼等の素朴極まりないそれでいて深い知恵の有る考え方を知らなくてはならないようです。古代人の骨はそのまま、先ほどの音楽家がいみじくも言ったように「自分の内側に生きており呼吸をしておりそれなりに言葉を話し、泣き怒り、獰猛に暴れ回る己という獣」を知ることに繋がるのです。

人間はもう一度古代人の骨を見つめ直してみたいものです。そこから本人の生き方の何かが始められるようです。

今日もこのように日本全国どこも古代人の秋と同じように木の葉が紅く染まり、陽の光が微風と共に平和に吹き、やがて一日は終わるでしょう。お互い自分の生き方の中で生命の喜びを満喫する一日でありますように。

牧師を辞めた頃の私

神を造り、それに頼った生き方をしている大多数の現代人間は、そのことによって実は最も中心的な無神論者の立場に立っている自分に気づかないでいます。人間に似せて造った神や仏という偶像に頼ることによってどんな困難な中でも生きられると思うその心は、確かに夢がなく自信もない人間の姿なのです。

大自然の力学という、あらゆる生物無生物を存在させている力こそがあらゆる生命を生命たらしめ、やがてその寿命が尽きる時、それまで存在した生命を失わせるのです。いろいろな便利な機械を造りそれを利用して生きている人間はやがてその機械のゼンマイがすっかりほぐれていく時、その機械を棄ててしまいますが、大自然の動きはあらゆる生命に対してこれと同じ働きをしているのです。

中国の多くの哲人たちは、誰一人自らを神にすることなく、自分の言葉を神の言葉にすることはありませんでした。それによって、単に歴史を汚さなかっただけではなく、自らに嘘をつくことがなく、彼らは自らの言葉を穢すこともなかったのです。人間に似せて造った神に頼ることなく、無責任になることもありませんでした。彼ら哲人たちは一人ひとり間違いなく大自然の力学の前で賢い子供であり、弟子たちだったのです。

同じことが古代ギリシャの哲人たちにも言えます。こういった人々の弟子たちは、または信者ではない尊敬者たちは大きな間違いに騙されることなく、誤解することもなかったのです。大自然を信じ物理学の実に易しい基本的な法則の中で動いているオートマチックな「ムーブメント」を自分の生き方の中で素直に信じることができる人間だけが、本当の信者なのです。

かつて私は祈ったものです。どんなに祈りが叶わなくともとにかく祈りに祈りました。来る日も来る日も荒野の声となり叫んでもいました。選挙演説の声以上に大きな声が嗄れるまで叫んでいた時代があります。食べることを絶ち、祈ったこともあります。初夏のある日、富山を訪れていた私は、あることに対して命を賭けて祈りました。しかし若かったあの頃の私には、その願いが聞かれることはありませんでした。キリスト教のプロテスタントの教会の中でそれなりに深い信仰を持っていたと信じていた私でしたが、このようにして聞かれない祈りがあることをそれから何度となく体験したのです。やがて私は半ば乞食同然の生き方をいつかはしなければならないと自覚し、その頃生まれて五ヶ月ほどの長男を連れて東北の地に向かったのです。私たちが借りた家は茅葺き屋根の住まいでした。

やがて教会を離れ自分の言葉で生き始めると、自分の人生が大きく変わっていくことに気づきました。大自然の法則の中に納められている力学がそのまま私にふさわしく働きだし、そこにはどんな意味においても宗教的な奇跡というものは何一つ感じられませんでした。そのようなごく自然な生き方の全域が間違いなく自分にふさわしい奇跡だったのです。

人間が自分に似せて作った神や仏が存在しなくなったので、何かがうまくいくとかいかないとか、幸せであるとか不幸であるとかいった問題は全く私の気にするところではなくなったのです。力学の法則の中で、何かがうまくいき、あらゆる動作の働きが大自然の流れの中で全てうまくなり始めた時、私の心は徐々に何かが浄化され始めたのです。

本当の祈りとか、天に向かって声なき声で叫ぶ態度だけが、人間のできる最大の姿勢だと分かったのです。三日月に向かって祈り続けた山中鹿之介の態度などは正しく人間ができる最も確かな祈りだと思います。

宗教はその中心的問題を人々に話したり教えたりするものではないのです。神は人間に祀られて良いものではありません。神とは違う万有の法則の下ではっきり一つの力学として人間の前に姿を現すものを、その通り私たちは受け止めなければなりません。

心の中に抱いているこの事実に自信を持つ必要があります。ひたすら何かに祈ったり、奇跡を期待したりする態度はたとえ大宗教であろうと、新興宗教であろうとも、してはならない信者の間違いなのです。

生活の全域は宗教でない、また人に似せて作った神ではないところで、間違いなくたくさんの奇跡に満ちています。来る日も来る日も感謝に堪えない、それでいて力の限り我慢しなければならない問題が次々と現れてきます。今日も自分の前の夢いっぱいに生きて行きましょう！　生命万歳！！！

生命の彩

あるウーマンリブの女性は自分の美しい詩を大々的に表していますが、彼女は男にも言えないような激しい言葉遣いで生命を表現しています。彼女は「先端」という語を用い、その言葉が説明しているはっきりとした女性の性器の先を表し、さらにこの言葉の意味の奥を説明するなら、そこには、他者と触れあっていく深い縁をも表しています。人間は誰でも、いつの時代でも、己の中心に存在する「先端」を忘れては生きていけないということを、この詩人ははっきりと彼女の詩の中で語っています。おそらくあらゆる生命体の中心にはこの「先端」が存在し、それは間違いなくその人間の不安なのです。人間の深い心に存在する痛みとか、夢、すなわち形而上学的な諸観念は、具体的な人間の身体とその行動とはだいぶ離れているようです。女性である生き方の中心を肉体的に考える時、それを語る言葉の機能や様々な風景や、どこまでも匂いや色彩によって表現される感情を忘れては、人間は生命体としては成り立たないようです。

文明社会の中で使われている言葉は、この詩人にとってみては全く無駄なものであり、ほとんどその人に対しては嘘しかつかないものだと言っています。彼女ははっきりと文明社会の中で成り立つ言葉を、本人とは離れた他者の言葉であるとも言っています。文明社会の言葉を人間的で素晴らしいものだと言って仰ぐなら、その人の心は苦しみで生きることが辛いだろうとも言っているのです。文明の言葉を自信をもって何のこだわりもなく生きていける一角などは、どこにもないということなのかもしれません。

しかし言葉は全て文明のためだけに、また文明に躍らされるように生まれてきたものではないことを知らなければならないのです。文明の外に、また文明とは全く関わりのない大自然の中で生まれた生命体を中心として働くところの言葉があって良いのです。宗教も芸術も学問も、本来はこういった言葉を初めは小さく、やがて次第に大きなものとして、人間の生き方の中に膨らませてきたのです。

このような生命体と直接繋がっている言葉は、生命体そのものとして存在する大きなエネルギーの塊であり、同時に生命の精神を形作っている、もう一つの種類の物質なのです。言葉は単に言葉ではありません。全く新しい生命体そのものという名の伝説を造り出す言葉の広がっていく時代なのです。そのように考える言葉のまた同じくもう一つの形の生命体なのです。このように言葉を使える人は、間違いなく蛆虫たちですら、オーラに輝いている仏のように見えてくるはずです。

生命たちを中心にして生きている人間は旅人です。しかもどこへでも放浪する必要のない本当の旅人です。人間の旅は己の生命の旅です。机の前に座り、ベンチに腰を下ろし、草原に寝転びながら思考し、夢を見ながら自分が紡ぎ出す言葉によってどこへでも旅ができるのです。雑草を天ぷらにして目の前に並べ、昆虫などを茹でて目の前に置き、それを食べながらあらゆる意味でのグルメを楽しめる存在なのです。野や山を走り、海に潜り、ありとあらゆる食べ物を口にし、どんな病に侵されても、たちまち回復して、与えられた生命を巻かれている命のゼンマイのような寿命が尽きるまで生きられるのです。その人間に生命が与えられ、日々の生活をしていく小さな庭の中には、四季の移り変わりの中で、様々な虫たちが現れ、四季の移り変わりの中で様々な花が咲き、その人はそういった時間の中で自分に与えられた時の長さを飽きることはないのです。人間は常にエーテルの流れの中で雑草に囲まれ、陽の光の様々な色合いの中で常に生き生きと自分らしく与えられた時間を生きていくのです。人間は一人ひとり雑草やエーテルの中で音楽家であり、物書きであり、夢見る舞台装置を作り続ける存在なのです。それをどう間違ってしまうのか、自分のことを音楽家だとか、作家であるとか、絵描きであるとか、様々に錯覚してしまうのです。そのような思い上がりの気持ちを、またそのような美しい色合いや匂いなどを綺麗に押し止め、払拭し、本来の引力そのものでしかない生命そのものとして自分を雑草の中に見い出さなければなりません。人間は文明の何ものをも存在しない古代の広がりの中で、展開する素朴な芝居のようなものです。これを誇りにしない限り、外のあらゆる格好の良い話しを作り上げてロケ現場に向かったとしても、そこには良い結果が生まれないのです。人間は人間以上でも人間以下でもありません。それゆえに虫や雑草やそれ以上でも以下でもないのと同じです。それゆえに人間万歳、生命たちとその寿命、万歳!!

今日も一日私たちは本当の自分である生命を見上げ、誇り、生きていきましょう。

山頭火を考える

私はここ二、三日読んでいる俳人、山頭火の言葉に酔わされています。彼の句はいわゆる五七五からなる日本語特有のあの叙事的な音階の著しい作品とは違って、時には七つの言葉の短い句から成り立ち、時には十五の言葉から成り立ち、時には二十何文字からの長い句から成り立つ、まるで短い歌のようなリズムともとれる俳句なのです。そんな俳句の作り方をしている彼は、ある俳人たちからは批判されて、理解されもしないのですが、一日本当の自分に戻った彼の生き方と直接繋がっている自由な形の彼の句に心打たれ、得も言われぬ不思議なリズムに感動する人々もかなりいるのです。彼の生き方の全域に広がっている、かなり自由な考えは、どこの切り口から見てもこの世の平均的な生き方をしている人々のそれとは大きく違っていました。家族から離れ、放蕩の限りを尽くし、破戒坊や乞食坊主として人々に笑われ、ろくでなしとみなされ、彼のエッセイともいうべき『随筆』

や『行乞記《ぎょうこうき》』の中の言葉の一つ一つを見て行く時、不思議とかなり深い彼の文学才能や、人生哲学の一面を読み取ることができます。ある意味で彼は『奥の細道』的な思索の中で人生のロマンの言葉を選び抜く物書きと見ることもできるし、また別の面から言うなら、とてつもなく大きな心の広がりの中で自分だけの考え方を貫きながら、人間の生き方全域を正直に語ることのできた人間だったようです。また他の側面を見るなら、彼は一茶などと同じ人生の中で人間を語り、人間生活そのものを単純で素朴な筆使いで語り続けていた人物とも言えるのです。

彼は『行乞記《ぎょうこうき》』の中で次のように書いています。

「私はまた旅に出た、愚かな旅人として放浪するより外に私の生き方はないのだ」

この点から見れば深川を出発し、千住から船に乗り、日光街道を進んでいた芭蕉が、その旅が自分の人生を変えるような大きな旅であることを自覚していたように、山頭火も四国、松山で亡くなるまでの長い旅の思い出を数多くの随筆文や自由俳句の中で語っています。確かに彼は「私はしょせん乞食坊主以外の何ものでもないことを再発見してまた旅へ出ました。歩けるだけ歩きます、行けるところまで行きます」と、言っています。その彼の存在には確かにどこか芭蕉の姿が重なって見えるのです。しかし彼には芭蕉のように地方のあちらこちらに弟子などはほとんどいませんでした。旅の怖さと言えばその点芭蕉よりも遥かに山頭火の方が大きかったはずです。旅の恐ろしさが大きいだけ、山頭火には旅の恐れも不安ではなかったようです。彼は猛獣を怖れない幼子のようにこうも綴っています。

「温泉はよい、ほんたうによい、ここは山もよし海もよし、出来ることなら滞在したいのだが、……いや一生動きたくないのだが（それほど私は疲れているのだが）」

このように明るい旅も最初のうちは見られましたが、実際のその後の彼の旅の生活は、そう思うようにうまくいく訳ではなかったようです。

「私はまた旅に出た。……しょせん、乞食坊主以外の何ものでもない私だった、愚かな旅人として一生流転せずにはいられない私だった、浮き草のように、あの岸からこの岸へみじめなやすらかさを享楽している私を哀れみ、且よろこぶ。水は流れる、雲は動いて止まらない、風が吹けば木の葉が散る、魚ゆいて魚の如く、鳥とんで鳥に似たり、それでは、二本の足よ、歩けるだけ歩け、行けるところまで行け。旅のあけくれ、かれに触れこれに触れて、うつりゆく心の影をありのままに映そう。私の生涯の記録としてこの行乞記《ぎょうこうき》を作る」

山頭火を研究している村上護は山頭火をこのように評価しています。

「世捨てというのは、必ずしも全てを捨ててしまうことにならない。先蹤《せんしょう》としては西行がおり芭蕉がいる。その他、歴史を辿れば捨て身懸命の道を選んだ文人たちは多かった。例えば西行の〝惜しむとて惜しまれぬべきこの世から身を捨ててこそ身おも助けめ〟の歌は、また山頭火の心の歌であったろう。そして芭蕉の言葉〝腰にただ百銭をたくわえて狂杖《きょうじょう》一鉢に命を結ぶ。なし得たり、風情終に菰《こも》をかぶらんとは〟は山頭火の意向に添うものであった。本書に収録の〝行乞記〟の暴徒に掲げた〝このみちや　いくたりゆきし　われはけふいく〟は心底から我が意を得た言葉であったと思う。山頭火はよく昭和の芭蕉だ、などと称される時期もあった。確かに漂泊の生き方は共通するものはある。けれど山頭火は近代におけるニヒリズムの影響を受け、多分に自我は分裂気味。その一つは人口に膾炙《かいしゃ》する（人々の話題に上ってもてはやされ、広く知れ渡る）、次の一句にも見られる訳だ。

〝うしろすがたの　しぐれていくか〟　山頭火

後姿は自分自身に見えないが、見る自分と見られる自分に分化した視点から、自らを侮《あなど》るというのはニヒリズムだ。そうした自意識を明確にもって、俳句を作っていることは明らかである」

様々なタイプの詩人や哲学者、または文学者は存在しますが、彼らは大きく分類して二つに分けられます。常に進歩の道を歩き、夢を抱いて文を書き、生活をしている人々の傍らで、ある人々はニヒリスティックな生き方を余儀なくされたり、あえて自らニヒリスティックな方向に自分の言葉を曲げていくタイプの人々もいます。ショーペンハウエル初めニーチェも芥川龍之介も藤村操《みさお》も太宰治も正しくそういうタイプの人々であり、山頭火などもその中に入るようです。もちろん私などは彼らの考えが大好きであり、受けるものも多いのですが、持っている言葉の方向はだいぶ違っていることをいやが上にも実感させられます。私をあらゆる意味で励ましてくれたヘンリー・ミラーなども、はっきりと生涯をかけて自分の夢に生きた人間だったのです。そういいながらも現代文明社会の息苦しさの中では、山頭火の心から吐き出される句の必要性も私は大いに自覚しているのです。

山頭火が書いている文章の中に「三人の私生児」というところがあり、それを書こうと思っていましたが、だいぶ長くなってしまったので、それはまた次の機会に書くことにします。

呼吸

曇っていますが、雲間から明るい朝の光が窓に差し込んでいます。日々の生活の中には天気の変わり具合と同じく、様々な問題や大きな問題や小さな問題が起こっています。一人ひとり人間の目の前を走馬灯のように通り過ぎていく事件を前にして、私たちはそれらを新聞記事のように、またテレビやラジオや週刊誌の記事のようにほとんど深く考えずに通り過ぎさせています。しかしある問題にぶつかるとそれが自分と深く関わるので、そう簡単には流れていくのを見ている訳にはいきません。単に無常の流れといいますが、人の世のあらゆる流れには深い意識が込められています。自分の言葉が直接この息や心の一角にぶつかる時、私たちにはそこからとてつもなく大きな勢いある思いが生まれてくるのです。それをいちいち悲しんだり苦しがったり怒ったりしていても始まりません。

青い空に浮かんでいるあの白雲でさえ、もし私たちが心を込めて見つめる時、そこには限りない悲しみや痛みや怒りがフツフツと湧いてきます。空の雲さえそう簡単には眺められないのです。そうならば、生きている毎日の時間の中で眺める自分の周りではなく、せめて心を穏やかにして今日一日や今目の前の一時間に心の目を向け、どこまでも明るく、心に念じている何かを楽しく見て行かなければなりません。

その昔心ある能楽師たちは目の前の一瞬の楽器の音の流れの中に、自分自身の命の流れを見ていたのです。尺八、すなわち定具を口にする人は遥か彼方の永遠にまで決して消えることなく連なっていく自分自身のメロディを、間違いなく見ているはずです。道場などもたない本当の剣聖や、あらゆるこの巷の空気の中で、大自然の中の引力を信じ、それを呼吸していて止まない茶道や華道の本格的な師は、深層水のあの純粋さみたいなものを肺の中から吹き出し吹き込んでいます。このようにして普通の集団人間には考えることさえできないほどにどこまでも深く吸い込んだ息をごくごくわずかずつ吐き出し、その分また外から吸って肺を十分満たしていくのです。こうして何時間も繰り返されている空気の出し入れこそ、レベルの高い人間が行う呼吸法なのでしょう。このような恐ろしいまでに深い呼吸の動きの中で、その人間の精神も心も常人には掴みきれない深いものをつかみ取ることができるのです。単なる文明社会の鳴り物にしか過ぎない音楽ではなく、奏でられているまた歌われている一瞬一瞬に何かとても大切なものを体験するのが、このような場合です。地上で初めて発見される大陸や目の前に初めて出現する発明品は、これまでに体験したことのない新しい空気の中でまた深層水の中でしか体験できず理解されないのです。

いろいろな医学が地球上には存在します。西洋医学、インド医学、漢方医学などがそれです。漢方医学では心と身体を十分に判断し、そこで納得される病名を言う時、それを「証《しょう》」というそうです。病人の顔色や肌の具合を調べ、その方法を「望診《ぼうしん》」といい、病人の出す声の状態を判断して病名を知ることを「聞診《ぶんしん》」といい、病人の自覚症状を理解して判断するのを「問診」といい、病人の脈拍を調べ、腹に手を当てるのを「切診《せっしん》」というらしいのです。何もこのことは病気に限ったことではありません。日々出会っている人間同士が相手を正しく判断するためにも同じような問診を意識せずにしている訳です。そのやり方が稚拙であったりまた十分な時や場合に叶った判断基準があったりして、その人物や時間の違いの中で変わってきます。人間が目の前の人間を判断する時そこには、当然言葉というものが問題になってきます。問診する方もされる方もそれぞれに言葉を口にしながら、それに反応していく相手の言葉から、精神的な病なり、考え方が少しずつ理解できるようになるのです。

前にも言ったように今という時間の中で目の前を流れていく現実を前にしながら、それをどう判断するかは正しく本人の気持ち一つであり、心の動きや持っている自信の大きさの違いによって変わるのです。生き物はそのものによって判断の大きさも自分が受け取るべき判断の種類も少しずつ変わっていくのです。万有引力は常に同じであり、同じ方向に流れ、その流れの調子にいささかも変わりないはずなのですが、その前に立っている人間の姿勢こそが万有の同じ力を少しずつ変えていくのです。何かを願い、何かを念じ、何かを希望するの心が当然その人間の前に流れている引力を多少なりとも変化させると私は見ています。

今日も私たちは自分らしく、夢大きく、吐き出す呼吸さえ大きくしていきましょう。

いつまでもシンプルでありたい

今日は明るい一日です。西の方に少し雲は有りますが、頭上はどこまでも青空です。昨日は美味しい水をいただきました。私は普通以上にこの深層水をがぶがぶ飲ませてもらいました。それに美味しいミニトマトやウコッケイの卵、そして香味市《かみ》（高知県の市）のお饅頭など家族でさっそく夕べいただきました。昭和の味のするようなお饅頭は現代のケーキとは違っていて、私のような昭和づいている人間には堪えられない旨さがありました。一方においてたくさんの椎茸や苺などまだ口にはしていませんが、今夜ゆっくりと味わわせてもらいます。四国の海風や土地の匂いがはっきり迫って来るこういった土地のものが、東海地方に住んでいる私たちにも味わえるというこの幸せを感謝します!!

最近は貴方の心の中の深層水にも等しい句語はどのように生まれていますか。

このところ私は、貴方も一緒に訪ねた一草庵がどうにも頭から離れず、いろいろな方に出す手紙やメール文に彼の作品や随筆の中の一節を取り上げている次第です。

種田山頭火は現代の文芸についてこのように書いています。

「現代の日本文明を呪詛《じゅそ》して、江戸文明に憧憬《どうけい》し、フランス文明を謳歌する荷風《かふう》氏。現実の醜悪を厭うて夢幻に遁《のが》れんとする未明《みめい》氏。温雅淡泊《おんがたんぱく》よりも豊艶爛熟《ほうえんらんじゅく》を喜ぶ白秋《はくしゅう》氏。

ある意味において、全ての人間はアイデアリストである。ドリーマーである。ロマンチケル（空想的）である。アナクロリズム（時代錯誤）といい、エキドーチシズム（異国趣味）という語はいろいろな、複雑な意味を持っていると思う」

彼は従来の易しい文学から離れて、彼自身厳しく今の世の中を見ようとする立場に立って俳句を始めたようです。五七五の俳句の方法を棄て、彼自身特有な十五文字だとか、さらに極端に七文字の俳句さえ作っています。単に俳句の言葉だけではなく、彼の生き方もまた徹底的に、いわゆる一般的な人々のそれとは違っていました。彼は乞食坊主として、または破戒僧として生き、その中から独特な俳句を作り出したことは、もう一人の自由俳句の尾崎放哉《ほうさい》と並ぶ一方の星であったようです。彼は俳壇を横目で見ながら次のような随筆文も書いています。

「俳壇の現状は薄暗がりである。それが果たして曙光《しょこう》であるか、あるいは夕暮れであるかはまだ判明しない。俳句の理想は俳句の熱望である。ものの目的は物そのものの絶滅にあるということを、この場合において、ことさらに痛切に感ずる」

彼は心ある現代人と同じく、その時代に理想とされ、立派だと思われているものは、単に文学だけではなく、あらゆる世界において滅亡することは間違いないだろうと考えていました。新しさとか、より良くなるとか、改革されるということは、転び向かい合った対照的な力であることを素直に受け止めなければなりません。彼は仏教に対しても次第次第に疲れていきました。だからそういった自分の心を随筆の中で次のようにも書いています。
「私は労《つか》れた。歩くことにも労《つか》れたが、それよりも行乞の矛盾を繰り返すことに労《つか》れた。袈裟のかげに隠れる、嘘の経文を読む、貰いの技巧を弄《ろう》する、応供《おうぐ》の資格なくして供養を受ける苦悩には堪えきれなくなったのである」

山頭火は実に正直に自分のことを素直に書いてもいます。
「私は私にこもる、時代錯誤的生活に沈殿する。『空』の世界、『遊化《ゆけ》（僧が諸所に出かけて人々を教化すること）』の寂光土に精進するより他にないのである」

このことを彼は次のような格言にして説明しています。
「本来の愚に帰れ、そしてその愚を守れ」
「私は、わがままな二つの念願を抱いている。生きている間はできるだけ感情を偽らずに生きたい。これが第一の念願である。言いかえれば、好きなものを好きといい、嫌なものを嫌といいたい。やりたいことをやって、したくないことをしないようになりたいものである。そして第二の念願は、死ぬる時は端的に死にたい。俗に言う『コロリ往生』を遂げることである」

このように彼の随筆の中の主要な文を読んでいく時、そこに彼の哲学ともいうべきものを理解することができます。大きく分けて仏教信者としては半ばその中の戒律を守ることなく、いわゆる破戒僧であることを自ら認め、一方においては彼独特な俳人の道を選んでいる姿がはっきりと見えてきます。長らく俳句をやっている貴方から見るなら、このような異質な俳句の勢いを持っている彼などは、どのような風に映って見えるのでしょうか。人生を斜めに構えて壁の穴から通りの人々を見るような山頭火の姿は、一面、一茶の俳句作りの姿に似ているようです。時には娼婦を相手にした山頭火と、一晩仲良く過ごした夜の女ときぬぎぬの別れをしながら、彼方に見えなくなっていく妹に手を振る一茶の生き方は、実によく似ていると思います。この二人は自分たちの睦《むつ》み事をそれぞれにはっきりと書いているところも実によく似ています。あまりにも隠し立てが多く、それでいて言葉遣いの上品な文学である俳句は、これら二人にとっては、自分の生き方の現実を伝えるにはあまりにも物足りなかったのでしょうか。本当に生きるにも死ぬにも、それに必要な言葉があり、それを二人は確かに俳句の中で見い出していたのでしょう。

昨日の贈り物本当にありがとう!!　いただいたもの全て十分に私たちの活力として食させてもらいます。お家の皆さんにも宜しくお伝え下さい。

随筆の中の山頭火

あなた方に誘われて一草庵を訪ねた時、あたかも山頭火の呼吸までが聞こえるような家の中で、しばらく彼の句の余韻に浸っていました。私は今、息子から借りて読んでいる「山頭火随筆集」という講談社の文芸文庫を手にしています。初期の頃の彼はこんな一言を書いています。
「死を恐れないのではない、死よりも恐ろしいものがあるからである」

彼は単なる素朴な破戒僧でもなく、乞食坊主でもなかったのです。彼は恐ろしいほど物事をその奥の奥まで見つめていたもう一人の哲学人であったと私は思うのです。この随筆の中で彼はさらにこのようにも綴っています。

「張り切った心、しかも落ち着いた心でありたい。何ものをも拒まない、何ものにも動かされない心でありたい」

彼はここでも彼のぼろを着た貧しい生活を見せている外側とは別に、実に哲学的な言葉の整いを見せています。さらに彼は次のように筆を進める時そこには一糸乱れない剣の達人の面影さえ私たちに見せてくれます。

「生存は悲痛なる事実である。その悲痛なる事実であることを理解することによって、そしてその悲痛なる事実の奥底まで沈潜することによってのみ堪へ得られる事実である」

そういう彼の言動とは全く違う山頭火も私には見え隠れするのです。彼は相当の熱烈なツルゲーネフ文学のファンだったらしく、地方文芸誌である『青年』に『烟《けむ》り（現在は「煙」）』というタイトルのツルゲーネフ作品の一節を日本語に訳して載せてもいます。あの頃のデカダンスの匂いの中で、彼は虚無的な暮らしに向かっていたようです。このようにして徐々に彼は残りの人生の長い旅に出、ついには松山の一草庵の生活者になったのです。そのことを彼は日記のような随筆の中で次のように書いています。

「私はまた旅に出た。愚かな旅人として放浪するより他に私の生き方はないのだ」

無常と深情けを感情の中心で受け止めることができる一瞬が、どんな人間にもあるはずです。これだけ忙しくなり騒がしい現代文明の世の中であれば、そういった無常も深情けも昔ほどは私たちの心に蠢くことはなくなりました。これら二つの素朴な精神力によって人間は自立する原初の強い力に目覚めるようです。この二つの力によってどんな人間でも時には歌舞伎で言うところのあの大見得がきれるのでしょう。無常や深情けを頭から心の中まで貫き通し感じる時、そこから文明のあまりにも殺伐な次元から抜け出すことができるようです。

結局このような気持ちになる時、山頭火の次のような句が読みたくなるようです。

「春寒の　おなごやの　おなごが　一銭もって　出てくれた」

名は忘れましたが雨の降るお寺の脇の坂道あたりに娼婦の宿のあったことを指さしながら、山頭火がそのあたりをうろついていたことを私は思い出します。

あなた方もますます春めいてきた伊予の海や菜の花の中で元気でお過ごし下さい。

自由というもの

人間初めあらゆる動植物に与えられている時間は、ただ二つの種類しかありません。一つは完全に閉ざされた生き方と、もう一つは自由な環境での生き方です。もちろん現代文明世界を考える時、生き方の中の自由とは、昔とはだいぶ事情が変わっています。ある者は豊かな物に囲まれた生活を自由だと見るかもしれませんが、別の人は物など一切無くともその貧しさや素朴さの中で自分らしく生きることを本当の自由だと考えているかもしれません。

また別の人はチャランポランな生き方の中で何も考えず、ぶらぶらとしていることを自由だと思うかもしれないし、それとは逆に指導者に厳しく導かれ、大多数の中の一人として隊列の中に動いていられることが自由だと思うかもしれません。

確かに現代文明の社会は、素朴な時代のそれとは違って、生きる時間の中のあらゆるものが知的になり複雑になっています。その中から生まれてくる自由という名の概念はだいぶその意味が違って来ています。多くの人々は「知的財産権」などといった言葉を使って人間の生き方の自由を説明しています。しかしこのような人々が使う自由とはその内容がかなり広く大まかであって、莫大な金銭を持つことも、土地を使用することも、権力を持つことも、物を書いたり描いたりすることも、演劇のような行動を舞台の上で見せることも含まれていることになります。このように考えていくと自由とはあらゆる人間の生き方が含まれてしまう大きな広がりということになってしまいます。ウィルスから爬虫類や哺乳類に至るまで、あらゆる植物を含んで、それらが自由に動いたり餌をとったり伸びていくことそのものが自由だと言わなければならなくなってしまいます。

この自由を束縛されていない人間の生き方の中だけで説明する時、やはり「知的財産権」がはっきりと目の前に現れてこなければならないようです。しかしこの五つの漢字からなる自由を表す言葉は、いわゆる現代人の誰もが考えているようなそれとはかなり違っていなければならないようです。本当の自由とはただ単に自分の所有物が他に持って行かれないように、また間違いなく自分の所有として自分の手の中にある確信を指しているのですが、私がここで言いたいのは、誰のものでもない常にあちこちに移動している、つまり常時、流れている万有引力とほとんど同等のものを、自由と言わなければならないということです。一切を持っており、それは常に私の懐の中に存在し、同時に別の人の懐に入っているようなものでなければなりません。大自然のエーテルや極から極に流れているあの動きそのものに抑えられない時、万有は自由なのです。「知的財産権」は正しい意味において、その本質はエーテルや水の流れのように自由でなければならないのです。

このような自由は一ヶ所に閉じ込められている自由などは初めから自由ではあり得ず、この矛盾は誰にも分かるはずです。現代世界のあらゆるものには、人間の目からそれなりの値段がついています。自由というものを一言で単純に説明するなら、それには値段が付けられないということです。あらゆる意味において自由の中に放り出されているものは、priceless（金では買えない）なのです。この言葉を耳にする時、あらゆる経済学や商人や政治家の言葉を離れて、人間ははっきりと自由を実感するのです。自由とは解放された世界そのものなのです。解放されるということは、あらゆる窓やドアを開け放すことではなく、窓やドアが一切ないということなのです。また窓やドアを感じないことです。人間は文明の砦《とりで》となっている言葉などで、自分の周りのドアを閉めたり開けたりしています。そこから抜け出さない限り、自由は無いのです。

今という時間の中で、窓やドアを開けたり閉めたりすることではなく、それらが全く存在しないと確信する中で生きることが大事なのです。

湧水町《ゆうすい》

言葉こそ、まさにその通りに地産地消でなければなりません。思想も生活のリズムも常にその人が生まれ、また暮らしている土地と深く結び合い、そこで間違いなく地産地消が成り立っているのです。肉や野菜や魚などが地元のものであり、その味に慣れた口と同じように、その時代その場所で口にする言葉や心の中で練り上げた言葉は、そのままその人間にとっては生き生きとした行動そのものなのです。私たちは料理に使う乾瓢《かんぴょう》をよく知っているのですが、乾瓢《かんぴょう》の原形である夕顔について知っている人も、その姿を実際に目にした人もそう多くはいないはずです。話されたり書かれたりする言葉はその時代の考えと交じり合って分かるとしても、生の言葉はそのまま聞いたり理解しなければならないものであり、私たちはほとんどこの事実については分かってはいません。しかし、そのような言葉の原形はどんな変わった時代の中でも、決して潰されたり忘れ去られたりすることはないのです。

遠い昔の都市国家の時代、ギリシャで暮らしており、石工と産婆の両親によって育てられたソクラテスが、間違いなく地産地消の形で受け継いできたギリシャ語は、果たして、今日の何人のギリシャ語学者の頭の中で正しく理解されていることでしょうか。時代は次々と変わり、洋の東西も異常な形で分かれ、食べる物もあらゆる行動の仕方も異なっている人間の間で、言葉だけがお互いに理解しあわなければならないと考えることは、しょせん無理であることを知らなくてはなりません。絶対の真理などというものが果たして生命体の外側にあるでしょうか。そのようなことはおそらく無いというのが本当でしょう。天台宗はそういうことは決してあり得ないと言っているのです。民族を越え、国を越え、時代を越え言語の歴史を跨いでその前の方と後ろの方に決して他に曲がることのない「絶対的な真理」が有ると思う心は、少女の手鞠歌のように、いつか崩れるとても弱々しい思想なのです。永遠の眺めの中に、これと信じた一つの方向に流れる生命体が存在し、人間はそれを学ばなければならないと思ったとしても、古哲たちの中の一人であり一人の上人でしかない道元は、半ば疑いたくなるような心で「古哲のまねり（古い時代の哲人たちに招かれる心ある現代人）」と一言言っています。

九州の小さな町、ほとんど車の音もせず、町人の話声も聞かれないようなこの一本道の湧水町《ゆうすい》は、特に夜となるとその暗さはどこまでも深く、子供などは危なくて歩けないような感じになるのです。この町のある男は、周囲の人々に笑われたりしながらもあえて、何十個かの小さな電気を自分の家の前に点けました。少なくとも自分の暮らしている一角だけでも深い闇が遠ざかれば良いと考えたのです。これをきっかけに、この小さな町の人々は、次から次へといろいろな形式のイルミネーションをつけ始めました。一キロも無いようなこの町の一本道は、時間と共に光を増し、今ではこの町特有の深い闇がなくなっていったということです。

現代文明社会もまた、ある意味ではこの湧水《ゆうすい》町と同じです。文明のあらゆるところはかなり深い闇に覆われています。言葉があり、愛があり、夢があっても、それらは全て闇の中で見えなくなり、破壊され、勢いさえなくなってきているのです。人間は一人ひとり自分の中の言葉にイルミネーションをつけなければならないのです。安心して歩けるどころか、それら一つ一つの言葉の光の中で、自分の生き方の特徴を見い出すことができるのです。絶望の極みの果てともいうべき、それぞれの人間の暗い湧水町の一本道にその人なりの歓喜を持たなければならないようです。親鸞は彼が生きていた頃多くの仏教信者から憎まれ、自分の寺までも焼かれ、山伏たちからは命まで狙われ、佐渡島や富山、新潟から関東まで、常に生きた心地もなく自分の仏教精神を放さずに生きていたのです。彼は正しくどこまでも暗い絶望の果てに歓喜の心を回復したのです。ピリポ（ギリシャ地中海の岸にある町の名）の信者たちはあらゆる迫害を受けながらも、パウロの短い、しかも力ある手紙に励まされ、喜び喜べと彼ら自らを励まして生きていたと新約聖書の中で伝えられています。同じことは『華厳《けごん》』の教えの中でも語られています。無限の世界観を見つめるなら、そこにこそ、人間は間違いなく自分らしく生きられることを語っているのです。

　人生は誰の場合でも間違いなく、最初は暗い闇です。暗い湧水町の一本道です。そこがイルミネーションで華々しく飾られるのは、そこに住む人間の夢がなせる技であることをはっきりと見つめたいものです。

生命の重み

　おはようございます。私の言う言葉を一つ一つコンピュータに打ち込んでくれる妻は、全面の敵と斬り結んでいる私の背後で必死に戦っているもう一人の同志なのです。貴方も旗を振って戦い、SさんIさんOさんNさんその他の人々も、言葉の武器を持って戦ってくれています。

　人間は人生のあらゆる時間の中で常に原初の海の中で泳いでいます。しかも無数の自分なりの言葉がその周りで生き生きと蠢いていることも私たちはよく知っています。もう一度言います。常に原初の海から生命体が次々と生まれています。どこまでも荒々しく、熱く同時に静謐な原初の大洋の中で生命は日々生き生きと動いているのですから。

　人間は他の生き物たちと全く同じく、本来はただ生きているだけで間違いなく生き生きとしていられる命なのです。光輝く愛なのです。驚くほど大きな活力を持っている言葉なのです。どんなに寒くとも、その真ん中で情熱を吹き出しているのが人間なのです。一見現代文明の苦しさや痛みや悲しみを周りに見る時、もうこの辺で生命体から引退してもいいのではないかとヒトは思うのですが、それは間違いです。ヒトはもう一度原生人間に戻るための再生学の初歩の頁を開いて、そこに心の目を押しつけなければなりません。一つの生命としての生き方から引退しようなどと思い始めているヒトは、それにしてもかなり多くいるようです。日本人の最近の一年間に、どこかに身を隠していわゆる喪失してしまう者が、なんと驚くことに十万人以上もいると言われています。

十万人以上の人間たち、世界中のどんな難しい宝くじよりも当たる率の悪い、いわゆる一人の人間として生まれてきたものが、ただただ生まれてきたそれだけの大きな喜びや、誰よりも勝者として両手を挙げ、大自然に感謝しなければならない自分を、与えられた寿命のずっと手前で引退してしまうというこの情けなさは、どこからきているのでしょうか。何一つ負けてはいないのに、負けているものの前で白旗を揚げてしまい、まだまだ力いっぱい生きられる強力な生命力を引退させてしまう理由は一体何なのでしょうか。人間は一人としてどこにおいても、どんな時間の中でも自分自身を、自分の生命を巷の陰のどこかに失踪させてしまう、いかなる理由も全くないのです。

生命体はウィルスからヒトに至るまで、間違いなく全細胞から限りなく元気になっていなければならないのです。生命体が住むところは全て、どこもかしこも裏通りではなく、年寄りだけが生き方の中で引退し、崩れ惚けた村ではないのです。生き生きと自分自身の言葉を話しているところは、間違いなく大都会であり、人々がオーラの中で生きている都であり、あらゆる命の歌が歌われ、騒がれ、躍らされている巷なのです。あらゆる町も大都会も、そこは間違いなく「何々学」の中心地なのです。沖縄の豊かなオーラに強められていた伊波普猷《いはふゆう》は沖縄本島初め、数多い琉球の島々をまとめてそこを沖縄学の土地として、何一つ恐れず、恥ずかしがらず、堂々と日本全国の人々の前で発表したのです。金田一京助はアイヌ語を学び研究しながらそこにアイヌ語の光を見い出し、結局はアイヌ言語学を作り上げたのです。都会も町も村も全てそれなりの「……学」となり得るのです。札幌学、仙台学、東京学、大阪学、熊本学さらには波照間島学と全ての素朴な人間が住むところは、輝かしい生命学の中心地となり得るのです。ヒトが言葉を話す時、様々なこの世の話しが生まれるだけではないのです。この世の雑談と共にそれに優る大きな愛の行動にそこにいる人間は満たされ、「……学」を身に付けていくことになるのです。言葉を話しながらヒトは、自分自身を信じることを学び、同時に自分の存在がとてつもなく大きな生命力であることに驚かされ、同時に不思議な力に満たされるのです。その状態が何ものにも優る元気な時間の中の生き方と分かる時、その人は涙が出るほど嬉しさに満たされるのです。私たち人間の言葉は単にレトリックの言葉を使っている小説家や弁護士や牧師のそれを超えて、遥かに単純であり、素朴なのですが、その力は異常に強いのです。

貴方も身体に気をつけて、旗を振って下さい。気候が不順ですから。

ポアゾン

私の頭の中は東から射している陽の光を浴びながら、あれやこれやと次から次へといろいろな考えが浮かんできます。実際人間は書いていたり口に出して話していること以上に、多くのことをあらゆる時間の中の一瞬一瞬に閉じ込めて考えているようです。夜寝ている間にも次から次へと新規な考えが浮かんで来るのですが、それを書き留めて置く術もなく、大半が消えてなくなってしまいます。妻が言うのには、私は夜何回となく頭の中で喋り書き、自分なりの新語を作り出しているらしく、それをもっともらしい寝言で時おり妻を起こしているようです。時には自分でも目が覚め、机の上の小さな紙切れに書き留めようとすることも再三ありました。おそらくこういった消えてしまった言葉は今後の生き方の中で、再び甦って来ることもあり、それを期待し、のんびりと今浮かんで来る言葉だけに集中しようと思います。

現代社会からはいろいろなものが確かに次から次へと注がれ消え去っていきます。それと同様常に文明社会の中から湧き出るように生まれて来る悪や、様々な意味での怖さがあります。例えば麻薬であるとか、様々な文明の片隅に毒薬のように、汚い汚染物質のように凝り固まってついて来る権力とか、いろいろなしきたりとか、あえて作り出した約束事などはまさにこれなのです。これらは全てフランス人が言うところのポアゾンです。あまりにも数が多く、またこれからも後から後から新種が出て来ることでしょう。大半の文明人間は、この国際語になっている英語で言うところのポイズンを今後の人間社会においては数多く使っていかなければならないようです。このような自然から抽出した毒薬も人間が文明の知恵によって生み出した毒薬も、全て多くの領域で使われ、これまでもまたこれからも動物や植物の種を断ち、この地球を我が物顔に使おうとしている人間の文明は、いつか必ずそのしっぺ返しを受け、大自然の万有引力の約束の下で、裁かれたり限りない辱《はずかし》めを受けることになるはずです。否、すでにその兆候は地球上の各地に見られています。気温の変化や絶滅していく動植物の姿を私たちはどうしようもない心で見ていなければならないのです。

美しさも愛情の豊かさも、力も知恵もまた宗教も哲学も芸術も、さらには経済観念でさえ、恥も外聞もなく、権力を追い求め、権力と深く結びつくことのない、あらゆる美も愛も意味がないと現代人は信じるまでに至っているのです。宗教も哲学も人間の心を基軸にした救いとして現代人には信じるだけの気力が欠け始めてきているのです。愛も美もより美しく素朴に生きるための道筋を仮定する程にはなっていないのです。宗教も商品と化し、哲学もブランド品と化し、そこには大自然と間違いなく繋がっていける万有引力の力で支えられている、完全な人間になっていくことを仮想できるまでには当分行かれないところに生きているのです。人間は本来どこまでも物を空想し、生活を夢見る霊長類だったのです。何を見、何を拾い、どんな人間と出会っても、そこには必ず明日の陽が射す空想に入って行かねばならないのが人間です。実際にはポアゾンを口にしたり行動することによって、空想の代わりに汚れ惚けた妄想に囚われてしまうのです。しかし野の小さな花を観て、空に飛ぶ小鳥を見て、流れの中に泳ぐメダカを見ながら、そこに自分の命を確信し、明日の人間の大きな生き方を仮想できるだけの人間にならなければならないのです。人類もチンパンジーたちもその方の研究者の研究によれば、人間とチンパンジーの中に与えられている遺伝子は、九十九パーセントまでが、同じであると言われています。しかし何百万年かの時間の中で、これら二つはだいぶ大きく離れてしまいました。人類は地球上のあらゆるところに進出し、上下の差はあるにしても、高い文明社会を作り、一方では裸族たちのような独特な人間社会を作っていますが、チンパンジーたちの中ではノーベル賞に値するような発明も発見も全く見られず、せいぜい彼等が進出していったとしても、アフリカ大陸にだけ限定された森やジャングルだけでしかないのです。このような二者の能力の差は彼等が何百万年かの生活時間の中でとってきた生活行動の結果として現れたのです。なにしろ、チンパンジーたちが口にすることも書くことも読むこともそれによって夢を見ることもできなかった言語との関わりを、人間ははっきりと長い時間の中で持ち続けて来たのです。ついには夢の中で喋り書き、読み空想し、夢として広げていけるまでに自由な存在となったのです。

今日も一日そのような自由に羽ばたける言葉の広がりを持った生き物として暮らして行きましょう。

東和高校の卒業式も来年で終わりのようですね。そんなことを考えると、今年の卒業式に立ち会う先生も生徒も、その内容の深さに一段と厳しい心で接したはずです。貴方の中には目に溜まる涙以上の通り一遍ではない思い出が多く作られたことでしょう。卒業生も在校生も貴方の言葉でどんなに励まされたことか‼

冬虫夏草

何も最近の経済事情の悪さを考えながら世界の事情を批評するのではないのですが、明らかに現代人は万有引力の流れから放り出されている棄民に過ぎないようです。本来大自然の大きな夢や力の中でそれぞれの生き生きとした生命として出現させられた存在ですが、その生きる喜びが半減させられるようなところで生きなければならない人間は、昆虫たちのように、花々のように、動物たちのように、それぞれの生き方の中で自分の存在を満足できないようになってきているのです。確かに便利な物に囲まれ、美食を前にし家を手にして喜びながら生きているようですが、その実一人ひとり人間の生き方の中心においては、最も大切なものが大きく崩れ、ある時は涙を流し、ある時は怒り、そして常に言い知れない不満をどこにぶつけたら良いか分からない状態でいます。あまりにも多元的なこの大宇宙や、一つ一つの命の中の勢いは何を見、何を感じてもそのまま素直に有るがままに感動して受け入れられないでいるのが現状です。この彩色豊かな宇宙は、単なる文明という名の檻の中に閉じ込められている人間という名の土台となっている命から見れば、何一つはっきりと理解できず、大きな夢となって明日に向かえる力となってもいないのです。大自然そのものは全てその有るがままの姿で超然と立っています。このことに自信を持ちその中から生まれた人間は、その生命を疑うことなく自分の生き方の全域を、自分の言葉で表現していく必要があるのです。

自然体とは、そのままで超然とした姿を示しています。現代人に不安があったり、生活の中の安心がなく生きているその全域がグラグラ揺れ動いているのには、確かな超然とした足場が無いからです。このような生き方の中で人間はこれまでずっと不安定な心の土台や足場を直そうともせず、そのままでその上に文明の高層ビルを建てるようなことをやってきているのです。不安の中で前進している人間の言葉も魂もその中心にそこから抜け出すための足場としての企画がなければなりません。確かな企画を持っている本人自身だけが、この不安な世の中のどこに生きていても力ある言葉を提言できる存在なのです。人間は全て冬虫夏草でしかないのです。この中途半端な虫として生き、草として伸びている生き方から身を退かない限り、本来その人に与えられているその人らしい生命の中で生きることはできません。その人らしい情熱の思いを恥じたりする必要はないのです。情熱のままに吹く風をますます温度を高め人々の上に挙げたいものです。冷たい凍土そのものの文明の大地に吹き抜けていく暖かい南風を吹かせましょう。

今日も一日私たちはどこまでも自分らしく、前進できるはずです。

時間

人間だけに与えられている舌の動かし方に繫がっている文法の構造が複雑になっており、考え方やそれに伴う日々の行動がますます複雑となり、さらに生活内容が理解し難くなっていきます。

人間と違って他の動物たちは、生き方の中で常に吠え声を出し、唸り声をあげ、飛び上がるような喜びや怒りの動作をも単純な吠え声によって表し、そのような生き方は尻尾を振ったり走り回ったりすることによってますます単純な行動に走っていってしまうのです。そういった生き方に奥深さがないことを人間は、素朴な生き方と言って笑っているのは良いのですが、同時に可愛い素朴な動物たちと言って眺めるようになっているのです。彼等動物たちにその素朴さや単純さゆえに人間はどこまでも深くそれを愛し、愛玩していくのです。その一方、人間は自らを霊長類と信じているだけあって、その利口さや考えの深さや豊かな文法によって支えられている舌の上の言葉を喜んでいながら、同時にこの利口さゆえに、次から次へと生み出していく便利なものを作る小器用さをどこまでも恥じる一面を持っています。宗教も哲学もこのようにして人間の悲しさや弱さ、痛みや苦しみをこの方向に見つめているのです。

あまりにも利口であるのでそこを通り抜け、小利口になってしまった自分を見つめ、かつて十分に抱いていた命の大きさや平和の匂いの十分発散させていた素朴さや単純さを、もう一度自分の中に取り戻したいと願っているのが現代人間の中のごくわずかな人々です。

時間が自然の流れの中で過ぎいく中で、霊長類初め、あらゆる動物や植物たちは一様に過ごしているのですが、このような時間を一年とか、一ヶ月とか、一日とか一時間といった具合に区分けして理解しているのは、人間だけです。同じ霊長類でも猿たちは、そのような区別された時間の理解はないのです。漠然と四季を分別することはかなり多くの動物たちや、昆虫でさえも、まるで占い師がヒトの人相や手相を見て判断するくらいには、ぼんやりと理解しているのかもしれません。

その年の十二月をもって一年が終わるということを年越しと呼んでいます。日本では行政的に三月で一年が終わり、四月から新しい年が始まると理解しています。秋の頃から始業式が始まる西洋諸国とは違って、日本の学校では桜が咲く四月から新学期が始まるのです。むしろ百八つの鐘がなる十二月の最後の一日と、松と竹と梅で飾られた元日との間に年の初めが在ると考えるのですが、そこには百八つの鳴る鐘と共に彼方に消えていく劫を理解しない訳にはいかないのです。金銭に関る諸問題が新しい時間の中から大きく始まる四月は、日本のような四季のはっきりしている社会の中では、生きることの喜びや苦しみに、人々は何か救われるものを感じるに違いないのです。一月一日の年の初めも、四月一日の年度替わりも、その中心には極めて宗教的な日本人の生き方の変化を窺い知ることができ、心の中の新しい時間の色合いが見え、それからの毎日の生き方や行動の仕組み、愛し方や大自然との付き合い方や信じ方、また尊敬の仕方を新たに始めることを、心の変わる年として持って行くようであれば幸せです。

漠然と百年、千年、万年という時間を、もっと我々の目の前の現実として眺めるよりは、目の前の今というこの一瞬という時間を認めていかなければならないようです。はっきりとした自分自身に与えられている時間として、認めていかなければなりません。

時間は空気や水のように、人間の生き方の中で流れているのです。一秒、一分、一時間といった区切りの中で分割してしまってはならないのです。そういう点で言えば、ギリシャの哲人や鴨長明が言ったように時間も水の流れも常に変わることなく流れていることを信じなければならないようです。日々、自分自身だけのリズムとして、この区切りは必要ありません。時間はメロディです。時間の流れはその人間の生き方のハーモニーです。時間の彩色は熱の量そのものです。それも単なる熱さではなく情熱そのものです。愛や硬度の考えや夢は高い温度として理解されなくてはいけません。凍り固まっている冷たさから最も遠く離れているのがこの彩色豊かな夢多い情熱なのです。時間に関する宗教的なまた哲学的な現代に生きる人間のこだわりの中で、これらは実感しなければならない情熱の塊としてまた流れとしてはっきりと日々自覚して行きましょう。

様々な主義主張

この文明の華々しい光の下で、喜びに溢れて生きているような人間ですが、その実よく考えてみれば明日の生き方がどのように変わるか分からないのが現実です。人の心は迷いに迷い、不安に脅え、それらの奥の方に見える元凶は人間自らが長い歴史の途中で作り出した金銭また経済観念という名の中に巣くっている弱さなのです。あらゆる意味において様々な研究がなされ、事業が興され、商業設備が広がっていき、とにかく人間があらゆる意味で生きていくそれぞれの道筋は大きく広がり、一人ひとり人間の寿命を超えてやらなければならないことが多く広がっているのです。

どんな研究でもまた発明発見でも、それがそのまま純粋な心と生活の中でできるということではないのです。金銭が無くては、また動かなければどんな研究も続けられていく訳ではなく、どんな事業でさえ無限に発展していく訳ではなく、いつかは消えていくことになるのです。マルクス、レーニンから多くの権力者が生まれたあの共産主義も、これからどこまで新しい形の国家や政府を作っていくのだろうかと人々は初めのうちは考えていたのですが、わずか八十年にも満たないうちにこの主義の寿命は消えてしまいました。何か他のより良い主義に押し倒された訳でもなく、実に呆気ない程簡単な人間の心の力学の作用によって共産主義自らが、何一つ周囲の思想から手を借りることなく幕引きをしてしまったのです。共産主義、無政府主義またそれらのどこか似かよっている大きな理想を掲げた生き方が、同じようにして誰の手も借りず自ら自分たちの芝居の幕引きをしなければならなかった現実は、人間の歴史の時間の中でどれほど多く見られたか、それを語るために一つ一つ頁をめくるのに限りない時間を要します。ローマ帝国の台頭から衰微に至る歴史や、ギリシャ都市国家の様々な事情などを先頭になんと多くの力有る人間たちや、彼等の持っていた思想や哲学が、また彼等の行動が呆気なく消えていったか、そのエピソードについて私たちはよく知らされています。

人間は徒党を組み、その先頭にヒーローを置き、一つ一つの主義主張は語られて行くのですが、最後には常にヒーローが消え、群れ為す人々の数が減り、ついにはそれぞれが一人の人間となって残るのです。中国の遠い歴史の彼方にヒーローつまり王が国を棄て、国民を棄て逃亡したというエピソードを私たちは知っています。その後に、三人の賢い大臣たちが残ってその国の集団を慰め、彼等三人は交替しながらその民族を平和に守っていったのです。そういった三人の知恵と行動は「共和主義」として今日にいたるまでその名が伝えられており、我々に今なお大きな明日の夢を見させてくれています。おそらく民主主義もこの共和主義のもう一つの形なのでしょう。これにはまだまだ改良すべき点が多くありながら、それでも共和主義と同様に今のところは良識のある人間ならば、信じてついていかねばならない主義のようです。

いつの時代においてもどんな形を持っている共和主義でも民主主義でもそれがより高い思想を持っている主義の前で消され、また自ら消えるように幕を引かねばならない現実を私たちはよく知っています。共和主義も民主主義も無政府主義も、未来に夢を持つ人間がとても単純で、ある意味では質の悪い思想である「元首の存在」でさえ、ヒーローをまたヒロインを求めて止まない心で信ずるのでしょうが、そういった夢はどこまで行っても単なる夢に過ぎません。必ずしっぺ返しの大きな幻滅の時間を体験しなければならないのです。

何事も金銭が絡むこの世の中で、それから脱出しないでいる研究も芸術も宗教も、結局はその基本に在る経済観念の力やそこから生まれる権力によって滅んでしまうのです。例えばたくさんの発明を成し遂げたエジソンの夢多い人生も、彼の息子の代になると、やはり金銭問題に関わり過ぎ、多くの痛手を得、結局最後には国内のどこかに身を隠し、二度とアメリカの歴史の頁からも、巷の人々の口からもようとして聴かれないようになりました。純粋な学問や芸術や宗教は、そのようなものを土台にして走り出すことはないのです。

私たちはいつか自らの手で悲しい幕引きをしなければならない

つまらない芝居の一座で悲しむことがないように、こういったあらゆる意味での権力から遠ざかり、また自らそこに近づかないようにしなければなりません。なんと数多くの学者たちがこの悪質な権力欲の大小に惑わされ、本来の学問を忘れていることでしょうか。研究費を出してもらうことに力のある自分をいささかでも誇ろうとしている研究者は、そのことによってすでに研究者である自分を悪徳商人の手に委ねているのです。

人間は常に自分の生きている時間の中で、自分のしている事柄の中心に目をやり、初心の頃の夢を常に見直すだけの力が必要です。

基軸植物としての松

日本という国の原風景の中に必ず一点として描かれているのは、松の木の緑です。長らく松は神聖なものとして日本人に眺められていました。たとえ枝を伐って落としても、かなり長く緑を保つのがこの松です。正月の松飾りの中心にもまるで神のように敬われて松は飾られています。

遥か縄文時代の昔、人々の生活の中で松は大きな意味を持っていたようです。特に海幸の生活の中で生きる日本人であれば、逞しい幹を見せている黒松は、忘れてはならないものだったのです。ある歴史家は日本人の祈りの生活は、松を中心にして祀ることから始まったと考えています。確かに人間が自分たちの生き方をモデルにして神を創ったと思われますが、「神を待つ」ことを語源にして松は生まれたようです。神との深い関りの中で松という名前はその起源を持っているのだとすれば、実に魅力的な名前の木であることが想像できます。『古今要覧稿《ここんようらんこう》（日本で最初の類書）』には、松の葉が二股に分かれているので、「股」が転訛《てんか》して松となったという記述があります。また『日本語原学』の中ではやはり松の葉の形態から松の字が生まれたように、この場合は「芽厚」の葉が睫《まつげ》に似ているため、葉が木に纏わり付く状態から「松」という名前が生まれたと伝えています。同じようなことは『和句解《わくげ》（松永貞得著）』などでも説明されています。

松の木がかなり長く命を保っていることから、保という字が松に変わっていったとも『日本釈名《にほんしゃくみょう》（貝原益軒著）』の中で言われており、『九桂草堂随筆《きゅうけいそうどうずいひつ》（広瀬旭窓作）』では新しい松の葉が出て来るのを待つように古い葉が落ちるところから、『紫門和語類集《しもんわごるいしゅう》』には、常盤《ときわ》の色をいつまでも待つからなど松に関しての語言説はいろいろあります。竹や梅と並んで、その先頭に置かれ、大和心が好きな日本人の考えを実によく表しているのがこの松です。単なる常盤《ときわ》ではなく齢を多く重ねても決して弱らず、夢を失くすことなく、常に自分なりの形を決して曲げず、岩の中や厳しい断崖に立つ黒松の姿は、日本人が願うところの厳しくて力強い生き方そのものを表しているようです。文明とは、あまりにも便利過ぎ、小知恵に長《た》けてはいますが、松のようにどっしりと構えた泥臭い愛も知恵もそれほど無いことを私たち日本人はよく知っているのです。確かに山桜のような細やかに咲く花も、実に短い時間の中で消えていくその逞しい姿もまたどこか日本人そのものの姿でしょうが、じっと堪えて長い寿命の中で黒々とした肌を見せながら、青の力を消してしまうことのない葉の強さや厳しさに躍る松のような喜びを感じるのもまた日本人です。たとえ負けても、圧し潰されても、どんな不幸な生き方の中でもその人らしい堂々とした誇りをもって生きられる松のような生き方に日本人の心は酔いしれるのです。

　基軸通貨は世界中のありとあらゆる貨幣の中で、金銭の代表として扱われています。今日の基軸通貨は「元」でもなく「ポンド」「ルピー」「円」でもなく、間違いなく「ドル」なのです。

　しかし通貨の他に人間の心に直接繋がっているものに言葉があります。言葉、言語、人間の唸り声、涙と共に吐き出される声、愛に濡れた自然のリズムとしての声こそあらゆる地上の音の中で、基軸の言語であるといわなければならないのです。確かに数多い人間種族の中には様々な言葉があるのですが、これだけあらゆる物がグローバルに交わり合っている今日、「基軸言語」というものがいろいろな方言などの中心になければ、人間は精神的にまた肉体的に交わって行くことはできないのです。哲学、宗教、芸術などの中に共通な言語がなくてはならないのです。金銭、権力から離れるためにも、言葉にも基軸な物がどうしても必要でしょう。人間は古い時代から、自分たち人間に似せて神を創ってきました。神は、大自然の大きな力や生命さえ生み出す力を発揮する万有引力とは似ても似つかないお祭りの中の騒ぎに過ぎないのです。私たちは基軸としての言葉や金銭や文化の塊をしっかりと持っていなければなりません。常盤《ときわ》の松のように長い寿命の中で、岩盤に根を張り、生きていく生命そのものでありましょう！

万有引力そのものの生命

こんにちは。

　南西諸島の広がりはそのまま太平洋と東シナ海に繋がっており、そこに広がる天候は常に大きく変わり、その勢いこそが特別琉球の人々の独特の生き方を作り、同時に大和の数々の県民魂とは違い、どこか意欲的に広がっている沖縄県人の独特な生き方が顕著に見られるのだと私は思っています。

　強さでも弱さでもあらゆる点において、私が生まれ育った栃木県の風土のようなものとは何かが明確に違うことを感じています。東京に近いせいか何事もばくぜんとしています。

　人間の生命は、いつも言うように万有引力の勢いの流れと動きの中で生まれたものであり、それを別の表現で言うならば、化学的な起源の下で出現した生命体の構造物であると私は思うのです。筋肉、骨格、血液の周りに広がっている魂という名のリンパ液はそのまま言葉であり、愛という力であるはずです。

　生命の起源、ヒトの起源、言葉の起源の中で、神がヒトの全域にぼんやりと広がって出現したのです。ヒトは神そのものであり、神はヒトそのものであって、結局神は人の姿を借りて出現した言葉という名のシンボルそのものでした。生命は間違いなく万有引力そのもの以外の何ものでもないのです。言葉が生まれたことにより、言葉がヒトの舌の上で自由に表現力を培うことにより、つまり脳の動きを小器用に動かすことができるようになり、幽《かす》かに風の流れや、物音、さらには人の心の中や生活の中の音さえ察知できるようになり、そのことによって言葉の中の負の部分さえ、理解可能となったのです。人間は音を知り、音楽を分析することのできる生活に入り、言葉の中の裏の力や「ダークマター」の領域を侵すようになったのです。自然を自然のままに受け止められなくなったという意味において、人は不幸な生き方をしなければならないと言わなければなりません。

その点、言葉を持たない他の霊長類には、風の動き、空気の色彩、音楽の中の本当のメロディとも言うべきドラマを理解し、言葉以上の肉体的なリズムが作れるようになったのかもしれません。ヒト以上に音や人の生活態度に反応する犬猫の仕草を私たちはよく知っています。いくら周りの空気を読み取ろうとしても言葉とそれが含んでいる細かい分析力のせいでいつしか長い歴史の中で、ヒトは他の人間とその廻りの空気が読み取れなくなってきています。言葉が存在するゆえに、「空気」や「状況」を読み取れなくなったヒト、人類はこのことに困り文明の中で下位の霊長類や単なる哺乳類に劣るようになり、鈍い感覚の持ち主になってしまったようです。これは文明社会に生きているヒトの不幸と言わなければならないようです。ヒトの頭の小器用さの不幸と言わなければなりません。

人間は日々の生活の中で、小器用に口を動かし、当たり障りのない綺麗な文章を書き、生きていく日々の生活から足を洗わなければならないようです。自分を自分らしく活かすためには、時には恨まれ憎まれ、人々に理解されない言葉や哲学の響きを表さなくてはならないようです。それにあえて打ち勝つだけの責任と力を持っていたいものです。

お互いそのために力を発揮しましょう!! ではまた。

マターを考える

大自然の力が大きく働いてあらゆる生命力がこの宇宙の中に造られたことを考えながら、同時に生命力の傍らに磁場とか、磁界という全く生命力とはかけ離れたもう一つの存在や、大きな流れのあることを人間は知っています。

磁場に流れる働きは磁気力の働く大きな空間です。エジソンが発見した電気利用の産物である発明品の存在の前に、その原理をすでに発見していたイギリスのファラディーは、この空間を説明するのに磁気線というものを考えに入れていました。磁石の場合ではN極から必ずS極に向かって流れる大自然の流れがあるのです。それは全く生命力の流れがこの宇宙に漂っているのと同じようなものです。電流がこういった原理の下で導体化していることを、もう一人の研究者フレミングは、一つの法則で表したのです。あたかも生命体の流れの中で行動の時間が生まれて行くのとどこか似たところがあります。電子や陽子が流れている方向は磁界がその流れによって曲がると言われています。あらゆる生命体も一つの磁場のように思われます。磁気力と同じように生命体も流れながら、電子や陽子とどこか似ていながら、本質的には全く別な力によって曲げられていく進路を、人間は時として意識するのです。

磁界は生命界のビッグバンとして、今なお爆発し続けています。この忙しい世界と違い、巨大な音を立てながら爆発している訳ではないのですが、それでも常時時間の動きの中でビッグバンの爆発が行われていることを意識しなければなりません。磁場とは味がなく、匂いがなく、メロディもなく、愛もないのです。それだけにもともとは原性な物質以前の、ビッグバン以前の物質は単にマターとして扱われなければならないようです。ある人々によって言われている「ダークマター」というのはこのことかもしれません。生命体は、その点あらゆる物質以前の原生物質と呼ばれるであろうし、生命を成り立たせている磁界の反対側に存在する匂い、味、メロディ、愛などの流れている創造の世界と理解して良いでしょう。

今日も一日自分を自分らしくしているこの生命体の流れの中で、磁場を流れているN極からS極に向かう流れとよく似ているこの対岸の力を、己の生命と実感して暮らして行きましょう。貴方も目の前に置かれたそれなりのS極に向かって前進して下さい。この流れこそあらゆる生き物の時間なのですから。

希望と欣求《ごんぐ》

人間の行くあては、そう簡単には見つからないのですが、それでも魂がはっきりとある方向に向かって歩き出していれば、それは正しくその人間の救いとなるのです。その昔、やはり同じように自分の行き先が分からなかった空海は、一言、あらゆる言葉の前で言っています。「生命体の流れは間違いなく何かに依存している」と。人間は少しばかり知恵を持ったり小利口になったり健康状態が良い時は、何一つ周りの物に依存することなく、自分一人で生きており、何かとても大きなものに向かって歩き出しているような実感を持つのですが、その実、人間には与えられた生命体や何かに依存しなければならない肉体をもっている事実には気づかないのです。大きな引力の動きや流れの中で、自ら作ったのではなく、与えられただけの生命体は自らの動きの中だけで生きてはいけないのです。創造された生命体はそのまま間違いなく何かに依存しなければなりません。あのルネッサンスという言葉に秘められている傲慢な人間の考えは、ここで捨て去らなければなりません。生命体は、または肉体は間違いなく素朴な心で、とても崇高な何かに依存して生きない限り、まともには生きていけないことを私たちははっきりと知らなくてはならないのです。

一瞬の中で語られる言葉や語られて来る言葉の中に、はっきりと私たちは生命体の作られて来た道筋を発見するのです。生命体を持っているというこの神秘的な存在の現実は、あらゆる時間の瞬間の中で確信しなければならないのです。その確信の中で私たちは至福の一時を持つのです。色褪せることなく、いつでも自分の心の中に光り輝いているオーラのようなものを私たちは意識していたいものです。中国の古代の禅を身に付けていた人々は、どんな不安の中に閉じ込められていても、そこには間違いなく希望や欣求を持つことを忘れませんでした。彼等は自分に不利なものや嫌なものを排除しようと努力する代わりに、そういったものをことごとく凌駕《りょうが》して前進したのです。排除する行為は何かを滅ぼし、自分のものさえも失くすことですが、凌駕《りょうが》するという行為はたとえ、自分に歯向かうものや悪を為すものさえも全て自分の中で自分に役立つものに変えてしまうのです。生き生きと生きている生命体はそのまま生きている存在の中の全ての細胞が元気に働いています。その人の生み出す言葉の一つ一つは、また行動する勢いの全域は、どこまでも力に満ちており、元気そのものなのです。

古い時代から今日に至るまで人間の言葉という言葉は、与えられた生命体の全域で活動する行動の全てが間違いなく生き生きと動いています。言葉はその人間の全ての行動をそのままはっきりと表しています。ソクラテスの言葉もディオゲネスの素朴な願いも、顔真卿《かんしんけい》（中国唐代の屈指の忠臣であり、代表的な書家）や王義之《おうぎし》（中国東晋の政治家・書家）たちが書いた文字も、そういったものは全て、単なる日々の生活の中で使われる言葉以上の物だったのです。単なる小利口な人間の言葉ではないのです。人間はこういう言葉以上の言葉を持つ必要があります。これから先どれ位生きるかは誰一人として知ることはできません。しかし言葉以上の言葉、生命体を生命体らしく与えられた寿命の中で生かしていける力を与えるのも、この言葉なのです。万有引力の流れが、または大自然があらゆる種類の生命体を生み出す行為をした時、正しく基本的であり最も大きな「陰徳（人に知れないように施す恩徳）」をしたものだと私は思っています。

今日も一日私たちの生き方の中に、この陰徳を見定めましょう。

近眼の心で摩《せま》っていこう

生命力というあらゆる生命力は、間違いなく磁力とは違って、別の大きな流れであり、そこには引力がN極からS極に向かって流れています。生命力はどんな形にせよ、生まれて来た以上は勝っています。一見負けているように見えることも、様々な種類の生命体には見られることもありますが、不思議に負けてはいないのです。つまり生命体は全て間違いなくN極からS極に向かって生き生きと流れています。大自然の広がりも地球上に広がるエネルギーも全て生命の力でありまた磁場の流れそのものなのです。

地上二メートルにうろついている文明は人間という存在の全てを表している力だと思っており、そういった文明の形はあらゆる意味で写真に撮られていきますが、それは本当の生命体の力、または人間の存在の裏打ちにはなっていないのです。写真には撮られなくとも、はっきりと生命体の第三の目や第三の耳で受け止めることができる物が写されています。それが言葉であり、音であり、行動そのものなのです。そういった生命体によって写されたものはそのまま、エネルギーの力なのです。生命力という崩れやすく不安に見える時間の中で自由自在に生きて流れているのが、他のあらゆるものとは区別される大きな知恵なのでしょう。人間はこのことに気づくならば、自分という存在の中心に流れて止まない引力としての生命体が存在し、そこから文明の騒がしく忙しい行動が空になる時、その一瞬こそが、その人間が最も強くなる瞬間なのです。自分を最も確かな方向に向かわせる力が動き出す一瞬なのです。間違いなく生きている自分とは一度この世の中から離脱することによって、つまり文明の騒ぎの中から足を引いた時だけ、得られるものなのです。文明という一見確かであって、一見生き方の全域で納得されないものはその実、最も否定的な自分と遠くかけ離れた言葉や思想に縛られているのです。

その事実に気がつくまで現代人は自分の中の生命力の力を正確に確認することはできないのです。今というこの一瞬の中で、ごくごく近い近未来や近過去から可能な限り遠ざかり、近眼そのものの人間のように今という瞬間にはっきりと心を向けなければならないのです。

お互い今日も一日今という流れ行く生命引力の中で、それを肌で感じながら、自分の言葉でさすりながら、生きてみましょう。

大切な命の水

二月は如月と呼ばれ、「衣更着」ともさらには「気更来」とも書かれた時代もあるようです。日本列島には様々に変わる季節がありますが、二月の初め頃がそれぞれの地方の中で最も寒い季節とも言われています。この季節が去って行く時、間違いなく暖かい春が少しずつ木の芽のように膨らんで来るのです。二月の十九日はほとんど雪が消える「雨水《うすい》」という節気の名前で昔の人は呼んでいたようです。もちろん東北の方は、関東以西とは違い、まだまだ根雪の時間の中に閉じ込められており、いわゆる「しばれる」季節であることを、私は四十年以上も東北地方の一画でそういった長い冬を体験しながら生活して来ました。今暮らしている東海地方などは、こういった意味において全く私には慣れるはずもない土地なのです。四月から五月にかけて一斉に花開く匂い逞しい花々を嬉しさの中で体験した日々は、復活祭の卵を見つめながら嬉しげに過ごすロシアの人々や、彼等の教会で歌う讃美歌のメロディと共に、私の心を慰めてくれました。ノーベル賞は何年待っていてもついにもらうことのなかったトルストイの巨大な文豪としての作品『復活』などは、溶けて流れ出す雪の上に光り出す、遅い朝日にも似た心の体験を私にもさせてくれました。

こんな一関の、また岩手の思い出の中で私の生命の創発はこの美濃地方に暮らしている今でもはっきりと甦って来ます。

山の動物たちや海の魚たちは常に自分たちの生命を守ってくれている周りの自然に夢中になっています。現代人は金の力に惹きつけられることなくまともに生きて行くことはできないようです。権力も名誉も胸に付けたメダルも全て金の力に寄り添っていくか、または金銭の磁力が人間の方に寄って来ることを願っての話です。人類がこのようにして金銭の力に否応なしに惹きつけられており、そのために素朴な人間としての清らかさや綺麗なものを失くしていることなどはいささかなりとも恥に思うことはなくなってきているようです。

しかし同じ人間であっても中近東を中心に生きているイスラム人たちやイスラム教の匂いの中に生きている人々にとって、金銭よりももっと大切なものがあると言われています。長い間砂漠の民であった彼等には、どうしても旅をしたり日々の生活をまともに送っていくためには、気性の荒い駱駝《らくだ》を友にして生きて行かなければならなかったのです。イスラム人にとって、またイスラムの心を持った人々にとって、あまり気性の荒い駱駝が好きな訳ではなかったのでしょうが、彼等が大切だと思っていたのは、駱駝の瘤《こぶ》の中のわずかなそれでも人間の命をいざという時には守ってくれた、脂ぎった匂いのするものであっても、砂漠からは到底得ることのない水だったのです。いざという時には駱駝を殺し、その瘤《こぶ》から出て来る水で命が救われたのです。

それ故ゆえにイスラム人にとって砂漠から命を守ってくれる、テント以上に大切なのは、砂漠のあちこちに存在するオアシスだったのです。どんな大きな家も小さな家にも流れて来るオアシスの水の溜まり場があって、イスラム帝国の金持ちや王たちは、こぞって自分の家のあちこちに勢いよく噴き出す噴水や流れの装置をかなり昔から作っていたようです。

現代人はもう一つのイスラム人であるかもしれません。本当に生命の真実に目が覚めると、金銭や権力よりも先に清らかな水を求めるようになるのが当然です。今の文明世界を眺める時、今存在する清らかな水が、どれだけ今後の世界の中で保たれていくかという問題に、細やかな現代人の哲学の心は繋がっていくはずです。噴水もいいのですが、日本人などは落下して来る瀧の流れに哲学的な喜びを感じるはずです。轟々と落下して来る瀧の弾け飛ぶ水飛沫《みずしぶき》の中に、電気の最小の単位として生まれて来る電荷は、間違いなくあらゆる生命体の命に大きな活力を与えてくれるようです。世界中の心ある物理学者はこれを「マイナスイオン」という言葉で呼んでいます。それが噴霧状態の瀧の流れの中で生命の放電作用をしていると言われても、果たしてそれが事実なのかそうでないのか知る由もありません。ただはっきり言えることは、生き物の身体の大半は骨格や脳等で構築されているのではなく、むしろ水分で満たされています。

どんな巨大な町に住もうとも、どんな文化の広がりの中で生きようとも、基本的に人間は最後の時間にぶつかると駱駝の瘤《こぶ》を切り開かなければ救われないのです。人間には瀧の飛沫《しぶき》や、今のところはそう言われていますが、マイナスイオンの効果や噴水の勢いの中に身を委ね、その一瞬を天国の時間としてすなわちオアシスの時間として生きなければならず、本来の人間としての存在を知ることもこんな時間の中でです。

今週はどうやら日本全国曇りや雨の日々が続くようですが、雨の中でも喜べる人間でありましょう。

宗教の持つ弱さ

文明という何千年かの歴史の広がりは、一言で言えば「パンデミック」の時代です。脳の中や体中に走っているシナプスが汚れに感染されていて、その状態はどんなインフルエンザなどよりも悪質なものであって現代人は、簡単に生活の中でこれに罹ってしまいます。健康で力強く、しかも与えられた寿命をその通り全うすることなく死んでしまう人々が、なんと多い時代なのでしょうか。これだけ豊かに物があり、また物を手に入れるための経済力があり、持っている物は全て便利で役に立つ物ばかりであり、あらゆる知識を備えていて、日々の生き方のどの点においても不便を感じない現代人の生き方ですが、その人間そのものがパンデミックの悩みで苦しんでいます。魂の感染はどこまでも深く、それを癒やす手段は無いようです。このような人間の文明状態を一言で言うなら「出来損《できそこ》ないの霊長類」とでも呼ばなければならないようです。現代人は確かに様々に宗教性を身に付けており、あらゆる生き方の形の中で素朴ながらかなり応用の利く哲学や歴史の理解を深めています。それがあまり様々に細かく展開しているためなのか、人間が社会生活の中で新興宗教に夢中になっていく状況の中で、まるで長い干ばつの後に降り注ぐ豪雨が乾いた土の中に染み込んで行くような状態になるのです。人間は単に一つの宗教だけではなく、二つも三つもかけ持ちでいろいろな宗教に首を突っ込んでいます。例えば日本人だけを考えてみても、最低仏教と神道に何らかの意味で身を置いていることは間違いないのです。もっと詳しく言うならば、大黒様、夷《えびす》様などいわゆる万《よろず》の神々をも、何の外連《けれん》も無しに信じています。このように簡単に信じられる神や仏は本当にその通り真心でもって信じられているのでしょうか。ガランと鐘を鳴らし、百円や千円を投げ込んでもそれで果たして人間は救われるものなのでしょうか。世界中どこを見渡しても、あまりにも神々が雑多に存在し、それを見つめる人間たちの心には崇高な気持ちなど起こるはずもないのではないかと私は思うのですが。それぞれの人間が一つの神を目当てにしてそこに向かう時、そこには間違いなく自分にだけ伝わって来る真心の入っている神の言葉が聞こえるかもしれません。

今という時代はあらゆる物が雑然と存在しています。全てが便利でありながら経済的には誰も彼もが何かに不足を感じながら生きています。自分自身が自分らしく生きられる時に周りのものが何一つ無くとも安心できる、そういった日々の時間であることを誰もが願っているのです。そうなる時人間は、学が有っても無くても、時間が有っても無くても、物があっても無くても、そんなことには関係なく本物の自分として生きられるのです。それができない時人間は自分をはっきりと出来損《できそこ》ないの霊長類とみなさなければならないようです。

人間はこのことにはっきりと気づき、八百万の神々を前にして、そこから向きを変え自分の道を見い出した方がよいかもしれません。

銅《あかがね》の鍔《つば》

今朝妻の所に届いた葉書の中に、とても良い文章が書かれて有りました。

「自分自身を信じれば信じるほど、いくらでも天から知恵や力が降って来るものです」

まだまだ寒い一関から、過去に癌の手術を受けている友人が私の妻にくれた手紙の中の一節です。全くその通りです。私たち自身、この短い言葉に励まされました。果たして自分をどれほど深く信じているのか、分からないくらい反省をさせられました。自分を徹底的に信じる時、そこには知恵や力が大雪のように天上から降って来ることは間違いのないことです。ユダヤ人たちには天からマナが降ってきたことを喜んだという旧約聖書の話があります。

私は今、一振りの江戸時代の大刀を目の前に置いています。本来骨董好きな人間や、古い時代のものを愛して止まない人々ならば、錆び付いたり汚れ放題になり、虫喰いだらけになっても、あえて、骨董品などの本来の価値または歴史の匂いや思いを留めている、そういった汚れなどには一切手を触れず、じっとそのまま見つめるところに意味があると言うらしいのです。時々大刀を手にとり、刃先を眺めたり抜刀するために、どちらかと言えば分厚く重い銅の鍔《つば》を私は江戸時代の頃の新しさに戻すためにあえて磨き上げてしまったのです。鍔《つば》の名は「萩風」と銘が彫られています。その昔、古代中国、唐時代の後期の詩人、白居易《はくきょい》は三十三才の若さで世間を離れ、隠遁《いんとん》生活に入ったと言われています。彼は自分の作品の中で「楓葉萩花秋《ふうようてっかしゅう》……」と詠みましたが、この鍔はそのような秋の風の中に生まれたような赤鍔なのです。右の上の方には何かの守り神のようなシンボルが彫り上げられており、左の下の方には風神が鬼の姿で彫りおこされています。これを造った金工は、自分の名を雪山と名乗って、小さな真鍮の一角に留めています。この大刀はもはや江戸時代の刀の趣や美しさをとうに失っています。そうなることをあえて承知の私は赤鍔の汚れを落とし、赤銅は赤銅のまま光を発揮させ、わずかな真鍮の部分にはそれなりの輝きを現すように、影と光の部分がはっきりと見えるように磨き上げたのです。もはやこれは骨董品として、またそういった一つの文化遺産として、さらには武家社会の生き方の中の一つの象徴として、売り買いする時の値段に大きく響くこと、つまり磨いたり勝手な手直しをすることに因る骨董品の価値が下がることを知りながら、今というこの時代にこの大刀が造られた当時の趣を表すように、磨き上げてしまったのです。おそらく雪山という刀工が願っていた萩風は白居易《はくきょい》の楓に吹く風と共に、この鍔を観る人の心にはっきりと秋の匂いを感じさせてくれるでしょう。大自然の動きそのものであり、万有の広がりの中であらゆる創られた生命体の存在と関りなく、基本的な引力の動きをそのままに動かしている力が、この赤鍔の中では頭の禿《はげ》た老人という象徴となっており、まるでその手先のような鬼は風を空間に流している姿で表現されています。

私はこの赤鍔の前でもう一度雪山という刀工の心や生き方を、今という時代の中から読み取ろうとしています。おそらくこの行為は抜刀する行為や刃先に、また切先《きっさき》に丁字油《ちょうじあぶら》を付ける行為よりも深い意味を持っているようです。銅の分厚い鍔を時間をかけながら眺める私の態度の中に、自分の心が様々な迷いから離れ、澄んだ秋の風の中に吸い込まれて行くことを感じたいのです。

今日も東北は昨日から激しい風と雪に見舞われているようですね。北の方から東北を通り、太平洋に抜けるこの風の中で、貴方などは間もなく訪れるであろう春を待ち焦がれていることでしょう。とにかくお互いに、風邪などに注意して物を書いたりメールを送ったり受けたりしながら、友遠方より来る喜びの中で福音の言葉を交換し合いましょう。それぞれの心や生き方の中に蠢いている喜びや悲しみ、そして笑いや涙を一つ一つ確信しながら、確かな自分としてそれら全てを丸ごと受け止められる人間として生きて行きましょう。人生万歳！！！

春風の道

現代人の中にも、真実の言葉を話す心ある人がわずかながらいないことはないのです。私たちは古典語に心奪われ、実際にそのような格言は山ほどあるのですが、一方において私たちの目の前の群集の中にさえ、古典語を十分に凌駕《りょうが》するような言葉を突然口にする人がいるのです。そういう言葉に出会うのは泥の中にダイヤモンドを見い出すよりも大きな意味があります。感動に包まれるのです。文明の退屈さの中で、突然まるで幻惑されたように古典語とも言うべき現代語を見い出す時、その恵みは何にも勝って良い体験となるのです。生活のリズムが一瞬止まり、間違いなく考える人そのものになってしばらく立ち止まっていなければならないのです。文明の判を捺《お》された誰とも変わりのない生命はただそれだけのものであり、それは立派なことが書かれてはいるが、何一つ約束されてはおらず、または、無印の内容が印刷されている格好ばかりが良い書類に過ぎないのです。

　夢の中で生きる人生はどこまでも春風が吹く道のようです。幽玄耽美《ゆうげんたんび》な言葉や食文化の時間などは常に生き生きと生きている生命体をどこまでも広げ、解放し、それに関っている人間を生き生きと生かして行くのです。体中に青空が広がっており、新しい道が目の前にどこまでも広がっています。そういう人生こそ、はっきりと感動の中で与えられた人生だと言わなければならないのです。あまりにも便利になり過ぎて息もつけないほどに苦しい文明社会は、このような青空を、また新しい道を文明人間の身体の中や心の中から奪ってしまいました。現代人はこのことを大切なものを失ったと実感していますが、大自然の前で奪い去られたこのような自分の寿命を今こそ大いに悲しみ、文明人間の生き方から脱出しなければならないのです。そこから再度自分らしい格言の様々な形を見い出すのです。周りから受け止めるのです。少しずつそのようにして回復される本人の言葉、また周りの言葉が初めのうちは小さく、徐々に巨大化していく時、その人間はもう一人のシャカになり、もう一人のキリストになり、もう一人のマホメットになり得るのです。彼等は神ではないのです。最も豊かな春の道を人生の途中から歩き始めた出来の良い人間でしかないのです。

　人生は一度生き方の道を大きく変える時、そこから光り輝く春の道が開けるのです。

　今日もまた残る時間は少なくなりました。しかしその一瞬一瞬さえも無駄にせず、明日に繋ぐためにも力いっぱい油断せずに己の命と繋がっている言葉を凝視して行きましょう。

嚆矢《こうし》を放つ

　毎日私たちの周りには何かが起こっています。良いことであり悪いことであり、それらが私たちの勝手な事情であることを思えば、素直に大自然の大きな流れに逆らわず、全てに感謝し万有の流れに身を流し、心を委ね、そこから生まれる自分の言葉を大きく誇って行きましょう。運命もそこから生まれる様々な文化も全て、常に綻び始め妙な方向に流されていきますが、そのような動きに私たちは煩わされる必要もなく、またそれに心が惑わされて本来私たちが従うべき大自然に向かう念いを失いたくはないものです。確かに人間の心は万有の力学の力を通してそれぞれに一つ一つの生命を貰っています。この生命は正しいとか悪いとか、運が有るとか無いとか、強いとか弱いとか、綺麗だとか汚いとか言っている暇はないのです。ウィルスから霊長類の生命に至るまで、全ての生命は「放たれた嚆矢」であって、それ以外の何ものでもないのです。確かに人間は寒さや暑さや適当な温度や涼しさという条件の中で、可能な限り美味いものを食べ飲みながら毎日を元気に生きています。たとえ病気に罹ろうともそこにはやがて癒るという期待もあり夢もあるので、人生は実に幸せです。あらゆる生命はそれなりに大小の違いはあるにしても、生きる意味を持っているものです。確かに与えられた時間の中で嚆矢を常に放っています。今日もこれから日が暮れるまで何回矢を放ったら良いのでしょうか。

長い何千年かの歴史の中で、中国の知恵ある医者たちは、五味といって生命をより豊かに大きくするための知恵を人々に与えていました。この知恵こそ間違いなく番《つが》えた矢を、夢見ていた彼方の天空に放つことができる力を与えてくれるのです。

与えられている私たちの心の勢いや身体の健康を大いに感謝し喜び、今日という様々な時間を感謝していきましょう。

霊長類と哺乳類

あらゆる生き物はただ与えられた生命のリズム、つまり大自然の引力が与えてくれたゼンマイの動きに過ぎないのです。そのゼンマイがしっかりと巻かれていて、徐々にほぐれていく時、その生命体は終わるのでしょう。与えられた生命の全域に広がっている物事を考える時、暮らしている人間の命のリズムはそれなりのレベルの中で存在するのです。それぞれの生命に与えられている自然の引力は人間が考えているレベルを遥かに高く超えており、別の次元で自分の作った生命体や、その動きや働きを大自然はゆったりと考えているのではないでしょうか。徒に、大自然の動きを讃美したり、それを知っているからといって単純に感動したり何かを頼んだりすることは冒涜かもしれません。私たち人間は生命体を様々に生み出した引力を簡単に理解したり信じたり、他の何かに応用するのは確かに冒涜に違いありません。常に自分の生き方の中で祈り、心を込めて生命体そのものを信じて行く他はないのです。

人間はどこまでも果てしなく万事を知りたがる生き物です。どこまでも光の方向に向かって疲れを知らずに前進する生命体なのです。どこまでも走り続け、時には疲れ果てて転んだりする子供のように訳もなく命の深い衝動に駆られますが、次の瞬間にはその痛みも忘れ、泣き顔も笑い顔に変わり、再び何かを知ろうとして光の方に前進するのです。そんな傷だらけの人生の中で人間は何かを深く理解し学び感謝していける己の中の生命体の確信にぶつかるのです。

自然は己の心の中心であることも人間は少しずつ知り始めています。医学や医師たちから何かを教えてもらうのではなく、自然の生き方から多くの大切なことを学んできています。単に食文化のみならず、芸術でもスポーツでも男女の愛の形でも生きている自然の流れの中から、まるで清水を汲み取るように理解していくのが私たち人間なのです。その点から言えば、他の動物や生き物たちとは違ってスピリチュアルな力を備えている人間の生命は、この世のあらゆる細かい点において深い理解をすることができるのです。ある人たちはこのスピリチュアルな感覚の下に生きる人間のことを宗教的な人間であるとか、霊能者などと呼んで傍らにまとめて置きたいのですが、人間は全てスピリチュアル的な生き物であり、動物たちでさえ昆虫や爬虫類からみれば遥かに霊能的な生き方をしています。このようにして霊長類から他の哺乳類に至るまで生き物は自分を遥かに超えた大きな力を持っていてある意味では心理学的なまたは心理療法的な検査を受けられる存在であることを私たちは少しずつ分かり始めてきています。そのような生命体としての生き物に特質なのは、極めて強い自分というものを持っているという事実です。弱い自分をそのまま曝け出しているのが昆虫であったり、魚類たちなのです。己を遥かに超えた力のようなものを持ち続けながらそれを強い自分だと確信しながら生きている生き物は、やはり、霊長類や哺乳類の外側にはいないようです。

どんよりと曇った今日という一日、私たちらしくはっきりと自分を見つめ、目覚めから黒い帳の中の就寝に至るまで全て、無駄にすることなく時間を使っていきましょう。

天才

人間の生き方の真剣さや夢多い姿は、間違いなく男を男らしく作り上げ、その一方において勤勉さや努力の激しい態度は本当の意味での天才を作ると、ドイツの小説家、フォンターネは言っています。どんなに体力をつけ、筋肉隆々とした男になるためにジムに通ったりしても、それだけでは本当の逞しい男とはなれないのです。逞しさとは筋肉の塊で決まるものではありません。その人間の心の中の状態が問題なのです。生まれて過ごす一生にはどんな人間にも数多くの問題が迫ってきます。それに立ち向かいそれを乗り越え，その最中に生きていながら常に大自然にはっきり向かい合っているならば、そこには必ず与えられた生命の寿命を予定通り全うしていける心や筋肉の力が生まれて来るのです。どんな場合でも男は真剣さを持たなければなりません。

世の中にはあらゆる時代に各種の天才が生まれました。彼等に関しての逸話はたくさんあります。しかしミラーは、天才を持つ親は可哀想だ。天才は親より先に死んでしまう、と書いています。このような種類の天才は私に言わせるなら本来の天才ではないのです。彼等は凡才ではないかもしれませんが、単なる小知恵に長《た》けた子供であり、若者であるのです。普通の人間とはどこか違っているとしてもその話し方や行動に変わったところが見られ、何をやっても上手くいくといった調子の良さが見られたりしますが、こういった人間は天才というよりはむしろ、人生を普通の人より早く歩む人間であり、能才《のうさい》と言うべきなのです。私たちが歴史上のあちこちの時間の中に見い出したり、同時代の人間の生き方の中に見い出す天才というのは、よくよく心の目で見る時、実際には天才ではなく、単なる能才《のうさい》であることに気づくのです。あまりにも時間が経ち過ぎた遠い昔の天才と呼ばれる人々には、どうしても彼等の生き方の全域に数えられないほどの多くの余分な逸話がついて回り、時にはそのようなアネックドート（旧ソ連で発達した政治風刺の小話）は神懸《かみが》かりのものとなり、占い師が口にするようなだいぶ曲がった方向に話は進んで行くのです。しかし新しい時代の人間は、そのような逸話を大きく膨らませて表現する人間のことを歴史家と呼び、彼等の口にする逸話の内容は歴史上の真実であるように伝えられていくのです。天才は変人でも特別生まれながらに能力が与えられているのでもありません。本当の天才とは勤勉な人間であるとフォンターネも言っています。日々することとなすこと語ること夢見ること全てがその人らしい勤勉さの上に立って行われる時、そこに正確な意味における天才が存在するのです。

人間は常に第三の目や第三の耳をしっかりと開いて、自分の廻りにいる人々の中に、正真の天才がいる事を知らなければならないのです。人間はいつの時代においてもどんな時間の中でもこのような勤勉さの上に生きていて、天才性を表している人が自分の前にいたとしても、多くの場合それを見過ごしており、このような天才だけに与えられている大自然の言葉を受け止めるだけのチャンスを次々と逃しているのです。世間の大多数の人間が天才と呼ぶ人物を、二つのがらんどうのような目で見つめ、何一つ正しい音の聞こえない二つの耳で聞いている限り、目の前の人間の正真な天才性を受け止め、体験することは不可能なのです。

今日も貴方らしく、また私らしく、万有の存在性や色彩、音などをその通り受け止めて生きて行きましょう。

独学者ホッファー

今朝早く名古屋に出かける前に息子は、一冊の本を持って二階から下りて来ると、「この本だろう……」と言いながらホッファーの著作の一つを私の前に置いて行きました。表紙に出ているホッファーの顔写真は、一見ミラーにそっくりです。別の頁の真っ正面を向いた彼の写真はさほどミラーとは似ておらず、似ているというのは頭蓋骨のあたりであり、そこに生えている髪の具合だけのようです。

ほとんど生活のために沖仲仕《おきなかし》をしたりして学校教育を受ける暇もなかったホッファーですが、図書館や路地裏や捨て去られている土管の中で、落ちているような古本や新聞、雑誌の記事からほとんど頭に入れたものはそのまま受け止め、今様《いまよう》のソクラテスやある意味での寒山拾得のような存在になりました。何冊も出ている彼の著作の中で見る限り、彼の言葉は伊達や酔狂で文学をやったり、知識人振っている柔かな連中とは違う、硬い言葉を私たちに突き付けてきます。彼の言葉の一つ一つは確かに彼の前で生きている人間に突き刺して来る剣のような勢いがあります。彼は一つ一つ学校で聴いたり、生温い先生たちから教わったような言葉は何一つ口にはしないのです。要するに彼は徹頭徹尾独学の人間です。彼は重いものを担ぎ、船と倉庫の間を行き来しながら、頭の中で考え、生活の行動の中で実行した自分白身の体験の結果としての、宝石のような熱い熱を含んだ炎の用な言葉で物を書き、物を喋り、物を教えているのです。それゆえに彼の言葉はどんな場合でも、常に隙の無い達人の趣があり、それを称して「格言」と言わなければならないように私は思うのです。

彼の格言の一つをここで取り上げます。

「エリート主義者たちは、選ばれた少数者たちにのみ必要であり、大多数の人々はブタだと繰り返し主張する。しかし、雄ブタと雌ブタが結婚してレオナルドが生まれることもあるのだ」

さらにこのようにも言います。

「自由の主要な目的の一つは、人にまず一人の人間であるという実感を抱かせることだ。人々が自分を労働者、実業家、知識人、あるいは教会、国家、人種、政党の一員であることを第一とするような社会秩序には、純粋な自由が欠如している」

これで分かるように彼は徹頭徹尾自由な人間なのです。彼は自分を、または自分と同じ空気を吸って生きている独学の人間を、「多くの人間は自分たちを雑草のように放っておかれると成長がもっと良い」と思っていると信じています。しかしこの文明の世の中ではいろいろな差し障りがあって人々はできるだけ無難に育てられたり教育という名の下で、自分を縛りつけられることを願っているのです。

どの人間にとっても生き方は魂の大きな分水嶺を持っているのです。左か右か、白いか黒いか、利口か馬鹿かのどちらかを決めるというよりは、決められる分水嶺を心の中心に備えているのです。喜怒哀楽は人の世の時間の中では常に交叉し合い、絡み合い、烈火のように燃え盛っているのです。人間は一人ひとり他の誰と関わっていても、自分自身の自信と絶望と、快楽と痛みの中ではっきりと自覚しなければならない異端者なのです。周りの人にはほとんどそうは見られないのですが、本人だけははっきりとそのような絶望している事実を知っているのです。神が生命を創造したと思いながら、個々の人間は万有の中のダイナミズムの一つとして生まれて来る時、実は自分自身を創造する勢いというか、熱狂の中から生き始める自分の時間を生み出していくのです。おそらく死ぬ時でさえ、人間は何かを熱狂しながら別の世界に消えていくのかもしれません。

書いたり喋ったり描いたりする魂の技術は、単なる、人が認める技術でも才能でも化学的な頭の動きでもないのです。人間の心は正しく生きているその人の一瞬の工学的な動きをそのまま書いたり喋ったり描くという方法によって現実化するのです。

今の時代を見ても分かるように、世間の経済的な景気はどこまでも衰えていきます。しかしそれ以上に人間の心の在り方は急変しつつあり、それはここ、二、三千年前からほとんど変わりなく続いている、人間という名の生命体の狂ったようなゼンマイの動きのシナリオでしかないのです。

今日も貴方の心を、大自然のリズムの言葉に合わせて人生を深く考える時間の目安として下さい。

著者プロフィール

上野霄里（うえの　しょうり）

1931 年生まれ。
神学校を卒業。布教のため岩手県一関市に移住するが、その後教団とは絶縁する。数ヶ国語を自在に話し、世界各地の芸術、思想家と親交を持つ。特に 400 通もの書簡を交わし合った、故ヘンリー・ミラー氏とは互いに胸奥を披瀝し合うほどの間柄で、往訪も含め、深交は最晩年まで変わらずに続けられた。

主な著書　『単細胞的思考』『星の歌』『新土佐日記』『運平利禅雅』（以上明窓出版）
『放浪の回帰線』『誹謗と中傷』『ロ短調の女』『ヨブの息子達』（行動社）
『離脱の思考』（新行動社）など

幽篁記《ゆうこうき》

上野霄里《うえのしょうり》

明窓出版

平成二十七年八月二十日初刷発行

発行者 —— 麻生 真澄

発行所 —— 明窓出版株式会社

〒一六四—〇〇一二
東京都中野区本町六—二七—一三
電話 （〇三） 三三八〇—八三〇三
FAX （〇三） 三三八〇—六四二四
振替 〇〇一六〇—一—一九二七六六

印刷所 —— シナノ印刷株式会社

ISBN978-4-89634-355-7

ホームページ http://meisou.com